LISA GARDNER

OHNE JEDE SPUR

DIE FRUCHT DES BÖSEN

Zwei Thriller in einem Band

Aus dem Englischen
von Michael Windg

Weltbild

Ohne jede Spur
Die englische Originalausgabe erschien 2009 unter dem Titel
The Neighbor
bei Bantam Books, Random House Publishing Group, New York.

Die Frucht des Bösen
Die englische Originalausgabe erschien 2010 unter dem Titel
Live to Tell
bei Bantam Books, Random House Publishing Group, New York.

Besuchen Sie uns im Internet:
www.weltbild.de

Genehmigte Lizenzausgabe für Verlagsgruppe Weltbild GmbH,
Steinerne Furt, 86167 Augsburg
Ohne jede Spur

Übersetzung: Michael Windgassen
Die Frucht des Bösen

Übersetzung: Michael Windgassen
Umschlaggestaltung: Jarzina kommunikationsdesign, Holzkirchen
Umschlagmotiv: www.istockphoto.com
Gesamtherstellung: CPI Moravia Books s.r.o., Pohorelice
Printed in the EU
ISBN 978-3-86365-916-5

2016 2015 2014 2013
Die letzte Jahreszahl gibt die aktuelle Lizenzausgabe an.

LISA GARDNER

OHNE JEDE SPUR

Thriller

Weltbild

1. Kapitel

Ich habe mich schon immer gefragt, was in Leuten vor sich geht, die nur noch wenige Stunden zu leben haben. Spüren sie, dass etwas Grauenvolles passieren wird? Wünschen sie sich ihre Liebsten in der Nähe? Oder geschieht da einfach nur etwas, was wie vieles andere auch unausweichlich ist? Die Mutter von vier Kindern, die ihre Kleinen zu Bett bringt, in Gedanken bereits bei der Fahrgemeinschaft am nächsten Tag und der Wäsche, die noch zu machen ist – nimmt sie das Ende womöglich wahr wie ein unheimliches Knarren der Dielen im Flur? Oder die Sechzehnjährige, die davon träumt, am Samstag mit ihrem Freund shoppen zu gehen, dann aber die Augen aufschlägt und feststellt, dass sie nicht allein in ihrem Zimmer ist. Oder der Vater, der plötzlich aufwacht und denkt: Leck mich doch, kurz bevor ihn der Hammer zwischen die Augen trifft.

In den letzten sechs Stunden meiner Welt, so wie ich sie kannte, gebe ich Ree zu essen. Käsemakkaroni, dazu die Reste vom Putenbraten. Ich schneide einen Apfel in Spalten. Sie isst das feste weiße Fruchtfleisch und lässt die rote Schale zurück. Ich erkläre ihr, dass unter der Schale die meisten Vitamine sitzen. Ree ist vier, aber sie führt sich auf, als wäre sie vierzehn, verdreht die Augen. Wir haben darüber gestrit-

ten, was sie anzieht – sie möchte kurze Röcke, ihr Vater und ich wollen, dass sie längere trägt, sie verlangt einen Bikini, wir bestehen auf einem Einteiler. Schätze, es ist nur noch eine Frage von Wochen, bis sie um den Autoschlüssel bittet.

Danach will Ree auf dem Dachboden auf »Schatzsuche« gehen. Ich sage, es sei Zeit zu baden. Richtiger: zu duschen. Wir steigen immer zusammen in die alte Wanne oben im Badezimmer. Das machen wir so, seit sie zur Welt gekommen ist. Ree seift ihre beiden Barbies und die Quietscheente ein. Ich seife Ree ein. Am Ende duften wir beide nach Lavendel, und das ganze Badezimmer mit seinen schwarzweißen Fliesen steht unter Dampf.

Ich mag unser Ritual im Anschluss an das Bad. Wir hüllen uns in große Handtücher und hüpfen durch den kühlen Flur in Jasons und mein Schlafzimmer, wo wir uns auf dem großen Bett ausstrecken, Seite an Seite wohlig eingemummelt. Nur die Zehen schauen heraus und berühren einander. Unser dicker gelbroter Kater Mr Smith springt aufs Bett, stiert uns aus seinen großen goldenen Augen an und zuckt mit dem Schwanz.

»Was hat dir heute am besten gefallen?«, frage ich meine Tochter.

Ree rümpft die Nase. »Ich weiß nicht mehr.«

Mr Smith findet am Kopfende ein gemütliches Fleckchen und fängt an, sich zu putzen. Er ahnt, was jetzt kommt.

»Für mich war's das Schönste, von der Schule nach Hause zu kommen und mit einer Umarmung begrüßt zu werden.« Ich bin Lehrerin. Es ist Mittwoch. Mittwochs bin ich gegen vier zu Hause, Jason geht um fünf. Ree kennt es nicht an-

ders: Daddy ist tagsüber für sie da, Mommy am Abend und in der Nacht. Wir wollen nicht, dass sich Fremde um unser Kind kümmern.

»Kann ich mir einen Film angucken?«, fragt Ree. Wenn wir sie ließen, würde sie nur noch vor dem Fernseher sitzen.

»Nein«, antworte ich daher. »Erzähl mir lieber, was ihr heute in der Vorschule gemacht habt.«

»Nur einen kurzen Film«, bettelt sie und schlägt auch gleich vor: »Veggie Tales!«

»Nein«, wiederhole ich und kitzle sie unterm Kinn. Es ist fast acht, und ich weiß, sie ist müde und bockig. So kurz vor dem Schlafengehen möchte ich nicht, dass es zum Streit kommt. »So, und jetzt erzähl mir mal, wie's in der Schule war. Was gab's zu essen?«

Sie löst sich aus meinen Armen und kitzelt mich unterm Kinn. »Möhren.«

»Ach, ja?« Ich kitzle sie hinterm Ohr. »Wer hat sie mitgebracht?«

»Heidi.«

Sie versucht sich an meinen Achseln. Ich halte sie davon ab. »Hattet ihr Kunst oder Musik?«

»Musik.«

»Wurde gesungen oder ein Instrument gespielt?«

»Gitarre!«

Sie hat sich aus dem Handtuch geschält und knufft und kitzelt mich, wo immer sie mit ihren kleinen Fingern schnell genug hinlangen kann. Es ist das letzte Aufbäumen vor dem Zusammenbruch am Ende des Tages. Ich wehre sie ab, wälze mich lachend zur Seite und lande mit einem Plumps auf dem Holzboden, was sie noch mehr zum Kichern bringt. Mr Smith hat keinen Sinn für unser allabendliches Spielchen und verlässt das Zimmer.

Ich hole ein langes T-Shirt für mich und ein Nachthemdchen für sie. Gemeinsam putzen wir uns die Zähne vor dem ovalen Spiegel. Ree gefällt es, wenn wir gleichzeitig ausspucken. Zwei Geschichten, ein Lied und eine halbe Folge Veggie Tales später stecke ich sie schließlich ins Bett. Sie schlingt ihre Arme um Lil' Bunny, und Mr Smith rollt sich neben ihren Füßen ein.

Halb neun. Unser kleines Haus gehört jetzt mir. Ich setze mich an den Küchentresen. Trinke Tee, korrigiere Klassenarbeiten, kehre dem Computer den Rücken, damit ich nicht in Versuchung gerate. Die Katzenuhr – ein Weihnachtsgeschenk von Jason an Ree – miaut zur vollen Stunde. Der Laut hallt durchs Haus und lässt es leerer wirken, als es in Wirklichkeit ist.

Ich habe kalte Füße. Es ist März und tagsüber noch kalt. Ich sollte Socken anziehen, bin aber zu faul aufzustehen.

Viertel nach neun. Ich mache meine Runde, verriegele die Hintertür und vergewissere mich, dass alle Fenster geschlossen sind. Als Letztes überprüfe ich die beiden Sicherheitsschlösser der stählernen Eingangstür. Wir leben in South Boston, in einer bescheidenen Siedlung, bewohnt von Vertretern der Mittelschicht, mit von Bäumen gesäumten Straßen und familienfreundlichen Parkanlagen. Jede Menge Kinder, jede Menge weißlackierte Gartenzäune.

Türen und Fenster sind einbruchsicher verstärkt. Wir, Jason und ich, haben unsere Gründe.

Schließlich stehe ich dann doch vor dem Computer. Ich sage mir, es ist Zeit, ins Bett zu gehen. Nur ja nicht an das Ding setzen. Aber ich werde es wohl doch tun. Eine Minute nur. Nachsehen, ob ich neue E-Mails habe. Warum auch nicht?

Im letzten Moment bringe ich ein Maß an Willenskraft auf, von dem ich gar nichts geahnt hatte, und schalte den Computer aus. Auch das gehört zu unseren Hausregeln: Vor dem Zubettgehen muss der Computer ausgeschaltet werden.

Wissen Sie: Ein Computer ist ein Portal, durch das man in Ihr Haus gelangen kann. Selbst wenn Sie das noch nicht wussten, werden Sie es irgendwann noch merken.

Zehn Uhr. Ich lasse in der Küche das Licht für Jason an. Er hat nicht angerufen, scheint also viel zu tun zu haben. Ist wohl in Ordnung so, sage ich mir. Er muss halt viel arbeiten. Für uns bleibt immer weniger Zeit. Kommt in den besten Familien vor, vor allem in denen mit kleineren Kindern.

Ich denke an unseren Urlaub zurück, den wir im Februar hatten, die kleine Auszeit, die je nach Standpunkt des Betrachters entweder das Beste oder das Schlechteste war, was uns passieren konnte. Ich will verstehen. Mir ein Bild machen von meinem Mann, von mir selbst. Es gibt Dinge, die, wenn einmal geschehen, nicht rückgängig zu machen sind, Worte, die, sobald sie ausgesprochen wurden, nicht zurückgenommen werden können.

Von alldem, was ich in den letzten Wochen verbockt habe, kann ich leider nichts wiedergutmachen, auch wenn ich es noch sosehr versuche, und das bedrückt mich mehr und mehr. Früher einmal habe ich tatsächlich noch geglaubt, Liebe allein könnte über all das hinwegtäuschen. Jetzt weiß ich es besser.

Ich gehe die Treppe hinauf und will ein letztes Mal nach Ree sehen. Vorsichtig stecke ich den Kopf zur Tür hinein. Mr Smiths goldene Augen leuchten mir entgegen. Er bleibt liegen, und ich kann's ihm nicht verdenken. Es ist eine herzige Szene: Ree unter einer pink und grün geblümten Bettdecke zur Kugel zusammengerollt, den Daumen im Mund und mit Zotteln dunkler Locken, die unter der Decke hervorquellen. Sie sieht klein aus, wie das Baby, das ich – ich könnte es schwören – erst gestern bekommen habe. Inzwischen aber sind irgendwie schon vier Jahre vergangen, sie zieht sich selbst an, kann alleine essen und erklärt uns all ihre Ansichten über das Leben.

Ich glaube, ich liebe sie.

Ich glaube, Liebe ist kein adäquater Begriff für das, was ich in mir fühle.

Leise schließe ich die Tür, schleiche in mein Schlafzimmer und schlüpfe unter die blau-grüne Steppdecke – ein Hochzeitsgeschenk.

Die Tür steht einen Spaltbreit offen, für den Fall, dass Ree unruhig wird. Für Jason habe ich das Licht im Flur angelassen.

Das Abendritual ist abgeschlossen, alles ist so, wie es sein soll.

Ich lege mich, das Kissen zwischen den Knien und die Hände unterm Ohr, auf die Seite, starre auf alles und nichts und glaube, müde zu sein. Mir geht all das durch den Kopf, was schiefgelaufen ist, ich wünschte, Jason wäre hier, bin aber gleichzeitig dankbar, dass er es nicht ist. Ich muss mir etwas einfallen lassen – bin aber ratlos.

Ich liebe mein Kind. Ich liebe meinen Mann.

Ich bin ein Idiot.

Und ich erinnere mich an etwas, an das ich seit Monaten nicht gedacht habe. Die Erinnerung ist so flüchtig wie ein Duft: Rosenblätter vor meinem Schlafzimmerfenster, zertreten, welk und halb verdorrt in der Hitze Georgias. Mamas Stimme hallt durch den dunklen Flur: »Ich weiß was, was du nicht weißt …«

»Pst, pst«, flüstere ich jetzt. Ich fahre mir mit der Hand über den Bauch und finde, dass ich zu viele Gedanken auf Dinge verschwende, die ich seit Jahren zu vergessen versuche.

»Pst, pst, pst«, flüstere ich wieder.

Und dann ist etwas unten vor der Treppe zu hören …

In den letzten Momenten, ehe die Welt, wie ich sie kannte, endete, würde ich Ihnen gerne erzählen können, dass ich draußen im Dunkeln eine Eule rufen hörte. Oder dass ich eine schwarze Katze über den Zaun habe springen sehen. Oder dass ich gespürt habe, wie sich mir die Nackenhaare sträubten.

Ich wünschte, ich könnte Ihnen sagen, dass ich die Gefahr erkannt und wie von Sinnen gekämpft habe. Denn gerade ich sollte doch wissen, wie schnell sich Liebe in Hass verkehrt, Begehren in Besessenheit. Gerade ich hätte es kommen sehen müssen.

Aber ich habe es nicht.

Und als – Gott steh mir bei – sein Gesicht aus dem Schat-

ten vor meiner Tür auftauchte, ging mir spontan durch den Kopf, dass er immer noch so gut aussieht wie damals, als wir uns das erste Mal begegnet sind, und dass ich wieder einmal Lust verspürte, mit dem Finger sein Kinn nachzuzeichnen und ihm mit der Hand ins Haar zu greifen …

Als ich dann bemerkte, was er in der Hand hielt, dachte ich: Jetzt bloß nicht schreien. Ich musste meine Tochter schützen, meinen kostbaren Liebling, der nebenan im Bett lag und schlief.

Er betrat den Raum, hob beide Hände.

Ich schwöre, ich gab keinen Laut von mir.

2. Kapitel

Sergeant Detective D. D. Warren war verrückt auf All-you-can-eat-Buffets. Es ging ihr dabei weniger um Spachtelmassen wie Pasta oder darum, besonders viel vom Braten zu ergattern. Nein, mit den Jahren hatte sie sich eine sehr viel feiner abgestimmte Strategie angeeignet: Phase eins, die Salatbar. Nicht, dass sie ein Fan von Eisbergsalat gewesen wäre. Weil sie jedoch als alleinstehender Workaholic Ende dreißig im eigenen Kühlschrank eher Essen vorfand, dessen Haltbarkeitsdatum abgelaufen war, und auch nicht an Skorbut erkranken wollte – was sie mit ihren Essgewohnheiten durchaus riskierte –, bestand der erste Gang also in der Regel aus frischem Grünzeug.

Phase zwei: dünngeschnittenes Fleisch. Truthahn war okay, Schinken mit Honigkruste schon eine klare Steigerung, Roastbeef eindeutig die Krönung. Sie mochte es kirschrot in der Mitte und vor Blut triefend. Wenn ihr Fleisch, von der Gabel aufgespießt, nicht zuckte, hatte jemand in der Küche ein Verbrechen begangen.

Sie aß es allerdings trotzdem. Allzu viel durfte man von All-you-can-eat-Buffets eben nicht erwarten.

Also ein bisschen Salat, danach ein paar dünngeschnittene Scheiben Roastbeef. Ignorante Trottel hätten sich daraufhin unweigerlich für Kartoffeln als Fleischbegleiter entschieden. Ausgeschlossen! Als Sättigungsbeilage eigneten sich viel eher mit Cracker-Bröseln panierte Petersfischfilets, vielleicht drei oder vier Jakobsmuscheln und natürlich eisgekühlte Shrimps. Aber auch sautiertes Gemüse käme in Frage, etwa eine kleine Portion von der Brechbohnen-Kasserolle mit knusprig gebratenen Zwiebeln obendrauf. Perfekt.

Das Dessert war natürlich ebenfalls eine sehr wichtige Etappe im Selbstbedienungsprocedere. Käsekuchen fiel in dieselbe Kategorie wie Kartoffeln und Pasta – Anfängerfehler, Finger weg! Besser war es, mit einer Cremespeise oder einem Früchtecocktail zu beginnen. Und für einen Wackelpudding blieb dann immer noch Platz. Oder auch für eine Mousse au Chocolat. Und eine Crème brulée. Mit Stachelbeeren garniert – der Hammer.

Ja, sie würde sich für Crème brulée entscheiden.

Schade nur, dass es erst sieben Uhr in der Frühe war und das einzig Essbare in ihrem Loft im North End ein Päckchen Mehl.

D. D. wälzte sich in ihrem Bett auf die Seite, spürte den Magen grummeln und versuchte sich einzureden, dass nur dieser Teil von ihr Hunger hatte.

Draußen hinter den Fenstern war der Morgen grau. Wieder so ein kalter, ungemütlicher Märztag. Normalerweise wäre sie schon auf den Beinen und auf dem Weg ins Präsidium, aber sie hatte gestern einen Fall abgeschlossen, mit dem sie intensive zwei Monate beschäftigt gewesen war: die Exekution eines aufstrebenden Drogendealers, abgeknallt aus einem vorbeifahrenden Auto. Bei der Schießerei hatte es auch eine Mutter erwischt, die zufällig mit zwei kleinen Kindern in der Nähe gewesen war – und das nur drei Straßenecken von der Bostoner Polizeidirektion in Roxbury entfernt, was bei aller Tragik einer Beleidigung gleichkam.

Die Presse stand kopf. Anwohner hatten Mahnwachen organisiert und für mehr Sicherheit auf den Straßen protestiert.

Prompt war auf Veranlassung des Polizeipräsidenten eine Taskforce eingerichtet worden, angeführt – wie hätte es anders sein können? – von D. D., denn eine hübsche Blondine würde von der Presse natürlich nicht annähernd so hart rangenommen werden wie ein Kollege im ausgebeulten Anzug.

D. D. hatte nichts dagegen gehabt. Wieso auch, dafür lebte sie schließlich. Blitzlichtgewitter, eine hysterische Öffentlichkeit und rotgesichtige Politiker. Nur zu. Sie steckte die Medienschelte weg, zog sich dann hinter verschlossene Türen zurück und trommelte ihr Team zusammen. Glaubte da tatsächlich irgend so ein Spinner, während ihrer Dienstzeit eine ganze Familie abknallen zu können? Von wegen.

Sie hatten eine Liste der üblichen Verdächtigen angelegt und gehörig Druck gemacht. Sechs Wochen später war es so weit. Sie stürmten eine verlassene Lagerhalle in Hafennähe und zerrten ihren Mann aus seinem dunklen Versteck ins grelle Sonnenlicht. Bei laufenden Kameras.

Sie und ihr Team waren für vierundzwanzig Stunden

Helden. Aber der nächste Vogel würde nicht lange auf sich warten lassen, und dann ging alles wieder von vorn los, das war der Lauf der Welt. Scheißen, wischen, abspülen. Und wieder scheißen.

Sie seufzte, warf sich von einer Seite auf die andere, fuhr mit der Hand über ihre besonders fadendichten Laken und seufzte wieder. Sie musste endlich aufstehen. Duschen. Wertvolle Zeit vergeuden, um Wäsche zu waschen und das Chaos in den Griff zu bekommen, das sich auf unerklärliche Weise ihrer Wohnung bemächtigt hatte.

Wieder dachte sie an das Buffet. Und an Sex, an heißen, wilden, aufreibenden Sex. Sie wollte mit den Händen einen steinharten Arsch packen. Sie wollte, dass sich Arme wie Stahlbänder um ihre Hüften schlangen. Sie wollte Bartstoppeln zwischen den Schenkeln scheuern spüren, während ihre Fingernägel diese kühlen weißen Laken in Fetzen rissen.

Verdammt noch mal. Sie warf die Decke zurück und verließ, nur mit T-Shirt und Höschen bekleidet, frustriert das Schlafzimmer.

Sie würde in ihrer Wohnung aufräumen. Eine Runde joggen. Ein Dutzend Doughnuts essen.

Sie schaffte es in die Küche, kramte die Dose Espressobohnen aus dem Kühlschrank, fand die Kaffeemühle und machte sich an die Arbeit.

Sie war jetzt achtunddreißig – um Himmels willen –, eine engagierte Ermittlerin, die fast immer nur arbeitete, weshalb sie sich manchmal ein bisschen einsam vorkam, so ganz ohne einen strammen Gatten oder kleine Hosenscheißer auf allen vieren. Aber jetzt war es zu spät, um sich anders zu entscheiden.

Sie schüttete den frisch gemahlenen Espresso in den winzigen Goldtrichter und drückte den Schalter. Die Maschine fing zu fauchen an. Der Duft beruhigte sie ein wenig. Sie machte sich daran, Milch aufzuschäumen.

Das Loft in North End hatte sie vor drei Monaten gekauft. Es war eigentlich viel zu chic für einen Cop und für sie nur dank des implodierenden Wohnungsmarktes von Boston erschwinglich gewesen. Spekulanten hatten gebaut, aber der Markt zog nicht mit. Plötzlich bot sich auch einfachen Arbeitern wie D. D. die Chance auf ein gutes Leben. Die Wohnung gefiel ihr. Offen, luftig, minimalistisch. Und wenn sie denn einmal zu Hause war, fand sie, dass es doch ganz schön wäre, häufiger zu Hause zu sein. Nicht wirklich, nur in Gedanken.

Mit der fertig zubereiteten Latte macchiato trat sie an die Fensterfront über der geschäftigen Seitenstraße. Immer noch unruhig, wie aufgedreht. Sie mochte den Ausblick auf die Straße voller Menschen, die es eilig hatten. Jede Menge individuelle Geschichten mit kleinen Dringlichkeiten. Niemand konnte sie sehen, geschweige denn auf irgendeine Gefälligkeit anhauen. Na bitte, sie hatte dienstfrei, und doch ging das Leben weiter. Keine schlechte Lektion für eine Frau wie sie.

Sie blies in den Berg aus Milchschaum, nippte an der Tasse und spürte, wie sich die innere Spannung noch ein bisschen mehr entknotete.

Sie hätte nicht zu dieser Hochzeit gehen sollen. Punkt.

Eine Frau ihres Alters sollte alle Hochzeiten und Babypräsentationen boykottieren.

Verfluchter Bobby Dodge. Am Jawort hatte er sich tatsächlich fast verschluckt. Und Anabelle – unanständig reizend in ihrem schulterfreien weißen Brautkleid – hatte tatsächlich geweint. Und dann tappte Bella, die Hündin, mit zwei goldenen Bändern, zu einer Riesenschleife um das Halsband gewickelt, durch den Mittelgang nach vorn.

Wie zum Teufel sollte man da nicht ein bisschen emotional reagieren? Vor allem wenn Musik gespielt wurde und alle auf Etta James' »At Last« zu tanzen anfingen – bis auf einen selbst, weil man vor lauter Arbeit nicht rechtzeitig einen Tanzpartner gefunden hatte.

D. D. trank mehr von ihrer Latte, stierte hinab auf das geschäftige kleine Treiben und grämte sich.

Bobby Dodge war verheiratet. Er hatte jemand Besseres gefunden als sie, und damit war der Fall erledigt. Er war verheiratet, und sie …

Verdammt, sie wollte flachgelegt werden.

D. D. hatte sich gerade ihre Laufschuhe zugebunden, als das Handy klingelte. Sie schaute auf das Display, krauste die Stirn und hielt den Apparat ans Ohr.

»Sergeant Warren«, meldete sie sich, kurz angebunden.

»Guten Morgen, Sergeant. Hier Detective Brian Miller, Revier C-6. Tut mir leid, wenn ich störe.«

D. D. zuckte mit den Achseln und wartete. Weil aber der Detective nicht sofort nachlegte, fragte sie: »Wie kann ich Ihnen helfen, Detective Miller?«

»Tja, da wäre etwas …« Es wurde wieder still in der Leitung, und wieder wartete D. D.

Das Revier C-6 war die für den Süden der Stadt zuständige Dienststelle des Bostoner Police Departments. Als Sergeant des Morddezernats hatte D. D. kaum mit Detectives vom C-6 zu tun. South Boston war kein besonders heißes Pflaster. Diebstahl, Einbruch, Raub, so etwas gab es, ja. Aber nur selten Mord und Totschlag.

»Um fünf Uhr heute Morgen ist ein Anruf bei uns eingegangen«, erklärte Miller schließlich. »Von einem Ehemann, der angab, nach Hause gekommen zu sein und festgestellt zu haben, dass seine Frau weg ist.«

D. D. setzte sich auf den Stuhl und hob eine Braue. »Er ist um fünf nach Hause gekommen?«

»Um fünf hat er angerufen. Sein Name ist Jason Jones. Sagt Ihnen das was?«

»Sollte es?«

»Er arbeitet als Reporter für den *Boston Daily.* Deckt den Lokalbereich für South Boston ab und schreibt längere Artikel über das, was im Stadtrat oder in Ausschüssen passiert. Anscheinend arbeitet er hauptsächlich nachts. Am Mittwoch ging's um die städtische Wasserversorgung. Dann wurde er zu einem Hausbrand gerufen. Wie auch immer, gegen zwei in der Nacht hat er das Büro verlassen und ist nach Hause zurückgekehrt. Seine vierjährige Tochter fand er schlafend in ihrem Zimmer vor, aber seine Frau war verschwunden.«

»Verstanden.«

»Die Kollegen, die als Erste vor Ort waren, haben sich

routinemäßig umgesehen«, fuhr Miller fort. »Das Auto der Vermissten steht vor dem Haus, ihre Handtasche und die Hausschlüssel liegen auf dem Küchentresen. Keinerlei Spuren gewaltsamen Eindringens, aber oben im Schlafzimmer ist eine Nachttischlampe zerbrochen, und eine blau-grüne Steppdecke scheint zu fehlen.«

»Okay.«

»Dem ersten Anschein nach hat eine Mom ihr Kind alleingelassen. Die Kollegen vor Ort haben Meldung erstattet. Und meinen Boss informiert. Wir haben daraufhin die ganze Nachbarschaft abgegrast, in sämtlichen Geschäften nachgefragt, Freunde und Verwandte aufgesucht und so weiter und so fort. Um es kurz zu machen, es hat sich bislang kein einziger Hinweis ergeben.«

»Ist keine Leiche aufgetaucht?«

»Nein, Ma'am.«

»Blutspritzer? Fußabdrücke, kollaterale Schäden?«

»Nur die kaputte Nachttischlampe.«

»Ist das ganze Haus durchsucht worden? Speicher, Keller, Zwischenböden?«

»Wir bemühen uns.«

»Was soll das heißen?«

»Der Ehemann ist … nicht besonders kooperativ.«

»Blödsinn.« Und plötzlich hatte D. D. eine Antwort auf die Frage, warum ein Bezirkspolizist wegen einer vermissten Frau eine Mitarbeiterin des Morddezernats anrief. Und warum diese Mitarbeiterin nun ihr Jogging streichen konnte. »Diese Mrs Jones ist nicht zufällig jung, weiß und gut aussehend?«

»Dreiundzwanzig Jahre alt, blond und Lehrerin. Mit einem Lächeln, das jeden Fernseher aufleuchten lässt.«

»Bitte sagen Sie jetzt nicht, dass Sie all das auch über Funk durchgegeben haben.«

»Warum habe ich wohl Ihr Handy angewählt?«

»Wie lautet die Adresse? Geben Sie mir zehn Minuten, Detective Miller. Bin gleich zur Stelle.«

D. D. ließ die Laufschuhe im Wohnzimmer zurück, die Turnhose im Flur und das Sporthemd im Schlafzimmer. Jeans, ein weißes, vorn zugeknöpftes Top, ein Paar Lederstiefel, und sie war fertig für draußen. Sie klippte den Pager an den Gürtel, hängte sich ihre Ausweise um den Hals und steckte das Handy in die Gesäßtasche.

Eine letzte kurze Pause vor der Garderobe, wo sie ihre Lieblingsjacke aus karamellfarbenem Leder vom Bügel nahm.

Und schon war Sergeant Warren unterwegs zur Arbeit, die sie liebte.

South Boston hat selbst für Bostoner Maßstäbe eine lange, bunte Geschichte. Mit dem Bankenviertel auf der einen und dem blauen Meer auf der anderen Seite ist dieser Stadtteil so was wie ein malerisches Fischernest mit allen Annehmlichkeiten großstädtischen Lebens. Ursprünglich stammten die Anwohner eher vom unteren Ende der gesellschaftlichen Skala. Einwanderer, hauptsächlich aus Irland, hausten in verlausten Mietskasernen – bis zu dreißig Personen in einem Raum –, schliefen auf Stroh und teilten sich einen Eimer als Latrine. Das Leben war hart, von Krankheit und Seuchen geplagt, und die Armut war jedermanns ständiger Begleiter.

Schnellvorlauf um hundertfünfzig Jahre: »Southie« war nunmehr weniger Wohngegend als ein *Way of Life.* Der brachte Whitey Bulger hervor, einen der berüchtigtsten Gangsterbosse Bostons, der während der Siebziger in der sozialen Randlage seine persönliche Spielwiese gefunden hatte, die eine Hälfte der Anwohnerschaft an die Nadel brachte und die andere in seinen Dienst stellte. Mit dem Viertel ging es aber dennoch weiter, Nachbarn kümmerten sich umeinander, und aus jeder Generation taffer Überlebenskünstler gingen neue taffe Überlebenskünstler hervor. Außenseiter blickten da nicht durch, aber das war den Southies nur recht so.

Unglücklicherweise ging dieser Stadtteilcharakter verloren. Als eines Jahres ein Großereignis am Hafen stattfand, kamen Heerscharen von Yuppies in die vergessene Gegend aus ärmlichen Wohnblocks und pockennarbigen Straßen und entdeckten das Meerpanorama, die vielen Grünflächen und guten katholischen Schulen. Zehn Minuten von der Stadtmitte Bostons entfernt gab es hier eine Gegend, in der sich samstags morgens eigentlich nur eine Frage stellte: ob man nach rechts in den Park oder nach links zum Strand gehen sollte.

Unnötig zu erwähnen, dass diese Leute bald ihre Immobilienmakler fanden, und ehe man sich's versah, entstanden millionenteure Eigentumsapartments am Wasser, während die alten dreistöckigen Wohnhäuser Preise erzielten, die einen schwindelig machten.

Die Gemeinde in South Boston veränderte sich grundlegend – sowohl was die ökonomischen Verhältnisse betraf als auch die ethnische Zusammensetzung. Gleich blieben die großen Parks und baumgesäumten Straßen. Zu den irischen Pubs kamen schicke Cafés hinzu. Und zu den kinderreichen Familien mischten sich aufstrebende Singles. Ein angenehmes Wohnviertel, wenn man sich denn hier früh genug eingekauft hatte.

D. D. ließ sich von ihrem GPS zu der Adresse lotsen, die ihr Detective Miller genannt hatte, und stand schließlich in Ufernähe vor einem hübschen kleinen Haus, braun und cremefarben gestrichen, mit einem winzigen Rasen davor und überragt von einem noch kahlen Ahornbaum. Zwei Gedanken drängten sich ihr gleichzeitig auf. *Ein Landhaus in Boston?* Und: *Tüchtig, dieser Detective Miller!* Seit der Meldung waren fünfeinhalb Stunden vergangen, aber nichts deutete hier auf ein Verbrechen hin, keine gelben Bänder, die den Tatort abgrenzten, keine Streifenwagen und, besser noch: keine Presse. Haus und Straße lagen ruhig da. Die sprichwörtliche Ruhe vor dem Sturm.

D. D. fuhr dreimal um den Block, bevor sie schließlich ein paar Straßen weiter unten parkte. Wie Miller wollte auch sie Aufsehen vermeiden.

Die Fäuste in den Taschen und mit eingezogenen Schultern, um sich vor der Kälte zu schützen, ging sie zu Fuß zurück und sah den Kollegen im Vorgarten auf sie warten. Er war kleiner als erwartet, hatte schütteres braunes Haar und einen Siebziger-Jahre-Schnauzbart. Seinem

Erscheinungsbild nach war er bestens geeignet, verdeckt zu ermitteln, ganz unauffällig. Niemand würde ihn zur Kenntnis nehmen, geschweige denn bemerken, dass er herumschnüffelte. Außerdem hatte er die bleiche Hautfarbe eines Mannes, der die meiste Zeit unter Neonleuchten zubrachte. Ein typischer Bürohengst, dachte D. D., musste aber sogleich ihr Urteil revidieren.

Miller kam über den Rasen auf sie zu und schloss sich ihr an. Im Gleichschritt schlenderten beide weiter. Polizeiarbeit hatte manchmal auch ein bisschen was von Schauspielerei. Heute mimten sie ein Paar beim Morgenspaziergang. Millers zerknitterter brauner Anzug war für einen solchen Anlass vielleicht ein wenig zu vornehm, D. D. hingegen sah in der engen Hose und ihrer Lederjacke einfach umwerfend aus.

»Sandra Jones arbeitet in der Mittelschule«, begann Miller. Er sprach leise und gehetzt. »Gemeinschaftskunde, sechste Klasse. Zwei Kollegen sind noch vor Ort und stellen Fragen, aber es scheint, dass niemand etwas von ihr gehört hat, seit sie gestern gegen halb vier die Schule verließ. Wir haben in der näheren Umgebung sämtliche Geschäfte und Kneipen abgeklappert. Nichts. Die Spüle ist voller Geschirr, auf dem Küchentisch liegen ihre Handtasche und ein Stapel korrigierter Klassenarbeiten. Laut Auskunft des Ehemanns macht sich Sandra immer erst dann an ihre Arbeit, wenn sie ihre Tochter um acht ins Bett gebracht hat. Wir gehen davon aus, dass sie mit ihrer Tochter mindestens bis halb neun, neun zu Hause war. Auf ihrem Handy sind nach sechs keine ein- oder ausgehenden Anrufe aufgelistet. Ob übers Festnetz telefoniert wurde, wird gerade überprüft.«

»Gibt es Großeltern, Tanten, Onkel, Cousins?«, fragte D. D. Die Sonne hatte sich endlich durch die graue Wolkendecke gebrannt, doch es blieb kalt, und der Wind, der vom Meer herbeiwehte, drang ihr durch die Lederjacke.

»Nein, nur ihr Vater. Lebt in Georgia, die beiden haben sich allerdings ziemlich entfremdet. Der Ehemann wollte nichts Näheres dazu sagen. Nur dass diese alte Geschichte für ihr Verschwinden ohne Belang sei.«

»Nett, dass der Gatte uns das Denken abnimmt. Haben Sie sich mit dem Vater in Verbindung gesetzt?«

»Ich hätte es getan, wenn ich wüsste, wie er heißt.«

»Hat der Ehemann den Namen nicht genannt?« D. D. war verblüfft.

Miller schüttelte den Kopf. Auch er hatte die Hände in den Hosentaschen vergraben und atmete dünne Dampfwölkchen aus. »Sie werden ihn noch kennenlernen. Machen Sie sich auf was gefasst. Haben Sie schon mal diese TV-Serie gesehen, die im Krankenhaus spielt?«

»*Emergency Room?*«

»Nein. Kommt mehr Sex drin vor.«

»*Grey's Anatomy?*«

»Genau die. Wie war noch gleich der Name dieses Arztes? McDuff, McDevon …«

»McDreamy?«

»Stimmt. Mr Jones könnte ein Zwillingsbruder sein. Der gleiche Dreitagebart und dieses Gefransel auf dem Kopf. Ich kann's mir schon lebhaft vorstellen, wenn der auf den Titelseiten erscheint, wird er mehr Fanpost bekommen als Scott Peterson. Schätze, uns bleiben noch rund zwanzig Stunden. Entweder Sandra Jones ist bis dahin gefunden, oder wir sind am Arsch.«

D. D. seufzte. Die beiden hatten das Ufer erreicht und bogen nach rechts. »Männer sind nicht zurechnungsfähig«, murmelte sie ungeduldig. »Mittlerweile kommt im Wochenrhythmus irgendein gut aussehender, vom Leben verwöhnter Typ daher und versucht seine Eheprobleme zu lösen, indem er seine Frau umbringt und behauptet, sie sei verschwunden. Und sofort stürzt sich die Presse darauf –«

»Wir haben eine Wette laufen. Fünf zu eins auf Nancy Grace, vier zu eins auf Greta Van Susteren.«

D. D. warf ihrem Kollegen einen schiefen Blick zu. »Woche für Woche das gleiche Spiel. Die Polizei stellt eine Sondereinheit auf die Beine, Freiwillige durchkämmen die Wälder, die Küstenwache siebt den Hafen durch, und was dann?«

Miller schaute sie fragend an.

»Die Leiche der Frau wird gefunden, und der Ehemann landet zwanzig Jahre bis lebenslänglich im Knast. Sollte man nicht meinen, dass inzwischen mindestens einer dieser Typen begriffen hat, dass es besser ist, eine altmodische Scheidung durchzuziehen?«

Miller hatte dazu nichts zu sagen.

D. D. seufzte wieder und fuhr sich mit der Hand durchs Haar. »Na schön, was sagt Ihr Bauch? Glauben Sie, die Frau ist tot?«

»Wahrscheinlich«, antwortete Miller geradeheraus. »Zerbrochene Lampe, fehlende Steppdecke. Vermutlich ist darin die Leiche eingewickelt und weggeschafft worden. Und weil solche Decken schön saugfähig sind, haben wir kein Blut gefunden.«

»Glauben Sie, der Ehemann war's?«

Miller zog ein zusammengefaltetes gelbes Blatt Papier aus der Innentasche seines braunen Sportjacketts und reichte es ihr. »Das wird Ihnen gefallen. Der Ehemann war zwar, wie gesagt, nicht gerade kooperativ, hat uns aber erklärt, wo und wie er den gestrigen Abend zugebracht hat, und darüber hinaus auch gleich Namen und Telefonnummern von Personen genannt, die dies bezeugen können.«

»Donnerwetter, das nenne ich umsichtig.« D. D. faltete das Blatt auseinander und überflog die Liste der Namen. An erster Stelle stand *Larry Wade, Brandschutzmeister*, dann *James McConnagal, Massachusetts State Police.* Es folgten drei weitere Namen von Kollegen der Bostoner Polizei. D. D. traute ihren Augen nicht. Vor Wut fingen ihre Hände zu zittern an. »Was ist dieser Typ noch mal von Beruf?«

»Reporter. Bei der *Boston Daily.* Letzte Nacht ist ein Haus abgebrannt. Er behauptet, da gewesen zu sein, um zu berichten, zusammen mit all diesen ehrenwerten Herren.«

»Na wunderbar. Haben Sie schon bei einem von denen nachgefragt?«

»Nein, ich weiß doch ohnehin, was sie sagen werden.«

»Dass sie ihn gesehen, aber nicht weiter auf ihn geachtet haben«, führte D. D. aus. »Da stand ja schließlich ein Haus in Flammen, und alle waren fleißig im Einsatz. Vielleicht hat er diese Leute um ein Statement gebeten, um sich ein Alibi zu verschaffen, und ist dann unbemerkt verschwunden …«

»Mag sein. Ein besseres Alibi gibt's kaum. Es wird von einem halben Dutzend unserer eigenen Leute bestätigt. Sie haben ihn gesehen. Ob er auch die ganze Zeit über vor Ort war, steht auf einem anderen Blatt. Und was heißt das?« Miller fuchtelte mit dem ausgestreckten Zeigefinger herum. »Lassen Sie sich von Mr Jones nicht an der Nase herumführen. Er sieht nicht nur gut aus, sondern scheint auch was auf dem Kasten zu haben. Unfair, wie Vorzüge verteilt sind.«

D. D. reichte ihm das Blatt Papier zurück. »Berät er sich mit einem Anwalt?« Sie hatten die Straßenecke erreicht und machten in stummem Einverständnis kehrt. Der Wind blies jetzt von vorn und schleuderte ihnen die scharfe Feuchtigkeit vom Meer ins Gesicht.

»Noch nicht. Er weigert sich schlichtweg, auf unsere Fragen zu antworten.«

»Haben Sie ihn vorgeladen?«

»Ja, aber er verlangt einen richterlichen Beschluss.«

D. D. zog die Augenbrauen zusammen. Dieser McDreamy war in der Tat nicht auf den Kopf gefallen. Zumindest wusste er um seine Rechte besser Bescheid als der Durchschnitt. Interessant. Sie senkte den Kopf und wandte ihr Gesicht vom Wind ab. »Keine Spuren gewaltsamen Eindringens?«

»Nein. Und was halten Sie davon: Sowohl Eingangs- als auch Hintertür sind aus Stahl.«

»Tatsächlich?«

»Ja. Mit Doppelzylinder. Oh, und fast alle Fenster sind zusätzlich mit Sperrbügeln abgesichert.«

»Wie bitte? Und was sagt Mr Jones dazu?«

»Auch auf diese Frage hat er nicht geantwortet.«

»Gibt es eine Alarmanlage? Videoüberwachung vielleicht?«

»Zweimal nein. Auch keine Nanny Cam. Ich habe mich erkundigt.«

Sie näherten sich jetzt dem Haus, jenem hübschen Fünfziger-Jahre-Landhaus, das wie Fort Knox befestigt zu sein schien.

»Stahltüren«, murmelte D. D. »Keine Videoüberwachung. Da fragt man sich, was das soll. Schutz vor Einbrechern oder Ausbrechern?«

»Glauben Sie, die Frau wurde missbraucht?«

»Soll vorkommen. Sie sagten, da sei noch ein Kind.«

»Ein Mädchen von vier Jahren. Clarissa Jane Jones, genannt Ree.«

»Schon mit ihr gesprochen?«

Miller zögerte. »Sie hat die ganze Zeit über auf dem Schoß ihres Vaters gesessen und wirkte ziemlich verschüchtert. Er hätte mit Sicherheit nicht zugelassen, dass ich allein mit ihr rede, also hab ich's gar nicht erst versucht. Nachzubohren lohnt sich erst, wenn wir ein paar Informationen mehr haben.«

D. D. nickte. Kinder zu befragen war heikel. Manche

Kollegen verstanden sich darauf, andere nicht, und zu Letzteren zählte offenbar auch Miller. Wohl unter anderem auch deshalb gehörte D. D. einer höheren Besoldungsgruppe an.

»Steht Jones unter Aufsicht?«, fragte sie. Die beiden stiegen ein paar Stufen hinauf und gelangten vor eine grüne Fußmatte, auf der in blauen Lettern und von gelben Blumen umkränzt das Wort *Willkommen* stand. Die hat wahrscheinlich das kleine Mädchen ausgesucht, dachte D. D.

»Vater und Tochter sind im Wohnzimmer, zusammen mit einem Kollegen, der auf sie aufpasst. Mehr ist momentan nicht drin.«

»Momentan«, wiederholte sie, immer noch den Blick auf die Fußmatte gerichtet. »Sie haben das ganze Haus durchsucht?«

»Zu neunzig Prozent.«

»Auch die Autos?«

»Ja.«

»Außengebäude?«

»Ja.«

»Geschäfte, Nachbarn, Freunde, Verwandte, Kollegen – überall umgehört?«

»Wir sind dabei.«

»Und von Sandra Jones immer noch keine Spur.«

Miller warf einen Blick auf seine Armbanduhr. »Wir suchen seit ungefähr sechs Stunden, bislang vergeblich.«

»Aber im Schlafzimmer deutet einiges auf ein Verbrechen hin. Wir haben in der vierjährigen Tochter eine potenzielle Zeugin und in Sandras Ehemann, dem Journalisten, einen potenziellen Täter. Ist das so richtig zusammengefasst?«

»In etwa.« Miller deutete auf die Eingangstür und verriet einen ersten Hinweis auf Ungeduld. »In welcher Reihenfolge wollen Sie vorgehen? Haus, Ehemann oder Kind?«

D. D. legte die Hand auf den Türknauf. Ihr Bauchgefühl hatte eine Antwort. Trotzdem wollte sie sich die Frage noch mal durch den Kopf gehen lassen. Die ersten Stunden nach Eingang einer Meldung, die offenließ, ob ein Verbrechen vorlag oder nicht, waren entscheidend für jede Ermittlung. Es gab womöglich Verdachtsmomente, aber keine klaren Indizien, auffällige Personen vielleicht, aber keine Hauptverdächtigen. Also kein Ende, an dem man den Fall zu fassen bekam.

D. D. seufzte. Ihr war klar, dass sie so bald nicht würde nach Hause zurückkehren können, und in diesem Wissen traf sie ihre Wahl.

3. Kapitel

Ich erkenne Cops auf den ersten Blick. So ist das mit den besonderen Talenten. Andere können beim Pokern enorm gut bluffen – ich bin gut im Erkennen von Cops.

Der erste in Zivil fiel mir beim Frühstück auf. Ich hatte mir gerade eine Schale Rice Crispies zurechtgemacht und lehnte an dem stumpfen Resopaltresen, um zu essen. Mit Blick durch das winzige Fenster über der Spüle sah ich ihn, hübsch eingerahmt von Gardinenspitze: männliches Subjekt, weiß, circa eins fünfundsiebzig, dunkle Haare, dunkle Augen. Er ging auf der anderen Straßenseite Richtung Süden, trug schlichte Chinos, ein Sportsakko, das nach Tweed aussah, und ein blaues Oberhemd. Die dunkelbraunen Schuhe waren auf Hochglanz poliert und hatten dicke schwarze Gummisohlen. In der rechten Hand hielt er ein kleines Notizbuch mit Spiralrücken.

Ein Cop.

Ich nahm einen Löffel Crispies, kaute, schluckte und nahm wieder einen Löffel.

Der zweite Typ tauchte ungefähr anderthalb Minuten später auf. Größer – an die eins fünfundachtzig, mit kurzgeschnittenem blondem Haar und feistem Kinn von der Sorte, auf die weniger stabile Typen wie ich unwillkürlich draufhauen wollen. Er trug eine ähnliche Hose, ein ähnliches Sportjackett und ein weißes Oberhemd. Kollege Nummer zwei arbeitete sich auf meiner Straßenseite entlang.

Dreißig Sekunden später klopfte er an meine Tür.

Ich kaute, schluckte und nahm einen neuen Löffel.

Um sechs Uhr fünf geht mein Wecker, jeden Morgen von Montag bis Freitag. Ich stehe auf, dusche, rasiere mich, steige in eine alte Jeans und ziehe ein altes T-Shirt über. Ich gehöre zu denen, die keine Shorts, sondern enge Unterhosen tragen. Außerdem bevorzuge ich kniehohe weiße Fußballersocken mit dunkelblauen Bündchen am Saum. So ist es immer gewesen und wird es immer sein.

Sechs fünfunddreißig: Ich bin fertig mit den Rice Crispies, spüle Schale und Löffel und lege sie zum Trocknen auf das verschossene grüne Geschirrtuch, das neben der Spüle aus Edelstahl ausgebreitet liegt. Sechs fünfzig: Ich gehe zur Arbeit in die Kfz-Werkstatt, wo ich einen ölverschmierten blauen Overall anziehe und unter ein Auto krieche. Ich bin handwerklich geschickt und finde darum überall Arbeit. Aber mein Platz ist unter einem Auto. Mit Kunden will ich nichts zu tun haben, so etwas liegt mir einfach nicht.

Ich arbeite bis sechs und habe mittags eine Stunde Pause. Ein langer Tag mit Überstunden, aber nur so komme ich auf meinen Schnitt, und, wie gesagt, ich bin geschickt mit den Händen und rede nicht viel, weshalb ich mit meinen Bossen in der Regel gut auskomme. Nach der Arbeit gehe ich nach Hause. Zum Abendessen mache ich mir meistens Ravioli warm. Dazu eine Folge *Seinfeld*. Gegen zehn dann ab ins Bett.

Aus gehe ich nie. Ich besuche keine Bars und sehe mir auch keine Filme mit Freunden im Kino an. Ich esse, schlafe und arbeite. Für mich ist jeder neue Tag genau so wie der davor. Ein Leben ist das wohl nicht. Eher ein Existieren.

Die Psychos haben einen Begriff dafür: *als-ob-normal*.

Wie man anders leben könnte, weiß ich nicht.

Ich nehme einen weiteren Löffel Crispies, kaue, schlucke und wiederhole das Ganze.

Es klopft wieder an der Tür.

Das Licht ist ausgeschaltet. Meine Vermieterin, Mrs H., ist in Florida bei ihren Enkeln, und nur für mich allein hat es keinen Sinn, Strom zu verschwenden.

Ich stelle die Schale mit dem Rest aufgeweichter Crispies ab. In diesem Moment gibt der Cop auf. Ich wechsele auf die andere Seite der Küche und sehe ihn, vorsichtig durchs Fenster spähend, zum Nachbarn gehen und an dessen Tür klopfen.

Routineermittlung. Die Cops klappern die Straße ab. Und sie kamen von Norden. Offenbar ist dort, vielleicht auf dieser Straße, etwas passiert.

Mir fällt etwas ein, woran ich eigentlich gar nicht erinnert werden will, was ich aber trotzdem im Hinterkopf habe, seit dieser Alarm losging und ich ins Badezimmer gegangen bin, um auf mein Spiegelbild über dem Waschbecken zu stieren. Dieses Geräusch, das zu hören war, als ich letzte Nacht den Fernseher ausmachte. Was ich womöglich weiß, ohne es wissen zu wollen, was mir aber jetzt nicht mehr aus dem Kopf geht.

Mir ist der Appetit vergangen. Ich setze mich auf den Küchenstuhl.

Achtzehn Minuten vor sieben. Normal tun ist heute wohl nicht drin.

Heute wird es richtig abgehen.

Mir fällt es schwer zu atmen. Mein Herz rast, meine Hände schwitzen. Und mir geht so vieles gleichzeitig durch den Kopf, dass ich ganz schwindlig werde und jemanden stöhnen höre, was mich durcheinanderbringt, bis mir auffällt, dass ich es selbst bin, der stöhnt.

Ihr Lächeln, ihr süßes, süßes Lächeln. Wie sie zu mir aufblickt, als wäre ich drei Meter groß, als könnte ich die Weltkugel auf meiner Hand tragen.

Und dann laufen ihr Tränen übers Gesicht. »Nein, nein, nein. Bitte, Aidan, aufhören. Nein …«

Die Cops werden wiederkommen. Früher oder später. Zu zweit oder zu dritt, vielleicht mit einer Spezialeinheit, die das Haus stürmt. Allein dafür existieren Typen wie ich: Jede Gemeinde hat einen Schurken, und da hilft es auch nichts, normal zu tun.

Ich muss nachdenken. Einen Plan fassen. Die Kurve kratzen.

Aber wohin? Für wie lange? So viel Geld habe ich nicht …

Ich versuche, meinen Atem zu kontrollieren. Mich zu beruhigen. Mir einzureden, dass alles in Ordnung ist. Ich halte mich doch ans Programm. Kein Alkohol, keine

Zigaretten, kein Internet. Ich besuche regelmäßig meine Treffen und bin sauber.

Normal leben, normal sein, richtig?

All das hilft nicht. Ich falle in alte Gewohnheiten zurück, muss das zur Kenntnis nehmen, wovon ich weiß, dass es wirklich zutrifft.

Ich kann verdammt gut lügen, insbesondere Polizisten gegenüber.

D. D. fing in der Küche mit ihrer Durchsuchung an. Wenn sie den Kopf nach links drehte und durch die Tür blickte, konnte sie den Mann sehen, der auf dem dunkelgrünen Sofa saß, mit einer bunten afghanischen Decke im Rücken. Jason Jones rührte sich nicht, ebenso wenig wie das Kind mit Lockenkopf, das er an seine Brust drückte, seine Tochter Ree. Sie schien eingeschlafen zu sein.

D. D. achtete darauf, den Blick nicht allzu lange auf den beiden ruhen zu lassen. In dieser frühen Phase der Ermittlungen wollte sie sich nicht in den Vordergrund spielen. Millers Vermutung traf zu: Sie hatten es mit einem intelligenten Mann mit Kontakten zu tun, der seine Rechte kannte. Um ihm oder der vierjährigen mutmaßlichen Zeugin irgendwelche brauchbaren Hinweise zu entlocken, musste sie behutsam vorgehen.

Sie konzentrierte sich auf die Küche.

Die Küche hatte, wie das Haus insgesamt, den epochalen Charme der Fünfziger bewahrt, zeigte aber auch deutlich ihr Alter. Das schwarz-weiße, in Schachbrettmuster verlegte Linoleum war an vielen Stellen abgewetzt. Die

Küchengeräte, von manchen vielleicht als retro bewundert, machten auf D. D. einen uralten Eindruck. Der Raum war sehr klein. Die geschwungene Arbeitsplatte in der Mitte, die auch als Esstheke diente, war gerade noch so groß, dass zwei mit rotem Vinyl bezogene Hocker davor Platz fanden. Vor dem Fenster stand ein kleiner Esstisch, der als solcher aber offenbar nicht verwendet wurde, da er von einem Computer belegt war.

Interessant, fand D. D. Eine dreiköpfige Familie, aber Sitzmöglichkeiten nur für zwei. Ob dieses Detail bereits etwas aussagte über die Dynamik innerhalb der Familie?

Die Küche schien gepflegt zu sein. Die Arbeitsflächen waren abgewischt, die Geräte standen in Reih und Glied vor dem schwarz-weißen Fliesenspiegel. Die Ordnung wirkte aber nicht pedantisch. In der Spüle befand sich noch schmutziges Geschirr, und im Abtropfgestell standen Teller und Tassen, die noch darauf warteten, in die Schränke eingeräumt zu werden. Über dem Herd hing eine alte Uhr mit Gabel und Löffel als Zeiger, während blassgelbe Vorhänge mit aufgedruckten Spiegeleiern den oberen Teil des Fensters zierten. Altmodisch, aber heimelig. Hier hatte sich jemand bei der Einrichtung viel Mühe gegeben.

D. D. sah ein rotkariertes Geschirrtuch an einem Haken hängen und beugte sich nach vorn, um daran zu schnuppern. Miller warf ihr einen irritierten Blick zu, doch sie zuckte nur mit den Achseln.

Zu Beginn ihrer beruflichen Laufbahn war sie mit einem Misshandlungsfall betraut worden; ein herrischer Ehemann mit Namen Pat Daley hatte seine Frau Joyce gezwungen, das Haus Tag für Tag mit militärischer Präzision sauber zu machen. D. D. erinnerte sich noch an den beißenden Gestank von Ammoniak, der ihr Tränen in die Augen getrieben hatte, als sie von Zimmer zu Zimmer gegangen und schließlich – wie hätte es anders sein können? – in einen Raum gelangt war, wo es nicht mehr nach Ammoniak stank, sondern ganz widerlich nach getrocknetem Blut. Die gute alte Joyce hatte anscheinend das Bett nicht sorgfältig genug bezogen und war von Pat daraufhin so übel zugerichtet worden, dass sie Blut pinkelte, und als sie glaubte, sterben zu müssen, hatte sie die Flinte aus dem Truck ihres Gatten geholt und es vorsorglich so eingerichtet, dass er ihr ins Jenseits folgte.

Joyce hatte den von den Faustschlägen ihres Mannes verursachten Nierenschaden überlebt. Nicht so Pat, dem von der Flinte ein Großteil des Gesichts weggerissen worden war.

Die Küche machte einen normalen Eindruck auf D. D. Nichts deutete auf einen zwanghaften Putz- oder Ordnungsfimmel hin. Hier hatte eine Hausfrau Abendessen gemacht, und die mit Ketchupresten bekleckerten Teller standen noch in der Spüle.

D. D. fasste nun die schwarze Ledertasche ins Auge, die auf dem Küchentresen lag. Wortlos bekam sie von Miller ein Paar Latexhandschuhe gereicht. Sie nickte dankbar und fing an, den Inhalt der Handtasche zu begutachten.

Als Erstes nahm sie sich das Handy von Sandra Jones vor. Da auch deren Ehemann ohne weiteres darauf hätte zugreifen können, zögerte sie nicht lange und schaute die gespeicherten SMS und Anruflisten durch. Dabei fiel ihr auf, dass für eine der Nummern der Name HOME eingetragen war. Eine Mom will wissen, was die Tochter zu Hause treibt, zweifelsohne. Die zweithäufigst gewählte Nummer war JASON MOB. Eine Ehefrau will wissen, was der Gatte treibt.

Ohne Passwort kam man nicht in die Mailbox. Egal. Miller würde sich mit dem Betreiber in Verbindung setzen und die Nachrichten wie auch alle anderen Einträge von deren Datenbank abrufen lassen. Für polizeiliche Ermittlungen eine prima Informationsquelle, über die sich auch in Erfahrung bringen ließ, mit wem und von wo aus Sandra zuletzt telefoniert hatte.

Außer dem Handy enthielt die Handtasche drei verschiedene Lippenstifte in gedeckten Pinktönen, zwei Kugelschreiber, eine Nagelfeile, einen Müsliriegel, ein schwarzes Haargummi, eine Lesebrille, ein Portemonnaie mit zweiundvierzig Dollar, einen gültigen, in Massachusetts ausgestellten Führerschein, zwei Kreditkarten, drei Kundenkarten und eine, mit der sie in einer Buchhandlung Rabatt in Anspruch nehmen konnte. Schließlich zog D. D. noch ein kleines Notizbuch mit Spiralrücken hervor. Es enthielt Einkaufslisten sowie Memos für Besorgungen und Termine. D. D. legte das Büchlein als wichtigsten Fund beiseite, was Miller mit nickendem Einverständnis quittierte.

Neben der Handtasche lag ein großer Schlüsselbund. D. D. hielt ihn fragend in die Höhe.

»Der Autoschlüssel gehört zu dem grauen Volvo-Kombi, der in der Einfahrt steht. Zwei Schlüssel sind fürs Haus. Mit den vier übrigen Schlüsseln wissen wir noch nichts anzufangen. Vermutlich passt zumindest einer ins Türschloss ihres Klassenzimmers. Ich setze einen Kollegen darauf an.«

»Haben Sie schon im Kofferraum des Kombis nachgesehen?«

Miller schien von ihrer Frage ein bisschen verletzt zu sein. »Natürlich, Ma'am. Aber da ist nichts von Interesse.«

D. D. verzichtete auf eine Entschuldigung. Sie legte die Schlüssel ab und widmete sich den Klassenarbeiten, die mit roter Tinte fein säuberlich korrigiert waren. Sandra Jones hatte ihren Schülern die Aufgabe gestellt, auf einer halben Seite die Frage zu beantworten: »Als Gründer meines eigenen Dorfes würde ich als oberstes Gebot von allen Bewohnern verlangen, dass sie … Warum?«

Manche Schüler hatten nur einen oder zwei Sätze zustande gebracht. Zweien war es gelungen, fast eine ganze Seite zu füllen. Sandra Jones hatte jede Arbeit mit ein, zwei Kommentaren versehen und mit einer umkringelten Ziffer in der rechten oberen Ecke benotet. Ihre Handschrift war sehr weiblich, und einige wenige Schüler hatten sich Smileys verdient. Ein Fälscher, befand D. D., hätte an ein solches Detail bestimmt nicht gedacht. Es war also davon auszugehen, dass Sandra Jones an diesem Küchentisch gesessen und die Arbeiten korrigiert hatte, was sie laut Auskunft ihres Ehemannes immer erst dann zu tun pflegte, wenn die kleine Ree im Bett lag.

Gegen neun am Abend würde Sandra Jones demnach noch gelebt haben. Dann …

D. D. richtete den Blick auf den Computer, ein relativ neues Gerät von Dell, das auf dem kleinen roten Tisch am Fenster stand. Sie seufzte.

»Eingeschaltet?«, fragte sie hoffnungsvoll.

»Ich wollte mich nicht in Versuchung bringen«, antwortete Miller.

Eine heikle Angelegenheit, denn die Geheimnisse des Computers waren nur mit ausdrücklicher Genehmigung des Ehemanns zu lüften. Vielleicht ließ sich mit ihm verhandeln.

D. D. wandte sich der engen Stiege im hinteren Teil der Küche zu.

»War die Spurensicherung auch oben?«, fragte sie.

»Ja.«

»Wo steht deren Transporter?«

»Fünf Blocks entfernt, vor einer Kneipe. Ich komme mir vor wie ein Grünschnabel.«

»Schön. Haben die Kollegen die Treppe unter die Lupe genommen?«

»Als Erstes«, versicherte Miller. Dann fügte er hinzu: »Hören Sie, Sergeant, wir sind hier seit sechs Uhr in der Früh, zwischenzeitlich mit nicht weniger als zehn Kollegen, die das ganze Haus auf den Kopf gestellt haben, den Keller, sämtliche Schlafzimmer, Kleiderschränke, den Garten. Das Einzige, das für uns von Belang sein könnte, ist eine zerbrochene Nachttischlampe und eine Steppdecke, die nicht mehr da ist, wo sie sein sollte, nämlich im Elternschlafzimmer. Ich habe die Jungs von der Spurensicherung nach oben geschickt, um zu tun, wofür sie bezahlt werden, und den Rest der Truppe ausschwärmen lassen, damit sie Sandra Jones zurückholen oder zumindest herausfinden, was mit ihr passiert ist. Wir machen unseren Dienst nach Vorschrift, aber das hat uns noch nicht weit gebracht.«

D. D. seufzte wieder, legte ihre Hand aufs Geländer und stieg über schokoladenbraune Stufen nach oben.

Dort war es so gemütlich wie unten. D. D. duckte sich unwillkürlich, weil zwei alte Leuchter fast bis auf Kopfhöhe von der Decke herabhingen. Der Flur war mit Parkett ausgelegt und ebenso dunkelbraun getönt wie die Stufen. In den Ecken hatte sich Schmutz gesammelt. Ein paar feine Haare wirbelten unter ihren Füßen auf. D. D. tippte auf ein Haustier, das allerdings bislang unerwähnt geblieben war.

Sie blieb stehen und blickte zurück auf zahllose Fußabdrücke im Staub. Nur gut, dass die Spurensicherung schon alles aufgenommen hatte, dachte sie. Unwillkürlich krauste sie die Stirn, als ihr im Anschluss daran ein beunruhigender Gedanke durch den Kopf ging.

Fast hätte sie ihn laut ausgesprochen, hielt sich aber zurück. Es war wohl besser, damit zu warten. Alles zu seiner Zeit.

Von Miller gefolgt, passierte sie ein vollgestopftes Badezimmer, das ähnlich wie die Küche im Stil der Fünfziger dekoriert war. Ihm gegenüber befand sich unter steil abfallender Dachschräge ein bescheidenes Schlafzimmer mit Einzelbett, auf dem eine pinkfarbene Bettdecke lag. Die

Wände waren hellblau gestrichen und mit Wolken, Vögeln und Schmetterlingen verziert. Hier schlief offenbar die Tochter. D. D. verspürte einen Stich, als sie an die kleine Clarissa Jane Jones dachte, die in diesem hübschen Nest gelegen hatte und dann wohl von einem Trupp durchs Haus latschender Polizisten in dunklen Anzügen aufgeschreckt worden war.

D. D. hielt sich nicht lange im Kinderzimmer auf und ging weiter den Flur entlang in Richtung Elternschlafzimmer.

Vor dem Fenster standen zwei Kollegen der Spurensicherung. Sie hatten soeben das Rollo runtergelassen und damit begonnen, das Zimmer mit Blaulicht zu durchsuchen. D. D. und Miller blieben im Flur zurück, während eine der beiden Gestalten im weißen Overall die Wände und den Fußboden nach Spuren von Körperflüssigkeiten ableuchtete. Sobald ein Fleck zu sehen war, trat die zweite in Aktion und markierte die Stelle mit einem Schildchen. Der ganze Vorgang dauerte an die zehn Minuten. Das Bett ließen sie aus. Laken, Decken und Kopfkissen waren wahrscheinlich schon im Labor.

Die eine Gestalt ließ schließlich das Rollo wieder hochschnappen, schaltete die intakt gebliebene Nachttischlampe an und grüßte D. D. mit einem heiteren »Hiya, Sergeant«.

»Wie läuft's, Marge?«

»Gut, wie immer.«

D. D. trat vor, um ihre Hand zu schütteln, dann auch die des Kollegen Nick Crawford. Sie kannten einander seit langem und hatten schon viel zu viel Zeit an Orten wie diesem und unter ähnlichen Umständen zugebracht.

»Was gefunden?«, fragte D. D.

Marge zuckte mit den Achseln. »Vielleicht. Muss natürlich noch analysiert werden. Was Besonderes scheint allerdings nicht dabei zu sein. Ich meine, in welchem Schlafzimmer gäb es nicht irgendwo Spuren von Körperflüssigkeiten?«

D. D. nickte. Wurde ein Raum auf Körperflüssigkeiten hin abgesucht, galt es in der Regel, vor allem auf zweierlei zu achten: erstens auf Spritzer oder Lachen, zweitens auf die eventuelle völlige Abwesenheit von Körperflüssigkeiten, die darauf schließen ließ, dass jemand Chemikalien eingesetzt und besonders gründlich geputzt hatte. Wie Marge schon sagte, in jedem Schlafzimmer waren Spuren zu finden.

»Was ist mit der zerbrochenen Lampe?«, fragte D. D.

»Wir haben alle Scherben aufgesammelt«, antwortete Nick. »Dem Anschein nach ist die Lampe entweder umgekippt und zu Boden gefallen oder als Waffe verwendet worden. Auf den ersten Blick lassen sich am Lampenfuß allerdings keine Blutspuren entdecken.«

D. D. nickte. »Und das Bettzeug?«

»Es fehlt eine blau-grüne Steppdecke. Alles andere scheint in Ordnung zu sein.«

»Habt ihr euch auch schon im Badezimmer umgesehen?«, fragte D. D.

»Ja.«

»Zahnbürsten?«

»Als wir gekommen sind, waren zwei immer noch feucht. Die eine, ein rosafarbenes Barbie-Modell, gehört offenbar dem Mädchen. Die zweite ist eine elektrische Oral-B. Mr Jones gibt an, dass sie seiner Frau gehört.«

»Schlafanzüge?«

»Er trägt einen Pyjama, sie ein langes violettes T-Shirt mit dem Aufdruck eines Kükens mit Krone. Gefunden haben wir's noch nicht.«

»Andere Kleider? Koffer?«

»Nach der ersten Bestandsaufnahme durch den Ehemann scheint nichts zu fehlen.«

»Schmuck?«

»Ihre Armbanduhr und der Ehering sind nicht mehr da. So auch die zwei goldenen Armreifen, die sie laut Ehemann nur selten ablegt. In dem Schmuckkästchen haben wir nur ein paar Ketten gefunden und zwei selbst gemachte Armbänder, offenbar ein Geschenk des Kindes. Der Ehemann meint, dass sie an Schmuck nicht mehr besitzt.«

D. D. wandte sich an Miller. »Auf dem Kreditkartenkonto hat sich wohl nichts bewegt, oder?«

Miller setzte wieder seine beleidigte Miene auf, die ihr Antwort genug war.

»Nach allem, was wir wissen«, überlegte sie laut, »ist Sandra Jones gestern Nachmittag von der Schule nach Hause zurückgekehrt. Sie hat ihrer Tochter Essen gemacht, sie ins Bett gebracht und anschließend Klassenarbeiten korrigiert. Dann hat sie sich irgendwann die Zähne geputzt, das Nachthemd angezogen, und es scheint, dass sie ins Schlafzimmer gegangen ist, wo ...«

»... die Lampe zu Bruch ging«, ergänzte Marge schulterzuckend. »Vielleicht war schon jemand da und ist über sie hergefallen. Das würde erklären, warum keine Blutspritzer zu finden sind.«

»Vielleicht wurde sie erwürgt«, meinte Miller.

»Untersucht die Kopfkissen«, sagte D. D. »Es kann auch sein, dass sie im Schlaf erstickt wurde.«

»Erstickt, erwürgt. Still und leise, jedenfalls ohne Blutvergießen«, pflichtete Nick bei.

»Dann wurde die Leiche in die Steppdecke gewickelt und aus dem Haus geschleift«, schloss Miller.

D. D. schüttelte den Kopf. »Nein, es gibt keine Schleifspuren. Und an dieser Stelle wird's kompliziert.«

»Was soll das heißen, keine Schleifspuren?«, fragte Miller irritiert.

»Werfen Sie einen Blick in den Flur. Da sind ganz deutlich unsere Fußabdrücke zu erkennen, was kaum möglich wäre, wenn eine Leiche, mit einer Decke umwickelt, darüber hinweggezogen worden wäre. Dann hätten wir eine Schleifspur vom Schlafzimmer bis zur Treppe. Aber nichts dergleichen. Das heißt, die Leiche wurde nicht über den Boden gezogen.«

Miller krauste die Stirn. »Okay, dann wurde sie eben getragen.«

»Die Leiche einer erwachsenen Frau als Wrap? Durch einen so engen Flur?« D. D. zog die Brauen hoch. »Dazu bräuchte man schon Bärenkräfte. Und wie sollte die Biegung der Treppe zu schaffen sein, ohne irgendwo anzustoßen? Es müssten dort Spuren zu sehen sein.«

»Zwei Männer?«, schlug Marge vor.

»Doppelt so viel Lärm, doppelt so hohes Risiko, erwischt zu werden.«

»Wie also stellen Sie sich den Ablauf vor?«

»Ich weiß nicht«, antwortete D. D. »Aber es könnte doch auch sein, dass sie nicht hier in diesem Zimmer getötet worden ist. Vielleicht war sie unten, saß auf dem Sofa und schaute fern, als es an der Tür klingelte. Oder ihr Mann kam nach Hause zurück …« Sie dachte nach und ließ sich die verschiedenen Szenarien durch den Kopf gehen. »Er hat sie woanders umgebracht, ist zurückgekommen, um die Steppdecke zu holen, und hat dabei die Lampe vom Nachttisch gerissen.«

»Das hieße, wir hätten den eigentlichen Tatort noch nicht gefunden«, murmelte Miller und legte die Stirn in Falten. Er glaubte, seine Hausaufgaben gemacht zu haben, und konnte sich nicht erklären, warum keine klareren Indizien entdeckt worden waren.

Alle vier sahen einander an.

»Ich tippe auf den Keller«, sagte D. D. »Schlimme Dinge scheinen doch immer im Keller zu passieren. Wollen wir mal nachsehen?«

Sie gingen über die Treppe zurück ins Erdgeschoss und kamen an dem Zimmer vorbei, wo ein uniformierter Kollege in der offenen Tür stand und immer noch auf Jason Jones und seine schlafende Tochter achtgab. Jones blickte auf, als sie durch den Flur gingen, und D. D. sah für einen kurzen Moment seine braunen Augen auf sich gerichtet.

Miller hatte schon die Kellertür geöffnet, hinter der tückische Holzstufen in ein muffiges Souterrain hinabführten, das von vier nackten Glühbirnen spärlich beleuchtet wurde. Vorsichtig stiegen sie nach unten. Denn es kam häufiger vor, als man dachte, dass Polizisten im Dienst Treppen hinunterstürzten und sich die Knochen brachen. Blamabel.

Unten angekommen, blickte D. D. in ein typisch schäbiges Kellerloch mit gemauertem Fundament und aufgesprungenem Estrich. Vor ihnen standen eine elfenbeinfarbene Waschmaschine samt Trockner, ein alter Beistelltisch mit einem Wäschekorb aus Plastik und einem Paket Waschmittel darauf. Des Weiteren: der allgegenwärtige Stapel ramponierter Gartenstühle, Umzugskartons und ausrangierte Babymöbel. Gleich neben der Treppe befand sich ein Kunststoffregal voll von dem, was in der Speisekammer offenbar keinen Platz mehr hatte. Cornflakes, Konservendosen, Cracker, Nudeln, Suppen, das Übliche halt.

Der Keller war staubig, aber aufgeräumt und mit einer Freifläche in der Mitte, die groß genug war, um mit dem veilchenblauen Dreirädchen, das neben den Stufen zur Gartentür parkte, darauf im Kreis zu radeln.

D. D. ging auf die Gartentür zu. In der rechten oberen Ecke hatte eine Spinne ihr Netz gebaut, und auf der dunklen Klinke lag eine dicke Staubschicht. Diese Tür war mit Sicherheit seit Längerem nicht geöffnet worden. D. D. zweifelte an ihrer Vermutung. Warum jemanden im Keller töten und dann nach oben bugsieren? Warum die Leiche nicht in der Nacht durch die Gartentür nach draußen schaffen?

Nick und Marge leuchteten mit Taschenlampen den Boden ab, während Miller abwartend am Rand stand, die Hände in den Taschen vergraben. Er hatte sich hier bereits umgesehen und schien zuversichtlich, dass seine schon vor Stunden gezogenen Schlussfolgerungen bestätigt werden würden.

Es dauerte nicht lange, und D. D. war bereit, ihm recht zu geben. Der Keller erinnerte sie an die Küche; er war weder dreckig noch sauber. Genau richtig für eine dreiköpfige Familie.

Ohne sich irgendetwas davon zu versprechen, warf sie einen Blick in die Waschmaschine. Und plötzlich stockte ihr der Atem.

»Ach du Scheiße«, sagte sie mit Blick durch den geöffneten Deckel des Topladers, in dem eine blau-grüne Steppdecke steckte.

Miller kam zu ihr, gefolgt von den Kollegen der Spurensicherung. »Ist das …? Ich glaub's nicht. Den beiden Trotteln, die sich als Erste den Keller vorgenommen haben, werd ich was pfeifen.«

»Hey, ist das nicht die Steppdecke?«, fragte Nick reichlich dämlich.

Marge hatte sich schon über die Maschine gebeugt und zog die Decke daraus hervor, sorgsam darauf bedacht, dass sie nicht auseinanderfiel und den Boden berührte.

»Hat er die etwa gewaschen?«, dachte D. D. laut. »Der Gatte wäscht die Decke, hat aber keine Zeit, sie zu trocknen, weil er die Polizei anrufen muss? Oder wurde sie von der Frau gewaschen, und wir jagen seit ein paar Stunden einem Indiz hinterher, das gar keines ist?«

Vorsichtig breitete Marge die Decke aus, ließ Nick den Saum aufnehmen und hielt selbst die andere Seite gepackt. Die Decke hatte offenbar länger in der Waschmaschine gelegen: tiefe Falten, Waschmittelduft – frisch, sauber. Als die beiden sie aufschüttelten, rollte ein nasser violetter Ball daraus hervor und fiel klatschend zu Boden.

D. D. trug nach wie vor ihre Latexhandschuhe und ging in die Hocke. »Vermutlich Sandra Jones' Nachthemd«, sagte sie und faltete ein T-Shirt auseinander, auf dessen Vorderseite tatsächlich ein gekröntes Küken prangte.

Alle vier beteiligten sich an der Suche nach Spuren von Blut oder Rissen, die auf einen Kampf hingedeutet hätten. Nach irgendwelchen Hinweisen.

D. D. beschlich wieder das ungute Gefühl, etwas Auffälliges vor Augen zu haben und trotzdem nicht zur Kenntnis zu nehmen.

Wer nimmt sich die Zeit, eine Decke und ein Nachthemd zu waschen, lässt aber eine zerbrochene Lampe am Boden liegen? Welche Frau würde sich ohne Kind, Handtasche und Auto aus dem Staub machen?

Und mit was für einem Typ von Ehemann hatten sie zu tun, der, von der Arbeit zurückgekehrt, feststellt, dass seine Frau verschwunden ist, und erst drei Stunden später die Polizei benachrichtigt?

»Speicher, Zwischenböden?«, fragte D. D. mit Blick auf

Miller. Nick und Marge falteten die Decke fürs Labor zusammen. Falls kein Bleichmittel verwendet worden war, würden noch Spuren darauf zu erkennen sein. Sie nahmen D. D. das violette Nachthemd aus der Hand und steckten es in eine zweite Plastiktüte.

»Keine Zwischenböden. Der Speicher ist ziemlich klein, und außer Weihnachtsschmuck gibt er nicht viel her«, berichtete Miller.

»Wandschränke, Gefriertruhen, Außengebäude, Feuerstellen im Garten?«

»Nichts, nichts, nichts.«

»Und dann hätten wir da noch den großen blauen Hafen.«

»Allerdings.«

D. D. seufzte schwer und versuchte es mit einer letzten Möglichkeit: »Das Fahrzeug des Gatten?«

»Ein Pick-up. Er hat uns einen Blick auf die Ladefläche gestattet, sich aber geweigert, die Türen zur Fahrerkabine zu öffnen.«

»Ganz schön auf der Hut, der Kerl.«

»Eiskalt, würde ich sagen«, entgegnete Miller. »Seine Frau ist seit Stunden verschwunden, und er hat nicht mal zum Hörer gegriffen, um irgendein Familienmitglied oder Freunde zu informieren.«

Für D. D. war damit die Sache entschieden. »Also los«, sagte sie. »Knöpfen wir uns endlich Mr Jones vor.«

4. Kapitel

Als kleines Mädchen habe ich an Gott geglaubt. Mein Vater nahm mich sonntags mit in die Kirche. Ich besuchte den Kindergottesdienst und hörte Geschichten aus der Bibel. Danach traf sich die Gemeinde vor der Kirche, wo es immer was zu essen gab: gebackene Hühnerbeine, Broccoliauflauf oder Pfirsichtarte.

Wenn wir dann nach Hause zurückgekehrt sind, ist Mom mit einem Hackmesser hinter Daddy hergerannt und hat geschrien: »Du machst mir nichts vor, Mister. Bist doch bloß scharf auf all die Betschwestern und dass sie mit dir ihr Gesangbuch teilen.«

Und während sie meinen Dad durchs ganze Haus jagte, hockte ich im Garderobenschrank und musste jedes Wort mit anhören, ständig in Angst, er könnte stolpern, die Treppe hinunterstürzen oder ihr nicht schnell genug ausweichen.

Als kleines Mädchen habe ich an Gott geglaubt. Wenn ich morgens aufwachte und mein Vater lebte noch, habe ich das als ein Zeichen göttlicher Allmacht verstanden. Erst als ich älter war, wurde mir allmählich klar, was wirklich dahintersteckte. Dass mein Vater überlebte, hatte nichts mit dem Willen Gottes zu tun, sondern war einzig und allein dem Willen meiner Mom zuzuschreiben. Sie wollte nicht, dass er stirbt.

Nein, sie wollte ihn nur quälen und dafür sorgen, dass ihm jede Minute seines Lebens vorkam wie eine Ewigkeit in der Hölle.

Mein Vater überlebte, weil sein Tod nach Moms Ansicht viel zu gut für ihn gewesen wäre.

»Haben Sie Mr Smith gefunden?«

»Wie bitte?«

»Mr Smith. Meinen Kater. Mommy wollte nach ihm suchen und ist immer noch nicht zurück.«

D. D. zwinkerte ein paarmal rasch mit den Lidern. Sie hatte gerade, aus dem Keller kommend, die Tür zur Küche geöffnet und sah sich einem sehr ernst dreinblickenden kleinen Mädchen mit Lockenkopf gegenüber. Clarissa Jones war offenbar aufgewacht und gekommen, um sich an den Ermittlungen zu beteiligen.

»Verstehe.«

»Ree?« Eine Baritonstimme durchbrach die Stille. Ree drehte sich gehorsam um. Als D. D. aufblickte, sah sie Jason Jones im Flur stehen.

»Ich will Mr Smith«, quengelte die Kleine.

Jason streckte die Hand nach ihr aus und ging wortlos mit ihr ins Wohnzimmer zurück.

Es war ein kleines Wohnzimmer. Eine winzige Couch, zwei Holzstühle, eine Truhe mit Spitzendecken, die anscheinend auch als Beistelltisch diente. In der Ecke stand auf einem Regal aus Eichenimitat ein bescheidener Fernsehapparat. Sonst gab es noch einen kleinen Kinderschreibtisch, Dosen voller Wachsmalstifte und an die zwei

Dutzend Barbie-Puppen. Der Farbpalette nach zu urteilen, liebte Ree vor allem Pink.

D. D. ließ sich Zeit. Sie nahm den Raum in Augenschein und blieb vor ein paar körnigen Fotos stehen, die gerahmt auf dem Kaminsims standen, Bilder eines kleinen Mädchens in chronologischer Abfolge: kurz nach der Geburt, mit der ersten festen Mahlzeit beschäftigt, bei ersten Gehversuchen und auf dem ersten Dreirädchen, mal mit der Mutter abgelichtet, mal mit dem Vater oder beiden. Fotos anderer Familienmitglieder, von Eltern, Tanten oder Onkeln, waren nicht zu sehen.

Eines der Fotos zeigte die kleine Ree im Clinch mit einer sehr duldsamen orangefarbenen Katze, vermutlich Mr Smith.

D. D. trat vor den Kinderschreibtisch und sah ein halbfertiges Bild darauf liegen, Aschenputtel mit zwei Mäusen. Ganz normal, dachte D. D. Gewöhnliche Spielsachen, gewöhnliche Gebrauchsgegenstände, gewöhnliche Möbel für eine Familie in einem gewöhnlichen Haus in South Boston.

Nur hatte sie es in diesem Fall eben nicht mit einer gewöhnlichen Familie zu tun, und darum war sie hier.

Noch einmal ging sie durch den Raum und versuchte, sich ein Bild von dem Vater zu machen, ohne ihn direkt anzusehen. Die meisten Männer wären in seiner Situation vollkommen aufgelöst. Eine verschwundene Ehefrau. Polizisten im Haus, die sich im Beisein der vierjährigen Tochter über Privates hermachten und persönliche Fotos in die Hand nahmen.

Aber von ihm kam nichts. Nicht das Geringste.

Es schien fast, als wäre er gar nicht anwesend.

Schließlich richtete sie dann doch den Blick auf ihn. Jason Jones saß auf dem Sofa. Er hatte die Arme um seine Tochter geschlungen und starrte auf den leeren Fernsehbildschirm. Von nahem betrachtet, entsprach er voll und ganz der Beschreibung Millers. Dichtes strubbliges Haar, Dreitagebart, kräftige Brust und Schultern, die das einfache blaue Oberhemd gut ausfüllten. Sexappeal, väterliche Fürsorglichkeit und mysteriöse Jungenhaftigkeit in einem. Der Traum jeder Nachrichtensprecherin, und Miller hatte recht – wenn sie Sandra Jones nicht fanden, bevor die Presse Wind von der Sache bekam, saßen sie tief in der Scheiße.

D. D. schob einen der Holzstühle vor das Sofa und nahm darauf Platz. Miller hatte sich zurückgezogen. Zwar hätten zwei Cops den zurückhaltenden Gatten besser unter Druck setzen können, aber für das eingeschüchterte Kind war es besser, wenn sie allein mit ihm sprach.

Als Jason Jones endlich den Blick auf sie richtete, wurde ihr plötzlich flau.

Seine Augen waren ohne jeden Ausdruck. Ihr war, als starrte sie in Flecken einer sternlosen Nacht. Vergleichbares hatte sie bislang nur zweimal erlebt. Das erste Mal beim Verhör eines Psychopathen, der, weil geschäftlich gescheitert, seinen Partner und dessen gesamte Familie mit einer Armbrust getötet hatte. Das zweite Mal beim Verhör einer siebenundzwanzigjährigen Portugiesin, die fünfzehn Jahre lang von einem reichen Ehepaar in deren vornehmer Bostoner Villa als Sexsklavin gehalten worden war. Wenig später hatte sie sich auf dem Storrow Drive vor ein Auto geworfen. Laut Zeugenaussage, ohne zu zögern. War einfach vor die Räder eines Toyota Highlander gelaufen.

»Ich will meinen Kater!«, sagte Ree. Sie hatte sich von ihrem Vater gelöst und war ein wenig von ihm abgerückt.

»Wann hast du Mr Smith das letzte Mal gesehen?«, fragte D. D.

»Gestern Abend. Als ich schlafen gegangen bin. Mr Smith liegt immer bei mir im Bett. In meinem Zimmer ist er am liebsten.«

D. D. lächelte. »Mir gefällt dein Zimmer auch. All die Blumen und hübschen Schmetterlinge. Hast du geholfen, sie aufzumalen?«

»Nein, das kann ich nicht so gut. Das haben Mommy und Daddy gemacht. Ich bin ja erst vier Jahre und drei Viertel.« Ree warf sich in die Brust. »Ich bin jetzt ein großes Mädchen, und zu meinem letzten Geburtstag habe ich ein großes Mädchenzimmer gekriegt.«

»Du bist erst vier? Kaum zu glauben, ich hätte dich auf älter geschätzt. Was gibt man dir zu essen, dass du schon so groß bist?«

Ree kicherte. Ihr Vater schwieg.

»Käsemakkaroni. Die mag ich am allerliebsten. Auch wenn es Putenstückchen dazu gibt. Mommy sagt, ich brauche Protein. Und wenn ich genug Protein habe, darf ich zum Nachtisch Oreos essen.«

»Hast du das auch gestern Abend bekommen?«

»Nein. Käsemakkaroni und Äpfel. Keine Oreos. Daddy hatte keine Zeit zum Einkaufen.«

Sie schaute zu ihrem Vater auf, und zum ersten Mal kam Leben in seine Augen. Mit liebevoller Miene zauste er seiner Tochter die Haare. Dann wandte er sich plötzlich wie auf Knopfdruck von ihr ab und wirkte wieder völlig ungerührt.

»Wer hat dir denn gestern Abend dein Essen gemacht, Ree?«

»Mommy. Mittags macht es immer Daddy. Zu Mittag gab es ein Erdnussbuttersandwich. Keine Kekse. Ich darf nicht immer nur Kekse essen.« Ree klang missmutig.

»Mag Mr Smith auch Oreos?«

Ree verdrehte die Augen. »Mr Smith mag *alles*! Deshalb ist er auch so fett. Er frisst und frisst und frisst. Mommy und Daddy möchten nicht, dass er das isst, was wir essen. Aber er bettelt immer.«

»Auch gestern Abend?«

»Er wollte auf den Tisch springen. Da hat Mommy ihn weggejagt.«

»Verstehe. Und nach dem Essen?«

»War es Zeit zu baden.«

»Mr Smith badet?«, fragte D. D. und tat so, als staunte sie.

Ree kicherte wieder. »Nein, Mr Smith ist eine Katze. Katzen baden nicht, sie lecken sich.«

»Natürlich, wie konnte ich das nur vergessen. Und wer hat nun gebadet?«

»Wir, Mommy und ich.«

»Passt denn ein so großes Mädchen mit seiner Mom in eine Wanne?«

»Wir haben geduscht.«

»Verzeihung. Und nach dem Duschen?«

»Musste ich ins Bett. Mom liest mir immer noch vor. Die Bücher von Fancy Nancy und Pinkalicious mag ich am liebsten. Und dann darf ich mir auch noch ein Lied wünschen. Mommy singt gerne ›Twinkle, Twinkle Little Star‹, aber dazu bin ich schon zu groß. Ich höre lieber ›Puff the Magic Dragon‹.«

»Deine Mom hat ›Puff the Magic Dragon‹ gesungen?« Diesmal musste D. D. nicht nur so tun, als staunte sie.

»Ich finde Drachen toll«, sagte Ree.

»Mmm, verstehe. Und was hält Mr Smith davon?«

»Mr Smith singt nicht.«

»Hört er denn gern zu?«

Ree zuckte mit den Achseln. »Den Geschichten, ja. Er legt sich dann immer zu mir auf die Decke.«

»Und anschließend wird das Licht ausgemacht?«

»Bis auf das kleine Nachtlicht. Ich bin zwar schon groß, mag es aber nicht, wenn es ganz dunkel ist. Vielleicht … ich weiß nicht. Wenn ich fünf bin … oder dreißig, dann brauche ich vielleicht kein Nachtlicht mehr.«

»Okay, du bist also im Bett. Mr Smith liegt neben dir –«

»Er schläft an meinen Füßen.«

»An deinen Füßen also. Das Nachtlicht brennt. Deine Mom schaltet die Lampe aus, macht die Tür zu, und dann …«

Ree starrte sie an.

Auch Jason Jones hatte sie wieder ins Auge gefasst. Er war sichtlich verärgert.

»Ist in der Nacht irgendetwas passiert, Ree?«, fragte D. D. leise.

Ree starrte sie an.

»Irgendwelche Geräusche. Hat sich jemand unterhalten? Ist eine Tür aufgegangen? Irgendwann wird ja Mr Smith verschwunden sein.«

Ree schüttelte den Kopf. Sie hatte ihren Blick von D. D. abgewendet, rückte wieder an ihren Vater heran und schmiegte sich an ihn. Jason legte ihr schützend den Arm um die Schultern und musterte D. D. mit ausdrucksloser Miene.

»Das war's«, sagte er.

»Mr Jones –«

»Das war's«, wiederholte er.

D. D. holte tief Luft, zählte bis zehn und dachte nach. »Vielleicht könnte jemand aus der Familie oder ein Nachbar für eine Weile auf Clarissa aufpassen, Mr Jones.«

»Nein.«

»Nein, weil es niemanden gibt, der auf sie aufpassen könnte, oder nein, weil Sie es nicht wünschen?«

»Wir können selbst auf unsere Tochter aufpassen, Detective …«

»Sergeant. Sergeant D. D. Warren.«

Die Erwähnung ihres Rangs ließ ihn ungerührt. »Wir können selbst auf unsere Tochter aufpassen, Sergeant Warren. Es hat keinen Sinn, ein Kind in die Welt zu setzen, um es dann von anderen großziehen zu lassen.«

»Mr Jones, wenn wir Ihre … Katze finden wollen, wäre es gut, mehr Informationen zu haben und auch ein bisschen mehr Kooperation. Ihrerseits. Das verstehen Sie doch hoffentlich.«

Er schwieg und drückte seine Tochter noch enger an sich.

»Wir bräuchten die Schlüssel zu Ihrem Wagen.«

Er sagte nichts.

»Mr Jones –« D. D. wurde ungeduldig. »Je schneller festgestellt wird, wo Mr Smith *nicht ist*, desto eher können wir sie finden.«

»Ihn«, ließ sich Rees Stimme vernehmen, gedämpft von der Brust ihres Vaters. »Mr Smith ist ein Junge.«

D. D. reagierte nicht auf ihren Einwurf und musterte weiter Jason Jones' Gesicht.

»Mr Smith ist nicht in der Kabine meines Pick-ups«, erklärte Jason ruhig.

»Woher wissen Sie das?«

»Er war schon weg, als ich nach Hause kam. Außerdem habe ich, um sicherzugehen, bereits selbst nachgeschaut.«

»Mit Verlaub, Sir, das wäre eigentlich unser Job.«

»Mr Smith ist nicht in meinem Pick-up«, wiederholte Jones unverändert ruhig. »Solange mir kein Durchsuchungsbeschluss vorliegt, müssen Sie meinen Worten Glauben schenken.«

»Es gibt Richter, die würden uns einen solchen Beschluss allein aufgrund Ihrer mangelnden Kooperation unterschreiben.«

»Dann werden Sie wohl rasch wiederkommen, nicht wahr?«

»Ich möchte Zugang zu Ihrem Computer haben«, sagte D. D.

»Wenden Sie sich an den Richter.«

»Mr Jones. Ihre … Katze wird seit nunmehr sieben Stunden vermisst. Es gibt kein Zeichen von ihr –«

»Von ihm«, korrigierte Ree.

»Dabei haben wir uns schon überall umgehört. Es wird langsam ernst. Man sollte doch annehmen, dass Sie uns unterstützen wollen.«

»Ich liebe meine Katze«, sagte Jones leise.

»Dann gewähren Sie uns Zugriff auf Ihren Computer. Arbeiten Sie mit uns zusammen, damit wir möglichst schnell Erfolg haben.«

»Ich kann nicht.«

»Können Sie nicht?«, fragte D. D. »Oder wollen Sie nicht?«

»Ich kann nicht.«

»Warum nicht, Mr Jones?«

Er sah sie an. »Weil ich meine Tochter noch mehr liebe.«

Dreißig Minuten später kehrte D. D. in Begleitung von Detective Miller zu ihrem Auto zurück. Sie hatten von Jason Jones und Clarissa Jones Fingerabdrücke genommen, um feststellen zu können, ob es im Haus außer den Abdrücken, die zu erwarten waren, auch fremde gab. Jones hatte sich nicht lange bitten lassen und dann seiner Tochter bei der Prozedur geholfen, die die Sache ganz abenteuerlich fand. Wahrscheinlich war er auf den Trichter gekommen, dass ihn dieses Zugeständnis nicht viel kostete, zumal an seinen Abdrücken im eigenen Haus nichts verdächtig sein konnte.

Er hatte sich und seiner Tochter die Hände gewaschen und daraufhin die Polizisten vor die Tür gesetzt mit der Erklärung, seine Tochter müsse sich jetzt ausruhen. Mit keinem Wort war er noch einmal auf seine Frau zu sprechen gekommen. Kein *Bitte, bitte, ich will auch alles tun, womit ich helfen kann.* Kein *Lasst uns eine Suchmannschaft zusammenstellen und die ganze Nachbarschaft umkrempeln, bis wir meine geliebte Frau endlich gefunden haben.*

Nichts dergleichen. Seine Tochter brauchte ihren Schlaf. Punkt.

»Eiskalt?«, murmelte D. D. »Wohl eher arktisch, dieser Mr Jones. Von globaler Erwärmung scheint er jedenfalls nichts gehört zu haben.«

Miller ließ sie schimpfen.

»Die Kleine weiß was. Ist Ihnen aufgefallen, dass sie dichtgemacht hat, als wir auf die Zeit nach dem Schlafengehen zu sprechen gekommen sind? Schwer zu sagen, ob sie etwas gehört oder gesehen hat. Wir müssen einen Spezialisten hinzuziehen, jemanden, der sich auf Kinder besser versteht. Und wir sollten uns beeilen. Je mehr Zeit das Mädchen mit dem Vater verbringt, desto schwerer wird es sein, sie an unschöne Dinge zu erinnern.«

Miller nickte.

»Natürlich brauchen wir auch dazu Dads Erlaubnis, und wie es scheint, wird er uns weiter hinhalten. Faszinierend, nicht wahr? Ich meine, seine Frau verschwindet mitten in der Nacht, lässt ihre Tochter allein im Haus zurück, und anstatt zu kooperieren oder auch nur danach zu fragen, was wir zu tun gedenken, sitzt dieser Kerl entspannt auf seinem Sofa und stellt sich taub. Wo ist seine Verstörung, sein Nicht-wahrhaben-Wollen, sein panisches Verlangen nach Information? Warum hat er nicht längst Freunde oder Verwandte angerufen? Warum hat er keine Fotos seiner Frau für uns herausgesucht, mit denen wir nach ihr fahnden könnten? Warum hat er keinen Babysitter kommen lassen, um uns irgendwie behilflich sein zu können? Es ist, als hätte dieser Kerl einen Schalter umgelegt. Als wäre er nicht mal zu Hause.«

»Tja, vielleicht will er es ja wirklich nicht wahrhaben«, keuchte Miller, der offenbar Mühe hatte, Schritt zu halten.

»Versuchen wir's auf die harte Tour«, schlug D. D. vor. »Wir brauchen einen Durchsuchungsbeschluss für den Wagen, ein Papier, das uns den Zugriff auf seinen Computer erlaubt, und eine Genehmigung zur Einsicht in die Anruflisten seiner Frau. Verflixt noch mal, wir hätten längst das ganze Haus versiegeln müssen. Vielleicht hätte er sich damit aus der Reserve locken lassen.«

»Und das Kind?«

»Ja, da ist der Haken.« Offiziell zum Tatort erklärt, hätte das Haus evakuiert werden müssen. Jason Jones und seine Tochter wären mit dem nötigsten Gepäck von der Polizei in ein Motel gebracht worden. D. D. fragte sich, wie es die kleine Ree wohl finden würde, wenn sie ihre

Gartenoase gegen ein billiges Gästezimmer mit braunem, nach Nikotin stinkendem Teppich würde eintauschen müssen. Daran zu denken, war selbst für D. D. schrecklich unangenehm, und plötzlich schoss ihr ein anderer Gedanke durch den Kopf.

Sie blieb stehen und drehte sich so abrupt um, dass Miller fast mit ihr zusammenprallte.

»Wenn wir Jason und die Kleine aus dem Haus schaffen, werden wir es rund um die Uhr bewachen lassen müssen. Das heißt, für die Suche nach Sandra Jones stehen dann entsprechend weniger Kollegen zur Verfügung, und obwohl gerade jetzt Eile geboten ist, werden wir in unseren Ermittlungen weniger schnell vorankommen. Wir beide wissen das. Aber Jason weiß es nicht.«

Miller runzelte die Stirn und zupfte an seinem Schnauzbart.

»Richterin Banyan«, sagte D. D. Sie ging weiter und legte noch einen Schritt zu. »Wir können die Beschlüsse gleich vorbereiten und sie ihr nach dem Mittagessen vorbeibringen. Wir brauchen Zugriff auf Computer und Pickup und werden, verdammt noch mal, das Haus versiegeln lassen. Wollen doch mal sehen, ob sich Mr Arktis dann immer noch stur stellt.«

»Augenblick, ich dachte, Sie hätten soeben gesagt –«

D. D. fiel ihm ins Wort. »Vor die Wahl gestellt, entweder das Haus zu räumen oder zuzulassen, dass seine Tochter sich mit einem Spezialisten unterhält, wird sich Jason Jones wahrscheinlich für Letzteres entscheiden. Hoffen wir's.«

D. D. warf einen Blick auf ihre Uhr. Es war kurz nach zwölf, und pünktlich fing ihr Magen zu knurren an. An ihre Buffet-Phantasien vom frühen Morgen erinnert, fühlte sie sich hundeelend.

»Wir brauchen Verstärkung, um die Beschlüsse durchzusetzen«, fügte sie hinzu.

»In Ordnung.«

»Und wir müssen uns einfallen lassen, wie sich die Suche ausweiten lässt, ohne dass die Medien Wind davon bekommen.«

»In Ordnung.«

Sie hatten das Auto erreicht. D. D. schaute Miller in die Augen und seufzte.

»Scheißfall«, sagte sie.

»Ich weiß«, entgegnete Miller freundlich. »Freut Sie bestimmt, dass ich Sie angerufen habe, nicht wahr?«

5. Kapitel

Um 11.59 Uhr hatte Jason Jones schließlich auch die letzten Cops des Hauses verwiesen. Die Polizistin war gegangen, die Kriminaltechniker und Streifenbeamten, der ermittelnde Detective. Nur ein Mann in Zivil blieb in einem braunen Ford Taurus zurück, der aufdringlich vor dem Haus parkte. Jason konnte ihn vom Küchenfenster aus sehen, wie er mit starr nach vorn gerichtetem Blick abwechselnd gähnte und an seinem Kaffeebecher nippte.

Nach einer Minute trat Jason vom Fenster zurück. Was er nun zu tun hatte, drückte ihn fast nieder.

Ree starrte zu ihm auf. Die großen braunen Augen waren denen ihrer Mutter verblüffend ähnlich.

»Jetzt wird gegessen«, sagte Jason und erschrak ein wenig über den rauen Klang seiner Stimme. »Komm, lass uns zu Mittag essen.«

»Daddy, hast du Oreos gekauft?«

»Nein.«

Sie zog einen Flunsch. »Du solltest Mommy anrufen. Wenn sie auf der Suche nach Mr Smith an einem Laden vorbeikommt, kann sie ja ein paar Kekse mitbringen.«

»Vielleicht«, entgegnete Jason und langte mit zitternder Hand nach der Kühlschranktür.

Wie von einem Autopiloten gesteuert, bereitete er das Essen vor: Er bestrich zwei Scheiben Weißbrot mit Erdnussbutter und Marmelade, zählte vier Möhren ab und pflückte ein paar grüne Weintrauben von der Rebe im Früchtekorb. Das Sandwich schnitt er, wie verlangt, diagonal in zwei Hälften und servierte es auf einem geblümten Kinderteller.

Ree ließ sich plappernd über Mr Smiths große Reise aus und spekulierte, dass er sich wohl mit Peter Rabbit zusammentun und mit ihm Alice im Wunderland besuchen würde. Sie war in einem Alter, in dem sich Phantasie und Wirklichkeit noch problemlos mischen ließen. Nikolaus war ein guter Mann, der Osterhase dick befreundet mit der Zahnfee, und es gab keinen Grund, warum Clifford, der große rote Hund, nicht auch mit Mr Smith spielen sollte.

Sie war ein aufgewecktes Kind, voller Willensstärke, Erwartungen und Ansprüche. Sie konnte in Rage geraten und eine geschlagene Stunde lang toben, wenn ihre Socken nicht den richtigen Pinkton hatten. Eines Sonntags hatte sie schmollend den ganzen Vormittag in ihrem Zimmer zugebracht, weil Sandra für die Küche neue Vorhänge gekauft hatte, ohne sie vorher zu Rate gezogen zu haben.

Sandra und Jason aber liebten sie so, wie sie war.

Er kümmerte sich um sie, Sandra kümmerte sich um sie, und gemeinsam garantierten sie ihrer Tochter eine Kindheit, die sie selbst so nie gehabt hatten, eine Kindheit geprägt von Unschuld und tiefem Vertrauen. Sie genossen ihre großzügig verschenkten Zärtlichkeiten, ihr ansteckendes Lachen und stimmten darin überein, dass Ree immer an erster Stelle stand. Sie würden alles für sie tun.

Alles.

Jason warf einen Blick auf die Zivilstreife vor dem Haus und spürte, dass sich seine Hand unwillkürlich zur Faust ballte.

»Sie ist hübsch.«

»Mr Smith ist ein Junge«, erwiderte er spontan.

»Nicht Mr Smith. Die Polizistin. Sie hat schöne Haare.«

Jason wandte sich seiner Tochter zu. Auf der einen Seite war ihr Mundwinkel mit Erdnussbutter verschmiert, auf der anderen mit Marmelade. Sie schaute ihn aus ihren großen braunen Augen an.

»Du brauchst keine Geheimnisse vor mir zu haben«, sagte er sanft.

Ree legte das Sandwich ab. »Ich weiß, Daddy«, entgegnete sie und wich seinem Blick aus. Appetitlos, wie es schien, aß sie zwei grüne Weintrauben. Die anderen drapierte sie um die weißen Blütenblätter des Gänseblümchens auf ihrem Teller. »Glaubst du, mit Mr Smith ist alles in Ordnung?«

»Katzen haben neun Leben.«

»Mommys aber nicht.«

Er wusste darauf nichts zu sagen, suchte nach Worten, mit denen er die Tochter hätte trösten können, fand aber keine. Ihm war bewusst, dass seine Hände wieder zu zittern angefangen hatten, und spürte, wie ihm der kalte Schweiß ausbrach.

»Ich bin müde, Daddy«, sagte Ree. »Ich will ins Bett.«

»Okay.«

Gemeinsam gingen sie nach oben.

Jason sah Ree beim Zähneputzen zu. Er fragte sich, ob Sandra ihr ebenfalls zugesehen hätte.

Auf der Bettkante sitzend, las er Ree zwei Geschichten vor. Er fragte sich, ob Sandra das Gleiche getan hätte.

Er sang ein Lied, zog seiner Tochter die Decke bis zum Kinn und gab ihr einen Kuss auf die Wange. Er fragte sich, ob Sandra es ebenso getan hätte.

Als er schon in der Tür war, meldete sich Ree noch einmal zu Wort. Er drehte sich um, die Arme über der Brust verschränkt und die Finger um die Ellbogen geklammert, damit Ree nicht sehen konnte, wie seine Hände zitterten.

»Willst du nicht noch ein bisschen bleiben, Daddy? Bis ich eingeschlafen bin?«

»Okay.«

»Gestern hat Mommy ›Puff the Magic Dragon‹ für mich gesungen.«

»Aha.«

Ree strampelte unruhig mit den Beinen. »Ob sie Mr Smith schon gefunden hat? Glaubst du, dass sie bald nach Hause kommt?«

»Das hoffe ich.«

Ree lag endlich still. »Daddy«, flüsterte sie. »Daddy, ich habe ein Geheimnis.«

Er holte tief Luft und versuchte, einen leichten Tonfall

anzustimmen. »Wirklich? Denk daran, es gibt eine Daddy-Klausel.«

»Eine Daddy-Klausel?«

»Ja, einem Daddy darf man sein Geheimnis anvertrauen, egal, wie groß es ist. Er wird es hüten.«

»Du bist mein Daddy.«

»Ja, und glaube mir, bei mir sind Geheimnisse bestens aufgehoben.«

Sie lächelte. Und dann, ganz die Tochter ihrer Mutter, drehte sie sich auf die Seite und schlief ohne ein weiteres Wort ein.

Er wartete noch fünf Minuten, schlich dann aus dem Zimmer und hatte Mühe, nach unten zu kommen.

Das Foto lag in einer der Schubladen in der Küche, zusammen mit der Taschenlampe, dem grünen Schraubenzieher, den restlichen Geburtstagskerzen und dem Weinglasschmuck, der nie zum Einsatz kam. Sandra hatte ihn schon oft wegen dieses winzigen Fotos in dem billig vergoldeten Rahmen gehänselt.

»Was soll das, Jason? Du versteckst das Bild, als wäre es eins von einem früheren Schwarm. Du kannst es ruhig auf den Kaminsims stellen. Sie ist schließlich so etwas wie Familie für dich. Mir macht das nichts aus.«

Aber die Frau auf dem Foto gehörte nicht zur Familie. Sie war alt – achtzig, neunzig, er konnte sich nicht recht erinnern. Sie saß in einem Schaukelstuhl, fast vollständig verschwunden unter einem Berg von Kleidungsstücken: einem dunkelblauen Herrenhemd aus Flanell, einer braunen Cordhose mit Gürtel und einer alten Armeejacke. Die Frau lächelte breit und wissend wie über ein kostbares Geheimnis.

Er hatte dieses Lächeln geliebt. Genau wie ihr Lachen.

Obwohl sie nicht zur Familie gehörte, war sie lange Zeit die einzige Person gewesen, die ihm das Gefühl von Sicherheit hatte vermitteln können.

Das Foto wie einen Talisman an seine Brust gedrückt, knickte er plötzlich in den Knien ein und sank zu Boden. Er zitterte am ganzen Leib. Zuerst waren es nur die Hände gewesen, dann die Arme, der Oberkörper, bis schließlich auch die Schenkel zu schlottern anfingen, die Knie, die Fußgelenke, ja sogar Zehen.

Er weinte nicht. Er gab überhaupt keinen Laut von sich.

Doch es schüttelte ihn so sehr, dass er fürchtete, ihm könnten die Knochen in tausend Stücke zerspringen.

»Verdammt noch mal, Sandy«, fluchte er und stützte den zitternden Kopf auf die zitternden Knie.

Dann fiel ihm ein, dass er sich, wenn es nicht schon zu spät war, um den Computer kümmern musste.

Zehn Minuten später klingelte das Telefon. Ihm war nicht danach zumute, mit irgendjemandem zu reden, doch dann dachte er törichterweise, es könnte vielleicht Sandy sein, die anrief… von irgendwoher, und so nahm er ab.

Es war nicht seine Frau. Stattdessen fragte eine männliche Stimme: »Allein zu Haus?«

»Wer sind Sie?«

»Ist Ihre Tochter bei Ihnen?«

Jason legte auf.

Kurz darauf klingelte es wieder. Auf dem Display stand dieselbe Nummer. Jason wartete, dass sich der Anrufbeantworter einschaltete. Dieselbe Stimme sagte: »Ich nehme an, Ihre Reaktion bedeutet ›Ja‹. Hinterhof, in fünf Minuten. Sie werden mit mir sprechen wollen.« Dann war die Verbindung abgebrochen.

»Leck mich«, zischte Jason in die leere Küche. Dumm, so etwas zu sagen, aber es erleichterte ihn.

Er ging nach oben und schaute in Rees Zimmer. Sie war fast vollständig zugedeckt und schlief tief und fest. Unwillkürlich richtete sich sein Blick auf das Fußende des Bettes, wo sonst immer Mr Smith eingerollt lag. Die Stelle war leer, was Jason einen Stich versetzte.

»Verdammt noch mal, Sandy«, murmelte er müde. Er nahm seinen Mantel vom Haken und ging in den Hinterhof.

Der Anrufer war jünger als erwartet. Zwei- oder dreiundzwanzig Jahre alt, ein hagerer junger Mann, der noch kein Fett angesetzt hatte und womöglich nie ansetzen würde.

Der Bursche war gerade über den Lattenzaun geklettert und setzte ein paar Schritte in den Hof. Mit seinen wippenden blonden Haaren und den langen schlaksigen Gliedmaßen bewegte er sich wie ein Golden-Retriever-Welpe. Als er Jason erblickte, blieb er stehen und wischte sich die Hände an den Jeans ab. Trotz der Märzkälte trug er nur ein weißes T-Shirt mit einem unkenntlichen Aufdruck in Schwarz. Zu frieren schien er nicht.

»Ähm, vor der Tür steht ein Cop. Schätze, das wissen Sie. Ich will nicht gesehen werden«, sagte der junge Mann, als erkläre das sein seltsames Verhalten. Jason bemerkte, dass er ein grünes Gummiband am linken Handgelenk hatte und nervös daran herumfummelte.

»Wer sind Sie?«

»Ein Nachbar«, antwortete er. »Fünf Häuser weiter unten. Mein Name ist Aidan Brewster. Wir sind uns noch nicht begegnet.« *Schnapp, schnapp, schnapp* machte das Gummi.

Jason sagte nichts.

»Ich, ähmmm, bin lieber für mich allein«, fuhr er fort, und wieder schien er zu glauben, damit sei alles erklärt.

Jason sagte nichts.

»Ihre Frau wird vermisst.« *Schnapp, schnapp.*

»Von wem wissen Sie das?«

Der junge Mann zuckte mit den Achseln. »Das musste mir niemand sagen. Die Cops suchen eine verschwundene Person weiblichen Geschlechts und fragen überall nach. Einer von ihnen hat vor Ihrer Tür Stellung bezogen, also ist klar, um wen es geht.« Er wollte wieder an seinem Gummiband herumzupfen, besann sich aber und ließ beide Arme an den Seiten herabhängen.

»Was wollen Sie?«, fragte Jason.

»Haben Sie sie umgebracht?«

Jason sah ihm in die Augen. »Wie kommen Sie darauf, dass sie tot sein könnte?«

Wieder zuckte der Bursche mit den Achseln. »So ist es doch meistens. Eine Frau wird vermisst, Mutter von ein, zwei, drei Kindern. Suchtrupps durchkämmen die Nachbarschaft, die Medien schalten sich ein. Und dann, eine Woche oder drei Monate später, taucht die Leiche auf, am Ufer eines Sees, im Wald oder in der Gefriertruhe in der Garage. Sie haben nicht zufällig irgendwelche großen blauen Kunststofffässer?«

Jason schüttelte den Kopf.

»Eine Kettensäge? Eine Allesbrenner-Heizung?«

»Ich bin Vater eines Kindes. Selbst wenn ich solche Sachen hätte, würde mich doch meine Tochter davon abhalten, zu tun, was Sie mir da unterstellen.«

Schulterzucken. »Scheint andere nicht davon abgehalten zu haben.«

»Verschwinden Sie von meinem Grundstück.«

»Gleich. Vorher muss ich eines wissen. Haben Sie Ihre Frau umgebracht?«

»Wie kommen Sie darauf?«

Schulterzucken. »Weiß nicht. Wir kennen uns nicht, aber ich dachte, frag mal nach. Für mich ist das wichtig.«

Jason starrte den Burschen eine Minute lang an und hörte sich dann selbst sagen: »Ich habe sie nicht umgebracht.«

»Okay. Ich auch nicht.«

»Kennen Sie meine Frau?«

»Blonde Haare, große braune Augen, eigenartiges Grinsen?«

»Ja«, sagte Jason.

»Wir sind uns nie begegnet, aber ich hab sie schon öfter hier draußen im Hof gesehen.« Der junge Mann ließ wieder das grüne Gummiband schnappen.

»Warum sind Sie hier?«, wollte Jason wissen.

»Weil ich Ihre Frau nicht umgebracht habe«, wiederholte er und warf einen Blick auf seine Uhr. »Aber in spätestens vier Stunden wird die Polizei davon ausgehen, dass ich es gewesen bin.«

»Wie kommen Sie darauf?«

»Es gab da mal so einen Vorfall.«

»Haben Sie jemanden getötet?«

»Nein, aber das ist denen egal. So läuft nun mal der Hase. Eine Frau wird vermisst. Die Cops ermitteln in ihrer nächsten Umgebung und ziehen erst einmal den Ehemann in Erwägung. Dann werden die Nachbarn vernommen, und wenn sie auf mich stoßen, haben sie ihre zweite Zielscheibe. Wer von uns beiden kommt wohl eher als Täter in Betracht? Diese Frage hätte ich gern vorab geklärt. Deshalb bin ich hier.«

Jason runzelte die Stirn. »Verstehe. Wenn ich meiner Frau etwas angetan hätte, wären Sie aus dem Schneider.«

»Ist doch logisch«, erwiderte der Bursche. »Sie behaupten, Ihre Frau nicht getötet zu haben. Von mir weiß ich, dass ich sie nicht getötet habe. Und damit stehen wir vor dem nächsten Problem.«

»Als da wäre?«

»Niemand wird uns glauben, weder Ihnen noch mir. Und je mehr wir unsere Unschuld beteuern, desto enger rücken sie uns auf die Pelle. Sie werden kostbare Zeit und

Mittel vergeuden, um ein Geständnis aus uns herauszukitzeln, es sei denn, sie kommen dahinter, was mit Ihrer Frau tatsächlich passiert ist.«

Dem war nichts entgegenzusetzen. Deshalb hatte sich Jason auch der Polizei gegenüber bedeckt gehalten. Er war der Ehemann und als solcher zwangsläufig verdächtig. Sobald er den Mund aufmachte, würden die Ermittler weniger auf Worte der Entlastung achten, sondern vielmehr auf unbedachte Äußerungen, aus denen sie ihm einen Strick drehen konnten. »Sie scheinen Erfahrungen mit so etwas zu haben«, sagte er.

»Habe ich recht?«

»Vielleicht.«

»Okay. Gemäß der alten Weisheit, nach der der Feind meines Feindes ein Freund ist, sind wir also jetzt Freunde, denn wir haben in der Polizei unseren gemeinsamen Feind.«

»Ich weiß nicht einmal, wer Sie sind.«

»Aidan Brewster. Nachbar, Kfz-Mechaniker, unschuldig. Was wollen Sie noch wissen?«

Jason krauste die Stirn. Er hatte fast dreißig Stunden nicht geschlafen und war zu abgespannt und müde, um sich auf die absurde Argumentation des jungen Mannes einzulassen. Er war völlig fertig mit den Nerven, seit er, von der Arbeit zurückgekehrt, das gemeinsame Schlafzimmer verlassen vorgefunden und dann, drei Schritte weiter den Flur entlang, die Hand um den Knauf zu Rees Zimmer gelegt hatte, in panischer Angst davor, was ihn hinter der Tür erwartete. Als er dann seine Tochter schlafend in ihrem Bett vorgefunden hatte, war ihm schlagartig klar geworden, dass ihre Unversehrtheit mehr Fragen aufwarf als beantwortete. Nach fünf Jahren friedlichen Familienlebens war mit einem Mal alles aus und vorbei.

Er war in den Abgrund zurückgekehrt, an jenen Ort, den er besser kannte als die meisten anderen, vermutlich besser noch als dieser Galgenvogel Aidan Brewster.

Der ließ wieder das Gummiband schnacken und fragte geradeheraus: »Haben Sie Ihre Frau jemals geschlagen?«

Jason starrte ihn an.

»Sie können's mir ruhig sagen«, setzte der Nachbar nach. »Wenn die Polizei Sie heute Morgen noch nicht in die Mangel genommen hat, wird sie das sehr bald nachholen.«

»Ich habe meine Frau nie geschlagen«, sagte Jason leise, nicht zur Antwort auf die Frage des Burschen, sondern um sich selbst zu hören und damit in Erinnerung zu bringen, dass zumindest dies der Wahrheit entsprach. Der Urlaub im Februar sollte endlich vergessen sein.

»Eheprobleme?«

»Wir arbeiten im Schichtwechsel und sehen uns kaum, haben also nicht einmal die Möglichkeit, uns zu streiten.«

»Seitensprünge? Bei ihr, bei Ihnen, sowohl als auch?«

»Bei mir nicht«, antwortete Jason.

»Hatte sie einen Lover?«

Jason zuckte mit den Achseln. »Das erfahren Ehemänner doch immer als Letzte, oder?«

»Glauben Sie, dass sie mit ihm durchgebrannt ist?«

»Sie würde Ree nie allein zurücklassen.«

»Sie hatte also eine Affäre, konnte sich aber ausrechnen,

dass Sie sie nie mit der gemeinsamen Tochter wegziehen lassen würden.«

Jason wischte sich die Augen und empfand nichts als Erschöpfung. »Moment mal …«

»Reißen Sie sich zusammen, Mann«, drängte der Bursche. »Sonst sitzen Sie heute Abend hinter Gittern.«

»Ich würde meiner Tochter nie etwas zuleide tun, und wenn sich meine Frau scheiden lassen wollte, wäre ich damit einverstanden.«

»Wirklich? Würden Sie dieses Haus aufgeben, eine so schöne Immobilie in Southie?«

»Geld ist für uns kein Thema.«

»Blödsinn. Geld ist immer ein Thema. Jetzt machen Sie einen schuldbewussten Eindruck.«

»Meine Frau ist die Mutter meiner Tochter«, hörte Jason sich sagen. »Im Falle einer Trennung würde ich ihr die Mittel zukommen lassen, die nötig wären, um für unser Kind zu sorgen.«

»Frau, Kind, Frau, Kind. Wie reden Sie eigentlich von den beiden? Behaupten, sie so sehr zu lieben, dass Sie ihnen nur das Beste wünschen, bringen's aber nicht einmal fertig, sie beim Namen zu nennen.«

»Hören Sie auf. Ich habe genug von Ihnen.«

»Haben Sie Ihre Frau getötet?«

»Verschwinden Sie. Lassen Sie mich allein.«

»Na schön, ich bin gleich weg. Ich habe acht Minuten mit Ihnen geredet und glaube jetzt zu wissen, dass Sie ganz schön Dreck am Stecken haben. Mit anderen Worten, ich habe nichts zu befürchten. Bis dann.«

Der Bursche ging auf den Zaun zu. Er wollte gerade drübersteigen, da wusste Jason plötzlich, was ihn seit dem Anruf irritierte.

»Sie wollten wissen, ob mein Kind zu Hause ist«, rief er über den Hof. »Sie haben sich nach meinem Kind erkundigt.«

Der Nachbar hatte bereits ein Bein über den Zaun geschwungen. Jason rannte ihm nach.

»*Mistkerl!* Sie sind vorbestraft. Weswegen?«

Der junge Mann hielt einen Augenblick inne. Er sah jetzt nicht mehr aus wie ein Retriever-Welpe. Sein Ausdruck hatte sich verändert, sein Blick wirkte verschlagen und hart. »Sie ahnen es doch schon.«

»Von wegen Routinefragen. Sie sind ein vorbestrafter Triebtäter, stimmt's? Gegen zwei werden die Cops vor Ihrer Tür stehen.«

»Ja, und gegen drei werden Sie verhaftet sein, Mr Jones. Ich habe Ihre Frau nicht umgebracht. Sie ist für meinen Geschmack ein bisschen zu alt –«

»*Scheißkerl!*«

»Übrigens, da wäre noch etwas, wovon Sie nichts wissen. Letzte Nacht fuhr ein Auto vor, und mir war, als hätte ich Ihre Frau darin verschwinden sehen.«

6. Kapitel

Mit acht Jahren habe ich mich das erste Mal verliebt. In eine Figur aus dem Fernsehen: Sonny Crockett, jenen Cop aus Miami Vice, der von Don Johnson gespielt wurde. Meine Mama fand die Serie bescheuert, also habe ich gewartet, bis sie von dem »Eistee«, den sie nachmittags immer trank, eingeschlafen war, habe mir dann selbst eine Dose Dr. Pepper aufgemacht und nach Herzenslust alle Wiederholungen angesehen.

Sonny Crockett war stark und hatte die Schnauze voll von der Welt. Er war dieser taffe Typ, der alles schon mal gesehen und miterlebt hat, sich aber trotzdem aufrafft, um das Mädchen zu retten. Einen solchen Sonny Crockett wünschte ich mir auch. Ich wollte jemanden, der mich rettet.

Als ich mit dreizehn plötzlich Brüste bekam, gab es auf einmal jede Menge Jungs, die interessiert daran waren, mich zu retten. Anfangs dachte ich, warum nicht? Ich habe mich mal mit dem einen, mal mit dem anderen eingelassen und merkte dann, dass ich vor allem auf ältere Jungs mit Tattoos und üblen Manieren stand. Sie wollten Sex. Ich wollte, dass mich jemand in seinem Mustang mitnimmt und mitten in der Nacht mit hundert Sachen und ausgeschalteten Scheinwerfern durch die Gegend brettert. Ich wollte meinen Namen hinausschreien und mir den Wind um die Ohren sausen lassen. Ich wollte wild und verwegen sein, jemand anderes, raus aus meiner Haut.

Ich stand bald in dem Ruf, richtig gut blasen zu können und noch verrückter zu sein als meine abgedrehte Ma. Jede Kleinstadt hat eine Mutter wie meine, und jede Kleinstadt hat ein Mädchen wie mich.

Mit vierzehn wurde ich zum ersten Mal schwanger. Ich habe niemandem etwas davon gesagt, jede Menge Rum und Coke getrunken und den Himmel angefleht, dass mir das Kind abgeht. Als das nicht half, habe ich meinem Vater Geld aus der Brieftasche geklaut und bin in eine Klinik gegangen, wo solche Sachen für einen erledigt werden.

Ich habe nicht geweint. Die Abtreibung war für mich so was wie Dienst an der Gesellschaft. Ein Leben weniger, das meine Ma hätte ruinieren können.

Wie gesagt, jede Kleinstadt hat ein Mädchen wie mich.

Meine Mutter starb, als ich fünfzehn war. Endlich waren wir, mein Vater und ich, frei, und ich …

Ich träumte nach wie vor davon, gerettet zu werden, von einem Sonny Crockett, der zwar von der Welt die Schnauze voll, trotzdem aber noch ein Herz für diejenigen hat, denen es dreckig geht. Ich wollte einen Mann, der mich hält, beschützt und nie im Stich lässt.

Diesen Sonny Crockett habe ich nie gefunden. Stattdessen traf ich an meinem achtzehnten Geburtstag Jason, meinen zukünftigen Ehemann. Ich saß in einer Bar auf seinem Hocker, kippte seine Coke runter und legte ihm, als er protestieren wollte, meine Hand auf sein Knie. Er sagte, ich solle mich verpissen, und in dem Moment wusste ich, dass ich ihn nicht mehr loslassen würde.

Retten kann einen natürlich niemand.

Aber jetzt, da ich alles über Jason weiß, verstehe ich auch, warum er es unbedingt versuchen musste.

Es war kurz nach Mittag, und D. D. hatte endlich ein halbwegs gutes Gefühl, was die Ermittlungen anging. Die Vorgehensweise war festgelegt. Sie und ihre Kollegen suchten nach einer erwachsenen Person weiblichen Geschlechts, die nach geltender Regelung noch nicht als vermisst bezeichnet werden konnte, aber so schnell wie möglich gefunden werden musste.

Um 14.06 Uhr allerdings kam eine schlechte Nachricht. Richterin Banyan hatte den Antrag, Jones' Haus als Tatort versiegeln zu lassen, abgelehnt und verweigerte ihnen den Zugriff auf seinen Computer mit der Begründung, die Beweislage reiche für eine solche Maßnahme nicht aus. Außerdem müsse noch eine Weile abgewartet werden. Dass eine erwachsene Person zehn Stunden nichts von sich hören ließ, sei schließlich nicht ungewöhnlich. Vielleicht habe Sandra Jones eine Freundin besucht oder einen Unfall gehabt; womöglich liege sie im Krankenhaus, außerstande, ihren Namen zu nennen. Vielleicht irre sie schlafwandelnd umher. Vielleicht, vielleicht –

Falls aber – und mit diesen Worten schloss die Richterin – Sandra Jones nach vierundzwanzig Stunden nicht wiederaufgetaucht sei, wolle sie noch einmal darüber nachdenken. Vorläufig sei ihnen lediglich gestattet, Jason Jones' Pick-up zu durchsuchen.

Immerhin etwas, dachte D. D. resigniert. Die in der Waschmaschine gefundene Steppdecke und das Nachthemd hatten ihr einen Strich durch die Rechnung gemacht. Wären sie verschwunden geblieben, hätte Banyan vielleicht anders entschieden. Aber eine Steppdecke und ein Nachthemd in der Waschmaschine … Und dass eine Lampe zu Bruch ging, konnte in den besten Haushalten passieren.

Was, so fragte sich D. D., mochte der Fund in der Waschmaschine bedeuten? Hatte der Ehemann Spuren zu verwischen versucht, oder waren Steppdecke und Nachthemd schlicht und einfach fällig für die Wäsche gewesen? Mutmaßungen waren gefährlich.

Um 14.15 Uhr meldete sich Detective Miller. D. D. informierte ihn über Banyans Absage. Miller berichtete, was er in der Schule in Erfahrung gebracht hatte. Laut Auskunft des Rektors unterrichtete Sandra Jones seit zwei Jahren Gemeinschaftskunde, zuerst in der Siebten als Aushilfe und seit September als Vollkraft in der Sechsten. Die Schüler schienen sie zu mögen, so auch die Eltern und Kollegen. Privat hatte sie mit Letzteren allerdings kaum zu tun, was denen aber durchaus verständlich war, weil sie von ihr wussten, dass sie ein kleines Kind zu Hause hatte und der Ehemann nachts arbeitete. Der Rektor hatte Ree schon einige Male gesehen und fand sie bezaubernd.

Er konnte sich nicht erklären, warum Sandra nicht zum Dienst erschienen war oder warum sie nicht wenigstens zum Hörer gegriffen hatte, um sich telefonisch abzumelden. Er machte sich Sorgen und war bereit, die Ermittlungen nach Kräften zu unterstützen.

PS: Der Rektor war ein fünfzigjähriger, glücklich verheirateter Mann, der, wie die Sekretärin ausgeplaudert hatte, eine Affäre mit der Schauspiellehrerin hatte, was alle wussten, aber niemanden störte. Dass er es zusätzlich mit ihr auch noch mit einer dreiundzwanzigjährigen Jungkollegin trieb, sei, so die Sekretärin, selbst dann nicht vorzustellen, wenn er Viagra ohne Ende schluckte. Nein, er verkehrte mit Sandra Jones wohl ausschließlich dienstlich.

Miller hatte sich außerdem einen vorläufigen Überblick über die Finanzen der Jones verschafft. Sie hatten ein Sparguthaben von 150000 und ganze zwei Millionen bei einer Investmentbank in Fonds angelegt. Die monatlichen Einkünfte waren bescheiden, so auch die Ausgaben. Für das Haus hatten sie offenbar bar bezahlt, und es schien, dass sie von ihren Gehältern leben konnten.

Miller vermutete, dass das Vermögen aus einer Erbschaft oder Versicherung stammte. Er hatte bereits Kollegen damit beauftragt, das zu prüfen.

Inzwischen war überdies bekannt, dass die Jones 2004 in Massachusetts standesamtlich geheiratet hatten. Ihre Tochter Clarissa war zwei Monate später zur Welt gekommen. Strafmandate oder richterliche Anordnungen gegen sie lagen nicht vor. Es gab auch keine Hinweise auf häusliche Gewalt oder öffentliche Ruhestörung.

Laut Auskunft der Nachbarn führten die Jones ein ruhiges, zurückgezogenes Leben. Sie gingen nur selten aus und empfingen ebenso selten Besuch. Wenn man sie auf der Straße sah, grüßten sie höflich, doch zu einer Unterhaltung mit ihnen kam es so gut wie nie. Ganz anders Ree. Alle stimmten darin überein, dass Clarissa Jones ein ausgesprochen aufgeschlossenes und gesprächiges Mädchen war. Anscheinend machte sie mit ihrem Dreirad die Gegend unsicher. Wer sie auf dem Gehweg kommen sah, war gut beraten, schnell genug zur Seite zu springen.

»Bekommt sie viel Schimpfe von ihren Eltern?«, fragte D. D.

»Sie wird verhätschelt. Ich zitiere hier wörtlich aus drei Zeugenaussagen von drei verschiedenen Nachbarn: ›Die Eltern verhätscheln ihre Tochter.‹«

»Aha. Es heißt aber auch, dass sie ruhig und zurückgezogen leben. Kannte sie überhaupt jemand näher?«

»Scheint nicht so.«

»Wurde eine Lebensversicherung abgeschlossen?«

»Das überprüfen wir noch.«

»Zwei Millionen Dollar auf der hohen Kante«, sinnierte D. D. »Dazu ein sattes Sparguthaben und ein Haus plus Grundstück in bester Wohnlage. Alles in allem geschätzte dreieinhalb Millionen. Es wurde schon für sehr viel weniger getötet.«

»Eine Scheidung würde den Ehemann gut und gern zwei Millionen kosten. Damit ließe sich locker ein neues Eheglück versuchen.«

»Apropos, wann war es noch mal, dass die beiden geheiratet haben?«

»2004.«

»Sandra war damals also achtzehn Jahre alt. Und schon schwanger?«

»Ja, im siebten Monat.«

»Und wie alt war Jason Jones? Dreißig, einunddreißig?«

»So ungefähr. Wir suchen noch nach Belegen.«

»Stellen wir uns mal kurz vor, ein schönes, schwangeres Mädchen und ein über zehn Jahre älterer – reicher? – Mann …«

»Wer von den beiden das Geld mitbrachte, steht noch nicht fest. Es könnte auch sie gewesen sein.«

»Irgendwie glaube ich, dass er es hatte.«

»Irgendwie könnten Sie recht haben.«

»Jason nimmt also einen schwangeren Teenager zur Frau. Die beiden werden Eltern eines ›bezaubernden‹ Mädchens, und vier, fünf Jahre später …«

»… führen sie ein ruhiges Leben in South Boston, bewohnen ein Haus, das wie Fort Knox abgesichert ist, bleiben in der Nachbarschaft so gut wie unbekannt.«

Für eine Weile herrschte Schweigen zwischen D. D. und Miller.

»Wissen Sie, was mir besonders aufgefallen ist, als wir durchs Haus gegangen sind?«, fragte D. D. plötzlich. »Dass alles so bemerkenswert mittelmäßig ist. Nicht zu schmutzig, nicht zu sauber. Nicht zu unaufgeräumt, nicht zu organisiert. Alles irgendwie hübsch *ausgewogen*. Wie sagte der Rektor noch? Sandra Jones ist beliebt, pflegt aber kaum Kontakt zu ihren Kollegen und bleibt denen darum mehr oder weniger fremd. Jason und Sandra grüßen höflich ihre Nachbarn, werden aber mit niemandem warm. Sie winken auf der Straße und gehen weiter, laden niemanden zu sich nach Hause ein. Das kommt mir alles sehr genau geregelt vor, sehr ausgewogen. Und das ist nicht natürlich.«

»Sie glauben, die beiden machen anderen etwas vor, vielleicht auch sich selbst?«

Sie zuckte mit den Achseln. »Nach meinen Erfahrungen geht's im wirklichen Leben drunter und drüber, und das ist bei den beiden nicht der Fall.«

Miller zögerte. »Wir haben uns noch nicht mit Jasons Arbeitgeber unterhalten …«

D. D. verzog das Gesicht. Die *Boston Daily*, eine der größten Tageszeitungen. Es ging wohl kein Weg daran vorbei. »Ja, verstehe.«

»Ich habe darüber nachgedacht, eine Kollegin anrufen zu lassen, vielleicht unter dem Vorwand, eine Sicherheitsüberprüfung vornehmen zu müssen, irgendwas in dieser Art. Fällt weniger auf, wenn eine junge Frau den Anruf macht.«

»Gute Idee.«

»Und dann erkundigen wir uns im Kindergarten. Mal sehen, was dort in Erfahrung zu bringen ist. Kleine Mädchen haben doch ihre Freundinnen, bei denen sie manchmal übernachten, oder? Vielleicht kann uns die eine oder andere Mutter etwas über unsere Familie sagen.«

»Einverstanden.«

»Außerdem habe ich mir eine Kopie der Heiratsurkunde

zufaxen lassen. Ich kenne jetzt Sandras Mädchennamen und werde ihren Vater in Georgia ausfindig zu machen versuchen.«

»Wunderbar. Ich gehe davon aus, von Sandra gibt's immer noch kein Lebenszeichen, oder? Auch keine Bewegungen auf ihrem Konto?«

»Nein. In den Geschäften vor Ort hat sie sich auch nicht blicken lassen. In keine unserer Kliniken oder Ambulanzen ist eine unbekannte Person eingeliefert worden. Auch nicht ins Leichenschauhaus. Das letzte Mal kam Sandras Kreditkarte vor zwei Tagen in einem Supermarkt zum Einsatz. Vom Automaten hat sie nichts abgehoben. Das Einzige, was uns im Augenblick weiterhelfen könnte, sind die auf ihrem Handy eingegangenen Anrufe. Einer kam um 2.16 Uhr von ihrem Mann, der dann vermutlich festgestellt hat, dass das Handy seiner Frau gleich hinter ihm auf dem Küchentresen liegt. Am Morgen hat es der Rektor zweimal versucht. Und dann wären da noch drei Anrufe von Schülern. Das ist alles.«

»Sie wird von Sechstklässlern angerufen?«

»Ja, von eigenen Handys aus. Willkommen in der Welt erwachsener Zwölfjähriger.«

»Davon bin ich ja zum Glück verschont.«

Miller grunzte. »Ich habe drei Söhne – sieben, neun und elf. Die nächsten zehn Jahre werde ich Überstunden klotzen müssen.«

D. D. konnte sich vorstellen warum. »Sie kümmern sich also um die Finanzen, die Anruflisten und um erwachsene Zwölfjährige. Ich werde mir derweil den Pick-up vorknöpfen und dafür sorgen, dass die Kleine von einem Spezialisten vernommen wird.«

»Vorausgesetzt, der Vater willigt ein. Wir haben nichts, womit wir ihn unter Druck setzen könnten.«

»Wenn Sandra Jones nicht spätestens morgen früh wider aller Erwarten aufgetaucht ist, bleibt uns keine andere Wahl.«

D. D. hatte sich gerade aus ihrem Schreibtischsessel erhoben, als das Telefon klingelte. Sie hob ab.

»Jason Jones möchte Sie sprechen«, meldete die Rezeption.

D. D. setzte sich wieder. »Sergeant D. D. Warren am Apparat.«

»Ich wäre bereit, mit Ihnen zu reden«, erklärte Jason.

»Wie bitte?«

»Meine Tochter schläft. Es ist jetzt möglich, dass wir uns unterhalten.«

»Hier im Präsidium? Ich könnte Sie von zwei Kollegen abholen lassen.«

»Bis die hier sind, ist meine Tochter womöglich wieder wach, und dann stünde ich nicht länger zur Verfügung. Wenn Sie Fragen an mich haben, stellen Sie sie jetzt, am Telefon. Mehr kann ich nicht für Sie tun.«

D. D. zweifelte daran. Wahrscheinlich war es so für ihn das Bequemste. Stellte er sich das unter Kooperation vor, er, dessen Frau seit zwölf Stunden vermisst wurde?

»Wir haben eine Kollegin, die sich auf Kinder versteht, damit beauftragt, Ihre Tochter zu vernehmen.«

»Ausgeschlossen.«

»Die Frau ist eigens dazu ausgebildet. Sie wird das Gespräch sehr umsichtig führen und Ihre Tochter nach Möglichkeit schonen.«

»Meine Tochter weiß nichts.«

»In dem Fall würde das Gespräch nicht lange dauern.«

Er ließ sich mit der Antwort Zeit. D. D. spürte förmlich, wie es in seinem Kopf arbeitete.

»Ist Ihre Frau durchgebrannt?«, fragte sie unverblümt, um ihn aus der Reserve zu locken. »Mit einem anderen Mann, Richtung Grenze vielleicht?«

»Sie würde Ree nie im Stich lassen.«

»Weswegen nicht ausgeschlossen ist, dass sie einen anderen hat.«

»Keine Ahnung. Ich arbeite die Nächte durch und weiß wirklich nicht, was meine Frau treibt.«

»Klingt nicht nach einer glücklichen Ehe.«

»Hängt davon ab, was Sie darunter verstehen. Sind Sie verheiratet, Sergeant?«

»Warum fragen Sie?«

»Wenn Sie es wären, würden Sie wissen, dass es in einer Ehe mal gut läuft, mal weniger gut. Wir, meine Frau und ich, sind beide berufstätig und haben uns gleichzeitig um ein Kind zu kümmern. Mit Flitterwochen hat das nichts mehr zu tun. Das ist Arbeit.«

D. D. schnaubte und ließ zu, dass sich das Schweigen in die Länge zog. Sie registrierte, dass er im Präsens sprach – ob aus vorsichtigem Kalkül oder Gewohnheit, blieb dahingestellt. Außerdem fiel ihr auf, dass er weder seine Frau noch seine Tochter beim Namen nannte. Interessante Person, dieser Jason Jones.

»Haben Sie eine Affäre, Mr Jones? Sie können mir ehrlich darauf antworten oder auch nicht, herausbekommen werden wir's so oder so.«

»Ich betrüge meine Frau nicht.«

»Aber sie betrügt Sie.«

»Davon weiß ich nichts.«

»Aber Sie ahnen etwas.«

»Sergeant, selbst wenn ich sie mit einem anderen Mann in flagranti erwischte, würde ich sie nicht töten.«

»Weil Sie dazu per se nicht in der Lage wären?«

»Weil die Art unserer Beziehung eine solche Tat von vornherein ausschließt.«

D. D. runzelte die Stirn. Sie konnte sich auf seine Antwort keinen Reim machen. »Wie würden Sie Ihre Beziehung denn beschreiben?«

»Als eine, die von gegenseitigem Respekt geprägt ist. Meine Frau war sehr jung, als wir geheiratet haben. Wenn sie etwas nachzuholen hätte, würde ich ihr Raum dafür lassen.«

»Sehr großzügig von Ihnen.«

Dazu sagte er nichts.

Ihr ging plötzlich ein Licht auf. »Gibt es einen Ehevertrag? Irgendeine schriftlich fixierte Klausel, wonach sie, sollte sie fremdgehen, im Fall einer Scheidung leer ausgeht?«

»Nein.«

»Wirklich nicht? Bei all dem Geld, das auf der Bank liegt?«

»Ich habe geerbt. Das Geld kam unerwartet, und darum liegt mir nicht viel daran.«

»Ich bitte Sie, zwei Millionen Dollar –«

»Vier. Sie ermitteln offenbar nicht gründlich genug.«

»Vier Millionen –«

»Und doch leben wir lediglich von zweieinhalbtausend im Monat. Sergeant, Sie stellen die falschen Fragen.«

»Welche wären denn die richtigen?«

»Angenommen, ich hätte Gründe, meiner Frau Schaden zuzufügen. Wieso hätte ich mich auch an Mr Smith vergreifen sollen?«

»Ich kann Ihnen nicht ganz folgen.«

»Erinnern Sie sich an Ted Bundy? Er, ein dreißigfacher Frauenmörder, hat es nicht über sich gebracht, ein unversichertes Auto zu stehlen. Er hatte Skrupel, die ihn davon abhielten. Nun, ein Ehemann, der seine Frau tötet, statt sich von ihr scheiden zu lassen, ist doch gewiss ein Psychopath, jemand, der seine Bedürfnisse an die erste Stelle setzt und das Recht zu haben glaubt, andere, die ihm in die Quere kommen, aus dem Weg zu räumen.«

D. D. verzichtete auf einen Kommentar und fragte sich, ob sie gerade so etwas wie ein Geständnis gehört hatte.

»Um wieder auf den Kater, Mr Smith, zurückzukommen. Gesetzt den Fall, ich wäre ein Psychopath, der seine Frau als störendes Element beiseiteschafft, wieso hätte ich auch den Kater verschwinden lassen, der mir nichts getan hat? Vielleicht könnte ich es vor mir noch rechtfertigen, der Tochter die Mutter genommen zu haben. Aber auf die

Idee, ihr auch noch den geliebten Kater zu nehmen, würde wahrscheinlich nicht einmal ein Psychopath kommen.«

»Was also ist mit Ihrer Frau passiert, Mr Jones?«

»Keine Ahnung.«

»Ist sie früher schon einmal verschwunden?«

»Nie.«

»Hat sie jemals einen Termin versäumt, ohne sich vorher nicht zumindest telefonisch entschuldigt zu haben?«

»Meine Frau ist sehr zuverlässig und gewissenhaft. Das wird Ihnen in der Schule, in der sie arbeitet, jeder bestätigen können. Sie sagt, was sie vorhat, und tut, was sie sagt.«

»Wie steht's bei ihr mit Alkohol oder Drogen?«

»Nichts dergleichen. Wir trinken nicht, und wir nehmen keine Drogen.«

»Medikamente?«

»Nein.«

»Verkehrt sie manchmal in Bars?«

»Wir führen ein sehr ruhiges Leben, Sergeant. Unsere Tochter ist unser Ein und Alles.«

»Mit anderen Worten, Sie sind eine ganz normale Familie.«

»So ist es. So normal, wie man nur sein kann.«

»Finden Sie es auch normal, in einem Haus mit Stahltüren und einbruchsicheren Fenstern zu wohnen?«

»Wir leben in der Stadt und nehmen Fragen der häuslichen Sicherheit ernst.«

»Ist mir neu, dass es in Southie so rau zugeht.«

»Mir ist neu, dass die Polizei Probleme mit Bürgern hat, die sich zu schützen versuchen.«

D. D. beschloss, sich mit einem Unentschieden zu begnügen. Sie legte wieder eine Pause ein und versuchte dann, dem Gespräch, das eigentlich unter vier Augen und nicht am Telefon hätte geführt werden sollen, eine neue Wendung zu geben.

»Waren die Türen verschlossen, als Sie nach Hause gekommen sind, Mr Jones?«

»Ja.«

»Ist Ihnen irgendetwas Ungewöhnliches aufgefallen? Im Eingangsbereich, in der Diele, in der Küche?«

»Nein, nichts.«

»Was haben Sie unternommen, als Sie feststellten, dass Ihre Frau nicht zu Hause ist?«

»Ich habe sie auf ihrem Handy angerufen und dabei bemerkt, dass es in ihrer Handtasche steckt, die auf dem Küchentresen lag.«

»Und was weiter?«

»Ich bin nach draußen gegangen, um zu sehen, ob sie vielleicht im Hof ist, die Sterne betrachtet oder was weiß ich.«

»Und dann?«

»Habe ich einen Blick in ihr Auto geworfen.«

»Und dann?«

»Dann … was?«

»Was Sie gerade beschrieben haben, dauert allenfalls drei Minuten. Ihr Anruf bei der Polizei erfolgte jedoch rund drei Stunden später. Wen haben Sie sonst noch angerufen, Mr Jones? Was haben Sie in der Zwischenzeit getan?«

»Ich habe niemanden angerufen und nichts getan.«

»Drei Stunden lang nichts?«

»Ich habe auf dem Sofa gesessen und darauf gewartet, dass sich alles wieder in Wohlgefallen auflöst. Als es dazu nicht kam, habe ich die Polizei verständigt.«

»Ich glaube Ihnen nicht«, sagte D. D. geradeheraus.

»Mag sein, aber auch das könnte meine Unschuld beweisen. Hätte sich jemand, der ein Verbrechen begeht, nicht ein besseres Alibi zugelegt?«

Sie seufzte. »Was, glauben Sie, ist Ihrer Frau widerfahren, Mr Jones?«

Er ließ sich mit der Antwort Zeit.

Schließlich sagte er: »Nun ja, nicht weit von hier wohnt eine Person, die als Sexualstraftäter vorbestraft ist.«

7. Kapitel

Am 22. Oktober 1989 wurde ein Junge namens Jacob Wetterling von einem maskierten Mann mit vorgehaltener Pistole entführt und danach nie mehr gesehen. Zu diesem Zeitpunkt bin ich erst drei Jahre alt gewesen, also wird man mir wohl glauben, wenn ich sage, dass ich nicht der Täter war. Trotzdem hat dieser Entführungsfall auch nach fast zwanzig Jahren unschöne Konsequenzen für mich. Denn Jacobs Eltern gründeten das Jacob-Wetterling-Institut, dem es zu verdanken ist, dass 1994 ein Gesetz – der sogenannte Jacob-Wetterling-Act – in Kraft trat, wonach die Polizei verpflichtet ist, Sexualstraftäter zu registrieren. Jacobs Eltern sorgten also gewissermaßen für die erste Datenbank für Sittlichkeitsverbrecher.

Ich weiß, was Sie jetzt denken. Dass ich ein Tier bin, nicht wahr? Das denken doch alle. Sexualstraftäter sind Monster. Solchen Individuen wie uns müsste nicht nur jeglicher Kontakt zu Kindern verboten werden, man sollte uns darüber hinaus ächten, verbannen und zwingen, unter erbärmlichsten Bedingungen dahinzuvegetieren, am besten unter irgendeiner Brücke. Sehen Sie doch nur, was dieser Megan Kanka passiert ist, aus ihrem Schlafzimmer gekidnappt von einem Nachbarn. Oder Jessica Lunsford, missbraucht von einem Kerl, der mit seiner Schwester in einem Wohnwagen auf der gegenüberliegenden Straßenseite hauste.

Soll ich Ihnen was sagen? Laut meiner Bewährungshelferin gibt es in den Vereinigten Staaten fast sechshunderttausend registrierte Sexualstraftäter. Viele davon haben ganz schlimme Neigungen, und wenn sie denen nachgeben, werden wir alle dafür bestraft, auch so einer wie ich.

Ich stehe morgens auf, gehe zur Arbeit, erscheine zu meinen Therapiesitzungen und versuche, sauber zu bleiben. Ich bin eine wandelnde Erfolgsgeschichte. Trotzdem. Es ist jetzt fünf Uhr am Nachmittag, Feierabend. Ich packe mein Werkzeug zusammen und warte darauf, dass die Polizei kommt, um mich festzunehmen.

Gegen Viertel nach fünf sind sie immer noch nicht vorgefahren, also mache ich mich auf den Weg nach Hause. Ich lasse den Tag Revue passieren und versuche, meine Angst in den Griff zu kriegen. Nachdem dieser Cop heute Morgen bei mir angeklingelt hat und wieder abgezogen ist, bin ich zur Arbeit gegangen, vernünftigerweise, wie ich finde. Früher oder später wird mich die Polizei am Wickel haben, und dann muss ich haarklein erklären, wie und wo ich die Stunden seit Mrs Jones' Verschwinden verbracht habe. Wegen meines Gesprächs mit Mr Jones habe ich meine Mittagspause um eine halbe Stunde überzogen. Das wird auffallen. Aber daran ist jetzt nichts zu ändern. Ich *musste* mit ihm sprechen. Dass sie ihn und nicht mich festnehmen, ist meine einzige Hoffnung.

Jetzt, da ich mich meiner Wohnung nähere und immer

noch keine Männer in Blau oder schusssicheren Westen sehe – denn ich rechne auch mit einem Überfallkommando –, fällt mir ein, dass heute Donnerstag ist. Wenn ich mich nicht beeile, komme ich zu spät zu meiner Sitzung. Das kann ich mir nicht leisten. Also beeile ich mich. In fünf Minuten bin ich geduscht, umgezogen und wieder draußen, wo ich ein Taxi herbeiwinke, damit es mich in die Psychiatrie bringt. Glauben Sie nicht, dass acht Sexualstraftäter ihre wöchentlichen Meetings in der nächstbesten Bibliothek abhalten könnten.

Um 17.59 Uhr stehe ich auf der Matte. Das ist wichtig. Ich habe mich vertraglich dazu verpflichtet, absolut pünktlich zu sein, und unsere Gruppenleiterin achtet pedantisch darauf, dass dem so ist. Mrs Brenda Jane ist diplomierte Sozialarbeiterin, sieht aus wie ein übergroßes blondes Covergirl und gibt sich wie eine Gefängniswärterin. Sie kontrolliert jede Facette unseres Lebens, was wir tun oder nicht trinken, mit wem was unternehmen oder sein lassen. Die Hälfte von uns kann sie nicht leiden, die andere ist ihr extrem dankbar.

Jede Sitzung dauert ungefähr zwei Stunden. Zu den wichtigsten Aufgaben, die ein registrierter Sexualstraftäter gleich zu Anfang seiner Therapie erfüllen muss, zählt die Bewältigung von Papierkram. Ich habe drei Ordner voller Dokumente, wie beispielsweise den von mir signierten »Vertrag zur Teilnahme am Programm für Sexualstraftäter«, den speziell auf meine Person zugeschnittenen »Resozialisierungsplan« sowie ein halbes Dutzend Kataloge über die »Regeln für Gruppensitzungen«, »Regeln für persönliche

Kontakte/Beziehungen«, »Regeln zur Konfliktbewältigung« et cetera pp. Auch heute beginnen wir wieder damit, unseren Wochenbericht abzufassen.

Frage eins: *Wie haben Sie sich in dieser Woche gefühlt?*

Als Erstes kommt mir das Wort »schuldig« in den Sinn. Mein zweiter Gedanke ist, dass ich das nicht aufschreiben kann. Erklärungen, die in einer Gruppensitzung abgegeben werden, haben keinen Anspruch auf Vertraulichkeit. Auch das musste ich unterschreiben. Alles, was ich heute oder wann auch immer von mir gebe, kann gegen mich verwendet werden. Noch so ein Paradox, mit dem ein Sexualstraftäter tagtäglich konfrontiert ist: Einerseits wird Ehrlichkeit verlangt, andererseits kann man jederzeit genau dafür belangt werden.

Ich schreibe auf, was mir als Zweites in den Sinn kommt – »bedroht«. Ist doch verständlich, oder? Eine Frau verschwindet, und ich, der in ihrer Nachbarschaft wohnt, bin ein überführter Sexualstraftäter. Klar, dass ich mich bedroht fühle.

Frage zwei: *Wie haben Sie in dieser Woche schwierige Situationen gemeistert? Nennen Sie fünf Interventionen.*

Diese Frage ist leicht. Bei der allerersten Gruppensitzung bekommt man eine Liste von ungefähr hundertvierzig Ratschlägen für sogenannte Interventionen, die geeignet sind, aus dem Teufelskreis sexuellen Missbrauchs auszubrechen. Die meisten von uns haben sich anfangs darüber kaputtgelacht. Hundertvierzig Tipps, um nicht wieder rückfällig zu werden? Zu den besten Lachnummern zählt die Empfehlung, die Polizei anzurufen oder kalt zu duschen. Mein persönlicher Favorit ist der Sprung ins Meer mitten im Winter.

Ich antworte wie gewöhnlich: Bin Kindern aus dem Weg gegangen, habe mich von Kneipen ferngehalten, bin nicht ziellos in der Gegend herumgefahren, habe keine allzu hohen Erwartungen in mich gesetzt und ein Gummiband am Handgelenk getragen, um mich bei Bedarf damit zu zwicken.

Manchmal schreibe ich »kein Selbstmitleid zugelassen«, aber das ist mir in dieser Woche beim besten Willen nicht geglückt. Eine, wie ich finde, hübsche Alternative ist die Formulierung »keine allzu hohen Erwartungen«. Die habe ich schon seit Jahren nicht mehr.

Frage drei: *Was haben Sie in dieser Woche unternommen, um gesund zu leben? Nennen Sie fünf Interventionen.*

Auch darauf habe ich meine Routineantworten: Vollzeit gearbeitet, Sport gemacht, von Drogen und Alkohol die Finger gelassen, reichlich Muße gepflegt und eine ruhige Kugel geschoben. Nun, vielleicht war Letzteres heute nicht der Fall, an den vergangenen sechs Tagen aber schon, und es geht ja darum, einen Wochenbericht abzuliefern.

Frage vier: *Hatten Sie in dieser Woche unangemessene oder verwerfliche Bedürfnisse, Phantasien oder sexuelle Wünsche? Schildern Sie diese im Einzelnen.*

Ich schreibe: *Ich habe mir vorgestellt, mit einer gefesselten und geknebelten erwachsenen Frau Sex zu haben.*

Frage fünf: *Wie erklären Sie sich diese Bedürfnisse, Phantasien oder sexuellen Wünsche?*

Ich schreibe: *Ich bin dreiundzwanzig, lebe wie ein Mönch und bin geil bis zum Anschlag.*

Nach kurzem Zögern radiere ich »und geil bis zum Anschlag« aus und schreibe stattdessen »und auf dem Gipfel meiner Manneskraft«. Mrs Brenda Jane, unsere Gruppenleiterin, legt Wert auf gepflegte Ausdrucksweise. In unserer Gruppe gibt es keine Schwänze, Pimmel oder Prengel, sondern ausschließlich Penisse. Basta.

Auf Frage sechs soll ich mit der Beschreibung meiner Gefühle vor, während und nach der Selbstbefriedigung antworten. Die meisten Jungs behaupten, sauer oder angenervt zu sein. Der Druck wird immer stärker, bis er nicht mehr auszuhalten ist. Manche schreiben, dass sie anschließend heulen, sich schrecklich einsam fühlen und dafür schämen, an ihrem Ding herumgemacht zu haben.

Ich habe nichts dergleichen zu beschreiben. Ich bin Kfz-Mechaniker, und genauso befriedige ich mich, nämlich ganz ruhig, sachlich und darauf bedacht, dass alles ordentlich funktioniert.

Frage sieben: *Hatten Sie in dieser Woche partnerschaftlichen Sex? Berichten Sie davon.*

Ich habe nichts zu berichten.

Frage acht: *Haben Sie in dieser Woche eine altersangemessene Beziehung einzugehen versucht?*

Ich habe nichts zu berichten.

Und so geht es in einem fort weiter. Noch ein Wochenbericht, noch eine Gruppensitzung.

Wollen Sie wissen, was wir in diesen Sitzungen wirklich leisten? Wir rationalisieren auf Teufel komm raus. Ein

Vater, der mit seiner Tochter geschlafen hat, meint besser zu sein als der Priester, der fünfzehn Messdiener vernascht. Der Grapscher glaubt, moralisch besser dazustehen als der, der seinen Schwanz eintaucht. Der Lustmolch, der seine Opfer mit Bonbons, Aufmerksamkeit oder irgendwelchen Geschenken ködert, wähnt sich jenen Monstern überlegen, die Gewalt anwenden, und diese wiederum behaupten, ihren Opfern mit Gewalt weniger zu schaden als diejenigen, die ihnen einreden, sie wären ebenso schuldig an dem Vergehen. Der Staat hat uns alle in einen Topf geworfen, und wie in allen organisierten Gruppen will sich auch bei uns jeder einzelne Teilnehmer von den anderen unterscheiden und abgrenzen.

Wissen Sie, warum diese Gruppensitzungen funktionieren? Weil Lügner niemals auf andere Lügner hereinfallen. Und, seien wir ehrlich, lügen können alle, die hier im Raum sitzen, sogar im Schlaf.

Während der ersten halben Stunde unserer Sitzung gehen wir unsere Wochenberichte durch. Dann habe ich zum ersten Mal seit Monaten etwas zu sagen.

»Ich glaube, man wird mich verhaften.«

Alle verstummen. Mrs Brenda Jane räuspert sich und schiebt das Klemmbrett auf ihrem Schoß hin und her. »Aidan, wie mir scheint, haben Sie etwas auf dem Herzen.«

»Ja. Eine aus meiner Nachbarschaft ist spurlos verschwunden, und ich fürchte, dass man mir die Schuld dafür gibt, wenn sie nicht bald gefunden wird.« Meine Stimme klingt wütend, was mich selbst ein bisschen wundert, weil ich bislang dachte, ich hätte mich mit meinem Schicksal abgefunden. Aber vielleicht habe ich ja doch noch ein paar Erwartungen. Unwillkürlich lasse ich wieder das Gummiband schnappen. Ein sicheres Zeichen dafür, dass ich unter Strom stehe. Ich zwinge mich, damit aufzuhören.

»Hast du sie umgebracht?«, fragt Wendell. Wendell ist ein ungeheuer feister Kerl mit geschniegelter schwarzer Haarpracht im Gesicht. Er hat eine gute Ausbildung genossen, jede Menge Geld im Rücken und eine Stimme wie nach einem kräftigen Schluck Helium. Wendell ist in unserer Gruppe außerdem der unbestrittene Meister im Rationalisieren, ein armes Würstchen, das sich liebend gern exhibitioniert. Viel Show, aber immer schön auf Abstand. In unserer Gruppe sein zu müssen ist seiner Meinung nach der schlagende Beweis für die Unmenschlichkeit unseres Strafrechts.

Ich weiß nicht, ob Wendell wirklich nur auf Show macht und die Finger tatsächlich immer bei sich behält. Er hat wie jeder von uns vor seiner Aufnahme in das Resozialisierungsprogramm für Sexualstraftäter eine ausführliche Autobiographie seiner Vergehen vorlegen und sich dann an einen Lügendetektor anschließen lassen müssen (die Kosten dafür – hundertfünfzig Dollar – trägt jeder selbst, und das nicht nur einmal, denn der Test wird so oft wiederholt, bis man bestanden hat).

Ich für mein Teil halte Wendell für einen Psychopathen erster Güte. Wie gesagt, ein armes Würstchen. Er sucht sich seine Opfer gezielt aus, gern in Altersheimen, wo er bettlägerigen Greisinnen, die kaum mehr die Kraft haben, den Arm zu heben, den Anblick seiner drei Zentner nackten weißen Fleisches zumutet. Manchmal besucht er auch die Kinderklinik, um etwa einer Vierzehnjährigen, die gerade erfahren hat, dass sie in der achten Woche schwanger ist, sein Gehänge zu präsentieren. Am liebsten aber lauert der Fettkloß traumatisierten Frauen vor dem Therapiezentrum für Vergewaltigungsopfer auf.

Sein letztes Opfer ging nach Hause und knüpfte sich auf. Wendell aber wird Ihnen einreden, dass er nicht so schlecht ist wie wir anderen.

»Ich habe sie nicht angerührt«, antworte ich und sehe über Wendells Grinsen geflissentlich hinweg. »Ich kenne sie nicht einmal. Aber das ist wohl egal. Die Polizei wird in die Datenbank schauen und auf meinen Namen stoßen. Man wird mich abholen und einlochen, einfach so.« Wieder zupfe ich an meinem Gummi, was Mrs Brenda Jane bemerkt, worauf ich mich zwinge, damit aufzuhören.

Ich kann ihre Gedanken lesen: *Und was löst das in Ihnen aus, Aidan Brewster? Wie fühlen Sie sich?*

Beschissen, möchte ich schreien.

»Eine Frau ist verschwunden? In South Boston? Wann?«, fragt ein anderes Gruppenmitglied namens Gary Provost. Gary ist siebenunddreißig Jahre alt, ein alkoholkranker Anlageberater, der der elfjährigen Tochter seines Freundes an die Wäsche gegangen ist und dabei erwischt wurde. Seine Frau hat ihn daraufhin verlassen und die beiden Söhne mitgenommen. Auch die restliche Familie spricht kein Wort mehr mit ihm. Trotzdem darf er sich im Unterschied zu uns anderen berechtigte Hoffnungen machen. Denn zum einen macht er nach wie vor einen durchaus respektablen Eindruck, zum anderen scheint es ihm mit seiner Reue und den Schwüren, sich zu bessern, ernst zu sein. Gary ist ein ernsthafter Typ, ruhig und intelligent. Von allen hier im Raum mag ich ihn am meisten.

»Letzte Nacht.«

»In den Nachrichten habe ich nichts davon gehört.«

»Ich auch nicht«, bemerke ich und zucke mit den Achseln.

»Wie alt?« Wendell kommt mit seiner Frage zum Kern der Sache.

Erneutes Schulterzucken. »Sie ist Mutter, Mitte zwanzig oder so, irgendwas um den Dreh.«

»Das müsste dich doch entlasten«, meint Jim. »Eine erwachsene Frau. Und außerdem bist du nie gewalttätig geworden.«

Jim lächelt, als er das sagt. Er ist der Einzige in unserer Gruppe, der Stufe III für sich beanspruchen kann, das heißt, er gilt als der gefährlichste von uns allen. Ein Exhibitionist wie Wendell mag zwar am ehesten rückfällig werden, doch die wahren Monster sind Hardcore-Päderasten wie Jim. Nach eigener Aussage fühlt er sich ausschließlich zu acht Jahre alten Jungen hingezogen, und insgesamt waren es wahrscheinlich fünfunddreißig Knaben, an denen er sich im Laufe seiner fast vierzigjährigen Karriere vergangen hat. Zum ersten Mal als vierzehnjähriger Babysitter. Jetzt, im Alter von fünfundfünfzig, bremst ihn sein sinkender Testosteronspiegel zunehmend aus. Außerdem muss er riesige Dosen Antidepressiva zu sich nehmen, was die Libido ebenfalls stark beeinträchtigt.

In unseren wöchentlichen Sitzungen diskutieren wir regelmäßig darüber, inwieweit es möglich ist, sexuelle Vorlieben zu korrigieren. Man kann versuchen, einen Päderasten darauf zu trimmen, altersadäquate Partner zu begehren, aber es ist sehr schwer, der sexuellen Orientierung ihr Objekt zu nehmen, mit anderen Worten, ebendiese Person darauf zu trimmen, keine Kinder zu begehren.

Jim hat ein Faible für Strickjacken und Karamelllutscher. Allein schon deshalb glaube ich, dass er immer noch von vorpubertären Knaben träumt.

»Das wird wohl kaum zählen«, entgegne ich. »Ein registrierter Straftäter ist ein registrierter Straftäter. Zuerst wird verhaftet, Fragen werden später gestellt.«

»Nein«, widerspricht Gary, der Anlageberater. »Zuerst werden sie deiner Bewährungshelferin einen Besuch abstatten. So läuft das.«

Bewährungshelferin. Herrje, daran habe ich noch gar nicht gedacht. Ich bin jetzt seit zwei Jahren auf Bewährung und halte mich so selbstverständlich an meine Auflagen, dass mir die Besuche bei meiner Bewährungshelferin – ich muss einmal im Monat hin – zur Gewohnheit geworden sind. Reine Routine, mit der jemand wie ich in acht Minuten durch ist. Ich reiche eine Kopie meines Gehaltsstreifens ein, überbringe brav den Brief von Mrs Brenda Jane, belege, dass ich für meine wöchentliche Therapiesitzung die Gebühren bezahlt habe, und das war's dann. Bis in dreißig Tagen.

»Was wird deine Bewährungshelferin wohl sagen?«, fragt Wendell und zieht die Augen zusammen.

»Da gibt es nicht viel zu sagen.«

»Sind Sie heute zur Arbeit gegangen?«, will Mrs Brenda Jane wissen.

»Ja.«

»Kein Alkohol, keine Drogen, kein Internet?«

»Ich arbeite, gehe spazieren und bleibe sauber.«

»Dann ist doch alles in bester Ordnung. Sie haben natürlich Anspruch auf Rechtsbeistand. Wenn Sie sich Sorgen machen, sollten Sie vielleicht einen Anwalt zu Rate ziehen.«

»Ich glaube, der Ehemann lässt sich beraten«, höre ich mich selbst sagen. Wie komme ich dazu? Es ist wohl wieder dieser verfluchte Hang zu rationalisieren. *Seht her, nicht ich bin das Monster. Er ist es.*

Meiner Gruppe kann ich nichts vormachen. »Ja, ja«, erwidern mehrere. »Ist es nicht immer der Gatte?«

Wendell hat wieder dieses Grinsen im Gesicht. »Nicht, dass sie erst vierzehn wäre –«

»Wendell«, fährt ihm Mrs Brenda Jane ins Wort.

Er markiert den Unschuldigen. »Wollte nur sagen, dass es sich schließlich nicht um ein unmündiges Mädchen handelt.«

»Mr Harrington –«

Wendell hebt eine fleischige Hand und gibt sich geschlagen. Aber dann, in der allerletzten Minute, wendet er sich noch einmal an mich und sagt etwas sehr Nützliches.

»Hey, Mann, du arbeitest doch in dieser Kfz-Klitsche,

stimmt's? In deinem Interesse wäre zu hoffen, dass die verschwundene Frau ihren Wagen nicht zu euch in Inspektion gegeben hat.«

Und plötzlich sehe ich Sandra Jones ganz deutlich vor mir. Sie steht hinter dem grauen Metalltresen im Büro, hat die langen blonden Haare hinter die Ohren gesteckt und reicht Vito lächelnd ihre Autoschlüssel. »Geht klar«, sagt der. »Wir werden ihn dann gegen fünf abholen …«

Zum zweiten Mal in meinem Leben spüre ich genau, dass ich gerade dabei bin, alles zu verlieren.

8. Kapitel

Was macht eine Familie zur Familie?

Über diese Frage habe ich mir zeit meines Lebens den Kopf zerbrochen. Ich bin in einem typischen Südstaaten-Clan aufgewachsen, hatte eine Mutter, die den Haushalt führte und berühmt war für ihre makellose Erscheinung und den schönsten Rosengarten weit und breit. Ich hatte einen hochangesehenen Vater, ein Mann des Gesetzes, der hart arbeitete, um für seine beiden »reizenden Frauen« sorgen zu können. Ich hatte zwei Dutzend Cousins und Cousinen sowie jede Menge Tanten und Onkel. Unsere Verwandtschaft war so groß, dass die alljährlichen Familienfeste, die in unserem großen Haus, auf der breiten ringsum verlaufenden Veranda und der riesigen Rasenfläche gefeiert wurden, zu einer wahren Zirkusveranstaltung mit drei Manegen ausarteten.

Die ersten fünfzehn Jahre meines Lebens verbrachte ich damit, dicken Tanten artig zuzulächeln, die meine Wangen zwickten und sich nicht darüber einkriegten, wie sehr ich meiner Mutter gliche. Ich machte meine Hausaufgaben so gründlich, dass meine Lehrer mir den Kopf tätschelten und sagten, mein Vater könne sehr stolz auf mich sein. Ich ging zur Kirche. Ich passte auf die Kinder der Nachbarn auf, arbeitete nach der Schule in einem Laden und lächelte und lächelte, bis mir die Gesichtsmuskeln wehtaten.

Zu Hause sammelte ich die leeren Ginflaschen vom Parkettboden auf und tat so, als hörte ich es nicht, wenn meine Mutter betrunken durch den Flur schrie: »Ich weiß was, was du nicht weißt. Ich weiß was, was du nicht weißt …«

Ich war zwei Jahre alt, als mir meine Mama eine Glühbirne zu essen gab, um mit mir zum Arzt gehen und ihm sagen zu können, was für ein böses Mädchen ich sei. Ich war vier, als sie mich zwang, meinen Daumen in den Türspalt zu legen, worauf sie die Tür zuknallte, mit mir zum Arzt ging und sagte, wie wild ich sei. Ich war sechs, als sie mir ein Bleichmittel verabreichte, um dem Arzt deutlich zu machen, wie schrecklich es ist, meine Mutter zu sein.

Meine Mama hat mich gequält, immer und immer wieder, und niemand hat sie davon abgehalten. Waren wir deshalb eine Familie?

Mein Vater war misstrauisch, stellte aber keine Fragen, selbst dann nicht, wenn er von seiner betrunkenen Frau mit Messern durchs Haus gehetzt wurde. Waren wir deshalb eine Familie?

Ich wusste, dass meine Mama mir vorsätzlich wehtat, um meinen Vater zu treffen, sagte aber nie etwas. Waren wir deshalb eine Familie?

Mein Vater liebte sie. Das war mir schon in jungen Jahren klar. Er hielt zu ihr, was immer sie auch tat. Das sei in einer Ehe eben so, sagte er mir. Und sie wäre ja nicht immer so gewesen, fügte er meist hinzu. Vielleicht hielt er sie für un-

zurechnungsfähig und hoffte, dass sie einmal wieder so werden würde wie früher.

Wir taten so, als wäre nichts. Abends servierte uns Mama eine schön zubereitete Mahlzeit, die immer damit endete, dass sie uns mit Hühnerkeulen oder, schlimmer noch, mit Gläsern aus Bleikristall bewarf. Vater brachte sie dann in ihr Schlafzimmer, danach zu Bett und machte ihr Tee mit einem guten Schuss Gin.

»Du weißt, wie sie ist«, sagte er oft wie zu ihrer und seiner Entschuldigung. Den Rest des Abends verbrachten wir dann meist lesend im Wohnzimmer und taten beide so, als hörten wir es nicht, wenn sie lallend durchs Haus schrie: »Ich weiß was, was du nicht weißt. Ich weiß was, was du nicht weißt …«

Als meine Mutter starb, stellte ich nicht mehr so viele Fragen. Ich dachte, der Krieg wäre endlich vorüber, wir, mein Vater und ich, wären frei und könnten von nun an glücklich und zufrieden sein bis an unser Lebensende.

Eine Woche nach ihrer Beerdigung rodete ich Mutters preisgekrönte Rosenbüsche und zerkleinerte sie im Häcksler. Mein Vater hat über die verdammten Blumen mehr Tränen vergossen als jemals über mich.

Im Hinblick auf die wahre Natur von Familien wurden mir allmählich ein paar Dinge klar.

Es konnte wohl, wie ich rückblickend glaube, gar nicht anders kommen, als dass ich schwanger wurde, einen Fremden heiratete und in einen Bundesstaat auswanderte, wo das R nicht gerollt wurde. Ich war bislang keinen einzigen Tag allein gewesen und fing, als ich nun auf eigenen Beinen stand, unwillkürlich damit an, nachzubilden, wovon ich etwas zu verstehen glaubte: eine Familie.

Vor den Geburtswehen hatte ich höllische Angst. Auch nach neun Monaten Schwangerschaft war ich dazu noch nicht bereit. Die Tinte auf der Heiratsurkunde war kaum getrocknet. Wir richteten uns in unserem neuen Zuhause ein, einem winzigen Landhaus, das locker ins Wohnzimmer meiner Eltern gepasst hätte. Noch konnte ich keine Mom sein. Ich hatte noch kein Kinderbettchen angeschafft, geschweige denn den Elternratgeber durchgelesen.

Ich wusste viel zu wenig. Ich war für diese Aufgabe nicht geschaffen.

Ich weiß noch, wie ich mich zum Auto gequält und geglaubt habe, die preisgekrönten Rosen meiner Mutter riechen zu können. Ich warf mich auf den Rasen. Jason tätschelte meinen Rücken und versuchte, mir mit seiner ruhigen, beherrschten Stimme Mut zuzusprechen.

Er packte meine Tasche in den Kofferraum und half mir auf den Beifahrersitz.

»Tief durchatmen«, sagte er immer und immer wieder. »Tief durchatmen, Sandy. Tief durchatmen.«

Im Kreißsaal hielt mein tapferer Ehemann den Eimer, als ich mich erbrach. Er stützte mich, als ich ächzend und keuchend in die Geburtswanne stieg. Er lieh mir seinen Arm, den ich mit meinen Fingernägeln blutig kratzte, als ich aus meinem Leib herauspresste, was mir vorkam wie die dickste Bowlingkugel der Welt.

Die Schwestern waren voller Bewunderung für ihn, und

ich erinnere mich, meiner Mama aus vollem Herzen recht gegeben zu haben – die Welt war eine Schlangengrube. Wenn ich nur hätte aufstehen können, wenn dieser entsetzliche Schmerz nur aufgehört hätte.

Und dann … Endlich.

Meine Tochter Clarissa Jane Jones rutschte in die Welt und verkündete ihre Ankunft mit kehligem Protestgeschrei. Ich weiß noch, wie heiß und klebrig sich der schrumpelige kleine Körper anfühlte, als er mir auf die Brust gelegt wurde. Ich weiß noch, wie der winzig kleine Mund, such, such, such, umherirrte und sich schließlich anflanschte. Ich weiß noch, wie unbeschreiblich es war, sie zu stillen, während mir die Tränen übers Gesicht liefen.

Ich spürte, wie Jason uns beobachtete. Er stand ein paar Schritte abseits, die Hände in den Taschen und wie immer undurchschaubar. Und da wurde mir klar: Ich hatte ihn geheiratet, um meinem Vater zu entfliehen. Machte uns das zur Familie?

Mein Mann hat mich geheiratet, weil er ein Kind von mir wollte. Machte uns das zur Familie?

Clarissa ist unsere Tochter, weil sie in dieses Elend hineingeboren wurde. Machte uns das zur Familie?

Mag sein, dass man einfach irgendwo anfangen muss.

Ich reichte ihm meine Hand. Jason kam näher. Langsam, sehr langsam streckte er einen Finger aus und streichelte Clarissas Wange.

»Ich werde für euch sorgen«, murmelte er. »Ihr werdet es gut haben, versprochen, versprochen, versprochen.«

Dann nahm er meine Hand, und ich spürte die wahre

Kraft seiner Empfindungen, die dunkle Flut all dessen, was er zwar nie aussprechen würde, unter der Oberfläche aber doch zu erahnen war.

Er küsste mich. Clarissa lag zwischen uns, und er gab mir einen festen, energischen Kuss.

»Ich werde immer für euch sorgen«, wiederholte er flüsternd, streifte mit seiner Wange meine und vermischte seine mit meinen Tränen. »Das verspreche ich dir, Sandy. Ihr werdet es gut bei mir haben.«

Und ich glaubte ihm.

Um 17.59 Uhr, als Aidan Brewster zu seiner wöchentlichen Sitzung eintraf, schob Jason Jones für seine Tochter einen Film in den DVD-Player und geriet zunehmend in Panik.

Er hatte sich krankgemeldet und wusste nicht mehr weiter. Es war dunkel geworden. Sandy war immer noch nicht aufgetaucht. Auch von der Polizei kam kein Hinweis. Aus ihrem Nickerchen erwacht, war Ree so still wie zuvor. Sie hatten Candy Land und Froschhüpfen gespielt, das Leiterspiel und Fang-den-Fisch.

Dann hatten sie sich an ihren kleinen Maltisch gesetzt – er mit verschränkten Beinen auf dem Boden – und die großen Schablonen von Aschenputtel aus Rees Lieblingsheft ausgemalt. Auch Mr Smith blieb verschwunden, und Ree hörte auf, nach ihrem Kater oder nach ihrer Mommy zu fragen. Stattdessen betrachtete sie Jason aus ernsten dunklen Augen, die ihm immer mehr Angst machten.

Nach dem Abendessen – Fleischklöße, Capellini und

Gurkenscheiben – legte er einen Film ein. Ree freute sich sehr angesichts dieses seltenen Vergnügens und sprang mit ihrer Puppe Lil' Bunny auf das grüne Sofa. Jason behauptete, Wäsche waschen zu müssen, und zog sich eilig in den Keller zurück.

Nach ein paar Schritten durch den Kellerraum konnte er nicht mehr stillstehen und begann, unaufhörlich auf und ab zu gehen.

Als er in der Nacht zuvor von der Arbeit zurückgekehrt war und Sandra nicht zu Hause vorgefunden hatte, hatte er sich allenfalls ein wenig gesorgt und das getan, was naheliegend war: im Keller nachgesehen, auf dem Speicher, im Schuppen hinterm Haus. Dann hatte er sie auf ihrem Handy zu erreichen versucht, das Ding dann aber in der Handtasche klingeln hören. Halbherzig hatte er in der Tasche gekramt und das kleine Notizbuch mit dem Spiralrücken aufgeschlagen, um nachzusehen, ob – man kann ja nie wissen – ein mitternächtlicher Termin darin notiert war. Gegen halb drei war er allmählich zu dem Schluss gekommen, dass seine Frau nicht zu einem Treffen aus dem Haus gegangen war. Er war daraufhin in der Nachbarschaft herumgelaufen und hatte nach ihr gerufen, leise und etwa so, wie man nach einer Katze rufen würde.

Sie war nicht in ihrem Auto, auch nicht in seinem. Und sie war nicht zu Hause.

Türen und Fenster waren verriegelt gewesen. Sandra schien dafür gesorgt zu haben wie an jedem Abend, ehe sie zu Bett ging. Und die auf dem Küchentresen liegenden Klassenarbeiten zeigten, dass sie wie gewöhnlich noch ein wenig gearbeitet hatte, nachdem Ree eingeschlafen war.

An welcher Stelle war die Routine unterbrochen worden?

Seine Frau war nicht perfekt. Das wusste nicht nur Jason. Sie war noch jung und hatte wilde Zeiten hinter sich. Jetzt, im immer noch relativ zarten Alter von fast dreiundzwanzig Jahren, versuchte sie, ihre Mutterpflichten und den neu aufgenommenen Beruf unter einen Hut zu bringen, also ein Leben zu führen, das ihr alles andere als vertraut war. Als ihr erstes Schuljahr begonnen hatte, war sie ein wenig auf Distanz gegangen und auffällig wortkarg gewesen, dann seit Dezember überaus freundlich, aber irgendwie bemüht freundlich. Weil sie so anders schien, hatte er sich vorgenommen, im Februar Urlaub zu machen.

Obwohl sie nie davon sprach, war er sich sicher, dass sie Heimweh hatte, vor allem im Winter. Er war sich sicher, dass sie manchmal den Wunsch verspürte, ausgehen oder sich wenigstens wieder ein wenig jung fühlen zu können. Aber auch darüber sprach sie nie.

Er vermisste sie jetzt, und dieser Gedanke schmerzte ihn. Er hatte sich daran gewöhnt, nach Hause zu kommen und sie im Ehebett vorzufinden, mit eingezogenen Beinen schlafend wie ihre Tochter. Er mochte ihren schleppenden Südstaatenakzent, ihre geradezu obsessive Sucht nach Dr. Pepper und ihr Lächeln, bei dem sich auf der linken Wange ein Grübchen zeigte.

Wenn sie still war, strahlte sie eine Ruhe aus, die ihn

besänftigte. Wenn sie mit Ree kicherte und scherzte, war ihm, als würde ein Funke auf ihn überspringen und ihn lebendig machen.

Er hörte ihr gern zu, wenn sie ihrer Tochter vorlas oder wenn sie summend in der Küche werkelte. Er weidete sich an ihrem Anblick, wenn sie ihr Haar offen trug und sie beim Blick in seine Augen errötete.

Ob sie ihn liebte, wusste er nicht. Das hatte er nie herausgefunden. Doch es reichte ihm, dass sie ihn für eine Weile gebraucht und auch begehrt hatte.

Sie hat mich verlassen, war sein erster Gedanke um drei in der Früh, als er im dunklen Wohnzimmer saß. Er hatte sich von dem Urlaub im Februar Besserung erhofft, doch er war ein Desaster gewesen. Wahrscheinlich hatte ihn Sandy auch deswegen verlassen.

Doch gleich darauf verwarf er diesen Gedanken wieder. Gut möglich, dass Sandy der Ehe nur halbherzig zugestimmt hatte, aber was Ree betraf, war sie ganz und gar nicht halbherzig. Wenn sie aus freien Stücken gegangen wäre, hätte sie ihre Tochter mitgenommen und auch ihre Handtasche nicht vergessen. Dass dem nicht so war, konnte nur bedeuten: Sandy war nicht aus freien Stücken gegangen. Irgendetwas war passiert, hier, in Jasons eigenem Haus, während die Tochter oben in ihrem Bett lag und schlief. Und er hatte keine Ahnung, was das sein konnte.

Jason war ein reservierter Mann, eher nüchtern als gefühlvoll, zurückhaltend, was Mutmaßungen anging. Das machte ihn zu einem guten Reporter. Er verstand sich ausgezeichnet darauf, aus einer unüberschaubaren Fülle von Daten genau das Goldkörnchen an Informationen herauszudestillieren, das den Zusammenhang stiftete. Er ließ sich nicht beirren von Wut, Entsetzen oder Trauer. Er hatte keine vorgefassten Meinungen über Bostons Bürger oder die Menschheit im Allgemeinen.

Jason war immer auf das Schlimmste gefasst. Und so versuchte er ständig, sich zu wappnen. Vielleicht war er ein wenig naiv, aber er hatte sich immer eingeredet, seine Familie schützen zu können, wenn er denn nur genug Wissen und Erfahrung sammelte.

Aber nun saß er da, konfrontiert mit quälenden Rätseln, und spürte, wie ihm die Kontrolle entglitt.

Die Polizei war vor fast sechs Stunden abgezogen, nur noch ein einziger Beamter, gegen fünf für den abgelösten Kollegen eingesetzt, wartete draußen in seinem Wagen. Die Polizei den ganzen Vormittag über im Haus zu haben, war für Jason kaum auszuhalten gewesen. Jetzt fand er ihre Abwesenheit noch unerträglicher. Was unternahmen die Detectives? Was ging im Kopf von Sergeant D. D. Warren vor? Hatte sie seinen Köder geschluckt und den Sexualstraftäter in der Nachbarschaft festgenommen, oder war er, Jason, immer noch der Hauptverdächtige?

Gab es schon einen Beschlagnahmebeschluss für seinen Computer? Konnten sie ihn aus dem Haus holen und in Gewahrsam nehmen? Welche Beweise brauchten sie für einen solchen Schritt?

Und es drängte sich ihm eine noch schlimmere Frage auf. Was würde mit Ree geschehen, wenn sie ihn festnähmen?

Jason kreiste ruhelos um den kleinen Tisch. Ihm war bereits schwindelig, aber er konnte nicht stehen bleiben. Er hatte keine Verwandten in der Stadt, keine engeren Freunde. Würde sich die Polizei mit Sandys Vater Max in Verbindung setzen, Ree nach Georgia bringen oder ihn herkommen lassen?

Und was, wenn Max zur Stelle wäre? Was würde er sagen oder tun können?

Mit jeder Stunde, die Sandy verschollen blieb, verschärfte sich die Lage. Die Polizei würde härtere Bandagen anlegen, und irgendwann, es ließe sich nicht vermeiden, käme die Presse dahinter. Seine eigenen Kollegen würden über Jason herfallen und den Fall an die Öffentlichkeit zerren. Jason Jones, der Ehemann der verschwundenen Frau, im Fokus der laufenden Ermittlungen.

Früher oder später würde jemand sein Bild erkennen und Zusammenhänge aufdecken.

Eher früher als später, wenn die Polizei Zugriff auf seinen Computer hatte.

Jason hastete so schnell um den Tisch herum, dass er mit dem Knie gegen den Rand der Waschmaschine prallte. Der Schmerz ließ ihn endlich innehalten. Vor seinen Augen drehte sich alles. Mit beiden Händen auf der Maschine abgestützt, rang er nach Luft.

Als er wieder klar sehen konnte, fiel sein Blick auf eine Spinne, eine kleine braune Gartenspinne, die unmittelbar vor seinen Augen an ihrem Faden hing.

Jason sprang zurück, trat mit dem Schienbein gegen die Tischkante und schrie auf. Nicht vor Schmerzen, die machten ihm nichts aus. Er konnte fast alles ertragen, nur den Anblick dieser Spinne nicht.

Einen Moment lang wurde ihm alles zu viel. Einen Moment lang hatte er sich von dieser winzigen Spinne zurückversetzt gesehen in einen Raum, der ewig dunkel war, abgesehen von den Augen, die aus den vielen Terrarien ringsum an den Wänden leuchteten, an einen Ort, durch den immerzu Schreie zu gellen schienen, der nach Tod und Verwesung stank, was selbst Litermengen von Ammoniak nicht wegbekommen konnten.

An einen Ort, wo kleine Jungen und große Mädchen starben.

Jason stieß sich eine Faust in den Mund, biss mit den Zähnen auf die Knöchel, bis er Blut schmeckte, ließ sich von den Schmerzen in die Wirklichkeit zurücktragen.

»Reiß dich zusammen«, murmelte er. »Beherrsch dich. Du darfst die Kontrolle nicht verlieren.«

Plötzlich klingelte das Telefon. Dankbar verließ er den Keller und eilte nach oben, um abzunehmen.

Der Anrufer war Phil Stewart, der Rektor von Sandys Schule. Er klang ungewöhnlich irritiert.

»Ist Sandra zu Hause?«, begann er.

»Sie ist nicht zu sprechen«, antwortete Jason automatisch. »Kann ich eine Nachricht für sie entgegennehmen?«

Nach längerer Pause: »Jason?«

»Ja.«

»Ist sie da? Ich meine, ist sie wiederaufgetaucht?«

Die Polizei hatte also in der Schule nachgefragt. Natürlich hatte sie das. Das war nur logisch. Jason wusste nicht, was er sagen sollte, und suchte nach einer unverfänglichen Formulierung, die über den Stand der Dinge Auskunft gäbe, ohne ins Persönliche zu gehen.

Ihm fiel nichts ein.

»Jason?«

Jason räusperte sich und warf einen Blick auf die Uhr. 19.07 Uhr. Sandy war nunmehr seit – ja, seit wann? – seit achtzehn oder zwanzig Stunden verschwunden. Seit einem Tag fast, und bald würde der zweite Tag beginnen. »Ähmmm … sie … sie ist nicht zu Hause, Phil.«

»Sie wird also noch vermisst?«

»Ja.«

»Können Sie sich das irgendwie erklären? Hat die Polizei eine Spur? Wie ist es dazu gekommen, Jason?«

»Ich bin gestern Abend wie gewohnt zur Arbeit gegangen«, antwortete er. »Als ich zurückkam, war sie weg.«

»Oh, mein Gott«, seufzte Phil. »Haben Sie eine Ahnung, was passiert sein könnte?«

»Nein.«

»Glauben Sie, dass sie wieder nach Hause kommt? Ich meine, vielleicht hat sie sich nur eine Auszeit gegönnt.« Jetzt ging es also doch ins Persönliche. Jason konnte buchstäblich hören, wie Phil am anderen Ende der Leitung rot wurde.

»Vielleicht«, erwiderte Jason ruhig.

»Nun.« Phil schien sich zusammenzureißen. »Dann werde ich wohl über übel für eine Vertretung sorgen müssen.«

»Ja, das sollten Sie.«

»Wird die Suche morgen fortgesetzt? Ich könnte mir vorstellen, dass ein paar Kollegen gern behilflich wären. Wahrscheinlich auch manche Eltern. Es wird doch bestimmt Unterstützung benötigt. Wir könnten Handzettel verteilen, Nachbarn befragen und so weiter. Wer leitet die Ermittlungen?«

Jason spürte wieder Panik in sich aufsteigen. Er straffte die Schultern und zwang sich zu einer festen Stimme. »Das weiß ich noch nicht, aber ich gebe Ihnen dann Bescheid.«

»Wir müssen auch überlegen, was wir den Kindern sagen«, fuhr Phil fort. »Wäre nicht so gut, wenn sie es aus den Zeitungen erfahren. Vielleicht sollten wir auch die Eltern benachrichtigen. So etwas hat es in unserer Gegend noch nie gegeben. Wir müssen die Schüler darauf vorbereiten.«

»Ich halte Sie auf dem Laufenden«, sagte Jason.

»Wie geht es Clarissa?«, fragte Phil.

»Den Umständen entsprechend.«

»Wenn Sie Hilfe brauchen, lassen Sie es uns wissen. Ich bin mir sicher, dass die eine oder andere Kollegin gern einspringen würde. Das ließe sich regeln.«

»Natürlich«, entgegnete Jason. »Das ließe sich regeln.«

9. Kapitel

Um 17.59 Uhr hatte Sergeant D. D. Warren wieder Oberwasser. Zum einen hatte sie endlich einen Durchsuchungsbeschluss für Jason Jones' Wagen. Zum anderen war sie mit der Bewährungshelferin eines registrierten Sexualstraftäters verabredet. Aber das Beste: In der Nachbarschaft stellten alle ihr Gerümpel für die Sperrmüllabfuhr auf die Straße.

Sie fuhr durch South Boston und stimmte mit Detective Miller, der neben ihr saß, die nächsten Schritte ab, während sie sich gleichzeitig mit Blick durchs Fenster ein Bild von der Lage des Landes machte.

»Detective Rober sagt, Jones sei den ganzen Nachmittag über im Haus geblieben«, sagte Miller. »Keine Gäste, keine Besorgungen, keine erkennbaren Aktivitäten. Er scheint mit seiner Tochter die Zeit totzuschlagen.«

»War er kein einziges Mal an seinem Pick-up?«, wollte D. D. wissen.

»Nein. Er hat nicht einmal die Haustür geöffnet.«

»War er an seinem Computer? Das müsste man von draußen sehen können.«

»Ich habe nachgefragt, und die Antwort war vage. Die Sonne stand so ungünstig, dass unser Mann nicht sehen konnte, was sich hinterm Küchenfenster abspielte. Aber nach seiner Einschätzung hat Jason die meiste Zeit mit seinem Kind verbracht.«

»Interessant«, sagte D. D. und meinte es auch so. Wie sich ein Ehemann verhielt, dessen Liebste verschwunden war, war für polizeiliche Ermittlungen außerordentlich aufschlussreich. Ging er seinen üblichen Geschäften nach? Ließ er sich von einer anderen Frau »trösten«? Kaufte er Brandbeschleuniger und/oder andere ungewöhnliche Mittel beziehungsweise Werkzeuge?

An Jasons Verhalten schien vor allem das bemerkenswert zu sein, was er nicht tat. Er bat weder Freunde noch Verwandte vorbeizukommen, um ihn zum Beispiel bei der Betreuung des Kindes zu unterstützen. Er ging nicht in den nächsten Copyshop, um Fotos seiner vermissten Frau vergrößern zu lassen. Er verzichtete darauf, sich bei Nachbarn zu erkundigen: *Hey, habt ihr zufällig meine Frau gesehen? Hat jemand letzte Nacht vielleicht was Ungewöhnliches bemerkt? Oh, übrigens, wisst ihr, wo unser Kater abgeblieben sein könnte?*

Seine Frau verschwand – aber er unternahm nichts.

Es schien fast, als erwarte er nicht, dass sie zurückkehrte. Das fand D. D. äußerst interessant.

»Okay«, sagte sie, »da sich Jason bedeckt hält, sollten wir zunächst einmal die Bewährungshelferin von Aidan Brewster aufsuchen. Der verdächtige Ehemann läuft uns nicht weg. Kümmern wir uns also einstweilen um den vorbestraften Nachbarn.«

»Einverstanden«, entgegnete Detective Miller. »Schon

gesehen? Morgen ist Sperrmüll.« Er deutete nach draußen, wo sich auf den Gehwegen ausrangierter Plunder sammelte. Solange er sich im Haus befand, brauchte man zu dessen Beschlagnahme einen Beschluss. Aber draußen auf dem Gehweg … »Wie wär's, wenn ich einen Kollegen auf Jones' Müll ansetzen würde? So gegen zwei oder drei in der Nacht? Vielleicht ist etwas dabei, das uns weiterhelfen könnte.«

»Ah, Detective, Sie können Gedanken lesen.«

»Ich versuch's«, erwiderte er bescheiden.

D. D. zwinkerte ihm zu. Sie machten kehrt und fuhren zurück in die Stadt.

Colleen Pickler war bereit, sie in ihrem Büro zu empfangen, einem als solches kaum erkennbaren Raum mit hellgrauem Linoleumboden, steingrau gestrichenen Wänden und Aktenschränken in ähnlicher Farbe. Colleen war das komplette Gegenteil von Gran: eine athletische Amazone mit knallroten Haaren, um die eins achtzig und ausstaffiert mit dunkelrotem Blazer über einem kaleidoskopischen T-Shirt aus Orange-, Gelb- und Rottönen. Als sie sich hinter ihrem Schreibtisch erhob, schien es, als tauchte aus einer Nebelbank plötzlich eine Fackel auf.

Mit drei lässigen Schritten durchquerte sie das Zimmer, schüttelte ihrem Besuch die Hand und bat die beiden, auf den kleinen blauen Stühlen vor dem Schreibtisch Platz zu nehmen.

»Stören Sie sich bitte nicht an meinem Büro«, schmunzelte sie. »Ich habe fast ausschließlich mit Sexualstraftätern zu tun, und die zuständigen Behörden sind offenbar der Ansicht, dass alle Farben, abgesehen von Grau, stimulierend auf sie wirken könnten. Ich weiß allerdings –«, sie deutete auf ihr Haupt, »dass dem nicht so ist.«

»Sie arbeiten fast ausschließlich mit Sexualstraftätern?«, fragte D. D. überrascht.

»Ja, für die Bewährungshilfe eine durchaus dankbare Gruppe. Fixer und kleine Gauner werden rückfällig, sobald sie wieder frische Luft schnuppern. Über Auflagen lachen die nur. Der durchschnittliche Sittenstrolch hingegen ist eifrig bemüht, alles ordnungsgemäß zu erfüllen.«

Miller starrte Pickler an, als hätte er gerade eine Erscheinung. »Wirklich?«, fragte er. Er strich sich über seinen dünnen braunen Schnauz, hielt kurz inne und strich weiter.

»Ja. Die meisten von ihnen haben die Hosen voll. Der Knast war die Hölle für sie. Dahin wollen sie auf keinen Fall zurück. Sie sind ausgesprochen fügsam und regelrecht darauf erpicht, alles korrekt zu machen. Im Ernst, die richtig harten Päderasten würden sich sogar täglich bei mir melden. Ich bin der einzige erwachsene Mensch, zu dem sie eine Beziehung haben, und mir zuliebe würden sie sich beide Beine ausreißen.«

D. D. zog eine Braue in die Stirn und setzte sich. »Also ganz normale Jungs.«

Pickler zuckte mit den Achseln. »Sofern von normal überhaupt die Rede sein kann. Aber natürlich wären Sie jetzt nicht hier, wenn Sie nicht davon ausgehen müssten, dass einer wieder über die Stränge geschlagen hat. Um wen handelt es sich?«

D. D. warf einen Blick auf ihre Notizen. »Brewster. Aidan Brewster.«

»Aidan Brewster?«, wiederholte Pickler. »Nie im Leben.«

»Doch.«

Jetzt war es Pickler, die eine Braue in die Stirn zog. Sie wandte sich dem nächsten grauen Metallschrank zu und blätterte ein paar Akten durch. »B… B… Brewster. Aidan. Da haben wir ihn. Ich kann allerdings gleich vorwegschicken, er ist ein anständiger Junge.«

»Anständig für einen vorbestraften Sexualstraftäter«, bemerkte D. D. trocken.

»Ich bitte Sie. Genau an der Stelle hapert es in unserem Rechtssystem. Eine abstrakte Gruppe von Straftätern wird verteufelt und ohne weitere Fragen in eine Schublade gesteckt. Will sagen: Wenn ein Neunzehnjähriger mit einer Vierzehnjährigen im beiderseitigen Einverständnis Zärtlichkeiten austauscht, wird er in einen Topf geworfen mit jemandem, der dreißig Kinder geschändet hat. Mit gleichem Recht könnte man behaupten, dass ein Serienkiller nicht schlechter ist als ein Mann, der seiner Frau ein blaues Auge gehauen hat. Klar, Mistkerle sind beide, aber es gibt doch wohl noch Unterschiede.«

»Und inwiefern unterscheidet sich Ihr Aidan Brewster von den schweren Fällen?«, fragte D. D.

»Er ist der Neunzehnjährige, der mit seiner vierzehnjährigen Stiefschwester Zärtlichkeiten ausgetauscht hat, im beiderseitigen Einverständnis.«

»Und dafür ist er auf Bewährung?«

»Dafür hat er sogar zwei Jahre im Gefängnis gesessen. Wäre sie ein Jahr jünger gewesen, hätte man ihm zwanzig Jahre aufgebrummt. Damit er nie wieder auf dumme Gedanken kommt.«

»Eine Vierzehnjährige ist zu jung, um ihr Einverständnis geben zu können«, meinte Miller. Auch er hatte endlich Platz genommen. »Das müsste ein Neunzehnjähriger wissen.«

Pickler ging darauf nicht ein. »Brewster darf jetzt ein Leben lang dafür büßen, dass er daran nicht gedacht hat. Überführte Sexualstraftäter sind auf immer gebrandmarkt. Auch wenn Brewster die nächsten dreißig Jahre sauber bleibt, er wird immer zu der Gruppe zählen, die unser Rechtssystem verteufelt. Das heißt, sobald er sich um einen Job bewirbt oder eine Wohnung sucht oder eine Staatsgrenze überschreitet, hat er ein Problem. Für einen Dreiundzwanzigjährigen ist das eine ziemlich schwere Bürde.«

»Wie trägt er sie?«, wollte D. D. wissen.

»So gut es geht. Er nimmt an einem Programm für Sexualstraftäter teil und erscheint regelmäßig zu den wöchentlichen Sitzungen. Er hat eine Wohnung, einen Job und schlägt sich durch.«

»Eine Wohnung«, wiederholte D. D.

Pickler nannte eine Adresse. Sie stimmte mit der überein, die D. D. bereits kannte. »Weiß der Vermieter Bescheid?«, fragte sie.

»Es ist eine Vermieterin«, antwortete Pickler. »Ich habe es ihr gesagt. War zwar den Vorschriften nach nicht nötig, aber ich finde, es ist immer besser, auf der sicheren Seite zu sein. Hätte sie es später herausgefunden und Aidan auf die Straße gesetzt, wäre er womöglich abgerutscht. Als seine Bewährungshelferin halte ich es für meine Pflicht, unnötigen Stress von ihm fernzuhalten.«

»Wie hat die Vermieterin reagiert?«

»Sie wollte die ganze Geschichte hören und verlangte von mir, jederzeit für sie erreichbar zu sein. Als ich ihr das versicherte, war sie einverstanden. Auch solche Leute gibt's. Sie wollen einfach Bescheid wissen.«

»Was ist mit den Nachbarn?«, setzte D. D. nach.

»Die wissen nichts. Auch die Polizei vor Ort wurde nicht informiert«, antwortete Pickler. »Brewster meldet sich natürlich bei der SORD. Ich finde, das reicht angesichts seines Risikoprofils und seiner Teilnahme am Resozialisierungsprogramm.«

»Soll heißen?«, fragte Miller.

»Dass Brewster auf einem guten Weg ist. Er hat eine feste Adresse, einen festen Arbeitsplatz und besucht seit fast zwei Jahren in aller Regelmäßigkeit seine Selbsthilfegruppe, die einmal in der Woche zusammenkommt. Ich hätte gern mehr Mandanten wie Aidan Brewster.«

»Klingt ja wie eine richtige Erfolgsstory«, frotzelte Miller.

Pickler zuckte mit den Achseln. »Wie man's nimmt. Schauen Sie, ich bin jetzt seit achtzehn Jahren im Geschäft. Sechzig Prozent meiner Schützlinge bewähren sich, vielleicht nicht immer auf Anhieb, aber letztlich doch. Die restlichen vierzig Prozent …« Erneutes Schulterzucken. »Nun, manche von ihnen gehen in den Knast zurück, andere saufen sich zu Tode, und einige begehen Selbstmord. Letztere werden zwar, genau genommen, nicht rückfällig, aber von einem Erfolg kann auch nicht die Rede sein. Und dann gibt es sogar noch die Aidan Brewsters dieser Welt. Aus meiner Sicht ist er ein guter Junge, und mehr kann ich Ihnen zu diesem Thema nicht sagen.«

»Wo arbeitet er?«, fragte D. D.

»In einer Kfz-Werkstatt. *Vito's.* Er ist offenbar sehr geschickt, und dadurch wird vieles für ihn leichter.«

D. D. machte sich eine Notiz. »Habe ich richtig verstanden, dass er seit zwei Jahren dort arbeitet?«

»Als erste Kraft«, spezifizierte Pickler. »Vito, sein Chef, ist voll des Lobes. Brewster hat seinen Job sicher, und das ist wichtig bei den Ausgaben, die er hat.«

»Was für Ausgaben?«, wollte Miller wissen.

»Das Resozialisierungsprogramm. Die Teilnehmer müssen die Kosten selbst tragen. In Brewsters Fall sind das sechzig Dollar pro Woche. Hinzu kommen die Kosten für den Lügendetektor, hundertfünfzig pro Test, dem er sich alle zehn Wochen unterziehen muss. Damit wird sichergestellt, dass er auf Kurs ist. Wenn er eine elektronische Fußfessel hätte, müsste er auch dafür aufkommen, aber er darf sich glücklich schätzen, dass er ein Jahr vor Einführung des GPS aus dem Knast gekommen ist. Dann wären da noch Miete, Fahrtkosten et cetera pp. Nicht gerade wenig für jemanden, der mit begrenzten Einsatzmöglichkeiten an den Start geht.«

»Sie meinen, er darf nicht mit Minderjährigen in Kontakt kommen«, sagte D. D.

»Exakt. Also schraubt er an Autos. Kundenverkehr kommt für ihn nicht in Frage. Wer weiß, es könnte ja eine Frau mit zwei Krabbelkindern in die Werkstatt kommen.«

»Er ist, wenn ich zusammenfassen darf, ein guter Angestellter.«

»Der beste.« Colleen grinste. »Vito hat mit ihm das große Los gezogen. Er könnte ihn nach Strich und Faden ausbeuten. Der Junge würde sich nie beklagen, denn beide wissen: Vor die Tür gesetzt, müsste er sich einen neuen Job besorgen. Und das ist, wie man sich vorstellen kann, für Sexualstraftäter verdammt schwer. Aber es gibt immer auch schlaue Arbeitgeber, die mehr als glücklich darüber sind, solche Typen an Bord zu haben.«

Miller krauste die Stirn. »Sollen wir jetzt Mitleid mit dem armen kleinen Aidan Brewster haben, der's so schwer hat, weil er sich einmal nicht beherrschen konnte?«

»Verlange ich das?«, entgegnete Colleen gelassen. »Ich sage nur, gleiches Recht für alle Straftäter. Wer seine Strafe abgebüßt hat, sollte raus aus dem Schneider sein. Brewster sitzt zwar nicht mehr im Gefängnis, muss aber immer noch büßen, und das für den Rest seines Lebens. Paradoxerweise wäre er jetzt besser dran, hätte er das Mädchen getötet, anstatt mit ihm zu schlafen. Mir ist als Vertreterin dieses Rechtssystems nicht wohl bei diesem Gedanken.«

D. D. hatte bereits andere Gedanken. Sie wandte sich an Miller. »Wissen wir, wo Familie Jones ihre Autos inspizieren lässt?«

Er schüttelte den Kopf und machte sich eine Notiz. »Das haben wir bald.«

»Von wem sprechen Sie?«, fragte Colleen.

»Von Jason und Sandra Jones. Sie wohnen in derselben Straße wie Aidan Brewster. Letzte Nacht ist Sandra Jones spurlos verschwunden.«

»Aha.« Colleen stieß einen Seufzer aus, lehnte sich zurück und fuhr sich mit beiden Händen durch den Feuerball ihrer Haare. »Sie glauben, Aidan hat irgendetwas damit zu tun?«

»Das können wir vorläufig noch nicht ausschließen.«

»Wie alt ist Sandra Jones?«

»Dreiundzwanzig. Sie unterrichtet Sechstklässler und hat eine vierjährige Tochter.«

»Halten Sie es tatsächlich für möglich, dass Aidan diese Frau mitten in der Nacht und in Anwesenheit ihres Mannes aus dem Haus holt und entführt?«

»Der Ehemann war nicht da. Er ist Journalist und arbeitet nachts.«

Colleens Augen verengten sich. »Sie vermuten wohl, Brewster war hinter dem Kind her. Vielleicht interessiert Sie dann, dass bei den Lügentests – und davon hat er bislang vier oder fünf machen müssen – kein einziges Mal zum Vorschein kam, dass er irgendwelche pädophilen Gelüste hat.«

»Mag ja sein«, entgegnete D. D. »Aber Sandra Jones

soll, wie man hört, eine sehr schöne Frau sein. Mit ihren dreiundzwanzig Jahren dürfte sie außerdem noch als durchaus jung zu bezeichnen sein, ja, da fällt mir gerade auf, sie ist im gleichen Alter wie Brewster. Stimmt's?«

Colleen nickte.

»Da wären also eine schöne junge Mom und ein vorbestrafter Triebtäter, die in derselben Straße wohnen. Sieht Aidan zufällig gut aus?«

»Kann man so sagen. Dichtes blondes Haar, blaue Augen, Typ Surfer, aber einer von der angenehmen Art.«

Miller verdrehte die Augen.

D. D. führte ihre Theorie weiter aus: »Sandras Mann arbeitet nachts. Sie ist also viel allein mit ihrem Kind, manchmal wahrscheinlich draußen im Hof, und dann kommt Aidan vorbei und plaudert mit ihr. Möglich, dass aus der Plauderei mehr wird …«

»… und sie mit ihm durchbrennt?«, ergänzte Colleen.

»Vielleicht kommt es auch zum Streit. Sie hat von seiner Vorgeschichte erfahren und macht ihm Vorwürfe. Vielleicht unterstellt sie ihm, auf ihre Tochter scharf zu sein, und die ist, wie wir wissen, ihr Ein und Alles.«

»Darum bringt er sie um«, folgerte Colleen mit ironischem Unterton.

»Wie Sie schon sagten, diese Jungs haben eine Heidenangst davor, in den Knast zurückzumüssen.«

»Aidan Brewster verführt die einsame Ehefrau aus seiner Nachbarschaft und tötet sie dann, damit sie ihn nicht verpfeifen kann.«

Jetzt war es wieder D. D., die mit den Achseln zuckte. »Es soll schon seltsamere Motive gegeben haben.«

Colleen seufzte. Sie nahm einen Bleistift zur Hand und ließ das Radiergummiende auf den Schreibtisch klacken, immer und immer wieder. »Na schön. Fürs Protokoll: Ich glaube, Sie sind auf dem Holzweg. Aidan hat sich einmal auf eine riskante Beziehung eingelassen und eine empfindliche Strafe dafür hinnehmen müssen. Glauben Sie mir, wenn er eine Frau wie Sandra Jones draußen in ihrem Hof sieht, wird er auf dem Absatz kehrtmachen und schleunigst das Weite suchen. Er fordert das Schicksal mit Sicherheit nicht noch einmal heraus. Wie dem auch sei, es ist nun leider so, dass eine Frau vermisst wird, die zufällig in derselben Straße wohnt wie unser Unglücksrabe Aidan Brewster. Wir müssen uns wohl oder übel an die Vorschrift halten und ihm auf den Zahn fühlen.«

»Freut mich zu hören.«

Colleen tippte wieder mit dem Bleistift auf die Schreibtischplatte. »Wann?«

»So bald wie möglich. Wenn Sandra Jones morgen um neun immer noch nicht aufgetaucht ist, gilt sie offiziell als vermisst. Dann erfährt auch die Presse davon …«

»Und der ganze Rummel geht los.«

»Sie sagen es.«

Colleen schnaubte. »Ich rekapituliere, Sandra Jones ist eine junge, schöne Mutter und Lehrerin.«

»So ist es.«

»Und die Polizei steht unter Druck.«

»Allerdings.«

»Also gut. Sie haben mich überzeugt. Ich werde Brewster noch heute Abend einen Besuch abstatten, mich in seiner Wohnung umsehen und in Erfahrung bringen, was er in letzter Zeit getrieben hat. Mal schauen, ob's was bringt.«

»Wir begleiten Sie.«

Colleen hielt den Bleistift drohend in die Höhe. »Kommt nicht in Frage«, entschied sie.

»Sie sind nicht vom Fach«, konterte D. D. »Damit will ich sagen, dass Sie nicht befugt sind, Beweise, wenn es denn welche geben sollte, sicherzustellen.«

»Ich könnte Sie anrufen.«

»Und damit Brewster alarmieren.«

»Ich würde mich zusammen mit ihm aufs Sofa setzen und auf Sie warten. Hören Sie, ich bin seine Bewährungshelferin und habe zwei Jahre daran gearbeitet, eine Beziehung zu ihm aufzubauen. Daran, dass er ehrlich auf meine Fragen antwortet. Wenn Sie ihn vernehmen, macht er sofort dicht. Darauf können Sie sich verlassen.«

D. D. presste die Lippen aufeinander, verärgert und frustriert zugleich.

»Er ist ein guter Junge«, fuhr Colleen mit ruhiger Stimme fort. »Ich halte ihn für unschuldig, auch wenn Sie damit nichts anfangen können.«

»Hatten Sie es schon einmal mit einem Schützling zu tun, der rückfällig geworden ist?«, fragte Miller.

Colleen nickte. »Mit dreien.«

»Waren Sie darauf vorbereitet?«

Pickler seufzte wieder. »Nein«, gestand sie leise. »In allen drei Fällen gab es keinerlei Vorzeichen. Mit den Jungs schien alles in Ordnung zu sein. Sie kamen mit dem Druck, unter dem sie standen, gut zurecht. Bis schließlich doch der Druck zu groß wurde. Und dann gab's kein Zurück.«

10. Kapitel

Geheimnisse haben mich immer schon fasziniert. Ich bin mit einer Lebenslüge groß geworden und wittere deshalb überall Betrug. Da war ein Schüler in meiner Klasse, der selbst an warmen Tagen dicke Sweater trug – er wurde von seinem Stiefvater in aller Regelmäßigkeit windelweich geprügelt. Oder diese ältere Dame, die mit verkniffenem Gesicht und knochigen Schultern in der chemischen Reinigung arbeitet – sie wird von ihrem widerlichen Sohn, der draußen vor der Tür rumlungert, aufs übelste misshandelt.

Leute lügen, so unwillkürlich, wie sie atmen. Wir lügen, weil wir uns nicht anders behelfen können.

Mein Mann lügt und sieht mir dabei in die Augen. Als Lügner ist Jason perfekt.

Ich kannte ihn schon sechs Wochen, ehe mir klar wurde, dass hinter seiner beherrschten Fassade ein Abgrund lauert. Ich bemerkte es zuerst an kleinen Dingen. An einer sonderbaren Veränderung in seinem Tonfall, vor allem abends, wenn er müde war und sich nicht mehr so richtig unter Kontrolle hatte. Oder wenn er nachts aus dem Bett stieg unter dem Vorwand, fernsehen zu wollen. Morgens stellte ich dann fest, dass noch der Sender einprogrammiert war, den ich am Abend zuvor gesehen hatte, ein Hausfrauensender, für den Jason absolut nichts übrighat.

Manchmal habe ich versucht, die Wahrheit aus ihm herauszukitzeln: »Hey, du hast gerade ›Coke‹ gesagt. Ich dachte, das sagt man nur in den Südstaaten.«

»Muss ich mir wohl von dir angewöhnt haben«, hatte er darauf geantwortet, aber ich sah ihm an, wie sehr er plötzlich auf der Hut war.

Manchmal war ich auch direkter. »Erzähl mir von deiner Familie. Wo sind deine Eltern, deine Geschwister?«

Er wich dann aus. »Das ist doch egal. Ich habe jetzt dich und Clarissa. Ihr seid meine Familie, und das zählt.«

Eines Nachts – Ree war fünf Monate alt und schlief – fühlte ich mich ganz kribbelig, so wie sich ein neunzehnjähriges Mädchen manchmal fühlt, wenn es einem gut aussehenden, aber geheimnisvollen Mann gegenübersitzt, seine Hände betrachtet und denkt, wie zärtlich diese Hände mit einem Säugling umgehen können. Wär's nicht auch angebracht, dass er mich damit liebkost, fragte ich mich und stellte ihn zur Rede.

»Wahrheit oder Pflicht«, sagte ich.

Schließlich blickte er von dem Taschenbuch auf, in dem er gerade las. »Wie bitte?«

»Wahrheit oder Pflicht. Das Spiel kennst du doch. Hast du bestimmt selbst gespielt, als du noch Teenager warst.«

Er starrte mich aus seinen dunklen Augen an, die wie immer unergründlich waren. »Ich bin kein Teenager mehr.«

»Ich aber.«

Jetzt schien er mich endlich zu beachten. Er klappte das Buch zu und legte es weg. »Was willst du, Sandra?«

»Wahrheit oder Pflicht. Entscheide dich. So schwer ist das nicht. Wahrheit oder Pflicht.« Ich rückte näher an ihn heran. Ich war, nachdem ich Ree zu Bett gebracht hatte, unter die Dusche gesprungen und hatte mich von Kopf bis Fuß mit einer nach Orangen duftenden Lotion eingerieben. Ich merkte, dass ihm auffiel, wie frisch und angenehm ich duftete, denn seine Nasenflügel zuckten, wenn auch kaum merklich. Dann lehnte er sich zurück, von mir weg.

»Sandra …«

»Spiel mit mir, Jason. Ich bin deine Frau. Das ist nicht zu viel verlangt.«

Er war drauf und dran. Ich sah es an der Art, wie er sich kerzengerade aufrichtete und die Schultern straffte. Er hatte mich seit Monaten nicht berührt. Ihm musste klar gewesen sein, dass es so nicht weitergehen kann zwischen uns. Es konnte sich nicht alles ausschließlich um Ree drehen.

»Pflicht«, sagte er schließlich.

»Küss mich«, verlangte ich. »Eine Minute lang.«

Er zögerte. Ich dachte, er würde kneifen, und machte mich auf seine Ablehnung gefasst. Aber dann seufzte er, wie immer verhalten, beugte sich vor und drückte mir seine gespitzten Lippen auf den Mund.

Er würde züchtig bleiben, so kannte ich ihn und erwartete nichts anderes. Und ich wusste, dass er zumachen würde, wenn ich versuchte, mehr von ihm zu fordern. Jason wurde nie laut. Er würde nie auch nur die Hand heben, wenn er wütend war. Stattdessen zog er sich einfach zurück, an einen

Ort in seinem Inneren, wo ihn nichts mehr zu erreichen schien. In solchen Momenten hätte ich mich genauso gut mit einer Wand unterhalten können.

Mein Mann hat mich respektiert. Er war mir gegenüber immer freundlich, überaus fürsorglich. Er hat mir jeden Wunsch von den Lippen abgelesen.

Außer im Bett. Wir waren inzwischen fast ein Jahr zusammen, doch er hatte mich noch kein einziges Mal mit der Hand berührt. Es war zum Verrücktwerden.

Ich öffnete meinen Mund nicht, griff nicht nach seinen Schultern, fuhr nicht mit den Händen durch sein dichtes dunkles Haar. Ich tat nichts von dem, worauf ich Lust hatte, ließ beide Arme hängen und hielt einfach nur die Lippen hin.

Er schenkte mir Freundlichkeit, die ich mit meinem warmen Atem, über seine geschlossenen Lippen gehaucht, erwiderte. Er schenkte mir Zärtlichkeit, für die ich mich von einem bis zum anderen Mundwinkel bedankte. Er schenkte mir Respekt, und darum ließ ich die Grenzen gelten, die er für sich gesteckt hatte. Gleichwohl wage ich zu behaupten, dass ich ihm den besten Kuss gab, den je zwei Menschen mit geschlossenen Lippen getauscht haben.

Kaum war die Minute vorüber, lehnte er sich wieder zurück. Ich bemerkte, dass er schwerer atmete, und glaubte, in seinem Blick eine tiefe Lust erkennen zu können, die mich drängte, über ihn herzufallen, ihn auf dem Sofa flachzulegen und bis zur Besinnungslosigkeit durchzuvögeln.

Stattdessen flüsterte ich nur: »Wahrheit oder Pflicht. Du bist dran. Frag mich: Wahrheit oder Pflicht.«

Ich sah, dass er mit sich rang. Er wollte Pflicht sagen. Er wollte mich wieder berühren, mir vielleicht mein hübsches Seidenhemd abstreifen oder meine Hand über seine feste Brust führen.

»Wahrheit«, sagte er mit kehliger Stimme.

»Dann stell deine Frage.«

»Warum tust du das?«

»Ich kann mir nicht helfen.«

»Sandy.« Er schloss die Augen, und ich spürte, wie sehr er litt.

»Wahrheit oder Pflicht«, sagte ich.

»Wahrheit.« Er ächzte fast.

»Was ist das Schlimmste, das du dir vorzuwerfen hast?«

»Wie meinst du das?«

»Was ist dein schlimmstes Vergehen? Komm schon. Hast du gelogen? Gestohlen? Die beste Freundin deiner jüngeren Schwester verführt? Jemanden umgebracht? Sag es mir, Jason. Ich will wissen, wer du bist. Wir sind verheiratet, Donnerwetter noch mal. Das bist du mir schuldig.«

Er sah mich auf ganz merkwürdige Weise an. »Sandra …«

»Nein. Keine Ausflüchte. Ich will eine klare Antwort. Hast du schon einmal jemanden umgebracht?«

»Ja.«

»Was?« Ich fiel aus allen Wolken.

»Ja. Ich habe einen Menschen getötet«, sagte Jason. »Aber es ist nicht das Schlimmste, das ich mir vorzuwerfen habe.«

Daraufhin stand mein Mann vom Sofa auf, nahm sein Taschenbuch und ließ mich allein im Wohnzimmer zurück.

Es überraschte Jason, dass er eingeschlafen war, denn kurz nach eins schreckte er vom Sofa auf und hörte ein dumpfes Klopfen, ein Geräusch, das von draußen zu kommen schien. Er stand auf, ging ans Fenster, öffnete den Vorhang einen Spaltbreit und spähte hinaus.

Zwei Polizisten in Uniform hatten die Mülleimer geöffnet und waren gerade dabei, die weißen Müllsäcke aus der Küche in den Kofferraum ihres Streifenwagens zu packen.

Scheiße, dachte er und wäre fast zur Tür geeilt, um den beiden den Marsch zu blasen, hielt sich aber dann doch zurück und dachte nach.

Er hatte aus alter Gewohnheit den Müll nach draußen gebracht und ihn damit der Polizei überlassen. Wie teuer, fragte er sich, würde ihn dieser Fehler nun zu stehen kommen? Er überlegte hin und her, fand aber nichts, das ihn hätte belasten können, und so entspannte er sich langsam.

Na schön, die Cops hatten seinen Müll. Und?

Sergeant D. D. Warren und ihr Handlanger Detective Miller waren am Abend kurz nach halb neun mit einem Durchsuchungsbeschluss für seinen Wagen aufgekreuzt. Er hatte ihnen aufgemacht, einen Blick auf den Wisch geworfen und ihnen die Schlüssel ausgehändigt.

Dann hatte er ihnen die Tür vor der Nase zugeschlagen, den Riegel vorgelegt und sich mit Ree verschanzt. Sollten die doch tun, was sie nicht lassen konnten. Wegen des Pick-ups hatte er nichts zu befürchten. Darin konnten sie herumschnüffeln, solange sie wollten, Hauptsache, sie interessierten sich nicht für den Computer.

Apropos … Er warf einen Blick auf die Uhr. Es war 1.52 Uhr. Jetzt oder nie, beschloss er und ging leise nach oben.

Es tat ihm leid, Ree wecken zu müssen. Sie schaute ihn aus glasigen Augen an, war noch benommen vom Schlaf und ganz durcheinander. Sie machte sich immer noch Sorgen um ihre Mutter und den Kater. Er half ihr in den Wintermantel und steckte ihre bloßen Füße in die Stiefelchen. Sie ließ es klaglos geschehen und legte ihren Kopf auf seine Schulter, als er sie mitsamt der Decke und Lil' Bunny nach unten trug.

Im Flur warf er sich einen dunkelgrünen Seesack über die Schulter und drückte Ree in der Wolldecke fest an sich. Dann öffnete er die Haustür und trug den Sack und seine Tochter zu Sandys Kombi.

Er spürte die Blicke der Polizisten im Nacken. Zweifellos griff einer von ihnen jetzt nach seinem Notizbuch und notierte eilig: *1:56, Jones verlässt das Haus mit schlafenden Kind im Arm. 1:57, er nähert sich dem Wagen seiner Frau …*

Jason packte Ree auf den Kindersitz und legte unauffällig den Seesack auf den Boden vor ihren Füßen. Dann schloss er die Tür und ging auf den Streifenwagen zu.

Er klopfte ans Fenster auf der Fahrerseite. Der Polizist senkte die Scheibe ein Stück ab. »Ich muss jetzt zur Arbeit«, erklärte Jason forsch. »Ein paar Sachen klären, bevor ich mir freinehmen kann. Brauchen Sie die Adresse, oder bleiben Sie hier?«

Er sah dem Cop an, dass es in seinem Kopf ratterte. Welchen Auftrag hatten die beiden? Zielperson oder Haus observieren?

»Ist ein bisschen spät für das Kind«, bemerkte der Beamte am Steuer. Offenbar wollte er ihn hinhalten.

»Haben Sie Kinder, Officer? Es ist nicht das erste Mal, dass ich meine Tochter mit ins Büro nehmen muss. Nur gut, dass sie auch da schlafen kann.«

Hätte er doch bloß den Mund gehalten oder zugegeben, dass es für das Kind in der Tat reichlich spät war. »Schön zu wissen«, entgegnete der Beamte mit selbstgefälligem Grinsen und ließ sich viel Zeit für eine ausführliche Notiz in seinem Heft.

Jason kehrte zum Kombi zurück und startete den Motor. Die Polizisten folgten nicht, aber dann, ungefähr sechs Blocks weiter, tauchte plötzlich ein anderer Streifenwagen aus einer Seitenstraße auf. Na bitte, sind ja doch auf Zack, lobte er im Stillen Bostons Ordnungshüter.

Die Redaktion der *Boston Daily* war wie die eines jeden großen Zeitungsverlages: tagsüber ein Tohuwabohu hektischer Betriebsamkeit und selbst bei Nacht immer noch in Beschlag genommen von etlichen engagierten Schreiberlingen, die bis in die frühen Morgenstunden an ihren Texten saßen, Druckfahnen korrigierten und am Layout bastelten, denn nur nach Mitternacht war dieser Ort ruhig genug, um klare Gedanken zu fassen.

Jason betrat das Gebäude mit seiner schlafenden Tochter, die er an seine Brust gedrückt hatte. Den über die Schulter geschlungenen Seesack verbarg Rees riesige Bärendecke aus Fleece. Er sah aus wie ein Mann, der schwer zu schleppen hatte, aber wer das schon recht große vierjährige Mädchen in seinen Armen erblickte, stellte keine aufdringlichen Fragen. Er zog seinen Journalistenausweis durch mehrere automatische Schlösser und gelangte schließlich ins Allerheiligste.

Die meisten seiner Kollegen arbeiteten sowohl zu Hause als auch im Büro, und sie alle nutzten den begrenzten Raum nach der sogenannten Hotelling-Regel. War ein Schreibtisch frei, nahm man davor Platz. So auch in dieser Nacht.

Jason suchte Zuflucht in einer kleinen Kabine in der Ecke, stopfte den Seesack unter den Schreibtisch und machte aus der Decke ein kleines Nest für Ree und ihre Puppe. Sie war wach und blickte mit ernster Miene zu ihm auf.

»Alles in Ordnung«, flüsterte er ihr zu. »Daddy muss nur noch ein bisschen arbeiten. Wenn ich fertig bin, fahren wir wieder nach Hause.«

»Wo ist Mommy?«, fragte Ree. »Ich will sie sehen.«

»Schlaf jetzt, mein Schatz. Wir werden bald wieder zu Hause sein.« Gehorsam schloss das Kind die Augen und schlummerte wieder ein.

Jason betrachtete sie eine Weile. Die dichten dunklen Wimpern über der blassen Haut ihrer Wangen. Die vor Erschöpfung violett schimmernden Lider. Sie wirkte auf ihn klein und zerbrechlich. Er sah in ihr eine Bürde, die er kaum zu tragen vermochte, die aber seinen ganzen Lebenszweck ausmachte.

Dass sie sich so tapfer gab, überraschte ihn nicht. Kinder ließen sich selten anmerken, wenn sie etwas verstörte. Ein Kind, das hingefallen war, mochte zwar wegen einer kleinen Beule am Kopf in hysterisches Geschrei ausbrechen, in der Gewalt eines Fremden gab es keinen Mucks von sich. Kinder spürten instinktiv, wie klein und verwundbar sie waren. Darum hielten sie in äußerster Gefahr still und machten sich noch kleiner und unscheinbarer, in der Hoffnung, wenn sie ganz verschwänden, würde der böse Mann von ihnen ablassen.

Oder vielleicht glaubte ein vierjähriges Mädchen auch, dass, wenn es nur lange genug schliefe, die Mommy und der Kater wieder zurückkämen und alles wieder so sein würde wie immer.

Jason widmete sich seinem Vorhaben. In der Redaktion war wenig los, von den Arbeitsplätzen kaum einer besetzt. Gut so, dachte er und öffnete langsam den Reißverschluss des dunkelgrünen Seesacks, aus dem er den PC aus der Küche hervorholte.

Jason besaß insgesamt drei Rechner: den Laptop, den er für seinen Job nutzte, den Desktop, der in der Küche stand, und einen alten Kasten, der vor einem Jahr, als er sich einen neueren Dell angeschafft hatte, in den Keller verbannt worden war. Wegen des Laptops musste er sich keine Gedanken machen. Den benutzte er ausschließlich für seine journalistische Arbeit, da er um das Risiko eines mobilen Gerätes wusste, das jederzeit verloren gehen oder gestohlen werden konnte. Der alte Computer im Keller bereitete ihm allerdings noch Bauchschmerzen. Zwar hatte er die Festplatte mit einem Programm überspielt, das auch im Pentagon zum Löschen von Daten eingesetzt wurde, doch nicht einmal dort traute man dieser Software. Wenn man streng geheime Daten loswerden wollte, verbrannte man den Datenträger zu Staub. Auch er wäre so verfahren, hätte er einen geeigneten Ofen zur Verfügung gehabt. In fünfundneunzig Prozent der Fälle war es damit getan.

Der Familiencomputer, ein relativ neues Modell, an das er sich meist in den frühen Morgenstunden setzte, wenn Sandra noch schlief, machte ihm dagegen eine Heidenangst. Er durfte es auf keinen Fall darauf ankommen lassen, dass dieser der Polizei in die Hände fiel. Deshalb hatte er ihnen zunächst die Durchsuchung des Wagens verweigert – um sie abzulenken. Er warf jetzt einen Blick auf die Uhr und rechnete sich aus, in ungefähr drei Stunden durch zu sein.

Er steckte einen USB-Stick in den Schlitz und bewegte Ordner um Ordner. Programme, Internetdateien, Dokumente, JPEGs, PDFs. Es gab eine Menge davon, zu viel, als dass man alles in drei Stunden hätte übertragen können. Also musste er systematisch vorgehen.

Als der Kopiervorgang gestartet war, loggte er sich ins Internet ein, um ein wenig zu recherchieren. Im Besonderen interessierte er sich für den registrierten Sexualstraftäter Aidan Brewster. Über Nachbarn Bescheid zu wissen war doch immer ganz praktisch, oder? Er fand auch auf Anhieb einige Adressen, die allerdings teilweise passwortgeschützt waren. Er wäre jedoch ein schlechter Reporter, wenn er vor verschlossenen Türen einfach umkehren würde. Jason notierte sich ein paar Telefonnummern, grub noch ein bisschen weiter und hatte Erfolg.

Nach Abschluss des ersten Teils seiner Mission rief er die AOL-Website auf und loggte sich mit den Daten seiner Frau ein. Er hatte ihr Passwort schon vor Jahren herausgefunden: LilBunl, nach dem Namen von Rees Lieblingspuppe. Wäre er nicht durch cleveres Raten von allein dahintergekommen, hätte er ein Spezialprogramm zu Hilfe genommen, zum Beispiel das Forensic Toolkit von AccessData oder ProDiscover von Technology Pathways'. Da kannte er keine Skrupel.

War ihm Sandy auf die Schliche gekommen? Hatte sie ihn deshalb verlassen?

Er wusste es nicht, und so scrollte er ihre E-Mails durch auf der Suche nach Hinweisen.

Im Eingang waren insgesamt vierundsechzig Mails, zum überwiegenden Teil Angebote für Penisimplantate oder dringende Bitten, beim Transfer von Konten aus Drittweltländern behilflich zu sein. Dem ersten Anschein nach war Sandra entweder fixiert auf männliche Genitalien oder aber darauf aus, durch Mitwirkung an Geldwäsche reich zu werden.

Er arbeitete sich durch den Spam und fand insgesamt sechs E-Mails, die tatsächlich an seine Frau gerichtet waren. Eine stammte von Rees Kindergarten und erinnerte an den Termin einer anstehenden Spendenaktion. In einer anderen lud der Rektor ihrer Schule zu einem Workshop ein. Die anderen vier waren Antworten auf den Rundbrief eines Lehrers, der seine Kollegen gefragt hatte, ob sie an einer gemeinsamen Wanderung interessiert seien.

Jason stutzte. Als er vor mehreren Monaten das letzte Mal einen Blick in Sandras Posteingang geworfen hatte, war er auf über zwei Dutzend persönliche E-Mails gestoßen, von Schülern zum Beispiel, die sich über ihren Unterricht ausließen, oder von Schülermüttern, die in Rundbriefen Informationen austauschten.

Er schaute im Archiv-Ordner nach, fand aber auch dort nur Spam. Im Ausgangsordner war keine einzige Mail. Ihm wurde flau, als er seine Suche ausdehnte. Ihr Adressbuch: leer. Lesezeichen: leer. AOL-Buddys: leer. Chronik der zuletzt aufgesuchten Internetadressen: gelöscht.

Ihm stockte der Atem. Er kam sich vor wie ein im Scheinwerferlicht gefangenes Reh, spürte Panik in sich aufsteigen und war drauf und dran, die Beherrschung zu verlieren.

Datum und Uhrzeit, dachte er. Er musste sofort dahinterkommen, das war jetzt entscheidend, Datum und Uhrzeit.

Er klickte den Archiv-Ordner wieder an und scrollte mit zitternder Hand zur ältesten Mail: Spam, eingegangen am letzten Dienstag um 16.42 Uhr, über vierundzwanzig Stunden vor Sandras Verschwinden.

Jason lehnte sich zurück und presste beide Hände auf den Magen, der wie verknotet schien. Verzweifelt versuchte er, sich einen Reim darauf zu machen.

Sandras AOL-Account war systematisch bereinigt worden. Wann genau? In der Nacht ihres Verschwindens? War sie verschleppt worden? Hatte ihr Entführer die Daten gelöscht, um seine Spuren zu verwischen?

Nein. Die Säuberungsaktion war ganz offensichtlich eher durchgeführt worden, genau genommen fast vierundzwanzig Stunden zuvor. Was hatte das zu bedeuten?

Ockhams Rasiermesser. Die einfachste Erklärung ist meist die zutreffende. Mit anderen Worten, Sandra hatte wahrscheinlich selbst alle für sie wichtigen Einträge aus ihrem Account gelöscht. Was wollte sie verbergen? Irgendwelche Internet-Flirts? Eine Affäre?

Eine solche Erklärung war plausibler als die Vorstellung, ein Fremder wäre, während Ree in ihrem Bett lag und schlief, über Sandra hergefallen, um sich dann gemütlich an den Küchentisch zu setzen und seine Spuren im Computer verschwinden zu lassen.

Und doch schmerzte ihn diese Erklärung mehr. Sie implizierte Vorsatz. Sie implizierte, dass Sandra ihr Verschwinden geplant und sicherzustellen versucht hatte, dass er sie nicht finden würde.

Er hob eine Hand vor die Augen, selbst verwundert über die bitteren Gefühle, die sich ihm aufdrängten und ihm die Kehle zuschnürten.

Er hatte Sandra nicht aus Liebe geheiratet. Liebe war nicht das, was er vom Leben erwartete. Und doch, für eine Weile … für eine Weile hatte er es sehr genossen, sich einer Familie zugehörig zu fühlen. Es war schön, Normalität zu pflegen.

Im Februar hatte er sich alles verscherzt. Das Hotelzimmer, das Essen, der Champagner … Er hätte nie tun dürfen, was er im Februar getan hatte.

Jason räusperte sich und fuhr sich mit der Hand über

die Augen. Erschöpft starrte er auf sein schlafendes Kind und zwang sich, wieder aktiv zu werden.

Sandra war technisch nicht besonders begabt. Wenn sie es gewesen war, die ihren Account gesäubert hatte, hatte sie wahrscheinlich nur die Cache-Files gelöscht. Die Informationen würden also immer noch auf der Festplatte liegen; nur das Verzeichnis, das den Speicherort der Daten identifizierte, wäre verschwunden. Mit Hilfe geeigneter Software würde er einen Großteil der gelöschten Daten wiederherstellen können.

Das aber kostete Zeit. Die Ausführung eines solchen Programms würde mindestens eine Stunde in Anspruch nehmen, und anschließend wäre er mehrere Stunden damit beschäftigt, die wiederhergestellten Daten zu durchkämmen, bis er fände, wonach er suchte. So viel Zeit hatte er nicht. Er warf einen Blick auf die Uhr. Ihm blieb nur noch eine halbe Stunde. *Verfluchter Mist.*

Wieder rieb er sich die müden Augen und atmete tief durch.

Sei's drum, dann also Plan B.

Der USB-Stick war voll. Er zog ihn ab, öffnete den Finder und ging das Verzeichnis durch. Einiges musste noch entfernt werden, und so löschte er ein Dutzend weiterer Ordner. Nervös warf er wieder einen Blick auf die Uhr.

Er hatte gehofft, so viel wie möglich retten und dann gründlich saubermachen zu können. Jetzt brachte er es nicht über sich, die Festplatte neu zu formatieren, da auf ihr vielleicht Hinweise auf Sandra versteckt waren. Ein echtes Dilemma. Der Computer enthielt womöglich beides, die Chance, seine Frau zu finden, wie auch die Gefahr, auf immer hinter Gittern zu verschwinden.

Er dachte darüber nach. Dann wusste er, was zu tun war.

Er würde den alten Computer aus dem Keller in die Küche zurückbringen und alle Programme des neuen PCs darauf überspielen, so auch die unverfänglichen Ordner vom USB-Stick, ausreichend viele, damit es den Anschein hatte, als sei der alte Kasten die ganze Zeit in Gebrauch gewesen.

Ein guter Kriminaltechniker würde aufgrund der Datenlücken letzten Endes natürlich dahinterkommen. Was Sergeant D. D. und Detective Miller betraf, so würden auch sie womöglich den Austausch bemerken. Aber davon war eher nicht auszugehen. Den meisten fiel vielleicht der Monitor ins Auge, vielleicht auch die Tastatur, nicht aber der Rechner, der für gewöhnlich unter einem Tisch stand. Die Polizei würde allenfalls zur Kenntnis genommen haben, dass er einen Dell besaß, und in diesem Fall hätte sich seine Markentreue bezahlt gemacht.

Der alte Computer würde also reaktiviert und ihm wertvolle Zeit schenken.

Aber was sollte mit dem neuen geschehen? Er konnte ihn nicht mit nach Hause nehmen, wo demnächst wahrscheinlich wieder herumgeschnüffelt werden würde. Aus demselben Grund verbat es sich, das Gerät in seinem Auto zu verstecken. Also blieb nur eines übrig: Er musste es hier auf dem Schreibtisch stehen lassen, in einem Großraumbüro voller PCs, was nicht weiter auffallen würde, erst recht nicht, wenn er ihn ins Netzwerk einbinden und für jedermanns Gebrauch einrichten würde. Unauffällig, weil allzu offensichtlich.

Selbst wenn die Polizei auf den Gedanken käme, die Redaktion der *Boston Daily* zu durchsuchen, stand nicht zu befürchten, dass ein richterlicher Beschluss erlauben würde, sämtliche Computer zu beschlagnahmen, denn das müsste sie, weil ja Jason keinen eigenen festen Arbeitsplatz hatte. Allein die Vorstellung … Das wichtigste Presseorgan der Stadt wäre mundtot gemacht. Unmöglich, nie und nimmer.

Jason stand vom Schreibtisch auf und stopfte den leeren Seesack in einen der Aktenschränke, hob seine schlafende Tochter behutsam vom Boden auf und trug sie nach draußen zum Auto.

Es war Viertel vor sechs. Bald würde die Sonne aufgehen. *Auch für Sandra?*, fragte er sich.

11. Kapitel

Ich arbeite an einem Brief. Um mein Resozialisierungsprogramm zum Abschluss bringen zu können, muss ich einen Brief an das Opfer schreiben, Verantwortung für meine Taten übernehmen und Reue zum Ausdruck bringen. Dieser Brief wird nie abgeschickt. Es wäre dem Opfer gegenüber nicht fair, sagt man uns. Alte Wunden könnten wieder aufbrechen und so weiter. Aber wir müssen ihn schreiben.

Bislang besteht mein Brief nur aus zwei Wörtern: *Liebe Rachel.*

Rachel ist natürlich ein Pseudonym. In der Gruppe kommt nichts Vertrauliches zur Sprache, Sie erinnern sich. Nach sechs Wochen habe ich also erst zwei Wörter geschrieben, wovon eines gelogen ist.

Heute Abend aber hoffe ich, mit meinem Liebe-Rachel-Brief voranzukommen. Heute Abend erfahre ich, wie sich ein Opfer fühlt.

Eigentlich würde ich am liebsten weglaufen. Hab darüber nachgedacht, hin und her überlegt, bin aber auf keinen grünen Zweig gekommen. Wer heutzutage, also nach 9/11, abhauen will, müsste schon ein gewiefter Logistikexperte sein, denn Big Brother passt noch schärfer auf. Mit meinem Ausweis kommen Flugzeug oder Eisenbahn für mich nicht in Frage, und ein Auto habe ich auch nicht. Was soll ich machen? Zu Fuß über die Grenze?

Tatsache ist, ich habe weder die Kohle noch das Zeug zum Untertauchen. Ich musste für meine Lügendetektortests und die Therapiegruppe bezahlen, ganz zu schweigen von dem Hunderter pro Woche, der direkt an Jerry geht. Er spricht von Entschädigung. Ich bezeichne es als Versicherung, dass er mich in South Boston nicht aufspürt und mir alle gottverdammten Knochen bricht.

Mein Konto lässt also nicht zu, dass ich abhaue.

Was soll ich machen?

Ich bin nach der Gruppensitzung auf direktem Weg nach Hause zurückgekehrt. Eine halbe Stunde später klopft Colleen bei mir an.

»Kann ich reinkommen?«, fragt meine Bewährungshelferin, sehr höflich, sehr entschieden. Sie trägt ihre roten Haare diesmal zerstrubbelt, was aber von ihrer ernsten Miene nicht ablenken kann.

»Klar«, sage ich und halte ihr die Tür auf. Colleen hat mich erst einmal besucht, ganz zu Anfang, als sie sich vergewissern wollte, dass ich einen festen Wohnsitz habe. Das ist zwei Jahre her, und seitdem hat sich nicht viel geändert. Schöner wohnen ist nicht unbedingt mein Ding.

Sie geht durch den zugestellten Flur zielstrebig in den hinteren Teil des Hauses, wo meine geschäftstüchtige Vermieterin Mrs Houlihan ein Wohnzimmer und einen Wintergarten in ein sechsundvierzig Quadratmeter großes Apartment hat umbauen lassen, für das ich monatlich gesalzene achthundert Dollar abdrücken muss. Mrs H.

steckt das Geld in die Grundsteuer für das Haus, in dem sie seit über fünfzig Jahren lebt. Sie will es nicht aufgeben müssen, nur weil irgendein Yuppie irgendwann einmal unsere Nachbarschaft entdeckt und die Immobilienpreise in die Höhe treibt.

Tatsache ist, ich habe Mrs H. ganz gern, trotz der blöden Spitzengardinen, die sie mir vor jedes Fenster gehängt hat, oder der gehäkelten Polsterschoner auf sämtlichen Sitzmöbeln (die offenbar mit Stecknadeln befestigt sind, denn mindestens einmal am Tag werde ich gepikt). Wie auch immer, Mrs H. weiß von meiner Vergangenheit und lässt mich trotzdem bei ihr wohnen, obwohl ihr die eigenen Kinder deswegen ständig in den Ohren liegen (das Haus ist ziemlich hellhörig). Und dann ertappe ich sie immer wieder in meiner Wohnung.

»Hab was vergessen«, krakeelt sie und spielt auf ihr Alter an. Mrs H. ist achtzig und wie ein Gartenzwerg gebaut, weder gebrechlich noch zerstreut oder auch nur im Entferntesten vergesslich. Sie passt natürlich auf mich auf, und das wissen wir beide. Aber wir reden nicht darüber, und auch das gefällt mir an ihr.

Ihr zuliebe verstecke ich meine Pornomagazine unter der Matratze so, dass sie sie mit Sicherheit findet. Es erleichtert sie bestimmt zu wissen, dass ihr »junger Mieter« eine gesunde Vorliebe für dicke Titten entwickelt hat. Anderenfalls würde sie sich womöglich Sorgen um mich machen, und das will ich nicht.

Vielleicht hätte mir eine Mutter gutgetan. Vielleicht wäre dann alles anders gekommen. Ich weiß es nicht.

Ich führe Colleen in mein kleines Paradies. Sie wirft einen prüfenden Blick in die winzige Kochnische und auf die Sitzecke mit dem von Mrs H. großzügig zur Verfügung gestellten Sofa, das mit einem geblümten Stoff in Pink bezogen ist. Colleen hält sich etwa sechzig Sekunden im Wohnzimmer auf und geht dann ins Schlafzimmer. Mir entgeht nicht, dass sie die Nase rümpft, als sie den Raum betritt, was mich daran erinnert, die Bettwäsche endlich mal wieder zu wechseln.

Was soll's, denke ich. Frische Bettwäsche kann schließlich auch als Hinweis auf ein schlechtes Gewissen gedeutet werden.

Colleen kehrt ins Wohnzimmer zurück und setzt sich aufs pinkfarbene Sofa. Offenbar pikst sie sich an dem Schoner im Nacken, denn sie fährt ruckartig hoch und starrt für eine Weile auf das gehäkelte Ding. Dann zuckt sie mit den Achseln und lehnt sich vorsichtig zurück.

»Wie läuft's, Aidan?«

»Ich arbeite, gehe spazieren und besuche meine Therapiegruppe.« Ich bin so zappelig, dass ich lieber stehen bleibe. Ich schnappe an dem grünen Gummiband an meinem Handgelenk. Colleen registriert das, sagt aber nichts.

»Wie läuft's in der Werkstatt?«

»Kann mich nicht beklagen.«

»Haben Sie neue Freunde, irgendwelche neuen Hobbys?«

»Nein.«

»Waren Sie in letzter Zeit mal im Kino?«

»Nein.«

»In der Bibliothek vielleicht, um Bücher auszuleihen?«

»Nein.«

Sie neigt den Kopf zur Seite. »Und in der Nachbarschaft? Gibt es Kontakte? Waren Sie mal bei einem BBQ?«

»Im März?«

Sie schmunzelt. »Mir scheint, Sie führen ein stilleres Leben als eine Kirchenmaus.«

»O ja«, versichere ich. »Das kann man so sagen.«

Sie kommt endlich zur Sache, beugt sich vor und pflanzt die Ellbogen auf die Knie. »Wie ich hörte, gab's in der Nachbarschaft einige Unruhe.«

»Ich habe Cops gesehen«, berichte ich. »Sie sind heute Morgen von Tür zu Tür gegangen.«

»Haben Sie mit ihnen gesprochen, Aidan?«

Ich schüttele den Kopf. »Ich musste zur Arbeit. Vito macht mir die Hölle heiß, wenn ich zu spät komme. Und überhaupt«, werfe ich abwehrend ein, »ich weiß ja von nichts.«

Sie lächelt, und ich kann sie fast denken hören: *Oh, wenn ich nur jedes Mal, wenn ich diesen Spruch höre, einen Dollar bekäme.*

Ich gehe mittlerweile in kleinen schnellen Schritten hin und her. »Ich schreibe gerade einen Brief«, erkläre ich unvermittelt, weil mir auffällt, dass sie mich auf diese typische Bewährungshelferart taxiert, und man will einfach was sagen, wenn eine Amtsperson einen so ansieht.

»Ach, ja?«

»An Rachel«, ergänze ich. Sie weiß nicht, wer Rachel ist, es ist ja schließlich ein Pseudonym. Trotzdem nickt sie verständnisvoll. »Ich muss in Worte fassen, wie es sich anfühlt, hilflos zu sein. Ist nicht ganz einfach. Wer fühlt sich schon gern hilflos. Aber ich glaube, ich krieg's inzwischen ganz gut hin. Ich hab ja auch jede Menge Gelegenheit, mich hilflos zu fühlen.«

»Sagen Sie mir, was los ist, Aidan.«

»Ich war's nicht! Okay? Ich habe es nicht getan. Aber diese Frau ist verschwunden, und ich wohne nur fünf Häuser weiter weg. Ich bin in dieser verfluchten Datenbank. Das reicht. Game over. Ich kann mir den Mund fusselig reden, mir glaubt ja doch niemand. Ich bin für alle nur ein Perversling, der hinter Gitter gehört.«

»Sind Sie mit der Frau bekannt, Aidan?«

»Nicht wirklich. Ich habe sie ein paarmal gesehen, mehr nicht. Aber sie hat ein Kind. Auch das habe ich gesehen. Ich halte mich an die Regeln. Noch mehr Ärger als ohnehin hab ich nicht nötig. Wenn da irgendwo Kinder sind, mache ich auf dem Absatz kehrt.«

»Es heißt, die Frau wäre sehr schön.«

»Sie hat ein Kind«, betone ich, als wär's ein Mantra, was es zum Teufel ja vielleicht auch ist.

»Auch Sie sind ein hübscher Junge.« Colleen hält den Kopf schief und mustert mich schmunzelnd von oben bis unten. Aber ich lasse mich nicht bluffen. »Sie leben zurückgezogen, unternehmen nicht viel. Ich kann mir vorstellen, dass das auf die Dauer ziemlich frustrierend ist.«

»Glauben Sie mir, ich hole mir jeden Tag einen runter. Fragen Sie meine Therapeutin. Sie will so was wissen und weiß es.«

Colleen zuckt nicht mit der Wimper. »Wie ist ihr Name?«, fragt sie.

»Wessen Name?«

»Der der Frau.«

»Jones, glaube ich. Jones oder so ähnlich.«

Sie mustert mich auf ihre spezielle Art, versucht herauszufinden, wie viel ich weiß oder wie viel sie aus mir herauslocken kann. Ob ich zum Beispiel zugebe, mit dem Mann der verschwundenen Frau gesprochen zu haben, obwohl das Kind zu Hause war. Das ist, wie ich finde, ein Detail, das ich für mich behalten sollte. Eine der Faustregeln für Vorbestrafte: kein freiwilliges Geständnis; lass die Strafverfolger ihre Arbeit allein machen.

»Sie heißt Sandra Jones«, sagt sie nach längerer Pause. »Und unterrichtet an der Mittelschule. Ihr Mann arbeitet nachts. Schwieriges Arrangement, tagsüber zu arbeiten, wenn der Partner nachts unterwegs ist. Vielleicht ist auch sie ein bisschen frustriert.«

Ich lasse das Gummi schnappen. Sie hat mir keine Frage gestellt, also werde ich den Teufel tun zu antworten.

»Eine niedliche Tochter.«

Ich sage kein Wort.

»Soll ein bisschen altklug sein. Fährt gerne mit ihrem Dreirädchen durch die Nachbarschaft. Bestimmt haben Sie die Kleine schon mal gesehen, vielleicht auch zweimal.«

»Gut möglich.« *Schnapp, schnapp, schnapp.*

»Was haben Sie letzte Nacht gemacht, Aidan?«

»Wie schon gesagt: nichts.«

»Haben Sie für dieses Nichts ein Alibi?«

»Klar, fragen Sie Jerry Seinfeld. Ich war um sieben mit ihm zusammen, wie an jedem Abend.«

»Und danach?«

»Bin ich ins Bett. Ich muss morgens früh raus.«

»Waren Sie allein im Bett?«

»Wenn ich mich richtig erinnere, kennen Sie auch darauf schon die Antwort.«

Sie zieht eine Braue hoch. »Aidan, glauben Sie wirklich, mich mit Ihrem Charme blenden zu können? Machen Sie ruhig so weiter, und die Polizei wird Sie einlochen. Mit Sicherheit.«

»Ich habe nichts getan!«

»Überzeugen Sie mich davon. Reden Sie mit mir. Erzählen Sie mir von dem Nichts, das Sie getan haben, denn Sie sind, wie schon richtig bemerkt, einschlägig vorbestraft und wohnen ganz in der Nähe einer Frau, die verschwunden ist. All das sieht nicht gut für Sie aus.«

Ich lecke mir die Lippen. Lasse das Band schnappen.

Ich bin drauf und dran, ihr von dem Auto zu berichten, tu's dann aber doch nicht. Wenn ich damit freiwillig rausrücke, sind ruck, zuck die Cops zur Stelle. Lieber abwarten, den Trumpf im Ärmel behalten, bis sie mich in die Zange nehmen. Besser erst dann reden, wenn es sich für mich lohnen kann. Nur ja nichts für lau preisgeben, auch das eine Faustregel für Vorbestrafte.

»Wenn ich etwas getan *hätte*«, sage ich schließlich, »wäre mir verdammt noch mal eine bessere Geschichte eingefallen, glauben Sie nicht auch?«

»Ihr Alibi ist, dass Sie keines haben«, stellt Colleen fest.

»Ja, so ungefähr.«

Sie erhebt sich vom Sofa, was mich aufrichtig erleichtert. Es scheint, dass ich vielleicht doch überlebe.

Dann fragt sie: »Können wir nach draußen gehen?«

Es war nur ein kurzes Aufatmen. »Warum?«

»Ist doch ein schöner Abend. Ich möchte an die frische Luft.«

Mir fällt dazu nichts ein. Also gehen wir nach draußen, sie ist über eins achtzig auf ihren komischen Plateauschuhen, ich in Jeans und weißem T-Shirt, mit hochgezogenen Schultern. Ich lasse endlich die Finger vom Gummi. Mein Handgelenk ist schon ganz taub und knallrot. Ich sehe aus wie jemand, der versucht hat, sich das Leben zu nehmen. Bemerkenswert.

Sie geht ums Haus herum in Richtung Hinterhof, sucht, wie ich sehe, den Boden ab. Sie glaubt doch wohl nicht etwa, dass hier blutverschmierte Vorschlaghämmer herumliegen oder ein frisch aufgeworfener Erdhaufen zu entdecken ist?

Ich würde ihr gern ein *Leck mich* an den Kopf werfen, sage aber natürlich nichts. Ich halte den Kopf gesenkt, will nicht aufblicken. Nur ja nichts preisgeben.

Gleich wird sie mir sagen, dass sie mir nur einen Gefallen tun möchte. Dass sie auf mich aufpasst und mich vor Dummheiten bewahren will. Sie will mir doch bloß helfen.

Und plötzlich sehe ich mich auf meinem albernen pinkfarbenen Blümchensofa sitzen und entschlossen schreiben:

Liebe Rachel,
was ich getan habe, tut mir leid. Ich bereue, dir immer gesagt zu haben, dass es mir nur darauf ankommen würde, mit dir zu reden, obwohl uns beiden klar war, dass ich dich einfach nackt sehen wollte. Ich bereue all die Male, dich ins Bett gelockt und dir dann gesagt zu haben, ich wollte nur dein Bestes.
Tut mir leid, dass ich dich gefickt und behauptet habe, es wäre alles deine Schuld. Du hättest es nicht anders gewollt, du hättest es gebraucht, und ich hätte es nur für dich getan.
Tut mir leid, dass ich nach wie vor und an jedem gottverdammten Tag an dich denke, daran, wie sehr ich dich immer noch will, immer noch brauche, daran, wie du es für mich getan hast.

Ich bin gerade richtig in Fahrt und formuliere den Brief in meinem Kopf, als mich Colleens Stimme aus meinen düsteren Gedanken reißt.

»He, Aidan«, ruft sie. »Ist das Ihre Katze?«

12. Kapitel

Die Konferenz begann um sechs Uhr in der Früh. Auf der Tafel stand, worum es ging. Es gab eine Verdachtsperson A – Mr Jones, Ehemann der Vermissten – und eine Verdachtsperson B – Aidan Brewster, vorbestraft wegen einer Sexualstraftat und wohnhaft in derselben Straße. Unter diesen Namen hatte man Felder umrissen und mit den Überschriften »Was ist passiert?«, »Mögliche Motive« und »Alibis« versehen.

Das erste Feld blieb zunächst leer, weil noch nicht feststand, ob Sandra Jones umgebracht, entführt worden war oder von sich aus das Weite gesucht hatte. Zu einem so frühen Zeitpunkt der Ermittlungen war es nicht ratsam, Mutmaßungen anzustellen.

Motive. Jones musste fürchten, im Fall einer Scheidung Millionen zu verlieren. Brewster war als Sexualstraftäter einschlägig bekannt und hatte vielleicht einem schon lange gehegten Verlangen nachgegeben.

Alibis. Jones konnte für die fragliche Zeit ein Alibi nachweisen, das jedoch zweifelhaft erschien. Brewster hatte keins. Aber wie war er mit Sandra Jones in Zusammenhang zu bringen? Bislang gab es keinerlei Hinweise auf eine Beziehung zwischen den beiden, jedenfalls nicht in Form aufgezeichneter Telefonanrufe, E-Mails oder SMS. Für eine solche Vermutung sprach lediglich die nachbarschaftliche Nähe. Der Verdächtige und die Vermisste wohnten nur fünf Häuser voneinander entfernt. Eine Geschworenenjury wäre schnell davon zu überzeugen, dass Brewster und die Frau einander kannten. Vielleicht hatte Sandra Jones auch ihren Wagen in der Werkstatt, wo Brewster arbeitete, regelmäßig inspizieren lassen. Man nahm sich vor, dieser Frage so schnell wie möglich nachzugehen.

Was den familiären Hintergrund betraf, wurde angeführt, dass Jones, von Beruf freier Journalist, offenbar ein sehr fürsorglicher Vater war, der die sehr junge Mutter seiner nichtehelichen Tochter aus Atlanta, Georgia, nach South Boston geholt und geheiratet hatte. Er besaß ein millionenschweres Vermögen ungeklärter Herkunft. Sowohl Detective Miller als auch Sergeant Warren bezeichneten ihn als »wenig kooperativ«, was nicht für seine Unschuld sprach. Auffällig war auch, dass er gesteigerten Wert auf Sicherheitsschlösser und Stahltüren legte.

Auf der anderen Seite Brewster, ein vorbestrafter Sexualstraftäter, der es mit einer Vierzehnjährigen getrieben hatte. Er ging seit zwei Jahren einer geregelten Tätigkeit nach und war unter ein und derselben Adresse zu erreichen. Seine Bewährungshelferin konnte nur Gutes über ihn sagen und rief am gestrigen Abend gegen neun in der Polizeizentrale an, um mitzuteilen, dass sie Brewster in dessen Wohnung aufgesucht und nichts bemerkt habe, was den Verdacht gegen ihn bestätigen würde. Ein Plus zugunsten des jungen Mannes.

Das Opfer selbst wurde als Person mit geringem Risikoprofil eingestuft. Sie war eine hingebungsvolle Mutter, arbeitete seit kurzem als Lehrerin und hatte nie etwas mit Drogen, Alkohol oder Prostitution zu tun gehabt. Der Rektor der Mittelschule, an der sie arbeitete, beschrieb sie als pünktlich, verlässlich und gewissenhaft. Ihr Ehemann behauptete, sie würde ihre Tochter niemals im Stich lassen, jedenfalls nicht aus freien Stücken. Andererseits war zu bedenken, dass sie als noch sehr junge Frau in einer für sie relativ fremden Stadt lebte und kaum soziale Kontakte pflegte, geschweige denn Freundschaften. Kurzum, sie war eine sehr schöne, aber gesellschaftlich isolierte Frau Anfang zwanzig, nachts allein mit ihrer kleinen Tochter.

Der Tatort: keinerlei Spuren gewaltsamen Eindringens. Kein Blut und keine Hinweise auf Gewaltanwendung. Im Schlafzimmer war eine zerbrochene Lampe sichergestellt worden, doch es deutete nichts darauf hin, dass sie als Tatwaffe verwendet worden oder infolge tätlicher Auseinandersetzungen zu Bruch gegangen war. Eine blaugrüne Steppdecke, die auf dem Ehebett gelegen hatte, wurde zusammen mit einem violetten Nachthemd in der Waschmaschine gefunden. Auf dem Küchentresen befanden sich die Handtasche der Vermissten, ihr Handy und die Schlüssel zu ihrem Wagen, der nicht bewegt worden war. Es fehlten weder Kleidungsstücke noch Schmuck oder Reisekoffer. Eine Durchsuchung des Pick-ups, der ihrem Ehemann gehört, blieb ergebnislos. Für die Beschlagnahme und Untersuchung des Familiencomputers bedurfte es noch eines richterlichen Beschlusses.

In der letzten Konferenzminute ergänzte D. D.: *ein verschwundener orangefarbener Kater.*

Sie trat von der weißen Tafel zurück und ließ die anderen lesen, was sie geschrieben hatte.

Als dem niemand etwas hinzuzufügen hatte, schraubte sie die Kappe auf ihren Stift und wandte sich Clemente zu, dem stellvertretenden Leiter des Morddezernats.

»Sandra Jones ist jetzt seit über vierundzwanzig Stunden verschwunden«, fasste D. D. zusammen. »Sie ist weder in eines der hiesigen Krankenhäuser noch ins Leichenschauhaus eingeliefert worden. Es hat auch in dieser Zeit keine Bewegungen auf ihren Kredit- beziehungsweise Bankkonten gegeben. Wir haben ihr Haus durchsucht, den Garten, zwei Fahrzeuge und die ganze Nachbarschaft. Bislang ohne Ergebnis.«

»Ihr Mobiltelefon?«, bellte Clemente.

»Der Anbieter hat uns versprochen, eine vollständige Liste aller gelöschten Nachrichten sowie aller ein- und ausgegangenen Anrufe zusammenzustellen. In den letzten vierundzwanzig Stunden haben ausschließlich Lehrerkollegen oder Schüler mit ihr Kontakt aufzunehmen versucht.«

»E-Mails?«, hakte Clemente nach.

»Wir haben gestern vergeblich versucht, einen Beschluss für die Beschlagnahme des Familiencomputers zu erwirken. Die Richterin ist der Ansicht, dass Sandra Jones noch nicht lange genug verschwunden ist. Wir werden heute Vormittag einen neuen Antrag stellen, da inzwischen über vierundzwanzig Stunden vergangen sind und damit die zeitliche Benchmark überschritten ist.«

»Vorschläge zur Vorgehensweise?«

D. D. holte tief Luft und warf Detective Miller einen Blick zu. Sie hatten sich seit fünf in der Früh genau darüber Gedanken gemacht – nach nur wenigen Stunden bitter nötigen Schlafs. Dass die Vierundzwanzig-Stunden-Marke überschritten war, war zwar schlimm, erweiterte aber auch die rechtliche Handhabe. Einerseits konnten sie nun eine offizielle Fallakte Sandra Jones anlegen, andererseits war die Wahrscheinlichkeit, die Vermisste lebend zu finden, um mehr als die Hälfte gesunken. Jetzt standen sie vor einem Wettlauf mit der Zeit, und mit jeder Minute, die ergebnislos verstrich, schmälerten sich die Chancen auf einen glücklichen Ausgang.

Wenn Sandra Jones in den nächsten zwölf Stunden nicht lebend gefunden sein würde, müsste wohl nach einer Leiche gesucht werden.

»Wir wollen in zwei Richtungen vorgehen«, erklärte D. D. »Zum einen glauben wir, dass uns die Tochter, Clarissa Jones, Hinweise darauf geben kann, was in der Nacht in ihrem Zuhause passiert ist. Um sie von einem Spezialisten vernehmen lassen zu können, brauchen wir das Einverständnis des Vaters. Gegebenenfalls müssen wir ihn zwingen.«

»Wie haben Sie sich das gedacht?«

»Wir könnten ihn vor die Wahl stellen: Entweder er lässt zu, dass Clarissa vernommen wird, oder wir erklären sein Haus zum Tatort, den er und seine Tochter dann räumen müssten. Im Interesse des Kindes wird er hoffentlich auf unsere Forderung eingehen.«

Clemente zeigte sich skeptisch. »Nicht, wenn er befürchten muss, dass ihn seine Tochter belasten könnte.«

D. D. zuckte mit den Schultern. »Auch eine solche Reaktion würde uns weiterhelfen.«

Clemente dachte darüber nach. »Gut. Und die zweite Richtung?«

D. D. holte wieder tief Luft. »Angesichts der dürftigen Spurenlage werden wir die Öffentlichkeit um Mithilfe bitten. Da mit einer Vielzahl von Rückmeldungen zu rechnen ist, brauchen wir mehr Personal. Vielleicht sollten wir sogar eine Sondereinheit zusammenstellen. Es empfiehlt sich zudem, Polizeikräfte anderer Dienststellen einzuspannen, etwa solche, die Erfahrung mit der Zusammenstellung von Suchtrupps und deren Leitung haben. Außerdem haben wir für neun Uhr eine Pressekonferenz einberufen. Wir werden Fotos von Sandra Jones verteilen und eine Hotline einrichten, über die Hinweise entgegengenommen werden. Natürlich sind wir uns darüber im Klaren, dass dieser Fall von den Medien hochgekocht werden könnte, aber auch das wäre letztlich womöglich in unserem Interesse.«

Clemente verzog das Gesicht.

D. D. ließ sich jedoch nicht irritieren und zuckte nur kurz mit den Schultern. »Was soll's, Chuck? Früher oder später werden die Medien ohnehin Wind von dem Fall Jones bekommen. Ist doch besser, wir bestimmen, wann.«

Clemente seufzte. Er nahm den Aktenordner, der vor ihm lag, in die Hand und klopfte damit auf den Tisch. »Das Fernsehen wird sich darauf stürzen.«

»Ja, und deshalb brauchen wir einen geeigneten Medienreferenten«, meinte D. D.

»Ich wette, es werden sich jede Menge einsame, verwirrte Typen melden, die uns weiszumachen versuchen, dass Außerirdische ihre Hand im Spiel haben.«

»Von denen haben wir schon lange nichts mehr gehört«, entgegnete D. D. ungerührt. »Vielleicht sollten wir einen Kollegen bitten, deren aktuelle Adressen ausfindig zu machen.«

Clemente schnaubte. »Nicht nötig, die wohnen mit Sicherheit immer noch im guten alten Hotel Mama.« Er nahm den Aktenordner jetzt in beide Hände. »Die Pressefritzen werden sich nach dem Ehemann erkundigen. Was sagen Sie denen?«

»Dass wir wie üblich allen Möglichkeiten nachgehen.«

»Sie werden wissen wollen, ob er kooperiert.«

»Damit ich diese Frage bejahen und ihm Ärger ersparen kann, werde ich Mr Jones gleich anrufen und drängen, uns zu erlauben, mit seiner Tochter zu sprechen.«

»Und was ist mit dem Sittenstrolch?«

D. D. zögerte. »Wie gesagt, wir gehen allen Möglichkeiten nach.«

Clemente nickte weise. »Gut so. Halten Sie sich daran. Es wäre allerdings zu dumm, wenn bekannt würde, dass wir gleich zwei verdächtige Personen im Auge haben. Die könnten dann womöglich mit dem Finger auf den jeweils anderen zeigen und ihre Anwälte mit Munition füttern.«

D. D. nickte und verschwieg geflissentlich, dass Jason Jones genau diesen Weg bereits eingeschlagen hatte. Darin lag das Problem einer Profilierung zweier Tatverdächtiger, und darum hatten sie ihre Notizen auch auf eine weiße abwischbare Tafel geschrieben und nicht in einen offiziellen Polizeibericht. Denn sobald eine Verhaftung vorgenommen wurde, war es dem Anwalt des Verhafteten gestattet, die einschlägigen Polizeiberichte einzusehen, und er konnte dann den anderen Tatverdächtigen vor der Jury nach allen Regeln der Kunst anschwärzen, indem er sich kunstvoll der vorläufigen Ergebnisse der Ermittlungen bediente. Manchmal war man als Strafverfolger die Fliegenklatsche, manchmal die Fliege.

»Sie sagten, die Pressekonferenz findet um neun statt?« Clemente schaute auf die Uhr und stand auf. »Dann sollten wir jetzt Schluss machen.«

Er klopfte ein letztes Mal mit dem Aktenordner auf den Tisch wie ein Richter, der eine Sitzung vertagte. Kaum war er gegangen, machten sich D. D. und Miller an die Arbeit. Sie hatten die Vollmacht, eine Sondereinheit zusammenzustellen und ihrem Hauptverdächtigen Druck zu machen.

Das Telefon klingelte kurz nach acht. Jason schaute auf den Apparat, der auf dem kleinen Tisch vorm Fenster stand. Er hätte aufstehen und auf den Anruf antworten sollen, fand aber nicht die Kraft, sich zu rühren.

Ree hockte vor einer halbleeren Schale Cheerios auf dem Teppich und stierte auf den flimmernden Fernseher. Sie hatte bereits eine Folge von *Dragon Tales* gesehen, dann eine von *Clifford the Big Red Dog* und ließ sich jetzt von *Curious George* fesseln. So viel fernzusehen war ihr noch nie erlaubt worden, und inzwischen schienen ihre Augen so glasig wie seine.

Sie war heute nicht wie sonst immer um halb sieben angetrippelt gekommen, um sich auf ihn ins Bett zu werfen und zu kreischen: *»Aufwachen! Aufwachen, aufwachen, Daddiiiii. Wach auf!«*

Stattdessen hatte er sich um sieben in ihr Zimmer begeben und sie mit weit geöffneten Augen in ihrem Bettchen vorgefunden, auf die Vögel und Schmetterlinge starrend, die aufgemalt über die Dachschräge schwirrten. Er hatte die Vorhänge vor einem weiteren kühlen Märztag geöffnet, ihr den flauschigen rosafarbenen Bademantel gereicht.

Wortlos war sie aufgestanden, in ihre Pantoffeln geschlüpft und mit nach unten gegangen. In der Stille des Hauses waren die Cornflakes überlaut von der Schachtel in die mit Gänseblümchen verzierte Schale gerauscht, das Klappern und Klirren von Geschirr und Besteck kaum auszuhalten gewesen.

Ree hatte ihre Schale ins Wohnzimmer getragen und den Fernseher eingeschaltet, ohne zu fragen. Sie schien zu wissen, dass er ihr die Bitte nicht ausschlagen würde, und er hatte sie gewähren lassen. Er brachte es nicht über sich, ihr zu sagen: *Setz dich gefälligst an den Tisch. Zu viel Fernsehen macht plemplem. Komm, lass uns gemeinsam frühstücken.*

Erziehungsfragen erschienen so belanglos angesichts dessen, was ihnen an diesem Tag bevorstand, dem zweiten

Tag ohne Sandra, ohne Rees Mommy, ohne seine Frau, die aller Wahrscheinlichkeit nach vor sechsunddreißig Stunden ihren Internet-Account vorsätzlich gelöscht und ihn und die gemeinsame Tochter verlassen hatte.

Wieder klingelte das Telefon. Ree blickte diesmal zu ihm auf, vorwurfsvoll, wie es schien.

Also raffte er sich schließlich vom Sofa auf und nahm den Hörer ab.

Es war natürlich Sergeant Warren. »Guten Morgen, Mr Jones.«

»Von gut kann nicht die Rede sein«, entgegnete er.

»Ich vermute, Sie haben eine produktive Arbeitsnacht hinter sich.«

»Ich hatte noch einiges zu erledigen, ja.«

»Wie geht es Ihrer Tochter?«

»Haben Sie meine Frau gefunden, Sergeant?«

»Leider nein –«

»Dann sollten wir uns auf die Suche konzentrieren, meinen Sie nicht auch?«

Er hörte sie scharf einatmen. »Nun, da seit dem Verschwinden Ihrer Frau bereits über vierundzwanzig Stunden vergangen sind, gilt sie nun offiziell als vermisst. Das sollten Sie wissen.«

»Gut für sie«, murmelte er.

»In gewisser Weise ja. Wir können jetzt Ermittlungen aufnehmen, und zwar mit allen Möglichkeiten, die uns zur Verfügung stehen. Unter anderem werden wir um neun Uhr eine Pressekonferenz abhalten und bekanntgeben, dass Ihre Frau vermisst wird.«

Er wurde stocksteif. Ihre Worte trafen ihn wie ein stechender Schmerz zwischen den Augen. Er wollte protestieren, hielt sich aber zurück. Er kniff sich in den Nasenrücken, um vor seiner Tochter die Tränen zu verbergen, die ihm in die Augen schossen. »Na schön«, sagte er leise. Es war nun, wie ihm schwante, an der Zeit, ein paar Anrufe zu erledigen. Einen Anwalt zu Rate zu ziehen, Vorkehrungen für die Versorgung von Ree zu treffen. Er klemmte den schnurlosen Hörer zwischen Schulter und Ohr und ging in die Küche, weil er nicht wollte, dass die Kleine mithörte.

Er öffnete den Kühlschrank, erschrak beim Anblick der von Sandra so heißgeliebten Dr.-Pepper-Dosen und schlug die Tür wieder zu.

»Das Beste wäre natürlich«, fuhr Sergeant Warren fort, »wenn auch Sie der Presse ein paar Worte sagen und damit unserem Fall ein persönliches Gesicht geben würden. Wir könnten die Pressekonferenz auch in Ihrem Garten stattfinden lassen, zusammen mit Ihnen und Ihrer Tochter.«

»Nein danke.«

»Nein danke?« Sie klang überrascht, aber er wusste, dass sie nur so tat.

»Ich mache mir vor allem um meine Tochter Sorgen und glaube nicht, dass ein solcher Medienrummel gut für sie wäre. Im Gegenteil, es würde sie verstören, wenn Reporter in unserem Garten herumtrampeln und sich in unser Privatleben einmischen. Nein, ich bleibe lieber zu Hause und bereite sie darauf vor, was als Nächstes kommen wird.«

»Und was kommt Ihrer Meinung nach als Nächstes?«, fragte Sergeant Warren, womit sie ihn, wie er ahnte, zu ködern versuchte.

»Sie werden dafür sorgen, dass das Foto meiner Frau im Fernsehen und in den Zeitungen gezeigt wird. Kopien werden verteilt und überall in der Stadt zu sehen sein. Sie werden Suchtrupps auf die Beine stellen, für die sich wahrscheinlich auch Kollegen von Sandy freiwillig zur Verfügung stellen. Nachbarn werden Sie mit Informationen versorgen wollen in der Hoffnung, ihre Neugier stillen zu können. Sie werden Hundestaffeln anfordern, und ich soll Ihnen dafür Kleider von Sandy geben, damit die Tiere Witterung aufnehmen können. Dann wollen Sie auch Haare aus ihrer Bürste für DNA-Tests, falls eine Leiche gefunden wird. Sie werden ein Familienfoto von mir verlangen, denn darauf stehen die Medien, die ihrerseits in ihren Übertragungswagen vor meinem Haus kampieren und mit ihren Scheinwerfern die Nacht zum Tage machen. Und Sie werden Kollegen in Uniform anrücken lassen müssen, damit sie die Journaille auf Abstand halten, die mir sonst die Bude einrennen und mich mit Fragen löchern würde. Wenn ich als Sprecher in eigener Sache aufträte, würde vor Gericht alles, was ich sage, gegen mich verwendet werden können. Wenn ich mich aber von einem Anwalt vertreten lasse, wird man mir unterstellen, dass ich etwas zu verbergen habe.

Vor meinem Haus wird eine Mahnwache in Stellung gehen. Leute werden kommen, um zum Ausdruck ihres Mitgefühls Blumen, Briefe und Teddybären niederzulegen. Mit brennenden Kerzen in der Hand werden all diese guten Seelen den Himmel um Sandys gesunde Rückkehr bitten. Sehr wahrscheinlich auch, dass sich etliche Psychopathen an dem Spektakel beteiligen, nicht zu vergessen all die jungen Damen, die mir Beileidsbriefe schreiben werden, denn was wäre attraktiver als ein alleinstehender Vater, der auf so tragische Weise seine Frau verloren hat? Und der womöglich sogar – wie prickelnd! – daran nicht ganz unschuldig ist. Und wie soll ich all die Freiwilligen abwimmeln, die mir kostenloses Babysitten anbieten?«

Es blieb längere Zeit still in der Leitung. »Sie scheinen sich bestens auszukennen«, sagte D. D.

»Ich gehöre schließlich selbst zu dieser Journaille. Natürlich kenne ich mich aus.«

Wir tanzen miteinander, dachte er und malte sich aus, wie Sergeant Warren in knalligem Flamenco-Kostüm um ihn herumwirbelte, während er, einen engen schwarzen Anzug tragend, eine strenge Miene aufsetzte und zu führen vorgab, tatsächlich aber nichts von diesem Tanz verstand.

»Jetzt, da die Ermittlungen aufgenommen sind, kommt es darauf an, der Sondereinheit – sprich uns – möglichst viele Informationen zukommen zu lassen«, erklärte Sergeant Warren. »Sie verstehen, dass mit jeder verstrichenen Stunde die Chancen für eine glückliche Rückkehr Ihrer Frau abnehmen.«

»Ich fürchte, diese Chancen wurden schon gestern vertan.«

»Haben Sie noch etwas zu sagen?«, fragte Sergeant Warren kurz angebunden.

»Nein, Ma'am«, antwortete er und biss sich auf die Lippen, als ihm bewusst wurde, dass sein Tonfall nach Südstaaten klang, wie immer, wenn er ein Idiom seiner Heimat in den Mund nahm.

Sergeant Warren blieb still. Er fragte sich, ob ihr sein Lapsus aufgefallen war.

»Ich will ehrlich sein«, sagte sie unvermittelt.

Er zweifelte an ihrem Vorsatz, enthielt sich aber eines Kommentars.

»Mir liegt sehr viel daran, Ihre Tochter zu befragen. Die Uhr tickt, Mr Jones, und es ist durchaus möglich, dass Ihre Tochter weiß, was mit Ihrer Frau passiert ist.«

»Möglich.«

»Dann sollten Sie damit einverstanden sein, dass sich eine Spezialistin mit ihr unterhält, eine gewisse Marianne Jackson. Sie ist Psychologin und versteht sich bestens auf ihren Job.«

»Von mir aus.«

Es war sekundenlang totenstill. »Sie sind einverstanden?«

»Ja.«

Er hörte, wie sie ausatmete, und dann – sie konnte sich die Frage anscheinend nicht verkneifen: »Gestern waren Sie noch entschieden dagegen, Mr Jones. Wie darf ich mir Ihren Sinneswandel erklären?«

»Ich habe mir Sorgen um sie gemacht.«

»Um Ihre Frau?«

»Nein, um meine Tochter. Es geht ihr nicht gut. Aber vielleicht hilft es ihr, sich mit einer psychologisch versierten Person zu unterhalten. Ich bin kein Monster, Sergeant. Mir liegt das Wohl meiner Tochter sehr am Herzen.«

»Dann kommen Sie bitte mit Ihrer Tochter um zehn ins Präsidium. Unser Büro ist für ein solches Gespräch geeigneter als Ihr Zuhause.«

»Daddy?«

»Sparen Sie sich Ihre Erklärungen«, sagte er und wandte sich Ree zu, die in der Tür stand. Mit kindlich sicherem Gespür schien sie zu ahnen, dass von ihr die Rede war.

»Wir werden uns gleich mit einer netten Frau unterhalten«, sagte er ihr mit der Hand auf dem Hörer. »Keine Sorge, Schatz, du hast nichts zu befürchten.«

»Da ist jemand an der Tür, Daddy.«

»Was?«

»Ein Geräusch. An der Tür. Hörst du nicht?«

Jetzt hörte er. Ein Scharren und Kratzen.

»Ich muss auflegen«, sagte er in die Sprechmuschel und unterbrach die Verbindung, ohne Sergeant Warrens Antwort abzuwarten. »Rasch, ins Wohnzimmer, mein Schatz. Sofort.«

Er schickte Ree durch den Flur, forderte sie mit einer Handbewegung auf, vor dem Sofa am Boden Platz zu nehmen, und schlich weiter zum Hauseingang, wo er sich neben die schwere Stahltür mit dem Rücken zur Wand stellte. Um der Tochter keine Angst einzujagen, mühte er sich um Fassung, zitterte aber doch am ganzen Leib. Als er durch den kleinen Fensterausschnitt nach draußen spähte, fiel ihm als Erstes auf, dass die Zivilstreife nach wie vor am Straßenrand parkte. Der Beamte saß ganz entspannt hinterm Steuer und nippte an seinem Morgenkaffee. Unmittelbar vor der Haustür schien hingegen, wie Jason nun bemerkte, niemand zu sein.

Die Geräusche aber waren unüberhörbar. Es scharrte, es kratzte, und dann …

»Miau …«

Ree sprang auf.

»Miau …«

Das Mädchen kam herbeigerannt, schneller, als er es für möglich gehalten hatte, umklammerte mit ihren kleinen Fingern den Knauf und zerrte an der Tür, bevor er das Schloss entriegeln konnte.

Endlich flog die Tür auf, und der Kater sprang maunzend ins Haus.

»Mr Smith, Mr Smith!« Ree schlang beide Arme um ihren Liebling und drückte ihn so fest an sich, dass er zu fauchen begann.

So ungestüm, wie sie den Kater begrüßt hatte, warf sie sich plötzlich auf den Boden und brach in Tränen aus. »Ich will, dass Mommy zurückkommt«, schluchzte sie. »Ich will meine *Mommy* wiederhaben!«

Jason hob sie vom Boden auf, setzte sie auf seinen Schoß und streichelte ihre dunklen Locken, bis sie eingeschlafen war.

13. Kapitel

Das erste Mal habe ich Jason betrogen, als Ree elf Monate alt war und ich nicht mehr anders konnte nach all den schlaflosen Nächten und erschöpfenden Pflichten. Ich wollte einfach ein bisschen mehr als immer nur stillen, wiegen, wickeln, stillen, wiegen, wickeln. Hinzu kam, dass ich mich bereits für das Fernstudium angemeldet hatte, und wenn das Kind nicht zu versorgen war, musste ich Hausarbeiten schreiben, büffeln und mir mein Schulmathe in Erinnerung rufen.

Ich fühlte mich entsetzlich ausgelaugt und angespannt zugleich. Manchmal glaubte ich, aus der viel zu engen Haut platzen zu müssen, mir war, als quetschte mir die Schwarte das Gehirn zusammen. Dann fiel mir auf, wie überempfindlich meine Sinne auf Reize reagierten, etwa wenn ich Rees flauschige Decke berührte oder wenn ich mir unter der Dusche die heißen Wassertropfen auf meine Brüste prasseln ließ.

Am schlimmsten war das Gefühl, immer tiefer in den Abgrund zu rutschen. Am Ende glaubte ich, in jedem Winkel des Hauses den widerlichen Gestank faulender Rosen wahrnehmen zu können. Ich fürchtete mich vor dem Einschlafen, weil ich wusste, dass ich irgendwann im Traum die Stimme meiner Mutter hören und aufgeschreckt werden würde von ihrem: Ich weiß was, was du nicht weißt. Ich weiß was, was du nicht weißt …

Eines Tages ertappte ich mich an der Küchenspüle bei dem Versuch, mir mit einer Drahtbürste die Fingerkuppen wegzuschrubben. Und da wurde mir klar, was es mit diesem Abgrund auf sich hatte, dass meine Mutter, meine eigene Mutter in meinem Kopf ihr Unwesen trieb.

Es gibt Leute, denen es nicht ausreicht, einmal zu töten.

Ich habe Jason gesagt, dass ich wegmuss, und sei es nur für einen Tag, vielleicht in ein Hotel, wo ich mich einmal richtig entspannen, den Zimmerservice in Anspruch nehmen und wieder zu Kräften kommen könnte. Ich besorgte mir Broschüren von Hotels mit Wellness-Angeboten, die alle lächerlich teuer waren. Aber ich wusste, Jason würde mir den Wunsch nicht ausschlagen, und das tat er auch nicht.

Er nahm sich den Freitag und Samstag frei, um auf Clarissa aufpassen zu können.

»Lass dir Zeit«, sagte er. »Hauptsache, du erholst dich ein bisschen. Du hast es verdient.«

Also bezog ich ein Hotelzimmer für vierhundert Dollar die Nacht. Das Geld, das eigentlich für Wellness-Angebote gedacht war, gab ich in einer teuren Boutique in der Newbury Street aus, wo ich mir ein superknappes Veloursröckchen kaufte, schwarze High Heels von Kate Spade und ein mit silbernen Pailletten besticktes Träger-Top, bei dem sich ein BH erübrigte. Derart aufgetakelt, ließ ich mich in der Armani Bar blicken, wo sich alles Weitere von selbst ergab.

Man bedenke, ich war erst neunzehn Jahre alt. Ich hatte

noch alle Tricks auf Lager, und, glauben Sie mir, es waren nicht wenige. Das Träger-Top und die High Heels taten ihr Übriges. Ich war nicht zimperlich und blieb bis zwei, kippte einen Grey Goose nach dem anderen und rutschte zwischendurch geilen alten Böcken und schwitzenden Jungs von der Uni auf dem Schoß herum.

Mich juckte es. Mir wurde heiß, und je mehr ich trank und tanzte, desto mehr wackelte ich mit dem Hintern unter den grapschenden Pranken fremder Kerle, die mich an ihre Leistenbeuge zogen, was ich ihnen leichtmachte, indem ich meine Schenkel spreizte. Ich konnte nicht genug kriegen, weder von den Drinks noch vom Tanzen.

Ich wollte ficken, bis mir der eigene Name nicht mehr einfiel, in Ekstase toben und schreien bis zur Heiserkeit. Ich wollte ficken, bis sich der Abgrund vor mir endlich schloss.

Mit meiner Wahl ließ ich mir an diesem Abend noch ein wenig Zeit. Von den alten Knackern kam keiner in Frage. Die waren allenfalls spendabel, würden aber im Clinch mit einer jungen Frau wie mir womöglich einem Herzinfarkt erliegen. Ich zog schließlich mit einem der Studenten ab, einem strammen Burschen, testosterongesättigt und bis über beide Ohren grinsend, geschmeichelt, von mir abgeschleppt zu werden.

Ich ließ mich von ihm ins Studentenwohnheim führen, wo ich ihm Sachen zeigen konnte, die nur in einem Etagenbett möglich sind. Als ich mit ihm durch und er völlig fertig war, knöpfte ich mir seinen Mitbewohner vor, einen halbgaren Schlaffi, der aber extrem dankbar und für mich auf seine Weise nützlich war.

Ich ging kurz nach Sonnenaufgang hängte meinen rosafarbenen Stringtanga als kleines Souvenir an den Türknauf und fuhr mit der U-Bahn ins Hotel zurück. Der Portier bekam fast einen Anfall, als er mich sah. Wahrscheinlich hielt er mich für eine Nutte, was mich aber nicht weiter irritierte, weil ich in dem Augenblick dachte, dass ich in diesem Gewerbe vielleicht ganz richtig läge. Und außerdem hatte ich meinen Schlüssel dabei, sodass ihm nichts anderes übrig blieb, als mich einzulassen.

Ich ging in mein Zimmer, putzte mir die Zähne, duschte, putzte mir noch einmal die Zähne und ließ mich aufs Bett fallen. Ich schlief fünf Stunden, wie bewusstlos und ohne mich zu rühren. Als ich aufwachte, fühlte ich mich zum ersten Mal seit Monaten rundum wohl.

Ich hatte also das Richtige getan. Der Rock, die Pumps und das Träger-Top wanderten in den Papierkorb. Ich duschte ein zweites Mal und schrubbte mir die Hände, die nach Sperma, Schweiß und Wodka-Lemon rochen. Dann pflegte ich meine gequetschten Rippen, die von Bartstoppeln aufgerauten Schenkel und die knutschfleckigen Schultern mit meiner nach Orangen duftenden Körperlotion, stieg wieder in meine blaue Cordhose, streifte den lavendelfarbenen Rollkragenpullover über und ging zurück zu meinem Mann.

Es wird alles gut, redete ich mir während der gesamten Fahrt nach Southie ein. Von jetzt an wird alles gut.

Aber ich wusste längst, dass ich es wieder tun würde. Mit einer Lüge zu leben ist eigentlich gar nicht so schwer.

Ich begrüßte meinen Mann mit einem Kuss auf die Wange.

Jason gab mir auch einen Kuss und erkundigte sich höflich, wie es gewesen sei.

»Es geht mir bedeutend besser«, antwortete ich wahrheitsgemäß.

»Das freut mich«, sagte er, und seine dunklen Augen verrieten, dass er genau wusste, was ich getrieben hatte. Trotzdem verloren weder er noch ich ein weiteres Wort darüber. So lebt man mit einer Lüge – man sieht einfach von ihr ab, auch wenn sie wie ein Elefant mitten im Raum steht.

Ich ging nach oben. Packte meine Reisetasche aus. Nahm meine Tochter in den Arm und wiegte sie vor meiner Brust. Und ich stellte fest, dass meine Tochter, die sich genauso anfühlte, genauso duftete und mich genauso liebte wie ehedem, keinen Unterschied machte zwischen Hure oder Hausfrau, Ehebrecherin oder treuer Gattin, wenn ich ihr aus Runaway Bunny vorlas und ihr einen Kuss auf die Stirn drückte.

Während der nächsten Woche zog ich mich nur dann um, wenn ich allein war, aus Rücksicht Jason gegenüber, der aber ohnehin immer nur vor dem Computer hing und mir aus dem Weg ging.

Einmal, in der siebten oder achten Nacht, als die Bisswunden verheilt waren und ich wieder allein im großen Bett aufwachte, war ich es leid. Ich liebte Jason. Wirklich. Und ich glaubte, er liebte mich. Wirklich. Er wollte einfach nur keinen Sex mit mir haben. Ironie des Schicksals. Ausgerechnet der Mann, der mir endlich Respekt, Mitgefühl und Verständnis entgegenbrachte, rührte mich nicht an. Aber Liebe bleibt Liebe, oder? Und ist sie nicht das, was wir, wie auch die Beatles singen, alle brauchen?

Ich zog meinen Bademantel an, ging nach unten und bat meinen Mann, ins Bett zu kommen. Wie gewöhnlich hing er vor dem Computer.

Mir fiel auf, dass seine Wangen gerötet waren, seine Augen hellwach. Er hatte jede Menge Abrechnungen vor sich liegen, unter anderem einen Online-Antrag für eine Kreditkarte.

»Lass mich in Ruhe!«, blaffte er mich an, so wütend, dass ich mich schleunigst verzog.

Vier Stunden später saßen wir am Küchentresen und löffelten unsere Cornflakes. Ree saß in der Babyschaukel, und keiner von uns sagte ein Wort.

Er kaute. Ich kaute. Dann streckte er den Arm aus und nahm meine Hand, ganz behutsam. Zwischen uns war wieder alles okay, einfach so. Bis zu meiner nächsten Auszeit in irgendeinem Hotelzimmer, vermutete ich. Bis zu seiner nächsten Auszeit vor dem Computer.

Ich fragte mich, ob sich der Abgrund wieder auftun würde, ob er jemals die faulenden Rosen gerochen, die Farbe seiner Augen verflucht oder seine eigene Haut gespürt hatte. Aber ich stellte ihn nicht zur Rede. Ich würde ihn nie zur Rede stellen.

Wie war das noch mit der Lebenslüge? Einfach drüber hinwegsehen.

Und über einer Schale aufgeweichter Cornflakes wurde mir bewusst, dass ich mich damit arrangieren konnte. Die Lüge ist da, aber ich nehme sie schlichtweg nicht zur Kenntnis. Wir leben zusammen, aber jeder bleibt für sich, wir lieben uns, bleiben aber auf Distanz. Nicht anders war früher die Beziehung zwischen mir und meiner Mutter, die manchmal mitten in der Nacht unaussprechliche Sachen mit einer Haarbürste anstellte und dann, wenige Stunden später, mit mir am Tisch saß und Buttermilchkekse frühstückte.

Meine Mutter hat mich auf ein solches Leben bestens vorbereitet.

Ich warf einen Blick auf meinen Mann, der Cheerios mampfte, und fragte mich, wer ihn wohl vorbereitet hatte.

Die Pressekonferenz im Bostoner Polizeipräsidium begann um drei Minuten nach neun. Kaum war sie zu Ende, klingelte Jasons Handy.

Er war Sergeant Warrens Einladung nicht gefolgt, hatte stattdessen seiner Tochter die Tränen vom Gesicht gewischt, einem sehr hungrigen Mr Smith zu fressen gegeben und dann beide, Ree und den Kater, in Sandys Volvo gesetzt. Mr Smith zählte zu den wenigen Katzen, die gern Auto fuhren, und hatte es sich sofort auf einem sonnigen Fleckchen bequem gemacht. Ree hockte mit ihrem Stofftier Lil' Bunny im Kindersitz und starrte auf Mr Smith, als versuchte sie, ihn mit ihren Blicken in Schach zu halten.

Jason fuhr los, vor allem, um wegzukommen. Er kam sich vor wie auf den offenen Weiten von Kansas, auf die sich aus schwarzem Himmel ein Tornadoschlauch herabschraubte, der ihm schon einen ersten Vorgeschmack seiner unausweichlichen Gewalt ins Gesicht blies.

Die Cops hatten ihre Pressekonferenz abgehalten. Die Medienmaschine setzte sich langsam, aber sicher in Bewegung. Er war machtlos dagegen. Nichts konnte sie jetzt aufhalten.

Wieder klingelte das Handy. Er schaute aufs Display und glaubte, verzweifeln zu müssen.

Im Rückspiegel sah er das ernste Gesicht seiner Tochter, die um ihre Mutter trauerte und sich am Anblick des schlafenden Katers zu trösten versuchte.

Er klappte das Handy auf und hielt es ans Ohr.

»Hallo, Greg.«

»Mensch, Jason«, platzte ihm die Stimme des Chefredakteurs der *Boston Daily* ins Ohr. »Warum hast du uns nichts gesagt? Verflucht, wir sind doch eine Familie. Wir hätten Verständnis gezeigt.«

»Es ist alles nicht so einfach«, entgegnete Jason und hörte selbst, wie formelhaft und auswendig gelernt seine Worte klangen. Sie erinnerten ihn an seine Phrasen von früher. *Willst du auf die Titelseite?* Es kostet dich nichts weiter als dein Leben. Oder das deines Kindes. Vielleicht das deiner Frau.

»Was ist los, Jason? Ich frage nicht als dein Vorgesetzter, das weißt du.« Lüge. Es würde in den nächsten Tagen noch viel gelogen werden. »Ich frage dich als Freund und Kollege, der die Fotos deiner Familie gesehen hat und weiß, wie sehr du an ihr hängst. Wie geht's jetzt weiter?«

»Ich lasse den nächsten Tag auf mich zukommen«, antwortete Jason.

»Gibt's etwas Neues? Die Polizei hat sich nur vage geäußert.«

»Wir hoffen auf Hinweise aus der Öffentlichkeit«, erklärte Jason pflichtschuldig.

»Und deine Tochter? Clarissa? Wie kommt sie damit zurecht? Kann ich dir irgendwie helfen, Jason?«

»Danke, dass du fragst, aber nein. Ich lasse den nächsten Tag auf mich zukommen.«

»Jason … Junge!«

»Es tut mir leid, aber du musst heute auf mich verzichten, Greg.«

»Ja, natürlich. Versteht sich doch von selbst. Du solltest dir eine Woche freinehmen. Egal was du brauchst, wir sind für dich da.« *Aber vergiss uns nicht, okay, Junge? Wir bringen deinen Fall groß raus, Informationen aus erster Hand, aus dem Mund des Ehemanns, als Aufmacher, erste Seite, okay, Junge?*

»Danke für dein Verständnis.«

»Verlass dich auf uns, Jason. Lass uns wissen, wie wir dir helfen können. Wir glauben an dich. Also wirklich, allein der Gedanke, du hättest Sandra etwas antun können …«

»Danke für dein Verständnis.« Jason klappte das Handy zu.

»Wer war das?«, wollte Ree wissen.

»Daddys ehemaliger Boss«, sagte Jason.

Das Polizeipräsidium war ein monströser Block aus Glas und Granit, der inmitten der heruntergekommenen Mietskasernen von Roxbury hochgezogen worden war. Man hatte gehofft, dass eine starke Polizeipräsenz eine Sanierung dieses innerstädtischen Bezirks nach sich ziehen würde. Aber daraus wurde nichts. Stattdessen fürchteten sowohl die Angestellten als auch die Besucher in diesem Bau um ihr Leben.

Jason sah sich nach einem halbwegs geschützten Parkplatz um, ohne große Hoffnung darauf, nach seiner Rückkehr den Volvo intakt vorzufinden. Er machte sich auch Sorgen um den Kater. Mr Smith hatte während der vergangenen sechsunddreißig Stunden mindestens eins seiner neun Leben verloren. Und wie viele mochte er noch haben?

»Hier gefällt's mir nicht, Daddy«, sagte Ree, als sie mit dem Stoffhasen im Arm aus dem Kindersitz kletterte. Der Parkplatz bestand aus aufgesprungenem Asphalt und einer Umgrenzung aus Betonklötzen. Dekoration à la Beirut.

Jason holte sein Notizbuch aus der Tasche, riss zwei Seiten heraus und schrieb mit Rees' rotem Crayola-Marker in dicken Blockbuchstaben: *Vorsicht, tollwütige Katze. Fernhalten.*

Den einen Zettel legte er vor die Windschutzscheibe aufs Armaturenbrett, den anderen auf die Heckfläche. Dann warf er einen letzten Blick auf Mr Smith, der müde eines seiner goldenen Augen öffnete, gähnte und weiterschlief.

»Pass gut auf«, murmelte Jason. Er nahm Ree fest an die Hand und steuerte auf die Fußgängerbrücke zu.

Je näher sie dem riesigen Glaskasten kamen, desto langsamer wurden seine Schritte. Er betrachtete Rees kleine Hand, die in seiner sicher und geborgen lag, und es schien ihm, als seien die letzten fünf Jahre einerseits viel zu schnell, andererseits viel zu langsam vergangen. Er wollte sich jeden einzelnen Moment ins Gedächtnis rufen und festhalten. Denn der Tornado kam näher, und ihm war nicht auszuweichen.

Er erinnerte sich daran, wie seine Tochter, gerade eine Stunde alt, mit ihrer unglaublich winzigen Hand seinen lächerlich großen Zeigefinger entschlossen umklammert hatte und wie ebendiese Hand ein Jahr später zum ersten Mal mit Feuer in Berührung gekommen war, der Kerzenflamme auf ihrem Geburtstagskuchen, ehe er oder Sandy hatten eingreifen können. Er erinnerte sich an einen Nachmittag, als er sie schlafend wähnte, und an den Computer gegangen war, um all die traurigen Geschichten über traurige Kinder zu lesen, und, über den Küchentisch gebeugt, zu weinen angefangen hatte. Und plötzlich war Ree da gewesen und hatte ihm mit ihren kleinen zweijährigen Händen die Tränen vom Gesicht gewischt.

»Nicht traurig, Daddy«, hatte sie ihm zugeflüstert. »Nicht traurig.«

Und der Anblick seiner Tränen auf den kleinen Fingern seiner Tochter hätte ihn fast aufs Neue losheulen lassen.

Es drängte ihn jetzt, mit ihr zu reden. Er wollte ihr sagen, wie sehr er sie liebte. Er wollte sie bitten, ihm zu vertrauen, ihr Hoffnung machen und versichern, dass er alles wieder in Ordnung brächte.

Er wollte ihr für vier wunderschöne Jahre danken, ihr sagen, dass sie das beste kleine Mädchen auf der Welt war, sein Sonnenschein und die Liebe seines Lebens.

Sie erreichten das Portal, das die Kleine offenbar einschüchterte, denn er spürte das nervöse Zucken ihrer Hand.

Er schaute auf sie hinab.

Jason erklärte ihr nicht, was er zu tun beabsichtigte. Stattdessen gab er seiner Tochter den besten Rat, den er ihr geben konnte.

»Sei tapfer«, sagte er und öffnete die Tür.

14. Kapitel

Nach ihrer Absprache mit Marianne Jackson, der Spezialistin für forensische Vernehmungen, hatte sich D. D. von der Abteilung für Wirtschaftskriminalität einen Raum zur Verfügung stellen lassen, der freundlicher eingerichtet war als die Verhörzellen ihres Dezernats und dem Kind, so hoffte sie, keine Angst machen würde. Marianne brachte zwei kleine Klappstühle mit, einen rosafarbenen Teppich in Form einer Blüte und einen Korb voller Spielzeugautos, Puppen und Malsachen. In weniger als zehn Minuten hatte sie den Raum in ein hübsches Kinderzimmer verwandelt. D. D. war beeindruckt.

Mit dem Verlauf der morgendlichen Pressekonferenz war sie recht zufrieden. Sie hatte sich vorsorglich kurzgefasst und nur wenig an Informationen preisgegeben. Weniger war zu diesem Zeitpunkt mehr, denn es galt, der zu erwartenden Flut anonymer Anrufe und falscher Beschuldigungen vorzubeugen für den Fall, dass Aidan Brewster, der Ehemann oder, Gott bewahre, der große Unbekannte ins Fadenkreuz der Ermittlungen geraten sollten. Es kam jetzt vor allem darauf an, die Öffentlichkeit an der Suche nach Sandra Jones zu beteiligen. Auch nach siebenunddreißig Stunden bestand noch Hoffnung, sie lebend zu finden. Nicht mehr viel. Aber immerhin ein wenig.

Sie legte einen Schreibblock und zwei Kugelschreiber auf den Tisch des Observationszimmers. Miller war auch schon da und saß auf dem Stuhl neben der Tür, gedankenverloren, wie es schien, denn er zupfte unentwegt an seinem Schnauzbart. D. D. fand, dass er sich davon trennen sollte. Diese Art der Gesichtbehaarung schrie förmlich nach einem hellblauen Freizeitanzug, und darin mochte sie sich Detective Brian Miller nicht einmal vorstellen. Aber das behielt sie für sich. Männer konnten sehr empfindlich sein.

D. D. knipste an einem der beiden Kugelschreiber herum, fuhr die Mine aus und ein. Die Lautsprecher waren eingeschaltet und bereit, das zu übertragen, was im Vernehmungszimmer gesagt werden würde. Umgekehrt würde Marianne über einen kleinen Knopf im Ohr in Verbindung mit D. D. sein und deren Fragen entgegennehmen können, die jedoch, und darum hatte Marianne ausdrücklich gebeten, kurz und präzise sein müssten. Als Faustregel für die Befragung von Kindern galt eine zeitliche Dauer von Alter mal fünf Minuten, das heißt, um in Erfahrung zu bringen, was die vierjährige Zeugin Clarissa Jones wusste, mussten zwanzig Minuten ausreichen.

Sie hatten sich vorweg auf eine Strategie verständigt: Zunächst würde Clarissas Glaubwürdigkeit überprüft werden. Erst dann sollten Fragen zum Geschehen am Mittwochabend und in der Nacht auf Donnerstag gestellt werden. Eine Menge Stoff, den es in dieser einen Sitzung aufzuarbeiten galt, zumal Marianne darauf hingewiesen hatte, dass eine wiederholte Vernehmung kindlicher Zeugen zu riskant war, weil jeder Strafverteidiger versuchen würde, Manipulation zu unterstellen. Darum hatte Marianne ihnen, D. D. und Miller, maximal zwei Gespräche mit der Kleinen in Aussicht gestellt, das eine hatte ja bereits am Donnerstagmorgen im Hause der Jones stattgefunden.

Von der Rezeption wurde gemeldet, dass Jason und seine Tochter eingetroffen waren. Marianne eilte sofort nach unten, um sie in Empfang zu nehmen. Manche Kinder fanden den Anblick uniformierter Polizisten spannend, viele aber schüchterte er ein. Mit Fremden zu reden fiel den meisten schwer genug, und Marianne wollte Ree nicht zumuten, dass sie zu allem Übel auch noch in Angst versetzt wurde.

D. D. und Miller hörten die Schritte im Flur. Beide wandten sich erwartungsvoll der Tür zu, und D. D. spürte trotz aller guten Vorsätze Nervosität in sich aufsteigen. Ein Kind in zwanzig Minuten zu vernehmen war schlimmer als die Konfrontation mit der Pressemeute und dem neuen Polizeipräsidenten zusammen. Reporter waren ihr egal, so auch, meist jedenfalls, der neue Vorgesetzte. Doch traumatisierten Kindern gegenüber fühlte sie sich schrecklich unwohl.

Bei ihrer ersten Vernehmung eines Kindes – es war ein elfjähriges Mädchen gewesen – hatte es sie gefragt, ob sie sein »Menü« sehen wolle, und dann hatte es ein Stück Papier aus der Tasche gezogen, das zu einem winzigen

Quadrat zusammengefaltet war: ein Menü aus sexuellen Handlungen, das sein Stiefvater zusammengestellt hatte. *Ihm einen runterholen ... ein Quarter; Lutschen ... fünfzig Cent; Vögeln ... ein Dollar.* Das Mädchen hatte zwanzig Dollar aus der Brieftasche seines Stiefvaters gestohlen und auf diese Weise zurückzahlen müssen. Als er ihr dann einmal den Lohn für ihre »Dienste« schuldig geblieben war, hatte sie ihn aus Wut bei der Polizei angezeigt. Oh, welch schreckliche Geschichten waren in diesem Raum erzählt worden ...

Die Schritte kamen vor der Tür zum Stehen. D. D. hörte Mariannes Stimme.

»Warst du schon einmal in einem Zauberzimmer, Clarissa?«

Keine Antwort. Vermutlich schüttelte Ree leicht den Kopf.

»Nun, dann werde ich dir jetzt mal eines zeigen. Es hat einen hübschen Teppich, zwei Stühle und auch Spielsachen für dich. Aber es ist auch ein sehr besonderer Raum mit ganz besonderen Regeln. Die werde ich dir noch erklären, aber jetzt solltest du erst einmal deinem Daddy Goodbye sagen. Er wartet in diesem Zimmer auf dich, wird also ganz in der Nähe sein für den Fall, dass du ihn sehen möchtest. Das Zauberzimmer ist ganz allein für dich und mich.«

Immer noch keine Antwort.

»Sag mal, wie heißt das Bürschchen in deinem Arm? Oh, Verzeihung, es ist ja ein Mädchen. Lil' Bunny? Hätte ich mir auch denken können, dass es ein Mädchen ist. Es trägt ja schließlich ein rosa Kleidchen. Na, Lil' Bunny? Magst du große rosa Blumen? Mir scheint, du bist ein Kaninchen, das eine wirklich *große* rosa Blume richtig toll findet. Ich habe da eine wunderschöne Blume im Sinn, eine schönere gibt es weit und breit nicht. Willst du sie sehen? Ja? Prima, dann will ich sie dir zeigen und dir ein bisschen was über Zauberei erzählen.«

Die Tür öffnete sich und Jason Jones betrat den Raum. Er bewegte sich steif, wie von einer Fernbedienung gesteuert. Angesichts seiner verschlossenen Miene wusste D. D. nicht zu unterscheiden, ob sie es mit einem Psychopathen zu tun hatte oder mit dem stoischsten Mann, der ihr je zu Gesicht gekommen war. Er machte die schwere Tür hinter sich zu und schaute sich vorsichtig um. D. D. schob ihm ein bereits ausgefülltes Formular über den Tisch zu und griff nach einem Stift mit schwarzer Tinte.

»Hiermit erklären Sie sich einverstanden, Ihre Tochter von unserer Psychologin vernehmen zu lassen. Wenn Sie bitte unterschreiben würden.«

Jason schien überrascht, dass sein Einverständnis tatsächlich vonnöten war, unterschrieb aber wortlos und zog sich in eine Ecke zurück. An die Wand gelehnt und mit verschränkten Armen starrte er auf die Spiegelglasscheibe, hinter der, wie nun zu sehen war, Marianne und Ree das Vernehmungszimmer betraten. Ree hielt ihr zerlumptes braunes Stofftier umklammert, dessen lange Schlappohren ihre Hände verdeckten.

Marianne schloss die Tür. Statt sich auf einen der kleinen roten Klappstühle zu setzen, nahm sie im Schneidersitz am Rand des rosafarbenen Teppichs Platz und strich ein paarmal über den Flor, womit sie offenbar das Mädchen einladen wollte, sich zu ihr zu setzen.

D. D. griff zum Mikrophon und informierte Marianne darüber, dass der Vater unterschrieben hatte. »Sie können beginnen.«

Marianne nickte und fuhr mit den Fingern über den Knopf in ihrem Ohr. »Was meinst du?«, fragte sie Clarissa Jones und deutete auf den Teppich. »Ist das eine hübsche Blume? Sieht aus wie eine Sonnenblume, finde ich, auch wenn Sonnenblumen eigentlich gelb sind und nicht rosa.«

»Das ist ein Gänseblümchen«, sagte Ree mit dünner Stimme. »Mommy hat auch welche davon im Garten.«

»Gänseblümchen? Natürlich. Du kennst dich wohl richtig gut mit Blumen aus.«

Ree blieb stehen und klammerte sich an ihrem Hasen fest. D. D. sah, wie das Mädchen nervös an einem der Schlappohren zupfte, und verspürte einen Stich. Sie hatte als Kind einen Stoffhund besessen und so lange an dessen Ohren gezupft und gerieben, bis sie am Ende ganz abgewetzt gewesen waren.

»Ich muss mich erst mal vorstellen: Mein Name ist Marianne Jackson«, erklärte die Psychologin. »Ich bin hier, um mich mit Jungen und Mädchen in deinem Alter zu unterhalten. Das hört sich vielleicht einfach an, ist aber manchmal gar nicht so leicht.«

Ree reagierte endlich und krauste ihre Stirn. »Warum nicht?«

»Weil für solche Gespräche besondere Regeln gelten. Wusstest du das?«

Ree rückte näher und schüttelte den Kopf. Sie berührte mit der Fußspitze das rosafarbene Blütenblatt und schien den Teppich genau zu studieren.

»Nun, wie du weißt, ist dies ein Zauberzimmer, und wer sich hier unterhält, muss vier Regeln beachten.« Marianne streckte vier Finger aus und zählte sie einzeln ab. »Erstens, wir reden nur über das, was wirklich passiert ist, nicht über das, was passiert sein könnte – also über das, was tatsächlich stattgefunden hat.«

Ree krauste wieder die Stirn und wagte sich noch ein Stückchen weiter vor.

»Kennst du den Unterschied zwischen der Wahrheit und einer Lüge, Clarissa?« Marianne griff in den Korb und zog einen Plüschhund heraus. »Wenn ich sage, das ist eine Katze – ist das die Wahrheit oder eine Lüge?«

»Eine Lüge«, antwortete Ree, ohne zu zögern. »Das ist ein Hund.«

»Sehr gut. Das wäre also Regel Nummer eins. Wir sagen hier nur die Wahrheit, okay?«

Ree nickte. Sie nahm nun auch am Rand des Teppichs Platz und legte ihren Hasen auf den Schoß.

»Regel Nummer zwei«, sagte Marianne. »Wenn ich dir eine Frage stelle, und du weißt die Antwort nicht, musst du das auch zugeben und sagen: Ich weiß es nicht. Verstehst du?«

Ree nickte.

»Wie alt bin ich, Clarissa?«

»Fünfundneunzig«, antwortete Ree.

Marianne schmunzelte. »Bist du dir sicher? Hat dir jemand gesagt, wie alt ich bin?«

Ree schüttelte den Kopf.

»Du kannst also nicht wirklich wissen, wie alt ich bin. Und was sagst du, wenn du etwas nicht weißt?«

»Ich weiß es nicht«, antwortete Ree gehorsam.

»Sehr gut. Wo wohne ich?«

Ree öffnete den Mund, hielt aber kurz inne und sagte schließlich: »Ich weiß es nicht.«

Marianne lächelte. »Ich wette, du bist gut in der Vorschule. Eine tüchtige Schülerin, nicht wahr?«

»Ich bin inte-intellergent«, berichtete Ree stolz. »Das sagen alle.«

»Intelligent? So ist es, und ich bin sehr stolz auf dich. Okay, Regel Nummer drei. Wenn du dich an etwas nicht erinnern kannst, ist das in Ordnung, und du sagst: Ich erinnere mich nicht. In welchem Alter hast du laufen gelernt?«

»Ich konnte immer schon laufen«, antwortete Ree. Aber dann besann sie sich auf die Regel und klatschte in die Hände. »Ich erinnere mich nicht«, rief sie und strahlte übers ganze Gesicht.

»Du bist die beste Schülerin, die ich je hatte«, meinte Marianne. Sie saß immer noch im Schneidersitz auf dem Teppich und hielt jetzt nur noch einen Finger in die Luft. »Also gut, meine Musterschülerin. Letzte Regel. Weißt du, wie Regel Nummer vier lautet?«

»Ich weiß es nicht«, rief Ree fröhlich.

»Du bist wirklich gut. Ich will's dir verraten. Regel vier: Wenn du eine Frage von mir oder das, was ich sage, nicht verstehst, dann musst du sagen: Ich verstehe nicht. *Capisce?*«

»Capisce!«, frohlockte Ree. »Das ist Italienisch und heißt ›alles klar?‹. Ich kann Italienisch. Mrs Suzy bringt uns das bei.«

Marianne zwinkerte überrascht. Selbst sie schien so vorwitzige Mädchen wie Ree nicht alle Tage zu Gesicht zu bekommen. D. D. hatte Mühe, ernst zu bleiben. Sie warf einen Blick auf Jason, der immer noch keine Miene verzog. Wo hat der seinen Schalter?, fragte sie sich.

Sein Anblick brachte sie auf einen Gedanken, den sie sich rasch notierte.

Im Vernehmungszimmer hatte sich Marianne Jackson offenbar wieder gefangen. »Schön, du kennst also jetzt die Regeln. Und jetzt erzähl mir bitte, Clarissa –«

»Ree. Alle nennen mich Ree.«

»Warum nennen dich alle Ree?«

»Weil, als ich noch klein war, konnte ich Clarissa nicht aussprechen. Ich habe immer nur Ree gesagt. Mommy und Daddy fanden das lustig und haben mich deshalb auch Ree genannt. Nur nicht, wenn sie mit mir böse sind. Dann sagt Mommy *›Clarissa Jane Jones‹*, und ich muss dann entweder bis drei zählen oder meine Treppen-Auszeit nehmen.«

»Treppen-Auszeit?«

»Ja, ich muss mich dann auf die unterste Treppenstufe setzen und vier Minuten stillhalten.«

»Erzähl mir von Lil' Bunny. Macht sie auch manchmal Ärger?«

Clarissa blickte zu Marianne auf. »Lil' Bunny ist ein Stofftier. Stofftiere können keinen Ärger machen. Nur Menschen.«

»Sehr gut, Clarissa. Du bist ein sehr gescheites Mädchen.«

Das Kind strahlte.

»Dein Stofftier gefällt mir«, fuhr Marianne im Plauderton fort. »Als ich in deinem Alter war, hatte ich Winnie Puuh. In dem steckte eine Spieluhr, und wenn man sie aufzog, spielte es ›Twinkle, Twinkle, Little Star‹.«

»Ja, Puuh ist toll«, erwiderte Ree. Sie war jetzt bis auf den Teppich vorgerückt und blickte an Marianne vorbei auf den Korb. »Ist er da drin, im Korb?«

»Nein, er sitzt bei mir zu Hause auf dem Bücherregal. Er war meine Lieblingspuppe, und das ist er eigentlich immer noch.« Marianne stellte den Korb vor Ree auf den Teppich. Das Mädchen war jetzt ganz bei der Sache und voller Neugier.

D. D. warf wieder einen heimlichen Blick auf Jason Jones, der immer noch keine Regung zeigte. Glücklich, traurig, besorgt, nervös. Nichts von alledem. Sie machte sich eine weitere Notiz.

»Ree, weißt du, warum du heute hier bist?«

Das Kind ließ die Schultern hängen, setzte sich zurück und streichelte seinen Hasen. »Daddy sagt, du bist eine nette Frau. Er sagt, wenn ich mit dir rede, wird alles gut.«

D. D. registrierte, dass Jason jetzt ein wenig angespannt

zu sein schien. Er bewegte sich nicht, gab auch keinen Ton von sich, doch waren seine Halsschlagadern hervorgetreten.

»Was wird gut, mein Schatz?«

»Bringst du Mommy zurück?«, fragte Ree leise. »Mr Smith ist wieder da. Er hat heute Morgen an der Tür gekratzt, und wir haben ihn reingelassen. Ich hab ihn lieb, aber ... Bringst du meine Mommy zurück? Sie fehlt mir so.«

Marianne musterte das Kind mit mitfühlender Miene, ließ sich aber mit der Antwort Zeit. Es blieb eine Weile still. D. D. ließ ihren Blick durch das Zimmer schweifen, sah auf den Teppich, die Klappstühle, den Spielekorb – nur nicht in das schmerzerfüllte Gesicht des kleinen Mädchens. Miller rutschte nervös auf seinem Stuhl hin und her. Jason Jones jedoch verzog keine Miene und schwieg.

»Erzähl mir von deiner Familie«, sagte Marianne. D. D. glaubte die Taktik der Psychologin durchschaut zu haben. War ein heikler Punkt getroffen, wich sie auf ein unverfänglicheres Thema aus, um später auf das Eigentliche zurückzukommen.

»Da sind meine Mommy, mein Daddy und ich«, begann die Kleine. Sie zupfte wieder an Lil' Bunnys Schlappohren. »Und natürlich Mr Smith. Zwei Mädchen und zwei Jungen.«

D. D. skizzierte die Familienkonstellation aus Sicht des vierjährigen Kindes.

»Und die Verwandtschaft?«, fragte Marianne. »Gibt es auch Tanten, Onkel, Oma und Opa?«

Ree schüttelte den Kopf.

D. D. schrieb: *Angehörige*??? Das Kind schien von seinen Großeltern nichts zu wissen und bestätigte damit indirekt Jasons Behauptung, wonach sich Sandra von ihrem Vater entfremdet hatte. Dass Ree auch Jasons Eltern nicht zu kennen schien, legte die Vermutung nahe, dass dieser seine Herkunft erfolgreich verschwiegen hatte.

»Kommt manchmal ein Babysitter zu euch ins Haus? Jemand, der auf dich aufpasst?«

Ree schaute Marianne verständnislos an. »Mommy und Daddy passen auf mich auf.«

»Natürlich. Aber was, wenn sie arbeiten oder etwas Wichtiges zu besorgen haben?«

»Wenn Daddy arbeitet, passt Mommy auf mich auf«, antwortete Ree. »Dann kommt Daddy nach Hause, und Mommy geht arbeiten. Daddy schläft, wenn ich im Kindergarten bin. Dann holt er mich ab, und wir sind das Daddy-Tochter-Team.«

»Verstehe. In welche Schule gehst du, Ree?«

»Das ist ein großes Haus mit vielen großen Kindern. Ich bin aber noch in der Kleine-Blümchen-Klasse und komme erst nächstes Jahr zu den großen, wenn ich fünf bin.«

»Wie heißen deine Lehrer?«

»Miss Emily und Mrs Suzy.«

»Und deine besten Freunde?«

»Mimi und Olivia. Wir spielen Feenspiele. Ich bin eine Gartenfee.«

»Du hast also Freunde. Wie ist es mit Mommy und Daddy? Haben die auch Freunde?«

Es war eine jener Routinefragen, die in Fällen von Kindesmisshandlung gestellt wurden, wenn die tatverdächtige Person nicht zur Verwandtschaft gehörte, sondern aus der Nachbarschaft oder aus dem Freundeskreis der Familie stammte. Das Kind sollte seine eigene Welt definieren, damit später, wenn ein Name genannt wurde, nicht der Eindruck entstehen konnte, das Kind sei suggestiv beeinflusst worden.

Ree schüttelte den Kopf. »Daddy sagt, ich bin seine beste Freundin. Außerdem arbeitet er viel, deshalb hat er keine Zeit für Freunde. Daddys sind immer sehr fleißig.«

Diesmal war es Miller, der Jason beobachtete. Rees Vater stand immer noch reglos vor der Wand und starrte durch die Scheibe wie ein unbeteiligter Zuschauer. Nach einer Weile wandte sich Miller wieder von ihm ab.

»Ich finde Mrs Lizbet nett«, sagte Ree von sich aus. »Aber sie und Mommy spielen nicht miteinander. Sie sind beide Lehrerinnen.«

»Wie darf ich das verstehen?«, fragte Marianne.

»Mrs Lizbet unterrichtet in der siebten Klasse. Letztes Jahr hat sie Mommy geholfen, Lehrerin zu werden. Jetzt unterrichtet Mommy in der sechsten Klasse. Aber wir sehen Mrs Lizbet manchmal noch. Beim Basketball.«

»Wirklich?«

»Ja, ich liebe Basketball. Mommy nimmt mich mit zu den Spielen. Daddy arbeitet. Und deshalb sind wir abends immer das Mommy-Tochter-Team.« Ree schien für eine Weile vergessen zu haben, warum sie in diesem Raum war, aber plötzlich legte sich ein Schatten auf ihr Gesicht. Sie ließ die Schultern hängen, beugte sich wieder über ihr Stofftier und zupfte es am Ohr.

Im Rücken von D. D. verriet nun auch Jason Jones eine Regung.

»Wann hast du deine Mommy das letzte Mal gesehen?«, fragte Marianne leise.

Die Antwort war kaum zu verstehen. »Sie hat mich ins Bett gebracht.«

»Kennst du die Wochentage, Ree?«

Ree fing mit zarter Stimme zu singen an: »Sonntag, Montag, Dienstag, Mittwoch ... Donnerstag, Freitag, Samstag, Sonntag.«

»Großartig. Könntest du mir auch sagen, an welchem Tag dich deine Mutter ins Bett gebracht hat?«

Ree stierte vor sich hin. Dann sang sie wieder: »Sonntag, Montag, Dienstag, Mittwoch ...«

Marianne nickte mit dem Kopf. Das Kind kannte die Wochentage offenbar nur als Wörter in einem Lied. Zum Glück gab es andere Möglichkeiten, kindlichen Zeugen Informationen über zeitliche Abläufe zu entlocken. Man konnte sie zum Beispiel fragen, was sie im Fernsehen gesehen oder im Radio gehört hatten. Wenn auch aus anderer Perspektive als Erwachsene, beobachteten Kinder überaus genau, und aus dem, woran sie sich erinnerten, ließen sich Hinweise herausfiltern, die häufig glaubwürdiger waren als die Auskünfte erwachsener Zeugen.

»Erzähl mir von dem Abend mit deiner Mutter, Ree. Wer war zu Hause?«

»Ich und Mommy.«

»Sonst niemand? Weder Mr Smith noch Lil' Bunny, Daddy oder sonst wer?«

Diese Formulierung gehörte ebenfalls zum Standardkatalog der Vernehmungstechnik. Eine Frage, die mehrere Möglichkeiten aufzählte, endete immer mit »sonst wer«, »sonst etwas« oder »sonst wo«.

»Mr Smith«, antwortete Ree. »Und Lil' Bunny. Daddy war nicht da. Er arbeitet doch nachts.«

»War vielleicht sonst noch jemand bei euch?«

Ree krauste die Stirn. »Am Abend bin ich mit Mommy immer allein. Bei uns ist dann Frauenschicht.«

D. D. machte sich eine Notiz.

»Was macht ihr, wenn Frauenschicht ist?«, fragte Marianne.

»Wir puzzeln. Ich liebe Puzzles.«

»Was denn für Puzzles?«

»Och, zuerst haben wir das Schmetterlingsbild gemacht und dann das Prinzessinnenbild. Dafür brauchen wir den *ganzen* Teppich. Aber es ist nicht fertig geworden, weil Mr Smith immer drübergelaufen ist. Ich bin wütend geworden, und Mommy hatte dann auch keine Lust mehr.«

»Magst du Musik, Ree?«

»Und wie!«

»Habt ihr beim Puzzeln auch Musik gehört? Lief vielleicht der Fernseher, das Radio oder sonst etwas?«

Ree schüttelte den Kopf. »Ich tanze unheimlich gern zu Tom Petty«, sagte sie beiläufig. »Aber beim Puzzeln muss es still sein.« Sie verzog das Gesicht und wackelte wahrscheinlich in Nachahmung ihrer Mutter mit dem ausgestreckten Zeigefinger. »Kinder brauchen Ruhe. Nur dann kann das Gehirn wachsen.«

»Verstehe.« Marianne zeigte sich beeindruckt. »Ihr habt also im Stillen gepuzzelt. Und danach?«

»Haben wir gegessen.«

»Aha. Was isst du denn besonders gern?«

»Käsemakkaroni. Und Gummiwürmer. Ich liebe Gummiwürmer, aber die gibt's nur zum Nachtisch.«

»Stimmt«, sagte Marianne. »Wenn man die schon vorher isst, hat man ja keinen Hunger mehr. Also, was haben du und deine Mommy zu Abend gegessen?«

»Käsemakkaroni«, antwortete Ree geradeheraus. »Dazu kleine Stücke Putenfleisch und Apfelscheiben. Pute mag ich nicht besonders, aber Mommy meint, ich brauche Proteine, damit ich groß und stark werde. Also gibt's zu den Makkaroni immer auch Fleisch.«

D. D. notierte, was sie hörte, und staunte nicht schlecht über Rees detaillierte Erinnerung und deren Übereinstimmung mit ihrer ersten Aussage am Donnerstagmorgen. Zuverlässige Zeugen machten jeden Detective glücklich. Rees Schilderung des Abends war so glaubwürdig, dass auch das, was sie über Vorkommnisse in der Nacht sagen konnte, vor der Jury Bestand haben würde. Die vierjährige Clarissa Jones eignete sich als Zeugin besser als achtzig Prozent der Erwachsenen, die D. D. vernommen hatte.

»Was war nach dem Essen?«, fragte Marianne.

»Badezeit!«, trällerte Ree.

»Badezeit?«

»Ja. Ich und Mommy duschen zusammen. Willst du wissen, wer alles unter der Dusche war?« Ree hatte die Fragemuster offenbar durchschaut.

»Gern.«

»Mr Smith hat nicht mit uns geduscht, denn er hasst Wasser, und auch Lil' Bunny nicht. Die nimmt ihr Bad in der Waschmaschine. Aber Prinzessin Duckie und Mariposa-Barbie und die Inselprinzessin-Barbie waren bei uns. Ich darf immer nur drei Puppen waschen, weil wir mit dem heißen Wasser sparsam umgehen müssen.«

»Verstehe. Was hat Mommy gemacht?«

»Haare gewaschen, zuerst ihre, dann meine. Dann hat sie mit mir geschimpft, weil ich so viel Seife gebraucht habe.«

Marianne blinzelte wieder mit den Augen.

»Ich spiel so gern mit Seifenschaum«, erklärte Ree. »Aber Mommy sagt, Seife kostet viel Geld, man darf sie nicht verplempern, und deshalb tut sie immer nur ein bisschen Seife in den Becher. Ich brauche aber mehr, weil meine Barbies lange Haare haben.«

»Ree, wenn ich behaupte, ich hätte blaue Haare, sage ich dann die Wahrheit, oder wäre das gelogen?«

Ree grinste und zeigte damit, dass sie das Spiel erkannte. »Das wäre gelogen, und im Zauberzimmer darf man nur die Wahrheit sagen.«

»Sehr gut, Ree. Große Klasse. Ihr wart also unter der Dusche, du und deine Mommy. Und du hast viel Seife gebraucht. Wie fühlst du dich unter der Dusche?«

Ree krauste die Stirn, aber dann schien ihr ein Licht

aufzugehen. Sie hob den Finger und sagte stolz: »Ich verstehe nicht.«

Marianne lächelte. »Ausgezeichnet. Ich will's noch einmal versuchen. Wenn du mit deiner Mutter duschst … gefällt dir das, oder gefällt es dir nicht?«

»Ich dusche gern«, antwortete Ree. »Nur Haarewaschen mag ich nicht.«

D. D. bemerkte ein Zögern auf Seiten der Psychologin. Dass eine Mutter und ihre vierjährige Tochter zusammen duschten, war ungewöhnlich. Irgendetwas schien in dieser Familie nicht zu stimmen. Marianne stand vor der Aufgabe, der Kleinen dabei zu helfen, darüber Auskunft zu geben.

»Warum magst du es denn nicht, wenn dir die Haare gewaschen werden?«, fragte Marianne.

»Weil sie so schnell verfilzen. Meine Haare sind nämlich ziemlich lang, weißt du. Wenn sie nass sind, gehen sie mir fast bis zum Ellbogen. Mommy braucht endlos lange, um das Shampoo rauszuspülen, und dann kommt da noch ein Mittel drauf, damit es nicht so krusselig wird. Ich hätte lieber glatte Haare wie meine beste Freundin Mimi«, seufzte Ree.

Marianne lächelte. »Und was war nach dem Duschen?«

»Wir haben uns abgetrocknet«, berichtete das Mädchen. »Dann sind wir ins große Bett, wo ich Mommy immer erzählen soll, wie mein Tag war, aber ich kitzle sie dann meist.«

»Wo steht das große Bett?«

»Im Zimmer von Mommy und Daddy. Da machen wir's

uns nach dem Duschen immer gemütlich. Mr Smith kommt auch, aber er mag es nicht, wenn ich balge.«

»Du balgst dich?«

»Ja«, sagte Ree stolz. »Ich bin stark! Ich habe Mommy auf den Boden geschubst.« Sie hob die Arme, um ihre Muskeln zu zeigen. »Mommy hat gelacht. Ich hab's gern, wenn sie lacht.« Sie wurde plötzlich nachdenklich. »Glaubst du, Mommy ist böse, weil ich sie aus dem Bett geschubst habe? Geschimpft hat sie nicht, aber vielleicht… In der Schule hat Olivia einmal ein Bild zerrissen, das ich gemalt hatte. Ich habe gesagt, ist nicht so schlimm, aber es war trotzdem schlimm für mich, und ich war den ganzen Tag lang wütend. Glaubst du, Mommy war vielleicht auch wütend auf mich?«

»Ich weiß nicht, Schatz«, entgegnete Marianne. »Ihr habt also gebalgt. Und dann?«

Die Kleine zuckte mit den Achseln. Sie schien müde geworden zu sein. D. D. schaute auf ihre Uhr. Die Vernehmung dauerte nun schon fast eine Dreiviertelstunde. Die Zwanzig-Minuten-Grenze war längst überschritten.

»Zeit zum Schlafen«, murmelte Ree.

»Was trägst du im Bett, Ree?«

»Mein grünes Arielle-Nachthemd.«

»Und deine Mutter?«

»Ein violettes Shirt. Es ist lang und reicht ihr fast bis zu den Knien.«

D. D. notierte. Wieder ein Detail, das die Glaubwürdigkeit des Mädchens unterstrich.

»Und nachdem ihr euch für die Nacht umgezogen habt?«

»Zähne putzen, Pipi machen und ab ins Bett. Zwei Geschichten. Ein Lied. Mommy hat ›Puff the Magic Dragon‹ gesungen. Ich bin müde«, erklärte Ree ein wenig mürrisch. »Ich will nicht mehr. Sind wir fertig?«

»Fast. Du hast dich bisher wacker geschlagen. Alle Achtung. Noch ein paar Fragen, okay? Danach könntest du mir Fragen stellen, egal welche. Wie würde dir das gefallen?«

Ree musterte die Psychologin mit kritischem Blick, seufzte schließlich und nickte mit dem Kopf. Sie hatte wieder den Stoffhasen auf den Schoß genommen und rieb an beiden Ohren.

»Ihr habt also noch ein Lied gesungen, und deine Mommy hat dich eingemummelt. Was war dann?«

»Ich verstehe nicht.«

»Hat sie das Licht ausgeknipst, die Tür zugemacht, oder war sonst noch was? Wie schläfst du, Ree? Kannst du mir dein Zimmer beschreiben?«

»Ich habe eine Nachtlampe«, flüsterte das Mädchen. »Ich bin ja noch keine fünf. Du hattest bestimmt auch eine Nachtlampe, oder? Wenn ich erst mit dem Schulbus fahre … aber damit fahre ich noch nicht, deshalb habe ich eine Nachtlampe. Meine Tür ist immer zu. Mommy sagt, ich hätte einen leichten Schlaf.«

»Die Tür ist also zu, die Nachtlampe brennt. Was ist sonst noch in deinem Zimmer?«

»Lil' Bunny natürlich. Und Mr Smith. Er schläft immer

am Fußende, weil, ich geh zuerst ins Bett, und Katzen müssen viel schlafen.«

»Gibt es sonst irgendwas, das dir beim Einschlafen hilft? Musik, Geräusche – zum Beispiel von einem Luftbefeuchter – oder sonst etwas?«

Ree schüttelte den Kopf. »Nein.«

»Wie heißt meine Katze, Ree?«

Ree grinste. »Ich weiß es nicht.«

»Sehr gut. Wenn ich dir sagen würde, diese Stühle sind blau, wäre das wahr oder gelogen?«

»Gelogen! Die Stühle sind rot.«

»Genau. Und im Zauberzimmer spricht man nur die Wahrheit, stimmt's?«

Ree nickte, doch D. D. sah ihr deutlich an, dass sie unter Spannung stand und verunsichert war.

»Bist du im Bett geblieben, Ree? Oder musstest du mal raus, um nach Mommy zu sehen, aufs Töpfchen zu gehen, oder war sonst irgendetwas?«

Die Kleine schüttelte den Kopf und wich dem Blick der Psychologin aus.

»Was macht deine Mom, wenn du im Bett bist, Ree?«, fragte Marianne ruhig.

»Arbeiten. Sie korrigiert Klassenarbeiten.« Vorsichtig hob sie den Blick. »Glaube ich.«

»Hörst du manchmal Geräusche von unten, vielleicht den Fernseher, das Radio, Schritte oder sonst etwas?«

»Ich habe den Teekessel gehört«, flüsterte Ree.

»Den Teekessel?«

»Er hat gepfiffen. Auf dem Herd. Mommy trinkt gern

Tee. Manchmal machen wir eine Teeparty, und dann trinken wir Apfeltee. Ich liebe Apfeltee.« Ree sprach mit veränderter Stimme. Sie klang verhalten, kleinlaut.

D. D. musterte Jason Jones. Er hatte sich nicht vom Fleck bewegt, wirkte aber hellwach und lauschte konzentriert. O ja, ihm schwante etwas.

»Was hast du sonst noch gehört, Ree?«

»Schritte.«

»Schritte?«

»Ja. Laute, wütende Schritte auf der Treppe. Uh-oh …« Das Mädchen verfiel in einen Singsang. »Uh-oh, Daddy ist wütend.«

Hinter D. D. zuckte Jason ein zweites Mal zusammen. Er gab keinen Laut von sich, doch sie sah, wie er die Augen schloss und schluckte.

Auch Marianne schwieg. Es blieb still im Vernehmungszimmer, bis Ree plötzlich von sich aus wieder zu sprechen begann. Sie wippte mit dem Oberkörper vor und zurück und knetete die Schlappohren ihres Hasen.

»Da ist was gefallen. Kaputtgegangen. Ich hab's gehört, bin aber im Bett geblieben. Ich wollte nicht aufstehen. Mr Smith ist vom Bett gesprungen und zur Tür hin. Ich wollte nicht aufstehen. Ich hab Lil' Bunny an mich gedrückt und ihr gesagt, sie soll still sein.«

Das Mädchen hielt inne, schlug dann einen anderen Tonfall an und sagte mit klagender Stimme: *»Tu's bitte nicht. Tu's bitte nicht. Ich werde alles für mich behalten. Glaub mir. Niemand erfährt etwas. Ich liebe dich doch, ich liebe dich immer noch …«*

Ree wandte sich der Scheibe zu. D. D. hätte schwören können, dass das Kind seinem Vater durch das verspiegelte Glas hindurch ins Gesicht sah. »Mommy hat gesagt: ›Ich liebe dich immer noch‹ und ›Tu's bitte nicht‹. Dann hat's Krach gemacht, ich habe nicht mehr hingehört. Ich habe Lil' Bunny die Ohren zugehalten und auch selber nichts mehr gehört, ehrlich, und ich bin im Bett liegen geblieben. Das kannst du mir glauben. Ich bin nicht aufgestanden.«

»Ist jetzt Schluss?«, fragte das Kind zehn Sekunden später. Marianne hatte immer noch kein Wort gesagt. »Wo ist mein Daddy? Ich will nicht mehr im Zauberzimmer sein. Ich will nach Hause.«

»Ja, jetzt ist Schluss«, antwortete Marianne und legte dem Kind eine Hand auf den Arm. »Du bist ein sehr tapferes Mädchen, Ree. Danke, dass du dich mit mir unterhalten hast.«

Ree nickte bloß. Die fünfzig Minuten hatten sie sichtlich mitgenommen. Ihre Augen wirkten glasig, und als sie aufzustehen versuchte, geriet sie ins Taumeln. Marianne stützte sie.

Im Zimmer nebenan war Jason Jones von der Wand abgerückt. Miller öffnete die Tür in den hell erleuchteten Flur.

»Miss Marianne?« Rees Stimme kam aus dem Vernehmungszimmer.

»Ja, Schatz?«

»Du hast gesagt, ich könnte dir auch eine Frage stellen.«

»Richtig. Das habe ich gesagt. Was möchtest du wissen?

Du kannst mich alles fragen.« D. D. sah, wie die Psychologin vor dem Kind in die Hocke ging, um mit ihm auf Augenhöhe zu sein. Sie hatte das kleine Mikro abgenommen, und der Kopfhörer lag in ihrer Hand.

»Als du vier warst, ist da deine Mommy auch weggegangen?«

Marianne strich dem Kind eine Locke aus dem Gesicht. Ihre Stimme klang blechern und kam von weit her. »Nein, Süße.«

Ree nickte. »Dann hast du Glück gehabt, als du vier gewesen bist.«

Ree verließ das Vernehmungszimmer. Als sie ihren Vater im Flur stehen sah, stürmte sie auf ihn zu.

Sie umklammerte ihn mit ihren dünnen Ärmchen. D. D. hörte ihn etwas flüstern und sah, wie er seinem zitternden Kind tröstend den Rücken streichelte.

Sie glaubte zu verstehen, wie sehr Clarissa Jones ihre Eltern liebte, und fragte sich wie schon so oft, warum so vielen Eltern die bedingungslose Liebe ihrer Kinder anscheinend nicht ausreichte.

Als die beiden gegangen waren, setzten sich D. D., Miller und die Psychologin zu einem Gespräch zusammen.

»In der Nacht zum Donnerstag war eine dritte Person im Haus«, stellte Miller fest. »Es kam zu einer Auseinandersetzung mit Sandra, und die Kleine glaubt, dass diese dritte Person ihr Vater ist. Eine Vermutung nur. Sie hat Schritte gehört und angenommen, ihr Vater sei von der Arbeit zurückgekehrt.«

D. D. schüttelte bereits den Kopf. »Sie hat uns nicht alles erzählt.«

Marianne stimmte ihr zu.

Miller legte die Stirn in Falten.

»Ree ist nicht im Bett geblieben«, sagte D. D. »Sie hätte sich sonst nicht so viel Mühe gegeben, das Gegenteil zu behaupten.«

»Sie ist aufgestanden«, ergänzte Marianne, »und hat etwas gesehen, über das sie noch nicht reden kann.«

»Sie meinen, ihren Vater«, bemerkte Miller zweifelnd. »Aber die Kleine hat ihn doch eben noch herzlich umarmt …«

»Er ist nach wie vor ihr Vater«, erklärte Marianne. »Und sie hat Angst, dass in ihrer Welt alles durcheinandergerät.«

»Warum hat er dann der Vernehmung zugestimmt?«, sagte Miller. »Wenn Ree tatsächlich gesehen hätte, was im Elternschlafzimmer vor sich gegangen ist, wäre er doch nicht mit ihr ins Präsidium gekommen.«

»Vielleicht hat er nicht bemerkt, dass sie in der Tür stand«, meinte D. D. schulterzuckend.

»Oder er vertraut darauf, dass sie nichts verrät«, fügte Marianne hinzu. »Kinder lernen überraschend früh, Familiengeheimnisse zu hüten. Sie erfahren, dass ihre Eltern Nachbarn belügen oder auch die Polizei – ›Ich bin die Treppe runtergefallen, ist aber halb so schlimm‹. Und dann machen sie sich diese Lügen zu eigen, sie werden ihnen so selbstverständlich wie das Atmen. Kinder lassen sich nur schwer dazu bewegen, gegen ihre Eltern auszusagen. Es ist, als würde man sie auffordern, in ein tiefes Loch zu springen oder die Luft anzuhalten.«

D. D. seufzte und warf einen Blick auf ihre Notizen. »Für einen Haftbefehl reicht das nicht«, resümierte sie und war in Gedanken schon woanders.

»Nein«, pflichtete ihr Miller bei. »Es sei denn, wir finden Sandras Leiche.«

»Bleiben Sie dran«, riet Marianne. »Ich bin mir sicher, die Kleine weiß mehr. Aber sie setzt auch alles daran, zu verdrängen, was sie weiß. In ein paar Tagen oder in einer Woche werden Sie die Wahrheit von ihr nicht mehr erfahren, vor allem dann nicht, wenn sie weiter unter dem Einfluss ihres geliebten Daddys steht.«

Marianne sammelte das Spielzeug ein. D. D. wandte sich ab, als plötzlich ihr Pager summte, der an ihrem Gürtel hing. Sie warf einen Blick auf das Display und krauste die Stirn. Ein Detective der Landespolizei versuchte sie zu erreichen. Typisch. Kaum hatte man sich mit der Presse unterhalten, standen Hinz und Kunz auf der Matte. D. D. ignorierte die Meldung und machte sich mit Miller auf den Weg zurück ins Morddezernat.

»Ich will wissen, was es mit diesem Jason Jones auf sich hat«, sagte D. D., als sie auf der Treppe waren. »Der Typ ist mir zu cool, zu gefasst. Arbeitet als kleiner Reporter, sitzt auf vier Millionen und hat nach Auskunft seiner Tochter keine Freunde. Mit dem stimmt doch was nicht.«

Miller zuckte mit den Achseln.

»Wir sollten zwei Kollegen darauf ansetzen, seine Vergangenheit auszuleuchten«, fuhr D. D. fort. »Von der

Wiege bis hierher. Ich will alles über ihn wissen, auch über Sandra Jones und die Familien der beiden. Ich wette, das wird sehr interessant.«

»Und ich will an seinen Computer ran«, murmelte Miller.

»Immerhin haben wir den Müll. Gibt es was Neues?«

»In ein paar Stunden wird mir der Bericht vorliegen.«

»Miller?« D. D.s Stimme klang besorgt.

»Ja?«

»Wir beide sind uns sicher: Ree hat was gesehen. Was, wenn auch der Täter weiß, dass dem so ist?«

»Sie meinen Jason Jones?«

»Oder Aidan Brewster. Oder die noch nicht identifizierte Person 367.«

Miller zögerte. Auch er wirkte besorgt. Marianne Jackson hatte recht: Ree war im Augenblick sehr, sehr verwundbar.

»Wir sollten uns beeilen«, sagte er.

»Ja, das sollten wir.«

15. Kapitel

Letzte Nacht habe ich von Rachel geträumt. Sie sagte: »Nein, nein, nein«, und ich fand all die Stellen, die aus ihrem »Nein, nein, nein« ein »Ja, ja, ja« machten.

»Ich kann nichts dafür«, habe ich zu ihr im Traum gesagt. »Du hast so schöne Brüste. Wenn Gott wollte, dass ich dich in Ruhe lasse, hätte er dir nicht so schöne Brüste gegeben.«

Dann habe ich ihre Nippel gezwickt. Sie lehnte sich zurück und atmete schwer, und ich wusste, dass ich sie bald so weit hatte. Klar, sie musste sich geschlagen geben, denn ich war größer, stärker und cleverer. Also fummelte ich weiter an ihr herum, bis der magische Moment gekommen war: Ich tauchte in sie ein. Vielleicht hat sie ein bisschen geheult, aber was soll's? Auch sie hat gestöhnt und sich gewunden, und ich hab ihr's richtig gut besorgt. Ich schwöre, das habe ich.

Im Traum spürte ich, wie die Post abging, wie sie die Schenkel um meine Hüften legte und ihre Brüste an mir rieb. Und ich war so scharf, o Gott, war ich scharf. Aber dann … Dann bin ich aufgewacht. Allein im Bett. Mit einer Mordslatte. Und stinksauer.

Ich keuchte immer noch, als ich mich ins Bad schleppte

und so heiß duschte, dass es nur so dampfte. Ich holte mir einen runter, denn wenn man dreiundzwanzig Jahre alt und als Sittenstrolch vorbestraft ist, bleibt einem nichts anderes übrig.

Doch das reicht nicht. Ich kann sie im Geiste immer noch fühlen und schmecken, das Mädchen, auf das ich so scharf bin, aber nicht haben darf. Niemals.

Also wichs ich mir einen und ekle mich vor mir selbst. Rachel zu berühren war himmlisch. Aber das hier ist wirklich pervers. Mechanische Lust, nicht mehr, nicht weniger.

Ich bring's hinter mich und trockne mich ab.

Ich ziehe mich an, ohne Licht zu machen oder in den Spiegel zu blicken, und weiß schon jetzt, dass mir ein Scheißtag bevorsteht. Mit meiner stillen kleinen Existenz ist es vorbei, fragt sich nur, wer mir den Todesstoß versetzt.

Colleen hat mir zum Schluss unseres gestrigen Gesprächs empfohlen, meine Routine fortzusetzen. Klar, die Polizei wird Fragen haben und mir einen Besuch abstatten, und natürlich habe ich das Recht, mich, wenn's nötig sein sollte, von einem Anwalt vertreten zu lassen. Aber hey, bislang laufe es doch gut. Meine Bewährung sei eine Erfolgsstory. Ich soll die Flinte nicht ins Korn werfen. Das hat sie mir gesagt.

Gemeint hat sie: Weglaufen macht alles noch schlimmer. Besten Dank, das weiß ich selbst.

Ich gehe zur Arbeit. Halb acht. Ich trage meinen Blaumann, beuge mich über den Motor eines alten Chevy und wechsle die Zündkerzen.

Yes, Sir. Mr Durchschnitt, stets zu Diensten.

Ich schraube und schraube und achte nicht darauf, dass meine ölverschmierten Hände zittern oder dass alle Muskeln bis zum Zerreißen angespannt sind oder dass ich dermaßen geladen bin, dass ich zum ersten Mal in meinem Leben den Himmel anflehe, jetzt nur ja keine Frau durch die Tür kommen zu lassen, denn ich würde nicht wissen, was ich tue. Ich bin total von der Rolle, und es ist noch nicht mal neun.

In der Werkstatt läuft ein Radio, eingestellt auf einen regionalen Sender, der Musik der Achtziger und Neunziger bringt. Jede Menge Britney Spears und Justin Timberlake. Viertel nach neun, Zeit für die Nachrichten. Ich höre, dass eine Frau aus South Boston vermisst wird. Junge Frau, beliebte Lehrerin, Mutter einer Vierjährigen, verschwunden in der Nacht auf Donnerstag. Eine Polizistin im Rang eines Sergeant trägt dick auf.

Ich bin mit dem Chevy fertig und mache mich an einen großen Suburban, der hinten neue Bremsen braucht. Die anderen Jungs unterhalten sich.

»In Southie? Unmöglich.«

»Wahrscheinlich stecken Drogen dahinter. Ist doch meist so.«

»Nee, der Ehemann. Zwölf zu eins, dass der was anderes am Laufen hat und keinen Unterhalt zahlen will, der Sausack.«

»Kann man nur hoffen, dass sie ihn schnappen. Wisst ihr

noch, letztes Jahr, dieser Fall, wo ein Kerl auch seine zweite Frau hat verschwinden lassen, was man ihm aber nicht nachweisen konnte?«

Und so weiter und so fort. Ich sage kein Wort, attackiere die Radmuttern mit dem Pressluftschrauber und wuchte Hinterräder runter. Die alte Kiste hat Trommelbremsen. Scheiße.

Plötzlich höre ich nur noch Geflüster. Ich glaube, sie zeigen mit dem Finger auf mich, und spüre, wie mein Gesicht rot anläuft. Ich will was sagen, sehe dann aber, dass sie nicht auf mich zeigen, sondern Richtung Büro, wo Vito sich mit zwei Cops unterhält.

Ich will mich in den Suburban verkriechen, in diesem Haufen aus Metall, Kunststoff und Chrom verschwinden, arbeite aber weiter und nehme auch die Vorderräder ab, um die Bremsen vorn zu inspizieren, obwohl davon auf meinem Auftragszettel nichts steht.

»Deine Bewährung ist eine Erfolgsstory«, murmele ich vor mich hin, »eine verdammte Erfolgsstory.« Aber das kaufe ich mir nicht einmal selbst ab.

Ich habe den Suburban jetzt fertig. Die Cops sind weg. Gleich ist Frühstückspause. Ich will meine Butterbrotdose holen und sehe Vito mit verschränkten Armen vor meinem Spind stehen.

»Komm mit ins Büro. Sofort«, sagt er.

Auf Streitereien mit Vito lasse ich mich nicht ein. Ich pelle mich aus meinem Blaumann, weil ich seiner Miene ansehe, dass ich ihn nicht mehr brauche. Er sagt kein Wort, starrt mich die ganze Zeit nur an. Vito passt auf.

Als ich mich gewaschen, das Sweatshirt über die Schulter geworfen und die Butterbrotdose zur Hand genommen habe, gibt Vito endlich einen Grunzlaut von sich und führt mich in sein Büro. Er weiß von meiner Vorstrafe. Als Arbeitgeber macht es ihm nichts aus, Sexualstraftäter einzustellen. In der Werkstatt habe ich mit der Kundschaft nichts zu tun. Außerdem ist er groß und stämmig und glaubt wahrscheinlich, Typen wie mich im Griff zu haben. Zugegeben, manchmal ist er richtig nett. Vielleicht hält er sich für einen Wohltäter und stellt deshalb Knackis ein, damit aus ihnen nützliche Mitglieder der Gesellschaft werden, blabla. Ich weiß nicht.

Vito hat mich nie spüren lassen, dass er womöglich schlecht von mir denkt, aber jetzt sehe ich's – an seinen vor der Brust verschränkten Armen und dem Gesichtsausdruck, einer Mischung aus Enttäuschung und Ekel. Wir betreten sein vollgestopftes Büro. Er setzt sich hinter seinen Schreibtisch, auf dem mal der Staub gewischt werden müsste. Ich bleibe stehen, denn es gibt keinen zweiten Stuhl. Er holt sein Scheckbuch raus und fängt zu schreiben an.

»Die Polizei war hier«, sagt er, kurz angebunden.

Ich nicke und zwinge mich dann, weil er mich nicht ansieht, zu sagen: »Ich weiß.«

»Eine Frau wird vermisst. Du hast es bestimmt in den Nachrichten gehört.« Er wirft mir einen Blick zu.

»Ja.«

»Die Polizei wollte wissen, ob sie mit ihrem Wagen bei uns gewesen ist. Wollte wissen, ob du mit ihr oder mit ihrer vierjährigen Tochter Kontakt hattest.«

Ich sage kein Wort.

»Wie geht's dir, Aidan?«, brüllt er mich plötzlich an.

»Gut«, flüstere ich.

»Besuchst deine Sitzungen, hältst dich an die Auflagen?«

»Ja.«

»Alkohol? Und sei's nur mal ein Schlückchen? Sag mir die Wahrheit, Junge. Ich lasse mich nicht belügen. Das ist meine Stadt. Southie ist mein Geschäft. Wenn du jemandem in meiner Stadt was antust, geht das auch gegen mich.«

»Ich bin sauber.«

»Wirklich? Die Polizei sieht das anders.«

Ich knete unwillkürlich meine Hände. Und schäme mich dafür. Da stehe ich, dreiundzwanzig Jahre alt und auf einen Haufen Dreck reduziert, einem Mann gegenüber, der mich mit einem Schlag seiner tellergroßen Pranke aus dem Verkehr ziehen könnte. Er sitzt. Ich stehe. Er hat die Macht. Ich bitte um Gnade.

In diesem Moment hasse ich mein Leben. Und ich hasse Rachel, denn wenn sie nicht so hübsch, so frühreif, so *präsent* gewesen wäre, hätte ich mich nicht hinreißen lassen. Vielleicht hätte ich mich in eins dieser nuttigen Puschelpüppchen auf dem Football-Platz verknallt oder in dieses Mädchen mit den Hamsterzähnen, das im Feinkostladen um die Ecke arbeitet. Ich weiß nicht, in irgendeine, die besser zu einem Neunzehnjährigen passt, der unbedingt ficken möchte. Dann hätte ich jetzt nicht diese Scheiße am Hals. Im Gegenteil, man würde mich als Mann akzeptieren.

»Ich habe nichts damit zu tun«, höre ich mich selbst sagen.

Vito grunzt nur und starrt mich aus seinen Knopfaugen an. Seine Arroganz geht mir gegen den Strich. Ich habe ein halbes Dutzend Lügendetektortests bestanden, was aber anscheinend ohne Belang ist. Verdammt, ich koche und fürchte, gleich wird irgendeiner hier in dieser beschissenen Bude dran glauben müssen.

Er starrt mich an. Ich starre zurück und merke, dass er sieht, wie sauer ich bin, was ihn aber nur zu amüsieren scheint, und das macht mich noch saurer. Ich habe meine Hände zu Fäusten geballt. Wenn nicht bald ein Wunder geschieht, ramm ich ihm eine davon ins Gesicht. Oder vielleicht nicht in sein Gesicht. Vielleicht vor die Wand, oder wenn nicht vor die Wand, dann durch die Fensterscheibe. Das Getöse und die Schmerzen werden mich wachrütteln. Ja, so etwas brauche ich jetzt: einen Wecker, der mich aus diesem Albtraum herausholt.

Vito blinzelt mich an, grunzt und reißt den Scheck ab. »Dein letzter Wochenlohn«, erklärt er. »Nimm. Das war's dann.«

Ich lasse meine Fäuste hängen.

»Ich habe nichts damit zu tun«, wiederhole ich.

Vito schüttelt den Kopf. »Egal. Du arbeitest hier, die verschwundene Frau bringt uns ihren Wagen. Ich leite ein Geschäft, Mann, kein Gruselkabinett. Ich habe nicht die Zeit, deine dreckige Wäsche zu waschen.«

Er legt den Scheck auf den Tisch und schiebt ihn mir

mit einem Finger zu. »Nimm oder lass es bleiben. Du bist jedenfalls gefeuert.«

Also nehme ich ihn, klar. Ich höre, wie Vito meine Ex-Kollegen antreibt und wie sie zu tuscheln anfangen.

Mir ist bewusst, dass die Sache längst nicht ausgestanden ist. Vito wird ihnen alles erzählen, und sie, die drei stämmigen Kerle, werden wissen, dass sie tagein, tagaus mit einem Perversen zusammengearbeitet haben. Eine Frau ist verschwunden, und diese Typen werden eine dieser Rechnungen aufstellen, wonach zwei plus zwei plötzlich fünf ergibt.

Sie werden mir die Hölle heißmachen. Bald. Sehr bald.

Auch ich versuche, ein bisschen zu rechnen, obwohl mir der Schädel dröhnt.

Wenn ich weglaufe, schnappt mich die Polizei, und ich verschwinde lebenslang im Bau.

Wenn ich bleibe, rückt mir dieser Schlägertrupp auf den Pelz, um mich zu kastrieren.

Ich entscheide mich fürs Weglaufen, muss aber einsehen, dass ich mit Vitos lumpigem Scheck nicht weit komme. Ich spüre, wie der Druck in mir zunimmt, immer mehr, renne blindlings drauflos, über die Straße, vorbei an einer parfümierten Tussi, schneller, schneller. Das Parfüm hängt mir in der Nase, und durch meinen Kopf schwirren jede Menge miese Phantasien. Ich weiß, ich werde es nicht schaffen. Ich werde es nicht schaffen.

Die große Erfolgsstory endet böse. Yes, Sir. Da läuft eine tickende Zeitbombe rum.

16. Kapitel

Wissen Sie, was das Wichtigste überhaupt ist? Wichtiger als Liebe, wichtiger als Geld und wichtiger als der Weltfriede? Das Gefühl, normal zu sein. Menschen wollen in ihren Emotionen, in ihren Erfahrungen und dem, was sie tun, so sein wie jeder andere.

Dieser Wunsch treibt uns an. Die vielbeschäftigte Firmenanwältin, die sich abends ab elf in der einen oder anderen Bar mit Cocktails anschickert, irgendeine Pfeife vernascht und dann Punkt sechs aus dem Bett springt, die Spuren der Nacht abduscht und in ihren gediegenen Hosenanzug steigt. Oder die junge Hausfrau und Mutter, berühmt für ihren selbst gemachten Schokoladenkuchen und die geschmackvolle Einrichtung ihres Heims, die heimlich das Ritalin ihres kleinen Zappelphilipps schluckt, um durch den Tag zu kommen. Oder natürlich der hochgeachtete Gemeindevorsteher, der ein Verhältnis mit seinem Sekretär hat und regelmäßig in den Elf-Uhr-Nachrichten den Rest der Welt aufruft, mehr Verantwortung zu übernehmen.

Wir verabscheuen das Gefühl, nicht richtig zu ticken, anders oder isoliert zu sein. Wir wollen uns normal fühlen können, so wie jeder andere oder zumindest nach der Fasson, die uns von der TV-Werbung – sei es für Viagra, Botox oder

Kreditinstitute – als vorbildlich angepriesen wird. Was vertuscht werden muss, wird vertuscht. Wir ignorieren, was zu ignorieren ist, um an der Illusion festhalten zu können, dass wir dem glücklichen Standard entsprechen.

Und weil auch wir, Jason und ich, unbedingt diesem Standard entsprechen wollten, sind wir, jeder auf seine Weise, normal geworden. Vielleicht.

Also nahm ich mir alle sechs bis neun Monate eine Nacht frei. Berufstätige Mütter brauchen schließlich auch mal eine Pause. Wie lieb und verständnisvoll von meinem Mann, dass er mir meinen kleinen »Wellness-Urlaub« gönnte. Er setzte sich derweil vor den Computer und hackte bis tief in die Nacht auf der Tastatur herum. Journalisten haben eben keine festen Arbeitszeiten, das weiß doch jeder. Wie lieb und verständnisvoll von mir, dass ich mich über den anstrengenden Job meines Mannes nie beklage.

Wir haben uns gegenseitig Freiräume zuerkannt. Wir ignorierten, was ignoriert werden musste. Gleichzeitig standen wir Seite an Seite vorm Haus und schauten Ree dabei zu, wie sie auf ihrem ersten Dreirad über den Gehweg rollte. Wir applaudierten zu ihrem ersten Sprung ins Schwimmbecken, lachten, als sie zum ersten Mal ins eiskalte Wasser des Atlantik trippelte und schreiend über den Strand zurückgelaufen kam. Wir feierten unsere Tochter, priesen jedes Bäuerchen, jedes neu gelernte Wort und waren entzückt von ihrem Lachen. Wir liebten sie für ihre Unschuld, ihren freien Geist, ihren Mut. Und vielleicht lernten wir über unsere Liebe zu ihr auch uns lieben.

So hat es sich zumindest für mich angefühlt.

Eines Nachts im Spätsommer, kurz vor Rees erstem Kindergartentag und meinem Beginn als Aushilfslehrerin, waren wir, Jason und ich, noch lange auf. Er hatte eine CD von George Winston aufgelegt, irgendetwas Leises, Melodisches. Ree und ich stehen auf Rock 'n' Roll, aber das nervt Jason. Klassische Musik ist eher nach seinem Geschmack. Er machte jedenfalls die Augen zu und versenkte sich in irgendeinen Zen-Zustand. Ich dachte, er schliefe, hörte ihn dann aber ganz leise summen.

Heute Abend saßen wir wieder auf unserem kleinen Sofa. Er hatte den linken Arm auf die Rückenlehne gelegt und streichelte meinen Nacken. Das tut er manchmal, ohne dass es ihm bewusst ist, wie mir scheint. Es sind gedankenlose kleine Berührungen. Beim ersten Mal war ich regelrecht erschrocken, als ich seine Finger spürte. Aber mit der Zeit habe ich gelernt, stillzuhalten und kein Wort zu sagen. Solange ich entspannt bin, streichelt er mich, und das gefällt mir. Ach was, ich brenne darauf, dass er mir mit den Fingerkuppen über die Schultern fährt und die Haare durchpflügt. Manchmal massiert er meine Kopfhaut, und ich winde mich wie ein Kätzchen.

Einmal habe ich versucht, seine Berührungen zu erwidern und ihm den Rücken zu kraulen. Kaum hatte ich meine Hand unter sein Hemd gesteckt, ist er aufgesprungen und aus dem Zimmer geeilt. Ich habe es nie wieder versucht.

Ein Ehemann, der neben seiner Frau auf dem Sofa sitzt und ihren Nacken streichelt … Willkommen in unserer kleinen Normalität.

»Glaubst du an ein Leben nach dem Tod?«, fragte ich ihn

beiläufig. Im Fernsehen lief in dieser Nacht ein Film mit Harrison Ford, ein Psychothriller, in dem der Geist einer verstorbenen Frau sein Unwesen treibt.

»Vielleicht.«

»Ich glaube nicht daran.«

Er zupfte an meinem Ohrläppchen, handfest und für mich sehr erregend. Ich schmiegte mich an ihn, ohne ihn abzuschrecken, konnte es aber kaum mehr aushalten, stillzusitzen. Wer hätte gedacht, dass Ohrläppchen so empfänglich sind?

»Warum nicht?«, fragte er und fuhr mir mit den Fingerspitzen über den Hals, auf und ab. Ein Ehemann berührt seine Frau. Eine Frau schmiegt sich an ihn. Normal. Vollkommen normal.

So normal, dass ich in manchen schlaflosen Nächten vor Kummer nicht mehr ein noch aus wusste und mir dann auch noch die Stimme meiner Mutter durch den Kopf ging mit ihrem: »Ich weiß was, was du nicht weißt. Ich weiß was, was du nicht weißt.« Trotzdem bin ich morgens aufgestanden und habe weitergemacht wie bisher.

Meine Mutter hat am Ende recht behalten. In der Blüte meiner einundzwanzig Jahre wurden mir tiefe Lebensweisheiten zuteil: Man kann lieben und dennoch unglaublich einsam sein. Man kann alles besitzen, was man sich je gewünscht hat, und erkennt schließlich, wie falsch diese Wünsche waren. Man kann einen Mann haben, so klug, sexy und verständnisvoll wie meiner, und muss trotzdem auf ihn verzichten. Und man kann sich noch so sehr am Anblick der eigenen wunderschönen, bezaubernden Tochter erfreuen –

irgendwann packt einen die Eifersucht, weil sie mehr geliebt wird als man selbst.

»Ich kann einfach nicht daran glauben«, antwortete ich schließlich. »Niemand will sterben. Um die Angst davor zu verdrängen, denkt man sich hübsche Geschichten über ›das ewige Leben‹ danach aus. Wer aber seinen Verstand benutzt, kann darüber nur mit dem Kopf schütteln. Ohne Traurigkeit gibt es keine Freude, und das heißt, ein Zustand ewiger Glückseligkeit wäre alles andere als glückselig, nämlich schrecklich öde. Es gäbe nichts, worauf man hinarbeiten oder sich freuen könnte.« Ich schaute ihm tief in die Augen. »Gerade du würdest das keinen Moment aushalten.«

Er lächelte müde. Er hatte sich an diesem Tag nicht rasiert. Mir gefiel es, wenn er die Stoppeln sprießen ließ, die so gut zu seinen dunkelbraunen Augen und den immer strubbeligen Haaren passten. Ich hatte immer schon eine Schwäche für den Macho-Look.

Ich wünschte so sehr, seine Stoppeln berühren zu dürfen, mit dem Finger über seinen Unterkiefer zu streichen, bis zur Halsschlagader, wo ich dann seinen Puls fühlen würde. Ich wünschte, ich könnte feststellen, ob sein Herz ebenso heftig schlug wie meins.

»Ich hatte einmal eine Geisterscheinung«, sagte er.

»Wirklich? Wo?« Ich glaubte ihm nicht, und das merkte er.

Er lächelte wieder, ganz ungezwungen. »Ich bin in der Nähe eines alten Hauses aufgewachsen, von dem gesagt wurde, dass es verwunschen ist.«

»Also bist du hin, um nachzusehen? War's eine Mutprobe?«

»Ich wollte die Eigentümerin besuchen, aber die war in der Nacht gestorben. Sie saß tot auf ihrem Sofa, neben ihrem Bruder, was ich interessant fand, denn der war schon seit fünfzig Jahren tot.«

Ich glaubte ihm kein Wort. »Und was hast du getan?«

»Mich bedankt.«

»Wofür?«

»Dafür, dass er mir einmal das Leben gerettet hat.«

Mich ärgerte, was und wie er es sagte. Schlimmer noch, meine Nervenzellen waren durch seine Berührungen zum Leben erwacht.

»Wird es nie anders sein zwischen uns?«, blaffte ich.

»Wie meinst du das?« Er zog seine Hand zurück, und ich sah ihm an, dass er wieder dichtmachte.

»Immer nur unvollständige Antworten und Halbwahrheiten. Ich habe eine einfache Frage gestellt. Du speist mich mit Nonsens ab und behältst den Rest für dich.«

»Ich weiß nicht«, sagte er leise, »ob es jemals anders sein wird zwischen uns.«

»Wir sind verheiratet«, erinnerte ich ihn. »Seit drei Jahren, um Himmels willen. Wär's nicht angebracht, wir würden offen miteinander umgehen, uns wechselseitig unsere tiefsten Wünsche und Geheimnisse anvertrauen oder zumindest Auskunft darüber geben, wer wir sind und woher wir kommen? Ist Ehe nicht zu verstehen als Dialog, der ein ganzes Leben lang geführt wird? Sollten wir nicht mehr Interesse füreinander aufbringen und darauf vertrauen, dass wir uns gegenseitig helfen und guttun?«

»Sagt wer?«

Ich glaubte, nicht richtig zu hören. »Wie bitte?«

»Sagt wer? Wer stellt solche Regeln auf, wer setzt solche Erwartungen in die Welt? Wer sagt, dass Eheleute mehr Interesse füreinander aufbringen sollen, dass sich Eltern um ihre Kinder kümmern, dass Nachbarn füreinander einspringen? Wer verteilt solche Ratschläge, und was haben wir davon?«

Er sprach immer noch mit ruhiger Stimme, aber ich wusste, worauf er abzielte, und seine Gedanken machten mir Angst.

»Erzähl mir von deiner Mutter, Sandy«, sagte er leise.

»Hör auf.«

»Du willst meine Geheimnisse kennenlernen, behältst aber deine für dich.«

»Meine Mutter ist gestorben, als ich fünfzehn war. Ende der Geschichte.«

»Herzinfarkt«, sagte er in Erinnerung an das, was ich ihm früher einmal zu diesem Thema gesagt hatte.

»Soll vorkommen.« Ich wandte mich von ihm ab.

Eine Weile später spürte ich seine Fingerspitzen auf meiner Wange. Dann strich er über meine gesenkten Wimpern.

»Es wird immer so sein zwischen uns«, flüsterte er. »Aber nicht für Ree.«

»Es gibt Dinge, die, wenn sie verloren gehen, nicht mehr zurückzuholen sind«, entgegnete ich.

»Ich weiß.«

»Auch wenn man es sich noch so sehr wünscht. Auch wenn man noch so sehr danach sucht oder von neuem anfängt. Es *hilft nicht. Manches bleibt für immer auf der Strecke. Und man kann das, was man weiß, nicht vergessen machen.«*

»Verstehe.«

Ich stand vom Sofa auf. Ich war so erregt, dass ich mir wieder den Duft von Rosen einbildete. Ich hasse diesen Duft. Warum kann ich mich nicht davon befreien? Ich habe das Haus meiner Eltern und meine Heimatstadt fluchtartig verlassen. Aber dieser verdammte Duft verfolgt mich wohin auch immer.

»Sie war krank im Kopf«, platzte es aus mir heraus. »Alkoholsüchtig. Sie hat … sie hat entsetzliche Sachen gemacht, und wir, mein Vater und ich, haben sie gewähren lassen. Wir haben uns Tag für Tag von ihr quälen lassen und uns darüber ausgeschwiegen. Wer in einer Kleinstadt lebt, muss auf seinen guten Ruf achten, du verstehst.«

»Hat sie dich geschlagen?«

Ich musste laut auflachen, was aber alles andere als heiter klang. »Sie hat mir Rattengift verabreicht, damit sie mich zum Arzt bringen und zusehen konnte, wie mir der Magen ausgepumpt wurde. Ich war für sie ein Spielzeug, eine hübsche kleine Puppe, die sie kaputt machte, sooft sie Aufmerksamkeit wünschte.«

»Münchhausen-Syndrom.«

»Kann sein. Ich habe nie einen Experten gefragt.«

»Warum nicht?«

»Sie ist tot. Was soll's?«

Er schaute mich an. Ich ging auf seinen Lockversuch nicht ein.

»Und dein Vater?«, fragte er.

»Er war Richter mit einem guten Ruf, den es zu schützen galt. Sollte er zugeben, dass ihm seine Frau jede zweite Nacht eine Ginflasche über den Schädel zog? Wär nicht gut fürs Geschäft.«

»Das hat er sich gefallen lassen?«

»So läuft es doch immer, oder?«

»Leider. Sag's mir, Sandy, wie ist sie gestorben?«

Ich presste die Lippen aufeinander.

»An Kohlenmonoxid«, sagte er schließlich. Er fragte nicht, sondern stellte fest. »Aufgefunden in ihrem Wagen in der Garage. Ich tippe auf Selbstmord. Mag aber auch sein, dass sie zu viel getrunken hat und am Steuer kollabiert ist. Was ich nicht verstehe, ist, warum es keine Untersuchung gab. Ihr habt in einer Kleinstadt gelebt, und irgendjemand muss doch zumindest eine Ahnung davon gehabt haben, wie sie mit euch umgesprungen ist.«

Ich starrte ihn fassungslos an. Ich starrte und starrte. »Du wusstest Bescheid?«

»Natürlich. Hätte ich dich sonst geheiratet?«

»Du hast mich ausspioniert?«

»Kann ich nur jedem empfehlen, der ein Mädchen zum Altar führen will.« Er berührte meinen Arm. Diesmal rückte ich von ihm ab. »Du glaubst, ich hätte dich wegen Ree geheiratet. Davon warst du überzeugt, nicht wahr? Aber dem ist nicht so. Jedenfalls nicht allein ihretwegen. Es war auch wegen deiner Mutter, Sandy. Weil wir einander ähnlich sind. Du weißt, es gibt tatsächlich Monster, und die halten sich nicht immer unterm Bett versteckt.«

»Ich konnte nichts dafür«, hörte ich mich selbst sagen.

Er schwieg.

»Sie war psychisch labil. Sie hätte sich früher oder später umgebracht, so oder so. Und sei es nur, um uns zu guter Letzt noch mal eins auszuwischen.« Ich plapperte drauflos und hörte nicht mehr auf. »Ich war mittlerweile so groß, dass sie mich nicht mehr ohne weiteres von einer Unfallstation zur nächsten schleppen konnte. Also hat sie sich ein letztes Mal vollllaufen lassen und sich dann umgebracht. Nicht ohne vorher ihre eigene Beerdigung organisiert zu haben, die größte, die die Stadt je gesehen hat. Mit Bergen von Rosen. Ich übertreibe nicht, es waren Berge verfluchter Rosen …«

Ich hatte die Fäuste geballt und starrte meinen Mann an. Sollte er mich doch verurteilen und als undankbare Tochter schmähen, als Haufen Dreck. Sieh mich an, wollte ich schreien. Als meine Mutter lebte, habe ich sie gehasst. Seit sie tot ist, hasse ich sie noch mehr. Ja, ich bin nicht normal.

»Ich verstehe«, sagte er.

»Danach dachte ich, jetzt wird alles gut. Ich dachte, mein Vater und ich könnten endlich in Frieden leben.«

Jason musterte mich aufmerksam. »Als wir uns kennenlernten, hast du gesagt, du wolltest weg und nie mehr zurückblicken. Es war dir ernst, nicht wahr? In all den Jahren, die wir zusammen sind, hast du kein einziges Mal deinen Vater angerufen, ihn nie wissen lassen, wo du jetzt lebst oder dass wir eine Tochter haben.«

»Nein.«

»Hasst du ihn so sehr?«

»So sehr und noch mehr.«

»Wahrscheinlich liebte er deine Mutter mehr als dich«, stellte Jason fest. »Anstatt dich in Schutz zu nehmen, hat er sie gedeckt. Und das kannst du ihm nicht verzeihen.«

Ich habe darauf nicht sofort geantwortet, weil ich mir in diesem Moment meinen Vater vorstellte, sein charmantes Lächeln und die Fältchen, die sich dann am Rand seiner hellblauen Augen zeigten. Schon mit einer kleinen Geste konnte er einem das Gefühl vermitteln, im Mittelpunkt des Universums zu stehen. Ich war jetzt so wütend, dass ich kein Wort herausbekam.

Ich weiß was, was du nicht weißt. Ich weiß was, was du nicht weißt.

Sie hatte recht behalten, verdammt recht.

»Du hast gesagt, wir seien anders«, krächzte ich heiser. »Wir wüssten es besser, und uns sei klar, dass sich nicht alle Monster unterm Bett versteckt halten.«

Jason nickte.

»Dann versprich mir bitte eines: Falls du jemals meinem Vater begegnen solltest, schlag ihn zuerst tot und stell deine Fragen später. Er darf nie mit Ree in Berührung kommen. Versprich mir das, Jason.«

Er sah mir in die Augen und sagte: »Versprochen.«

Ree war in ihrem Kindersitz eingeschlafen, noch ehe Jason den Parkplatz verlassen hatte. Mr Smith lag auf dem Beifahrersitz, leckte seine Pfote und rieb sich damit über die Wange, leckte und rieb. Jason fuhr auf die Interstate zu. Er hatte kein Ziel und wusste nicht, was er tun sollte.

Er war müde. Erschöpft. Am liebsten hätte er sich in

seinem Haus verschanzt, die Welt verschwinden lassen und so lange geschlafen, bis Sandra ihn wecken und lächelnd auf ihn herabblicken würde.

»Wach auf, du Langschläfer«, würde sie sagen, und er würde sie in seine Arme schließen und halten, wie er sie in den vergangenen fünf Jahren hätte halten sollen. Er würde seine Frau umarmen und mit ihr und Ree wieder glücklich sein können. Sie würden eine Familie sein.

Er konnte nicht nach Hause zurückkehren. Die Übertragungswagen der Fernsehsender würden Stoßstange an Stoßstange in der Straße parken und ihre Scheinwerfer aufs Haus richten. Reporter würden Ree Fragen stellen, die sie nicht beantworten konnte. Sie hatte eine schwere Stunde hinter sich, und dass man ihr nun noch mehr Angst einjagte, konnte er nicht zulassen.

Die Polizei hielt ihn für schuldig. Er hatte es den Blicken der drei Beamten nach der Vernehmung angesehen. Die Andeutungen seiner Tochter ließen ja auch kaum einen anderen Schluss zu. Aber er machte ihr keinen Vorwurf. Ihr waren Fragen gestellt worden, auf die sie nach ihrem Verständnis wahrheitsgemäß geantwortet hatte. Gemäß der Vorschrift, die ihr von ihren Eltern immer wieder ans Herz gelegt worden war: Du darfst nicht lügen. Er konnte ihr nicht verübeln, dass sie seinen und Sandras Geboten gefolgt war.

Er war stolz auf Ree, obwohl ihre Aussage nun unweigerlich dazu führen würde, dass man ihn verhaftete. Wenn nicht heute, dann morgen, dachte er. Die Polizei hatte seinen Müll abtransportiert, sein Kind vernommen und würde noch einmal das ganze Haus durchsuchen, den Computer beschlagnahmen.

Sie würde Erkundigungen über ihn einholen, Kollegen und Freunde zu kontaktieren versuchen, was sie jedoch in ihren Ermittlungen aufhalten würde. Er verkehrte mit keinem seiner Kollegen und hatte sich nie um Freundschaften bemüht. Außerdem überprüfte er in regelmäßigen Abständen seine »Firewalls«; sie hatten dichtgehalten. Trotzdem, versierten Fachleuten blieb nichts verschlossen, und solche standen der Bostoner Polizei zur Verfügung. Er hatte es nicht mit irgendwelchen Dilettanten zu tun.

Natürlich würde sich die Polizei auch um den registrierten Sexualstraftäter kümmern müssen, was wiederum Zeit und Ressourcen in Anspruch nahm. Jason hatte den Vogel kennengelernt und hielt es für unwahrscheinlich, dass er gestehen würde. Aidan hatte einen ziemlich abgebrühten Eindruck auf ihn gemacht, ein junger Mann, der mit allen Wassern gewaschen war. Eine harte Nuss für die Ermittler.

Die Polizei würde mit ihren zwei Tatverdächtigen also jede Menge Arbeit haben. Vielleicht gewann Jason dadurch noch ein bisschen Zeit, drei, vier oder fünf Tage. Nur, die Chance, dass Sandra lebend aufgefunden wurde, verringerte sich von Stunde zu Stunde. Gestern hätte man noch auf einen glücklichen Ausgang hoffen dürfen, vielleicht auch noch an diesem Vormittag.

Wenn jetzt aber in einigen Stunden die Nacht hereinbrechen würde und Sandra wäre immer noch nicht aufgetaucht …

Falls man ihre Leiche fände, wäre es um ihn geschehen. Die Polizei würde kommen und Ree aus dem Haus holen. Seine Tochter. Das kleine Mädchen, das er mehr als alles andere auf der Welt liebte, würde in ein Heim gesteckt oder Pflegeeltern an die Hand gegeben werden.

Er konnte Rees Stimme hören, ihren Singsang im Vernehmungszimmer: *»Tu's bitte nicht. Ich werde alles für mich behalten. Glaub mir. Es erfährt niemand was. Ich liebe dich doch, ich liebe dich immer noch …«*

Seine Hände, mit denen er das Steuer gepackt hielt, fingen plötzlich zu zittern an. Er kämpfte dagegen an, versuchte, sich zu beruhigen. Er musste nachdenken, in Bewegung bleiben. Er hatte die Presse vor sich, die Polizei im Nacken und seine Tochter an seiner Seite, auf die es Rücksicht zu nehmen galt. Selbstbeherrschung, Probleme verdrängen, darauf verstand er sich.

Nachdenken, in Bewegung bleiben. Herausfinden, wo Sandra steckte, ehe die Polizei ihm die Tochter wegnehmen würde.

Dann, als er sich noch einmal durch den Kopf gehen ließ, was seine Tochter ausgesagt hatte, kam ihm ein Gedanke, der einen Schimmer von Hoffnung versprach.

Er schlüpfte in die Rolle des trauernden Ehemanns und fuhr zur Schule, in der Sandra arbeitete.

17. Kapitel

Jason war vierzehn Jahre alt, als er eines Nachts seine Eltern belauschte, die glaubten, er schliefe.

»Ist dir eigentlich was an seinen Augen aufgefallen?«, fragte seine Mutter. »Ob er mit Jani spielt, ob er sich für ein Eis bedankt oder um etwas bittet – sein Ausdruck ist immer derselbe, leer. Seine Augen sind stumpf, so ganz ohne Empfindung. Ich mache mir Sorgen, Stephen, große, große Sorgen um ihn.«

Richtig so, hatte Jason damals gedacht. *Das solltest du auch.*

Er steuerte nun auf den Parkplatz der Mittelschule zu, fand eine freie Stelle und schaltete den Motor ab. Ree rührte sich und schlug die Augen auf, geweckt von dem inneren Sensor, den Kinder offenbar haben und der anschlägt, wenn ein Wagen anhält. Sie brauchte noch einen Moment, um wach zu werden, also klappte Jason die Sonnenblende herunter und musterte sich in deren Spiegel auf der Rückseite.

Auf seinen tief liegenden Augen lagen dunkle Schatten. Er hatte sich nicht rasiert. Ein Feld aus dichten Stoppeln wucherte auf dem hageren Gesicht aus. Es sah müde und abgespannt aus, aber auch ein bisschen verrucht, vielleicht sogar gefährlich, wie ein Mann, der zu Wutanfällen neigte und seine Frau und Kinder schlug.

Er probierte verschiedene Lippenstellungen aus, setzte mal die eine, mal die andere Miene auf. Trauernder Ehemann, schärfte er sich ein. Trauernder Ehemann.

Seine Mutter hatte recht. Er konnte zwar seinem Gesicht einen anderen Ausdruck geben, aber der Blick blieb gleich. Sein Blick schien immer auf unendlich gerichtet.

Er nahm sich vor, den Kopf zu senken. Gramgebeugt, so wollte er auftreten.

Ree gähnte und streckte Arme und Beine aus. Sie sah ihn an, blickte auf Mr Smith und dann durchs Seitenfenster nach draußen.

Sie erkannte das Gebäude und richtete sich spontan auf. »Ist Mommy hier? Holen wir Mommy ab?«

Er legte sich Worte zurecht. »Weißt du noch? Die Polizei hat geholfen, Mr Smith zu finden.«

»Äh-hm.«

»Sie sucht auch nach Mommy. Und wir wollen ihr dabei helfen. Deshalb werden wir jetzt mit Mommys Freunden reden. Vielleicht haben die eine Ahnung, wo sie sein könnte.«

»Mr Smith ist von allein zurückgekommen«, sagte Ree.

»Richtig, und wenn wir Glück haben, kommt auch Mommy von allein zurück.«

Ree nickte. Sie schien zufrieden. Es war das erste wirkliche Gespräch zwischen ihnen seit Sandys Verschwinden. Dass es so glatt verlief, hatte er selbst kaum erwartet. Er wusste um die starken Stimmungsumschwünge von Kindern. Ree war nach dem strapaziösen Vormittag erschöpft und leicht zu beruhigen. Später aber, wenn sie wieder von Trauer und Wut erfüllt sein würde …

Er stieg aus und hob Ree aus dem Kindersitz. Mr Smith ließen sie mit den Zetteln, die vor Tollwut warnten, im Wagen zurück. Jason traute den Schülern ebenso wenig über den Weg wie den Straßengangs von Roxbury.

Sie betraten das Sekretariat, Jason mit kummervoll gesenktem Haupt, Ree mit Lil' Bunny im Arm.

»Mr Jones!«, rief Adele, die Sekretärin. Der herzergreifende Klang ihrer Stimme und der auf Ree gerichtete mitleidvolle Blick trafen ihn wie ein Schlag in den Solarplexus, und für eine Weile stand er nur benommen da und spürte, wie ihm die Augen feucht wurden. Er musste nichts vortäuschen, denn in diesem Moment wurde Sandys Verschwinden für ihn zum ersten Mal nackte Wirklichkeit. Sie war fort und er, der trauernde Ehemann, allein mit seinem verstörten Kind.

Ihm wurden die Knie weich. Sie drohten unter ihm wegzuknicken, als er auf den Linoleumboden starrte, über den Sandy an fünf Tagen in der Woche gegangen war.

Bislang hatte niemand Mitgefühl gezeigt. Bislang war er allen mit Tricks und Ablenkungsmanövern zuvorgekommen, der Polizei, seinem Vorgesetzten oder dem perversen Nachbarn. Doch nun kam Adele hinter ihrem Schreibtisch hervor. Sie tätschelte ihm die Schulter und drückte voller Herzlichkeit seine Tochter an sich. Auf seine typische Art beschloss Jason in diesem Moment, Adele gegenüber auf der Hut zu sein. Ihr Mitgefühl war ihm zuwider. Es vertrug sich nicht mit seinen Ablenkungsmanövern.

»Ich bin sicher, Phil wird mit Ihnen sprechen wollen«, plapperte Adele drauflos. »Er hat gerade eine Besprechung. Tja, seit den Nachrichten heute Morgen steht das Telefon nicht mehr still. Wir haben uns schon darum gekümmert, dass die Schülerinnen und Schüler mit ihrer Trauer nicht allein sind und von einem Psychologen betreut werden. Um vier trifft sich das Kollegium, um zu beraten, wie es sich an der Suche beteiligen kann. Wir alle wollen helfen. Phil hat vorgeschlagen, dass wir die Turnhalle öffnen und auch die Öffentlichkeit einladen –«

Adele unterbrach sich plötzlich, als ihr bewusst wurde, dass sie vor dem Kind allzu viel preisgab. Immerhin reichte ihr Taktgefühl, um zu erröten und Ree ein weiteres Mal in den Arm zu nehmen.

»Wenn Sie bitte einen Moment warten wollen«, sagte sie. »Darf ich Ihnen eine Tasse Kaffee oder ein Glas Wasser anbieten? Vielleicht ein paar Malstifte für Ree?«

»Ich hatte eigentlich nur vor, mich kurz mit Mrs Lizbet zu unterhalten. Nur für ein paar Minuten, wenn es möglich ist …«

»Natürlich, natürlich. In drei Minuten ist Mittagspause. Ich bin mir sicher, dass sie Zeit für Sie hat.«

Jason mühte sich ein dankbares Lächeln ab und nahm Ree an die Hand. Sie gingen durch den Flur, der sich, kaum dass die Pausenglocke anschlug, mit Schülern füllte. Ree ließ sich von dem Durcheinander ablenken und ersparte ihm die Fragen, die sie jetzt sicherlich an ihn hatte.

Sie bogen rechts ab in einen Gang mit einer Reihe blaulackierter Schließfächer, danach links vorbei an solchen in strahlendem Orange. Elizabeth Reyes, Mrs Lizbet genannt, unterrichtete Gemeinschaftskunde in der siebten Klasse, die am Ende des Gangs lag. Sie war Anfang fünfzig, anmutig schlank und hatte silbergraue Strähnen im Haar, die sie zu einem festen Knoten zusammengebunden hatte. Als Jason und Ree das Klassenzimmer betraten, wischte sie gerade mit einem Schwamm die Wandtafel ab.

»Mrs Lizbet!«, rief Ree und stürmte auf die Lehrerin zu.

Mrs Lizbet hockte sich hin, um die Kleine in ihre Arme schließen zu können. »Ree-Ree! Wie geht es dir, meine Süße?«

»Gut«, antwortete Ree kleinlaut. Sie war zwar erst vier, wusste aber bereits, dass man sich aus Höflichkeit immer heiter gab.

»He, und wer ist das?«

»Lil' Bunny.«

»Hallo, Lil' Bunny. Was für ein hübsches Kleidchen!«

Ree kicherte und schmiegte sich an sie. Erwachsenen gegenüber war sie sonst eher zurückhaltend, doch Jason merkte seiner Tochter an, dass sie sich nach dem vertrauten Trost einer Frau sehnte. Mrs Lizbet schaute ihn über Rees Kopf hinweg an, und er versuchte, ihrem aufmerksamen Blick standzuhalten. Es schien, dass sie sich vorgenommen hatte, von seiner Unschuld auszugehen, ihm weder wie die Polizei mit Argwohn zu begegnen, noch ihn wie Adele überschwänglich zu bemitleiden.

»Süße«, sagte sie und löste sich aus Rees Umarmung. »Erinnerst du dich an Jenna Hill aus der Basketballmannschaft? Nun, ich weiß zufällig, dass sie gerade Pause hat und schrecklich gerne mit jemandem trainieren würde. Was meinst du? Hättest du Lust, ein paar Körbe zu werfen?«

Rees Augen strahlten. Sie nickte heftig mit dem Kopf.

Mrs Lizbet hielt ihr die Hand hin. »Also dann, komm mit. Ich bring dich zu Jenna, und ihr beide könnt dann fleißig trainieren. Dein Vater und ich brauchen noch ein Weilchen, kommen aber dann zu euch.«

Jason war beeindruckt, auf welch geschickte Art und Weise sie die Gelegenheit für ein offenes Gespräch mit ihm schuf.

Ree folgte ihr zur Tür, blieb aber auf der Schwelle plötzlich stehen – was erkennen ließ, wie aufgewühlt sie war. Sie wollte bei ihrem Vater bleiben, dem einzigen Halt in einer Welt, die sich aufzulösen drohte, mochte aber auch nicht darauf verzichten, mit Jenna, der Sportskanone, zu spielen, die sie so bewunderte wie einen Rockstar.

Nach kurzem Zögern straffte Ree ihre kleinen Schultern und ließ sich von Mrs Lizbet durch den Gang führen. Jason blieb allein im Klassenzimmer zurück. Kaum war seine Tochter weg, vermisste er sie mehr, als diese ihn je vermissen könnte, und er fragte sich, wie es sein konnte, dass er sich im Hass stark fühlte, liebend aber so verletzlich war.

Elizabeth Reyes hatte sich im vergangenen Jahr als Betreuungslehrerin um Sandra gekümmert und stand ihr auch nach der Festeinstellung als erfahrene Kollegin zur Seite. Jason war ihr mindestens ein Dutzend Mal über den Weg gelaufen, meist dann, wenn er Sandra zur Schule gebracht oder abgeholt oder Ree gelegentlich zur Mittagspause dort abgesetzt hatte. Zu einem Gespräch aber war es nie gekommen, und sie wussten nur wenig voneinander.

Ins Klassenzimmer zurückgekehrt, machte sie die Tür hinter sich zu. Er sah, wie sie einen Blick auf die Uhr warf und nervös ihren Rock glatt strich. Aber vielleicht täuschte der Eindruck. Immerhin unterrichtete diese Frau seit über zwanzig Jahren Siebtklässler. Kaum zu glauben, dass sie sich so leicht aus der Ruhe bringen ließ.

Sie ging nach vorn vor die Wandtafel, wo sie sich, wie Jason vermutete, am wohlsten fühlte. »Wir haben heute Morgen von Phil erfahren, dass Sandy seit Mittwochnacht vermisst wird. Er sagte, die Polizei wisse nicht, was passiert ist. Es gebe keinerlei Anhaltspunkte.«

»Ich habe in dieser Nacht gearbeitet, musste einen Artikel über einen Hausbrand fertig machen«, erklärte Jason. »Zurück war ich gegen zwei. Ree schlief, aber außer ihr war niemand im Haus. Auf dem Küchentresen lagen Sandys Tasche und Handy. Ihr Auto stand in der Auffahrt. Doch sie war nirgends zu finden.«

»Gütiger Gott.« Elizabeth griff zum Pult, um sich abzustützen. Ihre Hände zitterten merklich. »Ich habe es zuerst gar nicht glauben können. Ausgerechnet Sandy … Ich dachte, da muss ein Irrtum vorliegen, ein Missverständnis, vielleicht ein Streit zwischen Ihnen.« Sie musterte ihn unverhohlen. »Sie sind ein junges Paar, und da kann so was ja mal vorkommen.«

»Sie würde Ree nie allein zurücklassen«, entgegnete er.

»Nein«, murmelte sie. »Unvorstellbar.« Sie seufzte und schien um Fassung bemüht. »Phil hat einen Psychologen zur Trauerbegleitung in die Schule bestellt. Wir haben uns in solchen Fällen an bestimmte Protokolle zu halten. Nach einer kurzen Besprechung im Kollegium hat Phil die Kinder informiert. Es ist besser, sie erfahren von uns, was ist, statt über die Medien oder durch Gerüchte.«

»Was hat er gesagt?«

»Phil? Nun, dass Mrs Jones vermisst wird, dass alles darangesetzt wird, sie zu finden, und dass, falls irgendjemand eine Frage hat, er offen reden kann beziehungsweise unter vier Augen mit einem der Lehrer. Und so weiter.«

»Wenn ich richtig verstanden habe, beabsichtigt das Kollegium, eine Suchmannschaft zusammenzustellen, morgen in der Turnhalle.«

Sie schaute ihm ins Gesicht. »Werden Sie uns helfen?«

»Ich bin nicht sicher, ob der Polizei das gefallen würde. Ich bin Sandys Ehemann und damit der Hauptverdächtige.«

Elizabeth ließ ihn nicht aus den Augen, was ihn daran erinnerte, den trauernden Ehemann zu mimen. Er betrachtete seine Hände.

»Ich habe keine Ahnung, was passiert sein könnte«, sagte er leise. »Ich bin als Ehemann und Vater zur Arbeit gegangen und in einen Albtraum zurückgekehrt. Wurde meine Frau entführt? Es gibt keine Spuren gewaltsamen Eindringens in unser Haus. Ist sie mit einem anderen Mann durchgebrannt? Ich kann mir nicht vorstellen, dass sie Ree im Stich lassen würde. Hat sie sich bloß zurückgezogen, um eine Weile allein sein zu können? Ich hoffe inständig, dass dem so ist, Elizabeth. Ich hoffe und bete.«

»Dann will ich das auch tun.«

Er holte hörbar Luft, um zu zeigen, wie nah ihm das alles ging. Das Gespräch entwickelte sich in die richtige Richtung. »Ja, wir *sind* ein junges Paar«, pflichtete er ihr bei. »Es ist nicht immer leicht, den Beruf und die Verantwortung für ein Kind unter einen Hut zu bekommen. Ich könnte verstehen, wenn Sandy unglücklich wäre und sich zu einem anderen hingezogen fühlte.«

Elizabeth sagte nichts, hielt aber ihren forschenden Blick auf ihn gerichtet.

»Es würde mir nichts ausmachen«, fügte er hastig hinzu. »Ich würde ihr eine Auszeit zugestehen, ja, sogar eine Affäre. Damit könnte ich leben, Elizabeth. Ich will nur, dass sie wieder zurückkommt, wenn nicht um meinetwillen, so doch zumindest unserer Tochter zuliebe.«

»Sie glauben, Sandy hat jemanden kennengelernt«, stellte Elizabeth fest. »Und gehen davon aus, dass ich etwas darüber weiß.«

Er versuchte, sein Schulterzucken hilflos wirken zu lassen. »Könnte ja sein.«

»Nein, mir würde Sandy ein solches Geheimnis nicht anvertrauen.«

»Wem dann? Soweit ich weiß, stehen Sie sich recht nahe.«

Elizabeth seufzte wieder. Sie wandte ihr Gesicht von ihm ab, um auf die Uhr zu schauen. Er spürte, wie sich unwillkürlich seine Bauchmuskeln anspannten, als erwartete er einen Fausthieb. Elizabeth ließ mit ihrem Blick nur aus einem Grund von ihm ab – sie hatte ihm etwas zu sagen.

»Hören Sie, ich respektiere Sandy sehr«, hob sie an. »Sie ist eine ausgezeichnete Lehrerin, vorbildlich im Umgang mit den Schülern und … von erstaunlicher Gelassenheit. Das hat man nicht oft. Gerade jüngere Kollegen, insbesondere jüngere Kolleginnen, neigen dazu, ihre persönlichen Probleme mit in den Unterricht zu bringen, womit sie bei manchen Schülern auch ganz gut ankommen. Beim Kollegium aber können sie damit keinen Blumentopf gewinnen. Sandy ist da zum Glück anders. Sie ist immer beherrscht, immer zuverlässig. Ich kann mir nicht vorstellen, dass sie hier in der Schule persönliche Probleme ausbreitet. Wann hätte sie auch Zeit dazu?«

Jason nickte. Über diese Frage war er selbst schon gestolpert. Trotzdem, die einfachste Erklärung für Sandys Verschwinden war eine Liebschaft. Entweder war sie mit einem Mann durchgebrannt oder von einem gekränkten Liebhaber verschleppt worden.

Tu's bitte nicht. Ich liebe dich doch immer noch …

Doch Jason konnte sich nicht erklären, wie es dazu hätte kommen können. Während eines der »Wellness-Wochenenden« etwa, die sich Sandy alle halbe Jahre leistete?

Zugegeben, er hatte ihr als Ehemann einiges vorenthalten. Andererseits waren es doch nur einige wenige Tage im Jahr, an denen sie Zeit für sich beanspruchte. Selbst eine so attraktive Frau wie Sandy würde doch unmöglich eine Affäre aufrechterhalten können, die sich auf zwei Nächte im Jahr beschränken musste.

»Und nach der Schule?«, murmelte er.

Elizabeth schüttelte den Kopf. »Sandy bleibt nur, wenn es noch eine Konferenz gibt. Ansonsten ist sie immer gleich weg, um Ree abzuholen, mit der sie, wie ich vermute, auch ihre Abende und Nächte verbringt.«

Jason nickte. Von den Kurzurlauben im Wellness-Hotel und ihrem Schuldienst abgesehen, widmete Sandy all ihre Zeit der gemeinsamen Tochter. Und als Anstandsdame eignete sich eine Vierjährige vorzüglich.

»In der Mittagspause?«, setzte er nach.

»Das könnte nur funktionieren, wenn der andere Mann ein Kollege wäre und sich die beiden in eine Besenkammer zurückzögen«, sagte Elizabeth.

»Gibt es denn einen Kollegen, an dem sie Interesse zeigt?«

»Davon habe ich nichts bemerkt. Hier in der Schule ist Sandy ausschließlich für ihre Schüler da.«

»Auch in den Freistunden?«

»Keine Ahnung. In Freistunden sind die meisten Kollegen mit der Korrektur von Klassenarbeiten beschäftigt, oder wir bereiten uns auf den nächsten Unterricht vor. Natürlich könnte Sandy … Halt, da fällt mir was ein.«

Sie zögerte und schaute ihm wieder in die Augen.

»Sandy hat ein bestimmtes Projekt betreut und mit Ethan Hastings, einem Schüler der achten Klasse, an einem Unterrichtsmodell gearbeitet.«

»Ein Unterrichtsmodell?«

»Es ging um Computer. Ethan hat ihr geholfen, einen Lehrplan für einen Computerkurs auszuarbeiten. Einführung in das Arbeiten mit dem Internet. Das Unterrichtsmodell wurde dann in der sechsten Klasse erprobt, und Sandy hat das beaufsichtigt. Das Projekt ist längst abgeschlossen, aber die beiden haben immer noch häufig im Computerraum miteinander zu tun. Ethan arbeitet, wie sie sagt, an einer größeren Sache, und sie hilft ihm dabei.«

»Sandy … und ein Schüler?« Jason konnte es nicht fassen.

Elizabeth zog eine Braue in die Stirn. »Nein«, widersprach sie entschieden. »Erstens, Ihre Frau ist in der Tat jung und hübsch, würde sich aber ein derart unprofessionelles Verhalten niemals erlauben, und zweitens, wenn Sie Ethan Hastings kennen würden … nun ja. Ich habe lediglich klarzustellen versucht, dass Sandy auch in ihrer Freistunde keine Zeit für Abenteuer hat.«

Jason schaute auf den Boden und scharrte mit dem Fuß. Er musste an seinem Verdacht, dass Sandy fremdging, festhalten, denn alles andere wäre unendlich viel schlimmer.

»Donnerstagabends kommt Sandy häufig mit Ree, um sich ein Basketballspiel anzusehen«, fiel ihm plötzlich ein.

»Und?«

»Sitzt sie vielleicht immer auf demselben Platz? Neben

demselben Mann? Es könnte doch sein, dass sie bei dieser Gelegenheit jemanden kennengelernt hat, einen Schülervater vielleicht.«

Elizabeth zuckte mit den Achseln. »Davon weiß ich nichts, Jason. Auf so etwas achte ich nicht. Ich war in dieser Spielzeit auch nur selten auf der Tribüne.« Sie deutete auf ihr graumeliertes Haar. »Ich bin Großmutter, erstaunlich, nicht wahr? Meine Tochter hat im November ihr erstes Kind zur Welt gebracht. Jetzt bin ich donnerstags abends meist mit meinem Enkel beschäftigt. Ich kann Ihnen aber sagen, wer besser Bescheid weiß. Unsere Basketballmannschaft hat einen neuen Statistiker: Ethan Hastings.«

18. Kapitel

Sergeant D. D. Warren konnte über Colleens angeblich mustergültige, reuige Sexualstraftäter nur müde lächeln. D. D. war seit acht Jahren im Polizeidienst und schon allzu oft zur Stelle gewesen, wenn verzweifelte Mütter von traumatisierten Kindern um Hilfe gebeten hatten. Wenn es um Sexualstraftäter ging, konnte ihrer Meinung nach die Hölle gar nicht heiß genug sein.

Gewöhnliche Mordfälle legte sie meist schnell zu den Akten, anders war das bei missbrauchten Kindern. Sie erinnerte sich, eines Tages in eine Vorschule gerufen worden zu sein, nachdem ein fünfjähriger Junge seiner Lehrerin erzählt hatte, er wäre im Waschraum begrapscht worden. Der mutmaßliche Täter war ein Klassenkamerad, ebenfalls fünf Jahre alt. Es stellte sich heraus, dass der Junge nicht nur mit einem, sondern gleich mit zwei registrierten Sexualstraftätern unter einem Dach lebte. Der eine war sein Vater, der andere sein älterer Bruder. D. D. und ihr Partner hatten den Vorfall dem Jugendamt gemeldet und waren so naiv gewesen zu glauben, damit ihrer Pflicht Genüge getan und dem Jungen geholfen zu haben.

Von wegen. Das Jugendamt entschied, dass es im besten Interesse des Jungen sei, bei seiner Familie zu bleiben. Allerdings flog er von der Vorschule, weil er sich einem Klassenkameraden unsittlich genähert hatte. Ansonsten änderte sich nichts, bis sechs Monate später D. D. erneut mit dem Jungen zu tun hatte, diesmal als Zeuge eines dreifachen Mordes, begangen von seinem älteren Bruder.

D. D. sah die leeren grauen Augen des Kindes immer noch vor sich, erinnerte sich an die Teilnahmslosigkeit, mit der dieser berichtet hatte, wie er mit seinem sechzehnjährigen Bruder in einem kleinen Laden gewesen war, um Süßigkeiten zu kaufen, wo sein Bruder aber stattdessen eine Pistole gezogen und den neunzehnjährigen Verkäufer erschossen hatte, wie auch zwei andere Jungs, die zufällig zur falschen Zeit am falschen Ort gewesen waren.

D. D. hatte die Aussage des Jungen zu Protokoll genommen und ihn nach Hause bringen lassen, zurück zu seinem vorbestraften Vater. Eine andere Entscheidung wäre nach geltendem Recht nicht möglich gewesen.

Die Sache lag nun schon Jahre zurück. Trotzdem war D. D. von Zeit zu Zeit versucht, Nachforschungen anzustellen, um zu erfahren, wie es dem Jungen inzwischen ging. Doch das konnte sie sich schenken. Einer, der schon mit fünf Jahren Opfer sexueller Gewalt, selbst Täter und schließlich Zeuge eines dreifachen Mordes war … tja, was sollte aus einem solchen Jungen werden? Der nächste Präsident der Vereinigten Staaten wohl kaum.

Natürlich gab es jede Menge andere, vergleichbare Geschichten. In einem völlig heruntergekommenen dreistöckigen Haus hatte sie einmal eine Frau vor der Leiche ihres Mannes vorgefunden, das Fleischmesser noch in der Hand für den Fall, er könnte wieder aufstehen, obwohl sie zwei Dutzend Mal auf ihn eingestochen hatte. Es stellte sich heraus, dass der Frau Videos in die Hände gefallen waren, die ihr Mann nachts gedreht hatte und ihn bei Sexspielen mit den beiden gemeinsamen Töchtern zeigten.

Die beiden hatten bereits Jahre zuvor – sie waren damals sieben und neun Jahre alt gewesen – die Übergriffe angezeigt, doch weil die Polizei keine Hinweise auf Missbrauch feststellen konnte, waren die Ermittlungen eingestellt worden. Im Alter von zwölf und vierzehn Jahren hatten sie sich ein zweites Mal zu einer Anzeige durchgerungen, doch weil sie gern Minis und enge Tops trugen, war nicht einmal die eigene Mutter bereit, ihnen zu glauben.

Erst die Videos hatten den Ausschlag gegeben. Die Mutter hatte ihren Mann abgeschlachtet und war nach ihrem Freispruch vor Gericht, erwirkt von einem Pflichtverteidiger, in tiefe Depression verfallen. Und was die beiden Mädchen betraf, die schon mit vier und sechs von ihrem Vater missbraucht worden waren, der die Aufnahmen seiner fortgesetzten Übergriffe auch noch ins Internet gestellt hatte … nun, auch diese beiden würden es wohl kaum bis ins Weiße Haus schaffen.

D. D. und Miller fuhren zu der von Colleen Pickler genannten Adresse Aidan Brewsters. D. D. übte vorsorglich tiefes Atmen und versuchte, sich zu entspannen. Die Bewährungshelferin hatte Behutsamkeit angemahnt.

»Die meisten Sexualstraftäter haben kein Rückgrat, kein Selbstbewusstsein. Deshalb halten sie sich an Kinder oder, wie im Fall des Neunzehnjährigen, an ein fünf Jahre jüngeres Mädchen«, hatte sie erklärt. »Wenn Sie auf Aidan einstürzen wie eine Tonne Ziegelsteine, wird er sofort dichtmachen, und sie bekommen gar nichts aus ihm heraus. Ich rate Ihnen, Freundschaft mit ihm zu schließen. Fertigmachen können Sie ihn dann später immer noch.«

Doch Freundschaft war für D. D. nicht drin. Deshalb hatte sie sich mit Miller darauf geeinigt, dass er die Sache in die Hand nahm und sie sich im Hintergrund hielt. Er verließ als Erster den Wagen. Sie folgte ihm zu dem bescheidenen Haus aus den fünfziger Jahren. Miller klopfte. Niemand reagierte.

Etwas anderes war auch kaum zu erwarten gewesen. Sie hatten bereits erfahren, dass Sandra Jones ihren Wagen von der Werkstatt inspizieren ließ, in der Aidan Brewster arbeitete. Colleen Pickler hatte ihnen eine Stunde später telefonisch mitgeteilt, dass sie den Eigentümer der Werkstatt, Vito Marcello, informiert habe und dass dieser entschlossen sei, Aidan Brewster zu kündigen.

Aidan würde also aufgeschreckt sein und sich aus dem Staub zu machen versuchen.

Miller klopfte ein zweites Mal. Dann hielt er seinen Ausweis ans Seitenfenster und rief: »Aidan Brewster. Polizei. Machen Sie auf! Wir haben ein paar Fragen.«

D. D. krauste die Stirn und prustete ungeduldig. Sie war drauf und dran, die Tür einfach einzutreten, Strafprozessordnung hin oder her.

Sie wollte gerade Anlauf nehmen, als zu hören war, wie von innen das Schloss geöffnet wurde. Die Tür ging einen Spaltbreit auf.

»Ich beantrage Polizeischutz«, sagte Aidan Brewster. Er hatte sich hinter der Tür verschanzt und wirkte völlig verängstigt. »Die Jungs aus der Werkstatt wollen mich umbringen. Da bin ich mir sicher.«

Miller wippte auf den Fußballen. Seine rechte Hand steckte in der Jacke in der Nähe des Holsters. »Kommen Sie hinter der Tür hervor«, sagte er ruhig. »Dann lässt's sich besser reden.«

»Ich höre Sie auch so. Und Sie mich«, entgegnete Aidan gereizt. »Ich sage Ihnen, Vito hat mich rausgeschmissen und bei den Kollegen angeschwärzt. Jetzt sind sie stinksauer, denn es passt ihnen überhaupt nicht, mit einem perversen Waschlappen wie mir zusammengearbeitet zu haben. Für die bin ich schon so gut wie tot.«

»Haben sie Ihnen tatsächlich gedroht?«, fragte D. D. und versuchte, einen ähnlich ruhigen Tonfall anzuschlagen wie Miller. Sie stand einen Schritt hinter ihm und tanzte mit den Fingern über den Knauf ihrer 0.40er Glock.

»Ob sie's ausgesprochen haben?« Aidan geriet immer mehr in Rage. »So was muss nicht ausgesprochen werden. Ich habe sie tuscheln hören. Ich weiß, was kommen wird. Alle glauben, ich hätte diese Frau umgebracht. Und das habe ich Ihnen zu verdanken.« Der Junge kam jetzt hinter der Tür zum Vorschein, mit zwei leeren Händen und zerknitterter Kleidung. »Sie sind schuld daran, dass ich in der

Scheiße sitze«, schimpfte er und fuchtelte mit ausgestrecktem Zeigefinger vor Miller herum. »Sie müssen mir jetzt helfen. Das schulden Sie mir.«

»Warum reden wir nicht in aller Ruhe darüber?« Miller trat nun einen Schritt vor, stieß die Tür mit dem Fuß auf und drängte Aidan vorsichtig zurück in den Flur. Dass er und D. D. unter Hochspannung standen, schien der Junge nicht zu bemerken. Er drehte sich um und ging auf eine Tür im hinteren Flurbereich zu. Hier musste sich die kleine Einliegerwohnung befinden, von der Pickler ihnen erzählt hatte.

Sie war in der Tat klein. Kochnische, geblümtes Sofa, ein uralter Fernseher. D. D. vermutete, dass die Vermieterin, eine gewisse April Houlihan, für die Einrichtung verantwortlich war, weil sie sich kaum vorstellen konnte, dass ein junger Mann Sinn für gehäkelte Polsterschoner hatte. Aidan blieb neben dem Küchentresen stehen. Er trug ein grünes Gummiband am linken Handgelenk und zupfte zwanghaft daran herum.

»Wer sind diese Typen, und was haben sie zu Ihnen gesagt?«, fragte D. D., der auffiel, dass die Haut unter dem Gummi rot angelaufen war. Muss doch wehtun, dachte sie. Aidan aber ließ das Gummi schnacken und verzog keine Miene.

»Von mir hören Sie nichts mehr«, erklärte Aidan hastig. »Ich rede mich ja doch nur um Kopf und Kragen. Nur eins noch: Stellen Sie mich unter Polizeischutz. Rufen Sie einen Streifenwagen her. Bringen Sie mich in einem Motel unter. Egal. Hauptsache, Sie tun was.«

D. D. gab Colleen Pickler im Stillen recht. Aidan Brewster war eine Memme, wie sie im Buche stand.

In der Rolle des bösen Cops fühlte sie sich befugt zu sagen: »Sie sind jederzeit eingeladen, eine förmliche Anzeige gegen einen oder mehrere Ihrer Kollegen einzureichen. Wir werden der Sache dann nachgehen. Aber vorläufig können wir nichts unternehmen.«

Aidan war so panisch, dass es aussah, als würden sich seine Augen jeden Moment nach hinten wegdrehen. Miller warf ihr einen warnenden Blick zu.

»Gehen wir doch mal an den Anfang zurück«, sagte Miller, der den guten Cop mimte. Er holte ein kleines Diktiergerät aus der Tasche und schaltete es ein. »Wir unterhalten uns ein wenig und versuchen, Ihr Problem zu lösen, gleich hier und jetzt. Ein bisschen Kooperation von Ihrer Seite, Aidan, und wir revanchieren uns, indem wir bekanntgeben, dass Sie sauber sind. Okay?«

»Okay«, flüsterte der Junge. Das Gummiband machte *schnapp, schnapp, schnapp.*

»Also.« Miller schob das Aufnahmegerät über den Tresen auf Aidan zu und lenkte dessen Aufmerksamkeit auf sich. D. D. nutzte die Gelegenheit, das Apartment zu durchsuchen. Ohne richterlichen Beschluss durfte sie nur das in Augenschein nehmen, was offen sichtbar war. Aber ein bisschen mehr Aufklärung konnte nicht schaden. Sie ging ins Schlafzimmer und rümpfte die Nase.

»Hatten Sie jemals eine persönliche Begegnung mit Sandra Jones?«, hörte sie Miller fragen.

D. D. musterte das zerwühlte Bett, einen Haufen

schmutziger Kleidung, fast ausnahmslos Jeans und weiße T-Shirts, und einen Papierkorb mit gebrauchten Taschentüchern. Unter der Matratze lugte die Ecke eines Heftchens hervor. Wohl ein Tittenmagazin, dachte sie, denn was versteckte man sonst unter einer Matratze?

»Ja, wir sind uns mal über den Weg gelaufen. Aber ich kenne sie nicht«, antwortete Aidan. »Ich habe sie manchmal auf der Straße gesehen, zusammen mit ihrem Kind. Aber wenn ich die beiden sah, bin ich immer rüber auf die andere Straßenseite. Ehrenwort. Okay, zugegeben, jetzt erinnere ich mich, wo Sie's sagen. Sie war auch in der Werkstatt. Aber ich arbeite nicht vorn im Büro. Ich bin hinten, ausschließlich hinten. Vito kennt meine Bewährungsauflagen.«

»Welche Haarfarbe hat sie?«, fragte Miller.

»Blond.«

»Und die Augen?«

»Keine Ahnung.«

»Sie ist jung, fast in Ihrem Alter.«

»Hören Sie, nicht mal das wusste ich über sie.«

Mit ihrem Kugelschreiber lupfte D. D. das Heftchen ein Stück hervor. Eine *Penthouse*-Nummer, wie es schien. Nichts Besonderes. Sonderbar, dass Aidan Brewster so etwas unter der Matratze versteckte.

»Erzählen Sie, was Sie in der Nacht auf Donnerstag gemacht haben«, sagte Miller. »Sind Sie ausgegangen, waren Sie mit Freunden zusammen?«

D. D. warf ihren Blick auf das, was wie ein Einbauschrank aussah. Die Tür stand eine Handbreit offen. Dahinter waren Kleidungsstücke zu erkennen, ein Paar Socken, Unterwäsche. Vom oberen Boden hing eine Kette herab, mit der man offenbar das Licht anknipsen konnte.

»Ich habe keine Freunde«, antwortete Aidan. »Ich gehe weder in Bars, noch hänge ich mit anderen Typen rum. Ich sehe fern, meist Wiederholungen. Am liebsten *Seinfeld*, manchmal auch *Law & Order*.«

»Was haben Sie denn in der Nacht auf Donnerstag gesehen?«

»*Seinfeld*. Die Folge, in der um die Wette gewichst wird«, antwortete Aidan trocken. »Dann *Law & Order*, die Folge, in der McCoy einen Sektenführer gibt, der sich für Gott hält.«

D. D. sah noch mehr Berge von Kleidern, wandte sich stirnrunzelnd ab, blickte zurück auf die dreckige Wäsche am Boden neben dem Bett und dann wieder auf die Sachen im Schrank. Wie viele Jeans und weiße T-Shirts brauchte ein einzelner Kerl?

Auffällig unauffällig, unauffällig auffällig.

Sie setzte den Fuß auf den Haufen im Schrank, verlagerte ihr Gewicht darauf und stieß tatsächlich auf einen harten Gegenstand. Metall, dachte sie. Viereckig. Ziemlich groß. Computer? Geldkassette? Mit einem Computer würde Aidan gegen seine Bewährungsauflagen verstoßen. Interessant.

Sie zog sich wieder zurück, knabberte an ihrer Unterlippe und dachte nach.

»Halten Sie mich nicht zum Narren«, sagte Miller. »Es ist ganz leicht, herauszubekommen, was in der Nacht auf

Donnerstag im Fernsehen lief. Und wenn Sie mir was vorgemacht haben, bestelle ich Sie ins Präsidium. Dann sind wir keine Freunde mehr.«

»Ich habe nichts getan!«, platzte es aus Aidan heraus.

»Es ist also ein blöder Zufall, dass eine Frau verschwindet, die ganz in Ihrer Nähe wohnt?«

»Eine erwachsene Frau. Sie kennen doch meine Akte. Ich bin nicht scharf auf Moms.«

»Ah, aber sie ist eine junge und sehr hübsche Mom. In Ihrem Alter. Ihr Mann arbeitet nachts. Vielleicht wollte sie bloß ein bisschen Gesellschaft, vielleicht fing zwischen ihnen alles ganz harmlos an. Haben Sie ihr von Ihrer Vorstrafe erzählt, Aidan? Ist sie deswegen ausgerastet?«

»Ich habe nie ein Wort mit ihr gewechselt. Wenn diese Frau auf der Straße war, hatte sie immer ihr Kind dabei. Und um Kinder mache ich einen großen Bogen.«

»Sie haben Ihren Job verloren, Aidan. Muss schlimm für Sie sein.«

»Ja, verdammt!«

»Ihre Kollegen scheinen Ihnen einiges zuzutrauen. Und jetzt wollen sie Ihnen die Hölle heißmachen. Dass Sie Schiss haben, kann ich gut verstehen.«

»Ja, verdammt!«

»Tut das Handgelenk nicht weh?«, fragte Miller unvermittelt.

»He?«

»Sie lassen seit zehn Minuten ununterbrochen ein Gummi an Ihr Handgelenk klatschen. Gehört das zu Ihrem Programm? Traktieren Sie sich mit dem Gummi, sobald Ihnen unkeusche Gedanken an kleine Kinder in den Sinn kommen? Dann muss es ja heute ganz schön wild in Ihrem Kopf zugehen.«

»Was faseln Sie da? Sie haben doch keine Ahnung. Auf kleine Kinder bin ich nie abgefahren.«

»Und eine dreiundzwanzigjährige Mom käme für Sie auch nicht in Betracht?«

»Hören Sie endlich auf! Sie drehen mir das Wort im Munde um. Ich habe mich in das falsche Mädchen verliebt, okay? Mehr habe ich mir nicht zuschulden kommen lassen. Ich habe mich in das falsche Mädchen verliebt und muss jetzt ein Leben lang dafür büßen. Das ist alles.«

D. D. kam aus dem Schlafzimmer zurück. Ihr plötzliches Auftauchen ließ Aidan vor Schreck zusammenfahren, und es schien, als bemerkte er erst jetzt, dass sie den Raum verlassen hatte und nebenan gewesen war. Betreten senkte er den Blick. Es gefiel ihr, wenn Heimlichtuer so leicht zu durchschauen waren.

»Hi, Aidan. Wie wär's, wenn Sie mir mal Ihr Schlafzimmer zeigen würden?«

Er schenkte ihr ein bitteres Lächeln. »Da haben Sie doch schon selbst drin rumgeschnüffelt.«

»Ja, und etwas hat mich neugierig gemacht. Kommen Sie, ich zeige es Ihnen.«

»Nein.«

»Nein?« Sie mimte Überraschung. »Dabei haben Sie bisher so schön kooperiert. Wie gesagt, je eher Sie uns davon überzeugt haben, dass Sie unschuldig sind, desto schneller spricht sich das auch herum. Ich bin mir sicher,

Vito wäre hocherfreut, wenn seine beste Kraft bald wieder bei ihm arbeiten könnte.«

Aidan antwortete nicht. Er hatte aufgehört, mit dem Gummi zu schnappen. Stattdessen schaute er sich verzweifelt in seiner Wohnung um, als suchte er einen Ausweg, keinen physischen, sondern eine Lüge, einen Vorwand. Zauberworte, die ihm alle Probleme auf Anhieb vom Hals schaffen würden.

Aber ihm fiel keins ein. D. D. sah, wie er die Schultern einzog, als erwartete er einen Faustschlag.

»Ich will, dass Sie jetzt gehen«, sagte er.

»Aidan –«, hob Miller an.

»Sie werden mir nicht helfen«, fiel ihm der Junge schroff ins Wort. »Das wissen wir doch. Also ersparen Sie sich Ihren Quatsch. Auch Sie halten mich für pervers. Dass ich meine Zeit abgesessen habe und mich an die Bewährungsauflagen halte, ist Ihnen egal. Einmal pervers, immer pervers, ist doch so, oder? Ich habe diese Frau nicht angerührt. Das habe ich Vito gesagt, das habe ich ihrem Ehemann gesagt –«

»Ihrem Ehemann?«, unterbrach D. D.

»Ja.« Aidan richtete sich kämpferisch auf. »Ich hatte ein kurzes Gespräch mit ihm. Es schien ihn mächtig zu interessieren, dass ein registrierter Sexualstraftäter in seiner Straße wohnt. Ich wette –«, Aidans Blick war berechnend, »er war's, der mich bei Ihnen angeschwärzt hat. Stimmt's?«

D. D. antwortete nicht.

»Passt ihm doch prima in den Kram, finden Sie nicht auch? Sie sind hier bei mir, verhören mich, können also nicht bei ihm sein und ihn verhören. Ja, ich würde sagen, meine Nachbarschaft ist das Beste, was Mr Jones passieren konnte. Wann wird er wohl den Pressefritzen von mir erzählen, hmmm? Die werden sich die Hände reiben.

Es wäre also, wenn Sie mich fragen, nicht nur in *meinem*, sondern auch in *Ihrem* Interesse, dass diese hässlichen Anschuldigungen gegen mich zurückgenommen werden. Und ich wette, das weiß er. Ganz schön cool, dieser Mr Jones. Ich wette, er weiß so einiges.«

D. D. schwieg dazu. Sie ließ sich nichts anmerken, hatte aber ihre Hand hinter dem Rücken zur Faust geballt.

»Zeigen Sie mir Ihren Kleiderschrank, Aidan.«

»Nein.«

»Wenn Sie jetzt nicht spuren, kommen wir später mit einem Haftbefehl wieder.«

Von Verunsicherung war in der Miene des Jungen nichts mehr zu sehen. Stattdessen gab er sich regelrecht dreist. »Lassen wir's darauf ankommen.«

»Ich bin nicht wählerisch, Aidan. Ob ich nun Sie, Mr Jones oder sonst wen festnehme, ist mir schnuppe. Soll sich doch der Richter den Richtigen aussuchen.«

»So läuft das nicht. Je mehr Tatverdächtige, desto mehr Zweifel an der Qualität der Ermittlung.«

»Ja, und umso länger dauert's, bis es zur Gerichtsverhandlung kommt. Darüber können Monate vergehen, Monate, in denen Sie im Knast sitzen, wo sich blitzschnell herumspricht, dass ein notorischer Sexualstraftäter in Zelle elf wohnt.«

Er wurde bleich. Sexualstraftäter hatten hinter Gittern

nichts zu lachen. Knastbrüder pflegten ihre eigenen Moralvorstellungen, und nach deren Wertesystem war all denen sozialer Aufstieg garantiert, die sich einen Sittenstrolch ordentlich vorknöpften.

Aidan hatte recht – sein Leben war einen Scheißdreck wert, und Gleiches galt für seine Optionen.

Aber der Junge überraschte sie. Er zeigte jetzt das Rückgrat, das ihm anfangs zu fehlen schien.

»Ich habe die Frau nicht angerührt«, wiederholte er steif und fest. »Aber ich habe jemanden gesehen.«

D. D. und Miller schauten ihn überrascht an. Für eine solche Eröffnung war es reichlich spät. Entsprechend skeptisch waren beide.

»Ich habe in dieser Nacht etwas gehört, bin davon aufgewacht. Und weil ich aufs Klo musste, bin ich aufgestanden. Beim Blick durch das Fenster –«

»Welches Fenster?«, unterbrach D. D.

»Das da, über der Spüle«, zeigte Aidan, worauf D. D. zur Kochnische ging. Die meisten Häuser in Southie standen in Reih und Glied, doch das, in dem Aidan wohnte, war ein Stück zurückgesetzt und erlaubte einen guten Blick auf die Straße.

»Ich habe ein Auto kommen sehen. Es fuhr langsam, als wäre es gerade aus einer Ausfahrt in die Straße eingebogen. Ist ja eigentlich nicht ungewöhnlich, aber es war ein Uhr, und das hat mich doch ein bisschen stutzig gemacht.«

D. D. sagte nichts, obwohl sie sofort daran dachte, dass Aidans Nachbar Jason Jones sehr wohl, und zwar regelmäßig in den frühen Stunden, auf dieser Straße unterwegs war.

»Ziemlich auffälliges Auto«, erklärte Aidan. »Hatte jede Menge Antennen auf dem Dach. Sah aus wie eine dieser Servicelimousinen.«

»Welche Farbe?«, wollte Miller wissen.

Der Junge zuckte mit den Achseln. »Dunkel.«

»Kennzeichen?«

»Es war Nacht, Mann. Hab ich Röntgenaugen?«

»Aus welcher Richtung kam das Auto?«

»Von dahinten, wo Sandy Jones wohnt.«

»Sie kennen ihren Namen«, bemerkte D. D. mit scharfem Ton.

Aidan sah sie kurz an. »Den kennt inzwischen jeder. Sie haben ihn doch selbst über die Medien ausposaunen lassen.«

»Sie machen uns auch nichts vor, Aidan? Ich finde es seltsam, dass Sie was gesehen haben wollen.«

»Hab ich mir aufgespart. Muss sich ja schließlich lohnen, oder? Sie wollen meinen Kopf, ich biete Ihnen einen Trostpreis. Ich habe die Frau nicht angerührt, aber wenn Sie diesen Wagen und dessen Fahrer finden, haben Sie vielleicht den Täter. Das wäre in unser beider Interesse.«

D. D. zollte dem Jungen im Stillen Respekt, hatte er es doch tatsächlich geschafft, sie von seinem Kleiderschrank fernzuhalten.

Sie warf Miller einen Blick zu und sah, dass der offenbar zu einer ähnlichen Einschätzung gekommen war. Das Verhör war beendet. Mehr als die vage und äußerst fragwürdige Beschreibung eines rätselhaften Fahrzeuges würde aus dem Jungen nicht herauszuholen sein.

»Wir bleiben über Ihre Bewährungshelferin miteinander in Kontakt«, informierte sie Aidan.

Der Junge nickte.

»Und Sie werden uns natürlich rechtzeitig Bescheid geben, wenn Sie vorhaben umzuziehen.«

»Und Sie werden mir natürlich Polizeischutz gewähren, sobald man mich zu Brei geschlagen hat«, konterte er.

»Dann ja.«

Sie und Miller gingen zur Tür. Aidan folgte und schloss hinter ihnen ab.

»Komischer Kauz«, sagte Miller, als sie auf ihr Auto zugingen.

»Er hat was in seinem Schrank versteckt. Einen Computer, eine Geldkassette, irgendwas.«

»So viele Durchsuchungsbeschlüsse und so wenig Handfestes?« Miller seufzte.

»Trotzdem.«

Am Wagen angekommen, warf D. D. einen Blick zurück. Die Bäume im hinteren Teil des langen schmalen Grundstücks schirmten das kleine Haus von der Nachbarschaft ab. »Augenblick«, sagte sie. »Ich muss mir da noch was ansehen.«

Miller schaute ihr irritiert nach, als sie im Laufschritt zurückeilte und hinter dem Haus verschwand. D. D. brauchte nur ein oder zwei Minuten. Sie war schon als Mädchen eine Klasse für sich gewesen, wenn es darum ging, auf Bäume zu klettern, und die alte Eiche bot mit ihrem Geäst eine veritable Leiter. Sie stieg hinauf, schaute sich um und war wieder unten, ehe sie dabei ertappt werden konnte.

»Wir können«, keuchte sie, zum Wagen zurückgekehrt. Sie öffnete die Tür und ließ sich auf den Beifahrersitz fallen, als Miller den Motor startete. »Von dem Baum im Hinterhof hat man einen prima Blick auf das Schlafzimmer von Sandra und Jason.«

»Dieser verlogene Drecksack!«, murmelte Miller.

»Ja, aber ist er auch der Drecksack, den wir suchen?«

»Ich scheiß drauf.«

Miller war kaum losgefahren, als sein Funkgerät sich meldete. Er nahm den Ruf entgegen, schaltete dann sofort das Alarmlicht ein und riss mit Vollgas das Steuer herum.

D. D. hielt sich am Armaturenbrett fest. »Was zum Teufel –«

»Das wird Ihnen gefallen«, freute sich Miller. »Wir haben einen Einsatz – in Sandra Jones' Mittelschule.«

19. Kapitel

Jason und Elizabeth Reyes hatten gerade das Klassenzimmer verlassen, als Jason, von einem harten Gegenstand im Rücken getroffen, ins Straucheln geriet und, kaum dass er sich gefangen hatte, einen zweiten Schlag in der linken Kniekehle verspürte.

Er fiel der Länge nach zu Boden, so wuchtig, dass ihm die Luft wegblieb. Jemand prügelte auf seinen Nacken und Hinterkopf ein, doch Jason konnte sich nicht wehren, weil ihm seine Hände unterm Bauch festklemmten und die Nieren von zwei harten Knoten gequetscht wurden. Er versuchte, sich aufzurichten und den Kopf zu heben, als der scharfe Rand eines Buches auf seine Schläfe prallte.

»Du hast sie umgebracht, du Schwein, du mieses Schwein. Sie hat mich vor dir gewarnt, ja, gewarnt hat sie mich.«

»Ethan! Ethan Hastings! Hör sofort auf, um Himmels willen!«

Ethan Hastings kümmerte sich nicht um Mrs Lizbets Geschrei. Jason wusste nicht, wie ihm geschah, glaubte aber erkennen zu können, dass dieser kleine Computerfreak ein dickes Schulbuch in der Hand hatte und damit umzugehen verstand. Aus einer Platzwunde über dem Auge tropfte Blut, und die Schläge nahmen kein Ende.

Laufschritte hallten durch den Flur.

»Ethan, Ethan!«, brüllte eine Männerstimme. »Steh auf, sofort!«

Steh auf, steh auf, dachte Jason. Komm irgendwie auf die Beine. Hoch mit dir!

»Ich habe sie geliebt, ich habe sie geliebt. Wie konnten Sie nur?«

Der nächste Hieb traf Jason unterm Ohr. Er sah Sterne. Sein Blick verschleierte sich. Die Augen drohten ihm nach hinten wegzurollen. Er bekam keine Luft und fürchtete, die Besinnung zu verlieren. Er durfte jetzt nicht in Ohnmacht fallen.

»Ich hasse dich!«

So plötzlich, wie er begonnen hatte, war der Spuk vorbei. Der tobende Achtklässler wurde von ihm weggezerrt. Jason wälzte sich auf den Rücken und rang wie ein gestrandeter Wal nach Luft. Seine Brust schmerzte. Ihm schien es, als wären der Kopf, der Rücken und das Knie mit der Gesamtausgabe der *Encyclopaedia Britannica* traktiert worden. Verdammter Mist.

Mrs Lizbet blickte mit entsetzter Miene auf ihn herab. »Alles in Ordnung? Bewegen Sie sich nicht. Wir rufen einen Krankenwagen.«

Nein, versuchte er zu sagen, bekam das Wort aber nicht heraus. Es gelang ihm schließlich einzuatmen, seine Brust dehnte sich erleichtert. Ausatmend fand er seine Stimme wieder, doch sie klang erbärmlich und rau: »Nein.«

»Aber selbstverständlich –«

»Nein!« Wieder in Bauchlage, stützte er sich auf allen vieren ab und ließ den Kopf hängen. Der Schädel brummte, Gesicht und Bein schmerzten. Der Brust ging es besser. Na bitte, immerhin.

Er stand auf und sah sich von Dutzenden von Teenagern und Lehrern mit weit aufgerissenen Augen umringt. Ethan Hastings wurde von einem Mann, der Statur nach Sportlehrer, auf dem Boden in Schach gehalten. Der Rotschopf, an die siebzig Kilo schwer, raste immer noch vor Wut. Sein sommersprossiges Gesicht war voller Hass auf Jason gerichtet.

Jason wischte sich Blut von der Wange. Der Junge hatte kräftig zugelangt. Neben dem linken Auge klaffte eine Platzwunde.

»Was um alles in der Welt …« Jetzt war auch der Rektor zur Stelle. Phil Stewart warf einen Blick auf Jasons geschundenes Gesicht. Dann wandte er sich dem tobenden Schüler zu, zeigte mit dem Finger auf ihn und zischte: »Wir sehen uns in meinem Büro.« Die glotzende Schar der anderen fertigte er ab mit den Worten: »Zurück in eure Klassen!«

Der Rektor hatte gesprochen. Die Kinder zogen eilig ab. Der Sportlehrer führte Ethan Hastings am Kragen durch den Flur. Ihnen folgten Mrs Lizbet und Jason, der ihre fürsorgliche Hand unterm Ellbogen spürte. Er versuchte, zu verstehen, was soeben geschehen war, konnte sich aber keinen Reim darauf machen.

»Was ist mit Ree?«, fragte er mit brüchiger Stimme.

»Sie ist immer noch in der Sporthalle. Ich werde Jenna bitten, sie anschließend mit in den Hauswirtschaftsunterricht zu nehmen. Da kann sie mithelfen, Kekse zu backen. Wird ihr bestimmt Spaß machen.«

»Danke.« Sie kamen zum Krankenzimmer, wo ihn eine matronenhafte Schwester mit schockiertem Blick empfing.

»Haben Sie etwa Prellball gespielt?«, fragte sie. »Und das in Ihrem Alter?«

»Ja, ich war der Ball.«

Die Schwester wandte sich hilfesuchend an Elizabeth. »Es hat eine Auseinandersetzung gegeben«, erklärte die Gemeinschaftskundelehrerin. »Mr Jones wurde bedauerlicherweise von einem unserer Schüler attackiert.«

Die Schwester traute offenbar ihren Ohren nicht, und Jason, in seiner Männlichkeit verletzt, fühlte sich bemüßigt hinzuzufügen: »Er hatte ein Buch mit hartem Einband.«

Damit schien der Bann gebrochen, und die Schwester tat, wozu sie angestellt war. Sie versorgte die Wunde am Auge und gab ihm Eis für die Schwellung am Kopf. »Nehmen Sie zwei Aspirin«, riet sie. »Und verordnen Sie sich acht Stunden Schlaf.«

Er wollte lachen. Acht Stunden? Er brauchte acht Tage Schlaf. Aber dazu würde es nicht kommen, nein, dazu nicht.

Taumelnd verließ er das Krankenzimmer und ging, von Elizabeth geführt, zurück ins Sekretariat, wo ihm klar wurde, dass das Abenteuer Schule erst begonnen hatte.

Jason sah Phil Stewart hinter einem Schreibtisch aus

massiver Eiche sitzen, einem Möbelstück, das gebaut war, um Schüler und Eltern gleichermaßen einzuschüchtern. Auf der linken Seite der Schreibtischplatte stand ein Flachbildmonitor, daneben ein kompliziert aussehender Telefonapparat. Ansonsten befanden sich auf der Platte nur noch eine Löschwiege und Phils gefaltete Hände.

Ethan Hastings saß auf einem Stuhl – passenderweise in der Ecke. Er blickte auf, als Jason den Raum betrat, und schien zu einem neuerlichen Angriff aufgelegt zu sein.

Jason beschloss, stehen zu bleiben.

»Ich habe Ethans Eltern angerufen«, informierte der Rektor bündig. »Und auch die Polizei. So ein Übergriff ist eine ernste Angelegenheit. Ethan wird für die nächsten fünf Tage vom Unterricht suspendiert. In der Zwischenzeit beraten wir mit der Schulaufsicht über einen eventuellen Verweis. Sie, Mr Jones, haben natürlich die Möglichkeit, Anzeige zu erstatten.«

Ethan wurde bleich, ballte seine Fäuste und starrte auf den Teppich.

»Das wird nicht nötig sein«, sagte Jason.

»Haben Sie schon einen Blick in den Spiegel geworfen?«, fragte Phil trocken.

Jason zuckte mit den Achseln. »In schwierigen Zeiten können Emotionen hochkochen. Das gilt für den Jungen wie auch für mich.«

Falls er gehofft hatte, den Rotschopf für sich einzunehmen, lag er daneben. Ethan bedachte ihn mit vernichtendem Blick. Plötzlich ging die Tür auf. Adele steckte den Kopf herein.

»Die Polizei ist da.«

»Soll reinkommen.«

Die Tür öffnete sich ganz, und Jason zuckte innerlich zusammen, als er Sergeant D. D. Warren und ihren Begleiter Detective Miller eintreten sah. War es in Bagatellfällen nicht üblich, dass einfache Streifenbeamte auf den Weg geschickt wurden? Möglich, dass die beiden über Funk von dem Zwischenfall in der Schule gehört und ihre Schlüsse gezogen hatten.

Jason ahnte, dass die Schläge, die er eingesteckt hatte, nichts waren im Vergleich mit dem Schaden, der sich für ihn nun ergeben würde.

»Sergeant Warren«, stellte sich D. D. vor und machte den Schulleiter dann auch mit Miller bekannt. Sie schüttelten ihm die Hand, nahmen von Ethan nur flüchtig Kenntnis und bedachten Jason umso ausführlicher, und zwar mit Blicken, die sich Cops im Allgemeinen für Gangmitglieder und Serientäter aufsparten.

Trauernder Ehemann, ermahnte er sich, obwohl ihm nach Rollenspielen heute nicht mehr zumute war.

»Wir haben gehört, dass es hier in der Schule zu einem unschönen Vorfall gekommen ist«, sagte Warren.

»Daran ist er schuld«, schnaubte der Junge und wies anklagend mit dem Finger in Richtung Jason. »Mrs Sandra hat mich vor ihm gewarnt. Sie hat mich *gewarnt.*«

D. D. musterte Jason, immer noch kühl, aber dazu nun auch leicht süffisant. »Wie ist das zu verstehen?«, fragte sie den Jungen.

»Sie hat jung geheiratet«, antwortete Ethan ernst. »Sie

war achtzehn, also nur unwesentlich älter, als ich es bin.«

Die Erwachsenen schwiegen.

»Aber dann war's mit der Liebe vorbei«, fuhr er feixend fort. Und mit gehässigem Blick auf Jason fügte er hinzu: »Sie hat gesagt, dass sie ihn nicht mehr liebt.«

Verletzten ihn diese Worte? Jason wusste es nicht. Er hatte sich in sein Inneres zurückgezogen, und wenn er dort war, konnte ihn nichts mehr kränken. Er hatte diese Zuflucht für sich entdeckt, als er noch zu jung und zu schwach gewesen war, um gegen Schmerzen angehen zu können.

»Ich weiß von Sandy, dass ihr zusammen an einem Projekt gearbeitet habt«, sagte Jason freundlich. »Sie hält dich für einen sehr tüchtigen Schüler und arbeitet gern mit dir zusammen.«

Ethan wurde rot und ließ wieder den Kopf hängen.

»Seit wann bist du in sie verliebt?«, wollte Jason wissen und registrierte, wie D. D., die neben ihm stand, unruhig wurde.

»Also wirklich –«, protestierte der Rektor.

»Sie verdienen sie nicht«, platzte es aus Ethan heraus. »Sie haben nur Ihre Arbeit im Kopf und kümmern sich kaum um sie. Ich würde sie besser behandeln und jede Sekunde mit ihr verbringen, wenn ich könnte. Ich helfe ihr bei der Unterrichtsvorbereitung und gehe mit zu den Basketballspielen, nur ihretwegen. Dabei wäre das Ihre Aufgabe, wenn Sie sie wirklich lieben würden. Sie sollten für Ihre Frau und Ihr Kind da sein, mit ihnen reden, bei ihnen sein.«

»Wie oft bist du in letzter Zeit mit Mrs Sandra zusammen gewesen?«, fragte D. D.

»Jeden Tag. Jede Freistunde. Ich habe ihr beigebracht, im Internet zu surfen und ihr gezeigt, wie sie das den Schülern in der sechsten Klasse vermitteln kann. Ich kann mit Computern gut umgehen, wissen Sie?«

Blödsinn, dachte Jason.

»Ethan, bist du mit Mrs Sandra jemals ausgegangen?«, fragte Warren.

»Wir haben uns jeden Donnerstag beim Basketball gesehen. Die Donnerstagabende sind mir die liebsten in der ganzen Woche.«

»Warst du schon einmal bei ihr zu Hause? Oder habt ihr euch an einem anderen Ort getroffen?«

Rektor Stewart wurde sichtlich nervös.

Doch Ethan schüttelte den Kopf. »Nein«, antwortete er klagend und richtete seinen Blick zurück auf Jason. »Sie sagte, ich könne nicht zu ihr kommen. Es sei zu *gefährlich.*«

»Was hat sie sonst noch über ihren Mann gesagt?«, wollte Warren wissen.

Der Junge zuckte mit den Schultern. »Nicht viel, aber das brauchte sie auch nicht. Ich habe gesehen, dass sie einsam ist. Traurig. Einmal hat sie sogar geweint. Sie wollte weg von ihm, das war deutlich zu sehen. Aber sie hatte auch Angst. Ist doch klar. Sehen Sie sich den Kerl doch bloß an.«

Alle schauten brav auf Jason, der, übernächtigt und unrasiert, wie er war, in der Tat keinen guten Eindruck machte. Er blickte zu Boden. *Trauernder Ehemann, trauernder Ehemann.*

»Ethan, es scheint, dass ihr, du und Mrs Sandra, häufig miteinander gesprochen habt. Habt ihr euch auch E-Mails geschrieben, telefoniert oder auf andere Weise Kontakt gepflegt?«, fragte Warren.

»Ja. Klar. Aber sie wollte nicht, dass ich öfter anrufe oder schreibe. Sie wollte nicht, dass ihr Mann Verdacht schöpft.« Und wieder warf er dem Besagten einen wütenden Blick zu.

»Es kam also zu Treffen außerhalb der Schule?«, fragte der Rektor Stewart ernstlich besorgt.

Ethan schüttelte den Kopf. »Wie gesagt, nur während ihrer Freistunden. Und donnerstags abends beim Basketball.«

»Habt ihr bei diesen Spielen mehr als nur zugeschaut?«, fragte Warren.

»Wie meinen Sie das?«

D. D. zuckte mit den Achseln. »Seid ihr zum Beispiel spazieren gegangen, rund um die Schule etwa? Habt ihr euch in ein Klassenzimmer zurückgezogen, um miteinander zu reden?«

Der Junge legte die Stirn in Falten. »Natürlich nicht. Es war schließlich immer ihre Tochter dabei. Die konnte sie doch nicht einfach allein zurücklassen. Mrs Sandra ist eine gute Mom.«

Warren wandte sich Jason zu. Der bestätigte: »Ich arbeite donnerstags nachts. Ja, sie nimmt Ree immer mit zu den Spielen.«

D. D. nickte und sah, dass ihn die aufgeworfene Frage

nicht weniger beschäftigte als sie. Ethan Hastings bildete sich tatsächlich ein, mit Sandy eine Art Beziehung zu unterhalten. Wie weit mochte diese Beziehung gegangen sein? Waren sich Lehrerin und Schüler körperlich nähergekommen? Oder hatte sich der versponnene Schüler nur eine Wunschvorstellung zurechtgelegt?

Sandy wäre nicht die erste junge hübsche Lehrerin gewesen, die sich auf ein Verhältnis mit einem Schüler eingelassen hätte. Und Ethan hatte ihre Schwachstelle sehr genau erkannt. Sandra kam sich zweifellos einsam vor, vernachlässigt und überfordert als Mutter und Berufstätige. Ethan bewunderte und überschüttete sie mit Aufmerksamkeit und Anerkennung.

Aber er war eben nur ein Junge. Jason konnte sich nicht vorstellen, dass seine Frau ihn mit einem Dreizehnjährigen betrog. Doch das konnten andere Ehemänner in vergleichbarer Situation wohl auch nicht.

Es klopfte leise an der Tür. Sie ging ein Stück auf und gab den Blick auf Adele frei. »Ethans Eltern sind da«, sagte sie.

Rektor Stewart nickte, worauf ein verstörtes Elternpaar den Raum betrat.

»Ethan!«, rief die Mutter und eilte auf ihren Sohn zu. Der warf ihr seine Arme um die Taille und verwandelte sich augenblicklich vom frühreifen Don Juan in einen verängstigten Knaben. Dieselben Haare, dachte Jason. Nur, dass der rotblonde Pagenkopf der Mutter nicht so zerzaust war wie die Mähne des Jungen. Die beiden glichen sich wie ein Ei dem anderen.

Jason rief sich wieder zurück in die magische Zone, wo ihm nichts und niemand etwas anhaben konnte.

»Ich verstehe das nicht«, sagte der Vater, als er die Bandage auf Jasons Gesicht bemerkte. »Er ist über Sie hergefallen? Mein Sohn über einen erwachsenen Mann?«

»Er hat einen vielversprechenden rechten Haken«, erwiderte Jason und fügte, als er den Vater erbleichen sah, hinzu: »Keine Sorge, ich werde keine Anzeige erstatten.«

Sergeant Warren musterte ihn mit frischem Interesse.

»Ethan war aufgebracht«, fuhr Jason fort. »Ich kann das gut verstehen. Auch mir haben die letzten Tage gehörig zu schaffen gemacht.«

Den Vater schien diese Auskunft noch mehr zu beunruhigen, doch Jason dachte nicht daran, ihm die Sache zu erklären. Er hatte genug eigene Probleme am Hals. Wortlos stand er auf und verließ den Raum, während Rektor Stewart den aufgebrachten Eltern eines Sohnes, der doch »keiner Fliege was zuleide tun konnte«, beizubringen versuchte, dass es zu einem »noch ungeklärten Vorfall« gekommen sei, der wahrscheinlich disziplinarische Maßnahmen nach sich ziehen werde.

Sergeant Warren holte ihn im Foyer ein, was Jason nicht weiter verwunderte. Er war müde und fertig mit den Nerven. Klar, dass sie ihren Vorteil daraus zu schlagen versuchte.

»Sie wollen schon gehen?«, rief sie ihm nach.

»Ich muss meine Tochter abholen.«

»Haben Sie endlich einen Babysitter gefunden?«

Jason blieb stehen und drehte sich um. Er war gefasst

und entschlossen, sich nicht von ihr aufs Glatteis führen zu lassen. »Sie nimmt am Hauswirtschaftsunterricht teil. Wenn ich es richtig verstanden habe, backen sie dort Kekse.«

»Sie vermisst ihre Mutter, nicht wahr?«

Er sagte dazu nichts.

»Muss hart für sie sein. Erst vier Jahre alt. Und sie war die Letzte, die Ihre Frau gesehen hat.«

Er sagte immer noch nichts.

D. D. verschränkte die Arme vor der Brust und kam näher auf ihn zu. Ihr langbeiniger Schritt wirkte aggressiv. Eine Alpha-Frau, die ihr Opfer in Augenschein nahm. »Wie geht's der Katze?«

»Wie's einer Katze so geht.«

»Dass Mr Smith wiederaufgetaucht ist, wird Ihre Tochter sehr gefreut haben.«

»Genau genommen hat sie geweint, weil nicht auch ihre Mutter zurückgekommen ist.«

»Und schon wären wir wieder auf Ihrer Verteidigungslinie, der einzigen, die Sie haben: Seht her, der gütige, liebevolle Vater könnte auch dem Lieblingstier seiner Tochter nichts Böses antun.«

Jason schwieg.

D. D. rückte weitere zwei Schritte vor und nickte mit dem Kopf zurück in Richtung Sekretariat. »Was halten Sie von Ihrem Nebenbuhler? Zugegeben, Ethan Hastings ist noch ein bisschen jung, scheint aber mehr Zeit mit Ihrer Frau zu verbringen als Sie.«

»Sie sollten sich darüber mit Mrs Lizbet unterhalten«, entgegnete Jason.

»Ach ja? Weiß sie von der Beziehung zwischen Sandy und Ethan?«

»Sie weiß, wie es sich wirklich zwischen den beiden verhält.«

»Klären Sie mich auf, Jason.«

»Dass ein Schüler für seine Lehrerin schwärmt, ist wohl nichts Ungewöhnliches.«

»Mir scheint, es ist mehr als Schwärmerei.«

»Für Ethan Hastings vielleicht.«

»Sind Sie dahintergekommen, Jason, und eifersüchtig geworden? Haben Sie sich veranlasst gesehen, Sandy zur Vernunft zu bringen?«

»Ich bin von Natur aus nicht eifersüchtig. Das können Sie mir glauben.«

D. D. zog skeptisch eine Braue hoch. »Jeder ist von Natur aus eifersüchtig. Der eine mehr, der andere weniger. Und der Beule auf Ihrem Kopf nach zu urteilen, ist Ethan sehr eifersüchtig.«

»Er hat mich von hinten angefallen«, verteidigte sich Jason unwillkürlich, »und mit einem Buch zugeschlagen.«

D. D. schmunzelte; sie war ein Bild von Freundlichkeit. »Kommen Sie, Jason. Das zwischen den beiden läuft doch schon seit langem. Sagen Sie mir, was Mittwochnacht passiert ist. Streit zwischen Eheleuten kommt in den besten Familien vor, vor allem in jungen Jahren und besonders dann, wenn beide Seiten durch Beruf und Elternschaft doppelt belastet sind. Und wenn man bedenkt, dass Sandy ausgesprochen hübsch ist und die meisten Nächte allein verbringt … Liegt doch auf der Hand, dass Ihnen die Nerven durchgegangen sind. Vielleicht haben Sie etwas gesagt, das Sie nicht hätten sagen sollen. Vielleicht haben Sie etwas getan, das Sie nicht hätten tun sollen. Je früher Sie uns reinen Wein einschenken, desto schneller könnten wir die Sache hinter uns bringen. Denken Sie an Ihre Tochter. Diese Ungewissheit muss schrecklich für sie sein. Stellen Sie sich vor, wie es für sie ist, wenn sie morgens aufwacht und ihr die letzten Worte ihrer Mutter durch den Kopf gehen …«

Er sagte nichts.

D. D. rückte noch näher an ihn heran, so nahe, dass er die Seife riechen konnte, mit der sie sich am Morgen gewaschen hatte. Sie hatte blondes lockiges Haar, ähnliches wie Sandy. Wunderschöne Haare, hatte Ree gesagt und bestimmt dabei an ihre Mutter gedacht.

»Wo ist Ihre Frau?«, flüsterte ihm D. D. ins Ohr. »Sagen Sie mir, wo Sandy ist, damit ich sie nach Hause zu Ree bringen kann.«

Er stand ihr so dicht gegenüber, dass seine Lippen fast ihre Wangen streiften und zu spüren war, wie ihr Puls in die Höhe ging. »Fragen Sie Ethan Hastings«, flüsterte er.

D. D. wich zurück. »Sie beschuldigen einen dreizehnjährigen Jungen?«, fragte sie ungläubig.

»Unterschätzen Sie die Jugend nicht«, erwiderte er, ohne mit der Wimper zu zucken. »Wenn ich daran denke, was ich in diesem Alter getan habe …«

Ihre Miene war wie versteinert. »Jason«, sagte sie in scharfem Ton, »für einen intelligenten Mann verhalten Sie sich ziemlich töricht.«

»Weil ich nicht zulasse, dass Sie mich festnehmen?«

»Nein, weil Sie zwei und zwei nicht zusammenzählen können. Ich will Ihnen auf die Sprünge helfen. Sie behaupten, Ihrer Frau nichts angetan zu haben –«

»Richtig.«

»Laut Aussage Ihrer Tochter war aber in der Nacht zum Donnerstag jemand im Haus, der mit Sandy Streit hatte.«

»Richtig.« Seine Stimme klang nun ein wenig rauer.

»Ihre Tochter weiß etwas, Jason. Mehr, als sie zugeben kann. Marianne Jackson ist davon überzeugt, und das bin ich auch. Hören Sie mir gut zu, Jason. Wenn Sie Ihre Tochter weiter zappeln lassen, werde ich Ihnen bis in die Hölle nachstellen und zurück.«

Er war so schockiert, dass ihm die Worte fehlten. »Soll das heißen … Wollen Sie mir sagen …«

»Wir behalten Sie im Auge, jede Minute, jede Stunde eines jeden Tages. Denken Sie an Ihr Kind.«

Jetzt verstand er. Sie drohte ihm nicht, sondern versuchte, ihn zu warnen. Ree war die einzige Zeugin dessen, was sich zugetragen hatte, und wusste etwas, das sie nicht aussprechen mochte oder konnte. Ree hielt den Schlüssel für das Rätsel in der Hand.

Mit anderen Worten: Sandys Kidnapper musste ein verdammt heißes Interesse daran haben …

Jason konnte den Gedanken nicht zu Ende bringen. Seine Brust war wie zugeschnürt. Vor Angst oder Wut? Er wusste es nicht. Vielleicht waren für einen Mann wie ihn solche Gefühle ein und dasselbe.

»Niemand wird meinem Kind etwas antun«, hörte er sich sagen. »Ich werde meine Tochter beschützen.«

D. D. schaute ihm in die Augen. »Wirklich? Hat Ihre Frau ebenso viel Schutz genossen?«

Als Jason weg war, kehrte D. D. ins Büro des Rektors zurück, wo sie und Miller den Jungen noch einmal ins Kreuzverhör nahmen: Ethan Hastings belastete Jason Jones, konnte aber nicht erklären, warum Sandra Jones ihren Mann als gefährlich bezeichnet hatte. Der Junge betete seine Heldin an und sah in Jason Jones den Drachen, der sie gefangen hielt.

Seine Eltern waren verzweifelt. Der Vater nahm D. D. sogar zur Seite und teilte ihr mit, dass der Bruder seiner Frau, Ethans Onkel, im Dienst der Landespolizei stehe und Verbindungen hätte.

Sie brachte es nicht übers Herz, ihm zu erklären, dass dem Jungen damit nicht geholfen sei.

Miller machte sich Notizen fürs Protokoll. D. D. konfiszierte das Handy des Jungen für den Fall, dass SMS darin gespeichert waren, die er an Sandra oder Sandra an ihn geschickt hatte. Danach suchten beide Elizabeth Reyes alias Mrs Lizbet auf, die ihnen eine weniger voreingenommene Einschätzung der Dinge geben konnte.

Als sie gegen fünf die Schule verließen, hatte D. D. Lust auf eine Lasagne.

»Sie sind ganz schön verfressen«, meinte Miller.

»An guten Tagen, ja«, pflichtete sie ihm bei.

»Sandra Jones ist immer noch nicht gefunden, und wir

haben es mit einem dritten Verdächtigen zu tun, einem dreizehnjährigen Romeo.«

»Ich glaube kaum, dass Sandra Jones eine Affäre mit ihm hatte. Trotzdem bin ich gespannt, was wir so alles auf seinem Handy finden.«

Miller warf ihr einen schiefen Blick zu. »Was macht Sie so sicher? Wir wissen doch, wie es in der Welt zugeht. Dass eine Lehrerin bei Gelegenheit auch mal einen ihrer Schüler vernascht, soll durchaus vorkommen.«

»Mag sein.« D. D. rümpfte die Nase. »Aber in diesem Fall finde ich es wenig plausibel. Eine so gut aussehende Frau wie Sandra Jones wird sich über mangelndes Interesse auf Seiten der Männer nicht beklagen können.«

»Vielleicht geht's um Dominanz«, gab Miller zu bedenken. »Manche Frauen wollen keine Beziehung auf Augenhöhe. Sie wollen, dass der Mann tut, was sie sagen. Und weil jemand, der sein Testosteron im Griff hat, auf so was nicht eingeht, suchen sie sich ihre Opfer in der jüngeren Riege.«

»Es liegt also am Testosteron.« D. D. kniff die Brauen zusammen. »Tja, dann sollte ich mich wohl auch einmal häufiger in der Mittelschule umtun«, sagte sie lachend. »Sei's drum, Sandy hat mit Sicherheit keine Affäre mit Ethan Hastings. Wäre ja auch kaum möglich. Sie hat ja immer ihre Tochter bei sich.«

Miller dachte darüber nach. »Vielleicht ist es das, was man eine ›emotionale Affäre‹ nennt. Sandy hat den Jungen per Handy, E-Mail und so weiter regelrecht verführt. Ihr Mann ist dahintergekommen und hat sie in einem Anfall von Eifersucht getötet.«

»Könnte auch sein, dass sie Aidan Brewster ins Vertrauen gezogen hat, worauf dieser in Rage geraten ist. Zugegeben, wir haben weder gegen den einen noch den anderen genug in der Hand. Aber betrachten wir's optimistisch.«

»Optimistisch?«

»Sandra Jones' angebliches Verhältnis zu einem Schüler verschafft uns die Möglichkeit, Zugriff auf ihren Computer zu nehmen.«

Miller nickte langsam. »Sie scheinen wirklich einen Ihrer guten Tage zu haben.«

20. Kapitel

Die Menschen stehen den Alltag durch, indem sie sich die außergewöhnlichen Momente vor Augen halten. Wir planen Riesenpartys zu besonderen Anlässen – den fünfundzwanzigsten Geburtstag, die Verlobung, Hochzeit oder Kindstaufe. Wir feiern, jubeln und versuchen, dem großen Ereignis gerecht zu werden, weil es, nun ja, eben etwas Großes ist.

So wappnen wir uns auch gegen größere Niederlagen und Verluste. Die Nachbarschaft stellt sich hinter die Überlebenden einer Brandkatastrophe. Die Familie kommt zusammen, um den viel zu früh verstorbenen Vater zu Grabe zu tragen. Die beste Freundin widmet das erste Wochenende der gerade geschiedenen Mutter von drei Kindern. Wir sehen Großes und Bedeutsames auf uns zukommen und bereiten uns auf eine der Hauptrollen in unseren persönlichen Dramen vor. Wir fühlen uns dann besser. Stärker. Schaut her, ich meistere mein Schicksal.

Darüber vergessen wir das, was dazwischenliegt. Das alltägliche Leben, das Leben, wie es ist. Darin gibt es nichts zu feiern, nichts zu betrauern, sondern nur Aufgaben zu bewältigen.

Ich glaube, es sind genau diese Momente, an denen wir uns letztlich aufrichten oder zerbrechen. Sie sind wie die

Wellen, die Tag für Tag vor denselben Felsen schlagen und ihn formen beziehungsweise aushöhlen. Sie, die gewöhnlichen Kleinigkeiten, kosten letztlich die größte Kraft und bergen die größten Gefahren. Ich spreche von den alltäglichen Dingen, die wir tun oder unterlassen, ohne ihre langfristige Wirkung zu bedenken.

Beispiel: Für mich endete die Welt, wie ich sie kannte, am 30. August, einem Samstag, als ich Jason einen iPod zum Geburtstag kaufte.

Ree und ich waren gemeinsam unterwegs. Sie brauchte neue Sachen für den Kindergarten, und ich wollte noch ein paar Dinge für meine Klasse besorgen. Wir gingen zu Target, wo ich auf die Idee kam, Jason einen dieser iPods zu schenken. Er hörte schrecklich gern Musik und hatte vor kurzem zu joggen angefangen. Mit einem iPod würde er beides kombinieren können.

Wir schmuggelten das kleine technische Meisterwerk, versteckt zwischen meinen Schulsachen, nach Hause. Als Jason und Ree später im Wohnzimmer miteinander balgten, verstaute ich es unter einem Stapel Topflappen in einer der Küchenschubladen.

Ree und ich hatten uns schon auf der Rückfahrt einen Plan zurechtgelegt. Wir wollten den iPod heimlich für ihn bestücken und jede Menge Rock downloaden, ohne Rücksicht auf Jasons Vorliebe für klassische Musik. Aus dem Film »Flutsch und weg« war Ree vertraut mit den Werken von Billy Idol und Fatboy Slim. Sonntagmorgens, wenn Jason, von der Woche ausgepowert, bis nach neun schlief, hatte sie Gefallen daran gefunden, ihren Vater zu wecken, indem sie

»Dancing with Myself« durchs ganze Haus dröhnen ließ. Denn nichts bringt einen Fan von George Winston schneller aus dem Bett als britische Rockmusik.

Wir amüsierten uns köstlich.

Der Samstagabend gehörte der Familie. Am Sonntag erklärte Jason gegen fünf, dass er in die Redaktion müsse. Er musste angeblich recherchieren und den ersten Entwurf für einen Artikel über die irischen Pubs von Southie fertig stellen oder weiß der Henker was. Uns war's recht. Er hatte am Dienstag Geburtstag, und wir wollten uns darauf vorbereiten.

Ich startete den Computer. Mr Smith sprang auf den Tisch und machte es sich neben dem warmen Monitor bequem, um mir aus seinen goldenen Schlitzaugen zusehen zu können.

Damit der iPod in Gebrauch genommen werden kann, muss man eine bestimmte Software aus dem Netz runterladen und installieren. Was sich kompliziert anhört, ist im Grunde so einfach, dass selbst ich problemlos damit fertig wurde. Das Installationsprogramm verlangte meine Zustimmung, worauf ich auf den Weiter-Button klickte, der ein neues Dialogfeld öffnete. »Na bitte, geht doch wie geschmiert«, sagte ich an Mr Smiths Adresse. Er gähnte.

Ree durchsuchte derweil ihre CD-Sammlung. Nach gründlichem Nachdenken gelangte sie zu der Überzeugung, dass zu unserem Potpourri auch Disney-Musik gehören sollte. Vielleicht würde Daddy zu Elton Johns »The Lion King« noch schneller laufen. Und ja, dazu passte dann auch Phil Collins' schmissiger Tarzan.

Der Computer ließ mich wissen, dass iTunes installiert sei und gestartet werden könne. Ree kam mit einem Stoß CDs. Ich las ein paar Instruktionen und zeigte ihr dann, wie eine CD vom Laufwerk auf Daddys iPod zu überspielen war. Was mir wie ein Zauberkunststück vorkam, schien für sie ganz selbstverständlich zu sein. Natürlich mussten wir auch dann den Online-Store besuchen, um ein paar Klassiker von Led Zeppelin und den Rolling Stones runterzuladen. »Sympathy for the Devil« war immer schon eins meiner Lieblingsstücke.

Ehe ich mich's versah, war es acht Uhr. Zeit für Ree, ins Bett zu gehen. Ich ließ den iPod wieder in der Lade unter den Topflappen verschwinden. Ree sammelte ihre verstreuten CDs ein und stellte sie zurück ins Regal. Dann ging's ab nach oben, kurz unter die Dusche, Zähne putzen, aufs Töpfchen, zwei Geschichten, ein Lied, einmal noch die Katze am Ohr gekrault und dann endlich Ruhe.

Wieder in der Küche, machte ich mir eine Tasse Tee. Morgen war der erste Montag im September, also Labor Day, gleichzeitig für mich und Ree der letzte Sommerferientag. Danach würde es jeden Morgen heißen, sie in die Vorschule zu bringen und dann selbst zur Mittelschule weiterzufahren. Jason würde sie gegen eins abholen, und ich wäre dann gegen fünf zu Hause, damit er rechtzeitig in die Redaktion kommen konnte. Wir hatten das alles geregelt. Wir würden wieder, zwei Schiffen gleich, aneinander vorbeisegeln und nachts für kurze Zeit Kontakt aufnehmen.

Ich war nervös. Ich war aufgeregt. Ich hatte Angst. Der Job war mir wichtig. Ich wollte etwas für mich haben und war nach dem ersten Jahr so wie alle anderen überrascht, dass mir die Arbeit als Lehrerin sogar Spaß machte. Die Kinder blickten zu mir auf, lernten von mir und waren dankbar für jedes freundliche Wort. Es gefiel mir, mit dem, was ich tat oder sagte, einen Raum voller Kids glücklich zu machen. Es gefiel mir, wenn mir aus fünfundzwanzig Kehlen »Guten Morgen, Mrs Jones« entgegenschallte. Es war ja auch nicht der Name meiner Mutter, und »Mrs Jones« klang irgendwie sehr kompetent und respektabel.

Wenn ich vor der Klasse stand, fühlte ich mich stark und klug. Die Erinnerungen an meine Kindheit fielen von mir ab, und ich sah mich mit den Augen meiner Schüler: als die Erwachsene, die ich sein wollte. Geduldig, kompetent und einfallsreich. Meine Tochter liebte mich. Meine Schüler mochten mich.

Und mein Mann ... bei Jason war ich mir nie sicher. Er brauchte mich. Er respektierte meinen Wunsch, als Lehrerin zu arbeiten, machte mir sogar Mut, in die Schule zurückzukehren, obwohl er es lieber gesehen hätte, wenn ich mich rund um die Uhr um Ree kümmerte – es wäre für die ganze Familie einfacher gewesen. Ich hatte ihm gesagt, dass ich etwas Eigenes haben müsse, worauf er sofort einen Scheck für das Fernstudium unterschrieben hatte.

Er ließ mir Freiraum. Er vertraute mir, war freundlich und entgegenkommend.

Er ist ein guter Mann, sagte ich mir immer und immer wieder und sooft ich nachts, wenn ich allein war, spürte, wie die Schatten länger wurden.

In unserer Ehe gab es keinen Sex. Na und? Welche Ehe ist

perfekt? Wir waren erwachsen und hatten akzeptiert, dass es für die Blütenträume der Jugend keine Garantie auf Verwirklichung gab. Dass man Abstriche machen und für die Familie Opfer bringen musste.

Man tut, was von einem verlangt wird, auch wenn es nicht das Optimale ist, und ich war dankbar für jede Nacht, in der ich schlafen konnte – ohne den Gestank faulender Rosen in der Nase.

Der Gedanke an Jason erinnerte mich daran, dass Ree und ich noch eine Geburtstagstorte backen mussten, was wir uns für den Vormittag vorgenommen hatten. Ich hätte jetzt, da er noch in der Redaktion war, Zeit gehabt, den iPod hübsch zu verpacken. Doch dann blickte ich auf den Computer und sah den Haken in unserem Plan.

Jason setzte sich jede Nacht vor den Rechner. Wenn er also heute von der Arbeit zurückkehrte, würde ihm das neue iTunes-Icon auf dem Desktop auffallen.

So viel zu unserer Überraschung.

Ich schaltete den Computer wieder ein und dachte nach. Sollte ich das Programm löschen? Wir hatten all unsere Lieblingssongs auf den iPod überspielt. Die iTunes-Software wurde also vorerst nicht mehr gebraucht. Dann aber fiel mir ein, dass man die Verknüpfung vom Desktop einfach in den Papierkorb verschieben konnte, wo sie blieb, bis man den Befehl gab, den Papierkorb zu leeren. Dragand-Drop. Voilà.

Um auf Nummer sicher zu gehen, wollte ich den Vorgang mit einem meiner alten Schuldokumente ausprobieren. Ich fand den Dateinamen, markierte ihn und verschob die Datei in den Papierkorb. Dann klickte ich zweimal auf das

Bildchen für Papierkorb, um zu sehen, ob es funktioniert hatte.

Der Papierkorb öffnete sich, und tatsächlich, da war meine Word-Datei. Zusammen mit einer anderen mit dem Namen Pic 1. Ich zog die Datei auf den Desktop und klickte sie auf.

Ein körniges Schwarzweißfoto füllte den Schirm.

Und ich stopfte meine Faust in den Mund, damit meine schlafende Tochter nicht von meinem Schrei geweckt wurde.

Sandras Schule lag etwas über sieben Kilometer vom Haus der Jones' entfernt. Rund acht Minuten Fahrzeit. Die Strecke verlief günstig. Wenn Ree in der Vorschule abgesetzt oder abgeholt werden musste, brauchten weder Sandra noch Jason einen Umweg zu fahren.

Jason hatte beide Hände am Steuer und fürchtete, dass acht Minuten nicht ausreichten. In dieser kurzen Zeit würde er sich nicht wieder gefasst, geschweige denn die Sache mit Ethan Hastings verstanden haben. Er würde es so bald nicht schaffen, sich von D. D. Warrens düsterer Warnung zu erholen. Und wie sollte er sich auf das, was zu erwarten war, einstellen können – in nur acht Minuten?

Ree war Zeugin der Geschehnisse in der Nacht auf Donnerstag. Das wussten nicht nur die Polizei und er, sondern wahrscheinlich auch eine andere Person, und zwar diejenige, die seiner Frau Schaden zugefügt hatte und womöglich zurückkehren würde, um auch Ree Schaden zuzufügen.

»Ich bin müde, Daddy«, maulte Ree und rieb sich die Augen. »Ich will nach Hause.«

Selbst Mr Smith war unruhig geworden. Er hatte sich von seinem Schlafplatz erhoben und starrte Jason erwartungsvoll an. Wahrscheinlich knurrte ihm der Magen; möglich auch, dass er mal musste.

»Fahren wir nach Hause, Daddy? Ich will nach Hause.«

»Ich weiß, ich weiß.«

Doch er hatte etwas anderes im Sinn. Er wollte mit Ree in ein Restaurant fahren und dort zu Mittag essen, ein billiges Motel finden, um die Nacht dort zu verbringen. Oder aber den Tank füllen und nach Kanada durchstarten. Das täte er am liebsten, doch heutzutage, im Zeitalter der Alarmstufe Gelb, konnte man nicht einfach aufs Geratewohl die Flucht ergreifen, schon gar nicht mit einem vierjährigen Mädchen und einer gelbroten Katze. Kanada?, dachte er düster. Er würde sich gratulieren können, wenn er es überhaupt bis zur Grenze von Massachusetts schaffte.

Ree wollte nach Hause. Dort waren sie wahrscheinlich am besten geschützt, hinter Stahltüren und einbruchsicheren Fenstern. Gefahr erkannt, Gefahr gebannt. Bislang hatte er so wenig von der Welt seiner Frau gewusst, dass ihm die Gefahr, in der sie schwebte, nicht präsent gewesen war. Ab sofort wollte er besser aufpassen. Niemand würde seiner Tochter ein Haar krümmen.

Zumindest redete er sich das ein.

Nach Hause zurückzukehren bedeutete natürlich auch, eine leere Wohnung vorzufinden und auf Sandys herzlichen

Empfang verzichten zu müssen. Schlimmer noch, die Presse würde ihnen im Vorgarten auflauern.

»Wie haben Sie Ihre Frau getötet, Jason? Messer, Schusswaffe, Drahtschlinge? Ich wette, bei Ihren Erfahrungen dürfte Ihnen das nicht allzu schwer gefallen sein …«

Ein Sprecher wäre nicht schlecht, dachte er müßig. So lief das doch heute. Man wurde Opfer eines Verbrechens und heuerte Unterstützung an. Einen Anwalt als Interessenvertreter, einen Pressesprecher, der die Belange der Familie darstellte, und natürlich einen Impresario, der sich um das noch zu schreibende Buch und die Filmrechte kümmerte. Recht auf informationelle Selbstbestimmung? Auf ungestörte Trauer?

Von wegen. Deine schwangere Tochter wurde gekidnappt und getötet. Deine geliebte Frau wurde in der U-Bahn ermordet. Die Leiche deiner Freundin wurde gerade in einem Koffer entdeckt. Plötzlich gehört dein Leben den Fernsehsendern. Was für die Bestattung vorzubereiten ist, kannst du vergessen, denn du musst bei *Larry King* einen guten Eindruck machen. Vergiss es, deinem Kind zu erklären, dass Mommy nicht mehr nach Hause kommt, du musst dich zu Oprah auf die Couch setzen.

Verbrechen machten berühmt, ob man es wollte oder nicht.

Jason war wütend. Die Knöchel über dem Lenkrad wurden weiß; er fuhr zu schnell, weit über dem Tempolimit.

Er wollte dieses Leben nicht, wollte nicht auf seine Frau verzichten und um seine Tochter fürchten müssen.

Er zwang sich, tief ein- und langsam auszuatmen, den

Fuß vom Gaspedal zu nehmen und die Schultern zu entspannen, den ganzen Stress abzuschütteln und zu lächeln – für *Candid Camera*.

Er bog in seine Straße ein. Natürlich, wie hätte es anders sein können: Da reihten sich, Stoßstange an Stoßstange, vier Übertragungswagen. Auch die Polizei fehlte nicht. Ein Streifenwagen parkte vor seinem Haus. Zwei uniformierte Beamte lehnten am Kotflügel, die Hände in die Hüften gestemmt und mit kritischem Blick auf die schicken Reporter und nachlässig gekleideten Kameraleute. Sie waren von Regionalsendern. Die überregionalen interessierten sich noch nicht für den Fall.

Aber das würde sich ändern, wenn Ethan Hastings in Erscheinung träte. Jede Wette.

Ree sperrte die Augen auf. »Ist da eine Party, Daddy?«, fragte sie erwartungsvoll.

»Vielleicht feiern sie, weil wir Mr Smith gefunden haben.«

Er bremste ab, um in die Einfahrt einzuschwenken. Schon zuckten die ersten Blitzlichter. Er fuhr in die Einfahrt und stellte den Wagen ab. Die Journaille durfte sein Grundstück nicht betreten, also ließ er sich jede Menge Zeit, um den Gurt abzulegen und sich um Ree und den Kater zu kümmern.

Trauernder Ehemann, trauernder Ehemann. Auf den Kameras steckten riesige Teleobjektive.

Er nahm sich vor, Mr Smith ins Haus zu tragen und Ree an die Hand zu nehmen. Was für ein Motiv: der Ehemann, geschunden und bandagiert, mit dem niedlichen

Kätzchen im Arm und der hübschen kleinen Tochter an der freien Hand. Ja, ihm würde Fanpost in Körben zugestellt werden.

Er fühlte sich wieder wie leer, war weder aufgebracht, traurig oder auch nur angenervt. Er hatte die innere Zone gefunden, in der er Ruhe finden konnte.

Mr Smith hockte auf seinem Schoß und spähte durchs Fenster nach draußen. Er hatte die Ohren aufgerichtet und zuckte mit dem Schwanz. Ree hatte sich schon von ihrem Gurt befreit und schaute ihn fragend an.

»Kannst du allein aussteigen, Schatz?«, fragte er leise.

Sie nickte und starrte auf die Menge der Fremden auf dem Gehweg. »Daddy?«

»Keine Sorge, Schatz. Das sind Reporter. Deren Job ist es, Fragen zu stellen, so wie ich in meinem Job Fragen stellen muss. Nur, ich schreib alles auf, während die hier im Fernsehen darüber reden.«

Sie schaute ihn wieder an und ließ erkennen, dass sie Angst hatte.

Er drehte sich zu ihr um und berührte ihre Hand. »Sie müssen auf dem Gehweg bleiben. So will es das Gesetz. Ins Haus dürfen sie nicht. Wenn wir jetzt aussteigen, wird's vielleicht ein bisschen laut werden. Alle rufen durcheinander und stellen seltsame Fragen. Und nicht dass du glaubst, sie würden die Hand heben.«

Ree blinzelte ihn verständnislos an. »Die Hand heben?«

»Ja, sie warten nicht wie in der Schule, bis sie drankommen, sondern reden einfach drauflos, über die Köpfe der anderen hinweg.«

»Das würde Mrs Lizbet nie erlauben«, entgegnete Ree entschieden.

»Das sollte man auch nicht. Und wenn wir jetzt aussteigen, wirst du sehen, warum es so wichtig ist, dass man sich in der Schule meldet, denn wenn man das nicht tut …«

Er deutete auf den lärmenden Haufen am Straßenrand. Ree seufzte. Ihre Nervosität war verflogen. Sie konnte jetzt aussteigen und würde über die ungezogenen Erwachsenen nur den Kopf schütteln.

Auch Jason fühlte sich nun besser. Wahrhaftig, seine Kleine wusste mehr als die Schakale da draußen, und das war etwas, woran er festhalten konnte.

Er hob Mr Smith auf den linken Unterarm und öffnete die Fahrertür. Sofort kamen die Reporter angerannt.

»Jason, Jason, wo ist Sandy? Gibt es Neuigkeiten?«

»Stimmt es, dass die Polizei heute Morgen Ihre vierjährige Tochter vernommen hat?«

»Haben Sie Sandy Mittwochnacht noch ein letztes Mal gesehen?«

»Was sagen Sie zu Berichten, wonach Sie im Verdacht stehen, Ihre Frau verschleppt zu haben?«

Jason schlug die Fahrertür zu und öffnete Ree die Tür. Den Kopf gesenkt und Mr Smith an die Brust gedrückt, reichte er seiner Tochter die Hand. Sie hüpfte aus dem Wagen und starrte die Reporter an. Kameras klickten, Blitze zuckten grell. *Money Shot* war das, was ihm dazu einfiel. Seine kleine Tochter hatte gerade ihr hübsches Gesicht für ihn hingehalten.

»Du hast recht, Daddy«, sagte sie und blickte zu ihm auf. »Die werden *nie* eine gute Note fürs Betragen kriegen.«

Er lächelte und war stolz, als er seine Tochter bei der Hand nahm und sie von den Paparazzi weg zum Haus führte.

Sie durchquerten den Vorgarten. Mr Smith wollte sich losreißen. Als sie die Eingangsstufen erreichten, musste Jason die Kleine loslassen, um den in Panik geratenen Kater im Griff zu behalten.

»Jason, was haben Sie unternommen, damit Ihre Frau gefunden wird?«

»Werden Sie eine Mahnwache für sie abhalten lassen?«

»Stimmt es, dass Sandras Handtasche noch auf dem Küchentresen lag?«

»Es heißt, dass Sie sich von Alan Dershowitz vertreten lassen. Können Sie uns das bestätigen?«

Der Schlüsselbund klirrte in seiner Hand. Mit Mr Smith im Arm hatte er Mühe aufzuschließen. *Ins Haus. Nichts wie rein*. Ruhig und besonnen.

»Was waren Sandras letzte Worte?«

Plötzlich knarrten hinter ihm Bodenbretter.

Jason fuhr mit dem Kopf herum. Aus dem Schatten der Veranda trat ein Mann auf ihn zu. Unwillkürlich stellte sich Jason vor seine Tochter, den Kater in der einen, die Schlüssel in der anderen Hand.

Der Mann trug einen zerknitterten minzgrünen Leinenanzug und hielt einen verbeulten braunen Hut vorm Bauch. Schneeweiße Haare krönten ein tiefbraun gebranntes Gesicht. Der Mann kam lächelnd näher. Vor Schreck hätte Jason fast die verdammte Katze fallen lassen.

Der weißhaarige Mann breitete seine Arme aus. Freudestrahlend nahm er Ree in Augenschein und rief: »Hallo, mein Täubchen. Komm zu Papa!«

21. Kapitel

Jason schloss die Tür auf und warf Mr Smith in den Flur. Er legte die Hand auf Rees Schulter. »Rein mit dir.«

»Aber Daddy –«

»Sofort. Die Katze braucht was zu fressen.«

Ree sperrte die Augen auf, wusste aber den Tonfall zu deuten und gehorchte. Kaum war sie eingetreten, zog Jason von außen die Tür zu, sperrte wieder ab und wandte sich dann dem weißhaarigen Mann zu.

»Runter von meinem Grundstück.«

Der Mann neigte den Kopf zur Seite und wirkte verblüfft. Jason hatte Sandys Vater nur ein einziges Mal gesehen und war wie damals auch jetzt wieder geradezu überwältigt von dessen hellblauen Augen und dem strahlenden Lächeln. »Also wirklich, Jason, begrüßt man so seinen Schwiegervater?«

Max streckte die Hand aus. Jason ignorierte sie und wiederholte: »Runter von meinem Grundstück, oder ich rufe die Polizei.«

Max rührte sich nicht vom Fleck. Er lächelte nicht mehr und drehte den Hut in den Händen. »Wo ist deine Frau?«, fragte der Richter schließlich in angemessen ernstem Tonfall.

»Ich zähle bis fünf«, entgegnete Jason. »Eins –«

»Wie ich höre, wird sie seit über einem Tag vermisst. Ich hab's in den Nachrichten gehört und bin Hals über Kopf zum Flughafen.«

»Zwei.«

»Das war meine Enkelin, nicht wahr? Sie hat die Augen ihrer Großmutter. Hübsches kleines Mädchen. Schade, dass mich niemand über ihre Geburt informiert hat. Zugegeben, Sandra und ich hatten unsere Schwierigkeiten, aber ich wüsste nicht, womit ich es verdient hätte, dass man mir ein so süßes Kind vorenthält.«

»Drei.«

»Ich bin gekommen, um zu helfen, mein Sohn. Ich bin vielleicht ein alter Mann, weiß aber immer noch zu kämpfen.«

»Vier.«

Die Augen des Alten verengten sich. »Hast du meine einzige Tochter getötet, Jason *Jones*? Wenn dem so ist, falls sich herausstellen sollte, dass du dich ich an meiner Sandra vergriffen hast –«

»Fünf.«

Jason verließ die Veranda. Max folgte ihm nicht sofort, was Jason kaum überraschte. Laut Sandra lebte ihr Vater als der sprichwörtlich große Fisch in einem kleinen Tümpel. Er war ein hochangesehener Richter, ein allseits geschätzter Gentleman, dem man blindlings vertraute. Darum hatte sich niemand eingemischt und seiner einzigen Tochter geholfen, nicht einmal, als dieser von der eigenen Mutter Bleichmittel eingetrichtert worden war.

Die Reporter sahen Jason kommen und reckten ihm ihre Mikrophone entgegen.

»Wo ist Ree?«

»Wer ist der Mann auf Ihrer Veranda?«

»Hat sich der Entführer Ihrer Frau bei Ihnen gemeldet?«

Jason steuerte auf den uniformierten Beamten zu, der am weitesten vom Pressehaufen entfernt stand, und winkte ihn zu sich. Auf seinem Namensschild stand »Hawkes« geschrieben.

Der Beamte rückte näher. Er hatte offenbar ebenso wenig Interesse daran wie Jason, sich der ganzen Welt mitzuteilen.

»Der alte Knabe auf meiner Veranda«, murmelte Jason. »Ich will, dass er von meinem Grundstück verschwindet, und habe ihn dazu aufgefordert. Aber er weigert sich zu gehen.«

Der Beamte kniff die Brauen zusammen. In stummer Antwort warf er einen flüchtigen Blick über die Schulter zurück auf die Reporter.

»Wenn er eine Szene machen will, ist das seine Entscheidung«, sagte Jason leise. »Ich sehe in ihm eine Gefahr für meine Tochter und will, dass er verschwindet.«

Der Beamte nickte und zog einen Notizblock aus der Tasche. »Sein Name?«

»Maxwell Black aus Atlanta, Georgia.«

»Verwandtschaft?«

»Er ist der Vater meiner Frau.«

Der Beamte starrte ihn an. Jason zuckte mit den Achseln. »Meine Frau hat entschieden, ihren Vater von unserer Tochter fernzuhalten. Und diese Entscheidung ist nicht hinfällig, nur weil meine Frau jetzt …«

»Hat er Sie oder Ihre Tochter auf irgendeine Weise bedroht?«

»Für mich ist seine Anwesenheit Bedrohung genug.«

»Gibt es eine einstweilige Verfügung gegen ihn?«, sagte der Polizist irritiert.

»Die werde ich so schnell wie möglich beantragen, gleich morgen«, antwortete Jason, was, wie er selbst wusste, aussichtslos war, da er keine Beweise für eine Bedrohung durch seinen Schwiegervater vorbringen konnte. Der Richter würde sich nicht zufriedengeben mit dem Hinweis darauf, dass Sandra glaubte, ihr Vater habe seine psychisch kranke Frau mehr geliebt als die schikanierte Tochter.

»Ich kann ihn nicht ohne weiteres festnehmen«, sagte der Beamte.

»Er widersetzt sich meiner Aufforderung, mein Grundstück zu verlassen. Ich will, dass Sie ihn entfernen, mehr nicht.«

Der Beamte zuckte nur mit den Achseln, als wollte er sagen, *Das ist Ihr Begräbnis auf Seite eins*, und machte sich auf den Weg zur Veranda. Als Max ihn kommen sah, räumte er von sich aus das Feld. Er lächelte jovial, aber seine steifen Bewegungen verrieten, dass er nur äußerst widerwillig das Feld räumte.

»Ich bin dann in meinem Hotel«, ließ er großzügig wissen und nickte in Jasons Richtung.

Unter den Reportern war es still geworden. Sie sahen

offenbar einen Zusammenhang im Kommen des Polizisten und Gehen des weißhaarigen Mannes und warteten mit Spannung darauf, was nun folgen würde.

»Aufgeschoben ist nicht aufgehoben«, fügte Max hinzu. »Wenn nicht heute, werde ich hoffentlich morgen meine Enkelin kennenlernen.«

»Das wirst du nicht«, erwiderte Jason ruhig und ging durch den Vorgarten zurück zum Haus, wo Ree auf ihn wartete.

»An deiner Stelle wäre ich ein bisschen vorsichtiger, lieber Schwiegersohn«, rief ihm Max nach.

Jason konnte nicht anders. Er blieb stehen, drehte sich um und fasste seinen Schwiegervater ins Auge.

»Ich weiß einiges«, sagte der Alte so leise, dass nur Jason und der Polizist seine Worte verstehen konnten. »Zum Beispiel weiß ich, wann du meine Tochter kennengelernt hast und wann meine Enkelin zur Welt gekommen ist.«

»Das kannst du nicht wissen. Sandy hat dir von der Geburt unserer Tochter nichts gesagt.«

»Es gibt Standesämter, Jason *Jones.* Findest du nicht auch, dass alte Geschichten irgendwann der Vergangenheit angehören sollten?«

»Nein, das finde ich nicht«, entgegnete Jason ruhig und entschieden, obwohl sein Herz raste. Zum dritten Mal an einem einzigen Tag sah er sich mit einer Gefahr konfrontiert, mit der er nicht gerechnet hatte.

Er kehrte Maxwell den Rücken, stieg auf die Veranda hinauf und öffnete die Haustür. Ree stand mitten im Flur.

Ihre Unterlippe zitterte, und die Augen waren voller Tränen.

Er schloss hinter sich ab und breitete die Arme aus. Ree warf sich ihm an die Brust.

»Daddy, ich hab Angst. Daddy, ich hab Angst!«

»Schhh, schhh.« Er drückte sie fest an sich, streichelte ihr übers Haar und sog den tröstenden Duft ihres Shampoos in sich auf – Johnson's *no more tears*.

»Ich liebe dich«, flüsterte er, erfüllt von der Angst, Max könne sie ihm wegnehmen.

Jason bereitete Waffeln vor. Abends zu frühstücken war immer ein besonderes Fest, und es beruhigte ihn, die Backmischung mit Wasser zu verrühren. Er goss eine Kelle Teig in die dampfende Backform. Ree saß am Ende des Küchentresens und behielt die rote Kontrollleuchte des Waffeleisens im Auge. Wenn sie ausging, konnte gegessen werden. Sie nahm ihre Aufgabe als Zeitnehmerin sehr ernst.

Jason holte den Sirup aus dem Schrank, füllte zwei Gläser mit Orangensaft und schlug die letzten zwei Eier aus dem Kühlschrank auf, um Rees Mahlzeit gesundheitsbewusst zu komplettieren. Ihm war fast, als hörte er Sandy sagen: »Waffeln und Ahornsirup sind zwar besser als Doughnuts, aber ehrlich, Jason: Gib ihr wenigstens noch etwas Rührei.«

Es war eigentlich nicht ihre Art zu nörgeln. Sie selbst aß am liebsten Capellini mit rosaroter Wodkasoße. Im Urlaub in North End hatte es nichts anderes für sie gegeben als »Pinkepanke«, wie Ree dazu sagte. Die beiden hatten nicht genug davon bekommen können und mit Gusto von ein und demselben Teller gegessen.

Jasons Hand zitterte ein wenig. Er rührte die Eier so heftig, dass ein Dotter über den Schalenrand schwappte und zu Boden fiel. Fast wäre er mit dem Fuß daraufgetreten. Mr Smith kam, um nachzuschauen, ob es sich um etwas Essbares handelte.

»Das Licht ist aus«, trällerte Ree.

»Na schön, dann essen wir jetzt.« Er machte Jim Carrey nach, so gut er konnte, und Ree kicherte. Ihr Lachen beruhigte ihn. So niedergeschlagen er auch war, und trotz aller Angst vor dem, was kommen mochte, genoss er diesen Moment mit Ree.

Momente zählten. Das war den meisten Menschen nicht bewusst. Ihm aber sehr wohl.

Sie setzten sich Seite an Seite an den Tresen, aßen ihre Waffeln und tranken ihren Saft. Ree stupste mit der Gabel kleine Brocken von Rührei über den Teller und tauchte sie in Sirup, ehe sie sie in den Mund steckte.

Jason nahm eine zweite Waffel und fragte sich, wann wohl die Polizei käme, um den Computer abzuholen. Er zerschnitt die Waffel in mundgerechte Stücke und fragte sich, wann Ethan Hastings seiner Frau den Umgang mit Computern beigebracht und warum sie ihn, Jason, nie mit ihrem Verdacht konfrontiert hatte. Er legte ein halbes Dutzend Waffelstücke auf Rees Teller mit Gänseblümchendekor und fragte sich, was wohl schlimmer wäre – wenn Ree, falls er verhaftet werden sollte, von fremden

Leuten in Pflege genommen würde oder wenn sie zu Sandras Vater käme, falls dieser vor Gericht zöge und geltend machte, dass Jason Jones nicht der leibliche Vater von Clarissa Jane Jones war.

Ree ließ die Gabel fallen. »Ich bin voll, Daddy.«

Er warf einen Blick auf ihren Teller. »Noch vier Stückchen, eins für jedes deiner Lebensjahre.«

»Nein.« Sie sprang vom Hocker. Er hielt sie fest und krauste die Stirn.

»Noch vier Stücke, und dann fragst du, ob du vom Tisch aufstehen darfst.«

»Du hast mir nichts zu sagen.«

Jason blinzelte mit den Augen und legte die Gabel ab. »O doch, ich bin dein Vater.«

»Ich lass mir nur was von Mommy sagen.«

»Du gehorchst uns beiden.«

»Nein, nur Mommy.«

»Clarissa Jane Jones, entweder du isst jetzt noch vier kleine Happen, oder du setzt dich auf die Treppenstufe.«

Ree reckte ihr Kind vor. »Ich will, dass Mommy zurückkommt.«

»Vier kleine Happen.«

»Warum hast du sie angeschrien? Warum hast du sie wütend gemacht?«

»Zurück auf deinen Stuhl, Ree.«

Sie stampfte mit dem Fuß auf. »Ich will, dass Mommy zurückkommt. Sie hat es mir versprochen. Sie hat gesagt, sie würde mich nicht im Stich lassen.«

»Ree …«

»Mommy geht zur Arbeit und kommt nach Hause zurück. Sie geht einkaufen und kommt zurück. Mommy hat mir versprochen, immer nach Hause zurückzukommen.«

Jason spürte, wie sich ihm die Brust zuschnürte. Ree hatte eine schwere Phase durchmachen müssen und immer jämmerlich geweint, wenn Sandy das Haus verließ. Aus diesem Grund hatte Sandy die Empfehlung eines Elternratgebers aufgegriffen und ein kleines Ritual eingeführt. Sie gab Ree stets Bescheid, wenn sie ging, und wenn sie wieder zurückkam, nahm sie ihre Tochter in den Arm und sagte: *»Schau mich an, Ree. Da bin ich wieder. Ich komme immer zurück und würde dich nie im Stich lassen. Nie.«*

»Mommy bringt mich ins Bett«, schmollte Ree. »Das ist ihr Job. Du gehst arbeiten, und sie bringt mich ins Bett. Geh arbeiten, Daddy. Los, geh!«

»Ree …«

»Ich will nicht, dass du hierbleibst. Du musst gehen. Wenn du gehst, kommt Mommy zurück. Du musst jetzt arbeiten.«

»Ree …«

»Weg. Ich will dich nicht sehen. Du bist blöd.«

»Clarissa Jane Jones!«

»Aufhören, aufhören!« Sie hielt sich beide Ohren zu. »Schrei mich nicht an, ich will nicht, dass du schreist.«

»Ich schreie doch gar nicht.« Doch seine Stimme war lauter geworden.

Seine Tochter tat, als hörte sie ihn nicht. »Wütende Schritte. Ich hab deine Schritte auf der Treppe gehört.

Raus, raus, geh raus. Ich will Mommy. Sie muss zu mir zurückkommen.«

Sie riss sich von ihm los und rannte schluchzend nach oben.

Jason ließ sie gewähren. Er hörte seine Tochter durch den Flur stürmen und die Tür zu ihrem Zimmer zuschlagen. Mit einer nur zur Hälfte gegessenen Waffel und schwerem Herzen blieb er allein am Küchentresen zurück.

Seine Frau war seit zwei Tagen verschwunden, und Ree zerbrach daran.

Er wünschte, Sandra wäre tot.

Um genau Viertel vor neun kehrte die Polizei zurück. Jason stand in der Küche und starrte auf den Computer, als sie die Eingangsstufen hochstampften.

Er öffnete die Tür.

Sergeant Warren hielt ihm triumphierend einen Durchsuchungsbeschluss unter die Nase und erklärte in langatmigem Juristen-Fach-Chinesisch, wozu sie befugt waren. Wie vermutet, wollten sie den Computer beschlagnahmen sowie verschiedene elektronische Geräte einschließlich sämtlicher Spielkonsolen, iPods, Black-Berrys und Palm Pilots.

»Was meinen Sie mit Spielkonsolen?«, erkundigte er sich, als uniformierte Beamte und Kriminaltechniker ins Haus strömten. Auf der anderen Straßenseite flammten die Scheinwerfer der Übertragungswagen auf.

»Xbox, Gameboys, PlayStation, WiiWare et cetera pp.«

»Ree hat einen Leapster«, sagte er. »Wenn Sie meine Meinung interessiert: ›Pixar Cars‹ ist besser als ›Disney Prinzessinnen‹, aber natürlich kann die Kriminaltechnik das besser beurteilen.«

D. D. musterte ihn mit ungerührter Miene. »Der Beschluss gestattet uns, alles zu beschlagnahmen, was wir für wichtig erachten, Sir. Und, ja, wir können tatsächlich besser beurteilen, was wichtig ist und was nicht.«

Die Anrede »Sir« wurmte ihn. »Ree schläft«, sagte er. »Sie hatte einen sehr langen Tag. Wenn Sie Ihre Kollegen bitten würden, möglichst leise zu sein …«

Er versuchte, höflich zu klingen, doch sein Ton war gereizt. Auch er hatte einen langen Tag hinter sich, und es sah so aus, als stünde ihm noch eine lange Nacht bevor.

»Wir werden Ihr Haus schon nicht auf den Kopf stellen«, erwiderte sie. »Wir nehmen es nur Stück für Stück auseinander, und zwar in aller gebotenen Höflichkeit.«

D. D. winkte einen uniformierten Kollegen zu sich. Officer Anzaldi hatte offenbar den Kürzeren gezogen und würde als Jasons Babysitter fungieren müssen. Er ließ sich von ihm ins Wohnzimmer führen, wo Jason auf dem Sofa Platz nahm. Wie am Vortag, nur diesmal ohne Ree. Ohne seine kleine Tochter, die sich an ihn geschmiegt und mit ihrer Anwesenheit dafür gesorgt hätte, dass er Fassung bewahrte.

Jason schloss die Augen, faltete die Hände hinterm Kopf und war kurz darauf eingeschlafen.

Als er eine Dreiviertelstunde später aufwachte, sah er

Sergeant D. D. Warren in kaum verhohlener Wut vor sich stehen.

»Was ist los mit Ihnen?«

»Ich ruhe mich aus.«

»Sie ruhen sich aus? Ihre Frau ist verschwunden, und Sie machen ein Nickerchen?«

»Solange Sie mich hier festhalten, werde ich sie wohl kaum finden können.«

D. D. schien empört. »Mit Ihnen stimmt doch was nicht.«

Er zuckte mit den Achseln. »Fragen Sie bei Gelegenheit einen Kollegen von der Sondereingreiftruppe. Was macht man, wenn man in Alarmbereitschaft versetzt worden ist, aber noch nicht gebraucht wird? Man schläft, um, wenn es so weit ist, frisch zu sein.«

»So sehen Sie das? Sie verstehen sich als Elitekämpfer, der auf seinen Marschbefehl wartet?« Sie schüttelte den Kopf.

»Meine Familie steckt in einer schweren Krise, und mir bleibt zurzeit nichts anderes übrig, als mich um meine Tochter zu kümmern. Ich bin in Alarmbereitschaft, aber noch nicht im Einsatz.«

»Warum geben Sie Ihre Tochter nicht dem Großvater an die Hand?«, fragte D. D. wie beiläufig, doch ihre Augen funkelten. Sie hatte also davon gehört. Natürlich. Der Posten vorm Haus hatte Anweisung, Sergeant Warren über jeden seiner Schritte zu informieren.

»Kommt nicht in Frage«, antwortete er.

»Warum nicht?«

»Ich mag keine Leinenanzüge.«

So leicht ließ sich D. D. nicht abservieren. Sie setzte sich ihm gegenüber, stützte ihre Ellbogen auf die Knie und zeigte sich neugierig. Aus der Küche war zu hören, wie Schranktüren geöffnet und geschlossen, Schubladen auf- und zugeschoben wurden. Jason nahm an, dass man den Computer bereits weggeschafft hatte. Wahrscheinlich auch den iPod aus der Schublade im Nachttischchen. Vielleicht sogar den Radiowecker. Alles, was mit Datenträgern ausgestattet war. Im vergangenen Jahr hatte der Fall eines Managers Schlagzeilen gemacht, der eine Fülle belastender Finanzdokumente in der Xbox seines Sohnes gespeichert hatte.

Jason kannte seine Rechte genau und fand Gefallen daran, mit der hübschen blonden Sergeantin noch ein bisschen Versteck zu spielen.

»Sie sagten, Sandy und ihr Vater hätten sich entfremdet«, erinnerte sie.

»Stimmt.«

»Warum?«

»Das sollte Sandy Ihnen erzählen.«

»Ihre Frau ist momentan leider nicht zu sprechen, aber vielleicht könnten Sie mir auf die Sprünge helfen.«

Er dachte kurz nach. »Ich glaube, wenn Sie den alten Herrn fragen, wird er antworten, dass seine Tochter ein unbesonnenes und bockiges junges Mädchen war, als sie mich kennengelernt hat.«

»Ach ja?«

»Und ich glaube, als erfahrene Kriminalistin werden Sie sich fragen, weshalb Sandy so bockig und wild war.«

»Hat er sie geschlagen?«

»Ich bin mir nicht sicher.«

»Hat er sie missbraucht?« D. D. krauste die Stirn.

»Es liegt wohl eher daran, dass sie von ihrer Mutter aufs übelste misshandelt worden ist und er nie eingegriffen hat. Die Mutter ist tot. Sandys Hass kann sie nicht treffen. Der alte Herr hingegen …«

»Sie hat ihm nicht verziehen?«

Er zuckte mit den Achseln. »Wie gesagt, fragen Sie sie selbst.«

»Warum sind die Fenster in Ihrem Haus so aufwendig gesichert, Jason?«

Er sah ihr ins Gesicht. »Weil die Welt voller Ungeheuer ist und wir unsere Tochter davor bewahren wollen.«

»Klingt ziemlich extrem.«

»Paranoia schmälert nicht die tatsächlichen Gefahren.«

Sie lächelte ein wenig. Die Fältchen an den Augen verrieten ihr Alter, gaben ihr aber gleichzeitig einen sanfteren Touch. Sie wirkte zugänglicher. Jason sah: Diese Frau verstand sich auf ihren Job. Er war müde und spielte mit dem Gedanken, der schönen Sergeantin alles anzuvertrauen. Vielleicht konnte sie schlau daraus werden.

»Wann hat Sandy das letzte Mal mit ihrem Vater gesprochen?«, fragte D. D.

»Am Tag, als sie mit mir die Stadt verlassen hat.«

»Danach hat sie sich nie mehr bei ihm gemeldet? Auch nicht, als Sie sich in Boston niedergelassen haben?«

»Nein.«

»Nicht zur Hochzeit, nicht zur Geburt Ihrer Tochter?«

»Nein.«

Ihre Augen verengten sich. »Warum ist er jetzt hier?«

»Er behauptet, von ihrem Verschwinden über die Nachrichten erfahren und darauf sofort zum Flughafen gefahren zu sein, Hals über Kopf, wie er sagte.«

»Verstehe. Die verlorene Tochter wird vermisst, und ausgerechnet jetzt will er ihr einen Besuch abstatten.«

»Fragen Sie ihn.«

D. D. hielt den Kopf schief. »Sie belügen mich, Jason. Obwohl Sie wissen, dass Sie mich nicht hinters Licht führen können.«

Er schwieg.

»Sie blicken nach links unten. Wer sich an etwas zu erinnern versucht, schaut nach links oben. Wer die Wahrheit zu vertuschen versucht, nach links unten. Ein interessantes Detail, das man in der Polizeischule lernt.«

»Und nach wie vielen Tagen hatten Sie Ihre Abschlussprüfung?«

Sie verzog den Mund zu einem halben Lächeln. »Officer Hawkes vermutet, dass Maxwell Black einiges über seine Enkelin zu wissen scheint, so zum Beispiel, dass Sie nicht ihr leiblicher Vater sind.«

Jason antwortete nicht. Am liebsten hätte er laut aufgeschrien und das Gegenteil behauptet, aber die Sergeantin hatte keine Frage gestellt, und er kannte die wichtigste aller Regeln einer Vernehmung: Antworte nie auf unausgesprochene Fragen.

»Wann wurde Ree geboren?«, hakte D. D. nach.

»An dem Tag, als ihre Geburtsurkunde ausgestellt wurde«, antwortete er barsch. »Und die haben Sie ja wohl gelesen.«

Sie lächelte wieder. »20. Juni 2004, wenn ich mich recht erinnere.«

Er sagte nichts.

»Und wann haben Sie Sandy kennengelernt?«

»Im Frühjahr 2003.« Er zwang sich, ihr in die Augen zu schauen und eindeutig nicht nach unten.

D. D. kniff die Brauen zusammen. »Da war Sandy erst siebzehn Jahre alt.«

»Ich habe nie behauptet, dass der alte Herr keinen Grund gehabt hätte, mich abzulehnen.«

»Und wieso glaubt er, dass Sie nicht der leibliche Vater seiner Enkelin sind?«

»Fragen Sie ihn.«

»Tun Sie mir den Gefallen. Sie kennen ihn besser.«

»Ich fürchte, ich weiß nichts über ihn. Wir, Sandy und ich, haben keinen Wert auf den Segen unserer Eltern gelegt.«

»Sie haben ihren Vater nie zuvor gesehen?«

»Nur im Vorbeigehen.«

Sie musterte ihn. »Was ist mit Ihren Eltern?«

»Ich habe keine.«

»Sind Sie das Produkt einer unbefleckten Empfängnis?«

»Wunder gibt es immer wieder.«

Sie verdrehte die Augen. »Na schön, bleiben wir bei Sandys Vater. Grandpa Black. Sie haben ihm die Tochter genommen«, stellte sie fest. »Sind mit ihr in einen gottverdammten Yankee-Staat verzogen und haben dem Alten nicht einmal die Geburt Ihrer Tochter mitgeteilt.«

Jason zuckte mit den Achseln.

»Ich glaube, Richter Black hat allen Grund, wütend auf Sie beide zu sein, auf Sie und Sandy. Vielleicht ist er deshalb gekommen. Seine Tochter wird vermisst, und sein Schwiegersohn steht unter Verdacht, schuld an ihrem Verschwinden zu sein. Des einen Tragödie ist des anderen Nachtigall.«

»Ich will nicht, dass er sich seiner Enkelin nähert.«

»Haben Sie eine einstweilige Verfügung erwirkt?«

»Ich werde es nicht zulassen.«

»Was, wenn er einen Vaterschaftsnachweis fordert?«

»Kann er nicht. Sie kennen die Geburtsurkunde.«

»In der Sie als Vater angegeben sind. Also hat er keine Handhabe. Kennen Sie den Fall Howard K. Stern?«

Wieder nur Schulterzucken.

»Der hatte sich auch als Vater eintragen lassen, ging aber letztlich leer aus.« D. D. lächelte.

»Fragen Sie mich, wer die Fenster hat absichern lassen.«

»Wie bitte?«

»Fragen Sie mich, wer die Fenster hat absichern lassen. Sie kommen immer wieder darauf zurück, scheinen sich also von einer Antwort was zu versprechen.«

»Na schön. Wer hat die Fenster absichern lassen?«

»Sandra. Am Tag nach unserem Einzug. Sie war im neunten Monat schwanger. Wir hatten jede Menge im Haus zu tun, aber sie wollte zuerst die Fenster zusätzlich verriegelt haben.«

»Um ihren Vater auszuschließen?«

»Das haben Sie gesagt, nicht ich.«

D. D. stand auf. »Es nützt nichts, denn jetzt ist Daddy zur Stelle, und er scheint mehr auf dem Kasten zu haben, als Sie glauben.«

»Was soll das heißen?«

»Es hat sich herausgestellt, dass er der Studienfreund eines unserer Bezirksrichter ist.« Sie hielt ihm den Beschluss hin. »Wenn Sie jetzt bitte unterschreiben würden.«

Jason schwieg, doch dass ihm plötzlich alle Farbe aus dem Gesicht wich, sprach für sich.

»Sie wissen immer noch nicht, wo Ihre Frau ist?«, fragte D. D. von der Tür aus mit Blick zurück.

Er schüttelte den Kopf.

»Schade. Es wäre für alle das Beste, wenn wir sie finden. In Anbetracht ihrer Umstände vor allem für sie.«

»Ihrer Umstände?«

D. D. zog wieder eine Braue in die Stirn. Diesmal war unübersehbar, dass ihre Augen triumphierten. »Auch das lernt man in der Polizeischule. Wie man im Müll anderer Leute wühlt und Streifen liest, mit denen Schwangerschaftstests durchgeführt werden.«

»Was? Wollen Sie damit sagen ...«

»In der Tat, Jason. Sandy ist schwanger.«

22. Kapitel

Mit Fremden zu vögeln, ist für eine Frau kein leichtes Spiel. Männer haben es da einfacher. Sie ziehen ihr Ding durch, machen reinen Tisch und ziehen weiter. Bei Frauen läuft das anders. Wir sind von Natur aus Gefäße mit der Bestimmung, einen Mann in uns aufzunehmen, ihn zu empfangen, zu akzeptieren und festzuhalten. Reinen Tisch zu machen und weiterzuziehen fällt uns sehr viel schwerer.

Daran muss ich während meiner Wellness-Nächte oft denken, vor allem dann, wenn ich aus dem Hotel auschecke, nach Hause fahre und mich vom leichten Mädchen in eine respektable Mom verwandele.

Habe ich mich verschwendet? Fühle ich mich deshalb so transparent und leer, dass mich ein leichter Windstoß wegblasen könnte? Ich dusche. Ich seife mich ein, schrubbe mich ab, spüle nach und wiederhole das Ganze. Ich versuche, die Fingerabdrücke allzu vieler Männer von meiner Haut zu waschen, so wie ich versuche, den Eindruck ihrer geilen Visagen aus meinem Gedächtnis zu tilgen.

Was mir durchaus gut gelingt. Ehrlich, die beiden Jungs der ersten Nacht … bei einer Gegenüberstellung würde ich sie nicht wiedererkennen. Und die Episode danach und die danach. Ich kann sie alle schnell vergessen, ihnen aber nicht vergeben, obwohl das keinen Sinn ergibt.

Ich habe mir für meine Wellness-Nächte etwas Neues einfallen lassen. Wenn ich in mein Hotelzimmer zurückkehre, rolle ich mich auf dem Bett zusammen und schluchze hysterisch. Ich weiß nicht, worüber. Beweine ich mich um die Zukunftsträume, die ich einmal hatte? Meinen Mann und seine Hoffnungen, was uns betrifft? Mein Kind, das mir so süß zulächelt und keine Ahnung hat, was seine Mommy treibt, wenn sie weg ist?

Vielleicht beweine ich meine Kindheit, die nie erfahrene Zärtlichkeit und Sicherheit, das, was mir vorenthalten wurde und mich immer wieder dazu bringt, mich selbst zu bestrafen, als müsste ich fortsetzen, was meine Mutter begonnen hat.

Als ich eines Tages vorm Spiegel in meinem Hotelzimmer stand und die blauen Flecken auf meinen Rippen betrachtete, wurde mir klar, dass ich diese Eskapaden nicht mehr wollte. Dass ich mich irgendwie in meinen Mann verliebt hatte. Dass er ebendarum, weil er mich nie berührte, etwas ganz Besonderes für mich war.

Ich wollte zu Hause bleiben. Ich wollte mich sicher fühlen können.

Ist doch ein guter Vorsatz, oder nicht?

Leider fällt es mir schwer, ein sauberes, gesundes Leben zu führen. Ich muss anderen wehtun. Ich will bestraft werden.

Wenn nicht von mir selbst, dann von einem anderen. Als ich das Bild auf dem Monitor sah, diese Schwarzweißauf-

nahme eines unsäglichen Gewaltaktes, begangen an einem kleinen, verwundbaren Jungen, hätte ich sofort meine Sachen packen und mit Ree das Haus verlassen sollen. Das wäre vielleicht klüger gewesen.

Nicht lange fackeln und zu leugnen versuchen nach dem Motto: Jason ist doch so ein gütiger, verständnisvoller Mann und der beste Vater, den man sich denken kann. Welcher noch so anständige Familienvater hätte schließlich nicht auch seine kleinen schmutzigen Geheimnisse? Wer wüsste das besser als ich?

Hatte ich mich selbst in den Teufelskreis der Gewalt hineinbegeben, als ich von zu Hause weg- und einem Mann in die Arme gelaufen war, von dem ich dachte, er sei in allen Belangen das Gegenteil meines Vaters, um dann mit Schrecken feststellen zu müssen, dass auch er ein Monster ist? Vielleicht bringen dunkle Saiten einander zum Schwingen. Vielleicht habe ich meinen Mann nicht deshalb geheiratet, weil ich von ihm gerettet werden wollte, sondern weil ich in ihm den Teufel, den ich kannte, an meiner Seite wusste.

Ich erinnere mich genau an den Moment, als ich das Foto sah. Ich spürte in mir etwas Hässliches angesprochen. Es war wie ein bitteres Wiedererkennen. Mein perfekter Mann war nicht besser als ich, und – Himmel, hilf! – der Gedanke gefiel mir. Er kam wie gerufen.

Ich sagte mir, du musst es jetzt genauer wissen, der Mann verdient es, dass du nicht vorschnell urteilst. Ein explizites Foto im Papierkorb macht noch keine Bestie. Vielleicht hatte er es zufällig heruntergeladen und dann sofort gelöscht.

Vielleicht war's ein Pop-up, und er hatte sich sofort davon befreit. Ganz banale Erklärungen, und davon gab es genug, oder?

Wie dem auch sei, als Jason in dieser Nacht nach Hause kam, fiel es mir nicht schwer, ihm in die Augen zu blicken. Er fragte mich, wie der Tag gelaufen sei, und ich antwortete: »Ganz gut.«

Ich kann lügen, ohne rot zu werden. So zu tun, als wäre nichts gewesen, kann keiner besser als ich.

Und ein schrecklicher, wütender Teil in mir war froh, wieder am Drücker zu sein.

Ich brachte Ree in den Kindergarten und zog meine Gemeinschaftskunde-Stunde in der sechsten Klasse durch. Ich dachte darüber nach, welche Optionen ich hatte.

Vier Wochen später setzte ich eine davon in die Tat um. Ich war gerade mit einer empirischen Studie über die Zusammensetzung der Schülerschaft beschäftigt und bat meine teure Freundin Mrs Lizbet um Hilfe.

Ich fand Ethan Hastings im Computerlabor. Er blickte auf, als ich den Raum betrat, wurde knallrot, und ich wusste, dass ich leichtes Spiel haben würde.

»Ethan«, sagte ich, die hübsche, allseits respektierte Mrs Jones. »Ethan, ich möchte dich mit einem Projekt betrauen. Du sollst mir alles über das Internet beibringen.«

D. D. war stinksauer. Sie verließ das Domizil der Jones, stieg in ihren Wagen und drückte wütend auf die Tasten ihres Handys. Es war fast elf Uhr am Abend, eigentlich zu spät für eine höfliche Unterhaltung, aber trotzdem wählte sie die Nummer des State Detective, und der war nächtliche Ruhestörungen gewohnt.

»Was ist?«, meldete sich Massachusetts State Detective Bobby Dodge. Er klang verschlafen und verärgert, was gut zu ihrer Stimmung passte.

»Habe ich dich geweckt, Schatz?«

»Ja.« Er brach die Verbindung ab.

D. D. drückte auf Wahlwiederholung. Sie und Bobby waren einmal vor langer Zeit ein Paar gewesen. Es gefiel ihr, ihn zur Schlafenszeit anzurufen, und ihm gefiel es, sie aus der Leitung zu kicken. Also hatten beide was davon.

»D. D.«, stöhnte er. »Ich hatte vier Nächte hintereinander Bereitschaft. Gönne mir bitte eine kleine Verschnaufpause.«

»Das Eheleben hat dich offenbar verweichlicht«, stellte sie fest.

»Politisch korrekter formuliert: Es sorgt für geordnete Verhältnisse und Ausgewogenheit.«

»Ich bitte dich, Ausgewogenheit bedeutet in der Welt eines Cops, in beiden Händen ein Bier zu halten.«

Er lachte. Sie hörte Bettwäsche rascheln und lauschte dem Flüstern seiner Frau, was ihr die Röte ins Gesicht trieb. Sie kam sich vor wie ein Voyeur und war dankbar, dass sie nicht per Videokonferenz mit ihm verbunden war.

Sie hatte eine Schwäche für Bobby Dodge, ohne erklären zu können, warum. Irgendwie konnte sie nicht von ihm ablassen, obwohl sie es gewesen war, die ihm den Laufpass gegeben hatte. Was wieder einmal zeigte, dass sich clevere, ambitionierte Frauen selbst im Weg standen.

»Schieß los, D. D. Dir brennt doch was unter den Nägeln.«

»Hast du geschlafen, als du damals Scharfschütze bei den State Troopers warst?«

»Du meinst, mehr als heute?«

»Nein, ich meine, hast du ein Auge zugemacht, wenn du Bereitschaft hattest?«

»Was soll die Frage?«

»Hast du Nachrichten gesehen? Von der vermissten Frau aus Southie gehört?«

»Geht's um eure Pressekonferenz? Habe ich verpennt, aber von Anabelle weiß ich, dass du 'ne tolle neue Frisur hast.«

D. D. fand es albern, sich geschmeichelt zu fühlen. »Ich war heute Abend im Haus des Ehemannes. Wir haben seinen Computer beschlagnahmt, und während die Kollegen von der Kriminaltechnik fleißig bei der Arbeit waren, ist der Hausherr doch tatsächlich auf dem Sofa eingeschlafen.«

»Wirklich?«

»Ja. Er hat die Augen zugemacht, den Kopf zurückgelehnt und war weg. Jetzt frage ich dich: Wann ist dir das letzte Mal jemand untergekommen, dessen Frau vermisst wird und der selig einpennt, während die Cops in seinen Privatsachen rumwühlen?«

»Das ist in der Tat seltsam.«

»Exakt. Seltsam. Als ich ihn anschließend darauf anspreche, erzählt er mir was von den Gepflogenheiten der Mitglieder einer Sondereingreiftruppe, die in Alarmbereitschaft sind und schlafen, um für den Einsatz fit zu sein.«

Es blieb eine Weile still in der Leitung. Dann: »Was ist der Typ von Beruf?«

»Journalist. Arbeitet als Freiberufler für die *Boston Daily.*«

»Hmm.«

»Hmm was? Ich habe nicht angerufen, damit du mir was vorgrunzt. Ich will deine Expertenmeinung hören.«

Sie konnte sich bildlich vorstellen, wie er die Augen verdrehte. »Dann hör zu: Im Regelfall folgt der Einsatz unmittelbar auf die Bereitstellung. Aber ich ahne, worauf der Kerl anspielt. Ich hatte in meinem Team zwei Kollegen, die früher in militärischen Spezialeinheiten waren – Navy SEALs, Marine Force Recon und dergleichen. Ja, tatsächlich, diese Jungs konnten überall schlafen, auf Kuhwiesen, in Turnhallen, auf Lkw-Pritschen. Diese Jungs scheinen wirklich nach dem Motto zu verfahren: schlafen, solange nichts los ist, um gerüstet zu sein, wenn's drauf ankommt.«

»Verdammt!« D. D. knabberte an ihrer Unterlippe. »Glaubst du, unser Mann könnte beim Militär gewesen sein?«

»Ich glaube, der Vogel ist so abgebrüht, dass er mit dem Leibhaftigen Poker spielen könnte.« Bobby gähnte. »Soll ich ihn mir mal unter die Lupe nehmen?«

»Untersteh dich!«, schnaubte D. D. »Das ist mein Fall.«

»Reg dich ab, Blondie. Du hast mich angerufen.«

»Jetzt kommt der Clou«, fuhr sie fort, als hätte sie seinen Einwand nicht gehört. »Seine Frau ist spurlos verschwunden, und es kann natürlich sein, dass er dahintersteckt. Wir haben seinen Müll durchsucht und einen Schwangerschaftsteststreifen gefunden. Eindeutig positiv.«

»Tatsache?«

»Tatsache. Ich habe ihn darauf angesprochen, um zu sehen, wie er reagiert. Von sich aus ist er nicht darauf zu sprechen gekommen, obwohl man doch meinen sollte, dass es ihm ein Anliegen sein müsste, uns mitzuteilen, dass seine verschwundene Frau schwanger ist.«

»Apropos …«

Es dauerte eine Weile, bis bei D. D. der Groschen fiel. »Schreck, lass nach!«, platzte es schließlich aus ihr heraus. »Wann, wie, wo?«

Er lachte. »Wie und wo, willst du wahrscheinlich nicht wissen wollen. Aber am ersten August soll es so weit sein. Anabelle ist nervös, aber es geht ihr gut.«

»Auweia, ich meine, gratuliere. Euch beiden. Das ist ja … wunderbar.« Und das meinte sie auch so. Aber nicht ganz ohne Neid. Verdammt, dachte sie, ich muss mir einen Kerl suchen.

»Okay.« Sie räusperte sich und versuchte, wieder einen geschäftsmäßigeren Ton anzuschlagen. »Wie gesagt, ich habe unseren Mann heute Abend mit unseren Erkenntnissen konfrontiert.«

»Ihm gesagt, dass seine Frau schwanger ist.«

»Genau.«

»Woher weißt du, dass der Teststreifen von ihr ist?«

»Ich weiß es nicht. Aber sie ist die einzige Frau in einem

Haus, wo selten, nein, *nie*, Gäste empfangen werden. Es spricht also eine Menge dafür. Das Labor wird noch einen DNA-Test vornehmen, damit wir sicher sein können, aber der Bericht ist frühestens in ein paar Wochen zu erwarten, und dann könnte für Sandra Jones alles zu spät sein.«

»War nur eine Frage«, sagte Bobby.

»Nun, ich habe also im Gespräch mit Mr Jones die kleine Bombe fallen lassen.«

»Und?«

»Nichts. Nada. Ich hätte ihm genauso gut sagen können, dass es draußen regnet. Sein Gesicht blieb völlig ausdruckslos.«

»He?«

»Ja. Wenn er überrascht gewesen wäre, hätte er doch irgendwie erkennen lassen, dass er jetzt nicht nur Angst um seine Frau, sondern auch um sein ungeborenes Kind haben muss. Jeder andere an seiner Stelle wäre vom Sofa aufgesprungen, hätte Fragen gestellt und auf Antworten gedrängt, jedenfalls alles andere gemacht, als einfach sitzen zu bleiben und so zu tun, als würden wir uns über das Wetter unterhalten.«

»Mit anderen Worten, er wusste wahrscheinlich Bescheid«, sagte Bobby. »Seine Frau ist von einem anderen Mann schwanger, er bringt sie um und setzt alles daran, nicht zur Rechenschaft gezogen zu werden. Was willst du? Das ist keine höhere Mathematik, sondern ein nationaler Trend.«

»Wenn wir es mit einem normalen Menschen zu tun hätten, würde ich dir zustimmen.«

»Erklär mir, was du unter normal verstehst«, entgegnete Bobby.

Sie seufzte. An der Stelle wusste sie selbst nicht weiter. »Okay, wir haben es nun seit zwei Tagen mit einem Kerl zu tun, der einen außergewöhnlich unterkühlten Eindruck macht. Er scheint so tief verstört zu sein, dass er wahrscheinlich auf Jahre hinaus therapiert und mit sechs verschiedenen Psychopharmaka medikamentös eingestellt werden müsste, es sei denn, man pflanzte ihm gleich eine neue Persönlichkeit ein. Aber er ist, wie er ist, und ich glaube, unter seinem dicken Eispanzer ein Muster erkennen zu können.«

»Nämlich?« Bobby klang ungeduldig. Verständlich, es war fast Mitternacht.

»Immer, wenn ich persönliche Fragen stelle, macht er dicht. Wie auch heute Morgen, als wir in seinem Beisein seine vierjährige Tochter vernommen haben. Sie erinnerte sich an das, was ihre Mutter kurz vor ihrem Verschwinden gesagt, oder besser: durchs Haus gebrüllt hat. Und das hörte sich gar nicht gut an. Doch dieser Kerl lehnt mit dem Rücken an der Wand und wirkt wie weggetreten. Er steht da, scheint aber gar nicht anwesend zu sein. Heute Abend dasselbe. Ich sage ihm ins Gesicht, dass seine Frau schwanger ist, und er verschwindet. Einfach so. Wir sind beide im selben Zimmer, doch er ist weg.«

»Und wenn ich ihm mal auf den Zahn fühle?«

»Untersteh dich!«, zischte D. D.

Sie hörte ihn wieder gähnen und mit der Sprechmuschel über die Stoppeln kratzen. »Ich fasse zusammen: Du hast einen richtig coolen Kunden, der auch in extremen

Stresssituationen Fassung bewahrt und womöglich irgendwann einmal einem militärischen Sonderkommando unterstellt war. Ist das richtig?«

»Wir haben seine Fingerabdrücke durch die Datenbank geschickt, aber keinen Treffer gelandet. Selbst wenn er beim Militär in geheimer Mission unterwegs gewesen wäre, hätten wir ihn im System, oder?«

»Allerdings. Wie sieht er aus?«

D. D. zuckte mit den Achseln. »Ein bisschen wie Patrick Demsey. Dichte lockige Haare, sehr dunkle Augen –«

»Herrje, ich will eine Beschreibung, kein Blind Date.«

Sie errötete. Wahrhaftig, sie brauchte einen Kerl. »Eins achtzig, knapp unter achtzig Kilo, Anfang dreißig, dunkles Haar, dunkle Augen, rasiert, keine besonderen Kennzeichen.«

»Körperlicher Zustand?«

»Fit.«

»Könnte passen. Wer beim Militär das Ausdauertraining überstehen will, muss fit und darf nicht zu groß sein. Deshalb solltest du dich immer vor kleinen Burschen in Acht nehmen«, witzelte Bobby. Er, der ehemalige Scharfschütze, entsprach dem Modell des fitten, mittelgroßen, gefährlichen Mannes perfekt.

»Aber dann müsste es doch eine Akte über ihn geben«, entgegnete D. D.

Bobby stöhnte müde. »Na schön, was hast du denn bisher über ihn ausgekramt?«

»Heiratsurkunde, Führerschein, Versicherungsnummer und Bankkonten. Das Übliche.«

»Geburtsurkunde?«

»Danach suchen wir noch.«

»Gab's Strafmandate oder Vorladungen wegen irgendwelcher Verkehrsdelikte?«

»Nada.«

»Kreditkarten?«

»Eine.«

»Wann ausgestellt?«

»Hmmm …« D. D. musste nachdenken und versuchte, sich zu erinnern, was im Bericht gestanden hatte. »Vor ungefähr fünf Jahren.«

»Lass mich raten. Seine Bankkonten hat er ungefähr zur gleichen Zeit eröffnet«, sagte Bobby.

»Jetzt, wo du davon sprichst, fällt mir ein, dass die stärksten Kontenbewegungen vorgenommen wurden, als Jason Jones und seine Frau nach Boston umgezogen sind.«

»Und wo kam das Geld her?«

»Auch das müssen wir erst ermitteln.«

Nach längerer Pause sagte Bobby: »Kleines Zwischenresümee. Du hast einen Namen, einen Führerschein, eine Sozialversicherungsnummer und Kontenbewegungen, die nicht länger als fünf Jahre zurückliegen.«

D. D. presste die Lippen aufeinander. Wieso hatte sie daran nicht selbst schon gedacht? »Du triffst den Nagel auf den Kopf.«

»Da fehlt doch was.«

»Scheiße«, rief D. D. und schlug mit der Hand aufs Lenkrad. »Ich hab's geahnt. Der Name Jones ist ein Pseudonym. Je mehr wir über diese Familie in Erfahrung bringen, desto schwammiger wird das ganze Bild. Sie ist so durchschnittlich, wie eine wirkliche Familie eigentlich gar nicht sein kann. Sie lebt zurückgezogen, versteckt sich aber nicht, hat zwar keinen Freundeskreis, ist aber durchaus umgänglich. Alles total normal. Verdammt, womöglich stehen die unter Zeugenschutz.«

»Kann nicht sein«, beruhigte Bobby.

»Warum nicht?« Das Zeugenschutzprogramm würde ihr in diesem Fall ganz und gar nicht in den Kram passen.

»Wenn dem so wäre, hättest du längst die Bundesanwaltschaft im Nacken. Die Frau wird seit achtundvierzig Stunden vermisst, und die Öffentlichkeit ist informiert.«

D. D. fühlte sich schon wieder ein bisschen besser. »Hast du eine andere Erklärung?«

»Entweder sie ist durchgebrannt, oder er hat sie beiseitegeschafft. Jedenfalls tritt einer der beiden unter einem Decknamen auf. Finde heraus, wer.«

In Sachen angenommener Identitäten kannte sich niemand besser aus als Bobby. Immerhin war er mit einer Frau verheiratet, die mindestens zwölf verschiedene Namen hatte, wahrscheinlich mehr. Plötzlich ging ihr ein Licht auf. »*Mr Smith.* Na klar. Mr Smith!«

»Wer ist der Glückliche?«

»Ein Kater. Der Kater der Jones. Wieso bin ich nicht eher darauf gekommen? Die Familie trägt den Namen Mr und Mrs Jones. Ihre Katze heißt Mr Smith. Verdammt, du hast recht, die machen sich über uns lustig.«

»Eins zu null für Daddy Cool.«

»Wie kann man nur so auf den Kopf gefallen sein?«, stöhnte D. D. »Ich habe einen Hauptverdächtigen, der allem Anschein nach ein gutmütiger Reporter ist, tatsächlich aber ein Doppelleben führt. Na, nach wem klingt das?«

»Verrat mir's.«

»Nach Superman.«

23. Kapitel

Mit vierzehn Jahren fühlte sich Jason eigentlich schon zu alt für einen Besuch im Zoo, doch weil seine kleine Schwester Janie ganz wild war auf alles, was ein Fell hatte, beteiligte er sich ihr zuliebe an dem Familienausflug.

Er hätte für Janie fast alles getan, und das wusste seine Mutter treffsicher auszunutzen.

Sie spazierten durch den weiten Park, beobachteten schlafende Löwen, schlafende Eisbären und schlafende Elefanten. Fast wäre Jason selbst darüber eingeschlafen. Wortlos passierten sie eine Insektenausstellung und tauchten ein in die Welt der Reptilien. Mit ihren zehn Jahren hatte Janie für Schlangen nicht viel übrig, aber irgendwie schien es ihr doch zu gefallen, bei deren Anblick laut aufzukreischen.

Die Hauptattraktion, ein burmesischer Albinopython, war leider nicht zu sehen. Vor dem Terrarium hing ein Pappschild mit der Aufschrift: *Entschuldigung, bin mal weg zum Mittagessen, Polly Python.*

Janie fand das komisch und kicherte. Jason zuckte mit den Achseln und dachte: Noch ein schlafendes Tier. Er wollte sich gerade abwenden, als ihm auffiel, dass das Pappschild die Glasfront nicht vollständig abdeckte. Es war ein kleiner Spalt an der Seite frei geblieben, der Einblick in das Terrarium bot, und durch ihn konnte er sehen, dass Polly nicht weg war, sondern hier, an Ort und Stelle, zu Mittag aß, nämlich einen niedlichen kleinen Präriehasen, der zitternd am Boden hockte, während die Schlange ihr seltsames Maul aufsperrte, um sich das arme Tierchen dann ganz langsam und unter ungeheurem Kraftaufwand einzuverleiben.

Jason rührte sich nicht vom Fleck und war über eine, vielleicht zwei Minuten wie in Trance, unfähig wegzusehen, wie das gerade erstickte Häschen Zentimeter für Zentimeter seines braunen Fellkleides in den glänzenden Windungen der Riesenschlange verschwand.

Ich weiß genau, wie du dich fühlst, dachte er eingedenk des Opfertieres.

Dann zog ihn der Vater am Arm hinter sich her durch den Ausgang und hinaus in den glühend heißen Sommer Georgias.

Der Vater behielt ihn für den Rest des Tages fest im Auge, als suchte er nach Anzeichen. Wofür? Eine Psychose? Einen bevorstehenden Nervenzusammenbruch? Einen drohenden Gewaltausbruch?

Nichts dergleichen stellte sich ein. Auch nicht in der Folgezeit. Jason, der erbärmlich hagere und für sein Alter viel zu klein geratene Junge, durchlebte jeden neuen Tag so wie den Tag zuvor und ließ einen erbärmlichen Moment nach dem andern auf sich zukommen, bewaffnet nur mit seinem starren Blick ins Unendliche.

Bis zu dem Tag, als er achtzehn wurde und Rita beerbte. Hatten seine Eltern eine Geburtstagsparty für ihn organisiert? Hatte Janie ihm ein Geschenk gemacht?

Er sollte es nie erfahren, denn am Morgen seines Geburtstags marschierte er geradewegs zur Bank, kassierte zwei Komma drei Millionen Dollar und verschwand.

Zuvor war er schon einmal von den Toten zurückgekehrt. Doch das wollte er seiner Familie nie wieder antun.

Sandy war schwanger.

Er musste etwas unternehmen.

Der Gedanke an ihre Schwangerschaft blieb ihm, sooft er ihn auch hin und her wälzte, sonderbar fremd. Er konnte die drei Worte aussprechen, immer und immer wieder, doch es schien ihm, als gehörten sie nicht zu seiner Sprache.

Sandy war schwanger.

Er musste etwas unternehmen.

Die Polizei war weg. Sie hatte kurz nach eins das Haus verlassen und den Computer mitgenommen, so auch seinen iPod, Rees Leapster und ein paar Sachen aus dem Keller, wahrscheinlich Kisten voll alter Software. Keine Ahnung. Es machte ihm nichts aus. Ihm war eine Liste der beschlagnahmten Gegenstände zur Unterschrift vorgelegt worden, doch er hatte kaum Notiz davon genommen.

Er fragte sich, ob das Baby von ihm war, und spielte mit dem Gedanken, mit Ree unterzutauchen.

Auf dem Dachboden befand sich, hinter Glaswolle versteckt, eine schlanke Metallkassette mit zwei gefälschten Ausweisen und ungefähr fünfundzwanzigtausend Dollar in großen Scheinen. Die Kassette war nicht größer als ein gebundenes Buch und der Geldscheinstapel überraschend dünn. Die Cops hatten das Versteck offenbar übersehen, denn wenn sie darauf gestoßen wären, hätten sie bestimmt sofort Fragen gestellt.

Er würde auf den Dachboden gehen, die Kassette holen und in seine Aktentasche stecken. Er würde Ree aufwecken, ihr die Haare kurz schneiden und eine rote Baseballkappe aufsetzen. In ihrer Latzhose und dem blauen Poloshirt gäbe sie einen hübschen kleinen Charlie ab, auf Reisen mit dem frisch rasierten Paps.

Weil vorm Haus die Presse kampierte, würden sie durch den Hinterausgang verduften, über den Zaun klettern und ein paar Blocks weiter ein Auto kurzschließen. Die Polizei würde damit rechnen, dass er zur South Station führe, also würde er stattdessen zum Amtrak-Bahnhof an der Route 128 fahren und dort ein anderes Auto knacken. Die Polizei würde alle Züge in den Süden kontrollieren, denn da flüchteten schließlich alle hin, nach New York etwa, wo man leichter untertauchen konnte.

Also würde er mit dem zweiten gestohlenen Wagen in den Norden durchstarten, bis hoch nach Kanada. Er würde »Charlie« im Kofferraum verstecken, sich ein Sportjackett anziehen und eine Brille mit dicken Gläsern und schwarzem Gestell aufsetzen, einen auf Geschäftsmann machen, der über die Grenze will, um sich die Augen lasern zu lassen. Für die Grenzbeamten eine ganz alltägliche Sache.

Wenn sie erst einmal in Kanada wären, hätten sie's

geschafft. Weites Land und dichte Wälder. In irgendeiner Kleinstadt würden sie neu anfangen können, außer Reichweite für Max und weit weg von der Bostoner Polizei.

Ree hätte sich bestimmt schnell an ihren neuen Namen gewöhnt und er vielleicht eine Anstellung als Verkäufer in einem Supermarkt.

Das würde so über Jahre gutgehen können, vorausgesetzt, er verzichtete aufs Internet.

Sandy war schwanger.

Er musste etwas unternehmen.

Aber er wusste nicht, was.

Er konnte nicht weglaufen. Noch nicht. Das war ihm schnell klar. Er musste sich jetzt vor allem um Ree kümmern. Um sie drehte sich alles. Aber er wollte auch wissen, was Sandy passiert war – vielleicht hatte sie gar keine Affäre gehabt? Ihm schien es, als hätte ihm das Schicksal in den vergangenen achtundvierzig Stunden den Boden unter den Füßen weggezogen. Und jetzt lockte es den Esel mit einer Karotte.

Vielleicht war er tatsächlich Vater.

Oder aber Sandy hasste ihn letztlich abgrundtief.

Wenn er nicht weglaufen konnte, brauchte er einen Computer. Er brauchte seinen Computer und musste herausfinden, was Sandy getan hatte. Wie viel hatte ihr der dreizehnjährige Ethan beigebracht?

Zum Glück befand sich der Familiencomputer sicher versteckt in der Redaktion der *Boston Daily*. Aber wie sollte er ihn zurückholen? Die Polizei würde jetzt besser auf ihn aufpassen, und wahrscheinlich hätte er auch zwei oder drei Reporter auf den Fersen. Allein seine Anwesenheit in der Redaktion würde Argwohn erregen. Wieso ging der trauernde Ehemann zur Arbeit, und das zwei Nächte in Folge?

Wenn Ethan Hastings auspackte und sich für die Polizei der Verdacht gegen ihn, Jason, erhärtete, würde sie auch die Computer der *Boston Daily* durchsuchen. Was hatte Sandy herausgefunden? Wie viel wusste sie, ohne ihn auf das Thema angesprochen zu haben? Sie hätte doch entsetzt sein müssen. Wütend. Voller Angst und Ekel.

Aber es war kein einziges Wort von ihr zu hören gewesen.

Hatte sie zu dem Zeitpunkt schon eine Affäre gehabt? Lief alles darauf hinaus? War das, was sie ausfindig gemacht hatte, nur der äußere Anlass gewesen, mit ihrem Liebhaber durchzubrennen? Und sie wusste bereits, dass sie schwanger war. Von ihm? Von dem anderen Mann? Hatte sie den anderen vielleicht verlassen wollen, worauf es zum Streit gekommen und sie von ihm entführt worden war?

Womöglich hatte Sandy in der Nacht auf Donnerstag mit ihrem neuerworbenen, von Ethan Hastings vermittelten Wissen Jasons Computerdateien entdeckt und feststellen müssen, dass sie das Kind eines Monsters im Leib trug. Und … was dann? War sie etwa blindlings davongerannt, ohne Handtasche, ohne sich vorher umgezogen zu haben? Hatte sie das ungeborene Kind retten wollen, indem sie das andere im Stich ließ?

Das ergab keinen Sinn.

Unweigerlich kam Jason in seinen Spekulationen auf den Schüler Ethan Hastings zurück. Vielleicht war es zwischen ihm und Sandy tatsächlich zu Intimitäten gekommen. Vielleicht hatte sie ihm zu erklären versucht, dass es ein Fehler von ihr gewesen war, sich mit ihm einzulassen, was der Junge nicht verkraften konnte, nicht nach all den vielen Stunden, die sie miteinander verbracht hatten, um ihren Ehemann auszutricksen. Also war Ethan mitten in der Nacht zu ihr gegangen und …

Der jüngste Killer in der Geschichte der USA war im zarten Alter von zwölf Jahren wegen zweifachen Mordes verurteilt worden. Ethan Hastings würde also mit seinen dreizehn Jahren ebenfalls strafmündig sein und des Mordes angeklagt werden können. Allerdings gab der Tathergang einige Rätsel auf. Wie war der Junge zum Haus gelangt? Mit dem Fahrrad? Zu Fuß? Wie hätte dieses schwächliche Bürschchen die Leiche einer erwachsenen Frau verschwinden lassen können? Hatte er sie bei den Haaren aus dem Haus gezogen und über die Lenkstange geworfen?

Jason setzte sich an den Küchentresen. Ihm schwirrte der Kopf. Er war müde, hundemüde. In diesem Zustand musste er sich ganz besonders in Acht nehmen. Er durfte nicht zulassen, mit seinen Gedanken auf Abwege zu geraten, die ihn schließlich zu einem Raum führten, in dem es immer nach frisch umgegrabener Erde und moderndem Laub roch, wo ihm Hunderte von Spinnennetzen durchs Gesicht und über den Kopf streifen und dicke behaarte

Spinnen über Turnschuhe, Hosenbeine und Schultern huschen würden, um sich in Sicherheit zu bringen. Und es gab in der Dunkelheit dort weitaus Entsetzlicheres als aufgeschreckte Spinnen.

Er versuchte, an Janie zu denken, an die Art, wie sie und nur sie ihn mit herzlicher Umarmung zu Hause willkommen hieß. Er wollte sich daran erinnern, wie er auf dem Fußboden neben ihr hockte und ihr zuliebe Einhörner malte, während sie laut darüber nachdachte, wie wichtig die Farbe Purpur sei und wie schön es wäre, in einem Schloss zu leben.

Er wollte sich an ihren zwölften Geburtstag erinnern, als er ihr von all seinem Ersparten eine Reitstunde spendiert hatte, weil es sich die Eltern nicht leisten konnten, ihr ein Pony zu kaufen.

Und er wollte glauben, dass sie am Morgen seines achtzehnten Geburtstags nicht geweint hatte, weil er wieder einmal verschwunden war. Dass er seiner kleinen Schwester nicht das Herz gebrochen hatte.

Denn er hatte damals eine Lehre begonnen und gelernt, dass die Familie einer vermissten Person nicht weniger leiden musste als die vermisste Person selbst, dass mit so vielen Fragen zu leben schwieriger war, als die Person zu sein, die alle Antworten kannte.

Und er lernte, wie groß die Angst vor dem Schreckgespenst sein konnte, wenn es in einem selbst wohnte. Das Monster aus seiner Jugend war, wie auch immer, zurückgekehrt, um ihm die Familie zu nehmen.

Jason ging im Wohnzimmer auf und ab, zwanzig, dreißig Minuten lang. Die Uhr tickte, und die Zeiger rückten immer näher auf einen weiteren Morgen ohne seine Frau zu.

Max würde wiederkommen.

So auch die Polizei.

Noch mehr Presse. Weitere Fernsehberichte und Talkshows wie die von Greta Van Susteren oder Nancy Grace. Sie würden auf ihre Weise Druck ausüben. Die Schlagzeilen: *Schöne Frau seit Tagen vermisst. Der rätselhafte Ehemann und seine dunkle Vergangenheit.* Man würde darin herumwühlen und ihn zur Schau stellen. Und irgendwo in Georgia gäbe es Leute, die zum Telefonhörer greifen würden, weil sie etwas über ihn wussten.

Dann hätten sowohl Max als auch die Polizei gute Gründe, ihm das Sorgerecht als Vater abzuerkennen. Wann würde es so weit sein? Gegen Mittag? Um zwei? Oder passend zur besten Sendezeit? Mancher Nachrichtensprecher würde seinen Stern aufsteigen sehen.

Und Jason … Wie um alles in der Welt sollte er seiner Tochter Lebewohl sagen?

Was würde aus ihr werden, ohne Mutter, ohne den Vater, den sie kannte?

Er musste etwas unternehmen.

Sandy war schwanger.

An den Computer war nicht ranzukommen. Den Jungen Ethan Hastings konnte er nicht zur Rede stellen. Er konnte nicht davonlaufen. Was tun? Was tun?

Kurz nach zwei in der Nacht fasste er einen Entschluss. Eine andere Möglichkeit blieb ihm nicht.

Er würde Ree, schlafend in ihrem Bett, allein zurücklassen müssen, was ihr in ihren vier Jahren kein einziges Mal zugemutet worden war. Was, wenn sie aufwachte? Was, wenn niemand im Haus war und sie hysterisch zu schreien anfangen würde?

Oder was, wenn da doch jemand wäre und im Schatten darauf lauerte, dass Jason einen Fehler machte, auf eine günstige Gelegenheit, um an Ree heranzukommen. Sie wusste etwas über das, was in der Nacht auf Donnerstag geschehen war. Die Ermittlerin war davon überzeugt und er auch. Wenn jemand Sandy entführt hatte und dieser Jemand fürchten musste, von Ree gesehen worden zu sein …

D. D. hatte versprochen, das Haus observieren zu lassen. War es ein Versprechen oder eine Drohung? Von beidem etwas, hatte er gehofft.

Jason ging nach oben und zog sich um. Mit schwarzer Jeans und einem schwarzen Sweatshirt hielt er noch einmal kurz vor Rees Tür an und lauschte angestrengt. Als er die Stille nicht länger aushalten konnte, öffnete er leise die Tür, weit genug, um sich vergewissern zu können, dass seine vierjährige Tochter noch lebte.

Sie schlief, in sich zusammengerollt, das Gesicht verdeckt von einem Arm. Mr Smith lag in ihrer Kniebeuge.

Und Jason erinnerte sich ganz deutlich an den Moment, als er sie zur Welt hatte kommen sehen. Runzlig, klein und bläulich. Mit zitternden Fäusten und gekräuselten Lippen, über die ein winziges Wimmern kam. Er hatte sich sofort mit Haut und Haaren in sie verliebt. In seine Tochter, sein einziges Wunder.

»Du gehörst mir«, flüsterte er.
Sandy war schwanger.
»Ich beschütze dich.«
Sandy war schwanger.
»Ich beschütze dich ganz und gar.«
Er verließ das Haus und lief die Straße hinab.

24. Kapitel

Weißt du, woran man sich im Knast am allerwenigsten gewöhnen kann? An die Geräuschkulisse. An den ununterbrochenen Lärm, den Männer machen, rund um die Uhr, und das an sieben Tagen die Woche. Männer grunzen, furzen, schnarchen, wichsen, schreien. Die Durchgeknallten faseln ständig irres Zeug. Aber auch sonst wird geredet und geredet und geredet, selbst auf dem Topf, als wäre es irgendwie leichter, unter den Blicken der anderen zu scheißen, wenn man dabei irgendeinen Schwachsinn erzählte.

Während der ersten vier Wochen habe ich kein Auge zugetan, so überwältigend waren der Gestank, das, was ich sah, und vor allem der grauenhafte Lärm, der keine Pause macht und einem nicht einmal dreißig Sekunden Ruhe gönnt, in denen man sich einbilden könnte, woanders zu sein als hinter Gittern.

In der dritten Woche wurde ich zum ersten Mal besprungen. Ich hab's kommen hören, auf weichen Gummisohlen hinter mir. Es folgten weitere altehrwürdige Knastgeräusche – das Klatschen einer Faust, das Krachen, wenn Knochen auf Betonziegel prallen, und das Gegröle der anderen Zootiere, wenn da einer mit heruntergerissener Anstaltshose auf den Knien kauerte und zwei, drei, manchmal auch ein halbes Dutzend Typen von hinten drauflosrammeln.

In der vierten Woche besuchte mich Jerry. Er war der einzige Besucher, den ich hatte. Mein Stiefvater saß mir gegenüber, betrachtete mein blaugeschlagenes Gesicht, sah wohl auch, dass ich wie irre vor mich hin starrte, und fing zu lachen an.

»Sag ich doch, du miese kleine Schwuchtel überstehst hier keinen Monat.«

Dann ging er.

Ihm verdanke ich, dass ich eingebuchtet wurde. Er fand die Briefe, die ich an »Rachel« geschrieben hatte, und rief die Cops, nachdem er mich zur Schnecke gemacht und mit der Blechbüchse nach mir geworfen hatte, in der ich meine persönlichen Sachen aufbewahrte. Das Ding traf mich über dem Auge. Danach drosch er mit Fäusten auf mich ein.

Jerry war knapp eins neunzig und an die hundert Kilo schwer, früher in der Highschool ein Footballstar, später zum Geldverdienen auf Hummerfang, bis er zwei Finger verlor und sich darauf verlegte, Frauen auf der Tasche zu liegen. Meine Mom war die erste. Sie starb, als ich sieben war, aber er fand schnell Ersatz. Ich hatte meinen Platz in der Familie, die keine war, und musste als kleiner blonder Junge die Tussis für ihn anbaggern. Denen sagte ich zwar, dass ich gar nicht sein Sohn bin, aber das interessierte sie nicht. Offenbar sind Witwer enorm sexy, selbst solche, die einen Bierbauch und nur noch acht Zähne haben.

Wie gesagt, Jerry prügelte auf mich ein. Der erste Faustschlag hatte mich schon niedergestreckt, aber er landete, gründlich, wie er war, zwanzig weitere. Während ich am Boden lag und Blut spuckte, rief er die Cops, damit sie für ihn die Müllabfuhr spielten.

Die Cops kamen ins Haus, nickten Jerry kurz zu und glotzten mich an.

»Der ist es?«

»Allerdings, 'ne kranke Sau. Das Mädchen ist erst vierzehn.«

Sie hievten mich vom Boden hoch. Ich hustete immer noch Blut und konnte mich kaum auf den Beinen halten, aber sie zerrten mich nach draußen.

Plötzlich tauchte Rachel auf. Sie war gerade mit dem Bus von der Schule gekommen und spazierte, ganz in Gedanken versunken, aufs Haus zu. Als sie die Cops und mich vor der Tür stehen sah, fiel ihr die Kinnlade herunter. Mit Blick auf meine gebrochene Nase und die dick angeschwollenen Augen fing sie zu schreien an.

Ich wollte ihr sagen: Mach dir nichts draus.

Ich wollte ihr sagen: Es tut mir leid.

Ich wollte ihr sagen, dass ich sie liebe und deshalb auf die Schmerzen und alles pfeifen kann. So sehr würde ich sie lieben.

Aber dazu kam ich nicht mehr. Mir wurde schwarz vor Augen. Und als ich wieder zu Bewusstsein kam, lag ich in einer Zelle. Rachel sah ich nie wieder.

Auf Anraten des Staatsanwalts habe ich mich für schuldig erklärt, um ihr eine Vorladung vor Gericht zu ersparen. Damit gab ich meine Freiheit auf. Meine Zukunft.

Und dann musste ich mir auch noch sagen lassen, dass es keine richtige Liebe gewesen wäre.

Ich weiß, was heute Abend ablaufen wird, und das schmeckt mir überhaupt nicht. Ich bekomme Besuch – von der hübschen Polizistin, die auf mich scharf ist wie ein Hund auf einen Knochen, und von den Jungs aus der Werkstatt, mit Baseballschlägern und Münzrollen in den Fäusten. Auch sie haben diesen Blick; ihnen trieft schon fast der Geifer aus den Lefzen.

Am Nachmittag hat mich Wendell angerufen, der blöde Blitzer aus der Therapiegruppe. Wir dürfen eigentlich keinen persönlichen Kontakt untereinander haben, aber ich wette, Wendell hat irgendeinen Armleuchter bestochen, um an meine Nummer zu kommen. Er hat die Pressekonferenz gesehen und wollte, dass ich ihm was über die verschwundene Frau erzähle. Nicht, dass er mich für unschuldig hielte, bewahre. Er hat auch nicht etwa angerufen, um mir Hilfe anzubieten. Nein, er wollte Details, wollte ganz genau beschrieben wissen, wie Sandra Jones aussieht, wie ihre Stimme klingt und wie es sich für mich angefühlt hat, als sie ihren letzten Schnaufer machte. Für ihn steht fest, dass ich sie getötet habe. Was ihn aber nicht weiter juckt. Er wollte nur ein bisschen Stoff für seine Phantasien, die er sich beim Wichsen ausmalt.

Jeder macht sich ein Bild von mir. Davon habe ich die Schnauze voll.

Also gebe ich mir die Kante. Scheiß auf die Bewährungsauflagen. Ich werde ja sowieso wieder eingelocht.

Und weil's nun schon eine kleine Tradition ist, dass ich für Sachen brummen muss, die ich nicht getan habe, bin ich so frei und lasse mich volllaufen. Kein Bier. Ich halte mich gleich an das richtige Zeug.

Maker's Mark Whiskey. Den hat auch mein Stiefvater immer gesoffen. Am ersten Abend mit Rachel habe ich mich an seinen Vorräten bedient und uns beiden einen riesigen Cocktail mit Limonade gemixt. Was machen zwei gelangweilte Kids nach der Schule, wenn nicht Schnaps von den Eltern klauen?

Ich kaufe zwei Flaschen und renne nach Hause, um keine Sekunde Zeit zu verlieren. Wenn ich schon mal über die Stränge schlage, dann richtig und ausführlich. Nach dem ersten Schluck aus der Flasche huste ich mir fast die Lunge aus dem Hals. Ich bin noch nie ein strammer Trinker gewesen und habe ganz vergessen, wie höllisch Whiskey in der Kehle brennt.

»Leckomio!«, krächze ich, bleibe aber standfest und halte mich ran.

Ein Dutzend Schlucke später fühlt sich mein Magen schön warm an, und ich werde schon ruhiger, bin geradezu entspannt. Genau in der richtigen Stimmung für das, was ich nun vorhabe.

Ich gehe in meinen Einbauschrank, werfe alle Klamotten zur Seite und krame meine Blechbüchse hervor, das Ding, auf das Officer Blondie anscheinend gestoßen ist. Sie wird mir deswegen Fragen stellen wollen. Soll sie ruhig.

Ich klemme mir die Büchse, das letzte Überbleibsel

meines alten Lebens, unter den Arm und wanke hinaus in den Hinterhof. Es ist kalt und dunkel. Ich sollte einen Sweater überziehen. Irgendwas anderes als den weißen Lappen, den ich sonst immer trage. Stattdessen genehmige ich mir noch einen Schluck aus der Pulle. Das geht warm runter bis in die Zehen, yes, Sir.

Ich breche das Schloss auf. Drinnen liegen Notizen. Keine Ahnung, warum Jerry sie nicht weggeworfen hat. Kann auch sein, dass sich Rachel die Büchse geschnappt und in Sicherheit gebracht hat, noch am selben Nachmittag, als die Polizei da war.

Und vielleicht war sie es auch, die mir die Büchse zurückgebracht hat. Ich kam eines Abends von Vitos Werkstatt nach Hause, und, zack, da lag sie, direkt vor der Tür. Unverpackt und ohne Notiz. Nicht mal 'ne Visitenkarte war dabei. Ich bin mir sicher, dass sie es war. Wer hätte es sonst sein sollen? Und ich habe mir ausgerechnet, dass sie jetzt siebzehn ist, alt genug, um sich ans Steuer setzen und von Portland nach Boston fahren zu können.

Vielleicht hat sie meine Adresse auf den Schecks gelesen, die ich Jerry zukommen lasse, und als sie wusste, wo ich wohne, wollte sie mir einen Besuch abstatten, sehen, wie's mir geht.

Hat sie die Briefe gelesen? Haben sie geholfen zu verstehen, warum ich mich damals so und nicht anders verhalten habe?

Ich habe mir während der ersten Wochen den Inhalt der Büchse immer wieder angesehen und festgestellt, dass die Briefe vollzählig sind, so auch meine albernen Dichtversuche, die Karte, die ich schrieb, als sie Fieber hatte, und all die Verse, die ich zu drechseln versucht habe, obwohl ich mich mehr um meine Arbeit in der Werkstatt hätte kümmern sollen. Ich habe hoffnungsvoll nach Randnotizen von ihr gesucht, nach Spuren von Lippenstift oder Fettflecken von ihr.

Eines Abends besprühte ich die Briefe mit Zitronensaft, denn ich hatte eine Episode von *MythBusters* gesehen, in der mit Hilfe von Zitronensäure verblichene Tinte wieder sichtbar gemacht wird. Fehlanzeige.

Mir blieb nichts anderes übrig, als auf ihre Rückkehr zu warten, Tag für Tag. Sie wusste ja, wo ich wohne, und ich flehte den Himmel an, sie wiedersehen zu dürfen, und sei es nur für fünf Minuten, um mit ihr zu sprechen, ihr alles zu erklären oder sie einfach nur … zu sehen.

Aber das Warten war so vergeblich wie die Suche nach irgendwelchen Randnotizen auf den Briefen. Es kam nichts dabei rum.

Und ich frage mich jetzt immer noch, so wie an jedem einzelnen verfluchten Tag im Knast: Hat sie mich jemals geliebt?

Ich kippe mir einen kräftigen Schluck Maker's Mark hinter die Binde, reiße, noch ehe mir das Zeug in der Kehle brennt, ein Streichholz an und lasse der Welt kostbarste Sammlung von Liebesbriefen in Flammen aufgehen. Damit es richtig abgeht, schütte ich noch ein gerütteltes Maß an Whiskey drüber.

Und bereue sofort.

Ich greife mit bloßen Händen ins Feuer, will retten, was

zu retten ist, und verbrenne mir die Pfoten dabei. Das Papier wellt sich und zerfällt unter meinen Fingern. Schmauchende Asche wirbelt auf.

»Nein!«, heule ich wie von Sinnen. »Nein, nein, komm zurück, nein.«

Auf wackligen Beinen und mit den angeflämmten Armen rudernd, jage ich den fliegenden brennenden Fetzen im Hof nach, und plötzlich, zum ersten Mal seit langem, höre ich wieder diese Geräusche.

Knastgeräusche vergisst man nie.

Ich höre sie. Sie kommen von der anderen Seite des Hofes.

Meine Haare brennen, und wahrscheinlich ist es das, was meinem Nachbarn das Leben rettet: mein Schweinsgalopp durch den Hinterhof, meine wild um sich schlagenden Arme, während auf meinem Kopf gelbrote Flammen sprießen.

Ich torkele um die Ecke und sehe mich plötzlich drei Typen gegenüber.

»Aidan«, sagt einer, reichlich verblüfft. Sein Name ist Carlos. Ich erkenne ihn sofort an seiner Stimme: Er arbeitet in der Werkstatt.

Alle glotzen gleichzeitig auf den schwarzen Haufen auf dem Gehweg. »Oh, Scheiße«, sagt der zweite.

»Aber wenn der da Aidan ist –« Der dritte Typ ist offenbar nicht der Hellste. Er steht mit einem Stiefel auf dem Rücken des Mannes, der am Boden liegt, und hält den rechten Arm zurück, mit dem er gerade zuschlagen wollte.

Ich merke in diesem Moment, dass ich noch die Flasche Maker's Mark in der Hand halte, und tue das einzig Vernünftige. Ich zerschlage sie an der Ecke von Mrs H's vinylverkleidetem Haus, hebe die schartigen Glasreste am Flaschenhals über den Kopf und fange, von billigem Fusel und enttäuschter Liebe aufgedreht, wie ein Berserker zu schreien an.

Drei schwarzgekleidete Gestalten stieben auseinander. Carlos ist am schnellsten weg. Nummer drei erweist sich ein weiteres Mal als langsam, und das nicht nur im Kopf. Ich erwische ihn mit meiner Verlegenheitswaffe am Oberarm. Er kreischt wie eine Katze, als ich ihm Blut abnehme.

»Scheiße, Scheiße, Scheiße«, schreit Nummer zwei. Ich ziele auf ihn, er springt zur Seite. Mein zweiter Versuch trifft auf seinen Oberschenkel. »Carlos!«, brüllt er jetzt. »Carlos, Carlos, wo bist du?«

Ich tobe. Ich bin betrunken, stinksauer und habe die Schnauze voll davon, immer nur Fußabtreter zu sein. Der Hornochse kriegt sein Fett weg, und auch der Schreihals kommt nicht zu kurz. Das Einzige, was den beiden die Haut rettet, ist der Umstand, dass ich selbst nüchtern eine absolute Niete im Nahkampf bin. Ich stehe voll unter Strom, kann aber nicht zielen.

Die beiden Armleuchter entkommen schließlich meiner Tobsucht und verschwinden dahin, wo Carlos längst ist, nämlich in Sicherheit. Ich schlage weiter mit rotierenden Armen ins Leere und fluche, was das Zeug hält, bis mir auffällt, dass ich schrecklich stinke, und meine Schwarte schmerzt wie verrückt.

Ich lasse den Flaschenhals fallen, springe mitten auf der Straße auf und ab und versuche, den Schwelbrand meiner Haare zu löschen.

»Scheiße, Scheiße, Scheiße«, schreie diesmal ich wie ein Idiot und patsche auf meinem Kopf herum, bis ich glaube, das Schlimmste überstanden zu haben. Ich bin völlig außer Atem, komme allmählich wieder zu mir und registriere nach und nach das volle Ausmaß meiner kriminellen Orgie. Ich bin betrunken. Ich habe einen Großteil meiner Haare in Rauch aufgehen lassen. Meine Arme sind voller Ruß und Brandblasen. Mir tut der ganze Körper höllisch weh.

Der schwarze Haufen auf dem Gehweg kehrt langsam und stöhnend ins Leben zurück.

Ich gehe auf ihn zu, drehe ihn auf den Rücken.

Und begegne meinem Nachbarn Jason Jones.

»Was zum Teufel haben Sie um diese Zeit hier draußen verloren?«, will ich zehn Minuten später von ihm wissen. Ich habe Jones in meine Wohnung geschleppt, auf Mrs H's geblümtes Sofa gehievt und mit zwei Eiskompressen verarztet, eine auf dem Kopf, die andere auf dem linken Rippenbogen.

Sein linkes Auge ist geschwollen, und es scheint, dass er heute schon einmal Prügel bezogen hat, denn sein Kopf ist bandagiert.

»Haben Sie nicht mehr alle Tassen im Schrank?« Ich bin von meinem Adrenalinkick halbwegs runter, marschiere vor der Kochnische auf und ab und schnippe an meinem Gummiband herum. Am liebsten hätte ich mich gehäutet.

»Was haben Sie mit Ihren Haaren angestellt?«, krächzt Jones.

»Vergessen Sie meine Haare. Was zum Teufel fällt Ihnen ein, wie ein Vorstadtninja verkleidet auf der Straße rumzuschleichen? Reicht Ihnen der Affenzirkus vor Ihrem Haus etwa nicht?«

»Sie meinen die Presse?«

»Die Kannibalen.«

»Treffender Vergleich. Ich bin nämlich selber einer von denen und komme mir jetzt vor wie deren fette Beute.«

In meiner momentanen Verfassung gehen mir *treffende Vergleiche* am Arsch vorbei. »Was hatten Sie eigentlich vor?«

»Ich wollte zu Ihnen.«

»Warum?«

»Sie sagten, Sie hätten etwas gesehen in der Nacht, als meine Frau verschwunden ist. Ich will wissen, was.«

»Ach, hätten Sie denn nicht einfach zum Hörer greifen und mich anrufen können?«

»Ich will mich mit eigenen Augen davon überzeugen, ob Sie lügen oder nicht.«

»Blödsinn. Sie können mir ins Gesicht starren, solange Sie wollen, und sind nicht schlauer als vorher.«

»Lassen wir's drauf ankommen«, sagt er leise, und da blitzt was in seinem fast zugeschwollenen Auge, das mir mehr Angst macht als die drei Schläger, die ihm soeben das Fell gegerbt haben.

»Ach ja?« Ich mache einen auf Macho. »Wenn Sie so ein harter Brocken sind, warum war *ich* es, der dem Schlägertrupp Beine gemacht und Ihren erbärmlichen Arsch vom Pflaster gekratzt hat?«

»Ich bin von hinten angefallen worden«, entgegnet er kläglich und rückt das Eispaket zurecht. »Was waren das überhaupt für Typen, Ihre Freunde?«

»Nein, nur ein paar Armleuchter, die rausgefunden haben, dass ein vorbestrafter Sittenstrolch in ihrer Nachbarschaft wohnt. Die kommen bestimmt wieder, morgen Nacht, gleiche Zeit, selbe Stelle. Sie könnten diesmal Zaungast sein.«

»Tun Sie sich selber leid?«, fragte er ruhig.

»Allerdings.«

»Das erklärt den Whiskey.«

»Ich hab noch 'ne Flasche. Wollen Sie einen?«

»Ich trinke nicht.«

Der Kerl bringt mich auf die Palme. »Herr Saubermann persönlich, was? *Don't drink, don't smoke, what do you do? … Goody two, goody two, goody two shoes.*«

Jones gafft mich entgeistert an.

»Kennen Sie etwa nicht?«, frage ich. »Das ist Adam Ant. Aus den Achtzigern. Wo sind Sie aufgewachsen? Hinterm Mond?«

»Im Souterrain, um genau zu sein. Und Sie sind viel zu jung, um sich an die Achtziger zu erinnern.«

Zu spät wird mir klar, dass ich zu viel preisgebe. »Ich kannte da dieses Mädchen«, murmele ich schulterzuckend. »Sie stand auf Adam Ant.«

»Das Mädchen, das Sie vergewaltigt haben?«, fragt er wie nebenbei.

»Halten Sie doch Ihr Maul! Es kotzt mich an, dass sich jeder anmaßt, alles über mich und mein verdammtes Sexleben zu wissen. So war's nicht.«

»Ich habe mich über Sie erkundigt«, setzt er ungerührt nach. »Sie hatten Sex mit einer Vierzehnjährigen. Von Rechts wegen kommt das einer Vergewaltigung gleich. Es war also doch so.«

»Ich habe sie geliebt!«, platzt es aus mir heraus.

Er starrt mich an.

»Wir hatten was ganz Besonderes miteinander. Es ging nicht nur um Sex. Wir haben uns gegenseitig gebraucht und waren füreinander da, weil es sonst niemanden für uns gab. Das ist etwas Besonderes, verdammt. Das ist *Liebe.*«

Er starrt mich an.

»Ja, das ist es. Man kann nicht aussuchen, in wen man sich verliebt. So einfach ist das.«

Er macht den Mund auf. »Päderasten, so unterschiedlich sie auch gestrickt sein mögen, haben eins miteinander gemein, nämlich das Unglück, dass sie ihre erste sexuelle Erfahrung mit einem Erwachsenen hatten, als sie fünfzehn waren oder jünger.«

Ich schließe die Augen. »Ach, leck mich doch«, sage ich müde. Dann sehe ich die zweite Flasche Maker's Mark auf dem Tisch stehen und mache mich an dem Verschluss zu schaffen, obwohl mir so schlecht ist, dass ich eigentlich gar nichts mehr will.

»Sie hätten das Mädchen nicht anrühren dürfen«, labert er weiter. »Zurückhaltung wäre der größere Liebesbeweis gewesen. Ihr zu gönnen, dass sie unbefangen erwachsen werden kann. Aus einer einsamen, verletzlichen Schülerin den eigenen Vorteil herauszuschlagen hat nichts mit Liebe zu tun.«

»Von mir aus können Sie wieder nach draußen gehen und sich zusammenschlagen lassen«, entgegne ich. »Vielleicht kommt ja ein anderer vorbei und rettet Sie.« Aber er scheint noch nicht fertig zu sein.

»Sie haben das Mädchen verführt. Wie? Mit Drogen, Alkohol, Schmeicheleien? Sie haben es vorsätzlich getan. Sie waren der Ältere, hatten Erfahrung und Geduld auf Ihrer Seite. Sie haben auf eine passende Gelegenheit gewartet, darauf etwa, dass sie aus irgendeinem Grund traurig war und Sie ihr als Helfer in der Not beistehen konnten. Sie haben angeboten, ihr den Rücken zu massieren. Vielleicht haben Sie ihr einen Drink eingeschüttet. ›Hier, nimm mal ein Schlückchen‹, haben Sie ihr gesagt. ›Danach sieht alles schon viel besser aus.‹ Ich kann mir vorstellen, dass ihr mulmig wurde. Wahrscheinlich hat sie Sie gebeten, aufzuhören –«

»Schnauze!«, warne ich ihn.

Er redet weiter. »Ja, sie hat ganz bestimmt gesagt, dass Sie aufhören sollen, aber das war Ihnen egal. Sie haben Ihre Chance gewittert und weiter an ihr herumgefummelt. Was kann sie schon tun? Sie ist erst vierzehn und weiß gar nicht richtig, was sie will. Im Gegenteil, sie ist total durcheinander, befangen und verlegen –«

Ich gehe auf ihn zu und schlage ihm mit dem Handrücken ins Gesicht. Es klatscht überraschend laut. Sein

Kopf fliegt zur Seite. Die Eiskompresse landet auf dem Polsterschoner. Er reibt sich das Kinn, wirkt dabei irgendwie nachdenklich und legt sich dann das Eis wieder auf die Stirn.

Mir wird schummerig, als ich ihm in die Augen sehe. Er verzieht keine Miene. Ich auch nicht.

»Sagen Sie mir, was Sie in der Nacht auf Donnerstag gesehen haben«, sagt er leise.

»Ein Auto, das aus Ihrer Einfahrt kam.«

»Was für ein Auto?«

»Eins mit vielen Antennen obendrauf. Vielleicht ein Servicewagen. Limousine, dunkel.«

»Was haben Sie der Polizei gesagt?«

»Dass Sie ein gemeingefährliches Arschloch sind«, spucke ich aus. »Dass Sie mich anschwärzen wollen, um Ihre armselige Haut zu retten.«

Er mustert meine Hände und Unterarme. »Was haben Sie draußen im Hof verbrannt?«

»Das geht Sie nichts an.«

»Sammeln Sie Pornos, Aidan Brewster?«

»Auch das geht Sie nichts an.«

Jones legt die Eiskompresse ab und steht auf. Ich weiche unwillkürlich zurück. Grund dafür sind diese dunklen, blutunterlaufenen Augen. Vielleicht ist es nur ein Déjà-vu-Erlebnis, aber irgendwie habe ich das Gefühl, diese Augen schon mal gesehen zu haben. Vielleicht im Knast. Vielleicht bei dem ersten Kerl, der mich zu einem Haufen Elend zusammengeschlagen hat. Mir dämmert zum ersten Mal, dass mein Nachbar nicht ganz koscher ist.

Jones kommt näher.

»Nein«, höre ich mich schreien. »Ich habe Liebesbriefe verbrannt, Mann. Persönliche Aufzeichnungen. Wie gesagt, ich bin nicht pervers.«

Er sieht sich in meiner Wohnung um. »Haben Sie einen Computer, Aidan?«

»Nein, verdammt. So 'n Ding darf ich nicht mal haben. Bewährungsauflage.«

»Halten Sie sich aus dem Internet heraus«, sagt er. »Ich warne Sie. Ein Besuch in einem dieser Chatrooms, eine versuchte Kontaktaufnahme mit irgendeinem Backfisch, und ich mache Sie fertig. Sie werden Ihre eigene Zunge schlucken, um mich abzuschütteln.«

»Wer zum Teufel sind Sie eigentlich?«

Er beugt sich mir entgegen. »Ich bin der, der weiß, dass Sie Ihre eigene Stiefschwester vergewaltigt haben, Aidan, der weiß, warum Sie Ihrem Stiefvater Woche für Woche hundert Dollar überweisen, und der außerdem weiß, wie Ihre sogenannte Liebe der inzwischen magersüchtigen jungen Frau, Ihrem Opfer, zeit ihres verkorksten Lebens zusetzen wird.«

»Aber das können Sie gar nicht wissen«, erwidere ich blöderweise. »Das weiß niemand. Ich war am Lügendetektor angeschlossen und habe alle Tests bestanden.«

Er schmunzelt, aber irgendetwas an seinem Blick und diesen leeren Augen jagt mir kalte Schauer über den Rücken. Er wendet sich ab und geht durch den Flur.

»Sie liebt mich«, rufe ich ihm kleinlaut nach.

»Hätte sie sich dann nicht längst wieder bei Ihnen gemeldet?«

Jones zieht die Haustür hinter sich zu. Ich stehe allein in meiner Wohnung, habe die verbrannten Hände zu Fäusten geballt und bin voller Hass auf diesen Kerl und seine Chuzpe. Mit einer Mordswut im Bauch setze ich die zweite Flasche Maker's Mark an den Hals und mache Nägel mit Köpfen.

25. Kapitel

Am Anfang machten mir vor allem zwei Dinge zu schaffen: Wie sollte ich Ethan Hastings meine Fragen stellen, ohne ihn argwöhnisch zu machen, und wie konnte ich in der knappen freien Zeit, die ich hatte, mein Komplott schmieden? Für beide Probleme fand ich eine überraschend einfache Lösung.

Ich traf mich mit Ethan tagtäglich während meiner Freistunde. Meine Begründung war, dass ich an einem Lehrplan für Internetnutzung für die sechste Klasse arbeite. Unter diesem Vorwand war es kein Problem, ihm all das zu entlocken, was ich wissen wollte.

Online-Sicherheit stand auf meinem Fragenkatalog ganz oben. Es durfte ja schließlich nicht sein, dass Sechstklässler Pornoseiten besuchten, oder? Ethan zeigte mir, wie man Zugriffsrechte auf Benutzerkonten konfigurierte und den Browser so einstellte, dass bestimmte Seiten nicht aufgerufen werden konnten.

Als Ree im Bett war, schaltete ich den Computer ein und machte mich an die Arbeit. Ich öffnete das Sicherheitsfenster von AOL und erlaubte mir uneingeschränkten Zugriff. Später, ich lag schon im Bett, fiel mir ein, dass Jason womöglich gar nicht über AOL ins Netz ging sondern den Internet Explorer oder einen anderen Browser benutzte.

Am nächsten Tag traf ich mich wieder mit Ethan.

»Gibt es die Möglichkeit, auf einem Computer nachzuverfolgen, welche Websites aufgesucht wurden? Wäre ganz praktisch, denn damit ließe sich sicherstellen, dass die Kinder nicht auf Abwege geraten und ihr Schutz gewährleistet ist.«

Ethan erklärte, dass, wenn man eine Website aufruft, automatisch eine Profildatei, ein sogenanntes Cookie, sowie eine temporäre Kopie der jeweiligen Webseiten auf dem Computer gespeichert werden. Gleichzeitig legt der Browser eine Chronik an, die dokumentiert, welche Wege der Nutzer gegangen ist.

Ich musste fünf weitere Abende darauf warten, dass Ree im Bett lag und Jason in der Redaktion war. Ethan hatte mir gezeigt, wie man den Verlauf der letzten Sitzungen aufrufen konnte und nachverfolgen, welche Seiten besucht worden waren. Das machte ich und fand die Einträge: www.drudgereport.com, www.usatoday.com und www.nytimes.com.

Ziemlich wenig dachte ich, denn auf dem Computer in der Schule hatten wir um die fünfzehn Adressen gefunden. Also öffnete ich den Internet Explorer und schaute hier im Verlauf nach, der mir allerdings dasselbe Ergebnis anzeigte.

Ich war verblüfft.

In der Folgezeit machte ich immer wieder Stichproben, sooft ich die Möglichkeit hatte, hinter Jasons Rücken einen Blick in die Browser-Chronik zu werfen. Doch jedes Mal fand ich dieselben drei Adressen, was keinen Sinn für mich ergab. Jason verbrachte Stunden vor dem Computer und las dabei gewiss doch nicht bloß Nachrichten.

Drei Wochen später kam mir eine Idee. Ich stellte mir eine Rechercheaufgabe für den Gemeinschaftskundeunterricht und suchte nach den fünf Freiheitsrechten, die unsere Verfassung garantiert. Google nannte mir eine Fülle von Adressen. Ich besuchte Sites zum Thema Geschichte, Seiten der Regierung, Wikipedia und dergleichen mehr. Als ich mir anschließend die Chronik anschaute, sah ich die vollständige Liste aller aufgerufenen Adressen.

Am nächsten Tag hielt ich in meiner Klasse einen Stegreifvortrag über Redefreiheit, Religionsfreiheit, Pressefreiheit, Versammlungsfreiheit und das Petitionsrecht.

Nach Hause zurückgekehrt, konnte ich es kaum abwarten, dass Ree im Bett lag und ich den Computer einschalten konnte.

Und was finde ich in der Chronik? Wieder nur diese drei Adressen: von Drudge Report, USA Today und New York Times. Alles, was ich vor vierundzwanzig Stunden aufgerufen hatte, war verschwunden. Gelöscht.

Mein Mann verwischte seine Online-Spuren.

Am nächsten Tag stellte ich Ethan meine Frage, kaum dass er das Computerlabor betreten hatte.

»Ich habe gestern nach der Schule mit einer Kollegin gesprochen, und sie meinte, dass es nicht ausreicht, die Browser-Chronik zu kontrollieren, weil sich nachträglich daran herumpfuschen lässt. Wie ist das möglich?«

Ich zuckte ratlos mit den Achseln, worauf sich Ethan sofort vor den nächstbesten Computer setzte und ihn einschaltete.

»Kein Problem, Mrs Jones. Man löscht einfach zum Ende

einer jeden Sitzung Cache und Verlauf. Hier, ich zeig's Ihnen.«

Ethan rief die Website von National Geographic auf, verließ sie gleich wieder und erklärte mir, was man tun muss, um anschließend seine Spur wieder verschwinden zu lassen.

»Ich kann also gar nicht wirklich nachprüfen, wo sich unsere Schüler herumtummeln. Jeder, der weiß, wie man den Verlauf löscht, kann alle möglichen Seiten besuchen, ohne dass man ihm auf die Schliche kommt.«

»Sie haben doch vorher Ihre Sicherheitssperren eingerichtet«, versuchte mich Ethan zu beruhigen.

»Aber die lassen sich ja auch knacken. Das hast du mir gezeigt. Es scheint, wir können nicht wirklich überprüfen, was unsere Schüler online so treiben. Vielleicht ist unser Internetkurs keine gute Idee.«

Ethan dachte nach. Er ist ein cleveres Kerlchen. Ernst, aber auch sehr einsam. Ich glaube, seine Eltern, die ihn bestimmt sehr gernhaben, wissen nicht so richtig mit ihm umzugehen. Er ist so gescheit, dass selbst manche Erwachsene Angst vor ihm bekommen. Jungs wie er haben während ihrer ersten zwanzig Jahre nicht viel zu lachen, aber dann gründen sie ihr eigenes Software-Unternehmen, heiraten ein Supermodel und fahren Ferrari.

Aber so weit ist Ethan noch lange nicht, und er tut mir leid, weil er keinen Anschluss hat und als Sonderling ausgegrenzt wird.

»Wenn man etwas auf einem Computer löscht, ist es nie wirklich verschwunden«, sagte er.

Ich schüttelte den Kopf. »Das verstehe ich nicht.«

Er schmunzelte. »Aber so ist es, denn Computer sind von Natur aus faul.«

»Ach was.«

»Ja. Seine wichtigste Aufgabe besteht darin, Daten zu speichern. Die Festplatte ist im Grunde nichts anderes als eine riesige Bibliothek voll leerer Regale. Als Nutzer stellen Sie nun Bücher in diese Regale, also Ihre Dokumente und Dateien, auf die Sie dann jederzeit zurückgreifen können.«

»So weit kann ich dir folgen.«

»Wie jede Bibliothek legt auch der Computer ein Verzeichnis an, damit das, was man später sucht, möglichst schnell gefunden werden kann. Verstanden?«

»Verstanden«, antwortete ich.

Ethan strahlte. Wir hatten die Rollen getauscht; er war mein Lehrer und ich seine gelehrige Schülerin. Er setzte seinen Unterricht fort: »Und an dieser Stelle ist der Computer faul. Wenn der Nutzer ein Dokument löscht, geht der Computer nicht etwa den langen Weg durch die Regale ab, um das Buch herauszunehmen, sondern streicht einfach den entsprechenden Eintrag im Verzeichnis durch. Das Buch bleibt, wo es steht, lässt sich aber jetzt nicht mehr ohne weiteres wiederfinden.«

Ich musterte meinen rothaarigen Partner staunend und fragte: »Soll das heißen, dass die Kopien der Internet-Files immer noch irgendwo im Computer stecken, selbst wenn ich Cache und Verlauf gelöscht habe?«

Er schmunzelte wieder. »Sie haben's begriffen.«

Auch ich strahlte jetzt übers ganze Gesicht, worauf Ethan

errötete. Vorsicht, ermahnte ich mich. Ich wollte es mit dem Jungen nicht zu weit treiben.

»Wie finde ich denn das Buch, wenn es nicht mehr im Verzeichnis steht?«, fragte ich sachlich.

»Wenn Sie an die Browser-Chronik herankommen wollen, empfehle ich Pasco.«

»Pasco?«

»Das ist eine Software, die man sich gratis runterladen kann. Und die funktioniert so: Wenn jemand den Cache löscht, gehen nicht alle Daten verloren. Ein paar Index. Dat-Files bleiben zurück. Sie öffnen also die Chronik, starten Pasco, und die Software wird Ihnen eine CSV-Datei ausspucken –«

»CSV?«

»Das ist ein bestimmtes Dateiformat. Es lässt sich zum Beispiel mit Excel lesen. Dieses Programm zeigt Ihnen dann eine Tabelle mit allen URLs, die der Computer aufgesucht hat, plus Zeitstempel. Sie können nun jede dieser URLs in den Browser kopieren, und – voilà!, Sie wissen, wo der Nutzer gewesen ist.«

»Woher weißt du das alles?«, musste ich ihn fragen. Ethan wurde puterrot. »Meine … ähmmm, Mutter …«

»Ja?«

»Meine Mutter checkt meinen Computer einmal in der Woche mit Pasco. Nicht, dass sie mir misstrauen würde –« Er wurde noch röter. »Sie nennt es Fürsorgepflicht, und weil sie weiß, dass ich cleverer bin als sie, hat sie sich Pasco zugelegt.«

»Deine Mutter hat recht, Ethan. Du bist ein Genie, und

ich kann dir gar nicht genug dafür danken, dass du mir hilfst.«

Ethan grinste, wirkte aber nachdenklich dabei.

An diesem Abend machte ich Ernst. Nach zwei Geschichten, einem Lied und einem kurzen Intermezzo vor dem Fernseher saß ich mit meinen neuerworbenen Kenntnissen und voller Argwohn am Computer. Als Erstes lud ich Pasco herunter und installierte es.

Dann ging ich die Systemdateien durch, identifizierte mögliche Chronik-Einträge und setzte Pasco darauf an. Mit der Nase fast am Bildschirm starrte ich auf das, was mir die Software in mikroskopisch kleiner Schrift auflistete, immer darauf gefasst, dass Jason frühzeitig zurückkehrte.

Ich wusste kaum, was ich tat, und jeder Vorgang dauerte länger als erwartet. Es war inzwischen schon nach Mitternacht; Jason konnte jede Minute auf der Bildfläche erscheinen. Mir war bewusst, dass ich Pasco noch deinstallieren musste. Jason sollte von meinen Nachforschungen schließlich nichts wissen.

Ich war furchtbar hibbelig und geladen, als ich schließlich ein Dialogfeld vor mir hatte, das mich fragte, ob die CSV-Datei geöffnet oder gespeichert werden sollte. Ich wusste nicht so recht, wie ich mich entscheiden sollte. Die Zeit lief mir davon. Ich klickte auf Öffnen und sah den Rechner auf Excel zugreifen.

Ich rechnete damit, ein paar Dutzend URLs zu finden, Adressen von Pornoseiten oder einschlägigen Foren vielleicht, Hinweise darauf, dass der Mann, dem ich mein Kind anvertraut hatte, ein Päderast war oder zu jenen kranken Typen zählte, die in Chatrooms zwölfjährigen Mädchen oder Jungs auflauerten. Mir war selbst gar nicht klar, was ich zu finden hoffte oder fürchtete. Ich hatte die Augen geschlossen und wagte es nicht, sie zu öffnen.

Was, ja was trieb meinen Mann nächtelang um?

In der Tabelle waren nur drei Einträge aufgelistet, und bevor ich sie in die Suchmaschine eingab, wusste ich, wohin sie mich führen würden – zu Drudge Report, USA Today und zur New York Times.

Mein Mann hütete seine Geheimnisse überaus streng.

Als ich am nächsten Tag meine freie Stunde hatte, wartete Ethan bereits auf mich im Computerlabor.

»Hat's geklappt?«, fragte er mich.

Ich wusste nicht, was ich antworten sollte.

»Haben Sie herausgefunden, wo sich Ihr Mann aufhält, wenn er online ist?«, hakte er nach.

Ich starrte meinen Musterschüler an.

Er blieb gelassen. »Sechstklässler sind nicht so gerissen, dass sie ihre Spuren im Internet verwischen würden«, sagte er. »Nun, ich war's in dem Alter vielleicht schon, aber von meiner Sorte haben Sie keinen einzigen Schüler in Ihrer Klasse. Sie bräuchten sich also keine Sorgen zu machen. Außerdem kann ich Sie beruhigen. Das Netzwerk hier in der Schule ist sauber. Ich hacke mich regelmäßig ein –«

»Ethan!«

Er zuckte mit den Achseln. »Sie machen sich um etwas anderes Sorgen, nämlich um das, was bei Ihnen zu Hause abgeht. Ree ist erst vier, um sie kann es nicht gehen. Also bleibt nur Ihr Mann.«

Ich hielt es für besser, mich zu setzen.

»Interessiert er sich für Pornos?«, fragte der Junge nonchalant. »Oder verzockt er Ihre Lebensversicherung?«

»Keine Ahnung«, antwortete ich schließlich.

»Haben Sie es denn nicht mal mit Pasco versucht?«

»Doch. Aber ich fand nur die drei URLs, die ich schon kannte.«

Ethan richtete sich auf. »Wirklich?«

»Ja.«

»Dann hat er bestimmt geschreddert. Wow! Das ist cool.«

»Geschreddert? Was soll das heißen?«

»Ein Schredder ist eine Software, die Cache-Dateien löscht, ohne Spuren zu hinterlassen.«

»Sie lässt verschwinden, was der faule Computer nicht löscht?«

»Nein, auch Schredder-Programme sind faul. Sie löschen einfach automatisch, was im Cache gespeichert ist. Als Nutzer muss man das dann nicht mehr selbst tun. Man kann also alle möglichen Sites aufrufen und sich darauf verlassen, dass am Ende die Hinweise darauf verschwinden. Weil aber eine leere Browser-Chronik an sich schon verdächtig aussieht, war Ihr Mann so schlau und hat zum Schein ein paar Lesezeichen gesetzt. Allerdings kann er nicht besonders gut bluffen, und das ist unser Glück.«

Ich sagte nichts.

»Auch Schredder haben nämlich ihre Macken.«

»Aha.«

»Jedes Mal, wenn man eine Internetseite anklickt, kreiert ein Computer jede Menge Temp-Dateien, und die kriegt auch ein Schredder nicht alle weg. Außerdem bastelt er auch nur am Verzeichnis rum. Die Files sind immer noch da, man muss sie nur finden.«

»Wie?«

»Mit einem besseren Tool. Pasco ist Freeware. Sie brauchen jetzt ein verschreibungspflichtiges Medikament.«

»Ich kenne keinen Apotheker«, entgegnete ich.

Ethan Hastings grinste. »Ich aber.«

26. Kapitel

D. D. träumte wieder von Roastbeef. Sie sah sich an ihrem Lieblingsbuffet und versuchte, zwischen Auberginenscheiben mit überbackenem Käse und einem blutroten Rostbraten auszuwählen. Sie entschied sich für beides, griff mit der linken Hand auf das Auberginentablett und mit der rechten nach einer Bratenscheibe. Heiße Käsefäden zogen sich über den Arm, Bratensaft tropfte. Egal.

Sie stieg auf den weißgedeckten Tisch und pflanzte ihren Hintern zwischen einen grünen Wackelpeter-Ring und diverse Puddings mit Kirschen obendrauf, wo sie beide Hände in den Wackelpudding tauchte und von einem eisgekühlten Parfait-Glas den Sirup abschleckte.

Sie hatte solchen Hunger … doch plötzlich war das Essen weg, und sie lag bäuchlings auf einer riesigen, satinbezogenen Matratze, splitternackt und wie ein Kätzchen schnurrend, während unbekannte Hände Wundertaten verrichteten und genau zu wissen schienen, an welchen Stellen sie berührt werden wollte. Entgegenkommend hob sie ihre Hüften, wurde plötzlich auf den Rücken gewälzt und zur Schenkelgrätsche eingeladen, und während sie drängende Stöße entgegennahm, starrte sie in Brian Millers schnauzbärtiges Gesicht.

D. D. schreckte aus dem Schlaf auf. Ihre Hände hatten sich am Laken festgekrallt. Sie schwitzte am ganzen Leib und keuchte. Lange starrte sie auf die grauen Wände und sah den Morgen eines trüben Tages heraufziehen.

Endlich schälte sie sich aus den Laken, stand auf und wankte ins Badezimmer vor den Spiegel überm Waschbecken.

»Keine Sorge, alles nur ein Traum«, erklärte sie ihrem Spiegelbild.

Halb sechs. Sie putzte sich die Zähne und sprang unter die Dusche.

D. D. war Realistin. Wer seit zwanzig Jahren im Polizeidienst war, hatte ein paar nüchterne Wahrheiten über die menschliche Natur begriffen. Dass eine Person vermisst wurde, kam in den besten Familien vor. Erwachsene nahmen sich manchmal eine Auszeit. Paare hatten bisweilen Streit miteinander. So hatte auch im Fall Sandra Jones selbst noch nach sechsunddreißig Stunden Hoffnung darauf bestanden, dass sie von den tüchtigen Detectives der Bostoner Polizei lebend aufgefunden und nach Hause zurückgebracht werden würde.

Jetzt aber, zweiundfünfzig Stunden später, glaubte D. D. nicht mehr, dass sie nach einer vermissten Mutter fahndeten, sondern nach einer Leiche. Nichtsdestotrotz drängte die Zeit, wenn sie denn zumindest in der Hinsicht Erfolg haben wollte.

Verbrechen und Ermittlungen folgten einem bestimmten Rhythmus. Während der ersten vierundzwanzig Stunden bestand noch Aussicht darauf, dass das Opfer überlebte und der Täter Fehler machte. An Entführungen, Tätlichkeiten und Mord waren immer heftige Emotionen beteiligt, und wer unter dem Eindruck solcher Emotionen stand, womöglich Angst oder gar Reue empfand, neigte zur Panik. *Was Schlimmes gemacht? Nichts wie weg, nichts wie weg.*

Gelang es der Polizei nicht schnell genug, den Täter zu schnappen, hatte dieser Zeit, sich zu besinnen. Er konnte dann seine nächsten Schritte mit kühlerem Kopf überdenken und mit Bedacht seine Spuren verwischen. Er würde Beweise verschwinden lassen, sich ein Alibi ausdenken und Zeugen, wenn es sie gab, zum Schweigen bringen, auch wenn es sich um ein kleines Mädchen von nur vier Jahren handelte. Mit anderen Worten, der Täter wandelte sich vom hektischen Amateur zum kriminellen Superhirn.

Mit einem solchen Superhirn wollte es D. D. lieber nicht zu tun haben. Sie wollte schnellstmöglich das Opfer finden und eine Verhaftung vornehmen – am besten noch vor den Fünf-Uhr-Nachrichten. Es galt also, gehörig Druck zu machen und den Fall endlich zu lösen. Wenn ihr das gelänge, hätte sie am Feierabend allen Grund, mit sich zufrieden zu sein.

Doch leider gab es zu viele Personen, die sie hätte unter Druck setzen müssen. Zum Beispiel Ethan Hastings. Dreizehn Jahre, erschreckend schlau und hoffnungslos verknallt in seine vermisste Lehrerin. Angehender Schürzenjäger oder ausgeflipptes Teenie-Monster?

Dann war da Aidan Brewster, vorbestraft, weil er mit einer Minderjährigen geschlafen hatte. Er behauptete, Sandra Jones nicht zu kennen, wohnte aber in derselben Straße wie sie. Resozialisierter Sittenstrolch oder rückfälliger Sexualstraftäter mit frischem Appetit auf Gewalt?

Auch an Sandys Vater, den ehrenwerten Maxwell Black, war zu denken. Der entfremdete Vater, der nach dem Verschwinden seiner Tochter plötzlich auftauchte, schien laut Auskunft von Officer Hawkes seinen Schwiegersohn zu bedrohen und entschlossen zu sein, seine Enkelin zu sehen, so oder so. Trauernder Vater oder selbstsüchtiger Großvater, der alles daransetzte, Ree unter seine Kontrolle zu bringen?

Schließlich Jason Jones, Sandras unterkühlter Ehemann, der noch nichts unternommen hatte, seine vermisste Frau wiederzufinden, und von sich behauptete, keine Eifersucht zu kennen. Aus der Zeit vor seiner Eheschließung vor fünf Jahren war nichts über ihn bekannt. Er hatte also vermutlich eine falsche Identität angenommen.

Auf ihn, Jones, kam D. D. in all ihren Überlegungen immer wieder zurück. Sein sonderbares Verhalten, seine dunkle Vergangenheit und nicht zuletzt das, was seine Tochter in ihrer Vernehmung hatte anklingen lassen, machten ihn zum Hauptverdächtigen.

D. D. fasste einen Entschluss. Das kleine Mädchen würde so bald als möglich neu vernommen werden müssen. Um die anderen Verdächtigen und deren Alibis sollten sich zwei Kollegen kümmern. Darüber hinaus wollte D. D. zwei ihrer besten Ermittler auf Jones' Finanzen ansetzen, über die sich sein wahrer Name, sein wahrer Hintergrund und seine wahre Vergangenheit in Erfahrung bringen ließen.

Pseudonym lüften, Widerstand brechen.

Zufrieden zog D. D. ihren Block aus der Tasche und notierte sich ihr aktuelles Tagesvorhaben: *Jason Jones ausquetschen.*

Zehn Minuten später – es war noch keine sieben – klingelte ihr Handy. Nichts Ungewöhnliches für D. D., dass sie eben nicht nur mit Leuten zu tun hatte, die sich an die üblichen Geschäftszeiten hielten. Sie trank einen Schluck Kaffee, klappte ihr Handy auf und sagte: »Auf Empfang.«

»Sergeant D. D. Warren?«

»Gestern war ich's noch.«

Es entstand eine kurze Pause, die sie für einen weiteren Schluck nutzte.

»Ähm, hier ist Wayne Reynolds. Ich arbeite für die Massachusetts State Police und bin Ethan Hastings' Onkel.«

D. D. stutzte. Die Nummer auf ihrem Display kam ihr bekannt vor. Plötzlich fiel es ihr wieder ein: »Haben Sie mich gestern Morgen schon einmal zu erreichen versucht?«

»Ja, über Ihren Pager. Ich habe die Pressekonferenz gesehen und dachte, es wäre gut, wenn wir uns einmal unterhielten.«

»Über Ethan?«

Wieder eine Pause. »Ich würde gern mit Ihnen unter

vier Augen sprechen und Ihnen ein Frühstück spendieren. Was halten Sie davon?«

»Fürchten Sie, dass wir Ihren Neffen festnehmen könnten?«

»Wenn Sie es täten, wäre das ein großer Fehler.«

»Sie würden sich also für ihn starkmachen und mich zurückpfeifen, ja? Nun, dann sollten Sie wissen, dass ich auf solche Gespräche keinen Wert lege, selbst dann nicht, wenn Sie mir einen Bagel mit Käse ausgeben.«

»Ich schlage vor, wir treffen uns, und Sie entscheiden dann, ob Sie mir Ihr Ohr schenken oder das Maul stopfen.«

»Wie Sie meinen«, sagte D. D. Sie nannte ihm die Adresse des Cafés um die Ecke und suchte ihren Regenschirm.

Mario's war eine Institution in der Nachbarschaft. Der kleine, mit Resopal beschichtete Tresen stammte noch aus den Vierzigerjahren, und neben der ebenso alten Registrierkasse stand ein riesiges Glas mit frischen Biscotti. Mario II, der Sohn, hatte den Laden vor kurzem von seinem Vater übernommen. Er servierte Rührei auf Toast, Pancetta und den besten Kaffee, den man außerhalb von Italien bekommen konnte.

D. D. hatte Glück, dass der kleine runde Tisch am Fenster frei war. Sie war früher als verabredet gekommen, um in Ruhe eine zweite Tasse Kaffee genießen zu können, und kramte ihr Handy aus der Tasche. Der Anruf des Onkels gab ihr zu denken. Sie hatte sich vorgenommen, dem Ehemann die Daumenschrauben anzulegen, und nun schickte die Familie des Möchtegern-Liebhabers ihren Mann von der Landespolizei ins Rennen. Aus Fürsorge oder vorsorglich? Interessant.

D. D. drückte eine Kurzwahltaste und hielt das winzige Handy ans Ohr. Ihr Traum war nicht der Grund dafür, warum sie mit Bobby Dodge sprechen wollte.

»Hallo«, meldete sich eine Frauenstimme.

»Morgen, Anabelle«, grüßte D. D., ohne an ihrer Stimme erkennen zu lassen, dass sie eine gewisse Beklommenheit empfand. Nicht, dass sie sich von anderen Frauen einschüchtern ließ. Schließlich war sie hübscher als neunzig Prozent der weiblichen Bevölkerung und wusste zu hundert Prozent besser mit einer geladenen Schusswaffe umzugehen. Aber Anabelle hatte sich Bobby Dodge geangelt und war darum ihre Erzrivalin, wenngleich beide einen halbwegs zivilisierten Umgang pflegten. »Ist Bobby schon wach?«

»Hast du ihn nicht schon in der Nacht rausgeklingelt?«

»Ja. Übrigens, ich gratuliere. Ist doch erlaubt, oder?«

»Danke.«

»Ähm, alles in Ordnung? Wie geht's dir so?«

»Gut, danke der Nachfrage.«

»Wann ist es so weit?«

»Im August.«

»Junge oder Mädchen?«

»Ich lasse mich überraschen.«

»Schön. Ist Bobby da?«

»Ja. Aber ich befürchte, er wird dich wieder wegdrücken.«

»Ist schon okay. Liegt wohl an meinem Charme.«

Es war ein Rascheln und Murren zu hören, als Anabelle ihrem Mann den Hörer reichte. Anscheinend musste sie ihn aufwecken.

»Ich träume wohl«, knurrte Bobby.

»Keine Ahnung. Bin ich nackt und voller Schlagsahne?«

»D. D., wir haben doch erst vor acht Stunden miteinander gesprochen.«

»Tja, so ist das leider mit dem Verbrechen. Es schläft nie.«

»Detectives aber schon.«

»Wirklich? Davon war in der Polizeischule nie die Rede. Ich muss dir eine Frage über einen Kollegen von der Landespolizei stellen. Sein Name ist Wayne Reynolds. Klingelt da was bei dir?«

Die Antwort ließ auf sich warten. Immerhin legte er nicht auf. »Wayne Reynolds?«, wiederholte er schließlich. »Nein, zu dem Namen fällt mir kein Detective ein.«

D. D. nickte und schwieg. Sowohl die Bostoner Polizei als auch die Massachusetts State Police waren zwar recht große Organisationen, doch es herrschte trotzdem so etwas wie Familienatmosphäre. Auch wenn man nicht mit jedem Officer direkt zu tun hatte, war die Wahrscheinlichkeit groß, dass man allen irgendwann einmal begegnete, auf den Gängen, als Verfasser eines Berichts oder auch nur im Zusammenhang mit einer Klatschgeschichte.

»Augenblick«, sagte Bobby. »Ich kenne den Namen, aber er gehört nicht zu jemandem aus der Riege der Detectives. Der Mann arbeitet im Computerlabor. Er hat uns letztes Jahr bei den Ermittlungen in einem Bankraub geholfen und ein paar Handys unter die Lupe genommen.«

»Ein Elektronikfreak?«

»Ich glaube, im Fachjargon spricht man von einem Kriminaltechniker.«

»Aha«, sagte D. D.

»Habt ihr Computer beschlagnahmt und die Kollegen von der Landespolizei um Hilfe gebeten?«

»Ich habe das BRIC um Hilfe gebeten.« Das Boston Regional Intelligence Center war dem Bostoner Police Department angeschlossen und eine Art Spezialabteilung, denn wie alle großen Behörden glaubte auch die Bostoner Polizei, eine Extrawurst haben zu müssen.

»Na, dann erkundige dich da«, brummte Bobby. »Bei denen wird bestimmt schon mal jemand mit Wayne gearbeitet haben. Ich hab's jedenfalls nicht.«

»Okay, Bobby. Wünsche noch süße Träume.«

»Von wegen, ich muss gleich raus.«

»Na, dann einen guten Tag.« D. D. klappte ihr Handy zu, bevor er dazu kam, sie zu beschimpfen. Sie klemmte es an ihren Gürtel und stierte in die leere Tasse. Wayne Reynolds war Computerprofi und hatte einen Computerlehrling zum Neffen. Interessant. Sie schenkte sich neu ein.

Wayne Reynolds kam um Punkt acht zur Tür herein. D. D. erkannte ihn an den kupferroten Haaren. Ansonsten aber hatte er keinerlei Ähnlichkeit mit seinem dreizehnjährigen Neffen.

Er war an die eins fünfundachtzig groß und bewegte

sich locker und athletisch. Offenbar zerlegte er nicht nur Festplatten, sondern tat auch was für seine Fitness. Er trug einen hellbraunen Wollblazer, ein waldgrünes Hemd und eine dunkle Hose. Etliche Gäste drehten sich nach ihm um, als er durchs Café ging, und D. D. empfand ein leichtes Prickeln, als er zielstrebig auf sie zusteuerte. Wenn sich Ethan Hastings einmal zu einem solchen Typ mausern sollte, hatte Sandy Jones womöglich doch keine schlechte Wahl getroffen.

»Sergeant Warren«, grüßte er und streckte die Hand aus.

D. D. nickte und ließ sich von ihm die Hand schütteln. Er hatte einen festen Händedruck, kurzgeschnittene Nägel und auffällig schöne Finger, an denen sie keinen Ehering entdeckte.

Sie brauchte jetzt, weiß Gott, ein deftiges Frühstück.

»Wollen Sie was essen?«, fragte sie.

Er blinzelte. »Ja.«

»Schön. Ich besorge uns was.«

D. D. ließ sich Zeit am Bestelltresen, um innerlich zur Ruhe zu kommen und sich daran zu erinnern, dass sie ein mit allen Wassern gewaschener Profi war und definitiv kein Problem damit hatte, mit einem Abziehbild von David Caruso zu frühstücken. Pech, dass sie selbst nicht so recht daran glaubte. Sie hatte schon immer eine Schwäche für David Caruso gehabt.

Mit Servietten, Besteck und einer Tasse Kaffee für ihn kehrte sie an den winzigen Tisch zurück. Wayne nahm ihr den weißen Keramikbecher mit seinen wunderschönen

Fingern aus der Hand. D. D. biss sich auf die Innenseite ihrer Unterlippe.

»Sie arbeiten fürs Land?«, fing sie ein wenig befangen an.

»Kriminaltechnik, Abteilung Computer. In New Braintree. Wie schon der Name sagt, machen wir einen Großteil der elektronischen Untersuchungen.«

»Seit wann sind Sie dort beschäftigt?«

Er zuckte mit den Achseln, nippte an seinem schwarzen Kaffee und schien überrascht, wie stark er war. »Seit fünf oder sechs Jahren. Davor war ich Detective, hatte aber immer schon ein ausgeprägtes Faible für die technischen Aspekte einer Ermittlung. Weil heute alle, vom Drogendealer angefangen bis zum Mafiaboss, Computer, Handys oder PDAs nutzen, ist der Bedarf an Kriminaltechnik angestiegen. Also habe ich mich zum CFCE – Certified Forensic Computer Examiner – weiterbilden und ins Computerlabor versetzen lassen.«

»Gefällt's Ihnen da?«

»Ja. Festplatten sind die reinsten Wundertüten oder Schatzkisten. Man muss nur wissen, wie sie zu öffnen sind.«

Das Frühstück kam. Zweimal Rührei mit gegrillter Pancetta, die einen herrlichen Duft verströmte. D. D. langte zu.

»Wie untersucht man Hardware?«, fragte sie mit vollem Mund.

Wayne hatte ein paar Bröckchen Rührei aufgegabelt und schaute sie an, wie um herauszufinden, ob sie die

Frage ernst meinte. Angesichts seiner haselnussbraunen, mit grünen Einsprengseln belebten Augen fiel es ihr leicht, Interesse vorzuspiegeln.

»Schon mal was von Fünf-zwölf gehört? Das ist die magische Zahl der forensischen Computeranalyse. Sehen Sie, in einer Festplatte rotiert eine runde Scheibe, auf die Daten geschrieben werden. Die Scheibe ist unterteilt in Spuren und Sektoren. Die Sektoren wiederum bestehen aus kleinen logischen Einheiten, den sogenannten Blöcken, die jeweils 512 Bytes an Informationen enthalten. Über der rotierenden Scheibe schwebt der Schreib- beziehungsweise Lesekopf, der alle Informationen in 512-Byte-Portionen aufteilen muss, damit sie auf der Scheibe gespeichert werden können.«

»Okay.« D. D. zerschnitt ihre Pancetta.

»Nehmen wir an, Sie wollen eine Datei auf Ihre Festplatte schreiben, die sich nicht genau in 512-Byte-Portionen aufteilen lässt, sondern, sagen wir, 800 Bytes groß ist. Es bleibt also eine Restmenge, die in einem neuen Block untergebracht werden muss. In dem Zusammenhang sprechen wir von einer Fragmentierung. Wenn jetzt diese fragmentierte Datei wieder aufgerufen, verändert und neu gespeichert wird, kehrt sie nicht etwa, wie die meisten glauben, an genau denselben Platz zurück, sondern wird auf irgendwelche anderen freien Blöcke verteilt. Wir im Labor haben nun die Möglichkeit, die ursprünglichen Portionen ausfindig zu machen, das heißt, ich kann das alte Dokument vor seiner Umänderung wieder hervorkramen – womöglich einen Brief an den Geliebten mit der

Bitte, den Ehemann umzubringen, während in dem überarbeiteten Brief davon nicht mehr die Rede ist.«

»Ich habe keinen Ehemann«, erklärte D. D., ohne danach gefragt worden zu sein, und steckte sich einen Happen Rührei in den Mund. »Allerdings bin ich jetzt voller Argwohn meinem Computer gegenüber.«

Wayne Reynolds schmunzelte. »Das sollten Sie auch sein. Die meisten Anwender ahnen nicht, wie viele Informationen auf ihren Festplatten verborgen liegen. Der Computer ist wie ein schlechtes Gewissen. Er behält alles, und man weiß nie, wann er damit rausrückt.«

»Ihr Neffe scheint sich da auch sehr gut auszukennen. Ist er bei Ihnen in die Lehre gegangen?«

»War nicht nötig. Er hat sich alles selbst beigebracht, so wie viele Jungs in seinem Alter. Wenn ich ihn dazu bringen kann, seine Fähigkeiten sinnvoll einzusetzen, wird er eines Tages ein verteufelt guter Ermittler sein.«

»Was wäre weniger sinnvoll?«

Wayne zuckte mit den Achseln. »Hacken, Codes knacken, illegales Datamining. Ethan ist ein guter Junge, aber mit seinen dreizehn Jahren hat er keinen großen Bock darauf, in die Fußstapfen seines Onkels zu treten. Was ist spannender? Für die Landespolizei zu arbeiten oder Verbotenes zu treiben? Entscheiden Sie selbst.«

»Er scheint eine Schwäche für Sandy Jones zu haben.« D. D. hatte ihren Teller leer und schob ihn in die Mitte des Tisches.

Wayne machte einen nachdenklichen Eindruck. »Ja, Ethan glaubt, in seine Lehrerin verliebt zu sein.«

»Hatte er Sex mit ihr?«

»Das bezweifle ich.«

»Warum?«

»Weil sie kein Interesse daran hat.«

»Woher wissen Sie das?«

»Weil ich Sandra kenne. Wir treffen uns jeden Donnerstagabend. In der Basketballhalle.«

»Ethan hat mich wegen Sandra angerufen«, erklärte Wayne nach einer Weile. Sie hatten die Rechnung bezahlt und das Café verlassen. In Anbetracht des Themas erschien es besser, die Unterhaltung im Gehen fortzusetzen. Sie steuerten auf die Uferpromenade zu und folgten der roten Markierung jener Strecke, die einst der Freiheitskämpfer Paul Revere als Kurierbote zu Pferde zurückgelegt hatte.

»So wie ich es verstanden habe«, sagte Wayne, »hat sich Sandra an Ethan gewandt, und zwar unter dem Vorwand, ein Konzept für einen Internet-Anfängerkurs mit ihm ausarbeiten zu wollen. Ethan ist allerdings schnell dahintergekommen, dass sie nicht so sehr schulische Belange im Sinn hatte, sondern ein ganz persönliches Interesse verfolgte. Ethan glaubt, dass sie ihren Mann im Verdacht hat, womöglich irgendetwas mit Kinderpornographie zu tun zu haben. Sie wollte der Sache auf den Grund gehen.«

»Haben Sie Ermittlungen gegen ihn eingeleitet?«

Wayne schüttelte den Kopf. »Als ich Sandra das erste Mal begegnet bin, hat sie klargemacht, dass sie mein Engagement nur als persönliche Gefälligkeit akzeptieren kann. Sie wollte zuerst Gewissheit haben und erst dann gegebenenfalls die Polizei einschalten. Denn sie musste vor allem auch an ihre Tochter denken und mochte ihr nicht zumuten, den Vater womöglich hinter Gittern zu wissen.«

D. D. krauste die Stirn. »Bei einem solchen Verdacht hätte sie sich im Hinblick auf ihre Tochter doch wohl eher um anderes Sorgen machen müssen.«

Wayne zuckte mit den Achseln. »Sie wissen bestimmt, wie es in vielen Familien zugeht. Man kann einer Mutter die samenbefleckte Unterhose ihrer siebenjährigen Tochter zeigen, und sie wird sich dennoch einreden, dass ihr Mann nichts damit zu tun hat.«

D. D. seufzte. Er hatte recht. »Okay, Ethan hat Sie also angerufen. Was dann?«

»Er schien sich ernstlich Sorgen um seine Lehrerin zu machen. Also habe ich mich bereit erklärt, Sandra an einem dieser Donnerstagabende beim Basketball zu treffen und mit ihr zu reden. Ich dachte, die Sache wäre schnell erledigt. Ich würde ihr raten, die Polizei ins Vertrauen zu ziehen und so weiter …« Er wurde immer leiser.

»Und?«, fasste D. D. nach.

Wayne schien sich zu winden. »Tja, und dann sah ich Sandra Jones.«

»Nicht das, was man sich von einer verhuschten Gemeinschaftskundelehrerin vorstellt, nicht wahr?«

»Nein. Ganz und gar nicht. Dass mein Neffe einen Narren an ihr gefressen hatte, konnte ich sofort verstehen. Im Übrigen ist sie jünger, als ich es erwartet hatte. Und sehr viel hübscher. Neben ihr und der niedlichen Tochter auf der Tribüne zu sitzen ... ich weiß nicht. Ein Blick hat genügt, und ich wollte ihr helfen. Ich hatte den Eindruck, ihr helfen zu müssen. Dass sie mich braucht.«

»O ja. Mary Kay Letourneau, Debra Lafave, Sandra Beth Geisel – alles sehr attraktive Frauen. Finden Sie es nicht auch merkwürdig, dass sich ausgerechnet solch schöne Frauen mit jungen Schülern einlassen? Was soll man davon halten?«

»Ich sagte doch, so ein Verhältnis hat Sandra mit Ethan nicht.«

»Haben Sie es mit ihr?«

Wayne verzog keine Miene. »Wollen Sie nicht hören, was ich zur Sache zu sagen habe?«

D. D. hob die Hände. »Schießen Sie los.«

»An diesem ersten Abend hat sich Ethan zu Ree gesetzt, während Sandra und ich einen Spaziergang über den Schulhof machten. Sie berichtete mir, ein verstörendes Foto im Computerpapierkorb gefunden zu haben. Nur dieses eine Foto und nur dieses eine Mal. Mehr sei ihr nie zu Gesicht gekommen, doch habe sie in der Zwischenzeit einiges über Browser-Chroniken und Datenspeicherung in Erfahrung gebracht. Sie ist davon überzeugt, dass ihr Mann auf dem Computer Geheimnisse vertuscht, und wollte wissen, um was genau es sich handelt.«

»Vertuscht? Wie soll das möglich sein?«

»Ethan hat ihr beigebracht, wie man den Verlauf einer Internetsitzung nachvollziehen kann. Alle Informationen darüber sind in einer Datei auf der Festplatte abgelegt und können abgerufen werden. Sandra hat diese Daten auf dem Familiencomputer gesucht, und zwar mit Hilfe eines Programms, das Ethan ihr empfohlen hatte. Vergeblich. Sie konnte immer nur drei völlig harmlose Einträge entdecken: *Drudge Report, USA Today* und die *New York Times.*«

»Und was ist daran verdächtig?«

»Sandra hatte selbst zur Vorbereitung ihres Unterrichts jede Menge verschiedene Websites aufgerufen, von denen aber anschließend in der Browser-Chronik keine einzige aufgelistet war. Und das kann nur bedeuten, dass Cache-Speicher und Verlauf nach jeder Sitzung gelöscht werden und am Ende nur die unverfänglichen Adressen zurückbleiben. Was für ein Dummkopf«, murmelte Wayne vor sich hin. »Aber das ist typisch, auch die ausgefuchstesten Ganoven überführen sich irgendwann selbst.«

»Augenblick mal. Wieso fälscht man eine Browser-Chronik?«

Sie hatten das Ufer erreicht und gingen an den Docks entlang in Richtung Aquarium. Es nieselte immer noch. Die Anlegestellen waren sehr viel weniger bevölkert als sonst. Wayne stellte sich vor ein Geländer und wandte ihr sein Gesicht zu. »Genau. Das ist die große Frage. Ethan hatte ihr, wie gesagt, ein Tool empfohlen, das man sich gratis aus dem Internet herunterladen kann. Aber es hat nichts gebracht. Er vermutet, dass Sandras Mann einen sogenannten Schredder benutzt, um seine Online-Spuren zu verwischen. Deshalb hat mich mein Neffe angerufen und gebeten, ihm schwereres Geschütz zur Verfügung zu stellen.«

D. D. blinzelte mit den Augen. »Konnten Sie helfen?«

»Ich wollte. Es war Dezember, also vor wenigen Monaten, und weil der Verdacht gegen ihren Ehemann ziemlich schwer wog, mussten wir vorsichtig vorgehen. Sie hatte es bereits mit Pasco versucht, aber diese Software findet nur das, worauf man sie hinweist. Sie ist bei weitem nicht so effizient wie zum Beispiel EnCase, ein Programm, das wir im Labor benutzen. EnCase ist ein Tool, das bestimmte Muster aufspürt, zum Beispiel Muster von Fotodateien, E-Mail- oder IP-Adressen. Und damit lassen sich eben auch gelöschte Browser-Chroniken rekonstruieren.«

»Haben Sie EnCase auf Sandras Computer laufen lassen?«

»Schön wär's.« Er verdrehte die haselnussbraune Augen. »Erstens: Unsereins arbeitet nie an der Quelle. Wir greifen aus ermittlungstechnischen Gründen immer von außen ein. Zweitens, Sandra musste diskret vorgehen. Eine Beweismittelanalyse mit Hilfe von EnCase dauert an die drei bis vier Tage, und das wäre bei ihr zu Hause aufgefallen. Heimlich wäre das nie und nimmer gegangen.«

»Und was haben Sie stattdessen gemacht?«

»Ich habe Sandra geraten, einen Klon ihres Computers auf einer externen Festplatte zu speichern. Ich habe ihr ein Backup-Progamm empfohlen und erklärt, worauf sie achten muss. Dummerweise hatte sich ihr Mann kurz zuvor eine neue 500-Gigabyte-Festplatte eingebaut. Die zu klonen dauert an die sechs Stunden. Sie hat es mehrfach versucht, musste aber immer wieder abbrechen, weil er zu früh von der Arbeit zurückgekehrt ist.«

»Sandra Jones hat also während der vergangenen drei Monate ihrem Mann nachspioniert?«

Wayne zuckte mit den Achseln. »Bislang ohne Ergebnis. Sie konnte die Festplatte nicht kopieren, und ich konnte sie nicht analysieren. Ob ihre Angst vor ihm begründet ist, kann ich Ihnen deshalb nicht sagen.«

D. D. lächelte. »Wie gefällt Ihnen der Umstand, dass wir, die Bostoner Polizei, seit gestern Abend stolzer Besitzer von Jones' Computer sind?«

Wayne sperrte die Augen auf. »Ich würde liebend gern …«

»Aber, aber, nicht doch. Ihr Neffe ist in den Fall verstrickt. Wenn Sie das Ding auch nur anrühren sollten, wären wir von Gerichts wegen raus aus der Sache, ehe Sie das Wort ›Voreingenommenheit‹ ausgesprochen hätten.«

»Schicken Sie mir eine Kopie Ihres Berichts?«

»Ich werde veranlassen, dass sich das BRIC mit Ihnen in Verbindung setzt.«

»Beauftragen Sie Keith Morgan. Wenn es um Festplatten geht, ist er Ihr Mann.«

»Ich werde darüber nachdenken.« D. D. musterte Wayne Reynolds mit kritischem Blick. »Drei Monate können sehr lang werden, wenn man mit einem mutmaßlichen Päderasten unter einer Decke liegt. Hat sich Sandra nichts anmerken lassen? Sie ist doch bestimmt immer nervöser geworden …«

Wayne zögerte und verriet zum ersten Mal so etwas wie Unbehagen. »Ich habe Sandra das letzte Mal vor zwei Wochen gesehen, beim Basketball. Sie wirkte in sich gekehrt und war sehr einsilbig. Es gehe ihr nicht gut, sagte sie und ist kurz darauf gegangen. Mir schien, dass sie krank war. Jedenfalls sah sie so aus.«

»Wissen Sie, dass Sandra schwanger ist?«

»Was?« Wayne zeigte sich überrascht und wurde noch ein wenig bleicher. »Nein … nun ja, kein Wunder, dass sie verstört war. Ein zweites Kind von einem Mann zu erwarten, der womöglich ein Kinderschänder ist, baut einen nicht gerade auf.«

»Hat sie sich jemals über die Vergangenheit ihres Mannes ausgelassen? Erwähnt, wo er aufgewachsen ist oder wie sie sich kennengelernt haben?«

Wayne schüttelte den Kopf.

»Hat sie vielleicht einmal angedeutet, dass der Name Jones ein Pseudonym sein könnte?«

»Machen Sie Witze? Nein, davon war nie die Rede.«

D. D. dachte nach. »Es scheint, Jason Jones kennt sich bestens mit Computern aus.«

»Allerdings.«

»Gut genug, um mit Hilfe eines Computers seine alte Identität abzustreifen und eine neue aufzubauen?«

»Könnte sein«, antwortete Wayne. »Mittlerweile ist online fast alles möglich. Es lassen sich nicht nur neue Bankkonten eröffnen und Geschäfte abwickeln, sondern auch Informationen streuen, die sich zu einer fiktiven Biographie zusammenfügen. Ja, ein raffinierter User kann beides: multiple Identitäten schaffen und verbergen.«

D. D. nickte. »Was bräuchte man dazu außer einem Computer?«

»Hmmm, eine Postanschrift oder ein Postfach. Ohne geht's auf Dauer nicht. Möglich wäre auch eine Telefonnummer unter neuem Namen, aber das ist im Zeitalter der Handys und Prepaid-Verträge weniger wichtig. Kurzum, man braucht etwas Greifbares, das die angenommene Identität beglaubigt, gleichzeitig aber auch leicht zu handhaben ist.«

Postfach. Eingerichtet unter Jones' Namen oder Sandras Mädchennamen. Daran hatte D. D. noch gar nicht gedacht. Dem musste nachgegangen werden.

»Hat Sandra jemals den Namen Aidan Brewster erwähnt?«

Wayne schüttelte den Kopf.

»Und können Sie mir als Kollege Ihr Wort darauf geben, dass Sandra Jones Ihres Wissens nach nie mit Ihrem Neffen allein gewesen ist?«

»Ich weiß nur, dass sie sich während ihrer Freistunden im Computerlabor der Schule getroffen haben. Ja, da waren sie meist allein, allerdings am helllichten Tag und bei laufendem Schulbetrieb.«

»Hat Sandra jemals davon gesprochen, ihren Mann verlassen zu wollen?«

»Sie würde nie ohne ihre Tochter durchbrennen.«

»Nicht einmal Ihnen zuliebe, Wayne?«

Er reagierte mit wütendem Blick, doch D. D. dachte nicht daran, ihre Frage zurückzuziehen. Wayne Reynolds war ein gut aussehender Mann und Sandra Jones eine sehr einsame junge Frau …

»Ich fürchte, Jason Jones hat sie getötet«, sagte er leise.

»Vielleicht hat er sie in der Nacht auf Donnerstag dabei erwischt, wie sie die Festplatte zu kopieren versuchte, und hat dann die Beherrschung verloren. Seine Frau ist ihm auf die Schliche gekommen, also musste sie sterben. Davon bin ich überzeugt, seit ich gestern die Pressekonferenz gesehen habe, und wenn Sie mich fragen, ob ich persönlich in den Fall verwickelt bin, kann ich das nur bejahen. Ich habe versucht, einer jungen, verängstigten Mutter zu helfen, und so mit dazu beigetragen, dass sie ermordet wurde. Es ist entsetzlich. Ich mache mir schreckliche Vorwürfe.«

»Okay.« D. D. nickte. »Sie haben wohl Verständnis dafür, dass ich Sie auffordern muss, ins Präsidium zu kommen, damit wir ein Protokoll aufnehmen können.«

»Selbstverständlich.«

»Heute Nachmittag, drei Uhr?«

»Ich werde da sein.«

D. D. setzte sich in Bewegung, hatte aber noch eine Frage: »Wie oft haben Sie sich mit Sandra getroffen?«

Er zuckte mit den Achseln. »Keine Ahnung. Acht- bis zehnmal vielleicht. Immer zu einem der Basketballspiele.«

D. D. nickte. Ziemlich häufig, wenn man bedachte, dass Sandra ihm letztlich keine Kopie der Festplatte hatte vorlegen können.

27. Kapitel

Jason wurde von einem anschwellenden Summton geweckt. Plötzlich fiel ein heller Lichtstrahl seitlich auf sein Gesicht. Benommen öffnete er die Augen und schaute auf den Wecker. Fünf Uhr. Irritiert blickte er auf die von hinten beleuchteten Vorhänge. So früh ging im März doch nicht die Sonne auf.

Dann kam er dahinter. Scheinwerfer. Die Übertragungswagen waren zurückgekehrt und rüsteten sich für neue Bildberichte vom Tatort, seinem Vorgarten.

Er ließ den Kopf aufs Kissen zurückfallen und fragte sich, ob während der vergangenen drei Stunden, in denen er endlich wieder einmal geschlafen hatte, irgendwelche neuen Sondermeldungen durchgegeben worden waren. Er sollte den Fernseher einschalten. Sich die aktuelle Fortschreibung seines Lebens zu Gemüte führen. Er hatte durchaus Sinn für Ironie und wartete darauf, dass er sich auch jetzt wieder meldete und ihn aufmunterte. Aber er empfand vor allem Müdigkeit und fühlte sich rundum vereinnahmt. Er musste seine Tochter beschützen, seine Frau finden und verhindern, dass man ihn ins Gefängnis steckte.

Jason streckte Arme und Beine aus und stellte fest, dass alle vier Gliedmaßen noch zu funktionieren schienen, obwohl manche mehr schmerzten als andere. Er faltete die Hände hinter dem Kopf zusammen, starrte aus dem einen Auge, das nicht geschwollen war, an die Decke und versuchte, sich einen Plan für den bevorstehenden Tag zurechtzulegen.

Wahrscheinlich würde Max wieder aufkreuzen. Sandras Vater war nicht von Massachusetts angereist, um untätig in seinem Hotelzimmer Däumchen zu drehen. Er würde seine Enkelin zu sehen verlangen, Drohungen aussprechen … gerichtliche Schritte unternehmen, seine, Jasons, Vergangenheit aufdecken. Ihm war nicht klar, wie viel Max über sein vergangenes Leben wusste. Er selbst hatte sich ihm gegenüber nie darüber ausgelassen. Zu einem Gespräch zwischen ihm und seinem zukünftigen Schwiegervater war es nie gekommen. Er und Sandra hatten sich immer nur in Bars getroffen. Nur brave Töchter stellten ihre Verehrer den Eltern vor, hatte sie in der ersten Nacht verlauten lassen und damit deutlich machen wollen, dass sie kein braves Mädchen war. Jason hatte sie in seine kleine Mietwohnung eingeladen, für sie gekocht, mit ihr ferngesehen oder manchmal auch irgendein Brettspiel gespielt, nie aber das getan, was sie von ihm erwartete, weshalb sie Abend für Abend zurückkehrte.

Bis Jason darauf aufmerksam wurde, dass ihr Bauch dicker wurde. Bis zu dem Zeitpunkt, als er anfing, Fragen zu stellen. Bis zu der Nacht, als sie in Tränen ausbrach und sich abzeichnete, dass es für sie beide eine Möglichkeit gab, ihre jeweiligen Probleme zu lösen. Sandra wollte, aus welchen Gründen auch immer, von ihrem Vater weg.

Also waren sie auf und davon, in eine andere Stadt, wo sie unter einem anderen Nachnamen einen Neustart versuchten. Bis Mittwochnacht hatte es für ihn so ausgesehen, als habe Sandra diesen Schritt nie bereut.

Jetzt war Max auf den Plan zurückgekehrt, ein Mann mit Geld, Grips und besten Beziehungen. Max konnte ihm gefährlich werden, doch Jason würde nie zulassen, dass er sich an Ree heranmachte. Er hatte es Sandy versprochen und war gerade jetzt, da seine Tochter ihn dringender brauchte als je zuvor, entschlossen, an diesem Versprechen festzuhalten.

Max würde also alle Hebel in Bewegung setzen, während die Polizei auf ihn, Jason, Jagd machte. Sie nahmen seinen Computer auseinander, fanden wahrscheinlich Hinweise auf seine finanziellen Transaktionen. Sie würden seinen Chef befragen, vielleicht auch die Redaktionsräume durchsuchen. Würden sie den Computer finden, den er dort versteckt hatte, und zwei und zwei zusammenzählen?

Wie lange konnte er dieses Vabanquespiel noch fortsetzen?

Jason hatte alles sorgfältig eingefädelt, als er in die Rolle des Familienvaters geschlüpft war. Er lebte seine »andere« Seite unter angenommener Identität, mit gesondertem Bankkonto, einer Kreditkarte und einem Postschließfach. Die Kontoauszüge und Quittungen der Kreditkarte gingen postlagernd an eine Dienststelle in Lexington, die er einmal im Monat aufsuchte, um die Eingänge abzuholen und zu vernichten.

Aber auch die besten Pläne hatten irgendwo einen Haken. In seinem Fall war es der Familiencomputer, der genug belastendes Beweismaterial enthielt, um ihn zwanzig Jahre bis lebenslänglich hinter Gitter zu bringen. Sicher, er nutzte eine gute Software, die seine Festplatte putzte, aber jeder Besuch im Internet generierte viel zu viele Temp-Dateien, als dass davon nicht irgendetwas übrig bliebe. Spezialisten der Beweismittelanalyse würden vielleicht drei, höchstens vier Tage brauchen, um festzustellen, dass mit dem beschlagnahmten Computer etwas nicht stimmte, und dann käme die Polizei zurück, um ihn richtig in die Mangel zu nehmen.

Es sei denn, sie hatten inzwischen Sandras Leiche gefunden und standen nun schon mit einem Haftbefehl vor dem Haus.

Jason stieg aus dem Bett. Er war zu aufgedreht, um weiterschlafen zu können. Bei jeder Bewegung schmerzten die Rippen. Das linke Auge war dick angeschwollen und verklebt. Doch all das machte ihm nichts aus. Für ihn zählte nur eines: Er wollte wissen, ob Ree in ihrem Bett lag und schlief.

Leise und mit geschärften Sinnen ging er durch den Flur. Das Haus roch wie immer, es fühlte sich wie immer an. Er öffnete die Tür einen kleinen Spalt und sah seine Tochter stocksteif auf dem Rücken liegen. Sie hatte ihre Hände um den Saum der Decke gekrallt und starrte ihm aus großen braunen Augen entgegen. Sie war wach und weinte. Tränen rollten ihr über die Wangen.

»He, mein Liebling«, sagte er leise und ging auf sie zu. »Was ist mit dir?«

Mr Smith blickte zu ihm auf, gähnte und räkelte sich. Ree starrte ihn wortlos an.

Er nahm auf der Bettkante Platz und strich ihr die dunklen Locken aus der feuchten Stirn.

»Ich will Mommy«, sagte sie mit dünner Stimme.

»Ich weiß.«

»Sie hat versprochen, mich nicht alleinzulassen.«

»Ich weiß.«

»Warum kommt sie nicht nach Hause, Daddy? Warum nicht?«

Er hatte keine Antwort darauf. Er legte sich zu ihr, nahm sie in den Arm und streichelte ihr übers Haar. Schluchzend drückte sie ihr Gesicht an seine Schulter. Er nahm den vertrauten Duft der Kinderseife wahr, mit der sie sich wusch, spürte ihren Kopf an seiner Brust und hörte ihr müdes kleines Schluchzen.

Ree weinte, bis sie nicht mehr weinen konnte. Dann legte sie ihre Hand auf seine und verschränkte ihre kleinen Finger mit seinen großen.

»Wir stehen das gemeinsam durch«, flüsterte er ihr zu.

Sie nickte matt.

»Wollen wir gleich frühstücken?«

Sie nickte wieder.

»Ich liebe dich, Ree.«

Zum Frühstück fehlten die Eier. Es war auch kein Brot mehr da und von der Milch nur noch ein Rest, gerade genug für zwei kleine Schalen Müsli. Die Schachtel Cheerios war verdächtig leicht, also mussten sie mit Rice Crispies vorliebnehmen. Ree mochte die »sprechenden« Flocken, und er gab sich immer redlich Mühe, den knuspernden Lauten einen Sinn zu entnehmen.

»Was, du willst ein Pony haben? Ach nein, jetzt verstehe ich, du willst, dass ich mir selbst eine Corvette kaufe. Hätte ich auch gleich draufkommen können.«

Er entlockte ihr ein Lächeln. Dann kicherte sie sogar, und beide fühlten sich ein bisschen wohler.

Ree aß ihre Schale nur zur Hälfte leer und ließ den restlichen Puffreis auf der Milch schwimmen. Sie schien Gefallen daran zu finden, und so hatte er ein wenig Zeit zum Nachdenken.

Er hatte Schmerzen. Jede Bewegung tat ihm weh, und er fragte sich, wie wohl die anderen Typen aussehen mochten. Wahrscheinlich weniger schlimm, denn sie waren von hinten über ihn hergefallen; er hatte sie gar nicht kommen sehen.

Muss wohl am Alter liegen, dachte er. Zuerst hatte ihn ein Dreizehnjähriger fertiggemacht und dann das. Wehrhaftigkeit war etwas anderes. O Mann, im Gefängnis würde er keine Woche überleben. Ein schönes Motto für den anstehenden Tag.

»Daddy, was ist eigentlich mit deinem Gesicht passiert?«, fragte Ree, als er aufstand, um das Geschirr wegzuräumen.

»Ich bin gestürzt.«

»Autsch.«

»Kein Scherz.« Er stellte das Geschirr in die Spüle und öffnete den Kühlschrank, um nachzusehen, was sie zu

Mittag machen konnten. Milch hatten sie keine mehr. Es blieben sechs Dosen der von Sandy heißgeliebten Limonade Dr. Pepper, vier Becher Magerjoghurt und ein paar welke Salatblätter. Noch ein schönes Motto für den Tag: Aktueller Buhmann Nummer eins zu sein bedeutete nicht zwangsläufig, aufs Essen verzichten zu müssen. Also würden er und Ree heute einkaufen gehen.

Vielleicht sollte er sich einen Mullverband um den Kopf wickeln. Oder ein T-Shirt tragen, auf dem vorn das Wort »unschuldig« und hinten »schuldig« geschrieben stand. Wäre bestimmt lustig.

»Ree?«, fragte er und schloss den Kühlschrank. »Was hältst du davon, wenn wir groß einkaufen gehen?«

Ree strahlte. Es war das exklusive Amt für Daddy und Tochter, mindestens einmal in der Woche mit der von Sandy hinterlegten Einkaufsliste loszuziehen, während sie noch in der Schule war. Ree würde nicht lockerlassen und ihn zu einem so dringenden Kauf wie dem einer Barbiepuppe samt Accessoires oder eines gezuckerten Doughnut zu überreden versuchen.

Für gewöhnlich rasierte er sich zu solchen Anlässen, während Ree Wert darauf legte, mit Ballkleidchen und Strassdiadem aufzutreten. Es sprach schließlich nichts dagegen, aus einem Supermarktbesuch ein Ereignis zu machen.

Ree eilte nach oben, um sich die Zähne zu putzen, und als sie wieder in der Küche war, trug sie ein blaues geblümtes Kleid mit buntschillernden Feenflügeln und paillettenbesetzte pinkfarbene Schuhe. Sie reichte ihm ein

Haarband und verlangte, dass er ihr einen Pferdeschwanz machte. Er tat sein Bestes.

Jason stellte eine Einkaufsliste zusammen und versuchte sich dann selbst ein wenig zurechtzumachen. Unter den wegrasierten Stoppeln trat ein hässlicher Bluterguss zum Vorschein, und die zurückgekämmten Haare brachten das blaue Auge noch mehr zur Geltung. Er sah zum Fürchten aus. Noch so ein heiterer Gedanke zur Einstimmung auf den Tag, der dritte schon.

Ree wartete bereits ungeduldig mit ihrer gelben Osterglockenhandtasche an der Tür, als er nach unten kam.

»Erinnerst du dich an die Reporter?«, fragte er, »die Leute mit den Kameras und Mikrophonen auf der anderen Straßenseite?«

Ree nickte stumm.

»Tja, sie sind immer noch da, Schatz. Wenn wir jetzt die Tür öffnen, werden sie uns wahrscheinlich jede Menge Fragen an den Kopf werfen und Fotos schießen. Sie machen ihren Job, das ist alles. Sie werden sich wie verrückt aufführen. Wir aber gehen ganz ruhig zum Auto und fahren in den Supermarkt, okay?«

»Okay, Daddy. Ich hab sie schon gesehen, als ich nach oben gegangen bin. Darum habe ich mir auch meine Feenflügel angezogen. Wenn sie mich anbrüllen, fliege ich einfach über sie hinweg.«

»Was bist du doch für ein schlaues Mädchen!«, stellte er fest und öffnete die Tür. Jetzt oder nie, dachte er.

Kaum zeigte sich seine Schuhspitze auf der Schwelle, ging die Schreierei los.

»Jason, Jason, gibt's Neues von Sandy?«

»Wird die Polizei Sie heute vernehmen?«

»Wann können wir mit einer offiziellen Pressemitteilung rechnen?«

Er führte Ree nach draußen, zog die Tür hinter sich zu und schloss ab. Seine Hände zitterten. Er versuchte, sich zu fassen und Haltung zu bewahren. Nur nicht hasten. Der trauernde Ehemann ging mit seiner kleinen Tochter das Nötigste einkaufen. Brot und Milch.

»Werden Sie sich an den Suchaktionen beteiligen, Jason? Wie viele Freiwillige haben sich gefunden?«

»Hübsche Flügelchen, Kleines! Bist du ein Engel?«

Jason blickte wütend auf. Er ließ es sich gefallen, dass sich diese Aasgeier auf ihn stürzten, aber wehe, sie behelligten seine Tochter …

»Daddy?«, flüsterte Ree und blickte verängstigt zu ihm auf.

»Wir steigen jetzt ins Auto und fahren einkaufen«, beruhigte er sie. »Es ist alles in Ordnung, Ree. Nicht wir sind ungezogen, sondern die Leute da draußen.«

Sie ergriff seine Hand und schmiegte sich eng an ihn, als sie die Verandastufen hinuntergingen und über den Rasen auf die Einfahrt zusteuerten, wo das Auto parkte. Er zählte nach: Waren es gestern erst vier Übertragungswagen gewesen, standen heute bereits sechs in der Straße. Von weitem konnte er nicht erkennen, zu welchen Sendern sie gehörten. Doch das würde er wohl erfahren, sobald er den Fernseher einschaltete.

»Was ist mit Ihrem Gesicht passiert, Jason?«

»Verdanken Sie der Polizei das blaue Auge?«

»Haben Sie sich geprügelt?«

Ruhig und mit gleichmäßigen Schritten führte er Ree auf den Volvo zu. Er holte den Schlüssel aus der Tasche. Die Zentralverriegelung klickte.

Brutales Vorgehen der Polizei, dachte er, als weitere Fragen zu seinem Gesicht gestellt wurden und ihm beim Öffnen der Tür die Rippen wieder höllisch wehtaten.

Er schnallte Ree in ihrer Sitzschale fest, schlug die Hecktür zu und setzte sich hinters Steuer. Als er auch seine Tür zugezogen und den Motor gestartet hatte, war von den Rufen der Reporter nichts mehr zu hören.

»Gut gemacht«, lobte er Ree.

»Ich kann Reporter nicht leiden«, meinte sie.

»Das verstehe ich. Vielleicht sollte ich mir auch ein paar Feenflügel zulegen.«

Er war mit den Nerven am Ende und brachte nicht die erzieherische Strenge auf, seiner Tochter Oreos, Milchschnitten und ofenfrische Schokoladenkekse zu verweigern. Ree hatte seine Schwäche früh erkannt, und am Ende ihres Rundgangs durch die Regalreihen war der Einkaufswagen voller Süßigkeiten und Fertiggerichte. Immerhin hatte er es geschafft, an Milch, Brot und Früchte zu denken.

Er ließ sich viel Zeit und war verzweifelt darauf aus, wieder ein wenig Normalität in sein und Rees Leben einkehren zu lassen. Sandy war verschwunden. Stattdessen drängte sich Max auf. Die Polizei würde ihm weitere Fragen stellen, und er machte sich größte Vorwürfe, den Familiencomputer benutzt zu haben.

Jason wollte ein solches Leben nicht. Er wünschte, die Uhr um sechzig, siebzig Stunden zurückdrehen zu können, unausgesprochen sein zu lassen, was er nie hätte sagen dürfen, ungeschehen machen zu können, was er nie hätte tun dürfen. Ach, könnte er doch auch den Urlaub im Februar rückgängig machen …

Die Frau an der Kasse lächelte über Rees schrille Aufmachung und erschrak, als sie ihn sah. Er zuckte befangen mit den Achseln und folgte ihrem Blick auf die Zeitschriftenauslage, in der sich unter anderem eine aktuelle Ausgabe der *Boston Daily* befand – mit einem Schwarz-weißfoto von ihm auf der Titelseite. Die Schlagzeile lautete: »Was verschweigt der freundliche Reporter?«

Sie hatten das Foto seines Presseausweises vergrößert, ein Porträt wie aus der Verbrecherkartei mit leerem Blick, der gleichzeitig etwas Bedrohliches hatte.

»Daddy, das bist ja du!«, rief Ree durch den Laden und lief auf den Zeitungsstand zu. Kunden waren aufmerksam geworden und musterten das niedliche Mädchen vor dem erschreckenden Foto. »Warum bist du in der Zeitung?«

»Das ist die Zeitung, für die ich arbeite«, antwortete er leichthin und wäre am liebsten Hals über Kopf nach draußen gerannt.

»Was steht da?«

»Dass ich ein freundlicher Mensch bin.«

Die Kassiererin starrte ihn aus weit aufgerissenen Augen

an. Er warf ihr einen Blick zu und machte sich um seine Wirkung auf andere keine Gedanken mehr. Um Himmels willen, das war seine Tochter.

»Die nehmen wir mit nach Hause«, erklärte Ree. »Mommy wird sie auch sehen wollen.« Sie zog die Zeitung aus dem Ständer und warf sie auf das Laufband. In der Verfasserzeile des Artikels stand, wie er sah, »Greg Barr«, der Name seines Chefredakteurs. Jason ahnte nun auch, mit welchen Worten er in diesem Artikel zitiert wurde. Er hatte sie ihm buchstäblich in die Maschine diktiert.

Er zog seine Brieftasche aus der Tasche, bevor er so wütend wurde, dass er sich nicht mehr beherrschen konnte. Nimm deinen Einkauf und ab in den Wagen. Nimm deinen Einkauf und ab in den Wagen.

Fahr zurück nach Hause und lass dich dort belästigen.

Er reichte der Kassiererin seine Kreditkarte. Sie zitterte so sehr, dass sie den Schlitz des Lesegeräts zweimal verfehlte. Hatte sie Angst vor ihm? Glaubte sie, einen Psychokiller abzukassieren, der womöglich seine Frau erwürgt, zerstückelt und im Hafen hatte verschwinden lassen?

Er wollte laut auflachen, ahnte aber, dass es sich falsch anhören würde. Zu kalt und gefühllos. Sein Leben war aus dem Lot geraten, und er wusste nicht weiter.

»Kann ich im Auto Pop-Tarts essen?«, fragte Ree. »Kann ich, kann ich, kann ich?«

Die Kassiererin reichte ihm die Kreditkarte samt Beleg. »Ja, ja, ja«, murmelte er. Er unterzeichnete den Beleg, steckte die Kreditkarte zurück und wollte nur noch weg, so schnell wie möglich.

»Ich liebe dich, Daddy!«, triumphierte Ree.

Er hoffte, dass es alle in diesem verfluchten Laden gehört hatten.

28. Kapitel

Als Jason, zu Hause angekommen, die Einkäufe nach mehrmaligem Spießrutenlauf aus dem Auto ins Haus geschafft hatte, war er am Ende seiner Kräfte. Er steckte für Ree eine DVD in den Player und ignorierte das schlechte Gewissen und dessen Mahnung, dass zu viel Fernsehen für seine Tochter schlecht sei, er sich gerade in dieser schweren Zeit mehr um sie kümmern müsse und so weiter und so fort.

Immerhin hatten sie jetzt genug zu essen, der Kater war wieder zurück und er noch immer auf freiem Fuß.

Damit musste er sich vorerst zufriedengeben.

Er packte gerade die Eier aus, als das Telefon klingelte. Ohne vorher auf das Display geschaut zu haben, hob er ab.

»Wieso ist dein Gesicht so zugerichtet, Schwiegersohn?«, fragte Maxwell Black in seinem gedehnten Südstaatenakzent und rief Jason an den Platz zurück, den er nicht einnehmen wollte.

Glaubst wohl, dein eigener Herr zu sein. Von wegen, du stehst unter meiner Knute, Junge. Du gehörst mir, mit Haut und Haaren.

»Bin die Treppe runtergefallen«, antwortete Jason und

zwang sich zur Besinnung. Er versuchte, die Bilder, die sich ihm aufdrängten, zu verbannen.

Max lachte. Es war ein durchaus freundliches Lachen, das er wahrscheinlich auch im Gerichtssaal hören ließ, oder wenn er Hof hielt auf den Cocktailpartys in der Nachbarschaft. Vielleicht hatte er so auch gelacht, als er das erste Mal von einem Lehrer zaghaft auf Sandy angesprochen worden war. *Sir, mit Verlaub, ich mache mir Sorgen … um Ihre Tochter. Ich halte sie für gefährdet.* Und vielleicht hatte Max auf dieselbe charmante Weise gelacht. *Ach was, um mein kleines Mädchen brauchen Sie sich keine Sorgen zu machen. Ihr geht es bestens.*

Jason konnte diesen Mann nicht ausstehen.

»Na schön, Sohn, wir haben uns gestern Nachmittag offenbar auf dem falschen Fuß erwischt«, sagte Max.

Jason antwortete nicht. Das Schweigen zog sich hin. Nach einer Weile fügte Max hinzu: »Deshalb rufe ich an. Um Abbitte zu leisten.«

»Nicht nötig«, entgegnete Jason. »Es reicht mir, wenn du nach Georgia zurückkehrst.«

»Also hör mal, wenn hier jemand Grund hat, beleidigt zu sein, dann bin ich es doch wohl. Du hast mir meine einzige Tochter weggeschnappt, sie in den gottverdammten Norden geschleppt und mich nicht einmal zur Hochzeit eingeladen, geschweige denn über die Geburt meiner Enkelin informiert. Unter Familiensinn verstehe ich etwas anderes, Sohn.«

»Du hast recht. An deiner Stelle würde ich nie mehr ein Wort mit uns reden.«

Er lachte wieder freundlich glucksend. »Kannst dich also glücklich schätzen, Sohn«, fuhr Max fort. »Ich habe mir die Sache noch einmal reiflich überlegt und bin mit mir ins Gericht gegangen. Wir sprechen über meine einzige Tochter und mein Enkelkind. Es wäre töricht, wenn wir es zuließen, dass die Vergangenheit unserer Zukunft im Wege stünde.«

»Wenn Sandra wieder da ist, werde ich ihr deine Worte mitteilen.«

»Rechnest du tatsächlich mit ihrer Rückkehr?«

»Allerdings«, antwortete Jason entschieden.

»Ist deine Frau mit einem anderen Mann durchgebrannt, Sohn?«

»Davon scheinen viele auszugehen.«

»Hast du sie nicht glücklich machen können? Versteh mich nicht falsch, ich habe sie großgezogen und war nach dem Tod ihrer lieben Mutter allein für sie verantwortlich. Ich weiß, wie schwierig und anspruchsvoll sie sein kann.«

»Sandra ist eine wunderbare Frau und großartige Mutter.«

»Zugegeben, ich war überrascht zu erfahren, dass meine Tochter den Lehrberuf ergriffen hat. Ich habe mich heute Morgen mit dem Rektor ihrer Schule unterhalten. Wie war noch gleich sein Name … Phil, Phil Stewart? Er hat sie in den höchsten Tönen gelobt. Es scheint also, meine Tochter ist gut bei dir aufgehoben. Das gefällt mir, Sohn, wirklich.«

»Ich bin nicht dein Sohn.«

»Na schön, Jason *Jones.*«

Jason hörte wieder den scharfen Unterton, die versteckte Drohung. Er biss die Zähne aufeinander.

»Du kannst mich nicht besonders gut leiden, nicht wahr, Jason?«

Er antwortete nicht, zumal der Richter mit sich selbst zu sprechen schien. »Ich kann mir nicht erklären, warum. Wir zwei haben kaum ein Wort miteinander gewechselt. Du hast meine Tochter gewollt und sie bekommen. Du wolltest Georgia verlassen und hast meine Tochter mitgenommen. Ich müsste zornig auf *dich* sein. Dazu hätte ich als derjenige, der im Stich gelassen wurde, allen Grund. Aber was habe ich dir getan, Sohn? Wieso grollst du mir?«

»Du warst deiner Tochter kein guter Vater«, hörte sich Jason sagen. »Sie hat dich gebraucht, aber du warst nicht für sie da.«

»Wovon um alles in der Welt redest du?«

»Von deiner Frau! Ich rede von deiner unmöglichen, versoffenen Frau, die ihrer Tochter mit deiner Duldung Tag für Tag aufs übelste mitgespielt hat. Was ist das für ein Vater, der sein Kind so im Stich lässt? Der untätig mit ansieht, wie es in aller Regelmäßigkeit misshandelt wird?«

Es entstand eine längere Pause. »Meine Frau soll Sandy misshandelt haben? Hat dir Sandy *das* gesagt?«

Jason ließ sich mit der Antwort Zeit. »Ja«, bestätigte er schließlich.

»Da muss ich wohl einiges richtigstellen.« Der Richter klang empört. »Meine Frau war weiß Gott keine perfekte Mutter. Zugegeben, sie hat wahrscheinlich mehr getrunken, als ihr guttat, und ich habe damals so viel gearbeitet, dass mir nur wenig Zeit für Missy und Sandra blieb. Ich habe die beiden viel zu oft allein lassen müssen. Das hat gewiss an den Nerven meiner Frau gezehrt, weshalb sie wohl häufig gereizt und schlecht gelaunt war. Aber dass sie Sandra aufs übelste mitgespielt und sie misshandelt hätte … das erscheint mir doch ein wenig zu melodramatisch.«

»Deine Frau hat Sandy also nie geschlagen?«

»‹Wer sein Kind liebt, der züchtigt es.‹ Sie hat ihr vielleicht manchmal den Hintern versohlt, aber das war auch alles.

Zugegeben, sie hatte eine Schwäche für Gin. Aber Missy war nie gewalttätig. Wenn sie zu viel getrunken hatte, ist sie ins Bett gegangen. Sie hätte keiner Fliege etwas zuleide getan, schon gar nicht ihrer Tochter.«

»Und dich hat sie auch nicht mit dem Messer durchs Haus gejagt?«

»Wie bitte?«, fragte der Richter schockiert.

»Sie hat Sandy vorsätzlich verletzt, ihr die Finger im Türrahmen gequetscht, sie gezwungen, Bleichmittel zu trinken und Gegenstände zu schlucken, um anschließend mit ihr ins Krankenhaus zu fahren. Deine Frau war krank, sehr krank.«

Erneut zog sich das Schweigen hin. Als der Richter wieder sprach, klang er aufrichtig verblüfft. »Das hat Sandy dir erzählt? So etwas sagt sie über ihre Mutter? Kein Wunder, dass du mich schneidest. Absolut verständlich. Ein Wahnsinn ist das … also wirklich.« Er fand keine Worte.

Jason verlagerte sein Gewicht von einem Fuß auf den

anderen. Er spürte Beklommenheit und Verunsicherung im Rücken aufsteigen.

»Darf ich etwas zu meiner Verteidigung anführen?«, fragte der Richter.

»Nur zu.«

»Ich schwöre dir, Sohn, von solch schrecklichen Vorwürfen höre ich jetzt zum ersten Mal. Vielleicht haben sich zwischen Sandy und meiner armen Frau Dinge abgespielt, von denen ich wirklich keine Ahnung hatte. Aber um ehrlich zu sein, glaube ich nicht, dass dem so war. Ich liebe meine Tochter, Jason. Ich gehöre allerdings auch zu den wenigen Männern, die ehrlichen Herzens von sich sagen können, ihre Frau aufrichtig geliebt zu haben. Ich war neunzehn, als ich Missy kennenlernte, und schon auf den ersten Blick entschlossen, sie zu meiner Frau zu machen. Nicht bloß, weil sie wunderschön, gutmütig und wohlerzogen war – ja, all das war sie auch –, sondern weil sie einfach sie selbst war, und allein darum liebte ich sie.

Du wendest jetzt vielleicht ein, dass das, was ich sage, mit uns nichts zu tun hat. Aber ich fürchte, das hat es sehr wohl. Spätestens mit zwölf entwickelte Sandy eine zunehmende Eifersucht auf Missy, weil ich ihr zu Füßen lag und sie mit Blumen und Geschenken überhäufte. Mädchen in diesem Alter sehen sich häufig in Konkurrenz zu ihren Müttern. Möglich, dass Sandy dachte, dass sie gegen ihre Mutter keine Chance hatte. Vielleicht hat sie das wütend gemacht und gegen ihre Mutter aufgebracht.

Aber dann starb ihre Mama, bevor die beiden die Möglichkeit hatten, miteinander ins Reine zu kommen. Das war für Sandy schrecklich schwer. Mein süßes kleines Mädchen … sie war plötzlich wie ausgewechselt, wurde wild und streunte in der Gegend umher. Sie tat, was sie wollte, und ließ sich nichts verbieten. Sie hat abgetrieben. Wusstest du das? Sie war schon vor Ree schwanger, vielleicht sogar mehr als einmal. Ich wette, davon hat sie dir nichts gesagt, oder? Auch ich sollte davon nichts wissen, aber in der Klinik war unser Name bekannt, und ich bin angerufen worden. Ich gab meine Erlaubnis. Wie hätte ich anders entscheiden können? Sie war ja doch selbst noch ein Kind, viel zu jung und instabil, um eine gute Mutter sein zu können. Ich habe für mein Mädchen gebetet, du ahnst nicht, wie sehr. Und dann bist du gekommen und hast sie mir weggenommen.«

Der Richter seufzte. »Was ich dir sagen will, ist, dass ich immer gehofft habe, Sandy würde irgendwann zur Vernunft kommen. Und als ich heute Morgen mit dem Rektor gesprochen habe, sah ich diese Hoffnung endlich erfüllt. Was ich aber jetzt von dir hören muss … Ich fürchte, Jason, meine Tochter hat ein ernstes Problem. Zuerst läuft sie mir davon und jetzt, wie es scheint, auch dir.«

Jason wollte Einspruch erheben, bekam aber keinen Ton heraus. Seine Verunsicherung nahm zu und machte sich in der Magengegend bemerkbar. Was und wie viel wusste er tatsächlich über Sandy und ihre Familie? Er hatte ihr immer aufs Wort geglaubt. Welche Gründe sollte sie gehabt haben, ihn zu belügen?

Andererseits, aus welchen Gründen hatte er sie belogen? Unzählige Male?

»Wir sollten uns sehen, Jason«, sagte Maxwell. »Sprechen wir miteinander, von Mann zu Mann. Ich habe wirklich nichts gegen dich, Sohn. Ich will einfach nur das Beste für meine Tochter und mein Enkelkind.«

»Woran ist Missy gestorben?«, fragte Jason unvermittelt.

»Wie bitte?«

»Deine Frau. Woran ist sie gestorben?«

»Herzinfarkt«, antwortete der Richter prompt. »Sie ist tot umgefallen. Dabei war sie noch so jung. Schreckliche Tragödie. Wir waren am Boden zerstört.«

Jason hielt den Hörer fest umklammert. »Wo ist sie gestorben?«

»Ähmmmm, zu Hause. Warum fragst du?«

»War es in der Garage? Am Steuer ihres Wagens?«

»Richtig, jetzt, wo du es sagst, fällt's mir wieder ein. Du weißt es von Sandy?«

»Bist du sicher, dass sie einen Herzinfarkt hatte?«

»Absolut. Wie gesagt, es war schrecklich. Ich glaube, meine kleine Sandy ist nie darüber hinweggekommen.«

»Ich habe den Autopsiebericht gelesen«, entgegnete Jason. »Und wenn ich mich recht erinnere, wurde Mrs Black mit kirschroter Gesichtsfarbe vorgefunden. Das ist ein klarer Hinweis auf eine Kohlenmonoxidvergiftung.«

Wieder blieb es lange still in der Leitung. Jason fühlte, wie sich sein Magen beruhigte und die Schultern strafften. Sandy hatte recht – ihr Vater war ein sehr guter Lügner.

»Ich weiß nicht, wovon du sprichst, Mr *Jones*«, sagte

Max schließlich. Er klang nun sehr viel weniger jovial. Im Gegenteil, stinksauer. Der reiche, mächtige Mann musste zurückstecken.

»Wirklich nicht? Du solltest wissen, dass heute dank digitaler Technik letztlich alle Informationen zugänglich sind, insbesondere für Leute, die wissen, wonach sie suchen müssen.«

»Wie wahr. Dann weißt du auch, dass es mir sehr wohl möglich ist, dir auf die Finger zu klopfen.«

»Du redest dich um Kopf und Kragen. Wann bist du in Boston angekommen?«

»An welchem Tag bist du meiner Tochter zum ersten Mal begegnet?«, konterte Max leichthin.

»Bist du mit einem Leihwagen unterwegs, oder lässt du dich fahren?«

»Wirst du dich freiwillig einem Vaterschaftstest unterziehen, oder willst du warten, bis dich das Familiengericht dazu zwingt?«

»Streng dich nicht an. Wir sind hier in Massachusetts. Bei uns gibt's die Schwulenehe, und bei fraglichem Sorgerecht zählen nicht die biologische Herkunft, sondern das Kindeswohl und die Verlässlichkeit der angenommenen Elternschaft.«

»Bildest du dir etwa ein, in Rechtsfragen besser Bescheid zu wissen als ich, Junge?«

»Ich habe vor kurzem einen Artikel über einen Großvater geschrieben, der das Sorgerecht für seinen Enkel einzuklagen versuchte, weil er dessen lesbische Eltern missbilligte. Das Gericht ließ ihn abblitzen.«

»Interessant. Auch schon mal was von einer einstweiligen Verfügung gehört?«

Jason schaute zum Fenster hinaus und erstarrte beim Anblick eines uniformierten Polizisten, der auf sein Haus zuschritt.

»Zum Beispiel dann, wenn Gefahr im Verzug ist?«, fuhr Max unbeeindruckt fort und gluckste wieder. »Eine solche Verfügung kann erwirkt werden, ohne dass die Gegenseite überhaupt gehört wird. Du, mein Junge, bist der Hauptverdächtige in einem Ermittlungsverfahren und wirst mir wohl recht geben müssen, dass es nicht im besten Interesse des Kindes sein kann, unter der Obhut eines Mannes zu stehen, der allem Anschein nach die Kindsmutter um die Ecke gebracht hat.«

»Du verfluchter Mist–«, zischte Jason.

Die Türglocke läutete.

»Du solltest öffnen«, sagte Max. »Wir – das sind meine Person und die gesamte freie Welt – können dich sehen.«

Tatsächlich erblickte Jason seinen Schwiegervater neben einem der Übertragungswagen. In hellblauem Zwirn und mit kunstvoll frisiertem Silberhaar, hielt er ein Handy am Ohr und winkte ihm zu, sichtlich zufrieden darüber, ihn, Jason, mit seinem Anruf abgelenkt und an der Strippe gehalten zu haben, während die Cops aufmarschierten. Wieder klingelte es an der Tür.

»Ich geh schon, Daddy«, trällerte Ree.

Mochte geschehen, was sich ohnehin nicht abwenden ließ. Jason war schon einmal gestorben, vor fast fünfundzwanzig Jahren. Nur, diesmal würde es noch schlimmer kommen. Seine gesamte Welt zerbrach. Ree stand auf Zehenspitzen vor der Tür, öffnete das erste Schloss, das zweite –

Dann machte sie dem uniformierten Beamten die Tür auf.

Er hielt ein gefaltetes Blatt weißen Papiers in der Hand und schaute über Ree hinweg in die Küche auf Jason, der immer noch den Hörer ans Ohr gepresst hielt.

»Jason F. Jones.«

Jason legte den Hörer ab und kam dem Beamten wie ferngesteuert und mit vor sich ausgestreckten Armen entgegen.

»Ich habe Ihnen hier was auszuhändigen«, sagte der Polizist und reichte ihm das Blatt Papier, worauf er sich auf dem Absatz umdrehte und auf die Straße zurückkehrte, wo eine Phalanx von Fotografen Stellung bezogen hatte.

Jason faltete das Blatt auseinander und las einen richterlichen Beschluss, der ihn aufforderte, seine Tochter morgen Vormittag um elf zum öffentlichen Spielplatz zu führen, um dort mit ihrem Großvater zusammenzutreffen, dem eine Stunde Besuchszeit eingeräumt worden war. Ferner hieß es, dass nach einer ausführlichen Anhörung, die in vier Wochen stattfinden sollte, über eine Besuchsregelung entschieden werde. Bis zu diesem Zeitpunkt habe Maxwell M. Black das Recht, seine Enkelin Clarissa Jane Jones täglich eine Stunde lang zu sehen.

Täglich. Max und Ree. Er würde sie sehen, mit ihr reden, sie berühren. Und Jason war es untersagt, die beiden zu beobachten. Er war gezwungen, seine Tochter einem Mann zu überlassen, der sich am Missbrauch seines eigenen Kindes mitschuldig gemacht hatte.

»Was ist, Daddy?«, fragte Ree neugierig. »Hast du etwas gewonnen? Was hat dir der Mann gebracht?«

Jason faltete das Blatt Papier zusammen und steckte es in die Tasche.

»Nichts Besonderes«, antwortete er und holte tief Luft. »He, was hältst du davon, wenn wir eine Partie Candy Land spielen?«

Ree gewann dreimal in Folge. Sie hatte spätestens nach jedem vierten Zug die Princess-Frostine-Karte aufgedeckt, also irgendwie gemogelt. Jason war zu abgelenkt, um ihr auf die Finger zu klopfen, weshalb auch sie schnell die Lust verloren hatte. Sie suchte nach Grenzen und Regeln, die Sicherheit boten.

Jason räumte das Spiel weg und machte Mittagessen: Käse-Sandwiches und Tomatensuppe. Ree saß schmollend am Küchentresen und dippte ihr Sandwich in die Suppe. Er rührte nur in seinem Teller herum und sah zu, wie die Croutons blutrot wurden.

Der richterliche Beschluss steckte immer noch in seiner Gesäßtasche, als hätte er zusammengefaltet keine Macht mehr über sein Leben und das seiner Tochter. Jason verstand jetzt, warum es Sandra nicht schwergefallen war, ihr Zuhause und ihren Vater zu verlassen, warum sie während der vergangenen fünf Jahre kein einziges Mal versucht gewesen war, sich bei ihm zu melden.

Maxwell Black setzte seinen Willen durch. Gegen ihn war kein Kraut gewachsen.

»Ich will nach Mommy suchen«, erklärte Ree.

»Was?«

Sie blickte von ihrem Teller auf und sah ihn mit trotziger Miene an. »Du hast gesagt, die Polizei und Freunde treffen sich auf dem Schulhof, um Mommy zu suchen. Ich will mitmachen. Ich will, dass Mommy gefunden wird.«

Jason starrte seine Tochter an und fragte sich, welcher Elternratgeber auch für dieses Problem eine Lösung anbieten mochte.

Wieder klingelte es an der Tür. Jason eilte sofort hin.

Sergeant D. D. Warren und Detective Miller standen auf der Veranda. Unwillkürlich hielt Jason nach weiteren Polizisten Ausschau, sah aber nur die beiden Ermittler und rechnete sich aus, dass sie nicht gekommen waren, um ihn festzunehmen. Er ließ sie eintreten.

»Haben Sie meine Frau gefunden?«, fragte er.

»Haben Sie schon nach ihr gesucht?«, entgegnete D. D.

Immerhin war ihm diese Frau lieber als Max.

Er führte die beiden in die Küche und erlaubte Ree, sich einen Film anzusehen. Daddy müsse sich jetzt mit den beiden netten Polizisten unterhalten, sagte er. Aber Ree verzog das Gesicht und plärrte: »Ich will nach Mommy suchen. Davon kannst du mich nicht abhalten!«

Sie stürmte ins Wohnzimmer und schaltete den Fernseher ein, zufrieden damit, das letzte Wort behalten zu haben.

»Es war ein anstrengender Tag«, erklärte Jason.

»Wir haben doch erst halb zwölf«, hob D. D. hervor.

»Herrje, dann habe ich wohl noch zehn schwere Stunden vor mir.«

Ree hatte inzwischen ihre Dino-DVD eingelegt: *In einem Land vor unserer Zeit.*

»Darf ich Ihnen etwas zu trinken anbieten? Oder einen Teller Tomatensuppe?«, fragte er halbherzig.

D. D. und Miller schüttelten den Kopf. Sie setzten sich an den Küchentresen. Jason lehnte mit verschränkten Armen am Kühlschrank. *Trauernder Ehemann.*

»Was ist mit Ihnen passiert?«, fragte D. D.

»Ich bin vor eine Wand gelaufen.«

»Mal mit der einen, mal mit der anderen Gesichtshälfte?«

»Ja, insgesamt zweimal.«

Sie kniff die Brauen zusammen. Er blieb ungerührt. Was sollten sie machen? Ihn einlochen, weil er sich hatte zusammenschlagen lassen?

»Ich würde gern zu Protokoll nehmen, dass wir es nicht waren«, meinte Miller.

»Wen meinen Sie mit *wir*?«

»Die Bostoner Polizei. Wir hatten ja noch nicht einmal das Vergnügen, Sie im Präsidium empfangen zu dürfen. Also, die Wand, von der Sie sprechen, kann nicht bei uns gestanden haben.«

»Ich glaube, Ihre Wände nutzen lieber Elektroschocker als Druckmittel. Die waren nicht im Spiel, also kann's bei Ihnen nicht gewesen sein.«

Jason wusste, dass er sich mit dieser Bemerkung bei Miller nicht beliebter machte, aber der hatte ihn, wie es schien, ohnehin schon als Schuldigen ausgemacht.

»Wann ist es passiert?«, fragte D. D., offenbar die Klügere von beiden. »Wir haben Sie nach Ethans Angriff gesehen. Nun scheint aber jemand noch sehr viel heftiger zugelangt zu haben.«

»Vielleicht laufen bei mir Prellungen später an als bei anderen.«

Sie kniff wieder die Brauen zusammen. Er blieb ungerührt. Einen Schlagabtausch dieser Art würde er stundenlang fortsetzen können. Sie wahrscheinlich auch. In dieser Hinsicht waren sie vielleicht verwandt. Von Natur aus dazu berufen, sich gegenseitig anzumachen.

Er sehnte sich nach Sandy. Er wollte seine Frau fragen, ob sie tatsächlich schwanger war. Er wollte ihr sagen, dass er alles für sie zu tun bereit sei, wenn sie ihm nur eine zweite Chance geben würde. Er wollte sich bei ihr entschuldigen, vor allem wegen des Urlaubs im Februar. Es gab vieles, was ihm leidtat.

»Sandra wusste von Ihren heimlichen Umtrieben«, stellte D. D. fest.

Er seufzte und sprang auf den Köder an. »Was für heimliche Umtriebe?«

»Das wissen Sie. Am Computer.«

Jason war nicht überrascht. Er ahnte, was die beiden von Ethan Hastings zu hören bekommen hatten. Sie mussten schon etwas mehr vorbringen, um ihn zu verunsichern.

»Ich bin Reporter. Und natürlich arbeite ich viel am Computer.«

»Dann lassen Sie es mich anders formulieren: Sandra hat herausgefunden, was Sie im Internet *treiben*.«

Er fand diesen Hinweis nur geringfügig interessanter. »Machen Sie es nicht so spannend. Was hat Ethan zu diesem Thema ausgesagt?«

»Wer spricht denn von Ethan?«

»Verzeihung?«

»Nein, wir haben den Vormittag nicht mit Ethan verbracht. Zugegeben, er hat uns gestern Abend ein paar interessante Dinge mitgeteilt, unter anderem, dass er Sandra mit seinem Onkel bekannt gemacht hat, der für die Massachusetts State Police in Sachen forensische Beweismittelanalyse arbeitet.«

»Wir haben uns Ihre Kontenbewegungen angeschaut«, mischte sich Miller ein, »und wissen jetzt, dass Sie kein Glücksspieler sind. Kommen also nur noch Kinderpornos und/oder Cybersex in Frage. Warum tun Sie sich nicht selbst einen Gefallen und machen reinen Tisch? Wir können Ihnen helfen.«

»Ich habe mir nichts vorzuwerfen«, entgegnete Jason automatisch, aber in seinem Kopf arbeitete es. Sandra hatte offenbar seinen mitternächtlichen Aktivitäten auf die Spur zu kommen versucht. Wann? Und wie viel hatte sie herausgefunden? Mit Sicherheit nicht alles, denn dann hätte sie Ethan Hastings nicht gebraucht. Aber ein Computerprofi. Scheiße. Ein Experte im Polizeidienst, der über alle nötigen Mittel verfügte …

»Wir haben Ihren Computer«, setzte D. D. nach. »Als jemand, der sich auskennt, sollten Sie wissen, dass wir alles finden. Ich betone, alles.«

Er nickte, weil er ihr recht gab. Mit den technischen Mitteln, die heutzutage zur Verfügung standen, hätte er mit seinem Truck über die Festplatte fahren, die Einzelteile im Heizkessel verbrennen und danach den ganzen Heizkeller in die Luft sprengen müssen, um wirklich sicher sein zu können.

Am liebsten wäre er auf der Stelle in die Redaktion gefahren, hätte sich den alten Computer geschnappt und seine eigene Diagnose daran vorgenommen. Wie viel hatte Sandra herausgefunden? Wie viele seiner eingebauten Sperren und Sicherungen hatte sie außer Kraft gesetzt? Wusste sie von seinen Blogs? Von seinen finanziellen Transaktionen? Von seiner MySpace-Seite? Vielleicht sogar von den Fotos? Himmel, die Fotos.

Er konnte nicht zurück in die Redaktion, konnte es nicht riskieren, diesen Computer jemals wieder selbst in Betrieb zu nehmen. Es war aus und vorbei. Das Einzige, was ihm blieb, war die Kassette auf dem Dachboden und die Hoffnung, sich mit Ree über die Grenze nach Kanada absetzen zu können.

D. D. und Miller musterten ihn mit argwöhnischen Blicken. Er zwang sich, laut auszuatmen und auf enttäuscht zu markieren.

»Ich wünschte, meine Frau hätte mir Bescheid gesagt«, sagte er.

D. D. betrachtete ihn skeptisch.

»Ich meine, wenn sie mir von ihren Verdächtigungen berichtet hätte, wäre es mir ein Leichtes gewesen, ihr alles zu erklären.«

»Was heißt ›alles‹?«, wollte Miller wissen.

Jason gestattete sich einen weiteren Seufzer. »Okay, okay. Ich habe einen Avatar.«

»Einen was?« Miller warf seiner Kollegin einen vielsagenden Blick zu und strich sich über den Schnauzbart.

»Avatar. Eine virtuelle Identität in einem Spiel namens Second Life.«

»Ich lasse mich nicht länger von Ihnen verarschen«, platzte es aus D. D. heraus.

»He, auch Vierjährige haben Ohren«, flüsterte Jason und zeigte in Richtung Wohnzimmer, wo Ree wahrscheinlich im TV-Koma lag.

»Erzählen Sie uns keine Märchen«, sagte D. D. mit drohendem Unterton.

»Tue ich nicht. Ich habe mir einen Avatar zugelegt. Ich habe mich im Rahmen einer Recherche in das Spiel eingeloggt, einfach nur aus Neugier. Aber … Ich weiß nicht. Es hat mir auf Anhieb gefallen. Ist viel komplexer als erwartet. Ein gut durchdachtes Gesellschaftsmodell. Mit eigenen Regeln, Ritualen, allem Drum und Dran. Am Anfang hat man nur einen Standardkörper mit Standardkleidung. Als ich anfing, mich in Bars und Geschäften umzuschauen, fiel mir auf, dass sich keine der Frauen mit mir unterhalten wollte. Warum? Weil ich nur die Standardausstattung hatte. Ich war, für alle ersichtlich, ein Neuling, wie der Austauschschüler einer Highschool, ein

Außenseiter. Man muss sich erst einmal seine Sporen verdienen.«

D. D. taxierte ihn wieder mit skeptischem Blick. Miller hingegen zeigte sich interessiert. »Sie schlagen sich Ihre Nächte um die Ohren, um in einer computergenerierten Parallelwelt jemand anders zu sein?«

Jason zuckte mit den Achseln und steckte die Hände in die Taschen. »Tja, peinlich, nicht wahr? So was gibt man als Erwachsener nicht gern zu, schon gar nicht der eigenen Frau gegenüber.«

»Wie treten Sie denn in Second Life auf?«, wollte Miller wissen. »Reich, gut aussehend, erfolgreich? Oder vielleicht als kurvenreiche Blondine, die auf Biker steht?«

»Wenn Sie's genau wissen wollen: Ich bin Schriftsteller und arbeite an einem Roman, von dem einiges autobiographisch sein könnte oder eben nicht. Ich mache ein Geheimnis um mich. Frauen mögen so etwas.«

»Den Geheimniskrämer geben Sie auch so ab«, bemerkte D. D. trocken. »Dafür brauchen Sie keine Parallelwelt.«

»Und ob. Hören Sie, meine Frau geht arbeiten und kümmert sich dann um Ree, während ich für den Lokalteil des *Boston Daily* kleine Artikel zusammenschustere. Was meinen Sie, was meine Frau davon halten würde, wenn sie erführe, womit ich mir nachts die Zeit vertreibe. Glauben Sie mir, dafür hätte sie nicht viel Verständnis.«

»Also tun Sie es heimlich«, sagte D. D.

»Ich mache es nicht zum Thema«, entgegnete Jason.

»Ach ja? Und deshalb löschen Sie nach jeder Sitzung Ihre Browser-Chronik?«

Verdammt, Ethan und dieser Onkel hatten Sandra offenbar einiges beigebracht. »Ich beteilige mich an diesem Spiel aus beruflichem Interesse«, erklärte Jason. Ihm fiel auf, dass ihm Lügen ebenso leicht über die Lippen gingen wie Maxwell Black. Hatte Sandra ihn deswegen geheiratet? Weil er sie an ihren Vater erinnerte?

»Sie haben meine Frage nicht beantwortet.«

»Ich lösche die Chronik, um meine Quellen zu schützen«, erwiderte Jason. »Das zu tun lernt man in der Journalistenschule, im Kurs über ethische Fragen im Zeitalter der Computertechnik. Streng genommen dürfte ich eigentlich nur meinen Job-Laptop verwenden, aber der Familiencomputer ist einfach bequemer. Also nutze ich ihn für meine Online-Recherchen. Weil aber eben auch andere Zugriff darauf haben – nicht zuletzt meine Freunde und Helfer –, lösche ich in aller Regelmäßigkeit den Verlauf.«

»Sie lügen.« D. D. ließ sich ihre Frustration anmerken. Es schien, als fehlte nicht viel, und sie hätte auf irgendetwas eingedroschen. Wahrscheinlich auf ihn.

Er zuckte mit den Achseln und gab damit zu verstehen, dass er nichts mehr für sie tun konnte.

»Nennen Sie mir den Namen der Journalistenschule«, sagte sie unvermittelt.

»Auf der ich war?«

»Wo Sie diesen Ethikkurs hatten.« Das Wort Ethik klang aus ihrem Mund wie eine Obszönität.

»Oh, das liegt schon Jahre zurück. Es war ein Online-Kurs.«

»Nennen Sie mir den Namen«, drängte sie. »Selbst Online-Anbieter führen Buch.«

»Ich werde ihn gerne für Sie raussuchen.«

D. D. schüttelte bereits den Kopf. »Es gab keinen Kurs. Oder wenn es einen gab, ist er nicht von Jason Jones belegt worden, stimmt's? Soweit wir wissen, gibt es diesen Jason Jones erst seit fünf Jahren. Wie haben Sie davor geheißen? Smith? Brown? Und was ich noch gerne wissen würde – wenn Sie sich einen neuen Namen zulegen, wird dann auch Ihre Katze umgetauft?«

»Unser Kater ist erst drei Jahre alt«, entgegnete Jason.

»Sie belügen uns nach Strich und Faden.« D. D. war aufgestanden und versuchte, ihn aus der Reserve zu locken, indem sie sich ihm bis auf wenige Zentimeter näherte. »Avatar, dass ich nicht lache. Sie haben nur ein zweites Leben, nämlich im Hier und Jetzt. Sie laufen vor irgendetwas davon. Irgendetwas. Und geben sich allergrößte Mühe, Ihre Spuren zu vertuschen. Stimmt's? Aber Ihre Frau hat Lunte gerochen und Ethan ins Spiel gebracht, dem Sie es nun verdanken, dass sich die Landespolizei für Ihre Online-Eskapaden interessiert. Unangenehm für Sie, nicht wahr, Jason? So unangenehm, dass Ihre Frau und ihr ungeborenes Baby dafür sterben mussten?«

»Ist Sandy wirklich schwanger?«, flüsterte er. Er wollte diese Frage eigentlich gar nicht gestellt haben, hoffte aber trotzdem auf eine Antwort, weil er sie noch einmal hören, noch einmal den köstlichen Schmerz empfinden wollte, dieses Gefühl, als würde ihm mit einem Filetiermesser die Haut abgezogen.

»Wollen Sie es wirklich wissen?«

»Seit wann? Ihr war in letzter Zeit nicht wohl. Ich dachte, sie hätte eine Grippe … Gesagt hat sie nichts.«

D. D. wirkte nachdenklich. »Anhand des Teststreifens lässt sich nicht bestimmen, seit wann sie schwanger ist. Wir werden allerdings noch eine DNA-Analyse vornehmen, darauf können Sie sich verlassen. Ich bin gespannt, wer der Erzeuger ist.«

Ihm schwante etwas, und er hatte Mühe, den entsetzlichen Gedanken in Worte zu fassen. »Der Computerexperte –«

D. D. sah ihm in die Augen.

»– war er in der Schule?«

»Das behauptet er zumindest.«

»Während der Schulstunden?«

»Nein, donnerstags abends bei den Basketballspielen.«

Jason sah der Miene der Polizistin an, dass sie das Gleiche dachte wie er. Dabei hatte er sich immer eingeredet, Sandra habe vor lauter Arbeit gar nicht die Zeit für einen Liebhaber. Nun aber schien es, dass sie sich mit einem Verehrer traf. Donnerstags abends. An jedem Donnerstagabend. Seine Frau ging fremd.

»Wie heißt er?«, fragte Jason eine Spur zu laut und ärgerte sich, Schwäche zu zeigen.

D. D. schüttelte den Kopf.

Und plötzlich kam wie aus dem Nichts der nächste Zufallsgedanke an diesem Tag: »Was für ein Auto fährt dieser Computerexperte? Einen Dienstwagen?«

»Nennen Sie mir Ihren Namen, Jason Jones. Ihren *wirklichen* Namen.«

»Haben Sie mit Aidan Brewster geredet? Haben Sie ihn gefragt, was er in der Nacht auf Donnerstag gesehen hat? Sie müssen ihn nach diesem Auto fragen. Lassen Sie es sich von ihm beschreiben.«

»Verraten Sie uns, was Sie am Computer treiben, Jason. Was haben Sie zu verbergen?«

»Ich verberge nichts!«, blaffte er und fühlte sich in die Ecke gedrängt. Er musste sich Gehör verschaffen, die beiden zum Nachdenken bewegen. Das Wohl seiner Tochter stand auf dem Spiel. »Wenn ich richtig verstanden habe, hat ein Computerexperte der Landespolizei auf Bitten Sandras die Festplatte unseres Familiencomputers untersucht, aber offenbar nichts gefunden, denn anderenfalls würden Sie mir hier nicht länger auf den Wecker fallen. Also habe ich nichts zu verbergen.«

»Was ist aus Ihrem Avatar, aus Ihrem heimlichen Doppelleben geworden?«

»Fragen Sie den Computerexperten«, entgegnete er. »Dem sollten Sie mal auf die Finger klopfen. Vielleicht ist sein Interesse an Sandra nicht bloß beruflicher Natur. Vielleicht hat er sich in sie verknallt und ist eifersüchtig geworden, weil sie Ree nie und nimmer im Stich lassen würde.«

»War's nicht vielmehr so, dass Sie Angst hatten, Sandra könnte Sie im Stich lassen?«

»Ich habe meiner Frau nichts getan! Ich würde niemals Ree ihre Mutter wegnehmen. Aber was kümmert das diesen Landespolizisten? Oder Sandras Vater? Wussten Sie, dass er eine einstweilige Verfügung erwirkt hat und verlangt, Ree zu sehen? Max ist, wenn Sie mich fragen, nicht den weiten Weg gekommen, um sich an der Suche nach seiner Tochter zu beteiligen, nein, er will einen Krieg um das Sorgerecht für seine Enkelin führen. Wenn Sandra zur Stelle wäre, könnte er das nicht, aber solange ich verdächtigt werde ... Das kommt ihm sehr gelegen, finden Sie nicht auch? So gelegen, dass es schwerfällt, an Zufall zu glauben.«

D. D. starrte ihn an. »Wollen Sie sich so verteidigen? Indem Sie mit dem Finger auf ihn zeigen? Ich dachte, Sie hätten den Sittenstrolch aus der Nachbarschaft im Visier.«

»Ich bin mir nicht sicher, ob Sandra ihn überhaupt kennt.«

»Verstehe. Also verdächtigen Sie Sandras eigenen Vater und den Computerexperten, den sie angeheuert hat, um Ihnen auf die Schliche zu kommen.«

»Und vergessen Sie Ethan Hastings nicht.« Er ahnte, dass er eine Grube schaufelte, in die er womöglich selbst hineinstürzte. »Dreizehnjährige Jungs haben schon Schlimmeres angestellt.«

»Ach, wirklich? Tja, aber wer ist es jetzt? Aidan Brewster, Ethan Hastings, Wayne Reynolds oder Maxwell Black? Oder kommt nicht vielleicht auch die Zahnfee in Betracht?«

»Wayne Reynolds?«, wiederholte er.

D. D. errötete. Sie hatte sich verplappert und ging zum Gegenangriff über. »Sie belügen uns, Jason. Sie führen uns hinters Licht, was Ihre Identität betrifft, Ihre Aktivitäten am Computer und weiß der Himmel was sonst noch. Und im gleichen Atemzug behaupten Sie, Ihre Frau zu lieben und alles daransetzen zu wollen, damit sie zurückkehrt. Also, wenn Sie Ihre Frau wirklich lieben, sollten Sie endlich auspacken. Verraten Sie uns, was hier vor sich geht, Jason. Verraten Sie uns, was mit Ihrer Frau geschehen ist.«

Jason sagte, was er sagen konnte: »Auf Ehre und Gewissen, Sergeant, ich habe keine Ahnung.«

29. Kapitel

Mit einer Begegnung beim Basketballspiel fing alles an. Ethan stellte mir seinen Onkel vor, einen Computerexperten im Dienst der State Police von Massachusetts.

Wayne Reynolds war nicht das, womit ich gerechnet hatte. Ich dachte, ein Computerfachmann sieht aus wie die Typen aus Revenge of the Nerds. Stattdessen bekam ich jemanden präsentiert, der auch als Schauspieler hätte Karriere machen können. Seine kupferroten Haare waren kunstvoll zerzaust, seine Krawatte hing schief. Dieser leicht verstrubbelte Look kommt gut an. Als Frau möchte man einem solchen Kerl den Kragen richten oder eine Strähne aus der Stirn streichen. Er ist groß und athletisch, aber gleichzeitig alles andere als unberührbar.

Während der fünfundvierzig Minuten unseres ersten Gesprächs hatte ich meine Hände in den Taschen vergraben, um mich nicht zu etwas hinreißen zu lassen, wofür ich mich hätte schämen müssen.

Er sprach über Computer. Darüber, wie man Festplatten kopiert. Über die Möglichkeit, ungenutzte Datenmengen nach versteckten Inhalten zu durchsuchen. Darüber, wie wichtig es ist, die richtige Software einzusetzen.

Ich sah seine langen Beine den Schulflur durchmessen

und fragte mich, ob die Schenkel und Waden unter den hellbraunen Hosenbeinen so muskulös waren, wie sie es zu sein versprachen. Hatte er rötliches Haar überall am Körper oder nur auf dem Kopf? Ob es sich so seiden anfühlte, wie es aussah?

Als wir die Halle betraten, um uns das Ende des Basketballspiels anzusehen, war ich ein wenig außer Atem und handelte mir von Ethan argwöhnische Blicke ein. Ich hütete mich, seinen Onkel zu betrachten. Dass Ethan ein schrecklich scharfsinniger Junge ist, hatte ich schon auf leidvolle Weise erfahren.

Wayne empfahl mir den Kauf einer externen Festplatte und gab mir seine Visitenkarte. Ich steckte sie in meine Handtasche und machte mich mit Ree auf den Weg nach Hause.

Nachdem ich sie zu Bett gebracht hatte, lernte ich Waynes E-Mail-Adresse und Telefonnummer auswendig, riss dann die Visitenkarte in winzig kleine Stücke und ließ sie im Klo verschwinden. Das Gleiche tat ich mit dem Zettel, auf den ich den Namen der Festplatte notiert hatte. In dieser Phase meines Vorhabens konnte ich mir keine Unachtsamkeit leisten.

Jason kam gegen zwei zurück. Ich hörte seine Schritte im Flur und den alten Holzstuhl über den Boden schaben, als er ihn unter dem Küchentisch hervorzog, um sich wie üblich vor den Computer zu setzen.

Um vier wachte ich wieder auf, als er ins Schlafzimmer kam. Er zog sich im Dunkeln aus, und ich fragte mich, wie mein Mann wohl inzwischen aussah. Was mochte sich unter seinen Hosenbeinen und den schlichten Hemden, die er immer trug, verbergen? Hatte er Haare auf der Brust? Einen kleinen seidenen Haarsteg bis runter zur Leiste?

Seit Brokeback Mountain redete ich mir ein, Jason sei schwul, und es liege nicht an mir, dass er mich nicht berührte. Womöglich bevorzugte er einfach Männer. Aber manchmal ertappte ich ihn dabei, dass er mich verstohlen betrachtete und große Augen dabei machte. Er reagierte auf mich, ganz bestimmt. Aber leider reichte ihm das anscheinend, um mir treu zu bleiben. Um mich zu lieben, reichte es nicht.

Ich schloss die Augen und stellte mich schlafend, als mein Mann ins Bett stieg.

Eine halbe Stunde später wälzte ich mich auf die Seite und berührte seine Schulter. Ich spreizte meine Finger auf seinem warmen Rücken, spürte, wie sich seine Muskeln spannten, und fand, dass er sich zumindest das von mir gefallen lassen müsste.

Aber er nahm meine Hand und wies mich zurück.

»Lass das«, sagte er.

»Warum?«

»Ich will schlafen, Sandy.«

»Ich möchte ein zweites Kind«, sagte ich, was durchaus der Wahrheit entsprach. Ich sehnte mich nach einem weiteren Kind oder zumindest nach jemand anderem, der mich liebte.

»Wir könnten eins adoptieren«, sagte er.

»Himmel, Jason. Bin ich dir so zuwider?«

Er antwortete nicht. Ich stürmte aus dem Zimmer, rannte

nach unten und setzte mich vor den Computer. Wie ein wütendes, trotziges Kind prüfte ich nach, den Papierkorb – leer – und die URLs in der Browser-Chronik: New York Times, USA Today und Drudge Report.

In diesem Moment verachtete ich meinen Mann. Ich hasste ihn dafür, dass er mich nach Boston geführt, aber nicht wirklich gerettet hatte. Ich hasste ihn dafür, dass er mich respektierte, mir aber nie das Gefühl gab, gewollt zu sein. Ich hasste ihn für sein Schweigen, für seine Geheimnisse und das Schwarz-weiß-Foto eines verängstigten kleinen Jungen, das mich, seit ich es gesehen hatte, verfolgte.

»Was für ein Monster bist du?«, fragte ich laut, doch der Computer hatte keine Antwort für mich.

Ich loggte mich in meinen AOL-Account ein und schrieb eine E-Mail: Lieber Wayne, danke, dass Sie Zeit für mich hatten. Ich arbeite jetzt an unserem Projekt und hoffe, Sie bald wiederzusehen, vielleicht nächsten Donnerstag zum Basketball …

30. Kapitel

»Was soll das heißen, du kannst das Geld nicht finden? Es sind vier Millionen Dollar, Mann. Nach Sparschweinen musst du nicht suchen«, brüllte D. D. in ihr Handy. Sie und Miller hatten gerade Jones verlassen und wurden von einem halben Dutzend Fotografen belagert. Das hatte man ihnen in der Polizeischule nicht beigebracht: wie man vor Paparazzi posiert.

»Nein, ich will nicht, dass sich die Feds reinhängen. Als ob wir der Kohle nicht selbst auf die Spur kommen könnten … Okay, okay, ich hab verstanden. So was geht nicht von jetzt auf gleich. Ich geb dir noch genau zwei Stunden … Ich weiß, also streng dich an.«

D. D. klappte das Handy zusammen und verzog das Gesicht.

»Schlechte Nachrichten?«, fragte Miller und strich sich verlegen über den Schnauzbart. Er konnte die Scheinwerfer der Medien offenbar ebenso wenig leiden wie sie. Die beiden blieben am Fuß der Eingangsstufen stehen, um für die Pressefritzen, die sie bereits mit ihren Fragen bombardierten, außer Hörweite zu bleiben.

»Cooper kommt mit seinen Ermittlungen, was Jones' Vermögen angeht, nicht weiter«, erklärte D. D. »Unser Familienvater hat offenbar ein Konto in irgendeiner Steueroase, und die halten dicht. Erst wenn Anklage gegen ihn erhoben wird, können wir mit Informationen rechnen. Wir aber müssen wissen, woher das Geld kommt, um Jones' wahre Identität aufdecken und gegebenenfalls Anklage erheben zu können. Das heißt, wenn sich nicht bald was tut, geht er uns durch die Lappen.«

»Dieser verdammte Penner!«, knurrte Miller.

Sie verdrehte die Augen und kaute auf der Unterlippe. »Ich komme mir vor, als steckten wir in einer schlechten Folge von *Law & Order* fest.«

»Wieso?«

»Wer sind unsere Verdächtigen? Wir haben einen mysteriösen Ehemann, der wahrscheinlich in Online-Schweinkram verwickelt ist, einen als Sexualstraftäter registrierten Nachbarn, einen dreizehnjährigen Schüler, der in seine vermisste Lehrerin verliebt ist, einen Computerspezialisten der Landespolizei, der ein starkes persönliches Interesse an den Ermittlungen hat, und, last but not least, den Vater der Vermissten, der womöglich wusste, dass sie als Kind misshandelt wurde, und ein starkes Interesse daran hat, dieses schmutzige Detail aus seiner Vergangenheit nicht ans Licht kommen zu lassen. Für mich sieht das Ganze aus wie eine miese Docutainment-Episode nach dem Strickmuster von ›Fälle, die Schlagzeilen machten‹. Nur, auf die Schlagzeilen dürfen wir noch gespannt sein.«

»Vielleicht ist es wie bei *Mord im Orientexpress.* Am Ende stecken alle mit drin. Das wäre was.«

Sie warf ihm einen schiefen Blick zu. »Sie haben einen seltsamen Sinn für Humor, Miller.«

»Das bleibt nicht aus in unserem Job.«

In Zweifelsfällen sollte man alle Beteiligten reden lassen. D. D. wollte Ree noch einmal befragen, doch damit war Marianne Jackson nicht einverstanden. Drei Vernehmungen innerhalb dreier Tage wären zu viel für das Kind und könnten von einem guten Strafverteidiger als Nötigung ausgelegt werden, sodass, selbst wenn sie brauchbare Hinweise lieferten, diese vor Gericht nicht zu verwerten wären. Sie mussten dem Kind Zeit lassen oder besser noch: gute Gründe anführen, die eine weitere Vernehmung zwingend erforderlich machten.

Also blieb ihnen, D. D. und Miller, nichts anderes übrig, als ihre Verdächtigenliste abzuarbeiten. In den vergangenen achtundvierzig Stunden hatten sie Jason Jones, Ethan Hastings, Aidan Brewster und Wayne Reynolds auf den Zahn gefühlt. Jetzt galt es, den ehrenwerten Maxwell Black zum Gespräch zu bitten. Der stand in diesem Moment auf der anderen Straßenseite und beschäftigte sich mit der Reportermeute, ganz in der Art eines Politikers, der es mit finanzstarken Spendern zu tun hatte.

D. D. empfand spontane Abneigung. War er, der seine Tochter fünf Jahre nicht gesehen und dann erfahren hatte, dass sie vermisst wurde, mit dem nächsten Flieger nach Boston gekommen, um jetzt vor den Kameras zu lächeln und sich der Presse anzubiedern?

Und er machte dabei sogar einen durchaus lockeren

Eindruck. In seinem schicken hellblauen Anzug, der blassrosafarbenen Krawatte und dem passenden Einstecktuch aus Seide war er ganz der Gentleman aus dem Süden mit dem charmanten Akzent, der hier im Land der verschluckten Rs und kehligen As so wohltuend sanft wirkte.

Auf dem Weg zu den Übertragungswagen ließ sich Miller zurückfallen und D. D. vorausgehen. Sie stürzte sich in die Menge.

»Detective, Detective«, schallte es von allen Seiten.

»Sergeant«, korrigierte D. D. So viel Respekt musste sein.

»Gibt es Neues über Sandys Verschwinden?«

»Werden Sie Jason festnehmen?«

»Wie geht's der kleinen Ree? Ihre Lehrerin sagt, sie sei seit Mittwoch nicht in der Vorschule gewesen.«

»Stimmt es, dass Jason seiner Frau verboten hat, mit ihrem Vater in Kontakt zu treten?«

D. D. nahm Maxwell Black ins Visier. Offenbar hatte er dem Fragesteller diesen Hinweis zugesteckt. Sie ignorierte die Reporter, legte Maxwell ihre Hand auf die Schulter und führte ihn ein Stück zur Seite.

»Ich bin Sergeant D. D. Warren, und das ist mein Kollege Detective Brian Miller. Wenn Sie nichts dagegen haben, würden wir uns gerne mit Ihnen ein wenig unterhalten.«

Der Richter schien einverstanden und verabschiedete sich von seinen neugewonnenen Pressefreunden mit einem eleganten Kopfnicken. D. D. stellte sich die Show vor, die er in seinem Gerichtssaal abziehen würde, und hatte das

Bild eines Großmeisters in einem Zirkus mit drei Manegen vor Augen.

Sie führte ihn zu ihrem Auto, gefolgt von Miller und Reportern, die sich nicht abschütteln lassen wollten und nach pikanten Ermittlungsergebnissen gierten. War Sandra tot? Stand die Verhaftung des Ehemanns bevor? Oder war sogar ihr Vater in Verdacht geraten? Wie auch immer, die Medienmaschine würde an Fahrt aufnehmen und das öffentliche Interesse sprunghaft ansteigen lassen.

Maxwell setzte sich auf die Rückbank, Miller auf den Beifahrersitz. D. D. drückte auf die Hupe und gab Gas in bester Britney-Spears-Manier. Die Meute der Kameraleute spritzte auseinander. Ein wenig bedauerte sie es, nicht wenigstens einen von ihnen erwischt zu haben.

»Sie ermitteln im Fall meiner Tochter?«, fragte Maxwell mit mundfauler Aussprache.

»Ja, Sir.«

»Ausgezeichnet. Ich habe darauf gehofft, mit Ihnen sprechen zu können. Über meinen Schwiegersohn. Zum einen, ich weiß, dass sein wirklicher Name *nicht* Jason Jones ist.«

Sie brachten den Richter ins Präsidium. Für eine Vernehmung war dies der richtige Ort, und nach all den Turbulenzen, die Jason Jones aufgerührt hatte, sehnte sich D. D. geradezu danach, den protokollarischen Vorschriften entsprechen zu können. Das Vernehmungszimmer war ein kleiner Raum. Der Kaffee schmeckte scheußlich, aber Maxwell Black, auf einem harten Klappstuhl zwischen Tisch und knochenweiß gestrichener Wand eingezwängt, lächelte unverändert charmant – nach Gutsherrenart.

D. D. stieß sich an seinem selbstgefälligen Auftreten. Seine Tochter wurde vermisst, und er befand sich in einem luftleeren Raum im Polizeipräsidium. Er hätte zumindest ein wenig schwitzen müssen. Das taten alle normalen Menschen, selbst dann, wenn sie unschuldig waren.

D. D. ließ sich viel Zeit. Sie rückte einen Notizblock zurecht und legte ein kleines Diktiergerät in die Mitte des Tisches. Miller lehnte sich mit verschränkten Armen auf seinem Stuhl zurück. Er setzte eine gelangweilte Miene auf, wie immer, wenn er es mit einem Mann zu tun hatte, der viel Aufmerksamkeit gewohnt war.

»Wann sind Sie in Boston angekommen?«, fragte D. D. in höflichem Plauderton.

»Gestern am frühen Nachmittag. Ich habe mir wie jeden Morgen beim Kaffee die Nachrichten im Fernsehen angeschaut. Sie können sich vielleicht vorstellen, wie verblüfft ich war, als ich plötzlich Sandys Foto auf dem Bildschirm sah und von ihrem Verschwinden erfuhr. Für mich stand gleich außer Frage, dass ihr Mann dahintersteckt. Jedenfalls habe ich alles stehen und liegen lassen und bin sofort zum Flughafen gefahren.«

D. D. knipste an ihrem Kugelschreiber herum. »Sie tragen also immer noch denselben Anzug wie gestern?«, fragte sie betont beiläufig.

»Nein, natürlich habe ich vor meinem Aufbruch schnell noch ein paar Sachen gepackt«, erklärte der Richter. »Mir war klar, dass ich eine Weile unterwegs sein würde.«

»Verstehe. Sie haben das Foto Ihrer Tochter im Fernsehen gesehen, sind nach Hause gefahren, um zu packen und vielleicht auch ein paar Dinge in Ordnung zu bringen –«

»Dafür sorgt meine Haushälterin, Ma'am. Ich habe sie von unterwegs angerufen und gebeten, meinen Koffer zu packen.«

»In welchem Hotel wohnen Sie?«

»Im Ritz-Carlton. Vorzüglich, wenn Sie mich fragen, vor allem das Angebot zur Teestunde.«

D. D. blinzelte mit den Augen. Vielleicht musste man aus den Südstaaten kommen, um bei der Hotelwahl ein solches Kriterium in Betracht zu ziehen. »Mit welcher Fluglinie sind Sie gekommen?«

»Delta.«

»Flugnummer? Wann sind Sie gelandet?«

Maxwell warf ihr einen brüskierten Blick zu und gab widerwillig Auskunft. »Warum fragen Sie das?«

»Reine Routine«, antwortete sie. »Erinnern Sie sich an die alte Krimiserie *Dragnet*? In der es immer so schön hieß: ›Fakten, Fakten, Fakten, Ma'am‹?«

Er strahlte. »Das war meine Lieblingsserie.«

»Na bitte. Die Bostoner Polizei tut alles, um ihrer Klientel zu gefallen.«

»Kommen wir jetzt endlich auf meinen Schwiegersohn zu sprechen? Es gibt da einiges, das Sie wissen sollten –«

»Alles zu seiner Zeit«, unterbrach D. D. höflich, aber bestimmt. Am Kopfende des Tisches jonglierte Miller seinen Kugelschreiber mit den Fingern und lenkte Maxwells Aufmerksamkeit auf sich.

»Wann haben Sie das letzte Mal mit Ihrer Tochter Sandra gesprochen?«, fragte D. D.

Maxwell schien einen Moment lang abgelenkt zu sein. »Oh, ähm, vor Jahren. Sandra ruft nicht gern an.«

»Haben Sie denn selbst nie zum Hörer gegriffen?«

»Nun, wenn Sie es unbedingt wissen wollen, ja, zwischen uns herrscht Funkstille, seit sie sich abgesetzt hat. Meine Tochter war erst achtzehn, viel zu jung, um sich einem Mann wie Jason anzuschließen, und das habe ich ihr auch gesagt.« Black seufzte. »Leider war sie immer schon sehr eigensinnig. Sie ist bei Nacht und Nebel durchgebrannt, und ich warte seitdem auf einen Anruf oder zumindest eine Postkarte. Vergebens.«

»Haben Sie damals keine Vermisstenanzeige aufgegeben?«

»Nein, Ma'am. Ich wusste schließlich, dass sie mit diesem Mann durchgebrannt ist. So etwas zu tun sah ihr durchaus ähnlich.«

»Ach? War sie schon einmal davongelaufen?«

Black errötete ein wenig. »Aufmerksame Eltern kennen die Schwächen ihrer Kinder«, erklärte er spröde. »Meine Tochter – nun ja, der Tod ihrer Mutter hat ihr sehr zugesetzt. Sie wurde rebellisch, fing an zu trinken, machte die Nacht zum Tage. Sie war ein sehr … umtriebiges Mädchen.«

»Sie meinen, in sexueller Hinsicht«, klärte D. D.

»Ja, Ma'am.«

»Wie sind Sie dahintergekommen?«

»Sie hat kein Hehl daraus gemacht. Wenn sie am frühen

Morgen wieder auftauchte, roch sie nach Zigarettenrauch, Alkohol und Sex. Ich war selbst einmal Teenager, Sergeant. Ich weiß, was in diesem Alter abgeht.«

»Wie lange ging das so?«

»Als ihre Mutter starb, war sie fünfzehn.«

»Wie ist Ihre Frau gestorben?«

»An einem Herzinfarkt«, antwortete Black und hielt plötzlich inne. Er warf einen Blick auf Miller, der immer noch seinen Kugelschreiber zwischen den Fingern rotieren ließ, wandte sich dann wieder D. D. zu und sagte: »Verzeihung, ich muss mich korrigieren. Die Geschichte mit dem Infarkt haben wir so oft erzählt, dass sie uns selbst gar nicht mehr falsch vorkommt. So ist das manchmal mit ständig wiederholten Unwahrheiten. Aber Sie sollten wissen: Meine Frau, Sandras Mutter, hat Selbstmord begangen. Sie starb an einer Kohlenmonoxidvergiftung. Sandra fand ihre Leiche in unserer Garage.«

»Ihre Frau hat sich zu Hause umgebracht?«

»In ihrem eigenen Cadillac.«

»Litt sie an Depressionen?«

Er schien wieder einen Moment lang zu zögern. »Meine Frau hat getrunken, mehr, als sie vertragen konnte. Nun, ich hatte, wie Sie vielleicht verstehen, einen sehr anstrengenden Job und vermute, dass sie sich vernachlässigt fühlte.«

»Hatte Ihre Frau ein gutes Verhältnis zu Sandra?«

»Sie war vielleicht nicht die perfekte Mutter, versuchte aber immer, ihr Bestes zu geben.«

»Und Sie?«

»Wie gesagt, ich hätte vielleicht weniger arbeiten und

mich mehr um sie kümmern sollen. Jedenfalls liebe ich meine Tochter.«

»So sehr, dass Sie es in den vergangenen fünf Jahren nie ernstlich versucht haben, sie zu finden.«

»O doch, ich habe es versucht.«

»Wie?«

»Ich habe einen Privatdetektiv engagiert, einen der besten im Land. Und jetzt kommt's: Der Mann, den Sandra mir als ihren zukünftigen Ehemann vorgestellt hat, war Jason Johnson und nicht Jason *Jones.*«

D. D. entschuldigte sich und ging nach draußen, um ein Glas Wasser zu holen. Unterwegs machte sie halt vor Detective Coopers Schreibtisch und forderte ihn auf, Informationen über Jason Johnson alias Jason Jones auszugraben.

Cooper runzelte die Stirn. Er verstand sich wie kein anderer in der Abteilung auf solche Recherchen und versuchte ihr klarzumachen, dass er ohne zumindest den Anfangsbuchstaben eines Mittelnamens oder irgendeinen anderen zusätzlichen Hinweis würde lange suchen können, weil die Liste der Jason Johnsons dieser Welt wohl ebenso lang wäre wie die der Jason Jones.

»Das weiß ich«, versicherte sie ihm. »Aber du liebst ja deine Arbeit, und jeder neue Tag befriedigt dich mehr als der vorausgegangene. Viel Spaß.«

D. D. kehrte zum Vernehmungsraum zurück, doch statt einzutreten, beschloss sie spontan, vor der Spiegelglasscheibe eine Weile von draußen zuzuschauen. Richter Black schien sich von Frauen nicht im Geringsten irritieren zu lassen. Er spielte mit seinem Südstaatencharme und drosch gefällige Phrasen ohne Ende. Darum erschien es ihr sinnvoll, zur Abwechslung auch einmal Miller zum Zuge kommen zu lassen.

Miller hockte nach wie vor vornübergebeugt am Kopfende des Tisches und spielte gelangweilt mit seinem Kugelschreiber, was Maxwell zunehmend zu verunsichern schien. Der Richter rückte die Krawatte zurecht, zupfte an seinem Einstecktuch und nahm zwischendurch einen Schluck Kaffee zu sich. Seine Hand zitterte, wenn er die Tasse zum Mund führte. D. D. bemerkte die Altersflecken auf seinem Handrücken. Sein Gesicht aber war fast faltenfrei und recht attraktiv.

Ein gut aussehender Mann, dachte sie. Vermögend, charmant, einflussreich. Sie fragte sich, warum es nicht längst eine zweite Mrs Black gab.

»Wussten Sie, dass Sandra in anderen Umständen ist?«, fragte Miller plötzlich.

Der Richter schien in Gedanken woanders zu sein und zwinkerte mit den Augen. »Wie bitte?«

»Hat Sandy Ihnen gesagt, dass sie schwanger ist von Jason Johnson oder Jones oder von wem auch immer?«

»Ich ... ich weiß, ja.«

»Mich hätte das zur Weißglut getrieben«, meinte Miller im Plauderton. »Wenn meine achtzehnjährige Tochter von einem über zehn Jahre älteren Kerl geschwängert worden wäre.«

»Ich, ähm ... nun, wie gesagt, ich kenne mein Kind. Sandra war auf Abwegen. Dass sie schwanger werden würde, war nur eine Frage der Zeit. Es hätte auch Schlimmeres passieren können. Davon abgesehen, glaube ich nicht, dass Jason der leibliche Vater meiner Enkelin ist.«

Miller hielt seinen Kugelschreiber fest. »Nicht?«

»Nein, Sir. Ich erinnere mich an die Anfänge der Schwangerschaft meiner Frau. Während der ersten drei Monate konnte Missy kaum das Bett verlassen. Sie war immer müde und hatte Bauchschmerzen. Sandra erging es ganz ähnlich. Sie fühlte sich so elend, dass sie zu Hause blieb und die ganze Zeit schlief. Ich dachte zuerst, sie hätte sich einen Virus eingefangen, aber ihr schlechter Zustand dauerte an, und so schöpfte ich Verdacht. Kaum ging es ihr besser, trieb sie sich wieder herum. Und es war zu diesem Zeitpunkt, als sie diesen neuen Mann kennenlernte, diesen Jason Johnson.«

»Augenblick mal. Sie behaupten, Sandy war schon schwanger, als sie sich diesen älteren Typen geangelt und unter den Nagel gerissen hat?«

»Wenn Sie es so formulieren möchten, ja.«

»He, aber wäre das nicht ein Grund zum Feiern? Ihre Tochter mutiert in kürzester Zeit von einem ledigen Teen in anderen Umständen zur Braut eines vermögenden Mannes. Den müsste man doch als Schwiegervater in Ehren halten.«

»Jason Johnson hat mir meine Tochter weggenommen.«

»Sie waren also gegen eine Heirat. Aber Sie kennen doch Ihre Tochter. Sie hätten wissen müssen, dass sie durchbrennt, wenn Sie sich ihr in den Weg stellen.«

»Sie war noch zu jung, um zu heiraten.«

»Sagen Sie das dem Kerl, der sie geschwängert hat. Ich finde, Ihre Tochter kann von Glück reden, dass Jason sie unter seine Fittiche genommen hat.«

»Johnson hat ihre Nöte schändlich ausgenutzt. Unter anderen Umständen hätte sie mich nie für einen Fremden im Stich gelassen.«

»Im Stich gelassen?«

»Sie hat die Sicherheit ihres Zuhauses aufgegeben«, präzisierte Maxwell. »Bedenken Sie doch. Da taucht ein fast dreißigjähriger Mann aus dem Nichts auf, bändelt mit meiner Tochter an und zieht mit ihr fort, ohne um mein Einverständnis zu werben.«

»Es stört Sie, dass er nicht in aller Form um die Hand Ihrer Tochter angehalten hat?«

»In unseren Kreisen gehört sich so etwas, Detective. Das ist nicht bloß eine Formsache, sondern ein Gebot des Anstandes.«

»Sind Sie Jason jemals begegnet?«

»Einmal. Ich war noch wach, als meine Tochter eines Nachts nach Hause kam. Ich hörte einen Wagen in die Einfahrt einbiegen, ging nach draußen und sah, wie dieser Mann ausstieg und sie zur Tür führte.«

»Finde ich durchaus anständig.«

»Er hielt sie beim Arm gepackt, Detective. Über dem Ellbogen. Für mich sah es so aus, als hätte er Besitz von ihr ergriffen.«

»Was haben Sie gesagt?«

»Ich habe ihn gefragt, ob ihm bewusst sei, dass meine Tochter erst achtzehn ist.«

»War es ihm bewusst?«

»Er sagte – ich zitiere wortwörtlich: ›Guten Abend, Sir.‹ Auf meine Frage hat er nicht geantwortet, nicht einmal irgendwie zu verstehen gegeben, dass er sie überhaupt gehört hat. Er ist einfach an mir vorbeigegangen, brachte meine Tochter zur Tür und kehrte zu seinem Wagen zurück. Dann nickte er mir kurz zu, sagte ›Gute Nacht, Sir‹, und das war's. Dieses arrogante Miststück tat so, als wäre es sein gutes Recht, ein Highschool-Mädchen nächtens durch die Gegend zu kutschieren.« Maxwell rutschte auf seinem Stuhl hin und her. »Und ich sage Ihnen noch etwas, Detective. Ich habe zwar nur ein paar Worte von ihm gehört, doch sein Akzent war unverkennbar. Vielleicht gibt er sich inzwischen als Yankee, tatsächlich aber stammt er aus dem Süden, hundertprozentig. Wenn Sie ihm was Gutes tun wollen, laden Sie ihn zu einem Teller Maisgrütze ein. Jede Wette, dass er einen ordentlichen Stich Butter unterrührt.«

Jenseits der Glasscheibe merkte D. D. auf. *Jason Johnson, wahrscheinlich geboren in Georgia oder einem Nachbarstaat.* Interessant. Auch ihr war schon aufgefallen, dass Jason die Neigung hatte, die Vokale zu dehnen, was er allerdings zu kaschieren versuchte.

»Zwei Wochen später war Sandy verschwunden«, fuhr der Richter fort. »Sie hatte ihr Bett ordentlich gemacht und den Kleiderschrank zur Hälfte leer geräumt. Sie war auf und davon.«

»Ohne eine Mitteilung zu hinterlassen?«

»Nichts dergleichen«, bestätigte der Richter mit Emphase, mied aber Millers Blick, als er dies sagte. Es war offenbar gelogen.

»Haben Sie eine Erklärung dafür?«, setzte Maxwell eilig nach. »Was ist von einem Mann zu halten, der eine junge Frau abschleppt und unter falschem Namen ein neues Leben mit ihr beginnt? Was steckt dahinter?«

Miller zuckte mit den Achseln. »Sagen Sie's mir. Warum wurde aus Jason Johnson Jason Jones?«

»Weil er meine Tochter von mir isolieren wollte«, antwortete Maxwell spontan. »Um sie von ihrem Zuhause, ihrer Heimatstadt und ihrer Familie abzuschneiden und sicherzustellen, dass Sandy niemanden zu Hilfe rufen konnte, wenn er ihr sein wahres Gesicht zeigte.«

»Und wie sieht Ihrer Meinung nach sein wahres Gesicht aus?«

»Weshalb sollte ein Mann eine junge, schwangere Frau unter seine Fittiche nehmen, wie Sie es so eloquent formuliert haben? Für mich gibt es nur eine plausible Antwort. Er wollte Zugriff auf ein Kind haben, dessen Mutter zu jung, zu schwach und verstört ist, dieses Kind vor ihm zu schützen. Ich bin seit über zwanzig Jahren Richter, also lange genug im Geschäft, um zu wissen, dass sich diese traurige Geschichte ständig wiederholt. Jason Johnson ist ein Kinderschänder. Er hat sich meine Tochter unter den Nagel gerissen und die kleine Clarissa herangezogen in der Aussicht auf das, was jetzt als Nächstes bevorsteht. Deshalb musste Sandy ein für alle Mal verschwinden.«

Verdammt, dachte D. D. Sie traute ihren Ohren nicht und rückte näher an die Scheibe heran.

»Sie unterstellen Jason Jones, Päderast zu sein?«, fragte Miller nach.

»Allerdings. Sie kennen das Profil genauso gut wie ich, Detective: Da ist eine junge, erschöpfte Frau, die zur Depression, zu sexuellen Umtrieben, Alkohol und Drogenmissbrauch neigt. Sie wird von einem älteren, dominierenden Mann von der Umwelt abgeschnitten und langsam, aber sicher in immer größere Abhängigkeit gebracht. Jason und die kleine Clarissa sind jeden Nachmittag allein zu Haus. Kommt Ihnen da nicht auch das kalte Grausen?«

Miller antwortete nicht, wirkte aber nachdenklich. Auf der anderen Seite der Scheibe gingen D. D. gleich ein halbes Dutzend Lichter auf. Der Richter traf mit dem von ihm beschriebenen Profil voll ins Schwarze. Es erklärte Jasons Pseudonyme, seine Zurückgezogenheit und die offensichtlich panische Reaktion auf Sandys Versuche, ihm über den Familiencomputer auf die Schliche zu kommen.

D. D. beschloss, Jasons Foto an das National Center for Missing & Exploited Children zu faxen. Dort würde es mit den Fotos abgeglichen werden, die aus dem Internet und aus anderen Fällen von Kindesmissbrauch in dessen Datenbank gesammelt wurden. Wenn ein Treffer dabei herauskäme, könnte Jason verhaftet und Clarissa Jones neu vernommen werden. Endlich sah D. D. die Ermittlungen in Schwung kommen.

Gleichzeitig aber drängte sich ihr ein ungutes Gefühl auf. Sie erinnerte sich daran, wie Ree nach ihrer Vernehmung ihrem Vater in die Arme gestürzt war, an dessen liebevolle, überaus sanfte Miene. D. D. hatte, als sie dies sah, nicht den geringsten Zweifel an seiner Vaterliebe gehabt. Oder war es, wie sie sich nun fragte, Erleichterung und Dankbarkeit dafür gewesen, dass Ree ihr gemeinsames Geheimnis nicht preisgegeben hatte?

Manchmal war dieser Job ziemlich mies, manchmal mehr als das.

Miller bohrte nach: »Sie glauben also, Ihre Tochter ist tot.«

Der Richter bedachte ihn mit mitleidigem Blick. »Kennen Sie vergleichbare Fälle, die anders ausgegangen wären? Ich bitte Sie. Jason Jones hat meine Tochter umgebracht, daran kann kein Zweifel bestehen. Und jetzt verlange ich Gerechtigkeit.«

»Haben Sie deshalb eine einstweilige Verfügung erwirkt und durchgesetzt, Ihre Enkelin sehen zu dürfen?«

»Natürlich. Außerdem stelle ich wie Sie, Detective, Ermittlungen an, und was ich in Erfahrung bringe, ergibt kein schönes Bild. Meine Enkelin hat keine Freunde oder Spielkameraden. Ihr werden andere Kontakte vorenthalten. Und nun hat dieser Mann, der sich ihr Vater nennt, ihre Mutter umgebracht. Wenn jemals eine Enkelin ihren Großvater nötig hatte, dann jetzt.«

»Werden Sie auch das Sorgerecht für sie beantragen?«

»Ich werde darum kämpfen.«

»Jason Jones sagt aus, dass Sandy strikt dagegen sei.«

»Bitte, Detective … Jason Jones ist ein Lügner. Siehe

Jason Johnson. Immerhin wissen Sie jetzt, mit wem Sie es zu tun haben.«

»Haben Sie sich einen Wagen ausgeliehen?«

»Wie bitte?«

»Am Flughafen. Haben Sie sich dort einen Leihwagen genommen?«

»Ich, ähm, gemietet, ja, natürlich.«

»Ich bräuchte den Namen des Vermieters. Wann haben Sie das Auto abgeholt, und wann bringen Sie es zurück?«

»Was soll das Ganze? Wer steht hier eigentlich unter Verdacht, ich oder Jason Johnson?«

»Jason Jones alias Jason Johnson. Ich hab's kapiert. Dann frage ich noch einmal: Warum haben Sie bislang nichts unternommen, um Ihre Tochter zu finden?«

»Und ich antworte noch einmal: Wir werden sie erst dann finden, wenn ihr Ehemann überführt ist.«

»Schlimm, Frau und Tochter in so jungen Jahren zu verlieren.«

»Anstatt mich selbst zu bemitleiden, konzentriere ich mich voll und ganz auf meine Enkelin. Sie ist jetzt alles, was für mich zählt. Darauf kommt es an.«

»Und darauf, Jason Jones aus dem Weg zu räumen.«

»Er hat mir die Tochter weggenommen.«

»Hat es Sie überrascht zu erfahren, dass es Ihrer Tochter hier in Boston gutgeht oder zumindest gutgegangen ist? Dass sie im Ruf steht, eine treusorgende Mutter, eine hochgeachtete Lehrerin und eine gute Nachbarin zu sein? Von Depression, Alkoholmissbrauch oder Verantwortungslosigkeit war nirgends die Rede. Im Gegenteil, alles spricht dafür, dass Ihre Tochter nach Clarissas Geburt endlich Fuß gefasst hat.«

Maxwell lächelte matt. »Detective, Sie kennen meine Tochter nicht.«

31. Kapitel

Wer erinnerte sich nicht an die Anfänge einer großen Liebe? An das Prickeln am ganzen Körper, sooft der geliebte Andere in der Nähe war? Oder an die Scheu, ihm in die Augen zu blicken?

Der Donnerstagabend entwickelte sich für mich zum Höhepunkt der ganzen Woche, dem ein immer intensiver werdender Briefwechsel per E-Mail vorausging. Es war nichts Weltbewegendes, nichts Anrüchiges. Ich berichtete ihm von Ree, wie tüchtig sie schon mit dem Buttermesser umgehen konnte und dass sie inzwischen nur noch das essen wollte, was sich in zwei Hälften zerschneiden ließ – ob Chicken Nuggets oder Weintrauben. Er erzählte mir von seiner Arbeit, etwas von dem Handy eines Bankräubers, das er zu untersuchen hatte, oder von seiner Beteiligung an einer Initiative zur Förderung der Sicherheit offener WLAN-Netze. Ich schilderte ihm eine komische Episode aus der sechsten Klasse, als es darum ging, Bulgarien auf der Weltkarte zu verorten. Und er verriet mir, dass sich Ethan mit dem BlackBerry seines Vaters in die Website einer großen Bank erfolgreich eingehackt hatte.

Mittwochs ertappte ich mich dabei, dass ich voller Vorfreude auf den nächsten Abend vor mich hin summte. Nur noch vierundzwanzig Stunden. Ree und ich machten uns hübsch, kostümierten uns wie Loreena McKennitt und schwirrten wie zwei Elfen durchs Haus. Danach aßen wir von bunten Blumentellern zu Abend und tranken Milch aus Kristallgläsern, mit denen wir feierlich anstießen.

Ich fühlte mich jünger und schwärmte für Wayne Reynolds. Ich fühlte mich beschwingt und glücklich in meiner Haut. Ich trug häufiger Röcke als Hosen, lackierte mir die Zehennägel knallrot und kaufte neue Unterwäsche, sogar einen Wonderbra mit Leopard-Print.

Ich wurde eine bessere Mutter, zeigte viel mehr Geduld beim Kochen, Baden und Aufräumen. Ich konnte wieder herzhaft lachen, wenn Ree auf ihre quengelnde Art nach einer ganz bestimmten Gabel verlangte und wollte, dass diese genau so und nicht anders neben den Teller ihrer Wahl gelegt wurde.

Ironischerweise wurde ich sogar eine bessere Ehefrau. Zwar kaufte ich eine externe Festplatte, schob aber mein Vorhaben immer weiter auf, denn wenn der »forensisch verwertbare« Klon unseres Familiencomputers bei Wayne abgeliefert wäre, hätte ich keinen Grund mehr gehabt, ihn wiederzusehen.

Also versuchte ich meinen Verdacht gegen Jason zu entkräften. Ein Zufallsfoto im Papierkorb reichte doch wohl nicht aus, um ihm Schweinereien anzudichten. Er war wahrscheinlich zufällig auf der falschen Website gelandet und hatte die falsche Datei kopiert oder versehentlich heruntergeladen. Mein Mann ein Päderast? Unmöglich. Ich sah doch, wie er sich Ree gegenüber verhielt, wie er sie anlächelte und mit welch endloser Geduld er es sich gefallen ließ, dass sie ihm die Haare flocht, oder wie er sie, wenn es geschneit hatte, auf ihrem kleinen lilafarbenen Schlitten kilometerweit durch die Nachbarschaft zog. Dieses Foto war mit Sicherheit ein dummer Zufall, der nichts zu bedeuten hatte.

Ich kochte meinem Mann seine Lieblingsgerichte, lobte seine Artikel und scheuchte ihn zur Arbeit, denn je früher er ging, desto eher konnte ich mit Wayne online in Kontakt treten.

Jason fragte mich nie nach der Ursache meines Stimmungsumschwungs. Natürlich erinnerte er sich an meinen Wunsch nach einem zweiten Kind. Wahrscheinlich war er froh, dass ich nicht wieder davon anfing.

Ich versuchte kein weiteres Mal, ihn zu berühren, was ihn offenbar erleichterte.

Ree und ich entwickelten für die Donnerstage eine neue Routine. Ich holte sie von zu Hause ab und ging mit ihr in das kleine Bistro um die Ecke, wo wir früh zu Abend aßen. Anschließend fuhren wir zum Basketballspiel. Ree nahm neben Ethan Platz, und sobald das Match begann, verschwand ich mit Wayne.

»Wir gehen ein bisschen spazieren«, sagte ich, und Ree nickte nur kurz, denn sie hatte nur noch eins im Sinn, nämlich Ethan zu ärgern.

Anfangs unterhielten wir uns nur über Computer. Wayne fragte mich immer wieder, ob die Festplatte endlich kopiert sei, und ich berichtete ihm von meinen gescheiterten Versuchen. Jason komme immer zu unterschiedlichen Zeiten von der Arbeit zurück, erklärte ich, zwar nie vor elf, aber ich müsse vorher Ree ins Bett bringen und meine Klassenarbei-

ten korrigieren. Danach wäre nicht mehr viel Zeit und ständig damit zu rechnen, dass Jason zurückkehrte. Bislang hätte ich alle Kopierversuche aus Angst, erwischt zu werden, vorzeitig abbrechen müssen.

»Das ist nervtötend«, sagte ich.

Wayne ergriff dann meine Hand und drückte sie, und mir wurde jedes Mal ganz anders.

Nicht, dass wir die ganze Zeit Händchen gehalten hätten. Wir suchten uns auch keine dunklen Ecken oder gingen zu meinem Wagen, um wie Teenager aneinander herumzufummeln. Mir war stets bewusst, dass wir uns an meinem Arbeitsplatz befanden, dass es überall aufmerksame Augen und Ohren gab und dass meine Tochter in der Nähe war, die mich womöglich im nächsten Moment nötig hatte.

Also gingen wir immer nur durch die Flure. Wir redeten in aller Unschuld miteinander. Und je länger Wayne darauf verzichtete, mich zu berühren, mir seine Hände auf die Brüste zu legen oder meinen Nacken mit den Lippen zu liebkosen, desto mehr brannte ich darauf. Verrückt, ich weiß, aber jedes Mal, wenn ich ihn ansah, glaubte ich, vor Lust zerspringen zu müssen.

Auch er war scharf auf mich. Ich spürte es an seinem Händedruck im Rücken, wenn er mir auf die Tribüne half, oder wenn er bei unseren Gängen durch die Flure stehen blieb und mir, ohne ein Wort zu sagen, in die Augen sah, von denen er sich schließlich loszureißen schien, um mit mir in die Halle zurückzukehren.

»Liebst du ihn?«, fragte er mich eines Abends. Wer mit »ihn« gemeint war, musste nicht erwähnt werden.

»Er ist der Vater meiner Tochter«, antwortete ich.

»Beantwortet das meine Frage?«

»Ich glaube, ja.«

Über mein Sexleben, oder besser: den Mangel daran, verlor ich kein Wort. Ich hätte damit eine stillschweigende Vereinbarung mit meinem Mann verletzt. Ich durfte mit einem Fremden flirten, ihn in meinen Verdacht gegen meinen Mann einweihen. Aber zu gestehen, dass er nie mit mir geschlafen hatte, brachte ich nicht über mich. Diese Grenze konnte ich nicht überschreiten.

Und ich wollte Jason auch nicht kränken. Ich wollte … einfach nur Wayne. Genießen, in seiner Nähe zu sein, mich jung, schön, begehrenswert fühlen.

Stark.

Wayne begehrte mich, und weil er mich nicht haben konnte, begehrte er mich umso mehr.

Ende Januar schrieb er keine E-Mails mehr, sondern nur noch Kurznachrichten aufs Handy, während ich in der Schule war. Er schickte mir Smileys, manchmal auch das Bild einer Blüte, die er mit seinem Handy in einem Blumenladen aufgenommen hatte. Und dann kamen Fragen.

Ob ich nicht für Ree einen Babysitter engagieren oder meinem Mann mitteilen könnte, ich sei einem Lesezirkel beigetreten? Wie lange ich Mittagspause hätte?

Er sagte nie, dass er mit mir ins Bett wollte, spielte nie auf meinen Körper an und verzichtete auf anzügliche Bemerkungen. Allerdings warb er immer heftiger um ein privates Rendezvous. Was wir dann tun würden, verstand sich von selbst.

Die Mittagspause kam nicht in Frage. Sie war zu kurz, und es hätte zu viel passieren können. Was, wenn Jason plötzlich mit Ree aufgetaucht wäre oder ein Schüler auf der Suche nach mir? Und gewiss würde auch Ethan skeptisch werden.

Ebenso wenig kam ein Babysitter in Frage. Ich kannte niemanden, dem ich Ree hätte anvertrauen können. Außerdem hätte Jason wissen wollen, was für mich so wichtig wäre, dass ich mich um unser Kind nicht kümmern konnte.

Das mit dem Lesezirkel war leichter gesagt als getan. Welche Kontaktadresse hätte ich Jason geben können, und was, wenn er mich dort zu erreichen versuchte? Und damit war zu rechnen, denn er passte auf mich auf.

Nun, es war vielleicht wieder einmal Zeit für ein Wellness-Wochenende. Wayne wusste natürlich nichts von meinen kleinen Eskapaden, die ich im Einverständnis meines Mannes unternahm, und ich hatte auch nicht vor, ihm davon zu erzählen. Meine Wellness-Nächte waren anonymen Fremden vorbehalten, und so sollte es bleiben.

Uns blieb nichts anderes übrig, als kurze Nachrichten auszutauschen und uns auf die Donnerstagabende zu freuen, wenn ich dann mit ihm durch die Flure der South Boston Middle School schlenderte und seinen Blicken ansah, wie sehr er mich begehrte und nach mir verlangte.

Und es gefiel mir.

In der zweiten Februarwoche überraschte mich Jason mit dem Vorschlag, während der Schulferien gemeinsam Urlaub zu machen. Ich stand am Herd und ließ Hamburger in der

Pfanne brutzeln. Wahrscheinlich war ich gerade in Gedanken an Wayne, denn es lag ein Lächeln auf meinem Gesicht. Jasons Ankündigung holte mich allerdings jählings in die Wirklichkeit zurück.

»Jippie!«, kreischte Ree, die am Küchentresen saß. »Familienurlaub!«

Ich zeigte ihr meine gerunzelte Stirn. Wir waren noch nie in Urlaub gefahren. Wie konnte sie sich auf etwas freuen, das sie nicht kannte?

Jason aber achtete nicht auf sie. Er betrachtete mich mit nachdenklicher, abwartender Miene. Er führte irgendetwas im Schilde.

»Wohin?«, fragte ich und wendete die Hamburger in der Pfanne.

»Nach Boston.«

»Da wohnen wir.«

»Ich weiß. Ich dachte, wir fangen klein an und quartieren uns in ein Hotel in der Innenstadt ein. Mit Swimmingpool und allem Drum und Dran. Für ein paar Tage spielen wir Touristen in unserer eigenen Stadt.«

»Hast du etwa schon gebucht?«

Er nickte und starrte mich an. »Wär doch schön, wenn wir ein bisschen Zeit füreinander hätten«, sagte er, ohne eine Miene zu verziehen. »Würde uns bestimmt guttun.«

Ich schüttete eine Packung Soßenpulver in die Pfanne. Familienurlaub. Was sollte ich dazu sagen?

Ich informierte Wayne per E-Mail. Seine Antwort ließ zwei Tage auf sich warten. Dann schrieb er: Ich mach mir Sorgen. Pass gut auf dich auf.

Ich war irritiert. Glaubte er etwa, dass ich vor meinem Mann Angst haben müsste? Und dann erinnerte ich mich wieder an dieses Foto, daran, dass ich ja eigentlich in Erfahrung bringen wollte, was Jason heimlich am Computer trieb, diese Frage aber ganz aus den Augen verloren hatte, weil ich in Gedanken nur noch mit Ethans Onkel beschäftigt war.

Auf uns passt eine vierjährige Anstandsdame auf, schrieb ich zurück. Was könnte da schon schiefgehen?

Wayne antwortete nicht. Er war eifersüchtig, wie mir schien, und ich war naiv genug, geschmeichelt zu sein.

Sonntagabend schickte ich ihm per Handy ein Foto von Ree, ausstaffiert mit einem pinkfarbenen Badeanzug, einem lila Schnorchel, blauer Tauchermaske und einem Paar viel zu großer blauer Schwimmflossen. Anstandsdame versieht ihr Amt, schrieb ich und fügte ein zweites Foto hinzu, auf dem Rees aufgeklappter Koffer zu sehen war, zum Bersten gefüllt mit all den Sachen, die sie für unseren viertägigen Hotelaufenthalt unbedingt mitnehmen wollte.

Auch darauf antwortete Wayne nicht. Also löschte ich die Anrufliste meines Handys und das Postfach und bereitete mich auf unseren Urlaub vor.

Von meinem Mann habe ich nichts zu befürchten, dachte ich. Bis zu diesem Zeitpunkt war mir das Ausmaß der Lüge, mit der wir lebten, nicht annähernd klar.

32. Kapitel

D. D. hatte einen guten Lauf. Sie fühlte es. Zuerst das Gespräch mit Wayne Reynolds, dann Maxwell Blacks Vernehmung. Die Ermittlungen kamen voran, das Puzzle fügte sich allmählich zusammen.

Unmittelbar nach der Vernehmung von Sandras Vater hatte D. D. Jasons Foto an das National Center for Missing & Exploited Children sowie das Georgia Bureau of Investigation geschickt, mit der Bitte um ein handfestes Profil mit allen bekannten Decknamen, Kontakten, Finanzdaten und einschlägigen Informationen. Jason hatte nach seinem Untertauchen vor fünf Jahren mit Sicherheit eine breite Datenspur hinter sich zurückgelassen. Wenn sie darauf Zugriff bekämen, wäre seine Identität bald aufgedeckt, nicht zuletzt auch das Vermögen in seiner Steueroase.

D. D. schloss nicht aus, dass auch in anderen Polizeidienststellen jenseits ihrer Zuständigkeit gegen Jason Jones beziehungsweise eins seiner Pseudonyme in ähnlichen Fällen ermittelt wurde. Wenn sie sich mit diesen Stellen austauschen könnte, wäre Jones/Johnson wahrscheinlich bald überführt, und sie hätte ihren Haftbefehl. Hoffentlich noch vor den Elf-Uhr-Nachrichten.

Bis dahin gab es noch eine Menge Arbeit zu tun. Zurzeit studierte D. D. Berichte der Kriminaltechnik, unter anderem einen mit dem vorläufigen Befund von Blutresten auf der Steppdecke, die in der Waschmaschine der Jones sichergestellt worden war. Leider machte sich der Begriff »Spurenmengen« auf einem Haftbefehl nicht besonders gut. Spurenmengen, weil alles andere erfolgreich weggewaschen worden war? Spurenmengen, weil Sandra Jones irgendwann in den letzten Wochen Nasenbluten hatte? Die Blutgruppe stimmte mit der von Sandra überein, aber solange die von Jason und Clarissa noch nicht bestimmt waren, konnten die Spuren auch von ihnen stammen.

Mit anderen Worten: Der Untersuchungsbericht half momentan nicht weiter. Er würde vielleicht erst später in Kombination mit anderen relevanten Erkenntnissen eine weitere Gitterstange der Zelle sein, die sich langsam, aber sicher um Jason Jones schloss.

D. D. setzte sich mit dem BRIC-Team in Verbindung, das den Familiencomputer der Jones untersuchte. Die Kollegen hatten rund um die Uhr gearbeitet und in der Nacht ein forensisch sauberes Festplattenimage angelegt. Jetzt analysierte es Datenblock um Datenblock mit Blick auf E-Mails und Internetverbindungen. Die ersten Ergebnisse sollten D. D. im Laufe des Vormittags vorgelegt werden, und wenn es auch nicht mehr für die Elf-Uhr-Nachrichten reichte, war es vielleicht noch möglich, das Mittagsmagazin mit einer Durchbruchmeldung zu bedienen.

Dermaßen in Schwung zu kommen machte jeden Polizisten glücklich und spornte das ganze Team weiter an, sodass es bereitwillig auch eine dritte Nachtschicht in Folge auf sich nehmen würde. Dieser Schwung erklärte vielleicht – oder auch nicht –, warum sich D. D. plötzlich so sehr für den ehrenwerten Maxwell Black interessierte und wissen wollte, was es mit dem Tod von Missy Black vor acht Jahren tatsächlich auf sich hatte. Das Sheriff-Büro vor Ort teilte ihr mit, dass keine Ermittlungen geführt worden waren, nannte ihr aber die Telefonnummer des zuständigen Gerichtsmediziners, der ihr womöglich nähere Informationen würde geben können. Das offizielle Ergebnis laute auf Suizid, doch ein kurzes Zögern auf Seiten des Sheriffs, als er dies sagte, machte D. D. umso neugieriger.

Maxwell Black reizte sie mit seinem Südstaatenakzent, seinem Charme und der nüchternen Einschätzung seiner einzigen Tochter als wilde, verlogene und promiske junge Frau. D. D. konnte sich keinen Reim darauf machen, wie es möglich war, dass Sandy die ersten zwei Drittel ihres jungen Lebens an der Seite eines weltgewandten, aufgeschlossenen Vaters verbracht hatte und das letzte Drittel in Ehegemeinschaft mit einem Mann, der das Gegenteil zu sein schien. Der Vater bezichtigte den Schwiegersohn der Pädophilie, während dieser dem Vater unterstellte, für den Missbrauch seines Kindes mitverantwortlich zu sein.

D. D. fragte sich, ob Sandy Jones ihren Mann liebte. Wenn sie ihn als ihren weißen Ritter und tapferen Erretter angesehen hatte, würde dieses Bild nach den Ereignissen in der Nacht auf Donnerstag auf brutale Weise zerschmettert worden sein.

Sandra Jones wurde nunmehr seit drei Tagen vermisst. D. D. glaubte nicht mehr daran, die junge Mutter lebend zu finden.

Jetzt war nur noch zu hoffen, dass zumindest die kleine Tochter gerettet werden konnte.

Ethan Hastings hatte Gewissensbisse, was selten bei ihm der Fall war. Er war gescheiter als die meisten Erwachsenen, die er kannte, und machte sich gern über sie lustig – nach dem Motto: Wenn die so blöd sind, dass sie selbst nichts checken, muss ich's ihnen auch nicht auf die Nase binden.

Mit dem gestrigen Vorfall in der Schule hatte er sich um sämtliche Privilegien im Computerlabor gebracht, was ihn aber nicht davon abhalten konnte, in der Handtasche seiner Mutter zu kramen. Nun saß er mit deren Smartphone auf dem Boden des Wohnzimmers, las E-Mails und überlegte, ob er die Polizei benachrichtigen sollte.

Ethan machte sich um Mrs Sandra Sorgen, und das schon seit November, als ihm klar geworden war, dass ihr Interesse an Online-Sicherheit weit über das hinausging, was für den Gemeinschaftskundeunterricht in der sechsten Klasse von Bedeutung sein konnte.

Von ihrem Verdacht dem eigenen Ehemann gegenüber hatte sie kein Wort erwähnt, was diesen aber natürlich umso verdächtiger machte. Auch war nie von Internetpornographie die Rede gewesen, doch stellte sich für Ethan ganz selbstverständlich die Frage, was eine hübsche Lehrerin dazu bewog, all ihre Freistunden mit einem Jungen wie ihm zu verbringen.

O ja, sie war durchaus lieb. Sie wusste, dass er sie verehrte, denn es gelang ihm einfach nicht, so etwas zu verheimlichen. Er hatte allerdings sehr wohl verstanden, dass seine Gefühle für sie nicht auf Gegenseitigkeit beruhten. Aber sie brauchte ihn. Sie achtete ihn seiner Fähigkeiten wegen und war dankbar für seine Hilfe. Das reichte ihm.

Mrs Sandra tauschte sich auf Augenhöhe mit ihm aus, was nur wenige Erwachsene taten. Die nahmen ihn entweder nicht ernst oder fürchteten seine Gerissenheit so sehr, dass sie ihm aus dem Weg gingen. Dann wiederum gab es auch solche, die wie seine Eltern auf ihn einredeten, was aber immer so klang, als knirschten sie mit den Zähnen.

Mrs Sandra war anders. Ihren freundlichen Worten und dem niedlichen Akzent, den sie hatte, konnte er stundenlang zuhören. Außerdem duftete sie nach Orangen. Er hatte sie, was natürlich sonst niemand wusste, dazu gebracht, ihm zu verraten, welche Lotion sie benutzte, und sich daraufhin online eine Flasche bestellt, um in ihrer Abwesenheit daran schnuppern zu können. Weil seine Mutter regelmäßig sein Zimmer durchsuchte, hatte er die Flasche im Kleiderschrank seines Vaters versteckt, hinter den Sachen, die er nie trug.

Seine Mutter spionierte ständig hinter ihm her. Es war für sie wohl nicht ganz einfach, einen so cleveren Sohn zu haben. Aber was konnte er dafür, dass er Grips hatte? Damit war er zur Welt gekommen.

Im November, als er dahintergestiegen war, dass sich Mrs Sandra um ihren Mann Sorgen machte, und deutlich wurde, dass der sich ziemlich gut mit Computern auskannte, hatte Ethan beschlossen, weitere Maßnahmen zu ergreifen, die geeignet waren, die Sicherheit seiner Lieblingslehrerin zu garantieren.

Als Erstes hatte er sich mit seinem Onkel in Verbindung gesetzt, dem einzigen Erwachsenen, den Ethan für halbwegs gescheit hielt. In Sachen Computertechnik war Onkel Wayne der Profi schlechthin. Außerdem arbeitete er für die Landespolizei. Falls also Mrs Sandras Ehemann irgendwas auf dem Kerbholz hatte, würde Onkel Wayne ihn zur Strecke bringen können, und Sandra wäre frei. Ethan fand diese Aussicht toll und seinen Plan genial.

Dumm nur, dass der Plan nicht aufzugehen schien. Sandras Ehemann war immer noch auf freiem Fuß, und sein Onkel interessierte sich seit neuestem für Basketball. Er kam jeden Donnerstagabend in die Schule und ging mit Mrs Sandra spazieren, während er, Ethan, auf diese kleine Göre aufpassen musste.

Das gefiel ihm ganz und gar nicht. Und überhaupt, sich in einen anderen Computer einzuhacken konnte doch unmöglich so lange dauern. Er selbst hätte das in spätestens fünf Minuten geschafft.

Und dann dämmerte es ihm: Vielleicht hatte er seinen Onkel und die Landespolizei gar nicht nötig. Vielleicht reichte es, einen kleinen Trojaner zu basteln, ihn mit einer E-Mail an Mrs Sandra zu schicken und in ihrem Computer eine Hintertür für sich zu öffnen.

Er würde Zugriff auf ihn haben.

Er würde Sandras Ehemann auf die Schliche kommen.

Er würde Lorbeeren ernten.

Allerdings hatte sich Ethan noch nie an einem Trojaner versucht. Er musste sich also zunächst einmal schlaumachen, ein paar Testläufe durchführen und gegebenenfalls Veränderungen vornehmen.

Vor drei Wochen hatte er schließlich Ernst gemacht und Mrs Sandra eine unverfängliche kleine Mail geschickt, der ein paar Links und Grafiken angehängt waren, die ihr für ihren Gemeinschaftskundeunterricht nützlich sein mochten.

Sie hatte die E-Mail erst zwei Tage später geöffnet, worüber er ein wenig verärgert gewesen war. Sollte man von Lehrern nicht erwarten dürfen, dass sie schneller reagierten?

Sei's drum, der Trojaner hatte sich letztlich auf Sandras Festplatte erfolgreich eingenistet. Am Tag drei konnte Ethan die Probe aufs Exempel machen, und – yeah – er hatte Zugriff auf den Familiencomputer der Jones. Er würde sich nun zurücklehnen und Mr Jones irgendwann auf frischer Tat ertappen.

Ethan sah sich bereits als Star in der TV-Reihe *48 Hours Investigates*, als Helden einer Episode über einen genialen Schüler, der es geschafft hatte, einen notorischen Kinderschänder hoppzunehmen. Leslie Stahl würde ihn um ein Interview bitten. Er wäre ein gefragter Spezialist für Internetsicherheit, umworben von allen möglichen Netz-Communities.

Schon in den ersten drei Nächten brachte Ethan tatsächlich Erstaunliches über Mr Jones in Erfahrung, ja, mehr, als ihm lieb war.

Womit er allerdings nicht gerechnet hatte, war, dass er auch über Mrs Sandra einiges erfuhr.

Und nun steckte er in der Klemme. Wenn er Mr Jones überführen wollte, musste er auch Mrs Sandra überführen – und Onkel Wayne.

Er wusste zu wenig und gleichzeitig zu viel.

Und Ethan Hastings war clever genug zu begreifen, dass er sich auf verdammt dünnem Eis befand.

Noch einmal schaute er sich auf dem Smartphone seiner Mutter den Mailverkehr an und dachte darüber nach, die Nummer 911 zu wählen, legte dann aber das Handy wieder weg. Vielleicht sollte er sich an die Sergeantin wenden, die mit den blonden Haaren. Sie schien ganz nett zu sein. Doch wie schon seine Mutter sagte: Selbst das bewusste Vorenthalten von Informationen kam einer Lüge gleich. Und die Polizei zu belügen würde ihm mehr Ärger einbringen als ein Schulverweis oder der vierwöchige Verlust seiner Privilegien im Computerlabor.

Ethan wollte nicht in den Knast.

Aber er hatte auch schreckliche Angst um Mrs Sandra.

Er nahm das Gerät wieder zur Hand, las zum x-ten Mal die Einträge und seufzte. Schließlich raffte er sich auf und tat das Einzige, wozu er sich im Augenblick überwinden konnte. Er öffnete ein E-Mail-Fenster und fing zu schreiben an. *Lieber Onkel Wayne …*

Wayne Reynolds war kein besonders geduldiger Mann. Sandra Jones wurde seit mehreren Tagen vermisst, und es schien ihm, als ließen sich die ermittelnden Beamten allzu viel Zeit damit, sie zu finden. Er würde ihnen wahrscheinlich Jason Jones auf dem Silbertablett präsentieren müssen, denn auch in den Fünf-Uhr-Nachrichten war immer noch keine Verhaftung gemeldet worden.

Stattdessen hatten die Reporter die Witterung eines registrierten Sexualstraftäters aufgenommen, der in Sandras Nachbarschaft wohnte, ein bleichgesichtiger komischer Kauz mit versengten Haaren, den sie auf der Straße aufzuhalten versucht hatten, worauf dieser laut schreiend davongerannt war. »*Ich habe nichts getan. Fragen Sie meine Bewährungshelferin. Meine Freundin war minderjährig. Das ist alles, das ist alles!*«

Der Kerl verschwand in einem alten Haus, das sofort von mehreren Kameraleuten belagert wurde, die nichtssagende Aufnahmen von einer verschlossenen Tür und verhängten Fenstern machten. Sehr aufregend.

Immerhin war nun Sandras Vater in den Ring gestiegen und hatte Jason Jones als gemeingefährlichen Menschen dargestellt, der seine wunderschöne Frau von ihrer eigenen Familie fernhielt. Richter Black forderte das Sorgerecht für seine Enkelin und hatte bereits per einstweiliger Verfügung erreicht, dass er sie zumindest sehen durfte. Der alte Mann verlangte, dass seiner Tochter Gerechtigkeit widerfahre und seine Enkelin geschützt werde.

Die Presse stürzte sich auf ihn. Aber zu einer Festnahme war es immer noch nicht gekommen.

Wayne verstand die Welt nicht mehr. Der Ehemann war doch immer der Hauptverdächtige in solchen Fällen, und Jason Jones, dieser mysteriöse Vogel, über dessen Hintergrund kaum etwas bekannt war, bot sich als Schuft geradezu an. Seine eigene Frau unterstellte ihm kriminelle Online-Aktivitäten, und man fragte sich, was er nachts außer Haus so alles trieb. Sein Alibi, in der Redaktion zu arbeiten, war äußerst mager. Worauf zum Teufel wartete Sergeant Warren eigentlich noch? Darauf, dass Jones ihr in Geschenkpapier eingewickelt und mit einer hübschen Schleife obendrauf serviert wurde?

Solange Jason Jones nicht festgenommen war, konnte Wayne Reynolds nicht ruhig schlafen. Während der vergangenen Tage hatte er seinen Computer und sein Smartphone gründlich sauberzumachen versucht, ausgerechnet er, der selbst am besten wusste, dass so etwas nicht restlos möglich war. Er sollte sich eine neue Festplatte für seinen Computer kaufen und sein Palm »verlieren«, mit dem Rasenmäher bearbeiten oder vielleicht unters Auto legen und platt fahren. Oder doch lieber gleich in den Hafen werfen?

Komisch, dass Außenstehende immer glaubten, Beamte der Strafverfolgung hätten Vorteile, weil sie sämtliche Kniffe kannten und Fehler zu vermeiden wussten, die anderen zur Falle wurden. Aber genau da lag das Problem. Wayne war sich voll und ganz darüber im Klaren, dass es kaum möglich war, elektronische Spuren zu vertuschen, also würde auch er, sorgfältig unter die Lupe genommen, am Ende auffliegen.

Er war über drei Monate mit Sandra Jones im Schulgebäude spazieren gegangen, nicht mehr, nicht weniger, doch wenn er jetzt nicht höllisch aufpasste, würde man ihn für ihren Liebhaber halten, vom Dienst suspendieren und interne Ermittlungen gegen ihn einleiten. Ein Computerexperte, der sein Palm »verlor« und eine neue Festplatte in seinen Computer einbaute, machte sich zusätzlich verdächtig.

Apropos, warum hatten die Kollegen von der Bostoner Polizei Jones' Computer immer noch nicht geknackt? Er stand ihnen doch schon seit fast vierundzwanzig Stunden zur Verfügung. Ein Image zu ziehen dauerte allenfalls sechs Stunden, dann würde man EnCase darüberlaufen lassen und …

Vielleicht noch ein, zwei Tage, dachte er und seufzte, denn ob seine Nerven so lange mitspielten, war zu bezweifeln.

Und was würde Sandy erst durchmachen müssen, falls sie denn noch lebte?

Daran mochte er gar nicht denken, zumal sich ihm dann all die entsetzlichen Fotos aufdrängten, die er im Zuge seiner Arbeit immer wieder zu Gesicht bekam, Fotos von Opfern, die erwürgt, erstochen oder erschossen worden waren.

Er hatte Sandy gewarnt und ihr von dem Februarurlaub dringend abgeraten.

Seufzend blickte Wayne zum wiederholten Mal auf die Uhr und beschloss, noch ein Weilchen länger im Büro zu bleiben und zu arbeiten. Doch plötzlich summte sein

Palm. Im Display stand die E-Mail-Adresse seiner Schwester.

Er krauste die Stirn und schaute nach.

17.45 Uhr. Wayne las das verblüffende Geständnis seines Neffen.

Jetzt geriet er erst richtig ins Schwitzen.

Sechs Uhr. Maxwell Black saß vor einem mit weißem Leinen eingedeckten Tisch in einer Ecke des Speisesaals im Ritz. Soeben war ihm Ente mit Wildbeerenkompott serviert worden, wozu er sich einen besonders edlen Oregon Pinot Noir schmecken ließ. Gutes Essen, hervorragender Wein, exzellenter Service. Er hätte sich glücklich schätzen können.

Aber er war es nicht. Nach seinem Gespräch mit den Ermittlungsbeamten hatte er sich in sein Hotel zurückgezogen und seinen Anwalt angerufen mit der Bitte, ein paar Rechtsfragen für ihn zu klären. Dessen Auskunft passte ihm, Maxwell, leider gar nicht ins Konzept.

Die meisten Familiengerichte – und die von Massachusetts bildeten keine Ausnahme – entschieden sich in vergleichbaren Sorgerechtsverfahren fast ausschließlich zugunsten einer vormundschaftlichen Regelung im Sinne des Kindes. Eventuelle Ansprüche der leiblichen Eltern traten dahinter zurück, so natürlich auch die der Großeltern.

Max hatte angenommen, dass Sandras Verschwinden und der Verdacht gegenüber Jason als mutmaßlich Schuldigem an dieser Familientragödie jedes Gericht dazu bewegen würden, in seinem Sinne zu entscheiden, zumal Jason aller Wahrscheinlichkeit nach nicht der leibliche Vater Clarissas und er, Maxwell, nunmehr, da vom Tod ihrer Mutter ausgegangen werden musste, der einzige direkte Verwandte des Kindes war.

Aber nichts da. Für die zuständige Gerichtsbarkeit, die sogar die Schwulenehe legalisiert hatte, galt das Prinzip »in loco parentis« und sprach denjenigen das Sorgerecht zu, die sich an Eltern statt um das Kind kümmerten. Max blieb also nichts anderes übrig, als nachzuweisen, dass Jason für Clarissa eine unmittelbare Gefahr darstellte, wenn er denn die derzeit gültige sorgerechtliche Regelung zu Fall bringen wollte. Und einen solchen Nachweis erfolgreich zu führen war – das wusste er als Richter sehr genau – nahezu unmöglich.

Max konnte also nur darauf hoffen, dass Sandras Leiche gefunden und Jason als ihr Mörder überführt wurde. Dann müsste der Staat das Sorgerecht für Clarissa übernehmen, und er könnte als ihr Großvater das Vormundschaftsgericht davon überzeugen, dass es im besten Interesse seiner Enkelin wäre, wenn sie bei ihm lebte. So könnte es klappen.

Aber wann würde man Sandra endlich finden? Er hatte sich bereits mehrmals am Hafen umgesehen und zahllose Stellen entdeckt, an denen Jason Jones Sandys Leiche hätte verschwinden lassen können. Die Suche nach ihr mochte Wochen dauern, wenn nicht Monate oder gar Jahre.

Maxwell hatte auch schon darüber nachgedacht, seinen Schwiegersohn zivilrechtlich zu belangen, war aber zu dem Schluss gelangt, dass auch in einer solchen Sache glaubhaft nachgewiesen werden müsste, dass Sandra Jones nicht etwa mit dem Gärtner durchgebrannt war und nun womöglich in Mexiko lebte.

Es musste also eine Leiche her. Ja, er brauchte eine Leiche, und plötzlich kam ihm ein Gedanke. Musste es unbedingt Sandras Leiche sein?

19.45 Uhr. Aidan Brewster faltete seine Wäsche zusammen. Vor ihm lagen vier Berge weißer T-Shirts, zwei Berge Jeans und mehrere kleine Häufchen weißer Unterhosen und Sportsocken mit blauem Bund. Seine Bewährungshelferin hatte ihn dankenswerterweise gegen sechs aus den Fängen der Reporter befreit und vorgeschlagen, ihn für die Nacht in einem Hotel unterzubringen, was er allerdings nicht wollte. Und so hatte sie ihn stattdessen in den Waschsalon am anderen Ende von South Boston gefahren, wo ihn die Journaille nicht vermutete, denn wer von ihr wäre schon darauf gekommen, dass er ausgerechnet jetzt in aller Seelenruhe seine Wäsche machte.

Colleen hatte offenbar Bedenken gehabt. Vielleicht war es ihr aber einfach auch nur gegen den Strich gegangen, dass er einen Sack schmutziger Wäsche nach dem anderen in den Kofferraum ihres Wagens stopfte, während sich drei Kameramänner auf der anderen Straßenseite über unverhoffte Aufnahmen freuten.

»Was ist passiert?«, hatte Colleen mit Blick auf seinen Kopf gefragt, als sie losgefahren war.

»Küchenbrand. Ein Pappteller lag zu nah am Herd und

hat Feuer gefangen. Ich Blödmann hab Mehl darübergekippt und nicht auf die fliegenden Funken geachtet.«

Colleen kaufte ihm die Geschichte nicht ab, wie es schien. »Alles in Ordnung, Aidan?«

»Ich habe meinen Job verloren, mir den Kopf verbrannt und werde meine Visage wahrscheinlich in den Abendnachrichten sehen. Aber danke, dass Sie fragen.«

»Aidan …«

Die Art, auf die er sie anstarrte, machte ihr klar, dass es definitiv besser war, für sich zu behalten, was sie sagen wollte: Tut mir leid, schrecklich das alles, aber Kopf hoch, Junge, es wird schon wieder.

Nichts als dumme Sprüche. Colleen hatte ihm im Stillen recht geben müssen und ihm einen Gefallen damit erwiesen, dass sie für den Rest der Fahrt den Mund gehalten hatte.

Inzwischen waren auch die Handtücher, Bettlaken und sogar ein paar Polsterschoner zusammengefaltet. Alles, was in seiner Wohnung aus Stoff bestand, hatte er mit Clorox gewaschen, einem Mittel, das gründlich zu Werke ging und dennoch die Farben schonte.

Klar, die Cops würden sich mächtig ärgern und ihn dafür hassen. Egal.

Er hatte jetzt nur eins im Sinn: nach Hause zurückzukehren und seine Siebensachen zu packen. Er würde all seine weltliche Habe in vier schwarze Müllsäcke stopfen und das Weite suchen. Vorhang zu. Er hatte die Faxen dicke. Scheiß auf Colleen. Scheiß auf die Cops. Sollten die sich doch einen anderen Sittenstrolch suchen.

Er hatte sich an seine Auflagen gehalten. Und was war der Dank dafür? Die Polizei drehte ihn durch die Mangel, seine Ex-Kollegen lagen auf der Lauer, und der Nachbar Jason Jones machte ihm am meisten Angst. Und dann diese Reporter … Aidan wollte nichts wie weg. Adieu, Wiedersehen, bye-bye.

Was allerdings nicht erklärte, warum er hier immer noch in diesem schäbigen Waschsalon herumhing, das grüne Gummiband schnacken ließ und einen blauen Kuli in der Hand hielt. Seit drei Minuten starrte er auf ein weißes Blatt Papier. Bis er schließlich zu schreiben anfing:

> Liebe Rachel,
> ich bin ein Schwein. Es ist alles meine Schuld. Du müsstest mich hassen.

Er legte eine Denkpause ein, kaute auf dem Kuli herum, ließ das Gummi schnacken.

> Vielen Dank für die Briefe. ~~Vielleicht hast du dich über sie geärgert. Vielleicht wolltest du sie einfach nicht mehr sehen. Wär dir nicht zu verdenken.~~

Er strich die Worte durch. Versuchte es von neuem. Strich wieder durch.

> ~~Ich liebe dich.~~
> Ich habe dich geliebt. Das war falsch. Tut mir leid.
> Ich werde dir nicht länger lästig sein.

Es sei denn, dachte er. Doch das schrieb er nicht. Er verkniff es sich. Wenn sie ihn sehen wollte, hätte sie ihn längst aufgesucht. Lass dir das eine Lehre sein, Aidan, alter Junge. Sie liebt dich nicht und hat dich nie geliebt. Du bist umsonst in den Bau gegangen, du dummer, erbärmlicher, lächerlicher Trottel …

Er setzte den Stift wieder an.

Bitte, tu dir nicht weh.

Und dann, wie als Nachtrag:

Und lass dir auch nicht von Jerry wehtun. Du verdienst Besseres. Wirklich, viel Besseres.

Verzeih, dass ich alles verbockt habe. Ich wünsch dir ein schönes Leben.

Aidan

Er legte den Kuli weg. Las noch einmal durch, was er geschrieben hatte, und überlegte, ob er den Brief zerreißen und wieder ein Feuerchen machen sollte. Er entschied sich dagegen. Den Brief würde er zwar nicht abschicken, aber der Gruppe konnte er jetzt immerhin vorlegen, was verlangt war. Eine Lektion in Sachen Mitgefühl und Reue. Und das war es auch wohl, was er empfand, denn er spürte einen heftigen Druck auf der Brust. Es fiel ihm schwer, tief durchzuatmen, und er wollte nicht länger in diesem schäbigen Waschsalon auf dem Boden hocken. Er wollte zurück in seine Wohnung und sich unter der Bettdecke verstecken, irgendeinen Ort aufsuchen, an dem es dunkel genug war, um sich darin zu verlieren, um nicht mehr an jenen Winter denken zu müssen, daran, wie schön es gewesen war, ihre Haut auf seiner Haut zu spüren, und auch daran, dass er ihrer beider Leben verpfuscht hatte.

Himmel, hilf, er liebte sie immer noch. Ja, das tat er. Sie, seine Stiefschwester, war das einzig Gute, das er, der mieseste Drecksack auf der ganzen Welt, je gehabt hatte, und vielleicht hätte er es verdient, wenn ihm die Jungs aus der Werkstatt die Scheiße aus dem Leib prügelten. Vielleicht wäre das die einzige Lösung für ein Miststück wie ihn. Er war pervers. Nicht besser als Wendell, der durchgeknallte Blitzer. Er gehörte ausgelöscht.

Doch er wollte nicht sterben. Er wollte die Nacht irgendwie überstehen und vielleicht auch den nächsten Tag.

Also packte er seine Wäsche zusammen und winkte sich ein Taxi herbei.

»Nach Hause, James«, erklärte er dem Fahrer und nannte ihm seine Adresse.

Auf der Rückbank zerriss er den Brief in winzige Fetzen, warf sie durchs Fenster nach draußen und sah sie im Fahrtwind davonflattern.

Es war schon kurz nach neun, als Jason seine Tochter endlich zu Bett gebracht hatte. Es war nicht einfach gewesen. Das immer größer werdende Mediencamp hatte sie den ganzen Tag über ans Haus gefesselt, und Ree war in Ermangelung frischer Luft und Bewegung überdreht und quengelig gewesen. Als dann nach dem Abendessen die ersten Scheinwerfer eingeschaltet wurden, erstrahlte das ganze Haus so hell, dass man es aus dem Weltraum hätte sehen können.

Ree hatte sich über das grelle Licht und den Lärm auf der Straße beklagt und ihn gebeten, die Reporter zu vertreiben, und als das nichts nützte, hatte sie mit dem Fuß aufgestampft und von ihm verlangt, ihre Mommy zurückzuholen, und zwar *sofort.*

Er hatte angeboten, mit ihr zu malen, Origami-Figürchen zu falten oder Dame zu spielen.

Dass sie wütend auf ihn war und einen Veitstanz aufführte, hatte er ihr nicht krummgenommen. Auch er wollte, dass dieser nervtötende Presserummel aufhörte und dass sie ihr altes beschauliches Leben wieder aufnehmen konnten.

Er hatte ihr ein Märchen vorgelesen, eine Geschichte von hundert Seiten, von Anfang bis zum Ende, sodass ihm schließlich der Hals wehtat und die Augen zuzufallen drohten.

Als seine Tochter endlich eingeschlafen war, setzte er sich ins abgedunkelte Wohnzimmer und versuchte nachzudenken. Sandra blieb verschwunden, Maxwell hatte sein Besuchsrecht erzwungen. Und er, Jason, stand immer noch im Verdacht, sich seiner schwangeren Frau entledigt zu haben.

Er hatte gehofft, Sandra wäre mit einem Liebhaber durchgebrannt, obwohl er selbst nicht daran glauben mochte. Doch diese Vorstellung war ihm lieber als alle anderen, denn sie tröstete ihn mit der Wahrscheinlichkeit, dass Sandy wohlauf war. Und vielleicht würde sie sich eines Tages besinnen und nach Hause zurückkehren. Er würde sie wieder aufnehmen, Ree zuliebe und im eigenen Interesse. Er wusste, dass er kein perfekter Ehemann war und dass er während des Urlaubs einen schrecklichen Fehler begangen hatte. Wenn sie ihn dafür bestrafen wollte, durfte er sich nicht beklagen.

Aber jetzt, schon fast drei Tage nach ihrem Verschwinden, war er gezwungen, auch andere Möglichkeiten ins Auge zu fassen. Dass seine Frau nicht durchgebrannt, sondern einem Verbrechen zum Opfer gefallen war, hier, im eigenen Haus und im Beisein ihrer Tochter, die wie durch ein Wunder überlebt hatte. Vielleicht war Ethan Hastings, frustriert über seine unerwiderte Liebe, durchgedreht. Vielleicht hatte Maxwell seine Tochter nach langer Suche endlich aufgespürt und sie entführt, um sein Enkelkind für sich zu gewinnen. Oder vielleicht gab es einen anderen Liebhaber, womöglich diesen mysteriösen Computerexperten, der sich nicht länger von Sandra hatte hinhalten lassen wollen.

Sie war schwanger. Von ihm? Von einem anderen? Lag darin die Ursache für alles, was folgte? Hatte Sandra mit Ethan Hastings' Hilfe herausgefunden, wer er war? Hatte sie sich klarmachen müssen, dass sie das Kind eines Monsters in sich trug? Er konnte es ihr nicht verdenken. Auch er hätte vor der Aussicht, ein eigenes Kind in die Welt zu setzen, zurückschrecken sollen.

Aber dem war nicht so gewesen. Er hatte es gewollt … sich gewünscht.

Wäre es je dazu gekommen, dass Sandy ihm eröffnet hätte, schwanger zu sein – er wäre überwältigt, gerührt, ergriffen und auf ewig dankbar gewesen.

Aber dieser Moment hatte sich nicht eingestellt. Seine Frau war verschwunden und er zurückgeblieben mit der quälenden Frage, was gewesen wäre, wenn.

Zudem drohte ihm nun Gefängnishaft.

Er musste untertauchen, mit seiner Tochter verschwinden. Etwas anderes blieb ihm nicht übrig. Früher oder später würde Sergeant Warren mit einem Haftbefehl und einem Vertreter des Familiengerichts vor der Haustür stehen. Er ginge in den Bau, und Ree käme in eine Pflegefamilie.

Dazu durfte es nicht kommen. Davor musste er sich und seine Tochter schützen.

Er ging nach oben.

Im Flur neben dem Elternschlafzimmer klappte er die Falltür zum Dachboden auf und zog die Leiter herunter. Mit eingeschalteter Taschenlampe stieg er hinauf ins pechschwarze Dunkel.

Der Dachboden war nur knapp einen Meter hoch und diente als Rumpelkammer. Er kroch über die Dielenbretter, schob Kartons beiseite, in denen Weihnachtsschmuck lagerte. In der äußersten Ecke angelangt, entfernte er neben dem zweiten Dachsparren von links das Dämmmaterial und griff nach der flachen Kassette.

Er zog sie hervor und hatte den Eindruck, dass sie sich leichter anfühlte als in seiner Erinnerung. Er legte die Taschenlampe auf den Boden und klappte den Deckel auf.

Die Kassette war leer. Das Geld, die Ausweise – alles weg.

Die Polizei? Sandy? Jemand anders? Er konnte es nicht verstehen. Niemand wusste von dem Versteck. Es war sein Geheimnis für den Notfall, eines, das ihn schlafen ließ, weil es ihm das beruhigende Gefühl vermittelte, jederzeit fliehen zu können.

Und plötzlich, als er sich noch den Kopf darüber zermarterte, wie um alles in der Welt sein Fluchtplan hatte torpediert werden können, gewahrte er etwas anderes. Ein Geräusch, ganz in der Nähe.

Ein Knarren von Holz.

Aus dem Schlafzimmer seiner Tochter.

33. Kapitel

Jason schockierte mich mit seiner Hotelwahl. Ich hatte eine kinderfreundliche Unterkunft der mittleren Preisklasse erwartet. Stattdessen führte er uns in eine Fünf-Sterne-Nobelherberge samt Wellness-Center und riesigem Schwimmbad. Von einem Hotelboy in roter, goldbetresster Uniform begleitet, fuhren wir mit dem Fahrstuhl, der nur mit einer Chipkarte in Bewegung gesetzt werden konnte, hinauf in die höchste Etage zu unserer Zweizimmersuite.

In dem einen Raum mit Ausblick auf den Bostoner Hafen befand sich ein übergroßes Doppelbett mit blütenweißen Laken und so vielen Brokatkissen, dass man damit einen Harem hätte ausstaffieren können. Das Badezimmer war vom Boden bis zur Decke mit rosafarbenem Marmor ausgeschlagen.

Das Zimmer nebenan enthielt ein ausziehbares Sofa, zwei tiefe beigefarbene Sessel und den größten Flachbildschirm der Welt. Als Jason erklärte, dies sei Rees Zimmer, sprangen ihr fast die Augen aus dem Kopf. Und mir auch.

»Super!«, kreischte sie und machte sich sofort daran, ihren prallvollen Koffer auszuweiden. Schon nach schätzungsweise fünf Sekunden waren ein halbes Dutzend Barbiepuppen, rosa Deckchen und zahllose Anziehsachen in der Luxuskeme-

nate verstreut. Lil' Bunny bekam einen Ehrenplatz in der Mitte des Sofas. »Sollen wir uns einen Film ansehen?«

»Später. Wir ziehen uns jetzt was Schickes an, und dann führe ich meine Herzdamen zum Abendessen aus.«

Ree schrie so schrill vor Freude, dass man um die Fensterscheiben fürchten musste, und ich starrte meinen Mann wieder an wie vom Donner gerührt. »Aber ich hab doch gar nichts Besonderes dabei ... ich dachte, wir würden –«

»Ich habe mir erlaubt, ein Kleid und deine Stiefel einzupacken.«

Ich machte große Augen, doch Jason rührte keine Miene. Er führte irgendetwas im Schilde, das spürte ich und erinnerte mich an Waynes Warnung. Vielleicht ahnte Jason, was ich hinter seinem Rücken trieb. Womöglich war er dahintergekommen, dass ich ihn ausspionierte. Wollte er mich jetzt zu Tode verwöhnen, mich in Wellness ertränken?

Ich kehrte in unsere Suitehälfte zurück und zog das schimmernde blaue Kleid an, das Jason für mich eingepackt hatte, wie auch die kniehohen schwarzen Lederstiefel. Für Wayne hatte ich dieses Kleid noch nicht getragen, und ich fragte mich beklommen, ob Jason davon wusste.

Dann stürmte Ree ins Zimmer, drehte in einem purpurnen, mit Blumen bestickten Kleidchen und einer riesigen Schleife im Nacken ausgelassene Pirouetten. »Mommy, mach mir mein Haar. Ich will; dass es ganz toll aussieht.«

Also frisierte ich ihr ein Knötchen und Schläfenlocken. Anschließend machte ich mich selbst zurecht und stellte fest, dass mein fürsorglicher Gatte auch an Make-up gedacht hatte. Ich schminkte Augen und Wangen und malte mir den Mund an. Ree schmollte, weil sie nur ein bisschen Lipgloss bekam, denn sie meinte, dass man, um »super« auszusehen, gar nicht genug Make-up auflegen konnte.

Nun zeigte sich auch Jason in der Tür zum Badezimmer. Er trug eine dunkle Hose, die ich noch nicht an ihm kannte, ein pflaumenfarbenes Hemd und ein dunkles, dezent changierendes Sportjackett. Keine Krawatte. Die beiden oberen Knöpfe standen offen und brachten seinen kräftigen Hals zur Geltung. Mir kribbelte es so heftig im Magen wie seit vier Monaten nicht.

Mein Mann sieht sehr, sehr gut aus.

Unsere Blicke begegneten sich, und plötzlich wurde mir angst und bange.

Ich fürchtete mich vor ihm.

Jason wollte sich die Beine vertreten. Es war ein kalter Abend, aber immerhin trocken. Ein angenehmes Wetter zum Spazierengehen. Ree war sofort einverstanden. Der Familienurlaub schien ihr bislang ausnahmslos gut zu gefallen. Sie ging zwischen uns, hielt Jasons Hand mit der Linken und meine mit der Rechten. Sie zählte, und immer, wenn sie bei zehn angelangt war, mussten wir sie in die Höhe schleudern, wobei sie jedes Mal einen spitzen Schrei ausstieß.

Die Passanten lächelten im Vorübergehen und fanden offenbar Gefallen an der netten kleinen Familie und dem fröhlichen Kind.

Wir folgten der roten Spur, die Paul Reveres Ritt in Richtung auf das Old State House markierte, bogen dann nach links ab und gingen am Park vorbei auf das Theater zu. Ich sah das gläserne Portal des Four Seasons, wo ich meine Wellness-Nächte verbrachte, und musste den Blick abwenden. Mir war, als kehrte ich an einen Tatort zurück.

Zum Glück schlug Jason eine andere Richtung ein, und bald erreichten wir ein hübsches Bistro, in dem es nach würzigem Olivenöl und Rotwein duftete. Ein Oberkellner in schwarzem Smoking führte uns an einen Tisch, wo uns ein junger Mann, ebenfalls in Schwarz, fragte, ob wir stilles oder mit Kohlensäure versetztes Mineralwasser wünschten. Ich wollte gerade sagen: Aus der Leitung bitte, aber Jason kam mir zuvor, bestellte eine Flasche Perrier und verlangte nach der Weinkarte.

Ich musterte den Mann, mit dem ich nunmehr fünf Jahre verheiratet war, und es verschlug mir die Sprache. Ree rutschte ungeduldig auf ihrem Kindersitz herum, entdeckte dann den Brotkorb und zog unter der Leinenserviette einen langen dünnen Grissino hervor. Sie zerbrach die Stange in zwei Hälften und war von dem Knacklaut so angetan, dass sie munter weiterbröselte.

»Leg dir bitte deine Serviette auf den Schoß«, sagte Jason. »Schau, ich mach's dir vor.«

Ree fand sein Beispiel interessant genug, um es ihm gleichzutun. Dann ließ sie sich von Jason auf ihrem Stuhl näher an den Tisch heranrücken und die einzelnen Besteckteile erklären.

Der Kellner kam und sprenkelte Olivenöl auf unsere Brotteller, was Ree von unseren Ausflügen nach North End bereits kannte. Sofort machte sie sich daran, die kleine Pfütze auf ihrem Teller mit einem Stück Brot aufzuwischen. Jason wandte sich an den Kellner und bestellte wie selbstverständlich eine Flasche Dom Pérignon.

»Aber du trinkst doch nicht«, protestierte ich, als sich der Kellner mit einem höflichen Kopfnicken verzogen hatte.

»Hättest du nicht gern ein Glas Champagner, Sandra?«

»Vielleicht.«

»Dann möchte ich mit dir anstoßen.«

»Warum?«

Er lächelte bloß und widmete sich wieder seiner Speisekarte. Auch ich blickte schließlich in meine, obwohl mir der Kopf schwirrte. Vielleicht wollte er mich betrunken machen und dann; wenn Ree gerade nicht hinsah, ins Hafenbecken stoßen. Also auf dem Rückweg ins Hotel nur ja nicht am Kairand entlanglaufen, dachte ich, einem hysterischen Anfall nahe.

Ree entschied sich für Capellini mit Butter und Käse und bestellte zum Stolz ihrer Eltern mit klarer Stimme und einem artigen Bitte und Danke. Ich dagegen stammelte wie ein Idiot, schaffte es aber irgendwie, mich mit meinem Wunsch – Jakobsmuscheln auf Pilzrisotto – verständlich zu machen.

Jason bestellte das Kalbfleischgericht.

Der Champagner kam. Der Kellner zog eine diskrete Show ab und entfernte den Korken fast lautlos. Dann füllte er zwei hauchdünne Flöten, ohne dass auch nur ein einziges Schaumbläschen über den Rand gerollt wäre. Ree erklärte, so etwas Schönes noch nie gesehen zu haben, und wollte probieren.

Damit müsse sie bis zur Volljährigkeit warten, entgegnete Jason.

Sie zog einen Flunsch und beschäftigte sich wieder mit dem Brot.

Jason hob sein Glas. Ich tat es ihm gleich.

»Auf uns«, sagte er. »Auf eine glückliche Zukunft.«

Ich nickte und trank. Die Bläschen prickelten mir auf der Nase, und mir war zum Heulen zumute.

Wie gut kennen Sie Ihren Ehepartner? Sie haben sich Treue geschworen, Ringe getauscht und eine Familie gegründet. Sie schlafen Nacht für Nacht Seite an Seite und sehen den anderen so häufig nackt, dass Sie sich nichts dabei denken. Vielleicht haben Sie Sex miteinander. Vielleicht krallt sich Ihr Mann mit seinen Fingern an Ihrem Hintern fest und fragt mit Grummelstimme: »Wie findest du das? Gefällt's dir?« Doch ebendieser Mann steigt sechs Stunden später aus dem Bett, bindet sich die gerüschte Lieblingsschürze Ihrer Tochter um die Hüften, setzt sich womöglich noch das Schmetterlingshäubchen der Vierjährigen auf den Kopf und macht Frühstück.

Sie freuen sich über einen Mann, der ein feuriger Liebhaber und gleichzeitig ein rührender Vater ist. Aber haben Sie sich schon einmal gefragt, ob es nicht womöglich noch andere Seiten an ihm gibt, die nur darauf warten, ausgelebt zu werden?

Ree kicherte, Jason lächelte, und ich nippte an meinem Champagner, ließ mir den seltsamen Umstand durch den Kopf gehen, dass mein Mann weder Familie noch Freunde hatte, und nippte weiter. Ich erinnerte mich daran, wie bereitwillig ich auf seinen Vorschlag einging, nach Boston zu ziehen und einen neuen Namen anzunehmen. Es sei zu meinem Schutz, hatte er gesagt. Ich ließ mir neu einschenken und trank. Ich dachte an die Nächte, in denen er vorm Computer kauerte, an die Websites, die er besuchte, was er anschließend mit großem Aufwand vertuschte. Und ich dachte an das Foto, das ich sechs Monate zuvor entdeckt hatte, das Schwarz-weiß-Porträt eines verängstigten Jungen mit einer behaarten schwarzen Spinne deutlich sichtbar auf der nackten Brust.

Und ich trank noch mehr Champagner.

Mein Mann hatte vor, mich zu töten.

Davon war ich in diesem Augenblick so überzeugt, dass ich mich wunderte, warum ich ihn nicht schon früher durchschaut hatte. Jason war ein Monster. Vielleicht ein Kinderschänder, womöglich Schlimmeres. Ein Ungeheuer, das keinen Sinn für seine schöne Frau hatte, sich aber an Bildern von kleinen Kindern in Todesangst ergötzte.

Ich hätte auf Wayne hören sollen. Ich hätte ihm zumindest sagen sollen, wohin die Reise geht, war aber nicht einmal auf den Gedanken gekommen, selbst danach zu fragen. Nein, ich hatte mich vertrauensvoll der Führung meines Mannes überlassen, ausgerechnet ich, die schon in jungen Jahren bitter hatte lernen müssen, dass niemandem zu trauen war.

Ich trank, schob das Muschelfleisch auf dem Teller herum und fragte mich, was er wohl Ree sagen würde, wenn alles vorbei war. Liebling, es hat einen Unfall gegeben, Mommy wird nicht mehr nach Hause zurückkehren. Tut mir leid, Herzchen.

Ich schenkte Jason ein. Er trank fast nie Alkohol. Vielleicht konnte ich ihn betrunken machen, so betrunken, dass er bei dem Versuch, mich ins Hafenbecken zu stoßen, selbst ins Wasser stürzte. Wäre das nicht ausgleichende Gerechtigkeit?

Jason hatte aufgegessen. Ree ebenfalls. Der Kellner kam, um unsere Teller abzuräumen. Er schaute mich mit besorgter Miene an.

»War etwas nicht zu Ihrer Zufriedenheit? Darf ich Ihnen etwas anderes bringen?«

Ich wimmelte ihn ab mit der Bemerkung, leider zu viel zu Mittag gegessen zu haben. Jason beobachtete mich, verlor aber kein Wort über meine Lüge. Ein paar dunkle Strähnen waren ihm in die Stirn gefallen. Er sah verwegen aus mit seinem offenen Kragen, den zerzausten dichten Haaren und unergründlichen Augen. Ich hatte längst bemerkt, dass er von manchen der weiblichen Gäste angehimmelt wurde. Vielleicht bewunderte man uns auch als Paar. Sieh nur, was für eine nette Familie, und das herzige kleine Mädchen, wie artig es ist.

Gaben wir nicht ein hübsches Bild ab? Das einer perfekten kleinen Familie? Was spielte es da für eine Rolle, dass es morgen damit schon vorbei sein konnte?

Ree wollte Eis zum Nachtisch. Der Kellner führte sie zur Eisvitrine, um sie aus den verschiedenen Angeboten auswählen zu lassen. Ich goss den Rest der Flasche in Jasons Glas. Es war erst sein zweites, was ich reichlich unfair fand.

»Jetzt will ich meinen Trinkspruch loswerden«, erklärte ich und spürte, dass mir die Zunge schwer geworden war.

Er nickte und hob sein Glas.

»Auf uns«, sagte ich. »In guten und bösen Tagen, in Gesundheit und Krankheit, bis der Tod uns scheidet.«

Ich kippte den Inhalt meines Glases mit einem Schluck hinunter und sah zu, wie mein Mann an seinem nur nippte.

»Erzähl, was hast du dir sonst noch für unseren Familienurlaub vorgenommen?«, wollte ich wissen.

»Wir könnten ins Aquarium gehen, eine kleine Stadtrundfahrt machen und über die Newbury Street flanieren. Aber vielleicht möchtest du lieber ins Museum. Oder wie wär's mit einer Massage?«

»Warum tust du das?«

»Was meinst du?«

»Wozu das alles?« Ich winkte mit der Champagnerflöte im Kreis und verspritzte die letzten Tropfen. »Das extravagante Hotel, dieses vornehme Restaurant hier. Familienurlaub. Zum allerersten Mal.«

Er ließ sich mit der Antwort Zeit und drehte sein Glas in den Händen.

»Ja, leider. Wir hätten uns so etwas schon früher und häufiger gönnen sollen«, sagte er schließlich. »Statt immer nur zu rackern und keine Zeit füreinander zu haben.«

Ree kehrte an der Hand des Kellners zurück und präsentierte mit der anderen Hand eine riesige Eisbombe. Anscheinend hatte sie sich nicht für eine Sorte entscheiden können und darum gleich drei ausgewählt. Der Kellner zwinkerte uns zu, verteilte drei Löffel und zog sich diskret zurück.

Jason und Ree machten sich über das Eis her. Ich sah ihnen zu. Mein Magen rebellierte, und ich fühlte mich wie eine zum Tode verurteilte Frau, die aufs Schafott steigt und ihren Kopf unters Fallbeil legt.

Jason ließ ein Taxi rufen, das uns zum Hotel zurückbringen sollte. Ree nervte, was wohl der späten Stunde und ihrer Überzuckerung durch das pappsüße Eis geschuldet war. Ich konnte mich kaum auf den Beinen halten. Die drei Gläser waren mir zu Kopf gestiegen.

Mir schien, dass Jason auch nicht mehr ganz auf der Höhe war, als er die Taxitür öffnete und Ree auf die Rückbank half. Aber vielleicht irrte ich mich. Er ist ein Muster an Selbstbeherrschung und ich kann mir kaum vorstellen, dass ihn zwei Gläser Champagner aus der Fassung bringen.

Wir ließen uns am Hotel absetzen und schafften es, unsere Suite zu finden. Ich zog Ree aus und streifte ihr das Ariel-Nachthemd über. Ein Zimmermädchen hatte das Sofa in ein Bett verwandelt und bezogen. Auf einem der insgesamt vier weißen Kissen lagen zwei in Goldfolie gepackte Schokoladenstücke, die sich Ree zu Gemüte führte, während ich nach ihrer Zahnbürste suchte. Sie war trickreich genug, die Goldfolie unterm Kissen verschwinden zu lassen, verriet sich aber durch Schokoladenschmiere rings um den Mund.

Ich scheuchte sie ins Badezimmer, damit sie sich das Gesicht wusch, die Zähne putzte und die Haare kämmte. Sie nörgelte, maulte und war patzig. Ich packte sie mitsamt Lil' Bunny ins Bett, las ihr aus zwei der zwölf mitgebrachten Bücher vor, bis ihr die Augen zufielen.

Ich dimmte das Licht, schlich aus dem Zimmer und ließ die Tür einen Spaltbreit offen stehen. Sie gab keinen Mucks von sich, was ich als gutes Zeichen auffasste.

Jason lag ausgestreckt auf dem Bett. Er hatte die Schuhe ausgezogen und das Jackett über einen Stuhl geworfen. Er hatte ferngesehen und schaltete den Apparat aus, als ich ins Zimmer kam.

»Wie geht's ihr?«, sagte er.

»Sie ist müde.«

»Sie hat wacker durchgehalten heute Abend.«

»Ja.«

»Wie war's für dich?«

»Schön.« Ich ging aufs Bett zu, fühlte mich befangen und wusste nicht, was ich tun sollte. Was erwartete er von mir? Der Champagner hatte mich müde gemacht. Aber als ich dann meinen Mann mit seinen langen Beinen und dem schlanken, kräftigen Oberkörper auf der edlen Tagesdecke ausgestreckt sah, war das, was ich empfand, alles andere als Erschöpfung. Und weil ich mich nicht zu verhalten wusste, stand ich einfach nur da und knetete meine Hände.

»Setz dich«, sagte er. »Ich ziehe dir die Stiefel aus.«

Ich setzte mich auf die Bettkante. Er stand auf, kniete vor mir nieder, ergriff den rechten Stiefel und zog vorsichtig den Reißverschluss auf. Er zog ihn mir vom Fuß und nahm den linken zur Hand.

Ich legte mich auf den Rücken und spürte seine Finger über die Waden streichen, als er mir die Strümpfe abstreifte, wobei er zuerst die eine, dann die andere Ferse in die Hand nahm. Hatte er je zuvor meine Beine berührt? Vielleicht, als ich im neunten Monat schwanger gewesen war und meine eigenen Füße nicht mehr hatte sehen können. Ich schwöre, dass ich damals keine ähnliche Empfindung hatte, denn daran hätte ich mich erinnert.

Die Strümpfe waren ausgezogen, seine Finger aber blieben auf meiner Haut. Er fuhr mir mit dem Daumen über die Seite des Fußgewölbes. Ich zuckte unwillkürlich zusammen, doch er hielt meinen Fuß fest. Dann kam auch seine zweite Hand ins Spiel und tat mir so gut, dass sich mein Rücken wie von selbst durchbeugte und mir kleine Seufzlaute entfuhren, als er mir die müden Füße massierte. Zuerst den rechten, dann den linken. Und dann massierte er mir auch die Waden, fand kleine Knötchen darin und knetete sie weg. Ich spürte seinen Atem auf der Kniescheibe, den Hauch aus seinem Mund, als er die Innenseite meines Schenkels streifte. Ich war aufgewühlt und wagte mich nicht zu regen aus Angst, der Rausch könne abklingen.

Wenn ich die Augen öffnete, wäre er womöglich verschwunden und ich allein. Wenn ich seinen Namen sagte, würde er sich womöglich besinnen und nach unten zu seinem verdammten Computer eilen. Nein, ich durfte mich nicht rühren, nicht reagieren.

Und doch gerieten meine Hüften in Bewegung. Ich spürte jede seiner Berührungen überdeutlich, das Kitzeln seiner Haare, die seidige Glätte seiner frisch rasierten Wangen. Der Champagner wärmte mir den Bauch. Seine Hände wärmten meine Haut.

Plötzlich stand er auf und ging weg.

Ich presste die Lippen aufeinander, um mir ein frustrier-

tes Stöhnen zu versagen. Tränen traten mir in die Augen, und ich empfand meine Einsamkeit heftiger als während all jener Nächte, in denen er unser Ehebett verließ. Das ist nicht fair, wollte ich schreien. Wie kannst du nur?

Doch dann hörte ich, wie die Tür zu Rees Zimmer leise verschlossen wurde. Und es rasselte, als er an der Tür zum Gang hinaus die Kette vorlegte.

Dann senkte sich die Matratze ab, als er ins Bett kam und sich zu mir legte. Ich schlug die Augen auf und sah mich von meinem Mann betrachtet. Seine dunklen Augen waren nicht mehr so leer, nicht mehr so unerforschlich. Er wirkte nervös, sogar ein bisschen schüchtern.

Mit ruhiger Stimme, wie ich sie kannte, fragte er: »Darf ich dich küssen, Sandra?«

Ich nickte.

Mein Mann küsste mich, vorsichtig, sanft, wunderbar.

Erst jetzt begriff ich. Er hatte meinen vor Nächten geäußerten Wunsch erhört. Mich zu töten war nicht seine Absicht. Er wollte mir ein zweites Kind schenken.

Im Nachhinein ist man immer schlauer und bedauert, nicht früher zur Einsicht gekommen zu sein. Wäre ein Problem eher zur Sprache gekommen, hätten sich nicht so schnell Lügen einschleichen können. Aus Angst oder Feigheit zu schweigen machte alles nur schlimmer.

Ich hatte Sex mit meinem Gatten. Oder richtiger: Wir hatten Sex miteinander, langsam, zartfühlend, vorsichtig. Obwohl wir schon seit fünf Jahren ein Paar waren, mussten wir uns erst aneinander gewöhnen, lernen, was es bedeutete, wenn der andere mal so oder mal so heftig nach Luft schnappte.

Ich hatte geglaubt, die Erfahrenere von uns beiden zu sein. Doch es schien ihm wichtig, die Initiative zu ergreifen. Wenn ich mich zu weit vorwagte, konnte alles vorbei sein, und wir wären wie auf Knopfdruck wieder zwei Fremde, die sich ein Bett teilten.

Also ließ ich mich von ihm streicheln und entdeckte seine Rippenbögen unter meinen Händen, seine Muskeln und die festen Pobacken. Auf seinem Rücken fühlte ich zwei Dellen, doch als ich sie zu ertasten versuchte, zog er sich zurück. Ich beschränkte mich darauf, seine Haare auf der Brust zu kraulen und seine breiten, kräftigen Schultern zu umfassen.

Ich weidete mich an seinem Körper und hoffte, dass er auch an meinem Gefallen fand. Schließlich schwebte er über mir, und ich spreizte meine Schenkel, stemmte ihm meine Hüften entgegen und nahm ihn in mich auf. Es kann sein, dass ich vor Lust laut aufgeschrien habe, als ich ihn eindringen spürte.

Dann bewegten wir uns, und wir brauchten nicht mehr vorsichtig zu sein, nicht mehr befangen. Alles war, wie es sein sollte, und es fühlte sich gut an.

Danach hielt ich ihn fest umklammert, presste mein Gesicht an seine Schulter und streichelte seine Haare. Er sagte nichts. Seine Wangen waren feucht, ob von Schweiß oder etwas anderem, konnte ich nicht unterscheiden. Ich genoss es, so mit ihm dazuliegen, die Beine ineinander verschlungen, während sich unser Atem mischte.

Ich hatte mit vielen Männern Sex, aber nur mit ganz

wenigen geschlafen, und Gleiches sollte ich wohl auch meinem Mann zubilligen dürfen.

Ich schlief ein mit dem Gedanken, dass Familienurlaube am Ende doch etwas Wunderschönes sind.

Jason wälzte sich herum. Es war dunkel, und ich spürte nur, dass er sich bewegte. Es schien, dass ihn ein Albtraum schüttelte. Als ich ihn an der Schulter berührte, wich er jählings zurück.

»Jason?«, flüsterte ich.

Er ächzte und rückte von mir ab.

»Jason?«, fragte ich, lauter diesmal, aber nicht zu laut. Ich wollte Ree nicht wecken. »Jason, wach auf.«

Er hatte die Beine angezogen und wippte mit dem Oberkörper auf und ab.

Als ich mit beiden Händen zupackte und ihn wachzurütteln versuchte, sprang er aus dem Bett, prallte mit einem Stuhl zusammen und stolperte über die Stehlampe.

»Weg mit dir, weg, weg!«, schrie er und verzog sich in eine Ecke. »Ich hab dich umgebracht. Du bist tot, tot, tot.«

Ich war aufgestanden und streckte wie zur Abwehr beide Arme aus. »Beruhige dich, Jason. Du träumst. Wach auf, Liebling, bitte. Es ist nur ein Traum.«

Ich knipste die Nachttischlampe an in der Hoffnung, dass das helle Licht ihn zu Sinnen brachte.

Er kehrte mir den Rücken und wickelte sich in den Vorhang.

»Geh weg!«, wimmerte er. »Bitte, bitte, bitte, verschwinde.«

Aber ich blieb. Ich trat einen Schritt auf ihn zu, dann

noch einen, entschlossen, meinem Mann zu helfen, auch auf die Gefahr hin, Ree zu wecken.

Schließlich wandte er mir sein Gesicht zu.

Ich schnappte nach Luft, als ich seine von Panik geweiteten dunklen Augen sah. Irgendetwas machte klick in meinem Kopf, und alle losen Puzzleteile fügten sich zusammen.

»Oh, Jason«, flüsterte ich.

Und in diesem Moment wurde mir klar, dass ich einen schrecklichen Fehler begangen hatte.

34. Kapitel

Kurz nach zehn hielt das Taxi vor Aidans Haus an. Aidan blieb noch eine Weile sitzen. Er ließ sich Zeit, zählte einen Stapel abgegriffener Geldscheine durch und spähte verstohlen nach draußen, auf der Hut vor Ärger. War das dort drüben der Schatten von Mrs H's Rhododendron oder einer der Schläger aus Vitos Werkstatt? Was verbarg sich hinter dem dunklen Fleck auf der rechten Seite? Hockten da womöglich Paparazzi in den Bäumen? Und wer oder was mochte im Schatten hinter ihnen lauern? Jason Jones vielleicht, darauf aus, ihn fertigzumachen?

Scheiß drauf. Beweg deinen Arsch.

Aidan steckte dem Fahrer zwölf Dollar zu, schnappte sich seine Wäsche und stieg aus, den Hausschlüssel in der Hand. Er war so voller Adrenalin und Angst, dass ihm der Kopf schwirrte. Vor der Tür angekommen – das Taxi stand noch immer dort –, ließ er die Wäschesäcke fallen und schaffte es trotz zitternder Hände auf Anhieb, den Schlüssel ins Schloss zu stecken und die Tür zu öffnen.

Er hörte das Taxi wegfahren.

Er schleuderte die Wäschesäcke in den Flur und schloss hinter sich ab.

Erleichtert lehnte er sich an die Tür und sank zu Boden. Niemand war über ihn hergefallen, kein Fotograf belästigte ihn. Noch blieb die lynchgeile Meute aus.

Er fing zu lachen an, heiser, vielleicht einen Tick zu hysterisch, denn, ehrlich, er hatte seit seiner Knastzeit nicht mehr dermaßen viel Schiss gehabt. Dabei war er jetzt ein freier Mann, oder anders formuliert: Worauf konnte er hoffen? Würde er seine Strafe jemals wirklich abgesessen haben?

Er raffte sich auf, schleppte die Säcke in seine Wohnung. Er musste packen. Er musste weg von hier. Irgendwo neu anfangen, möglichst als besserer Mensch. Als jemand, dem es gelingt, nachts durchzuschlafen.

Er warf die Säcke auf das geblümte Sofa und wollte sich gerade auf den Weg ins Badezimmer machen, als er einen Luftzug im Gesicht spürte.

Die Glasschiebetür stand offen.

Erst jetzt registrierte Aidan, dass er nicht allein war.

D. D. hatte gerade ein paar Akten in die Ablage gelegt, als ihr Handy klingelte. Auf dem Display erkannte sie Wayne Reynolds' Nummer.

»Sergeant Warren.«

»Sie haben den falschen Computer«, sagte Wayne außer Atem. Er schien zu laufen.

»Wie bitte?«

»Ich weiß es von Ethan. Der Junge ist cleverer, als wir dachten, und hat Sandy einen Trojaner geschickt.«

»Was?«

»Das ist eine Art Virus, verpackt in einer freundlichen kleinen E-Mail, in der ein Programm versteckt ist, mit dem man auf fremde Festplatten zugreifen kann.«

»Oh, Mann!«, sagte D. D.

»Typisch Ethan. Anscheinend dachte er, dass ich nicht schnell genug bin, um Sandy vor ihrem Mann zu schützen. Also hat er die Sache selbst in die Hand genommen.«

D. D. hörte den Widerhall eilender Schritte. »Wo sind Sie, Wayne?«

»Noch im Labor, aber auf dem Weg nach draußen zum Auto. Ich hole jetzt meinen Neffen ab, und dann würden wir uns mit Ihnen gern vor Ort treffen.«

»Wo?«, fragte sie verwirrt.

»Hören Sie: Ethan hat Zugriff auf Sandys Computer. Er sagt, im Laufe der vergangenen achtundvierzig Stunden hätten sich über ein Dutzend Nutzer eingeklinkt, um über diesen Computer durchs Internet zu surfen.«

»Sind das unsere Spezialisten, die gegen Jason ermitteln?«

»Mit Sicherheit nein. Wir recherchieren nie an der Quelle. Und außerdem, wenn Ihre Leute tatsächlich Jasons Computer hätten, würden keine Aktivitäten darauf festzustellen sein.«

»Ich kann Ihnen nicht ganz folgen.«

»Was Sie beschlagnahmt haben, ist nicht Jasons Computer. Er hat Ihnen einen anderen untergejubelt oder eine andere Festplatte eingebaut. Was auch immer. Der Rechner, den Sie suchen, steht jedenfalls woanders, da, wo ihn niemand vermutet.«

»Wo? Verdammt, ich bin in zwanzig Minuten mit einem richterlichen Beschluss zur Stelle.«

»*Boston Daily.* Ethan kann die E-Mail-Adressen der Nutzer lesen. Sie sind alle Mitarbeiter der Zeitung. Ich vermute, Jason hat seinen Computer in der Redaktion versteckt, als einen unter vielen. Ganz schön ausgefuchst, dieser Kerl.« Im Hintergrund war das Ächzen einer schweren Tür zu hören, die kurz darauf ins Schloss krachte.

Dann klimperten Schlüssel. Wayne eilte mit langen Schritten zum Parkplatz. D. D. schloss die Augen und überlegte. »Mist«, sagte sie schließlich. »Ich kann mir nicht vorstellen, dass irgendein Richter erlauben würde, dass wir sämtliche Computer in der Redaktion in Beschlag nehmen.«

»Nicht nötig.«

»Nicht nötig?«

»Ethan verfolgt zurzeit die Abläufe des Computers mit dem iPhone seiner Mutter. Sobald sich jemand einloggt, sieht er die jeweilige E-Mail-Adresse. Das heißt, wenn wir in der Redaktion sind, ist schnell festzustellen, wer diese Adresse nutzt. Der oder die sitzt vor dem Computer, den wir suchen.« Er fluchte. »Augenblick. Ich bin jetzt an meinem Auto.«

D. D. hörte eine Tür aufgehen und zuschlagen. Sie war vom Stuhl aufgesprungen und schnappte sich ihre Jacke. Es galt jetzt, auf die Schnelle einen richterlichen Beschluss zu beschaffen. Sie musste sich eine gute Begründung einfallen lassen und herausfinden, welcher Richter um diese Zeit zu erreichen war.

»So«, meldete sich Wayne zurück. »Ich hole jetzt Ethan ab. Besorgen Sie sich diesen Wisch. Wir treffen uns dann in der Redaktion.«

»Nein, ich hole Ethan ab«, korrigierte sie und stürzte aus ihrem Büro. »Miller besorgt den Wisch. Sie bleiben auf Abstand.«

»Aber –«

»Sie dürfen mit dem Zeugen nicht allein sein, und erst recht nicht in der Nähe des gesuchten Computers. Interessenkonflikt, Beweismittelfälschung, Zeugenbeeinflussung. Soll ich fortfahren?«

»Verdammt noch mal!«, platzte es aus Wayne heraus. »Ich habe mit der Sache nichts zu tun. Wer hat Sie denn angerufen? Das war ich, schon vergessen? Und außerdem geht es hier um meinen Neffen. Der Junge macht sich vor Angst in die Hose.«

»Versichern Sie mir, dass Sie mit Sandra Jones nicht geschlafen haben«, entgegnete D. D. ruhig.

»Papperlapapp. Ich bin schon im Wagen. Lassen Sie wenigstens zu, dass ich Ethan begleite. Herrje, er ist erst dreizehn. Ein kleiner Junge.«

»Ausgeschlossen.«

»Aber meine Schwester darf ich wohl noch besuchen, oder?«

»Unterstehen Sie sich!«, sagte D. D. und hörte, dass Wayne den Schlüssel im Zündschloss drehte. Es machte klick.

»Scheiße, nein!«, brüllte er.

Ein ohrenbetäubender Lärm war zu hören.

D. D. ließ vor Schreck das Handy fallen. Sie stand wie angewurzelt da, schlug die Hand vors schmerzende Ohr und schrie, er solle raus aus dem Wagen, raus. Aber dafür war es zu spät.

Kollegen eilten herbei. Jemand forderte sie auf, sich hinzusetzen. Dann meldete sich der erste ihrer Pager. *Anschlag auf Polizeibeamten. Wagen explodiert.*

Ethan, dachte sie.

Der Junge musste dringend in Sicherheit gebracht werden. Bevor Jason Jones ihn zu fassen bekam.

Aidan Brewster bettelte nicht.

Oder vielleicht einmal doch. Er hatte nicht vor zu kämpfen, wollte nicht um sein Leben feilschen oder darauf abheben, dass er doch noch jung sei und jede Menge Potenzial in ihm steckte. Ach, könnte er doch wieder an einem Motor herumschrauben, mit ölverschmierten Händen zupacken ...

Doch er war es leid, Angst zu haben und gejagt zu sein. Vor allem aber war er es leid, ein Mädchen zu vermissen, in das er sich nie hätte verlieben dürfen.

Also rührte er sich nicht. Er stand neben dem geblümten Sofa; seine Hand lag auf einem der gehäkelten Polsterschoner von Mrs H.

Die Pistole zielte auf seinen Unterleib.

Adieu, liebes Leid, sagte Aidan im Stillen.

Er dachte an Rachel. Sie lächelte in seiner Vorstellung, streckte die Arme nach ihm aus. Er ergriff ihre Hände, und sie weinte nicht.

Der Schuss krachte.

Aidan stürzte zu Boden.

Zu sterben dauerte länger als gedacht. Das machte ihn wütend. Er wälzte sich auf den Bauch und versuchte, zum Telefon zu kriechen.

Der zweite Schuss traf ihn in den Rücken zwischen den Schulterblättern.

Das war's dann wohl, dachte Aidan. Er bewegte sich nicht mehr.

Jason löschte die Taschenlampe. Er nahm die Metallkassette – vielleicht konnte sie wenigstens noch als Waffe dienen – und schlich zur Luke. Das Licht im Flur warf einen hellen Fleck über den Boden des Schlafzimmers. Er setzte den linken Fuß auf die obere Sprosse, dann den rechten. Die Leiter knarrte und wackelte.

Scheiß drauf. Er rutschte die Holme entlang nach unten, landete mit lautem Aufprall und wälzte sich ins dunkle Schlafzimmer. Schnell war er wieder auf den Beinen, entschlossen, das Leben seiner Tochter mit Zähnen und Klauen zu verteidigen.

Aber stattdessen sah er seine Frau vor sich stehen.

35. Kapitel

»Ich verstehe das nicht«, stammelte er.

»Natürlich nicht.«

»Du lebst! Wo bist du gewesen?«

Sie nahm ihm die Taschenlampe aus der Hand. Erst jetzt bemerkte er, dass er mit ihr zum Schlag ausgeholt hatte und seine Frau bedrohte, die, wie von den Toten auferstanden, vor ihm stand.

Sie trug Schwarz. Schwarze Hose, schwarzes Hemd, billig und schlecht sitzend. Er kannte diesen Aufzug nicht an ihr. Jetzt fiel ihm auf, dass eine schwarze Baseballkappe auf dem Bett lag. Die perfekte Verkleidung für nächtliche Raubzüge.

»Ich habe die Nachrichten gesehen«, sagte sie leise.

Jason starrte sie an.

»Mein Vater behauptet, ihm stünde das Sorgerecht für Ree zu. Als ich das hörte, war mir klar, dass ich zurückkehren muss.«

»Er stellt dich als Lügnerin dar«, murmelte Jason. »Deine Mutter, sagt er, sei eine tadellose Frau gewesen. Er selbst habe sich allenfalls vorzuwerfen, dass er seine Frau mehr geliebt habe als dich.«

»Er behauptet *was*?«, fragte Sandra in scharfem Ton.

»Dass du gestört bist, alkoholsüchtig, promisk und wahrscheinlich mehr als eine Abtreibung hattest.«

Sie schwieg und wurde rot.

»Er sagt, du wärst eifersüchtig auf deine Mutter gewesen und später dann wütend über ihren frühen Tod. Darum bist du damals davongelaufen, vor ihm … so wie du mir davongelaufen bist. Du hast uns verlassen.« Es überraschte ihn selbst, wie verletzt er war, erst jetzt, da er diese Worte laut aussprach. »Du hast mich und Ree im Stich gelassen.«

»Das wollte ich nicht«, entgegnete Sandy. »Du musst mir glauben. Es ist etwas Schlimmes passiert. Dieser Mann will mich umbringen. Ich wusste nicht, was ich machen soll. Mir schien es das Beste zu sein, für eine Weile zu verschwinden.«

»Was soll das? Von wem sprichst du?«

»Pst.« Sie ergriff seine Hände, was ihn zusammenzucken ließ. Er wusste nicht zu unterscheiden, ob er ihre Berührung schön fand oder abstoßend. Er hatte sich nach ihr gesehnt, den Himmel verzweifelt angefleht, dass sie zurückkommen möge. Und jetzt hätte er ihr am liebsten die Finger um den weißen Hals gelegt und ihr so wehgetan, wie sie ihm mit ihrem Verschwinden wehgetan hatte.

Es schien, dass sie ahnte, was in ihm vorging, denn sie hielt seine Hände nun fest umklammert und drängte ihn ans Bett. Sie nahmen auf dem Matratzenrand Platz. Ihm schwirrte der Kopf.

»Jason, ich habe Mist gebaut.«

»Bist du schwanger?«, fragte er.

»Ja.«

»Von mir?«

»Ja.«

»Seit … unserem Familienurlaub?«

»Ja.«

Er atmete tief durch, ließ die Schultern hängen und konnte keinen klaren Gedanken mehr fassen. Er löste sich von ihrem Griff, um sie zu berühren. Davon hatte er geträumt, seit er wusste, dass sie schwanger war.

Er fuhr mit seinen Fingern über ihren flachen Bauch und suchte nach einer Bestätigung für das kleine Wunder, das in ihm steckte und, zumindest, was ihn betraf, aus Liebe entstanden war.

»Man fühlt ja noch nichts«, murmelte er.

»Liebling, ich bin erst in der vierten Woche.«

Er betrachtete ihr Gesicht, sah übernächtigte Augen, glaubte erkennen zu können, dass sie abgenommen hatte, und bemerkte die Überreste eines Blutergusses über der rechten Schläfe. Ihre Oberlippe war geschwollen und aufgeplatzt. Er spürte, dass sich seine Hände selbständig gemacht hatten, vom Bauch zu den Hüften, hinauf zu den Schultern und über Arme und Beine wanderten. Er befühlte alles, um sich zu vergewissern, dass nichts fehlte. Dass sie wohlauf war.

»Ich musste von den Cops erfahren, dass du schwanger bist, von der Sergeantin, die mich am liebsten hängen sehen würde.«

»Tut mir leid.«

Er legte nach. »Wenn Sie mich verhaftet hätte, wäre Ree jetzt in der Fürsorge des Staates. Man hätte sie fremden Leuten zur Pflege anvertraut.«

»Das hätte ich nicht zugelassen. Jason, bitte glaub mir. Ich bin nicht zum Spaß untergetaucht, wusste aber wenigstens, dass Ree bei dir gut aufgehoben ist. Du bist die stärkste Person, die ich kenne. Wenn ich davon nicht überzeugt wäre, hätte ich nicht getan, wozu ich mich gezwungen sah.«

»Mich in Verdacht zu bringen, meine schwangere Frau umgebracht zu haben?«

Sie lächelte matt. »So ungefähr.«

»Verachtest du mich dermaßen?«, flüsterte er.

»Nein.«

»Ist dir unser kleines Familienleben unerträglich?«

»Nein.«

»Liebst du den anderen mehr als mich?«

Sie zögerte, was ihm einen Stich versetzte, einen weiteren Schmerz, der ihn die nächsten Tage und Nächte begleiten würde.

»Ich hab's mir eingebildet«, sagte sie schließlich. »Aber dann fiel mir ein, dass ich mit Jason Jones verheiratet bin. Mir scheint, wir beide sind ganz gut darin, ausgerechnet das zu wollen, was wir nicht haben können.«

Er zwang sich, ihre Worte mit einem Kopfnicken zu bestätigen. Jetzt kam die Quittung dafür, dass er seine Ehe mit einer Lüge begonnen hatte. Konnte er es ihr verübeln, dass sie sie nun mit einer Lüge beendete?

Er zog seine Hände zurück, straffte die Schultern und

machte sich auf den nächsten Schlag gefasst. »Du bist gekommen, um Ree zu holen«, sagte er. »Damit dein Vater sie nicht haben kann.«

Sandra schüttelte den Kopf. Sie hob die Hand und wischte ihm die Tränen von der Wange.

»Nein, Jason. Du hast immer noch nicht verstanden. Ich bin zu euch beiden zurückgekehrt. Ich liebe dich, Joshua Ferris.«

Mit heulender Sirene und zuckendem Blaulicht ließ D. D. Roxbury in Rekordzeit hinter sich zurück. Über Funk schickte sie Kollegen zum Haus der Hastings', um Ethan in Polizeigewahrsam zu nehmen. *Sofort.*

Außerdem bestellte sie zwei Detectives ihrer Abteilung ins kriminaltechnische Labor der Landespolizei ein, auch wenn sich die Kollegen dort darüber ärgern sollten. Wayne Reynolds war zwar deren Mann, aber er war eben auch Zeuge in ihrem Fall gewesen und hatte etwas über Sandra Jones gewusst, das ihm nun aller Wahrscheinlichkeit nach zum Verhängnis geworden war.

Darüber hinaus sollten sich zwei Kollegen in der Redaktion der *Boston Daily* bereithalten und auf weitere Instruktionen warten.

Schließlich hatte D. D. auch noch Anweisungen für die beiden Wachposten vor dem Haus der Jones. Sobald Jason Jones auch nur einen Fuß vor die Tür setzte, sollte er festgenommen werden. Wegen Stadtstreicherei, Falschparkens oder sonst was. Egal. Er durfte auf keinen Fall sein Haus verlassen, es sei denn in Handschellen.

Die Polizei hatte soeben einen Mann verloren. D. D. war fuchsteufelswild.

Und es beruhigte sie nicht im Geringsten, als ihr gemeldet wurde, dass Ethan Hastings ausgeflogen war und seine Eltern nicht wussten, wo er sein mochte.

Drei Minuten nach elf. Der Junge war verschwunden.

»Wie bist du dahintergekommen?«, fragte Jason.

»Ich wollte dir einen iPod zum Geburtstag schenken, habe die Software auf unseren Computer überspielt und dabei ein Foto im Papierkorb entdeckt.«

»Welches?«

»Eins von dir als Junge. Du bist übel zugerichtet, und eine Tarantel krabbelt dir über die nackte Brust.«

Jason nickte. Er starrte auf den Boden. »Ja, schrecklich«, sagte er leise. »Aber das ist schon lange her, über zwanzig Jahre. Ich bin darüber hinweg. Dumm nur, dass es sehr viele Fotos dieser Art gibt ... und Videoaufnahmen. Der Mann, der sie gemacht hat, hat sie auf den Markt gebracht und an Päderasten verkauft, die natürlich ihrerseits ihren Profit daraus schlagen, immer und immer wieder. Es gibt zahllose solcher Fotos, in Hunderten von Ländern und auf Zehntausenden von Servern. Sie alle zurückzuholen ist schlichtweg unmöglich. Ich weiß jedenfalls nicht wie.«

»Du bist entführt worden«, sagte sie.

»1985. Kein gutes Jahr für mich.«

»Wann konntest du entkommen?«

»Drei oder vier Jahre später. Ich habe mich mit einer

älteren Nachbarin angefreundet. Rita. Sie hat mich bei sich wohnen lassen.«

»Und der Mann ließ dich einfach gehen?«

»Nein, das hat er nicht. Er hat Rita aufgelauert, sie gefesselt und mir seine Pistole gegeben, um sie zu erschießen. Zur Strafe dafür, dass ich ihm nicht gehorcht habe.«

»Hast du geschossen?«

»Ja.« Er schaute ihr in die Augen. »Auf ihn, bis das Magazin leer war.«

»O Jason, das ist grauenvoll …«

Er zuckte mit den Achseln. »Das ist lange her. Ich habe den Mann getötet. Die Polizei brachte mich zu meiner Familie zurück. Der Fall wurde zu den Akten gelegt. Und mir sagte man, ich solle nach vorn schauen.«

»Wie haben sich deine Eltern verhalten? Sie werden doch bestimmt entsetzt gewesen sein über das, was dir angetan worden ist.«

»Schwer zu sagen. Ich glaube, sie haben sich ganz normal verhalten. Aber ich … war nicht normal.« Er betrachtete sie nachdenklich. Vor dem Haus brannten Tausend-Watt-Scheinwerfer. Das Schlafzimmer lag im Halbschatten. Sandy und Jason waren wie zwei Kinder, die unter der Decke kauerten und sich gruselige Gespenstergeschichten erzählten, während die Eltern längst im Bett lagen und schliefen. Sie hätten dies bereits in ihrer ersten gemeinsamen Nacht tun sollen, fand er jetzt. Andere Paare machten Flitterwochen. Sie hätten genauso beieinanderhocken und miteinander reden sollen.

Er spürte ihren Schenkel an seiner Haut, ihre Finger,

die sich mit seinen verschränkt hatten. Seine Frau saß neben ihm. Er wollte, dass es so blieb.

Er sagte: »Du hast mir einmal gesagt, was geschehen ist, lässt sich nicht ungeschehen machen, dass Worte, wenn sie einmal ausgesprochen sind, nicht zurückgenommen werden können. Du hattest recht. Wir sind gezeichnet, du und ich. Wir würden uns selbst inmitten einer großen Menge allein fühlen, denn wir wissen, was andere nicht wissen, und haben Dinge getan, die andere nie tun mussten.

Die Polizei hat mich nach Hause geschickt, aber ich konnte nicht einmal für meine Eltern wieder der Junge sein, der ich einmal gewesen bin. Sie waren überfordert mit mir. Am Morgen meines achtzehnten Geburtstags, als ich Ritas Erbschaft antreten konnte, habe ich mich davongemacht. Ich wollte nicht länger Joshua Ferris sein. Also habe ich einen anderen Namen angenommen, später wieder einen anderen und immer so weiter. Ich wurde richtig gut im Erfinden neuer Identitäten und war stolz darauf.«

Sandra streichelte seinen Handrücken. »Joshua –«

»Jason, bitte. Wenn ich lieber Joshua sein wollte, wäre ich in Georgia geblieben. Dass ich – dass wir hierhergezogen sind, hat Gründe.«

»Aber das ist es, was ich nicht verstehe«, platzte es aus ihr heraus. »Du hast doch selbst gesagt: Wir haben so vieles miteinander gemein. Warum erfahre ich erst heute, was dir widerfahren ist? Hättest du dich mir nicht schon früher anvertrauen können, spätestens zu dem Zeitpunkt, als ich dir von meiner Mutter erzählt habe?«

Er zögerte. »Ich beziehe nicht nur pornographische Fotos über das Netz. Ich, hmm … Nun, sagen wir einfach, ich habe mich selbst zu therapieren versucht. Vergeblich. Eines Nachts habe ich am Computer meiner Eltern diverse Chatrooms durchforstet. Gezielt. Kurzum, ich machte Bekanntschaft mit Typen, die auf Jungs wie mich scharf sind. Es war nicht schwer, ihnen im Austausch gegen meine alten Fotos ihre Kreditkartennummern und persönliche Informationen abzuschwatzen. Meine Art der Rache: Ich plündere ihre Konten, hole das Maximum aus den Karten heraus, richte eigene Konten unter deren Namen ein und überweise sämtliche Einlagen an das National Center for Missing & Exploited Children. Sie gehen mir ins Netz, und ich sauge sie aus. Wie eine Spinne.

Zugegeben, damit habe ich mich strafbar gemacht«, schloss er. »Aber ich musste es tun, um bei Verstand zu bleiben.«

»Damit also hast du dir all die Nächte um die Ohren geschlagen.«

Jason zuckte mit den Achseln. »Ich kann ohnehin nicht gut schlafen. Also habe ich versucht, meine wachen Stunden sinnvoll zu nutzen.«

»Was ist mit deiner Familie?«

»Meine Familie wollte Joshua, und Joshua existiert nicht mehr. Aber Jason Jones hat eine wunderschöne Frau und eine großartige kleine Tochter. Eine bessere Familie kann man sich nicht wünschen.«

»Ich verstehe das nicht«, sagte sie. »Warum hast du mich geheiratet? Du hättest dich doch nicht mit einer

Frau belasten müssen, um dir deinen Kinderwunsch erfüllen zu können.«

Er legte ihr zwei Finger auf die Lippen. »Ich habe mir dich gewünscht, Sandy«, flüsterte er. »Seit dem Moment, als ich dich das erste Mal sah, wollte ich, dass du meine Frau wirst. Ich bin ein schrecklicher Ehemann. Ich … bringe … manches, was von einem guten Ehemann zu erwarten ist, einfach nicht zustande. Das tut mir leid. Wenn ich die Zeit zurückdrehen könnte, wenn ich mich damals nicht aufs Fahrrad gesetzt hätte und die Straße entlanggeradelt wäre, als sich mir dieser Kerl in den Weg stellte, ich vom Rad stürzte und er …«

Er schüttelte den Kopf. »Ich weiß, ich bin nicht vollkommen. Aber wenn ich mit dir und Ree zusammen bin, möchte ich es versuchen. Vielleicht werde ich nie mehr Joshua Ferris sein können. Aber ich arbeite schwer daran, Jason Jones zu sein.«

Sie weinte. Er spürte ihre Tränen an seinen Fingern, hob auch die andere Hand vor ihr Gesicht und strich behutsam mit beiden Daumen die Tränen von den Wangen. Er sah die aufgeplatzte Lippe, den blauen Fleck an der Schläfe und fürchtete sich davor, den Rest ihrer Geschichte mit anhören zu müssen.

Seine Frau war geschlagen und verletzt worden, und er hatte sie nicht schützen können.

»Ich liebe dich«, flüsterte sie an seine Fingerkuppen. »Ich habe mich in dich verliebt am Tag, als Ree geboren wurde, und sehnte mich seitdem danach, von dir geliebt zu werden.«

Er war verwirrt und musterte sie. »Warum hast du mich dann verlassen? War es wegen Aidan Brewster?«

Jetzt war sie perplex. »Aidan Brewster? Wer ist das?«

D. D. hatte gerade Southie erreicht, als die Zentrale allen Einsatzkräften vor Ort eine Schießerei meldete und eine Adresse nannte, die D. D. aufmerken ließ.

Sofort griff sie zum Funkgerät. »Wohnt dort eine gewisse Mrs April Houlihan? Ich höre –«

Es dauerte einen Moment, ehe ihre Frage bejaht wurde.

»Verdammt!« D. D. wirbelte das Lenkrad herum. »Das ist Brewsters Adresse. Ist schon jemand vor Ort?«

»Ja, die Kollegen Davis und Jezakawicz. Sie stehen vor der Tür, aber niemand macht auf.«

»Sie sollen die Tür aufbrechen. Ich bin gleich da.«

D. D. trat aufs Gaspedal. Ein Bombenanschlag. Ein verschwundener Teenager. Eine Schießerei. Was zum Teufel würde an diesem Abend sonst noch geschehen?

»Seit September hatte ich dich als jemanden im Verdacht, der sich im Internet auf unanständigen Sites herumtreibt«, sagte Sandra. »Ich wollte Gewissheit und habe mich schlauzumachen versucht. In diesem Zusammenhang traf ich Wayne Reynolds.«

»Du hast dich in einen Computerexperten der Landespolizei verliebt«, stellte Jason fest. Er zog seine Hände zurück. Seine Wut war vielleicht nicht angebracht, aber er konnte sich nicht dagegen wehren.

»Ich habe mich in ihn verguckt.«

»Du hast mit ihm geschlafen.«

Entschieden schüttelte sie den Kopf, zögerte dann und sagte: »Aber manchmal, während meiner Wellness-Wochenenden …«

»Ich weiß«, erwiderte Jason.

»Warum hast du's dann zugelassen?«

Er holte tief Luft und atmete aus. »Es wäre nicht fair gewesen, dich für meine Versäumnisse zu bestrafen.«

»Du kannst nicht mit mir schlafen.«

»Ich habe mit dir geschlafen.«

»Hat es dir nicht gefallen?«, fragte sie.

Er versuchte zu schmunzeln. »Ich würde es gern noch mal probieren.«

Ihr Lächeln löste die Spannung ein wenig. Aber dann wurde ihr Ausdruck wieder ernst, und er beugte sich vor, um ihre Augen im Dunkeln zu studieren.

»Nach unserem Urlaub«, sagte sie, »als ich dich auf diesem Foto erkannte und ahnte, dass dir als Junge etwas Schreckliches widerfahren ist, habe ich mit Wayne Schluss zu machen versucht. Aber er wollte sich nicht geschlagen geben. Er dachte, du würdest Druck auf mich ausüben, und nahm mich nicht ernst. Er drohte damit, dich der Polizei auszuliefern, wenn ich mich weigerte, ihn zu sehen.«

»Er wollte dich für sich.«

»Ich fand heraus, dass ich schwanger bin«, flüsterte Sandra. »Letzten Freitag habe ich einen Test gemacht, und da war mir klar, dass ich die Geschichte mit Wayne ein für alle Mal beenden musste. Ich bin dumm gewesen, unbesonnen. Aber … ich wollte dich, Jason. Glaub mir, ich wollte einfach nur dich und Ree und das Leben führen, wie wir's uns eingerichtet haben. Also habe ich Wayne noch einmal eine E-Mail geschrieben, mich dafür entschuldigt, einen Fehler gemacht zu haben, und ihm mitgeteilt, dass ich entschlossen sei, meine Ehe zu retten.

Er hat mich unmittelbar darauf angerufen. Er war furchtbar aufgebracht und wollte mir einreden, ich wäre nicht bei Verstand. Er glaubte anscheinend, du hättest mich in deiner Gewalt und würdest mir drohen. Aber je mehr ich ihn vom Gegenteil zu überzeugen versuchte, desto hartnäckiger bestand er darauf, mich zu *retten*, wie er sagte.

Ich habe daraufhin den Kontakt abgebrochen, habe auf seine Anrufe, Mails und SMS einfach nicht geantwortet, mein Postfach gelöscht und alles Mögliche unternommen, um von ihm frei zu sein. Und dann, Mittwochnacht ...«

Sie senkte den Blick. Jason legte ihr seine Hand unters Kinn und schaute ihr in die Augen. »Sag's mir, Sandy. Sprich es aus, damit wir gemeinsam überlegen können, wie es weitergehen soll.«

»Wayne war plötzlich da. Hier. In unserem Schlafzimmer. Er hatte sich bei unserem letzten Treffen offenbar einen Abdruck von meinem Hausschlüssel gemacht. Sein Gesicht war rot vor Wut. Er hatte einen Baseballschläger in der Hand.«

Sie stockte. Ihr Blick war verschleiert. Anscheinend sah sie etwas, das nur vor ihren Augen stattfand. Jason drängte nicht. Er wartete.

»Ich habe ihn zu beruhigen versucht«, flüsterte sie. »Ich habe ihm versprochen, den Kontakt zu halten, ihn donnerstags beim Basketball zu treffen, was auch immer, aber er müsse jetzt gehen, sagte ich.

Er hat mich geschlagen. Mit der Hand. Hier und hier.« Sie zeigte auf die Verletzungen im Gesicht. »Ich stürzte aufs Bett, und er fiel über mich her. Ich wehrte mich nicht mehr, weil ich keinen Sinn darin sah, und dachte, wenn ich mich ergeben würde, würde seine Wut vielleicht verpuffen, bevor Schlimmeres geschieht. Ich hatte natürlich Angst um Ree. Und um dich. Was, wenn du nach Hause kommen und uns sehen würdest, und wenn er dann mit dem Baseballschläger …

Und plötzlich … tauchte Ree auf. Sie hatte etwas gehört und war aufgestanden. Sie stand in der Tür, halb schlafend noch, und sagte: ›Mommy.‹

Als er ihre Stimme hörte, hielt er inne. Ich dachte, jetzt ist alles vorbei. Er wird sie und mich umbringen. Ich stieß ihn von mir, sagte, er solle sich nicht von der Stelle rühren. Ich richtete mein Nachthemd, ging zu unserer Tochter und führte sie in ihr Zimmer zurück, sagte ihr, Mommy und Daddy hätten sich gebalgt. Es sei alles okay. Wir würden uns morgen wiedersehen.

Zuerst wollte sie von meiner Hand nicht ablassen. Ich hatte Angst, er würde mit dem Baseballschläger kommen, wenn ich nicht schnell genug wieder zurück wäre. Also sagte ich Ree, dass ich wegmüsse, aber bald wieder bei ihr sei. Ich würde nicht lange fortbleiben.«

»Sie hat dich gehen lassen.«

Sandra nickte. »Und als ich ins Schlafzimmer zurückkehrte, war Wayne verschwunden. Ich glaube, Ree hat ihn vertrieben. Vielleicht ist er durch sie wieder zu Sinnen gekommen, keine Ahnung. Ich bin nach unten gegangen und habe die Haustür neu verriegelt, was aber eigentlich nichts brachte. Er hatte ja den Schlüssel. Dann wollte ich aufräumen und sauber machen. Auf der Steppdecke war Blut, und die Lampe lag kaputt am Boden. Aber …«

Er streichelte ihre Hand. »Aber …«

Sie sah ihn an. »Mir wurde klar, dass das alles keinen Sinn hatte. Wayne arbeitet für die Landespolizei. Er hat einen Schlüssel zu unserem Haus. Er würde wahrscheinlich zurückkommen, wenn nicht heute, dann morgen. Jemand, der mit einem Baseballschläger auftaucht, will nicht bloß reden. Ich dachte, wahrscheinlich wird er alles daransetzen, dich hinter Gitter zu bringen, sich vielleicht sogar – Gott bewahre – an Ree vergreifen. Sie hält ihn für einen Freund. Sie würde zu ihm ins Auto steigen. Ja, mir wurde bewusst, auf was ich mich da eingelassen hatte.«

»Und deshalb bist du davongelaufen.«

Sie hörte den Unterton seiner Stimme und lächelte verlegen. »Ich glaubte, mich vor Wayne nur schützen zu können, indem ich unser Verhältnis auffliegen ließ. Wenn bekannt wäre, dass er mit mir in Verbindung steht, würde er mir oder meiner Familie nichts antun. Richtig? Er stünde sofort unter Verdacht.«

Jason konnte ihrem Gedankengang nicht so recht folgen. »Vermutlich.«

»Also beschloss ich unterzutauchen. Dir bliebe nichts

anderes übrig, als die Polizei einzuschalten. Sie würde ermitteln und über Wayne stolpern. Wenn ich dann wieder auftauchte, wäre ich in Sicherheit. Er würde es nicht wagen, mir nachzustellen. Mit diesem Entschluss bin ich hoch auf den Dachboden und habe deine Kassette leer geräumt.«

»Davon habe ich dir doch nie etwas gesagt.«

»Ich wusste es von Ree. Sie hat dich dabei beobachtet, wie du den Weihnachtsschmuck verstaut hast, und anschließend immer wieder von deinem versteckten Schatz gesprochen. Sie wollte unbedingt mit mir auf ›Schatzsuche‹ gehen. Ich bin neugierig geworden, weil ich ja doch seit Monaten diesen schäbigen Verdacht hatte und verunsichert war, nicht zuletzt darüber, dass du kein Problem damit hattest, dich in Jones umzubenennen, und dass du mit mir nie über das viele Geld gesprochen hast, wovon ich aber wusste, weil mir deine Kontoauszüge zu Gesicht gekommen sind. Also habe ich mich auf die Suche gemacht und schließlich die Kassette gefunden. Das Bargeld kam mir gelegen, die falschen Ausweise haben mir Angst gemacht.«

»Es ist wichtig für mich, fliehen zu können und Vorsorge zu treffen«, sagte er.

»Aber nur für dich. Nicht für deine Familie.«

»Das lässt sich ändern.«

Sie lächelte, worauf er wieder ihre Hände ergriff und seine Finger mit ihren verschränkte.

»Ich habe mir alte Sachen angezogen, dieses schwarze Zeug«, erklärte sie, »mir das Geld eingesteckt und die Ausweise mitgenommen, um zu verhindern, dass du in meiner Abwesenheit verschwindest. Mit einem der Ersatzschlüssel habe ich hinter mir abgesperrt und mich dann bis zu deiner Rückkehr hinter den Sträuchern versteckt.«

»Hinter den Sträuchern versteckt?«

»Ich konnte Ree doch nicht unbeaufsichtigt lassen«, sagte sie. »Falls Wayne wieder aufkreuzte … Es war schrecklich –« Ihre Stimme wurde brüchig. »Es war schrecklich für mich, wegzugehen. Du kannst dir das nicht vorstellen. Euch beide zurückzulassen … Ich habe mir immer wieder gesagt, es ist nur für ein paar Tage. Ich verschwinde in irgendeinem billigen Hotel und zahle bar. Sobald die Polizei auf Wayne gestoßen wäre, wollte ich wieder auftauchen und sagen, dass mir die Nerven durchgegangen sind. Irgendein Vorwand wäre mir eingefallen, und nach ein paar peinlichen Tagen hätte sich der Staub gelegt.

Mit meinem Vater hatte ich nicht gerechnet. Auch nicht damit, dass man Ethan in die Mangel nehmen würde. Ich weiß nicht, alles wurde viel größer als erwartet. Der Medienrummel, die Polizeiermittlungen. Alles geriet außer Kontrolle.«

»Das kann man so sagen.«

»Ich musste durch vier Hinterhöfe, um in mein eigenes Haus zu schleichen. Verrückt, was da draußen vor sich geht.«

»Und was gedenkst du, dagegen zu unternehmen?«

Sie zuckte mit den Achseln. »Ich mach die Tür auf und erkläre: ›Ich bin wieder da.‹ Von mir aus können sie so viele Fotos schießen, wie sie wollen.«

»Die Reporter werden dir auf die Pelle rücken.«

»Ich muss so oder so für meine Fehler bezahlen.«

Jason krauste die Stirn. Er nahm ihr nicht alles ab. Hatte sie tatsächlich geglaubt, ihr Verschwinden würde ihre Affäre auffliegen und ihren Liebhaber auf Abstand gehen lassen? Warum war sie nicht gleich an die Öffentlichkeit gegangen? Warum hatte sie ihm nicht damit gedroht, seine Behörde zu informieren? Dass sie stattdessen Reißaus genommen hatte, erschien ihm völlig übertrieben. Allerdings war sie tätlich angegriffen worden und hatte um Ree fürchten müssen. Vielleicht war sie, körperlich und psychisch geschwächt, einfach nur in Panik geraten.

Er bedauerte, am Mittwoch erst so spät in der Nacht nach Hause zurückgekommen zu sein, und wünschte, er hätte ihr beistehen können.

»Also gut«, sagte er. »Wir werden jetzt gemeinsam nach draußen gehen, Hand in Hand. Ich bin bereits in Verruf. Du könntest die hysterische Gattin spielen. Morgen werden sie uns kreuzigen, und am Wochenende werden wir wahrscheinlich schon zu irgendeiner Talkshow eingeladen sein.«

»Könnten wir es noch ein Weilchen verschieben?«, fragte Sandy. »Ich möchte zu Ree. Ich will ihr sagen, dass alles wieder in Ordnung ist.«

»Das musst du tun.«

Sie standen auf und hatten sich gerade in Bewegung gesetzt, als es draußen auf der Straße laut wurde. Jason eilte ans Fenster und spähte durch den Spalt der Vorhänge.

Die Scheinwerfer verloschen einer nach dem anderen.

Kameraleute und Reporter packten ihre Sachen zusammen und verschwanden in den Übertragungswagen. Der erste fuhr los, dann der nächste, und bald waren alle verschwunden.

Sandra war an seine Seite getreten und sagte: »Es scheint, dass es an anderer Stelle Wichtigeres zu berichten gibt.«

»Etwas Wichtigeres als deine Rückkehr von den Toten?«

»Davon wissen sie noch nichts.«

»Stimmt«, erwiderte er. Nach zwei Nächten der Dauerbestrahlung durch Scheinwerfer war die Dunkelheit unheimlich. Plötzlich hörte Jason ein schrilles Kratzen, wie wenn Zweige über eine Glasscheibe fuhren. Dabei stand keiner der Bäume im Garten so nah am Haus.

»Bleib hier«, sagte er.

Zu spät. Sie hörten es beide: zerspringendes Glas. Jemand brach in ihr Haus ein.

36. Kapitel

»Zwei Schüsse«, berichtete D. D. Miller, als der, sichtlich verschlafen, am Tatort eintraf. D. D. war schon fast zwanzig Minuten in Brewsters Wohnung und drängte zur Eile. »Der erste in den Bauch, der zweite von hinten zwischen die Schulterblätter. Offenbar hat sich das Opfer kriechend in Sicherheit zu bringen versucht.«

»Eklig«, meinte Miller.

»Ziemlich unprofessionell. Sieht ganz nach einer persönlichen Geschichte aus.«

Miller richtete sich auf und zupfte an seinem Schnauzer, den er mit Wick Vaporup eingeschmiert hatte. Bauchschüsse waren nicht nur eklig, sie stanken auch. Der Teppich hatte sich mit Fäkalien, Blut und Gallenflüssigkeit vollgesogen.

»Aber der Bombenanschlag auf Wayne Reynolds war Profiarbeit«, gab Miller zu bedenken.

D. D. zuckte mit den Achseln. »Der Täter kann nicht an zwei Orten gleichzeitig gewesen sein. Also hat er für Opfer Nummer eins die Bombe installiert und dann dem Opfer Nummer zwei einen Besuch abgestattet. Und das alles in einer Nacht.«

»Sie glauben, Jason Jones war's?«

»Wer sonst?«

»Jones hat also in einem Anfall von Eifersucht zuerst seine Frau umgebracht und dann die beiden Männer, die er für seine Nebenbuhler hält.«

»Es gab schon abwegigere Motive.«

Miller kniff die Brauen zusammen und zeigte sich skeptisch. »Ethan Hastings?«

»Auf und davon. Vielleicht hat er von dem Anschlag auf seinen Onkel gehört und Schiss gekriegt, er könnte der Nächste sein.«

Miller seufzte. »Himmel, ich hasse diesen Fall. Okay, wo ist Jason Jones?«

»Er sitzt zu Hause, bewacht von zwei Kollegen und einem stattlichen Aufgebot unserer Journaille.«

»Die interessieren sich aber nicht mehr besonders für ihn«, korrigierte Miller. »Schauen Sie mal nach draußen. Vielleicht wollen Sie sich noch schnell die Haare richten, bevor Sie rausgehen, denn morgen werden Sie die Titelseiten schmücken.«

»So ein Mist.« D. D. griff sich unwillkürlich in die Haare. Sie hatte nun schon seit fast zwanzig Stunden nicht mehr geduscht und war in einem Zustand, in dem sich keine Frau der Welt gern präsentierte. Sie schüttelte den Kopf.

»Kommen Sie mal mit«, sagte sie.

Miller folgte ihr durch die aufgebrochene Tür in den dunklen umzäunten Hinterhof zu dem Baum, auf den sie während ihres ersten Besuchs bei Aidan Brewster geklettert war. Auf halber Höhe bot sich ein unverstellter Ausblick auf das Anwesen der Jones. Miller stellte fest, dass sich das Geäst außerdem sehr gut als Leiter eignete, auf der man problemlos über den Zaun steigen konnte. Genau darauf hatte ihn D. D. offenbar aufmerksam machen wollen.

Auf dem zweiten Ast lag etwas, was sich bei näherem Hinsehen und im Schein der Taschenlampe als dunkelbrauner Lederhandschuh entpuppte.

»Der könnte doch Jason Jones passen, oder?«, sagte D. D.

»Das lässt sich feststellen.«

»Versteck dich!«, zischte Jason. »Im Wandschrank. Sofort. Du bist verschollen, und niemand wird dich hier erwarten.«

Sandy rührte sich nicht von der Stelle. Er schob sie in den offenen Wandschrank und lehnte die Tür an.

Auf der Treppe waren Schritte zu hören. Langsame, heimliche Schritte. Mit zwei Kissen, die er unter das Laken stopfte, formte Jason die armselige Attrappe eines schlafenden Körpers. Dann stellte er sich neben die Tür mit dem Rücken zur Wand und wartete. Er dachte an seine Tochter, die nur wenige Schritte entfernt in ihrem Bett lag und schlief, und an seine schwangere Frau, die sich im Wandschrank versteckt hielt. Die beiden vor Augen, spürte er, wie sich eine kalte, unnatürliche Ruhe in ihm ausbreitete. Hätte er eine Pistole zur Hand gehabt, wäre es ihm möglich gewesen, ohne zu zögern das ganze Magazin auf den Eindringling abzufeuern.

Die Schritte hielten inne, vor Rees geschlossener Zimmertür, wie es schien. Jason hielt die Luft an. Wenn der Eindringling diese Tür öffnen und Ree aufwachen würde, wenn er sie in seine Gewalt zu bringen versuchte …

Das Geräusch langsam schleichender Schritte setzte sich fort. Jason sah einen bewegten Schatten im Flur, hörte flache, gleichmäßige Atemzüge.

»Du kannst ruhig rauskommen, Sohn«, sagte Maxwell Black mit schleppender Stimme. »Ich habe dich gehört, als ich die Treppe hochgekommen bin, weiß also, dass du da bist. Bringen wir's hinter uns, und deiner Tochter wird nichts passieren.«

Jason rührte sich nicht. Er hielt die Taschenlampe fest umklammert. Maxwell war noch zu weit entfernt, als dass er über ihn hätte herfallen können. Er hielt Abstand und war auf der Hut.

Eine Diele im Holzboden knarrte leise. Max wich zwei, drei Schritte zurück.

»Ich stehe jetzt vor ihrer Tür, Sohn. Ich brauche nur den Knauf zu drehen und das Licht einzuschalten. Sie wird aufwachen und nach Daddy verlangen. Was soll ich ihr sagen? Wie viel wird sie über dich erfahren wollen?«

Jason rückte von der Wand ab und trat in den Türausschnitt, weit genug, um sich Maxwell zu erkennen zu geben, aber ohne Angriffsfläche zu bieten. Er hielt die Taschenlampe im Rücken.

»Ein bisschen spät für einen Anstandsbesuch«, sagte Jason ruhig.

Der Alte gluckste. Er stand mitten im Flur vor Rees Zimmer, trug schwarze Handschuhe und hatte eine Hand auf den Türknauf gelegt. In der anderen lag eine Pistole.

»Enorm, was du in den letzten paar Stunden so alles angestellt hast«, sagte Maxwell und zielte mit der Pistole über Jasons linke Schulter. »Alle Achtung. Aber du solltest dich schämen, den jungen Brewster derartig gequält zu haben. Andererseits werden viele sagen, ein Kinderschänder hat es nicht anders verdient.«

»Ich weiß nicht, wovon du sprichst.«

»Aber die Polizei denkt anders darüber. Jede Wette, dass sie in diesem Augenblick die Wohnung des Jungen auf den Kopf stellen. Und unter seiner Matratze alte Liebesbriefe finden, die du Sandy vor vielen, vielen Jahren geschrieben hast. Ich schätze, in zwanzig, spätestens dreißig Minuten werden sie hier sein und dich festnehmen. Mit andern Worten, wir sollten uns beeilen.«

»Womit?«

»Mit deinem Suizid, Sohn. Himmel auch, du hast deine Frau getötet und ihren Liebhaber abgeknallt. Reue und schlechtes Gewissen haben dich aufgefressen. So einer wie du kann doch kein guter Vater mehr sein. Und deshalb bist du nach Hause zurückgekehrt und hast dich selbst gerichtet. Die Detectives werden deine Leiche finden, deinen Abschiedsbrief lesen und das erste und letzte Mal Verständnis für dich haben. Ich nehme Ree in meine Obhut und biete ihr die Chance, in Georgia ein neues Leben zu beginnen. Keine Sorge. Sie wird es gut bei mir haben.«

Jason hörte das scharfe Zischen heftig eingesogener

Luft aus dem Wandschrank und setzte einen Schritt in den Flur, um Maxwells Aufmerksamkeit auf sich zu lenken.

»Alle Achtung. Ein hübscher Plan, den du dir da zurechtgelegt hast, Max. Allerdings sehe ich auf Anhieb ein paar kleine Schönheitsfehler.«

»Als da wären?«

»Du kannst nicht aus drei Metern auf mich schießen. Das hast du doch bestimmt aus etlichen Strafverfahren gelernt. Wenn es keine Schmauchspuren und Kontaktwunden gibt, ist Selbstmord auszuschließen. Damit's bei mir den Anschein hat, müsstest du dich also ein wenig näher herbequemen.«

Maxwell musterte ihn mit selbstgefälligem Schmunzeln. »Daran habe ich selbst gedacht«, sagte er. »Also dann, tritt näher ins Licht.«

»Und wenn nicht?«

»In dem Fall werde ich Ree erschießen.«

Jason zuckte und versuchte sich einzureden, dass der Alte nur bluffte. »Dann wäre dein ganzer Plan umsonst. Du würdest dir ins eigene Fleisch schneiden.«

»Dann werde ich sie jetzt wohl mal aufwecken müssen.«

»Nein. Komm schon, Maxwell. Du willst doch mich. Hier bin ich, bewaffnet bloß mit meinem Grips und meiner charmanten Art. Komm, hol mich.«

Jason zog sich ins dunkle Schlafzimmer zurück. Er war dankbar für die zugezogenen Vorhänge. Das kleine Zimmer bot kaum Deckung, aber es war sein Zimmer, eines, das er in vielen schlaflosen Stunden durchschritten hatte.

Und es barg ein Geheimnis: Sandra, sicher versteckt im Wandschrank.

Es war eine Weile still. Dann wurde das Flurlicht ausgeschaltet. Ein paar Herzschläge später zeigte sich Maxwells Silhouette im Türausschnitt. Er rückte vorsichtig näher.

Unten pochte es an die Tür. *»Polizei. Aufmachen!«*

Max stieß einen leisen Fluch aus und warf einen verunsicherten Blick über die Schulter zurück. Jason fackelte keine Sekunde, rannte los und riss den Alten zu Boden. Er hoffte darauf, dessen Waffe über den Boden schlittern zu hören. Aber dem war nicht so.

Jason lag auf den Beinen des Alten, versuchte, ihn in Schach zu halten und die Pistole in seinen Besitz zu bringen. Maxwell war überraschend beweglich. Er wälzte sich auf den Bauch, und es fehlte nicht viel, dass er ihn abschüttelte.

Die Waffe. Verdammt, wo ist die Waffe?

»Polizei. Aufmachen! Jason Jones, wir haben einen Haftbefehl gegen Sie.«

Er ächzte und versuchte, nicht allzu viel Lärm zu machen. Der Alte war ihm vielleicht körperlich unterlegen, aber gegen eine Kugel hatte er keine Chance. Er spürte den Mündungslauf am Schenkel, ließ die Hüfte zur Seite schnellen und fuhr mit der Hand über Maxwells rechten Arm, konnte aber nicht verhindern, dass dieser die Hand hob …

Plötzlich flog die Schrankwandtür auf. »Aufhören, Daddy, sofort aufhören. Um Himmels willen, was tust du? Lass ihn los.«

Maxwell sah seine Tochter. Der Schock stand ihm ins Gesicht geschrieben, als sich der Schuss löste.

Jason spürte einen schneidenden Schmerz in der Seite, der nicht übermäßig stark zu sein schien. Ein Kratzer, dachte er, nicht mehr. Aber dann war ihm, als explodierte sein Brustkasten. *Heilige Mutter Gottes …*

Und irgendwo im tiefen Inneren sah er wieder seinen ruhelosen Dämon, den Ausdruck des Entsetzens im Gesicht des Mannes, in der Schulter erwischt von Jasons erster Kugel, wie er in den Knien einknickte und zu Boden sank, als Jason mit dem schweren .45er Colt zielte, um ein zweites Mal abzudrücken und noch einmal …

So also fühlt sich Sterben an.

»Daddy, o mein Gott, was hast du getan?«

»Sandy? Sandy? Alles in Ordnung? O mein Baby, wie schön, dich zu sehen.«

»Lass ihn, Daddy. Hörst du mich? Geh weg von ihm!«

Jason wälzte sich zur Seite. Er versuchte, den Schmerzen zu entkommen. Seine Seite brannte höllisch. Ihm schien es, als sei ein Feuer in ihm ausgebrochen, was er merkwürdig fand, weil sich zugleich sein Hemd voll feuchtem Blut sog.

Unten krachte und polterte es. Die Polizei versuchte, die Stahltür aufzubrechen.

Typisch, dachte er. *Zu spät.*

Er richtete sich auf Händen und Knien auf, hob den Kopf.

Maxwell saß am Boden. Er blickte zu seiner Tochter auf, die jetzt mit der Pistole auf ihn zielte. Sie zitterte am ganzen Leib und hielt die Waffe mit beiden Händen gepackt.

»Liebes, es war Notwehr. So erklären wir's der Polizei. Er hat dir wehgetan. Man sieht die Spuren in deinem Gesicht. Du musstest ihm entfliehen, und ich habe dir zu helfen versucht. Wir sind zurückgekommen… wegen Ree. Ja, wegen Ree. Aber diesmal hatte er eine Waffe. Er ist durchgedreht, und ich habe ihn erschossen. Ich habe dich gerettet.«

»Warum hast du sie getötet? Sag's mir.«

»Wir gehen nach Hause, Liebes. Du, ich und Clarissa. Zurück ins große weiße Haus mit der Veranda. Die hast du doch immer so geliebt. Und Clarissa wird es auch gefallen. Wir kaufen ihr eine Schaukel. Sie wird glücklich sein.«

»Du hast sie umgebracht, Daddy. Du hast meine Mutter getötet. Ich habe es mit eigenen Augen gesehen. Du hast sie betrunken gemacht und ins Auto geschleppt, einen Schlauch in den Auspuff gesteckt und durchs Fenster geführt. Dann hast du den Motor gestartet und bist raus, um die Türen abzuschließen und den Fensterspalt zu verkleben. Ich habe sie aufwachen sehen, Daddy. Ich stand in der Tür zur Garage und sah ihren Blick, mit dem sie dich durch die Scheibe hindurch betrachtet hat, als ihr klar wurde, dass du ihr nicht helfen würdest.

Ich erinnere mich an ihre Schreie. Ich höre sie immer noch; sie rauben mir den Schlaf. Aber dir haben sie nichts ausgemacht. Du hast keine Miene verzogen, als sie sich beim Versuch, die Tür zu öffnen, die Fingernägel abbrach und die Knöchel blutig schlug. Sie schrie deinen Namen, Daddy. Und du hast dagestanden und ihr beim Sterben zugesehen.«

»Liebes, hör zu. Leg die Pistole weg. Sandy, Herzchen, es wird alles gut werden.«

Sandy ließ sich nicht beirren. »Ich will Antworten, Daddy. Nach all den Jahren habe ich einen Anspruch auf die Wahrheit. Rede. Sieh mich an, ich will, dass du mir in die Augen schaust. Sag mir, warum du sie getötet hast. Weil sie mich gequält hat? Oder weil ich inzwischen alt genug war, um an ihre Stelle zu treten?«

Maxwell schwieg. Umso beredter war sein Gesichtsausdruck. Obwohl er benommen vor Schmerzen war, konnte Jason darin lesen. Und Sandy genauso. Jahrelang hatte sie ihn auszusperren versucht. Mit Stahltüren und einbruchsicheren Fenstern. Doch jetzt hatte sie etwas, das sich besser dafür eignete. Eine Pistole.

Jason streckte die Hand nach ihr aus. *Tu's nicht,* wollte er ihr sagen. *Was geschehen ist, lässt sich nicht ungeschehen machen.*

Aber es war zu viel geschehen. Sandra beugte sich vor, presste ihrem Vater den Lauf aufs Brustbein und drückte ab.

Unten zerbarst eins der Fenster.

Im Zimmer nebenan fing Ree zu schreien an.

»Jason –«

Er fiel seiner Frau ins Wort. »Geh und sieh nach unserer Tochter. Kümmere dich um Ree.«

Sandy ließ die Waffe fallen und stürmte aus dem Zimmer. Jason nahm die Pistole, wischte den Griff am Hosenbein ab, hielt ihn dann selbst gepackt und legte den Zeigefinger auf den Abzug.

Besser so, dachte er, als ihm die Sinne schwanden.

37. Kapitel

»Ich wiederhole: Du bist aus eigenem Entschluss mit einem Taxi zur Redaktion der *Boston Daily* gefahren und hast dir Zutritt verschafft, ohne Ausweis und ohne dass sich dir jemand in den Weg gestellt hätte. Und das sollen wir dir glauben?«

»Sie haben gefragt, er hat geantwortet«, mischte sich Ethan Hastings' Anwältin ein, um ihrem dreizehnjährigen Mandanten zuvorzukommen. »Nächste Frage, Sergeant.«

D. D. saß zwischen Miller und dem stellvertretenden Leiter der Mordkommission im Vernehmungsraum der Bostoner Polizeizentrale. Ihnen am Tisch gegenüber saßen Ethan Hastings, seine Eltern und Sarah Joss, eine der besten Strafverteidigerinnen Bostons. Zwei Wochen nach dem Mordanschlag auf Wayne Reynolds auf dem Parkplatz des kriminaltechnischen Labors der Landespolizei war den Eltern endlich erlaubt worden, ihren Sohn wiederzusehen. Ihre Wahl seiner Rechtsvertretung ließ erkennen, dass sie kein Risiko eingehen wollten.

»Raus mit der Sprache, Ethan«, hakte D. D. nach. »Ich weiß von deinem Onkel, dass du den Computer der Jones in der Redaktion der *Boston Daily* ausfindig gemacht hast.

Du warst drei Stunden vor Ort, hast dich dort umgesehen und willst dich plötzlich, mir nichts, dir nichts, eines anderen besonnen haben?«

»Irgendjemand hat die Sicherheitsprotokolle geändert«, antwortete Ethan geradeheraus. »Wie schon gesagt, ich habe einen Virus eingeschleust, der aber anscheinend von einem der neueren Schutzprogramme erkannt und unschädlich gemacht worden ist. Anders kann ich mir das nicht erklären.«

»Aber der Computer steht noch dort. Es muss einer von den Arbeitsrechnern sein.«

Der Junge zuckte mit den Achseln. »Das ist Ihr Problem, nicht meins. Vielleicht sollten Sie bessere Leute einstellen.«

Arroganter Schnösel. D. D. musste an sich halten. Die Überwachungskameras des Verlagshauses hatten Ethan eingefangen, als er kurz vor halb zwölf mit einem Taxi vorfuhr, das er über das iPhone seiner Mutter gerufen hatte. Etwa zur gleichen Zeit, als Sandra Jones wiederaufgetaucht und ihr schwerverletzter Vater ins Krankenhaus gebracht worden war, hatte sich der Junge in der Redaktion aufgehalten, was von mehreren anwesenden Reportern bezeugt worden war.

Sie hatten angenommen, dass er zu einem der Kollegen gehörte, und sich nicht weiter um ihn gekümmert.

Mit Sicherheit war er an Jones' Computer gewesen, der sich jetzt angeblich nicht mehr auffinden ließ.

»Wir wissen, dass dein Onkel eine Affäre mit Mrs Sandra hatte«, sagte D. D. »Das ist unter Erwachsenen nichts

Schlimmes, Ethan. Du musst ihn nicht in Schutz nehmen.«

Ethan schwieg.

»Andererseits hat er Jason Jones unterstellt, per Computer in illegale Machenschaften verwickelt zu sein. Dem müssen wir nachgehen. Und dazu brauchen wir den Computer. Ich bin mir ziemlich sicher, dass du uns helfen kannst.«

Ethan starrte sie nur an.

»Weißt du noch, Ethan, was du über Jason Jones gesagt hast?«, setzte D. D. nach. »Dass er kein guter Ehemann sei. Dass er Mrs Sandra unglücklich gemacht hat. Lass uns unsere Arbeit tun. Vielleicht können wir Abhilfe schaffen.«

Es war hinterhältig, den Jungen so zu ködern, aber D. D. wusste nicht weiter. Zwei Wochen nach einer der blutigsten Nächte in der Geschichte der Bostoner Polizei gab es drei Leichen, aber immer noch keine Festnahme. Das zerrte an ihren Nerven.

Sandra Jones hatte ausgesagt, sie habe sich durch ihr Verschwinden einer leidigen Affäre mit Wayne Reynolds zu entziehen versucht. Unglücklicherweise war ihr Vater, durch die Medien auf sie aufmerksam geworden, nach Boston gekommen. Er hatte vor acht Jahren seine Frau getötet und sie, Sandra, sexuell missbraucht, bis sie im Alter von sechzehn schwanger geworden war. Sie hatte abgetrieben und ihr Elternhaus bei Nacht und Nebel verlassen.

In Maxwell Blacks Hotelzimmer waren Indizien sichergestellt worden, die Sandras Aussage bekräftigten, wonach er sowohl den Sprengstoffanschlag auf Wayne Reynolds als auch den Mord an Aidan Brewster geplant und verübt hatte, um mit diesen Taten seinen Schwiegersohn zu belasten und das Sorgerecht für seine Enkelin zu erwirken, die laut Sandra sein nächstes Missbrauchsopfer werden sollte.

Als er in das Haus der Jones eingedrungen war mit dem Vorsatz, Jason zum Selbstmord zu zwingen, hatte er dort seine Tochter lebend vorgefunden und Jason attackiert, ehe sie ihm die Waffe entwenden und – so ihre Version der Geschichte – in Notwehr auf ihn abfeuern konnte.

Maxwell Black war an seiner Schussverletzung gestorben. Jason Jones lag in einem Bostoner Krankenhaus auf der Intensivstation.

Nach eigenen Worten bedauerte Sandra Jones die durch ihr Verschwinden verursachte Tragödie zutiefst. Ihr Mann, so sagte sie, habe ihr nie ein Haar gekrümmt, und sie sei zurückgekehrt, um ihr Leben an seiner Seite fortzusetzen.

D. D. hatte ihre Zweifel. War Sandras Reue echt? Jedenfalls kam sie zu spät für Aidan Brewster, der als willkommener Sündenbock buchstäblich hingerichtet worden war. Zu spät auch für Wayne Reynolds, der – vielleicht blind vor Liebe – bis zum Schluss felsenfest davon überzeugt gewesen war, dass Jason Jones ein Monster war.

Und dann war da noch Ethan Hastings, der sich in der fraglichen Nacht fast vier Stunden abgesetzt hatte und nun behauptete, nicht zu wissen, wo sich der Computer der Jones befand.

D. D. hatte einen Beschluss zur Durchsuchung der

Redaktionsräume erwirken können. Sämtliche Computer waren anhand ihrer Seriennummern identifiziert worden. Nur der Rechner der Jones konnte nicht gefunden werden. Er war verschwunden. Einfach so.

Dahinter steckte Ethan Hastings. Dessen war sich D. D. sicher.

Das kleine Computergenie aber erwies sich als schwer zu knackende Nuss.

»Sind wir fertig?«, fragte sein Vater. »Mir scheint, mein Sohn hat sich hinreichend zur Sache geäußert. Wenn Sie den Computer nicht finden können, ist das Ihr Problem, nicht unseres.«

»Wenn Ihr Sohn uns Beweismittel vorenthält, haben Sie ein Problem. Das verspreche ich Ihnen«, blaffte D. D. gereizt.

Der stellvertretende Leiter der Mordkommission hob eine Hand, um zu beschwichtigen. Er schaute sie an. Sie wusste seine Miene zu deuten: *Pinkel endlich, oder geh vom Topf runter.* Verdammt, sie konnte nicht.

»Wir sind fertig«, knurrte sie. »Danke für Ihre Unterstützung. Wir melden uns, sobald sich Neues ergibt.«

Zieht euch warm an …, fügte sie im Stillen hinzu.

Die Hastings-Entourage brach auf. In der Tür warf Ethan einen finsteren Blick über die Schulter zurück.

»Der Kerl hat was ausgefressen«, murmelte D. D. in Richtung ihres Vorgesetzten.

»Wahrscheinlich. Aber er ist noch immer in seine Lehrerin verknallt. Und solange er sich verpflichtet fühlt, die arme Mrs Sandra zu schützen …«

»Die womöglich seinen Onkel auf dem Gewissen hat.«

»Und glaubhaft versichert, dass sie tätlich von ihm angegriffen wurde.«

D. D. seufzte. Sie hatten Waynes Computer beschlagnahmt und von der Kriminaltechnik untersuchen lassen, wobei eine umfangreiche E-Mail-Korrespondenz zwischen ihm und der schönen Gemeinschaftskundelehrerin zum Vorschein gekommen war, inhaltlich nichts Besonderes, aber allein der Anzahl nach mehr, als es eine rein platonische Beziehung vermuten ließ. Überdies war nun Sandras Aussage bestätigt, wonach sie ihre letzte Mail an ihn fünf Tage vor ihrem Verschwinden geschrieben hatte, während er sie weiter mit Nachrichten bombardierte.

»Ich will irgendjemanden festnehmen«, murrte D. D. »Am liebsten Jason Jones.«

»Warum?«

»Ich weiß nicht. Ein so eiskalter Typ muss Leichen im Keller haben.«

»Das haben Sie auch im Fall von Aidan Brewster angenommen«, erinnerte sie der Chef. »Und am Ende stellt sich heraus, dass er mit dieser Sache rein gar nichts zu tun hatte.«

D. D. atmete hörbar aus. »Zugegeben. Da fragt man sich, wie zum Teufel wir herausfinden sollen, wer die wahren Monster sind.«

Mein Mann wurde aus dem Krankenhaus entlassen.

Ree hatte in den Tagen zuvor ein großes Spruchband aus Papier für ihn gebastelt, in Regenbogenfarben ausgemalt und mit Schmetterlingen geschmückt. Drei lachende Strichmännchen sind darauf zu sehen und ein orangefarbener Kater mit sechs riesigen Schnurrhaaren. Dazu in fetten Großbuchstaben: WILLKOMMEN ZU HAUSE, DADDY!

Wir spannten es quer durchs Wohnzimmer, über das grüne Sofa, auf dem sich Jason in den nächsten Wochen erholen sollte.

Ree hatte ihren Schlafsack vor dem Sofa ausgerollt. Ich selbst übernachtete in einem eigenen Nest aus Kissen und Decken. So kampierten wir die ersten vier Tage, denn es war uns wichtig, beim Einschlafen wie Aufwachen, ganz nah beieinander zu sein.

Am fünften Tag erklärte Ree, dass es ihr auf dem Boden zu unbequem sei und sie lieber wieder in ihrem Bett schlafen wolle.

So nahmen wir unser gewohntes Leben wieder auf. Ree kehrte in die Vorschule zurück, und ich begann wieder zu unterrichten. Jason nahm mehrere Aufträge von verschiedenen Magazinen an und arbeitete zu Hause, während seine Wunden allmählich verheilten.

Die Presse stilisierte mich zur Bostoner Helena, deren Schönheit zur großen Tragödie führte. Der Vergleich hinkt. Helena zettelte einen Krieg an, ich beendete einen.

Die Polizei schnüffelte weiter. Der verschwundene Computer gab ihr Rätsel auf und damit wollte sich die Sergeantin nicht zufriedengeben.

Ich musste einen Lügendetektortest über mich ergehen lassen und erzählte die Wahrheit: Ich habe keine Ahnung, was mit unserer Festplatte geschehen ist. Befindet sie sich in der Redaktion des Boston Daily? Ob Ethan Hastings dahintersteckte? Keine Ahnung. Ich hatte damit nichts zu tun, geschweige denn Ethan aufgefordert, für mich irgendein krummes Ding zu drehen.

Jason rechnete die ganze Zeit mit seiner Festnahme. Immer wenn es an der Tür klingelte, zuckte er auf seinem Sofa zusammen und befürchtete das Schlimmste. Erst nach Wochen war er halbwegs entspannt. Stattdessen bedachte er mich mit nachdenklicher Miene.

Er stellte keine direkten Fragen, und ich bot ihm meinerseits keine Antworten an. Trotz unserer neu gefundenen Nähe sind wir ein Paar, das es zu schätzen weiß, wenn nicht alles zur Sprache kommt.

Jason ist ein sehr kluger Mann. Ich bin mir sicher, dass er sich auf manches selbst einen Reim gemacht hat. Zum Beispiel, warum ich zufällig in jener Nacht von meiner Flucht vor Wayne zurückkehrte, als es ihn erwischt hatte. Oder warum mein Vater den Mord an Aidan Brewster zugegeben, aber den Anschlag auf Wayne mit keiner Silbe erwähnt hatte, obwohl in seinem Hotelzimmer all das gefunden worden war, was zur Herstellung einer Bombe nötig ist.

Natürlich kann heutzutage jeder eine Autobombe bauen. Anleitungen dazu finden sich im Internet.

Jason hat sich bestimmt auch darüber Gedanken gemacht, warum Ethan ein so hohes Risiko einging, um in der Redaktion an unseren Computer heranzukommen. Dieses Wagnis wäre er nicht eingegangen, hätte er bloß vorgehabt, Beweise gegen Jason zu finden und ihn der Polizei auszuliefern.

Andererseits hatte er wahrscheinlich die Brisanz mancher

Online-Recherchen erkannt, als sein Onkel in seinem Auto ums Leben gekommen war. Sein Trojaner hatte nicht nur Jasons, sondern auch meine Internet-Umtriebe beobachtet, und welche Sites ich in jener Mittwochnacht kurz vor meinem Verschwinden aufgesucht hatte, möchte ich lieber für mich behalten.

Zu einer Aussprache mit Ethan wird es nicht kommen. Er geht inzwischen auf eine Privatschule. Außerdem haben ihm seine Eltern jeglichen Kontakt zu uns untersagt. Was ich respektiere, vor allem Ethan zuliebe. Er hat mir meine Familie zurückgegeben, wofür ich ihm auf ewig dankbar sein werde.

Jason macht sich anscheinend Sorgen um mich. Ich frage mich, ob er es auch als Ironie des Schicksals versteht, dass mein Vater jemanden umbrachte, um ihn, Jason, zur Strecke zu bringen, während ich ebenfalls zur Mörderin wurde, um ihn, meinen Vater, zur Strecke zu bringen. Wie der Vater, so die Tochter?

Ich glaube, von meinem Mann eine wichtige Lektion gelernt zu haben. Es gibt Momente, in denen man sich entscheiden muss, was einem lieber ist: gejagt zu werden oder selbst Jäger zu sein. Wayne Reynolds hat meine Familie bedroht und damit sein Schicksal besiegelt.

Ich will ganz ehrlich sein: Ich träume nicht mehr von Blut oder welkenden Rosen oder vom überdrehten Lachen meiner Mutter. Ich werde nicht mehr von den letzten Worten meines Vaters aus dem Schlaf geschreckt oder von der Vorstellung, wie mein Beinahegeliebter in einem gigantischen Feuerball verbrannte. Ich träume nicht mehr von meinen Eltern oder von Wayne oder von gesichtslosen Männern, die mich vögeln.

Es ist Sommer. Meine Tochter läuft in ihrem pinkfarbenen Badeanzug über den Rasen und lässt sich vom Sprinkler berieseln. Jason schaut ihr lächelnd zu. Ich räkele mich auf der Hängematte, habe eine Hand auf dem runden Bauch liegen und spüre unser jüngstes Familienmitglied heranwachsen.

Einst war ich meiner Mutter Tochter. Nun bin ich meiner Tochter Mutter.

Ich schlafe inzwischen gut, geborgen in den Armen meines Mannes und in der Gewissheit, dass meine Tochter nebenan in Sicherheit ist, mit Mr Smith, zusammengerollt zu ihren Füßen. Ich träume vom ersten Lächeln meines Babys. Ich träume vom Tanz mit meinem Mann zu unserem fünfzigsten Hochzeitstag.

Ich bin Frau und Mutter.

Ich träume von meiner Familie.

LISA GARDNER

DIE FRUCHT DES BÖSEN

Thriller

Weltbild

Prolog

Danielle

An die Nacht damals erinnere ich mich heute nur noch vage. Anfangs scheint es, als könne man nie vergessen. Aber die Zeit ist eine Nebelmaschine, besonders für Kinder. Und mit den Jahren verlieren Details an Konturen. Dr. Frank spricht von Bewältigungsstrategien der Psyche, die sich selbst zu heilen versucht. Das sei ganz natürlich und kein Grund für Schuldgefühle.

Die habe ich aber trotzdem.

Ich erinnere mich, von einem Schrei aus dem Schlaf gerissen worden zu sein. Vielleicht hat meine Mutter geschrien, aber laut Polizeibericht muss es eher meine Schwester gewesen sein. Es war dunkel im Zimmer. Ich konnte nichts sehen, hatte keine Orientierung. Und da hing dieser Geruch in der Luft. Daran erinnere ich mich nach all den Jahren am deutlichsten, an das, was wie Rauch roch. Von einem Feuer, dachte ich, aber tatsächlich waren es Korditschwaden, die vom Flur herbeizogen.

Geräusche. Ich konnte zwar nichts sehen, aber hören: Schritte und etwas Schweres, das die Treppe hinunterfällt.

Dann die laute Stimme meines Vaters vor der Tür zu meinem Schlafzimmer.

»Oh Danny girl. My pretty, pretty Danny girl.«

Die Tür öffnete sich. Ein heller rechteckiger Fleck vor schwarzem Hintergrund und die Silhouette meines Vaters auf der Schwelle.

»Danny girl«, trällerte er. *»My pretty, pretty Danny girl.«*

Dann richtete er die Waffe auf seine Stirn und drückte ab.

Ich weiß nicht mehr, was unmittelbar darauf passierte. Bin ich aus dem Bett gesprungen? Habe ich die 911 angerufen? Habe ich versucht, meine Mutter wiederzubeleben? Oder habe ich mich vielleicht um meine Schwester gekümmert, die aus dem Kopf blutete, oder um meinen Bruder, der mit verrenkten Gliedern vor dem Treppenabsatz lag?

Ich erinnere mich, dass schließlich ein Mann ins Zimmer kam. Er sprach mit ruhiger Stimme, sagte, dass jetzt alles okay und ich in Sicherheit wäre. Er hob mich auf seine Arme, obwohl ich schon neun und viel zu groß war, um wie ein Baby behandelt zu werden. Er sagte, ich solle die Augen zumachen.

Ich legte den Kopf an seine Schulter, behielt aber trotzdem die Augen auf.

Ich musste es sehen, festhalten. Mich erinnern können. Das ist die Pflicht des einzigen Überlebenden.

Laut Polizeibericht war mein Vater in dieser Nacht betrunken. Er hatte mindestens eine Flasche Whisky intus, als er seine Dienstpistole lud. In der Woche zuvor war ihm der Job im Sheriffbüro gekündigt worden, nach zwei Abmahnungen wegen Trunkenheit. Sheriff Wayne, der mich aus dem Haus trug, hatte gehofft, die Kündigung würde meinen Vater zur Besinnung bringen und ihn veranlassen, etwas gegen seine Sucht zu unternehmen, zum Beispiel zu den Anonymen Alkoholikern zu gehen. Aber offenbar hatte mein Vater anderes im Sinn.

Er fing im Elternschlafzimmer an und erwischte meine Mutter neben ihrem Bett. Dann war meine dreizehnjährige Schwester dran, die ihren Kopf aus ihrem Zimmer rausgestreckt hatte, wahrscheinlich um zu schauen, was draußen vor sich ging. Auch mein elfjähriger Bruder kam auf den Flur. Er versuchte wegzulaufen. Mein Vater schoss ihm in den Rücken, und Johnny stürzte die Treppe hinunter. Er war nicht sofort tot und musste sich noch lange quälen.

Daran erinnere ich mich natürlich nicht. Ich erfuhr von alldem aus Polizeiberichten an meinem achtzehnten Geburtstag.

Ich suchte nach Antworten, die ich aber nie finden sollte.

Mein Vater hat unsere ganze Familie ausgelöscht. Nur mich verschont. Heißt das, dass er mich am meisten liebte oder am meisten hasste?

»Was glauben Sie?«, fragte mich Dr. Frank ein ums andere Mal.

Ich schätze, das ist die Frage meines Lebens.

Ich wünschte, mit Bestimmtheit sagen zu können, welche Augenfarbe meine Mutter hatte. Sie werden wohl blau gewesen sein, denn die ihrer Schwester Helen, bei der ich anschließend aufgenommen wurde, sind ebenfalls blau, und nach den Fotos zu urteilen, die mir erhalten geblieben sind, waren die beiden einander zum Verwechseln ähnlich.

Allerdings ist auch das ein Problem für mich. Tante Helen gleicht ihr so sehr, dass ich nach all den Jahren immer nur sie vor Augen habe, wenn ich mir meine Mutter vorzustellen versuche. Ich höre ihre Stimme, spüre ihre Hände, die mich beim Zubettgehen in die Decke einmummeln. Und das schmerzt mich, weil ich meine Mutter zurückhaben möchte. Doch sie ist verschwunden. Mein verräterisches Gedächtnis hat sie gründlicher ausgelöscht, als es mein Vater vermocht hatte. Deshalb nahm ich mir die Polizeiberichte und Fotos vom Tatort vor, mit dem Ergebnis, dass ich meine Mutter seitdem immer mit diesem seltsam eingefallenen Gesicht vor mir sehe, das in die Kamera starrt, und dem Einschussloch mitten auf der Stirn.

Ich habe auch noch Fotos von Natalie und Johnny, wie sie mit mir auf der Veranda sitzen, die Arme um meine Schultern gelegt. Wir sehen sehr glücklich aus, doch ich weiß nicht mehr wirklich, wie unser Verhältnis war. Ob ihnen jemals der Gedanke durch den Kopf gegangen ist, jung sterben zu müssen und dass sich keiner der Zukunftsträume erfüllen würde, die sie an jenem sonnigen Nachmittag gehabt haben mochten?

Dr. Frank sprach in dem Zusammenhang immer vom Schuldgefühl der Überlebenden. »Sie haben an alldem keine Schuld.«

Die Geschichte meines Lebens.

Ich hatte es gut bei Tante Helen. Sie war über fünfzig, kinderlos und mit ihrem Job als Firmenanwältin verheiratet, als sie mich zu sich nahm. Sie wohnte in einem kleinen Zweizimmerapartment in der Innenstadt von Boston, und ich musste im ersten Jahr auf der Couch schlafen. Das heißt, schlafen konnte ich in diesem ersten Jahr kaum. Sie leistete mir nächtelang Gesellschaft vorm Fernseher. Wir schauten uns Wiederholungen von *I Love Lucy* an und versuchten zu verdrängen, was vor einer Woche, dann vor einem Monat und schließlich vor einem Jahr geschehen war.

Die Zeit danach war eine Art Countdown, allerdings ohne Ziel, jeder Tag so schlimm wie der vorausgegangene. Und damit musste ich mich abfinden.

Tante Helen fand Dr. Frank für mich. Sie meldete mich an einer Privatschule an, wo ich viel Aufmerksamkeit bekam, weil die Klassen sehr klein waren. Nach den ersten zwei Jahren konnte ich immer noch nicht lesen, nicht schreiben und nicht rechnen. Mich morgens aufzuraffen war so anstrengend, dass mir für alles andere keine Kraft mehr blieb. Ich hatte keine Freunde und konnte meinen Lehrern nicht in die Augen sehen.

Krampfhaft versuchte ich Tag für Tag, mir jedes Detail ins Gedächtnis zu rufen: die Augenfarbe meiner Mutter, den Schrei meiner Schwester und das dämliche Grinsen im Gesicht meines Bruders. Darüber zerbrach ich mir den Kopf, in dem für andere Dinge kein Platz blieb.

Eines Tages dann sah ich einen Mann auf der Straße, der seinem kleinen Mädchen einen Kuss auf die Stirn gab. Eine beiläufige Geste väterlicher Zärtlichkeit. Seine Tochter schaute zu ihm auf, und ihr kleines rundes Gesicht strahlte.

Das brach mir das Herz, einfach so.

Schluchzend lief ich durch die Straßen von Boston zurück zur Wohnung meiner Tante. Als sie vier Stunden später nach Hause kam, lag ich auf dem Ledersofa und weinte immer noch. Sie setzte sich zu mir. Gemeinsam weinten wir eine ganze Woche lang, während im Hintergrund *Gilligan's Island* über den Bildschirm flimmerte.

»Diese Ratte«, sagte sie, als wir schließlich zu weinen aufgehört hatten. »Diese verdammte Ratte.«

Ich fragte mich, ob sie meinen Vater deswegen hasste, weil er ihre Schwester ermordet hatte oder weil ihr durch seine Tat ein ungewünschtes Kind aufgebürdet worden war.

Die Geschichte meines Lebens.

Ich überlebte. Und auch wenn ich mich immer nur zu erinnern versuche, lebe ich weiter. Das ist wohl die eigentliche Verantwortung, die Überlebende zu tragen haben.

Ich wurde älter. Ich machte eine Ausbildung zur Krankenschwester und anschließend einen Aufbaustudiengang Kinderpsychiatrie. Ich verbringe meine Tage auf einer geschlossenen Krankenhausstation in Boston und kümmere mich um einen sechsjährigen Jungen, der Stimmen hört, um ein achtjähriges Mädchen, das sich selbst verstümmelt, oder um einen Zwölfjährigen, der auf gar keinen Fall mit seinen jüngeren Geschwistern allein gelassen werden darf.

Bei uns werden akute Fälle behandelt. Wir *reparieren* diese Kinder nicht, sondern können allenfalls versuchen, sie zu stabilisieren, dadurch, dass wir geeignete Medikamente für sie finden, für geeigneten Umgang sorgen und eben all jene Tricks anwenden, die sich bewährt haben. Und dann beobachten wir sie. Wir versuchen herauszufinden, wie sie jeweils ticken, und schreiben Berichte für die nächsten Fachleute, die sich ihrer annehmen, entweder im Rahmen eines Wohnprojektes, einer Heimunterbringung oder einer Rückkehr in die Familie unter Aufsicht.

Manche unserer Kinder machen Fortschritte und entwickeln sich gemäß ihren Möglichkeiten, was wir als Erfolg verbuchen. Es gibt aber auch welche, die später Selbstmord begehen oder selbst zu Mördern werden. Dann steht in dicken Schlagzeilen in der Zeitung »Psychopath schießt um sich« oder »Älterer Bruder meuchelt die eigene Familie«. Und Menschen sterben, ob sie mit alldem etwas zu tun hatten oder nicht.

Ich weiß, was Sie denken. Sie glauben, ich hätte diesen Job gewählt, um Kindern zu helfen, die genauso verloren sind, wie ich mich als Kind gefühlt habe, oder – noch heldenhafter formuliert – um Tragödien wie diejenige meiner Familie zu verhindern.

Das kann ich gut verstehen.

Aber Sie kennen mich noch nicht.

1. Kapitel

Donnerstag

Am Donnerstagabend hatte Sergeant Detective D. D. Warren ein Date. Sie hatte schon schlimmere Verabredungen gehabt, aber auch definitiv interessantere. Jedenfalls war es das erste seit langer Zeit, und wenn sich nicht noch herausstellen sollte, dass Chip, der Buchprüfer, eine totale Null war, würde sie ihn später mit nach Hause nehmen und einer ausführlichen Prüfung unterziehen.

Sie waren mit dem Essen schon fast fertig – ein halbes Weißbrot, in Olivenöl getunkt, und Rindernackensteak, medium –, und Chip hatte es geschafft, sich jedweder, Bemerkung über den blutigen Saft auf ihrem Teller zu verkneifen oder darüber, dass sie ihn mit einem weiteren Stück Brot aufwischte. Ihre Essgewohnheiten schreckten die meisten Männer ab, die dann alberne Witze über ihren unersättlichen Appetit machten und noch eins draufsetzten, indem sie meinten, dass man das ihrer mädchenhaften Figur ja gar nicht ansähe.

Ja, ja, sie konnte futtern wie ein Sumoringer, war aber gebaut wie ein Covergirl. Um Himmels willen, sie war fast vierzig und hatte diesen Widerspruch inzwischen selbst bemerkt. Sie brauchte keinen molligen Bürohengst, der sie darauf aufmerksam machte. Gutes Essen war ihre Leidenschaft, zumal ihre Arbeit im Morddezernat der Polizei von Boston nicht viel Zeit für Sex übrig ließ.

Nach dem Steak nahm sie sich die überbackene Ofenkartoffel vor. Chip arbeitete fürs Gericht. Die Frau des Freundes eines Kollegen vom Dezernat hatte sie mit ihm bekannt gemacht, wie das halt so lief. Jetzt saßen sie hier im Hilltop Steakhouse, und im Grunde war Chip durchaus in Ordnung. Ein bisschen speckig um die Hüfte, ein bisschen schütter auf dem Kopf, aber durchaus amüsant. Wenn er lächelte, kräuselten sich die Winkel der dunkelbraunen Augen, und viel mehr verlangte sie gar nicht.

Sie hatte Fleisch und Kartoffeln als Hauptgang und, wenn alles nach Plan lief, Chip zum Dessert.

Aber natürlich meldete sich ihr Pager.

Sie verzog das Gesicht und schob den Apparat am Gürtel entlang in den Rücken, als wäre es damit getan.

»Was ist das?«, fragte Chip, der das Piepen gehört hatte.

»Hormonzyklus-Messer«, murmelte sie.

Chip errötete bis unter den zurückgewichenen Ansatz seiner braunen Haare, grinste aber gleich darauf so herrlich verlegen, dass sie ihn am liebsten gleich hier flachgelegt hätte.

Wehe, dachte D. D. *Wehe, es ist weniger als ein Massaker, denn dann will ich verflucht sein, wenn ich mir dafür meine Nacht entgehen lasse.*

Doch als sie die Meldung las, tat es ihr auch schon leid, einen solchen Gedanken überhaupt gehabt zu haben.

Chip, der amüsante Buchprüfer, bekam einen Kuss auf die Wange.

Dann machte sich Sergeant Detective D. D. mit Vollgas auf den Weg.

Sie war schon gut zwanzig Jahre bei der Bostoner Polizei. Anfangs hatte sie fast ausschließlich mit Verkehrsunfällen mit Todesfolge und Tötungsdelikten in der Drogenszene zu tun gehabt, doch dann gelang ihr der Sprung nach oben. Inzwischen ermittelte sie in so medienwirksamen Fällen wie der Entdeckung sechs mumifizierter Leichen in einem Kellerloch oder, wie jüngst, dem Verschwinden einer bildhübschen jungen Lehrerin. Ihre Vorgesetzten stellten sie gern vor die Kameras. Denn wer könnte mehr Verwirrung stiften als eine gut aussehende blonde Polizeibeamtin?

Sie hatte nichts dagegen. Unter Stress lebte D. D. auf. Ein Fall für den Dampfdruckkessel war ihr lieber als ein All-you-can-eat-Buffet. Der einzige Nachteil bestand darin, dass ihr Privatleben zu kurz kam. D. D. leitete bei der Mordkommission ein dreiköpfiges Team. Nachdem sie den ganzen Tag Spuren verfolgt, Informanten befragt oder zum wiederholten Mal Tatorte begangen hatte, musste sie oft bis spät in die Nacht hinein auch noch am Schreibtisch sitzen und Berichte schreiben, eidesstattliche Erklärungen formulieren oder Haftbefehle beantragen. Jedes Team hatte darüber hinaus abwechselnd Bereitschaft, sprich: musste sich für den nächsten Fall bereithalten. Es sprang also ständig hin und her zwischen aktuellen

Fällen mit höchster Priorität, noch ungelösten alten Sachen und wenigstens einem oder zwei neuen Einsätzen pro Woche.

D. D. schlief wenig, und neben der Arbeit lief bei ihr kaum etwas. Das war für sie durchaus in Ordnung gewesen, bis im vergangenen Jahr, kurz nach ihrem Achtunddreißigsten, ihr Exlover geheiratet hatte, um eine Familie zu gründen. Ausgerechnet sie, die toughe Kriminalistin, die sich einbildete, mit ihrem Job verheiratet zu sein, ertappte sich plötzlich beim Blättern in Magazinen wie *Haus & Heim* oder, schlimmer noch, *Die moderne Braut*. Eines Tages griff sie sogar zu *Eltern*. Nichts war deprimierender für einen fast vierzigjährigen, kinderlosen Single und Detective der Mordkommission, als allein in seinem Apartment in North End ein Eltern-Magazin zu lesen – zumal sie feststellen musste, dass manche Ratschläge zum pfleglichen Umgang mit Kleinkindern durchaus auch auf ihre Kollegen anwendbar gewesen wären.

Sie schmiss die Zeitschriften ins Altpapier und nahm sich fest vor, sich so schnell wie möglich ein Date zu besorgen. Was sie zu Chip geführt hatte, dem armen Kerl, der plötzlich nicht wusste, wie ihm geschah, als sie Hals über Kopf das Restaurant verließ. Ihr Team hatte zwar keine Bereitschaft, aber die Meldung lautete »Red Ball«, und das bedeutete, es musste etwas so Schlimmes passiert sein, dass alle verfügbaren Kräfte anzutanzen hatten.

D. D. bog von der I-93 ab und manövrierte ihren Wagen durch die engen Straßen von Dorchester, einem Arbeiterbezirk, der im Kollegenkreis für Drogenmissbrauch,

Schießereien und wilde Partys bekannt war, die zu noch mehr Drogen und Schießereien führten. Das hiesige Revier C-11 hatte eine Hotline für Beschwerden über ruhestörenden Lärm eingerichtet und ließ ein Fahrzeug – »Party Car« genannt – an Wochenenden Patrouille fahren. Fünfhundert Anrufe und Dutzende von vorbeugenden Festnahmen später war tatsächlich ein Rückgang in Sachen Mord, Vergewaltigung und schwerer Körperverletzung zu verzeichnen gewesen. Dafür nahmen jetzt Raub- und Einbruchdelikte zu. Und zwar eklatant.

Von ihrem Navi zielsicher geführt, gelangte D. D. schließlich in eine recht hübsche Straße, die von bescheidenen Vorgärten und dreigeschossigen Wohnhäusern gesäumt wurde, von denen etliche mit großen Veranden und manche sogar mit Erkertürmchen ausgestattet waren.

Über die Jahre hatte man diese Häuser in kleine Apartments unterteilt, sodass in einem Haus sechs bis acht Parteien wohnten. Trotzdem war es immer noch eine durchaus angenehme Wohngegend mit gut gepflegten Rasenflächen und frisch gestrichenen Veranden. Der bessere Teil von Dorchester, dachte D. D. und wurde immer neugieriger.

Schließlich sah sie ein dichtes Gedränge von Fahrzeugen vor sich und parkte ihren Wagen. Es war halb neun, und die Augustsonne ging gerade unter. Sie entdeckte den weißen Transporter der Gerichtsmedizin sowie das mobile Labor der Spurensicherung, und wo die auftauchten, waren immer auch Medienvertreter und Gaffer aus der Nachbarschaft zur Stelle.

Als D. D. den Einsatzort durchgegeben bekam, hatte sie sich auf irgendeine Drogengeschichte gefasst gemacht. Vielleicht eine Gang-Schießerei. Es musste sich jedenfalls um eine größere Sache mit erheblichen Kollateralschäden handeln, da der stellvertretende Department-Leiter alle achtzehn diensthabenden Detectives herbeigerufen hatte. Womöglich war eine Großmutter auf der Veranda von einem Querschläger erwischt worden oder ein auf der Straße stehendes Kind. So was kam vor, schlimm genug. Aber man war schließlich in Boston, und ein Bostoner Detective hatte damit zu rechnen.

Als aber D. D. aus dem Wagen stieg, ihren Ausweis an den Gürtel der engen schwarzen Jeans klemmte und ein schlichtes weißes Hemd über das tief ausgeschnittene Top streifte, kamen ihr erste Bedenken. Hier waren keine Drogen im Spiel. Es ging um Schlimmeres. Sie warf ein Jackett über den Arm und steuerte auf die Höhle des Löwen zu.

D. D. bahnte sich einen Weg durch die Menge der Schaulustigen und versuchte, konzentriert zu bleiben und sich nicht ablenken zu lassen von den Wortfetzen, die sie aufschnappte. »Mehrere Schüsse … Schreie wie von einem abgestochenen Schwein … Herrje, erst vor ein paar Stunden habe ich sie ihre Einkäufe aus dem Wagen holen sehen …«

»Entschuldigen Sie bitte. Lassen Sie mich durch, ich bin von der Polizei.« Sie tauchte unter dem gelben Plastikband weg, das den Tatort sicherte, und erreichte endlich das Epizentrum des Geschehens.

Das Haus, vor dem sie stand, war grau gestrichen und

hatte ein Vordach auf wuchtigen Säulen, über dem eine große Amerikafahne hing. Beide Flügel der Eingangstür standen sperrangelweit auf, um den regen Verkehr von Ermittlern und Fachkräften der Gerichtsmedizin rein- und rauszulassen.

Hinter den kleinen Fenstern zu beiden Seiten des Eingangs hingen zarte Spitzengardinen. Die Veranda unter dem Vordach schmückten vier Töpfe mit roten Geranien und ein halbes Dutzend blauer Klappstühle. Auf einer Schiefertafel an der Hauswand, bemalt mit roten Geranien, stand in gelben Buchstaben *Willkommen* zu lesen.

Ja, hier war definitiv Schlimmeres passiert als ein Streit unter bewaffneten Drogendealern.

D. D. seufzte, setzte ihre Profimiene auf und trat auf den uniformierten Kollegen zu, der vor den Verandastufen postiert war. Sie spulte Namen, Dienstgrad und Kennnummer ab, worauf der Kollege ihre Angaben pflichtschuldig notierte und dann mit einer Kinnbewegung auf die Tonne zu seinen Füßen deutete.

Gehorsam fischte D. D. Überzieher für die Schuhe und eine Haarhaube daraus heraus. Aha, es handelte sich also um diese Art von Tatort.

Langsam ging sie nach oben auf die Veranda, wobei sie sich an den Rand der Stufen hielt, die offenbar jüngst gestrichen worden waren – in einem hellen Cape-Cod-Grau wie der Rest des Hauses. Die Veranda machte einen heimeligen Eindruck und schien noch vor kurzem ausgefegt worden zu sein. Vielleicht gleich nach dem Ausladen der Einkäufe?

Allzu große Sauberkeit war aus ermittlungstechnischem Blickwinkel betrachtet eher unvorteilhaft. Schmutz und Staub hätten möglicherweise Spuren erkennen lassen, die zur Ergreifung desjenigen führen mochten, der getan hatte, was D. D. nun im Haus erfahren sollte.

Als sie auf der Schwelle noch einmal tief Luft holte, nahm sie den Geruch von Sägemehl und trocknendem Blut wahr. Sie hörte einen Reporter, der lauthals nach Auskunft verlangte, das Klacken einer Kamera, einen Hubschrauber im Anflug und die übliche Geräuschkulisse. Schaulustige im Rücken, Kollegen vorneweg und die Journaille obenauf.

Chaos: laut, stinkig, überwältigend.

Ihr Job bestand darin, Ordnung in dieses Chaos zu bringen.

Sie machte sich an die Arbeit.

2. Kapitel

Victoria

»Ich habe Durst«, sagt er.

»Was hättest du denn gern?«, frage ich.

»Bring mir einen Drink, Frau, sonst gibt's was auf die die Fresse.«

Wütend klingt er eigentlich nicht. Aber seine Stimmung kann jeden Moment umschlagen. Gerade schaut er noch fern, dann nimmt er das Wohnzimmer auseinander. Oder er steht kurz davor, und wenn ich das Richtige sage, beruhigt er sich wieder. Sage oder tue ich aber das Falsche, tja, dann …

Ich stehe von der Couch auf. Es ist Donnerstagabend. Eine dieser unerträglich heißen und schwülen Augustnächte steht uns bevor, die man besser am Strand oder in einem großen Swimmingpool verbringt. Aber natürlich sind das für uns keine Optionen. Wir sitzen schon seit dem frühen Nachmittag im Wohnzimmer, ziehen uns irgendwas im History Channel rein und lassen die Klimaanlage auf Hochtouren laufen. Ich hatte gehofft, ein ruhiger Abend würde ihm guttun. Jetzt kommen mir Zweifel.

In der Küche mache ich mir Gedanken. Ihm wie verlangt einen Drink zu besorgen birgt jede Menge Sprengstoff. Erstens muss ich erraten, was er trinken möchte. Zweitens kommt es darauf an, das richtige Gefäß auszuwählen: Glas/Becher/Tasse. Und ob er Eis oder kein Eis, einen Strohhalm oder keinen Strohhalm, Cocktailserviette oder Bierdeckel haben will, muss ich auch noch erraten.

Früher habe ich mir seine aggressive Art so nicht gefallen lassen und darauf bestanden, dass er seine Wünsche freundlicher formuliert. *Ich bin nicht dein Dienstmädchen*, hätte ich ihm gesagt. *Ein bisschen mehr Respekt, wenn ich bitten darf.*

Aber das war einmal. Die Zeiten ändern sich, nicht auf einen Schlag, aber Stück für Stück, von Mal zu Mal. Es gibt Dinge, die sich, wenn man sie einmal aufgibt, nicht mehr zurückholen lassen.

Ich entscheide mich für den blauen Becher, den er vor ein paar Tagen zu seinem Lieblingsbecher erkoren hat, und fülle ihn mit Leitungswasser. Wenn er mir den Inhalt ins Gesicht schüttet, hält sich wenigstens die Schweinerei in Grenzen. Meine Hände fangen schon zu zittern an. Um mich zu beruhigen, atme ich tief durch. *Noch hat er sich im Griff. Denk daran, noch hat er sich im Griff.*

Ich trage den Becher ins Wohnzimmer, stelle ihn auf dem gläsernen Beistelltisch ab und beobachte ihn unter gesenkten Augenlidern. Wenn seine Füße auf dem Boden bleiben, setze ich weiter auf Beschwichtigung. Wenn er aber schon zuckt, mit dem Fuß wackelt oder die Schultern kreisen lässt wie so oft, bevor er zum Schlag ausholt, bin ich ganz schnell im Badezimmer, wo ich dann so viel Ativan unter seinen Drink rühre, dass er stehend einschläft.

Wie gesagt, es gibt Dinge, die sich, wenn man sie einmal aufgegeben hat, nicht mehr zurückholen lassen.

Er greift zum Becher. Die Füße stehen still, die Schultern hängen locker. Er probiert, hält inne …

Stellt den Becher wieder ab.

Ich habe gerade vorsichtig Luft geholt, als er den Becher wieder packt und mir gegen die Schläfe wirft. Der Becher ist leicht und aus Plastik. Der Aufprall tut nicht weh, aber ich bin so erschrocken, dass ich zurücktaumle.

»Was zum Teufel ist das?«, brüllt er mir aus nächster Nähe ins nasse Gesicht.

»Wasser«, antworte ich benommen.

Er versucht, mich ein zweites Mal zu schlagen, und bekleckert die Couch. Plötzlich haben wir es beide eilig. Ich renne los, in Richtung Badezimmer, wo der Arzneischrank hängt, und er rennt hinter mir her, um mich von den Beinen zu reißen, meinen Kopf auf die Dielenbretter zu hämmern oder mir seine Hände um die Kehle zu legen.

Auf der Schwelle zum Flur erwischt er mich am Fußgelenk. Ich stürze auf mein rechtes Knie, trete reflexhaft nach hinten aus und höre, wie er wütend aufschreit.

Kaum habe ich mich aufgerafft und vier weitere Schritte entfernt, wirft er sich mir in die Seite. Ich fliege gegen die Holzvertäfelung und prelle mir die Rippen an der Stuhllehne.

»SCHLAMPE! Schlampe, Schlampe, Schlampe.«

»Bitte«, wimmere ich. Es hilft nichts. Vielleicht hätte ich sagen sollen »bitte, bitte, bitte«.

Er packt mich beim Handgelenk und drückt so fest zu, dass ich spüre, wie kleine Knöchelchen aneinanderreiben.

»Bitte, Schatz«, flüstere ich wieder, verzweifelt bemüht, beruhigend auf ihn zu wirken. »Lass los, Schatz. Du tust mir weh.«

Aber er lässt nicht los. Ich habe ihn falsch gelesen, bestimmte Anzeichen übersehen, und jetzt ist er außer sich. Ich kann nichts sagen, nichts tun, es würde nichts nützen. Er ist ein wildes Tier und muss jetzt jemandem wehtun.

Und ich denke, wie schon so oft in solchen Momenten, dass ich ihn immer noch liebe, so sehr liebe, dass mir nicht nur der eine oder andere Knochen, sondern das Herz zu brechen droht, und selbst jetzt muss ich mich hüten. Ich möchte ihm nicht wehtun.

Dann, urplötzlich, trete ich zu und treffe mit der Schuhspitze unter seine Kniescheibe. Er geht zu Boden, und ich reiße mich von ihm los. Ich renne ins Badezimmer, zerre die Tür des Arzneischränkchens auf und krame auf der Suche nach dem orangefarbenen Fläschchen darin herum.

»Ich bring dich um!«, brüllt er durch den Flur. »Ich stech dich ab und reiß dir den verdammten Kopf vom Hals. Ich fress dein Herz und trink dein Blut. Ich töte, töte, töte dich!«

Dann höre ich, was ich nicht hören will, das *Patsch-patsch-patsch* seiner nackten Füße im Flur, die im Laufschritt auf die Küche zusteuern.

Ativan, Ativan, Ativan. Verflucht, wo ist das Ativan?

In meiner Hektik stoße ich das Fläschchen um. Es fällt aus dem Schrank zu Boden und rollt über die Fliesen.

Ich höre ihn wieder wie wahnsinnig schreien. Anscheinend hat er gerade entdeckt, dass ich die Küchenmesser weggeschlossen habe, vor zwei Wochen schon, mitten in der Nacht, als er schlief. Man muss immer mindestens einen Schritt voraus sein. Unbedingt.

Das Ativan ist hinter die Kloschüssel gerollt. Meine Hände zittern. Ich komme nicht ran. In der Küche kracht und scheppert es. Die Türen der Kirschholzvitrine fliegen auf. Tassen, Teller und Schalen prallen auf die italienischen Fliesen. Ich habe schon vor Jahren komplett auf Melamin umgerüstet. Unser ganzes Geschirr ist aus unzerbrechlichem Kunststoff, was ihn noch mehr in Rage bringt. Er muss die Küche auf den Kopf stellen, das macht er immer so, und wenn nicht genug zu Bruch geht, dreht er völlig durch.

Plötzlich Stille. Über die Kloschüssel gebeugt und den Arm in Richtung Fläschchen ausgestreckt, halte ich unwillkürlich die Luft an. Es bleibt still, und das zerrt mehr an den Nerven als seine Zerstörungswut.

Was macht er? Hat er was gefunden? Was habe ich übersehen?

Verdammt, ich brauche das Ativan, und zwar sofort.

Ich zwinge mich zu atmen, um meine Nerven zu beruhigen. Handtuch, damit könnte es gehen, zusammengerollt, über das Fläschchen hinter der Kloschüssel geworfen und hervorgezogen. Geschafft.

Mit dem Schlafmittel in der Hand schleiche ich in den Flur. Es ist immer noch still. Mir schwant Schreckliches.

Ein Schritt. Zwei, drei, vier …

Ich nähere mich dem Flurende. Links ist unser protziges Schlafzimmer, daneben das Esszimmer mit Durchgang zur Gourmet-Küche zur Rechten, und von da aus geht es zurück ins Foyer mit seiner gewölbten Decke. Ich werfe einen Blick hinter den sterbenden Ficus in der Ecke und tripple auf Zehenspitzen ins Wohnzimmer. Aus welchen Ecken Gefahr droht, weiß ich genau. Er könnte hinter dem L-förmigen Sofa hervorspringen, sich neben der zusammengeschlagenen Stereoanlage versteckt halten oder hinter den zerfetzten Seidenvorhängen.

Was habe ich übersehen? Was habe ich nicht bedacht, und was wird mich meine Fahrlässigkeit kosten?

Andere Bilder schwirren mir durch den Kopf. Ich erinnere mich daran, wie er einmal mit einem Fleischklopfer aus Holz aus der Vorratskammer herausgestürmt kam und mir zwei Rippen brach, bevor ich fliehen konnte, oder als er mir zum ersten Mal mit dem Hackmesser nachstellte und sich dabei am eigenen Oberschenkel verletzte. Ich fürchtete, er könnte sich die Schlagader aufgeschnitten haben und verbluten, wenn ich wegliefe. Also hielt ich ihm stand und zerrte ihm das Messer aus der Hand. Und dann tröstete ich ihn, während er vor Schmerzen schluchzte und das Blut auf den Perserteppich unseres wunderschönen Foyers tropfte.

Aber daran darf ich jetzt nicht denken. Ich muss mich konzentrieren, ihn finden und beruhigen.

Ich schleiche durchs Wohnzimmer auf das Esszimmer zu, habe alle schattigen Winkel im Blick und horche angespannt in die Stille. Die Küchentür öffnet sich ins Foyer. Über diesen Weg kann er ohne weiteres einmal im Kreis laufen und mich von hinten attackieren.

Ich rücke langsam vor, setze einen Fuß vor den anderen und halte das Fläschchen als meine chemische Keule fest umklammert.

Ich entdecke ihn in der Küche. Er sitzt mit heruntergelassener Jeans in der Hocke und scheißt auf den Teppich, blickt auf, als ich hereinkomme, und grinst gehässig übers ganze Gesicht.

»Was hältst du jetzt von deinem kostbaren Teppich?«, feixt er. »Was zum Teufel ist an dem so besonders?«

Ich trete mutig auf ihn zu, das Ativan in der Hand. »Bitte, Schatz. Du weißt, dass ich dich liebe. Bitte.«

Seine Antwort besteht darin, dass er eine Handvoll Kot vom Boden nimmt und sich den blanken Bauch damit beschmiert.

»Ich bringe dich um«, erklärt er, ruhiger jetzt, fast wie im Plauderton.

Wortlos halte ich ihm das Fläschchen mit den Tabletten hin.

»Ich werde es mitten in der Nacht tun, werde dich aber vorher aufwecken. Ich will, dass du Bescheid weißt.«

Ich reiche ihm die Tabletten.

»Du hast die Messer weggeschlossen«, murmelt er. »Du hast die Messer weggeschlossen. Wirklich alle? Das hast du doch, oder?«

Er schmunzelt hämisch, und ich werfe einen Blick auf das Abtropfgestell über der Spüle. Was sich darauf befunden hat, liegt jetzt verstreut am Boden. War auch ein Messer dabei gewesen? Habe ich eins am Morgen gespült? Ich kann mich nicht erinnern, und dafür werde ich jetzt womöglich büßen müssen. Für irgendetwas muss ich immer büßen.

Ich drehe den Verschluss von der Flasche. »Du solltest jetzt zur Ruhe kommen, Schatz. Du weißt doch, nach einer kleinen Verschnaufpause fühlst du dich immer viel besser.«

Ich schüttle zwei Tabletten auf meine Hand und trete so nahe an ihn heran, dass mir der Gestank seiner Ausscheidungen in die Nase steigt. Vorsichtig öffne ich mit einem Finger seinen Mund und stecke flugs die erste der schnell löslichen Tabletten in seine Backentasche.

Im Gegenzug langt er mit seinen schmutzigen Fingern nach meinem Hals und streicht, zärtlich fast, über die Höhlung unter dem Kehlkopf.

»Es wird ganz schnell gehen«, verspricht er mir. »Mit einem Messer. Genau an der Stelle hier werde ich zustechen.«

Unter dem Druck seines Daumens spüre ich meinen Puls schlagen, als er den Todesstoß im Geiste probt.

Dann sehe ich, wie sich sein Gesicht unter dem Einfluss der Tablette entspannt. Er zieht seine Hand zurück und lächelt wieder. Ganz liebevoll jetzt. Ein Sonnenstrahl, der durch dunkle Wolken dringt. Ich möchte weinen, kann es aber nicht.

Es gibt Dinge, die sich, wenn man sie einmal aufgegeben hat, nicht mehr zurückholen lassen.

Zehn Minuten später habe ich ihn aufs Bett gelegt. Ich ziehe ihn vollständig aus und bearbeite ihn mit Seife und feuchtem Waschlappen. Allerdings weiß ich aus Erfahrung, dass der Gestank noch eine Weile seiner Haut anhaften wird. Später wird er mich fragen, was geschehen ist, und ich werde ihm mit einer frei erfundenen Geschichte antworten. Auch das habe ich gelernt, nämlich die Wahrheit zu verschweigen.

Ich mache ihn sauber. Ich mache mich sauber. Das Geschirr kommt in die Spülmaschine und wird dann zurück in die Schränke gestellt. Der Teppich kommt zum Sperrmüll. Aber all das kann warten.

Jetzt, in der Stille danach, kehre ich in sein Schlafzimmer zurück. Im Schein der Lampe bewundere ich seine friedlichen Gesichtszüge, seine Haare, die über der rechten Schläfe einen goldenen Wirbel bilden, seine Lippen, die im Schlaf immer schmollen wie bei einem Säugling. Ich streichele mit den Fingern seine weichen Wangen, nehme seine Hand, die nun keine Schmerzen mehr zufügt oder Zerstörung anrichtet, in meine Hände.

Und ich frage mich, ob er mich in dieser Nacht tatsächlich umbringen wird.

Darf ich vorstellen? Evan, mein Sohn.

Er ist acht Jahre alt.

3. Kapitel

»Im Esszimmer hat's angefangen«, brachte Detective Phil LeBlanc seine Kollegin Detective D. D. Warren auf den neuesten Stand. Phil trug eine Khakihose und ein weißes Polohemd mit einem Ketchupfleck über dem aufgestickten Emblem. Anscheinend hatte er gerade mit seiner Familie gegrillt, als er gerufen worden war. Jetzt deutete er auf einen rechteckigen, für sechs Personen gedeckten Tisch. Auf den Tellern waren noch Essensreste zu sehen, und in der Mitte standen mehrere leere Schalen. D. D. zählte drei leere Bierdosen, zwei am einen Ende des Tisches, eine am anderen.

Es war ein dunkler Tisch aus altem Eichenholz. Ein hübsches Möbelstück, dachte sie, vielleicht sogar antik. Ganz anders die blauen Klappstühle, dieselben wie draußen auf der Veranda. Die Hausbewohner hatten sich also einen massiven Holztisch leisten können, doch es fehlten noch entsprechende Stühle, was zum Gesamteindruck des frisch gestrichenen, aber seltsam leeren Hauses passte.

Das Geschirr bestand aus dünnem weißem Melanin. Schlicht, aber in auffälligem Kontrast zu den roten Platzdeckchen und blauen Servietten. Wiederum rot, weiß und blau. Anscheinend das farbliche Generalthema in diesem Haushalt.

»Vielleicht gab's Streit«, spekulierte Phil. »Sie haben gegessen, ein paar Bier getrunken und sind sich dann in die Haare gekommen. Vielleicht wollte sie weg, und er ist ausgerastet.«

D. D. nickte nachdenklich und ging zum wiederholten Mal um den Tisch herum. Der Parkettboden schien vor kurzem aufpoliert worden zu sein, er glänzte. D. D. tippte auf umfangreiche Renovierungsarbeiten einer hart arbeitenden Familie aus der Mittelschicht, die die wirtschaftlich schweren Zeiten mit Fleiß zu meistern versucht hatte, um sich eine bessere Zukunft zu schaffen, bis …

»Wo ist Neil?«, erkundigte sie sich nach dem dritten Mitglied ihres Teams.

»Oben. In den beiden Obergeschossen ist bis vor kurzem noch schwer gewerkelt worden. Da liegt jede Menge Werkzeug herum.«

D. D. nickte. Nach der Red-Ball-Meldung hatte sie damit gerechnet, den Tatort voller Ermittler vorzufinden. Tatsächlich aber war es relativ ruhig. Wahrscheinlich hatten sich die Kollegen von der Spurensicherung auf die drei Etagen verteilt und andere waren vielleicht schon dabei, Nachbarn zu befragen und Familienangehörige oder Bekannte ausfindig zu machen. In Fällen wie diesem musste alles möglichst schnell gehen.

»Was wissen wir über die Bewohner?«, fragte sie.

»Mom, Dad, drei Kinder. Für beide Elternteile war es die zweite Ehe. Von wem die Kinder sind, wissen wir noch nicht. Patrick Harrington scheint das Familienoberhaupt gewesen zu sein. Geboren neunzehnachtundsechzig. Seit kurzem arbeitslos. Er hat in einem Baumarkt gearbeitet, der dichtmachen musste.«

»Wann?« D. D. ging in die Knie, um den Teppich unterm Tisch zu untersuchen. Neutrales Beige; vor kurzem gesaugt. *Putzfimmel* fügte sie der mentalen Strichliste auffälliger Haushaltsmerkmale hinzu, auf der schon *patriotisch* stand.

»Ein paar Wochen oder so. Aus der Nachbarschaft war zu hören, dass die Harringtons das Haus vor acht Monaten bei einer Zwangsversteigerung erworben haben. Sie wollten es instand setzen und haben sich dabei auf seine handwerklichen Fähigkeiten verlassen. Außerdem kam er dank seiner Anstellung im Baumarkt günstig an Material. Geplant war wohl, die oberen Etagen zu vermieten. Die Renovierung war fast geschafft, als er seinen Job verloren hat. Kein Geld mehr und auch kein Rabatt.«

»Eine Riesenhypothek, aber keine Mieteinnahmen«, ergänzte D. D.

»Ja, düstere Aussichten.«

»Die Eheleute standen also unter Stress.« D. D. richtete sich auf. »Was hat sie gemacht?«

»Denise Harrington war Sprechstundenhilfe bei einem Zahnarzt. Mrs Nancy Seers, die Nachbarin von gegenüber, sagt, Denise sei immer schon um drei Uhr von der Arbeit zurückgekommen, um die Kinder vom Bus abholen zu können.«

»Wie alt?«

»Hmmm …« Phil blätterte in seinem Notizbuch. »Neun, zwölf und vierzehn. Junge, Mädchen, Junge.«

D. D. nickte und ging zurück in die Küche. Auf dem Herd befand sich noch eine Bratpfanne, die nach Olivenöl und Hühnerfett roch. Daneben stand ein großer Topf für Nudeln oder Maiskolben. Auf dem Küchentresen gab es weitere Hinweise auf eine kürzlich zubereitete Mahlzeit: Reste eines Salatkopfes, eine Tüte Möhren und eine halbe Salatgurke.

Sie suchte nach weiteren Bierdosen und entdeckte drei im Abfalleimer. Sie öffnete den Kühlschrank, der gut bestückt war, was den Einkauf bestätigte. Er enthielt verschiedene Sorten Brot, Eier, Frühstücksfleisch, Obst, Gemüse und Undefinierbares in Tupperware. In den Fächern der Tür steckten zwei Dutzend Gewürzdosen und eine halbleere Flasche Pinot Grigio. Kein Bier.

Sie rechnete nach: ein Sixpack, aufgeteilt auf zwei erwachsene Personen. Oder vielleicht auch nur von einer getrunken? Wie auch immer, das reichte nicht für einen Amoklauf im Vollrausch.

Jack McCabe von der KTU kam zur Tür herein und seufzte, als er Anrichte und Tresen voller Lebensmittel sah. »Ist das alles schon fotografiert worden?«, fragte er.

»Ja«, antwortete Phil.

Jack seufzte ein zweites Mal. D. D. konnte ihm nachfühlen. In der Küche Spuren zu sichern war äußerst mühselig und am Ende wahrscheinlich vergebens. Aber es musste getan werden.

»Nimm dir zuerst mal die Messer vor«, sagte sie.

»Da sind keine Messer«, entgegnete Jack mit Blick auf den Tresen.

»Aber es muss welche geben«, erwiderte D. D. und deutete auf die aufgeschnittene Gurke.

»Oh ja, da ist eins«, sagte Phil und führte D. D. hinaus in den Flur.

Auf halbem Weg entdeckten sie die ersten Blutspuren, Spritzer und Schmierflecken, die sich vom blankpolierten Boden deutlich abhoben und bis in den hinteren Teil des Hauses fortsetzten, wahrscheinlich bis zu den Schlafzimmern.

Ein Mann in braunem Anzug stand daneben, skizzierte die Spuren und versah sie mit nummerierten Beweismittelschildchen.

»Das sollten Sie sich ansehen«, sagte er und winkte D. D. und Phil zu sich. »Die Tropfen verlaufen in zwei Richtungen, gut zu sehen an der Stelle hier.«

D. D. ging in die Hocke und musterte die Spur. Tatsächlich, etliche Tropfen schienen nach vorne gespritzt zu sein, andere in die gegenläufige Richtung. Gleiches traf auf die verschmierten Flecken zu. Es schien, dass zwei Körper oder Gegenstände durch den Flur geschleift worden waren.

»Er hat sie im Schlafzimmer attackiert«, sagte der Mann fast beiläufig. »Sie ist ihm entwischt und hier entlanggelaufen. Aber weit kam sie nicht.«

»Hat er sie niedergestochen?«, fragte D. D. und krauste die Stirn.

»Nein. In dem Fall wäre das Blut bis an die Wände gespritzt, vermutlich sogar bis unter die Decke. Ich würde sagen, er hat sie gepackt, an den Haaren vielleicht, und dann zurückgeschleift, um ihr den Rest zu geben. Da sehen Sie's. Die einen Blutstropfen zeichnen eine Verlaufsspur zur Eingangstür hin, die anderen in entgegengesetzter Richtung. Während die Schmierspuren …«

»Die stammen wohl von ihren Fersen«, murmelte D. D.

»Genau. Grauenhaft, so was der eigenen Stieftochter anzutun.« Der Mann klappte seinen Skizzenblock zu und streckte die Hand aus. »Sie müssen Sergeant Warren sein. Mein Name ist Alex Wilson. Ich werde für einen Monat Ihrem Kollegen Phil über die Schulter schauen.«

D. D. warf Phil einen Blick zu. Der zuckte mit den Achseln und sagte: »Habe ich selbst erst vor einer halben Stunde erfahren. Aber so ist es ja immer. Wir sind die Letzten, die informiert werden.«

D. D. schüttelte dem Mann die Hand, zeigte sich aber unverhohlen skeptisch. »Und Ihr Dienstgrad ist …«

»Detective. Habe mich allerdings vor ungefähr acht Jahren aus dem aktiven Dienst zurückgezogen, um an der Akademie zu unterrichten. Weil ich aber nicht einrosten will, habe ich darum gebeten, einen Kollegen für einen Monat oder so bei der Arbeit begleiten zu dürfen. Acht Jahre sind eine lange Zeit, wissen Sie, und in Anbetracht all der Entwicklungen in der Kriminaltechnik komme ich mir allmählich wie ein Dinosaurier vor.«

»Haben Sie damals für die Bostoner Polizei gearbeitet?«

»Nein. Meine Dienststelle war in Amherst. Warum fragen Sie?«

»Nur so.« D. D. setzte die Musterung ihres Gegenübers fort. Sie schätzte ihn auf Anfang vierzig, und weil er demnach nur unwesentlich älter war als sie selbst, hatte sein Dinosaurier-Vergleich für sie einen ganz eigenen Dreh. Er war nicht besonders groß, vielleicht eins achtzig, und recht gut in Form, wie es schien. Die kurzen dunklen Haare hatten schon einen unübersehbaren Silberanteil, und die Winkel der blauen Augen kräuselten sich, wenn er die Brauen zusammenkniff. Ein George Clooney. Nicht übel.

Alex Wilson kam also aus Amherst. Sie würde Erkundigungen einholen müssen.

»Na schön, Herr Professor. Worauf können Sie uns sonst noch aufmerksam machen?«

»Ich glaube, die Frau war das erste Opfer.« Alex führte sie durch den Flur und gab acht darauf, keine Spuren zu verwischen. »Vielleicht hat es Streit gegeben, während sie am Tisch saßen. Keine Ahnung. Jedenfalls folgte er ihr ins Schlafzimmer und stieß von hinten mit dem Messer zu, so fest, dass ihr das Genick brach. Falls sie nicht gleich tot war, konnte sie nicht einmal mehr schreien. Sie ging in die Knie und starb, noch bevor sie verbluten konnte.«

Alex führte sie durch eine Tür auf der rechten Seite in ein sehr großes Schlafzimmer, ausgestattet mit einem Doppelbett und zwei unterschiedlichen Kommoden, die nach Flohmarkt aussahen. Auf dem Bett lag eine alte geblümte Steppdecke. Pinkfarbene Laken dienten als Vorhänge vor den Fenstern.

Auf der größeren Kommode standen mehrere gerahmte Fotos, unter anderem eins von der Hochzeit: eine lächelnde Braut mit sandfarbenen Haaren und ihr dunkelhaariger Bräutigam im Format von zwanzig mal fünfundzwanzig Zentimetern. Auf dem Boden vor der Kommode eine große, dunkle Pfütze, die sich auf mindestens ein Dutzend Dielenbretter ausgebreitet hatte. Vermutlich das Blut der Braut von damals.

»Wo ist die Leiche?«

»Dazu kommen wir noch«, antwortete Alex. Er führte sie zurück in den Flur, stieg vorsichtig über die Blutspritzer hinweg und betrat ein zweites Schlafzimmer, das um einiges kleiner und in einem kräftigen Blauton gehalten war. An einer Wand hingen wild durcheinander Poster von Tom Brady; die auf der gegenüberliegenden Seite war von Regalen zugestellt, die handsignierte Fußbälle und diverse Sporttrophäen enthielten.

Rechts lag eine breite Matratze am Boden, darauf eine Tagesdecke aus dem Fanshop der Patriots. Gleich daneben stand ein Kartentisch, der anscheinend als Schreibtisch diente. Der Metallstuhl davor war weggerückt. Auf dem Boden neben dem Stuhl zeichnete sich ebenfalls ein großer dunkler Fleck ab.

»Der älteste Sohn«, erklärte Alex. »Vermutlich hat er Krach im Zimmer der Eltern gehört und ist aufgestanden, um nachzusehen. Der Junge war recht groß für sein Alter, und den Pokalen im Regal nach zu urteilen offenbar ziemlich sportlich. Nach der Mutter die nächste potenzielle Gefahr. Der Täter muss schnell und entschlossen gehandelt haben. Dem Jungen blieb wahrscheinlich keine Zeit zur Gegenwehr. Das Messer ging durch die Rippen genau ins Herz.«

»Ein einziger Stich?«, fragte D. D.

»Im Fall von Mutter und Sohn, ja.«

»Bei ihr in den Nacken, beim Sohn durch die Brust«, resümierte D. D. »Der Kerl scheint Übung gehabt zu haben.«

»Das glaube ich auch und tippe darauf, dass er in irgendeiner Spezialeinheit der Armee ausgebildet wurde. Er hatte es echt drauf.«

»Also gut«, sagte D. D. »Die Mom ist tot, der ältere Sohn ebenfalls. Und dann?«

»Blieben noch zwei übrig. Ein zwölfjähriges Mädchen und ein Junge von neun Jahren. Beide fand er offenbar in ihren Zimmern.«

Alex verließ den blauen Raum und folgte der Blutspur im Flur in ein hellrosa gestrichenes Zimmer mit violetten Volants vorm Fenster und etlichen Postern von Hannah Montana und den Jonas Brothers an den Wänden.

»Hier scheint es wüster zugegangen zu sein.« Alex zeigte auf den Boden, der über und über mit Blutspuren, Spritzern und Pfützen befleckt war, allesamt markiert von gelben Beweismittelschildchen. »Ich vermute, den Jungen traf es zuerst.«

»Woraus schließen Sie das?«

»Er hat eine einzige Verletzung, und die war tödlich. Sehen Sie sich das Bett an.«

Erst jetzt bemerkte D. D., dass die Tagesdecke nicht wirklich violett war, sondern eigentlich dunkelrosa, jetzt aber von Blut durchtränkt. An der Kopfwand dahinter zeichnete sich ein hoher Bogen roter Spritzer ab.

»Die Kinder wussten wohl, was auf sie zukam«, sagte Alex, sanfter jetzt und weniger akademisch. »Aber es gibt hier keinen Schrank, in dem sie sich hätten verkriechen können. Sie kauerten dort in der Ecke, Bruder und Schwester, eng beieinander. Der Täter kam zur Tür rein. Er muss inzwischen ziemlich schauerlich ausgesehen haben, so voller Blut nach den ersten beiden Morden. Die Kinder standen neben dem Bett, Schulter an Schulter.

Dann, so glaube ich, hat der Junge versucht abzuhauen«, fuhr Alex fort. »Um dem Vater auszuweichen, ist er wohl aufs Bett gesprungen. Was ihm aber nicht viel genützt hat. Der Vater erwischte ihn mit der Klinge am Hals. Das Mädchen hat wahrscheinlich geschrien, blieb aber nicht etwa wie angewurzelt in der Ecke stehen – und das ist das Interessante. Angesichts dessen, was da unmittelbar vor ihren Augen passierte, hätte jeder andere …«

Alex stockte und räusperte sich. »Das Mädchen ist jedenfalls aufgesprungen. Sie hat die einzige Gelegenheit, die sie hatte, genutzt und ist zur Tür gerannt, wurde aber hier, genau an der Stelle, aufgehalten.« Alex zeigte mit seinem Bleistift auf einen kreisrunden Schmierfleck. »Ich schätze, der Täter hat auf ihren Nacken gezielt, traf aber nur die Schulter. Sie ist zu Boden gegangen – daher rührt der Fleck –, konnte sich aber wieder aufrappeln und rannte weiter, um ihr Leben – im wahrsten Sinne des Wortes. Doch kurz vor der Haustür hat er sie –«

»Abgefangen«, ergänzte D. D. und legte eine kurze Pause ein. »Aber getötet hat er sie nicht, sondern weggeschleift, nicht wahr?«

Alex zuckte mit den Achseln. »Wer weiß? Sie ist die Letzte, und er hat sie in seiner Gewalt. Vielleicht glaubte er, nun nicht mehr in Eile sein zu müssen. Kann aber auch sein, dass er sie noch quälen wollte, zur Strafe dafür, dass sie ausgebüxt ist.«

»Sexueller Übergriff?«, fragte D. D.

»Das müssen Sie den Pathologen fragen. Sie war jedenfalls angezogen.«

»Und Sie glauben, es war die Stieftochter?«

»Ihrer Mutter wie aus dem Gesicht geschnitten, aber keinerlei Ähnlichkeit mit dem Vater.«

»Es könnte also sein, dass sein Motiv von Anfang an sexueller Natur war. Er fühlte sich zu ihr hingezogen, wollte sie für sich allein –«

Alex schaute sie an.

»Kommen Sie, ich zeige Ihnen den Rest.«

Nach hinten hinaus ging es in einen mit Fliegengittern verspannten Vorbau, in dem sich, geschützt vor Mücken, Sommerabende angenehm verbringen ließen. Hier waren offenbar noch keine Renovierungsarbeiten vorgenommen worden. Einige Fliegengitter hingen in Fetzen herab, und der Linoleumboden hob sich an den Rändern. Auch hier gab es Blutspuren, und auf dem einzigen Möbelstück, einem durchgelegenen Futon, hatte der Vater nach Auskunft von Alex seine Familie aufgebahrt.

»Seite an Seite. Von links nach rechts: die Mom, dann den älteren Sohn, dann die Tochter und schließlich den Jüngsten.«

Über der blutdurchtränkten Matratze schwirrten zahllose Fliegen.

»Die Leichen sind in der Pathologie?«, fragte D. D.

»Ja. Wegen der Hitze und all der Fliegen musste es schnell gehen.«

»Habe ich richtig verstanden, dass die Tochter hier draußen getötet wurde?«

»Hier, auf dem Futon, glaube ich. Aber das wird noch genauer zu untersuchen sein. Allem Anschein nach hat er sie hierher geschleppt und erwürgt. Kräftig genug war er ja. Es wird nicht lange gedauert haben.«

»Und dann hat er die anderen Leichen hergeschafft?«

»Ja, in dieser Reihenfolge, nehme ich zumindest an.«

D. D. war skeptisch. »Wenn er drei Leichen hierher geschleppt hat, müsste dann nicht viel mehr Blut zu sehen sein?«

Alex zuckte mit den Achseln. »Auch das muss noch im Einzelnen geklärt werden. Ich gehe jedenfalls vorläufig davon aus, dass sie bereits ausgeblutet waren.«

D. D. krauste die Stirn. »Ich kapier das nicht. Dieser Kerl schlachtet seine Familie ab und bahrt am Ende Frau und Kinder fein säuberlich auf?«

»Vielleicht als Geste der Entschuldigung.«

»Wie bitte?«

»Wenn wir davon ausgehen, dass es tatsächlich der Vater war, hat er seine ganze Familie ausgelöscht«, meinte Alex. »Mag sein, dass alles mit einem Streit anfing, der dann ausgeartet ist. Oder er hat die Tat von vornherein geplant. Wie dem auch sei, fragen wir uns, warum jemand seine ganze Familie tötet, ob im Affekt oder vorsätzlich.«

D. D. schaute ihm ins Gesicht. »Erklären Sie's mir.«

»Weil er glaubt, seiner Familie einen Gefallen zu tun.«

»Ein weiterer Grund für mich, Single zu bleiben.«

Alex schmunzelte. »Anscheinend ging es der Familie wirtschaftlich nicht gut. Ich schätze, weitere Recherchen werden ergeben, dass es ihr richtig dreckig ging. Vielleicht musste sie sogar eine Zwangsräumung befürchten. Der Druck nimmt stetig zu. Der Vater denkt, es wäre besser, tot zu sein, doch seinen Selbstmord will er der Familie nicht zumuten. Dann verfällt er auf den Gedanken, dass es für alle Beteiligten weniger grausam wäre, wenn keiner überlebt.«

»Scheiße«, murmelte D. D. und wedelte mit der Hand, um die Fliegen zu verscheuchen.

»Er sticht Frau und Kinder ab, schleppt sie her und legt sie nebeneinander. Vielleicht spricht er noch ein Gebet oder trägt irgendeine kleine Abschiedsrede vor, die er sich ausgedacht hat. *Ich liebe euch, will nur euer Bestes. Wir sehen uns im Jenseits wieder.* Dann nimmt er seine .22er und hält sie an die Stirn.«

»Er hat sich erschossen?«, fragte Phil. »Waschlappen.«

»Kann man so sagen, zumal er's nicht richtig angestellt hat.«

D. D. stutzte. »Soll das heißen –«

»Ja. Er liegt im Mass General und wird gerade operiert. Kann sein, dass er durchkommt.«

»Der Vater lebt noch«, murmelte D. D. und starrte auf den blutverschmierten Futon. Plötzlich ging ein Lächeln über ihr Gesicht – kein schönes Lächeln. »Das kann ja noch heiter werden.«

Sie kehrten in den vorderen Teil des Hauses zurück und passierten gerade das Esszimmer, als ihr plötzlich ein Gedanke kam. Sie blieb stehen. Phil und sein Schatten gingen weiter.

»Hey, Professor«, sagte sie. »Ich hätte da eine Frage an Sie.«

Alex hob eine Braue in die Stirn und wartete.

»Ich fasse zusammen: Der Vater tötet die Mutter, den vierzehnjährigen Jungen, den neunjährigen, dann die zwölfjährige Tochter und schießt sich schließlich selbst eine Kugel in den Kopf.«

»Danach sieht's aus, ja.«

»Aufgrund der Spurenbefunde.«

»Aufgrund der vorläufigen Ergebnisse unserer Untersuchungen, ja.«

»Eine wirklich beeindruckende Analyse«, sagte sie. »Ich kann mir vorstellen, dass Sie als Dozent eine richtige Kanone sind.«

Alex schwieg und bestätigte damit, dass er so smart war, wie er aussah.

»Aber ein wichtiges Indiz ist damit noch nicht erklärt.«

»Nämlich?«

»Das Esszimmer.«

Alex und Phil wandten sich der Esszimmertür zu.

Es war Phil, der fragte: »Was meinst du?«

Alex schaltete schneller. »Mist«, grummelte er.

»Ja, es ist immer ein bisschen komplizierter als angenommen«, pflichtete ihm D. D. bei. Und mit Blick auf Phil: »Wir haben fünf Opfer, stimmt's? Vier sind tot, eines ist in kritischem Zustand. Fünf Familienmitglieder.«

Phil nickte.

D. D. zuckte mit den Achseln. »Und warum ist dann der Tisch für sechs gedeckt?«

4. Kapitel

Danielle

Wollen Sie wissen, was es heißt, Krankenschwester in der Kinderpsychiatrie zu sein? Willkommen in der Pediatric Evaluation Clinic von Boston, kurz: PECB. Unsere Station befindet sich im Obergeschoss des Kirkland Medical Centers. Wir bilden uns ein, einen der schönsten Ausblicke auf Boston zu haben, was uns gewissermaßen auch zusteht, denn wir haben es schließlich auch mit den schwierigsten Bürgern zu tun.

Donnerstagabend saß ich im Flur unserer Station und passte auf unsere neueste Patientin auf. Sie hieß Lucy und war am Nachmittag eingeliefert worden. Wir hatten nur vierundzwanzig Stunden Zeit gehabt, um uns auf ihre Ankunft vorzubereiten, eigentlich viel zu wenig, aber wir taten unser Bestes. Die meisten unserer Kinder teilten sich ein Zimmer; Lucy hatte ihr eigenes. Die meisten unserer Zimmer waren mit zwei Betten, zwei Bettkonsolen und dazu passenden Schränken ausgestattet. Lucy hatte nur eine Matratze und eine Decke, mehr nicht.

Wir hatten schon erfahren müssen, dass die bruchsicheren Scheiben unserer Fenster im achten Stock einem wild gewordenen Kind nicht standhalten, wenn eine fünfzehn Kilo schwere Bettkonsole in Griffweite ist.

Lucy war ein Wolfskind, das heißt, sie war über lange Zeit aufs Schlimmste misshandelt worden und auf dem Entwicklungsstand eines Säuglings stehengeblieben. Sie war nicht imstande, sich selbständig anzuziehen, geschweige denn, mit Besteck umzugehen. Sie sprach nicht und hatte nie gelernt, aufs Töpfchen zu gehen. Laut Krankenakte hatte sie die meiste Zeit ihres Lebens in einer ausgeschalteten Tiefkühltruhe verbracht, in der Einschusslöcher für ein Mindestmaß an Ventilation sorgten. Was sie außerhalb der Tiefkühltruhe hatte erleiden müssen, war noch schlimmer gewesen, als darin eingesperrt zu sein. Das Ergebnis war ein neunjähriges Mädchen, das sich wie ein wildes Tier gebärdete. Und wenn wir nicht gehörig aufpassten, waren wir gezwungen, sie wie ein solches zu behandeln.

Kaum eine Stunde nach ihrer Aufnahme entleerte sie sich in ihre Hand und aß ihren Kot. Zwanzig Minuten später beobachtete sie ein Milieu Counselor (MC) – so nennen wir unsere Sozialarbeiter – dabei, wie sie die Füllung aus ihrem Kissen herausriss und sich in verschiedene Körperöffnungen stopfte. Das Kissen wurde ihr abgenommen, aber gegen das Herausholen des Zeugs, das sie in sich hineingesteckt hatte, sträubte sie sich mit Händen und Füßen. Wiederum eine Stunde später zerkratzte sie sich mit den Fingernägeln ihre Arme und beschmierte die Wand mit Blut.

Schnell wurde klar, dass jede Form von Aufmerksamkeit sie veranlasste, sich selbst zu verletzen. Wenn sie Publikum hatte, musste sie sich wehtun.

Am Nachmittag gegen vier sperrten wir Lucy in ihrem Zimmer ein und verabredeten ihre Überwachung. Statt wie in vergleichbaren Fällen sonst üblich, nur alle fünf Minuten nach dem Rechten zu sehen, wurde ein Stationsmitglied damit betraut, sie, wenn auch diskret, permanent im Auge zu behalten und alle zwanzig Minuten über ihren Zustand eine Notiz zu machen.

An diesem Abend war ich die Glückliche.

Gegen elf waren endlich alle Kinder zur Ruhe gekommen. Einige, die Angst vor der Dunkelheit hatten, schliefen auf Matratzen im hell erleuchteten Flur. Andere konnten nur bei völliger Dunkelheit schlafen, und wiederum andere brauchten Musik oder Hintergrundgeräusche. Ein Kind verlangte das Ticken einer Uhr, das den Herzschlag seiner verlorenen Mutter simulierte. Wir versuchten, all diesen Kindern gerecht zu werden.

Während Lucys erster Nacht auf unserer Station saß ich mit dem Rücken zu ihrer Tür und las den Kindern im Flur Geschichten vor. Von Zeit zu Zeit warf ich einen Blick auf die verspiegelte Halbkugel, die über mir unter der Decke hing. Überall auf der Station waren an strategisch günstigen Stellen solche Rundspiegel angebracht, um die Kinder in den Zimmern und auf dem Flur beaufsichtigen zu können.

Es schien, als würde Lucy den vorgelesenen Geschichten lauschen. Sie lag in sich zusammengerollt am Boden und winkte mit der Hand wie eine Katze, die die Bewegung ihrer Pfote studierte. Je schneller ich las, desto schneller bewegte sich die Hand. Wenn ich langsamer wurde, reagierte sie entsprechend.

Zwanzig Minuten später war sie vom Boden verschwunden. Im verzerrten Spiegelbild entdeckte ich schließlich einen ihrer Füße unter der Matratze hervorlugen. Weil sie sich nicht bewegte, drehte ich mich um und schaute in ihr Zimmer. Sie hatte sich unter die Matratze gelegt und schlief. Manchmal zuckte der Fuß, und es schien, dass sie träumte.

Ich setzte mich mit dem Rücken zur Wand auf den Boden. Außer mir hatten sechs weitere Kollegen Dienst. Viele nutzten die Nachtschicht, um Papierkram zu erledigen. Tagsüber blieb dafür meist keine Zeit.

Nachts stellten sich alte Schrecken und neue Ängste ein, eine unbewusste Palette aus all den schrecklichen Dingen, die unsere Kinder erfahren hatten. Manche wachten auf und fingen zu weinen an, andere schreckten schreiend aus dem Schlaf. Und es gab auch welche, die aggressiv wurden. Dann mussten die anderen, die in der Nähe waren, sich entweder wehren oder abhauen.

Ich nahm mir eine der Patientenakten vor und spürte, wie mir die Augenlider schwer wurden. Ich hatte in letzter Zeit viel gearbeitet und zusätzliche Dienste übernommen, weil ich mich beschäftigen musste, besonders zu dieser Jahreszeit. Entsprechend müde war ich.

Noch vier Tage, dann würde ich fünfundzwanzig Jahre hinter mir und nur noch eines vor mir haben. Die Bewährungszeit einer einsamen Person, die überlebt hatte.

Ich fragte mich, was Lucy denken würde, wenn sie wüsste, dass auch ich jahrelang unter einer Matratze geschlafen hatte.

An meinem achtzehnten Geburtstag verführte ich Sheriff Wayne. Ganz ohne Vorsatz. Ich war ihm drei Tage vorher zufällig über den Weg gelaufen. Er hatte seine Frau, seine erwachsene Tochter und zwei Enkelkinder in den Public Garden ausgeführt, um ihnen die Schwanenboote zu zeigen. Es war ein sonniger Frühlingstag. Die Tulpen blühten, und kreischende Kinder jagten Enten und Eichhörnchen über den weiten grünen Rasen.

Sheriff Wayne erkannte mich nicht sofort. Ich hatte mich in den vergangenen neun Jahren sehr verändert und trug meine dunklen Haare inzwischen lang mit einem bis über die Brauen reichenden Pony. Ich steckte in einer engen Hüfthose und einem gelb gestreiften Top. Tante Helen hatte aus ihrer blassen Nichte eine schicke junge Frau gemacht. Das bildeten wir uns jedenfalls ein.

Ich erkannte Sheriff Wayne schon von hinten, nämlich an der Art, wie er sich bewegte und mal hier-, mal dorthin sprang, um seine ausgelassen herumhüpfenden Enkel immer wieder einzufangen.

Irgendwann bemerkte er, dass ich ihn aus einiger Entfernung beobachtete. Er wandte sich von mir ab, aber plötzlich schien ihm ein Licht aufzugehen. Er fuhr mit dem Kopf herum und musterte mich unverhohlen.

»Danielle«, sagte er, und ich hörte nach all den Jahren seine Stimme wieder, die ich in meinen Tagträumen immerzu heraufbeschworen hatte als eine Art klanglichen, tröstenden Halt inmitten schrecklicher Bilder von Blut und Gewalt. Ich trat einen Schritt auf ihn zu. Dann noch einen.

Seine Frau und seine Tochter hatten mich inzwischen bemerkt. Seine Tochter wirkte irritiert, doch seine Frau – Sheila war ihr Name – schien sich an mich zu erinnern. Sie rührte sich nicht, und ich glaubte, in ihren Augen stilles Mitgefühl erkennen zu können.

Sheriff Wayne trat in Aktion. Er schüttelte mir die Hand und stellte mich seiner Frau, seiner Tochter und den Enkelkindern vor, ganz geschmeidig wie jemand, der sich bestens darauf verstand, Kneipenschlägereien zu schlichten. Ich hätte die Tochter eines alten Freundes sein können, die ihm nach Jahren wieder über den Weg gelaufen war. Wir wechselten ein paar artige Worte über das schöne Wetter und den herrlichen Park, und ich erfuhr nebenbei, dass er noch ein zweites Kind hatte, einen erwachsenen Sohn, der in New York lebte. Er schwärmte in höchsten Tönen von seiner Enkelin, die sich hinter den Beinen ihrer Mutter versteckte, und seinem Enkel, der irgendwelchen Eichhörnchen hinterherrannte.

Ich erwähnte, dass ich im Herbst mit meiner Ausbildung anfangen würde, wozu er mich beglückwünschte, und als er mir dann noch einmal die Hand schüttelte, tat er das mit wortlosem Respekt vor dem, was aus mir geworden war.

Seht her, die einzige Überlebende.

Sie setzten ihren Spaziergang fort und folgten dem geschlängelten Weg zur Anlegestelle der Schwanenboote.

Ich starrte vor mich hin. Und plötzlich war mir klar, dass ich Sheriff Wayne wiedersehen musste.

Ich musste ihn haben.

Am nächsten Tag rief ich ihn an. Es hätte mich sehr gefreut, ihm zufällig im Park begegnet zu sein. Eine hübsche Tochter habe er und so reizende Enkelkinder. Übrigens, ich hätte da ein paar Fragen. Ob wir uns nicht mal treffen könnten. Zum Essen vielleicht.

Ich spürte seinen Widerwillen. Aber er war ein anständiger Kerl, und es war letztlich seine Anständigkeit, die uns zusammenführte.

Ich nannte ihm die Adresse meines Einzimmerapartments, das ich vor kurzem gemietet hatte, weil es nur ein Katzensprung vom College entfernt war. Er solle mich doch abholen, dann könnten wir zusammen essen gehen. Natürlich hatte ich etwas anderes im Sinn.

Ich richtete mein Futon-Bett her, baute den Klapptisch auf und warf meine geblümte Lieblingsdecke darüber. Meine Keramikteller – der eine rot, der andere gelb – machten sich ausgesprochen gut darauf. In die Mitte kam ein dichter Strauß violetter Blumen. Für das passende Licht sollten zwei lange, nach oben spitz zulaufende weiße Kerzen in den Kristallständern sorgen, die meine Mutter zur Hochzeit geschenkt bekommen hatte und wahrscheinlich mit großer Freude und Zuversicht ausgepackt worden waren.

Sie hatte ja noch nichts ahnen können, sagte ich mir immer wieder. Sie hatte nichts geahnt.

Ich trug eine Hüfthose und ein weißes Top mit Knopfleiste. Die Haare ließ ich offen. Es gefiel mir, wie sie aussahen, ein dunkler Wust gegen das Licht.

Darunter trug ich einen winzigen champagnerfarbenen Sport-BH plus Tanga. Ich bin nicht besonders üppig bestückt, weiß aber zu zeigen, was ich habe.

Als Sheriff Wayne eintraf, war ihm sein Unbehagen anzumerken, als er den hübsch gedeckten Tisch mitten in meinem kleinen Apartment sah und den Duft von Pastasoße wahrnahm.

Ich ließ ihm keine Gelegenheit, es sich anders zu überlegen.

Kommen Sie rein, sagte ich sofort mit strahlendem Lächeln. Tja, leider sehr beengt bei mir, aber eine größere Wohnung hier in der Stadt wäre einfach nicht drin. Ich nahm ihm den Mantel ab, hängte ihn an die Garderobe und plapperte weiter drauflos. Das mit dem Ausgehen sei doch keine so gute Idee gewesen, weil mich das, was ich ihm sagen wollte, in der Öffentlichkeit befangen machen würde; er habe hoffentlich nichts dagegen, dass ich selbst was gekocht hätte. Ich wäre zwar keine besonders gute Köchin, aber was nicht sei, könne ja noch werden, bla bla bla.

Was hätte der arme Kerl schon sagen sollen? Was tun?

Er sagte, meine Wohnung wäre sehr hübsch, die Soße würde phantastisch duften, und natürlich könnten wir auch hier essen, wenn mir das lieber wäre.

Ich bat ihn, sich zu setzen, und schenkte ihm Rotwein ein, und zwar nicht zu knapp. Mineralwasser für mich.

Und weil er mir nicht vorkam wie jemand, der auf Heavy Metal stand, schob ich eine CD mit Cool Jazz in den Player.

Zuerst servierte ich Salat. Er hielt sich ein bisschen steif, rührte seinen Wein nicht an und starrte auf den Teller. Sein Alter stand ihm gut. Er war kräftig, aber nicht dick. Er hatte ein breites Gesicht mit Schnauzbart und graue Haare. Seine Bewegungen waren präzise und ökonomisch, was mir gefiel.

Er erkundigte sich nach meiner Tante, meiner Schulzeit und meinen Plänen für die Zukunft, und ich gab ihm einen kurzen, heiteren Überblick über mein neues, angenehmes Leben. Das wollte er hören. Als er mich damals durch mein Elternhaus getragen hatte, die Arme um meine mageren Schultern geschlungen, war seine Stimme ein warmes Flüstern an meinem Ohr gewesen. *»Schau nicht hin, Herzchen. Du bist in Sicherheit und brauchst keine Angst zu haben.«*

Ich holte die Pasta. Penne mit Tomatensoße.

Dann machte ich Ernst.

Über meinen Vater wollte ich nichts wissen. Stattdessen kramte ich in Sheriff Waynes Erinnerungen an schöne, helle Momente von damals, an das Lachen meiner Mutter, Johnnys und Natalies Tierliebe. Es stellte sich heraus, dass meine Schwester einmal ein wildes Kaninchen, das von einem Auto angefahren worden war, adoptiert und gesund gepflegt hatte. Sie wollte später mal mit Tieren arbeiten. Das erfuhr ich von Sheriff Wayne. Und mein Bruder war gern bis in die höchsten Wipfel der Bäume geklettert, hatte dann unsere Mutter nach draußen gerufen und seinen Spaß daran gehabt, wenn sie die Hände rang und Entsetzen mimte.

Natürlich kam Sheriff Wayne auch auf sich selbst zu sprechen. Was damals passiert sei, setze ihm immer noch zu, vielleicht mehr als mir, denn er habe meine Eltern besser gekannt als ich.

Die Weinflasche ging schnell zur Neige. Wer hätte ihm das verübelt?

Er bot an abzuräumen. Ich beobachtete ihn beim Hantieren in meiner winzigen Kochnische. Seine Bewegungen waren jetzt weniger präzise als vor zwei Stunden; kein Wunder nach einer Flasche Chianti und intensiven Gefühlen. Er spülte die Teller und stellte sie ins Abtropfgestell. Dann die Töpfe. Dann sein Weinglas. Mein Wasserglas. Zwei Gabeln, zwei Löffel, zwei Messer.

Als er an den Tisch zurückkehrte, sah ich ihm an, dass der Abend an ihm gezehrt hatte. Er wollte etwas sagen, doch ich ließ ihn nicht zu Wort kommen.

»Pssst«, sagte ich, »pssst …«

Ich öffnete den ersten Knopf meiner Bluse, dann den zweiten, dritten, entblößte meine nackte, braun gebrannte Haut und einen Hauch von Spitze.

»Lass das«, sagte er. »Das solltest du nicht tun … es ist nicht richtig –«

»Pssst …«

Ich setzte mich auf seinen Schoß, streifte die Bluse ab und ließ die Hüfte kreisen. Er versuchte wieder zu protestieren und murmelte etwas vor sich hin, das ich zu überhören vorgab. Ich fuhr ihm mit gefächerten Fingern durchs kurzgeschnittene Haar, berührte seine festen Schultern und spürte seinen Körper reagieren, als die weiße Bluse zu Boden fiel und ich den Rücken krümmte, um mich ihm anzubieten.

»Danielle …« Eine letzte verzweifelte Bitte.

»Pssst …«

Ich führte seinen Mund an meine Brust. Als sich seine Lippen um den von dünnem Gewebe bedeckten Nippel schlossen, packte mich eine Lust, die heftiger war, als jeder Schmerz es zu sein vermochte.

Ich machte mich über den Mann her, der mir als Kind das Leben gerettet hatte, und für einen kurzen Moment gehörte er mir.

Erst Jahre später, nachdem ich studiert hatte und mehr von Psychologie verstand, wurde mir bewusst, was ich Sheriff Wayne in dieser Nacht angetan hatte. Ich hatte ihn kompromittiert und gezwungen, an meinen Verletzungen mitzutragen. Er, der anständige Kerl, musste nach dieser Nacht damit zurechtkommen, dass er seinen eigenen Ansprüchen als Ehemann, Vater und Polizist nicht gerecht wurde.

Danach träumte ich nicht mehr von seiner tröstenden Stimme. Ich war allein mit all dem Blut und Schießpulvergestank. Niemand trug mich aus dem Elternhaus.

Es war wohl das Mindeste, was ich an Strafe verdient hatte.

5. Kapitel

Kurz vor Mitternacht verließen sie den Tatort. Nicht, dass schon alles Nötige getan wäre, aber fürs Erste sollte es reichen. Die Detectives kehrten zur Lagebesprechung ins Präsidium zurück. Es musste geklärt werden, welche Kollegen unter wessen Leitung in diesem Fall ermitteln sollten.

Die Wahl fiel auf D. D., was nicht wirklich überraschte. Trotzdem hielt sie es für angebracht, eine kleine Rede zu halten.

»Ich möchte mich im Namen meines Teams für euer Vertrauen in uns bedanken. Wir werden alles daransetzen, es nicht zu enttäuschen –«

Manche auf den hinteren Plätzen gaben alberne Geräusche von sich, andere bewarfen sie mit zusammengeknüllten Papierschnipseln. Einen davon fing sie in der Luft ab und warf ihn zurück.

»Ich schätze, morgen ist die Sache im Kasten.«

Wieder wurde gejohlt, und einer bemerkte, dass morgen bereits in wenigen Minuten sei. D. D. hob ein Papierbällchen vom Boden auf und traf damit den Schlauberger zwischen die Augen.

»Dann könnt ihr euch ja gleich wieder um die Sicherheit der braven Bürger unserer Stadt kümmern«, rief sie in den allgemeinen Trubel hinein. »Der Fall ist bei uns in guten Händen.«

Der stellvertretende Department-Leiter verdrehte die Augen, hielt sich aber bedeckt. Es war eine lange Nacht an einem scheußlichen Tatort gewesen; die Kollegen sollten ruhig ein bisschen Dampf ablassen.

»Sie werden der Presse ein paar Worte sagen müssen«, meinte der Chef.

»Mach ich gleich morgen früh«, versprach D. D.

»Und was werden Sie denen erzählen?«

»Das weiß ich noch nicht.« Sie nahm ihr Jackett von der Rückenlehne und gab ihrem Teamkollegen Phil zu verstehen, dass sie es eilig hatte. »Wenn wir aus dem Krankenhaus zurück sind, wird mir was Passendes eingefallen sein.«

Patrick Harrington, bis vor kurzem Vater von drei Kindern, hatte die Operation überstanden und lag seit drei Stunden auf der Intensivstation, als D. D. und Phil im Krankenhaus eintrafen. Die Schwester vom Dienst erklärte, dass der Patient nicht vernehmungsfähig sei.

»Das zu beurteilen, überlassen Sie besser uns«, entgegnete D. D. und zückte ihren Ausweis.

Die Krankenschwester zeigte sich unbeeindruckt. »Schätzchen, der Patient befindet sich im künstlichen Koma und hat einen Apparat am Kopf, der den Innendruck des Gehirns misst. Mir ist egal, was Sie mit ihm vorhaben, aber fest steht: Sie werden nichts von ihm erfahren, weil er nicht sprechen *kann.*«

Das war ein Argument. »Wann wird er denn voraussichtlich wieder zu sich kommen?«, fragte D. D.

Die Krankenschwester taxierte sie vom Scheitel bis zur Sohle. D. D. erwiderte ihren musternden Blick. In Krankenhäusern galten Regeln zum Schutz der Persönlichkeitsrechte von Patienten, und diese Regeln waren gesetzlich verbrieft. Aber eine Polizistin, selbst – oder gerade – wenn sie übernächtigt war, legte menschliche Maßstäbe an. Manche Krankenschwester hatte ein Brett vorm Kopf; es gab aber auch welche, die mit sich reden ließen.

Die Krankenschwester nahm eine Akte zur Hand und warf einen Blick darauf. »Sie wollen meine Meinung als Fachkraft hören?«, sagte sie. »Ich habe keine Ahnung.«

»Wie ist die Operation verlaufen?«, fragte Phil. Die Schwester schaute ihn an, bemerkte den Ketchupfleck auf seinem weißen Polohemd und schmunzelte.

»Das Projektil konnte entfernt werden. Jetzt heißt es abwarten.«

D. D. lehnte sich an den Schalter. Der Körpersprache nach hatte die Frau sich ein wenig entspannt. Die Gelegenheit war günstig, um nachzuhaken. D. D. las ihren Namen auf dem Schildchen, das sie am Aufschlag des Kittels trug. »Terri, wissen Sie eigentlich, was Patrick getan hat?«

»Ich weiß nur von einem häuslichen Zwischenfall.« Schwester Terri betrachtete die beiden mit ernster Miene. »Vielleicht hat ihm das Essen seiner Frau nicht geschmeckt. Wir erleben hier so einiges, das können Sie mir glauben. Und uns würde viel erspart bleiben, wenn sich mehr Männer für verbrannte Eintöpfe erwärmen könnten.«

»In diesem Fall geht es um mehr als ein bisschen Knatsch zwischen Eheleuten. Genau genommen um drei Kinder, die dran glauben mussten.«

Terri zögerte und zeigte einen Anflug von Interesse. »Er hat seine eigenen Kinder getötet?«

»Neun, zwölf und vierzehn Jahre alt.«

»Heilige Mutter Gottes …«

»Wir glauben, dass er sie getötet hat. Besser wär's, wir *wüssten* es. Soll heißen, wir haben ein nicht unerhebliches Interesse daran zu klären, ob die vier Menschen von jemandem getötet wurden, der noch auf freiem Fuß ist und möglicherweise, sagen wir: nicht richtig tickt. Im Ernst, dieser Frage müssen wir gründlich nachgehen.«

Terri seufzte. »Hören Sie, wir können nicht zaubern, nicht einmal hier in der besten Klinik der Stadt. Aber ich will mal sehen, ob Dr. Poor zu sprechen ist. Er ist der behandelnde Arzt und könnte Ihnen vielleicht etwas über den Zustand des Patienten sagen.«

»Perfekt.«

»Machen Sie sich's eine Weile bequem. Unsere Ärzte lassen sich höchstens vom Chef rufen. Es könnte also dauern.«

»Irgendwie habe ich das Gefühl, dass Sie Ärzte durchaus auf Trab bringen können.«

»Herzchen, Ihr Wort in Gottes Ohr.«

D. D. und Phil besorgten sich in der Cafeteria im Erdgeschoss einen Kaffee und nahmen im Wartezimmer auf flachen Sesseln Platz, die dazu einluden, zu einer Liege zusammengeschoben zu werden. D. D. konzentrierte sich auf ihren Kaffee. Sie hatte in der vergangenen Nacht ganz gut geschlafen. Das musste fürs Erste reichen.

Sie dachte kurz an Chip und verspürte einen Anflug von Lust, die sie immer noch nicht hatte ausleben können, konzentrierte sich dann aber auf das Hier und Jetzt.

»Was hältst du von Professor Alex?«, fragte sie Phil.

»Meinen neuen Schatten?« Phil zuckte mit den Achseln. »Scheint okay zu sein. Kluger Kopf, unaufdringlich und macht nur dann den Mund auf, wenn er was zu sagen hat. Was man von mindestens der Hälfte unserer Truppe nicht unbedingt sagen kann.«

D. D. schmunzelte. »Und was hat er sonst noch für Qualitäten?«

»Ich kann ihm ja mal auf den Zahn fühlen.«

»Tu das.«

Eine Weile schwiegen die beiden. Phil pustete auf seinen Kaffee, D. D. nippte an ihrem bereits.

»Irgendwelche Pläne für heute Abend?«, fragte Phil.

»Das willst du gar nicht wissen.«

Er grinste. »Hattest du nicht gestern diese Verabredung mit dem Bekannten von Charlys Frau?«

»Themawechsel.«

»Zuerst seid ihr essen gegangen, oder? Ach, D. D., du müsstest doch langsam wissen, wie's läuft. Wenn du schon mal einen freien Abend hast, solltest du keine Zeit im Restaurant verplempern, sondern gleich zur Sache kommen, bevor dich der Pager findet.«

»Wie stellst du dir das vor? Soll ich einen Wildfremden

zu mir nach Hause schleifen und über ihn herfallen? Hallo, Süßer, mein Schlafzimmer ist gleich dahinten.«

»Glaub mir, die meisten Jungs hätten nichts dagegen.«

»Männer sind Schweine.«

»Genau.«

D. D. rollte mit den Augen. »Du bist seit – lass mich rechnen – gut neunzig Jahren mit Betsy verheiratet und hast von den Paarungsritualen im einundzwanzigsten Jahrhundert keinen blassen Schimmer.«

»Am Rande bekomme ich doch einiges mit.«

D. D. blieb von weiteren Sprüchen verschont, denn in diesem Moment kam ein sichtlich übernächtigter Mann zur Tür rein. Die braunen Haare waren verstrubbelt, und er hatte beide Hände tief in den Taschen seines weißen Kittels versenkt.

»Hallo«, grüßte er.

»Dr. Poor.« D. D. und Phil standen auf.

Er forderte die beiden auf, ihm zu folgen, und führte sie durch ein Labyrinth steriler Flure. »Ich brauche dringend einen Kaffee. Wollen Sie auch noch einen? Ist sehr gut, unser Kaffee. Für Krankenhausverhältnisse.«

»Nein danke«, antwortete D. D. Sie und Phil hatten Mühe, mit dem Arzt Schritt zu halten. »Wir müssen Ihnen ein paar Fragen zu einem Patienten stellen, der gestern am frühen Abend eingeliefert wurde. Sein Name ist Patrick Harrington –«

»Unfall?«

»Wie bitte?«

»Ob er wegen eines Unfalls eingeliefert wurde. Ich kann mir keine Namen merken, nur Verletzungen.«

»Verstehe. Kopfschuss, abgefeuert von einer kleinkalibrigen Waffe.«

»Ah ja.« Der Arzt nickte, bog nach links ab, dann wieder nach rechts und eilte eine Treppe hinunter, die zur Cafeteria im Souterrain führte. »Einschussöffnung linke Schläfe, stimmt's? Keine Austrittswunde. Ich tippe auf Kaliber .22. Das Projektil verliert durch den Aufprall so viel an Durchschlagskraft, dass es an der Schädelwand hängen bleibt. Wissen Sie, letzte Woche hatte ich zwei verschiedene Schussverletzungen, die von .44ern herrührten. In beiden Fällen hat's den Schädel in tausend Stücke zerrissen. Ich vermute, diese Drogentypen gucken zu viel *Dirty Harry*.«

Sie hatten die Cafeteria erreicht. Dr. Poor steuerte zielstrebig auf den Kaffeeautomaten zu. D. D. wettete darauf, dass er schon jede Menge Kaffee intus hatte.

»Wir interessieren uns für Harrington«, setzte sie nach.

Der Arzt nickte, rührte Kondensmilch und vier Päckchen Zucker in seinen Becher und stülpte einen Deckel darüber.

»Okay. Wie gesagt, Einschusswunde in der linken Schläfe. Wir haben ihn gleich nach der Einlieferung stabilisiert, die Wunde gesäubert und einen Glasgow-Koma-Test vorgenommen, auf den der Patient nur schwach reagierte. Nach der CT habe ich ihn wieder auf den Tisch gelegt und das Projektil entfernt, das linksseitig im posterialen Parietallappen steckte. Alles Weitere habe ich unserer Neurochirurgie überlassen. Gestern Abend hatte, wenn ich mich richtig erinnere, Dr. Badger Dienst. Ein sehr guter Mann, wenn Ihnen das weiterhilft.«

»Prognose?«, fragte Phil.

Dr. Poor hob die Schultern an. »Grundsätzlich ist bei solchen Verletzungen dreierlei zu berücksichtigen. Erstens die Blutung, zweitens die Läsionen und drittens resultierende Schwellungen. Bislang hat der Patient die Blutungen und das Trauma überlebt. Die Schwellungen bleiben ein Problem, dazu kommen noch die Risiken einer Infektion, die zu weiteren Blutungen führen könnte. Selbst der beste Neurochirurg kann nicht mehr tun, als den Schaden zu reparieren, der durch die Kugel entstanden ist.«

»Wann wird Harrington aus dem künstlichen Koma geholt?«, wollte D. D. wissen.

»Ich müsste einen Blick in seine Akte werfen, um zu sehen, womit und in welcher Dosis er sediert wurde.«

»Aber wir müssen ihm unbedingt ein paar Fragen stellen«, insistierte sie ungeduldig.

Dr. Poor hob eine Braue. »Durch das halbe Hirn dieses Mannes verläuft ein Panamakanal, und Sie glauben allen Ernstes, ihn in diesem Zustand verhören zu können?«

D. D. und Phil tauschten Blicke. Die Nachricht kam zwar nicht unerwartet, war aber trotzdem enttäuschend.

D. D. knabberte an der Unterlippe. Sie ahnte, was ihrem Kollegen durch den Kopf ging. Aus Sicht eines Detectives wäre es besser gewesen, der mutmaßliche Amokläufer hätte den Tatort nicht lebend verlassen. Man hätte ihm

Plastiktüten über die Hände gestülpt und die Kontaktspuren an der linken Schläfe gesichert. In der Pathologie wären dann die Hände auf Schmauchspuren und die Schusswunde forensisch untersucht worden. In weniger als vierundzwanzig Stunden wäre der Nachweis erbracht, dass sich Patrick Harrington selbst getötet hatte.

Darüber hinaus wäre seine Kleidung sorgfältig präpariert, die Blutflecken analysiert und weitere Indizien zusammengetragen worden, und so hätte man ihn spielend leicht posthum als Mörder seiner Frau und seiner Kinder überführen können.

Akte geschlossen, auf zum nächsten Fall.

Stattdessen war der mutmaßliche Killer mit Blaulicht ins Krankenhaus gebracht worden, wo man ihm die blutigen Kleider vom Leib geschnitten und weggeworfen hatte. An seinen Händen gab es vermutlich keine Spuren mehr, und die Wunde war inzwischen sauber. Bei dem Versuch, sein erbärmliches Leben zu retten, waren zahllose Gelegenheiten zur Spurensicherung geopfert worden.

Jetzt wurden sie mit vorläufigen Untersuchungsergebnissen abgespeist. Statt mit einem Arzt hätte sich D. D. lieber mit einem Leichenbeschauer unterhalten.

Dr. Poor löste den Deckel von seinem Becher, blies auf das überzuckerte Gebräu und blickte versonnen vor sich hin. »So viel kann ich Ihnen schon jetzt sagen: Die Schusswunde hatte einen Durchmesser von mehreren Zentimetern und Brandspuren an den Rändern.«

»Also ein aufgesetzter Schuss«, meinte Phil.

Der Arzt nickte. »Wenn nicht aufgesetzt, auf jeden Fall aus nächster Nähe.«

Phil machte sich Notizen.

Aber dann schüttelte der Arzt den Kopf. »Sie wollen wissen, ob sich der Kerl selbst erschossen hat? Davon gehen Sie aus, von Selbstmord, nicht wahr?«

»Das versuchen wir herauszufinden«, erklärte Phil vorsichtig.

»In Anbetracht der CT-Aufnahmen halte ich das für sehr unwahrscheinlich.«

»Was soll das heißen?«, fragte D. D.

»Wie gesagt, das Projektil hat die linke Schläfe durchschlagen und ist im linken posterialen Parietallappen stecken geblieben. Der Schusskanal verläuft fast horizontal. Versuchen Sie das einmal zu rekonstruieren …« Poor stellte seinen Becher ab und krümmte den rechten Zeigefinger um den Abzug einer vorgestellten Pistole, die er dann unter Verrenkungen an die linke Schläfe führte. »Klappen könnte es durchaus, aber es wäre schwierig, besonders für jemanden, der komplett mit Adrenalin und Endorphinen vollgepumpt ist. Die meisten selbst zugefügten Schusswunden, die wir zu Gesicht bekommen, haben einen geneigten Schusskanal, was daran liegt, dass der Schütze im letzten Moment zusammenzuckt und die Pistole verreißt. Ein sauberer Schuss hingegen …«

Er zeigte sich skeptisch, nahm den Becher wieder in die Hand und nippte an seinem Kaffee. »Andererseits ist es nicht gerade einfach, den Schusskanal im Gehirn eindeutig zu bestimmen.«

»Wie meinen Sie das?«, fragte D. D.

»Aufgrund der konsekutiven Zunahme des Hirndruckes fällt der Kanal in sich zusammen. Wir können zwar sehen, wo die Kugel in den Schädel eingedrungen und wo sie stecken geblieben ist, doch welchen Weg sie durchs Gehirn genommen hat, bleibt fraglich. Es könnte sein, dass sie wie eine Flipperkugel darin herumgesprungen ist. Nicht wahrscheinlich, aber möglich.«

»Sehen Sie viele Schusswunden dieser Art?«, fragte D. D.

»Für meinen Geschmack, ja.«

»Wie ist Ihr Gefühl, was diesen Fall betrifft? Es muss keine wissenschaftliche Expertise sein und bleibt unter uns.«

Er machte wieder eine flapsige Handbewegung. »Ich will mich nicht festlegen, aber nach einer typischen Eigenverletzung sieht es nicht aus. Typisch ist eigentlich nur, dass es sich bei dem Opfer um einen Mann handelt. Alles andere – Waffentyp, Lage der Wunde und so weiter – fällt eher aus dem Rahmen.«

D. D. runzelte die Stirn. Sie hatte sich zwar eine genauere Antwort erhofft, war aber nicht sonderlich überrascht. Ärzte ließen sich nur ungern festnageln. »Ist Ihnen etwas an seinen Händen aufgefallen?«

»Nein, ich war nur mit dem Kopf beschäftigt.«

»Hat er etwas gesagt, einen kurzen, klaren Moment gehabt?«

»Nicht in meinem Beisein.« Der Doktor nahm den Becher in beide Hände, stand auf und steuerte auf den Ausgang der Cafeteria zu. D. D. und Phil folgten ihm, langsamer diesmal.

In der Tür drehte er sich noch einmal um. »Fragen Sie im Schwesternzimmer nach, wer den Patienten aufgenommen hat. Vielleicht lässt sich über die Person mehr erfahren.«

Dr. Poor verschwand im Treppenhaus.

D. D. und Phil machten sich auf die Suche nach Schwester Terri.

Es stellte sich heraus, dass Rebecca Moore für die Aufnahme von Patrick Harrington zuständig gewesen war. Sie hatte ihre zweite Schicht in Folge und kümmerte sich gerade um ein dreijähriges Kind mit Erbrechen.

D. D. rümpfte die Nase über den Gestank. Phil schien unbeeindruckt. Er hatte drei Kinder und erzählte gern, dass er für die Mordkommission arbeite, um der häuslichen Hölle entfliehen zu können.

»Sie haben gestern Abend einen Patienten mit Schussverletzung aufgenommen«, sagte D. D. »Könnten Sie uns Näheres darüber mitteilen?«

»Der Kopfschuss?«, fragte Rebecca nach.

»Genau.«

»Er wurde vom Rettungsdienst eingeliefert. Ich habe seine Daten aufgenommen und Dr. Poor verständigt, weil der sich mit solchen Verletzungen am besten auskennt. Er hat den Patienten dann in die Neurochirurgie zu Dr. Badger bringen lassen.«

»War der Patient bei Bewusstsein, als er eingeliefert wurde?«

»Nein, Ma'am.«

»Ist er während der Aufnahme irgendwann zu Bewusstsein gekommen?«

»Nein, Ma'am – oh, Moment mal, nach der CT-Untersuchung hat er kurz die Augen geöffnet.«

»Hat er irgendwas von sich gegeben?«

»Seine Lippen bewegten sich. Er versuchte, etwas zu sagen.«

»Konnten Sie etwas verstehen?«, fragte Phil mit scharfem Unterton.

Die Krankenschwester zuckte mit den Achseln. »Ich bin nicht sicher, aber ein Wort klang wie ›hussy‹.«

6. Kapitel

Victoria

Ein Messer fehlt. Es ist vier Uhr in der Früh. Ich bin aus dem Bett, um Inventur zu machen. Evan ist gegen elf, eine Stunde später, dann um zwei und noch einmal um drei Uhr aufgewacht. Jetzt wird er wahrscheinlich bis fünf durchschlafen. Zumindest hoffe ich das.

Ich habe überhaupt nicht geschlafen, aber das ist nicht ungewöhnlich. In den ersten zwei, drei Wochen habe ich sehr darunter gelitten, nicht mehr schlafen zu können. Inzwischen bin ich so daran gewöhnt, dass es mir, wenn ich einmal mehr als drei Stunden am Stück durchgeschlafen habe, richtig dreckig geht. Ich fühle mich wie gerädert und bekomme nichts mehr auf die Reihe. Mein Körper scheint zu merken, dass ihm irgendwas fehlt, und fängt an zu rebellieren.

Für so was habe ich keine Zeit, darum halte ich mich künstlich wach. Mehrmals in der Woche mache ich Inventur, vor allem in der Küche, wo ich alle Gegenstände durchzähle.

Er muss das Messer aus dem Abtropfgestell genommen haben. Ich versuche, gründlich zu sein, funktioniere aber nicht mehr hundertprozentig. Meine Motorik ist inzwischen so eingeschränkt, dass mir x-mal am Tag Sachen aus der Hand fallen. Bei Unterhaltungen sehe ich manchmal nur die Lippenbewegung meines Gegenübers und bekomme selbst kein Wort raus.

Im Fernsehen war mal zu sehen, dass Spezialeinheiten der Navy darauf getrimmt werden, sechsundneunzig Stunden ohne Schlaf auszukommen. Lachhaft. *Sechsundneunzig Stunden, ach Gottchen. Versucht's doch mal mit acht Jahren!*

Fast hätte ich einen hysterischen Anfall gekriegt. So was kommt vor.

Ich versuche, meine eingeschränkten Fähigkeiten optimal zu nutzen, und rechne mir aus, dass Evan, falls er das Messer genommen hat, höchstens drei bis fünf Minuten Zeit hatte, es verschwinden zu lassen, länger lasse ich ihn nicht aus den Augen. Es muss also irgendwo in der Nähe versteckt sein. Bis in den Keller und zurück hätte er es nicht geschafft, und durch den Flur kann er auch nicht gegangen sein, denn das hätte ich gehört. Das Messer wird also noch in der Nähe sein, entweder in der Küche, in der Eingangsdiele, im Ess- oder Wohnzimmer. Es sollte zu finden sein, ich muss nur scharf nachdenken.

Ich krieche über den Küchenboden. Für Licht sorgt nur die indirekte Beleuchtung unterm Hängeschrank. Im Laufe der Zeit sind mir diese dunklen, frühen Morgenstunden, wenn mein Sohn endlich schläft, lieb und teuer geworden. Dann habe ich endlich dreißig, vierzig oder fünfzig Minuten für mich.

Mit einer Taschenlampe schleiche ich in die Diele und halte lauschend inne für den Fall, dass sich oben etwas regt. Ich sehe den Schein der Lampe in Evans Zimmer. Tagsüber besteht er darauf, das Radio in voller Lautstärke laufenzulassen, und nachts verlangt er, dass es in seinem Zimmer hell bleibt. Im Dunkeln hat er Angst vor dem Phantom.

Manchmal flüstert ihm das Phantom etwas zu. Es fordert ihn zum Beispiel auf, mich zu töten.

Ich liebe meinen Sohn. Nie werde ich den Moment vergessen, als ich ihn zum ersten Mal in meinen Armen hielt. Und ich erinnere mich an die endlosen Tage und Nächte, als er – ein unglaublich kleines Geschöpf – unablässig gewiegt werden wollte und mit gierigen Lippen an meiner Brust trank, bis er endlich satt war und einschlief. Ich erinnere mich an den Duft von Talkum, seine seidenen Haare und wie er seufzte, wenn er sich an mich kuschelte.

Evan war ein Frühchen; er kam zehn Wochen vor der Zeit. Ich würde sagen: Schicksal, aber die Ärztin behauptet, es wäre meine Schuld gewesen.

Damals führten Michael und ich ein wunderbar unbeschwertes Leben. Wir wohnten in einem riesigen alten Haus in Cambridge, in das wir viel Arbeit gesteckt hatten, damit es schön zu den anderen historischen Häusern der Nachbarschaft passte. Michael war Vize eines größeren Geldinstituts in Boston und arbeitete viel, während ich unsere vornehme Nachbarschaft als Raumgestalterin beriet. Ich entwarf Küchen für Ärzte, Fensterbehänge für

Anwälte und individuelle Sitzmöbel für mehrere Profisportler.

Wir, Michael und ich, kamen beide aus ärmlichen Verhältnissen. Jetzt verbrachten wir die Tage damit, uns teure Designer-Klamotten zu kaufen und abends im Kreis der Schickeria Bostons zu amüsieren. Mal hier zweihundert Dollar für Kosmetik, mal dort irgendeine seltene Antiquität, und Michael füllte seinen Kalender mit karrierefördernden Lunch-Terminen und Verabredungen zu Sportveranstaltungen. Die Wochenenden verbrachten wir im Sommer am Cape und im Winter in unserer »Lodge« in den White Mountains.

Als ich schwanger wurde, erschloss ich mir neue Gelegenheiten für zügellosen Konsum. Ich bestellte Kaschmirpullover bei Pea in the Pod, Säuglingsausstattung bei Burberry und natürlich einen englischen Kinderwagen, richtete das Kinderzimmer ein, nahm Yogastunden und stellte mich morgens von Kaffee auf entkoffeinierten grünen Tee um. Für unser Kind nur das Beste.

Michael schenkte mir ein Brillantcollier, ein zweikarätiges Ding, das mich als seine elegante schwangere Frau etikettierte. Außerdem führte er mich jeden Samstagabend in ein anderes Bostoner Szene-Restaurant aus, wo wir nach allen Regeln der Kunst schlemmten und darüber scherzten, dass so was bald der Vergangenheit angehören würde. Er trank immer Gin Tonic, und ich nippte an meinem Cranberrysaft. Oft blieben wir bis zwei in der Nacht auf den Beinen, zum einen, weil wir es uns leisten konnten, zum anderen aber auch, weil wir gar nicht so unglücklich darüber waren, dass sich unser Leben bald verändern sollte.

Wir liebten uns. Wirklich. Und wie viele junge Paare waren wir überzeugt davon, dass es nichts gab, was wir nicht würden meistern können, keine Herausforderung, der wir nicht gewachsen wären, und keine Hürde, die wir nicht überspringen könnten, solange wir einander hatten.

Dann fing ich mir eine bakterielle Infektion ein, von der ich nichts merkte, denn nach außen hin war ich gesund und voller Leben. In meinem Bauch aber nahm mein ungeborenes Kind unwiderruflich Schaden.

An die Fahrt ins Krankenhaus erinnere ich mich nur noch vage. Ich hatte starke Blutungen. Meine Nachbarin Tracey, die den Rettungsdienst alarmiert hatte, saß neben mir im Krankenwagen und hielt meine Hand, während ein Sanitäter meine Wildlederhose aufschnitt und Kommandos brüllte, die mir Angst machten, hatte ich doch beruhigende Worte erwartet. *Ihrem Kind geht's gut, keine Sorge, Ma'am.*

Im Krankenhaus verlor ich das Bewusstsein. Michael war wenig später bei mir. Laut Auskunft meiner Nachbarin hielt er meine Hand so fest umklammert, dass die Ärzte ihn von mir abpflücken mussten, um mich auf die Entbindungsstation zu bringen.

Dann, viel zu früh, kam Evan Michael Oliver zur Welt.

Er wog keine drei Pfund, als ich ihn das erste Mal sah. Er war so klein wie ein Katzenbaby und lag in einem Glaskasten, an einem halben Dutzend Schläuchen angeschlossen. Der kleine, schrumpelige Körper war von feinem

Flaum bedeckt und so durchscheinend, dass er bläulich schien, was von den Äderchen unter der Haut herrührte.

Er brauchte den Inkubator, um nicht auszukühlen. Über ein Luftventil wurde ihm Sauerstoff zugeführt, und ein Schlauch versorgte ihn mit Nahrung. Blutdruck, Herz- und Lungenfunktionen wurden ständig kontrolliert. Und da waren noch eine Abführpumpe, ein Tropf und verschiedene andere Kanülen, die ihn am Leben hielten und ihm dabei helfen sollten, die Infektion zu bekämpfen.

Er sah aus wie eine Porzellanpuppe im gläsernen Sarg. Wir durften ihn anschauen, aber nicht berühren, standen viele kurze Momente Schulter an Schulter vor diesem Kasten und spürten, dass da etwas ganz schwer im Argen lag. Darüber konnte uns auch alles gute Zureden vonseiten der Fachleute nicht hinwegtäuschen.

Eine Sozialarbeiterin bot sich an, unsere Eltern zu informieren. »Sie brauchen das nicht allein zu bewältigen. Wenden Sie sich an die Gemeinde, an Eltern und Freunde. Es gibt Menschen, die für Sie da sein wollen.«

Michael war wie versteinert und sagte dazu kein Wort. Die Sozialarbeiterin verstand den Hinweis und entfernte sich. Es war nicht ihre Schuld, dass wir keine Familie oder Freunde hatten, jedenfalls keine, von denen Unterstützung zu erwarten gewesen wäre. Meine Mutter hatte mir nie verziehen, dass ich schöner war als sie, und Michaels Geschwister verbrachten mehr Zeit im Knast als draußen. Wir hatten uns schon vor Jahren von unseren Leuten getrennt und waren überzeugt davon, dass wir aneinander genug hätten.

An diesem ersten Tag hätte ich am liebsten laut geschrien. Ich durfte Evan immer nur für ein paar Minuten auf der Säuglingsintensivstation besuchen und musste dann in mein Krankenzimmer zurück, wo ich, um meinen verräterischen, ausgeleierten Bauch gekrümmt, auf der Seite lag. Krankenschwestern versorgten mich mit Medikamenten. Eine Hebamme brachte mir bei, wie die Milchpumpe zu handhaben war. Ich sollte schlafen und mich auf meine Genesung konzentrieren. Stattdessen aber ließ ich die vergangenen dreißig Wochen immer und immer wieder Revue passieren. Woran hatte es gelegen? An dem Glas Champagner in der Silvesternacht? An den Dämpfen der Lacke, die ich für das Kinderzimmer ausgesucht hatte? An welcher Stelle war mir ein Fehler unterlaufen? Hätte ich doch bloß den verhängnisvollen Moment ausmachen und die Zeit zurückdrehen können …

Michael pendelte mit aschfahlem Gesicht zwischen Intensivstation und meinem Zimmer hin und her, unschlüssig, wer ihn nötiger brauchte, seine frisch operierte Frau oder sein Sohn, der kaum atmen konnte. Er sprach nicht. Er weinte nicht. Stattdessen war er ständig unterwegs, zehn Minuten hier, zehn Minuten dort, immer in Bewegung, als versuchte er so, die Situation unter Kontrolle zu behalten. Seine dunklen Haare waren über Nacht sichtlich grauer geworden. Seine kräftigen Schultern wirkten eingefallen. Doch er marschierte unentwegt von Station zu Station, hin und her, wie ein Botengänger in geheimer Mission.

Ich dachte, Evan würde rund um die Uhr schlafen, um

Energie für sein Wachstum zu sparen, doch immer wenn der Tropf oder die Ernährungssonde neu justiert wurden, wachte er auf und starrte uns aus weit aufgerissenen Augen an, als versuchte er, sich in dieser fremden neuen Welt zu orientieren.

»Eine Kämpfernatur«, sagten die Schwestern und freuten sich über seine unkoordiniert zappelnden Fäustchen. »Ein gutes Zeichen. Der Kleine hält sich wacker.«

Und wie zur Bestätigung trat er mit den kleinen Beinchen aus.

Schließlich erlaubte man mir, seine Wange zu berühren. Dann, eines Tages, durfte ich ihn sogar an die Brust legen. Michael stand neben mir und drückte meine Schulter so fest, dass es wehtat.

Evan schlug wieder die Augen auf, die in seinem winzigen, schrumpeligen Gesicht übergroß wirkten. Er starrte uns an.

Und wir taten, was Eltern auf einer Intensivstation für Säuglinge so tun.

Wir gelobten hoch und heilig, auf alles verzichten zu wollen – auf unser schönes Haus, unseren Luxus und beruflichen Ehrgeiz; selbst unser Leben wollten wir hingeben, alles daransetzen und jedes Risiko eingehen –

Wenn nur unser Sohn überlebte.

Ich kann das Messer nicht finden, dabei habe ich überall gesucht: im Topf des Ficus, in allen Ecken und zwischen sämtlichen Falten der zerfetzten Vorhänge. Ich schaue unter den Kissen auf dem Sofa nach, hinterm Fernseher und der Stereoanlage. Ich kenne seine Verstecke und leuchte mit der Taschenlampe in alle Lücken und Ecken. Doch das Messer ist nirgends zu finden.

Er hat es. Ich weiß, dass er es hat.

Er will mich austricksen.

Bald geht die Sonne auf, die Dämmerung wird bereits heller, und ich bin so müde, dass ich weinen könnte.

»Mommy.«

Ich wirbele herum. Evan steht hinter mir. Er trägt seinen Lieblingspyjama mit den *Star Wars*-Motiven und hat die Hände hinterm Rücken versteckt.

Ich schnappe nach Luft und richte den Strahl der Taschenlampe auf sein bleiches Gesicht. Er soll nicht sehen, wie verängstigt ich bin.

»Evan. Zeig mir deine Hände.«

»Ich möchte Chelsea sehen.«

»Jetzt nicht.«

»Ist schon Morgen, Mommy?«

»Nein, noch nicht. Was hast du da im Rücken, Schatz?«

»Können wir Chelsea sehen?«, fragt er wieder.

»Jetzt nicht«, wiederhole ich bestimmt, ohne ihn aus den Augen zu lassen.

»Ich will in den Park«, sagt er.

»Wenn es hell ist, Schatz.«

»Ich will einen neuen Freund haben.«

»Evan, geh wieder ins Bett.«

Urplötzlich streckt er die Arme aus und dreht die Handflächen nach oben, um mir zu zeigen, dass er nichts in der Hand hat. Er blickt völlig arglos drein, doch als ich genauer hinsehe, erkenne ich ein verschlagenes Blitzen in seinen Augen. Seine Mundwinkel haben sich kaum merklich in die Höhe gezogen.

Er weiß, wonach ich suche.

Er weiß, dass es in seinem Besitz ist und ich nicht weiß, was ich tun soll.

Ich sehe wieder dieses Blitzen in seinen Augen und spüre, wie es mir kalt den Rücken herunterläuft. Evan ist in diesem Haus nicht der Einzige, der sich vor dem Phantom fürchtet.

Ich atme tief durch, schalte die Taschenlampe aus und lege ihm eine Hand auf die Schulter. Er scheint entspannt zu sein und lässt sich von mir nach oben führen, dem gelblichen Licht entgegen, das aus seinem Zimmer scheint. Ich helfe ihm ins Bett, packe ihn unter die Decke und streiche ein paar blonde Locken aus seiner Stirn. Die Lider werden ihm schwer. Es schläft schon fast.

»Ich liebe dich, von hier bis zum Mond und zu den Sternen und wieder zurück«, zitiert er flüsternd aus seinem Lieblingsbuch.

Ich streichle seine Wange. »Ich liebe dich auch.«

»Ich will dir nicht wehtun«, murmelt er wie im Traum, die blauen Augen geöffnet. »Aber ich tu's.«

7. Kapitel

Freitag

D. D. schlief bis sieben, was verschwenderisch lange war, wenn ein wichtiger Fall anstand. Aber nach dem späten Ausflug ins Krankenhaus hatte sie die Extrastunden bitter nötig gehabt. Außerdem würde sie heute Freunde und Angehörige der Familie befragen, und die waren in der Regel nicht gerade begeistert, wenn die Polizei vor neun bei ihnen auf der Matte stand.

Sie duschte sich, kippte zwei Espressi und plante ihren Vormittag. Neil wollte in der Gerichtsmedizin bei der Autopsie zusehen. Also blieb ihr und Phil nichts anderes übrig, als in Harringtons Nachbarschaft Türklinken zu putzen.

Im Hauptquartier machte sie kurz halt, um die Berichte auf ihrem Schreibtisch durchzugehen, darunter die Protokolle der Gespräche mit den Nachbarn, die schon gestern Abend zu sprechen gewesen waren. Zwei Personen schienen von besonderem Interesse zu sein: eine Mrs Patricia Bruni und ein gewisser Dexter Harding. Beide behaupteten, die Harringtons gut zu kennen. Mrs Bruni war in derselben Kirchengemeinde tätig, und Mr Dexter hatte regelmäßig mit dem Vater und anderen Bekannten Poker gespielt.

Vielversprechend, dachte D. D. Sie steckte die Abschriften ein und machte sich auf den Weg nach Dorchester. Phil wollte vor dem versiegelten Haus der Harringtons auf sie warten.

Es war an diesem Morgen recht still in der Siedlung. Sie glaubte, eine geradezu düstere Stimmung auszumachen, aber das war wahrscheinlich bloß Einbildung. Sie fand es immer ein bisschen unheimlich, einen Tatort aufzusuchen, wenn das Blut, die Geräusche und Gerüche nur noch Erinnerungsasservate waren. Das Haus bildete bloß noch die Hülle von Gewesenem. Eine Familie hatte dort gewohnt, gelacht und sich geliebt. Vielleicht auch nicht. Aber auf jeden Fall war Leben darin gewesen. Und das war nun ausgelöscht.

D. D. parkte hinter einem Chevy Tahoe und sah Phil ein paar Schritte weiter auf dem Gehweg stehen, in Begleitung seines neuen Schattens, des Polizeiakademie-Professors Alex Wilson.

D. D. runzelte leicht angenervt die Stirn, obwohl sie nicht genau erklären konnte, warum. Als sie die Wagentür öffnete, schlug ihr ein Schwall heißer Augustluft entgegen, was ihre Laune nicht gerade verbesserte. Sie klemmte ihre Ausweise an den Gürtel und ärgerte sich, dass sie statt des blauen, ärmellosen Diensthemdes nicht ein Spaghettiträgertop anziehen durfte.

Phil und Alex standen in dunklen Anzügen einander gegenüber und schienen sich bereits angefreundet zu haben. Als er sie kommen sah, wischte sich Phil ein Lächeln vom Gesicht, und schon schöpfte sie Verdacht.

»Hey«, grüßte sie schnippisch, und an Alex gewandt: »Wieder mit von der Partie?«

»Ich kann's einfach nicht lassen«, meinte er.

»Wir führen heute Befragungen durch, um uns ein Bild von den Opfern machen zu können. Das ist etwas anderes als Spurensicherung am Tatort.«

Der Professor zuckte mit den Achseln. »Man kann immer dazulernen.«

Sie blieb skeptisch. Alex trug ein schwarzes Jackett über einem blauen Hemd und eine dunkle Hose mit Bügelfalten. Darin müsste er bei diesem Wetter doch schwitzen wie ein Schwein, dachte sie. Aber davon war keine Spur, während ihr bereits die ersten Schweißperlen über den Rücken liefen.

»Okay«, sagte sie kurz angebunden und schlug ihre Liste auf. »Zwei Nachbarn sind für uns von besonderem Interesse. Patricia Bruni und Dexter Harding. Ich übernehme Bruni, ihr stattet Harding einen Besuch ab. Irgendwelche Einwände?«

Phil schaute sie an. Alex richtete seinen Blick auf Phil.

»Ist was?«

»Wär's nicht besser, wir blieben zusammen?«, fragte Phil. »Zu dritt gewinnen wir dreimal mehr Eindrücke.«

»Und haben die Zeugen eingeschüchtert, ehe sie ein Wort herausbekommen.«

»Du stellst die Fragen, und wir halten uns im Hintergrund«, schlug Phil vor.

»An Mutters Rockzipfel?«

»Genau.« Phil nahm ihr die Liste aus der Hand. »Patricia Bruni. Wohnt gleich dahinten. Gehen wir.«

Er setzte sich in Bewegung, bevor sie protestieren konnte. Alex wartete auf sie und folgte ihr auf gleicher Höhe. »Ich habe von Ihrer interessanten Nacht im Krankenhaus erfahren«, sagte er.

»Von interessant kann keine Rede sein.«

»Ich habe mir das Spiel der Red Sox angesehen.«

»Baseball interessiert mich nicht.«

»Sie stehen wohl mehr auf Football.«

»Ich stehe auf Mord. Falls Sie es vergessen haben, unsereins kennt keine geregelten Arbeitszeiten.«

Sie merkte selbst, dass sie ein wenig zu zickig klang. Alex grinste. Na bitte. Er und Phil steckten unter einer Decke.

»Was halten Sie von italienischer Küche?«, fragte Alex.

»Lecker.«

»Dann würde ich Sie gern einladen.«

Sie kamen vor dem Haus von Patricia Bruni an. Es hatte wie alle anderen Häuser dieser Gegend drei Geschosse und eine breite Eingangsveranda.

»Zum Mittagessen?«

»Zum Beispiel«, sagte Alex und folgte ihr mit rätselhaftem Grinsen zur Tür.

Patricia Bruni war eine alte schwarze Dame mit runzeligem Gesicht. Sie wollte mit »Miss Patsy« angeredet werden und bestand darauf, ihren Gästen, auch wenn es sich um Cops handelte, Eistee in Riesengläsern anzubieten.

D. D. hatte ihr gegenüber sofort ein gutes Gefühl, nicht nur der Erfrischung wegen. Nach ihrer Erfahrung kannten sich nette alte Damen immer besonders gut in ihrer Nachbarschaft aus.

Miss Patsy bat die drei ins Haus und führte sie in ein Zimmer im Erdgeschoss, wo vor dem Fenster eine Klimaanlage auf Volltouren lief. Sie wohnte bescheiden, hatte aber immerhin sechs Räume zur Verfügung, die voller Möbel standen und mit einer beeindruckenden Sammlung von Hummel-Figürchen aufwarten konnten. Miss Patsy schien ein Faible zu haben für alles, was klein und zerbrechlich war.

D. D. nahm auf einem alten Holzstuhl Platz und amüsierte sich über Phil und Alex, die unschlüssig vor einem Zweisitzersofa mit geschwungener Rückenlehne standen, von dem sie anscheinend befürchteten, dass es unter ihnen zusammenbrechen könnte. Alex setzte sich vorsichtig auf den Polsterrand. Phil, älter und schwerer, tat es ihm schließlich gleich.

Miss Patsy richtete ihre eng am Kopf liegenden Locken und kam gleich zur Sache. »Sie sind wegen der Harringtons gekommen, nicht wahr? Ich habe Ihrem Kollegen schon gestern Abend gesagt: Glauben Sie bloß nicht, dass es da um Drogen oder so etwas ging. Patrick und Denise waren gute Christen, Leute, die man gern in der Nachbarschaft hat.«

»Wann ist die Familie hergezogen?«, fragte D. D. und nippte an ihrem Eistee. Süß und kalt. Sie hatte Miss Patsy bereits in ihr Herz geschlossen.

»Sie haben das Haus letzten Herbst gekauft«, antwortete Patsy und bestätigte damit D. D.s Vermutung. »Davor haben die Duffys darin gewohnt. Bei denen ging es zu wie im Taubenschlag, vor allem nachts, wenn Sie verstehen, was ich meine.«

»Drogendealer?«, hakte D. D. nach.

»Von mir haben Sie das nicht gehört«, entgegnete Patsy und wippte mit dem gesamten Oberkörper.

»Die Duffys zogen also aus und die Harringtons ein. Haben Sie die Familie häufiger zu Gesicht bekommen?«

»Ja, Ma'am. Gleich in der ersten Woche hat sich Denise mit ihren Kindern, alle nett zurechtgemacht, bei mir vorgestellt und ein Kürbisbrot mitgebracht. Sie sagte, sie würde sich freuen, in einer so schönen Gegend zu wohnen, und wollte wissen, ob ich ihr eine familienfreundliche Kirche empfehlen kann.«

»Konnten Sie?«

»Die First Congregational Church. Die kümmert sich wirklich um ihre Gemeindeglieder und ist in wenigen Minuten zu Fuß zu erreichen.« Patsy beugte sich vor. »Ich darf nämlich nicht mehr fahren, wissen Sie. Im letzten Jahr hatte ich ein kleines Problem damit, das richtige Pedal zu finden. Aber jetzt ist alles wieder okay, und das Schaufenster der Apotheke sieht aus wie vorher.«

Alex verschluckte sich an seinem Tee und fing an zu husten. Phil klopfte ihm auf den Rücken.

D. D. achtete nicht auf die beiden. »Wie oft haben Sie die Familie gesehen?«

»Mindestens einmal die Woche. In der Kirche. Im Sommer häufiger. Dann spielen die Kinder draußen auf der Straße. Ich sitze gern mit meinem Tee auf der Veranda und schaue den Knirpsen dabei zu, wie sie Rad fahren oder auf diesen Brettern herumrollen.«

»Und die Harrington-Kinder? Was haben die so getrieben?«

»Die Jungs spielten gern Fußball. Das Mädchen war im Backfischalter und ständig mit ihren Freundinnen zusammen. Von Denise weiß ich, dass Molly ihr oft in den Ohren lag, weil sie in die Mall gefahren werden wollte. Aber manchmal, wenn es abends kühler war, spielten alle, die Jungs und Mädchen, miteinander Fangen oder Verstecken in den Vorgärten. Für Kinder ist unser Wohnviertel ideal.«

D. D. machte sich Notizen. »Was haben die Kinder in den Schulferien gemacht?«

»Eine Zeit lang waren sie im Sommercamp«, antwortete Miss Patsy. »Und dann haben sie auch ihrem Vater beim Renovieren geholfen. Der war ja den ganzen Tag über am Werkeln. Auf der Veranda haben sie gern ein bisschen verschnauft. Ist ja auch schrecklich anstrengend, bei der Hitze zu arbeiten.« Miss Patsy fächelte sich Luft zu.

»Hat die Familie häufig Besuch gehabt? Oder waren selbst bei Nachbarn drüben?«

»Oh ja, Ma'am. Die Harringtons waren glücklich, hier zu wohnen, und wollten alle kennenlernen. Ich glaube, die Gegend, in der sie vorher gelebt haben, war ziemlich problematisch. Jedenfalls nichts für Kinder. Das weiß ich von Denise. Wie gesagt, sie waren froh, hierhin gezogen zu sein.«

»Haben Sie die Eltern manchmal streiten hören?«, fragte D. D. geradeheraus.

»Sie meinen Geschrei? Mitten in der Nacht?«

»So was in der Art.«

»Nein, Ma'am«, antwortete Miss Patsy leicht pikiert.

»Uns ist zu Ohren gekommen, dass Patrick seinen Job verloren hat. Finanziell scheint es ihm nicht gut gegangen zu sein.«

»Ist doch überall das Gleiche«, sagte die Alte. »Trotzdem haben sie immer einen oder zwei Dollar in die Kollekte gegeben. Das habe ich gesehen. Notleidend waren sie wohl nicht.«

»Hat er oder sie manchmal einen über den Durst getrunken?«

»Wenn sie mal etwas getrunken haben, dann immer nur Wein oder Bier, und das in Maßen. Sie waren sehr verantwortungsbewusst.«

»Drogen?«

»Das habe ich Ihnen doch schon gesagt. Bei den Harringtons liegen Sie mit so was vollkommen daneben«, antwortete Miss Patsy und ließ anklingen, dass vielleicht andere in der Nachbarschaft dafür eher in Frage kämen.

»Sind Ihnen an Denise oder den Kindern schon mal blaue Flecken aufgefallen? Gab es jemals Hinweise auf ungewöhnliche Verletzungen?«

»Durch Treppenstürze oder dergleichen?«

»Ja.«

»Nein, Ma'am. Patrick hat nicht geschlagen. Den Jüngeren hätte er vielleicht ein bisschen härter rannehmen sollen.

Wie oft hat er seinen Vater provoziert! Aber Patrick blieb immer ruhig. Es war ein anständiger Mann. In der Kirche bat er immer um Geduld, und das aus gutem Grund.«

D. D. tauschte Blicke mit Phil und Alex. »Aus gutem Grund? Was soll das heißen?«

»Der jüngere Sohn, der adoptierte, war ein Sorgenkind. Ein Satansbraten mit Engelsgesicht, wenn Sie mich fragen.«

»Der Jüngste war adoptiert?« D. D. blätterte in ihren Aufzeichnungen herum. »Oswald?«

»Seine Mutter starb, als er drei Jahre alt war. Es heißt, dass ihre Leiche erst Monate später gefunden wurde. Ozzie hat die ganze Zeit mit ihr in der Wohnung verbracht und sich von dem ernährt, was in den Schränken war, einschließlich Mehl, Pappe und Limonadenpulver. Denise sagte, als man das Kind abholte, habe es sich mit Händen und Füßen gewehrt und geschrien wie am Spieß. Er verbrachte dann längere Zeit in einer psychiatrischen Kinderklinik. Ich wusste gar nicht, dass es solche Einrichtungen gibt.«

Interessante Neuigkeiten. D. D. bemerkte, wie sich Alex und Phil nach vorn beugten, behielt aber Miss Patsy im Blick. »Kennen Sie den Namen dieser Klinik?«

»Nein, aber sie muss hier irgendwo in Boston sein. Er war dort bis vergangenes Jahr. Sie holten ihn zu sich kurz nach ihrem Umzug ins neue Haus.«

»Es scheint, dass Sie und Denise regen Austausch hatten«, stocherte D. D. nach. »Ist sie oft zu Ihnen rübergekommen? Zu einem Glas Eistee auf der Veranda?«

Miss Patsy nickte. »Ja. In diesem Sommer kam sie mehrmals in der Woche. Meist hat sie Kekse mitgebracht oder auch ein Stück Torte. Sie war sehr großzügig. Ja, und solche kleinen Auszeiten taten ihr bestimmt auch gut.« Miss Patsy hob eine Hand. »Was nicht heißen soll, dass sie und ihr Mann Streit hatten. Sie hat den ganzen Tag gearbeitet und sich anschließend um den Haushalt und die Kinder gekümmert, von denen eins besonders viel Aufmerksamkeit brauchte. Da ist es doch nur verständlich, dass sie gelegentlich ein bisschen Ablenkung brauchte, oder?«

»Durchaus. Hat Denise jemals ein Wort über ungewöhnliche Vorkommnisse fallenlassen? Sie hatte vielleicht keinen Streit mit ihrem Mann, aber es könnte doch sein, dass ihr jemand schöne Augen gemacht hat oder dass sich Patrick für eine andere Frau interessierte. Soll ja vorkommen. Vielleicht hat Denise bei Ihnen Rat gesucht.«

»Nein, von solchen Dingen war nie die Rede.« Miss Patsy faltete ihre Hände auf dem Schoß. Es entstand eine längere Pause. Dann hob sie den Blick und schaute D. D. in die Augen. »War es Ozzie? In der Gerüchteküche brodelt es. Man munkelt, dass alle aus der Familie wie Schweine abgeschlachtet worden sind. Ich habe immer schon für möglich gehalten, dass dieser Junge eines Tages etwas Schreckliches anrichtet.« Sie seufzte. »Wenn auch nicht gerade so etwas Schreckliches.«

»Miss Patsy, wie kommen Sie darauf, dass Ozzie zu so einer Tat fähig gewesen wäre?«

Die Alte ließ ein kleines Schnauben vernehmen. »Sie können sich das nicht vorstellen. Der Junge rannte den ganzen Tag die Straße rauf und runter, von morgens bis abends, wenn man ihn ließ. Weil er nicht still sitzen konnte, musste er während des Gottesdienstes mit den anderen Kleinkindern in der Krippe beaufsichtigt werden. Er zappelte ständig herum, rollte seine Hosenbeine rauf und runter, rauf und runter, stand auf, setzte sich wieder, rutschte nach rechts, rutschte nach links. Ich habe noch nie ein Kind gesehen, das so neben sich stand.

Und er kannte keine Grenzen, kam ohne zu klopfen zur Tür hereinspaziert und machte es sich in fremder Leute Wohnungen bequem, als gehörten sie ihm. Einmal gab es diesen Zwischenfall bei den Hardings auf der Veranda. Der Junge behauptete zwar, der Grill wäre aus Versehen umgekippt, aber ich glaube eher, er hat die glühende Kohle absichtlich auf die Holzdielen geworfen. Wenn er sich angegriffen fühlte, konnte er regelrecht ausrasten. Habe ich das mit dem Eichhörnchen erwähnt?«

»Nein, das haben Sie nicht.«

»Er hat mit Steinen nach Eichhörnchen geworfen und einfach nicht gehört, wenn ich mit ihm geschimpft und gesagt habe, er soll die armen Tierchen in Ruhe lassen. Einmal habe ich ihn in meinem Garten erwischt, wie er ein Eichhörnchen aus dem Vogelhäuschen zerrte. Er hatte es beim Schwanz gepackt, schwang es wie ein Lasso überm Kopf und ließ dann den Kopf gegen den Vogelhauspfosten krachen. Schrecklich, ganz schrecklich. Überall Blut. Er stand vor dem toten Tierchen und grinste. So grinst kein normales Kind, Detective. Normale Kinder lecken sich nicht das Blut von den Händen.«

D. D. fehlten die Worte. Auch Phil und Alex schienen sprachlos. »Und was … was passierte dann?«, fragte sie schließlich.

»Das war im Mai oder Juni, jedenfalls irgendwann zu Sommeranfang. Ozzie durfte danach nicht mehr allein aus dem Haus. Meist hat sein älterer Bruder Jacob auf ihn aufgepasst. Jacob ist ein guter Junge. Kräftig und schnell, mit einem guten Wurf, wie man hört. Sein Vater meint, dass er das Zeug für einen Quarterback hat. Jacob scheint Ozzie im Griff zu haben.«

Miss Patsy stockte. Offenbar war ihr aufgefallen, dass sie von Jacob im Präsens gesprochen hatte. »Oh«, schluckte sie, und dieses kleine traurige Wort sprach Bände über eine Familie, die nicht mehr existierte.

D. D. ließ ihr Zeit, um sich zu fassen, und nahm noch einen Schluck Eistee. Sie hatte ihr Glas fast geleert. Wie ihre beiden Kollegen auch.

Alex beugte sich vor. Er schien etwas fragen zu wollen. D. D. nickte ihm knapp zu.

Er räusperte sich. »Miss Patsy?«

Die Alte schaute zu ihm hin.

»Waren Sie gestern Abend zu Hause?«

»Ja, Sir.«

»Haben Sie irgendetwas gehört?«

»Nichts Ungewöhnliches. Die Klimaanlage war am Laufen, und die ist so laut, dass man kaum was anderes mitbekommt.«

»Haben Sie tagsüber mit jemandem aus der Familie gesprochen?«

»Nein, Sir. Als ich meinen Abendspaziergang gemacht habe, war Denise gerade mit einem Besen auf der Veranda zugange. Ich habe ihr zugewinkt. Und sie hat zurückgewinkt.«

»Hat sie Besuch erwartet?«

»Davon weiß ich nichts.«

»Ist Ihnen ein fremdes Auto auf der Straße aufgefallen?«

»Da waren mehrere. Das ist immer so zu dieser Jahreszeit, wenn überall gegrillt wird.« Sie schmunzelte. »Wir hier in Dorchester verstehen zu feiern.«

»Gab es vielleicht jemanden, der mit Patrick oder Denise Ärger hatte?«, fragte D. D. »Haben die beiden jemals von Streitigkeiten gesprochen? Wie war ihr Verhältnis zu den Ex-Ehepartnern?«

»Patrick war Witwer, und Denise hat nie von ihrem Exmann gesprochen. Ich glaube, er spielte überhaupt keine Rolle mehr in ihrem Leben, und ich habe auch nie gesehen, dass er die Kinder übers Wochenende abgeholt hätte.«

D. D. machte sich eine Notiz. »Schwere Zeiten«, sagte sie leise und schaute Miss Patsy an. »Es scheint, Patrick und Denise hatten viel um die Ohren. Drei Kinder, von denen eins besonders schwierig war. Dazu dieses Haus, das von Grund auf renoviert werden musste. Dann verlor Patrick auch noch seinen Job. Es gab also jede Menge Stress, und unter Stress kann so manches passieren.«

»Die Harringtons sind gute Leute«, wiederholte Miss Patsy entschieden.

»Wann haben Sie das letzte Mal mit Denise oder Patrick gesprochen?«

»Vor zwei Tagen. Denise schaute abends gegen neun bei mir vorbei. Wir haben auf der Veranda ein Glas Wein getrunken, und sie erzählte, dass Jacob in die Startaufstellung seiner Mannschaft gewählt worden ist und fleißig trainiert. Mit Molly wollte sie am Samstag neue Sachen für die Schule kaufen.« Miss Patsy zuckte mit den Achseln. »Wir haben über ganz normale, alltägliche Dinge geredet. Denise machte einen ausgeglichenen, zufriedenen Eindruck.«

D. D. nickte und schrieb *Geld??* In ihr Notizbuch. Dann stand sie auf und zog eine ihrer Visitenkarte aus der Tasche. »Vielen Dank, dass Sie Zeit für uns hatten, Miss Patsy. Wenn Ihnen noch etwas einfällt, was für uns von Interesse sein könnte, rufen Sie mich bitte an. Und vielen Dank natürlich auch für den Eistee.«

Miss Patsy erhob sich schwerfällig aus ihrem Sessel. Phil bot an, die Gläser und den Krug in die Küche zurückzubringen, und Miss Patsy protestierte nicht.

»Ist es wirklich wahr, dass alle tot sind?«, fragte sie auf dem Weg zur Haustür. »Patrick, Denise, Jacob, Molly und Ozzie?«

»Patrick liegt im Krankenhaus. Sein Zustand ist kritisch.«

»Armer, armer Mann«, murmelte sie. »Was soll man ihm wünschen? Dass er sich seiner Familie im Himmel anschließt oder gesund wird und allein weiterlebt? Eine traurige Wahl für einen so guten Mann. Tja, ich schätze, niemand weiß wirklich, was in der Nachbarschaft vor sich geht.«

»So ist es«, pflichtete ihr D. D. bei. »Das weiß niemand.«

8. Kapitel

Nachdem sie mit Mr Dexter Harding gesprochen hatten, war es nach zwölf, und D. D. knurrte der Magen. Alex schlug vor, Mittag zu machen. Es gäbe da ein kleines italienisches Bistro ganz in der Nähe, sagte er mit Blick auf D. D. Phil verstand und entschuldigte sich mit dem Vorwand, dass er noch Schreibkram erledigen müsse.

Der plötzliche Aufbruch ihres Partners kam ihr verdächtig vor, aber D. D. fragte nicht nach, denn der Hunger war größer als ihr Argwohn.

Sie fuhren in ein Eckrestaurant mit grüner Markise, unter der ein Duft von Knoblauch und frisch gebackenem Brot hing. D. D. atmete zweimal tief ein und glaubte, ein neues Zuhause gefunden zu haben.

Alex bestellte Lasagne. Sie entschied sich für gefüllte Hähnchenbrust. Die Kellnerin brachte Brot und Olivenöl. D. D. machte sich darüber her und checkte ihre Mails auf dem Handy. Patrick Harrington lag noch immer im künstlichen Koma. Neil, ihr anderer Partner, berichtete, dass die Autopsie der Frau keine Überraschungen ergeben habe; das Mädchen werde nach der Mittagspause aufgeschnitten.

Dann war da noch eine Nachricht von Chip, dem fast vernaschten Buchprüfer, der vorsichtig anfragte, ob sie auf einen zweiten Versuch Lust hätte. Das hatte sie, aber in Anbetracht des bisherigen Verlaufs der Ermittlungen würde Chip sich noch eine Weile gedulden müssen.

»Okay«, sagte sie nach der dritten Brotscheibe und wischte sich diskret mit einer Serviette die Mundwinkel. »In der Nacht hatten wir es mit einem Tatort, heute Vormittag mit zwei Nachbarn zu tun. Sie sind der Professor. Was ist Ihr Eindruck?«

»Wird da jetzt ein Quiz draus?«, fragte Alex gut gelaunt. Auch er hatte seine Nachrichten gelesen, steckte gerade das Handy weg und griff nach dem Brotkorb.

»Im Ernst. Wir hatten uns vorgenommen, den Fall innerhalb weniger Stunden abzuschließen. Wer in meinem Team mitmachen will, muss schnell schalten können.«

Alex lächelte amüsiert. Er sah gut aus, fand D. D. Der schwarze Anzug passte ausgesprochen gut zu den dunkelblauen Augen und grau melierten Haaren. Ein attraktiver Kerl mit Sinn für gute Restaurants. Hmm.

»Fassen wir zusammen«, sagte er mit seinem tiefen Bariton und klang wie ein Lehrer. »Da wären ein Tatort und fünf Personen mit tödlichen Stichverletzungen beziehungsweise einem Kopfschuss, aufgesetzt oder aus nächster Nähe. Anhand der Blutspuren lässt sich die Tat in etwa rekonstruieren. Auf den ersten Blick scheint es, dass Patrick Harrington seine Frau und Kinder getötet und sich dann selbst in den Kopf geschossen hat.«

»Auf den ersten Blick«, bestätigte D. D.

»Dumm nur, dass wir Patrick nicht befragen können, da er auf der Intensivstation vor sich hin vegetiert.«

»Tja, wirklich dumm.« D. D. nahm sich eine weitere Scheibe Brot.

»Wir müssen uns deshalb über Freunde und Nachbarn ein Bild von der Familie machen. Da haben wir zum einen eine reizende alte Dame, Miss Patsy –«

»Sehr reizend«, warf D. D. ein.

»Mit köstlichem Eistee«, sagte Alex, »für meinen Geschmack allerdings ein bisschen zu fixiert auf zerbrechlichen Nippes.«

»Niesen sollte man in ihrem Haus jedenfalls nur, wenn man gut versichert ist.«

»Miss Patsy ist von Denise und Patrick sehr angetan. Sie hält die beiden für gute Eltern, fromme Christen und rundum umgängliche Nachbarn, die zwar große Sorgen hatten, damit aber bestens umzugehen verstanden. Weniger sympathisch findet Miss Patsy den adoptierten Sohn Ozzie, der mit gruseligen Aktionen auf sich aufmerksam gemacht hat.«

»Leckt sich Blut von der Hand …« D. D. schüttelte sich.

»Der zweite Nachbar, Dexter Harding, kann ein paar Details ergänzen. Die wirtschaftliche Lage der Harringtons scheint angespannter gewesen zu sein, als Miss Patsy vermutet. Dexter will von Patrick erfahren haben, dass die Familie pleite war.«

»Ja, aber laut Dexter hatte Patrick einen Plan«, ergänzte D. D. »Patrick wollte in zwei Wochen mit der Renovierung des ersten Obergeschosses fertig sein und rechnete damit, in spätestens sechs Wochen einen Mieter für die

Wohnung gefunden zu haben. Zwei Monatsmieten im Voraus plus Kaution hätten der Haushaltskasse gutgetan.«

»Die finanzielle Situation war also nicht aussichtslos, und es bestand Grund zur Hoffnung.«

»Mit anderen Worten: Patrick stand zwar unter Stress, der aber nicht so groß gewesen sein konnte, dass er Selbstmordabsichten hegte. Warum jetzt schon Amok laufen und nicht erst dann, wenn sich kein Mieter finden und das erhoffte Geld ausbleiben würde?«

»Wäre logischer, ja«, stimmte Alex zu. »Und trotzdem: Patrick und Denise standen beide unter Stress. Vielleicht gab es gestern Abend am Esstisch Streit, ausgelöst durch ein falsches Wort. Von der Tochter etwa, die wieder einmal ins Shoppingcenter wollte, oder vom ältesten Sohn, dessen Footballtrikot teurer als angenommen ist. Irgendein Schalter wird umgelegt, und zack! – die Katastrophe nimmt ihren Lauf.«

»Patrick erträgt die Vorstellung nicht, dass sie das Haus verlieren und die Kinder womöglich in ein Heim kommen könnten«, führte D. D. aus. »Plötzlich ist er davon überzeugt, dass es besser wäre, sich und alle anderen zu töten. Aus unserem wackeren christlichen Nachbarn wird plötzlich ein Mörder.«

Die Kellnerin servierte das Essen auf ovalen Tellern. Allein schon der Duft ließ D. D. das Wasser im Mund zusammenlaufen. Sie bestreute ihr Filet mit Parmesan und machte sich darüber her.

»Es könnte auch der Bengel gewesen sein«, sagte sie nach dem dritten Bissen mit vollem Mund.

»Welchen meinen Sie?«, fragte Alex. Er ließ sich mit seiner Lasagne mehr Zeit. Sehr kontrolliert, dachte sie. Was vielleicht nicht die schlechteste Eigenschaft für einen Ermittler war. Was hatte ihn wohl von der Praxis in den Seminarraum gelockt und nun wieder zurück in die Praxis?

»Ozzie natürlich«, antwortete sie. »Der Eichhörnchen-Freund. Sie haben doch nicht etwa den Ältesten in Verdacht, oder?«

Dexter Hardings hatte eine interessante Neuigkeit für sie gehabt: Die Familie Harrington bestand nicht nur aus fünf, sondern sechs Personen. Patrick hatte noch einen Sohn aus erster Ehe, den Gefreiten William Edward Harrington, genannt Billy, der zurzeit im Irak stationiert war. Ihm zuliebe legte Denise manchmal ein sechstes Gedeck auf den Tisch.

Die Frage des mysteriösen Gastes war damit geklärt. Dem armen Billy standen schlimme Nachrichten von zu Hause bevor.

»Ob er wirklich im Irak ist, müssen wir noch prüfen«, sagte Alex.

»Sicher.«

Er schmunzelte. »Schmeckt's?«

»Phantastisch.«

»Das sieht man.«

»Und Ihre Lasagne?«

»Fast so gut wie die meiner Oma.«

D. D. musterte ihn mit kritischem Blick. »Sie wollen mir weismachen, dass jemand, der mit Nachnamen Wilson heißt, ein Experte in Sachen Pasta ist?«

»Meine Mutter ist eine geborene Capozzoli.«

»Verstehe. Eine Großmutter mit Namen Capozzoli muss kochen können.«

»Ich habe viel von ihr gelernt.«

Verdutzt ließ D. D. ihre Gabel in der Luft schweben. »Sie kochen.«

»Meine Leidenschaft. Es geht nichts über einen Sonntagnachmittag, an dem ich frische Pasta ausrolle, während auf dem Herd eine Bolognese vor sich hin köchelt.«

D. D. schluckte.

»Sie sollten demnächst mal zum Essen bei mir vorbeikommen«, meinte Alex.

Daher wehte also der Wind. »Phil hat mich verraten und Ihnen gesteckt, was mich schwach macht.«

»Für weniger als dreißig Silberlinge«, bestätigte Alex heiter. »Meine Einladung gilt.«

»Ich verkehre privat nicht mit Kollegen.«

»Ich bin kein Kollege.« Er lächelte sie an. »Nur Statist für einen Monat.«

Als hätte sie ihn nicht gehört, erklärte sie: »Mit Kollegen unterhält man sich am Ende doch nur immer über den Beruf.«

»Wir könnten uns über gute Küche unterhalten, über meine Rezepte und Ihren Genuss daran.«

»Ich finde alles lecker.«

»Ist mir recht.«

Sie fixierte ihn mit ihrem Blick. »Lassen Sie sich von meiner guten Laune nicht täuschen. Ich kann manchmal unausstehlich sein.«

»Und ich bin nicht immer so charmant.«

»Warum unterrichten Sie?«, wollte sie wissen. »Warum haben Sie den aktiven Dienst aufgegeben?«

»Ich war verheiratet und wollte Kinder. Da empfiehlt es sich, ein bisschen mehr Zeit zur freien Verfügung zu haben.«

»Was ist passiert? Hat Ihrer Frau Ihre Bolognese-Sauce nicht mehr geschmeckt?«

»Sie konnte nicht schwanger werden. Und weil sie keine Mutter sein konnte, wollte sie auch keine Ehefrau mehr sein. Wir haben uns vor zwei Jahren einvernehmlich getrennt.«

»Aber Sie unterrichten noch.«

»Weil's mir gefällt.«

»Warum dann die Auszeit?«

»Weil mir auch die praktische Arbeit gefällt.«

»Was Ihnen nicht alles gefällt«, bemerkte D. D. und hob eine Braue.

»Nehmen Sie meine Einladung an?«

»Ich will keine Kinder«, sagte D. D. freiheraus. »Dazu bin ich zu alt und zu launisch.«

»Perfekt, mir geht's letztlich nur um Sex.«

D. D. lachte, und nach achtzehn Stunden im Dienst tat es gut zu lachen. »Ich denke darüber nach«, sagte sie schließlich. Sie nahm einen Bissen, kaute und schluckte. »Zurück zur Sache. Was ist von unserem neunjährigen Ozzie Harrington zu halten?«

»Offenbar ein komplizierter Zeitgenosse.«

»Und jetzt tot.«

»Angeblich hat er Tiere gequält und Feuer zu legen versucht. Wenn er auch noch ins Bett gemacht hat, wäre er ein potenzieller Serienkiller wie aus dem Lehrbuch.«

»Dexter meint, das mit der Grillkohle wäre wirklich ein Zufall gewesen«, meinte D. D.

»Aber er wurde jedes Mal nervös, wenn wir den Namen des Jungen erwähnt haben. Der Bengel war ihm unheimlich, und er wollte nur höflich sein.«

»Er sagte, Patrick und Denise hätten ihn im Griff gehabt. Und er hätte seinen Bruder Jacob angehimmelt. Ich kann mir nicht vorstellen, dass er sich über sie hergemacht hat, jedenfalls nicht in dieser Entschlossenheit, mit der hier einer nach dem anderen getötet wurde.«

»Nun, einem Neunjährigen mit einer solchen psychiatrischen Vorgeschichte ist durchaus zuzutrauen, dass er mitten in der Nacht von einem Schlafzimmer zum anderen geht … Wenn unser Tatort danach ausgesehen hätte, würde ich sagen, der Junge war's, und Patrick ist nur zufällig mit dem Leben davongekommen.«

»Aber es war Abend und die Tatwaffe ein Küchenmesser«, entgegnete D. D. leise. »Patrick ist kräftig gebaut. Der vierzehnjährige Jacob wäre jedenfalls stark genug gewesen, um einen mageren Neunjährigen niederzuringen.«

»Und die Stichverletzungen hätten anders ausgesehen«, ergänzte Alex. »Ozzie war der Kleinste in der Familie. Er wäre mit Sicherheit auf Gegenwehr gestoßen. Außerdem bin ich mir sicher, dass er zu einem so wuchtigen Todesstoß wie den gegen Mrs Harrington nicht in der Lage gewesen wäre. Der Obduktionsbericht steht noch aus, aber ich glaube, wir können davon ausgehen, dass Denises Mörder größer und nicht kleiner als sie war.«

»Als Täter passt er auch nicht ins übrige Bild«, sagte D. D. »Wie sollte man sich das vorstellen? Erschießt zuerst den Vater, nimmt sich dann das Küchenmesser, tötet die Mutter und den Bruder mit einem Stich, jagt dann die Schwester durchs Haus und schneidet sich schließlich selbst die Kehle durch? Eine eher ungewöhnliche Art, sich das Leben zu nehmen.«

»Obwohl mir ein solcher Fall tatsächlich schon zu Gesicht gekommen ist.«

»Wirklich?«

»Ja, das war siebenundneunzig. Ein Werbefachmann, litt unter Depressionen. Wegen der Verletzung hatten wir unsere Zweifel, aber die Gerichtsmedizin konnte nachweisen, dass er sie sich selbst zugefügt hatte. Fragen Sie mich nicht, wie. Diese Pathologen verblüffen einen immer wieder.«

»Na schön. Ozzie schlitzt sich die Kehle auf. Und schleppt dann seine Opfer nach draußen in die Loggia? Das ergibt keinen Sinn. Die Blutspuren verraten, dass seine Kehle im Schlafzimmer seiner Schwester aufgeschnitten wurde. Klein, wie er war, hätte er nicht die Kraft gehabt, die Mutter oder den Vater durchs Haus zu schleifen.«

»Damit wären wir wieder bei Patrick«, meinte Alex. »Gemäß dieser Logik kommt nur er in Betracht.«

D. D. schob ihren Teller beiseite. »Und warum habe ich das Gefühl, dass er's nicht war?«

»Weil wir unsere Nachbarn manchmal einfach nicht verstehen, nicht einmal dann, wenn alle Fakten auf der Hand liegen.«

D. D. seufzte. »Und jede Wette, dass wir auf offene Rechnungen stoßen, wenn wir uns die Finanzen der Familie genauer ansehen. Aber jetzt werden wir erst mal der Schule der Kinder einen Besuch abstatten, Denises Arbeitsplatz und dem ehemaligen Arbeitgeber Patricks.«

»Wir sollten uns auch mal in der psychiatrischen Klinik umsehen, in der Ozzie behandelt wurde.«

»Ich dachte, wir hätten Ozzie ausgeklammert?«

Alex zuckte mit den Achseln. »Wer weiß? Wir müssen alle Möglichkeiten offenhalten.«

9. Kapitel

Danielle

Lucy ist kurz vor drei entwischt.

Ich hätte es kommen sehen müssen. Am frühen Morgen war sie auffallend ruhig. Gegen acht aß sie trockene Cheerios, ohne mit dem Geschirr um sich zu werfen. Um acht Uhr dreißig verzog sie sich auf ihr Zimmer und ließ das Spielzeugauto mitgehen, das Benny im Flur liegengelassen hatte. Sie hat es wahrscheinlich unters Kinn geklemmt und ist auf allen vieren von einer Ecke ihres Zimmers in die andere gekrochen. Dann wird sie das Ding durch die Luft geschleudert haben wie eine Katze eine tote Maus.

Benny heulte, weil er sein Auto nicht finden konnte, hörte dann aber schlagartig auf, als er sie in ihrem Zimmer sah, splitternackt und mit strahlendem Lächeln im Gesicht. Sie spielte weiter – auf ihre Art, das heißt, sie bewarf ihn mit Kot.

Trotzdem fand ich, dass sie Fortschritte machte.

Wir zwingen unsere Kinder zu nichts. Sie müssen weder duschen noch essen, Zähne putzen oder sich anziehen, denn wir wissen, dass diese Kinder aufgrund besonderer Reizempfindlichkeiten bestimmte Dinge nicht ertragen können. Für manche ist Duschen eine Folter, weil sie jeden einzelnen Wassertropfen wie einen Stich in die Haut wahrnehmen. Aus unterschiedlichen Zwängen heraus können manche nur tiefgefrorenes Essen zu sich nehmen, andere nur Brei oder eingepackte Lebensmittel. Und wegen ihrer beschränkten sozialen Fähigkeiten können einige Kinder keine zwei Schritte tun, ohne mit anderen Kindern Streit anzufangen.

Die Hauptproblemfelder sind Körperhygiene und Nahrungsaufnahme. Aber für viele ist schon das Aufstehen am Morgen äußerst schwierig.

Wir sind im Umgang mit unseren Kindern sehr großzügig. Wir sagen ihnen, was wir mit ihnen vorhaben und dass es schön wäre, wenn sie mitmachen würden. Und dass wir gern bereit sind, ihnen dabei zu helfen: Sagt uns, was ihr braucht. Gemeinsam schaffen wir es.

Manche Eltern lehnen uns ab. Sie sehen in unserer Station eine Art Sommerlager, das den Launen ihrer Sorgenkinder Tür und Tor öffnet

Natürlich sind viele dieser Eltern genauso traumatisiert wie ihre Kinder, weil sie von ihnen jahrelang getreten, geschlagen, gebissen und angeschrien wurden. Ich weiß von einer Frau, die von ihrer Zehnjährigen zum Muttertag ein selbst gemaltes Bild geschenkt bekommen hat, auf dem sie, von Messerstichen durchbohrt, am Boden liegt. Darunter stand: *Stirb, du Schlampe.* Ein Teil der Eltern möchte, dass ihr Kind für seine Taten endlich zur Rechenschaft gezogen und bestraft wird, dass wir es zur Räson bringen. Doch das tun wir nicht. Wir lassen unsere Kinder fernsehen, geben ihnen Videospiele und erlauben ihnen, mit Rollschuhen durch den Flur zu laufen.

Wir befassen uns mit akuten Fällen. Unser Ziel ist es, Aggressionen abzubauen und dafür zu sorgen, dass ein Kind einen Tag herumbekommt, ohne in die Luft zu gehen. Wenn dann schließlich mit ihm »gearbeitet« werden kann, versuchen wir, das Verhalten dieses Kindes verstehen zu lernen und einen Hilfeplan auf längere Sicht zu erstellen.

Es gibt zwei Fragen, die wir mit jedem Kind gemeinsam zu beantworten versuchen:

Was geht in deinem Kopf vor, das dir nicht guttut (kognitive Störungen)? Was *sollte* darin vorgehen, damit es dir bessergeht (kognitive Mängel)?

Wenn wir darauf eine Antwort haben, sind wir einen großen Schritt weiter.

Um mehr über Lucy zu erfahren, trug ich einen großen Eimer voller Wasser in ihr Zimmer. Als ich eintrat, vermied ich Blickkontakt und tat so, als würde ich sie nicht zur Kenntnis nehmen. Ich stellte den Eimer ab und kehrte ihr den Rücken zu.

Ich zählte bis zehn.

Als sie mich nicht attackierte, ging ich zu Phase zwei über. Ich holte einen kleinen Schwamm aus meiner Tasche, tauchte ihn ins Wasser und fing an, eine der Wände abzuwischen. Ich hatte immer noch keinen Blick auf sie geworfen. Wenn Aufmerksamkeit sie in Unruhe versetzt, besteht mein Job darin, ihr keine zu schenken.

Nach einer Minute fing ich zu summen an, leise und melodisch. Manche Kinder reagieren darauf positiv. Ich war neugierig auf Lucys Reaktion.

Doch da kam nichts. Also hörte zu summen auf. Ich wischte Kot und Blut von allen vier Wänden, nahm dann den Eimer und verließ ihr Zimmer.

Jetzt galt es abzuwarten: Würde Lucy ihr Zimmer so lassen, wie es nun war, oder das Bedürfnis verspüren, ihre Umgebung zu misshandeln, wie sie sich selbst misshandelte?

Als zwanzig Minuten ohne besondere Vorkommnisse verstrichen waren, brachte ich ihr das Mittagessen: kleingeschnittenes Gemüse, ein Stück Käse, Brot und eine Tasse Wasser. Ich stand im Flur und beobachtete sie über den Spiegel, ohne selbst gesehen zu werden.

Lucy nahm zuerst das Brot, zerdrückte es zwischen den Händen zu einer Kugel, die sie dann auf den Boden legte und dabei zuschaute, wie sie langsam auseinanderging. Daraufhin brachte sie die Kugel wieder in Form und drückte sie so fest, dass sie sich über den Boden rollen ließ.

Sie spielte noch einer Weile wie eine Katze mit ihrer Beute, und ich fragte mich, was es wohl damit auf sich hatte. Fühlte sie sich in ihrem katzenhaften Alter Ego sicherer?

Schließlich nahm sie die Brotkugel vom Boden auf und aß sie, leckte ihre Hände ab und trank einen Schluck Wasser aus der Tasse. Mit dem Käsestück machte sie dasselbe wie mit dem Brot. Das Gemüse versteckte sie unter ihrer

Matratze. Was mich nicht weiter überraschte. Viele Kinder horten Lebensmittel, entweder aus irgendeinem Zwang heraus oder aus langer Erfahrung von Not und Hunger.

Eine halbe Stunde später ging ich wieder zu ihr ins Zimmer, um den Teller und die Tasse abzuholen. Auch diesmal schaute ich sie nicht an. Nichts geschah. Wir machten also Fortschritte.

Zurück in der Küche, füllte ich eine kleinere Schale mit warmem Wasser und steckte einen sauberen Schwamm ein. Ich ging zu Lucy und setzte mich diesmal neben sie. Sie saß am Fenster, starrte auf das große helle Rechteck der einfallenden Sonnenstrahlen am Boden und musterte das Schattenspiel ihrer zu einem Fächer gespreizten Finger. Plötzlich wandte sie sich dem Fenster zu, schloss die Augen und ließ sich von der Sonne bescheinen.

Ihrem Gesichtsausdruck nach schien sie in diesem Moment nahezu glücklich zu sein.

Ich ließ mir Zeit. Als sie schließlich genug hatte von Licht und Schatten, tauchte ich den Schwamm in die Schale und hielt ihn über meinen bloßen Unterarm. Ich drückte ein paar Tropfen darüber aus und hoffte, dass sie an diesem neuen Spiel Gefallen finden würde.

So spielte ich eine Weile weiter, ließ das Wasser mal hier-, mal dorthin tropfen. Es bildete dunkle Muster auf meinen Kleidern und am Boden. Wenn man mit Kindern arbeitet, ist es immer hilfreich, selbst ein bisschen kindlich zu sein.

Lucy beobachtete mich. Sie kam keinen Schritt näher, war aber neugierig. Also zog ich mein Spiel in die Länge.

Ich spritzte mir Wasser ins Gesicht und ließ es auf die Haare tröpfeln. Dann stand ich auf, ging zur Tür und ließ Wasserschale und Schwamm hinter mir zurück.

Ich verspürte den Impuls, einen Blick zurückzuwerfen, beherrschte mich aber. Sie war ein Kind und kein Zootier. Also ging ich weiter. Jorge, einer unserer neuesten Patienten, kam auf mich zugelaufen. Er wollte Domino mit mir spielen. Anschließend hatte ich meine Malstunde mit Aimee, einem zwölfjährigen suizidgefährdeten Mädchen. Sie saß wie ein Häufchen Elend am Tisch und malte einen schwarzen Himmel, aus dem es schwarz regnete. Ich schlug ihr vor, ein paar Farben hinzuzufügen, worauf sie die schwarzen Flächen mit roten Punkten betupfte. Jetzt blutete der Himmel.

Ich knuddelte sie kurz und kehrte in Lucys Zimmer zurück.

Sie saß wieder in der Sonne und hielt den Schwamm in der Hand. Neben ihr stand die Wasserschale.

Ihr Gesicht war sauber. Sie hatte die Kotspuren abgewischt und ihre verfilzten Haare nach hinten gestrichen. Das Gesicht war der Sonne zugewandt. Ihre Lippen zeigten einen kleinen Schwung, der mir fast das Herz brach.

Als ich das nächste Mal bei ihr vorbeischaute, war sie verschwunden. Die Sonne schien auf die leere Wasserschale und den Schwamm. Von Lucy keine Spur. Sie war ausgeflogen.

Anfangs machte ich mir keine Sorgen. Wir waren eine geschlossene Station. Irgendwo würde sie schon sein. Ich musste sie nur finden.

Ich ging zu dem Kollegen, der für die »Checks« zuständig war und alle fünf Minuten zu kontrollieren hatte, wo sich welches Kind gerade aufhielt. Es war Greg. Er patrouillierte seit einer Stunde in der Station auf und ab, hatte Lucy aber nicht gesehen. Und er hatte auch nicht auf sie geachtet, denn Lucy war von der Fünf-Minuten-Regel ausgenommen, weil sie unter besonderer Aufsicht stand, nämlich unter meiner. Ich musste alle zwanzig Minuten nach ihr sehen. Greg schlug Alarm, und wir alle machten uns auf die Suche.

Auch die Kinder. Für sie war es wie ein groß angelegtes Versteckspiel, jedenfalls ein Mordsspaß, und diejenigen, die schon länger bei uns waren, kannten sich in solchen Dingen aus und halfen gern. Da wir auf unserer Station keine Videokameras haben, suchten wir in den verspiegelten Halbkugeln nach Lucy, doch wir fanden sie weder auf dem Flur noch in den Zimmern oder im Aufenthaltsraum. Langsam wurden wir nervös.

Wir schauten in allen Schränken, Badezimmern und Toiletten nach. Die Küche war verschlossen. Wir warfen trotzdem einen Blick hinein, wie auch in jede kleine Abstellkammer.

Gegen Viertel nach drei – Lucy war immer noch nicht gefunden – geriet das Personal allmählich in Panik, ganz zu schweigen von manchen Kindern.

Greg kümmerte sich um sie. Es war Zeit für den kleinen

Nachmittagssnack. Die Kollegen mussten sich wieder um ihre jeweiligen Aufgaben kümmern. Karen, unsere Stationsleiterin, nahm mich beiseite.

»Wann hast du sie das letzte Mal gesehen?«

»Um Viertel nach zwei«, antwortete ich.

»Was hat sie da gemacht?«

»Sie saß in der Sonne und betrachtete den Schatten ihrer Hand.«

»Und wann hast du ihr Verschwinden bemerkt?«

Ich zögerte. »Um Viertel vor drei.«

Karen schaute mich an. »Das sind dreißig Minuten, Danielle, keine zwanzig. Wir haben uns darauf verständigt, dass einer von uns alle zwanzig Minuten nach ihr sieht.«

Mir fiel keine Ausrede ein. Ich nickte nur.

Karen musterte mich eindringlich. Sie arbeitete schon seit Jahrzehnten mit schwierigen Kindern, und ihr Blick ging tief. Ich konnte mir sicher sein, dass sie eine Verbindung herstellte zu einem bestimmten Datum meiner Biographie, das sich in Kürze jährte.

Auch das gehört zum Schicksal des einzig Überlebenden: Er entrinnt dem entscheidenden Jahrestag nie.

»Ist dir Lucy zu anstrengend?«, fragte Karen plötzlich.

»Nein.«

»Wir arbeiten gern mit dir, Danielle«, sagte sie kurz angebunden. »Aber du solltest auch mit uns gern zusammenarbeiten. Verstehst du?«

»Lucy ist nicht zu anstrengend für mich«, erklärte ich mit fester Stimme.

Karen seufzte und machte Anstalten zu gehen. »Ist Lucy noch nackt?«

»Als ich sie das letzte Mal sah, ja.«

»Dann kann sie nicht weit sein.«

Karen alarmierte den Sicherheitsdienst, worauf sämtliche Ausgänge des Krankenhauses automatisch verriegelt wurden. Ich kam mir klitzeklein vor. Ich hatte das mir anvertraute Kind verloren und in unentschuldbarer Weise gegen eine Regel verstoßen. Und das bedrückte mich umso mehr, als ich meinen Job sehr ernst nahm. Zumal von einem Privatleben bei mir kaum die Rede sein konnte. Mein ganzer Ehrgeiz zielte darauf ab, eine gute Kinderkrankenschwester zu sein.

Heute war einer dieser Tage, an denen offenbar alles schiefging. Das Personal versammelte sich zu einer Dringlichkeitssitzung. Karen organisierte die Suche im ganzen Haus, an der sich auch der Sicherheitsdienst beteiligte.

Ich hatte die erste und zweite Etage zu durchsuchen. Mir war schlecht vor Aufregung.

Wo konnte Lucy sein? Was mochte sie vorgehabt haben?

Plötzlich hatte ich eine Idee.

Ich rannte zur Sonnenterrasse.

Zehn Minuten später hatte ich Lucy gefunden. Sie lag, von der Sonne beschienen und den Kopf auf die Hände gelegt, hinter einer eingetopften Palme, eingerollt wie ein Kätzchen. Auf ihren Schleichwegen durchs Haus hatte sie offenbar einen grünen OP-Kittel mitgehen lassen. Den trug sie jetzt, sodass sie sich vom grüngrauen Boden kaum abhob. Ihre dunklen Haare verdeckten das frisch gewaschene Gesicht.

Ich meldete über Funk, Lucy gefunden zu haben.

Sie hatte sich ein schönes Plätzchen ausgesucht. Ich setzte mich neben sie und wartete.

Greg kam wenig später und nahm neben mir Platz. »Dumm gelaufen«, sagte er.

»Ihr geht's gut, und darauf kommt's an.«

»Erstaunlich, dass sie entwischen konnte. Muss wohl rausgeschlüpft sein, als ein Besucher gekommen oder gegangen ist.«

Er sagte das beiläufig, aber wir beide wussten um die Brisanz dieses Vorfalls. Dass Lucy zwei Türen, die normalerweise verschlossen waren, passieren konnte, war mehr als erstaunlich und bisher nie vorgekommen. Mir war schleierhaft, wie ein neunjähriges nacktes Mädchen unbemerkt hatte entkommen können.

Die Sache würde Konsequenzen haben, insbesondere für mich.

Ich hatte Angst um meinen Job, den ich liebte, gerade jetzt zu dieser Zeit, in der ich psychisch nicht auf der Höhe war. Da hatte Karen ganz recht.

Greg berührte meine Wange. Ich zuckte ausnahmsweise nicht zurück. Wir arbeiteten schon seit Jahren zusammen. Er war ein gutaussehender Typ, groß gewachsen und kräftig, ein richtiges Klettergerüst für die kleineren Jungs, die es liebten, sich auf ihm auszutoben. Er war immer angezogen wie ein Footballtrainer und hatte die tiefste, markigste Stimme auf der ganzen Station. Selbst die schwierigsten Kinder wurden still, wenn sie ihn hörten.

Vor zwei Jahren hatte er mich zum ersten Mal gefragt, ob ich mit ihm ausgehen wolle. Seitdem fragte er immer wieder – vergeblich. Mir war unerklärlich, wie jemand so viele Körbe wegstecken konnte, ohne sich entmutigen zu lassen. Vielleicht lernt man das in diesem Job.

Ich ertappte mich nun dabei, wie ich an Sheriff Wayne dachte, schaffte es aber immerhin, nicht in Tränen auszubrechen. Das hätte wohl ziemlich dumm ausgesehen.

Lucy rührte sich endlich. Sie hob den Kopf, blinzelte und betrachtete uns wie eine Eule.

Schnell, bevor sie so wach sein würde, dass sie sich wehrte, nahmen wir sie zwischen uns und bugsierten sie zu den Fahrstühlen.

Mir gingen tausend Dinge gleichzeitig durch den Kopf. Dass es in drei Tagen so weit wäre. Ein Tag im Kalender, ein Tag, der einmal im Jahr kam und ging. Und ich wusste, dass mich Karen durchschaute und sich erklären konnte, warum ich so viele Überstunden machte. An diesem Datum kam ich einfach nicht vorbei. In rund vierundzwanzig Stunden würde ich verschwinden. Ich wäre dann außerstande, meine Arbeit zu tun. Ich würde zu nichts mehr in der Lage sein.

Ganz zu schweigen von einer Verabredung mit einem so netten Kerl wie Greg, dem es ernst damit war, mir aus meiner Misere herauszuhelfen.

Einmal im Jahr wollte ich mir nicht helfen lassen.

Einmal im Jahr wollte ich mich meiner Wut hingeben.

Weil ich der einzige Überlebende bin und immer noch nicht damit zurechtkomme.

Der Fahrstuhl brachte uns zurück in den achten Stock. Ich zückte meinen Ausweis, um in die Station zu gelangen. Karen erwartete mich – zusammen mit einer Frau mit blonden Locken und einem grau melierten Mann in schwarzem Anzug. Beide trugen Polizeimarken.

»Danielle«, hob Karen an.

Und ich wusste sofort, dass nun alles wieder von vorn losgehen würde.

10. Kapitel

Victoria

Wie fühlt es sich für einen Vater an, sein Kind zu verlassen? Wacht er morgens auf mit der Erinnerung an das erste Lächeln seines Sohnes? Oder daran, wie er als Säugling in seine Armbeuge gepasst und aus ernsten blauen Augen zu ihm aufgeblickt hatte?

Erinnert er sich an den Moment, als sein Sohn zum ersten Mal »Daddy« sagte? Wie Evan zur Tür gelaufen kam und die Arme um die Beine schlang?

Quält er sich mit dem Was-wäre-wenn oder Hätte-sein-können? Mit dem Traum, eines Tages die Fußballmannschaft seines Sohnes zu trainieren? Oder mit ihm ein Spiel der Patriots zu besuchen oder die Celtics im Garden anzufeuern? Leidet er darunter, dass er seinen Sohn nicht zur Fahrschule schicken, nicht von Mann zu Mann mit ihm reden und ihn nicht bei der ersten Rasur beobachten kann?

Ahnt er, wie sehr Evan in den ersten Tagen und Wochen geweint hat, weil sein Vater nicht mehr nach Hause kam?

Als wir, Michael und ich, Evan von der Klinik nach Hause zurückgeholt hatten, waren wir überzeugt, das

Schlimmste überstanden zu haben. Nach drei Monaten konnte er selbständig sitzen, nach zehn Monaten krabbelte er. Der Kinderarzt war beeindruckt.

Evan weinte, manchmal stundenlang. Er tat sich abends schwer mit dem Einschlafen, und an kleine Nickerchen zwischendurch war gar nicht zu denken. Ich las Ratgeber zum Thema Schlafstörungen und ging immer wieder mit ihm zum Arzt. Kleine Kinder weinen halt viel, versicherte er mir. An Koliken könnte es nicht liegen. Auch sonst schien alles in Ordnung mit ihm zu sein. Für ein Frühchen machte Evan sogar recht gute Fortschritte. Der Arzt meinte, er sei vielleicht ein bisschen empfindlich, aber ansonsten vollkommen okay. Michael und ich schöpften Mut.

Michael war in dieser Zeit eine wundervolle Unterstützung für mich. Wenn er von der Arbeit nach Hause kam, nahm er mir Evan ab und wanderte unermüdlich mit dem weinenden Kind durchs Haus. Ich solle mir eine kleine Pause gönnen, sagte er, ein Buch lesen, ein Bad nehmen oder ein bisschen Schlaf nachholen. Gemeinsam würden wir schon klarkommen.

Mit vierzehn Monaten fing Evan zu laufen an. Plötzlich schlief er auch besser, müde und verausgabt vom ständigen Herumrennen. Hatte ich ihn vorher ständig zu beruhigen versucht, musste ich nun die ganze Zeit hinter ihm herjagen. Evan schien Probleme mit seinem Raumsinn zu haben. Er lief vor Wände, fiel von Stühlen und machte nicht halt vor schwingenden Schaukeln. Auf dem Spielplatz gefährdete er sich und andere.

Fremden gegenüber war er ohne jegliche Scheu. Er konnte sich nicht vorstellen, dass andere Kinder manchmal lieber allein spielten, und wenn ihn alle auf Abstand zu halten versuchten, machte er von seinen Ellbogen Gebrauch. Er hatte dieses gewinnende Lachen und leuchtend blaue Augen. Mit vierzehn Monaten schien es, als sei die Welt für ihn schon fast zu klein. Er hatte immer jede Menge zu tun, zu beobachten und zu erzählen.

Einmal saß eine ältere Dame neben mir auf der Parkbank und hörte sein magisches Lachen, als er sich durchs Herbstlaub wälzte.

»Er hat eine alte Seele«, sagte sie, bevor sie ging. »Eine sehr alte Seele. Schauen Sie nur. Hören Sie hin. Er wird Ihnen beibringen, was Sie wissen sollten.«

Ungefähr zu dieser Zeit weigerte sich Evan, Kleidung zu tragen. Schon früher hatte er immer geschrien, wenn wir ihm etwas anderes als Baumwollsachen anzuziehen versuchten. Jetzt ließ er gar nichts mehr an sich heran. Ich sammelte auf, was er sich vom Leib riss, doch kaum hatte ich es ihm angezogen, machte er sich wieder frei.

Wir blieben häufiger im Haus. Mit einem nackten anderthalbjährigen Jungen kann man nicht durch einen öffentlichen Park spazieren.

Dazu entwickelte er nun neue und alarmierende Gewohnheiten. Zum Beispiel kletterte er immer wieder auf den Küchentresen, um an die Messer heranzukommen, die er dann an der Klinge festhielt. Es schien, als wollte er sich unbedingt die Hand aufritzen und erfahren, wie scharf die Schneiden sind. Und dann war er ganz versessen auf die Herdplatten, weshalb ich nur noch dann kochen konnte, wenn Michael zu Hause war. Je häufiger wir ihn warnten, dass er sich daran verbrennen könne, desto mehr drängte es ihn, seine Finger auf die glühend heißen Platten zu legen.

Eines Tages zerbrach er alle Eier in der Küche, weil ihm offenbar gefiel, wie es sich anhörte, wenn sie zu Bruch gingen (ich telefonierte gerade). Tags darauf ließ er im Badezimmer jedes meiner Parfümflakons auf den Fliesen zerspringen (ich war unten im Waschkeller). Irgendwann erwischte ich ihn am Porzellanschrank, als er diesen gerade ausräumen wollte (ich stand unter der Dusche, wurde hellhörig, weil es plötzlich ganz still im Haus war, und rannte, nur mit einem Handtuch bekleidet, durchs Haus auf der Suche nach ihm).

Der erste Experte, an den wir uns wandten, war ein Kinderpsychologe. Er stellte die erste Diagnose und attestierte Evan eine akute Wahrnehmungsstörung. Sein Gehirn, so sagte er, könne Sinneseindrücke nicht richtig verarbeiten; es befinde sich in einem Zustand permanenter Reizüberflutung, vergleichbar mit dem sprichwörtlichen Fass, das durch jeden weiteren Tropfen – sprich: einen Laut, einen Duft, eine Berührung und dergleichen – zum Überlaufen gebracht wird. Manches konnte er einfach nicht ertragen, zum Beispiel das Geräusch eines Reißverschlusses oder das Gefühl von Jeansstoff auf der Haut. Nach anderen Empfindungen war er geradezu verrückt, und denen versuchte er auf den Grund zu gehen, nämlich den durch scharfe oder heiße Gegenstände hervorgerufenen Schmerz. Er war wie eine Motte, die vom Feuer angezogen wurde.

Wir versuchten es mit Beschäftigungstherapie. Michael wollte, dass ich mir helfen ließ, und so engagierten wir unser erstes Kindermädchen, dem über ein Dutzend folgen sollten.

Ich unternahm Spaziergänge, um meinen Kopf frei zu bekommen. Wenn ich dann zu meinem verrückten, überschwänglichen, wilden Kind zurückkehrte, umarmte es mich so ungestüm, dass ich mehr als einmal zu Boden ging. Sein wunderbares Lachen machte allen Kummer erträglich. Wir balgten miteinander, kitzelten uns und spielten endlos Verstecken.

Wenn es dann ans Zähneputzen ging, schrie er sich die Seele aus dem Leib. Oder er tobte vor Wut, wenn er seine Pasta auf einem Teller vorgesetzt bekam, der die falsche Farbe hatte. Als wir ihn einmal baten, in seine Schuhe zu schlüpfen, warf er einen von Michaels Golfbällen durch die Scheibe des Wohnzimmerfensters. Wenn ich ihn ins Bett schickte, schlug er mir häufig ins Gesicht.

Unser erstes Kindermädchen warf bald das Handtuch, und auch das zweite und das dritte.

Wenn Evan glücklich war, dann über die Maßen. Genauso war es mit seiner Wut. Und, ach, wie tieftraurig konnte er sein!

Die zweite Diagnose lautete auf eine affektive Störung NNB (nicht näher bezeichnet). Er war vier Jahre alt, als wir ihm Clonidine verabreichten, ein Medikament, das ADHS-Kindern helfen soll, impulsives und trotziges Verhalten in den Griff zu bekommen. Wir hofften, es könnte dazu beitragen, dass sich Evan ein wenig mehr unter Kontrolle haben würde.

Kurzfristig trat tatsächlich Besserung ein. Nachts schlief er besser, und tagsüber war er weniger manisch. Es sah so aus, als würde er mit Clonidine und einer Eins-zu-eins-Betreuung vielleicht sogar den Kindergarten durchstehen.

Evan brauchte Zeit, redeten wir uns ein, Zeit für die Beschäftigungstherapie und zur Behandlung seiner Überempfindlichkeit; Zeit, um seine Fähigkeiten entwickeln zu können. Wir sahen uns vor große Herausforderungen gestellt, aber das waren schließlich alle Eltern. Oder?

Evan besuchte den Kindergarten. Er störte die Betreuer, lachte an den unpassenden Stellen, schrie, wenn man ihn zurechtwies, und weigerte sich, an Aktivitäten teilzunehmen, die ihm nicht gefielen.

In den ersten acht Wochen wurden Michael und ich fast ein Dutzend Mal zu Gesprächen zitiert. Es war schrecklich für uns, nicht erklären zu können, warum sich unser fünfjähriger Sohn so verhielt. Wir liebten ihn. Wir steckten ihm Grenzen. Wir kämpften für ihn.

Trotzdem, Evan wollte tun, wonach ihm der Sinn stand, und war bereit, sich mit allen Mitteln durchzusetzen.

Dritte und vierte Diagnose: ADHS und Angststörung NNB. Auf Drängen der Kindergartenleitung verabreichten wir Evan das Antidepressivum Lexapro. Lexapro wirkt sich auf den Serotonin-Spiegel im Gehirn aus. Man sagte uns, es werde ihn beruhigen und dazu beitragen, dass es sich besser konzentrieren könne.

Im Gehirn Ihres Sohnes geht es drunter und drüber, sagte uns der Spezialist. *Stellen Sie sich vor, Sie stehen mitten in einer marschierenden Musikkapelle und versuchen, Ruhe zu bewahren, während Ihnen Trompeten ins Ohr tröten und alles in Bewegung ist. Evan liebt Sie. Er möchte Ihnen gefallen. Aber er schafft es nicht, diese Blaskapelle lange genug zu ignorieren, um zu sich selbst zu kommen.*

Wir hielten uns an die Verordnung. Das ist schließlich gute amerikanische Tradition, oder? Verhaltensauffällige Kinder werden mit Drogen zugedröhnt.

Zwei Wochen später – er zeichnete gerade ein Bild von einem Rennwagen – stach Evan einem fünfjährigen Mädchen, das neben ihm saß, seinen Bleistift durchs Trommelfell.

Damit war die Kindergartenzeit für ihn zu Ende.

Dann erfuhren wir, dass Lexapro bei Evan paradoxe Reaktionen hervorrief, mit anderen Worten, es bewirkte das Gegenteil seiner Indikation, wie ein Schmerzmittel, das zu Schmerzen führt, oder ein Schlafmittel, das wach macht. Anstatt unseren Sohn zu beruhigen, versetzte Lexapro ihn in noch heftigere Erregungszustände.

Wir konsultierten einen anderen Arzt, den besten in ganz Boston, wie man uns sagte. Ich engagierte das Kindermädchen Nummer neun und erteilte unserem Sohn Hausunterricht.

Michael musste immer länger arbeiten. Um die Spezialisten bezahlen zu können, wie er sagte. Als hätte ich nicht längst das Parfüm wahrgenommen, das in seinem Mantel hing, oder bemerkt, wie häufig er in Erwartung einer SMS auf sein Handy schaute.

Ich fragte mich, ob sie jung und schön war, vielleicht mit blonden Strähnchen in den kräftigen, gepflegten Haaren. Vielleicht würde sie ihren Sohn mit in den Supermarkt nehmen können, ohne dass er die anderen Kunden mit Lebensmitteln bewarf. Vielleicht würde ihr Kind im Restaurant nicht die Pasta auf den Boden fallen lassen, die Hand in die rote Soße tauchen und Abdrücke damit machen.

Vielleicht schlief sie nachts durch, las morgens Zeitung und konnte sich geistreich mit anderen über aktuelle Themen unterhalten.

Oder vielleicht kicherte sie auch nur und gab Michael das Gefühl, ein toller Typ zu sein.

Als Mutter versucht man alles, liebt bedingungslos, kämpft bis zur Erschöpfung und hofft noch, wenn andere längst verzweifeln.

Bis zum allerletzten Moment fürchtet sie auch noch, zu wenig versucht, geliebt, gekämpft und gehofft zu haben.

Es ist Freitagnachmittag, vier Uhr. Am Himmel ziehen dunkle Gewitterwolken auf. Nach der langen Hitzewelle werden sich die meisten über eine Abkühlung freuen. Mir ist es einerlei. Ich bin zu spät aufgebrochen und fahre jetzt zu schnell, um Zeit wettzumachen.

Mir bleiben nur zwei Stunden, und das zweimal in der Woche. Die kann ich mir nur deshalb erlauben, weil ich von dem Unterhalt, den Michael zahlt, zweimal in der Woche Kurzzeitpflege in Anspruch nehme, eine ausgebildete Hilfskraft, die auf Evan aufpasst. In diesen freien Stunden gehe ich einkaufen, in die Apotheke, zur Bank und besorge all das, was mit Evan im Schlepptau nicht möglich ist. Das war gestern Abend. Heute, an einem zweiten freien Abend in dieser Woche, fahre ich zu Friendly's.

Dort bin ich mit meiner Tochter verabredet.

Ich finde Chelsea in einer Sitzecke im hinteren Teil des Lokals; ihr gegenüber sitzt Michael. Er trägt einen hellen Sommeranzug und ein knallblaues Oberhemd von Johnston & Murphy. In dem auf Figur geschnittenen Jackett kommt sein athletischer Körper gut zur Geltung. Anscheinend geht er immer noch einmal pro Woche zum Boxtraining. Man kann einen Kerl aus seiner Nachbarschaft herausholen, aber nicht die Nachbarschaft aus dem Kerl.

Als er mich sieht, wie ich durch das dicht besetzte Restaurant auf ihn zukomme, steckt er seinen BlackBerry weg und steht auf.

»Victoria«, sagt Michael.

»Michael«, erwidere ich.

Derselbe Gruß jede Woche. Wir weichen nie von unserer Routine ab.

»Ich bin um halb sieben zurück«, verspricht er Chelsea und gibt ihr einen Kuss auf die Wange.

Dann ist er weg, und ich bin mit meiner Tochter allein.

Chelsea ist sechs. Sie hat Michaels dunkle Haare und meine Gesichtszüge, ist groß für ihr Alter und ziemlich frühreif. Das bleibt wohl nicht aus, wenn ein junges Mädchen einen Bruder wie Evan hat.

»Hast du dir schon was bestellt?«, frage ich, rutsche auf Michaels Platz und lege meine Handtasche neben mich auf den roten Kunststoffbezug.

Sie schüttelt den Kopf.

»Worauf hättest du denn Lust?« Meine Stimme klingt bemüht. So ist es jedes Mal. Ich habe einen Abend in der Woche, an dem ich meiner Tochter zu beweisen versuche, dass ich sie liebe. Ihr bleiben sechs Abende, um Gegenbeweise zu sammeln.

Chelsea klappt die Speisekarte zu und schreckt zusammen, als irgendwo ein Luftballon zerplatzt. Bei der Scheidung wurde vereinbart, dass sich Michael um eine therapeutische Betreuung für unsere Tochter kümmert. Ob er sich daran hält, weiß ich nicht. Er ist nach unseren Erfahrungen mit Evan auf Therapeuten nicht gut zu sprechen.

Aber Chelsea ist nicht Evan. Sie ist ein bezauberndes kleines Mädchen, das in den ersten fünf Jahren immer im Ungewissen darüber war, ob ihr Bruder sie zärtlich umarmen oder in psychotischer Wut über sie herfallen würde. Im Alter von zwei Jahren lernte sie wegzulaufen und sich im Badezimmer einzuschließen. Mit drei konnte sie schon die 911 wählen. Und vor elf Monaten hat sie mit angesehen, wie Evan das Stemmeisen in der Garage fand und alle Fensterscheiben einschlug.

Am Tag darauf zogen Michael und Chelsea aus. Evan und ich sind seitdem allein.

»Was macht die Schule?«, frage ich.

Sie zuckt mit den Achseln. Ich muss ihre Stimmung respektieren und greife zu den Buntstiften, die in einem Becher auf dem Tisch stehen, drehe mein Platzdeckchen um und fange zu malen an. Nach einer Weile folgt sie meinem Beispiel. So beschäftigen wir uns wortlos, und ich rede mir ein, dass ich mich damit begnügen sollte.

Die Kellnerin kommt. Ich bestelle einen gemischten Salat. Chelsea will Chicken Nuggets mit Pommes.

Wir malen weiter.

»Ich werde das Blumenmädchen sein«, sagt sie unvermittelt.

Ich halte die Luft an und suche nach dem gelben Stift. *Hochzeit?* Wir sind erst seit sechs Monaten geschieden. Ich weiß, dass Michael eine Freundin hat, aber … so schnell? Das ist entwürdigend.

»Du wirst das Blumenmädchen sein?«

»Auf Daddys und Melindas Hochzeit. Kurz vor Weihnachten. Ich trage ein Kleid aus grünem Samt.«

»Du … du wirst wunderbar darin aussehen.«

»Daddy sagt, Melinda wird meine neue Mommy sein.« Chelsea malt nicht mehr. Sie schaut mich an.

»Deine Stiefmutter. Nach der Hochzeit wirst du eine Stiefmutter *und* eine Mommy haben.«

»Gehen Stiefmütter auch im Friendly's essen?«

Das ist zu viel für mich. Ich lege den Buntstift weg und starre auf den Tisch. »Ich habe dich lieb, Chelsea.«

Sie nimmt ihren Stift wieder auf und malt weiter. »Ich bin wütend«, sagt sie fast beiläufig. »Ich will keine neue Mom. Sarah hat eine und findet das gar nicht toll. Ich will auch kein grünes Samtkleid. Das ist hässlich und viel zu warm.«

Ich sage nichts.

»Ich würde es am liebsten zerreißen«, fährt sie fort. »Ich würde gern eine Schere nehmen und es kaputt schneiden. Schnipp, schnipp, schnipp. Oder vielleicht Farbe drüberkleckern. Dann brauche ich es nicht anzuziehen.« Sie blickt wieder auf. »Mommy, werde ich jetzt wie Evan?«

Mir schnürt sich die Kehle zu. Ich nehme ihre Hand. Da ist so vieles, was ich ihr gern sagen würde. Dass sie etwas ganz Besonderes ist, einmalig, wunderschön. Dass ich sie seit dem Augenblick ihrer Geburt von Herzen liebe. Dass es nicht ihre Schuld ist und auch nicht die des kranken Bruders.

»Du bist nicht wie dein Bruder, Chelsea. Evan … Evan hat Sachen im Kopf, die hat sonst niemand. Sein Gehirn funktioniert anders. Deshalb kann er sich nicht beherrschen und gerät außer sich. Bei dir ist das nicht der Fall. Es ist in Ordnung, wenn du manchmal wütend wirst. Das werden wir alle.«

»Ich kann Melinda nicht leiden«, mault Chelsea. »Daddy arbeitet immer nur und hat keine Zeit für mich.«

»Das tut mir leid.«

»Hochzeiten sind blöd. Stiefmütter sind blöd. Blöd, blöd, blöd.«

»Liebes …«

»Warum kann Evan nicht einfach weggehen? Daddy sagt, wenn Evan nicht da wäre …«

Ich halte mich bedeckt. An der Stelle unterscheiden wir uns, Michael und ich. Er will seine Kinder gefügig haben, während ich zu akzeptieren gelernt habe, dass unser Sohn eine Krankheit hat, die bislang kein Arzt kurieren konnte. Aber Evan ist und bleibt unser Kind, und dass er Probleme hat, ist kein Grund, ihn fallenzulassen.

Die Kellnerin kommt und schiebt zwei Teller auf den Tisch. Ich verteile die Salatblätter neu; Chelsea stochert lustlos in ihrem Essen herum.

»Evan vermisst dich«, sage ich nach einer Weile. »Er wünschte sich, mit dir in den Park gehen zu können.«

Chelsea nickt. Es gab eine Zeit, da standen sie und ihr Bruder sich sehr nahe. Als er noch ruhiger und auf seine Art bezaubernd war. Die beiden verkleideten sich gern, und er ließ es sogar zu, dass sie ihm die Haare machte. Sie spielten Verstecken oder formierten eine Rockband, die auf unsere Küchentöpfe eindrosch. Das waren wirklich schöne Zeiten für die beiden, und ich kann mir vorstellen, dass ihr der große Bruder manchmal fehlt. Natürlich kann ich mir auch vorstellen, dass es viele Vorfälle gab, an die sie lieber nicht erinnert wird.

Chelsea ist angeblich der Grund dafür, dass Michael mich verlassen hat. Er behauptet, meine hartnäckige Weigerung, Evan in ein Heim zu geben, habe das Leben unserer Tochter in Gefahr gebracht. Hat er recht? Habe ich recht? Wer soll das entscheiden? Was sich uns an Optionen bietet, ist nicht immer eine Wahl zwischen Gut und Schlecht. Ich kann meinen Sohn nicht opfern, nicht einmal meiner Tochter zuliebe.

Also sitze ich hier, und sie sitzt dort, und ich liebe sie so sehr, dass mir die Brust wehtut und ich keinen Bissen herunterbekomme. Ich sitze einfach da, diesem stillen kleinen Mädchen gegenüber, und versuche, ihr meine Liebe aufzuzwingen. Könnte ich einen kleinen Ball aus meiner Liebe formen und ihr an den Kopf werfen, würde sie diese Liebe vielleicht spüren. Vielleicht würde sie einsehen, dass ich sie mehr liebe als Evan und dass ich gerade aus diesem Grund von ihr loslassen musste.

Sie kommt auch ohne mich zurecht. Evan aber braucht mich.

Wir malen noch ein bisschen weiter. Meinen Salat rühre ich nicht an. Sie isst ein paar Pommes. Sie erzählt mir, dass sie es im Musik-Camp mal mit der Geige probieren will. Und Sarah und sie hätten sich gestritten, weil Sarah sagte, Hannah Montana wäre besser als die Cheetah Girls, aber dann hätten sie sich darauf geeinigt, dass *High School Musical* das Coolste überhaupt wäre, und jetzt wären sie wieder Freundinnen. In zwei Wochen fängt der Ballettunterricht an, und sie ist schon ganz gespannt auf den ersten Schultag. Sie braucht eine Schuluniform und will wissen, ob wir sie zusammen einkaufen gehen. Gern, wenn ich mir die Zeit dafür nehmen kann, antworte ich. Ihr Blick verrät, dass sie nicht damit rechnet.

Die Kellnerin räumt den Tisch ab. Chelsea strahlt bei dem Gedanken an Eiscreme. Sie entscheidet sich für den Kindereisbecher. Ich verzichte auf Nachtisch, obwohl mir ein paar Pfunde mehr guttäten. Vielleicht sollte ich eine Eisdiät machen. Ein Liter am Tag, und ich hätte bald mein

Idealgewicht. Nur ist da niemand, der Wert darauf legen würde.

Selbstmitleid führt zu nichts. Ich strecke den Arm aus und halte wieder die Hand meiner Tochter. An diesem Abend lässt sie es zu. Ob auch nächste Woche, bleibt abzuwarten.

Sie wird eine zweite Mutter bekommen, eine Frau, die ich nicht kenne. Ich versuche, sie mir vorzustellen, und bleibe bei einer Blondine Ende zwanzig hängen. Jünger, hübscher, knackiger als ich. Sie wird Chelsea beim Einkauf der Schuluniform helfen, ihr vielleicht Zöpfe flechten. Sie wird die Erste sein, die von Chelsea das Neueste aus der Schule erfährt, und wahrscheinlich wird sie ihr Ratschläge geben, wie mit zickigen Freundinnen umzugehen ist. Es wird sich ein Vertrauensverhältnis zwischen ihnen entwickeln. Und eines Tages wird Chelsea kein Interesse mehr daran haben, mit mir im Friendly's zu Abend zu essen.

Ich würde mich gern bitter beklagen, aber wozu? Chelsea ist damit beschäftigt, heranzuwachsen und voranzukommen. Meine Aufgabe ist es loszulassen. Ich war nur nicht darauf vorbereitet, schon so früh loslassen zu müssen.

Michael betritt das Restaurant. Er bleibt vor uns stehen und sagt kein Wort. Wir verstehen den Hinweis. Ich lege Geld auf den Tisch und packe meine Sachen. Als ich mich hinterm Tisch hervorgequetscht habe, ist er schon an der Tür. Chelsea bummelt hinterher.

Ich schließe zu ihr auf, und gemeinsam stoßen wir die Glastür auf. Es regnet in Strömen. Wir zögern eine Weile unter der Markise und sammeln uns für den Sprint zu den Autos. Michael nutzt die Gelegenheit und sagt: »Chelsea hat dir bestimmt gesagt, dass Melinda und ich heiraten werden.«

»Glückwunsch«, entgegne ich und frage gehässig nach: »Wann soll ich mit Evan vorbeikommen, damit ihm ein Anzug angepasst wird?«

Der Blick, den er mir zuwirft, hätte eine schwächere Frau vernichtet. Ich revanchiere mich und warne ihn, unser erstgeborenes Kind zu verleugnen, das immer noch fragt, wann sein Vater endlich zurückkommt.

»Ich habe dich nicht verlassen«, zischt mir Michael zu, so leise, dass Chelsea ihn nicht hören kann. »Du hast mich verlassen, in dem Augenblick nämlich, als du beschlossen hast, seine Bedürfnisse über die aller anderen zu stellen.«

»Er ist ein Kind –«

»Das professioneller Pflege bedarf.«

»Du meinst einer Unterbringung im Heim.«

»Es gibt auch andere Möglichkeiten, ihm zu helfen. Aber die ziehst du nicht einmal in Erwägung. Weißt es ja besser. Du glaubst, die Einzige zu sein, die ihm helfen kann. Chelsea und ich sind dir egal. Du kannst uns nicht verübeln, dass wir getrennte Wege gehen.«

Und ob ich das kann, will ich erwidern.

Er gibt Chelsea mit einem Wink zu verstehen, dass es Zeit zu gehen ist. Sie hat den Kopf gesenkt und zeigt an ihrer Haltung, wie ihr zumute ist. Obwohl sie uns nicht hören kann, weiß sie, dass wir streiten, und das quält sie.

Ich nehme meine Tochter in den Arm, spüre ihr seidenes Haar und die Leichtigkeit ihres schlanken Körpers, atme den Duft von Kokosnuss-Shampoo und Buntstiften ein und drücke sie fest an mich, denn diese Umarmung muss wieder für eine Woche reichen. Dann lasse ich sie los.

Die beiden rennen auf den Parkplatz zu. Wenig später sitzen sie in Michaels BMW. Die Rückleuchten glühen rot durch dunkle Regenschleier.

Ich weiß nicht, wie sich für einen Vater die Trennung von seinem Sohn anfühlt. Ich weiß nur, was eine Mutter empfindet, wenn sie sich von ihrer Tochter trennt. Mir ist, als würde mein Herz aus mir herausfahren und ein großes Loch in der Brust zurücklassen.

11. Kapitel

D. D. hatte noch nie eine geschlossene Psychiatrie von innen gesehen und war sich nicht sicher, ob sie das überhaupt wollte. Aber von allen Mitgliedern der Harrington-Familie gab ihr Ozzie die größten Rätsel auf. Patricks Arbeitgeber konnte nur Positives über seinen ehemaligen Angestellten sagen. Und der Chef von Denise war so entsetzt über ihren gewaltsamen Tod, dass er kaum reden konnte. »Großartige Frau«, »fürsorgliche Mutter«, »ein Herz so groß wie der Himmel« und immer wieder unterdrückte Schluchzer – viel mehr war aus ihm nicht herauszubekommen.

Phil rief an und berichtete, was über die finanzielle Situation der Familie in Erfahrung zu bringen war: ziemlich genau das, was sie erwartet hatten. Das Konto der Harringtons war bis auf achthundert Dollar geschrumpft. Dabei hatten sie eine erhebliche Hypothekenlast zu tragen und einen Kredit in Höhe von zehntausend Dollar zu bedienen. Bislang waren sie nie in Zahlungsverzug geraten. Dass sie aber ihren Verpflichtungen bald nicht mehr hätten nachkommen können, war abzusehen gewesen.

Das einzige Geld, das monatlich reinkam, war ein Betrag, den ihnen der Staat zur Unterstützung Ozzies zukommen ließ. Dazu kam das Gehalt von Denise als Rezeptionistin, das vor kurzem sogar ein bisschen erhöht worden war. Vorausgesetzt, sie hätte die oberen beiden Etagen vermieten können, wäre die Familie bei gleichbleibendem Zinsniveau mit Ach und Krach über die Runden gekommen. Phil und Professor Alex wollten am Abend ausführlicher der Frage nachgehen, ob Patrick Grund zur Verzweiflung hatte oder eher nicht.

Was, wenn sein Haus tatsächlich unter den Hammer gekommen wäre? Patricks erste Frau war tot, Denises Exgatte wie von der Erdoberfläche verschwunden. Gab es Familienangehörige, bei denen sie hätten unterkommen können? Wäre von der Kirche Hilfe zu erwarten gewesen?

D. D. wollte Antworten auf diese Fragen. Mehr noch, sie wollte wissen, ob Denise oder Patrick selbst entsprechende Erkundigungen eingeholt hatten. Wie tief war der Abgrund, vor dem sie gestanden hatten, aus ihrer eigenen Sicht gewesen? Konnten sie sich sagen: *Sei's drum, wenn alle Stricke reißen, können wir immer noch zum Bruder ziehen;* oder hieß es in ihrem Fall eher: *Verdammt, unsere Kinder kommen in ein Heim und müssen dort bis zur Volljährigkeit versauern?*

Achtzehn Stunden nach dem Notruf bilanzierte D. D. vier Tote und einen Schwerverletzten in kritischem Zustand. Als Tatverdächtige standen ihr ein Familienvater und dessen neunjähriger psychotischer Sohn zur Auswahl. Der Vater hatte die körperlichen Voraussetzungen für eine solche Tat, sein Sohn die psychischen.

Letzteres machte einen Besuch in der Kinderpsychiatrie

des Kirkland Medical Centers von Boston unumgänglich. Professor Alex, ihr neuer Schatten, begleitete sie.

Ihre ersten Eindrücke von der Station deckten sich nicht mit ihren Erwartungen. In den hohen Raum, den sie betrat, fiel durch Panzerglasfenster natürliches Licht auf einen blassgrünen Teppichboden und hellblau gestrichenen Wände. Die fest verschraubten Bänke hatten hübsche Bezüge mit aufgedruckten gelben Enten, und auf mehreren Tischen standen Eimer voller Legosteine. Es hätte ebenso gut das Wartezimmer einer Kinderarztpraxis für Privatpatienten sein können. Nur dass hier die Kinder sehr viel länger untergebracht waren.

D. D. wollte sich gerade an Alex wenden, als ein dunkelhäutiges Mädchen mit rotem Helm, aus dem zwei Zöpfe baumelten, auf Rollerblades vorbeizischte. Ihr dicht auf den Fersen ein kleinerer Junge in labbriger blauer Trainingshose, nicht ganz so geschickt, aber umso entschlossener.

D. D. und Alex sprangen zurück.

»Becca, Arnie, nicht weiter als bis zum orangen Hütchen«, donnerte eine Männerstimme. Das Mädchen und der Jungen machten kehrt – sie elegant, er mit Mühe und Not – und fuhren wieder zurück, ein zweites Mal knapp an D. D. und Alex vorbei.

»Entschuldigen Sie«, rief der Mann und klang dabei eher amüsiert als verlegen. Er war noch jung und hatte kurzgeschnittene braune Haare. Vor ihm lag ein orangefarbener Pylon auf dem Boden. In seiner blauen Trainingshose und dem engen weißen T-Shirt, durch das sich kräftig ausgebildete Muskelpakete abzeichneten, sah er aus wie ein Sportlehrer. Er hielt ein Klemmbrett in der Hand, und an einem Band, das er um den Hals trug, hingen ein Ausweis und mehrere Schlüssel.

Seine Schutzbefohlenen flitzten auf das große Fenster am anderen Ende des langen Flures zu. Er drehte sich um und rief: »Nicht so schnell, Arnie. Entspann dich, du musst nicht gleich beim ersten Mal gewinnen.«

D. D. hielt es für sicherer, dicht an der Wand zu bleiben. Sie hatten es durch die verschlossenen Türen ins Foyer geschafft, dann eine weitere Schleuse passiert und den Aufnahmebereich erreicht. Nun warteten sie auf Schwester Danielle Burton, die Ozzie Harringtons Patientenakte holen wollte und sie im Aufenthaltsbereich zurückgelassen hatte.

Auf der linken Seite, da wo gegessen, gebastelt und gespielt wurde, standen ein halbes Dutzend massive Holztische. Die rechte Hälfte war offenbar eine Art Fernseh-Lounge mit mehreren bequemen Sofas vor einem Bildschirm.

Hinter einem der Sofas sah D. D. einen dunklen Haarschopf auftauchen, gefolgt von zwei weiteren. Die drei Jungen entdeckten sie und kletterten über das Möbelstück.

»Hola. ¿Cómo está?«, fragte der kleinste von ihnen. Er kam auf sie zugelaufen und blieb mit seinen nackten Füßen unmittelbar vor ihren schwarzen, spitz zulaufenden Schuhen stehen. Seine Miene zeugte von ernstem Interesse. Die beiden anderen stellten sich hinter ihn. D. D.

schätzte den kleinen Anführer auf sieben oder acht. Er hatte seine Jeans bis über die Knie hochgekrempelt und rollte nun das rechte Hosenbein immer wieder rauf und runter.

»Bueno«, antwortete D. D. *»¿Y tú?«*

»Que bueno. Haben Sie Lucy gefunden? *¿Dónde está?«*

D. D. wusste nicht, wen er meinte, und warf einen Blick auf Alex. Der zuckte mit den Achseln.

In diesem Moment kam Danielle Burton zur Tür herein. Alle drei Jungen wandten sich ihr zu. Der Kleine zupfte am Saum ihres T-Shirts.

»¿Dónde está Lucy? Dónde, dónde?«

»Está bien, está bien«, beruhigte die Schwester. Sie wuschelte seine pechschwarzen Haare. »*Lucy está bien. Tranquilo,* okay?«

»Okay«, sagte der Kleine.

»Das ist Jimmy«, stellte sie den Jungen vor. »Und das sind seine Komplizen Benny und Jorge. Wenn Sie einmal richtig toll mit Matchbox-Autos spielen wollen, dann halten Sie sich an diese drei.«

Alex ging vor Jimmy in die Hocke und fragte: »Welches Auto hast du am liebsten?«

»Den Monster-Truck«, antwortete Jimmy, streckte beide Arme aus und rannte los, im weiten Radius um die Tische herum, wobei er mehr wie ein Flugzeug als ein Auto aussah. Benny und Jorge aber schienen von seiner Pantomime überzeugt zu sein und folgten seinem Beispiel.

»Langsam«, rief ihnen Danielle nach.

Die Jungen bremsten ab, womit die Schwester zufrieden zu sein schien. Sie führte D. D. und Alex nach links in einen schmaleren Gang, der zu einer Reihe von Klassenzimmern führte.

Danielle fand einen leeren Raum und bat die beiden einzutreten. D. D. und Alex hatten sich zunächst an Stationsleiterin Karen Rober gewandt, die allerdings kurz angebunden gewesen war und ihnen empfohlen hatte, sich mit Schwester Danielle zu unterhalten. Wie auf ein Stichwort war diese gleich darauf zur Tür reingekommen. Als sie den Ausweis und die Polizeimarke von D. D. gesehen hatte, waren ihr für einen kurzen Moment die Gesichtszüge entglitten. D. D. glaubte, Angst darin zu erkennen, doch gleich darauf war sie wieder wie ausgewechselt und zugeknöpft.

Wenn Karen ihrer Kollegin nicht ausdrücklich gesagt hätte, dass sie den Detectives Auskunft geben soll, wäre die junge Schwester wohl kaum zu einem Gespräch mit ihnen bereit gewesen. Nun zog Danielle einen Stuhl unterm Tisch hervor, legte die Akte auf den Tisch und setzte sich, um gleich darauf wieder aufzustehen.

»Ich brauche einen Schluck Wasser«, sagte sie. »Wollen Sie auch etwas zu trinken?«

D. D. und Alex verneinten und nahmen Platz. Danielle huschte aus der Tür hinaus.

»Der erste Eindruck?«, flüsterte D. D.

»Ziemlich zappelig«, antwortete Alex.

»Ist das nicht jeder, der von der Polizei vernommen wird?«

»Nicht *so* zappelig«, entgegnete er.

»Da haben Sie wohl recht.«

Danielle kehrte mit einem Pappbecher zurück, in dessen Deckel ein Strohhalm steckte. Sie setzte sich den Detectives gegenüber und schien so weit wie möglich Abstand nehmen zu wollen. Sie war jünger, als von D. D. erwartet, athletisch gebaut und hatte die dunklen Haare zu einem Pferdeschwanz gebunden. Hübsch, aber sichtlich angespannt unter den gegebenen Umständen.

»Sind Sie sicher, dass Sie nichts möchten?«, fragte die Schwester und zupfte an der Akte, die vor ihr lag.

»Ja«, antwortete D. D. »Viel zu tun heute Nachmittag?«

»Nicht mehr als sonst.«

»Wie viele Kinder sind auf Ihrer Station?«, fragte D. D., um die Situation etwas aufzulockern. Sie war neugierig auf Danielle und wollte in Erfahrung bringen, warum die Schwester so nervös auf Polizei reagierte.

»Fünfzehn. Eigentlich zu viele, aber überbelegt sind wir noch nicht.«

»Überbelegt?«

Danielle ließ sich mit der Antwort Zeit. »Überbelegt wären wir, wenn wir uns nicht mehr um jedes Kind intensiv genug kümmern könnten. Entscheidend ist nicht die Anzahl, sondern die Gruppendynamik. Wenn wir es ausschließlich mit Kindern zu tun hätten, die überhaupt nicht zusammenpassen, wären wir schon mit acht überfordert. Bei günstiger Zusammenstellung könnten wir aber auch achtzehn betreuen.« Sie legt eine Pause ein. »Zugegeben, lieb wär mir das nicht gerade.«

»Wie lange arbeiten Sie schon hier?«, fragte D. D.

»Seit acht Jahren.«

»Ganz schön lange unter solchen Bedingungen.«

Die Schwester zuckte mit den Achseln. »Wir sind hier sehr fortschrittlich, was unsere Arbeit leichter macht als in den meisten anderen Kinderpsychiatrien. Manche unserer MCs arbeiten hier schon zwanzig Jahre oder mehr.«

»MCs?«, hakte Alex nach.

»*Milieu counselors.* Oder Sozialarbeiter. Ist Ihnen der Kollege im Aufenthaltsraum aufgefallen, der mit der tiefen Stimme?«

»Der Sportlehrer«, sagte D. D.

»Greg. Er ist *Milieu counselor.* Wir bezeichnen den Lebensbereich unserer Station als Milieu. Gregs Aufgabe besteht darin, dafür zu sorgen, dass dieses Milieu erhalten bleibt – als eine sichere, förderliche und dynamische Umgebung. MCs brauchen kein Diplom, dafür aber jede Menge Energie und Kreativität, um mit den Kindern arbeiten zu können.«

»Was ist das Fortschrittliche an Ihrer Station?«

»Wir betäuben unsere Kinder nicht –«

»Betäuben?«, unterbrach D. D.

»Medikamente. Klar, wir geben ihnen, was der Arzt verordnet hat, in Ausnahmefällen auch Mittel wie Benadryl zur Beruhigung. Aber wir wollen sie aufbauen und nicht bloß ruhigstellen.«

Danielle fummelte an ihrem Strohhalm herum. Weil D. D. nicht gleich eine weitere Frage stellte und sich das Schweigen in die Länge zog, setzte die Schwester ihre Ausführungen fort.

»Wir verzichten außerdem darauf, die Kinder zu fesseln, was häufig in anderen Kliniken praktiziert wird, wenn ein Patient zu toben anfängt. Es heißt dann, das sei in deren eigenem Interesse, aber das ist Unsinn. Ich will Ihnen eine Geschichte erzählen: Wir hatten einmal ein fünfjähriges Mädchen bei uns, dessen Schultergelenke immer wieder ausgekugelt sind, weil die Eltern eine ganz eigene Vorstellung vom Babysitten hatten. Sie fesselten die Kleine, um in die Kneipe gehen zu können. Als das Mädchen schließlich mit schweren Dehydrationserscheinungen ins Krankenhaus eingeliefert wurde, ordnete ein Assistenzarzt an, sie ans Bett zu fesseln, weil das Mädchen kaum zu bändigen war. Können Sie sich vorstellen, was das für dieses Mädchen bedeutete? Endlich kommt sie von den Eltern frei und wird wieder wie ein Tier an die Kette gelegt. Achtzig Prozent unserer Kinder sind schwer traumatisiert. Wir müssen nicht noch mehr an Verletzungen draufpacken.«

»Keine Betäubung, keine Fesseln«, fasste D. D. zusammen. »Aber was, wenn alle Kinder auf einmal durchdrehen?«

»Dann greift das, was wir unter CPS verstehen – *collaborative problem-solving*, also gemeinschaftliche Problemlösung, ein Konzept, das von Dr. Ross Greene, einem Experten für Kinder mit hohem Aggressionspotenzial, entwickelt wurde. Dr. Greene geht davon aus, dass sich ein Kind angemessen verhält, wenn es dazu in der Lage ist. Mit anderen Worten, Kinder, die sich nicht angemessen verhalten, wissen es einfach nicht besser. Sie haben zum Beispiel eine zu niedrige Frustrationsschwelle oder kognitive Defizite. Unser Ziel ist es, einem Kind Fähigkeiten beizubringen, die ihm noch fehlen, und zwar durch CPS.«

»Soll das heißen«, hakte Alex nach, »ein Kind dreht durch, und Sie ... reden ihm gut zu? *Hallo, mein Schatz, dass du den Stuhl durchs Fenster geworfen hast, ist nicht richtig. Und du, mein lieber Georgie, hör bitte auf, die kleine Jane zu würgen.*«

Danielle rang sich ein Lächeln ab. »Interessant, die meisten Eltern reagieren genau wie Sie. Beispiel gefällig?«

»Bitte«, antwortete er.

»Ein zehnjähriges Mädchen wurde eingeliefert aufgrund heftiger Tobsuchtsanfalle und wiederholter Brandstiftung. Zwei Stunden nach ihrer Aufnahme trat sie auf Greg zu, den Sportlehrer, und schmierte ihm eine. Wortlos. Einfach so.«

»Und was tat Greg?«, wollte D. D. wissen.

»Nichts. Der Kerl wiegt an die hundert Kilo, das Mädchen brachte gerade mal dreißig auf die Waage. Ihr Fausthieb prallte von seinem Bauch einfach nur ab. Dann versuchte sie, ihm in die Hoden zu treten, worauf er einfach wegging.«

Alex sperrte die Augen auf. »Keine Pillen, keine Fesseln?«

»Zwei Kollegen übernahmen und brachten das Mädchen zurück auf ihr Zimmer. Sie schlug um sich und brüllte wie am Spieß. Andere Kinder wurden nervös, worauf unsere Oberschwester die beiden Kollegen wegschickte. Kaum waren sie verschwunden, beruhigte sich das Mädchen und kehrte friedlich von sich aus auf ihr Zimmer zurück.«

»Soll heißen, die Männer haben sie in Rage gebracht?«, fragte D. D. »Hatte sie einschlägige Erfahrungen mit dem männlichen Geschlecht?«

»Exakt. Mit großen dunkelhaarigen Männern, um genau zu sein, mit all denjenigen, die sie auf die eine oder andere Weise an ihren Stiefvater erinnerten. Solche Typen reizten sie zur Weißglut. Von dieser Beobachtung ausgehend, konnten wir mit ihr arbeiten. Wir hätten sie nie gemacht, wenn das Mädchen gefesselt oder mit Medikamenten ruhiggestellt worden wäre.«

»Na schön«, räumte Alex ein. »Aber mit Worten allein ist es doch wohl kaum getan.«

»Nachdem sich das Mädchen beruhigt hatte, ließen wir mit ihr den Vorfall noch einmal Revue passieren. Wir sprachen über ihr Verhalten. Ich nannte ihr andere Möglichkeiten der Reaktion auf Männer oder Jungen – Mord und Totschlag ausgenommen. Verstehen Sie mich nicht falsch. Ich spreche von einem langwierigen Prozess, und darin besteht unsere Aufgabe hier: Kindern dabei zu helfen, sich bewusstzumachen, was in ihren Köpfen passiert und wie sie das emotionale Chaos darin ordnen können. Kinder wollen anständig sein. Sie wollen sich im Griff haben und sind unter geeigneter Anleitung gern bereit, an sich zu arbeiten.«

»Haben Sie dem Mädchen helfen können?«, fragte Alex.

»Am Ende ihres Aufenthaltes bei uns war sie dick mit Greg befreundet.«

»Und Ozzie Harrington?«, sagte D. D. »Haben Sie mit ihm auch so eine Erfolgsgeschichte erlebt? Als brüllender Löwe gekommen und als sanftes Lamm verabschiedet?«

Danielle schien dichtzumachen. Sie lehnte sich zurück und fuhr mit dem Daumen über die Akten. Der Blick aus ihren blauen Augen war hart und voller Argwohn. Seltsam, seltsam, dachte D. D.

»Was ist eigentlich passiert?«, wollte die Schwester wissen, ohne auf die an sie gestellte Frage einzugehen.

»In letzter Zeit mal ferngesehen?«, entgegnete D. D.

»Nein. Ich hatte hier zu viel zu tun.«

»Aber Sie nehmen an, dass es mit Ozzie kein gutes Ende genommen hat, stimmt's?«

»Er ist tot, nicht wahr?«

»Noch einmal gefragt: Warum fürchten Sie das Schlimmste?«

»Weil Karen mich gebeten hat, mit Ihnen zu reden. Wenn Ozzie noch leben würde, dürfte ich Ihnen nichts über ihn sagen, da ich an meine Schweigepflicht gebunden wäre.«

D. D. dachte kurz nach und sagte dann: »Ja, er ist tot.«

»Nur er, oder hat er auch andere verletzt?«

»Erzählen Sie uns doch bitte, was Sie denken.«

»Scheiße.« Danielle schlug die Akte auf.

»Oswald wurde im Frühling vergangenen Jahres bei uns aufgenommen. Er hatte sechs Monate bei seiner Pflegefamilie gelebt, als es zu einem psychotischen Ausbruch kam. Die Eltern waren am Abend ausgegangen und hatten ihn und seine beiden Geschwister mit einer Babysitterin allein im Haus zurückgelassen. Kurze Zeit später klingelte bei Mrs und Mr Harrington gleichzeitig das Handy – sie saßen in einem Restaurant. Die Babysitterin sowie die beiden älteren Geschwister hatten sich im Badezimmer eingesperrt. Vor der Tür stand Ozzie, mit einem Hammer bewaffnet, und schrie, dass er sie alle töten werde.

Die Eltern forderten die Babysitterin auf, den Notruf zu alarmieren, und fuhren sofort nach Hause zurück. Als sie ankamen, war Ozzie gerade von zwei Polizisten überwältigt worden. Ein Notarzt sedierte den Jungen und brachte ihn ins Krankenhaus, das ihn dann an uns überwies.

Bei seiner Einlieferung befand er sich in einem geradezu katatonen Zustand. Wir beobachten das häufig bei Kindern unmittelbar nach einer traumatisierenden Erfahrung. Während der ersten achtundvierzig Stunden wurde er mit Ativan ruhiggestellt. Währenddessen studierten wir seine Krankengeschichte. Es lagen etliche jeweils anderslautende Befunde vor. Mal war von ADHS die Rede, mal von mehr oder weniger spezifizierten Anpassungs-, Lern- oder Entwicklungsstörungen. Die Fachärzte meinten, dass zu wenig über seine ersten Lebensjahre bekannt sei, da seine Mutter starb, als er drei war.«

»Worin äußerten sich denn seine Probleme?«, fragte D. D.

»Ozzies sprachliche und soziale Fähigkeiten waren unterentwickelt. Im Alter von acht Jahren zeigte er autistische Verhaltensweisen: Er mied den Blickkontakt mit anderen, schaukelte stundenlang mit dem Oberkörper vor und zurück und gab dabei unverständliche Laute von sich.«

»Wie Rain Man?«, fragte D. D. und machte sich Notizen.

»Die Figur ›Rain Man‹ deckt nur ein paar Aspekte des gesamten Spektrums autistischer Störungen ab«, antwortete die Krankenschwester trocken. »Und wir sprechen von einem breiten Spektrum. Auf Informationen aus Hollywood sollten Sie sich nicht verlassen. In Ozzies Fall konnten wir Züge diagnostizieren, die weniger mit Autismus zu tun haben als mit Techniken der autosuggestiven Beruhigung, die sich viele schwer vernachlässigte Kinder selbst beibringen. Ozzie war ein Wolfskind.«

»Nicht Rain Man, sondern Tarzan?«, mischte sich Alex ein.

Danielle warf ihm einen kritischen Blick zu.

»Unter Wolfskindern verstehen wir Kinder, die keine Pflege erfahren und sich deshalb nicht normal entwickeln. Stellen Sie sich vor, ein Säugling schreit und nichts passiert. So ein Kind bildet keine Sprache aus, entwickelt keine Bindung und entwickelt kein Gefühl der Zugehörigkeit zu seiner Umgebung. Es verkümmert mental, ist sprachverzögert und sozial gehandikapt – wie Ozzie.«

»Sie sagten, seine Mutter wäre drei Jahre nach der Geburt gestorben«, meinte D. D. »Nach unseren Informationen war er mehrere Wochen allein mit der Leiche in der Wohnung –«

»Zehn Wochen, um genau zu sein. Während dieser Zeit ernährte sich Ozzie von Cornflakes, ungekochten Nudeln, kurzum, von all dem, was er in den Schränken finden konnte. Er konnte offenbar schon früh gut klettern und schaffte es bis hinauf zum Wasserhahn über dem Spülbecken. Ein richtiger Überlebenskünstler. Bevor sie starb, war seine Mutter wahrscheinlich krank, Tage oder Wochen. Das heißt, Ozzie musste sich über einen sehr viel längeren Zeitraum selbst versorgen. So erklärt sich seine Verwilderung.«

»Kein besonders schöner Start ins Leben«, fasste D. D. zusammen. »Aber dann schalteten sich die Behörden ein und …«

»Er kam von einer Pflegefamilie in die nächste. Er hatte schon sieben oder acht hinter sich, als er bei den Harringtons landete.«

»Warum ausgerechnet bei den Harringtons?«

»Da müssen Sie bei den zuständigen Stellen nachfragen. Ich weiß nur, dass die Eltern Denise und Patrick einen sehr guten Eindruck auf uns machten. Manche Pflegeeltern entscheiden sich ganz bewusst für ein Kind, das besonderer Zuwendung bedarf. Sie haben meist schon Erfahrung mit solchen Kindern, weil sie vielleicht selbst behinderte Geschwister hatten oder in sozialen Einrichtungen arbeiten. Manche glauben einfach, solchen Anforderungen gewachsen zu sein, und möchten sich beweisen.«

»Und wie stand es um Denise und Patrick?«, fragte D. D.

»Ich glaube, sie hatten keine Vorstellung davon, was auf sie zukommen würde«, antwortete die Schwester geradeheraus. »Aber sie wollten Ozzie unbedingt helfen. Sie waren wohl sehr religiös und entschlossen, Gottes Willen auf Erden zu verwirklichen.«

D. D. machte sich wieder eine Notiz. Die Aussage der Schwester deckte sich mit den Äußerungen der Nachbarn.

»Ozzie hatte also einen psychotischen Schub. Was bedeutet das?«

»Er hat sich die Kleider vom Leib gerissen, mit einem Hammer auf Einrichtungsgegenständen herumgeschlagen und Morddrohungen ausgestoßen. Wäre ihm jemand in die Quere gekommen, hätte er ihn wahrscheinlich verletzt. Ein Kind, das dermaßen in Wut gerät, ist nicht mehr erreichbar, weder mit Worten noch mit liebevollen Gesten, geschweige denn mit Vernunft. Hat es sich wieder beruhigt, fehlt ihm oft jede Erinnerung an das, was es getan hat, nicht einmal dann, wenn es den Familienhund verprügelt oder seinen Lieblingsteddybären zerrupft hat. Verdrängung ist die beste Strategie in solchen Fällen, während die anderen Mitglieder der Familie, vor allem die Geschwister, wegen posttraumatischer Stresssymptome therapiert werden müssen.«

Auch das notierte sich D. D. *Wer hat die Harringtons therapiert?* In Therapiegesprächen kam einiges zutage …

»Was passierte nach Ozzies Aufnahme bei Ihnen?«

Danielle zuckte mit den Achseln. »Wir versuchten es mit Aripiprazol, was häufig zur Behandlung von Schizophrenie und bipolaren Störungen verschrieben wird. Er schien gut darauf anzusprechen, jedenfalls während der ersten acht Wochen. Dann beobachteten wir Symptome, die auf eine Akathisie schließen ließen, und mussten das Medikament absetzen.«

»Akathisie?«

»Das ist eine unbezwingbare motorische Unruhe. Ozzie klagte über Zwerge, die in ihm steckten und ihm die Knochen brechen würden. Außerdem litt er unter perseverativen und obsessiven Interessen.«

»Auch das müssen Sie uns erklären.«

»Ich spreche von zwanghaften Gedanken. Hat sich der Patient zum Beispiel in den Kopf gesetzt, ein rotes Auto haben zu müssen, lässt ihn dieser Wunsch nicht mehr los. Es kommt vor, dass er sechs, sieben Stunden lang immer wieder sagt: *Ich will ein rotes Auto, ich will ein rotes Auto, ich will ein rotes Auto.* Setzen Sie anstelle dieses harmlosen Wunsches eine Tötungsabsicht, dann wissen Sie, wie gefährlich perseverative Gedanken sind.«

»Das arme Kerlchen hat ganz schön was durchmachen müssen mit seinen erst – wie alt war er? – sieben, acht Jahren«, meinte D. D., zur Abwechslung mal ohne jeden zynischen Unterton.

»Er war acht – und unter den Kindern, die zu uns kommen, keine Ausnahme. Die meisten Eltern meinen, das Schlimmste, was ihrem Kind passieren kann, wäre Krebs. Aber das ist falsch. Viel schlimmer sind psychische Erkrankungen. Gegen Krebs kann man was machen. Aber psychische Störungen in der Vorpubertät … Es gibt nur einige wenige Medikamente, die wirklich helfen, und bei längerer Einnahme verlieren sie an Wirksamkeit, sodass wir am Ende ohne jede Notbremse dastehen. Wir können sie vielleicht eine Weile stabilisieren, aber nicht ausschließen, dass sie über kurz oder lang wieder in den Abgrund stürzen.«

»Ist das im Fall Ozzie geschehen?«, fragte D. D.

Danielle blätterte durch die Patientenakte. »Als wir das Aripiprazol abgesetzt hatten, behauptete er, Gespenster würden vor seinem Zimmerfenster auftauchen und ihm befehlen, Menschen zu töten. Also setzten wir die Behandlung mit Aripiprazol fort, allerdings in sehr geringer Dosis, um das Risiko der Nebenwirkungen zu minimieren. Kurzfristig konnten wir in seinem Verhalten eine positive Veränderung feststellen.«

»Kurzfristig«, warf D. D. ein. »Soll heißen, auf lange Sicht …«

»Wir wissen nicht, was folgte.«

»Wieso nicht?«

Die Schwester schüttelte den Kopf. »Seine Eltern holten ihn nach Hause zurück. Gegen unseren Rat. Sie waren gerade umgezogen, und Denise wollte ihn unbedingt wieder unter ihre Fittiche nehmen.«

Alex hob eine Hand. »Ich höre wohl nicht richtig. Ozzie sieht Gespenster, die ihn auffordern zu töten, und die Eltern holen ihn nach Hause?«

»So was kommt vor.«

D. D. beugte sich über den Tisch. »Vergessen Sie für eine Minute die Patientenakte. Versuchen wir, Sie und ich, zu verstehen, was im Falle dieses Jungen geschehen ist. Wie kommen Sie darauf, dass Ozzie jemandem wehgetan haben könnte? Warum waren Sie vom unglücklichen Ausgang seiner Geschichte so überzeugt? Nennen Sie mir den wahren Grund seiner Entlassung aus Ihrer Klinik.«

Danielle schien mit sich kämpfen zu müssen. Sie wirkte niedergeschlagen und presste die Lippen aufeinander.

»Denise war bei einem Wunderheiler«, antwortete sie schließlich. »Er versprach, Ozzie helfen zu können. Ganz ohne Medikamente. Sagte, er werde ihn ›ans Licht führen‹.«

»Nicht zu fassen.«

»Aber so war es. Dieser Junge hat eine schwere Psychose, und seine Mutter bringt ihn – wortwörtlich – ›mit einem Experten für negative und positive Energien‹ zusammen. Wir haben versucht, sie umzustimmen. Sie sagte, weil wir ihrem Sohn nicht helfen könnten, hätte sie sich nach anderer Hilfe umgesehen.«

»Ich glaube nicht, dass uns das weiterführt«, meinte Alex.

»Nicht? Dann erzählen Sie mir, was passiert ist.«

»Das wissen wir nicht. Jedenfalls gibt es die Familie nicht mehr.«

»Die Familie? Die *ganze* Familie?« Danielle wurde kreidebleich. Sie blinzelte verwirrt mit den Augen, fasste sich dann aber wieder. Plötzlich aber hatte sie sich wieder gefasst. »Die Familie aus Dorchester«, murmelte sie. »Ich habe nur ein paar Wortfetzen aufgeschnappt, aus den Radionachrichten. Ozzie war's?«

»Wer es war, steht noch nicht fest«, korrigierte D. D.

»Ich dachte, es wäre der Vater. Danach hörte es sich jedenfalls an.«

»Wir werden das klären.«

Kopfschüttelnd starrte Danielle auf den Tisch. »Verdammt. Wir haben Denise gewarnt. Sie müssen … Andrew Lightfoot. Das ist der Name des Mannes, den Sie sprechen müssen. Wenn Sie wissen wollen, was mit Ozzie passiert ist, fragen Sie Andrew Lightfoot, dieses arrogante Miststück.«

12. Kapitel

Patrick Harrington starb um 22:37 Uhr. Als sie davon erfuhr, war D. D. stinksauer. Aber davon hatte der Tote auch nichts mehr.

Sie saß an ihrem Schreibtisch. Antwortete nicht auf Chips Anrufe. Dachte nicht an ein Abendessen mit Alex. Es war Freitagabend, und sie tat, womit sie so oft ihre Abende verbrachte. Sie las Berichte und versuchte zu verstehen, was sich am gestrigen Abend in Dorchester zugetragen hatte. Warum es fünf Tote gab.

Allen Indizien zum Trotz, hielt sie den Jungen für den Täter. Sie wusste selbst nicht, warum. Seine traurige Geschichte, die psychotischen Episoden. Dass er Eichhörnchen quälte und sich deren Blut von den Händen leckte. Für sie stand Ozzie Harrington an erster Stelle der denkbar kurzen Verdächtigenliste. Und sie hatte auch eine Idee, was das letzte Wort aus dem Mund seines Vaters bedeutet haben mochte. Vielleicht hatte er nicht »hussy« gesagt, wie die Krankenschwester behauptete, sondern »Ozzie«.

Es war keine Verunglimpfung seiner Frau, sondern der letzte verzweifelte Versuch, den Namen des Schuldigen zu nennen.

All das kam ihr durchweg plausibel vor, bis sie sich noch einmal das Protokoll vom Tatort vornahm. Fakt: Der Täter musste größer als eins fünfundsechzig sein. Fakt: Ozzie hätte sich unmöglich im Schlafzimmer seiner Schwester die Kehle aufschlitzen und dann in die Loggia schleppen können. Fakt: Laut Auskunft von Danielle Burton hatte Ozzie in seinem ersten psychotischen Anfall das ganze Haus demoliert. Am Tatort waren aber keine Spuren blinder Zerstörungswut zu sehen gewesen. Alle Hinweise ließen darauf schließen, dass jemand systematisch ein Familienmitglied nach dem anderen umgebracht hatte.

Und das führte D. D. zurück auf Patrick Harrington, den fürsorglichen Ehemann und Vater, der dafür gesorgt hatte, dass seine Familie in einer besseren Nachbarschaft wohnen konnte. Der sich für seine zweite Ehe ins Zeug gelegt und zu den Kindern seiner Frau auch noch einen Problemfall ins Haus geholt hatte. Der dann seinen Job verloren hatte und mit den Renovierungsarbeiten in Verzug geraten war. Dann stellte sein Adoptivsohn zu allem Überfluss auch noch kleinen Nagetieren in der Nachbarschaft nach. Wahrscheinlich nahm der Druck, der auf ihm lastete, immer mehr zu, Wunsch und Wirklichkeit klafften immer weiter auseinander.

Er kann die Welt nicht verbessern? Dann verlässt er sie – und nimmt seine unschuldigen Schätzchen mit sich.

Dieser Logik konnte D. D. halbwegs folgen. Das würden wahrscheinlich auch die Geschworenen vor Gericht. Nur hatten sich Phil und Alex in den oberen beiden Etagen des Hauses der Harringtons umgesehen und festgestellt, dass die Renovierung fast abgeschlossen war. Daraufhin hatten sie den *Boston Globe* durchgeblättert und tatsächlich eine für heute, Freitag, geschaltete Anzeige gefunden, mit der zwei Wohnungen zur Miete angeboten wurden. Sollte Patrick tatsächlich all diese Vorkehrungen getroffen und sich am Ende doch gesagt haben: *Scheiß drauf, bevor ich auch nur ein Wochenende darauf warte, dass sich Interessenten melden, mache ich noch in dieser Nacht kurzen Prozess.*

Totschlag im Affekt, versuchte ihr Alex einzureden. Totschlag im Affekt.

D. D. hatte Zweifel daran. Vor ihr lagen nicht weniger als acht Zeugenaussagen, die allesamt darin übereinstimmten, dass Patrick ein anständiger Kerl war. Wie konnte sich ein zuverlässiger Familienvater innerhalb weniger Minuten in einen wildwütigen Totschläger verwandeln?

Verdammt, sie hatte Hunger auf eine Peperoni-Pizza.

Nein, eigentlich wollte sie Sex. Am besten gleich hier auf dem Schreibtisch. Weg mit dem Papierkram. Hose runter, ihm, Alex, das gestärkte blaue Hemd vom Leib gerissen, und ab die Post. Sie schätzte ihn als jemanden ein, der geduldig und intensiv zugleich war. Das mochte sie, Geduld und Intensität. Sie mochte es, wenn kräftige Männerhände ihren Hintern gepackt hielten und sich ein fester, muskulöser Körper über sie hermachte.

Sie sehnte sich danach, zur Abwechslung einmal nicht Supercop Sergeant D. D. Warren zu sein, sondern schlicht und einfach Frau.

Tickte da eine biologische Uhr in ihr, die ihr Denken durcheinanderbrachte und ihre Arbeitsmoral korrumpierte?

Sie würde nicht heiraten, auch keine Kinder in die Welt setzen oder am Arbeitsplatz Sex haben. Also sollte sie gefälligst diese verdammten Berichte lesen und ihre Arbeit tun. Darum ging's. Fünf Tote in Dorchester und niemand, der überlebt hatte, um erklären zu können, was vorgefallen war.

Sie konzentrierte sich noch zehn weitere Minuten lang, gab auf und fuhr nach Hause. Zeit für eine kalte Dusche, aufgewärmtes Chopsuey, und ab ins Bett.

Sie bog gerade auf die I-93, als ihr Handy klingelte.

Ungeduldig kramte sie es hervor und bellte ihren Namen.

Es war Phil. Er klang nicht gut. »Wir haben noch einen.«

»Noch einen was?«

»Tatort, was sonst. Komm her. Und vergiss nicht, Wick mitzubringen.«

D. D. war kein Fan von Minzpaste oder parfümierten Wattekugeln in der Nase, wenn sie einen Tatort besichtigte. Manche Kollegen rieben sich die Hände mit Zitronensaft ein und hielten sie dann vor die Nase. Andere kauten Spearmint und behaupteten, dass beschäftigte Geschmacksknospen den Geruchssinn schmälerten.

D. D. war altmodisch. Sie hielt es bei der Arbeit für unerlässlich, alle Sinne beisammenzuhaben.

Als sie durch die Tür ging, bedauerte sie das sofort.

»Was zum Teufel ist das?«, blaffte sie und schlug sofort einer Hand vor Mund und Nase. Mit der anderen vertrieb sie eine dicke Schmeißfliege.

Alex Wilson stand im mit Leuten vollgestopften Wohnzimmer. Geradezu ritterlich reichte er ihr ein Taschentuch. Sie winkte ab, obwohl ihre Augen zu tränen anfingen.

»Himmelherrgott«, murmelte sie und versuchte, gegen einen besonders hartnäckigen Würgereiz anzukämpfen.

Von der Tür aus blickte sie auf ein heilloses Durcheinander. Der Boden vor ihren Füßen war von Müll überschwemmt. Sie sah vor Fett starrendes Cheeseburger-Papier, leere Frittenschachteln, haufenweise Servietten und – Himmel, hilf – eine vollgeschissene Windel, die sich bewegte, bis plötzlich der Welt größte Kakerlake darunter zum Vorschein kam, über den schmutzig braunen Teppich krabbelte und unter einem geöffneten Pizzakarton verschwand, an dem grüne Peperonistücke klebten.

»Verflucht!« D. D. wich zurück und stürmte nach draußen. Unter Aufbietung all ihrer Willenskraft gelang es ihr, sich nicht vor den Augen der Kollegen von der Spurensicherung oder – schlimmer noch – der vorm Haus versammelten Medienvertreter zu übergeben. Ihre Augen schwammen in Tränen, und dass sich der Magen relativ schnell wieder beruhigte, verdankte sie der vom Regen frischen Luft, die sie in tiefen Zügen einatmete.

Sie hatte sich gerade wieder aufgerichtet, um einen

zweiten Versuch zu wagen, als sie Bobby Dodge unter dem gelben Band wegtauchen sah, das am Ende der Einfahrt den Tatort markierte. Vor die Wahl gestellt, sich mit einer tanzenden Kakerlake oder mit einem Detective der Landespolizei von Massachusetts anzulegen, entschied sie sich für Letzteres. Im Übrigen hatten sie mal ein Verhältnis gehabt. Inzwischen war er glücklich verheiratet. Natürlich.

»Mein Tatort«, stellte sie grüßend fest.

»Verzeihung«, entgegnete Bobby gelassen.

Nach dem Regen vor drei Stunden hatte sich die Luft auf erträgliche fünfundzwanzig Grad abgekühlt. Es war allerdings immer noch schwül. Bobby trug sein Jackett über dem rechten Unterarm. Auf seinem dunkelblauen kurzärmeligen Hemd prangten die goldenen Insignien der Landespolizei.

»Was machst du hier?«, wollte D. D. wissen.

»Vielleicht war ich gerade zufällig in der Gegend?« Er grinste. Er sah klasse aus, wenn er grinste, und das wusste er.

»Musst du dich nicht um ein Krabbelkind kümmern oder so etwas in der Art?«

»Carina Lillian«, präzisierte er unumwunden und fischte ein Foto aus der Gesäßtasche. »Zweitausendsechshundert Gramm. Ist sie nicht wunderschön?«

Er hielt das postkartengroße Foto ins Licht der Außenbeleuchtung. D. D. sah zwei rote Pausbacken, kleine, eng zusammenstehende Augen und einen Eierkopf.

»Dir wie aus dem Gesicht geschnitten«, bestätigte D. D.

»Ganz normale Vaginalgeburt«, berichtete er stolz.

Dank dieser beiden Worte, dachte D. D., würde sie nie

mehr Sex haben wollen. »Und Annabelle?«, erkundigte sie sich nach Bobbys Frau.

»Der geht's bestens. Sie stillt wie eine Weltmeisterin, pünktlich im Vier-Stunden-Rhythmus. Keine Beschwerden. Und du?«

»Ich stille nicht wie eine Weltmeisterin.«

»Schade drum«, entgegnete Bobby.

»Warum bist du hier? An meinem Tatort?«

»Bin neugierig.«

»Aber nicht zuständig. Das ist mein Job.«

»Deshalb dachte ich, wir könnten zusammenarbeiten.«

»Sei ehrlich, du dachtest, ich wäre noch nicht zur Stelle, und hast darauf spekuliert, dich hier in aller Ruhe umsehen zu können.«

»Ertappt.«

»Und woher die Neugier?«

»Marihuana«, antwortete er.

»Dealerei?«

»Und Schmuggel. Davon gehen wir jedenfalls aus.«

Sie krauste die Stirn und musterte ihn. »Du glaubst, hier hätten Revierkämpfe stattgefunden?«

»Um darauf eine Antwort zu finden, will ich mir den Tatort ansehen.«

»Hier wurde eine Familie ausgelöscht.«

»Wurde mir berichtet.«

»Ziemlich viele Tote für einen Marihuanakrieg«, sagte D. D. »Methadon, vielleicht. Heroin, sicher. Aber wegen Gras ...«

»Kann man in der Pfeife rauchen, ich weiß.« Insiderwitzchen. Cops. Über irgendwas mussten sie ja lachen.

»Na schön«, sagte D. D. »Sieh dich um. Aber der Fall gehört mir.«

»Herzliches Beileid.«

D. D. kehrte ins Wohnzimmer zurück. Alex war nirgends zu sehen, hatte aber jede Menge gelbe Beweismittelschildchen hinterlassen. Sie hielt eine Hand vor die Nase und atmete vorsichtig durch den Mund. Weil der Würgereiz wieder einsetzte, kniff sie sich so fest sie konnte in den Unterarm. Der Schmerz war stärker als der Gestank. Glück für sie.

Bobby, der neben ihr stand, war still geworden. Als ehemaliger Polizeischarfschütze wusste er sich zurückzuhalten und trotzdem konzentriert zu bleiben, was D. D. immer an ihm geschätzt hatte. Jetzt spürte sie seine innere Anspannung. Er war entsetzt, aber wie jeder gute Cop durchaus in der Lage, seine Gefühle im Griff zu haben.

Inmitten des von Kakerlaken verseuchten Wohnzimmers stand eine braun-gold karierte Couch. Darauf hing ein toter weißer Mann, ein Möchtegern-Rastafari samt grün-gelb-roter Strickmütze. D. D. schätzte ihn auf Ende zwanzig, Anfang dreißig. Er hatte ein gutes Dutzend dicker Dreadlocks, zwei große, gebrochene Augen und ein kleines Einschussloch mitten auf der Stirn. Sein rechter Arm hing vom Sofa und zeigte auf den Boden. Unter den Fingern lag auf einer Tüte, in der weiß Gott was stecken mochte, eine Pistole mit kurzem Lauf. Eine .22er, wie D. D. zu erkennen glaubte.

»Nicht viel Blut«, kommentierte Bobby.

»Ist wahrscheinlich ins Sofa gesickert«, murmelte sie.

Ein zusammengeknülltes Papiertaschentuch, keine zwei Schritte von ihr entfernt, setzte sich plötzlich in Bewegung, und D. D. fragte sich, wie vieler Regelverstöße sie sich schuldig machte, wenn sie jetzt ihre Glock zöge und auf das abdrücken würde, was sich unter dem Taschentuch versteckte. Eine Kakerlake kroch hervor, hielt für eine Sekunde inne und schien die beiden zu beobachten. Jedenfalls zweifelte D. D. keinen Augenblick daran, dass dem so war. Dann ging das Vieh wieder seinen Käfergeschäften nach und verschwand unter einem anderen Abfallhaufen.

»Wenn ich wieder zu Hause bin, werde ich als Erstes ein Bad in Bleichmitteln nehmen«, stieß sie zwischen zusammengebissenen Zähnen hervor.

»Nimm lieber Eukalyptusöl«, empfahl Bobby. »Eine Verschlusskappe voll ins Badewasser. Wirkt immer … und die Haut wird schön weich davon«, fügte er spröde hinzu.

D. D. schüttelte den Kopf. Sie kehrte Mr Dreadlocks den Rücken zu und machte sich mit einem Gefühl von Niedergeschlagenheit auf ihren Weg durch die Wohnung.

Die Frau war in der kleinen Küche gleich neben dem Wohnzimmer zusammengebrochen. In ihrem Rücken steckte ein Messer mit schwarzem, gebogenem Griff. Es gehörte offenbar zu dem Sortiment an Schneidewerkzeugen, die in einem Holzblock auf der Anrichte untergebracht waren. Die Blutspuren am klebrig schmutzigen Boden ließen darauf schließen, dass die Frau noch eine Weile gelebt und versucht hatte, sich auf den Ellbogen in Sicherheit zu bringen. Weit war sie nicht gekommen.

Es stank hier noch schlimmer als im Wohnzimmer. In der Spüle gammelten Essensreste vor sich hin, auf dem Tisch waren Milchpfützen sauer geworden, und in einer Ecke des Raums wucherten Schimmelpilze an der Wand. D. D. hatte schon einiges gesehen und gehört, konnte aber immer noch nicht glauben, dass es tatsächlich Menschen gab, die ihre Wohnung so verkommen ließen.

Neben der Küche befand sich ein kleines Badezimmer. Aus der Duschkabine quoll Müll, unter anderem mehrere Kunststoffbehälter, die mit einer gelben Flüssigkeit gefüllt waren. Was es damit auf sich hatte, ahnte D. D., als sie sah, dass die Toilette verstopft und offensichtlich nicht mehr zu gebrauchen war.

Von der Küche aus gelangte sie, von Bobby gefolgt, in den Flur. Ein Junge um die sechzehn lag, alle viere von sich gestreckt, vor der Tür des ersten Schlafzimmers. Von zwei Schüssen niedergestreckt, wie es schien. Der eine hatte ihn am Oberschenkel erwischt; der zweite, tödliche, hatte ein sauberes rundes Loch zwei Zentimeter über dem linken Auge in die Stirn geschlagen.

Im Schlafzimmer beugte sich Alex über die Leiche einer Jugendlichen in Unterhose und Trägerhemdchen. Anscheinend hatte sie im Doppelbett gelegen und geschlafen und dann, vielleicht von einem Geräusch im Flur aufgeweckt, die Decke zur Seite geworfen. Wahrscheinlich hatte sie sich gerade aufgerichtet, war aber gleich wieder, von einer Kugel über dem rechten Auge getroffen, zur Seite weggesackt. Eine ihrer Hände hielt die rosafarbene Decke umklammert.

Das Schlafzimmer war sauberer als die anderen Räume, bemerkte D. D., winzig klein und vollgestellt, aber ordentlich. Das Mädchen hatte die Wände rosa gestrichen und mit grünen und blauen Schlierenmustern versehen. Ihr Allerheiligstes, dachte D. D. und betrachtete den Stoß Bücher in der Ecke.

»Das dritte Kind liegt hinter mir«, sagte Alex.

»Das dritte Kind?«

»Am Boden.«

D. D. und Bobby traten vorsichtig ans Fußende des Bettes. Tatsächlich, in der Lücke zwischen Bett und Außenwand lag ein kleines Kissen, darauf ein sehr viel jüngeres Kind, ein Mädchen, vielleicht drei oder vier Jahre alt. Sie hatte ihre Finger um eine zerlumpte Decke gekrallt und immer noch einen Daumen im Mund. Wäre nicht das Blut an ihrer linken Schläfe gewesen, hätte man meinen können, sie schliefe.

»Wie es scheint, ist sie gar nicht aufgewacht«, sagte Alex leise und verhalten.

»Sieht so aus«, murmelte D. D. »Das ist doch bestenfalls ein Bett für Hunde, auf dem sie da liegt.«

»Würde ich auch sagen«, bestätigte Bobby mit schwacher Stimme.

»Und was zum Teufel ist mit ihren Armen und Beinen?« D. D. war näher herangerückt und zeigte auf etliche Narben und verkrustete Schnittwunden in der Haut des Mädchens. Allein an einem der verschmutzten Beine zählte sie nicht weniger als zwölf. Die Wunden schienen dem Mädchen mit einem Rasiermesser zugefügt worden zu sein.

»Erzähl mir bitte jemand, dass die Fürsorge eingeschaltet worden ist«, flüsterte sie, realisierte aber sogleich, dass es dafür längst zu spät war.

Sie und Bobby verließen das Schlafzimmer, machten einen Bogen um den toten Jungen und gingen ins letzte Zimmer. Es war nur wenig größer als das andere. Ein Doppelbett stand vor der Wand, daneben eine alte Wiege aus Holz.

Bobby blieb in der Tür stehen, als sie auf die Wiege zusteuerte. Sie zwang sich, hineinzusehen und den Anblick für zwei, drei Minuten auszuhalten. Sie verstand es als eine Art Totenwache. Das war man ihnen schuldig, den Toten, dass man sich ein bisschen Zeit für sie ließ, sie betrachtete, sich an sie erinnerte und ehrte.

Und dann galt es, das Schwein zur Strecke zu bringen, das dafür verantwortlich war.

Sie wandte sich der Tür zu und war selbst überrascht, wie klar und fest ihre Stimme klang. »Säugling. Tot. Keine Schussverletzung. Wahrscheinlich erstickt. Das Kissen liegt noch auf dem Bauch.«

»Junge oder Mädchen?«, fragte Bobby.

»Was macht das aus?«

»Junge oder Mädchen?«, knurrte er.

»Mädchen. Komm, Bobby. Nichts wie raus.«

Mit jedem Schritt liefen sie Gefahr, Beweismaterial zu vernichten oder, schlimmer noch, über Leichen zu stolpern. Aber sie mussten einfach raus in die schwüle Sommernacht.

Draußen vor der Haustür atmete sie ein paarmal tief ein. Von der Einfahrt drang Lärm zu ihnen herüber, Nachbarn, Reporter, Schaulustige. Was mochte mehr Leute auf die Straße locken als ein solcher Tatort?

D. D. war angewidert. Wütend. Niedergeschlagen.

Manchmal war dieser Job einfach zu viel.

»In welcher Reihenfolge? Zuerst der Mann, dann die Mutter, dann die Kinder? Was meinst du?«

Sie schüttelte den Kopf. »Warten wir, was die kriminaltechnische Untersuchung ergibt. Hast du eigentlich Alex Wilson schon kennengelernt?«

Kopfschütteln.

»Er unterrichtet Tatortanalyse an der Polizeiakademie und schaut uns einen Monat lang über die Schulter. Smarter Typ. Spätestens morgen früh wird er einen Bericht vorlegen.«

»Ledig?«, fragte Bobby.

»Leck mich!«

»Du hast davon angefangen.«

Sie schoss ihm einen Blick zu. »Inwiefern?«

»Du hast ihn smart genannt. Und dass du einen Mann smart finden kannst, ist mir neu.«

»Dich habe ich auch mal für smart gehalten. Meine Maßstäbe sind also nicht allzu hoch.«

»Du fehlst mir auch«, versicherte er.

Beide verstummten und versuchten, sich wieder auf ihre Arbeit zu konzentrieren.

»Glaubst du, der Mann war's?«, fragte Bobby.

»Bis jetzt sind noch keine Drogen aufgetaucht.«

»Zumindest nicht hier im Haus«, räumte er ein. »Schauen wir doch mal hinterm Haus nach.«

Hinterm Haus fanden sie eine kleine Holzhütte, die von außen wie ein Abtritt aussah. Darin stapelten sich Marihuanaballen bis zur Decke.

»Hallo, Dealer«, murmelte Bobby.

»Goodbye, Bandenkrieg«, korrigierte D. D.

»Wieso?«

»Wann hat das letzte Mal ein Dealer einen anderen kaltgemacht, ohne dessen Vorräte einzusacken? Wenn es hier um Drogen gegangen wäre, wäre das Zeugs nicht mehr hier.«

»Vielleicht haben die Täter es nicht gefunden.«

Sie warf ihm nur einen kurzen, mitleidigen Blick zu und schaute dann überaufmerksam auf ihre Uhr. »Wir haben das Zeug gefunden – in weniger als sechzig Sekunden.«

»Wenn kein Bandenkrieg, was dann?«

»Keine Ahnung.«

Es wurde wieder still zwischen den beiden. Dann sagte Bobby: »Du leitest die Ermittlungen, ich leiste Abbitte.«

Sie starrte in seine grauen Augen, dann auf die breiten Schultern, an denen sie sich einmal ausgeweint hatte. »Sei's drum«, sagte sie.

Sie gingen wieder ums Haus herum.
Bobby bog in die Einfahrt ab.
D. D. kehrte an den Tatort zurück.

13. Kapitel

Danielle

Kurz nach Mitternacht fing Lucy zu schreien an. Aufgeschreckt durch ihr verzweifeltes, schrilles Geheul, stürzten wir alle hinaus in den Flur und begingen den Fehler, zu viert ihr Zimmer zu betreten. Der Anblick so vieler Erwachsener auf einmal versetzte sie noch mehr in Angst und Wut.

Sie schlug mit den Fäusten auf die Fensterscheibe ein, und weil das Panzerglas nicht zersprang, wirbelte sie herum, nahm Anlauf und warf sich vor die gegenüberliegende Wand. Ihr Kopf prallte zurück. Schreiend rannte sie auf die nächste Wand zu. Sie trug immer noch ihr übergroßes T-Shirt, das wie ein riesiger grüner Umhang um ihre dürren Knie flatterte.

Mit erhobener Hand forderte ich alle auf, still zu stehen. Eigentlich war meine Schicht längst vorbei, aber ich hatte mich noch mit Karen und Greg unterhalten und anschließend Papierkram erledigt. Von den vergangenen achtundvierzig Stunden hatte ich sechsunddreißig gearbeitet, war müde und mitgenommen von Lucys Alleingang wie auch vom Besuch der Detectives. Als die gegangen waren, hatte ich mich dummerweise im Internet durch die Meldungen über die Tragödie in Dorchester geklickt und versucht, mir Ozzie in diesem hübschen dreigeschossigen Haus vorzustellen. Ozzie, Patrick, Denise, Ozzies ältere Geschwister.

Und wieder hatte ich im Geiste die Stimme meines Vaters gehört. *»Oh Danny girl. My pretty, pretty Danny girl.«*

Seitdem waren zweieinhalb Tage vergangen. Sechsunddreißig Stunden.

»Sie dissoziiert«, murmelte Cecille, eine unserer MCs, neben mir.

Cecille hatte recht. Lucys dunkle Augen wirkten glasig. Sie schlug auf Sachen ein, die nur sie sehen konnte. Von ihrem Albtraum ins Niemandsland zwischen Schlaf und Wachen geführt, reagierte sie auf unsere Anwesenheit, ohne diese einordnen zu können. Es war fast unmöglich, Kinder aus einem solchen Zustand herauszuholen, und meist nahmen solche Episoden kein gutes Ende.

Wieder warf sich Lucy gegen eine Wand und hämmerte mit den Fäusten auf ihren Kopf ein.

»Ativan«, sagte Ed, ein älterer MC, schwergewichtig und mit schütterem Haar. Er kochte gern, wofür ihn die Kinder liebten.

»Was anderes bleibt uns wohl nicht übrig«, erwiderte ich.

»Ich halte sie fest.« Ed setzte schon an, um sie einzufangen und mit seinen kräftigen Armen zu umschlingen. Manche Kinder beruhigte es, überwältigt zu werden. Aber ich wusste inzwischen, dass Lucy nicht zu dieser Gruppe gehörte.

»Warte«, sagte ich und hielt ihn zurück. »Wenn du sie berührst, flippt sie vollends aus.«

»Das ist sie doch schon. Wir müssen sie sedieren, bevor hier alles aus dem Ruder läuft. Es ist mitten in der Nacht, Danielle. Du weißt, was das bedeutet.«

Ja, das wusste ich, aber ein so gestörtes Kind wie Lucy mit Gewalt zu beruhigen … mir wurde allein von der Vorstellung schlecht.

»Alle raus«, befahl ich. »Raus mit euch. Wir erreichen hier nichts.«

Lucy war wieder am Fenster und trommelte gegen die Glasscheibe. Ihr schien bewusst zu sein, dass das Glas nicht brechen würde und sie nicht entkommen konnte, versuchte es aber trotzdem.

Wie lange hatte sie auf den Kühltruhendeckel eingeschlagen? Wie viele Tage und Stunden war sie an ihr Bett gefesselt gewesen, die Arm- und Beinmuskeln verkrampft im unablässigen Bemühen, sich loszureißen?

Solche Kinder waren zäher als wir. Sie waren tapferer als wir. Auch deshalb liebten wir sie.

Wir zogen uns langsam in den hell erleuchteten Flur zurück, wo sich bereits erste Dominoeffekte infolge der Schreierei Lucys bemerkbar machten. Kinder tauchten in den Türen auf, und Jimmy rannte mit ausgestreckten Armen an uns vorbei, um als Düsenjäger Stress abzubauen, Jorge und Benny waren ihm dicht auf den Fersen.

Die gesprächigen Kinder plapperten drauflos. Die Sprachgehemmten rollten sich am Boden zusammen. Aimee, das suizidgefährdete Mädchen, sah offenbar ihre Befürchtungen, was den Weltuntergang betraf, bestätigt und schlurfte ins Dunkel ihres Zimmers zurück, gefolgt von Cecille.

Lucy fing wieder zu heulen an, diesmal in dünnen, wehklagenden Lauten, die kurz abbrachen, um dann zu einem gewaltigen Crescendo anzuschwellen.

»Sie soll aufhören, sie soll aufhören, sie soll aufhören!«, brüllte Jimmy durch den Flur, die Arme starr ausgestreckt und mit flatterndem Bademantel.

Lucy wurde noch lauter.

»Aufhören, aufhören, aufhören!«, stimmten Benny und Jorge in die Proteste mit ein.

»Party im Fernsehzimmer!«, brüllte Ed über den allgemeinen Krawall hinweg. »Popcorn für alle!«

Er trieb die aufgebrachten Kinder vor sich her, weg von Lucys Zimmer in Richtung Aufenthaltsraum. Ich begleitete ihn, um dann so kontrolliert wie möglich weiter zur Arzneimittelausgabe zu eilen. Am liebsten wäre ich gerannt.

Die Schreie dauerten an, eine herzzerreißende Tonleiter, die alle erbleichen ließ, obwohl wir beruhigend zu lächeln versuchten.

Ich dachte wieder unwillkürlich an meinen Vater zurück, wie er, vom Licht im Flur umstrahlt, in meiner Tür gestanden hatte. *»Oh Danny girl. My pretty, pretty Danny girl.«*

Zum Ende dieser Zeile hatte seine Stimme so schrill geklungen wie die von Lucy jetzt. Schwanengesänge.

Ich wollte, dass Lucy zu schreien aufhörte. Ich konnte es nicht länger ertragen.

Ich erreichte endlich die Arzneimittelausgabe und schnappte mir ein Fläschchen Ativan. Zwei Kinder rannten vorbei. Ich fing sie ein und brachte sie ins Fernsehzimmer, wo sich inzwischen die MCs versammelt hatten. Ein Film lief in einer Lautstärke, die den Lärm weiter unten im Flur übertönte.

Lucy schrie ohne Ende. Ich rannte, was das Zeug hielt. Das richtige Sedativ zu haben war nur die halbe Miete. Das eigentliche Problem bestand in der Verabreichung. Die meisten Kinder ließen sich mit freundlichen Worten oder Versprechungen bestechen. Aber mit Lucy konnte man nicht reden.

Sie war ein fleischgewordenes Rätsel, eines, das im Augenblick so gellend schrie, dass mir der Schädel dröhnte. Normale Glasscheiben wären wahrscheinlich gesprungen, und eigentlich war es ein Wunder, dass nicht das ganze Haus implodierte vor lauter Angst und Qual.

»Oh Danny girl. My pretty, pretty Danny girl.«

Ich steckte drei Stücke Käse ein, schnappte mir ein Kofferradio und rannte los.

Ich betrat das Zimmer ohne jede Zurückhaltung. Lucy war so außer sich, dass ich mir Rücksichtnahme ersparen konnte. Sie registrierte mich sofort und stürzte mit gekrallten Händen auf mich zu.

Ihr Schlag erwischte mich an der Schulter, so heftig, dass ich zurücktaumelte und japsend nach Luft schnappte.

Ihre zerzausten braunen Haare standen in alle Richtungen, und die verzweifelt aufgerissenen Augen schienen viel zu groß für das kleine, bleiche Gesicht zu sein.

Sofort nahm sie einen zweiten Anlauf. Unwillkürlich riss ich das Kofferradio hoch. Sie prallte so fest mit der Hand dagegen, dass es krachte, zog den Arm zurück und hielt wimmernd die Hand vor die Brust.

Ich drückte auf Play. Klaviermusik plätscherte leise durch den Raum, Musik, die selbst wildeste Tiere besänftigte.

Aber nicht Lucy. Sie trat mir vors Schienbein.

Ich wich zurück und versuchte, sie auf Abstand zu halten, doch sie attackierte mich immer wieder, auf Zehenspitzen trippelnd und mit stierem Blick auf mein Gesicht.

Sie war darauf aus, mir die Augen auszukratzen. Ich sah es ihr an. In ihrem Innern schien ein Schalter umgelegt zu sein. Sie war nicht mehr zu bremsen und wollte Blut sehen. Sie brauchte es.

Ich blieb in Bewegung, ließ mich nicht in eine der Ecken drängen und versuchte, mir den Fluchtweg durch die Tür offen zu halten.

Ich war stärker.

Aber sie war schneller, ein Wirbelwind aus grünem T-Shirt und weißen, zuckenden Gliedern.

Sie trat wieder mit dem Fuß zu und traf mich seitlich am Knie. Vor Schmerz ließ ich das Kofferradio fallen. Sie hob den Kasten auf und schleuderte ihn gegen das Fenster, von dem er krachend abprallte und am Boden landete. George Winston klimperte unbeeindruckt weiter.

Lucy schien davon keine Notiz zu nehmen. Ich hatte mich wieder berappelt und eilte zur Tür, aber sie schnitt mir den Weg ab und trieb mich zurück ins Zimmer. Ich versuchte, sie auf Abstand zu halten, blieb hinter der Matratze, immer mit Blick auf die Tür.

Aber die Matratze konnte Lucy natürlich nicht aufhalten. Sie sprang darüber hinweg und attackierte mich so schnell, dass mir keine Zeit zur Gegenwehr blieb. Sie rammte mir den Kopf in den Bauch und warf mich mit Wucht zurück vor die Fensterwand, wo sie mich heftig mit gekrallten Fingern und Knietritten traktierte. Ich versuchte, sie zu packen zu bekommen und irgendwie zu bändigen. Doch es war sie, die meinen Arm mit beiden Händen zu fassen bekam. Sie schleuderte mich herum, sprang mir auf den Rücken und griff mit beiden Händen in meine Haare.

Ich taumelte rücklings vor die Seitenwand, doch sie hielt an mir fest und versuchte, mich zu würgen. Ich erinnerte mich, wie sich Greg in solchen Fällen half, beugte den Rumpf und ließ sie über meine Schulter nach vorn rutschen.

Sie landete so hart auf dem Boden, dass ihr die Luft wegblieb. Ich sah, wie sich ihre Augen weiteten und der Mund ein lautloses *Oh* bildete. Schnell, bevor sie wieder auf die Füße kam, drückte ich eine Tablette in das erste Käsestück und zerquetschte es zu einer Kugel, die ich ihr über den Boden zurollte. Dann eilte ich zur Tür.

Ed stand im Flur und blickte mir entsetzt entgegen.

»Was zum –«

»Still! Sie ist noch außer Kontrolle.«

Und als wollte sie mir recht geben, war Lucy wieder auf den Beinen, wenn auch schwankend und mit leerem Blick. Taumelnd kam sie näher und trat gegen die Käsekugel, die gut zwei Meter über den Teppich rollte.

Wie gebannt blieb sie stehen und starrte auf die Kugel.

Ich hielt die Luft an und präparierte die beiden anderen Käsestücke. *Katze,* dachte ich. Wenn sie sich als Katze fühlen konnte, war Lucy ruhig.

Ich rollte das zweite Käsestück wie eine Murmel in ihr Blickfeld. Lucy folgte ihr mit den Augen, richtete den Blick aber dann blitzschnell auf die erste Kugel zurück. Ich sah, wie sie sich duckte und instinktiv eine katzenhafte Haltung annahm. Jetzt warf ich ihr auch das dritte Stück zu, das sie geschickt auffing und durch die Luft wirbeln ließ.

»Wo ist das Ativan?«, fragte Ed. »Um Himmels willen, Danielle ...«

»Sei still!«

Ich wollte sie nicht ablenken. Sie sollte sich auf den Käse konzentrieren. *Spiel mit den netten Kügelchen, wirf sie in die Luft. Und schluck sie.*

Sie ließ mich warten, fünf Minuten lang, sechs, sieben, acht. Eine der Kugeln löste sich schon auf. Mir stockte der Atem. Ich fürchtete, die Tablette könnte darin zum Vorschein kommen. Aber in dieser Kugel steckte sie nicht. Lucy hielt inne und leckte die Cheddar-Krümel vom Boden auf. Dann machte sie sich über die anderen Kugeln her. Eins ... zwei ... drei.

Der Käse war verzehrt, die Tablette geschluckt. Erleichtert und erschöpft lehnte ich mich an den Türrahmen. Wie wackelig ich auf den Beinen stand, bemerkte ich erst jetzt. Meine Arme brannten, meine Handrücken waren total zerkratzt, von meiner Wange lief Blut.

»Wie …? Hast du …?«, stammelte Ed.

»Die Tablette hat im Käse gesteckt«, murmelte ich und zog ihn weg von der Tür. »Sie braucht noch ein paar Minuten. Aber dann wird sie schlafen.«

»Mein Gott, Danielle, dein Gesicht, dein Hals … Du musst zum Arzt.«

»Dann ist es ja gut, dass wir in einem Krankenhaus arbeiten«, entgegnete ich heftiger als beabsichtigt. Meine Nerven lagen bloß. Ich wünschte, Greg wäre hier. Ich wünschte … ich brauchte …

Dann dachte ich an George Winston, der immer noch aus dem Kofferradio am Boden zu hören war, wollte lachen und gleichzeitig weinen und wusste, dass für keins von beidem meine Kraft gereicht hätte.

Ich verzog mich ins Badezimmer, wusch mir das Gesicht und verweigerte mich in aller Entschiedenheit der Einbildung, meinen Vater singen zu hören.

Als ich eine Viertelstunde später in Lucys Zimmer zurückkehrte, lag sie zusammengerollt in einer Ecke. Sie hatte einen Arm ausgestreckt, bewegte die Hand hin und her und beobachtete das Schattenspiel ihrer Finger an der Wand. Ihre Bewegungen waren lethargisch. Das Beruhigungsmittel tat seine Wirkung.

Bald würde sie einschlafen. Ich fragte mich, was sie wohl mit geschlossenen Augen vor sich sah. Ich fragte mich, woher sie die Kraft nehmen sollte, jemals wieder aufzustehen.

Vorsichtig trat ich auf sie zu und setzte mich im Schneidersitz vor ihr auf den Boden. Ihr Kopf drehte sich. Der Kiefer hing locker herab, und die eben noch vor Wut geröteten Wangen waren jetzt bleich.

Sie sah wieder aus wie ein neunjähriges Mädchen, das schon allzu viel durchgemacht hatte.

»Alles in Ordnung«, flüsterte ich, wohl weniger ihr als mir zum Trost. »Eine schlimme Nacht für dich, aber so was kommt vor.«

Sie hob den Kopf, als lauschte sie meinen Worten, richtete dann aber wieder ihre Aufmerksamkeit auf die Bewegung der Finger.

»Du bist hier in Sicherheit«, sagte ich. »Wir tun dir nicht weh und bitten dich nur, ein bisschen mehr Rücksicht zu nehmen. Keine Attacken mehr, okay, Lucy? Hier wird nicht geschlagen. Kein Beißen, Treten oder An-den-Haaren-Ziehen. Sei nett zu uns, und wir sind nett zu dir.«

»Böser Mann«, sagte sie plötzlich mit heller, mädchenhafter Stimme. Ich traute meinen Ohren nicht.

»Lucy?«

»Böser Mann«, wiederholte sie.

Ich wusste nicht, was ich sagen sollte. Lucy sprach. Sie konnte sprechen.

»Schon gut«, flüsterte ich. »Bei uns gibt es keine bösen Männer. Hier bist du in Sicherheit.«

Lucy wandte mir ihr Gesicht zu. Von dem Sedativ benommen, konnte sie die Augen kaum offen halten. Sie nahm meine Hand und drückte mit den kleinen Fingern überraschend fest zu.

»Böser Mann«, sagte sie wieder, mit scharfem, drängendem Ton diesmal. Ihre Augen blitzten dabei.

»Keine Sorge, alles ist gut«, versuchte ich zu beruhigen.

»Nein«, entgegnete sie klagend. »Nein.« Sie ließ meine Hand los, rollte sich zusammen und schien einzuschlafen.

Ich blieb vor ihr sitzen und betrachtete ihren mageren, bleichen Körper.

»Böse Männer sterben. Das Leben wird besser«, sagte ich uns beiden zum Trost und fröstelte.

14. Kapitel

Samstag

D. D. wachte auf, als im Fernsehen gerade für ein Gleitmittel geworben und erklärt wurde, dass Männer welche mit Kühleffekt bevorzugten, während die Frauen eher auf prickelnde Wärmewirkung standen. Wenn allerdings beide, unterschiedlich präpariert, zusammenkämen …

Auf diese Information hatte D. D. nur gewartet. Himmel, das *musste* sie wissen.

Minutenlang stand sie halb nackt im Wohnzimmer vor dem Fernseher, als rechnete sie mit einer Wiederholung der kleinen Filmsequenz in anderer Besetzung, nämlich mit ihr und – sagen wir – Alex Wilson im zerwühlten Bett, sie mit einer seiner seidenen Krawatten um den Hals und er ohne ein Fitzelchen am Leib.

Verflucht.

Sie stieg auf ihr Trainigsfahrrad und fuhr eine Meile in drei Minuten und sieben Sekunden, kippte dann zwei Espressi und machte sich auf den Weg zur Arbeit.

Gegen halb neun traf sie mit einer Tüte Donuts bei ihrer Dienststelle ein. Die meisten ihrer Kollegen ernährten sich bewusst; Donuts kamen für sie nicht in Frage. Was ihr nur recht war. In ihrer gegenwärtigen Stimmung würde sie auch ein halbes Dutzend schaffen. Sie fing mit Boston-Crème an, schüttete sich eine Tasse Kaffee à la Morddezernat ein und nahm am Schreibtisch Platz.

Um neun versammelte sich das Team plus Alex in ihrem winzigen Büro. Ihnen blieben circa dreißig Minuten, um die letzten achtundvierzig Stunden durchzugehen. Danach würde sie dem stellvertretenden Department-Leiter Bericht erstatten müssen. Hatten sie es mit zwei voneinander unabhängigen Verbrechen zu tun? Oder hingen beide Bluttaten miteinander zusammen? Ersteres würde bedeuten, dass ein zweites Team Ermittlungen aufnähme. Im anderen Fall würde es zur Bildung einer Sonderkommission kommen.

D. D. schenkte Kaffee aus, deutete auf die halb leere Tüte und stellte sich neben die Weißwandtafel. Alex nahm auf einem Stuhl vor ihr Platz. Er trug, passend für den Samstag, eine beige Freizeithose und ein tiefblaues Polohemd, das hübsch mit seinen Augen korrespondierte. Die enge Hose ließ seine durchtrainierten Beine zur Geltung kommen.

Und dann waren da seine Hände mit den langen, feingliedrigen Fingern, die auf den Knien lagen …

»Mehr Donuts sind nicht übrig?«, fragte Phil.

»Leck mich«, sagte D. D. und wandte sich der Tafel zu. »Viktimologie«, begann sie. »Zum einen hätten wir da die Harringtons aus Dorchester …«

»Hautfarbe weiß, Mittelschicht, bekennende Christen«, fasste Phil zusammen. Er hatte sich ein Donut mit Ahornsirupglasur aus der Tüte gefischt und mampfte zufrieden.

»Schule, Arbeitsplatz, Kirche, Vereine, Freunde?«

Phil zählte auf, was sie über die Harringtons herausbekommen hatten. D. D. schrieb die entsprechenden Stichworte an die Tafel und zog eine senkrechte Linie, um eine zweite Spalte zu öffnen. »Okay, und nun zum Clan der Laraquette-Solis.«

»Hautfarbe weiß, kleine Drogendealer«, meinte Phil.

Alex meldete sich zu Wort. »Vier Kinder von vier verschiedenen Vätern.«

»Immer wieder Probleme mit dem Jugendamt«, ergänzte Phil.

»Und mit der Einwanderungsbehörde«, sagte Neil, der Dritte im Team. Sein Gesicht hatte die gespenstische Tönung derer, die zu viel Zeit unter Neonröhren verbrachten. Tatsächlich hatte er die vergangenen zwei Tage in der Gerichtsmedizin zugebracht und bei der Autopsie der Harringtons zugesehen. Jetzt konnte er sich auf die nächsten sechs Leichen freuen. Als ehemaliger Rettungssanitäter war er genau der Richtige für diesen Job.

»Wie ich herausgefunden habe, ist Hermes Laraquette auf Barbados zur Welt gekommen«, fuhr Neil fort. Er warf einen Blick auf seine Notizen. »Hermes war ein Redleg – der Spross von Kontraktarbeitern und Kleinkriminellen. Das Ausländeramt hat nach ihm gefahndet, kann aber jetzt wohl seine Akte schließen.«

»Schule, Arbeitsplatz, Kirche, Vereine, Freunde?«

Die Liste war kurz. Der Clan lebte in Jamaica Plains, einem Stadtteil von Boston, der früher zu Roxbury gehörte. Sie waren vor rund sechs Monaten an die neue Adresse umgezogen und in der Nachbarschaft bisher nicht negativ in Erscheinung getreten. Während Hermes in seiner bunten Strickmütze gern durch die Straßen streunte, waren Frau und Kinder meist zu Hause geblieben.

D. D. fragte sich, wie man es in diesem Gestank hatte aushalten können.

Sie studierte die Stichwörter unter dem Namen Harrington, dann die unter dem Namen Laraquette-Solis. Viel fiel ihr nicht dazu ein.

»Feinde?«, fragte sie.

Laut Auskunft der Nachbarn schienen die Harringtons keine gehabt zu haben. Im anderen Fall würden Hermes' Kontakte als Drogendealer erst noch abzuarbeiten sein. D. D. schrieb *sna* für »steht noch aus«.

»Nach dem, was wir hier festgestellt haben, gibt es zwischen den Welten der beiden Familien keine Überschneidungen«, fasste sie forsch zusammen. »Frage: An welchen Stellen könnte es zu Berührungen gekommen sein?«

»Missionsarbeit vielleicht«, antwortete Alex. »Könnte doch sein, dass sich die Harringtons im Auftrag ihrer Kirche oder auch aus eigenem Antrieb für Benachteiligte eingesetzt haben.«

D. D. nickte. »Dem wäre nachzugehen. Die Harringtons waren anscheinend ziemliche Gutmenschen, und den Laraquettes hätte ein bisschen Hilfe mit Sicherheit gutgetan. Fällt euch sonst noch was ein?«

»Die Kinder«, antwortete Neil. »Die halbwüchsigen Jungs waren ungefähr im gleichen Alter. Vielleicht kannten sie einander, vom Sport her oder aus einem Sommerlager.«

D. D. machte eine Notiz.

»Pflegefamilien verwahrloster oder behinderter Kinder«, setzte Phil nach. »Die Harringtons adoptierten Ozzie, und der war vorher, wie wir wissen, in einer Reihe von Pflegefamilien untergebracht.«

»Du meinst, Ozzie könnte auch bei den Laraquettes gewesen sein?« Das bezweifelte D. D. »Eher könnte ich mir vorstellen, dass das Jugendamt versucht hat, die Laraquette-Kinder in anderen Familien unterzubringen.«

»Ja, durchaus möglich«, erwiderte Phil. »Wir wissen immerhin, dass die Harringtons an Problemkindern interessiert waren und die Laraquettes solche hatten.«

»So herum wird ein Schuh draus. Wir erkundigen uns beim Jugendamt. Da freut man sich immer, von uns zu hören. Andere Vorschläge?«

Es blieb still. D. D. machte sich ein paar Notizen, wischte dann die Tafel ab und bat um Kommentare zum jeweiligen Tatort und den gesicherten Spuren.

Neil, der Autopsie-Experte, legte los. »Der Pathologe bestätigt, dass sowohl die Mutter Denise Harrington als auch der ältere Sohn Jacob sowie der jüngere Oswald alle mit einem einzigen Messerstich getötet wurden. Es gibt keine Verletzungen oder Spuren, die darauf schließen ließen, dass der Täter gezögert hätte.«

»Herrje«, murmelte Phil, der einzige Mann mit Familie im Raum.

»Das Mädchen Molly hat eine Stichverletzung am linken Oberarm. Gestorben ist sie allerdings an Sauerstoffunterversorgung. Sie wurde erwürgt, und das gebrochene

Zungenbein lässt darauf schließen, dass der Täter über beträchtliche Kräfte verfügt.«

»Mehr als ein neunjähriger Junge?«, fragte D. D.

Neil warf ihr einen irritierten Blick zu. »Allerdings.« Er schaute wieder auf seine Notizen. »Im Fall des Vaters Patrick Harrington ist unser Gerichtsmediziner noch nicht zu einem abschließenden Ergebnis gekommen. Fest steht nur, dass er an Schwellungen im Gehirn infolge eines Kopfschusses starb.«

»Okay. Drei tödliche Stichverletzungen, einmal Tod durch Ersticken, ein Kopfschuss. Wenn ich mich richtig erinnere, ist in vergleichbaren Fällen meist nur eine Todesart festgestellt worden«, sagte D. D. mit Blick auf Alex.

Der nickte. »Bei solchen Familientragödien kommen in der Regel nur Schusswaffen, Gift oder Gas zum Einsatz. Wir hatten auch schon Fälle, in denen der Familienvater Frau und Kinder, vielleicht um ihnen Qualen zu ersparen, zuerst betäubt und dann erschossen hat. Wenn wir nach einem halbwüchsigen Täter suchen – dem missbrauchten Sohn, der aus Rache tötet –, kommen eher Totschlag und/oder Gift in Betracht. Von einem vergleichbaren Fall, bei dem ein Einzeltäter die Waffen wechselt, habe ich noch nie gehört.«

»Einzeltäter«, griff D. D. als Stichwort auf. »Lassen wir doch mal für eine Weile die Annahme gelten, dass es sich um mehrere Täter gehandelt haben könnte. Sind uns Fälle bekannt, in denen ein heranwachsender Täter einen Komplizen hatte? Ich denke an eine Tochter und deren Freund, die Familienangehörige umbringen, um zusammenleben zu können. Gab es da nicht so was in der Art: Totschlag an Großeltern, begangen von der Enkelin und deren lesbischer Freundin?«

»Wenn ein Teenager seine Familie auslöscht, ist in der Tat meist ein Partner involviert«, bestätigte Alex. »Aber in solchen Fällen versuchen die Täter, ungeschoren davonzukommen. Mir ist kein Fall bekannt, in der nur einer der beiden geflohen wäre.«

»Und wenn sich der Komplize gegen den Anstifter wendet?«

»Warum?«, fragte Alex.

»Was weiß ich?«

»Sehr unwahrscheinlich«, sagte Alex. »Außerdem sieht es am Tatort der Harringtons nach einem methodischen Vorgehen aus. Zwei Teenager im Blutrausch hätten andere Spuren hinterlassen. Wir suchen nach einem Täter, der überdurchschnittlich kräftig und intelligent ist. Geduldig, kalkulierend und geübt. Zeigen Sie mir einen solchen Teenager, und Sie haben mich überzeugt.«

»Na schön«, sagte D. D. »Was wissen wir über die Tatwaffe?«

»Das Messer gehört zu einem Set, das in der Küche im Gebrauch war.« Phil hatte seinen Donut gegessen und wischte sich die Krümel von seinem leicht gewölbten Bauch. »Der Griff war so verschmiert, dass keine Fingerabdrücke abgenommen werden konnten.«

»Und die Pistole?«

»Registriert auf den Namen Patrick Harrington. Darauf Teilabdrücke, die eindeutig ihm zugeordnet wurden.«

»Die Tatwaffen stammen also beide aus dem Haus?«

Phil nickte.

»Jetzt zum anderen Tatort, der Wohnung von Laraquette-Solis.«

Alex war wieder an der Reihe. Er nahm seine Notizen in die Hand und sagte: »Unterschiedliche Vorgehensweisen. Vier Schüsse – auf den Mann im Wohnzimmer, den Jungen im Flur und die beiden Mädchen im Schlafzimmer. Die erwachsene Frau, Audi Solis, wurde in der Küche niedergestochen, der Säugling in seiner Wiege erstickt, wahrscheinlich mit einem Kissen. In welcher Reihenfolge, wissen wir noch nicht. Es könnte sein, dass der Vater Frau und Kinder getötet, sich dann aufs Sofa gesetzt und erschossen hat. Oder er wurde zuerst getötet, dann die Familienangehörigen, worauf der Täter ihm, dem Vater, die Waffe unter die Hand gelegt hat, um Selbstmord vorzutäuschen.«

»Das Messer?«, fragte D. D.

»Gehört zu dem Set, das in der Küche gefunden wurde«, wiederholte Phil. »Griff ohne Abdrücke.«

»Die Pistole?«

»Nicht registriert. Seriennummer weggefeilt.«

»Gestohlen«, sagte D. D. »Oder vom Schwarzmarkt.«

»Wahrscheinlich.«

»Heiße Waffe im Besitz eines Drogendealers«, stellte D. D. fest. »Interessant sind die Gemeinsamkeiten: Kopfschuss, Messerstiche und Tod durch Ersticken. Und in beiden Fällen stammen die Tatwaffen aus dem eigenen Haushalt.«

»Das besagt noch nicht viel«, meinte Alex.

»Nein, aber es ist interessant. Um mit Ihren Worten zu sprechen: Diese Art von Verbrechen kennzeichnet ein sehr eigener Tathergang. Wir haben zwei Tatorte, an denen ganze Familien ausgelöscht wurden, und jeweils drei verschiedene Mordmethoden. Die Tatwaffen konnten in beiden Fällen am Tatort sichergestellt werden. Was spricht gegen den- oder dieselben Täter?«

»Vielleicht gab's einen Trittbrettfahrer«, antwortete Neil aus dem Hintergrund.

D. D. schüttelte den Kopf. »Kann nicht sein. Wir haben noch keine Pressemitteilung herausgegeben. Bekannt ist allenfalls, dass Patrick Harrington mit einer Schussverletzung ins Krankenhaus eingeliefert wurde. Aber von tödlichen Stichverletzungen oder erstickten Opfern war noch nicht die Rede.«

Es wurde still.

D. D. legte ihren dunkelblauen Marker ab.

»Houston«, sagte sie. »Ich glaube, wir haben ein Problem.«

Ihr Vorgesetzter blieb gelassen. Ja, auch er fand die Parallelen beider Fälle durchaus alarmierend, aber womöglich waren sie einfach nur Zufall. Außerdem würde die Bildung einer Sonderkommission unweigerlich die Medien auf den Plan rufen. Und plötzlich käme irgendein Dahergelaufener auf die Idee, dass ein Wahnsinniger durch Boston liefe und darauf aus sei, ganze Familien abzuschlachten. Die Telefone würden nicht mehr stillstehen, und der Bürgermeister würde ihnen die Bude einrennen. Nicht auszudenken …

Es war August. Die Hitze setzte den Leuten schon genug zu. Je weniger an die Öffentlichkeit gelangte, desto besser.

Stattdessen hatte der stellvertretende Department-Leiter die großartige Idee, D. D. könne mit ihrem Team doch in beiden Fällen ermitteln. Wenn noch mehr Parallelen zutage träten, hätten sie es schließlich umso leichter.

D. D. machte darauf aufmerksam, dass drei Detectives mit zwei Massenmorden überfordert seien, was aber ihr Chef nicht gelten ließ. Sie hätte ja doch in Professor Alex Wilson eine große Stütze und einen Experten in Sachen Tatortanalyse.

Sie verlangte zwei weitere Detectives, mindestens.

Er stellte in Aussicht, dass das Rauschgiftdezernat sie mit Informationen über Hermes' Umfeld unterstützen würde.

Mehr konnte sie von ihrem gestressten und budgetgeplagten Chef nicht erwarten, und so verbuchte sie seine Konzession als Sieg.

Ihr Team akzeptierte die Nachricht, ohne mit der Wimper zu zucken. Sie würden also am Schreibtisch ihre Mahlzeiten zu sich nehmen und ihre Familien vernachlässigen. Fast schon eine Selbstverständlichkeit in Zeiten knapper Mittel und eskalierender Kriminalität. Detective wurde man nicht aus Lifestyle-Gründen.

Angesichts der düsteren, arbeitsreichen Wochenenden, die sie vor sich hatten, beschloss D. D., dass sie alle erst einmal eine Mittagspause einlegen sollten. Ein halbes Dutzend Donuts waren für den hohlen Zahn. Zum Glück gab es eine Cafeteria im Haus, die für ihre gute Küche bekannt war.

D. D. gönnte sich eine Scheibe Roggenbrot mit einem Berg aus rohem Roastbeef, gefolgt von einem dicken Stück Zitronenkuchen. Phil, der nach ihrer Überzeugung zur Hälfte Frau war, bestellte einen gemischten Salat mit Käse und Schinken. Dass ausgerechnet Neil auf ein Eiersalat-Sandwich Appetit hatte, fand D. D. befremdlich, zumal er gleich im Anschluss wieder in die Gerichtsmedizin zurückkehren wollte. Der schlaksige Rotschopf verschlang es in vier Bissen und machte sich pfeifend auf den Weg.

Alex saß neben D. D. vor einem Teller mit gegrilltem Hähnchen und Penne. Respekt, dachte sie zerknirscht, dass er an einem so heißen Tag warm aß.

Er bestreute seine Nudeln mit Salz, rotem Pfeffer und Parmesan, nahm einen Happen und schien halbwegs zufrieden zu sein. Wählerisch in puncto Essen.

Nackt. In ihrem Bett. Kühleffekt. Prickelnde Wärmewirkung.

D. D. rammte die Zähne in ihr Sandwich.

»Sie glauben doch nicht wirklich, dass die Fälle miteinander zu tun haben?«, fragte Alex nach einer Weile. Phil spritzte eine Unmenge Dressing auf seinen Salat, nachdem er die Tomatenstücke aussortiert hatte. Er blickte auf, ebenfalls skeptisch.

Sie nahm einen weiteren Bissen, kaute, schluckte. »Wer weiß?«, erwiderte sie schließlich.

»Und wieso hast du uns dann beide Fälle aufgehalst?«, grummelte Phil.

»Die Opfer stehen in keinerlei Verbindung zueinander«, sagte Alex. »Wohnort, Arbeit und Lebensgewohnheiten – da überschneidet sich nichts. Wie groß ist die Wahrscheinlichkeit, dass sie ihren Mörder kannten?«

»Könnte doch sein, dass er wahllos zuschlägt«, entgegnete D. D. achselzuckend.

Alex zog eine Braue hoch. »Noch weniger wahrscheinlich. Wir sprechen hier über Angriffe auf ganze Familien, im Fall der Harringtons dazu noch am helllichten Tag. Ein Killer ohne Plan hat vielleicht den Impuls für eine solche Tat, aber keinen methodischen Ansatz. Organisierte Killer hingegen lassen sich Zeit, um das Terrain sondieren und mögliche Risiken einschätzen zu können.«

»Eines der ersten Verbrechen von BTK war der Angriff auf eine Familie, die gerade am Frühstückstisch saß«, sagte D. D., womit sie auf den sogenannten Blind-Torture-Kill-Mörder anspielte, der vor Jahrzehnten in Kansas sein Unwesen getrieben hatte. »Er verschaffte sich unter irgendeinem Vorwand Einlass und bedrohte mit seiner Waffe so lange die Kinder, bis die Eltern sich einverstanden erklärten, sich von ihm fesseln zu lassen. Von dem Moment an ging er strikt nach Plan vor.«

»An unseren Tatorten fehlen Hinweise darauf, dass die Opfer gefesselt wurden«, bemerkte Phil.

»Außerdem hat BTK seinen Opfern zuerst nachgestellt«, entgegnete Alex. »Er hat monatelang ihr Umfeld ausgekundschaftet. Wir ermitteln hier allerdings in Fällen, die nur sechsunddreißig Stunden auseinanderliegen. Wo wäre da die Zeit geblieben, um einzelne Familienmitglieder zu observieren oder einen Plan zu entwickeln, geschweige denn um herauszufinden, dass in beiden Haushalten praktischerweise eine Pistole herumliegt?«

»Noch etwas«, ergänzte Alex. »Wenn wir es mit einem Serienfall zu tun hätten, müsste es eine Auszeit geben. Die meisten Killer legen nach ihrer Tat eine Pause ein, um ihren Erfolg auszukosten.«

»Das ist plausibel«, sagte sie genervt, weil sie Alex recht geben musste. Was wiederum bedeutete, dass sie selbst falschlag. Scharf auf ihn zu sein war schlimm genug, scharf und sich dabei noch dumm zu fühlen, schlichtweg unerträglich.

»Wie dem auch sei«, fuhr Alex fort. »Dass ein Killer innerhalb von nur sechsunddreißig Stunden über zwei Familien herfällt, halte ich für sehr unwahrscheinlich. So viel Blutdurst, kombiniert mit einem derart hohen Grad an Kontrolle …« Er war immer leiser geworden und stockte. »Nein, das kann ich mir nicht vorstellen.«

»Aber wie wahrscheinlich ist es, dass zwei Väter unabhängig voneinander Frauen und Kinder umbringen, jeweils auf dieselbe Art und Weise, und das in einem so kurzen zeitlichen Abstand?«

»Zufälle soll's geben.«

»Das ist kein Zufall!«

»Was dann?«

»Wir brauchen weitere Informationen. Ich hab da eine Idee: Wir ermitteln ein bisschen. Was meint ihr?«

Alex verdrehte die Augen. D. D. ließ sich ihren Zitronenkuchen schmecken.

»Ich finde, wir sollten unsere Aureolen putzen«, verkündete sie.

»Hey«, protestierte Phil. »Ich habe Familie …«

»Dann kannst du dich ja beim Jugendamt über Oswald Harrington und die Laraquettes erkundigen. Alex, Sie kommen mit mir.«

»Aber ich habe heute Morgen schon geduscht.«

»So war das nicht gemeint. Wir werden uns um unsere innere Schönheit kümmern.«

»Im Heilbad?«

»Nein. Wir besuchen den Lieblingsschamanen von Denise Harrington. Andrew Lightfoot.«

15. Kapitel

Victoria

Um 4:14 Uhr kam Evan zu mir und wollte in den Park gehen. Er wiederholte seine Bitte um 4:33, 4:39, 4:43, 4:58, 5:05 und 5:12.

Jetzt ist es halb sechs, und wir gehen in den Park.

Ein wunderschöner Morgen. Der Regen in der Nacht hat die Schwüle abklingen lassen. Die Luft ist warm, angenehm, wie ein Kuss auf die Wangen. Wir spazieren die Straße entlang, haben unser Frühstück in der Hand und sehen am Horizont die ersten Sonnenstrahlen. Massachusetts liegt am Ostrand der Zeitzone, weshalb die Sonne besonders früh aufgeht. Mir gefällt die Vorstellung, dass uns der frühe Tagesbeginn für andere Mängel entschädigt. In anderen Staaten wird sauberer gesprochen. Bei uns wird es eher hell.

»Purpur«, sagt Evan freundlich. Er läuft um mich herum und zeigt auf den Horizont. »Und gelb und orange und fussig.«

»Fussig« ist eins seiner Lieblingswörter. Ich habe keine Ahnung, warum.

Der Park kommt in Sicht. Man sollte annehmen, zu

dieser frühen Stunde wäre der Spielplatz leer. Aber da ist ein kleiner Junge, der um ein beeindruckendes Klettergerüst herumtapst, beobachtet von seiner Mutter, die auf einer Bank in der Nähe sitzt.

Ich zögere. Evan rennt los. »Ein Freund! Mommy, Mommy, ein neuer Freund!«

Als ich den Spielplatz erreiche, hat Evan bereits ein halbes Dutzend Runden um den kleinen Knirps gedreht. Der weiß nicht, wie ihm geschieht, und grinst verlegen angesichts der clownesken Vorstellung meines Sohnes. Von dessen Reaktion beflügelt, rennt Evan so lange Achten über den Spielplatz, bis der Kleine ihm folgt.

Ich habe wie üblich meine Bedenken. Aber vielleicht wird Evan mit dem Jungen einfach nur spielen. Vielleicht werden sie Spaß aneinander haben. Es ist so wichtig für ihn, mit Kindern zusammen zu sein. Vielleicht lernt er, behutsam mit ihnen umzugehen. Vielleicht.

Ich setze mich neben die andere Mutter auf die Bank, weil sie das wahrscheinlich von mir erwartet.

»Guten Morgen«, grüßt sie heiter, eine junge Frau noch, Anfang zwanzig, wie mir scheint. Sie hat ihre langen braunen Haare zu einem Pferdeschwanz zusammengefasst. »Damit habe ich gar nicht gerechnet, dass um diese Uhrzeit schon jemand in den Park kommt.«

»Ich auch nicht«, erwidere ich und setze ein entschiedenes Lächeln auf, das ihrem in etwa gleichkommt. Mit Verspätung strecke ich die Hand aus. »Ich bin Victoria. Das ist mein Sohn Evan.«

»Becki«, sagt sie. »Und das ist Ronald. Er ist drei.«

»Evan ist acht.«

»Wohl auch ein Frühaufsteher«, lacht sie mit Blick auf meinen Jungen, der nun um die Rutsche herumrennt, inzwischen barfüßig. Die Flipflops hat er weggekickt. Ich frage mich, wann seine dunkelblaue Turnhose und das rote T-Shirt folgen werden.

»Wir sind erst vor kurzem hierher gezogen«, erklärt Becki. »Um genau zu sein, gestern Nachmittag. Wir haben noch nicht alle Betten aufgestellt, und die Klimaanlage muss auch erst noch installiert werden. Es war so heiß, dass wir um fünf beschlossen haben, nach draußen zu gehen. Solange es noch halbwegs kühl ist, kann er sich austoben. Hoffentlich ist er dann gleich so müde, dass er trotz der Hitze in der Wohnung schlafen kann.«

Neben dem Spielplatz befindet sich ein von Bäumen umstandener Fußballplatz. Evan hat sich von dem Kleinen abgesetzt und rennt die weiße Grundlinie entlang. Ich erlaube mir, mich ein wenig zu entspannen, und trinke einen Schluck Kaffee.

»Wo haben Sie vorher gewohnt?«, frage ich Becki.

»In North Carolina.«

»Das erklärt Ihren hübschen Akzent«, murmele ich gedankenlos, doch sie scheint es als Kompliment zu verstehen und lächelt. Mir drängt sich der Gedanke auf, dass Evan nicht der Einzige ist, dem es an Freunden mangelt. Ich habe keine Kollegen oder befreundeten Nachbarn, keinen Club oder Verein, und ich treffe mich auch nicht mit anderen Müttern. Zweimal in der Woche sehe ich eine Sozialarbeiterin und einmal in der Woche meine

Tochter. Das sind meine sozialen Kontakte, mehr ist da nicht.

Ich bin froh, dass es mir noch gelingt, mich mit jemandem zu unterhalten. »Was hat Sie nach Massachusetts verschlagen?«, frage ich und halte Becki die Tüte mit den Bananen-Muffins hin. Sie zögert, nimmt dann aber einen.

»Der Job meines Mannes. Er ist Ingenieur und wird alle paar Jahre versetzt.«

»Sie können froh sein, in Cambridge gelandet zu sein«, sage ich. »Eine gute Gegend für Familien. Es wird Ihnen hier gefallen.«

»Danke«, strahlt sie. »Um ehrlich zu sein, habe ich mich wegen der Universität für Cambridge entschieden. Ronnie ist jetzt drei, und ich hoffe, mein Studium fortsetzen zu können.«

Ich werfe einen Blick auf Evan. Er ist am anderen Ende des Fußballplatzes und klettert im Tornetz. Ronald läuft ihm auf seinen kurzen Beinen nach.

Becki ruft ihn zurück. Tatsächlich macht der Knirps gehorsam kehrt und wackelt auf das Klettergerüst zu. »Tut mir leid«, sagt sie befangen. »Bin eine nervöse Mutter. Manchmal geht er mir durch. Deshalb habe ich's nicht so gern, wenn er sich weit entfernt. Er ist zwar erst drei, aber schon ganz schön fix auf den Beinen.«

»Verstehe«, versichere ich. »Ich kann mit Evan schon längst nicht mehr mithalten. Die Kleinen bestehen ja offenbar nur aus Muskeln.«

Sie nickt und knabbert an ihrem Muffin. »Haben Sie noch andere Kinder?«, fragt sie.

»Ja, eine Tochter«, antworte ich. »Sie lebt bei ihrem Vater.«

Becki schaut mich an, sagt aber nichts. Ich stelle die Tüte neben mir ab und hole die Dose mit den frischen Erdbeeren hervor.

»Hätten Sie gern ein zweites Kind?«, frage ich.

»Oh ja. Sobald ich endlich meinen Abschluss habe. Ronnie war ein Versehen, ein schönes Versehen, für das ich dankbar bin. Dumm nur, dass ich mein Studium unterbrechen musste.«

»Verstehe.« Evan tobt immer noch auf dem Fußballplatz herum. Ronnie hat das Klettergerüst erreicht. Ich biete Becki die Erdbeeren an.

»Das erinnert mich – ich muss einkaufen«, sagt sie und nimmt sich eine Erdbeere. »Wo gibt's hier eigentlich den nächsten Supermarkt?«

Ich gebe Auskunft, worauf sie einen Notizblock aus der Windeltasche fischt und mich um eine Skizze bittet. Ich trage auch gleich die besten Restaurants, einen guten Buchladen und die tolle Bäckerei an der Huron Avenue ein. Mir fällt auf, dass ich im Grunde mein früheres Leben skizziere. Hier sollten Sie einkaufen und essen gehen. Das sind Orte, die Ihnen, Ihrem Mann und Sohn gefallen werden.

Cambridge ist ein wirklich schönes Nest, voll historischer Grandeur, durchmischt mit modischen Highlights der Harvard-Szene. Vielleicht sollte ich häufiger mit Evan in den Park gehen. Vielleicht könnte ich es einmal wieder mit der Spielgruppe für Kinder mit besonderen Anforderungen versuchen. Oder vielleicht mal wieder ins Freibad gehen. Evan schwimmt gern, es lenkt ihn ab und macht ihn müde. Ich könnte mich mit einem Buch in die Sonne setzen und ein paar leckere Cocktails für uns besorgen. Erdbeer-Shakes oder Kinder-Piña-Coladas. Michael und ich waren einmal in Baja, wo es die besten Piña Coladas überhaupt gab, gemacht aus frischem Fruchtsaft und Rum. Wir haben am Strand gesessen, während vor uns die Sonne unterging, unsere Füße in den warmen Sand gesteckt, weißen Sand …

»Victoria?«

Ich phantasiere und mache wieder den Fehler, an bessere Tage zurückzudenken, an ein Leben jenseits des Käfigs, in dem ich nun gefangen bin. Beckis Ruf bringt mich zur Besinnung. Ich lasse den Notizblock sinken, auf dem ich gerade das beste Café eingetragen habe, und blicke auf den Spielplatz. Es dauert nur eine Sekunde, bis sich mir der schrille Ton in Beckis Stimme erklärt.

Evan und der kleine Junge sind verschwunden.

In meiner ersten Reaktion gebe ich Platituden zum Besten. Weit werden sie nicht sein, vor einer Minute haben wir sie doch noch gesehen. Sie könne ja auf der Straße nachsehen, ich in dem Wäldchen da drüben.

Becki eilt sofort zum leeren Gehweg hin. Ich laufe schnurstracks auf die Büsche zu und rufe Evan und Ronnie bei ihren Namen. Nichts.

Mein Herz klopft, mein Atem ist flach. Vielleicht spielen die beiden Verstecken. Vielleicht hat Evan den Knirps davontrippeln sehen und ist ihm nach. Vielleicht hat sie irgendetwas neugierig gemacht. So was kommt vor.

Ich laufe den weiten Weg um das Wäldchen herum, rufe und rufe. Nichts. Rein gar nichts.

Allmählich mache ich mir Vorwürfe. Mir kommen die beiden Jungen aus Großbritannien in den Sinn, die ein Kleinkind aus einem Shopping-Center weggelockt und es neben dem Schotterbett einer Gleisanlage getötet haben. Und ich denke an einen Vorfall aus der näheren Umgebung, als zwei Teenager einem siebenjährigen Jungen so lange Kieselsteine in den Mund gesteckt haben, bis er tot war. Sie hatten sein Fahrrad gestohlen und wollten nicht, dass er sie bei ihren Eltern verriet. Und dann war da dieser Sechsjährige, der einen Dreijährigen mit Benzin überschüttet und angezündet hat. Oder das Kind, das einem Nachbarmädchen mit einem Ringergriff den Hals gebrochen und ihre Leiche unter einer Matratze versteckt hat.

Das Wäldchen ist nicht besonders groß. Zwischen den Stämmen und Zweigen kann man die Häuser auf der anderen Seite erkennen. Es ist noch ganz still, so früh am Morgen. Sie müssten mich hören. Zumindest Ronnie würde doch wohl antworten.

Es sei denn, Evan hindert ihn daran.

Mein Puls spielt verrückt, mir schwimmen Funken vor den Augen. Ich fürchte, in Ohnmacht zu fallen. *Du darfst jetzt nicht schlappmachen. Du musst nachdenken … nachdenken.*

Evan antwortet nicht. Warum antwortet er nicht? Er will nicht, dass ich ihn finde. Er spielt irgendein Spiel und möchte nicht gestört werden. Er hat sich etwas in den Kopf gesetzt und hält daran fest.

Es kommt auf den richtigen Anreiz an. Das lernen Eltern relativ schnell. Evan reagiert nicht, weil es für ihn nicht wichtig genug ist, mich von meiner Sorge zu entlasten. Er braucht einen stärkeren Anreiz.

»Frühstücken«, rufe ich betont gelassen. Inzwischen ist auch Becki auf dem Fußballplatz und rennt mit mir die Seitenauslinie entlang. »Es gibt Bananen-Muffins und Erdbeeren! Komm, Evan, du hast doch bestimmt Hunger.«

Evan liebt Bananen-Muffins. Etwas anderes brauche ich gar nicht erst zu backen.

Becki übernimmt das Rufen. Wir suchen die mit Dickicht bewachsenen Ränder des Wäldchens ab. »Frühstücken. Muffins und Erdbeeren. Kommt, Jungs, es wird spät.«

Ich höre ihrer Stimme an, dass sie von Minute zu Minute immer mehr in Panik gerät. Den Kleinen dreißig Sekunden aus den Augen verloren zu haben ist noch kein Problem, aber nach ein paar Minuten intensiver Suche sieht das schon anders aus.

Es funktioniert nicht. Evan lässt sich auch von Bananen-Muffins nicht locken. Ich muss mir etwas anderes einfallen lassen.

Ich gehe zu Becki zurück und drehe sie so herum, dass wir das Wäldchen im Rücken haben. »Evan spielt manchmal Verstecken«, erkläre ich und frage mich, ob ihr der Klang meiner Stimme so dünn und angespannt vorkommt wie mir. »Dann zeigt er sich erst, wenn es einen guten Grund dafür gibt.«

»Wie bitte?« Sie hat mir offenbar nicht zugehört.

»Haben Sie ein Handy?«

»Ja.« Sie holt es aus der Tasche. Ich nehme es ihr aus der Hand und tippe meine Nummer ein.

»Ich laufe jetzt auf die andere Seite des Platzes«, sage ich. »Wenn ich drüben bin, drücken Sie auf die grüne Taste. Und schauen Sie nicht auf Ihr Handy. Nicht, dass es so aussieht, als würden Sie telefonieren. Wenn ich antworte, brechen Sie die Verbindung einfach ab.«

Becki scheint verwirrt, nickt aber, gehorsam aus Angst und dankbar für jede Idee, die ihre Welt wieder in Ordnung bringen könnte. Sie ruft wieder Ronnies Namen, während ich über den Platz spurte. Dass ich einen Anruf erwarte, lasse ich mir nicht anmerken. Evan kann sehr clever sein.

Dreißig Sekunden später klingelt mein Handy. Ich lasse mir einen Moment Zeit, greife dann mit auffälliger Geste in die Tasche, ziehe es hervor und schaue aufs Display. Ich halte das Handy ans Ohr. »Hallo, Liebling.« Meine Stimme klingt nicht natürlich. Aber das versteht sich ja von selbst. Ich bin gestresst, weil mein Sohn nicht zu finden ist.

»Du willst mit Evan sprechen? Ich … ich weiß nicht, wo er steckt, Schatz. Hmmmm. Mal sehen.« Ich nehme das Handy vom Ohr und rufe: »Evan, Chelsea will dich sprechen. Evan, deine Schwester ist am Telefon.«

Ich laufe wieder auf die andere Seite des Spielfeldes zurück und setze meine Show fort, täusche ein Gespräch am Handy vor und rufe Evan zu, dass ihn seine Schwester sprechen will. Becki hat zu suchen aufgehört. Sie steht auf dem Spielplatz und starrt mich an.

Ihr scheint zu dämmern, dass ihre »Freunde« nicht so normal sind, wie sie sich geben. Dass mit uns was nicht in Ordnung ist, etwas, das ihr wehtun könnte.

»Chelsea kann nicht länger warten«, rufe ich. »Komm endlich, Evan. Jetzt oder nie. Deine Schwester ist am Apparat.«

Ich will schon aufgeben, als es in einem Busch am Rand des Fußballplatzes zu rascheln anfängt. Evan taucht auf. Er führt Ronnie an der Schulter vor den Busch. Der Kleine weint lautlos, so wie Kinder weinen, wenn sie entsetzliche Angst haben. Er versucht nicht einmal, von Evan wegzukommen, sondern steht wie angewurzelt da. Sein Hemd ist zerrissen, das Gesicht dreckverschmiert und der Haarschopf voller Zweige.

»Chelsea?«, fragt Evan.

Ich blicke meinem Sohn in die Augen und halte ihm, ohne zu zögern, das Handy hin. »Chelsea«, sage ich mit fester Stimme.

Evan lässt Ronnie los. Der Kleine rennt in die offenen Arme seiner Mutter. Evan kommt auf mich zu und nimmt das Handy. Er hält es ans Ohr und gibt es mir nach einer Sekunde zurück.

»Du hast mich belogen.«

»Warum hast du dich mit Ronnie versteckt?«

»Das war nur ein Trick von dir.«

»Warum hast du dich mit Ronnie versteckt?«

Mein engelhafter Sohn lächelt mich an. »Das verrate ich nie.«

Ich schlage ihn ins Gesicht und nehme am Rand ein Schreien wahr. Becki, denke ich. Aber dann fällt mir auf, dass ich es bin, die schreit.

Becki verzichtet darauf, die Polizei einzuschalten. Vielleicht wär's besser, sie täte es. Sie hat Ronnie an ihre Brust gedrückt, schnappt sich die Windeltasche, verlässt im Laufschritt den Park. Meine Skizzen flattern ihr aus der Tasche. Sie hat sie nicht gut weggepackt.

Hinweise auf das Leben, das ich einmal geführt habe.

Evan schluchzt und hält sich die gerötete Wange. Meine Ohrfeige hat ihn schockiert und in einen verstörten Achtjährigen verwandelt, der von der eigenen Mutter attackiert worden ist.

Ich sollte mich hassen für das, was ich getan habe. Ich sollte mich schuldig fühlen, fühle aber gar nichts. Nicht das Geringste.

Ich kehre zur Parkbank zurück und packe die Muffins, die Erdbeeren und den Kaffeebecher ein. Dann gehe ich zur Rutsche, sammle Evans Flipflops ein und stecke sie zu den anderen Sachen in meine geblümte Tasche. Evan hat zu weinen aufgehört. Er steht da mit hängenden Schultern, das dünne Gesicht in den Händen, und hickst erbärmlich. Er hat einen Schluckauf.

Ich könnte ihn allein zurücklassen, meine Tasche über die Schulter werfen und einfach gehen, ohne mich noch einmal umzublicken. Irgendjemand würde ihn finden. Ich wäre nicht zu erreichen, und die Behörden müssten sich an seinen Vater wenden. Michael würde ihn bei sich aufnehmen. Evan wäre froh darüber.

Vielleicht könnte ich nach Mexiko gehen. Piña Colada trinken. Meine Füße in den Sand graben. Ich frage mich, wie warm das Wasser zu dieser Jahreszeit da unten ist.

»Mommy«, wimmert Evan. »Mommy, ich will nach Hause.«

Also gehen wir nach Hause. Ich verabreiche uns beiden Ativan, damit wir schlafen können.

Später, drei Stunden, vier, sechs? Ich weiß es nicht. Evan sitzt auf der Couch und sieht *SpongeBob*. Ich ziehe mich in die Küche zurück und wähle eine Nummer, die ich eigentlich nicht mehr wählen wollte. Wir sind für eine Weile auf Abstand gegangen. Er braucht Zeit. Im vergangenen Monat ist einiges aus dem Ruder gelaufen. Einmal hat er mir sogar Angst gemacht.

Aber all das zählt jetzt nicht. Weder jener letzte Vorfall noch dieser Blick, der mir einen kalten Schauer über den Rücken gejagt hat. Auch nicht der fremde, kehlige Klang seiner Stimme, als er sagte, dass er fortmüsse. Geschäftlich. Er würde mich am Montag anrufen. Er hätte eine Überraschung für mich.

Es ist Samstagnachmittag. Noch zwei Tage bis Montag. So lange kann ich nicht warten. Ich brauche ihn. Großer Gott, ich brauche jemanden.

Es klingelt. Einmal, zweimal, dreimal.

Ich will gerade auflegen.

»Hallo?«

Sein Bariton haut mich um. Der Stress, der Terror, die ewige Angst. Nicht, dass mich mein Sohn töten will, aber er ist fixiert darauf, jemandem wehzutun, und ich schaffe es nicht, ihn davon abzubringen. Er wächst, wird größer, stärker und schlauer. Wie lange komme ich noch dagegen an? Was, wenn er sein Spiel gewinnt?

Meine Schockstarre löst sich auf. Ich fange zu heulen an und kann nicht mehr aufhören.

»Ich schaffe es nicht«, schluchze ich ins Telefon. »Ich schaffe es einfach nicht mehr. Mir fehlt die Kraft dazu.«

»Schhh, schhh«, beruhigt er mich. »Ich helfe dir, Victoria. Das ist doch selbstverständlich. Atme jetzt erst einmal tief durch und dann sag mir, was passiert ist.«

16. Kapitel

Andrew Lightfoot wohnte in Rockport, dreißig Autominuten nördlich von Boston. Die malerische Kleinstadt lag etwas erhöht an der Atlantikküste und bot Touristen jede Menge Annehmlichkeiten wie frisches Speiseeis, Saltwater-Toffee und selbst gemachtes Fudge-Konfekt. D. D. hätte liebend gern in Rockport gelebt und würde wohl sofort dorthin ziehen, wenn sie mal einen Sechser im Lotto hätte.

Ihr Navi führte sie zielsicher zu Lightfoots Adresse, die ihr von der Führerscheinstelle genannt worden war. Sie fuhr über eine lange, schmale Ausfahrt und sah plötzlich ein Traumhaus in der vom Wind zerzausten Landschaft. Neben ihr saß Alex, der leise vor sich hin pfiff. Sie beugte sich über das Lenkrad und starrte durch die Windschutzscheibe.

Andrew Lightfoot besaß eine Villa, einen enorm großen, modernistischen Bau, der mit gläsernen Türmen von den Küstenfelsen über dem weiten graugrünen Meer aufragte.

»Drei bis vier Millionen, locker«, schätzte Alex. »Wie viele Aureolen muss man wohl putzen, um sich so was leisten zu können?«

»Keine Ahnung, aber nach dem nächsten größeren Sturm wird von dem Kasten nicht viel übrig sein.«

»Ich kann mir vorstellen, dass Spezialglas verbaut worden ist«, kommentierte Alex.

D. D. blieb skeptisch. »Und ich kann mir vorstellen, dass der Architekt vergessen hat, wozu größere Wirbelstürme hier imstande sind.«

Sie parkte den Wagen neben einem Wasserfall, der über dekorative Felsen plätscherte. Daneben stapelten sich in einem Beet aus hübschen Blumen und Ziergras kleinere Bruchsteine, in die japanische Symbole eingraviert waren. Sehr Zen-mäßig, dachte sie und war schon jetzt ein wenig genervt.

D. D. und Alex folgten einem gewundenen Weg und gelangten vor eine übergroße Eingangstür aus Glas und Ahorn, die einen Blick durch das Haus hindurch und auf das Meer dahinter gestattete. Zwei Meter hohe Fenster zu beiden Seiten der Tür erweiterten die beeindruckende Aussicht. Hinter dem Fenster zur Rechten saß ein kleiner brauner Hund, der sie bemerkt hatte und zu bellen anfing.

»Netter Wachhund«, sagte Alex.

»Kleine Köter haben zwar eine bessere Presse, sind aber meist bissiger als große.«

»Auch die mit einer rosafarbenen Schleife im Haar?«

»Achten Sie auf die Zähne, nicht auf die Accessoires.«

Alex legte den Kopf schief. »Komisch, mit denselben Worten hat man mich vor Ihnen gewarnt.«

Sie zeigte ihm ihr Gebiss und klopfte an die Tür. Der

kleine Hund wirbelte auf der Stelle im Kreis und kläffte hysterisch. Irgendwo aus dem Haus hörte D. D. eine Männerstimme rufen. »Schon gut, Tibbie. Ich komme. Immer mit der Ruhe.«

Ein Mann trat in den Flur, vor den hellen Fenstern im Hintergrund nur als Silhouette erkennbar. Ziemlich groß, dachte D. D. Dann ging die Tür auf, und er stand vor ihnen. Fast hätte es sie umgehauen. Dass sie sich noch gerade fangen konnte, war ein Kraftakt an Selbstbeherrschung.

»Kann ich Ihnen helfen?«, fragte der Mann höflich. Er trug ein dünnes grünes T-Shirt, das sich um wohldefinierte Brustmuskeln und einen Waschbrettbauch spannte. Die cremefarbene Leinenhose betonte seine langen, prächtig geformten Beine, während ein schlichtes Lederband den Blick auf seinen braun gebrannten Hals und die von der Sonne gebleichten Haarzotteln lenkte.

Teures Haus. Beeindruckender Mann und dazu der Duft frisch gebackenen Brotes.

»Andrew Lightfoot?«, fragte D. D. ein bisschen atemlos.

Der Mann nickte, worauf Alex einen neugierigen Blick auf seine Kollegin warf, der es offenbar die Sprache verschlagen hatte. »Wir sind von der Bostoner Polizei«, erklärte Alex. »Sergeant D. D. Warren, Detective Alex Wilson. Dürfen wir hereinkommen?«

»Aber natürlich.« Lightfoot trat zur Seite, um ihnen den Weg frei zu machen. Er schien nicht im Geringsten überrascht zu sein. Das Massaker an den Harringtons füllte zurzeit sämtliche Titelseiten. Da er mit Denise in Verbindung gestanden hatte, war er offenbar darauf gefasst gewesen, früher oder später Besuch zu bekommen.

Tibbie hatte zu kläffen aufgehört und wieselte umher, schnüffelte an Alex' Fußknöchel und knurrte, als sie sich D. D. näherte.

»Tibbie«, sagte Lightfoot entschieden, aber nicht zu harsch. »Sie müssen ihr verzeihen. Sie ist ein Tibet-Spaniel, stammt also aus einer zweitausend Jahre alten Rasse. Ihre Vorfahren haben tibetische Klöster bewacht, und auch Tibbie ist Fremden gegenüber kritisch.«

Lightfoot lächelte. Er beugte sich über D. D. und flüsterte ihr augenzwinkernd zu: »Sie ist auch ein bisschen verwöhnt und reagiert eifersüchtig auf andere schöne Frauen.« Mit einer Geste in Richtung Wohnzimmer sagte er dann: »Bitte, machen Sie es sich bequem. Ich habe zufällig gerade ein paar Croissants im Ofen. Kaffee oder Tee?«

»Kaffee«, antwortete Alex.

D. D. nickte zustimmend.

Lightfoot verschwand. Tibbie blieb zurück und flirtete mit Alex, der in die Hocke ging und dem winzigen Wollknäuel die Hand hinstreckte. Vorsichtig schnupperte sie daran, sprang ihm dann auf die Arme und machte es sich bequem.

»Nettes Hündchen«, sagte Alex, offenbar von sich selbst überrascht. Mit seiner neuen Freundin im Arm betrat er das riesige Wohnzimmer. D. D. folgte.

Die Inneneinrichtung des Anwesens war so beeindruckend wie der Blick von außen. Der Fußboden bestand aus graugrünem Schiefer. Üppige Pflanzen milderten die strenge Geometrie der tragenden Säulen. Pastellfarbene Sofas und Sessel mit niedriger Rückenlehne boten bequeme Sitzmöglichkeiten. Am erstaunlichsten aber war der Blick aufs Meer durch die vier riesigen geöffneten Fenster.

Ventilatoren unter der Decke verrührten frische, leicht nach Seetang duftende Luft, die die Palmwedel sanft rascheln ließ. In der Ferne war das Geschrei von Möwen zu hören. Schön, hier zu wohnen, dachte D. D. und fragte sich, wie ausgerechnet ein Geistheiler an eine dermaßen luxuriöse Immobilie hatte herankommen können.

Lightfoot erschien mit einem Bambustablett, beladen mit Croissants, drei Bechern und einer bis zum Rand gefüllten Cafetiere. Er stellte es auf ein kleines Tischchen, das neben einem Konzertflügel stand, sah seine Tibbie auf Alex' Arm und schmunzelte.

»Wie du siehst, bin ich auch noch da«, sagte er dem treulosen Hündchen. Es hob den Kopf und gähnte. Er kicherte. »Tibbie ist eine ausgezeichnete Menschenkennerin«, informierte er Alex. »Überhaupt scheinen Hunde Energiefelder sehr viel besser wahrnehmen zu können als wir. Deshalb eignen sie sich auch als Therapeuten. Wenn auch wir Menschen nur unsere Sinne öffnen würden, sähe es in unserer Welt um einiges besser aus.«

D. D. nahm sich einen Becher und ein warmes Croissant und setzte sich neben Alex. Lightfoot nahm auf einen Stuhl ihnen gegenüber Platz, ein Bein lässig über das andere geschlagen. Er wirkte entspannt, ganz wie ein offener Gastgeber, der stolz sein Haus präsentierte. In Anbetracht der Tatsache, dass eine seiner Klientinnen gerade auf brutalste Weise ermordet worden war, fand D. D. sein Verhalten ein wenig eigentümlich.

»Sie wissen, warum wir hier sind?«, fragte sie.

Lightfoot legte seine Fingerspitzen aneinander und schüttelte den Kopf. »Aber ich bin sicher, Sie werden es mir gleich verraten.«

D. D. warf Alex einen flüchtigen Blick zu, der nicht minder verblüfft zu sein schien. Schnell setzten beide wieder eine geschäftsmäßige Miene auf.

»Sehen Sie keine Nachrichten?«, fragte D. D.

»Ich besitze keinen Fernseher«, antwortete Lightfoot leichthin.

»Nachrichten interessieren Sie also nicht. Sind die Ihnen zu profan?«

Lightfoot lächelte. »Ich bevorzuge das Internet als Informationsquelle. Außerdem lese ich Zeitung. Aber in den vergangenen Tagen bin ich nicht dazu gekommen, weil ich mit einem besonders anspruchsvollen Fall beschäftigt war und danach nur noch Wind und Wellen habe auf mich wirken lassen, um wieder zur Ruhe zu kommen.«

»Ein anspruchsvoller Fall?«, hakte Alex nach, der immer noch das Hündchen streichelte.

»Jemals von Jo Rhodes gehört?«, fragte Lightfoot.

D. D. und Alex schüttelten den Kopf.

»Sie war eine berühmte Varietétänzerin, die in den zwanziger Jahren brutal ermordet wurde. Man fand ihre übel zugerichtete Leiche erhängt in einem Hotelzimmer. Der Täter konnte nie überführt werden. Zufällig bin ich ihrer Seele in der spirituellen Zwischenwelt begegnet. Eine schreckliche Tragödie: ermordet zu werden und dann in der Falle des eigenen Hasses festzusitzen. Ich habe ihr meine Hilfe angeboten.«

»Sie haben einen Geist vernommen, um einen Mörder zu identifizieren?«, fragte D. D. sichtlich verwirrt.

Lightfoot lächelte sie an. »Nein, ich habe Jo geholfen, von ihrer Wut abzulassen. Ihr Mörder starb vor zwanzig Jahren. Was sie nicht zur Ruhe kommen ließ, war ihre eigene Negativität. Aber schon nach wenigen Sitzungen hat sie das Licht in sich wieder entdeckt und ihre Reise fortsetzen können. Eine für mich sehr befriedigende Erfahrung, die mir allerdings auch einiges abverlangt hat.«

D. D. fehlten die Worte. Sie setzte ihren Kaffeebecher ab. »Mr Lightfoot …«

»Andrew.«

»Mr Lightfoot«, wiederholte sie. »Was machen Sie eigentlich wirklich?«

»Ich beschäftige mich mit grenzwissenschaftlichen Fragen. Mit Woo-woo, wenn Sie so wollen.«

»Woo-woo?«

»Ja, so heißt es doch umgangssprachlich, wenn vom sechsten Sinn, spirituellen Kräften oder anderen Seinsebenen die Rede ist. Nach meiner Erfahrung sind auch Polizisten Experten in dieser Disziplin. Sie haben nur andere Begriffe dafür. Instinkt etwa oder Bauchgefühl. Das besondere Etwas, das Ihnen zum Erfolg verhilft.«

D. D. musterte ihn kritisch. »Sie verkaufen also ... Woo-woo und verdienen damit so viel, dass Sie sich all das leisten können?«

»Bevor ich mich mit Esoterik beschäftigt habe«, entgegnete Lightfoot unbekümmert, »war ich Investmentbanker. Ein sehr guter Investmentbanker. Ich fuhr einen Porsche, habe meine Frauen aufgrund ihrer Körbchengröße ausgesucht und meine Konkurrenten übers Ohr gehauen. Ich habe Millionen gescheffelt, war aber spirituell total ausgehöhlt. Geld macht nicht glücklich, obwohl ich zugebe, dass ich einmal ziemlich scharf darauf war.«

»Sie sind also aus dem großen Geschäft ausgestiegen?«

»Eines Tages kam ich auf dem Weg zur Arbeit an einer Wahrsagerin vorbei. Sie packte mich am Arm und wollte wissen, warum ich meine Talente vergeude. Statt an der Wall Street zu spekulieren, solle ich doch lieber verlorenen Seelen helfen, sagte sie. Natürlich habe ich mich von ihr losgerissen. Verrückte alte Hexe, dachte ich. Aber eine Woche später saß ich in einem Restaurant mit einem ehemaligen Kommilitonen, dem gerade Hautkrebs diagnostiziert worden war. Aus Mitgefühl streckte ich den Arm aus, ergriff seine Hand und verspürte plötzlich eine sengende Hitze. Es war, als stünde meine Hand in Flammen, dann der Arm, meine Brust, mein Gesicht, die Haare. Als ich ihn losließ, konnte ich nicht mehr atmen, geschweige denn, einen klaren Gedanken fassen. Ich wankte nach Hause, trank acht Gläser Wasser und warf mich aufs Bett.

Am nächsten Tag rief mich mein Freund an. Er hatte seinen Arzt aufgesucht, um mit ihm über mögliche Behandlungsmethoden zu sprechen, doch das Melanom auf seinem Rücken war nicht mehr da. Man hat an vier anderen Stellen seines Körpers Gewebeproben entnommen. Keine Krebszellen. Er war kerngesund. Am nächsten Tag habe ich meinen Job an den Nagel gehängt.«

D. D. runzelte die Stirn. »Sie haben also auf das große Geld verzichtet, um selbstlos Ihre wundersamen Talente der Menschheit zu widmen. Na schön. Und wie findet die Menschheit zu Ihnen?«

»Über Mund-zu-Mund-Propaganda. Und das Internet.«

»Haben Sie eine eigene Website?«

Er lächelte. »andrewlightfoot.com. Vielleicht melden Sie sich für eine Online-Meditation an. Ich bin mit Tausenden von Bewusstseinswesen verlinkt und bündele die Energien aller für ein gemeinsames Ziel. Sehr erfolgreich übrigens.«

»Und wie sieht dieses gemeinsame Ziel aus?«

»Das Licht soll heller strahlen und die Dunkelheit besiegt werden.«

»Die Dunkelheit?«

»Energien haben entgegengesetzte Pole. Der eine ist positiv, der andere negativ geladen. Das gehört zur Allgemeinbildung.« Er legt eine Pause ein und schaute die beiden erwartungsvoll an.

»Da stimme ich Ihnen zu«, entgegnete D. D. Alex. Er verdrückte gerade sein zweites Croissant und streichelte mit der freien Hand den Hund, der immer noch eingerollt auf seinen Schoß lag.

»Stimmen Sie mit mir auch darin überein, dass jeder von uns seine eigene Energie ausstrahlt, der eine mehr, der andere weniger? Normalerweise wird sie wahrgenommen als die Kraft der Persönlichkeit oder natürliches Charisma. Wir schließen Freundschaft mit Personen, deren bloße Anwesenheit uns erfreut oder entspannt. Dagegen meiden wir solche, in deren Gegenwart wir uns unwohl fühlen. Sie üben eine negative Wirkung auf uns aus. Kurzum, jeder Mensch strahlt Energien aus, auf die wir so oder so reagieren.«

D. D. zuckte mit den Achseln. »Das kann man auch einfacher sagen. Es gibt halt sympathische und unsympathische Menschen. Was haben Sie anzubieten, Mr Lightfoot?«

»Eine Vielzahl von Fähigkeiten«, antwortete er.

»Beeindrucken Sie mich.«

»Ich bin Heiler in der fünften Generation aus der Linie meines Vaters.«

»Lightfoot?« Sie musterte sein sonnengebleichtes Haar. Unter einem Indianerabkömmling stellte sie sich etwas anderes vor.

»Ich habe den indianischen Namen meines Ururgroßvaters wieder angenommen«, erklärte er. »Der passt besser zu meiner Arbeit. An meiner hellen Haut kann ich leider nichts machen; sie ist ein Geschenk meiner irischen Mutter.«

»Wie heilen Sie?«

»In erster Linie kommt es darauf an, dass man für Energien empfänglich ist. Ich versetze mich auf eine höhere

Bewusstseinsebene und lasse alles an mich heran – nicht zuletzt das Negative. Krankheit oder seelische Not fühlen sich wie Eissplitter für mich an, und es ist, als habe sich im Inneren des anderen ein Gletscher breitgemacht. Ich ziehe dann alle positive Energie aus mir heraus und kanalisiere sie durch meine Hände, die ich dem Patienten auflege. Die positive Energie brennt sich durch das Negative hindurch. Meine Patienten sagen, dass sie es deutlich spüren können. Eine intensive Wärme, die von einem Punkt ausgeht und den ganzen Körper durchstrahlt. Im weiteren Verlauf der Behandlung kommt es darauf an, die positiven Energien des Patienten zu stärken, seine Abwehrkräfte sozusagen, aber nicht zuletzt auch seine Empfänglichkeit für das Licht. Bis zu einem gewissen Grad kann sich jeder Mensch selbst heilen und gesund bleiben. Manche sind einfach von Natur aus besser dazu befähigt als andere.«

»Sie legen Ihre Hände einer Person auf und erklären sie anschließend für geheilt?«, fragte D. D. nach.

»War mir klar, dass Sie eher skeptisch veranlagt sind«, entgegnete er lächelnd. Er neigte den Kopf ein wenig und musterte sie nachdenklich. »Lassen Sie mich raten. Sie sind eine tüchtige Ermittlerin, sehr fleißig, hart im Nehmen und in Ihrer Arbeit meist erfolgreich. Darauf sind Sie stolz. Und ich wette, Sie haben kein Problem damit zuzugeben, dass Sie mit Ihrer inneren Zicke auf Tuchfühlung sind.«

D. D. blinzelte mit den Augen, hielt sich aber bedeckt.

Lightfoot beugte sich vor. Seine Stimme war leise, geradezu hypnotisierend.

»Aber vielleicht geht es Ihnen in Wirklichkeit gar nicht darum, Ihre innere Zicke zu finden, Sergeant Warren. Vielleicht ist der Schlüssel zu Ihrem Glück die Begegnung mit Ihrem inneren Engel.«

Er lehnte sich wieder zurück. D. D. schaute ihm unverwandt ins Gesicht und versteckte die Hände, die sie zu Fäusten geballt hatte. Schwester Danielle hatte recht. Ein arrogantes Arschloch. Und trotzdem … trotzdem.

»Würde es Sie überraschen zu erfahren, dass mein Vater bei der Polizei war?«, fragte er unvermittelt. »Kein Großstadt-Detective wie Sie. Nur ein unbedeutender Cop in einer Kleinstadt. Ich war der ehrgeizige, aufstrebende Sohn, der es nicht erwarten konnte, die Großstadt kennenzulernen. Nach meiner ersten Begegnung mit der Wahrsagerin habe ich meinen Vater angerufen. Er bestätigte mir, dass Schamanenblut in meinen Adern fließt, scheute sich aber, unserem Erbe allzu viel Bedeutung beizumessen. Jedenfalls hatte er ausgeprägte Instinkte und die Fähigkeit, anderen hinter die Stirn zu blicken. Er wusste, wann ihn jemand belog. Er wusste, welche Männer ihre Frauen schlugen und welche Frauen ihre Kinder vernachlässigten. Und er spürte, wenn Unheil in der Luft lag. Er konnte es fühlen, diese Negativität, die sich wie elektrische Ladung auflädt. Er nahm dann die üblichen Verdächtigen fest, doch damit war es nicht getan.

Mein Vater traute seinen Fähigkeiten nicht. Sie verblüfften ihn vielleicht, aber er glaubte nicht an sie. Kann der Umstand, dass wir in einer friedlichen Kleinstadt lebten, bedeuten, dass seine Heilkräfte unterentwickelt waren? Oder lebten wir in einer friedlichen Kleinstadt, *weil* er über so große Heilkräfte verfügte? Willkommen in der Welt des Woo-woo.«

»Arbeiten Sie auch mit Kindern?«, fragte D. D.

»Ich arbeite mit Patienten aller Altersstufen.«

»Beschränken wir uns auf die Kinder«, insistierte sie.

Er breitete die Arme aus. »Was wollen Sie wissen, Sergeantin?«

»Behandeln Sie auch geistige Störungen, verhaltensauffällige Kinder und dergleichen?«

»Ich habe mich schon um eine Reihe von Kindern gekümmert, die gemeinhin als emotional instabil bezeichnet werden.«

»Und als was bezeichnen Sie solche Kinder?«

»Als alte Seelen. Als unglaublich weise und empfindsame Wesen, die sich dem heimtückischen Angriff negativer Kräfte ausgesetzt sehen. Diese negativen Kräfte werden vom Licht angezogen, insbesondere von alten Seelen, und geben sich erst zufrieden, wenn sie diese zerstört haben.«

D. D. dachte darüber nach. »Sind wir wieder bei der Schlacht zwischen Licht und Dunkel? Kommt mir vor wie bei *Star Wars.*«

»Eher wie beim *Herrn der Ringe*«, meinte Lightfoot und lächelte wieder. »Sie sind eine alte Seele«, stellte er wie nebenbei fest.

»Das liegt an der Schwüle.«

»Sie glauben mir nicht.«

»Nicht die Bohne. Mir fällt allerdings auf, dass Leute

wie Sie Ihrem leichtgläubigen Publikum immer weismachen wollen, dass sie etwas Besonderes sind. Eine alte Seele. Die Wiedergeburt der Königin von Saba. Von der Wahrsagerin bekommt man nie zu hören, man sei vor tausend Jahren ein armer Tagelöhner gewesen, obwohl das die meisten damals waren. Und auch ein Schamane behauptet nie, man sei nur ein Staubkörnchen im Kosmos des Lebens.«

»Sie müssen die Wahrheit in sich selbst finden.«

»Was Sie nicht sagen.«

Lightfoot lachte entspannt. D. D. blickte in ihren Kaffeebecher und fummelte an der Serviette herum. Sie fühlte sich von Alex beobachtet und fürchtete, dass er mehr sah, als sie wollte.

»Kleine Kinder, alte Seelen«, murrte sie. »Worüber reden wir hier eigentlich?«

Lightfoot legte wieder im professoralen Gestus die Fingerspitzen aneinander.

»Ich muss Sie enttäuschen. Ich glaube nicht an vorherige Leben, sondern daran, dass alles im Jetzt passiert, allerdings auf unendlich vielen Ebenen gleichzeitig. Ihre Seele sucht eine dieser Ebenen auf, um zu erfahren, was auf ihr zu erfahren ist. Freude, Schmerz, Liebe, Hass und so weiter. Manchmal kommt eine alte Seele im Körper eines Säuglings auf eine dieser Ebenen, und als alte Seele hat sie so viel Kraft, dass sie eine Vielzahl von Ebenen durchdringt und dunkle Energien anzieht. Jede Ursache hat eine Wirkung. Und alles Positive fordert Negatives heraus. Leider können sich kleine Kinder vor negativen

Kräften nicht schützen. In ihrer Überempfindlichkeit machen sie sich alles zu eigen, sei es den Stress der Mutter, die kein Geld zum Einkaufen hat, oder die Angst des Nachbarkindes, von anderen schikaniert zu werden. Sie stehen ständig unter dem Einfluss widerstreitender Energien, vor allem nachts, wenn negative Kräfte besonders wirksam sind. Solche Kinder erscheinen labil, impulsiv, überreizt. Mal ist der kleine Johnny unglaublich lieb und charmant und für sein Alter erstaunlich weit, im nächsten Augenblick führt er sich wie ein Monster auf, das über alles herfällt, was ihm in die Quere kommt, einschließlich seiner kleinen Schwester.

Physisch betrachtet, laufen solche Kinder gewissermaßen heiß. Sie werfen ihre Mäntel ab, Mützen, Handschuhe, Schuhe und Socken. Gleichzeitig sind sie überdurchschnittlich intelligent, wenngleich ihr brillanter Geist in einem chaotischen Körper gefangen ist. Darüber hinaus empfinden sie Emotionen in potenzierter Wucht. Sie lieben nicht bloß, sie lieben extrem. Sie hassen nicht bloß, sie hassen extrem. Sie übertreiben alles, und nichts kann sie beruhigen. Weder Therapien noch Medikamente oder all die Bemühungen der Eltern, die sich in ihrer Verzweiflung schließlich an mich wenden. Es geht eben nicht nur um physische, mentale oder emotionale Aspekte, sondern eben auch und ganz besonders um das Spirituelle, um jene Ebene, die von Experten unserer Zeit geflissentlich übersehen wird.«

»Sind wir jetzt beim Exorzismus angelangt?«, fragte D. D. verärgert.

»Ach was. Ich glaube nicht an Gott und deshalb auch nicht an den Teufel.«

»Aber Sie glauben an das Licht und an dunkle Kräfte.«

»Allerdings. Deshalb setzt meine Arbeit bei den Eltern an. Wir beginnen mit einfachen Ritualen und Techniken der spirituellen Läuterung, also Meditation oder Übungen zur psychischen Selbstimmunisierung.«

»Wie bitte?«

»Sind Sie an meiner Broschüre interessiert?«

»Und wie!«

»Erinnern Sie mich daran, dass ich Ihnen eine mitgebe, bevor Sie gehen. Davon abgesehen, finden Sie auch weitere Informationen auf meiner Website.«

»Sind dort auch diese Übungen veröffentlicht? Für jedermann frei zugänglich?«

»Talente sind dafür da, dass man sie teilt.«

»Richtig. Im Gegensatz zu negativen Energien.«

»Sie kommen langsam dahinter. Die Übungen bestehen vorwiegend aus Formeln, die ich selber verfasst habe und die geeignet sind, auch eher traditionell gesinnten Personen auf die Sprünge zu helfen. Ich suche Familien nicht zuletzt in ihrem Zuhause auf, um mir einen Eindruck von den vorherrschenden Energien zu machen –«

»Die Energien in den eigenen vier Wänden?«

»Ja. Häufig komme ich mir darin vor wie in einem Kühlschrank. Überall Negativität. Kein Wunder, dass eine alte Seele unter solchen Verhältnissen krank wird.«

»Sie sind also zu Hause bei Ihren Patienten …«

»Mit denen ich dann meditiere und jedes einzelne Familienmitglied dazu bringe, sich auf sein inneres Licht zu konzentrieren. Wenn es uns gelungen ist, den Fokus auf die Liebe zu lenken, habe ich die Wahl. Entweder versuche ich es mit einer Übung zur psychischen Selbstimmunisierung oder mit Läuterungstechniken, wobei ich in der Regel mit der Mutter anfange. Die Bindung an ihre Kinder ist extrem stark, weshalb alle Negativität, der sie ausgesetzt ist, auf die Kinder übertragen wird. Viele Ärzte verfahren ähnlich, nämlich nach dem Prinzip: Kümmere dich um die Mutter, und du kümmerst dich um das Kind.«

D. D. hatte diesen Spruch schon einmal gehört. »Haben Sie außer Formeln sonst noch etwas in petto? Verbrennen Sie vielleicht Federn, oder hantieren Sie mit irgendwelchen Halbedelsteinen?«

Er grinste. »Nein, Federn verwende ich nicht, und mit Kristallen arbeite ich nur, weil mich die meisten Patienten darum bitten. Es kann nicht schaden, einen Talisman zu haben. Ich für mein Teil lege Wert auf das gesprochene Wort. Ich versuche, den Familien zu erklären, was es mit Energien auf sich hat und wie ihre Kinder die Welt erfahren. Ich bringe ihnen bei, wie sie von der Wut auf ihre Kinder ablassen, sie tolerieren und wieder lieben können. Und ich helfe ihnen dabei, das Positive in den Vordergrund zu rücken und alles Negative auszublenden. Wenn sie ihre innere Wahrheit gefunden haben, können sie wieder wirklich Eltern ihrer Kinder sein.

Die Familien, von denen ich rede, sind nicht intakt, die Ehen meist zerrüttet. Die Eltern haben den Kontakt zu den Kindern verloren, und auch die Beziehungen der Geschwister untereinander liegen im Argen. Nicht nur das sogenannte Problemkind, sondern die ganze Familie bedarf der Heilung. Auch an der Stelle hapert es in unserer modernen Medizin. Sie untersucht ausschließlich das schwächste Glied, nicht die gesamte Kette.«

»Apropos, wie stehen eigentlich die jeweiligen Hausärzte zu Ihrer Arbeit?«, fragte Alex.

Lightfoot zuckte mit den Achseln. »Manche sind aufgeschlossen, andere reagieren ablehnend, wie Sie sich denken können. Ich für mein Teil sehe meinen Zuständigkeitsbereich allein im Spirituellen. Alles andere überlasse ich den Medizinern.«

»Sie haben gerade noch gesagt – zumindest sinngemäß –, dass Sie Ihren Patienten helfen, nicht krank zu sein«, konterte D. D. »Das klingt mir doch sehr nach ärztlicher Betreuung.«

»Aber die Kinder, von denen die Rede ist, sind nicht krank«, entgegnete Lightfoot. »Sie leiden unter dem Einfluss der Negativität, gegen die ich sie spirituell zu wappnen versuche.«

»Und wie wär's mit geeigneten Medikamenten?«

»Damit ist es bei den meisten Kindern, die ich sehe, längst versucht worden.«

»Soll heißen, Medikamente taugen Ihrer Ansicht nach nichts.«

»In der Tat.«

»Sagen Sie das auch den Eltern?«

»Wenn Sie mich danach fragen.«

»Vermutlich finden Ärzte solche Einmischung in ihre Therapie nicht so erfreulich.«

»Damit haben Sie vermutlich recht.«

D. D. musterte ihr Gegenüber mit kritischer Miene. »Und was empfehlen Sie? Abgesehen von spirituellen Übungen?«

»Entgiftung. Sie sind doch Kriminalbeamtin. Vielleicht interessiert es Sie zu erfahren, dass in einer Studie bei Gefängnisinsassen ein überdurchschnittlich hoher Anteil an Schwermetallen festgestellt wurde, insbesondere Quecksilber, von dem man weiß, dass es auf die Stimmung schlägt und die Reizbarkeit erhöht. In solchen Fällen empfehle ich eine einwöchige Diät. Gesunde Ernährung lässt auch die Seele gesunden.«

»Noch so eine Formel«, erwiderte D. D. »Macht sich immer gut.«

»Ich biete auch Workshops an«, fuhr er ungerührt fort. »Das Programm finden Sie unter andrewlightfoot. com ...«

D. D. warf einen Blick auf Alex. Das Hündchen auf seinem Schoß war eingeschlafen, während Alex jene nichtssagende Miene eines Detectives zur Schau stellte, dem viele Dinge gleichzeitig durch den Kopf gingen.

»Kommen wir zu den Harringtons«, sagte D. D. wieder mit Blick auf Lightfoot. »Was haben Sie in deren Fall verordnet?«

»Kein Kommentar«, antwortete er ohne das geringste Anzeichen von Nervosität.

»Warum, wenn ich fragen darf?«

»Ich bin zwar kein Arzt im herkömmlichen Sinne, respektiere aber die Privatsphäre meiner Patienten. Wenn Sie Auskunft darüber haben möchten, müssen Sie sie schon selbst fragen.«

D. D. beschloss zu bluffen. »Wenn ich jetzt bei den Harringtons anriefe und darum bitten würde, dass sie Ihnen erlaubten, uns Auskunft zu geben, würden Sie dann bei grünem Licht auf meine Frage antworten?«

»Ich müsste sie schon selbst sprechen«, entgegnete Lightfoot nach kurzem Zögern. »Um mich davon zu überzeugen, dass tatsächlich die Harringtons am Apparat sind. Und wenn es denen recht ist, gebe ich natürlich gern Auskunft.«

»Na, dann los«, sagte D. D. leise.

Lightfoot stand auf, steuerte eine chinesische Kommode auf der anderen Seite des Zimmers an, nahm ein schnurloses Telefon und wählte. D. D. schaute Alex an, der Tibbies Ohren kraulte.

»Er weiß es nicht«, murmelte Alex.

»Oder er ist ein guter Schauspieler.«

»Jedenfalls sehr charmant.«

»Jedenfalls scheint er mit seiner Art gut anzukommen.«

»Bei Ihnen auch?«, fragte Alex.

D. D. hielt es nicht für nötig, diese Frage mit einer Antwort zu würdigen. Lightfoot kehrte zurück und hielt das Telefon schulterzuckend in die Höhe. »Scheint niemand zu Hause zu sein«, sagte er.

»Es ist niemand zu Hause«, bestätigte D. D.

»Sie wussten Bescheid?«

»Ja.«

Lightfoot lächelte nicht mehr. »Reden wir nicht länger um den heißen Brei herum. Was wollen Sie wissen?«

D. D. ging aufs Ganze. »Warum haben Sie Ozzie Harrington geholfen, seine Familie umzubringen?«

17. Kapitel

»Innerer Engel, so ein Quatsch!«, murmelte D. D. zwanzig Minuten später. Es war inzwischen Mittag. Sie saßen wieder im Auto und verließen die Auffahrt von Lightfoots Anwesen. Ihr Blutdruck war zu hoch, der Zuckerspiegel zu niedrig. Sie gab Gas und bog Richtung Rockport ab.

»Wo geht's hin?«, fragte Alex. Er hatte das Fenster runtergelassen und hielt sich am Dach fest, weil sie die Kurven ein bisschen zu schnell nahm.

»In den nächsten Laden, wo es Fudge gibt«, antwortete sie und trat das Gaspedal noch weiter durch, sehr zum Missfallen der anderen Verkehrsteilnehmer, die sich hupend beschwerten. Wenn sie den Blick aufs Meer genießen wollen, dachte sie, sollen sie gefälligst den Wagen stehen lassen und zu Fuß gehen.

»Einverstanden«, sagte Alex.

Zehn Minuten später hatte sie das Café gefunden, in dem sie vor rund fünf Jahren schon einmal gewesen war, als sie ein Date in Rockport gehabt hatte. Es dauerte noch eine Weile, bis sie einen Parkplatz gefunden hatte, der ungefähr so groß war wie ihr Auto lang. Alex kniff die Brauen zusammen. Für D. D. war das eine Sache der Ehre, gleich auf den ersten Versuch den Wagen parallel zur Bordsteinkante einzuparken.

»Innerer Engel, so ein Quatsch!«, knurrte sie ein zweites Mal, stieß die Tür auf und marschierte auf das Café zu. Sie bestellte an der Theke ein Käsesandwich, Eistee und anderthalb Kilo Fudge. »Fürs Team«, erklärte sie, als Alex über ihre Bestellung den Kopf schüttelte. »Wer schwer arbeitet, soll auch essen.«

Er selbst begnügte sich mit einem halben Pfund Schoko-Pralinen-Fudge. Kein Sandwich. Anscheinend aß er nur einmal am Tag deftig. Weichei.

Sie nahmen am einzigen noch freien Tisch Platz, der gerade groß genug war für zwei Personen, vorausgesetzt, man rückte ganz eng zusammen. Alex wickelte seinen Fudge aus und aß langsam und mit sichtlichem Genuss. Sie beugte sich über ihr Sandwich.

»Unser Schamane hat Sie schwer beeindruckt, was?«, fragte Alex und grinste.

»Ach, und das sagt mir ausgerechnet ein Mann, der sich von einem Köter mit Zungenkuss verabschiedet.«

»Sie hat angefangen«, entgegnete Alex und fuhr verlegen mit der Hand über seinen Mund. »Außerdem steht Tibbie nicht unter Mordverdacht.«

»Auch ihr Herrchen weist jeden Verdacht von sich.«

»Und was halten Sie von ihm?«

»Er ist ein Spinner«, grummelte D. D. Sie schob den Sandwichrest beiseite, um sich über ihren Fudge hermachen zu können. Schokolade mit einer hübschen Verzierung aus Erdnussbutter darauf. »Woo-woo, wenn ich das schon höre!«

»Sie halten sich eher selten in höheren Sphären auf, oder?«

D. D. blitzte ihn finster an. Immerhin war es ihr mit ihrem Frontalangriff gelungen, dem geschockten Wunderheiler ein paar Details über die Harringtons zu entlocken. Er hatte zugegeben, vor knapp einem Jahr mit Ozzies Behandlung begonnen und ihm nach einer ersten Phase des Kennenlernens im häuslichen Umfeld ein paar einfache Meditationsübungen beigebracht zu haben, mit dem Ziel, dass er lernte, sich auf sein inneres Licht zu konzentrieren und negative Energien abzuwehren.

Am effektivsten, so Lightfoot, habe er nachts arbeiten können, und zwar im Haus der Harringtons, wo er sich in einen Zustand meditativer Trance versetzt und mit Erlaubnis der Eltern die einzelnen Familienmitglieder auf »Zwischenebenen« besucht habe, um direkt mit ihren Seelen kommunizieren zu können. Schon beim ersten dieser Ausflüge habe er erfahren, dass Ozzie das Ergebnis einer Vergewaltigung war und von Anfang an die Wut seiner Zeugung in sich trug. Er habe daraufhin ein Treffen zwischen der Seele Ozzies und der seines gewalttätigen Erzeugers arrangiert, um den »Heilungsprozess einzuleiten«. Weil Ozzie außerdem den Todesschmerz seiner Mutter in sich trug, führte Lightfoot schließlich dessen Seele auch mit der seiner Mutter zusammen, damit diese von jener erfahren konnte, dass sie, die Mutter, ihn herzlich liebte und nie und nimmer in Stich lassen wollte.

Nach vier Wochen Nachtarbeit sei Ozzie merklich ruhiger geworden. Sie hätten die Sitzungen dann auf den Tag verlegt, mit Erfolg. Innerhalb von zwei Monaten habe der Junge die Kunst der Tiefenatmung erlernt und sich in siebenfacher Umarmung von sieben Engeln gewähnt. Nach weiteren drei Monaten habe er von sich aus Schutzbarrieren aufbauen können, sodass mit Zustimmung der Eltern und des Hausarztes damit begonnen werden konnte, die Medikamente abzusetzen.

»Eine beeindruckend starke Seele«, hatte Lightfoot bewundernd gesagt. »Es ist großartig mitzuerleben, wie eine solche Seele wieder zu sich selbst findet.«

D. D. hatte daraufhin auf Ozzies Tierquälereien angespielt.

»Niemand gesundet über Nacht«, war Lightfoots Erklärung dafür gewesen. »Man muss auch vereinzelte Rückschläge in Kauf nehmen.«

Seine Bonmots kamen bestimmt gut an, dachte D. D. und zweifelte keinen Augenblick daran, dass leidgeprüfte, überarbeitete Mütter seine Köder samt Haken und Schwimmer schluckten.

»Ich fürchte, Lightfoot ist überzeugt von dem, was er tut«, sagte D. D. »Und ich fürchte, sein Charisma und sein Aussehen sind eine verdammt gefährliche Kombination. Starker Mann. Schwache Eltern. Mein Bullshit-Pegel erreicht ein nie da gewesenes Hoch.«

Alex schnitt sich noch ein Stück von seinem Fudge ab. »Wieso?«

»Das fragen Sie? Zwischenebenen, Geistheilung, Umarmungen von Engeln. Diese Kinder sind extrem aggressiv. Sie erschlagen ihre Väter, erschießen ihre Mütter und stechen ihre Geschwister ab. Ich glaube, sie brauchen mehr als Übungen in Sachen Tiefenatmung.«

»Mehr was?«, fragte Alex schulterzuckend. »Erinnern Sie sich an Schwester Danielle von der Kinderpsychiatrie? Unsere Medizin weiß auch nicht, wie sie diesen Kindern helfen kann. Die Auswahl an geeigneten Medikamenten ist gering, die Nebenwirkungen viel zu heftig. Ich weiß nicht. Ich habe zwar noch nie meditiert, aber wenn ich ein Kind mit solchen Beschwerden hätte und die Ärzte wüssten keinen Rat … nun, dann würde ich mich vielleicht auch an Lightfoot wenden. Meditieren tut einem Kind nicht weh. Ebenso wenig wie Gemüsesuppe, biologisch angebaute Früchte oder nächtliche Besuche der Zwischenebenen. Man kann Eltern nicht verdenken, dass sie es auch damit versuchen.«

»Ich find's gefährlich«, sagte D. D.

Alex hatte sie fest im Blick. »Sie kaufen ihm überhaupt nichts ab? Auch nicht das, was er über negative und positive Persönlichkeiten sagt? Meine Tante Janine könnte den Vorsitzenden des Vereins für Optimisten zum Selbstmord treiben. Ich kann mir durchaus vorstellen, dass sie so was wie negative Energie ausstrahlt.«

»Manche Leute sind von Natur aus gut drauf, andere eher traurig, klar. Aber diese Beobachtung hat mit nächtlichen Spritztouren auf dem spirituellen Superhighway nicht das Geringste zu tun.«

»Ich glaube wirklich, dass sich Cops auf Woo-woo

verstehen«, fuhr Alex fort. »Das trifft zumindest auf gute zu.«

»Sie haben einen ausgeprägten Instinkt, nicht mehr, nicht weniger«, entgegnete D. D.

»Manche behaupten, Instinkt sei nur ein anderer Name für Woo-woo.«

»Falsch. Instinkt ist ein Produkt der Evolution. Simpler Darwinismus. Wer seine Feinde schnell erkennt, lebt länger und bringt letztlich Nachkommen hervor, die sich für die Polizeiarbeit eignen.«

Alex beugte sich vor und wischte sich mit der Fingerspitze Erdnussbutter aus dem Mundwinkel. »Der Schamane hat es Ihnen angetan«, wiederholte er.

»Blödsinn«, schnappte D. D. Dabei hatte Alex irgendwie recht. Denn wenn der Schlüssel zum Glück die Begegnung mit dem inneren Kind war, hatte sie wahrhaftig nichts zu lachen.

»Tun wir zur Abwechslung mal so, als wären wir Cops«, schlug sie drei Minuten später vor. »Wir haben –«, sie warf einen Blick auf die Uhr, »ungefähr vier Stunden bis zu den Abendnachrichten und der Meldung eines zweiten tödlichen Familiendramas innerhalb von nur achtundvierzig Stunden. Wenn wir Glück haben, werden die Reporter mit Hinweis auf die geographischen und sozialen Unterschiede von einem tragischen Zufall sprechen. Anschließend gibt's dann die eine oder andere Sondersendung zum Thema soziale Dienste und Familien in Not. Wenn wir Pech haben, wittert jemand einen Zusammenhang zwischen den Verbrechen und behauptet, irgendein Serienkiller mache Boston und Umgebung unsicher. Sofort schnellen die Umsätze von Handfeuerwaffen in die Höhe, was möglicherweise zu Schießereien führt, in die zufälligerweise kleine Kinder verwickelt sind. Wären Sie bereit, Wetten darauf abzugeben?«

»In Ihnen gewinnen negative Energien die Oberhand«, meinte Alex trocken.

»Das ist meine Stärke.«

Alex wollte etwas sagen, machte den Mund aber wieder zu. D. D. hätte gern gehört, was ihm auf der Zunge lag.

Alex packte den Rest seines Fudges wieder ein. »Lightfoot hatte mit den Harringtons ein Jahr lang zu tun und besaß wahrscheinlich deren Vertrauen. Wenn er abends bei ihnen angeklopft hätte, wäre ihm mit Sicherheit aufgemacht worden. Mit anderen Worten: Er hatte Gelegenheit zur Tat.«

»Aber seine Therapie war so gut wie abgeschlossen. Ozzie hat große Fortschritte gemacht, wie er behauptet. Genauso wie der Rest der Familie. Ihr fehlte nur noch eins – schon wieder vergessen, was er gesagt hat? Was hätte sie noch lernen müssen?«

»›Ihre inneren Wahrheiten anzuerkennen.‹«

»Genau. ›Glücklich nur, wer seine inneren Wahrheiten anerkennt.‹ Zitat Ende.« D. D. hatte das Käsesandwich zwar beiseitegeschoben, aber ihren Fudge immer noch nicht angerührt »Wir sollten Lightfoots Foto von seiner Website ausdrucken und es den Nachbarn zeigen. Bin gespannt, ob er sich tatsächlich schon länger nicht mehr bei den Harringtons hat blicken lassen.«

»Wie gesagt, Gelegenheit hatte er«, überlegte Alex. »Aber hatte er auch ein Motiv?«

»Womöglich eine Affäre mit Denise?«

»Das kann ich mir kaum vorstellen.«

»Mit der Tochter?«

»Interessante Idee.«

»Die Eltern sind dahintergekommen. Und für einen Erleuchteten macht es sich nicht gut, wenn bekannt würde, dass er ein minderjähriges Mädchen verführt hat. Lightfoot muss handeln. Er kennt Ozzies Neigung zu Gewalt, macht kurzen Prozess und verlässt sich darauf, dass wir dieser Spur nachgehen. Oder aber, Möglichkeit zwei«, fuhr D. D. fort. »Er bearbeitet den Vater, der finanziell mit dem Rücken zur Wand steht und emotional gestresst ist. Das Problemkind macht jede Menge Arbeit. Dabei hat er mit der Renovierung schon genug am Hals. Jetzt muss er auch noch erfahren, dass seine wohlerzogene Tochter mit einem Wunderheiler rummacht. Patrick stellt Andrew zur Rede. Andrew dreht den Spieß um und überzeugt Patrick, dass er sich den ›negativen Energien‹ geschlagen geben muss.«

»Was ihn zum Wahnsinn und zum Mord an seinen Liebsten treibt?«

»Warum nicht? Wir schließen den Fall, *Lifetime* macht einen Film draus, und ich habe endlich wieder Sex.« D. D. stockte. Letzteres hätte sie lieber nicht laut sagen sollen.

»Und wer ist der Glückliche? Lightfoot oder ich?«

»In dem Szenario wandert Lightfoot in den Bau.«

»Perfekt. Verhaften wir ihn.«

»Erst wenn Sie das nächste Problem gelöst haben, den Fall Laraquette-Solis.«

Alex nickte. Er war wieder ernst. »Lightfoot behauptet, sie nicht zu kennen, und ich würde sagen, sie passen auch nicht unbedingt ins Schema seiner Klientel.«

»Aber sie rauchen dasselbe Zeug.« D. D. versuchte, sich ein anderes Szenario auszumalen, kam aber nicht weiter und packte ihren Fudge ein. »Keinen Appetit mehr?«, fragte Alex und zeigte auf das übriggebliebene halbe Sandwich. Sie nickte, und er biss hinein. D. D. sah darin eine recht intime Geste. Seht her, die beiden sitzen Schulter an Schulter an diesem winzigen Tisch in diesem hübschen Fudge-Laden und teilen sich ein Sandwich.

Sie fühlte sich plötzlich wieder unbehaglich, hin und her gerissen zwischen dem Leben, das sie führte, und dem, was sie sich wünschte, oder genauer: zwischen der Person, die sie war, und derjenigen, die sie gern wäre.

»Sollen wir?«, fragte Alex, als er das Sandwich aufgegessen hatte. D. D. nickte, woraufhin er brav das Tablett wegbrachte. Sie steckte ihren Fudge in die Einkaufstüte und setzte Alex' Schachtel obenauf. Sie winkten dem Cafébesitzer zum Abschied zu und traten hinaus auf die in der Sonne glühende, touristenüberfüllte Straße.

»Nächster Halt?«, fragte Alex, der automatisch die Richtung zum Meer eingeschlagen hatte. Am Ende der Straße sahen sie einen Ausschnitt der blauen Wasseroberfläche schimmern. Weiter darauf zuzugehen war verlockend.

»Ich weiß nicht«, antwortete D. D. mit Blick auf das Meer und lauschte den Möwen.

»Vielleicht sollten wir Lightfoot weiter auf den Zahn fühlen.«

»Vielleicht.« Aber sie war nicht wirklich bei der Sache.

Alex schien ihre Apathie zu spüren. »Es könnte durchaus sein, dass die Verbrechen nichts miteinander zu tun haben.«

»Könnte sein«, erwiderte sie. »Aber mein Bauchgefühl sagt mir etwas anderes.«

Alex blinzelte versonnen. Es dauerte eine Weile, bis bei ihr der Groschen fiel.

»So ein Unsinn. Jetzt rede ich schon wie er.«

»Cops verstehen sich auf Woo-woo.«

»Jetzt weiß ich's. Ich will nach Hause und duschen.«

»Bin dabei«, sagte er.

Sie schüttelte den Kopf und steuerte auf ihren Wagen zu. »Wir fahren zur Station zurück.«

»Keine Dusche?«

»Nein. Wir stellen uns an die Tafel, gehen die Berichte durch und analysieren jedes Detail, bis wir weiterwissen. Von wegen Woo-woo. Wissen Sie, was unsere Welt besser macht? Gute, altmodische, harte Arbeit.«

18. Kapitel

Danielle

»Was macht die Arbeit?«, fragte Dr. Frank.

Er saß in einem dunkelgrünen und mit kleinen goldenen Sternen gemusterten Ohrensessel. Ich saß ihm gegenüber, nicht auf der sprichwörtlichen Couch, sondern ebenfalls in einem sternübersäten dunkelgrünen Sessel. Zwischen uns stand ein Tisch aus Kirschbaumholz, darauf ein Tonband und zwei Porzellantassen: Tee für ihn, Kaffee für mich. Die Szene hätte sich auch gut auf einer Theaterbühne gemacht: Promitherapeut unterhält sich mit prominenter Patientin.

Ich nahm die zierliche Tasse mit Rosendekor und trank einen Schluck, bevor ich auf seine Standardfrage antwortete, mit der er jede unserer Sitzungen einleitete. Ich sah ihn nur zwei- oder dreimal im Jahr, und wir brauchten immer einen kleinen Vorlauf, um warmzuwerden. Er hatte natürlich längst erkannt, dass ich lieber über die Probleme anderer Kinder sprach als über meine eigenen.

»Ich habe eine neue Patientin«, sagte ich und stellte die Tasse wieder ab. Der Kaffee war koffeinfrei, und ich fragte mich, warum ich mir nach all den Jahren diese Plörre immer noch antat.

»Ja?«, sagte er ermutigend und mit seinem ewig geduldigen Blick.

»Sie heißt Lucy und ist ein Wolfskind. Ein faszinierender Fall, wenn man so will. Sie beruhigt sich damit, dass sie sich in eine Hauskatze hineinversetzt. Spielt mit dem Essen, putzt sich und schläft im Sonnenschein. Als Katze ist sie durchaus umgänglich. Aber wehe, sie schlüpft aus dieser Rolle heraus. Dann wird sie aggressiv, gewalttätig, wild…« Ich hob meine Haare an, um ihm meinen zerkratzten Hals und die blauen Flecken zu zeigen. »Das stammt von unserer Auseinandersetzung in der vergangenen Nacht.«

Dr. Frank schwieg. Dass ich rede, macht die eine Hälfte unserer Beziehung aus.

»Wir dachten, sie sei völlig sprachunfähig«, fuhr ich fort. »Aber letzte Nacht hat sie mit mir gesprochen. Mir ist schon vorher aufgefallen, dass sie genau hinhört, wenn wir uns miteinander unterhalten. Auch an ihren Augen sieht man, dass in ihrem Kopf jede Menge vorgeht. Ich glaube inzwischen, dass sie weitaus mehr kann, als wir ihr zutrauen.«

»Sie sagten, sie sei Ihre Patientin?«

»Ja. Wenn ich Dienst habe, bin ich für sie verantwortlich. Mir werden immer die Kinder anvertraut, die nicht sprechen können. Ich bin gewissermaßen Spezialistin für solche Fälle.«

»Verstehe.« Auch so eine Standardfloskel von Dr. Frank.

Ich bildete mir manchmal ein, schon vor der Sitzung das Skript für unser Gespräch verfassen zu können. Vielleicht ging ich deshalb so selten zu ihm. Im Grunde setzte ich meine Besuche bei ihm nur Tante Helen zuliebe fort. Dass ich mich therapieren ließ, schien ihr enorm wichtig zu sein. Also taten wir, Dr. Frank und ich, ihr den Gefallen.

Dr. Frank bedachte mich mit ruhigem Blick. Ich wusste, worauf er abzielte, ließ ihn aber zappeln. Schließlich bestand die andere Hälfte unserer Beziehung aus seinen Fragen.

»Wann haben Sie Feierabend gemacht?«, wollte er wissen.

»Gegen drei in der Früh war ich zu Hause.«

Er warf einen Blick auf seine Uhr. Es war zehn Uhr. Zehn Uhr an einem wunderschönen Samstagvormittag. Statt hier zu sein, wäre ich besser im Park am Ufer des Charles River.

»Wann sind Sie heute Morgen aufgestanden?«

»Wie bitte?«

»Wann sind Sie aufgestanden?«

Mein linkes Knie fing zu zittern an. Ich zwang mich zur Ruhe. »Keine Ahnung. Ich habe nicht darauf geachtet.«

»Haben Sie gefrühstückt?«

»Klar.«

»Was haben Sie gegessen?«

»Weiß ich nicht mehr. Einen Bagel wahrscheinlich. Ist das wichtig?«

Er beäugte mich und nahm Maß für seinen Vorstoß. »Sagen Sie's mir, Danielle. Warum ist es wichtig?«

Jetzt zitterten beide Knie, diese Verräter. »Na schön«, schnaufte ich. »Ich schlafe nicht viel. Überrascht Sie das? Und zugegeben, das Frühstück habe ich ausgelassen, und wo wir schon mal dabei sind, das Abendessen gestern auch.« Was mich nicht daran gehindert hat, später noch ein paar Drinks zu nehmen. Auch keine Überraschung.

Ich starrte ihn an und warnte ihn mit meinem Blick, jetzt nur ja nicht zu sagen, dass ich nicht das Recht hätte, mich selbst zu zerstören.

»Irgendwelche Träume?«, fragte er gelassen.

»Immer dieselben.«

»Verlassen Sie Ihr Elternhaus?«

»Nein. Auch in der Hinsicht gibt's nichts Neues.«

»Haben Sie es schon mit Schlaftabletten versucht?«

»Davon werde ich noch zappeliger, ob Sie's glauben oder nicht.«

»Ich glaube Ihnen.« Er nippte an seinem Tee und stellte die Tasse vorsichtig auf den Unterteller zurück. »Wie viele Tage noch?«

Ich hielt seinem Blick stand. Dieses Miststück kannte den Jahrestag genauso gut wie ich.

Er verzog keine Miene. Unerschütterlich mit seinen blauen Augen, dem weißen, sorgfältig gestutzten Bart und im hellgrauen Anzug. Ich antwortete schließlich: »Zwei.«

»Zwei Tage«, wiederholte er. »Und wie bereiten Sie sich darauf vor? Indem Sie Überstunden machen, sich die

Nächte um die Ohren schlagen, zu viel trinken und zu wenig essen. Nennen Sie das eine geeignete Bewältigungsstrategie?«

»Vergessen Sie nicht meine jährliche Pilgerfahrt zum Friedhof in Begleitung von Tante Helen.«

»Wollen Sie auch diesmal wieder hin, Danielle?«

Weil ich darauf nicht antwortete, drückte er auf Schalter Nummer zwei. »Wollen Sie, dass es Ihnen bessergeht? Glauben Sie, es sei damit getan, dass Sie sich auf Ihre Patienten fokussieren, auf Fälle wie Lucy?«

Auch dazu sagte ich nichts. Also versuchte er es, weil aller guten Dinge drei sind, mit Hebel Nummer drei. »Reden wir über Ihr Liebesleben.«

»Ach, kommen Sie mir nicht damit!«, blaffte ich ihn an.

Er fügte sich. Schließlich war dies meine Sitzung. Ich hatte das Sagen und konnte so viel lügen, wie ich wollte. Meine Knie zitterten wieder, und ich fragte mich, wieso ich eigentlich hergekommen war. Ich hätte einfach zu Hause bleiben sollen. Ich sollte meine Wohnung überhaupt nicht mehr verlassen.

Nächsten Montag würde es genau fünfundzwanzig Jahre her sein, der Tag, an dem meine Mutter, meine Geschwister und mein Vater starben und nur ich mit dem Leben davongekommen war – als einzige Zeugin.

Aber ich hatte nichts zu bezeugen. Auch nach fünfundzwanzig Jahren war ich kein bisschen schlauer. Ich wusste nicht, warum meine Mutter und Natalie und Johnny hatten sterben müssen. Ich wusste nicht, warum mein erstes Leben hatte enden müssen, und konnte mir auch nicht erklären, warum dieses zweite Leben für mich immer noch so schwer zu ertragen war.

»Haben Sie von dieser Geschichte in Dorchester gelesen?«, hörte ich mich fragen. »Von dieser Familientragödie Donnerstagnacht?«

Dr. Frank nickte.

»Gestern waren zwei Detectives auf unserer Station und haben Fragen gestellt. Eines unserer ehemaligen Kinder war involviert. Seine Eltern hatten es im vergangenen Jahr gegen unseren Rat nach Hause geholt. Es scheint, dass wir mit unserer Einschätzung richtiglagen.«

Dr. Frank war an meinen Sarkasmus gewöhnt.

Ich konnte nicht mehr still sitzen. Ich war zu überdreht, zu gereizt. Letzte Nacht hatte ich wieder diesen Traum gehabt. Mein Vater stand vor meinem verfluchten Zimmer und hielt sich diese verfluchte Waffe an den Kopf. Verfluchter Feigling.

»Heute Morgen war in den Nachrichten von einer anderen Familie die Rede. Einer aus Jamaica Plains. Anscheinend aus dem Drogenmilieu. Vier Kinder, vom Säugling bis zum Teenager. Alle tot, einfach so. Wenn sich Drogendealer in die Wolle gekriegt haben, warum musste dann auch der Säugling sterben? Was könnte ein Säugling schon verpetzen? Der Killer hätte ihn doch leben lassen können. Aber vielleicht«, so höre ich mich weiterplappern, »wollte das Baby ja auch gar nicht weiterleben. Vielleicht hat es die Schüsse gehört und zu schreien angefangen. Vielleicht wusste es schon, dass seine Mutter und seine Geschwister tot sind. Vielleicht wollte es ihnen folgen.«

»Und der Vater?«

»Kann mir gestohlen bleiben.«

»Hätte das Baby den Vater nicht auch vermisst?«

»Nein«, antwortete ich. Über seinen Versuch, mich an die Stelle des Babys zu versetzen – Psychologie, erstes Semester –, konnte ich nur lachen.

»Keine Überlebenden«, sagte ich. »Ist vielleicht besser so. Vielleicht gibt es ja einen Himmel. Da wären die Mutter und ihre Kinder dann wieder zusammen. Und vielleicht haben Kinder im Himmel nicht diese Stimmen im Kopf, und Eltern müssen nicht schreien, um sich verständlich zu machen. Im Himmel kommen sie vielleicht endlich miteinander zurecht. Ich finde, es war unfair von meinem Vater, dass er mir auch noch diese Hoffnung genommen hat.«

»Wollen Sie wieder mit Ihrer Familie zusammen sein?«, fragte Dr. Frank.

Ich wich seinem Blick aus. »Nein. Und es stinkt mir zusätzlich, dass ich diesem verfluchten Vater auch noch dankbar sein muss, dass er mich verschont hat.«

»Dafür brauchen Sie ihm doch nicht zu danken«, sagte Dr. Frank.

»Und wenn doch?«

»Sie haben ein Recht darauf zu leben, Danielle. Und Sie haben Anspruch darauf, glücklich zu sein, sich zu verlieben und Freude zu empfinden. Dieses Recht und diesen Anspruch verdanken Sie nicht Ihrem Vater. Sie sind ihm nichts schuldig.«

»Und wenn doch?«

»Ihrer Mutter vielleicht, aber nicht ihm.«

Ich kniff die Brauen zusammen. »Meiner Mutter? Was hat sie damit zu tun?«

»Oder vielleicht Ihrem Bruder«, sagte Dr. Frank.

Ich starrte ihn fassungslos an.

»Oder wie wär's mit Ihrer Schwester Natalie, Sheriff Wayne oder Tante Helen?«

»Wovon reden Sie überhaupt?«

»Davon, dass es in Ihrem Leben viele Bezugspersonen gibt. Trotzdem geben Sie Ihrem Vater alle Macht in die Hand. Warum eigentlich? Können Sie sich das erklären?«

»Er hat Leben gegeben und Leben genommen, wie Gott, und ich schätze, deshalb mache ich ihn zu Gott.«

»Gott trinkt nicht flaschenweise Whisky, Danielle. Das hoffe ich zumindest.«

Dazu hatte ich nichts zu sagen, und so schwiegen wir für eine Weile. Dr. Frank nippte wieder an seinem Tee. Ich trat vors Fenster und schaute auf die Beacon Street hinab. Es herrschte viel Verkehr, und die Bordsteine waren voller zufriedener Flaneure. Vielleicht waren sie auf dem Weg in die Parkanlagen, um mit den Schwanenbooten zu fahren oder die Enten zu füttern. An einem sonnigen Morgen im August gab es viele Möglichkeiten, sich zu vergnügen.

Diese Leute, vor allem die Familien, machten immer einen gutgelaunten Eindruck auf mich. Ich fragte mich, ob unsere Nachbarn uns vor fünfundzwanzig Jahren auch für eine glückliche Familie gehalten hatten.

»Glauben Sie, Ihr Vater hätte letztlich gewonnen, wenn Sie wieder Freude am Leben fänden?«, fragte Dr. Frank. »Dass Sie ihm etwas schuldig wären?«

»Ich weiß nicht«, antwortete ich. Was natürlich gelogen war.

»Sie wollen wissen, warum Ihr Vater Sie nicht erschossen hat«, behauptete Dr. Frank seelenruhig. »Darauf läuft es doch hinaus, selbst nach fünfundzwanzig Jahren. Warum hat Ihr Vater Sie nicht auch getötet?«

»Ja.« Ich drehte mich um, ein bisschen verunsichert, und starrte Dr. Frank an. Es sah ihm eigentlich nicht ähnlich, dass er so schnell zum Eingemachten kam. Ich war mir nicht sicher, was ich davon halten sollte.

»Vielleicht hat Ihre Mutter nach ihm gerufen«, führte Dr. Frank aus. »Vielleicht hat sie seinen Namen gerufen und ihn abgelenkt. Könnte auch sein, dass sie ihn angefleht hat, Sie am Leben zu lassen.«

»Unmöglich. Sie war auf der Stelle tot. Kopfschuss.«

»Dann Ihre Schwester vielleicht. Vielleicht hat sie ihn aufgefordert, Sie zu schonen.«

»Er hat ihr ins Gesicht geschossen, als er in der Tür zu ihrem Schlafzimmer stand. Kaum zu glauben, dass sie noch etwas sagen konnte.«

»Ihr Bruder hat aber noch gelebt, als er ins Krankenhaus gebracht wurde.«

»Ja, Johnny lebte noch zwanzig Minuten lang. Und vorher hat er versucht, Superman zu spielen, und ist die Treppe hinuntergeflogen, das Rückgrat kaputt durch die Kugel und der Nacken gebrochen vom Sturz. Wenn er noch irgendwas erbettelt haben sollte, dann den Gnadenschuss.«

»Sie haben also wieder die Polizeiberichte gelesen.«

Ich hatte sie sogar binden lassen, zu einem hübschen kleinen Reader. Dr. Frank und Tante Helen waren schon vor Jahren dahintergekommen.

»Fühlten Sie sich von Ihrer Familie geliebt?« Dr. Frank war heute unerbittlich. Er machte mich nervös. Ich ging in seinem Sprechzimmer auf und ab.

»Weiß ich nicht.«

»Wissen Sie's nicht, oder *wollen* Sie es nicht wissen?«

»Ich … weiß es nicht.«

»Haben Sie Ihre Familie geliebt?«

»Meine Mutter und meine Geschwister, ja«, antwortete ich, ohne zu zögern.

»Wirklich?« Er legte seinen Kopf schief. Die typische Pose eines Seelenklempners. »Danielle, Sie haben so viel Zeit und Energie für die Trauer um Ihre Angehörigen aufgebracht. Wenn Sie sie wirklich lieben, warum investieren Sie da nicht ein bisschen mehr Zeit und Energie in gute Erinnerungen an sie? Glauben Sie nicht, dass sie gewünscht hätten, Sie würden sich liebevoll an sie erinnern?«

»Aber ich liebe *ihn* auch«, hörte ich mich flüstern.

»Ich weiß.«

»Ich habe mir so viel Mühe gegeben, ihn glücklich zu machen.«

»Ich weiß.«

»Damals, in dieser Nacht, dachte ich, es könnte ihn

glücklich machen, wenn ich täte, was er will, und alles wäre gut.«

»Was wollte er denn, Danielle? Sie sind jetzt eine erwachsene Frau, eine ausgebildete Pädagogin. Glauben Sie nicht auch, dass Sie das, was er wollte, inzwischen laut aussprechen können?«

Aber das konnte ich nicht. Manches können Kinder einfach nicht in Worte fassen. Sie haben nicht das Vokabular, das zu dieser besonderen Erfahrung passt. Zehn Cent, wenn du Daddys Penis anfasst. Einen Vierteldollar, wenn du daran lutschst. Was könnte ein kleines Mädchen dazu sagen?

Ich hatte in meiner Arbeit mit Zwei- und Dreijährigen zu tun, die ihr Essen wieder rauswürgten, um sich verständlich zu machen. Den Begriff »Fellatio« kannten sie nicht. Sie konnten nur den schrecklichen Missbrauch demonstrieren, indem sie ihre Backen mit Apfelkomplott füllten und wieder ausspuckten, was die Mütter dann in Rage brachte. Die Kinder wollten sich aber nur mitteilen. Es waren die Erwachsenen, die nichts verstanden.

»Sie hat nichts für mich getan«, sagte ich tonlos. »Aber für sich selbst ja auch nicht.«

»Von wem reden Sie, Danielle?«

»Von meiner Mutter. Sie sagte, ich solle auf mein Zimmer gehen. Es sei alles halb so schlimm. Sie sagte, sie würde sich um alles kümmern.«

»Worum im Einzelnen, Danielle?«

»Meine Eltern hatten Krach. Ich hörte sie schreien. Er

hatte getrunken. Er trank eigentlich immer, und ich wusste, wie er dann war.«

»Und dann?«

»Den Friedhofsbesuch lasse ich in diesem Jahr aus. Ich sehe keinen Sinn darin.«

»Was ist in dieser Nacht vorgefallen, Danielle? Sie waren auf Ihrem Zimmer. Was passierte dann? Sagen Sie es mir.«

»Er tötete alle«, sagte ich. »Ich wollte ihn glücklich machen, aber er tötete sie alle. Und dann sang er ein Lied, um mir klarzumachen, dass ich an allem schuld war.«

»Sie haben niemanden umgebracht, Danielle. Ein neunjähriges Mädchen kommt gegen einen erwachsenen Mann nicht an. Das müsste Ihnen doch inzwischen klar sein.«

Ich nickte einfach nur, denn ich mochte auch nach all den Jahren nicht gestehen, dass ich es gewesen war, die in jener Nacht, bevor das Entsetzliche geschah, die Pistole meines Vaters in der Hand gehalten hatte.

Dr. Frank stellte mir noch ein paar Fragen, die ich nach gewohntem Muster beantwortete. Mir fiel plötzlich ein, dass wir uns gewissermaßen unserer Silberhochzeit näherten, und ich fragte mich, ob es angemessen wäre, ihm etwas zu schenken. Eine hübsche, gerahmte Radierung vielleicht. Eine so lange Beziehung wie mit Dr. Frank hatte ich noch mit keinem anderen Mann. Ich wusste selbst nicht, was ich davon halten sollte.

Als unsere Stunde fast vorüber war, überraschte er mich damit, dass er wieder an den Ausgang unseres Gesprächs zurückkehrte. »Glauben Sie, Ihr Leben ist eine Erfolgsgeschichte?«

»Wie bitte?«

»Danielle, Sie sind eine erwachsene Frau, gebildet und haben eine erstaunliche Karriere gemacht Ich frage, ob Sie das selbst als Erfolg verbuchen.«

Ich musste darüber nachdenken. »Ich glaube, vielen Kindern geholfen zu haben«, sagte ich schließlich. »Darauf bin ich stolz.«

»Und wenn Sie an unsere Sitzungen denken? An unsere Beziehung? Hat die Therapie etwas bewirkt?«

»Sonst wäre ich wohl kaum immer wieder gekommen«, antwortete ich, und das kam der Wahrheit ziemlich nahe.

Er schien zufrieden zu sein und nickte. »Sie sollten wissen, dass ich gegen Ende des Jahres meinen Ruhestand antrete.«

»Wirklich?«

Er lächelte und deutete auf seine ergrauten Haare. »Ich habe lange genug gearbeitet. Es wird Zeit, dass ich mich meinen Hobbys widme. Meint jedenfalls meine Frau.«

Ich versuchte, mir irgendeine Mrs Frank vorzustellen, die von ihrem Mann verlangte, den Hut an den Nagel zu hängen, und musste schmunzeln. »Gratuliere.«

»Sie können mich jederzeit anrufen«, sagte er feierlich.

»Danke.« Wir wussten beide, dass ich das nicht tun würde. Die Zeit unserer Beziehung war abgelaufen, und sein Ausscheiden aus dem Berufsleben bot uns eine günstige Gelegenheit, sie zu beenden.

»Danielle«, sagte er, als ich gerade aufstehen wollte. »Sie machen mir Sorgen.«

Seine Worte verblüfften mich, zumal er selbst in Verlegenheit geriet, wie es schien. Doch er hatte sich schnell wieder gefasst. »Wir stimmen doch wohl beide darin überein, dass es in Ihrer Geschichte Dinge gibt, die Sie noch auf angemessene Weise anzuerkennen haben.«

Ich sagte nichts.

»Ich möchte Ihnen eine Kollegin empfehlen. Vielleicht fühlen Sie sich wohler, wenn Ihnen eine Frau gegenübersitzt.«

»Nein, danke.«

»Die nächsten Tage werden hart sein.«

»Darüber komme ich hinweg. Wie immer.«

»Haben Sie in Erwägung gezogen, bei Ihrer Tante zu bleiben?«

»Sie hat ihre eigene Trauer zu tragen.«

»Sie könnten sich gegenseitig trösten.«

»Nicht in dieser Jahreszeit.«

Er seufzte und schien sich geschlagen zu geben. »Achten Sie bitte darauf, nicht zu viel zu trinken.«

»Das werde ich.« Morgen Nachmittag würde ich damit anfangen und mich volllaufen lassen.

»Noch etwas, Danielle. Wahrscheinlich ist Ihnen selbst schon der Gedanke gekommen. Ich möchte Ihnen raten, in den nächsten Tagen keine Nachrichten zu schauen. Diese anderen Familientragödien würden die für Sie ohnehin schwierige Zeit zusätzlich erschweren. Vor allem der Fall in Dorchester, bei dem das Kind betroffen war, das Sie kannten. Es wäre Salz in Ihrer Wunde. Deren Tragödie ist nicht Ihre Tragödie, und dieser Fall hat nichts mit Ihrem zu tun.«

Ich ging, ohne mir die Mühe zu machen, ihn zu korrigieren. Denn hinter jedem gesprochenen Wort stand eine Vielzahl von Worten, die unausgesprochen blieben.

Die Geschichte meines Lebens.

19. Kapitel

Die Kollegen von der Drogenfahndung waren auf Zack. Als D. D. in ihr Büro zurückkehrte, fand sie die komplette Akte von Hermes Laraquette alias Rastamann auf ihrem Schreibtisch. Jeder Weiße, der sich als Rastafari verkleidete, war ihrer Meinung nach verdächtig, und Hermes enttäuschte sie nicht. Er hatte ein langes Register kleinerer Delikte, darunter Einbruch, Diebstahl und Drogenbesitz.

Aber die Justiz war wie üblich hoffnungslos überlastet, weshalb sein Pflichtverteidiger die Hälfte der Anklagen wegen Geringfügigkeit hatte abmindern, die andere Hälfte als unzulässig abschmettern können. Danach war Hermes gut beraten gewesen abzutauchen, bevor ihm die Einwanderungsbehörde auf die Pelle rückte.

Aus einschlägigen Kreisen war zu hören gewesen, dass sich Hermes mit Audi Solis zusammengetan hatte, eine von Sozialhilfe lebende Mutter dreier Kinder von drei verschiedenen Vätern. Neun Monate später hatte sie es mit Hermes' Hilfe zum vierten Kind von einem vierten Erzeuger gebracht. Auf der Geburtsurkunde von ViVi Bellasara Laraquette, ausgestellt am 19. März, war Hermes als Vater angegeben.

Für ihr Jüngstes hatte Audi staatliche Hilfe beantragt, während Hermes weiter Dope vertickte.

Das Drogendezernat vermutete, dass Hermes unter den eingewanderten Bürgern Bostons Leute rekrutierte, die ihn mit Ware belieferten und für ihn verkauften. Er machte gute Umsätze, war aber trotzdem nur ein kleiner Fisch im Ozean der Bostoner Drogenszene. Weil er nicht nur dealte, sondern auch selbst fleißig konsumierte, stand von vornherein fest, dass er es nicht weit bringen würde.

Tja, sie hatten also einen kleinen Dealer, erschossen auf seinem Sofa. Eine Mom auf Stütze, niedergestochen in der Küche. Und vier tote Kinder, auf zwei Schlafzimmer verteilt.

D. D. legte die Akte der Drogenfahndung beiseite und las die protokollierten Aussagen der Lehrer der Kinder und der Schulleitung.

»Ishy oder Rochelle?«, fragte sie Alex, der am Rand des Schreibtischs Platz genommen hatte und eine Skizze vom Tatort studierte wie Kaffeesatz auf dem Grund einer Tasse.

Er legte die Skizze beiseite. »Ishy.«

D. D. reichte ihm den vorläufigen Opferbericht über Ishy Rivers, dem mit siebzehn Jahren ältesten Sohn, auf den im Flur zweimal geschossen worden war. Sie selbst nahm sich den über die elfjährige Rochelle Le Bryant vor, von der D. D. bereits wusste, dass sie eine Vorliebe für die Farbe Rosa und Schnulzenromane gehabt hatte. Übrig blieben zwei Seiten über die vierjährige, auf dem Hundekissen erschossene Tika und ein paar Zeilen über die fünf Monate alte ViVi, die in ihrer Wiege erstickt worden war.

Nach einem so kurzen Leben, dass der Opferbericht nicht einmal eine Seite füllen konnte.

Die beiden lasen schweigend, tranken Kaffee und raschelten mit ihrem Papier. Alex war eher fertig als D. D. und wartete. Als auch sie den Aktendeckel zuklappte und nach ihrer Kaffeetasse griff, fasste er in knappen Worten zusammen: »Ishy Rivers. Gegen ihn liegt nichts vor. Keine Vorstrafen, keine laufenden Ermittlungen. Also sauber. Zwei Kollegen zitieren die Nachbarn mit den Worten ›wir wissen von nichts‹.«

»Komisch, das haben sie auch über Ishys jüngere Schwester gesagt.«

»Die Betreuungslehrerin der Highschool weiß immerhin zu berichten, dass Ishy nur sporadisch am Unterricht teilgenommen hat.«

»Schwänzer?«

»Im vergangenen Jahr war er an genau hundertdrei Tagen anwesend, also im Durchschnitt alle zwei Tage. Man hat ihn zum Nachsitzen verdonnert, damit er den verpassten Stoff aufholt, aber er hat sich nicht blickenlassen.«

»Konsequenzen?«, fragte D. D. mit skeptischer Miene.

Alex schüttelte den Kopf. »Es scheint, die Schule hat ihn genauso aufgegeben wie er die Schule. Die Lehrerin meint, Ishy sei von Anfang an durch multiple Lernstörungen aufgefallen. Sie beschreibt ihn als netten Jungen, allerdings mit zwanghaften Zügen, die es ihm schwergemacht haben, sich in die Klasse zu integrieren. Besonders ausgeprägt war sein Kreditkarten-Spleen. Er fragte jeden, der ihm in die Nähe kam, nach seiner Kreditkarte aus, wollte die Nummer auf Vorder- und Rückseite wissen und erzählte seinerseits im Detail, was er über diverse Editionen von Kreditkarten wusste.«

»Irgendwelche unkoscheren Absichten?«, fragte D. D.

»Die Lehrerin tippt auf ein Asperger-Syndrom, das häufig mit solchen Zwangsstörungen einhergeht. Außerdem war der arme Kerl angeblich von extremen Ängsten besessen. Er weigerte sich zum Beispiel, die Cafeteria oder die Sporthalle zu betreten, weil er fürchtete, die Decke könnte einstürzen. Trotzdem, ein netter Junge.« Alex hob den Bericht in die Höhe. »Das stellt die Lehrerin in ihrer Aussage auffallend häufig fest. Netter Junge, der sich mit der Schule schwertut und keinerlei Unterstützung von zu Hause erfährt. Sie kann sich nicht vorstellen, dass er zu einer Gewalttat fähig war, räumt aber ein, dass er mit seinem zwanghaften Verhalten möglicherweise andere zu einer Kurzschlussreaktion provoziert haben könnte.«

»Interessant«, sagte D. D. Sie hob nun ihren Bericht und fasste zusammen: »Rochelle LeBryant. Elf Jahre alt, sollte nächsten Monat ihr sechstes Schuljahr beginnen. Auch gegen sie liegt nichts vor. Im Unterschied zu ihrem Bruder Ishy lernte Rochelle angeblich gern. Ihre Lehrerin sagt, sie sei morgens oft schon lange vor Unterrichtbeginn in der Schule gewesen und habe dann im Flur gelesen. Die Lehrerin beschreibt Rochelle als ein stilles, ernsthaftes und intelligentes Mädchen, immer sehr hilfsbereit und so ehrgeizig, dass sie es kaum ertragen konnte, wenn sie Fehler machte. Sie sei in allen Fächern gut bis sehr gut gewesen.

Von ihrem Zuhause hat Rochelle angeblich nie etwas erwähnt. Allerdings ist der Lehrerin aufgefallen, dass sie immer dieselben Sachen trug, einen unterernährten Eindruck machte und ungepflegt war. Einer Eingebung folgend, hatte besagte Mrs Groves, eines Tages eine Flasche Shampoo im Waschraum deponiert, worauf sich Rochelle jeden Morgen vor Schulbeginn die Haare wusch. Ab und an versuchte Mrs Groves, ihr unauffällig saubere Unterwäsche anzubieten, wovon Rochelle aber keinen Gebrauch machte. Das Mädchen war anscheinend sehr stolz. Sie nahm auch von ihrer Lehrerin kein Frühstücksbrot oder Obst an. Nur Bücher lieh sie sich aus und gab sie auch immer pünktlich zurück. Romane waren für sie unwiderstehlich.«

D. D. legte den Bericht auf den Schreibtisch zurück. »Mrs Groves kann sich nicht vorstellen, dass Rochelle jemandem etwas hätte zuleide tun können, obwohl sie auf ihre Eltern nicht gut zu sprechen war. ›Unbeteiligt‹, ›desinteressiert‹ und ›lieblos‹ sind nur einige der Attribute, die sie in diesem Zusammenhang gebraucht. Der Einschätzung ihrer Betreuungslehrerin nach war Rochelle im Wesentlichen auf sich allein gestellt, und was sie daraus gemacht habe, sei unter den gegebenen Bedingungen erstaunlich gewesen.«

»Was ist mit den beiden jüngeren Geschwistern?«

»Die waren noch nicht in der Schule«, antwortete D. D. »Deshalb liegen uns nur Aussagen der Nachbarn vor.«

»Lassen Sie mich raten: Die wissen von nichts.«

»Können Sie hellsehen?«

»Ich vermute, die Nachbarschaft gehörte zu Hermes' Stammkundschaft, und die meisten sind jetzt sauer, dass wir den Schuppen hinterm Haus vor ihnen geöffnet haben.«

»Möglich. Und deshalb werden sie auch keine Lust haben, mit uns zu kooperieren. Sie sind schlichtweg neidisch.«

»Das jüngere Mädchen hat jede Menge hässlicher Schnittwunden«, sagte Alex leise. »Sowohl vernarbte als auch frische. An Armen, Beinen und im Gesicht.«

»Ich hoffe, Phil kann uns nach seinem Besuch im Jugendamt mehr dazu erzählen«, erwiderte D. D., die an das arme, geschundene Mädchen auf dem Hundekissen gar nicht erst denken wollte. Sie kniff sich in den Nasenrücken und versuchte so, das Bild aus der Erinnerung zu vertreiben.

»Halten Sie durch?«, fragte Alex vorsichtig.

»Immer.«

»Ich wollte Ihnen nicht zu nahetreten.«

D. D. musterte ihn. »Ich bin gut in meinem Job.«

»Ist mir schon aufgefallen.«

»Ich brauche keine starke Schulter, an der ich mich aufrichten kann, keinen Mann, der mich rettet.«

»Auch das ist mir schon aufgefallen.«

Sie verzog das Gesicht. »Ich hasse meinen verfluchten Pager.«

Er schmunzelte. »Ich liebe meine Arbeit an der Hochschule.«

»Würden Sie die nicht aufgeben für diese Pracht und

Herrlichkeit?« Sie breitete die Hände über ihren Unterlagen aus.

»Nein. Mal wieder in die Praxis reinzuschnuppern ist gut. Aber wieder komplett einsteigen muss nicht sein. Es reicht mir, wenn ich den Alltag meiner ermittelnden Kollegen wieder ein bisschen besser kennenlerne.«

»Von Alltag kann keine Rede sein.«

»Das meine ich ja. Pläne werden gemacht und wieder verworfen. Und wenn man sich was Schönes kocht, wird es leider meist kalt.«

»Leider, leider«, bestätigte sie.

»Auch ich bin gut in meinem Job.«

»Daran zweifle ich keinen Augenblick.«

»Ich brauche keine Frau, die mich bedient oder mir mein Ego streichelt.«

»Das glaube ich gern.« Sie hielt inne und bedachte ihn mit ernstem Blick. »Worauf wollen Sie eigentlich hinaus?«

»Ich möchte Sie zum Essen einladen.«

»Wirklich?« Sie klang ein wenig enttäuscht, was beabsichtigt war.

»Darüber hinaus bin ich allen Möglichkeiten gegenüber aufgeschlossen«, fügte er hastig hinzu.

»Ich habe diese Werbung gesehen –« D. D. biss sich auf die Lippe.

Alex grinste. »Kühleffekt und prickelnde Wärmewirkung?«

Sie beugte sich zu ihm. »Ich brenne vor Neugier.«

Er beugte sich zu ihr. »Ich brenne darauf, Ihre Neugier zu stillen.«

Beide seufzten. Und widmeten sich dann wieder ihrer Arbeit.

»Also«, sagte D. D. nach einer Weile. Sie räusperte sich, um einen forscheren Tonfall anschlagen zu können. »Wo waren wir stehen geblieben? Wir haben einen Drogendealer, eine Mom auf Stütze, einen Schulschwänzer, eine begabte Schülerin und zwei Unbekannte. Prekärer Lebensstil. Sozial isolierte Mutter und Kinder. Wie stehen die Chancen, dass Hermes, der ohnehin zu viel Dope rauchte, einen neuen Stoff ausprobieren wollte, durchdreht und im Rausch über seine Familie herfällt?«

»Das mit dem Messer passt nicht ins Schema«, widersprach Alex. »Wer damit anfängt, wird's damit auch zu Ende bringen.«

»Vielleicht hat er Audi im Affekt niedergestochen. Es kam in der Küche zum Streit, der dann eskaliert ist. Ishy hat alles mit angesehen und wollte abhauen, worauf Hermes die Pistole geholt hat, um auf seine Weise den Schaden zu begrenzen.«

»Und als ihm klar wurde, was er getan hat …«

»Beschließt er, kurzen Prozess zu machen. Er erstickt den Säugling, legt sich aufs Sofa und gibt sich die Kugel.«

»Von wegen.«

D. D. und Alex blickten auf. Neil stand in der Tür. Die Sommersprossen in seinem bleichen Gesicht schienen zu glühen. »Ich habe Neuigkeiten, direkt aus der Gerichtsmedizin«, platzte es aus ihm heraus. »Hermes ist nicht erschossen worden. Ich meine, okay, es ist auf ihn geschossen worden. Aber zu dem Zeitpunkt war er schon tot. Der Selbstmord auf dem Sofa ist inszeniert worden.«

Manchmal konnte D. D. ihren Job überhaupt nicht leiden. Die endlosen Überstunden. Den ganzen Papierkram. Oder den verfluchten Pager, der immer im ungünstigsten Augenblick zu piepen anfing …

Diesmal war es nicht so. Sie, Alex und Neil saßen im Besprechungszimmer, um sich ausbreiten zu können. Neil ging vor dem langen Tisch auf und ab und redete wie ein Wasserfall.

»Hermes Laraquette wurde mit einem Taser schachmatt gesetzt. Den Verbrennungen auf der Brust nach waren es zwei Elektrostöße. Normalerweise hätte sich jeder gesunde Mann davon erholt. Laraquette aber war bei seinem Lebensstil alles andere als gesund und stand nicht mehr auf.«

»Umgebracht von einem Taser?«, fragte D. D. nach.

»Sein Herz hat schlappgemacht.«

D. D. stand mit einem Marker in der Hand vor der Tafel und notierte die von Neil skizzierte Todesursache. »Augenblick mal. Wenn ein Taser zum Einsatz kam, wieso haben wir dann kein Konfetti am Tatort gesehen?«

Elektroschockpistolen, die in Massachusetts verboten waren, versprühten mit jedem Schuss sogenanntes Konfetti, das mit einem Code versehen war, über den sich die Herkunft der Waffe ermitteln ließ. Solche weitgestreuten Spuren restlos aufzukehren war in einem Haushalt wie dem des Opfers fast unmöglich.

»Keine Ahnung«, antwortete Neil. »Der Pathologe ist jedenfalls überzeugt davon, dass der Tasereinsatz zum Tod geführt hat. Die Brandspuren lassen keinen Zweifel daran.«

D. D. runzelte die Stirn und nahm sich vor, auf die Konfettifrage später zurückzukommen. »Okay. Damit hätten wir also vier Tatwaffen: Taser, Pistole, Messer und Kissen. Was hat die Obduktion sonst noch ergeben?«

»Die Stichverletzung der Frau hat definitiv zum Tod geführt. Ein einziger, fataler Stoß. Keine Hinweise darauf, dass der Täter gezögert hat«, berichtete Neil, der immer noch vor dem Tisch auf und ab ging.

»Wie bei den Harringtons«, stellte D. D. fest.

»Sogar die Länge der Klinge stimmt überein«, fuhr Neil fort. »In beiden Haushalten gab es ein ähnliches Messerset, und der Täter hat jeweils nach einem ähnlichen Messer gegriffen.«

»Nach dem mit der längsten Klinge«, ergänzte Alex. »Für einen Mörder die logische Wahl.«

»Da ist was dran«, meinte Neil. Er war stehen geblieben, hatte seine Hände in die Jacketttaschen gesteckt und klimperte mit Kleingeld.

»Ich schlage vor, der Pathologe nimmt sich Patrick Harringtons Leiche noch einmal vor«, sagte D. D. »Vielleicht hat er was übersehen, Brandspuren zum Beispiel.«

»Darum habe ich ihn schon gebeten.«

»Und?«

»Er ist noch nicht dazu gekommen. Die Leichen stapeln sich bei ihm.«

»August«, murmelte D. D. »Da ist immer viel los in der Pathologie. Was ist mit den Kindern? Der Sohn wurde erschossen, oder?«

»Ja. Genau wie die beiden Mädchen«, antwortete Neil. »Im Fall des Säuglings steht die Todesursache noch nicht eindeutig fest. Aber weil es keinen pathologischen Befund gibt, ist davon auszugehen, dass das Baby erstickt wurde. Das Kissen muss noch von der Kriminaltechnik untersucht werden. Falls sich Speichelreste darauf finden, wäre die Sache klar.«

»Wann ist mit dem Ergebnis zu rechnen?«, fragte D. D. und machte sich aufs Schlimmste gefasst.

»In drei bis sechs Monaten.«

»Leck mich!«

»Jetzt nicht, Sweety, bin zu beschäftigt.«

D. D. verdrehte die Augen und ignorierte sein blödes Grinsen.

»Wo stehen wir jetzt?« Sie studierte die Tafel und griff zum Marker. »Hermes wechselt also von der Täter- in die Opferspalte. Denn er kann sich schlechterdings nicht selbst totgetasert und anschließend erschossen haben.«

»Ein Überfall«, sagte Alex.

Sie sah ihn an und nickte. »Das denke ich auch.«

»Zuerst muss Hermes dran glauben, dann der Rest der Familie«, fuhr Alex fort.

»Warum in dieser Reihenfolge?«, fragte Neil. »Könnte doch auch sein, dass der Angriff der Familie galt und Hermes zufällig dazukam.«

»Warum ihn dann tasern?«, entgegnete Alex. »Wäre er

zufällig hinzugekommen, hätte der Täter nur eine weitere Kugel abfeuern müssen. Der legt doch nicht die Pistole weg und kramt in der Tasche nach einer anderen Waffe.«

»Schlüssig.«

»Ich glaube auch, Hermes wurde als Erster rangenommen«, stimmte D. D. zu. »Der Täter hat die für ihn größte Gefahr ausgeschaltet: den Vater.«

»Riskant«, kommentierte Alex. »Besonders dann, wenn es sich beim Opfer um einen toughen Drogendealer handelt. Ich habe Typen gesehen, die ein Dutzend Elektroschocks weggesteckt haben.«

D. D. knabberte nachdenklich an ihrer Unterlippe. »Taser sind bei uns nicht frei im Handel erhältlich. Das heißt, der Täter hat sich auf dem Schwarzmarkt bedient und womöglich einen mit hoher Wattzahl eingekauft. Militärbestände. Das würde erklären, warum kein Konfetti verpulvert wurde. Auf dem Schwarzmarkt kriegt man alles mit dem nötigen Kleingeld. Warum nicht auch einen Taser, der erstens geräuschlos funktioniert und zweitens keine Spuren hinterlässt?«

Je mehr D. D. darüber nachdachte, desto überzeugter war sie von dieser Möglichkeit. »Ein Taser mit hoher Ladung würde auch Hermes' Herzversagen erklären. Könnte der Pathologe vielleicht anhand der Brandspuren feststellen, wie stark die Stromschläge waren?«

»Keine Ahnung«, antwortete Neil. »Werd ihn fragen.«

»Also gut. Vermutlich kam also ein Taser mit hoher Wattzahl zum Einsatz, mit dem mindestens ein Opfer getötet wurde. Gehen wir davon aus, dass dies so geplant war. Zuerst wird der Familienvater außer Gefecht gesetzt, dann die Mutter in der Küche, und zwar mit einem Messer. Ebenfalls eine lautlose Waffe, was darauf hindeuten könnte, dass der Täter möglichst lange unbemerkt bleiben wollte. Denn sobald man ihn entdecken würde …«

»Ishy. Er war im Flur«, sagte Alex.

»Ja, und jetzt muss sich der Täter sputen. Ishy schlägt Alarm. Seine Geschwister könnten entwischen und zu den Nachbarn laufen. Was der Täter verhindern will.«

»Er greift also zur Pistole –«

»Die von Hermes?«

»Lässt sich nicht ohne weiteres feststellen, weil sie nicht registriert ist«, sagte Alex. »Jedenfalls hat der Täter jetzt eine Feuerwaffe. Der erste Schuss auf Ishy sitzt nicht richtig; also drückt er ein zweites Mal ab. Dann streckt er die Mädchen in ihrem Zimmer nieder. Alle sind tot, bis auf den Säugling.«

D. D. nickte. »Das letzte Mitglied der Familie Laraquette, fünf Monate alt. Kein Zeuge, der dem Täter gefährlich werden könnte. Warum tötet er das Baby?«

Neil und Alex ließen sich Zeit zum Nachdenken.

»Er will die ganze Familie auslöschen«, spekulierte Alex schließlich laut. »Vielleicht steht es so in seinem Drehbuch. Nach dem Motto, der Vater dreht durch und begeht ein Massaker. Also muss auch das Baby sterben. Dann wird Hermes auf das Sofa bugsiert und entsprechend drapiert. Der Killer will alles genau so haben.«

»Also kein Bandenkrieg«, schlussfolgerte D. D. »Bei

einer Gang-Angelegenheit würde der Täter ein Zeichen setzen und seinen Rivalen deutlich machen wollen, was mit ihnen geschieht, wenn sie ihm in die Quere kommen. Und er würde nicht mit vier verschiedenen Waffen hantieren. Viel zu umständlich. Nein, hier geht es nicht um Rache. Dahinter steckt sehr viel mehr. Ich tippe auf ein persönliches Motiv.«

»Reenactment«, murmelte Alex.

D. D. fühlte sich unwohl und wusste nicht, warum. »Hermes' frühzeitiger Tod könnte dem Täter einen Strich durch die Rechnung gemacht haben. Er wollte ihn nur für eine Weile schachmatt setzen, Frau und Kinder töten, den Vater dann aufs Sofa schaffen und ihm die Pistole in die Hand drücken, um das Ende der Geschichte zu inszenieren. Aber Hermes fällt aus der Rolle, weil er schon tot ist. Und hinterlässt uns damit einen ersten Hinweis.«

Alex sagte plötzlich: »Es war seine eigene Pistole.«

Die beiden sahen ihn an. »Wie kommen Sie darauf?«

»Ich ziehe Parallelen«, antwortete Alex. »Im Haus der Harringtons wird zuerst der Familienvater ausgeschaltet, nehmen wir an mit einem Taser. Das wird noch zu klären sein. Dann geht der Täter in die Küche, besorgt sich ein Messer und schlägt zu. Jetzt muss er den Tatort so herrichten wie geplant. Er schafft Patrick in die Loggia, steckt ihm die Pistole in die Hand und drückt auf ihn ab. Ende der Vorstellung.«

»Aber Patrick hat überlebt.«

»Das ist das Risiko, das der Kläger mit einer .22er eingehen musste«, entgegnete Alex. »Fest steht jedenfalls, dass die Pistole auf den Namen Patrick Harrington registriert ist. Sie war in seinem Besitz. Und ich wette, wenn wir seinen Nachbarn Dexter fragen, wird er uns sagen, Patrick habe peinlich genau darauf geachtet, dass seine drei Kinder nicht an die Waffe rankommen. Ich wette, er hatte sie unter Verschluss. Der Killer musste warten, um an sie heranzukommen. Im Unterschied dazu hatte Hermes –«

»Vielleicht hatte er die Waffe im Hosenbund«, fiel ihm D. D. ins Wort. »Und Glück gehabt, dass er sich nicht die Eier weggeschossen hat.«

»Andererseits scheint er zu viel Fastfood gegessen zu haben, weshalb ihm dann das Herz stehen geblieben ist.«

»Wie dem auch sei«, fuhr sie fort. »Wir müssen also herausfinden, welche Verbindung es zwischen den Harringtons und den Laraquette-Solis gab und aus welchem Grund jemand beide Familie ausgelöscht hat. Dann werden wir ihn schnappen. Am besten noch vor den Fünf-Uhr-Nachrichten. Irgendwelche Vorschläge?«

Sie schaute Alex an. Der richtete seinen Blick auf Neil, der seinerseits D. D. ansah.

»Spuren vergleichen und auswerten«, sagte Neil schließlich und zuckte mit den Achseln. »Haare, Fasern, Abdrücke. Vielleicht stoßen wir darüber auf einen Zusammenhang zwischen beiden Tatorten.«

»Erkundigen wir uns beim Straßenverkehrsamt, ob's Parkknöllchen gegeben hat«, sagte Alex. »Der Täter ist wahrscheinlich mit dem Auto gekommen, und wir wissen ja, wie's zu dieser Jahreszeit mit Parkplätzen aussieht.«

»Und nach Fußspuren vor den Fenstern suchen«,

schlug Neil vor. »Wahrscheinlich ist der Täter in beiden Fällen erst mal ums Haus geschlichen.«

Jetzt war wieder Alex an der Reihe: »Wir sollten uns die Nachbarn noch mal vornehmen. Der Täter wird häufiger vor Ort gewesen sein, um das Terrain zu sondieren. Wir fragen, ob jemandem ein fremdes Fahrzeug aufgefallen ist, das sich wiederholt in der Gegend gezeigt hat. Oder eine fremde Person, die häufiger aufgekreuzt und wieder verschwunden ist.«

D. D. setzte eine Liste auf und ergänzte sie um zwei eigene Fragen: die nach einem ballistischen Vergleich der Geschosse und eventuell zusätzlichen Befunden der Obduktion im Fall Patrick Harrington. Wenn er Brandspuren am Körper hatte, war eine Verbindung zwischen beiden Fällen zweifellos hergestellt.

»Neil«, sagte sie und tippte mit dem Marker auf den letzten Eintrag. »Geh bitte zurück in die Gerichtsmedizin und mach Druck auf Ben. Zwei Tage sind zu lang. Wir brauchen den Bericht spätestens morgen, auch wenn er nur vorläufig sein sollte. Die Zeit drängt.«

Plötzlich klopfte es, und Phil steckte seinen Kopf zur Tür herein.

»Habt ihr mich denn gar nicht vermisst?«, fragte er. »Ich habe euch überall gesucht. Warum seid ihr hier?«

»Mehr Platz«, antwortete D. D. »Neil kam mit der interessanten Neuigkeit aus der Gerichtsmedizin zurück, dass Hermes Laraquette mit einem Taser erledigt wurde. Der Selbstmord war fingiert. Wenn wir eine Verbindung zwischen den Fällen Harrington und Laraquette-Solis herstellen können, suchen wir nach einem Täter, der es auf Familien abgesehen hat. Und was hast du den Nachmittag über getrieben?«

»Sag mir, dass du mich liebst.«

»Dann musst du mir mehr als einen Cheeseburger anbieten.«

»Es ist definitiv mehr. Ich habe die gesuchte Verbindung hergestellt. Ihr erinnert euch an die vierjährige Laraquette, die mit den Schnittwunden am ganzen Leib.«

Schwer zu vergessen, dachte D. D. und nickte mit dem Kopf.

»Nach Auskunft des Jugendamtes wurde das Mädchen vorübergehend psychiatrisch behandelt. Und wisst ihr was? Nicht Mommy und Daddy haben ihr die Verletzungen zugefügt. Sie war's selbst. Eine Form von Selbstverstümmelung, die manchmal mit Neurosen, Depressionen, Angstzuständen und so weiter einhergeht. Um es kurz zu machen: Das Mädchen hat sich geritzt, und zwar mit allem, was sie in die Finger bekommen konnte. Nun, und vor neun Monaten fand Tika eine Rasierklinge und machte sich an ihrem Hals zu schaffen. Die Mutter bemerkte es erst, als die Kleine schon im Blut schwamm. Von der Notaufnahme des Krankenhauses hat man sie dann wohin gebracht, na?«

Phil wartete auf einen Trommelwirbel, wie es schien.

D. D. zählte zwei und zwei zusammen, doch Phil kam ihr zuvor.

»In die Kinderpsychiatrie von Boston. Genau dorthin, wo auch Ozzie Harrington untergebracht war.«

20. Kapitel

Victoria

Bin ich eine gute Mutter?

In den Monaten vor unserer Trennung behauptete Michael immer wieder, Evan würde unter meinen persönlichen Schwächen leiden. Ich würde mich weigern, ihn und seine Probleme objektiv zu betrachten. Ich würde nicht einsehen wollen, dass er durch andere – und vielleicht auch andernorts – besser gefördert werden könne.

Indem ich mir einredete, die einzige Person zu sein, die ihm helfen könne, würde ich mich der übelsten Form von Hybris schuldig machen. Ich sei arrogant, egozentrisch und würde meine Bedürfnisse über die meines Sohnes stellen – ganz zu schweigen davon, dass ich seine Belange als Ehemann und die unserer Tochter ignorierte. Statt die Familie zusammenzuhalten, wie es sich für eine Mutter gehörte, legte ich es auf deren Zerrüttung an.

Nach Michaels Auffassung waren Evans Wutausbrüche, Gewalttätigkeiten und Schlafprobleme meinem Fehlverhalten zuzuschreiben. Wäre ich eine bessere Mutter, ließe sich Evan auch besser führen, vorzugsweise in einer geschlossenen Anstalt. Wir könnten ihn dort besuchen, und seine Schwester würde ihn vergessen.

Spiel nicht länger die Märtyrerin, hatte Michael immer wieder gesagt. *Es geht hier nicht um dich, sondern um das, was das Beste für ihn ist. Verdammt, wir können es uns leisten,* fügte er meist hinzu, als wäre Evan irgendein Umbauprojekt, in das man nur genügend Geld stecken müsste, damit am Ende herauskam, was wir wollten.

Fürs Protokoll: So einfach ist es auch wieder nicht, mein Kind irgendwo unterzubringen. Es gibt nur sehr wenige Einrichtungen, die in Frage kommen. Die guten haben lange Wartelisten. Die schlechten sind nicht viel besser als Hochsicherheitsgefängnisse. Nach der Brechstangenepisode sagte mir Evans dritter Arzt, er könne sich für uns einsetzen und Wunder bewirken. Sein Empfehlungsschreiben betreffs der kurzfristigen Aufnahme in einem Heim unserer Wahl wäre so wirksam wie die Fürsprache eines Promis, der sich für die Immatrikulation eines Studenten in seinem ehemaligen College starkmachte.

Die Einrichtung, die er uns empfahl, war früher einmal ein Kloster gewesen und bekannt für ihre spartanische Ausstattung und strenge Ordnung. Ohne Michael etwas davon zu sagen, habe ich sie mir eines Tages angesehen. Die Zimmer – oder genauer gesagt Zellen – waren klein und düster; wer darin wohnte, hatte tatsächlich nicht unter Reizüberflutungen zu leiden.

An der Tagesordnung standen Selbstdisziplin und schwere körperliche Arbeit. Es roch wie in einem Altersheim. Ich konnte mir einen Siebenjährigen in diesem Loch einfach nicht vorstellen, geschweige denn Evan mit seinem strahlenden Lächeln und ansteckenden Lachen.

Also behielt ich ihn zu Hause, und mein Mann und unsere Tochter zogen aus.

Ich weiß nicht, ob ich eine gute Mutter bin. Zugegeben, Evan ist nicht das, was ich mir unter einem Wunschkind vorgestellt habe, und von meinem Leben habe ich mir auch mehr erhofft. Ich stehe jeden Morgen auf und gebe mein Bestes. An manchen Tagen gebe ich zu viel, an anderen nicht annähernd genug.

Aber ich bin keine Märtyrerin.

Daran gibt es keinen Zweifel, denn um 14 Uhr werde ich etwas tun, das ganz und gar nicht in Evans Interesse ist.

Aber das ist mir egal.

Gegen Mittag treffe ich Vorbereitungen. Ich schmiere für Evan ein Sandwich mit Erdnussbutter und Marmelade, unter die ich eine zerstoßene Valium gemischt habe. Man frage mich nicht, wo ich das gelernt habe. Man frage mich nicht, unter welchem Druck eine Mutter steht, wenn sie diverse Medikamente mörsert und unters Essen rührt. Fürs Protokoll: Süßes wie Marmelade oder Honig eignet sich am besten, um bittere Medizin zu verstecken. Gegrillten Käse kann man vergessen; ich war einmal Stunden damit beschäftigt, die Fettflecken von unseren Glasschiebetüren zu putzen.

Ich serviere das Sandwich mit Apfelspalten und einer Tasse Milch auf dem Kaffeetischchen. Evan taucht auf. Im

Wohnzimmer zu essen bedeutet, dass er fernsehen kann. Ein seltenes Vergnügen für ihn. Sein Wutanfall nach dem morgendlichen Drama auf dem Spielplatz hat sich gelegt.

Ich schalte seinen Lieblingssender ein, den History Channel. Evan kann sich nicht sattsehen an historischen Dokumentationen, Berichte über Pompeji, chinesische Terrakotta-Krieger oder die *Titanic.* Auch Sachbücher liest er gern. Er schaut sich Kunstbücher an, Lithographiesammlungen – all das fasziniert ihn.

Das hat er von seinem Vater, was Michael nie erfahren wird.

Zurzeit berichtet der History Channel vom Tunnelbau zwischen England und Frankreich. Man sieht riesige Maschinen und Männer mit dreckverschmierten Schutzhelmen. Evan greift nach einer Sandwichhälfte und starrt wie gebannt auf den Bildschirm.

Ich gehe in den Flur und schaue nach, ob die Eingangstür verriegelt ist. Schon mit drei Jahren hat Evan gewusst, wie man die Vorhängekette abnimmt, um nach Lust und Laune verschwinden zu können. Auch die Glasschiebetüren waren bald kein Hindernis mehr für ihn. Deshalb sind die Türen jetzt doppelt gesichert. Es gibt nur einen Schlüssel, und den trage ich an einer Halskette. Wenn im Haus ein Feuer ausbricht und ich finde den Schlüssel nicht, werden wir darin verbrennen.

Jedenfalls kann er so nicht abhauen, während ich dusche.

Ich gehe ins Bad, ziehe mich aus und werfe einen Blick in den Spiegel, obwohl ich weiß, dass ich das besser lassen sollte. Ich war einmal eine schöne Frau, eine jener schlanken hellblonden Nymphen, nach denen sich die Männer umdrehen. Ich war mir meiner Attraktivität bewusst und machte sie mir gezielt zunutze, um aus der Schrottlaube von Trailer herauszukommen, in dem ich lebte. Mein Aussehen war mein Ticket nach draußen.

Ich nahm an Schönheitswettbewerben teil und gewann bescheidene Geldsummen, woraufhin mir meine eifersüchtige Mutter das Bankkonto plünderte. Doch ich ließ mich nicht entmutigen, bewarb mich erfolgreich um ein Stipendium und studierte am College, wo ich Michael kennenlernte. Ich erkannte sofort, dass er ähnlich tickte wie ich. Attraktiv, ehrgeizig und verzweifelt. Wir hatten in unseren jungen Jahren schon genug durchgemacht und wollten uns nichts mehr gefallen lassen.

Er war der erste Mann, mit dem ich schlief. Da war ich zwanzig, doch meine Mutter hatte mich schon mindestens sechs Jahre lang als Nutte bezeichnet.

Ich weinte in dieser Nacht. Michael hielt mich in seinen Armen und gab mir tatsächlich das Gefühl, etwas Besonderes zu sein. Bei den Schönheitswettbewerben hatte ich Titel gewonnen, doch es war Michael, bei dem ich mir wie eine Prinzessin vorkam.

Wie eine Schönheitskönigin sehe ich nicht mehr aus. Mein Gesicht ist eingefallen, meine Haut fast wie Pergament, viel zu dünn auf den deutlich erkennbaren Rippen und Beckenknochen. Auf der linken Seite ist ein riesiger grün-gelber Bluterguss. Evan hatte mich die Treppe hinuntergestoßen. Auf dem rechten Bein prangen frischere Flecken, violette und rote Striemen auf dem Unterarm.

Ich sehe alt und geschunden aus und würde am liebsten heulen.

Um Schönheit und Jugend, mit denen es allzu schnell vorbei ist. Um die Träume, von denen ich glaubte, dass sie in Erfüllung gehen könnten.

Es gibt Dinge, die, wenn man sie einmal aufgegeben hat …

Aber ich will sie zurückhaben. Lieber Gott, wie oft sehne ich mich danach, sie zurückzuholen?

Zwei Uhr. Um zwei Uhr wird sich alles wenden. Ich drehe die Dusche auf, steige in die Wanne und fange an, mir die Beine zu rasieren.

Fast eine Stunde später – in meiner Welt eine Ewigkeit – kehre ich nach unten zurück. Ich habe mir Zeit gelassen, um mich mit meiner Lieblingslotion, die nach Rosen duftet, einzureiben. Ich habe mir die Nägel poliert, die Füße mit einem Luffaschwamm massiert und meine Haare mit einem speziellen Conditioner behandelt. Wenn schon nicht schöner, so bin ich doch immerhin gepflegter als sonst. Mehr kann ich nicht tun.

Evan hängt auf dem Sofa. Die Lautstärke des Fernsehers ist voll aufgedreht, und der History Channel ist vom Tunnelbau in England zum »Big Dig« in Boston übergegangen, die Unterführung der Stadtautobahn. Das Sandwich ist aufgegessen. Evans Augen wirken glasig. Zuerst die Ativan-Gabe am Morgen, jetzt dieses Mittel.

Ich setze mich neben ihn und streiche seine blonden Haare aus der Stirn. Er schaut mich an.

»Hübsch«, sagt er mit schwerer Zunge, und es überrascht mich selbst, dass ich lächeln kann, obwohl mir gleichzeitig das Herz bricht.

»Ich liebe dich.«

»Müde«, sagte er.

»Möchtest du dich ausruhen?«

»Ich will fernsehen«, brüllt er, noch nicht ganz unter dem Einfluss des Medikaments. »Danach vielleicht.«

Er rückt von mir ab und richtet seinen Blick zurück auf den magischen Kasten. Wir sitzen Seite an Seite. Mein Sohn versinkt allmählich im Vergessen, während ich an meinem Push-up-BH herumnestele.

Im Fernsehen läuft Werbung. Ich werfe einen Blick auf die Uhr. Noch zehn Minuten. Jetzt oder nie. Ich greife zur Fernbedienung, schalte den Fernseher aus und warte auf Evans Protest. Nichts. Seine Kinnlade hängt schlaff herab. Gleich wird er eingeschlafen sein.

Er murrt nicht, als ich seinen Arm über meine Schulter lege und ihn nach oben schaffe. Obwohl schon acht Jahre alt, ist er federleicht, was, wie man uns sagte, an seinem permanenten Erregungszustand liegt. Er kann so viel futtern, wie er will, er nimmt nicht zu.

Angezogen, wie er ist, packe ich ihn ins Bett. Er schläft an diesem Tag nun schon zum zweiten Mal, wofür ich später bezahlen werde. Mit einer langen, schlaflosen Nacht nämlich, in der mein Sohn die unangenehmen Nachwirkungen ausleben und das Haus auf den Kopf stellen wird.

Doch das nehme ich in Kauf. Immerhin stehen mir zwei Stunden zur Verfügung.

Ich schaue auf meine Uhr. Drei Minuten noch.

»Mommy«, murmelt er.

»Ja, Evan?«

»Liebe dich.«

»Ich liebe dich auch, mein Schatz.«

»'schuldigung.«

»Wofür?«

»Heute Morgen. Ich habe ihm nicht wehgetan. Hätt' ich nie getan. Ich wollte nur … einen Freund. Niemand kann mich leiden. Nicht einmal Daddy.«

Ich streichele wortlos seine Wange und sehe, wie sich seine schweren Lider langsam schließen. Gern würde ich ihm sagen, es sei alles in Ordnung, wir würden morgen wieder in den Park gehen. Er könne sich dort mit anderen Kindern anfreunden und dass sein Vater ihn nach wie vor liebte.

Stattdessen schleiche ich in den Flur hinaus und schließe die Tür zu seinem Zimmer ab.

Es klingelt unten an der Tür.

Ein letzter nervöser Griff ins Haar. Dann laufe ich die Treppe hinunter.

Mein Lover steht vorm Eingang. Er ist lässig angezogen, sein weißes T-Shirt spannt sich um seine Brust. Seine Haare locken sich feucht im Nacken. Er duftet nach Seife und Sonnenschein. Ich möchte im Moment nichts weiter als diesen Duft in mich aufnehmen. Jugend, Freiheit, sorglose Tage.

Es ist der Duft dessen, was ich verloren habe, und das reizt mich manchmal an ihm am meisten.

»Ich kann nur eine Stunde bleiben«, erklärt er. Ich habe nichts anderes erwartet. Zu Beginn unserer Affäre hat er sich mehr Zeit gelassen, mit Vorspiel, Bettgeflüster und der wonnevollen Entspannung danach. Dann machten sich Veränderungen bemerkbar. Er war weniger charmant, stellte Forderungen, und unsere Treffen wurden immer nüchterner.

Auch jetzt spüre ich wieder, dass er gereizt ist. Er wird grob sein, womöglich sogar übergriffig. Die Frau, die ich früher war, hätte ihn nach Hause geschickt.

Aber ich mache ihm die Tür auf und lasse ihn eintreten.

»Evan?«, fragt er. Immerhin erkundigt er sich nach ihm. Wir haben uns über Evan kennengelernt. Der ganze Stress hat wenigstens ein Gutes, redete ich mir früher ein. Jetzt bin ich mir in dieser Hinsicht nicht mehr so sicher.

»Schläft«, antworte ich.

»Eingesperrt?«

»Er wird uns nicht stören.«

Er zeigt ein Lächeln, das ich schon zwischen meinen Beinen spüre, und führt mich ins Wohnzimmer, wo er mir seine kräftigen Hände um die Taille legt.

Ich sperre mich. Mir fehlt etwas …

»Wo bleibt meine Überraschung?«, höre ich mich fragen.

»Haben wir denn schon Montag?«, entgegnet er und führt mich zum Sofa.

»In zwei Tagen schon, also fast.«

»Ungeduldig?« Er wirft mir einen Blick zu, der kokett und gefährlich zugleich ist. Auf seinen Augen liegt ein

Schatten. Warum ist mir das noch nie aufgefallen? Seine blauen Augen, früher hell und leuchtend, sind jetzt dunkel wie die Nacht. Das Phantom, denke ich. Es lässt mich verdammt noch mal nicht in Ruhe.

Dann will ich an gar nichts mehr denken. Ich will es wissen.

Er zieht mich aufs Sofa, wo vor wenigen Minuten noch mein Sohn in semikatatonem Zustand gelegen hatte. Jetzt bin ich es, die halb über der Armlehne hängt, während Männerhände mein Kleid hochziehen, meinen Hintern begrapschen und den Reißverschluss im Rücken aufziehen.

Ich rieche die Augustsonne, die von seiner Haut abstrahlt und mich an einen anderen Ort versetzt, wo ich noch jung bin und Hand in Hand mit meinem Mann, der mich noch liebt, in Mexiko am Strand entlangschlendere, den Blick auf die untergehende Sonne gerichtet und in der Gewissheit, die glücklichste Zeit unseres gemeinsamen Lebens sei angebrochen.

Jetzt befingert mich ein anderer Mann, um mich zu stimulieren. Unwillkürlich dränge ich ihm entgegen.

Dann ist er in mir. Der erste harte Stoß. Sein zufriedenes Grunzen.

»Du tust genau das, was ich dir sage«, befiehlt er.

Ich schließe die Augen und lasse mich gehen.

21. Kapitel

Danielle

»Was willst du hier?«

»Arbeiten. Was sonst?« Ich schob meine Tasche in den Spind.

»Aber du hast doch keinen Dienst«, entgegnete Karen, meine Chefin.

»Genn und ich haben kurzfristig getauscht«, erklärte ich. »Sie will mit ihren Kindern picknicken, und ich habe mich bereiterklärt, ihre Schicht zu übernehmen.«

Karen richtete ihre randlose Brille, verschränkte dann die Arme vor der Brust und ließ mich wissen, dass Ärger bevorstand.

»Hast du in letzter Zeit mal in den Spiegel gesehen?«, fragte sie. »Wenn ja, wirst du mit mir darin übereinstimmen, dass du diese Nacht nicht arbeiten kannst.«

Ich hielt ihrem Blick stand, hob das Kinn und straffte die Schultern. Auch ich konnte störrisch sein. Insbesondere an diesem Abend.

Nach meiner Sitzung mit Dr. Frank war ich auf dem Sofa eingeschlafen. Ich hatte wieder von meinem Vater geträumt, nur dass er diesmal nicht in der Tür stand. Diesmal war er in meinem Zimmer. Dr. Frank hatte recht: Es gab Dinge, die ich verdrängen wollte und niemals preisgeben würde. Ich hielt sie in einem kleinen Winkel meines Gehirns unter Verschluss. Doch einmal im Jahr gelang es ihnen zu fliehen, aus ihrem Winkel hervorzukriechen und durch die dunklen Korridore meiner Erinnerung zu schleichen.

»Danny girl. It's happy time …«

Als Psychiatriekrankenschwester wusste ich, dass das Unbewusste einen eigenen Willen hat. Als Betroffene jedoch fragte ich mich, ob ich womöglich langsam durchdrehte. Sobald ich still saß, fing mein Herz zu rasen an, und meine Hände zitterten.

Ich hätte es an diesem Abend unmöglich zu Hause aushalten können.

»Mir geht's gut«, sagte ich, was mir Karen aber nicht abkaufte.

»Zum einen«, erwiderte sie harsch, »warst du in jüngster Zeit in zwei ernstzunehmende Vorfälle mit ein und derselben Patientin verwickelt.«

Ich schaute sie fragend an. Vielleicht war ich tatsächlich schon verrückt geworden, denn ich wusste beim besten Willen nicht, wovon sie sprach.

»Lucy«, half sie mir auf die Sprünge. »Erinnerst du dich noch? Gestern ist sie dir entwischt. Mir ist in den ganzen fünfzehn Jahren, die ich hier bin, noch nie ein Kind durch die Lappen gegangen. Die Krankenhausleitung besteht auf einer formellen Untersuchung des Vorfalls, was ich ihr nicht verdenken kann. Es ist unvorstellbar, dass ein Kind zwei streng gesicherte Schleusen passiert, ohne dass eine Schwester oder ein sonstiger Mitarbeiter Wind davon bekommt. Um Himmels willen, wir können von Glück sagen, dass nichts Schlimmeres passiert ist.«

»Ich habe sie doch gefunden«, protestierte ich. »Ich war diejenige, die wusste, wo Lucy steckte, und sie zurückgebracht hat.«

»Du warst diejenige, die sie gar nicht erst hätte entwischen lassen dürfen.«

Ich ließ denn Kopf hängen und gab mich angemessen beschämt.

»Dann gestern Abend. Mir ist zu Ohren gekommen, dass ihr, du und Lucy, für ein paar Runden in den Ring gestiegen seid. Und deinem Gesicht nach zu urteilen, warst du die Unterlegene.«

»Ich habe mich der Situation entsprechend verhalten –«

»Du warst nicht einmal im Dienst, Danielle. Hättest eigentlich schon zu Hause sein sollen.«

»Lucy hat hysterisch zu schreien angefangen. Was hätte ich tun sollen? Ruhig dabeisitzen und zuschauen? Wir mussten sie beruhigen, und ich konnte mir das am ehesten zutrauen.«

»Danielle, ein Kind hat dich tätlich angegriffen. Dein Gesicht ist zerkratzt und dein Hals voller Blutergüsse. Um Lucy mache ich mir keine Sorgen; du *hast* sie beruhigt. Aber um welchen Preis? Wir müssen uns im Team absprechen. Du brauchst psychische und emotionale Unterstützung, gehst aber deiner Arbeit nach, als wäre dem nicht so. Das ist nicht gesund.«

»Mir geht es gut –«

»Aber danach siehst du nicht aus.«

»Wen wundert's?«, schnaubte ich. »Ich werde verdammt noch mal nicht jünger.« Es ging mit mir durch. Mein Herz raste, und ich wäre am liebsten weggerannt.

»Hast du getrunken?«, fragte Karen.

»Nein.« *Noch nicht.*

»Das freut mich zu hören. Trotzdem, du kannst heute Nacht nicht arbeiten.«

»Ich *muss* heute Nacht arbeiten. Es macht mir auch nichts aus. Ich bin Profi, und wir beide wissen, dass ich meinen Job gut mache.«

»Ja«, entgegnete sie freundlich. »Aber du bist zurzeit nicht hundertprozentig fit. Unsere Kinder verdienen aber deine ganze Kraft und Aufmerksamkeit.«

Ich konnte es nicht glauben. Karen wollte mich tatsächlich nach Hause schicken und nahm in Kauf, dass die Nachtschicht unterbesetzt sein würde.

»Geh bitte nach unten und lass dich untersuchen«, sagte sie mit fester Stimme. »Das mag dir überflüssig erscheinen, aber wir brauchen ein Attest für die Versicherung. Ich möchte, dass du dir fünf Tage freinimmst. Dass du dich ausruhst. Sieh zu, dass es dir wieder bessergeht. Danach kannst du dich wieder in die Arbeit stürzen.«

Ich kann nicht nach Hause, ich kann nicht nach Hause, ausgeschlossen.

»Gut«, hörte ich mich sagen. »Ich besorge mir ein Attest. Aber dann komme ich zurück, okay? Wenn der Arzt sagt …«

»Danielle …«

»Wenn ich mal was dazu sagen darf –«

Ich blickte auf. Karen drehte sich um. Hinter ihr stand Greg. Wir hatten ihn nicht kommen hören. Es schien, dass er uns schon eine Weile zugehört hatte.

Er sah gut aus. Seine dunklen Haare waren noch feucht vom Regen. Er hatte einen schwarzen Matchbeutel über die breiten Schultern geworfen.

»Sie kann mit mir arbeiten«, sagte er, den Blick auf Karen gerichtet. »Wir bilden ein gemischtes Doppel. Vier Augen sehen mehr, und du brauchst dir um Danielle keine Sorgen zu machen.«

Mir fiel ein riesiger Stein vom Herzen. Wie viele Körbe hatte er sich schon von mir eingehandelt, und doch war er der beste Freund, den ich hatte.

Karen wollte protestieren, besann sich aber im letzten Augenblick. Hinter ihrer strengen Fassade hatte sie ein gutes Herz. Weiß Gott, einmal im Jahr brachte sie mir gegenüber mehr Nachsicht auf, als ich verdient hatte.

»Geh bitte nach unten«, wiederholte sie. »Lass dich von einem unserer Ärzte checken. Wenn er sein Okay gibt und Greg immer noch den Babysitter zu spielen bereit ist …«

Sie wollte mich provozieren, um zu sehen, ob ich mich unter Kontrolle hatte. »Einverstanden«, antwortete ich so fest, wie ich konnte. »Ich freue mich auf die Schicht mit Greg. Wir sind ein gutes Gespann.«

Ich hielt ihm schamlos einen kleinen Finger hin. Er lächelte, aber seine Augen blieben ausdruckslos. Wahrscheinlich kannte er mich besser, als ich dachte.

Karen kehrte mir den Rücken zu, zwängte sich an Greg vorbei und ging ins Schwesternzimmer zurück. Es war schon fast Mitternacht. Sie hatte bestimmt noch Papierkram zu erledigen, bevor sie nach Hause ging. Eine Stationsleiterin bekam nicht viel Schlaf.

Allein mit Greg fühlte ich mich wieder ein bisschen befangen. Er öffnete seinen Spind und stopfte seinen Beutel hinein. Ich rührte mich nicht vom Fleck. Er sah erschöpft und übernächtigt aus, dachte ich. Aber vielleicht sah ich mich nur selbst.

»Danke«, sagte ich endlich.

Er wich meinem Blick aus. »Die Nacht ist noch jung«, erwiderte er. »Dank mir nicht zu früh.«

Die Polizei traf kurz nach halb zwei ein. Sie klingelte an der Tür – ein, zwei, drei Mal. Sie konnten uns sehen. Wir konnten sie sehen. Sie mussten sich gedulden.

Die Station war in Aufruhr. Jorge, der sich ein Zimmer mit Benny teilte, war um halb eins aufgewacht. Ed hatte Jorge in den Aufenthaltsraum geführt und ihm aus einem Buch vorgelesen. Nach ein paar Minuten hatte der Junge ihm das Buch aus der Hand gerissen und durch den Raum geschleudert, Aimee direkt an den Kopf. Die schrie wie am Spieß, und bald waren alle Kinder auf den Beinen.

Jetzt lag Aimee in Fötushaltung unterm Tisch. Jimmy und Benny rannten um Tische und Bänke, und der neunjährige Sampson stand vor der verschlossenen Küchentür und verlangte lauthals nach einem Snack.

Ich war nach der ärztlichen Untersuchung gerade rechtzeitig zurückgekommen, um die fünfjährige Becca davon abzuhalten, auf jeden, der ihr in die Quere kam, mit einem zusammengeklappten Spielbrett einzudreschen. Greg versuchte währenddessen, Ed von Jorge zu befreien, während Cecille Lucy in ihrem Zimmer in Schach hielt, weil um jeden Preis verhindert werden musste, dass sich die Kleine auch noch ins Getümmel stürzte.

Irgendwann drückte ich den Öffner am Empfangsschalter, um die Polizei hereinzulassen. Ich war gerade damit beschäftigt, Candy Land und Becca auf Abstand zu halten, als sie reinspaziert kamen – die Blondine voran, gefolgt von drei Kollegen in dunklen Anzügen.

»Ich habe eine richterliche Anordnung«, sagte die Frau.

Ein Buch flog durch die Luft, und ich konnte einen Eindruck davon gewinnen, wie blitzschnell unsere Bostoner Polizei zu reagieren vermochte.

»Du lieber Himmel…«, murmelte die Sergeantin, als ihr bewusst wurde, was bei uns abging.

»Sie müssen sich noch eine Weile gedulden«, entgegnete ich. »Am besten, Sie stellen sich mit dem Rücken zur Wand. Rühren Sie nichts an. Oh, und passen Sie auf. Ich fürchte, Jorge ist wieder auf freiem Fuß.«

In der Tat, der kleine, drahtige Junge von sechs Jahren rannte durch den Flur auf uns zu. Er ruderte heftig mit den dünnen Armen und hatte die Augen weit aufgerissen, als säße ihm eine Heerschar böser Geister im Nacken. Ich kannte das Gefühl.

Ich bekam seine Taille zu fassen, als er vorbeiflog, und

wandelte seinen Schwung in ein anmutiges kleines Tänzchen um, das wir mindestens einmal pro Woche praktizierten. »He, mein Kleiner, wo brennt's denn?«, fragte ich möglichst gelassen.

»Böser Mann, böser Mann, böser Mann, böser Mann!«, brüllte Jorge.

»Hast du schlecht geträumt, *chiquito*? Klingt ja schrecklich. Warum bist du nicht gleich zu mir gekommen. Gemeinsam hätten wir die bösen Männer verscheuchen können.«

»¡Maldito, maldito, maldito!«, jammerte Jorge, als ich ihn durch den Flur zurückführte. Ed und Greg warfen mir dankbare Blicke zu und eilten weiter, weil Aimee gerettet werden musste. Außerdem mussten Jimmy und Benny auseinandergebracht werden, und dann war da auch noch Sampson, der unbedingt etwas zu essen haben wollte.

In Jorges Zimmer angekommen, schaltete ich alle Lichter ein und suchte mit großer Geste jede Ecke, jeden Winkel ab. Ich schüttelte sogar die Decken aus, um zu beweisen, dass sich kein Monster im Bett versteckt hielt. Weil er immer noch nicht überzeugt zu sein schien, versuchte ich es mit Plan B, zog die Matratze hinaus in den Flur und richtete ihm ein Notquartier ein. Wir streckten uns Seite an Seite aus. Ich zeigte auf die verspiegelten Halbkugeln unter der Decke und erklärte ihm, dass man darin sehen könne, ob sich böse Männer nähern würden oder nicht. »Diese Spiegel sind zu unserem persönlichen Schutz da«, sagte ich. »Du kannst dich ganz sicher fühlen.«

Jorge beruhigte sich allmählich. Er kuschelte sich an mich und reichte mir ein Dora-Buch. Schon nach den ersten Seiten fielen ihm die Augen zu. Auf der Station war es wieder ruhig geworden.

Die Detectives standen noch an Ort und Stelle in ihren dunklen Anzügen. Greg unterhielt sich mit ihnen. Ich konnte allerdings nicht hören, was sie einander zu sagen hatten. Greg runzelte immer wieder die Stirn und schüttelte den Kopf. Schließlich zeigte er auf mich, worauf sich die blonde Frau umdrehte und erwartungsvoll ihren Blick auf mich richtete.

Von ihr beobachtet, beendete ich das erste Buch und griff dann zum zweiten.

Was sie mir zu sagen hatte, würde warten müssen. Hauptsächlich deshalb, weil ich es nicht hören wollte.

»Danny girl«, sang mein Vater in meinem Kopf.

Ich weiß, ich weiß, ich weiß.

»Wir haben eine richterliche Anordnung zur Beschlagnahme sämtlicher Akten und Aufzeichnungen über Oswald James Harrington«, erklärte Sergeant D. D. Warren zehn Minuten später mit steinerner Miene. »Außerdem brauchen wir alle Informationen über Tika Rain Solis. Detective Phil LeBlanc nimmt die Unterlagen entgegen. Währenddessen möchte ich dem Personal einige Fragen stellen.«

Ich starrte auf die Beschlüsse, die mir Detective Warren vor die Nase hielt; weil ich nichts Besseres zu tun wusste, nahm ich sie ihr aus der Hand. Was daraufstand, las sich tatsächlich wie eine richterliche Anordnung.

»Ich werde … werde Karen Rober anrufen, unsere Stationsleiterin«, sagte ich schließlich.

»Tun Sie das.«

»Sind Sie sicher, dass diese Sache nicht bis morgen warten kann? Wir sind knapp besetzt und können auf keinen Kollegen verzichten.«

»Die Sache kann nicht warten.« Sie rührte keine Miene, und mir schien, als sei die Sergeantin gezielt zu dieser nachtschlafenden Zeit über uns hergefallen. Tagsüber hätte sie sich mit der Verwaltung auseinandersetzen müssen, ganz zu schweigen von den Rechtsanwälten des Krankenhauses.

»Sie werden sich ein wenig gedulden müssen«, entgegnete ich gereizt. Ich war mit dieser Situation überfordert. Mussten wir der richterlichen Anordnung Folge leisten? Durften wir das? Durfte *ich*?

Ich musste nach Lucy sehen. Sie hatte sich während Jorges Schreikrampf still verhalten. Lag sie jetzt eingerollt auf ihrer Matratze und schlief, vom Mond beschienen?

»Gehen wir ins Besprechungszimmer«, sagte Sergeant Warren kurz angebunden.

»Besprechungszimmer?«

»Der Raum, in dem wir vorgestern waren.«

»Sie meinen das Klassenzimmer?«

»Wie auch immer. Wir kennen den Weg.« Sie setzte sich in Bewegung, gefolgt von zwei Kollegen. Der vierte Cop blieb vor mir stehen. Mitte vierzig, ein bisschen füllig um die Hüfte, mit einem abgebrühten Grinsen. Ich tippte darauf, dass er der gute Cop war. Wer mit Sergeant Warren zusammenarbeitete, musste wohl mit dieser Rolle vorliebnehmen.

»Detective Phil LeBlanc«, stellte er sich vor. »Wenn Sie mir jetzt bitte zeigen würden, wo die Patientenakten aufbewahrt werden?«

Weil ich mir nicht anders zu helfen wusste, schloss ich die Tür zur Verwaltung auf und suchte in den Schränken nach den Akten der beiden genannten Patienten: Oswald James Harrington und Tika Rain Solis. Ich zog sie hervor, zeigte Detective LeBlanc, wo der Kopierer stand, und rief Karen an.

Sie hatte schon geschlafen, war aber hellwach, als sie hörte, worum es ging. »Ich bin gleich da«, versicherte sie mir. Ich wusste, wo sie wohnte, und konnte mir ausrechnen, dass sie frühestens in einer Stunde hier sein konnte.

»Brauchen wir einen Anwalt? Wie soll ich mich verhalten?«

»Antworte auf keine Frage, die du nicht beantworten willst, und sag den Kollegen, dass sie sich ebenfalls zurückhalten sollen. Was sind das nur für Idioten, um halb zwei Uhr nachts ohne Vorwarnung aufzukreuzen?«

Ich wollte gerade etwas Entsprechendes antworten, als plötzlich Sergeant Warren in der Tür stand. Wenn man vom Teufel spricht …

»Wir würden gerne mit Ihnen anfangen.« Das war keine Bitte, sondern ein Befehl.

»Ach ja?«, murmelte ich.

Ich legte den Hörer auf die Gabel. Als dienstälteste Mitarbeiterin der Station musste ich da jetzt durch.

»Na schön«, sagte ich.

»Gut«, entgegnete Warren.

»Ich muss nur eben einen Schluck Wasser trinken.«

»Ich warte.«

»Machen Sie es sich bequem.«

Ich kehrte ihr den Rücken und warf auf dem Weg in die Küche einen Blick in Lucys Zimmer. Ich wähnte sie in einer Ecke schlafend.

Stattdessen tanzte sie.

Sie drehte sich im Kreis und hüpfte anmutig von einem Mondscheinfleck zum anderen. Der übergroße OP-Kittel, den sie trug, bauschte sich bei ihren Pirouetten vorm Fenster.

Sie war wieder eine Katze und bewegte sich ebenso geschmeidig. Vielleicht versuchte sie, die Mondstrahlen mit ihren Pfötchen einzufangen. Vielleicht fand sie einfach nur Gefallen am Hin und Her. Aber plötzlich blieb sie stehen und legte beide Hände auf die Fensterscheibe. Sie hatten wohl mein Spiegelbild im Glas gesehen.

War sie noch verärgert über unsere jüngste Konfrontation? Hatte sie Angst, würde sie trotzig reagieren?

Lucy wandte sich vom Fenster ab und kam langsam in Schlängellinien auf mich zu. Ich machte mich auf das Schlimmste gefasst. Doch dann streckte sie ihre weiße Hand aus, auf der ein kleines Bällchen lag, zusammengefriemelt aus ausgerupftem Teppichflor. Ein selbst gemachtes Spielzeug.

Ich zögerte. Sie ließ den Ball auf der Hand rollen.

Ich nahm ihr Geschenk entgegen und schloss die Finger darum, worauf sie wieder durch das Mondlicht tanzte und die schwingenden Arme silbern aufleuchten ließ.

Ich steckte ihr Friedensangebot in die Tasche und kehrte zu Sergeant Warren zurück.

Ich wollte gerade das Klassenzimmer betreten, als mir bewusst wurde, dass ich vergessen hatte, mir ein Glas Wasser zu holen. Also ging ich wieder in die Küche, wo mir Greg über den Weg lief. Benny und Jimmy hatten sich immer noch nicht beruhigt. Ich gab Greg zwei Benadryl für die Jungen und eilte ins Klassenzimmer, wo mir Sergeant Warrens Miene verriet, dass ich immer noch kein Wasser hatte.

Nach dem dritten Anlauf fand ich schließlich ein Glas in der Küche und drehte den Wasserhahn auf, als der andere Detective, nämlich LeBlanc, seinen Kopf zur Tür hereinsteckte und sagte, dass im Kopierer kein Papier mehr sei.

Also bestückte ich den Kopierer mit Papier und warf dabei einen Blick auf die Seiten, die er schon kopiert hatte. Ich bot ihm an, sie ins Klassenzimmer zu bringen, was er aber nicht wollte. Ich zuckte nur mit den Schultern, und da er mit der Akte »Tika« anscheinend fertig war, nahm ich das Original mit.

Vor der Tür zum Klassenzimmer fiel mir auf, dass ich mein Wasserglas auf dem Kopierer hatte stehen lassen. Ich musste wieder zurück, aber dann war es geschafft: Mit dem Glas in der einen und der Akte in der anderen Hand betrat ich das Klassenzimmer.

Sergeant Warren warf einen Blick auf ihre Uhr, als ich

Platz nahm. Ihre Kollegen saßen links und rechts neben ihr.

»Brauchen Sie immer eine Viertelstunde, um sich ein Glas Wasser zu holen?«, fragte sie.

»Oh, manchmal werden auch zwanzig Minuten draus. Heute Nacht hatte ich Glück. Ich wurde nur vier- oder fünfmal abgelenkt. Keine Sorge, wir werden auch hier nicht ungestört bleiben.«

»Turbulente Nächte«, bemerkte der Detective zu ihrer Linken. Er war auch beim letzten Besuch dabei gewesen. Ich erkannte ihn wieder. George Clooney in der Rolle eines Bostoner Polizisten.

»Geburtstagsparty«, erwiderte ich. »Das kommt der Sache schon näher.«

»Geburtstagsparty?«, fragte er.

»Priscilla ist zehn geworden. Das haben wir gefeiert. Mit selbst gebackenem Kuchen, Girlanden und Papierkronen. Die Kinder waren sehr aufgeregt, und das hat bei uns meist Konsequenzen.«

»Warum feiern Sie dann solche Partys überhaupt?«, fragte Sergeant Warren stirnrunzelnd. Ich konnte mir diese Frau als Gestapo-Oberst vorstellen. Sie würde in der Rolle bestimmt eine gute Figur machen.

»Weil die meisten unserer Kinder früher nie ihren Geburtstag gefeiert haben«, erklärte ich. »Aber es sind Kinder, und Kinder sollten gefeiert werden.«

»Jetzt sind sie aufgedreht und kommen nicht zur Ruhe.«

Ich schaute ihr in die Augen. »Priscilla hat einen Gehirnschaden, der daher rührt, dass sie als Säugling geschlagen wurde. Sie bekommt die Zahlen nicht auf die Reihe. Aber heute hat sie es geschafft, zehn Kerzen abzuzählen und auf dem Kuchen zu verteilen. Und was uns, das Personal, betrifft, nehmen wir dafür gerne in Kauf, dass sie anschließend die Bude auseinandernehmen. Sie haben es verdient, dass wir sie feiern.«

Sergeant Warren musterte mich. Ob ich sie mit meinen Worten erreicht hatte, war nicht zu erkennen. Aber diese Frau verbrachte ja ihre Arbeitszeit damit, Leichen auf den Rücken zu drehen, also wusste sie auch, wie ein totes Gesicht aussah. Beim Pokern wäre ich ihr mit Sicherheit unterlegen.

»Und Tika Solis? Gab es für sie auch eine Geburtstagsparty?«

»Das weiß ich nicht.« Ich öffnete die Akte. Sergeant Warren beugte sich vor und schlug den Deckel zu.

»Nein. Ich möchte, dass Sie sich erinnern. Was ist Ihnen von ihr in Erinnerung geblieben?«

»Nichts.«

»Was soll das heißen?«

Ich zuckte mit den Achseln. »Der Name Tika Solis sagt mir nichts.«

»Aber an Ozzie Harrington erinnern Sie sich«, entgegnete sie schroff.

»Mit ihm habe ich monatelang intensiv gearbeitet. Natürlich erinnere ich mich an ihn.«

»Nicht aber an Tika?«

»Mir fällt kein Gesicht zu diesem Namen ein.«

Die Sergeantin ließ mich nicht aus den Augen und schien zu glauben, dass ich ihr etwas vorzumachen versuchte. »Das Mädchen hat sich geritzt. Hilft das Ihrem Gedächtnis auf die Sprünge?«

Ich schüttelte den Kopf. »Sie müssten schon konkreter werden.«

»Ich bitte Sie, ein Mädchen, das sich selbst Schnittwunden zugefügt hat, wird doch wohl einen bleibenden Eindruck hinterlassen haben. Oder?«

»Wir haben zurzeit zwei solcher Fälle auf unserer Station.«

»Zwei?«

Ich nahm ihr die Akte aus der Hand. »Kinder sind sehr direkt, Sergeant. Sie können zwar manchmal ihre Gefühle nicht verbalisieren, versuchen sie aber trotzdem mitzuteilen. Ein Kind, das die Welt hasst, wird hasserfüllt agieren, und ein solches, das im Innern verletzt ist, wird seinen Schmerz nach außen tragen, indem es sich zum Beispiel Arme und Beine aufschlitzt. Es will zeigen, dass es Schmerzen hat.«

»Tika ist im Alter von drei Jahren hier eingeliefert worden. Wir haben es also nicht mit einem Backfisch zu tun, der sich über Gedichte von Sylvia Plath schwermütige Gedanken macht«, erwiderte die Sergeantin.

»Drei Jahre?« Sehr jung für jemanden, der sich ritzte. Aber es wäre nicht das erste Mal. Jetzt war ich mit Stirnrunzeln an der Reihe. »Wann war sie bei uns?«

Die Sergeantin starrte mich an. »Ungefähr zur gleichen Zeit wie Ozzie Harrington.«

Ich kramte in meiner Erinnerung und versuchte mir Gruppenbilder unserer Kinder vor Augen zu rufen. Die dynamischen Beziehungen zwischen ihnen prägten unser Milieu so sehr wie individuelle Eskapaden. Mit welchen Kindern hatte Ozzie zu tun gehabt? Wir waren im vergangenen Jahr voll belegt und mit unsäglichen Fällen konfrontiert gewesen, einer schrecklicher als der andere… »Augenblick. Ein winzig kleines Mädchen? Aus Mattapan?«

Sergeant Warren warf einen Blick auf den Rotschopf, der rechts von ihr saß. »Die Familie ist von Mattapan nach Jamaica Plains umgezogen«, murmelte er. Die Sergeantin wandte sich wieder mir zu.

»Ja, jetzt erinnere ich mich wieder«, fuhr ich fort. »Ich habe allerdings nicht viel mit ihr zu tun gehabt. War allzu sehr mit Ozzie beschäftigt. Außerdem konnte sie Frauen nicht ausstehen. Bei männlichen Mitarbeitern war sie besser aufgehoben.«

»Wie darf ich das verstehen?«

»Wahrscheinlich suchte sie nach einem Vaterersatz.« Ich zuckte mit den Schultern. »Meinen Kollegen Greg und Ed gehorchte sie aufs Wort. Aber wenn Cecille oder ich mit ihr sprachen, hörte sie gar nicht hin. Das ging zum einen Ohr rein, zum anderen wieder raus. Wir sind hier keine therapeutische Station, sondern leisten gewissermaßen Erste Hilfe in akuten Fällen. Das heißt, wir müssen akzeptieren, was ist. Also wurde sie von männlichen Mitarbeitern betreut.«

»Auch von diesem Sportlehrer da draußen?«

»Sportlehrer? Ach, Sie meinen Greg. Darf ich mal?« Ich zeigte auf die Akte. Die Sergeantin nickte. Ich blätterte darin herum und stellte fest, dass die meisten Berichte von Greg, Ed und Chester geschrieben worden waren. Unsere männlichen MCs. »Greg und Ed sind im Haus«, sagte ich. »Vielleicht können die Ihnen weiterhelfen.«

»Haben Tika und Ozzie miteinander zu tun gehabt?«, wollte die Sergeantin wissen.

»Wahrscheinlich. Im Aufenthaltsraum, während der Gruppenarbeit, in welchem Rahmen auch immer.« Irgendetwas Naheliegendes schien mir entgangen zu sein. Ozzie und Tika. Tika und Ozzie. Plötzlich ging mir ein Licht auf. Meine Hände, die die Akte hielten, erstarrten. Entsetzt schaute ich die drei Detectives an.

»Verstehe ich richtig …? Tika ist tot?« Dann, zwei Sekunden später: »Oh mein Gott, Jamaica Plains. Da wurde doch gestern Nacht eine Familie überfallen. War das etwa *Tikas* Familie? Zwei Kinder von hier, zwei Familien …«

Ich mochte mir nicht ausdenken, was dahintersteckte. Doch es deutete sich schon in den Blicken an, mit denen mich die Detectives bedachten. Für sie war ich nicht bloß eine Krankenschwester, die Auskunft über zwei Patienten gab, sondern eine Verdächtige. Der gemeinsame Nenner zweier Familien, die ein ähnliches Schicksal ereilt hatte.

Mein Hintergrund. Wussten sie davon? Wenn sie davon erführen …

Mir stockte der Atem. Weiße Funken schwammen durch mein Gesichtsfeld, und ich hörte wieder meinen Vater singen: *»Danny girl. Ooooh, Danny girl.«*

Sei still, sei still, sei still.

Es klopfte an der Tür. Ich drehte den Kopf und stand auf, zwang mich zur Selbstbeherrschung. Einatmen. Ausatmen. Eins nach dem anderen. Krankenschwestern verstanden sich darauf, kleinteilig zu denken, vor allem solche, die in der Psychiatrie arbeiteten. Ich öffnete die Tür.

Greg stand mir mit wildem Blick gegenüber.

»Hast du sie gesehen?«, platzte es aus ihm heraus.

»Wen?«

»Lucy, verdammt noch mal, wir suchen überall nach ihr. Sie ist verschwunden.«

22. Kapitel

Lucy

Hush, little baby, don't say a word. Mama's gonna buy you a mockingbird. And if that mockingbird won't sing Mama's gonna buy you a diamond ring.

Schatten. Schatten atmen. Schatten bewegen sich.

And if that diamond ring turns brass, Mama's gonna buy you a looking glass. And if that looking glass gets broke, Mama's gonna buy you a billy goat.

Schatten. Schatten sagen, ich soll folgen. Ich tu's.

And if that billy goat won't pull, Mama's gonna buy you a cart and bull. And if that cart and bull turn over, Mama's gonna buy you a dog named Rover.

Schatten. Sie treiben durch den Flur und schlüpfen durch die Tür. Mir nach, sagen sie. Ich folge.

And if that dog named Rover won't bark, Mama's gonna buy you a horse and cart. And if that horse and cart fall down, you'll still be the sweetest little baby in town.

Schatten. Sie ziehen und zerren und wollen. Ich folge. Ich folge.

Hush, little baby, don't say a word …

D. D. beobachtete Danielle mit wachsendem Argwohn.

»Habt ihr schon im Wintergarten nachgesehen?«, fragte die Schwester den Sportlehrer. »Hinter den Palmen?«

»Da waren wir zuerst.«

»Und ihr habt die ganze Etage durchsucht? Alle Schränke, Besenkammern, Badezimmer?«

»Ja.«

»Seit wann wird sie vermisst?«

»Seit zwanzig Minuten.«

»*Zwanzig Minuten*? Und ihr habt mir nicht früher Bescheid gegeben?«

»Hey, du wirst gerade von der Polizei vernommen, und es ist schließlich nicht so, dass wir zum ersten Mal nach einem unserer Kinder suchen. Sämtliche Kollegen sind auf Trab. Wir haben die gesamte Etage durch, den Wintergarten, waren überall. Keine Spur von der Kleinen. Wir sollten jetzt den Sicherheitsdienst verständigen. Deshalb bin ich hier, denn du musst ja schließlich dein Okay geben.«

»Wir helfen Ihnen«, sagte D. D.

Danielle und der Sportlehrer starrten sie an, konsterniert, wie es schien.

»Nicht nötig. Wir haben das im Griff«, entgegnete Danielle.

»Wirklich? Und wo ist dann das Mädchen?«

Danielle presste die Lippen aufeinander und sah aus, als wollte sie um sich schlagen. D. D. hob wie zur Abwehr die Hände. »Es scheint, Sie müssen eine Suchaktion organisieren und gleichzeitig die Station managen. Das heißt, Sie brauchen Unterstützung. Und hier die gute Nachricht:

Sie können auf vier zusätzliche Kräfte zählen, die alle Erfahrung haben bei der Suche nach Vermissten. Stellen Sie sich nicht quer. Lassen Sie uns helfen.«

»Also gut, wenn Sie so nett bitten«, murrte Danielle.

D. D. lächelte. »Dann wollen wir mal«, verkündete sie geschäftsmäßig. Phil kam gerade mit einem Stapel Papier durch den Flur. Sie winkte ihn zu sich. An Danielle und Greg gewandt, fragte sie: »Beschreiben Sie bitte die Person, nach der wir suchen.«

»Neun Jahre altes Mädchen«, erwiderte Danielle. »Klein und schmächtig, lange dunkle Haare, die meist im Gesicht hängen. Als ich sie vorhin gesehen habe, trug sie einen grünen, viel zu großen OP-Kittel. Es kann aber auch sein, dass sie den inzwischen ausgezogen hat und nackt ist. Sie hat nicht gern was an.«

D. D. zog eine Braue hoch. »Sie sprachen von einem Wintergarten. Vermute ich richtig, dass sie nicht das erste Mal ausgebüxt ist?«

Die Schwester nickte. »Gestern erst. Aber das war sehr ungewöhnlich«, fügte sie hinzu. »Es gibt hier zwei Schleusen mit verschlossenen Türen. Dass einer unserer Patienten die Station unbemerkt verlässt, ist eigentlich so gut wie unmöglich. Und doch ist es der Kleinen in nur zwei Tagen schon zum zweiten Mal gelungen.«

»Das lässt auf besondere Fähigkeiten schließen.«

»Scheint so.« Doch Danielle krauste wieder die Stirn. D. D.s Polizeiradar blinkte, als die Schwester und der Sportlehrer irritierte Blicke tauschten. Die beiden waren sichtlich in Verlegenheit. Und da sich nun herausgestellt hatte, dass diese Station der gemeinsame Nenner zweier scheußlicher Verbrechen war, nahm sich D. D. vor, die Klinik auf den Kopf zu stellen. Das Mädchen zu suchen war ein willkommener Anlass, damit anzufangen, und bot D. D. und ihren Kollegen die Gelegenheit, ihre Nasen in jeden Winkel zu stecken. Kind retten, Station auskundschaften. Und das mitten in der Nacht.

»Wir sollten uns zuerst die Aufzeichnungen der Überwachungskameras ansehen«, sagte D. D.

»Wir haben hier keine Kameras.«

»Keine Überwachung in so einer Station? Mit diesen Patienten und Gott weiß was für Eltern? Kameras wären doch nicht zuletzt zu Ihrem eigenen Schutz. Wir leben in einer Zeit der verrücktesten Strafprozesse.«

»Ich muss Sie enttäuschen«, wiederholte Danielle. »Wir setzen stattdessen auf ein strenges Kontrollverfahren: Unsere Mitarbeiter stellen alle fünf Minuten fest, wo sich welches Kind gerade aufhält und was es treibt. Darüber wird Buch geführt, damit wir etwas in der Hand haben, falls Eltern uns irgendwelche Fehler oder Verfehlungen vorwerfen. Dieses Verfahren hat sich bewährt.«

»Bis jetzt.«

»Bis zu Lucy«, murmelte die Schwester. Nach kurzem Zögern fügte sie hinzu: »Lucy ist ein Wolfskind. Sie hat keinen Sinn für sich als Subjekt oder für andere als soziale Bezugspersonen. Seit sie bei uns ist, verhält sie sich wie eine Hauskatze. Das scheint sie zu beruhigen. Sobald sie in dieser Rolle gestört wird, wird sie gewalttätig und reagiert unvorhersehbar.« Die Schwester hob den dunklen Vorhang ihrer Haare und präsentierte frische Blutergüsse am Hals. »Ich würde sagen, sie ist eine Gefahr für sich und andere.«

»Verflucht«, grummelte D. D. Sie spürte, dass ihr anfänglicher Elan ein wenig ausgebremst wurde.

»Wenn Sie sie entdecken«, fuhr Danielle fort und ließ ihr Haar zurückfallen, »sollten Sie sich ihr auf keinen Fall nähern. Überlassen Sie das uns. Glauben Sie mir, wir wissen, was zu tun ist – Sie nicht. Haben wir uns verstanden?«

»Wir sind keine Volltrottel«, entgegnete D. D., womit sie die Frage offenließ, ob sie sich gegebenenfalls dem Kind nähern würde oder nicht. »Also gut, teilen wir uns in Zweiergruppen auf. Wir suchen das ganze Krankenhaus ab, jede Etage. Und bitten Sie den Sicherheitsdienst, unten anzufangen und sich nach oben zu arbeiten.«

»Ich werde mich an der Suche beteiligen«, sagte Danielle entschieden.

»Ich auch«, meldete sich der Sportlehrer. »Wir arbeiten im Doppel, du erinnerst dich.«

Wieder tauschten die beiden nervöse Blicke. D. D. war bereit, ihr Gehalt darauf zu verwetten, dass sie ein Verhältnis hatten.

»Unsere Stationsleiterin Karen wird mitsuchen. Sie wird …«, Danielle schaute auf die Uhr, »in schätzungsweise zwanzig Minuten hier sein.«

D. D. nickte. »Sie haben das Sagen. Wie wär's, wenn Sie mich begleiten. Der Sportlehrer … ähm –«

»Greg«, ergänzte er.

»Greg, Sie gehen mit Neil. Phil und Alex wären unser drittes Team. Wir geben einander Bescheid, sobald das Mädchen gefunden ist. Hätten Sie noch einen Tipp?«

»Stellen Sie sich vor, Sie wären eine Katze«, antwortete Danielle. »Lucy zieht es an stille Orte mit natürlichem Licht. Sonnenstrahlen, Mondschein. Oder in stille, geschützte Räume. Vielleicht liegt sie irgendwo gemütlich und zusammengerollt in einem Schrank, unter einem Schreibtisch oder dergleichen. Wie eine Katze.«

D. D. und Danielle nahmen sich zuerst die Station vor, das oberste Stockwerk des Krankenhauses. Greg und Neil würden die siebte Etage absuchen, Alex und Phil die sechste.

Die Schwester führte D. D. durch den Flur mit seinem riesigen Fenster vor dem Lichtermeer der Stadt. Sie kamen an einem halben Dutzend Kindern vorbei, die sich unruhig auf ihren Matratzen hin- und herwälzten und von nur einem Mitarbeiter beaufsichtigt wurden. Einer der MCs, Ed, informierte sie darüber, dass Cecille auf Aimee aufpasste und Tyrone mit Jorge im Fernsehraum sei.

D. D. wunderte sich, dass so spät in der Nacht noch so viel auf dieser Station zu tun war.

Am Ende des Flures angekommen, blieb Danielle stehen und zeigte auf zwei Türen. Sie selbst steuerte auf die rechte zu und überließ D. D. das Zimmer hinter der linken. Die Zimmer waren, wie D. D. schon bemerkt hatte, alle gleich eingerichtet, doch dasjenige, in das sie nun trat, enthielt nichts als eine unbezogene Matratze. Es gehörte offenbar dem verschwundenen Kind, das gerne mit Möbelstücken um sich warf.

Nach den Schlafräumen durchsuchten sie die Badezimmer, die abgeschlossene Küche und den Verwaltungsbereich. D. D. schaute unter jedem Schreibtisch nach und zog sogar die Papierlade des Kopierers heraus.

»Versetz dich in eine Katze«, murmelte sie vor sich hin.

D. D. hatte nie eine Katze gehabt. Sie traute sich nicht einmal zu, einen Goldfisch halten zu können. Nachdem sie auch den Aufenthaltsraum, die Klassenzimmer und das Wartezimmer durchsucht hatten, zogen die beiden kreativere Fluchtwege in Betracht – den Einstieg in Belüftungsschächte, durch die abgehängte Deckenverkleidung oder den Ausstieg durch eins der Fenster.

Die Fenster ließen sich nicht öffnen, die fast drei Meter hohe Decke war für ein Kind nicht zu erreichen, und in die engen Belüftungsschächte hätte es sich unmöglich hineinzwängen können.

D. D. meldete sich bei Neil. Er und Greg hatten die siebte Etage abgesucht und waren auf dem Weg in die fünfte. Phil bestätigte, dass er und Alex mit dem sechsten Stockwerk durch seien. Also fuhren D. D. und Danielle mit dem Fahrstuhl auf die vierte Etage und setzten dort ihre Suche fort.

Die Schwester wurde hektischer in ihren Bewegungen, ihr Gesicht war noch blasser geworden. Sie war offenbar sehr beunruhigt und gleichzeitig bemüht, sich nichts anmerken zu lassen.

»Was geschieht mit einem Kind wie Lucy?«, fragte D. D. auf dem Weg zum Schwesternzimmer. In dieser Nacht waren nur zwei Schwestern im Dienst, keine der beiden hatte ein streunendes Kind gesehen. Sie versprachen, die Augen offen zu halten, und gingen wieder ihren Pflichten nach, während D. D. und Danielle in jedem Krankenzimmer nachschauten.

»Sie sagten, Lucy sei ein Wolfskind«, fragte D. D. weiter. »Was bedeutet das? Lässt sich ein wilder Puma mit Medikamenten und therapeutischen Maßnahmen in ein zahmes Kätzchen verwandeln?«

»Wohl kaum.« Danielle warf einen Blick ins Arzneimittellager, doch auch dort versteckte sich kein neunjähriges Kind. Sie gingen weiter, schneller jetzt.

»Lucy hat ganz wesentliche Entwicklungsschritte nicht vollzogen«, erklärte Danielle. »Die wird sie wahrscheinlich auch nicht nachholen können. Wir hatten einmal ein Wolfskind bei uns, das drei Jahre alt war, einen Jungen. Wenn er Hunger hatte, traktierte er den Kühlschrank. Hatte er Durst, trank er aus der Kloschüssel. Defäkiert hat er in irgendeiner Ecke. Erst nach einem Jahr intensivsten Trainings erkannte er seinen Namen, und es dauerte ein weiteres Jahr, ehe er darauf reagierte. Wie gesagt, er war erst drei. Lucy ist neun. In diesem Alter sind für die Weiterentwicklung nicht mehr nur Hürden zu überwinden, sondern ganze Berge. Dutzende.«

»Wird sie so lange hier von Ihnen betreut, bis sie darüber hinweg ist?«, fragte D. D. Sie standen in einem abgedunkelten Zimmer, wo ein übergewichtiger Mann, an mehrere Schläuche angeschlossen, auf seinem Bett lag und schnarchte. Im spärlichen Licht der Apparate schauten sie unterm Bett nach, hinterm Stuhl und in der Duschkabine.

Danielle schüttelte den Kopf. »Wir behandeln nur akute Fälle. Aber Lucy wird zeit ihres Lebens betreut werden müssen. Auf lange Sicht kommt also für sie nur eine Einrichtung in Frage, die von den Shriners geführt wird. Sie leisten Erstaunliches, haben aber eine entsprechend lange Warteliste.«

D. D. fühlte sich unwohl. Mit kriminellen Erwachsenen kam sie besser zurecht als mit gestörten Kindern, obwohl, wie sie glaubte, nicht selten die einen aus den anderen hervorgingen. Sie verließen das Zimmer des Schnarchers und betraten den Raum nebenan. Während Danielle die Ecken absuchte, warf D. D. einen Blick unter das Bett.

»Neigen alle Wolfskinder zur Flucht?«, fragte D. D. »Folgen sie … dem Ruf der Wildnis?«

»Mag sein. Wild genug sind sie jedenfalls. Aber uns ist noch keines entwischt, abgesehen von Lucy, und die hat's nun schon zum zweiten Mal geschafft.«

»Wie tickt sie?«

»Keine Ahnung. Wir hatten noch nicht die Zeit, herauszufinden, wie sie die Welt wahrnimmt.«

Sie betraten ein Gemeinschaftsbadezimmer.

»›Wie sie die Welt wahrnimmt‹?«, wiederholte D. D. fragend.

»Ja, darum geht's«, entgegnete Danielle. Sie blieb mitten im Flur stehen und schaute der Polizistin in die Augen. »Unsere Jobs haben viel miteinander gemein. Sie müssen sich in die Lage eines Kriminellen hineinversetzen, um ihn zu stellen. Und ich muss das bei einem neunjährigen Wolfskind versuchen, um zu ihm vorzudringen.

Die Eltern sind damit überfordert, weshalb deren Ehen häufig scheitern. Sie sind nicht dazu ausgebildet, wie ein autistisches oder schizophrenes Kind zu denken. Es kommt ihnen nicht in den Sinn, dass sich ihr kleiner Timmy nur deshalb nicht anziehen lässt, weil für ihn das Geräusch eines Reißverschlusses unerträglich ist. Ein Kind zu verstehen und zu lieben sind zwei verschiedene Paar Schuhe. Und solche Kinder brauchen mehr als Liebe.«

»Schlimm«, sagte D. D.

»Wenn es uns gelingt, ihnen zu helfen, werden Sie sie später nicht festnehmen müssen.«

»Das hört sich schon besser an«, entgegnete D. D. »Also, wo zum Teufel steckt Lucy?«

»Ja, wo zum Teufel ...«, wiederholte Danielle müde.

Hush, little baby, don't say a word. Mama's gonna buy you a mockingbird. And if that mockingbird won't sing Mama's gonna buy you a diamond ring.

»Du tust, was ich dir sage.«

And if that diamond ring turns brass, Mama's gonna buy you a looking glass. And if that looking glass gets broke, Mama's gonna buy you a billy goat.

»Nimm das Seil.«

And if that billy goat won't pull, Mama's gonna buy you a cart and bull. And if that cart and bull turn over, Mama's gonna buy you a dog named Rover.

»Steig auf den Stuhl.«

And if that dog named Rover won't bark, Mama's gonna

buy you a horse and cart. And if that horse and cart fall down, you'll still be the sweetest little baby in town.

»Und jetzt zeig mir, wie gut du fliegen kannst.«

Hush, little baby, don't say a word. Hush, hush, hush …

D. D.s Handy klingelte. Sie klappte es auf und fragte: »Was ist?«

»Wir haben einen Hinweis«, sagte Phil angekratzt. »Das Mädchen wurde gesehen. Es war auf dem Weg in die Radiologie. Angeblich mit einem Seil in der Hand.«

»Mit einem Seil?«

»Ja.«

Der Sergeantin gefiel nicht, was sie hörte. Danielle verzog das Gesicht. »Radiologie«, bestätigte D. D. »Wir kommen.«

Sie klappte das Handy zusammen und eilte mit Danielle durch den Flur. »Die Fahrstühle sind zu langsam«, meinte Danielle. »Durchs Treppenhaus geht's hier lang.«

Sie stemmte mit der Schulter die Tür auf und rannte voraus, nahm zwei, drei Stufen auf einmal, dicht gefolgt von D. D. Fast gleichzeitig stürmten sie in einen schwach beleuchteten Flur.

Dieser Teil des Kirkland Medical Centers wirkte wie ausgestorben. Leere Stühle, leere Anmeldeschalter. Drei Uhr in der Früh. Nichts mehr zu tun, allenfalls eine kleine Besetzung in Bereitschaft für Notfälle. Jede Menge langer, leerer Flure, in denen sich ein Kind unbemerkt bewegen konnte.

Sie kamen in ein großes Wartezimmer. D. D. schaute

sich um und sah ein halbes Dutzend geschlossener Türen. Plötzlich waren Schritte zu hören, wenig später tauchten Alex und Phil auf.

»Wo lang?«, fragte sie, bereits auf dem Sprung.

»Wohin würde sich eine Katze verkriechen?«, murmelte Danielle. »In die Röntgenabteilung. Da gibt es kleine, dunkle Kammern. Manche sind noch warm von den Apparaten.« Sie zeigte auf eine Reihe von nummerierten Türen. »Los.«

D. D. lief auf die Tür zu, die ihr am nächsten war, und dreht am Knauf, während die anderen an anderer Stelle ihr Glück versuchten. Die erste Tür war verschlossen. Sie eilte zur zweiten, die sich in einen düsteren Raum öffnete. Sie fand den Lichtschalter und blickte auf einen Tisch, über dem ein Röntgenapparat schwebte. Am Rande befand sich eine verglaste Kabine, in der anscheinend die Steuerung untergebracht war. Sie schaute hier wie dort nach. Nichts. Sie kehrte ins Wartezimmer zurück, wo sich auch Phil, Alex und Danielle nacheinander einfanden. Alle schüttelten den Kopf.

Wieder waren Schritte zu hören. Greg und Neil eilten auf sie zu.

»Gibt es hier noch weitere Räume?«, fragte D. D. die Schwester.

»Klar. Jede Menge. Das Hausmeisterzimmer, der Empfangsbereich, Büros …«

»Okay, hier ist unsere Zentrale«, sagte D. D. und zeigte auf die Stelle, wo sie stand. »Wir schwärmen aus.«

Alle setzten sich eilig in Bewegung. Die Räume waren

klein und schnell durchsucht. Nach zwölf Minuten standen sie wieder in der Zentrale beieinander und tauschten nervöse Blicke. Es war still, zu hören nur das dumpfe Summen eines großen, schlafenden Gebäudes.

Phil brach das Schweigen. »Und was nun? Einer der Hausmeister ist sich sicher, dass er sie durch diesen Korridor hat gehen sehen. Also muss sie doch hier irgendwo sein.«

D. D. knabberte an der Unterlippe. Sie waren auf der richtigen Etage, das spürte sie. Dunkel, abgeschieden und in viele kleine Räume unterteilt. Wer sich im Krankenhaus verstecken wollte, fand hier die besten Möglichkeiten dazu.

Und dann ...

Sie drehte sich langsam um und richtete den Blick auf die Tür, die sie als Erste zu öffnen versucht hatte, die einzige, die verschlossen war. Und plötzlich wusste sie Bescheid.

»Danielle«, sagte sie leise. »Wir brauchen den Schlüssel für diese Tür dort.«

Der Hausmeister kam mit dem Generalschlüssel. D. D. hatte sich bereits Latexhandschuhe übergestreift.

Die schwere Tür ging auf. Vorsichtig trat sie ein und machte Licht.

Das Mädchen hing an einem Strick in der Luft über einem zur Seite weggetretenen Rollsessel. Der schmächtige, in einen grünen OP-Kittel gehüllte Körper schaukelte ein wenig, wie vom Wind in Bewegung gesetzt.

»Holt sie da runter, holt sie da runter!«, schrie Danielle. »Greg, ruf Hilfe, schnell!«

Greg rührte sich nicht vom Fleck. Ihm schien klar zu sein, dass dem Mädchen nicht mehr zu helfen war. D. D. trat auf sie zu und umfasste eines ihrer Fußgelenke. Lucys Haut fühlte sich kalt an, und von einem Pulsschlag war nichts mehr zu spüren.

D. D. wich zurück und wandte sich an Neil: »Wenn du gleich die Gerichtsmedizin rufst, sag Ben bitte, dass der Knoten intakt bleiben muss.« Und an die Adresse von Danielle und Greg: »Sie können wieder nach oben gehen. Wir kümmern uns hier um alles Weitere.«

Die beiden rührten sich nicht vom Fleck. Greg legte einen Arm um sie, und sie lehnte sich an ihn.

»Wir bleiben«, sagte die Schwester mit flacher Stimme. »Das ist die Pflicht der Überlebenden. Wir müssen leben, um Zeugnis ablegen zu können.«

23. Kapitel

Danielle

Sechs Monate nach der Beerdigung nahm mich Tante Helen mit zum Friedhofssteinmetz. Sie hatte längst einen Grabstein aus rosafarbenem Marmor für meine Mutter ausgesucht und den Namen samt Lebensdaten einmeißeln lassen. Dann aber, als es darum gegangen war, auch für Natalie und Johnny einen Stein auszuwählen, hatten sie ihre Nerven im Stich gelassen, und sie war unverrichteter Dinge nach Hause gegangen.

Darum waren die Gräber meiner Schwester und meines Bruders sechs Monate lang ohne Stein, bis Tante Helen beschloss, diesen Mangel zu beheben. Ich begleitete sie.

Es war ein seltsamer Laden, den wir aufsuchten. Man konnte dort Gartenschmuck kaufen, kleine Springbrunnen und natürlich Grabsteine. Der Mann, der uns bediente, trug eine Latzhose und schien lieber zu gärtnern, als einer Frau in Schwarz und ihrer hohläugigen Nichte dabei zu helfen, zwei Kindergräber zu bestellen.

»Der Junge mochte Baseball?«, fragte er. »Ich könnte einen Schläger und einen Ball in den Stein gravieren. Vielleicht auch eine Anspielung auf die Red Sox. So was machen wir öfters.«

Tante Helen lachte ein bisschen. Es klang nicht gut.

Sie entschied sich schließlich für zwei kleine Engel, was ich scheußlich fand. Engel für meine ständig herumalbernden Geschwister, die mir pausenlos die Zunge herausgestreckt hatten? Ich hasste meine Tante.

Aber ich hatte damals kein Wort gesagt und meiner Tante freie Hand gelassen. Für meine Mutter gab's also einen rosafarbenen Marmorstein, meine Geschwister bekamen Engel. Vielleicht wuchsen im Himmel Bäume. Vielleicht konnte sich Nathalie um wilde Kaninchen kümmern.

Keine Ahnung. Meine Eltern haben uns nie in die Kirche geführt, und auch meine Tante blieb ihr fern.

Meinen Vater ließen wir nicht begraben. Meine Tante wollte nicht, dass er in der Nähe ihrer Schwester zu liegen kam. Stattdessen sorgte sie dafür, dass er eingeäschert und in einem Pappkarton verstaut wurde. Der Karton kam in den Keller, wo er die nächsten zwölf Jahre blieb.

Manchmal stibitzte ich den Schlüssel aus der Handtasche meiner Tante und besuchte ihn. Der Karton gefiel mir. Klein. Schlicht. Handlich. Und erstaunlich schwer. Einmal hob ich ihn an, dann nie wieder. So wollte ich mich an meinen Vater erinnern: nicht größer als ein Packen Papiertaschentücher und leicht zu entsorgen.

Ich konnte Faxen machen vor diesem Karton. Draufhauen, davortreten und ihn nach Lust und Laune anschreien.

Von ihm hatte ich nichts zu befürchten.

An meinem einundzwanzigsten Geburtstag betrank ich mich, torkelte in den Keller und kippte in einem Anfall von Wut den Inhalt des Kartons in den Ausguss. Ich spülte meinen Vater in die Abwasserkanäle Bostons und hielt dabei die Luft an, damit ich nichts von ihm in die Atemwege bekam.

Bald darauf bereute ich, was ich getan hatte.

In dem Karton war er sicher aufbewahrt und klein gewesen.

Nun aber wähnte ich ihn irgendwo da draußen, frei treibend durch Rohre und Kanäle. Womöglich quoll seine Asche im Wasser auf, sodass er wieder wuchs und in den Sielen der Stadt sein Unwesen treiben konnte. Bis sich eines Tages irgendein Kanaldeckel auftun und mein Vater daraus herausgestiegen kommen würde.

Im Karton war er eingeschlossen gewesen.

Jetzt hatte ich um alles in der Welt nur noch mich, auf die ich Schuld laden konnte.

»Ich dachte, auf euer Doppel sei Verlass«, schimpfte Karen mit Greg. Es war kurz nach vier. Wir alle waren müde, bleichgesichtig und schockiert. Karen hatte sich gleich nach ihrer Ankunft mit ansehen müssen, wie Lucy von Mitarbeitern der Gerichtsmedizin in einen Leichensack gesteckt und fortgeschafft worden war.

Ein Kind ist wie eine Schneeflocke. So lautet einer der ersten Lehrsätze in der Ausbildung einer Krankenschwester für Psychiatrie. *Ein Kind ist wie eine Schneeflocke.* Einzigartig und unvergleichlich. Eines zu verlieren lässt sich nicht verschmerzen, denn es bleibt unersetzlich.

Ich hatte meine linke Hand in der Tasche und befingerte Lucys letztes Geschenk, den kleinen Ball aus Teppichfasern.

»Oh Danny girl. My pretty, pretty Danny girl …«

»Sie wurde von der Polizei vernommen«, entgegnete Greg. »Und auf der Station ging alles drunter und drüber. Wir hatten jede Menge zu tun.«

»Verstehe.«

»Mensch, Karen, du wirst uns doch wohl nicht unterstellen –«

»Ich unterstelle gar nichts«, fiel sie ihm ins Wort. »Tatsache ist, dass eines unserer Kinder mindestens eine Viertelstunde lang vom Radar verschwunden war. Du hattest die Aufsicht, Greg. Was war da los?«

»Ich habe aufgepasst. Cecille wollte sich um Lucy kümmern und alle zwanzig Minuten nach ihr sehen. Danielle war ja, wie gesagt, mit den Detectives im Klassenzimmer.«

Aller Augen richteten sich auf mich. Ich sagte kein Wort und bewegte das Bällchen zwischen den Fingern.

»Oh Danny girl. My pretty, pretty Danny girl …«

»Du wolltest ein Glas Wasser holen«, zitierte mich Karen. »Hast du Lucy am Abend gesehen? Sie in ihrem Zimmer besucht?«

»Ja«, antwortete ich. »Sie tanzte im Mondlicht und schien glücklich zu sein.«

»Wann war das?«

»Als ich das Glas Wasser holen ging.«

»Sprich endlich Klartext. Das Krankenhaus wird Untersuchungen einleiten, genauso wie die Staatsanwaltschaft. Du musst uns erzählen, was passiert ist.«

»Ich habe Lucy gesehen, mir ein Glas Wasser geholt. Ich sprach kurz mit Greg über Jimmy und Benny, habe neues Papier in den Kopierer eingelegt und mich dann mit den Detectives unterhalten. Das ist alles.«

»Dazu braucht man doch keine zwanzig Minuten«, meinte Sergeant Warren.

»So war's aber.« Ich schaute sie an. »Sie haben recht. Es wäre besser, wir hätten Überwachungskameras.«

Sergeant Warren wollte mich noch einmal vernehmen. Ich weigerte mich. Karen sagte, ich sei mit sofortiger Wirkung beurlaubt und dürfe erst mit ausdrücklicher Genehmigung meinen Dienst wiederaufnehmen. Ich war damit nicht einverstanden.

Alle bombardierten mich mit Fragen, aber niemand interessierte sich wirklich für meine Antworten.

»Lucy hat sich nicht umgebracht«, sagte ich laut und fast hysterisch. »So etwas hätte Lucy nie getan. Ausgeschlossen.«

Greg und Karen hielten sich bedeckt. Sergeant Warren musterte mich interessiert. »Warum sagen Sie das?«

»Weil ich sie gesehen habe. Sie war glücklich. Sie war eine Katze. Und als Katze fühlte sie sich wohl.«

»Vielleicht hat ihr jemand die Illusion genommen. Oder sie verflüchtigte sich von selbst. Sie haben selbst gesagt, sie sei völlig unberechenbar gewesen.«

»Sie hat nie irgendwelche Anzeichen auf eine Suizidgefährdung erkennen lassen.«

»Das stimmt so nicht«, widersprach Karen. »Sie neigte zur Selbstverstümmelung und Selbstbestrafung.« Und an Sergeant Warren gewandt: »Am ersten Tag ihres Aufenthaltes bei uns hat sie sich den Arm aufgeschlitzt und mit dem Blut die Wand beschmiert. Das Kind hat schreckliche Sachen gemacht, weil ihm Schreckliches zugefügt worden ist. Ich bin fest davon überzeugt, dass keiner von uns wusste, was in ihr vorging und wozu sie fähig war.«

»Sie hat sich nicht umgebracht!«, wiederholte ich wütend. »Das hätte sie nie getan. Jemand hat ihr zum Ausbruch verholfen. Anders lässt sich nicht erklären, dass sie zwei verschlossene Türen passieren konnte. Sie hatte Hilfe. Der gestrige Ausbruch war womöglich eine Art Probelauf. Auf der Station herrschte Tohuwabohu, wir waren unterbesetzt, und dann kreuzt auch noch die Polizei auf. Jede Menge Ablenkung, also beste Voraussetzungen für jemanden, der ihr Schaden zufügen wollte.«

»Für jemanden«, sprach mir Sergeant Warren nach und fasste mich dabei ins Auge.

»Ich war nur fünf bis zehn Minuten …«

»Achtzehn. Ich habe auf die Uhr geschaut.«

»Davon war ich ein paar Minuten mit Ihrem Kollegen –«

»Ungefähr zwei Minuten, sagt er.«

»Wie auch immer, jedenfalls hätte ich gar nicht die Zeit gehabt, ein Kind aus der Station zu schmuggeln, runter in die Radiologie zu bringen und wieder zurückzukommen.«

»Aber jemand hat es getan. Behaupten Sie.«

»Jemand. Nicht ich«, blaffte ich. »Jemand anderes.«

»Wirklich? Ich dachte, Lucy hätte niemandem außer Ihnen vertraut. Wer könnte dieser Jemand sein?«

Ich öffnete den Mund. Schloss ihn wieder. Versuchte es noch einmal. Und gab auf. Verdammt, wenn ich darauf eine Antwort wüsste.

Lucy, tanzend im Mondschein. Lucy, unter der Decke hängend.

Dann, wie aus dem Nichts: meine Mutter mit einem Einschussloch mitten auf der Stirn.

»Ich kümmere mich darum, Danny. Geh ins Bett. Ich werde mich um alles kümmern.«

»Oh Danny girl. My pretty, pretty Danny girl …«

»Willst du dich nicht setzen?«, fragte Karen freundlich.

Ich schüttelte den Kopf.

»Wie wär's mit einem Glas Wasser? Greg, hol ihr doch bitte ein Glas Wasser.« Karen ergriff meine rechte Hand, doch ich zog sie zurück. Ich wollte jetzt nicht berührt werden. Ich wollte meine Wut auskosten und mich von ihr durchfluten lassen.

»Tika und Ozzie«, hob ich an und schaute Karen an. »Sprich mit Sergeant Warren über Tika und Ozzie.«

D. D. erklärte kurz die Situation, und Karen wurde bleich.

»Aber … aber … das ergibt doch alles keinen Sinn«, protestierte sie zaghaft. »Wir sollen der gemeinsame Nenner zweier Verbrechen sein? Wir machen keine Hausbesuche, arbeiten zwar mit den Kindern, wissen aber kaum etwas über deren Familien, auch nicht, wo sie wohnen oder wie sie leben. Das geht uns nichts an …«

»Aber Sie haben all diese Informationen«, sagte Sergeant Warren. Eine Feststellung, keine Frage.

»Aus unseren Unterlagen, ja.«

»Und habe ich nicht im Eingang ein Plakat gesehen, das mit einer Politik der offenen Tür wirbt? Dass Eltern Ihre Station jederzeit besuchen dürfen?«

»Ja, sie sind eingeladen, ihre Kinder zu besuchen, sooft sie es wünschen. Das heißt aber nicht, dass wir sie *kennen*. Deren Zeit auf unserer Station ist nur ein kleiner Ausschnitt ihrer Lebenswelt – falls sie denn überhaupt zu Besuch kommen. Die meisten verzichten darauf.«

»Die Harringtons?«, hakte Sergeant Warren nach.

Karen fummelte an ihrer Brille herum und schob sie auf der Nase zurecht. »Ozzies Eltern, nicht wahr? Die Mutter kam manchmal, blieb anfangs auch über Nacht. Später besuchte sie ihren Sohn ein- oder zweimal in der Woche.«

»Und der Rest der Familie?«

»An den kann ich mich nicht erinnern. Es ist wirklich eine Schande. Den meisten Eltern scheint bewusst zu sein, dass sie ihre Kinder traumatisiert haben; deshalb bringen sie sie zu uns. Dabei wär's für Kinder viel besser, wenn sie ihre Angehörigen sähen und von ihnen bestätigt bekämen, dass alles in Ordnung ist.«

D. D. kniff die Brauen zusammen. »Und Tikas Familie?«

Karen schüttelte den Kopf und zeigte sich hilflos. »Greg?«, fragte sie.

Er war gerade mit einem Tablett zurückgekehrt und gab mir und Karen jeweils ein Glas Wasser. Sergeant Warren lehnte dankend ab.

»Tika?«, wiederholte er. »Das kleine Mädchen, das vor ungefähr einem Jahr bei uns war? Die sich geritzt hat?«

»Genau die«, entgegnete Warren. »Wenn ich richtig informiert bin, haben Sie mit ihr gearbeitet.«

Er nickte. »Nettes kleines Mädchen. Wenn man an sie rankam, konnte sie richtig verschmitzt sein. Aber, nun ja, sie hatte große Probleme, kein Selbstwertgefühl, Depressionen, Ängste. Vielleicht ist sie sexuell missbraucht worden, doch das kam nie zur Sprache.«

»Wie war ihre Familie?«, wollte Sergeant Warren wissen.

»Von der war nie jemand zu Besuch.«

»Nie?«

»Nie. In Tikas Akte wird die Mutter als ›abweisend‹ beschrieben. Das deckt sich mit unseren Erfahrungen.«

»Nach unseren Unterlagen wohnten sie in Mattapan«, meldete ich mich zu Wort, in Erinnerung an das Gespräch mit Sergeant Warren und diesem George-Clooney-Verschnitt. »Wir wussten nicht, dass sie umgezogen sind, und hatten auch nichts mehr mit ihnen zu tun.«

»Das herauszufinden ist nicht schwer«, entgegnete Sergeant Warren achselzuckend.

»Aber wieso? Wir helfen Kindern und tun ihnen nicht weh.«

»Sagen Sie das Lucy.«

»Sie können mich mal«, platzte es aus mir heraus.

»Achtzehn Minuten«, schnauzte die Sergeantin. »Unser Sportlehrer hat uns in einem Bruchteil dieser Zeit Wasser gebracht. Erklären Sie mir die achtzehn Minuten.«

»Immer mit der Ruhe«, mischte sich Karen ein, ganz die Managerin, die sie war. »Wir sollten erst einmal tief Luft holen.«

»Lucy wäre nie von sich aus in die Radiologie gegangen«, insistierte ich. »Und woher hatte sie das Seil?«

»Sie sagten doch selbst, jemand müsse ihr geholfen haben.«

»Aber sie hat niemandem vertraut. Sie hatte große Kontaktschwierigkeiten und konnte kaum sprechen, geschweige denn eine solche Schlinge knoten. Was auch immer geschehen ist, sie hat es nicht selbst getan, es wurde ihr angetan.«

»Von jemandem, dem sie vertraut hat«, sagte die Sergeantin und starrte mich an. Dann fiel ihr Blick auf die Filzkugel in meiner Hand.

»So lange war ich nicht weg.«

»Ein verstörtes Kind aufzuknüpfen ist schnell getan.«

»Ich muss Sie wirklich bitten, Sergeant Warren«, protestierte Karen.

Ich hörte mich sagen: »Verdammt, ich habe Lucy geliebt.«

»Sie sind von ihr attackiert worden.«

»Das war nichts Persönliches –«

»Sieht aber so aus, als hätte sie Ihnen die Kehle zuschnüren wollen.«

»Kleinere Blessuren bleiben in unserem Job nicht aus.«

»Haben auch Ihre Kollegen blaue Flecken?«

»Sie können sich nicht vorstellen, wie es bei uns zugeht. Wir sind die letzte Verteidigungslinie, die unsere Kinder haben. Wenn wir ihnen nicht helfen können, dann niemand.«

»Wirklich nicht?« Die Stimme der Sergeantin wurde nachdenklich. »Ich erinnere mich. Nach Ihren Worten gibt es für Kinder wie Lucy nur wenig Hoffnung. Zu viele wesentliche Entwicklungsschritte haben nicht stattgefunden. Sie sind verdammt, den Rest ihres Lebens in Heimen zuzubringen. Ich kann mir vorstellen, dass manche denken, für Lucy sei es besser, tot zu sein.«

Karen schnappte nach Luft.

Ich hörte mich schreien: »Halten Sie Ihr Maul. *Halten Sie Ihr verfluchtes Maul!*«

Lucy, tanzend im Mondschein. Lucy, unter der Decke hängend.

Meine Mutter mit einem Einschussloch mitten auf der Stirn.

»Ich kümmere mich darum, Danny. Geh ins Bett. Ich werde mich um alles kümmern.«

»Oh Danny girl. My pretty, pretty Danny girl …«

Meine Beine gaben unter mir nach. Meine Wut war letztlich nicht groß genug, um meinen Schmerz auf Abstand zu halten. Lucy, die nie eine Chance hatte. Meine Mutter, die mich nicht gerettet hat, obwohl ich sie so sehr liebte. Natalie und Johnny, mit Engeln aus Stein abserviert.

Blut und Schießpulver. Singen und Schreien. Liebe und Hass.

Am Rand meines Wahrnehmungsfeldes bemerkte ich, dass sich Karen über mich gebeugt hatte und mir riet, meinen Kopf auf ihre Knie zu legen. Dann hörte ich ihre Stimme lauter. Sie sprach mit der Sergeantin.

»Sie dürfen sie nicht so unter Druck setzen. Nicht so kurz vor dem Jahrestag der Tragödie ihrer Familie.«

Greg klang verärgert, als er fragte: »Wollen Sie sie etwa festnehmen?«

»Sollte ich das?«

»Sie sollten jetzt gehen«, sagte Karen. »Sie haben hier genug Schaden angerichtet.«

»Zwei über diese Station miteinander verbundene Familien sind ausgelöscht, und eine Ihrer Patientinnen wurde soeben tot aufgefunden. Ich fürchte, auf Sie wird noch einiges zukommen.«

»Lassen Sie das unsere Sorge sein«, blaffte Greg.

Greg und Karen bauten sich vor mir auf. Meine zweite Familie, der ich womöglich ebenso wenig gerecht werden würde wie meiner ersten. Ich drückte die Augen zu und wünschte, der ganze Spuk würde sich in Wohlgefallen auflösen.

Als hätte die Sergeantin meine Gedanken gelesen, sagte sie: »Morgen um dieselbe Zeit werde ich über jeden Einzelnen hier auf der Station genauestens informiert sein. Sie werden sich an meine charmante Art noch gewöhnen.«

24. Kapitel

D. D. und ihr Team verließen die Station kurz nach fünf. Sie waren nun schon seit sechsunddreißig Stunden auf den Beinen. In Anbetracht der Situation am Tatort und der vielen Zeugen, die zu befragen sein würden, mussten sie sich auf einen weiteren überaus anstrengenden Arbeitstag gefasst machen.

Als erfahrener Tatortanalytiker hatte sich Alex bereits in der radiologischen Abteilung umgesehen. Leider gab es dort so gut wie keine Spuren – kein Blut, keine Hinweise auf Kampfhandlungen, keine unerklärlichen Kratzer, Dellen oder Trümmerreste.

Neil, der seinen Flirt mit der Gerichtsmedizin unterbrochen hatte, um den Hausmeister zu interviewen, konnte auch nichts Neues berichten. Ja, der Hausmeister habe ein Kind in grünem OP-Kittel um die Ecke biegen sehen; ja, ihm sei aufgefallen, dass es ein Seil hinter sich hergezogen hatte, was er durchaus seltsam gefunden hätte. Nein, er habe sich nicht weiter darum gekümmert, weil anderes zu tun gewesen sei.

Phil hatte erfahren, dass es im Krankenhaus nur an den Ein- und Ausgängen sowie auf der Entbindungsstation Kameras gab. Die Radiologie wurde nicht überwacht.

Es blieb also fraglich, ob der Raum, in dem sie das tote Mädchen gefunden hatten, tatsächlich auch der Tatort war.

D. D. machte sich telefonisch daran, ein weiteres Team auf die Füße zu stellen, das Zeugen befragen sollte. Danach sorgte sie dafür, dass die psychiatrische Station rund um die Uhr bewacht wurde. Als sie schließlich das Krankenhaus verließ, konnte sie sich vor Müdigkeit kaum mehr auf den Beinen halten.

Auf der Treppe zur Tiefgarage blieb sie stehen, kniff sich in den Nasenrücken und wartete, bis der Schwächeanfall vorüber war. Sollten andere sagen, was sie wollten – für sie war der Tod eines Kindes kaum erträglich. Wenn ihr ein solches Schicksal eines Tages gleichgültig sein sollte, würde sie sofort ihren Job quittieren. Aber so weit war es allem Anschein nach noch nicht.

Die Nacht hatte sie ausgelaugt. Sie wollte nach Hause gehen, duschen und dann auf ihrem Bett in Ohnmacht fallen.

Typisch, ausgerechnet in diesem Moment ging ihr Handy. Sie blickte aufs Display, konnte die Nummer aber nicht zuordnen. Aus Neugier griff sie zum Handy und nahm den Anruf entgegen.

»Ich mache mir Sorgen um Sie.« Eine Männerstimme, die sich nach dem ersten Rufzeichen meldete.

»Mit wem spreche ich?«

»Andrew Lightfoot.«

»Woher haben Sie diese Nummer?«

»Von Ihnen. Sie steht auf der Visitenkarte.«

D. D. brauchte eine Weile, bis sie sich daran erinnerte, Andrew Lightfoot gegen Ende ihres Besuchs bei ihm ihre Karte zugesteckt zu haben. Routine – sie hatte es völlig vergessen.

»Ein bisschen früh für einen Anruf, finden Sie nicht auch?« Sie lehnte sich an die Treppenhauswand und richtete den ganzen Rest ihrer Aufmerksamkeit auf das Gespräch.

»Ich wusste, dass Sie noch auf sind. Ich habe von Ihnen geträumt.«

Einen solchen Satz hätte D. D. normalerweise üppig kommentiert. Aber nach der schrecklichen Nacht und weil sie für Leute, die sich selbst als Guru bezeichneten, nichts übrighatte, verkniff sie sich jede Bemerkung dazu. »Warum rufen Sie an, Lightfoot?«

»Nennen Sie mich bitte Andrew.«

»Nennen Sie mir bitte den Grund Ihres Anrufs.«

Er zögerte. Interessant, fand sie.

»Da stimmt was nicht. Ich weiß nicht so recht, wie ich es erklären soll«, sagte er schließlich. »Jedenfalls nicht in Begriffen, mit denen Sie etwas anfangen könnten.«

»Eine Störung im kosmischen Gewebe?«, fragte sie trocken.

»Exakt.«

Nicht zu fassen. »Legen Sie los«, sagte D. D. »Ich höre.«

»Die negativen Energien nehmen zu. Als ich gestern Abend Ihre Zwischensphären aufgesucht habe, traf ich auf Nischen voller Dunkelheit und unbändiger Wut. Ich konnte ein Summen vernehmen, das ich als die Vibration des großen Bösen deute. Alles Licht war verschwunden. Ich habe noch nie so viele Schatten gesehen.«

»Die Kräfte des Bösen gewinnen die Oberhand?«

»In dieser Nacht, würde ich sagen, ja.«

»Hat es das schon einmal gegeben?«

»So etwas ist mir noch nie begegnet. Manchmal, wenn ich Meditationsgruppen leite, stolpere ich über eine besonders bösartige Kraft. Doch die Gruppe in ihrer kollektiven Stärke und die exponentielle Kraft des Lichts können diese Negativität unterbinden und unschädlich machen. Letzte Nacht aber … da war es genau umgekehrt. Die Dunkelheit hat immer mehr zugenommen, ist angewachsen und explodiert. Allein und unvorbereitet konnte ich nichts dagegen unternehmen.«

»Sie hatten eine Panne auf Ihrem spirituellen Highway?«

»Sie sollten das nicht auf die leichte Schulter nehmen, D. D.«

»Böse Kräfte fallen nicht in meinen Zuständigkeitsbereich. Was zum Teufel wollen Sie von mir?«

Andrew schlug einen anderen Ton an. »Sie sind müde. Sie haben eine schlimme Nacht hinter sich. Verzeihen Sie, dass ich Sie angerufen habe.«

Sie war plötzlich hellwach. »Woher wissen Sie von meiner schlimmen Nacht?«

»Ich bin Heiler. Ich kann das fühlen. Ihre Aura – sie war hellweiß, als wir uns das erste Mal begegnet sind – hat sich verfärbt und ist jetzt blau. Das bedeutet, Ihnen ist unwohl. Rot würde besser zu Ihnen passen, obwohl ich für mein Teil Weiß bevorzuge.«

D. D. zwickte sich wieder den Nasenrücken. »Warum haben Sie angerufen, Andrew?«

»Um Sie zu warnen. Es passiert etwas.«

»Verstehe, das Böse will die Weltherrschaft übernehmen.«

»Das wäre nichts Neues. Aber jetzt sage ich Ihnen, dass es ihm womöglich gelingen könnte.«

»Wieso jetzt?«

»Es verfolgt einen Zweck, glaube ich. Und dieser Zweck gibt ihm Kraft.«

»Welchen Zweck?«

»Es will etwas Bestimmtes.«

»Na schön«, erwiderte sie müde. »Und worum handelt es sich dabei?«

Andrew ließ mit der Antwort auf sich warten. Vielleicht hatte er sich in seine Zwischensphären zurückgezogen. Auf gut Glück fragte D. D.: »Wie geht es Tika?«

»Tika?«, echote er. Gute Antwort.

»Danielle Burton behauptet, Sie kannten das Mädchen«, fischte D. D. weiter im Trüben. »Danielle Burton, die Psychiatriekrankenschwester, Sie erinnern sich?«

»Sie ist sauer auf mich.«

»Tika?«

»Nein, Danielle. Ich will sie heilen, aber sie ist nicht bereit, sich in dem Maße helfen zu lassen, wie es nötig wäre. Zu verzeihen ist Schwerstarbeit. Für sie ist es leichter, mich zu verabscheuen.«

»Sie kennen sich also gut. Haben viel Zeit miteinander auf der Station verbracht. Versteh ich Sie richtig, Andrew?«

»Seien Sie nicht so streng mit Danielle«, fuhr er fort. »Ohne diese Kinder wäre sie verloren. Ohne deren Liebe würde sie von der Dunkelheit verschluckt.«

»Warum sagen Sie das, Andrew?«

»Es ist ihre Geschichte.«

»Aber Sie wollen sie heilen. Erzählen Sie mir von dieser Geschichte, und ich werde helfen.«

»Für wie dumm halten Sie mich?« In seiner Stimme schwang eine Schärfe an, die ihr bislang verborgen geblieben war. »Ich habe in Ihrer Welt gelebt, Sergeant Warren, und mit harten Bandagen gekämpft. Ich erkenne einen Skeptiker, wenn er mir begegnet. Und ich weiß genau, wann Bullshit aufgetischt wird. Sie sind ein Cop und haben mit Fragen der Heilung nichts am Hut. Ihr Job ist es, Kriminelle zu stellen, und darin sind Sie gut.«

D. D. spürte, wie sich ihr die Nackenhaare aufstellten. »Also bitte –«

»Sie ist verzweifelt«, fuhr er fort. »Ich spüre Danielles Schmerz, und weil der völlig unnötig ist, möchte ich helfen. Leider will sie sich nicht helfen lassen. Ich muss das akzeptieren, so wie ich es akzeptieren muss, dass Sie mir nicht glauben oder allenfalls erst dann, wenn es zu spät ist.«

»Zu spät?«

»Da kommt etwas auf uns zu. Es ist mächtig. Es verfolgt einen Zweck.«

»Sagen Sie mir, was Sie wissen, Andrew.«

»Ich möchte, dass Sie vorsichtig sind, Sergeant Warren. Die Geister zielen nicht auf irgendetwas ab, sondern immer auf *jemanden.*«

Andrew legte auf. Verärgert, wie es schien. Sei's drum, dachte sie, selbst einigermaßen durcheinander.

Negative Energien, Kräfte des Bösen, düstere Ahnungen.

D. D. dachte an das schaurige Bild der vergangenen Nacht, das neunjährige Mädchen, unter der Decke hängend. Mit diesem Fall hatte sie genug zu tun; jetzt auch noch in spirituellen Zwischensphären zu ermitteln ginge entschieden zu weit.

Sie schaffte es schließlich die Treppe hinunter, stieß die schwere Tür auf und ging mit hallenden Schritten über ein fast leeres Parkdeck. Ein unendlich einsames Geräusch, wie sie fand.

Sie war müde. Es ging ihr schlecht. In manchen Dingen hatte Lightfoot recht.

Als sie um eine der breiten Stützsäulen herumkam, sah sie Alex Wilson neben ihrem Wagen auf sie warten. Sie blieb stehen. Sie sahen einander an. Er hatte Schatten unter den Augen, Stoppeln im Gesicht, und sein weißes Hemd war zerknittert.

»Ich … ich lag wohl ziemlich daneben«, sagte D. D.

»Ja?«

»Manchmal brauche ich einen Mann, der auf mich aufpasst.«

Er nickte. »Warum auch nicht? Ich brauche manchmal eine Frau, die mein Ego streichelt.«

»Sie sehen zum Fürchten aus.«

»Danke für das Kompliment. Kommen Sie. Ich fahre Sie nach Hause.«

Sie folgte ihm zu seinem Wagen. Ihren konnte sie auch später noch abholen.

Während der ersten fünf Minuten im Auto fiel kein Wort. Sie lehnte den Kopf an die warme Glasscheibe und machte die Augen zu. Bald würde der Tag anbrechen. Vielleicht war er schon da. Sie hätte die Augen öffnen und sich davon überzeugen können, war aber noch nicht bereit dazu. Sie brauchte diesen Moment.

»Andrew Lightfoot hat mich vorhin angerufen«, sagte sie dann, die Augen immer noch geschlossen.

»Was wollte er?«

»Mich warnen. Vor etwas Schlimmem.«

»Kann dieses Etwas einen Henkersknoten schlingen? Und hat es eine Adresse?«

D. D. öffnete die Augen und richtete sich auf. »Gute Fragen. Die hätte ich ihm stellen sollen.« Sie seufzte und rutschte auf ihrem Sitz zurück. »Ich habe den Namen Tika Solis fallenlassen, worauf er aber nicht anbeißen wollte. Fest steht allerdings, dass er Schwester Danielle kennt. Er bat mich, schonend mit ihr umzugehen. Nicht jeder sei in der Lage zu heilen.«

»Verständlich, dass ein selbst ernannter Heiler so etwas sagt. Schließlich geht's nicht zuletzt um seinen Marktwert.«

»Ah, aber er versteht seine Heilkunst als Geschenk.«

Alex schmunzelte. Er fuhr Richtung North End. »Mord oder Selbstmord?«, fragte er unvermittelt.

»Sie sind der Experte. Sagen Sie's mir.«

»Die Beweislage lässt nur einen Schluss zu«, antwortete er.

»Verstehe. Keine Spuren am Tatort, der Hausmeister hat nichts gesehen. Saubere Sache.«

»Sauber, ja. Viel zu sauber. Türgriff, Rollsessel, Lichtschalter – nicht einmal latente Abdrücke einer Neunjährigen sind darauf zu finden. Ziemlich seltsam. Das Mädchen öffnet die Tür, macht Licht, verrückt den Sessel, hinterlässt aber keinen einzigen Fingerabdruck.«

»Verdammt«, entfuhr es D. D., die vor Erschöpfung plötzlich nichts mehr spürte.

Alex streckte den Arm aus und legte ihr seine Hand auf die Schulter. »Verrückt gelaufen diese Nacht, nicht wahr? Wir kommen mit einer richterlichen Anordnung und finden eine Leiche.«

»Tja, wer hätte das gedacht.« Alex' Hand kehrte ans Steuerrad zurück, was ihr wie ein kleiner Verlust vorkam. »Nicht, dass ich … ich meine … Verdammt. Wie soll ich mich ausdrücken? Ich hatte ausnahmsweise wieder einmal ein Date und lande nicht mit dem Kerl im Bett, sondern in einem Haus mit fünf Toten. Von dort geht's weiter in eins mit sechs Leichen und anschließend auf eine psychiatrische Station, wo ein neunjähriges Kind verschwindet und sich aufhängt, während wir eine der Schwestern vernehmen. Was soll man davon halten?«

»Sie hatten ein Date?«, fragte Alex.

»Nichts Ernstes. Es hat nicht einmal bis zum Nachtisch gereicht.«

»Wollen Sie dranbleiben?«

»Ach was, ich weiß schon gar nicht mehr, wie er überhaupt aussah.«

»Gut zu wissen. Wie geht es weiter im Text?«

»Wir haben also einmal fünf, einmal sechs Tote und ein erhängtes Mädchen. Es muss irgendeine Verbindung geben. Nur das ergibt einen Sinn, aber der erschließt sich mir nicht. Wie kommt man von zwei ausgelöschten Familien zu einem erhängten Mädchen?«

Alex schwieg und berührte wieder ihre Schulter.

»Mist«, murmelte D. D. Sie schaute zum Fenster hinaus und auf den von der Morgensonne gefärbten Himmel.

Im Stillen nahm sie sich vor, unter den Mitgliedern ihres Teams auf Burn-out-Symptome zu achten. Besonders bei Phil. Es war kaum vorstellbar, dass man aus Tatorten wie diesen einfach so rausspazieren und anschließend seine Kinder ins Bett bringen konnte. Womöglich war sie selbst seit Jahren ausgebrannt, was aber jetzt nicht weiter ins Gewicht fallen würde. Weiß Gott, sie hatte lange Phasen ohne liebevollen Kontakt zu anderen Menschen überstehen müssen. Keine warme Umarmung, keine Küsse auf die Wange. Sie besaß nicht mal einen Hund, mit dem sie Gassi hätte gehen können, oder eine Katze zum Schmusen. Bei ihr zu Hause hätte nicht mal eine Topfpflanze überlebt.

Sie solle mit ihrem inneren Engel in Kontakt treten, hatte Andrew Lightfoot geraten.

Dieser Knallkopf würde in ihrem Department keinen Tag überstehen.

»Ich glaube, Danielle Burton ist unser Schlüssel«, murmelte D. D. nach einer Weile. »Sie hatte, als ich sie befragte, einen kleinen Aussetzer. Dann kamen ihr Karen und Freund Greg zu Hilfe. Ihre Chefin ließ durchblicken, dass in Danielles Familie etwas Schlimmes vorgefallen sei, und sagte, dass wir darauf Rücksicht nehmen müssten. Und Andrew Lightfoot hat etwas ganz Ähnliches angedeutet.«

»Der Sportlehrer ist ihr Freund?«, fragte Alex neugierig.

»Da bin ich mir fast sicher. Jedenfalls sind sie mehr als bloß Kollegen.«

Alex lächelte. »So wie wir?«

D. D. lachte und fühlte sich gleich ein bisschen besser.

»Im Ernst, die beiden verbindet mehr als ihre Arbeit, und sie hat ein Geheimnis«, sagte D. D.

»Ich weiß.«

»Wie das?«

»Danielles Vater hat ihre Mutter und ihre Geschwister getötet. Arbeitslos, alkoholkrank. Er ist durchgedreht und hat alle erschossen, sich selbst auch. Nur sie blieb verschont.«

»Woher wissen Sie das?«

»Ein Milieu-Councelor namens Ed hat's mir gesagt. Dass die Sache mit Lucy für Danielle besonders schrecklich sein muss, zumal so kurz vor dem Tag, an dem sich die eigene Familientragödie jährt, und so weiter und so fort.«

»Erschossen?«, fragte D. D. nach. »War nicht vielleicht auch ein Messer im Spiel?«

»Das lässt sich in Erfahrung bringen.«

»Das sollten wir, unbedingt«, erwiderte D. D. und lehnte sich im Beifahrersitz zurück. »Interessant. Was sagten Sie noch am Laraquette-Tatort? Sie sprachen von einem Drehbuch und persönlichen Motiven des Täters.«

»Danielle hat das Massaker ihres Vaters überlebt. Wenn sie diese Tat im Sinne eines Reenactments nachzustellen versuchte, hätte sie doch wohl auch jemanden überleben lassen.«

D. D. zuckte mit den Achseln. »Ich bin eine einfache Sergeantin, kein Kriminologe. Vielleicht leidet sie darunter, Überlebende zu sein, und will in der Nachstellung der Tat gründlicher sein als ihr Vater. Kräftig genug wäre sie, ihr Opfer mit einem einzigen Messerstich zu töten wie in den Fällen Denise und Jacob Harrington.«

»Könnte hinhauen«, pflichtete ihr Alex bei.

»Wie auch immer, alle Wege führen zu dieser psychiatrischen Station«, meinte D. D. »Und in ihr zeigen alle Finger auf Danielle Burton.«

»Was einem zu denken gibt.«

Sie hatten ihr Ziel fast erreicht. Er fuhr langsamer, und müde, wie sie war, sah sich D. D. wieder einmal allein in ihr einsames Zwei-Zimmer-Wunderland zurückkehren. Eine weitere schlaflose Nacht stand ihr bevor, ein weiterer Espresso am Morgen. Es war schon entsetzlich lange her, dass ihr etwas anderes als eine italienische Kaffeemaschine ein Lächeln ins Gesicht gezaubert hätte.

»Ich frage mich gerade, wer für solche Massaker besonders gut geeignet wäre«, sagte Alex. »Ich meine, von der Statur und Fitness her.«

D. D. sah ihn verwundert an. »Und auf welche Antwort kommen Sie?«

»Der eine oder andere MC von der Station. Zum Beispiel Sportlehrer Greg.«

Alex parkte in zweiter Reihe. D. D. warf einen Blick auf das hohe Ziegelgebäude, in dem sie wohnte. Es stand inmitten Dutzender alter Ziegelhäuser, die über zweihundert Jahre alt waren.

»Wollen Sie noch mit raufkommen?«, hörte sie sich fragen.

Er zögerte. »Ja, gern. Aber ich fürchte, ich würde gleich schlappmachen. Falls wir's darauf ankommen lassen würden …«

»*Falls* wir es darauf ankommen lassen?«, fragte sie mit gespielter Empörung. »Wäre doch ein Jammer, wo wir beide gerade so fit sind.«

Er lachte. »Ich hab da eine andere Vision für uns. Ich denke da an hausgemachte Pasta mit roter Sauce und eine richtig gute Flasche Chianti. Wir essen, plaudern und lachen, und dann … fangen wir wieder von vorn an. Das ist der Vorteil, wenn man älter und weiser geworden ist. Wir wissen, dass es sich für schöne Dinge lohnt zu warten.«

»Sie ahnen ja gar nicht, wie lange ich schon warte«, entgegnete sie.

Er lächelte. »Mir geht's nicht anders.«

D. D. seufzte und blickte wieder zu ihrer Wohnung auf. »Und wenn ich verspreche, artig Abstand zu halten?«

»Wie darf ich das verstehen?«

»Wir bleiben beide angezogen.«

»Das ist was anderes.«

Sie stieß einen Schwall Luft aus. »Mit anderen Worten, ich möchte jetzt nicht gern allein sein. Kapiert? Vielleicht geht's Ihnen ja ähnlich. Sie kommen mit rauf, und wir können so tun, als wären wir nicht allein. Wir lassen unsere Klamotten an und gehen ins Bett.«

»In Löffelchenstellung?«, fragte er.

»Das hoffe ich doch.«

»Bin dabei.«

»Wirklich?«

»Wirklich«, antwortete Alex und fuhr los, um einen Parkplatz zu finden.

25. Kapitel

Sonntag

Victoria

»Klopf-klopf.«

»Wer da?«

»Störkatze.«

»Störkatze –«

»MIAU!«, unterbricht er mich, und ich lache pflichtschuldig.

Das mit der Störkatze ist sein Lieblingswitz. Und das schon seit drei Jahren. Er kann sich nicht satt daran lachen, und das ist mir recht. Ich hatte mich auf eine lange Nacht mit Evan gefasst gemacht, weil er infolge der Überdosis an Beruhigungsmitteln aufgedreht sein würde und seine Launen abreagieren musste. Stattdessen hatte er bis sechs in der Früh durchgeschlafen, so ausgiebig wie schon lange nicht mehr.

Er wachte ungewöhnlich heiter auf. Wir unternahmen eine Fahrradtour durch die Nachbarschaft und zeichneten dann mit Kreide einen Rennwagen auf den Gehweg.

Nach einer kleinen Erfrischung – es gab einen Stachelbeer-Shake – ruhen wir uns jetzt an einem schattigen Plätzchen im Garten aus. Die Vögel zwitschern, und Eichhörnchen flitzen durchs Geäst, auf der Flucht vor der Nachbarskatze.

Evan ist zurzeit der charmante, muntere kleine Bengel, ganz entspannt und zufrieden. Das ist mein Sohn, von dem ich nicht ablassen kann.

»Du bist dran«, sagt er.

Ich denke kurz nach. »Klopf-klopf.«

»Wer da?«

»Iguana.«

»Iguana wer?«

»Iguana Drück-dich-fest.« Ich beuge mich über ihn und umschlinge ihn mit meinen Armen, woraus er sich kichernd und zappelnd befreit.

»Mommy Bazillenschleuder!«, kreischt er.

»Iguana Küss-dich-auch«, knurre ich und krabble hinter ihm her. Der Rasen ist ziemlich verdorrt und staubig, aber ich robbe tapfer weiter. Evan ist immer ein Stück voraus, das gehört zum Spiel.

Wir unterscheiden uns in nichts von anderen zerrütteten Beziehungen, denke ich, als ich meinen lachenden Sohn durch den Garten jage. Auf jede Episode gewalttätiger Aggression folgt eine kurze, euphorische Phase der Versöhnung. Evan ist voller Reue über den gestrigen Vorfall im Park. Ich fühle mich schuldig, weil ich meinen Sohn mit Drogen vollgestopft habe, um mich mit einem Mann zu vergnügen, der nur an meinem Körper interessiert ist. Für den Moment ist zwischen Evan und mir alles in Ordnung. Wir brauchen diese Erholungspausen. Ohne sie würden wir es nicht miteinander schaffen.

Das Phantom würde gewinnen.

Wir spielen noch eine Weile Fangen, aber ich gebe mich schnell geschlagen. Es ist mir einfach zu heiß. Auch Evan ist ins Schwitzen geraten, und so gehen wir ins Haus, wo die Klimaanlage für Kühlung sorgt. Evan macht es sich auf dem Sofa bequem. Ich bringe ihm Wasser und sein *SpongeBob*-Heftchen, gehe zurück auf die Veranda und lasse das Planschbecken volllaufen. Bei diesem Wetter empfiehlt sich eigentlich ein Ausflug an den Strand, aber so mutig bin ich nicht, zumal ich nicht riskieren will, dass seine Stimmung schon allzu bald wieder umschlägt. Also begnüge ich mich mit dem Planschbecken. Evan wird mit seinen Autos und der Super-Soaker darin spielen. Ich setze mich dann auf einen Liegestuhl daneben und tunke die Füße ins kühle Wasser, dankbar für einen entspannten Augenblick.

Ich habe gerade den Wasserhahn abgedreht, als es an der Tür klingelt. Wir bekommen nur selten Besuch, und weil heute Sonntag ist, kann es auch nicht der Postbote sein.

Evan ist in seinen Comic vertieft. Vorsichtig schleiche ich zur Tür und spähe durch den Spion.

Draußen steht Michael.

Ich muss mich zusammenreißen, um das Schlüsselloch zu finden, konzentriere mich auf meine Hände und will nicht zulassen, dass sie zittern, als ich die Tür öffne und meinem Exmann gegenüberstehe.

»Morgen, Victoria«, grüßt er verlegen. Er trägt Khakishorts und ein frisch gebügeltes, gelb-grün gestreiftes Oberhemd von Brooks Brothers, sieht aus, als wäre er einem Modemagazin für Herren entsprungen: Topverdiener, auf lässig getrimmt.

»Ist mit Chelsea alles in Ordnung?«, frage ich, weil mir etwas anderes nicht einfällt.

Er nickt, räuspert sich und verlagert sein Gewicht von einem braunen Mokassin auf den anderen. Er ist nervös. Ich kenne meinen Exmann gut genug, um so etwas sofort zu spüren. Aber warum ist er nervös?

»Ich habe über deine Worte nachgedacht«, erklärt er unvermittelt. »In Bezug auf Evan und die Hochzeit.«

»Was habe ich denn gesagt?«

»Du weißt schon. Chelsea vermisst ihren Bruder. Sie fände es unfair, wenn er bei der Hochzeit nicht dabei wäre. Wenn er ausgeschlossen würde, will sie kein Blumenmädchen sein.«

Charmant, wie Michael errötet und damit zugibt, dass er von einer Sechsjährigen ausmanövriert worden ist und klein beigegeben hat. Ich habe ihn immer nur vor den Kopf gestoßen und bin nie wirklich an ihn herangekommen.

Er hebt die Schultern an. »Kann ich reinkommen, Victoria? Mit Evan sprechen? Vielleicht reden wir zu dritt miteinander.«

Ich stehe immer noch in der Tür und versperre ihm den Weg ins Haus, das früher unser Zuhause war. Obwohl ich ihn immer gebeten habe, seinen Sohn zu besuchen, wünschte ich jetzt, er wäre nicht gekommen. Sein plötzliches Auftauchen wird Evan irritieren, und mit unserem glücklichen Vormittag wäre es vorbei. Ich habe die vergangenen zwei, drei Stunden genossen und will nicht, dass es damit schon zu Ende ist.

Zu spät. Ich höre Schritte hinter mir. Evan ist neugierig geworden und kommt in den Flur. Offenbar hat er seinen Vater schon erkannt, denn seine Schritte brechen ab. Ich drehe mich um, gefasst darauf, dass mir der Junge wieder aus dem Ruder läuft.

»Daddy? Daddy. *Daddy!*«

Evan fliegt herbei und wirft sich ihm in die Arme, so ungestüm, dass er Michael fast umrennt. Dann greift er nach seinen Händen und dreht ihn im Kreis herum, zerrt und zappelt und ruft in einem fort: »DaddyDaddyDaddy-DaddyDaddyDaddy …«

Michael wirft mir einen verunsicherten Blick zu. Ich zucke mit den Achseln. Einen Jungen wie Evan sollte man nicht überraschen. Michael lässt ihn gewähren. Sein Sohn tanzt kreischend und auf Zehenspitzen um ihn herum, zupft an seinem Hemd, stupst ihn an und reagiert sich ab. Als er endlich halbwegs zur Ruhe kommt, tätschelt Michael seine Schulter und sagt: »Hey, du bist groß geworden.«

»Und wie. Ich bin RIESIG.«

»Und kräftig.«

»GUCK MAL, MEINE MUSKELN«, brüllt Evan und wirft sich in Bodybuilder-Pose.

»Evan«, sage ich möglichst unaufgeregt. »Das Planschbecken ist voll. Möchtest du deinem Vater unseren neuen Pool zeigen?«

Die Idee gefällt ihm. Auf Zehenspitzen – ein sicheres Zeichen für seine Erregung – trippelt er los, durchs Wohnzimmer und auf die Schiebetüren zu. In seinem Übereifer vergisst er, die Türen aufzuschieben, prallt mit voller Wucht gegen die Glasscheibe und geht zu Boden. Sofort fängt seine Nase zu bluten an. Er schlägt die rechte Hand vors Gesicht, steht auf und versucht ein zweites Mal, durch die geschlossene Glastür zu springen. Diesmal bleibt er benommen am Boden liegen.

»Um Himmels willen«, stöhnt Michael. Immerhin nimmt er nicht gleich Reißaus, sondern stellt sich der Situation.

Wir fallen in alte Muster zurück, Rituale, die so fest eingefahren sind, dass sie ganz natürlich ablaufen. Ich, die Mutter, gehe vor Evan in die Hocke, sage ihm tröstende Worte und untersuche den Schaden. Michael, der Macher, holt Eis aus der Küche und kühlt seinem Sohn damit die Nase. Wie in einem Déjà-vu finde ich mich in die Zeit zurückversetzt, als wir uns noch gemeinsam um unsere Kinder gekümmert und unsere kleinen Kriege geführt haben. Er hat sich inzwischen daraus zurückgezogen. Wer wollte es ihm verdenken?

Evan weint nicht. Der unerwartete Besuch seines Vaters hat ihn so aufgewühlt, dass er gar nicht weiß, wie ihm geschieht. Seine Emotionen kreisen um einen fernen Stern, und im Weltall gibt es keine Tränen. Nur schwarze Löcher.

Wir müssen dafür sorgen, dass er in sein Planschbecken kommt, wo er sich austoben kann. Vielleicht lässt er sich aus seinem Orbit herunterholen, ohne dass er sich und uns wehtut.

»Alles okay, Schatz?«

»Ja«, antwortet er mit belegter Stimme. Wahrscheinlich schmeckt er Blut im Mund. Ich öffne die Tür, und tatsächlich tritt er auf die Veranda hinaus. Doch plötzlich bleibt er stehen, dreht sich um und spuckt blutigen Rotz aus.

Es stört mich nicht weiter. Ich habe schon Schlimmeres gesehen.

Michael führt ihn zum Planschbecken. Evan steigt ins Wasser. Michael holt das mit Eiswürfeln gefüllte Handtuch, betupft seine Nase damit und wischt ihm den Schmier aus dem Gesicht. Die Nase wird dem Jungen zu einem Riesenzinken anschwellen. Aber auch da habe ich schon Schlimmeres gesehen.

»Super-Soaker!«, kreischt er, schnappt sich eine der beiden Wasserpistolen und richtet sie auf seinen Vater. Ich rechne damit, dass Michael protestiert und in Deckung geht, um sein frisch gebügeltes Hemd zu schützen. Stattdessen aber greift er zu der anderen Wasserpistole. Ich ziehe mich ins Haus zurück und schaue aus sicherer Entfernung zu, wie sich die beiden während der nächsten zehn Minuten bespritzen.

Vielleicht hat die Wasserschlacht zwischen Vater und Sohn therapeutische Wirkung. Vielleicht ist es genau das, was die beiden brauchen. Evan kommt von seinen Zehenspitzen herunter und setzt den vollen Fuß auf. Aus seinem schrillen Gekreische wird allmählich das fröhliche Lachen eines kleinen Jungen. Alles scheint sich zum Guten zu wenden. Vielleicht habe ich heute einmal Glück.

Michael ist bis auf die Haut durchnässt. Lachend gibt er sich geschlagen. »Du bist wirklich stark geworden«, sagt er. »So, und ich geh jetzt in die Sonne, damit ich wieder trocken werde.«

Evan zögert. Er scheint zu fürchten, sein Vater würde wieder verschwinden, doch als er sieht, dass Michael drei Schritt entfernt am Rand der Veranda stehen bleibt, entspannt er sich und fängt an, mit seinen Feuerwehrautos zu spielen. Ich gehe hinaus und stelle mich neben Michael.

»Er hat sich beruhigt«, sagt er leise. »Kommt mit seinen Emotionen anscheinend besser klar, als ich dachte.«

»An manchen Tagen, ja«, erwidere ich.

»Und an anderen?«

»Muss ich ihm Ativan verabreichen. Letzte Woche insgesamt fünfmal.«

Michael sieht mich an. Zur Abwechslung wirkt er weder distanziert noch verärgert. Er macht vielmehr einen müden Eindruck und sieht so aus, wie ich mich fühle. Vielleicht projiziere ich auch nur. »Ich bin nicht gekommen, um zu streiten«, hebt er an, so natürlich und selbstverständlich, dass ich mich zusammenreiße. »Wie immer, du entscheidest, ich werde es akzeptieren, Victoria. Du bist Evans Mutter und weißt am besten, was gut für ihn ist.«

»Was gut für ihn ist?«, wiederhole ich begriffsstutzig.

»Na klar. Aber, Victoria …« Er hebt wieder die Hände. »Im Ernst, du mutest dir zu viel zu. Auf einen guten Tag kommen ein halbes Dutzend, die über deine Kraft gehen. Es kommt zwangsläufig immer wieder zur Explosion, und du musst anschließend die Scherben wegräumen. Hast keine Zeit mehr für dich selbst oder deine Tochter. Du fehlst ihr. Eine Sechsjährige braucht ihre Mom öfter als einmal die Woche für ein, zwei Stunden.«

»Ich dachte, du wolltest nicht streiten.«

Michael lässt seufzend die Hände fallen. »Ich suche nach einer Lösung. Chelsea zuliebe. Evan zuliebe. In unser aller Interesse.«

»Irgendwelche Vorschläge?«

»Chelseas Therapeutin meint –«

»Chelsea macht eine Therapie?«

Michael scheint verunsichert. »Natürlich. Das ist Teil der Scheidungsvereinbarungen.«

»Ich wusste nicht … Ich dachte, du hieltest nichts von Therapien.«

»Mein Gott, Victoria, für wie verstockt hältst du mich?« Seine Stimme wird härter. Evan blickt aus seinem Planschbecken angespannt zu uns auf und scheint sich auf einen Angriff vorzubereiten. Für wen würde er Partei ergreifen? Für seinen Vater natürlich, kein Zweifel.

Michael winkt mit der Hand ab. »Keine Sorge, Kumpel. Ich erzähle Mom bloß eine Geschichte von der Arbeit. Was meinst du, vielleicht könnte das Feuerwehrauto auf der Veranda ja dem Löschzug zu Hilfe kommen?«

Gehorsam steigt Evan aus dem Becken und holt sich den kleineren Leiterwagen. Michael nimmt das Gespräch mit mir wieder auf.

»Dr. Curtin, die Therapeutin, schlägt vor, dass ich Evan mit ihr bekannt mache. Wenn er Vertrauen zu ihr fasst, soll auch Chelsea dazukommen. Die beiden könnten einander besuchen, auf neutralem Boden, wo sich beide sicher fühlen.«

Ich weiß nicht, was ich sagen soll. »Wann? Wie oft?«

Michael zuckt mit den Achseln. »Es müsste an den Wochenenden sein, denn für Chelsea geht ja die Schule los. Ich dachte an zweimal im Monat, samstags oder sonntags alle vierzehn Tage. Eine Stunde oder so, je nachdem, wie es läuft.«

»Und wenn es nicht gut läuft? Wenn Evan einen Anfall bekommt?«

Wieder zuckt Michael mit den Achseln, hilflos und unschlüssig, wie es scheint.

»Ich glaube nicht«, entgegne ich, »dass es den beiden guttäte, wenn wir sie zusammenbringen würden, nur um sie anschließend wieder auseinanderzureißen.«

»Da stimme ich dir vollkommen zu, aber wir hätten in Dr. Curtin eine professionelle Begleitung, die intervenieren könnte. Nun, wir können's versuchen oder bleibenlassen. Wir haben die Wahl.«

Ich muss darüber nachdenken. Er hat natürlich recht. Für ein Kind wie Evan kann man keine Garantien geben. Wir können nur hoffen, aber manchmal weiß ich selbst nicht mehr, worauf eigentlich.

Michael mustert seine Schuhspitzen. »Ich wäre bei diesem Treffen auch dabei.«

»Am liebsten sieht er sich das Programm des History Channel an«, höre ich mich sagen. »Er weiß fast alles, was man über die alten Römer wissen kann. Geschichtszahlen, berühmte Feldherren, sämtliche großen Schlachten – all das sagt er dir wie am Schnürchen auf. Evan ist gescheit. Er ist unglaublich gescheit. Und unglaublich einsam.«

»Ich weiß.«

»Wie … wie war es dir überhaupt möglich, uns im Stich zu lassen?«

»Auch Chelsea braucht Hilfe. Sie ist verstört, traumatisiert und hat schreckliche Angst davor, eines Morgens aufzuwachen und ebenso gewalttätig und wütend zu sein wie ihr Bruder. Für ein kleines Mädchen ist das zu viel, Victoria. Solange sie hier wohnte, war sie überfordert. Es drehte sich ja doch alles nur um Evan. Chelsea braucht genauso viel Aufmerksamkeit.«

Er spricht ganz nüchtern und sachlich. Umso schwerer fällt es mir, seinen Worten zu folgen.

»Und wie steht Melinda zu alldem?«, frage ich.

Er wird steif, als ich ihren Namen erwähne, weicht aber nicht vom Fleck. »Meine Kinder sind ihre Kinder. Das hat sie begriffen.«

»Du willst also noch mal von vorn anfangen. Eine zweite Familie gründen. Ist sie jung? Möchte sie Kinder haben? Hast du Angst davor?«

Er schaut mir ruhig in die Augen. »Ja, sie will Kinder haben. Und ja, ich habe Angst davor.«

»Das ist nicht fair«, flüstere ich.

»Nein, Victoria, das ist es wirklich nicht.« Er zögert. Ich glaube schon, er würde noch etwas sagen, vielleicht dabei meine Wange berühren. Aber der Moment verstreicht.

Ich kann ihn nicht mehr ansehen, starre auf die Bodendielen und verbiete mir, in Tränen auszubrechen. Es geht schließlich nicht um mich, sondern um Evan. Darum, dass er seine Schwester wiedersieht. Und auch seinen Vater. Evan und seine Schwester haben Anspruch darauf, Teil einer Familie zu sein.

»Ich bringe ihn zu dieser Therapeutin und werde auch selbst mit ihr sprechen«, sage ich. »Wenn das dazu führt, dass Evan und Chelsea einander wieder treffen können, bin ich gern dazu bereit.«

»Danke dir.«

»Ich danke dir«, erwidere ich in Evans Namen. Mehr kommt mir nicht über die Lippen, denn mir steckt ein Kloß im Hals. Außerdem will ich nichts Dummes sagen wie zum Beispiel: *Auch ich fühle mich einsam.* Oder schlimmer noch: *Ich liebe dich noch immer.*

Michael geht auf Evan zu und verabschiedet sich von ihm, was bei unserem Jungen gar nicht gut ankommt. Michael handelt einen Kompromiss mit ihm aus. Sie einigen sich darauf, die Wasserschlacht für einen Moment fortzusetzen, und wenn Michael dann gegangen ist, darf sich Evan vor die Glotze setzen und eine Sendung im History Channel ansehen.

Die beiden greifen wieder zu den Wasserpistolen. Ich

gehe nach oben ins Badezimmer, spritze mir Wasser ins Gesicht und sehe meine zerstrubbelten Haare, die Bluse voller Blut und Grasflecken auf den Knien. Egal. Michael und Melinda, Melinda und Michael, zwei Turteltauben im hohen Baum. Und wie sie sich schnäbeln!

Unten betreten Michael und Evan das Wohnzimmer, beide mit hochroten Wangen und patschnass.

»Was meinst du?«, fragt Michael seinen Sohn. »Darf ich dich noch mal besuchen?«

Evan betrachtet ihn nachdenklich. »Du hast uns verlassen.«

»Ich war nur länger weg als geplant«, entgegnet Michael.

»Verlassen.«

»Aber jetzt bin ich hier.«

»Verlassen.«

Michael lenkt ein. »Okay, Kumpel, ich bin gegangen, und das tut mir jeden Tag aufs Neue leid. Du fehlst mir so. Deshalb bin ich hier –«

»Verlaaaassen«, singt Evan.

»Wieder hier«, korrigiert Michael. »Ich wohne hier nicht mehr, Evan. Ich kann nicht bleiben, aber immer wiederkommen.« Er schaut mich hilfesuchend an.

»Er kann uns jederzeit besuchen, Evan«, bestätige ich.

Evan scheint uns nicht zu glauben, ist aber sichtlich müde geworden. Er will sich jetzt vom Fernseher einlullen lassen. Also schalte ich den Apparat ein und eskortiere meinen Exmann zur Haustür.

Er gibt mir einen leichten Kuss auf die Wange und geht, ohne ein Wort zu sagen.

Ich stehe noch lange in der Tür, die Hand an die Wange gelegt, als würde ich ihn dort festhalten können. Ich dachte immer, wenn es so weit ist, passiert es mitten in der Nacht. Evan würde komplett durchdrehen und ich durch den Flur oder die Treppe hochrennen, womöglich stürzen, jedenfalls nicht schnell genug davonkommen. Mit Schaum vorm Mund wäre mein Sohn plötzlich über mir. Aber es kommt ganz anders.

Ich sitze neben Evan auf dem Sofa. Den Mund halb geöffnet, stiert er auf den Fernseher. Alle Anzeichen sprechen dafür, dass er im TV-Koma liegt. Ich kann mich entspannen. Auch ich bin müde. Vielleicht spendiere ich ihm später ein Eis. Vielleicht können wir es noch einmal wagen, nach draußen zu gehen.

Plötzlich spüre ich ein Piksen, einen Schmerz in der Seite. Ich greife mit der Hand an die Stelle, um mich zu jucken, und stoße auf ein Messer, das zwischen meinen Rippen steckt. Mein Sohn hält den Griff umklammert. Und mein Sohn, mein wunderschöner Sohn, schaut mich an.

»Auch du, mein Sohn …«, feixt er.

In dem Moment, da ich das Schwarze seiner Augen sehe, dämmert es mir. Ich glaube zu wissen, warum er so ruhig wirkt. In seinem Inneren herrscht kein Aufruhr mehr. Er hat sich dem Phantom ergeben. Er hat es gewinnen lassen.

Fassungslos starre ich auf das Schälmesser, auf mein Blut, das von seinen dünnen, bleichen Fingern auf den Wildlederbezug des Sofas tropft. Der Schmerz macht sich jetzt erst richtig bemerkbar, heiß und flammend, nicht nur oberflächlich. Es sind auch irgendwelche Organe betroffen, wie ich spüre. Mir wird schwindlig.

So ein schöner Tag, denke ich. *Dass es ausgerechnet an einem so schönen Tag passiert.*

Ich schaue meinen Sohn an und tue, was jede Mutter tun würde.

Ich ergreife seine blutige Hand und sage, ehe es dunkel um mich wird: »Keine Sorge. Es wird alles wieder gut, Evan. Ich liebe dich. Ich werde dich immer lieben.«

26. Kapitel

Danielle

Ich war beurlaubt, hatte also auf der Station nichts mehr zu suchen. Man riet mir, nach Hause zu gehen, zu duschen, etwas Ordentliches zu essen und die nächsten achtundvierzig Stunden im Bett zu verbringen. Aber das kam für mich natürlich nicht in Frage.

Ich hielt mich in der Verwaltung auf, erledigte ausstehende Schreibarbeit und machte mich dann schweren Herzens daran, die letzten Stunden Lucys zu Papier zu bringen. Minutiös protokollierte ich alles, was während meiner Dienstzeit passiert war, so etwa meinen Arztbesuch auf der allgemeinen Station, Jorges Wutausbruch und die Ankunft der Detectives. Die richterliche Anordnung, die Auslieferung der Akten, meinen Weg in die Küche und den kurzen Besuch in Lucys Zimmer. Ich beschrieb, in welcher Verfassung sie gewesen war und dass sie ihren Katzentanz im Mondlicht aufgeführt hatte, vergaß auch nicht zu erwähnen, Papier in den Kopierer nachgeladen, auf die Fragen der Detectives geantwortet und schließlich, als Greg Alarm geschlagen hatte, mit einem eilig aufgestellten Suchtrupp das ganze Krankenhaus durchkämmt zu haben. Ich ging meinen Text immer wieder durch, ergänzte hier und da und formulierte manches um.

Aber die Nacherzählung machte es mir kein bisschen leichter, das Geschehene zu verkraften. Die dumpfe Benommenheit, die man nach solchen Tragödien meistens erfuhr, wollte sich bei mir einfach nicht einstellen. Wir hatten auf der Station noch nie ein Kind verloren. Es hatte Suizidversuche gegeben, und wir wussten von tragischen Verläufen im Anschluss an unsere stationäre Behandlung; aber dass ein Kind unter unserer Obhut gestorben war – so etwas hatte es noch nie gegeben. Ich war aufgewühlt, und meine Brust fühlte sich an wie zusammengeschnürt. Weinen konnte ich nicht. Das letzte Mal hatte ich geweint, als mir als jungem Mädchen bewusst geworden war, dass Tränen zu viel und gleichzeitig zu wenig waren, um den Verlust einer Familie zu betrauern.

Also arbeitete ich weiter an meinem Bericht. Als ich damit fertig war, holte ich Lucys Filzkugel aus der Tasche und tackerte sie in die obere rechte Ecke des ersten Blattes.

Acht Uhr morgens. Die Kinder waren aufgestanden, die Sonne schien durch die Fenster, und vor den Türen standen die neuen Sicherheitsposten.

Ich ging nach unten in die Cafeteria und wartete dort auf Karen.

Es war schon nach neun, als Karen endlich aufkreuzte. Sie kam vom Eingang der Cafeteria direkt auf mich zu. Die randlose Brille saß auf der Nasenspitze, und das aschfarbene Haar war unordentlich nach hinten gesteckt. Sie sah aus, als hätte man sie gerade aus dem Bett geholt. Trotzdem war sie ganz die Chefin, bewegte sich entsprechend forsch und fixierte mich fest mit ihrem Blick. Sie leitete den Pflegedienst unserer Station nun schon seit über zwölf Jahren, und ich konnte mir keine geeignetere Person auf diesem Posten vorstellen.

Sie rückte sich einen Stuhl zurecht, legte den obligatorischen Stapel Akten, den sie immer bei sich zu haben schien, auf dem Tisch ab und schob mit dem Zeigefinger die Brille über den Nasenrücken zurück. Sie blickte auf den Bagel, den ich noch nicht angerührt hatte. »Soll ich dir noch einen holen?«, fragte sie und deutete auf meine leere Tasse.

Ich schüttelte den Kopf. Noch mehr Kaffee konnten weder meine Nerven noch mein Magen vertragen.

Sie ging zum Buffet, belud sich ein Tablett und kam zu mir zurück. Sie hatte eine Banane, einen Muffin und einen dampfenden Becher Tee. Dass sie hier mit mir frühstückte, war eine freundliche Geste. In der Küche unserer Station hätte sie das Gleiche umsonst bekommen. Aber in einer Cafeteria einander gegenüberzusitzen war etwas anderes. Man brach gewissermaßen gemeinsam das Brot.

Karen schälte ihre Banane. Ich zwang mich zu einem Bissen von meinem Bagel. Und weil ich es nicht länger aushalten konnte, ergriff ich das Wort.

»Du weißt, dass ich keinem unserer Kinder jemals etwas zuleide tun könnte«, platzte es aus mir heraus. »Ich habe Lucy nichts getan, das weißt du.«

»Wie kann ich das wissen?«, entgegnete Karen, und ich spürte, wie sich mein Magen zusammenkrampfte. Sie fuhr fort: »Aber natürlich glaube ich dir. Wenn man mich fragt, werde ich sagen, dass du einem Kind niemals vorsätzlich Schaden zufügen würdest.«

Ich nickte dankbar. »Was passiert ist, kann ich mir nicht erklären«, flüsterte ich.

»Ich auch nicht. Die Polizei wird es hoffentlich herausfinden.«

»Wer wird sich jetzt um sie kümmern?« Ich meinte Lucys Leiche.

»Keine Ahnung«, antwortete Karen. »Gegen ihre Pflegeeltern läuft ein Verfahren wegen Kindesmisshandlung. Die werden wohl kaum für die Beisetzung sorgen. Wie wird in solchen Fällen verfahren? Übernimmt das der Staat? Die Situation ist neu für mich.«

»Vielleicht sollten wir ihre Bestattung ausrichten«, sagte ich spontan. »Unsere Kinder haben dann die Gelegenheit, sich von ihr zu verabschieden.«

»Danielle, Lucy war nur wenige Tage bei uns. Und die anderen Kinder hatten nichts mit ihr zu tun. Sie wissen noch gar nicht, dass sie tot ist.«

»Was willst du ihnen sagen?«

»Wenig. Wie gesagt, sie haben kaum Kontakt miteinander gehabt. Wenn Fragen gestellt werden, werde ich natürlich darauf antworten. Aber ich wette, es wird kaum Fragen geben.«

Ihre Worte deprimierten mich noch mehr. Ich ließ die Schultern hängen. »Es ist schrecklich«, murmelte ich. »Sie war ein Kind, ein neunjähriges Mädchen, und nun ist sie tot, und niemand vermisst sie. Was für eine Schande!«

»Ich vermisse sie«, entgegnete Karen. »Und auch du vermisst sie.«

Meine Augen brannten. Ich starrte auf den blauen Linoleumboden.

»Geh nach Hause«, sagte Karen. »Ruh dich aus oder weine oder meditiere. Tu, was immer dir hilft, dich ein wenig zu entspannen. Du bist eine außergewöhnlich gute Krankenschwester, Danielle. Und ein guter Mensch. Du kommst darüber hinweg.«

»Ich will arbeiten.«

»Ausgeschlossen.«

»Ich brauche die Kinder. Indem ich mich um sie kümmere, kümmere ich mich um mich selbst.«

»Ausgeschlossen.«

»Auch wenn ich bloß Aufsicht führe. Außerdem könnte ich Schreibkram nachholen. Ich werde niemandem in die Quere kommen. Versprochen.«

»Danielle, gleich wird die Polizei wieder da sein. Es wäre besser, du gehst jetzt nach Hause und nimmst Kontakt zu einem guten Anwalt auf.«

»Aber ich habe doch –«

Karen hob eine Hand. »Du solltest jetzt nur an dich denken, Danielle. Wir, die Kinder und das ganze Team, stehen hinter dir.«

Ich wollte nicht hören, was sie sagte, wischte mir über die Augen und starrte noch fester auf den Boden.

»Es wird zwei Personalsitzungen geben«, fuhr Karen fort.

»Eine um zwei für die Tagesschicht, die andere um elf heute Abend für die Nachtschicht. Wenn du dabei sein möchtest, bist du herzlich willkommen. Wir müssen uns darüber verständigen, welche Maßnahmen zu ergreifen sind, damit es nie wieder zu einem solchen Vorfall kommt. Außerdem werde ich dafür sorgen, dass mit allen Kollegen, die es wünschen, therapeutische Gespräche geführt werden. Auch du solltest von dieser Möglichkeit Gebrauch machen.«

Ich nickte. Sie warf mir einen Knochen hin. Ich nahm ihn an.

Die Tür ging auf, und Greg kam herein. Er ging auf mich zu, zögerte aber, als er Karen erkannte. Doch auch sie hatte ihn schon bemerkt. Es schien fast, als habe sie auf ihn gewartet.

Sie griff nach ihren Akten.

»Pass gut auf dich auf«, sagte sie und ging an Greg vorbei zur Tür. Er kam auf mich zu, machte aber keine Anstalten, sich zu mir zu setzen. Er blieb vor mir stehen.

»Komm, nach Hause«, sagte er.

»Ich kann nicht einmal den Gedanken daran ertragen«, entgegnete ich.

»Nicht zu dir nach Hause, Danielle. Zu mir.«

Ich folgte ihm.

Greg teilte sich mit zwei gleichaltrigen Männern eine Vierzimmerwohnung in einem großen, nachträglich parzellierten Einfamilienhaus mit Bodendielen, drei Meter hohen Decken und hübschen Erkerfenstern. Es sah vernachlässigt aus, wie eine in die Jahre gekommene Matrone, die zwar noch kräftige Knochen hatte, aber welke Haut. Ich kommentierte die aufwendigen Stuckverzierungen, aber Greg zuckte nur mit den Achseln. Mit Architektur hatte er offenbar nichts am Hut.

Seine Mitbewohner waren außer Haus. Wahrscheinlich unten am Fluss, murmelte er. Am Charles River würde es heute sehr viel erträglicher sein als in der heißen, stickigen Stadt. Greg führte mich durch die Wohnung und schaltete die Kühlaggregate über den Fenstern ein. Trotzdem waren wir ins Schwitzen geraten, als wir das Ende des Flures erreicht hatten.

Er öffnete die letzte Tür und bat mich einzutreten. »Mein Reich«, sagte er.

Es war aufgeräumter als vermutet. Keine Handtücher oder schmutzige Wäsche auf dem Boden verstreut. Das Mobiliar entsprach der Standardeinrichtung einer Studentenbude. Eine große Matratze ohne Bettgestell. Eine alte Billigkommode, leicht verzogen und mit einem fehlenden Holzknauf. Ein dazu passender Schreibtisch, ein wenig zu klein für einen so großen Kerl wie Greg, davor ein schwarzer Bürosessel.

Keine Poster an den Wänden. Keine Familienfotos auf der Kommode. Die Wände waren cremefarben, auf dem Bett lag eine dunkelgrüne Tagesdecke, und vor den Fenstern hingen hellbraune Vorhänge. Das war alles, Gregs Bleibe eine Notlösung, ein Ort, an dem man allenfalls nach einem Absturz landete.

Ich schaute ihn an, und mir wurde zum ersten Mal bewusst, dass ich ihn eigentlich kaum kannte.

»Kein Foto von der Freundin auf dem Nachttischchen?«, fragte ich.

»Kein Nachttischchen«, antwortete er. »Keine Freundin.«

»Familie?«

»Eine Schwester in Pennsylvania.«

»Davon hast du nie erzählt.«

»Du hast nie danach gefragt.«

Zugegeben, ich hatte nie Interesse an ihm gezeigt. Weder an ihm noch an sonst irgendjemandem, was vor allem daran lag, dass mir meine persönliche Geschichte immer vorauseilte. Ich sah es den Mienen derer an, denen ich vorgestellt wurde. *Oh, sie ist also diejenige, deren Vater Amok gelaufen ist und nur sie verschont hat.* So kam ich eigentlich nie dazu, mich für andere zu interessieren. Man interessierte sich für mich und wollte von mir, dass ich die Gerüchte, die im Umlauf waren, bestätigte.

»Siehst du sie manchmal?«, fragte ich. »Deine Schwester?«

»Immer weniger. Ehrlich gesagt, in letzter Zeit gar nicht mehr.«

»Warum nicht?«

Er hob die Schultern an. »Zu viel Arbeit, vermute ich.« Er stellte seinen Matchbeutel vor die Wand. Befangen schauten wir einander an. Es war irritierend, die Matratze in der Nähe zu wissen.

»Nicht gerade viel Deko«, sagte ich nach längerem Schweigen.

»Ja.«

»Für lange hast du dich hier nicht eingerichtet, oder?«

»Bin nur zum Schlafen hier«, antwortete er. »Ich habe zwei Jobs und spare auf ein eigenes Haus. Ich möchte eines mit Zaun drum herum, einem Hündchen, einer Frau und zwei Komma zwei Kindern. Das ist mein Ziel. Hier bin ich nur vorübergehend.«

Ich sagte nichts. Ein schöner Traum, der zu ihm passte. In der Gegend herumzuvögeln kam für ihn kaum in Betracht. Das war eher meine Art, nicht seine.

Greg räusperte sich. »Hast du Durst?«

»Ja.«

Wir gingen in die Küche. In der Spüle stapelte sich schmutziges Geschirr. Die Anrichte hätte mal gründlich abgewischt werden können. Greg gab einen missbilligenden Laut von sich. Vermutlich hatten seine Mitbewohner den ganzen Dreck hinterlassen. Er öffnete einen riesigen Kühlschrank und holte eine Gatorade und eine Cola Light heraus. Mir gab er die Coke.

»Kein Rum dazu?«, fragte ich halb scherzhaft und nahm einen ersten kalten Schluck.

Er sah mich kurz an, öffnete dann noch einmal den Kühlschrank und reichte mir eine Flasche Captain Morgan, widerwillig, wie es schien, und als wollte er fragen: Willst du dich wirklich kaputtmachen?

Ich gab ihm die Flasche ungeöffnet zurück. Er stellte sie auf dem Kühlschrank ab. Ich trank meine Dose leer, er seine Gatorade. Wir schwiegen.

»Ich schlafe auf der Couch«, sagte er. »Du hast mein Schlafzimmer für dich. Es dürfte inzwischen kühl genug darin sein. Ich hole dir frische Bettwäsche.«

»Du hast mich zu dir nach Hause gebracht und willst alleine schlafen?«, fragte ich.

Er antwortete ruhig: »Ich bin nicht dein Vater, Danielle. Ich werde dich nicht ficken.«

Ich schlug ihn, so hart, dass nicht nur er erschrak, sondern auch ich. Meine Faust war auf seinem Kinn gelandet, und obwohl mir die Knöchel wehtaten, wackelte er nicht einmal mit dem Kopf. Also schlug ich ein zweites Mal zu, in die Magengrube, doch dieses athletische Miststück zeigte wieder keinerlei Reaktion.

Jetzt kannte ich kein Halten mehr und drosch wie wild auf ihn ein, blindlings, beidhändig. Er rührte sich nicht. Ich kam mir vor wie eine tollwütige Taube, die gegen eine Marmorstatue flattert.

»Ich hasse dich, ich hasse dich, ich hasse dich!«, hörte ich mich schreien.

Ich versuchte, ihm mein Knie zwischen die Beine zu rammen, was er im letzten Moment verhindern konnte. Dann packte er mich bei den Handgelenken und drängte mich gegen die Wand. Jetzt war ich in seiner Gewalt. Ich hatte ihm nichts entgegenzusetzen.

Er beugte sich herab, so nah, dass ich die Schweißperlen auf seiner Oberlippe zählen konnte. Seine Augen waren dunkelbraun. Schokolade mit einem goldenen Ring rund um die Pupillen.

Er wollte mich küssen. In meiner Wut wusste ich nicht, ob ich den Kuss erwidern oder ihm in die Lippen beißen sollte.

»Ich werde dich nicht ficken«, wiederholte er.

»Schwein!«

»Ich werde dich jetzt loslassen. Dann gehst du in mein Zimmer, legst dich ins Bett und schläfst. Verstanden?«

»Arschloch!«

»Fühlst du dich jetzt besser?«

Ich knurrte. Er hielt mich immer noch gepackt. Wir standen so eng beieinander, dass ich seine Erektion spüren konnte. Er wollte mich. Und dieses Wissen verlieh mir ein Gefühl von Macht, das ich schon lange nicht mehr gespürt hatte. Ich drückte mich an ihn und ließ meine Hüfte kreisen.

Die goldenen Pupillenringe zogen sich zusammen. Auf der Oberlippe traten noch mehr Schweißperlen zum Vorschein.

Ich hob mein rechtes Bein und schlang es um seine Hüfte. Sportlehrer Greg zu vögeln war vielleicht eine geeignete Maßnahme, um das schwarze Chaos in mir eine Zeit lang auszublenden.

Er senkte den Kopf. Seine Lippen schwebten über meinen. Ich presste ihm den Unterleib entgegen, bis ich seine Erektion genau da spürte, wo ich sie haben wollte, und bewegte mich, langsam und leicht, dann immer schneller und mit zunehmendem Druck.

Er fing an zu keuchen. Ich stöhnte leise. Wir rührten uns nicht vom Fleck. Es lief auf einen Trockenfick hier in der Küche hinaus. Danach würde ich mir einen Schluck aus der Rumflasche genehmigen, das Weite suchen und in meine Wohnung zurückkehren.

Doch dann hatte ich, Herr im Himmel, wieder Lucy

vor Augen und sah ihren schmächtigen Körper von der Decke baumeln. Ich wollte laut aufschreien, ich musste schreien, den Schrecken aus mir herausbrüllen. Wenn es denn helfen könnte. Aber es würde nicht helfen. Meine Mutter, Natalie, Johnny. Lucy.

Ich prügelte wieder auf Greg ein. Schwächer als vorhin. Müde. Er stand wie eine Säule da, an der ich schließlich Halt suchte. Ich vergrub mein Gesicht in der schweißnassen Wölbung zwischen Hals und Schulter.

Greg hob mich vom Boden auf und trug mich durch den Flur in sein Zimmer. Er brachte mich ins Bett.

»Versuch zu schlafen.«

Er zog die Tür hinter sich zu. Es war stockdunkel. Ich glaubte, wieder Schießpulver und Blut zu riechen. Aber diesmal war ich es, die die Pistole in der Hand hielt und neben dem Bett meiner Mutter stand.

»Du hast versprochen, mir zu helfen. Du hast gesagt, du würdest mich vor ihm in Schutz nehmen.«

»Danielle …«

»Du hast gesagt, du würdest mir glauben.«

»Danielle …«

Die Haustür fällt ins Schloss. Mein Vater torkelt betrunken die Treppe hinauf »Herzchen, ich bin wieder da.«

Ich hebe die Waffe.

»Danielle!«

Schießpulver und Blut. Singen und Schreien. Liebe und Hass.

Die Geschichte meines Lebens.

Ich riss die Augen auf.

Ich lag auf Gregs Matratze, in mich zusammengerollt und von kühler Dunkelheit umgeben. An Schlafen war nicht mehr zu denken.

Ein Telefon läutete irgendwo in der Wohnung und weckte mich aus meiner Lethargie. Ich stand auf, setzte vorsichtig einen Fuß vor den anderen und vergewisserte mich, dass mich meine Beine trugen.

Als ich die Schlafzimmertür öffnete, hörte ich Gregs tiefen Bariton aus dem Wohnzimmer tönen.

»Ja, ich komme. Wann wird er eingeliefert? Was soll geschehen?«

Er sprach mit Karen. Es ging um ein Kind, das auf der Station erwartet wurde, und aus irgendeinem Grund wollte die Stationsleiterin Greg während der Aufnahme dabeihaben.

Ich ging ins Wohnzimmer, um mich bemerkbar zu machen. Er kam offenbar gerade vom Duschen; seine dunklen Haare waren noch feucht, und er hatte ein dunkelblaues Handtuch um die Hüfte geschlungen. Ich starrte auf seinen gebräunten, muskulösen Oberkörper und spürte, wie mir der Mund trocken wurde.

Ich zog mich ins Badezimmer zurück, wo ich mir kaltes Wasser ins Gesicht spritzte und auf klare Gedanken zu kommen versuchte. Greg war Greg. Greg war immer schon Greg gewesen.

Ich hatte mir jedoch bislang nie träumen lassen, wie gut er aussah, unter seiner Kleidung.

Als ich ungefähr eine Minute später das Badezimmer

verließ, stand Greg im Flur. Er trug jetzt eine kurze Turnhose und ein weißes Polohemd.

»Karen hat angerufen«, erklärte er. »Ich muss sofort los. Wenn du willst, kannst du hierbleiben. Meine Mitbewohner kommen wahrscheinlich erst am Abend zurück.«

»Wie spät ist es jetzt?«

»Vier Uhr am Nachmittag.«

Ich krauste die Stirn, verwundert darüber, dass ich am Ende wohl doch lange geschlafen hatte.

»Was gibt's?«, fragte ich.

»Ein neuer Patient, ein Junge«, antwortete er und griff nach seinem Matchbeutel. Ich folgte ihm ins Schlafzimmer.

»Warum du?«

»Er ist gewalttätig. Karen fühlt sich wohler, wenn ich zur Stelle bin.«

»Was hat er getan?«

»Seine Mutter mit einem Messer verletzt.«

»Wann?«

»Heute Morgen, wenn ich richtig verstanden habe.«

»Wie geht's der Mutter?«

»Keine Ahnung.«

»Wie alt ist der Junge?«

»Acht. Laut Auskunft des Notarztes befindet er sich zurzeit in einem katatonen Zustand. Wahrscheinlich steht er unter Schock.«

»Und sobald der abklingt …« Dann würde der Junge in Panik geraten und explodieren.

»Sieht so aus, als hätte ich eine schwere Nacht vor mir.«

Er zog sich eine Trainingshose über die Shorts und warf den Matchbeutel über die Schulter. Er war ausgehfertig.

Ich musterte ihn. Er musterte mich. Sein Kinn hatte eine leichte Blaufärbung. Ohne lange nachzudenken, trat ich auf ihn zu und fuhr mit den Fingerkuppen über die Prellung. Dann stellte ich mich auf die Zehenspitzen und drückte ihm einen leichten Kuss aufs Kinn.

»Entschuldige«, sagte ich.

»Danielle …« Seine Stimme war belegt.

»Was?«

»Es geht nicht immer nur um dich. Denk daran, okay?«

»Okay.«

Ich gab ihm noch einen Kuss, sog den Duft der frisch gewaschenen Haut in mir auf und trat zurück. Er ging zur Arbeit.

Ich hatte mich um andere Dinge zu kümmern.

27. Kapitel

D. D. bekam ihre Sonderkommission. Die psychiatrische Station als Schnittstelle der Fälle Harrington und Laraquette-Solis sowie der Tod eines Kindes auf ebendieser Station hatten den Department-Leiter überzeugt. D. D. hatte bewiesen, dass ihr Verdacht nicht bloß paranoid war, sondern ganz klar begründet. Und dass die Medien vor dem Hintergrund zweier Amokläufe in nur zwei Tagen komplett am Rad drehten, tat ein Übriges. Die Presse hatte zwar noch keine Verbindung zwischen den beiden Familientragödien hergestellt, berichtete aber so ausführlich, dass der Department-Leiter der Ermittlung höchste Priorität einräumte und D. D. weitere zehn Detectives zur Verfügung stellte.

Und tatsächlich sollte sie endlich mal wieder in den Armen eines gutaussehenden Mannes aufwachen.

Allerdings meldete sich wieder zur Unzeit ihr verfluchter Pager, was zur Folge hatte, dass die beiden nicht richtig zur Sache kamen und mit einem halben Dutzend Donuts mit Zuckerguss als Ersatzbefriedigung vorliebnehmen mussten. Trotzdem war es für sie der schönste Morgen seit Jahren.

Sie lächelte immer noch, als Alex sie zum Krankenhaus

fuhr, und auf dem Weg durch die Eingangshalle zu den Fahrstühlen pfiff sie sogar munter vor sich hin. Gemeinsam verließen sie den Fahrstuhl vor den Panzerglastüren der Kinderpsychiatrie, wo sie Andrew Lightfoot im Gespräch mit einem Wachposten antrafen.

»Was machen Sie denn hier?«, wollte D. D. wissen.

»Ich arbeite«, antwortete er. »Spüren Sie's nicht auch?« Er zeigte ihr seinen Unterarm, auf dem sich Gänsehaut gebildet hatte. »Negative Schwingungen«, murmelte er, als sie die Station betraten. »Sie sollten Ihren inneren Engel zu Hilfe rufen, Sergeant. Glauben Sie mir, gegen das, was hier abläuft, kommen Sie mit Ihrer inneren Zicke nicht an.«

D. D. und ihr Team richteten in dem Klassenzimmer, das sie schon kannten, ihren Außenposten ein. Sie hatten Durchsuchungsbeschlüsse und würden sie auch zur Anwendung bringen. In spätestens vierundzwanzig Stunden wollte D. D. sämtliche Mitarbeiter der Station vernommen haben. Phil war im Präsidium zurückgeblieben, um Erkundigungen zum Umfeld jedes einzelnen Mitarbeiters einholen zu können, während Neil eine Liste der Namen all jener Krankenhausangestellten zusammenstellte – Ärzte, Therapeuten, Pfleger, Hausmeister, Kantinenpersonal etc. –, die regelmäßig die Station besuchten. Zwei weitere Detectives sollten diese Liste abarbeiten, Vernehmungen durchführen und Hintergründe ausleuchten.

Das Krankenhaus hatte natürlich seine Rechtsvertreter

in Stellung gebracht, um der Polizei auf die Finger zu schauen. Allerdings waren an diesem strahlenden Sonntagnachmittag die meisten seiner Spitzenanwälte auf ihren Yachten, und so hatte eine junge Frau in dunkelblauem Hosenanzug einspringen müssen. Ann Taylor, so ihr Name, machte eine Riesenshow daraus, den Durchsuchungsbeschluss Wort für Wort zu studieren, um ihn schließlich mit einem gereizten »In Ordnung« zurückzugeben.

D. D. gefiel sie auf Anhieb. Eine hübsche, unerfahrene Rechtsvertreterin wie die verspeiste sie doch zum Frühstück.

Ihr Team machte sich an die Arbeit und produzierte jede Menge Vernehmungsprotokolle und Aktenkopien. Zufrieden mit den Fortschritten, suchte D. D. das erste Zielobjekt ihrer Wahl: Andrew Lightfoot.

Sie fand ihn im Zimmer des toten Mädchens. Er saß barfuß mit verschränkten Beinen, die Augen geschlossen und die Hände nach oben geöffnet auf die Knie gelegt, vor der Matratze, die mitten im Zimmer lag. Seine Lippen bewegten sich, doch zu hören war nichts.

D. D. baute sich vor ihm auf. Als ihr Schatten auf sein Gesicht fiel, öffnete Lightfoot die Augen und starrte sie an. Sie zu sehen schien ihn nicht im Geringsten zu überraschen, was sie so sehr fuchste, dass sie sogleich zum Frontalangriff überging.

»Warum haben Sie uns nicht gleich gesagt, dass Sie hier arbeiten?«, wollte sie wissen.

»Dem ist ja auch nicht so.«

D. D. kniff die Brauen zusammen. »Und wieso sind Sie dann hier?«

Lightfoot erhob sich mühelos. »Karen hat mich gebeten zu kommen. Die Station ist energetisch aus dem Gleichgewicht geraten. Ich soll mit meinen Möglichkeiten versuchen, Abhilfe zu schaffen und dem Personal beistehen. Also bin ich hier.«

»Karen, die Stationsleiterin, hat Sie angeheuert?«

»Nicht alle sind so skeptisch wie Sie.« Er lächelte geduldig.

D. D. spürte wieder, wie ihr der Kamm schwoll. »Wie lange kennen Sie Karen schon?«

»Zwei Jahre.«

»Beruflich oder privat?«

»Beruflich.«

»Wie haben Sie sich kennengelernt?«

»Über eine Familie, die ein Kind hier auf der Station hatte. Ich sollte ihm helfen, und Karen war beeindruckt von den Fortschritten, die es machte. Sie bat mich, ihren Mitarbeitern Grundlagen der Meditation beizubringen und Heilexerzitien mit ihnen abzuhalten. Sie hat mich auch anderen Familien empfohlen.«

»Sie haben bei ihr also einen Stein im Brett.«

»Karen glaubt an meine Arbeit.«

»Sie sind vermögend und sehen gut aus. Ich wette, das sind ganz nützliche Attribute.«

»Finden Sie?« Lightfoot lächelte wieder.

»Ich finde Sie in erster Linie großspurig und arrogant«, entgegnete D. D.

Sein Lächeln wurde breiter. »Leoparden können nichts für ihre Flecken.«

»Verkehren Sie und Karen auch privat?«

»Unsere Beziehung ist rein beruflich, Sergeant. Ich unterstütze sie und ihr Personal. Sie empfiehlt mich anderen potenziellen Klienten.«

»So zum Beispiel auch den Harringtons?«

»Nein, dieser Kontakt kam durch jemand anders zustande.«

»Wann haben Sie das letzte Mal Ozzie gesehen?«

»Vor drei Monaten.«

»Und Tika?«

»Das Kind kenne ich nicht.«

»Aber Sie wissen, dass es sich um ein Kind handelt«, fragte D. D. nach.

Lightfoot betrachtete sie ungerührt. »Wir reden hier die ganze Zeit von Kindern, also liegt es nahe, dass auch Tika ein Kind ist. Sergeant, Sie scheinen verärgert zu sein. Wir sollten dieses Zimmer verlassen, vielleicht hilft das.«

Er ließ ihr keine Zeit zu antworten und ging zur Tür. Dass sie sich genötigt sah, ihm zu folgen, machte sie noch wütender.

»Wir gehen ins Klassenzimmer«, sagte sie.

Er schien ihr nicht zugehört zu haben und zeigte auf das große Fenster am Ende des Flures. »Dort in der Sonne fühlen Sie sich bestimmt wohler. Sie verbringen zu viel Zeit unter Neonröhren, Sergeant. Sie brauchen mehr Vitamin D.«

Sie starrte ihn aus großen Augen an.

»Ich bin Heiler«, sagte er leise. »Auch wenn Sie Anstoß daran nehmen, sehe ich keine Veranlassung, meinen Beruf zu wechseln.«

»Haben Sie schon einmal mit einem Kind zu tun gehabt, das sich ritzt?«

»Sie meinen, sich selbst verletzt? In letzter Zeit nicht.«

»Hat Karen Sie mit einem solchen Kind in Kontakt zu bringen versucht?«

»Nein.«

»Welcher Familie sind Sie zuletzt von ihr empfohlen worden?«

»Das weiß ich wirklich nicht mehr. So genau halte ich das nicht fest«, entgegnete Lightfoot. D. D. beäugte ihn mit kritischem Blick.

Von nahem sah sie, dass er schwarze Ränder unter den Augen hatte, was in seinem gebräunten Gesicht kaum auffiel. Offenbar war sie nicht die Einzige, die ein bisschen Vitamin D brauchen konnte.

»Haben Sie eine lange Nacht hinter sich?«, fragte sie.

Er zögerte. »Seit Ihrem Besuch bei mir zu Hause bin ich keine Nacht mehr zeitig ins Bett gekommen. Ich wollte mir ein paar Tage freinehmen, aber das ist nicht drin.«

»Warum nicht?«

Er wandte sich dem Fenster zu und schien die Sonne zu studieren. Zu ihrer Verwunderung bemerkte sie, dass er ein wenig zitterte. Er hatte immer noch Gänsehaut auf den Armen.

»Die letzten beiden Nächte habe ich in spirituellen

Zwischensphären zugebracht«, sagte er schließlich. »Wie ich Ihnen schon am Telefon zu erklären versucht habe, droht Unheil. Ich kann es fühlen. ›Eine Dunkelheit, die tiefer ist als die Nacht.‹ Haben Sie diesen Ausdruck schon einmal gehört?«

D. D. nickte und ließ ihn nicht aus den Augen.

»Bislang habe ich nichts damit anzufangen gewusst. Jetzt aber wohl. Da draußen braut sich etwas Schreckliches zusammen. Womöglich ist es schon hier im Haus.« Plötzlich streckte Lightfoot die Hand aus und berührte ihre Wange.

Unwillkürlich zuckte sie zusammen. Lightfoots Finger waren eiskalt, so kalt, dass ihre Haut unter seiner Berührung zu brennen schien. Sie wich einen Schritt zurück.

Er nickte. »Ja, negative Energie fühlt sich kalt an. Meine Heilkräfte sind weit entwickelt. Ich müsste eigentlich in der Lage sein, die Kälte zu bezwingen und meine Hände wieder warm werden zu lassen. Aber seit ich diese Station betreten habe, gelingt mir das nicht. Etwas Böses herrscht hier; es wurzelt in Lucys Zimmer, hat sich aber schon über das gesamte Stockwerk ausgebreitet. Eine kalte, unheilvolle Kraft. Eine Dunkelheit, tiefer als die Nacht. Lucy ist ihr zum Opfer gefallen. Und ich fürchte, auch wir sind davon bedroht. Deshalb habe ich Sie gebeten, das Zimmer zu verlassen und in die Sonne zu gehen.«

»Sie glauben allen Ernstes, Lucy sei einer teuflischen Macht zum Opfer gefallen?«

»Ich bin müde«, sagte Lightfoot, als sei das eine wichtige Information zum besseren Verständnis. »Ich habe

Nacht für Nacht jede Menge Kraft in den Zwischensphären verausgabt. Die Heilexerzitien, die ich tagsüber leite, sind auch nicht ohne. Und nun muss ich zu läutern versuchen, was diese Station vergiftet. Ich bin erschöpft. Nicht ganz auf der Höhe. Tut mir leid, dass ich Sie nicht besser schützen kann.«

»Wie bitte?«, fragte D. D. und schaute sich um.

»Sie sind wütend«, fuhr Lightfoot fort. »Sie sind verletzt. Unter günstigeren Umständen könnte ich Ihnen helfen, Ihre Mitte zu finden und Ihre Schutzkräfte zu aktivieren. Aber nicht heute Nachmittag.«

»Okay.« D. D. versuchte, den Wunderheiler wieder auf Kurs zu bringen. »Erzählen Sie mir von Danielle Burton. Sie sagten, ihr Schmerz stoße bei Ihnen auf Resonanz.«

»Es heißt, Ärzte seien die schlechtesten Patienten. Gleiches könnte man auch von Psychiatriekrankenschwestern behaupten. Ich kenne Danielle, seit sie hier auf der Station arbeitet, und würde ihr gern helfen. Leider ist sie ebenso skeptisch wie Sie.«

»Sie will sich nicht helfen lassen?«

Er zuckte mit den Achseln. »Aus diesem Grund bin ich bereit, mich mit Ihnen zu unterhalten. Danielle ist zwar keine Klientin, geschweige denn eine Freundin, bereitet mir aber trotzdem große Sorgen.«

»Warum?«

»Sie ist eine alte Seele«, sagte Lightfoot, leicht weggetreten, wie es schien, und den Blick auf etwas gerichtet, das nur er sehen konnte. »Seit Jahrhunderten kehrt sie immer wieder auf diese Ebene zurück, vergeblich auf der

Suche. Sie pflegt ihren Hass, müsste aber zu lieben lernen, um frei sein zu können.«

»Klingt wie die Zeile eines Songs, den ich mal gehört habe«, erwiderte D. D. »Sprechen Sie von Reinkarnation?«

»Ich spreche von existenziellen Lektionen. Ihre Seele wird von dieser Ebene angezogen, um zu lernen, was sie zu lernen hat. Aber solange sie die wichtigsten Lektionen noch nicht begriffen hat, wird sie weiter daran arbeiten müssen. Leider sind auch andere Seelen involviert. Deren Erfahrungen sind mit ihren verwoben, und weil sich Danielle nicht voranbewegt, bleiben alle im Teufelskreis der Gewalt stecken. Ich habe ihr das zu erklären versucht, aber …«

»Ihr Vater?«, versuchte D. D. den Faden aufzugreifen.

»Das würde Sinn ergeben«, sagte Lightfoot.

D. D. hielt inne. Interessante Antwort, dachte sie, und plötzlich wurde ihr klar, dass sich Lightfoot bei allem esoterischen Geschwafel sehr vorsichtig äußerte.

Dann ging ihr ein Licht auf: »Sie denken an Greg, den Sportlehrer, und machen sich Sorgen um seine Beziehung zu Danielle.«

»Er will sie, sie ihn aber nicht. Er sucht Liebe, sie wählt Hass. Und so laufen sie immer wieder aneinander vorbei.«

»Greg scheint ein anständiger Kerl zu sein«, sagte D. D. ein wenig versöhnlich.

»Die beiden laufen aneinander vorbei«, wiederholte Lightfoot müde und traurig.

D. D. betrachtete ihn. Der Wunderheiler machte keine Anstalten, das Schweigen zu brechen, und nach mehreren Minuten gab sie sich geschlagen.

»Wünschen Sie sich manchmal zurück?«, fragte sie.

»Wohin?«

»In Ihr früheres Leben mit all seinen Annehmlichkeiten.«

»Überhaupt nicht.«

»Muss aber doch seinen Reiz gehabt haben, von schönen Frauen umgeben zu sein, jede Menge Geld zu verdienen und die Konkurrenz zu übertrumpfen.«

»Die Wall Street ist ein Kinderspielplatz. Ohne echte Wertschöpfung. Dort …« Er zeigte auf die offene Tür zu Lucys Zimmer. »Dort muss ich wirklich kämpfen, um gewinnen zu können.«

Und als wollte er den Beweis antreten, machte sich der Wunderheiler auf den Weg. Er blieb vor Lucys Zimmer kurz stehen. D. D. bemerkte erneut, wie er zitterte, als er eintrat.

Während Lightfoot wieder seinem spirituellen Läuterungsgeschäft nachging, informierte sich D. D. bei ihren Kollegen über den Stand der Dinge. Im Aufenthaltsraum traf sie dann auf die Stationsleiterin Karen Rober. Sie saß an einem der Tische neben einem kleinen Jungen, der fleißig in einer mit Fruchtsalat gefüllten Schale herummanschte. Als er aufblickte, erkannte D. D. in ihm einen der drei Amigos wieder, die sich während ihres ersten Besuchs auf der Station in ihren Tretautos ein Rennen geliefert hatten. An seinen Namen konnte sie sich nicht mehr erinnert.

»Willst du auch einen Löffel?«, fragte der Junge, der unablässig seine Beine auf und ab schwingen ließ und mit dem Oberkörper vor und zurück wippte. Atemlos zählte er auf: »Banane, Erdbeeren, Stachelbeeren, Blaubeeren, vielleicht auch Weintrauben, aber keine Orangen. Die lassen sich nicht so gut plattstampfen.«

Mit einem Plastiklöffel machte er sich wieder an die Arbeit D. D. glaubte, aus ihren Beobachtungen erste Schlüsse ziehen zu können. Erstens, solange der Junge am Tisch saß, stand er unter erheblichen Druck. Eine Handgranate, die darauf wartete, dass jemand den Stift zog.

Zweitens, er war nicht der Einzige. Zwei Kinder sausten auf Rollschuhen durch den Flur und versuchten, sich gegenseitig zum Stürzen zu bringen, während ein drittes Kind unter einem Tisch kauerte und seinen Kopf immer wieder auf den Boden schlug.

Wie wurde noch gleich das Umfeld dieser Station genannt? »Milieu.« D. D. war zwar keine Expertin, doch ihr schien, dass es in diesem Milieu heute besonders merkwürdig zuging.

Karen wurde auf den Jungen aufmerksam, der seinen Kopf malträtierte. »Jamal«, rief sie. »Hör auf damit. Komm her, zu Benny und mir. Benny macht gerade Fruchtmus. Willst du mal probieren?«

»Essen essen essen essen essen«, trällerte Benny und reichte Karen den gefüllten Löffel.

Sie ließ sich tatsächlich füttern und lächelte dankbar.

»Essen essen essen essen essen.«

Fasziniert sah D. D. zu, wie Karen den Papp schluckte, ohne eine Miene zu verziehen. Benny klatschte übermütig in die Hände, während Jamal unter dem Tisch hervorkroch und sich zu den beiden gesellte.

Mit ein paar routinierten Handgriffen hatte Karen ihn mit eigenen Zutaten versorgt, und der Kleine manschte fröhlich drauflos. Dann rief sie einen Mitarbeiter, um sich ablösen zu lassen, und kam auf D. D. zu, die im Flur auf sie wartete.

»Ich weiß nicht, wie viel Sie verdienen, aber es ist mit Sicherheit zu wenig«, sagte D. D.

Die Stationsleiterin lächelte. »Ach, glauben Sie mir, ich bin schon weniger liebevoll gefüttert worden.«

»Sie haben tatsächlich geschluckt, was Ihnen der Knabe angeboten hat. Man könnte doch auch nur so tun.«

»Haben Sie Kinder, Sergeant?«

»Nein.«

»Nun, wenn Sie dann irgendwann einmal welche haben sollten, werden Sie das verstehen.«

Abweisend und kurz angebunden. D. D. machte sich auf einen Schlagabtausch gefasst. »Zu Ihnen oder zu mir?«, fragte sie und zeigte abwechselnd in Richtung Verwaltungstrakt und Klassenzimmer, in dem sich ihr Team eingerichtet hatte. Karen zog eine Braue hoch, offensichtlich versucht, D. D. daran zu erinnern, dass ihr gewissermaßen die ganze Station gehörte. Seufzend schlug sie den Weg zur Verwaltung ein, nahm den Schlüssel zur Hand, der an einem Band um ihren Hals hing, und schloss die Tür auf.

»Wie lange kennen Sie Andrew Lightfoot schon?«, wollte D. D. wissen, als sie der Stationsleiterin durch einen von Büros gesäumten Flur folgte.

»Zwei Jahre«, antwortete Karen und ließ D. D. in einen kleinen, dem Personal vorbehaltenen Raum eintreten, wo sie sich beide an einen Tisch setzten.

Zwei Jahre, das hatte Lightfoot auch gesagt. »Und wie haben Sie ihn kennengelernt?«

»Über die Eltern eines Kindes. Der Junge hatte ein Faible dafür, Frösche zu fangen, ihnen Knallkörper ins Maul zu stopfen und die Zündschnur anzustecken. Es machte ihm auch Spaß, die Wände im Elternhaus zu bemalen – Variationen auf die Ermordung seiner Mutter, erstaunlich detailreich und nur unter Verwendung roter Wachsmalstifte.«

Wieder Übereinstimmung. »Wie alt war der Junge?«, fragte D. D., neugierig geworden.

»Zehn.«

»Nicht zu fassen.«

Karen zuckte mit den Achseln. »Ich habe schon Schlimmeres erlebt. Der Junge sprach jedenfalls auf die Medikamente nicht an, und die Eltern gerieten in Panik. Sie gingen mit ihm zu Andrew. Anfangs hatte ich Bedenken, aber Andrew war gegenüber meinen Mitarbeitern und den anderen Kindern freundlich und respektvoll. Und ich muss sagen, nach nur drei Wochen konnten wir eine sehr positive Veränderung im Verhalten des Jungen feststellen. Auf Vorfälle, die ihn früher zu Wutanfällen provoziert hätten, reagierte er merklich gelassener. Er verkrampfte sich zwar, murmelte aber: ›Finde das Licht, sieben Engel umarmen dich.‹ Dann konnte er sich entspannen, und das ist bemerkenswert für ein Kind mit einer solch ausgeprägten Psychose. Natürlich habe ich Andrew gefragt, wie er arbeitet. Auch etliche unserer Ärzte erkundigten sich.«

»Was halten diese Ärzte von der Geschichte?«, fragte D. D.

»Die meisten von ihnen haben keine Probleme mit Heilern wie Andrew. Die Allgemeinmedizin hat längst erkannt, wie sehr positive Suggestion zur Gesundung beitragen kann. Von dieser Einsicht ist es nicht mehr weit, auch Glaube und Spiritualität in diesem Sinne zu akzeptieren.«

»Sie glauben, Engel hätten diesen Jungen geheilt?«

Karen lächelte. »Glauben Sie, in alle Geheimnisse des Kosmos eingeweiht zu sein?«

D. D. kniff die Brauen zusammen. »Mit wie vielen Ihrer Kinder hat Andrew gearbeitet?«

»Das müssen Sie ihn fragen. Ich bitte ihn nur selten um Unterstützung. Meist kommt der Wunsch von den Eltern.«

»Es scheint, als hätte er auch Kontakt zu den Harringtons gehabt.«

Karen sagte dazu nichts.

»Danielle ließ durchblicken, dass er sich in Ozzies Behandlung eingemischt und seine vorzeitige Entlassung erwirkt habe, und zwar gegen den Rat der Ärzte.«

Karen zuckte wieder mit den Achseln. »Wir bewegen uns ständig in einer Grauzone. Ozzie hatte wirklich große

Fortschritte gemacht. Mir wäre es lieber gewesen, ihn noch eine Weile unter Beobachtung zu halten, doch die Eltern meinten, es sei wichtiger, dass er wieder in die Familie hineinfindet. Ein gutes Argument, das nicht von der Hand zu weisen ist. Fürs Protokoll: Ozzie ist nicht wieder bei uns gelandet. Also kann ich davon ausgehen, dass der von den Harringtons gewählte Weg für den Sohn der richtige war. Sie haben ihn von Andrew weiterbehandeln lassen.«

»Sämtliche Mitglieder der Familie wurden ermordet.«

»Vom Vater, dachte ich.«

»Da sind wir uns nicht so sicher.«

Karen zeigte zum ersten Mal leichte Nervosität. Sie nahm die Hände vom Tisch und blinzelte hinter ihrer randlosen Brille. »Sie glauben doch wohl nicht …«

»Möglich wär's.«

Statt den Jungen in Schutz zu nehmen, seufzte Karen. »Zu verstehen, was in solchen Kindern vor sich geht, ist äußerst schwierig. Wenn sie außer Kontrolle geraten, liegt es nicht daran, dass sie schwach oder widerspenstig wären. Sie leiden unter physiologischen Problemen, neuronalen Störungen oder DNA-Defekten. Und wir können nur wenig tun, um ihnen zu helfen. Unsere Mittel sind begrenzt.«

»Also tritt Lightfoot auf den Plan, ein hübscher weißer Ritter, der verspricht, verlorene Kinder zu retten und gleichzeitig Medikamente zu sparen. Das muss doch allen ganz gut gefallen.«

Die Schwester schwieg. D. D. wagte sich noch ein Stück weiter vor. »Schlafen Sie mit ihm?«

»Mein Mann hätte was dagegen.«

»Er muss ja nicht Bescheid wissen.«

»Mein Gewissen verbietet es mir, fremdzugehen.« Karen schüttelte den Kopf. »Ich kann verstehen, dass Sie Andrew gegenüber skeptisch sind. Wie schon gesagt: Auch ich hatte Bedenken, nicht zuletzt seines guten Aussehens und seines Hintergrundes wegen. Aber wenn Sie ihn einmal erleben würden, wie er mit den Kindern umgeht … Wirklich zartfühlend und beeindruckend geduldig. Er beruhigt sie nicht nur, sondern bringt ihnen auch bei, wie sie sich selber beruhigen können. Nicht, dass ich seinen Methoden vorbehaltlos zustimmen würde, doch vor den Resultaten habe ich Respekt.«

D. D. sträubte sich innerlich. »Was ist mit den anderen Mitarbeitern? Danielle zum Beispiel? Andrew sieht gut aus. Sie ist jung und hübsch.«

»Unterhalten Sie sich mit ihr.«

»Sie hat selber jede Menge Probleme«, bemerkte D. D.

Karen ging darauf nicht ein.

»Ich meine«, fuhr D. D. im Plauderton fort, »ihr Vater hat Frau und Kinder abgeschlachtet und nur seine Jüngste verschont. Eine grausame Bürde für sie. Und jetzt arbeitet sie auf einer Station für gewalttätige Kinder. Es scheint, dass sie ein solch dramatisches ›Milieu‹ braucht.«

Karen schwieg immer noch. Doch dann sagte sie plötzlich: »Haben Sie das nicht auch bei der Polizei, Kollegen aus einer langen Tradition von Polizeiarbeit, Söhne, Töchter, Nichten, Neffen anderer Polizisten?«

»Allerdings.«

»Bei uns verhält es sich wahrscheinlich ähnlich. Wenn man lange genug gräbt, wird man von der Mehrheit unserer Mitarbeiter Geschichten zu hören bekommen, die einem das Herz brechen. Dass sie selbst nicht glücklich aufgewachsen sind, motiviert sie, anderen Kindern jene Liebe und Aufmerksamkeit angedeihen zu lassen, die ihnen selbst vorenthalten blieb. Danielle ist in dieser Hinsicht keine Ausnahme auf unserer Station. Wohl eher die Regel.«

»Wirklich? Und welche Geschichte hat Greg zu erzählen?«

»Greg?« Die Stationsleiterin schien überrascht, ausgerechnet diesen Namen zu hören. »Ich weiß nicht, ob er eine ähnlich traurige Geschichte hat. Er spricht nicht über persönliche Dinge.«

»Seit wann arbeitet er hier?«

»Seit fünf Jahren.«

»Gab es jemals Beschwerden? Irgendwelche Probleme?«

»Fehlanzeige«, antwortete Karen entschieden. »Er ist ruhig, gewissenhaft und vorbildlich im Umgang mit den Kindern. Sowohl Erwachsene als auch Kinder schätzen ihn, was man nicht über jeden unserer Mitarbeiter sagen kann.«

»Erwachsene?«, fragte D. D. nach.

»Eltern. Manche unserer …« Karen stockte. »Mitarbeiter, die einen guten Draht zu bestimmten Kindern haben, pflegen natürlich auch Kontakt zu den jeweiligen Eltern. Leider finden sie zu denen manchmal keinen guten Zugang.«

D. D. dachte darüber nach. Sportlehrer Greg war ein gutaussehender Mann. Kräftig und top in Form. Sie konnte sich vorstellen, dass manche Mutter ganz schnell einen guten Draht zu ihm hatte.

»Wie wird man Milieu-Councelor?«, fragte sie und holte ihren Spiralblock aus der Tasche, um sich Notizen zu machen. »Muss man eine Ausbildung absolvieren und Prüfungen ablegen?« Im Stillen nahm sie sich vor, Phil mit entsprechenden Nachforschungen zu beauftragen.

Karen schüttelte den Kopf. »Unser Stationspersonal – also die Krankenschwestern und Pfleger – sind natürlich speziell geschult. Von den MCs wird lediglich verlangt, dass sie einen Highschool-Abschluss haben und jede Menge Energie und Kreativität für ihre Arbeit mitbringen.«

»Sie machen Scherze, oder? Ihr Personal besteht in der Hauptsache aus MCs, und Sie sagen mir, dass sie keine besondere Ausbildung haben?«

Karen schaute sie an. »Sergeant, was für ein Lehrplan könnte sie wohl auf die Arbeit mit unseren Kindern vorbereiten?«

Guter Einwand. »Hat Greg Familie?«, fragte D. D. stirnrunzelnd.

»Darüber spricht er nicht.«

»Eine Freundin?«

»Keine Ahnung.«

»Aber er hat ein Auge auf Danielle geworfen, stimmt's?«

»Ich mische mich nicht in die persönlichen Angelegenheiten meines Personals ein«, entgegnete Karen kühl.

»Wirklich nicht? Alle sprechen doch darüber. Greg sagt Ja, Danielle sagt Nein. Klingt sehr nach einem Flirt auf Kosten der Arbeitszeit. Das kann Ihnen doch nicht recht sein.«

»Mir ist kein einziges Mal aufgefallen, dass sie ihren Dienst vernachlässigt hätten«, konterte Karen.

»Vielleicht sollten Sie häufiger mal Ihr Büro verlassen.«

Die Stationsleiterin starrte sie an.

D. D. wartete einen Moment und befand, dass sie lange genug um den heißen Brei herumgeredet hatte. Also kam sie zur Sache: »Ist es nicht merkwürdig, dass in zwei Familien, die Kinder auf Ihrer Station hatten, ein Massaker stattgefunden hat, und zwar wenige Tage vor dem Jahrestag eines ähnlichen Verbrechens an der Familie einer Ihrer Mitarbeiterinnen?«

»Merkwürdig, in der Tat –«, hob Karen an.

»Und«, fiel ihr D. D. ins Wort, »dann ist da dieses Mädchen, das vergangene Nacht erhängt aufgefunden wurde und für das ebenjene Mitarbeiterin verantwortlich war, die vor exakt fünfundzwanzig Jahren ihre Familie verloren hat. Auch nur ein Zufall?«

»So was kann passieren.«

»Wirklich? Wie viele Kinder erhängen sich im Krankenhaus? Wie viele ehemalige Patienten sind später ermordet worden?«

Karen antwortete nicht. Sie sah so müde aus wie Lightfoot, seufzte und griff nach einer Akte, die auf ihrem Schreibtisch lag. Sie zog eine Liste daraus hervor und schaute D. D. wieder an.

»Wann wurden die Harringtons getötet?«, fragte Karen. »Mittwoch? Donnerstag?«

»Donnerstagabend.«

Die Schwester blickte auf die Liste. »Danielle hatte Dienst in dieser Nacht und anschließend auch noch die Tagesschicht am Freitag übernommen.«

»Wann beginnt und endet bei Ihnen die Nachtschicht?«

»Sie beginnt um neunzehn Uhr und endet um sieben am Morgen.«

D. D. überlegte. Die Morde an den Harringtons hatten vermutlich am frühen Abend zur Essenszeit stattgefunden. Bedachte man, wie lange es dauerte, fünf Menschen zu töten, Spuren zu beseitigen und dann von Dorchester nach Cambridge zu fahren … »Wann hat sich Danielle hier angemeldet?«

»Sie war um halb sieben da und hat sich auf ihren Dienst vorbereitet.«

»Und Freitagabend?«

Karen dachte kurz nach. »Die Schicht ging bis sieben, aber Danielle blieb noch, um sich mit mir zu besprechen und Schreibarbeit nachzuholen. Als sie gegen elf fertig war, gab es eine Auseinandersetzung mit Lucy, die einen schlimmen Anfall hatte.«

»Das erklärt wohl die blauen Flecken auf Danielles Hals«, sagte D. D.

»Ja. Jedenfalls war Danielle auf der Station, auch wenn das auf ihrem Zeitkonto nicht eingetragen ist. Ich führe selber Protokoll darüber. Das machen wir immer so.«

D. D. presste die Lippen aufeinander. Danielle hatte also ein Alibi für beide Verbrechen, das an den Harringtons und das an den Laraquette-Solis.

»Sie hatte auch gestern Nacht Dienst, als Lucy verschwand«, stellte D. D. fest.

»Korrekt.«

»Das heißt, sie arbeitete von Donnerstagabend den ganzen Freitag bis circa elf und war dann zur Nachtschicht am Samstag wieder zur Stelle. Ist das nicht ein bisschen viel?«

»Unsere Mitarbeiter tauschen häufig ihre Dienste, arbeiten gern auch doppelte Schichten, um dann mehr Freizeit am Stück zu haben.«

D. D. schaute die Stationsleiterin verwundert an.

»Außerdem ist Danielle das, was man einen Workaholic nennt«, fuhr Karen fort. »Insbesondere zu dieser Zeit des Jahres.«

»Wer außer Ihnen weiß von ihrer Geschichte?«, fragte D. D.

»Alle wissen Bescheid.«

»Alle?«

»Ja. So was lässt sich auf Dauer nicht verheimlichen. Früher oder später erfahren es auch die Eltern. Klatsch, Gerüchte. Menschen sind Menschen.«

»Und Sportlehrer Greg? Hat er auch Donnerstagnacht gearbeitet? Und am Freitag?«

Karen blätterte wieder in ihren Unterlagen. »Nein, Donnerstagnacht nicht. Am Freitag hatte er Tagesschicht. Von sieben bis sieben. Und dann war er natürlich letzte

Nacht wieder hier, als Lucy …« Die Schwester unterbrach sich.

D. D. musste diese Information verdauen. Danielle hatte also ein Alibi für beide Verbrechen, Greg aber nicht. Gut zu wissen. Wie beiläufig fragte sie: »Was glauben Sie, wen könnte es als Nächsten treffen?«

»Wie bitte?«

D. D. zuckte mit den Achseln. »Die Harringtons wurden Donnerstagabend getötet, die Laraquette-Solis Freitagnacht. Lucy starb in der Nacht auf Sonntag.« Sie warf einen Blick auf ihre Uhr. »Gleich ist es fünf. Ich schätze, uns bleiben noch ein, zwei oder drei Stunden bis zum nächsten Verbrechen. An einem Kind hier auf der Station? An einer anderen Familie irgendwo da draußen? Der Countdown läuft. Geben Sie Ihren Tipp ab.«

Karen starrte sie fassungslos an.

»Sie glauben, ich mache Witze?«, fragte D. D. »Sie glauben, ich hätte nichts Besseres zu tun, als schwerstarbeitende Mitarbeiter einer psychiatrischen Station zu terrorisieren? Familien werden *ausgelöscht,* Kinder *ermordet.* Erzählen Sie mir endlich, was hier vor sich geht, damit meine Leute eingreifen können. Es ist fünf Uhr, Karen. Sagen Sie mir, wer um sechs tot sein könnte.«

Als hätte sie das Stichwort dafür gegeben, gellte plötzlich ein Schrei durch den Verwaltungstrakt. Ihm folgte ein zweiter, ein dritter. Schrille Schreie voller Entsetzen, die zu einem ganzen Chor anschwollen.

»Das kommt aus dem Aufenthaltsbereich«, sagte Karen

und sprang auf. Sie griff nach dem Schlüsselbund an dem Band und rannte zur Tür.

D. D. hängte sich ihr an die Fersen. Es waren jetzt einzelne Worte zu verstehen. »Teufel!«, schrien die Kinder. »*Diablo. Está aquí. Está aquí*. Der Teufel ist hier.«

28. Kapitel

Victoria

Ich träume von fernen Stränden. Von blendend weißem Sand, in dem meine Füße einsinken. Von türkisfarbenen Wellen, die sich auf das Ufer zuwälzen. Von einer gelbroten Sonne, die mein Gesicht wärmt.

Ich träume davon, mit meinem Mann Hand in Hand spazieren zu gehen.

Unsere Kinder laufen voran, lachen und sind glücklich. Evans Locken leuchten golden im Sonnenlicht, Chelseas dunklerer Kopf beugt sich zu ihm hin. Mit einem Stock graben sie ein Loch in den Sand, knapp außer Reichweite der Wellen, die über den Strand lappen.

Evan hebt einen Arm und stößt seine Schwester ohne großen Kraftaufwand ins Loch. Der Sand verschlingt sie mit einem gierigen Schluck. Lachend läuft Evan auf uns zu. Jetzt sehe ich, dass er keinen Stock in der Hand hält, sondern ein Schwert. Er zielt damit auf seinen Vater, wird schneller, und als er so über den flimmernden Strand herbeifliegt, tanzt das Phantom in seinen Augen.

»Du gehörst mir«, sagt er zu mir, als er seinem Vater das Schwert in die Brust rammt. »Mir ganz allein.«

Dann nähert er sich mit der blutigen Klinge …

Ich werde von einem seltsamen Piepen geweckt, einem hohen Ton, der mir in den Ohren wehtut. Wie um ihn auszublenden, kneife ich die Augen zu. Aber es piept weiter. Ich öffne die Augen und registriere mehrere Dinge auf einmal.

Ich liege in einem Krankenhauszimmer und habe Schmerzen, die kaum auszuhalten sind. Ringsum stehen Apparate, von denen Schläuche und Drähte abgehen, die in meiner linken Hand zusammenlaufen. Mir ist heiß. Ich bin verwirrt.

Erst dann bemerke ich, dass Michael auf einem Stuhl neben dem Bett sitzt und schläft.

Während ich ihn fassungslos betrachte, rührt er sich, öffnet die Augen und schreckt auf, als er sieht, dass ich wach bin.

»Victoria?«, sagt er mit heiserer Stimme.

»Wo ist Evan?«, frage ich panisch.

Seine Miene erstarrt. Er steht auf. Er trägt dieselben Sachen wie bei seinem Kurzbesuch – Khakishorts und das Oberhemd von Brooks Brothers, was mich zusätzlich verwirrt. Welchen Tag haben wir heute? Was ist passiert?

»Wie geht es dir?«, fragt er, kommt ans Bett und blickt auf die Apparate, als verstünde er etwas davon.

Ich schlucke einmal, zweimal. »Bin durstig.«

»Ich werde die Schwester rufen.« Er drückt auf einen Knopf.

»Evan?«, frage ich wieder.

»Alles in Ordnung mit ihm.«

»Chelsea?«

»Sie ist zu Hause. Bei Melinda. Woran erinnerst du dich?«

Ich schüttele den Kopf. Mir fällt nichts ein. Aber dann erinnere ich mich stückweise. Wie ich mich neben mein von der Sonne überhitztes Kind aufs Sofa setzte, mich schläfrig fühlte und plötzlich einen Stich in der Seite spürte …

Unwillkürlich fährt meine Hand an den Rippenbogen. Tatsächlich, die Stelle ist verbunden. Von dort gehen die Schmerzen aus, die ich empfinde. Mein Sohn hat zugestochen.

»Das Messer hat deine Leber verletzt«, erklärt Michael, als hätte er meine Gedanken erraten. »Wenn dich der Rettungsdienst nicht sofort hierher geschafft hätte, wärst du verblutet.«

»Evan?«, frage ich zum dritten Mal.

»Kannst du mich verstehen, Victoria? Du wärst fast verblutet.«

Eine Schwester taucht auf. Sie greift nach meinem Handgelenk und fühlt meinen Puls, obwohl da eine lästige Plastikklammer auf meinem Zeigefinger steckt, über die mein Herzschlag aufgezeichnet wird. »Wie geht es Ihnen?«, fragt sie und blickt auf die Messgeräte.

»Ich habe Durst …«

»Ich bringe Ihnen ein paar Eiswürfel. Wenn Sie die bei sich behalten, können wir es mit Wasser versuchen. Einverstanden?«

Ich nicke. Sie verschwindet und kehrt wenig später mit einer Tasse zurück, die zur Hälfte mit Crushed Ice gefüllt ist. Ich lutsche ein wenig davon und spüre ein zunehmendes Unwohlsein in der Magengegend. Narkosen sind mir noch nie gut bekommen. Eis ist wohl wirklich das Einzige, was mir zurzeit helfen kann.

»Gleich wird ein Arzt kommen und sich mit Ihnen unterhalten«, sagt sie und geht. Michael und ich starren uns wieder an.

»Danke, dass du hier bist«, gelingt es mir zu sagen. Etwas anderes fällt mir nicht ein.

Er zuckt mit den Achseln. »Irgendjemand musste ja kommen. Entweder ich oder deine Mutter.«

Mir ist klar, was er meint. Meine Mutter meidet den Kontakt zu mir. Für sie bin ich keine Tochter, sondern eine Konkurrentin. Zumindest war das früher so. Allerdings hat sie mich und ihre Enkelkinder schon so lange nicht mehr gesehen, dass sie keine Ahnung hat, wie tief ich gefallen bin.

»Evan?« Ich versuche es wieder.

»Er ist okay.«

»Er wollte nicht –« Ich stocke.

Michael hebt eine Hand. So wütend habe ich ihn noch nie gesehen. »Weißt du, warum ich gegangen bin?«, fragt er unvermittelt. »Weißt du, warum ich mit Chelsea das Haus verlassen habe?«

Ich schüttele den Kopf. Seine Wut macht mir Angst.

»Weil ich ahnte, dass mir früher oder später nichts anderes übrigbleibt, als meinen Sohn zu töten, um Frau und Tochter zu schützen. Und das wollte ich nicht. Verdammt, auch ich liebe ihn, Victoria. Ich habe nie aufgehört, ihn zu lieben.«

Ich weiß nicht, was ich sagen soll.

»Ist dir bewusst, auf was du es hast ankommen lassen?«, setzt er mit brüchiger Stimme nach. »Er ist acht und muss nun mit dieser Schuld leben, dich beinahe getötet zu haben. Er ist noch ein Kind, um Himmels willen. Wie soll er damit fertigwerden? Mit all den wirren Gedanken, die er im Kopf hat? Wie zum Teufel soll er damit umgehen?«

Ich weiß nicht, was ich sagen soll.

»Ich dachte schon, du wärst tot. Da kam dieser Anruf, und der Sanitäter machte solche Andeutungen … Ich habe mich sofort auf den Weg gemacht. Dachte, Evan hätte dich ermordet. Polizei und Ärzte haben mich aufgehalten und mit Fragen bombardiert. Ich konnte nicht zu dir rein, du warst schon im OP. Und Evan lag gefesselt auf einem Krankenhausbett. Man hat ihm Handschellen angelegt. Meinem Sohn. Meinem kleinen Jungen …«

Die Stimme versagt ihm. Er wendet sich von mir ab und starrt auf die Wand.

»Ich musste Darren verständigen«, sagt er nach längerer Pause. Darren ist ein alter Studienfreund und inzwischen Anwalt. »So weit haben wir es kommen lassen, Victoria, dass wir nun wegen Evan juristischen Rat brauchen.«

»Er hat mich nicht –«, versuche ich noch einmal.

Michael wirbelt herum. »Hör auf damit! Was kümmert mich deine Verletzung? Was interessiert es mich, dass du fast draufgegangen wärst? Ich hätte nicht übel Lust, dich zu schlagen, bis du ein für alle Mal einsiehst, dass du mit deinem ewigen Leugnen unseren Sohn zerstörst. Evan wollte dich sehr wohl treffen. Es war Vorsatz. Er hat dieses gottverdammte Messer vom Abtropfgestell genommen und unterm Sofapolster versteckt, wo du es nicht finden konntest. Und dann hat er nur noch auf den richtigen Moment gewartet, um dir das Messer zwischen die Rippen zu stoßen.«

»Woher weißt du das? Wie kannst du all das wissen?«

»Er hat es mir gesagt.«

Mir fällt die Kinnlade herunter. Ich traue meinen Ohren nicht.

»Er hat mir alles gestanden. Seine Augen waren dabei wie tot. Er hat auf dich eingestochen und ist selbst daran zerbrochen. Ich fürchte, das war's für ihn. Findest du es immer noch richtig, ihn nicht in ein Heim gegeben zu haben, Victoria?«

Seine bitteren Worte treffen mich so schmerzlich, wie es wohl seine Absicht ist. Ich spüre das volle Ausmaß seiner Hilflosigkeit, die tiefwurzelnde Wut, gewachsen in all den Jahren, da er sich in seiner väterlichen Fürsorge von mir übergangen fühlte, weil ich mit seinen Vorschlägen nicht einverstanden war und ich nicht ablassen wollte von meinen Vorstellungen, was für unseren Sohn das Beste sei. Ich bin die Mutter im umfassenden Sinne des Wortes. Michael ist der Praktiker. Unsere Partnerschaft war wohl von Anfang an zum Scheitern verurteilt.

»Ist … ist Evan festgenommen worden?«, frage ich und versuche, mich in eine bequemere Liegeposition zu bringen. Mir ist flau, was womöglich weniger auf unser Gespräch zurückzuführen ist als auf die Nachwirkungen der Narkose.

»Ich schätze, dass ein Haftbefehl ergeht, ist nur noch eine Frage der Zeit. Fürs Erste hat man ihn ins Krankenhaus gebracht.«

»In welches?«, frage ich aufgebracht.

»In dieses hier. Es hat eine Abteilung für Kinderpsychiatrie, oben in der achten Etage. Evan steht rund um die Uhr unter Beobachtung.«

Ich reiße die Augen auf. Michael hebt wieder wie zur Abwehr eine Hand. »Ich will's nicht hören. Darren hat sich noch mal unser Scheidungsurteil durchgelesen. Ich habe als Evans Vater immer noch vormundschaftliche Rechte und Pflichten. Ich werde vor Gericht den Antrag stellen, dir das Sorgerecht zu entziehen, solange du körperlich und emotional nicht wieder auf der Höhe bist. Unser Sohn hat eine schwere Psychose. Er ist oben auf der geschlossenen Station und wird dort bleiben.«

»Er ist doch noch ein Kind –«

»Deshalb wird er in der Kinderpsychiatrie behandelt. Und zwar im Rahmen eines vielversprechenden Soforthilfeprogramms. Von allen Fachärzten wegen seines fortschrittlichen Ansatzes empfohlen. Du kannst ihn jederzeit besuchen, vorausgesetzt, du hast dich bald wieder erholt.«

»Mistkerl.«

»Vielleicht hätte ich das schon eher sein sollen«, entgegnet er ungerührt. »Uns wäre das jetzt erspart geblieben.«

»Ich bin keine schlechte Mutter«, flüstere ich. Dumm, so etwas zu sagen, wenn man gerade vom eigenen Sohn fast erstochen worden ist.

Aber Michael scheint zu verstehen. Seine Miene glättet sich, und ein Teil der Spannung wandert in die Schultern. Er seufzt, massiert sich die Schläfen. Seufzt wieder. »Nein, du bist keine schlechte Mutter, Victoria. Und ich bin kein schlechter Vater, und Evan, wenn er bei sich ist, ist kein schlechtes Kind. Trotzdem sind wir hier gelandet.«

»Was geschieht nun?«

»Ich weiß es nicht.«

»Ich werde jedenfalls keine Anzeige erstatten«, erkläre ich trotzig. »Und ohne die kann man ihn doch nicht verhaften, oder?« Mein Magen dreht sich um. Ich fürchte, mich erbrechen zu müssen.

Michael schüttelt den Kopf. »So einfach ist das nicht, Victoria. Er ist mit dem Messer auf dich losgegangen und hat das auch so der Polizei gestanden. Sie wird die Staatsanwaltschaft einschalten, die dann entscheidet, ob ein Haftbefehl gegen ihn ergeht. Darren meint, sie wird sich wahrscheinlich mit der Unterbringung in der Psychiatrie vorerst zufriedengeben und auf eine Einweisung in eine Jugendhaftanstalt verzichten. Darüber hinaus werden wir alles daransetzen, dass er sich psychisch stabilisiert. Wenn das der Fall ist, wird das Gericht vielleicht ein Auge zudrücken. Aber das dauert seine Zeit, Victoria. Er braucht Zeit, du brauchst sie, und auch das Strafverfahren wird nicht von heute auf morgen eingestellt. Es kommt einiges auf uns zu.«

Ich weiß, was er meint. Evan wird auf unbestimmte Zeit eingesperrt sein. Mein Sohn, acht Jahre alt, womöglich für immer zu einem Leben in Anstalten verurteilt.

Jetzt blicke ich weg und starre auf die weiße Wand.

Es gibt so vieles, was ich meinem Sohn gern sagen würde. Dass ich ihn liebe. Dass ich nach wie vor an ihn glaube. Ich habe die Finsternis in seinen Augen gesehen, das leugne ich nicht. Aber ich habe auch Licht darin gesehen und all die Momente miterlebt, in denen Evan er selbst war. Um nichts in der Welt hätte ich auch nur einen dieser Momente missen mögen.

Mir fällt etwas ein. Ich hebe den Kopf und schaue meinen Mann an. »Du sagtest, ich hätte Glück gehabt, schnell genug vom Rettungsdienst ins Krankenhaus gebracht worden zu sein. Wer hat ihn gerufen?«

Michael steckt seine Hände in die Taschen. »Evan«, sagt er schließlich. »Er hat die 911 gewählt und gesagt, dass er seine Mutter niedergestochen hat. Dass du blutest und Hilfe brauchst.«

»Er wollte mich retten.«

»Vielleicht. Vielleicht nicht. Der Mann, der seinen Notruf entgegennahm, hat ihn gefragt, was geschehen sei. Es ist kaum zu fassen, was unser Sohn geantwortet haben soll.«

»Was denn?«

»Er sagte, er habe getan, was der Teufel von ihm verlangt hat. Und dass der Krankenwagen schnell kommen müsse, weil der Teufel noch nicht fertig wäre.«

29. Kapitel

Danielle

Als Tante Helen die Tür öffnete, fielen mir als Erstes ihre geröteten Augen auf. Sie versuchte, ihre Tränen zu verbergen, fuhr mit beiden Händen durch die kurzen braunen Haare und übers Gesicht, doch die Wangen blieben feucht und fleckig. Anscheinend sah auch sie bald ein, dass wir uns beide nichts vormachen konnten. Sie winkte mich herein.

Vor Jahren schon war sie aus ihrem Apartment in der Innenstadt ausgezogen und bewohnte seitdem ein neueres Haus am Stadtrand, mit dem sie weniger Arbeit hatte. Ihren Job in der Anwaltskanzlei hatte sie auch aufgegeben und arbeitete stattdessen dreißig Stunden in der Woche für eine gemeinnützige Einrichtung, die sich für die rechtliche und finanzielle Unterstützung missbrauchter und gefährdeter Kinder einsetzte. Die Arbeit gefiel ihr, weil sie damit, wie sie sagte, im Vergleich zu ihrer früheren Karriere eine Hundertachtzig-Grad-Wendung vollzogen habe. Sie schützte nun nicht mehr Geldsäcke, sondern setzte sich für die Rechte von Kindern ein.

Man hätte meinen sollen, dass unsere Gespräche einfacher verlaufen wären, wenn wir uns gelegentlich zum Abendessen bei ihr trafen. Aber über unsere Arbeit unterhielten wir uns nicht, was wahrscheinlich daran lag, dass wir nun beide einen Job hatten, den man nach Feierabend am Arbeitsplatz zurücklassen musste. Ansonsten würde man durchdrehen.

»Kaffee?«, fragte sie und führte mich in die kleine, aber teuer ausgestattete Küche.

»Whisky.«

Leider hielt sie meine Antwort für einen Scherz und schenkte uns beiden ein Glas Wasser ein. Ich hätte mich gern ein bisschen gestärkt für das, was nun anstand.

Sie trug die Gläser ins Esszimmer, das ebenfalls klein, aber mit seinem polierten Parkett, dem weiß lackierten Kaminsims und der gewölbten Decke wunderschön eingerichtet war. Durch eine Glastür gelangte man in einen Wintergarten mit weitem Blick über die grüne Moorlandschaft. Im Frühsommer saßen wir meist dort und beobachteten die Reiher. Jetzt, Ende August, war es unter dem Glasdach zu heiß und zu stickig.

Wir machten es uns auf dem L-förmigen Sofa bequem. Ich nippte an meinem Wasser und spürte die durch den Ventilator angenehm gekühlte Luft über mein Gesicht streichen. Tante Helen schwieg. Ihre Hände, mit denen sie das Glas hielt, zitterten. Sie mied den Blickkontakt zu mir und schaute auf den Boden.

Um diese Jahreszeit schien es ihr immer noch schlechter zu gehen als mir. Vielleicht, weil sie sich gestattete, eine Woche lang zu trauern und die Schleusen zu öffnen.

Sie weinte, haderte und baute ihre Anspannung ab. Anschließend riss sie sich wieder zusammen und ging ihren alltäglichen Geschäften nach.

Ich konnte das nicht, hatte es nie gekonnt. Es war mir nie gegeben. Ich wollte die Schleusen nicht öffnen, aus Angst, sie nicht mehr schließen zu können. Außerdem war mir nach all den Jahren nur die Wut übrig geblieben, tiefsitzende Wut, die an mir nagte. Aus diesem Grund besuchte ich meine Tante während dieser für uns beide kritischen Zeit sonst nie. Ich konnte es nicht aushalten, sie weinen zu sehen, wenn ich am liebsten das ganze Haus kurz und klein geschlagen hätte.

Wahrscheinlich hatte ich sie an diesem Tag mit meinem Besuch überrascht. Sie drehte das Wasserglas zwischen den Fingern und wartete darauf, dass ich zu sprechen begann.

»Wie geht's?« Dumme Frage.

»Das kannst du dir doch vorstellen«, sagte sie schulterzuckend. Bessere Antwort.

Ich räusperte mich und schaute durchs Fenster, vor dem die Sonne schien. Meine Augen fingen zu brennen an, und ich musste mich zusammenreißen, um die Fassung zu bewahren.

»Es ist etwas passiert«, gelang es mir schließlich zu sagen.

Ihre Hände standen plötzlich still. Sie hob den Blick, und ich starrte unversehens in die blauen Augen meiner Mutter. Ich stand in der Tür zu ihrem Schlafzimmer, hielt die Pistole meines Vaters hinter dem Rücken versteckt und versuchte, Mut aufzubringen für das, was ich ihr nun sagen musste.

»Er hat mich missbraucht«, hörte ich mich flüstern.

»Danielle?«, fragte meine Tante mit der Stimme meiner Mutter. Sie waren für mich eins, die Schwestern, die beide behaupteten, mich zu lieben.

Ich fuhr mit der Zunge über die Lippen und zwang mich weiterzureden. »Mein Vater. In den Nächten, wenn er getrunken hatte. Manchmal kam er mitten in der Nacht zu mir ins Zimmer.«

»Oh, Danielle.«

»Er sagte, wenn ich täte, was er wollte, würde er nicht mehr so viel trinken müssen. Er wäre dann froh und die ganze Familie glücklich.«

»Oh, Danielle.«

»Anfangs habe ich es versucht. Ich dachte, wenn ich ihn glücklich mache, würde ich meine Mom nachts nicht mehr weinen hören müssen. Alles könnte besser werden. Alles könnte in Ordnung kommen.«

Meine Tante sagte nichts. Sie sah mich nur an aus den sorgenvollen blauen Augen meiner Mutter.

»Aber es wurde schlimmer. Er trank noch mehr und kam immer öfter. Ich konnte es nicht mehr ertragen und ging in jener Nacht zu Mom ins Schlafzimmer. Um ihr zu sagen, was er tat. Und ich hatte seine Pistole bei mir.«

»Hast du Jenny damit bedroht?«, fragte meine Tante irritiert. »Du wolltest doch nicht etwa deine Mutter erschießen?«

»Nein, ich habe ihn bedroht. Ich sagte meiner Mom,

dass ich ihn erschießen würde, wenn sie nicht dafür sorgte, dass er aufhört. Das war mein Plan. Nicht schlecht für ein kleines Mädchen, nicht wahr?«

»Danielle … Was ist dann passiert?«

»Er kam nach Hause, als wir gerade miteinander sprachen. Er war betrunken und rief nach uns. Wir hörten ihn die Treppe hochtorkeln. Mom wollte, dass ich ihr die Waffe gebe. Sie sagte, sie würde sich um alles Weitere kümmern. Sie würde mir helfen. Das hat sie versprochen. Ich müsse ihr nur die Waffe geben.«

»Was hast du getan?«

»Ich habe sie ihr gegeben, bin dann auf mein Zimmer gerannt und habe mich unter der Decke versteckt. Darunter hervorgekrochen bin ich erst wieder … danach.«

Meine Tante holte zitternd Luft. Sie stellte ihr Wasserglas auf dem Kaffeetisch ab, stand auf und trat vors Fenster. Sie war eigentlich keine unruhige Frau oder jemand, der nicht still sitzen konnte. Deshalb war ich überrascht und beobachtete sie, als sie auf das sonnenüberflutete Moor hinausschaute. Der Anblick der Vögel war weiß Gott angenehmer als unser Gespräch.

»Du fühlst dich mitschuldig an dem, was dein Vater getan hat, nicht wahr?«, sagte sie leise.

»Ich war noch ein Kind und habe mir nichts vorzuwerfen.«

Sie drehte sich um und lächelte matt. Eine Träne rollte ihr über die Wange. Sie wischte sie weg und verschränkte die Arme vor der Brust. »Dr. Frank hat gute Arbeit geleistet.«

»Du hast ihn ja auch gut dafür bezahlt.«

»Verachtest du mich auch, Danielle? Wirfst du jetzt mir vor, was du deiner Mutter vorgeworfen hast?«

»Wusstest du denn Bescheid? Warum warst du eigentlich immer so erpicht darauf, dass ich zur Therapie gehe? Hat Mom dir gesagt, was ich mir von ihm gefallen lassen musste?«

Tante Helen schüttelte langsam den Kopf, und eine zweite Träne brach sich Bahn. »Dass du missbraucht worden bist, wusste ich nicht. Aber ich hatte einen Verdacht. Den hatte auch Dr. Frank. Aber, Danielle, nicht alles, was bei euch zu Hause passiert ist, hatte mit dir zu tun.«

»Aber ich habe mich offenbart, damit es endlich aufhört, und alle mussten sterben. Mom, Johnny, Natalie. Wenn ich nichts gesagt hätte … wenn ich einfach seinen Willen weiter befolgt hätte …«

»Dein Vater war ein egozentrisches Schwein. Niemand konnte es ihm recht machen. Weder Jenny noch seine Kinder, schon gar nicht Sheriff Wayne, der ihm immer wieder eine zweite Chance gegeben hatte. Diesen Vorwurf kannst du dir nicht machen.«

»Aber Natalie und Johnny konnten doch überhaupt nichts dafür. Meine Mom schon, und dafür hasse ich sie. Manchmal jedenfalls. Sie ist bei ihm geblieben. Schlimmer noch, sie hat mir die Pistole abgenommen. Hätte sie mich machen lassen … Immer wenn es mir dreckig geht, sage ich mir, Mom hat bekommen, was sie verdient hat. Aber Natalie und Johnny –« Meine Stimme versagte. Ich stand auf und begann, auf und ab zu laufen. »Sie sind gestorben, weil sie den Kopf zur Tür herausgestreckt haben. Und ich lebe noch, weil ich vor lauter Angst im Bett geblieben bin. Das ist nicht fair, und daran ändern auch die vielen Jahre nichts, die seitdem vergangen sind.«

»Danielle, ich weiß nicht genau, was damals passiert ist. Ich weiß nicht im Einzelnen, wer wem was angetan hat, ob zu Recht oder zu Unrecht. Aber du irrst, was deine Mutter angeht. Sie hatte genug. Am Tag vor der Sache rief sie mich an. Sie wollte, dass ich ihr einen guten Scheidungsanwalt empfehle. Sie wollte deinen Vater vor die Tür setzen.«

»Was?«

Meine Tante zögerte, schien sich dann aber zu einem Entschluss durchgerungen zu haben. »Sie hatte jemanden kennengelernt. Einen guten Mann, sagte sie, einen, der bereit war, ihr zu helfen. Sie wollte nur noch ein paar Vorbereitungen treffen und dann deinen Vater bitten, in eine Scheidung einzuwilligen.«

Mir fehlten die Worte. Ich starrte meine Tante fassungslos an.

»Es ist gut möglich, dass Jenny ihren Mann in dieser Nacht gar nicht auf deine Enthüllungen angesprochen hat«, fuhr sie fort. »Vielleicht war sie nach deinem Geständnis so entsetzt, dass sie ihn schon in jener Nacht vor die Tür setzen wollte. Und als sie von Scheidung sprach, hat er wahrscheinlich …«

Ich konnte mir die Szene vorstellen. Die Pistole, die ich ihr gegeben hatte, lag wahrscheinlich auf dem Nachttischchen. Als Mom meinen betrunkenen Vater anschrie und verlangte, unverzüglich das Haus zu verlassen, und er die Pistole auf dem Nachttischchen sah, brannten bei ihm sämtliche Sicherungen durch und er griff zur Waffe …

Von dem Geschrei alarmiert, trat Natalie in den Flur hinaus. Johnny kam erst, als es schon geknallt hatte.

Obwohl seitdem Jahre vergangen waren, liebte ich sie immer noch. Wäre mir damals bewusst gewesen, dass ich vor der Wahl stand, den Missbrauch zu dulden oder meine Familie zu opfern, hätte ich mich ohne zu zögern für Ersteres entschieden.

»Danielle«, versuchte es meine Tante noch einmal, »es war nicht deine Schuld.«

»Ach, verdammt. Komm mir doch nicht immer mit derselben Leier.«

»Du könntest ja zur Abwechslung einmal damit anfangen, auf meine und Dr. Franks Worte zu hören.«

»Wir waren eine Familie. Fünf Dominosteine, wenn man so will, so dicht aufgestellt, dass eine Kettenreaktion nicht ausbleiben konnte. Hätte er nicht getrunken, sie nicht an Scheidung gedacht und ich diese verfluchte Waffe nie in die Hand genommen … Aber ich habe sie ins Schlafzimmer meiner Eltern gebracht, mich meiner Mutter offenbart und damit den ersten Dominostein angetippt. Und so mussten alle fallen.«

»Allein deinen Vater trifft die Schuld!«, zischte meine Tante.

»Weil er deine Schwester getötet hat?«, entgegnete ich nicht minder scharf. »Oder weil er dir eins seiner Bälger zugemutet hat?«

Sie kam in drei schnellen Schritten auf mich zu und schlug mir ins Gesicht. Ich erschrak, so weh tat mir der Schlag, vor allem aber erschrak ich über ihren Zorn.

»Wage es nicht noch einmal, dich so klein zu machen! Verflixt, Danielle. Ich liebe dich, seit du auf der Welt bist. Ich liebe dich nicht weniger als Jenny und Natalie oder Johnny. Ich hätte euch alle bei mir aufgenommen, auch wenn mein albernes kleines Apartment aus allen Nähten geplatzt wäre. Aber Jenny hatte einen Plan. Und weil ich die gute ältere Schwester war, habe ich ihr zugehört und zugetraut, dass sie ihr Leben selbst meistern kann. Wenn sie aber versagt hat, ist das weder meine noch deine Schuld. So ist das Leben. Dein Vater war einfach ein durchgeknallter Mistkerl. Du tätest gut daran, dich endlich einmal auszuheulen. Und dann lass dir endlich helfen. Das hätten auch deine Mutter und Geschwister nicht anders gewollt.«

So unerwartet und plötzlich wie ihr Schlag kam ihre Umarmung. Sie drückte mich an sich, und ich ließ es mir gefallen. Ich ergab mich meiner Tante, meiner Mutter. Mit der Zeit hatten sich die Unterschiede verwischt.

»Ich liebe dich«, flüsterte mir die Tante ins Ohr. »Etwas Besseres als dich hätte mir gar nicht passieren können, so schrecklich die Umstände auch waren.«

»Ich hätte sie so gern zurück.«

»Ich weiß, mein Herz.«

»Ich kann sie mir gar nicht mehr richtig vorstellen. Ich sehe nur noch dich.«

»Du musst sie dir nicht vor Augen führen können, Danielle. Solange du sie im Herzen fühlst –«

»Ich kann's nicht«, protestierte ich. »Es tut zu weh. Selbst nach fünfundzwanzig Jahren noch.«

»Dann lass es wehtun. Niemand verlangt, dass man Familie nur mit guten Gefühlen verbindet.«

Aber ich hörte gar nicht mehr zu. Stattdessen wähnte ich mich zurückversetzt in dieses Schlafzimmer, wo ich meiner Mutter die Pistole reichte, voller Vertrauen darauf, dass die Frau mit den Augen meiner Tante alles zum Guten führen würde.

»Geh ins Bett, Schatz«, flüsterte sie. *»Schnell. Bevor er dich sieht. Ich kümmere mich um alles. Versprochen.«*

In meiner Erinnerung sah ich, wie sie mir die Pistole aus der Hand nahm und vorsichtig auf das Nachttischchen legte. Vor den Wecker …

Ich erstarrte und zwang mich, diese letzte Sequenz noch einmal aufzurufen: Meine Mutter legte vorsichtig die Pistole vor den Wecker, eine Digitaluhr mit roten Leuchtziffern – 22:23 Uhr. Ich eilte zurück in mein Zimmer, zog mir die Decke über den Kopf und blendete alles Weitere aus.

22:23 Uhr. Das Gespräch mit meiner Mutter hatte kurz vor halb elf stattgefunden.

Aber laut Polizeibericht starben meine Mutter, meine Geschwister und mein Vater nach eins, also mindestens anderthalb Stunden später.

Ich löste mich aus den Armen meiner Tante. »Ich muss gehen.«

»Danielle –«

»Mach dir keine Sorgen. Du hast recht, irgendwann

werde ich über alles hinweg sein. Ich liebe dich, Tante Helen. Und verzeih, wenn ich manchmal so zickig bin. Jedenfalls bin ich heilfroh, dich zu haben.«

»Bis morgen«, sagte sie und ergriff meine Hände. »Wir werden gemeinsam gehen.«

»Bis morgen.« Ich entzog ihr meine Hände und eilte zur Tür. Ich hatte es eilig, ihr Haus zu verlassen.

Auf dem Weg zu meinem Auto zog ich das Handy aus der Tasche. Ich hatte seine Nummer vergessen, also rief ich im Sheriffbüro an. Kaum wurde am anderen Ende abgehoben, sagte ich: »Ich suche Sheriff Wayne. Mein Name ist Danielle Burton. Ich muss unbedingt mit ihm reden.«

30. Kapitel

Blut. Die ersten Spuren entdeckte D. D. im Aufenthaltsbereich. Spritzer auf einem der Tische und an der Wand dahinter. Auf dem mit Teppich ausgelegten Flur waren Tropfen zu sehen.

»Verdammt«, zischte D. D. Sie hatte sich geirrt in der Annahme, es blieben noch zwei, drei Stunden Zeit. Das prophezeite Unheil war offenbar schon eingetroffen.

»Die Kinder«, rief Karen. »Wo sind die Kinder?«

In diesem Moment war wieder ein schrilles, durchdringendes Kreischen voller Wut zu hören. »*Nein, nein, nein. Weg. Ich bring dich um.* ICH KRATZ DIR DIE AUGEN AUS!«

D. D. und Karen rannten durch den Flur, zum Badezimmer auf der rechten Seite, vor dessen geöffneter Tür ein MC stand, die Arme ausgestreckt, um den Ausgang zu versperren. Am Waschbecken dahinter stand ein älteres Mädchen mit großen dunklen Augen und strähnigen braunen Haaren. Sie hielt eine Schere in der Hand, von der Blut tropfte.

»Rühr mich nicht an! Ich trete dir in die Eier! Ich reiß dir den Penis ab!« Die Schreie gellten durch den Flur. D. D. traute ihren Augen und Ohren nicht. Sie hörte die Stimme

eines wild gewordenen Jungen, sah aber nur ein blutverschmiertes Mädchen.

»Komm zu mir, Aimee«, sagte der MC, als sich ihm Karen von hinten näherte. »Alles ist gut. Hol tief Luft und leg die Schere weg. Es gibt doch nichts, womit wir nicht fertigwerden könnten, stimmt's? Wir beide, du und ich, und ein paar deiner liebsten Malbücher –«

»ICH WILL DEIN BLUT TRINKEN!«, brüllte der Junge aus einer anderen Richtung.

Aimee hob den linken Arm und ritzte sich mit einer Schere die Haut auf. Scheinbar fasziniert starrte sie auf den Schnitt, der sich mit Blut füllte. Beide Arme waren geschunden, genauso wie die Wangen und der Hals. Ihre Haut sah aus wie ein verrückter, blutig gesäumter Schottenrock.

Ein Getöse am Ende des Flures. Etwas Schweres, Hölzernes krachte vor die Wand. »RÜHR MICH NICHT AN RÜHR MICH NICHT AN RÜHR MICH NICHT AN!«

Aimee fuhr mit dem Kopf herum und ritzte sich die Haut über dem Schlüsselbein auf.

»Um Himmels willen, nehmen Sie ihr die verdammte Schere ab!«, rief D. D. »Worauf warten Sie noch?«

Karen legte ihr eine Hand auf die Schulter.

»Ed?«, fragte sie leise.

»Aimee hat nicht angefangen«, murmelte der MC. »Ich weiß nicht, was passiert ist. Greg hat das neue Kind durch die Station geführt, und plötzlich warf sich Benny im Aufenthaltsraum mit voller Wucht gegen die Wand. Dann fing Jimmy an, mit Stühlen um sich zu schmeißen, und dann war alles zu spät. Ich habe versucht, Jamal in sein Zimmer zurückzubringen, während Cecille Jimmy in Schach hielt und Greg den Neuen in Sicherheit brachte. Als Andrew kam, um zu helfen, hat er von Jorge eins aufs Auge gekriegt.«

»NEIN NEIN NEIN NEIN NEIIIIIIN!«

»Jorge hat Andrew geschlagen?«, fragte Karen sichtlich schockiert.

»Und wie. Zum Glück hat Lightfoot besonnen reagiert und mir Jorge abgenommen. Aber als ich mich wieder um Jamal kümmern wollte, hatte unsere Freundin Aimee plötzlich die Schere in der Hand.«

»Wie ist das möglich? Wir haben doch alle Bastelsachen unter Verschluss.«

Ed wandte sich kurz von Aimee ab, um seiner Chefin einen gequälten Blick zuzuwerfen. »Falls es noch nicht bei dir angekommen sein sollte, Karen: Wir haben da ein paar kleine Engpässe, aber reichlich zu tun. Und wenn Benny dann auch noch durch Wände zu gehen versucht –«

»WICHSER WICHSER WICHSER. ICH REISS DIR DIE OHREN AB. ICH MACH MUS AUS DEINEM GEHIRN. MIT ’NER BANANE DAZU. LECKER LECKER LECKER.«

»Oh nein.« D. D. ahnte jetzt, wer da schrie. Benny. Der kleine Junge mit den braunen Augen, der so gerne Früchte zermanschte oder Flugzeuggeräusche von sich gab. Sie warf einen Blick auf Karen und sah ihrer Miene an, dass auch sie längst Bescheid wusste. Ein Tag im Leben dieser Station.

Ed richtete seine Aufmerksamkeit zurück auf Aimee, die sich mit der Schere an ihrer Halsschlagader zu schaffen machte. Ihre dunklen Augen sahen aus wie totes Glas.

»Hey, Aimee«, sagte er, eine Spur schärfer jetzt. »Ich weiß, dass es dir wichtig ist, nicht angefasst zu werden. Du willst, dass wir in Ruhe miteinander reden. Aber damit kommen wir jetzt nicht weiter. Du kennst die Regeln unserer Station. Wir behandeln den anderen und uns selbst mit Respekt. Diesen Respekt zeigst du im Augenblick nicht. Du verletzt dich selbst und hörst mir nicht zu. Ich zähle jetzt bis zehn, Aimee. Dann komme ich zu dir.«

Noch mehr Getöse. Weitere Schreie, diesmal aber nicht von Benny, sondern von einem anderen Kind. Der Irrsinn schien von Zimmer auf Zimmer überzuspringen. Seelenruhig fuhr Aimee sich mit der Schere über die linke Handfläche. Sie betrachtete die Wunde und ritzte eine zweite daneben.

»Greifen Sie endlich ein!«, zischte D. D. der Stationsleiterin ins Ohr. »Ich halte sie fest, Sie nehmen ihr die Schere ab. Los jetzt!«

Karen klammerte ihre Hand um D. D.s Unterarm. »Die Schnitte sind nicht weiter tragisch und werden bald heilen. Wenn wir aber ihr Vertrauen verlieren, sind Monate harter Arbeit umsonst …«

»Sie filetiert ihre Haut –«

»Fünf, sechs, sieben …«, zählte Ed.

»Nein, nein, nein«, schrie ein anderes Kind irgendwo. »Das mach ich nicht. Kommt gar nicht in Frage, DU VERDAMMTE FOTZE!«

»Pssst, schön ruhig bleiben.«

»¡Diablo, Diablo, Diablo!«

D. D. hielt es nicht mehr aus. Sie war drauf und dran, über Aimee herzufallen und ihr die Schere zu entreißen, um gleich darauf den Flur entlangzulaufen und den rasenden Benny zur Ruhe zu zwingen. Und es gäbe noch mehr zu tun, an vielen anderen Stellen. Weitere Schreie wurden laut, und dieses schwarzäugige Mädchen hatte sichtlich Lust daran, sich mit einer Bastelschere zu verunstalten …

»Acht, neun, zehn.«

Der MC straffte seine Schultern und trat entschlossen einen Schritt vor. Aimee hob die Schere an ihre Brust, und D. D. glaubte zu wissen, was sie vorhatte.

»Aufhören!«, wollte sie schreien und auf das Mädchen zustürzen.

Aimees weiße Hand schnellte nach unten. Die blutverschmierte Schere sauste durch die Luft.

»ICH MACH EUCH FERTIG. BRING EUCH ALLE UM. WARTET'S AB WARTET'S AB. ICH WERDE MICH AN EUCH RÄCHEN –«

Ed packte Aimee beim Handgelenk. Er drehte ihr den Arm auf den Rücken, so schnell und effektiv, wie es kein Cop hätte besser machen können. Das Mädchen schrie kurz auf. Die Schere fiel auf den Boden. Kraftlos sackte Aimee in sich zusammen.

»Ich hole Verbandszeug«, sagte Karen.

Die Schreie weiter hinten im Flur nahmen kein Ende.

Es dauerte eine Stunde, um auf der Station wieder halbwegs Ordnung herzustellen. Die Kinder wurden mit Medikamenten und Musik ruhiggestellt; zur Ablenkung gab man ihnen Gameboys oder las ihnen endlos lange Geschichten vor. Als unerfahrene Außenseiter waren D. D. und ihr Team ins Klassenzimmer verbannt worden, wo sie Berichte und Protokolle zu lesen versuchten, aber immer wieder gestört wurden von spitzen Schreien und gelegentlichem Gepolter.

D. D. konnte nicht still sitzen, genauso wenig wie Alex. Sie liefen im Flur auf und ab und fühlten sich so aufgedreht wie die Kinder.

»Negative Energie«, sagte Alex, die Hände tief in den Taschen vergraben, wo sie mit Kleingeld klimperten.

»Blödmann.«

»Na bitte, der sprechende Beweis.«

»Du kannst mich mal.«

»Und was sagt dein innerer Engel?«

»Der rastet gleich aus.«

»Unser Schamane hat recht. Solche Schwingungen wie hier habe ich das letzte Mal im Souza-Baranowski wahrgenommen.« Das Souza-Baranowski Correctional Center war das Hochsicherheitsgefängnis von Massachusetts.

»Kein Wunder in geschlossenen Einrichtungen. Einer dreht durch, und kurz darauf steht der ganze Laden kopf.«

»Wegen der schlechten Energien.«

»Ja. Und ich dreh auch gleich durch.«

»Vielleicht sollten wir uns in eine leere Besenkammer zurückziehen und uns austoben.«

D. D. hielt die Luft an, zwinkerte ein paarmal mit den Augen und war echt schockiert, weil ihr genau danach der Sinn stand: Alex das Hemd vom Leib zu reißen, ihre Finger in seine Schultern zu krallen und ihn ranzunehmen wie –

Ihre Miene zeigte offenbar deutlich, was ihr durch den Kopf ging, denn seine Augen verschleierten sich. »Ich würde mir den Ausdruck auf deinem Gesicht ja gerne selbst zuschreiben, fürchte aber, unser Schamane hat recht. Wenn man überall von Negativität umgeben ist, fühlt man sich zum Positiven hingezogen. Aktionen verlangen nach ähnlich starken Reaktionen.«

»So wie Zerstörungsakte nach Akten der Schöpfung verlangen?«

»Genau. Zum Beispiel in einer Besenkammer.«

»Einverstanden.«

Plötzlich ging die Stationstür auf. Danielle Burton trat ein, sah die Blutspritzer im Aufenthaltsbereich und blieb wie angewurzelt stehen. Fast gleichzeitig tauchte Andrew Lightfoot im Flur auf.

D. D. und Alex sahen einander kurz an und zogen sich leise zurück.

»Was ist passiert?«, wollte Danielle wissen. »Ist jemand verletzt? Wie schlimm?«

»Irgendwie ist Aimee an eine Schere rangekommen«, antwortete Lightfoot. Er näherte sich der dunkelhaarigen Schwester bis auf einen halben Meter und setzte eine Wasserflasche an die Lippen.

Danielle wich einen Schritt zurück. »Wie geht es ihr?«, fragte sie, ohne Lightfoot anzusehen, der sie mit ernster Miene musterte.

»Den Umständen entsprechend«, murmelte der Heiler, nachdem er die Flasche abgesetzt hatte. »Es hat einige Aufregung gegeben. Die Kinder sind wie Knallfrösche losgegangen. Man könnte sagen, wir hatten jede Menge Gelegenheit dazuzulernen. Aber das wäre wohl ein wenig zynisch. Die Energie hier ist … geradezu toxisch. Ich habe Stunden damit zugebracht, das Zimmer des Mädchens zu purgieren, bin aber nicht fertig geworden damit. Es ging einfach über meine Kraft.«

»Sie waren in Lucys Zimmer?«, fragte Danielle in scharfem Ton.

»Karen hat mich darum gebeten.«

»Sie kannten das Mädchen doch gar nicht.«

»Ich bin ihrer Seele auf der Zwischenebene begegnet. Übrigens, sie lässt Ihnen durch mich danken.«

»Hören Sie auf.« Danielle wandte sich ab und ging. Ihre Handtasche ließ sie auf einem der Tische liegen. Nach wenigen Schritten bemerkte sie D. D. und Alex, die vor der Tür zum Klassenzimmer standen. »Haben Sie nicht zu arbeiten?«, fragte sie schnippisch.

»Wir sind gerade dabei«, erwiderte D. D.

Lightfoot war der Schwester gefolgt und fragte nun: »Wie geht es Ihnen, Danielle?«

»Gut.«

»Das glaube ich nicht.«

»Was maßen Sie sich an?«

»Verzeihen Sie, wenn ich mit meiner Bemerkung zu weit gegangen sein sollte. Ich will Ihnen nicht zu nahetreten.« Lightfoot stand allerdings wieder auffallend dicht vor der Schwester. Er hatte eine Hand in die Tasche der Leinenhose gesteckt und ließ mit der anderen die Wasserflasche auf den Schenkel prallen.

D. D. erinnerte sich an Lightfoots Worte, wonach er an Danielle ausschließlich beruflich interessiert sei, fand aber, dass sein Blick sehr persönlich wirkte. Es schien, als wollte er noch näher an sie heranrücken, um ihren Duft aufnehmen zu können.

Danielle aber machte kein Hehl aus ihrer Abneigung. Sie marschierte auf einen Schrank zu, schloss ihn auf und holte ein Paar Gummihandschuhe und Desinfektionsspray hervor.

»Entweder Sie machen sich nützlich oder verschwinden«, sagte sie an Lightfoots Adresse. »Sie haben die Wahl.« Und an D. D. und Alex gewandt: »Das Gleiche gilt für Sie. Wir sind eine psychiatrische Station und kein Zoo.«

D. D. schaute Alex an. Der zuckte nur mit den Achseln. Im stummen Einverständnis gingen sie zu dem Schrank und versorgten sich selbst mit Putzmitteln. Den kleinen Preis waren sie zu zahlen bereit.

Andrew schien ähnlich zu denken. Er griff nach einer Küchenrolle. »Ihr Vater möchte unbedingt mit Ihnen reden –«, sagte er zu Danielle.

»Kein Interesse.«

»Hass ist negative Energie, Danielle. Sie verletzen sich nur selbst, wenn Sie ihn verleugnen.«

»Seien Sie still. Ich lasse mich auf Ihren Hokuspokus nicht ein. Haben Sie bei Ozzie nicht genug Schaden angerichtet?«

Lightfoot legte die Stirn in Falten. D. D. wurde hellhörig.

»Ozzie hat bemerkenswerte Fortschritte gemacht«, entgegnete er. »Die ganze Familie war auf einem guten Weg –«

»Die ganze Familie ist tot.«

»Ich weiß nicht, was geschehen ist. Ozzie ist jedenfalls nicht schuld daran.«

»Sind Sie sicher? Hat Ozzies Seele Ihnen das in irgendwelchen Zwischensphären mitgeteilt?«

Gute Frage, dachte D. D.

»Wenn eine Seele diese Welt verlässt, zeigt sie leider kein Interesse mehr an den physischen Realitäten, die ihr hier begegnet sind«, führte Lightfoot aus. »Und so ist auch für Ozzies Seele der leibliche Tod nicht mehr von Belang. Sie macht jetzt andere, wünschenswertere Erfahrungen. Das muss so sein.«

»Ach ja?«, spöttelte Danielle, als sie sich daranmachte, einen der Tische abzuwischen. »Der kleine Ozzie ist also zu neuen Gefilden aufgebrochen, aber mein Vater will nach fünfundzwanzig Jahren immer noch mit mir reden. Habe ich das richtig verstanden?«

Lightfoot zuckte mit den Achseln. »Die Seele Ihres Vaters hat noch unerledigte Aufgaben zu bewältigen. Sie muss bestimmte Erfahrungen nachholen.«

»Und Lucy?«

»Ich habe vergangene Nacht von ihr geträumt«, antwortete Lightfoot. »In meiner Vorstellung tanzte sie zwischen Mondstrahlen. Mir war auf Anhieb klar, dass sie etwas ganz Besonderes ist, ein unendlich lichtes und liebevolles Wesen. Sie hat mir gesagt, dass sie Sie liebt, und mich gebeten, Ihnen zu helfen. Sie macht sich Sorgen um Sie und spürt die Traurigkeit in Ihrem Herzen.«

»Hat sie Ihnen auch verraten, wer sie getötet hat? Oder ist das in Ihren höheren Welten ein zu profanes Thema?«

D. D. sah Lightfoot erwartungsvoll an. Auch das eine gute Frage.

»Der Tod ist nur ein Übergang«, fuhr er fort, und D. D. sah, wie Danielle, die auf der anderen Seite des Tisches stand, die Augen verdrehte. Die Frau gefiel ihr zunehmend.

Lightfoot ließ sich nicht beirren. »Sie sollten verzeihen, Danielle. Sie sollten Ihr Herz der Liebe öffnen und von der Vergangenheit ablassen. Wenn Ihnen das nicht gelingt, werden die dunklen Kräfte Überhand gewinnen.«

»Und wann kommt der Werbeblock? Ich brauche dringend eine Pause von Ihrem Geschwafel.«

»Mir ist es ernst«, entgegnete Lightfoot spröde.

»Mir auch.«

»Er hat eine unglaubliche Macht, Danielle.«

»Wer?«

»Nennen Sie mir den Namen.«

Die beiden starrten einander an. Betont langsam stellte Danielle ihre Spraydose ab.

»Wenn Sie helfen möchten, Andrew, gehen Sie zu einem unserer Kinder. Ich brauche Ihre Hilfe nicht.«

»Es steht schlimm um uns.«

»Dann versuchen Sie's doch mit Woo-woo. Haben Sie nicht selbst gesagt, das Leben besteht aus frei gewählten Entscheidungen? Ich entscheide mich gegen Sie.«

Lightfoot presste die Lippen aufeinander. Seine dunklen Augen blitzten. Er drehte sich um und steuerte auf den Flur zu. Als er Lucys Zimmer erreichte, warf er einen letzten Blick über die Schulter zurück auf Danielle. Dann verschwand er hinter der Tür.

D. D. ließ Luft ab, selbst erstaunt darüber, dass sie den Atem angehalten hatte.

»Mir scheint, Sie halten nichts von Woo-woo«, sagte sie.

»So ist es.« Die Schwester griff nach einem Lappen. »Dumm nur, dass Andrew in einer Hinsicht nicht falschliegt.« Sie machte sich daran, die Blutspritzer von der Wand zu wischen. »Hier geht's tatsächlich nicht mit rechten Dingen zu.«

31. Kapitel

Danielle

»Sind Sie meinetwegen zurückgekommen?«, fragte die Sergeantin ein paar Minuten später. Wir hatten inzwischen alle Blutspuren von den Wänden beseitigt und schoben Tische für die anstehende Mitarbeiterbesprechung zu einem Rechteck zusammen. Der andere Detective, dieser George-Clooney-Typ, war noch damit beschäftigt, die Flecken aus dem Teppich zu schrubben, befand sich aber in Hörweite. D. D. fuhr fort: »Schön. Ich möchte mich nämlich mit Ihnen unterhalten.«

»Wir haben gleich eine Sitzung«, entgegnete ich steif. »Karen meint, ich könne daran teilnehmen.«

»Wird auch zur Sprache kommen, dass vor ziemlich genau fünfundzwanzig Jahren Ihr Vater Ihre Familie ausgelöscht hat?«

Aus durchschaubaren Gründen versuchte die Sergeantin, mich zu provozieren, worauf ich aber nicht ansprang. Ich entdeckte noch ein paar Blutspritzer am Fenster weiter hinten, griff nach dem Glasreiniger und machte mich wieder an die Arbeit.

Während der vergangenen fünfundzwanzig Jahre hatte

ich mich ziemlich wacker geschlagen, wie ich fand. Ich hatte das College geschafft, einen Job gefunden, der mir Spaß machte, und mich an dreihundertsechzig Tagen im Jahr immer wieder bewähren können. Es gelang mir, die Ereignisse jener Nacht unter Verschluss zu halten und dem Bedürfnis zu widerstehen, alte Familienfotos hervorzukramen. Ich verdrängte die Erinnerung an die Whiskyfahne meines Vaters oder daran, eine Neun-Millimeter-Pistole in der Hand gehalten zu haben.

Ich arbeitete mit meinen Kindern und legte Wert darauf, nicht zurückzublicken.

Nur diese eine verflixte Woche im Jahr kam mir immer wieder dazwischen.

Dann kochten alle Erinnerungen, die ich so sorgfältig weggepackt hatte, wieder hoch, angereichert mit neuen Informationen. Hatte Mom meinen Vater tatsächlich verlassen wollen? Hatte sie einen »guten Kerl« gefunden? War es am Ende gar nicht meine Rebellion gewesen, die meinen Vater hatte ausrasten lassen, sondern ihre Affäre?

Ich wusste keine Antworten darauf, verspürte aber zum ersten Mal das dringende Bedürfnis, über meine Vergangenheit mit anderen zu reden. Ich hatte mich an Sheriff Wayne zu wenden versucht, um ihn zu fragen, wann genau er in jener Nacht bei uns zu Hause eingetroffen war. Waren zwischen meinem Gespräch mit Mom und den Schüssen meines Vaters tatsächlich zweieinhalb Stunden vergangen?

Von dem Polizisten, der meinen Anruf entgegengenommen hatte, musste ich erfahren, dass Sheriff Wayne nicht mehr lebte. Er war vor zwei Jahren gestorben. Im

Bett. Ich konnte es kaum glauben, denn er war es mir gewissermaßen schuldig, unsterblich zu sein.

Jetzt gab es nur noch Tante Helen, die sich wie ich an das Lächeln meiner Mutter, das Kichern meiner Schwester und das dämliche Grinsen meines Bruders erinnerte. Doch ich brauchte mehr Austausch, weitere Informationen.

»Erzählen Sie mir von Lightfoot«, sagte D. D., die mir gefolgt war. »Täusche ich mich, oder vermute ich richtig, dass Sie beide auch persönlich miteinander in Beziehung stehen?«

Ich ließ den Lappen sinken, mit dem ich das Fenster putzte, und drehte den Kopf, um ihr in die Augen zu sehen. »Sie täuschen sich. Zugegeben, wir haben uns einmal privat getroffen, und er ist mir unglaublich auf die Nerven gegangen, weil er mir immer nur Fragen zu meinem Vater gestellt hat. Nennen Sie mich altmodisch, aber Gespräche über meinen schießwütigen Erzeuger sind nicht gerade das, was mich für einen Mann einnimmt. Es war der Anfang und das Ende unserer *persönlichen* Beziehung.«

»Er interessiert sich einzig und allein für Ihren Vater?«

»Anscheinend bin ich für ihn so etwas wie eine spirituelle Herausforderung. Wenn er mich dazu bringen würde, dass ich meinem Vater vergebe und mein Herz dem Licht öffne, dann hätte er gewonnen.«

»Sie wollen Ihrem Vater nicht vergeben.«

»So ist es. Mir gefällt es, ihn zu hassen. Auf Versöhnungspartys in irgendwelchen Zwischenwelten kann ich gut verzichten.«

D. D. zog eine Braue in die Stirn. »Dazu rät Lightfoot?«

»Mehr oder weniger. Wenn Sie Genaueres wissen wollen, fragen Sie ihn, nicht mich. Mir kann er mit seinem Geschwafel jedenfalls gestohlen bleiben.«

»Hat Greg mehr Glück bei Ihnen?«

Die Frage klang so beiläufig und harmlos, dass ich fast geantwortet hätte, ohne vorher nachzudenken. Ich konnte mich noch einmal bremsen. »Wir sind Freunde.«

»Ganz besondere Freunde?«

»Nicht, was Sie denken.«

»Freunde, die zusammen ausgehen? Die auf einer Wellenlänge sind?«

»Freunde, die sich gelegentlich eine Pizza teilen. Unser Job ist anstrengend. Da bleibt nicht viel Zeit oder Muße für Flirts nach Feierabend.«

»Sie haben das Krankenhaus heute mit ihm verlassen«, entgegnete D. D. ruhig. »Sah ganz vertraulich aus.«

Ihre Feststellung verunsicherte mich. Aber was soll's, dachte ich. Schließlich befragten die Cops alle im Haus, und es war ja auch nicht so, als hätte ich mich mit Greg in aller Heimlichkeit davongeschlichen. Jeder hatte es sehen und die Information weitergeben können.

»Ja, Greg hat mich begleitet«, gab ich zu. »Er ist rührend um mich besorgt.«

»Hat er Sie nach Hause gefahren?«

»Wir sind zu ihm gefahren.«

»Das klingt wiederum ziemlich persönlich.«

»Wir haben miteinander geredet. Er weiß, dass es mir in diesen Tagen nicht gutgeht.«

»Ich hätte auch nichts dagegen, mich an seinen Schultern auszuweinen«, kommentierte die Sergeantin.

Ich konnte es mir nicht verkneifen zu entgegnen: »Er ist ein bisschen zu jung für Sie, finden Sie nicht auch?«

»Hallooooo?«, schmunzelte die Sergeantin, sichtlich amüsiert über meine bissige Bemerkung. »Man munkelt, Greg wäre seit Jahren hinter Ihnen her. Hat er endlich landen können, Danielle?«

Ich war nicht bereit, diese Frage mit einer Antwort zu würdigen, zumal es mir nicht behagte, an meinen Morgen mit ihm zurückzudenken. Nachdem ich ihn jahrelang erfolgreich auf Abstand gehalten hatte, war ich dann doch mit zu ihm nach Hause gegangen, nur um ihn vor den Kopf zu stoßen.

»Schauen Sie«, sagte ich ungeduldig. »Zwischen uns läuft nichts. Wir sind Kollegen, und mehr ist für mich nicht drin. Ende der Geschichte.«

»Ich habe da meine Zweifel.«

»Was soll das heißen?«

D. D. stellte den Kopf schief und musterte mich neugierig. »Zwei Familien, die beide ein Kind auf dieser Station hatten, sind einem Verbrechen zum Opfer gefallen, und das ziemlich genau fünfundzwanzig Jahre nach der Tragödie in Ihrer Familie. Vergangene Nacht musste ein Mädchen, das Sie betreut haben, vom Strick geschnitten werden. Wollen Sie immer noch behaupten, dass Sie mit alldem nichts zu tun haben?«

Ich spürte, wie mir das Blut aus dem Gesicht wich.

»Aber … Ich habe keine Familie mehr. Wer könnte es auf mich abgesehen haben?«

»Gute Frage«, sinnierte die Sergeantin. »Wer könnte es auf Sie abgesehen haben?«

Ich wusste keine Antwort darauf, war mir aber sicher, dass es bei alldem nicht um mich gehen konnte. *Ich hatte damals die Pistole gar nicht mehr in der Hand,* wollte ich ausrufen. *Ich schwör's, ich hatte sie nicht mehr.*

»Ich muss jetzt einen Bericht durcharbeiten«, murmelte ich und ging davon, weil ich es einfach nicht mehr aushalten konnte, dieser Polizistin gegenüberzustehen. Ich wollte mir den Schrecken nicht anmerken lassen, der über mich hereinbrach. Ich wollte nicht, dass sie mein Bedauern falsch interpretierte.

Eine Viertelstunde später fing die Mitarbeiterbesprechung an. Es war fast schon halb zwölf. Die lange Verzögerung konnte nach den Vorfällen nicht verwundern. Auf der Station herrschte immer noch Hochspannung. Ich konnte mich nicht erinnern, dass jemals zuvor so viele Kinder gleichzeitig ausgetickt waren. Und wir, die Kollegen, waren genauso zappelig wie sie.

Ich blieb in der Verwaltung zurück und warf immer wieder einen Blick durch das Fenster in den Aufenthaltsbereich. Die Polizei war endlich verschwunden. Ich hätte mich zu den MCs an den großen Tisch setzen können, fühlte mich aber zu befangen nach dem Gespräch mit der Sergeantin, die mir eine Mitschuld an Lucys Tod zu unterstellen schien.

Aber dann wurde mir bewusst, dass ich eigentlich auf Greg wartete. Ich wartete auf seine seelische Unterstützung.

Als er nach weiteren fünf Minuten immer noch nicht auftauchte, machte ich mich auf die Suche nach ihm.

Ich bin durch den Flur, vorbei an den Schlafzimmern unserer Kinder, von denen manche hell erleuchtet waren. Aus dem letzten Raum auf der rechten Seite hörte ich schließlich seinen unverkennbaren Bariton.

Ich steckte meinen Kopf zur Tür herein. Greg saß auf dem Boden, die langen Beine ausgestreckt, und kümmerte sich um einen kleinen Jungen, der zu einem Knäuel zusammengerollt vor ihm lag. Er streichelte seine hellblonden Haare, redete behutsam auf ihn ein und ermutigte ihn, sich zu entspannen. Der Junge reagierte nicht.

Es war der neue Patient, der am Morgen seine Mutter mit einem Messer attackiert hatte. Er schien in sich verkapselt zu sein und nicht wahrhaben zu wollen, dass er an diesem fremden Ort war und von fremden Leuten bedrängt wurde.

»Mommy«, flüsterte er. »Ich will zu meiner Mommy.«

»Ich weiß«, erwiderte Greg.

»Bring mich zu ihr.«

»Das geht jetzt nicht.«

»Du könntest doch dabeibleiben. So wie schon mal.«

Ich merkte auf. *So wie schon mal?* Vorsichtig schlich ich in Deckung.

»Du bleibst ein Weilchen hier. Bei uns lernst du, dich zu beruhigen und unter Kontrolle zu halten. Dann geht es dir wieder besser. Keine Sorge. Du wirst dich hier wohlfühlen. Wir passen gut auf dich auf.«

»Mommy ...«

Greg schwieg.

»Ich hab ihr wehgetan«, murmelte der Junge. »Mit diesem Messer. Ich hatte es in der Hand und konnte nicht anders. Ich konnte nicht anders.«

Greg blieb still.

»Ich bin ein böser, böser Junge«, jammerte der Kleine weiter, so leise, dass ich ihn kaum verstehen konnte. »Niemand liebt einen so bösen Jungen wie mich.«

»Du hast Hilfe gerufen«, sagte Greg. »Das war schlau von dir, Evan. Wirklich schlau und das einzig Richtige.«

»Blut ist klebrig. Und ist warm. Ich wusste nicht, dass sie so blutet. Ich glaube, ich habe das Sofa versaut.« Plötzlich fing der Junge zu weinen an. »Greg, ob Mommy mich jetzt hasst? Ruf sie an, du musst sie anrufen. Sag ihr, dass es mir leidtut. Es war ein Unfall. Ich wollte nicht, dass sie so blutet. *Ich wusste das nicht!*«

Die Erregung des Jungen spitzte sich zu, seine Stimme hatte eine bedrohliche Färbung angenommen. Ich betrat das Zimmer, als Greg gerade sagte: »Evan, ich möchte, dass du jetzt tief Luft holst.«

»Ich habe das Sofa versaut.«

»Evan –«

»Ich will nach Hause gehen, Hause gehen, Hause gehen. Will diesmal auch ein braver Junge sein. Versprochen, ein braver Junge. Keine Messer mehr. Aber lasst mich nach Hause Hause Hause Hause Hause.«

Der Junge sprang auf und stürzte zur Tür. Mit ausgebreiteten Armen versperrte ich ihm den Weg. Er prallte wie ein Gummiball von mir ab, und anstatt einen zweiten Anlauf zu nehmen, lief er zur nächsten Wand und schlug den Kopf gegen den Gipskarton. *»Ahhhhahhhhahhhhahhhhahhhh«*, brüllte er frustriert.

»Benadryl?«, flüsterte ich Greg zu.

Er schüttelte den Kopf. »Könnte in seinem Fall das Gegenteil bewirken. Versuchen wir's lieber mit Ativan.«

Ich eilte los, während Greg mit fester Stimme weiter auf den Jungen einredete: »Evan. Hör mir zu, mein Kumpel. Sieh mich an. Evan …«

Als ich zurückkehrte, blutete der Junge aus einer Platzwunde auf der Stirn. Greg versuchte, seine Aufmerksamkeit zu erregen, indem er ihm sein Handy unter die Nase hielt. »Evan, schau. Wir werden jetzt deine Mutter anrufen. Ihr sagen, dass alles in Ordnung ist. Okay? Sieh mich an, Evan. Schau her.« Greg wählte eine Nummer. Evan hörte kurz auf, mit dem Kopf vor die Wand zu schlagen, und warf einen Blick über die Schulter zurück. Vor Anstrengung zitterte er am ganzen Körper. Seine blutunterlaufenen Augen waren glasig, die Wangen bleich und die Hände zu Fäusten geballt. Die meisten unserer Kinder brauchten Tage, um sich von einem solchen Anfall wieder zu erholen. Evan aber schien bereit für Runde zwei.

Ich konnte es wieder spüren: einen kühlen Hauch, wie wenn sich eine dunkle Wolke vor die Sonne geschoben hätte. Ich wünschte, ich wäre an diesem Abend nicht auf der Station erschienen. Irgendetwas stimmte nicht. Es war noch schlimmer als vergangene Nacht, als wir Lucy aufgeknüpft in der Radiologie vorgefunden hatten.

Greg hielt sich sein Handy ans Ohr. »Ich würde gern mit Victoria Oliver sprechen«, sagte er.

Evan fing mit wilden Gebärden und irrem Blick zu tanzen an. Blut tropfte ihm von der Nase auf das blau gestreifte Hemd. »Mommy, Mommy, Mommy, Mommy.«

»Nimm deine Medizin«, forderte Greg den Jungen auf. Aus dem Handy tönte in diesem Moment eine blecherne Frauenstimme. »Victoria?«

»Hallo?«

»Deine Medizin, Evan.«

Der Junge wirbelte herum und rannte mich fast um. Ich reichte ihm den Pappbecher. Er schluckte die Pille, tanzte weiter und starrte dabei auf Gregs Handy.

»Victoria«, wiederholte der. »Hier Greg. Ich bin bei Evan und dachte … Er will wissen, wie es Ihnen geht. Und vielleicht freut es Sie ja auch zu hören, dass mit ihm alles in Ordnung ist.«

Ich konnte die Antwort nicht hören. Evan wirbelte umher, ein Derwisch mit blonden Haaren, blauem Hemd und blutverschmiertem Gesicht.

Ein kalter Schauer lief mir über den Rücken …

»Wir sind hier im achten Stock«, sagte Greg. »Ja, eine geschlossene Station. Für akute Notfälle. Machen Sie sich keine Sorgen, Vic. Ihr Sohn ist gut bei uns aufgehoben.«

Vic? Und wieso wusste er, wo Evans Mutter zu erreichen war? Oder dass sie seinen Anruf entgegennehmen konnte? Unabhängig davon, war es nicht besonders schlau, mit der Mutter eines Kindes Kontakt aufzunehmen, die von diesem gerade lebensgefährlich verletzt worden war. Es sei denn, er wusste, dass sie für ein Gespräch bereit und stabil genug war …

Mich fröstelte so sehr, dass ich zu zittern anfing.

Greg sagte: »Wollen Sie mit ihm sprechen? Nur ganz kurz. Er ist gerade in einer etwas schwierigen Verfassung … Nein, Sie müssen jetzt an sich denken. Wir kümmern uns um ihn. Victoria … Vic … Vertrauen Sie mir. Für Ihren Sohn ist es jetzt am wichtigsten, dass Sie wieder auf die Beine kommen.«

»Mommy, Mommy, Mommy, Mommy«, heulte Evan und zappelte in einem fort.

Greg reichte ihm das Handy. »Ein Satz, Evan. Hier, du kannst die Stimme deiner Mutter hören. Es geht ihr gut. Sag ihr, dass es auch dir gutgeht.«

Evan schnappte sich das Handy und drückte es ans Ohr. Sein Gesicht strahlte erleichtert auf, als er seine Mutter hörte. Er entspannte sich und setzte wieder den ganzen Fuß auf.

Plötzlich, ehe Greg einschreiten und ihm das Handy entreißen konnte, knurrte Evan: »Das nächste Mal bist du dran. Das nächste Mal reiß ich dir das VERDAMMTE HERZ AUS DEM LEIB.«

Der Junge schleuderte das Handy auf den Boden, warf sich vor die Wand und schlug mit dem Kopf dagegen.

»Oh, Evan«, stöhnte Greg erschöpft.

Ich rannte los, um mehr Ativan zu holen.

32. Kapitel

Victoria

Klopf-klopf.

Wer da?

Evan.

Evan wer?

Evan, der kleine Junge, der dich liebt.

Klopf-klopf.

Wer da?

Evan.

Evan wer?

Evan, der kleine Junge, der dich töten will.

Klopf-klopf. Wer da? Michael, dein Mann, der eine andere heiraten wird.

Klopf-klopf. Wer da? Chelsea, deine Tochter, die glaubt, dass du sie nicht mehr liebst.

Klopf-klopf. Klopf-klopf. Klopf-klopf.

Ich liege in meinem Krankenhausbett und blicke auf die grün leuchtende Zackenlinie eines Herzmonitors. Draußen im Flur scheint viel los zu sein. Überarbeitete Schwestern, murrende Patienten und zirpende Apparate. Ich konzentriere mich auf die weiße Wand gegenüber, auf den spiegelblanken Handlauf am Fußende des Bettes. Das schwere schwarze Telefon drückt auf die Decke über meinen Beinen. Den Blick wieder auf den Monitor gerichtet, wundere ich mich, dass mein gebrochenes Herz überhaupt noch schlägt.

Meine Seite tut mir weh. Der weiße Verband hat einen roten Fleck. Ein heißer Schmerz macht sich im Innern bemerkbar. Vielleicht habe ich eine Infektion, die mein Blut vergiftet und auf lebenswichtige Organe übergreift. Ich sterbe hier in diesem Zimmer und muss nicht mehr nach Hause zurück.

Klopf-klopf.

Wer da?

Evan.

Evan wer?

Evan, der kleine Junge, der dich liebt.

Klopf-klopf.

Wer da?

Evan.

Evan wer?

Evan, der kleine Junge, der dich töten will.

Ein Gedanke streift mich, erst flüchtig, setzt sich aber plötzlich fest. Ich möchte so nicht mehr leben. Ich will nicht mehr die Person sein, die ich bin. Ich muss einen neuen Weg finden, mich bewegen, auch wenn es mich umbringt. Womöglich sterbe ich ja ohnehin schon.

Ich denke an Sommersand und erinnere mich daran, wie ich das erste Mal meine beiden Kinder im Arm hielt. Und ich erinnere mich an den Ausdruck in Michaels Gesicht, als er mir eröffnete, mich verlassen zu wollen.

So viele Träume, die nie wahr geworden sind. So viel Liebe, die ich gegeben habe, ohne dass sie mir erwidert wurde.

Klopf-klopf.

Wer da?

Victoria.

Victoria wer?

Tja, das wäre dann wohl die Millionen-Dollar-Frage. Victoria wer?

Ich muss hier raus. Jetzt weiß ich nämlich ganz genau, was ich tun werde.

33. Kapitel

Richtig zu meditieren war anscheinend nicht leicht, was erklärte, warum D. D. es nie versucht hatte. Anfangs wurde viel Tamtam um eine möglichst bequeme Sitzposition gemacht. Die meisten Mitarbeiter nahmen auf dem Boden Platz, die erfahrenen im Lotussitz, andere mit dem Rücken zur Wand und mit ausgestreckten Beinen.

Nicht weniger wichtig war es offenbar, dass jeder ausreichend Freifläche hatte und von anderen nicht gestört wurde. Selbst Greg und Danielle, die verspätet zu dieser Party erschienen, hielten Abstand. Er setzte sich in den Gang, während sie einen Platz unweit von D. D. wählte.

Die junge Schwester blickte zu ihr auf und öffnete den Mund, als wollte sie etwas sagen. Doch dann presste sie die Lippen aufeinander, schloss die Augen und wandte das Gesicht der Stelle zu, wo Lightfoot auf einem Tisch hockte, die Handgelenke auf den Knien ruhend und die Finger nach oben gerichtet. In Griffweite neben ihm stand eine Flasche mit grünem Eistee.

Er sprach mit fester, melodiöser Stimme. D. D. fand, dass er immer noch sehr müde aussah. Aber es war ja auch schon nach Mitternacht. Sie und ihre Kollegen waren ähnlich erschlagen und nahmen nur deshalb an dieser Runde teil, weil sie sich ein wenig Entspannung erhofften.

Karen, die Stationsleiterin, saß neben der Tür zum Verwaltungstrakt. Sie hatte ihre Brille abgelegt. Ein Bär von Mann – Ed, wie D. D. vermutete – saß nicht weit von ihr entfernt und zur Linken jener jüngeren Frau mit den kurzen schwarzen Haaren – Sissy? Cecille? Mit von der Partie waren drei weitere MCs sowie eine Krankenschwester namens Janet. Nur Tyrone fehlte in der Runde, da er Wachdienst hatte und alle fünf Minuten nach den Kindern sehen musste. Weil inzwischen auf der Station alles ruhig war, stand er mitten im Flur, vis-à-vis der Sergeantin, die ebenfalls auf den Beinen geblieben war.

Alle beisammen, dachte sie, neugierig darauf, was nun passieren würde.

»Langsam einatmen«, intonierte Lightfoot. »Stellen Sie sich vor, die Luft strömt durch sämtliche Poren und füllt den gesamten Körper mit frischem Sauerstoff. Beim Einatmen zählen wir eins, zwei, drei, vier, fünf, sechs, sieben. Jetzt ausatmen und bis fünf zählen …«

D. D. lehnte sich mit dem Rücken an die Wand und verschränkte die Arme vor der Brust. Unwillkürlich atmete sie nach Lightfoots Vorgabe, zwang sich aber dann zu einem eigenen Rhythmus und fühlte einen leichten Schwindel.

Alex war gegangen, um Pizza zu besorgen. Sie alle hatten eine lange Nacht vor sich, denn es waren ja noch die Mitarbeiter der Station zu befragen. Karen hatte versprochen, ihnen gleich im Anschluss an Lightfoots Meditationsrunde ihre MCs einzeln ins Klassenzimmer zu schicken. Vorausgesetzt, es blieb ruhig auf der Station. Nach dem Tohuwabohu vor zehn Minuten war D. D. nicht allzu optimistisch.

Wenn Lightfoot seine Sache nicht gut machte, standen die Chancen für einen zügigen Ablauf eher schlecht.

Lightfoot fing an zu schwitzen. D. D. sah, dass sich auf seiner Oberlippe kleine Schweißperlen bildeten. Während er die anderen aufforderte, langsam und gleichmäßig Luft zu holen, schien er selbst nur ganz flach zu atmen. Eine seiner Hände, die auf den Knien lagen, zitterte leicht.

Strengten ihn seine Bemühungen, negative Energien abzuwehren und im Dunkeln Licht zu finden, so sehr an?

Gütiger Himmel, dachte D. D., als sie sich dabei ertappte, in Lightfoots Begriffe zu verfallen.

»Ich will, dass Sie alle Spannung abbauen«, sagte Lightfoot mit angestrengt klingender Stimme. Karen blinzelte und runzelte die Stirn.

»Konzentrieren Sie sich auf Ihre Zehen und auf all die kleinen Muskeln im Mittelfuß, die noch verspannt sind, so verspannt, dass sich die Zehen in den Teppich krallen. Lösen Sie jetzt diese Spannung, lassen Sie davon ab. Sie können spüren, wie sich die Zehen wie von selbst heben und die Füße ganz locker auf dem Boden liegen. Sie sind weich und anschmiegsam, werden warm von den Fersen bis zu den Zehen. Eine weiße Glut breitet sich darin aus.

Konzentrieren Sie sich darauf. Sie steigt auf über Fußgelenke und Waden bis in die Kniebeugen.«

Das weiße Licht hatte weite Strecken zurückzulegen. Zahllose Muskeln wurden gebeten, sich zu entspannen. Eine Menge Körperteile mussten sich von Glut durchdringen lassen. D. D. stellte fest, dass etliche Mitarbeiter konzentriert bei der Sache waren. Sogar Danielle wirkte erfrischt; ihre Stirn glättete sich, und die schlanken Handgelenke lagen locker auf den Knien.

Lightfoot dagegen sah schrecklich aus. Er schwitzte jetzt so stark, dass sein blassgelbes Armani-Hemd dunkle Flecken bekam. Während die anderen mit geschlossenen Augen in ihre Muskulatur hineinhorchten, nippte er immer wieder heimlich an seinem Eistee. Als die Gruppe auf seinen Rat hin der Befindlichkeit von Mägen und sonstigen Organen nachspürte, war die Flasche schon fast leer. D. D. machte sich um den Heiler ernstlich Sorgen und überlegte, ob es angebracht wäre, die Meditation für eine Weile zu unterbrechen. Oder würde ihr Zwischenruf die ganze Sache verderben, so wie ein Pager das Liebesspiel?

Von ihr beobachtet, verzog Lightfoot nun das Gesicht und strich sich über die Brust. Seine linke Schulter fing seltsam zu zucken an. Wieder griff er zur Flasche und kniff die Augen zu. Aber gleich darauf schien er sich wieder gefangen zu haben.

»Konzentrieren Sie sich auf das Licht«, sagte er. »Den warmen Glanz des Lichtes und der Liebe. Er breitet sich in der Brust aus und füllt die Lungen. Öffnen Sie ihm auch die Kammern Ihrer Herzen. Lassen Sie die Liebe einströmen. Sie fließt in Ihren Adern und verdrängt alle Negativität. Ihre Glieder werden schwerelos. Licht ist Liebe. Liebe ist Licht. Sie sind davon durchtränkt, spüren es in der Brust schlagen, unter der Haut pulsieren. Ihre Arme möchten sich heben. Liebe und Freude lassen Sie schweben und alle Schwerkraft von Ihnen abfallen.«

Tatsächlich gingen bei manchen die Arme in die Höhe. Nicht so bei Danielle, wie D. D. bemerkte. Auch nicht bei Karen. Die Stationsleiterin hatte sich von der Meditation verabschiedet und studierte Lightfoot.

»Wärme«, intonierte er. »Liebe. Licht. Wärme. Freude. Mir ist bewusst, dass ich für alle Vorgänge in meinem Körper verantwortlich bin. Ich vergebe mir meine Sünden. Ich vergebe anderen. Ich bin ein Lichtwesen und appelliere an das Licht und die Liebe in diesem Raum –« Plötzlich verkrampfte sich sein Gesicht. Ein Spasmus zog ihm die Lippen über die Zähne zurück. Aber auch diesen nervösen Anfall hatte er schnell unter Kontrolle. »Mir liegt die Liebe meiner Freunde, Gefährten und Kollegen am Herzen –« Er geriet ins Stocken. Jetzt zuckten beide Schultern. Sein linker Arm schnellte in die Höhe. Dann traten seine Augen hervor. Er gab ein gequältes Winseln von sich und schirmte mit einer Hand das Gesicht ab, anscheinend geblendet von der Neonbeleuchtung unter der Decke.

Die anderen schauten auf. Auch Danielle und Greg blickten zu Lightfoot und schienen verwirrt.

Karen war inzwischen aufgestanden und setzte ihre

Brille auf. »Andrew?«, fragte sie, als der von neuen Krämpfen geschüttelt wurde.

D. D. setzte sich in Bewegung. Ihr war klar, dass hier etwas nicht mit rechten Dingen zuging.

Lightfoot warf den Kopf in den Nacken zurück. In seinem Inneren schien ein Kampf zu toben.

»Ich appelliere an das LICHT«, rief er. »Ich bin ein Wesen der LIEBE, erfüllt von FREUDE, FRIEDE und GLÜCK. Ich werfe alle Negativität von mir ab und widersetze mich dem Urteil der Vernunft. Ich fühle die Liebe meiner Freunde und der Gemeinschaft. Ihre LIEBE gibt mir die Kraft, die Dunkelheit aus diesem Gebäude zu VERTREIBEN. Negativität hat hier keinen Platz mehr. Wut und SCHMERZEN verflüchtigen sich. Wir sind eins im Licht, das diesen Raum mit Liebe füllt und in Liebe trägt. Ich appelliere an DAS LICHT, DAS LICHT, DAS –«

Seine Stimme brach ab. Er schlug beide Hände vors Gesicht und kippte plötzlich vornüber, rollte vom Tisch und stürzte zu Boden, wo er sich von Krämpfen geschüttelt wälzte.

»Das Licht, das Licht!«, schrie er. *»Es brennt in meinen Augen, meinen Augen, meinen Augen!«*

»Ruf jemand einen Arzt!«, bellte Karen und lief auf den Gestürzten zu. »Schnell!«

Schon kniete sie neben Lightfoot und hob seinen Kopf vom Boden. Sein Körper bäumte sich zitternd auf, die Beine traten aus, und die Arme fuchtelten wild in der Luft herum.

»Ein Beißholz!«, verlangte Karen und versuchte, eines der Lider zu öffnen.

»Rührt mich nicht an rührt mich nicht an. Es brennt …«

Nach und nach befreiten sich auch die anderen aus ihrer Schockstarre. Danielle und Janet rannten los, um Medikamente zu besorgen. Greg griff zum Telefonhörer, während andere MCs ein paar Tische verrückten, um für Platz zu sorgen. Lightfoot reckte Hals und Nacken. Man konnte die Muskeln unter der Haut zucken sehen. Karen hatte eins seiner Augen geöffnet. Es war nicht nach hinten weggedreht, wie D. D. vermutet hatte. Stattdessen starrte er Karen an. Er schien bei vollem Bewusstsein zu sein.

»Das Licht«, ächzte er. Sie ließ von seinem Augenlid ab. Er stöhnte wieder, erleichtert diesmal.

Danielle und Janet kamen zurück. Karen steckte ihm ein Holzstück zwischen die Zähne, das er sofort auszuspucken versuchte. *»Nicht anfassen!«*

»Ein Handtuch«, rief Karen und wälzte ihn auf die Seite. »Schnell. Über die Augen damit! Cecille, mach die Lampen aus. Das Licht aus dem Flur reicht.«

Cecille gehorchte und verdunkelte den Aufenthaltsbereich, während Greg losrannte, um ein Handtuch zu besorgen. Lightfoot schien sich ein wenig zu entspannen.

»Es tut schrecklich weh«, murmelte er. »In mir. Kalt, kalt, kalt. Es brennt … Ich muss dagegen an. Weißes Licht, weißes Licht. Müde. Bin so müde. Muss das Licht … finden.«

Ed brachte einen Stapel Handtücher und legte eines

gefaltet über Lightfoots Augen. D. D. nahm sich ein zweites, löste Lightfoots Finger von Karens Handgelenk und steckte ihm das zusammengerollte Tuch in die Hand.

»Sprechen Sie, Andrew«, forderte Karen laut. »Bleiben Sie bei uns. Wo haben Sie Schmerzen?«

»Beine … Arme … überall.« Er wölbte den Rücken. »Zu laut. Zu hell …«

»Das Licht tut Ihnen weh?«, fragte Karen.

»Es brennt … meine Augen.«

»Und zu laut ist es?«

»Ahhhahhh«, stöhnte er und presste eine Hand aufs Ohr.

Die Stationstür flog auf. Ein Arzt und ein Krankenpfleger eilten herbei, angeführt von einem Sicherheitsbeamten. Sie sahen den Mann zuckend am Boden liegen und stürzten sofort auf ihn zu.

»Was ist passiert?«, fragte einer Karen.

»Er hat anscheinend einen Anfall. Vor drei Minuten ging's los. Krämpfe, extreme Licht- und Geräuschempfindlichkeit«, berichtete sie. »Aber bei Bewusstsein.«

»Puls?«

»Zweihundertzehn.«

Der Arzt kniff die Brauen zusammen. Eine solche Frequenz hatte man allenfalls auf dem Mount Everest.

»Neigt der Mann zu Anfallen?«, fragte er und versuchte selbst, den Puls zu fühlen.

»Keine Ahnung«, antwortete Karen, als Lightfoot sagte: »Nein. Keine Anfällen. Krämpfe. Muskelkrämpfe …«

Der Arzt musterte das vom Handtuch halb verdeckte

Gesicht und blickte fragend zu Karen auf. Die zuckte mit den Achseln.

»Das Dunkel …«, hauchte Lightfoot. »Es ist in mir. So kalt … dass es brennt.«

»Er halluziniert«, murmelte der Arzt. Er richtete sich auf und gab dem Krankenpfleger ein Zeichen, der die mitgebrachte Krankentrage zurechtrückte.

»Augenblick«, schaltete sich D. D. ein. Dass Lightfoot bei Bewusstsein war, gleichzeitig aber alle Anzeichen auf einen schweren epileptischen Anfall hindeuteten, erinnerte sie an einen Fall, von dem sie gelesen hatte. Sie ging zum Tisch und schnupperte an der Eistee-Flasche. Nichts. Mit der Fingerspitze tippte sie einen Tropfen an, die am Flaschenhals hing, und führte den Finger auf die herausgestreckte Zunge. Sie schmeckte …

Tee, etwas Grasiges, Zitroniges und darunter, kaum wahrnehmbar, eine bittere Note.

»Das muss sofort untersucht werden«, informierte sie den Arzt. »Ich tippe auf Strychnin.«

»Rattengift?«, sagte Greg, der im Flur stand.

»In der Flasche?«, stutzte Karen. Die Mitarbeiter der Station tauschten Blicke und starrten dann wieder auf Lightfoot am Boden.

»Das würde die Symptome erklären.« Und an den Arzt gewandt: »Hypersensitivität, Muskelkrämpfe, und das anfänglich bei vollem Bewusstsein …«

»Könnte hinkommen«, entgegnete der Arzt. »Also Beeilung, ehe die Atmung versagt. Nur gut, dass wir in einem Krankenhaus sind.«

Die MCs packten mit an, um Lightfoot auf die Trage zu heben. Dann rannten sie los in Richtung Fahrstuhl. Als er sich öffnete, trat Alex mit einem Turm aus Pizzakartons daraus hervor. Erschrocken starrte er in die Runde.

»Was ist denn hier los?«, flüsterte er.

»Gute Frage«, erwiderte D. D.

Kaum hatte sich die Fahrstuhltür geschlossen, fragte D. D.: »Woher hat Lightfoot seinen Tee?«

»Keine Ahnung. Ich glaube, er hat ihn selbst mitgebracht.« Karen schaute sich unter ihren Mitarbeitern um, die damit angefangen hatten, im Aufenthaltsbereich für Ordnung zu sorgen und die Tische wieder an ihren Platz zu rücken. Mehrere rieben sich die Arme, als wäre ihnen kalt.

»Sind Sie sicher, dass er den Tee nicht aus Ihrer Küche hat?«

»Ziemlich sicher.«

»Dann vielleicht aus der Cafeteria im Erdgeschoss?«

Karen schüttelte den Kopf. Danielle schien mehr zu wissen. »Es ist Andrews Tee, seine Marke jedenfalls, Koala, biologisch sauber und fair gehandelt. Ich glaube, den kriegt man nicht bei uns im Haus.«

»Dem Himmel sei Dank für kleine Gefälligkeiten«, murmelte D. D., denn ihr stand im Augenblick nicht der Sinn danach, die Kollegen von der Kriminaltechnik auf die Cafeteria anzusetzen. »Hatte Lightfoot eine Tasche oder einen Beutel dabei?«, fragte sie und glaubte sich zu erinnern, dass ihr ein brauner Ledergurt aufgefallen war, den

Lightfoot über die Schulter geschlungen hatte, als sie und Alex ihm bei ihrer Ankunft begegnet waren. »Vielleicht eine Umhängetasche?«

Karen führte sie ins Büro, wo Lightfoot einen braunen Ranzen deponiert hatte. D. D. öffnete ihn und fand darin einen mit griechischem Joghurt gefüllten Behälter und eine Tüte Sonnenblumenkerne. Sie nahm beides an sich und kehrte in den Aufenthaltsbereich zurück, wo das Personal nervöse Blicke tauschte, offenbar besorgt, es könne jeden Augenblick zu einem weiteren medizinischen Notfall kommen.

»Hat jemand von Ihnen Eistee?«, fragte D. D.

Alle schüttelten den Kopf.

»Wer hat hier zu Abend gegessen?«

Vier Mitarbeiter hoben zaghaft die Hand. Danielle und Greg gehörten, wie D. D. bemerkte, nicht dazu.

»Wann?«

Die MCs hatten um sieben gegessen und später, gegen neun und halb zehn, noch einen Snack zu sich genommen.

»Gut zu hören«, sagte D. D. »Da Sie noch auf den Beinen stehen, sind Sie offenbar verschont geblieben. Strychnin ist nämlich ein sehr schnell wirkendes Gift. Die ersten Symptome zeigen sich schon fünf Minuten nach der Einnahme. Und das passt zum Ablauf: Lightfoot hat seine Flasche geöffnet, einen Schluck daraus genommen, mit der Meditation begonnen und zwischendurch immer wieder getrunken. Ich würde sagen, spätestens acht Minuten nach dem ersten Schluck …«

»Fingen die Krämpfe an«, ergänzte Karen mit gedämpfter Stimme. Alle starrten auf den Tisch, auf dem Lightfoot gesessen hatte.

»Strychnin ist geruchlos«, klärte D. D. das betretene Kollegium auf, »hat aber einen leicht bitteren Nachgeschmack. Falls Sie demnächst etwas essen sollten, das nicht ganz koscher schmeckt, stellen Sie es bitte sofort weg. Ich lasse jemanden vom Labor kommen, der das Wasser untersucht und in der Küche nach dem Rechten sieht. Aber das kann noch eine Weile dauern. Wann werden die Kinder wieder essen?«

»Nicht vor dem Frühstück«, antwortete Karen. »Allerdings wollen manche eine Kleinigkeit, wenn sie wach werden.«

D. D. dachte kurz nach. »Geben Sie nur kleine verpackte Portionen aus und achten Sie darauf, dass die Verpackung unbeschädigt ist.«

Alles nickte stumm.

»Wer hat Lightfoot mit seiner Flasche gesehen?«

Die junge Frau mit den kurzgeschorenen Haaren hob die Hand. Cecille. »Ich war eine der Ersten, die sich gesetzt haben. Andrew war nicht da, aber die Flasche stand auf dem Tisch. Er hat sie wahrscheinlich geöffnet und ist dann noch mal weggegangen. Vielleicht um die Verschlusskappe wegzuwerfen.«

»Die Verschlusskappe!« D. D. marschierte zum Papierkorb. Und tatsächlich, obenauf lag ein weißer Schraubverschluss mit der Aufschrift »Koala Iced Tea«. Eine Metallkappe für eine Flasche aus Glas. Mit einer Injektionsnadel kam man da nicht durch. Jemand musste den Verschluss aufgeschraubt und das Gift eingefüllt haben.

Es sei denn, die Flasche war schon bei der Abfüllung präpariert worden. D. D. war jedoch bereit, jede Wette darauf einzugehen, dass dem Getränk hier im Aufenthaltsbereich der giftige Zusatz beigemischt worden war.

»Wie lange war Lightfoot weg?«, fragte sie Cecille.

Die junge Frau zuckte mit den Achseln. »Ich bin nicht sicher. Ein paar Minuten vielleicht. Höchstens fünf. Ich habe nicht so sehr darauf geachtet.«

D. D. schaute sich um und sah in verlegene Gesichter, die ihrem Blick auswichen.

»Ich war bei einem Kind«, sagte Greg und deutete mit einem Kopfnicken auf Danielle. »Sie auch. Wir sind ein bisschen aufgehalten worden.«

Dass der Sportlehrer schon mit Alibis herausrückte, gefiel D. D. Die beiden glaubten anscheinend, das Milieu sei schon vorher kompromittiert worden.

»Ich verstehe das nicht«, meldete sich Karen zu Wort. »Warum ausgerechnet Andrew? Ich meine, wieso sollte … das ist doch absurd.«

»Gute Frage«, sagte D. D. »Sie haben ihn engagiert, damit er in der Station ein wenig für Ruhe sorgt. Vielleicht hatte jemand was dagegen, jemand, der es lieber sieht, wenn hier alles drunter und drüber geht. Lightfoot wurde vergiftet. Sie, die Kollegen, stehen kurz vor einem Nervenzusammenbruch.«

Karen war fassungslos. »Das ist doch verrückt.«

»Zwölf Tote und ein Verletzter. Und sie alle standen

oder stehen mit Ihrer Station in Verbindung. Sie haben recht, verrückter kann's eigentlich kaum noch werden.«

»Hören Sie auf! Solche Leute sind wir nicht.«

»Was für Leute meinen Sie?«, fragte D. D. interessiert.

»Mörder. Todesengel.«

»Sie meinen Krankenhausangestellte, die davon überzeugt sind, dass es für ihre Patienten besser wäre, tot zu sein?«, versuchte D. D. auszuhelfen.

Karen blitzte sie an. »Wir, meine Mitarbeiter und ich, fühlen uns dem Wohl unserer Kinder verpflichtet. Wir schaden ihnen nicht.«

»Menschen ändern sich.«

»Nein!«, blaffte Karen. »Sie verstehen nicht. Dies hier ist eine Kinderpsychiatrie. Wir arbeiten als Team eng zusammen und haben Erfolg, weil wir einander so gut kennen und uns aufeinander verlassen können. Ich vertraue ausnahmslos jedem meiner Mitarbeiter, und wenn mir jetzt einer ein Getränk reicht, trinke ich ohne zu zögern.«

D. D. wartete darauf, dass jemand ihren Vorschlag aufgriff. Aber keiner rührte sich.

»Vielleicht bringt Sie gerade das in Verdacht«, sagte D. D.

»Was erlauben Sie sich? Ich bin *Krankenschwester* –«

»Ja, ja«, unterbrach D. D. »Ich weiß. Fest steht jedenfalls, dass irgendjemand Lightfoots Eistee vergiftet hat, und ich glaube, der- oder diejenige befindet sich mitten unter uns.«

Niemand sagte ein Wort, was D. D. als Zustimmung deutete. Rege fuhr sie fort: »Nun gut, mir scheint, unsere

Probleme hier werden nicht weniger. Das heißt, mein Team wird sich alle Mitarbeiter einzeln vorknöpfen, und ehe wir nicht jeden vernommen haben, verlässt keiner die Station. Kein Ausflug in die Cafeteria. Keine Zigarettenpause. Verstehen wir uns? Fangen wir an, und zwar mit …«

D. D. schaute in die Runde und entdeckte ihren Kandidaten. »Greg, kommen Sie bitte mit.«

34. Kapitel

Greg machte keinen besonders glücklichen Eindruck. Der große Kerl folgte ihr mit gesenktem Blick ins Klassenzimmer, wo die Sonderkommission ihre Kommandozentrale eingerichtet hatte. D. D. schmunzelte. Es bereitete ihr immer wieder Vergnügen, bestätigt zu bekommen, dass sie mit ihren Instinkten richtiglag.

Im Klassenzimmer verströmten die von Alex auf einem Tisch abgestellten Pizzen den Duft von geschmolzenem Käse, frisch gebackenem Hefeteig und scharfen Peperoni, der D. D. das Wasser im Mund zusammenlaufen ließ. Vielleicht passte es nicht so recht, sich ausgerechnet jetzt, kurz nachdem ein Mann vor ihren Augen vergiftet worden war, den Bauch vollzuschlagen, doch D. D. hatte Hunger. Alex und mehrere Kollegen kauten bereits. Sie blickten auf, als D. D. hinter Greg die Tür schloss und geradewegs auf die Pizzen zusteuerte.

»Wollen Sie auch was?«, fragte sie Greg.

Er schüttelte den Kopf.

»Sprudel, Wasser? Eistee?«

Er warf ihr einen abschätzigen Blick zu. »Nein danke.«

»Ich glaube, was wir Ihnen hier anbieten können, ist

weniger bedenklich als das, was außerhalb dieses Zimmers zur Verfügung steht.«

»In dieser Hinsicht bin ich mit Karen einer Meinung«, entgegnete er steif.

»Loyal zur Truppe?«

»Sie verstehen das nicht.«

»Natürlich nicht. Wir sind ja bloß Cops. Was könnte unsereins schon groß über die Bedeutung von Teamarbeit wissen?«

Die Klassenzimmertür öffnete sich. Danielle trat ein.

»Sie sind noch nicht an der Reihe, Herzchen«, sagte D. D. mit vollem Mund. »Warten Sie bitte, bis wir Sie aufrufen.«

»Wie Sie wissen, bin ich eigentlich beurlaubt. Karen hat mich geschickt.«

»Sie wollen reden? Gut. Alex geht mit Ihnen nach nebenan. Alex.« Sie gab ihm einen Wink, doch Danielle sagte:

»Nein.«

»Doch.«

»Nein.«

D. D. runzelte die Stirn, stellte ihren Pizzakarton weg und ging auf Danielle zu. Sie war nur zwei oder drei Zentimeter größer als die Schwester, wusste den Größenunterschied aber zu nutzen. »Das ist eine Privatveranstaltung. Raus!«

»Nein.«

»Was ist Ihr Problem?«

Die Schwester scharrte mit dem Fuß. »Sie. Er.« Danielle

deutete mit einer Kopfbewegung auf Greg. »Im Grunde die ganze Station. Ich will Bescheid wissen – genau wie Sie. Und deshalb soll Greg endlich mit der Sprache rausrücken.«

D. D. fuhr mit dem Kopf herum und blickte Greg ins Gesicht. »Wissen Sie, was Ihre Kollegin damit meint?«

Er schüttelte den Kopf.

»Oh doch, das weißt du«, widersprach Danielle, ohne D. D. aus den Augen zu lassen. »Ich habe gehört, wie du mit dem Jungen gesprochen hast. Du kennst Evan. Erklär mir das, Greg. Woher kennst du ihn, und warum hast du uns nichts davon gesagt?«

»Danielle –«

»Um Himmels willen!«, explodierte sie. »Zwei Familien sind ausgelöscht worden. Und dann auch noch Lucy. Vor ein paar Minuten wurde ein Mordanschlag auf Lightfoot verübt. Wie viele müssen noch dran glauben, Greg? Schreckliche Dinge passieren hier. Jemand bedroht unsere Kinder. Du musst endlich reden. Woher kennst du Evan?«

D. D. stemmte die Hände in die Hüften. »Gestehen Sie lieber gleich, mein Freund. Denn vorher kommen Sie nicht raus aus diesem Zimmer.«

Greg rührte sich nicht. Seine Miene war unergründlich, mit der er Danielle ins Auge fasste. Sie erwiderte seinen Blick.

»Ich kannte die Familien«, sagte Greg. »Alle. Privat. Ich bin das fehlende Glied.«

»Vor ein paar Jahren habe ich damit angefangen, einen eigenen Pflegedienst aufzuziehen«, erklärte Greg fünf Minuten später. Er saß neben Danielle auf der einen Seite des Tisches, D. D. und Alex auf der anderen. Beide hatten jetzt doch eine Dose Cola vor sich stehen, die von ihnen selbst geöffnet worden war.

»Zuerst habe ich nur eine Familie betreut. Ich hatte sie hier auf der Station kennengelernt. Die vierjährige Tochter litt unter Schizophrenie. Die Eltern sprachen davon, dass sie mit Maria überfordert wären. Man könne sie keine zehn Minuten aus den Augen lassen, von den Angehörigen käme auch niemand mit ihr zurecht, und die privaten Pflegedienste hätten lange Wartelisten. Mir taten die beiden leid. Vor allem die Mutter schien am Ende ihrer Kräfte zu sein. Also schlug ich vor, auf Maria aufzupassen, damit die Eltern ab und zu mal abends ausgehen konnten. Geld habe ich keins genommen«, fügte er mit Blick auf Danielle hinzu. »Es war eine Gefälligkeit.«

Danielle nickte, doch ihre Miene blieb angespannt.

»Aber dann wurde mehr daraus. Sie baten mich immer häufiger um Hilfe und wollten mich dafür bezahlen. Dreißig Dollar die Stunde. Das ist mehr, als ich hier verdiene.«

»Dreißig Dollar die Stunde?«, wiederholte D. D.

»Pflegedienste sind sehr gefragt«, sagte Danielle mit Blick auf D. D. »Dabei mangelt es ihnen an ausgebildetem Personal. Und Eltern, die ein psychisch krankes Kind betreuen müssen, können nicht einfach einen Babysitter aus der Nachbarschaft anheuern. Sie sind in der Regel auf sich allein gestellt, haben den schwersten Job der Welt und können keinen Tag freinehmen.«

»Abgesehen von denen, die es sich leisten können«, ergänzte D. D.

»Ja«, bestätigte Greg, der jetzt ein bisschen befangen wirkte. »Außerdem stehen sie häufig in Kontakt mit Familien, die ebenfalls psychisch kranke Kinder haben, und so spricht sich schnell herum …«

»Dass Sie gute Arbeit machen«, vervollständigte D. D. »Aber wozu diese Heimlichtuerei?«

»Ich wollte meine Anstellung nicht aufs Spiel setzen.«

»Wegen nicht angemeldeten Nebenerwerbs?«

»Es gab in der Vergangenheit Probleme unter Kollegen, die solche Nebenjobs übernommen und sich gegenseitig potenzielle Klienten abzujagen versucht haben. Inzwischen schließt unser Arbeitsvertrag solche Jobs aus.«

»Sie dürfen also außerhalb der Klinik nicht mit den Familien der Kinder in Kontakt treten«, übersetzte D. D.

»Genau.«

»Aber Sie haben sich über dieses Verbot hinweggesetzt. Jahrelang.«

Greg wurde rot und senkte den Kopf. »Glauben Sie mir, ich lege es nicht darauf an. Ich werde gebeten zu helfen und dränge mich niemandem auf. So etwas würde ich nie tun.«

»Trotzdem bleibt's ein Regelverstoß«, entgegnete D. D. »Warum gehen Sie das Risiko ein, Ihren Job zu verlieren?«

»Ich brauche das zusätzliche Geld«, antwortete er kleinlaut.

»Brauchen oder *wollen* Sie es?«

»Wie gesagt, ich brauche es.«

»Wozu?«

»Für meine Schwester.«

»Würden Sie das bitte genauer ausführen.«

»Sie lebt in einem privaten Heim. Die vom Staat finanzierten Einrichtungen, die für sie in Frage kommen, sind nicht besser als Gefängnisse, und die möchte ich meiner Schwester nicht zumuten.«

»Also haben Sie einen angenehmeren Platz für sie gefunden.«

»Ja. Die Krankenversicherung zahlt einen Teil, ich übernehme den Rest. Das sind zwanzig Riesen im Jahr.«

»Die Sie zuschießen müssen?«, staunte D. D.

»Zugegeben, das ist viel Geld. Aber so ist es nun einmal, Angebot und Nachfrage regeln die Preise. Und wenn es um die Betreuung psychisch kranker Menschen geht, wird die Nachfrage immer größer, während das Angebot eher abnimmt. Fragen Sie Karen. Früher hatten wir hier vielleicht eine Handvoll Kinder mit Psychosen. Heute sind es über zehnmal mehr. Wir wissen nicht mehr, wohin mit ihnen. Und die Eltern verzweifeln.«

»Was ist mit Ihren Eltern?«, fragte D. D. »Können sie sich nicht um Ihre Schwester kümmern?«

»Nein.«

»Auch das hätte ich gern ein bisschen ausführlicher.«

Doch der Sportlehrer hielt sich bedeckt. Er starrte auf

den Tisch und drehte die Getränkedose in den Händen.

»Danielle«, sagte D. D. nach einer weiteren Minute Schweigens. »Gehen Sie doch bitte kurz nach draußen.«

»Nein«, sagte Greg. »Sie bleibt.«

»Dann reden Sie endlich.«

Er seufzte und schien im Widerstreit mit sich zu liegen. »Meine Eltern sind tot«, erklärte er schließlich.

»Wie lange schon?«

»Achtzehn Jahre.«

D. D. rechnete im Kopf. »Sie waren zu diesem Zeitpunkt … zwölf?«

»Vierzehn.«

»Also gut, als Ihre Eltern starben, waren Sie vierzehn Jahre alt – und Ihre Schwester? Älter oder jünger?«

»Älter. Sechzehn.«

»Hat sie sich um Sie gekümmert?«

»Das konnte sie nicht.«

»Weil sie psychisch krank ist?«

»Nein.« Er blickte auf, seufzte wieder und schien sich zu einer Entscheidung durchgerungen zu haben. »Weil sie als Mörderin unserer Eltern inhaftiert war. Sie hat sie vergiftet. Mit Strychnin.«

»Hören Sie, ich kenne die Einzelheiten nicht«, sagte Greg. »Ich war noch ein Kind, und meine Schwester … ach, ich weiß nicht. Mir sind im Lauf der Jahre die unterschiedlichsten Geschichten zu Ohren gekommen. Vor Gericht plädierte ihr Pflichtverteidiger auf Notwehr. Es hieß, unser Vater habe sie missbraucht und unsere Mutter sei nicht eingeschritten, weshalb sich Sally nicht anders hätte helfen können, als beide zu töten. Danach hatte sie einen Nervenzusammenbruch. Die Fachärzte attestierten ihr eine schwere Depression und Borderline-Störung. Der Verteidiger meinte, das Syndrom sei Folge des Missbrauchs. Die Staatsanwaltschaft zog schließlich die Mordanklage zurück, machte aber zur Auflage, dass Sally in ein Heim kommt. Unsere Großeltern hatten die Vormundschaft für uns und drängten Sally, auf den Deal einzugehen. Also sagte sie Lebwohl, und wir taten so, als wäre nie etwas geschehen.«

»Wo haben Sie damals gewohnt?«, fragte D. D., während sie sich Notizen machte.

»In Pittsburgh.«

»Woher hatte Ihre Schwester das Strychnin?«

»Keine Ahnung. Ich war an dem betreffenden Wochenende mit den Pfadfindern unterwegs.«

D. D. musterte ihn mit skeptischem Blick. »Wann genau war das? Und kann das jemand bezeugen?«

Greg nannte das Datum, einen Ort und die Namen zweier Freunde von damals. Offenbar hatte er diese Information schon häufiger abgeben müssen.

»Halten Sie die Missbrauchsvorwürfe gegen Ihren Vater für berechtigt?«

»Mir selbst ist nie etwas in dieser Richtung aufgefallen.«

»Es könnte also sein, dass Ihre Schwester die Eltern einfach los sein wollte?«

»Ich kann nur sagen, dass ich in unserer Familie keine Gewalt erfahren habe.«

»Was glauben Sie, Greg? War Ihr Vater ein Kinderschänder, oder haben Sie eine kaltblütige Mörderin zur Schwester? Darüber werden Sie sich doch Gedanken gemacht haben.«

»Das tue ich immer noch«, sagte er ganz nüchtern. »Aber ich finde keine Antwort.«

»Sie rackern sich krumm und riskieren Ihren Job, damit Ihre Schwester gut versorgt ist. Alle Achtung.«

Greg blieb eine Weile still. Als er wieder sprach, schaute er nicht D. D., sondern Danielle an. »Wahrscheinlich werde ich nie wirklich Bescheid wissen. Aber darauf kommt es mir auch gar nicht an. Entweder hat meine Schwester unseren Vater umgebracht, weil er ihr etwas Schreckliches angetan hat oder weil sie selber unter einer schrecklichen Krankheit litt. Wie auch immer, sie trägt keine Schuld. Und außerdem ist sie die Einzige, die mir aus meiner Familie geblieben ist.«

Danielle sagte nichts. Ihre Miene und Körperhaltung aber sprachen Bände. Mit Nachsicht hatte sie offenbar nicht viel im Sinn.

»Und Ihre Großeltern?«, fragte D. D.

»Sind vor einigen Jahren gestorben. Der Verlust, das Verfahren, die Heimunterbringung meiner Schwester – all das hat ihnen sehr zugesetzt, und sie haben sich nie wirklich davon erholt.«

»Sie sind also auf sich allein gestellt und finden hier Ihr berufliches Zuhause. Dann wollen Sie Ihrer Schwester einen besseren Heimplatz gönnen, müssen dafür aber mehr Geld verdienen. Sehr viel mehr Geld. Nur gut, dass die Welt voller verzweifelter Eltern ist, die mit ihren schwierigen Kinder nicht mehr zurande kommen. Geschäftliche Möglichkeiten in Hülle und Fülle. Sie bekamen Ihren ersten freien Job – wie ging es dann weiter?«

»Die Familie, in der ich war, empfahl mich weiter. Manchmal interessierten sich Eltern auch hier auf der Station für meine Dienste.«

»Mit anderen Worten, Sie haben auch hier akquiriert«, bemerkte D. D.

»Ausdrücklich nein«, entgegnete Greg entschieden. »Ich bin um Hilfe gebeten worden, in meiner Funktion als qualifizierte Fachkraft. Aber ich habe bestimmt nicht aktiv Werbung für mich gemacht während der Arbeit.«

Danielle meldete sich zu Wort. »Von Karen weiß ich, dass ihr manche Eltern regelrecht auf den Wecker gehen mit dem Wunsch, Mitarbeiter als Babysitter zu ihnen nach Hause zu schicken. Verzweifelte Eltern versuchen alles.«

»Wie sind Sie an die Harringtons gekommen?«, wollte D. D. wissen.

»Wir sind uns hier auf der Station begegnet. Ozzie war ein sehr aktives Kind. Nun ja –« Er zuckte mit den Achseln. »Damit habe ich kein Problem. Und weil ich gut mit solchen Kindern zurechtkomme, waren die Harringtons an mir interessiert. Wir verabredeten, dass ich an einem Vormittag in der Woche zu ihnen komme, um mit Ozzie zu spielen. Wir sind in den Park gegangen oder Fahrrad gefahren. So hatten die Eltern ein bisschen Zeit für sich, und Ozzie konnte sich austoben. Alle haben davon profitiert.«

»Wann genau hat das angefangen? Und wie lange ging es?«

Greg musste nachdenken. »Im September vergangenen Jahres, an welchem Tag weiß ich nicht mehr. Es war jedenfalls kurz nach Ozzies Entlassung. Als Patrick neun Monate später seinen Job verlor, kam mein Pflegedienst nicht mehr in Betracht.«

»Und Sie?«

»Ich verstehe Ihre Frage nicht«

»Sie waren nicht mehr gefragt«, stellte D. D. fest. »Wie haben Sie darauf reagiert?«

»Hier ging es nicht um Gefragtsein. Sie hatten einfach kein Geld mehr. Um ehrlich zu sein, taten sie mir leid. Sie hatten es schwer genug. Aber immerhin ging es Ozzie deutlich besser, und deshalb war meine Hilfe auch nicht mehr so dringend nötig.«

»Ozzie ging es deutlich besser? Was heißt das?«

»Sie wissen doch, Andrew hatte mit ihm gearbeitet. Erfolgreich, wie es schien.«

D. D. merkte auf. »Hatten die Harringtons neben ihrem Sportlehrer und Wunderheiler vielleicht sonst noch Unterstützung von außen?«, fragte sie mit Blick auf Danielle.

Danielle schüttelte den Kopf. »Ich bin Krankenschwester und als Babysitterin zu teuer.«

Greg war hochrot angelaufen.

D. D. beugte sich vor und musterte ihn eingehend. »Na

los, spucken Sie's aus. Geständnisse wirken ungemein erleichternd.«

»Die Harringtons … nun, sie hatten vielleicht einen Grund, uns beide, Andrew und mich, zu engagieren.«

»Tatsächlich? Sprechen Sie.«

Danielle starrte Greg an, die Augen weit aufgerissen, wie jemand, der einen Zug auf sich zurasen sah.

»Andrew hat herausgefunden, dass ich nebenher Pflegedienste leiste. Es war Zufall, dass die Familie, für die ich schon arbeitete, auch ihn engagiert hat, und er brauchte nur zwei und zwei zusammenzuzählen.«

D. D. zog eine Braue hoch. Lightfoot hatte also gegen den gutaussehenden MC etwas in der Hand. Und Karen täuschte sich in ihrem Glauben, ihre Mitarbeiter genau zu kennen.

»Tja …« Greg schloss die Augen und ließ einen Schwall Luft ab. »Andrew meinte, ich könne ihn doch an andere Familien weiterempfehlen, insbesondere an solche, die vermögend sind. Wenn ich ihm lukrative Klienten zuschanzen würde, könnte auch für mich was rausspringen. Eine Art Finderlohn. Fünfzig Dollar Provision, um genau zu sein.«

»Und uns wollte Lightfoot weismachen, dass er seine Gaben als Geschenke austeilt«, sagte D. D. an Alex gewandt.

»Na klar«, feixte Greg. »Zur Melodie von hundert Scheinen pro Stunde.«

»Hat sonst noch jemand mitgesungen?«, fragte D. D.

»Wie meinen Sie das?«

»Haben sich andere MCs, Kollegen von Ihnen, an der häuslichen Pflege beteiligt?«

»Nicht dass ich wüsste. Aber noch einmal, das ist kein Thema, über das man sich hier auf dem Flur offen unterhalten würde. Kann sein, dass auch andere gewissermaßen im Außendienst waren. Vielleicht auch nicht. Das müssten Sie meine Kollegen selbst fragen.«

»Moment mal«, schaltete sich Alex ein. »Die Harringtons geben Ihnen dreißig Dollar pro Stunde, damit Sie mit Ozzie in den Park gehen. Dann zahlen sie Lightfoot hundert Dollar für eine Beratungsstunde. Aber das Geld hatten sie doch gar nicht.«

»Die öffentliche Hand übernimmt einen Teil der Kosten für häusliche Pflege. Ob auch für ›psychologische Dienste‹, weiß ich nicht. Ich habe allerdings einmal eine Rechnung auf dem Küchentisch liegen sehen, unterschrieben von Andrew, und zwar mit dem Briefkopf eines klinischen Facharztes. Wahrscheinlich rechnet er bei Leuten wie den Harringtons nicht ganz sauber ab.«

»Bei Leuten wie den Harringtons«, sagte Alex, der immer noch nicht überzeugt zu sein schien. »Aber was ist mit Tikas Familie? Die konnte sich nicht einmal einen Bruchteil einer solchen Rechnung leisten.«

»Nein, das konnte sie nicht«, bestätigte Greg. »Ich habe Tika insgesamt viermal gesehen. Mehr nicht. Wir hatten schon hier auf der Station einen guten Draht zueinander, und es schien, dass sie Fortschritte machte. Als sie dann entlassen wurde, bat mich dieser Typ, ab und zu bei ihr zu Hause vorbeizuschauen. Die Mutter erwartete ein Kind und brauchte Entlastung.

Ich bin also zu ihnen hin, und als ich das erste Mal die

Wohnung betrat, hätte ich mich fast übergeben. Der Typ lag auf der Couch, offenbar zugedröhnt, und der Mutter waren von der Schwangerschaft die Fußgelenke so dick angeschwollen, dass sie das Bett nicht verlassen konnte. Ich habe ihr die Beine hochgelegt, zu trinken gegeben und bin dann mit den Kindern in den Park. Als wir nach vier Stunden wieder zurück waren, war der Typ wieder einigermaßen fit. Er hat sich überschwänglich bedankt und mir für meine Mühen eine Tüte angeboten.«

»Er hat sie mit *Shit* bezahlt?«, hakte D. D. nach.

Greg warf ihr einen Blick zu. »Ich habe natürlich abgelehnt.«

»Verstehe. Sie sind also am Ende doch nicht für alles zu haben.«

Er wurde rot und biss die Zähne aufeinander. »Wie gesagt, ich habe abgelehnt«, wiederholte er. »Dieser Typ – ich habe seinen Namen vergessen – versprach, mich in der nächsten Woche zu bezahlen. Ich wollte eigentlich nicht mehr, aber dann kam Tika auf mich zugerannt, warf sich mir in die Arme und … Ich weiß nicht. Dieses Haus. Mir war klar, dass da für mich nichts zu holen war. Aber das Mädchen tat mir leid.«

»Wie haben Sie sich entschieden?«, drängte D. D.

»Ich habe mich breitschlagen lassen und bin im Wochenabstand noch dreimal angetanzt, habe die Kids mit in den Park genommen und keinen Cent dafür gesehen. Und damit Sie's wissen, es geht mir nicht allein ums Geld. Wenn ich Tika hätte helfen können, wäre ich auch weiter zu ihr gegangen. Aber diese Familie, oh Mann … Ihr

Stiefvater … Es gibt Leute, um die mache ich lieber einen großen Bogen. Sie haben kein Interesse daran, dass es ihnen irgendwann einmal wieder bessergeht, verlangen aber, dass man sich um sie kümmert. Sie glauben, Anspruch auf Hilfe zu haben. Das heißt, man kann ihnen gar nicht wirklich helfen, weil sie von sich aus nichts tun. Entweder man kehrt ihnen den Rücken oder lässt sich von ihnen ausnutzen. So einfach ist das.«

»Und Lightfoot? Haben Sie ihn auch an diese Familie vermittelt?«

»Ich habe ihm geraten, Abstand zu halten«, antwortete Greg.

»Hat er sich an Ihren Rat gehalten?«

Greg zögerte. »Ich glaube nicht.«

»Wieso nicht?«

»Er schien … interessiert. Also, die Eltern waren schrecklich, aber die Kinder … Ishy, der Älteste, hatte autistische Züge, war aber ein richtig netter kleiner Kerl. Und dann war da Rochelle, das Mädchen, überaus gescheit. Und Tika … kompliziert, sehr empfindsam, fast intuitiv. Andrew schien von allen fasziniert zu sein, besonders von Tika. Vier alte Seelen, sagte er mir einmal. Vier alte Seelen, gefangen in abgründigen Verhältnissen.«

»Vier?«, fragte Alex nach.

»Der Säugling«, antwortete Greg. »Andrew hatte angeblich schon Kontakt mit ihm aufgenommen, in irgendeiner Zwischensphäre.«

»Tatsächlich?«, staunte D. D.

»Ja. Er wusste sogar, dass es ein Mädchen ist. Verblüffend, was er so alles weiß. Manchmal hat er auch umsonst gearbeitet. Er konnte es sich ja leisten. Wenn ihm also an Tika und den anderen etwas gelegen war …« Greg zuckte mit den Achseln.

»Hat er der Familie nun geholfen oder nicht?«, fragte D. D.

»Ich weiß es wirklich nicht. Wir haben nur wenig Austausch miteinander.«

D. D. warf einen Blick auf Alex. Sie ahnte, was ihm durch den Kopf ging. Lightfoot hatte gelogen mit der Behauptung, über Tika Solis nichts zu wissen, und aus verständlichen Gründen auch unterschlagen, dass er Leistungen in Rechnung stellte, für die er nicht qualifiziert war. D. D. fragte sich, was der Wunderheiler sonst noch zu verbergen hatte.

Sie wandte sich wieder Greg zu. »Neidisch? Ist doch ungerecht, oder? Sie mit Ihrer tragischen Vergangenheit kümmern sich um eine kranke Schwester und müssen wie verrückt ranklotzen, um halbwegs über die Runden zu kommen. Und dann ist da dieser Lightfoot. Supersmart, Strandhaus, ein Leben auf großem Fuß. Wie wollen Sie mit einem Mann wie ihm konkurrieren?«

»Konkurrieren?«

»Ja. Sie vermitteln ihm Klienten, und er speist Sie mit fünfzig Mäusen ab. Ich wette, wenn Sie ihm Ihre Freundin hier überlassen, lässt er auch ein bisschen mehr springen.«

»Was soll das?«, zischte Danielle.

»Ich bin doch nicht blind und sehe, dass Lightfoot Ihnen schöne Augen macht«, sagte D. D. »Er würde Sie allzu gern mal zum Nachtisch vernaschen.«

»Er ist lediglich an meiner Familiengeschichte interessiert.«

»Nein«, widersprach Greg trocken.

Danielle herrschte ihn an: »Was soll das?«

»Er ist scharf auf dich. Das sieht doch jeder. Ich frage mich nur, warum du ihn nicht willst.«

»Dieses Arschloch?«

»Immerhin ein Arschloch mit Geld.«

»Das ist dein Problem«, zischte sie.

»Haben wir nicht alle dasselbe?«

»Hör zu, ich bin ein einziges Mal mit Andrew ausgegangen. Das hat mir gereicht.«

»Mit mir warst du noch nie aus«, entgegnete Greg. »Und wie oft habe ich dich eingeladen? Zehn-, zwanzigmal? Aber von diesem – ich zitiere – Arschloch lässt du dich zum Essen ausführen.«

Danielle schaute weg und wurde rot. »Dich mag ich wirklich«, murmelte sie. »Das ist der Unterschied.«

»Ach, Arschlöcher dürfen dich zum Essen ausführen, und Männer, die du magst, kriegen einen Korb.«

»Du hast selbst gesagt, wir alle haben Geldsorgen.«

»Nun, ich bin ein Arschloch, das verzweifelte Eltern anzapft. Kann ich dir kein Essen spendieren?«

»Verzeihung«, unterbrach D. D. »Ich möchte mich nicht einmischen, aber vergessen Sie den Restaurantbesuch. Denn Sie, mein lieber Sportlehrer, wandern in Untersuchungshaft. Sie kannten alle Familien. Sie hatten Gelegenheiten, Lucy aufzuknüpfen und Lightfoot zu vergiften. Außerdem sind Sie vertraut mit dem tödlichen Gebrauch von Strychnin und wissen, wie es ist, wenn sich die Familie plötzlich auflöst.«

»Meine Schwester hat unsere Eltern getötet«, korrigierte Greg. »Das ist etwas anderes.«

»Da hat er recht«, sagte Alex.

D. D. schaute ihn fragend an.

»Außerdem habe ich ein Alibi«, fuhr Greg fort. »Donnerstagabend – da sind doch die Harringtons umgebracht worden, stimmt's? –, an dem Abend habe ich mich um Evan Oliver gekümmert, den Jungen, der heute Nachmittag eingeliefert wurde.«

»Augenblick.« Alex beugte sich vor. »Sprechen wir von dem Jungen, der seine Mutter niedergestochen hat?«

»Ja, Evan Oliver. Seine Mutter hat mich engagiert. Ich bin einmal in der Woche bei ihnen.«

»Bei ihnen zu Hause?«

Greg nickte.

»Und Lightfoot? Hat er sich auch um den Jungen gekümmert?«

»Kann sein, dass ich ihn empfohlen habe.«

Alex lehnte sich zurück und fragte nach einem kurzen Seitenblick auf D. D.: »Können Sie mit Schusswaffen umgehen, Greg?«

»Nein.«

»Mit einem Taser vielleicht?«

»Wie bitte? Schauen Sie mich an. Hätte ich so ein Spielzeug nötig?«

»Auch kein Kissen, um einen Säugling zu ersticken?«

»Was?« Greg war sichtlich entsetzt.

D. D. wandte sich an Alex. »Was denkst du?«, fragte sie.

»Ich würde unserem Wunderheiler gern ein paar Fragen stellen«, antwortete er. »Zum Beispiel, warum er uns in Bezug auf die Familie Laraquette-Solis angelogen hat, seit wann er seine ›Geschenke‹ in Rechnung stellt und wo er Donnerstagabend beziehungsweise Freitagnacht gewesen ist.«

»Immerhin wissen wir, wo er sich zurzeit aufhält.« D. D. rückte vom Tisch ab und stand auf. »Sie bleiben hier«, sagte sie mit Blick auf Danielle und Greg. »Wenn Sie Glück haben, komme ich ohne Haftbefehl gegen Sie zurück. Aber versprechen kann ich nichts.«

Sie grinste und ging zur Tür. Alex folgte.

35. Kapitel

Montag

Victoria

Ein Rumpeln im Flur hat mich aufgeweckt. Ich reiße die Augen auf und wälze mich auf die rechte Seite, weil mir so schlecht ist, dass ich mich übergeben muss.

Der Würgereiz lässt nach, aber ich fühle mich desorientiert und erschöpft. Langsam drehe ich mich wieder auf den Rücken. Ich starre an die kahle Zimmerdecke und lasse mir eine Weile Zeit, um meine Sinne zu ordnen.

Im Traum habe ich mit meinem Sohn gespielt und mich mit meinem Exmann unterhalten. Und dann … dies.

Sollte ich deshalb heulen? Ich würde es gern. Wenn einen das eigene Kind mit einem Messer attackiert, wäre das schließlich die angemessene Reaktion. Aber mir wollen die Tränen einfach nicht kommen. Ich bin wie ausgetrocknet. Seit Jahren kämpfe ich einen Krieg. Und den habe ich nun verloren, innerhalb von nur dreißig Sekunden.

Es gibt keinen Weg zurück. Ich stehe vor einer neuen Etappe. Mein Sohn ist gewalttätig, und ich war sein erstes Opfer.

Zum Glück ist es nicht Chelsea, denke ich und fange

schließlich doch an zu weinen, schluchze leise vor Erleichterung, denn Michael ist nicht der Einzige, der seit Jahren in der ständigen Angst lebt, seinem Sohn schaden zu müssen, um seine Tochter zu retten. Immerhin musste es dazu nicht kommen. Noch nicht.

Dann sehe ich wieder Evan vor mir, seine blauen Augen und sein ansteckendes Lachen, wenn wir im Garten toben. Jetzt weine ich heftig.

In Zukunft werde ich mich, wenn ich Evan ansehe, immer daran erinnern, was er getan hat. Und auch er wird sich erinnern, sooft er mich sieht.

Es gibt kein Zurück.

Und da kommt sie wieder, diese quälende Einsicht:

Ich muss mein Leben von Grund auf ändern, kann nicht einfach weitermachen wie gehabt. Es tut so weh.

Ich richte mich auf. Die Bewegung löst einen scharfen, stechenden Schmerz in der Seite aus. Ich schnappe nach Luft, wanke und fange mich wieder. Schließlich habe ich schon so viel durchgemacht, dass ich mich jetzt nicht von einer Kleinigkeit wie körperlichen Schmerzen bezwingen lasse. Ich beiße die Zähne zusammen und steige aus dem Bett.

Meine Beine sind butterweich. Ich greife nach dem Handlauf am Fußende des Bettes und halte mich daran fest.

Ich nehme mir vor, nicht zu kollabieren, und richte meine Aufmerksamkeit auf die Apparate. Zuerst schalte ich den Herzmonitor aus und ziehe den Clip vom Zeigefinger. Als Nächstes reiße ich den Klebestreifen von der

Hand, unter dem die Braunüle steckt, und ziehe sie mitsamt der Injektionsnadel aus der Vene. Auf der bleichen Haut zeigt sich ein Tropfen Blut. Ich wische ihn ab.

Vorsichtig setze ich fünf Schritte durchs Zimmer. Ich fürchte, ich werde es nicht schaffen. Jedes Mal, wenn ich Luft hole, ist mir, als würde mein Inneres zwischen Glasscherben zerrieben. Mir ist schwindlig. Aber ich kann nicht zurück ins Bett. Vielleicht bin ich verrückt geworden. Vielleicht ist heute Morgen nicht nur bei Evan eine Sicherung durchgebrannt. Jedenfalls kann ich nicht zurück. Und ich will es auch nicht.

Himmelherrgott, nach acht Jahren darf ich ruhig auch einmal die Nerven verlieren.

Ich müsste mir etwas um die Rippen wickeln, einen Stützverband anlegen.

Nur gut, dass ich mir zu helfen weiß. Nach etlichen Tobsuchtsanfällen habe ich Evan selbst verarzten müssen, Gelenke wieder eingerenkt, Schnittwunden mit Sekundenkleber geschlossen (wie man das macht, habe ich im Discovery Channel gesehen) und gebrochene Rippen bandagiert. Alles, was ich brauche, um eine gute Ärztin zu sein, sind medizinische Bedarfsartikel.

Nun, ich bin schließlich in einem Krankenhaus.

Ich raffe mein Nachthemd und schleiche hinaus in den Flur. Mit Blick auf die Wanduhr stelle ich fest, dass es kurz nach Mitternacht ist. Der Montag hat begonnen. Ich versuche, aus dieser Tatsache Mut zu schöpfen. Ein guter neuer Tag. Doch wie ich so in dem hell erleuchteten Flur stehe, fühle ich mich verloren und allein.

Es ist still, das Schwesternzimmer leer. Ich mache mich auf den Weg, halte mich dicht an der Wand. Vier Türen weiter stoße ich auf einen Rollwagen mit Verbandsmaterial. Ich greife mir eine Mullbinde und eine Handvoll Klammern, kehre in mein Zimmer zurück und schließe die Tür hinter mir. Ich muss mich ausruhen. In meinem Kopf dreht sich alles. Ich lutsche noch ein bisschen Eis und krieche wieder ins Bett. Trotz fester Vorsätze, wach zu bleiben, schlafe ich ein.

Als ich aufwache, lese ich an der Wanduhr ab, dass zwei Stunden verstrichen sind. Irgendjemand hat mich zugedeckt. Auf dem Stuhl liegt ein kleiner Matchbeutel. Wahrscheinlich von Michael. Es versetzt mir einen Stich, dass er mich wieder verlassen hat. Verrückt. Ich werde verrückt.

Egal.

Ich halte immer noch das Verbandsmaterial in der Hand. Es erinnert mich an mein Vorhaben, bringt mich wieder auf Kurs. Ich steige aus dem Bett. Diesmal stehe ich sicherer auf den Beinen.

Ich ziehe das dünne Nachthemd über den Kopf und betrachte den Verband an der Seite. Darauf sind dunkle Flecken zu sehen. Altes Blut. Kein frisches. Soll mir recht sein.

Vorsichtig wickle ich den Mullverband auf Höhe des Rippenbogens um den Leib, so fest, dass er mir Halt geben kann. Es fällt mir schwer, Luft zu holen, aber die Schmerzen sind erträglich.

Ich schaue in dem Matchbeutel nach. Michael hat an alles Wesentliche gedacht: Trainingsanzug, Unterwäsche,

Socken, Flipflops, Toilettenartikel. Ein Déjà-vu – und dann fällt es mir ein: Dieselben Sachen habe ich vor Chelseas Entbindung mit ins Krankenhaus genommen.

Wieder muss ich mit mir kämpfen. Ich möchte jedes einzelne Ding befühlen und als Glücksbringer einsetzen, einen Talisman für das Leben, das ich nicht aufgeben kann, der Frau, die ich zu sein hoffte. Ich setze mich mit dem Trainingsanzug auf die Bettkante und weine.

Mein Selbstmitleid ärgert mich. Ich bin es leid, um einen Mann zu heulen, der mich verlassen hat. Ich bin es leid, ein Kind zu lieben, das mir ein Messer zwischen die Rippen gestoßen und mir dann am Telefon versprochen hat, es beim nächsten Mal richtig zu machen.

Das Leben, das ich führen wollte, ist vorbei. Zeit für einen Neuanfang als neue Frau. Als eine, die in einem langen purpurnen Kleid über weiße Sandstrände schlendert, eine Margarita in der Hand, den Glasrand voller Salz. Vielleicht begegne ich einem jungen, hübschen Surfer. Wir lieben uns unter Palmen, und der Sand gelangt an interessante Stellen. Ich sehe die Sonne aufgehen und lausche dem Ruf der Möwen. Ich denke nur noch an mich und das, worauf ich mich freuen kann. Es wird mir gefallen.

Ich habe meinen Verstand verloren.

Scheiße. Ich ziehe mich an.

Oh, diese Schmerzen. Ich nutze sie, um meinen Entschluss zu festigen. Unterwäsche. Trainingshose. T-Shirt. Flipflops. Ich putze mir die Zähne, kämme mich. Welt da draußen, sieh dich vor.

Ich schwitze. Meine Seite schmerzt. Ich trinke das Wasser der geschmolzenen Eiswürfel.

Ich habe kein Geld, keinen Pass und den Verstand verloren. Keine guten Voraussetzungen für Erfolg.

Und ich erinnere mich daran, dass ich zu viel Sonne gar nicht vertragen kann. Ich bekomme ganz schnell einen Sonnenbrand, vor allem im Gesicht. Margaritas mag ich auch nicht. Und Surfer-Typen können mir eigentlich gestohlen bleiben.

Was ich vor allem will, ist Evan wiedersehen.

Er ist im achten Stock, haben sie gesagt. Ich könnte nach oben schleichen und einen Blick auf ihn werfen …

Ich werde ihm sagen, dass ich ihn liebe, ihm ins Ohr flüstern wie jedes Mal beim Zubettgehen, als er noch ein Baby war.

Ich werde seine blonden Locken streicheln, den Wirbel überm rechten Ohr. Ich werde seine weiche Haut spüren und mich an seinen Umarmungen, Küssen und Liebesbeteuerungen ergötzen.

Bis zum Mond, zu den Sternen und wieder zurück …

Ich will nicht davonlaufen. Ich will meinen Sohn in den Armen halten. Ich will, dass alles gut wird.

Achter Stock. Das ist nicht weit und müsste zu schaffen sein. Mit dem Fahrstuhl bin ich schnell bei ihm.

Ich öffne die Tür und spähe hinaus in den Flur. Alles klar. Ich mache mich auf den Weg in die Freiheit, am Schwesternzimmer vorbei und auf die Fahrstühle zu. Noch fünf Meter, vier, drei. Zwei Schritte noch, und ich kann –

»Victoria?«

Ich schrecke zusammen, drehe mich um und fürchte das Schlimmste. *Ich kann nicht zurück,* denke ich. Ich muss zu meinem Sohn. Ich brauche meine Freiheit und will endlich den unerträglichen Schmerz in der Brust los sein.

»Victoria«, sagt mein Lover wieder. Er wirkt besorgt. »Was machst du hier? Du solltest im Bett sein.«

»Mir geht's schon wieder ganz gut, danke.«

»Ich glaube …« Er zeigt auf meine Seite.

Ich schaue hin. Die Wunde hat wieder zu bluten angefangen.

Er streckt einen Arm aus. »Komm, ich helfe dir zurück ins Bett.«

»Nein.«

»Victoria?«

»Ich fahre jetzt nach oben. Zu Evan. Bitte. Bitte, hilf mir.«

Erst jetzt fällt mir auf, dass er etwas Schwarzes in der Hand hält. Es sieht aus wie eine Pistole, aber das ist es nicht. »Was ist das?«, frage ich.

Er schaut sich um. Niemand in Sicht. »Ein praktisches Ding«, antwortet er.

Er zielt damit auf mich. Ich spüre einen elektrischen Schlag, und dann …

36. Kapitel

D. D. und Alex verzichteten auf den Fahrstuhl und nahmen die Treppe. Sie wollten sich die Beine vertreten, und im leeren Treppenhaus hatten sie Gelegenheit, unbelauscht miteinander zu reden.

»Woran denkst du?«, fragte sie ihn, als sich die schwere Feuerschutztür hinter ihnen geschlossen hatte. »An Sportlehrer Greg?«

»Unter anderem. Nicht zu vergessen Schwester Danielle mit ihrer Familiengeschichte, die unseren Verbrechen verdächtig entspricht. Außerdem hatte sie persönlichen Kontakt sowohl zu Lucy als auch zu Lightfoot.«

»Lightfoot?«

»Auch wenn sie ihn nicht mochte – umgekehrt war's offenbar der Fall.«

Alex dachte kurz nach. »Wenn es jemand auf Danielle abgesehen hat, würden also die Tathergänge in den ersten beiden Fällen einen Sinn ergeben. Genauso wie die jüngsten Mordopfer.«

»Damit rückt der Sportlehrer direkt ins Visier. Er hat ein Motiv.«

»Unerwiderte Liebe.«

»Genau. Er macht ihr seit Jahren den Hof, kann sie aber

nicht einmal zu einem Abendessen überreden. Lightfoots Einladung dagegen nimmt sie an. Er hatte alle Möglichkeiten, kannte beide Familien, die Harringtons und Laraquette-Solis. Er war im Dienst, als Lucy verschwand, so auch heute Nacht, als jemand Lightfoots Drink verpanscht hat.«

»Er behauptet allerdings, ein Alibi für die Zeit zu haben, in der die Harringtons ermordet wurden.«

»Eines, das sich nur schwer verifizieren lässt, da Mutter Oliver von ihrem durchgeknallten Sohn niedergestochen wurde.«

»Vielleicht ist das Ganze nur dumm gelaufen«, sinnierte Alex.

»Wie meinst du das?«

»Sohn sticht Mutter nieder. Erinnert auch an unsere ersten beiden Schauplätze.«

D. D. schüttelte den Kopf. »Passt irgendwie nicht. Familie Oliver besteht nur aus Mutter und Sohn. Wo ist der Vater? In den ersten beiden Fällen drehte sich alles um die Vaterfigur.«

»Väter sind böse.«

»Zumindest jene, die ihre Familien aus der Welt schaffen.«

»Das Problem ist«, fuhr Alex fort, »dass auch Lightfoot die Familien kannte. Wir hätten also zwei Hauptverdächtige. Und beide haben uns belogen.«

»Lightfoot behauptet, Tika Solis nicht zu kennen. Das stimmt nicht.«

»Ebenso wenig wie Gregs Behauptung, mit Tikas Familie nie etwas zu tun gehabt zu haben.«

»Aber das hat er doch gar nicht«, widersprach D. D. »Er sagte lediglich, dass sie nie auf der Station waren.«

Alex warf ihr einen Blick zu. »Soll das heißen, du lässt ihn vom Haken? Vielleicht sollte ich demnächst auch knappe T-Shirts tragen und eine Oktave tiefer sprechen.«

D. D. verdrehte die Augen. »Versteh mich nicht falsch. Der Sportlehrer ist für mich nach wie vor die Nummer eins. Lightfoot war in der Nacht von Lucys Tod nicht da. Außerdem galt ihm der Giftanschlag.«

Alex nickte. »Erstaunlich«, sagte er, als sie die fünfte Etage erreicht hatten. »Zuerst konnten wir die Familien nicht in Beziehung zueinander bringen, jetzt aber haben wir jede Menge Überschneidungen: die Station, einen MC mit heimlichem Nebenjob und einen Wunderheiler. Würde mich nicht wundern, wenn es noch mehr gibt. Die Welt der psychisch kranken Kinder scheint gut vernetzt zu sein.«

»Wird Zeit, dass wir mal nachfragen, was Phil und Neil in Erfahrung gebracht haben. Phil wollte Hintergrundrecherchen vornehmen, und Neil erstellt eine Liste aller Angestellten, die regelmäßig die Station besuchen.«

»Na dann bin ich mal gespannt.«

Sie hatten noch vier Stockwerke zurückzulegen. D. D. fischte ihr Handy aus der Tasche.

Phil antwortete schon nach dem ersten Rufton. Er klang müde und hungrig. Offenbar war den Kollegen in der Zentrale keine Pizza vorbeigebracht worden. Aber sie hatten es ja auch nicht mit einer Horde Kinder zu tun, die einem die Augen auszukratzen versuchten.

Phil hatte sich bei diversen Behörden und einschlägigen Datenbanken erkundigt und die Personalien der Stationsmitarbeiter überprüft, die jedoch alle sauber zu sein schienen. Ed, der stämmige MC, war mehrere Male mit überhöhter Geschwindigkeit geblitzt worden, und bei Danielle standen noch ein paar unbezahlte Parkknöllchen aus. Greg schien eine völlig weiße Weste zu haben. Von D. D. auf dessen traurige Familiengeschichte hingewiesen, versprach Phil, der Vergangenheit von Greg und seiner Schwester auf den Grund zu gehen.

»Wenn die Schwester zur Tatzeit noch nicht strafmündig war, werde ich in unserem System wahrscheinlich nichts finden«, schränkte er gleich ein.

»Fürs Erste sollte es reichen zu prüfen, ob die Eltern tatsächlich mit Strychnin vergiftet wurden und Sally in einem Heim untergebracht ist, das ihren Bruder zwanzig Riesen im Jahr kostet.«

»Wird gemacht.« D. D. glaubte hören zu können, wie Phil am anderen Ende der Leitung die Fingerknöchelchen knacken ließ. Er liebte solche Recherchen.

»Hast du von Neil gehört? Hat er was über die anderen Angestellten in Erfahrung bringen können?«

»Er hat mir soeben eine vorläufige Liste der Hausmeister, des Küchenpersonals und Lieferanten vorgelegt. Er arbeitet noch daran. Aber ein Name springt sofort ins Auge: Andrew Lightfoot, der Wunderheiler. Scheint nicht sein richtiger Name zu sein. Jedenfalls taucht er in unserem System nicht auf.«

D. D. schaute Alex an und erinnerte sich. »Er erwähnte

während unseres ersten Gesprächs, einen alten Familiennamen angenommen zu haben, weil er besser fürs Geschäft ist.«

»Dann werde ich der Sache wohl mal nachgehen müssen.«

»Mach das.« D. D. klappte ihr Handy zu und wandte sich an Alex. »Lightfoot stellt uns vor weitere Fragen«, berichtete sie. »Zum Beispiel die nach seinem richtigen Namen.«

D. D. nahm sich vor, Lightfoot gleich als Erstes danach zu fragen, doch als sie und Alex die Intensivstation erreichten, mussten sie sich sagen lassen, dass der Patient spurlos verschwunden sei.

37. Kapitel

Danielle

»Warum hast du mir das verschwiegen?«, fragte ich Greg.

»Warum hast du mich nie danach gefragt?«, entgegnete er.

Wir saßen im Klassenzimmer, wo man uns vernommen hatte. Die Sergeantin stand neben der Tür, aß ein Stück Pizza und las in einer Akte. Mit uns am Tisch saß allerdings noch der andere Detective, der wahrscheinlich jedes Wort, das wir wechselten, mitverfolgte.

»Ich hätte Verständnis dafür gehabt«, sagte ich, ein wenig erstaunt darüber, wie gereizt meine Stimme klang. Gregs Geheimnisse machten mich wütend. Schließlich war ich diejenige mit dem schweren Schicksal, während er doch eigentlich ein offenes Buch hätte sein sollen. Und jetzt sah ich mich mit der Tatsache konfrontiert, dass er ebenfalls eine tragische Vergangenheit hatte, aber sehr viel besser damit umzugehen schien als ich mit meiner.

Greg musterte mich nachdenklich. »Wirklich?«

»Da fragst du noch? Deine Familiengeschichte, meine

Familiengeschichte. Warum hast du mir noch nie etwas von deiner Schwester erzählt?«

»Wieso hätte ich das tun sollen?«, erwiderte er. »Damit wir uns wechselseitig einbilden, die Gefühle des anderen nachvollziehen zu können?« Er zuckte mit den Achseln. »Es gibt da ein Zitat; ich weiß nicht, von wem, aber es trifft sehr gut, was ich meine: ›Alle glücklichen Familien gleichen einander, jede unglückliche Familie ist auf ihre eigene Weise unglücklich.‹«

»*Anna Karenina*. Der einzige Satz, den ich mir aus diesem Buch gemerkt habe.« Ich lehnte mich zurück, steckte die Hände in die Tasche und schmollte. »Die meisten Menschen kennen ihre Familien und wissen, was sie an ihnen haben. Wir aber nicht. Unsere Familiengeschichten bestehen nur aus Fragen. War dein Vater wirklich so schlecht oder deine Schwester so krank? Wir werden nie Antworten darauf bekommen, und das ist es, was einen so fertigmacht.«

»Ich vermisse meine Eltern«, sagte Greg nach einem Moment. »Sie waren gut zu mir. Ich wünschte, sie könnten mich heute sehen und stolz darauf sein, dass wenigstens eines ihrer Kinder gut zurechtkommt.«

Ich nickte. Ich dachte ähnlich, wenn ich mir überhaupt erlaubte, mich an meine Familie zu erinnern. Wäre meine Mom stolz auf mich? Würden es Natalie und Johnny gut finden, dass ich mit psychisch kranken Kindern arbeitete? Wahrscheinlich hätten sie mir zu meinem bestandenen Examen gratuliert und sich vielleicht mit mir über meine ersten Erfolge gefreut.

Ich hätte mit Greg ausgehen sollen. Er war ein guter, anständiger Kerl, der bei den Mädchen nur deshalb nicht ankam, weil die meisten Mädchen, mich inbegriffen, zu dumm waren, solche Qualitäten zu würdigen.

»Ich will dir nicht leidtun«, sagte er jetzt, merklich ungehalten. »Ich brauche kein Mitleid.«

»Daran habe ich auch gar nicht gedacht.«

»Schau dich nur bei uns um. Die meisten unserer Kinder haben keine Väter, jedenfalls keine, die sich ernstlich für sie interessieren. So ist das Leben. Und wenn wir von unseren Kindern erwarten, dass sie mit diesem Mangel zurechtkommen, sollten wir selbst längst darüber hinweg sein.«

»Ich fänd's schön, wenn du mich besuchen würdest«, sagte ich. »In zwei Wochen, wenn es mir wieder bessergeht. Ich mache uns was zu essen.«

Greg blinzelte. »Bei dir zu Hause?«

»Die Einladung bin ich dir schon lange schuldig. Und übrigens, ich habe keine Mitbewohner.«

Seine Lippen formten ein stimmloses *Oh,* was mir ein gutes Gefühl gab. Doch dann musterte er mich eindringlich aus halb zusammengezogenen Augen.

»Und in zwei Wochen geht es dir wieder besser?«, fragte er.

»Das hoffe ich doch.«

»Warum begräbst du deine Vergangenheit nicht endlich, Danielle? Ich beobachte dich seit Jahren, und – ohne dir zu nahetreten zu wollen – dir geht es von Jahrestag zu Jahrestag nicht besser, sondern schlechter. Liegt's daran, dass du zu viele Fragen stellst oder einfach nur die falschen?«

»Ich weiß nicht. Vielleicht …« Ich seufzte. Die Sergeantin schien immer noch mit ihrer Akte beschäftigt zu sein. Egal. Ich beugte mich näher zu Greg hin und flüsterte: »Vielleicht liegt's daran, dass ich überhaupt keine Fragen gestellt habe. Ich war wütend und zufrieden damit, einfach nur wütend zu sein. In diesem Jahr aber … habe ich damit angefangen, mir ein paar Dinge vor Augen zu führen. Und ich erinnere mich. Ich habe damals die Pistole meines Vaters ins Schlafzimmer meiner Eltern gebracht. Mein Dad hat mich … nun ja, du kannst es dir vielleicht denken. Jedenfalls wollte ich, dass er damit aufhörte. Meine Mutter wollte, dass ich ihr die Waffe gebe. Sie sagte, sie würde sich um alles Weitere selbst kümmern. Sie hat es mir versprochen.

Das Nächste, woran ich mich erinnere, ist, dass mein Vater in der Tür zu meinem Zimmer steht und sich in den Kopf schießt. Ich dachte immer, es sei meine Schuld. Ich hatte mich meiner Mutter anvertraut, worauf sie ihn zur Rede gestellt hat. Er ist dann wohl ausgerastet. Ich dachte immer, ich sei der Auslöser dafür gewesen. Davon war ich überzeugt. Inzwischen bin ich mir nicht mehr sicher. Meine Tante sagt, es habe Eheprobleme gegeben, die nichts mit mir zu tun hatten. Wie auch immer, ich könnte schwören, dass auf dem Wecker 22:23 Uhr gestanden hatte, als ich das Schlafzimmer meiner Eltern verließ. Die Polizei kam aber erst gegen eins. Über zweieinhalb Stunden später. Was ist in der Zwischenzeit passiert? Haben meine Eltern miteinander gestritten? Hat meine Mutter gestanden fremdzugehen und meinen Vater aufgefordert, das Haus zu verlassen? Zweieinhalb Stunden sind eine lange Zeit …«

Ich schüttelte den Kopf über meine eigene Verwirrung. »Mein ganzes Denken kreiste immer um die Frage, ob mich mein Vater verschont hat, weil er mich so sehr liebte oder so sehr hasste. Jetzt denke ich nur noch an diese zweieinhalb Stunden, in denen ich mich in meinem Bett unter der Decke versteckt gehalten habe.«

»Danielle –«, begann Greg.

»Wir haben was abgemacht. Kein Mitleid.«

»Und ein Abendessen in zwei Wochen.«

»Ja, ohne Mitbewohner.«

Er grinste. Ich war erleichtert und hätte fast den blauen Fleck berührt, den meine Faust auf seinem Kinn hinterlassen hatte.

»Als Freundin tauge ich nicht besonders«, warnte ich ihn und hörte die scharfe Note in meiner Stimme. »Aber ich könnte es ja mal versuchen. Es wird Zeit, endlich mit dem Vergessen anzufangen. Und dem Vergeben. Aber das ist alles neu für mich. Im Wütendsein bin ich besser.«

»Danielle –«

»Meine Eltern und Geschwister sind tot. Ich lebe noch. Damit muss ich endlich klarkommen.«

»Darf ich jetzt was sagen?«

»Schieß los.«

»Wie lange kennen wir uns schon?«

»Jahre.«

»Fünf, um genau zu sein. Seit zwei Jahren versuche ich, dich zum Essen einzuladen. Du darfst ruhig wütend sein, Danielle. Damit komme ich klar. Und du darfst traurig sein. Bin ich selbst manchmal. Aber wenn du vergeben und vergessen willst, würde ich mich freuen, dir dabei helfen zu können. Vielleicht lerne ich selbst was dabei. Jedenfalls brauchst du dich nicht zu verändern, Danielle. Nicht für mich.«

»Bist sehr tapfer.«

Er lächelte. »Nein, aber bodenständig und ausdauernd. Das bin ich. Was allerdings, wie ich weiß, nicht besonders anziehend auf Frauen wirkt. Trotzdem hoffe ich, dass es für uns reichen könnte.«

»Bodenständig und ausdauernd klingt super. Ich find's attraktiv.«

»Also in zwei Wochen –« Greg unterbrach sich. Er hob den Kopf und schnupperte. »Riechst du auch etwas?«

Ich roch zuerst nur Käse und Peperoni, aber dann … »Ja.«

Und da schrillte auch schon der Rauchmelder. Ich hielt mir die Ohren zu und rückte vom Tisch ab. Greg und der Detective waren schon auf den Beinen.

»Sie bleiben hier –«, sagte der Detective.

Greg fiel ihm ins Wort. »Ausgeschlossen. Nach dem Aufstand am Abend haben die meisten Kinder Medikamente zur Beruhigung gekriegt. Von allein kommen sie nicht aus dem Bett. Wir müssen sie tragen.«

Greg eilte zur Tür und legte die Hand auf das Holz. »Ist noch kühl«, stellte er fest. Er stieß sie auf. Rauchschwaden zogen durch den Flur. Wir hörten einige Schritte.

Eine Feuerschutzübung war das nicht. Greg und ich schauten die beiden Cops an, und die schauten leicht unentschieden zurück.

»Schnappen Sie sich eines der Kinder«, sagte Greg. »Es sind insgesamt vierzehn, die rausgeschafft werden müssen. Los geht's.«

Karen koordinierte den Einsatz. Wir fanden sie mit einer Checkliste in der Hand vor der Stationstür, die randlose Brille schief auf der Nasenspitze. Woher der Rauch kam, war nicht auszumachen, aber er zog durch den Flur und strich dicht am Boden um Karens Füße, während sie mit gepresster Stimme die Namen der Kinder vorlas.

Ed stand in der Nähe und nahm die ersten Kinder in Empfang, ein Trio, das von Cecille hergeführt wurde. Die drei gingen hintereinander und hatten eine Hand auf die Schulter des Vordermannes gelegt, so wie es ihnen beigebracht worden war. Sie trugen noch ihre Pyjamas und waren so müde, dass sie zur Abwechslung mal taten, was ihnen gesagt wurde.

Plötzlich flog eine Tür auf. Jorge und Benny rannten heraus und geradewegs in das Trio, stießen Aimee zu Boden und sprangen auf eins der Sofas. Sie hielten sich die Ohren zu und übertönten mit ihrem Geschrei die Alarmsirene.

»Kümmere du dich um Benny und Jorge«, sagte Karen mit Blick auf Greg. »Und du«, sie sah mich an, »holst –«

»Evan«, fiel ihr Greg ins Wort. »Wir haben dem Jungen vor ungefähr zwei Stunden eine doppelte Dosis Ativan verabreicht. Der schläft wie ein Murmeltier.«

»Okay.« Karen machte einen Haken hinter Evans Namen und wandte sich an mich. »Hol den Jungen aus seinem Bett.« Und an Greg gerichtet: »Du hältst die Kinder bei Laune.«

Greg steuerte auf Benny und Jorge zu, während ich mich auf den Weg durch den Flur machte.

Ich kam an zwei offen stehenden Türen vorbei, aus denen mir verängstigte Kindergesichter entgegenblickten. Am liebsten hätte ich sie gleich in Sicherheit gebracht, aber mein Auftrag lautete anders.

»Kommt raus und bildet eine Reihe. Ed wird euch gleich abholen«, rief ich ihnen zu und eilte weiter.

Am Ende des Flurs war der Rauch so dicht, dass mir die Augen tränten. Ich musste husten und legte die Hand vor den Mund, als ich Evans Zimmer betrat. Trotz der lauten Sirene schlief der Junge. Er hatte sich zusammengerollt und die Decke über den Kopf gezogen.

Ich packte ihn bei den Schultern und schüttelte ihn. Nichts.

Der Rauch benahm mir den Atem. Ich riss die Decke zur Seite und gab Evan einen leichten Klaps auf die Wange. Immer noch nichts.

Noch mehr Rauch. Meine Augen brannten. Die Brust schnürte sich mir zu.

Ich zog den Jungen hoch. Sein Kopf fiel zurück. Der Mund stand offen. Kurz entschlossen nahm ich ihn wie einen überdimensionalen Säugling auf den Arm. Er war nicht besonders schwer, aber verhältnismäßig groß und schlaksig, und die Glieder hingen schlaff herab.

Ich hievte ihn über meine Schulter und eilte hustend in den Flur hinaus.

Ihn fest umklammernd, stolperte ich voran, vorbei an offen stehenden Türen. Das Team hatte sie bereits evakuiert. Ich hastete durch den Aufenthaltsraum auf Karen zu.

»Evan«, sagte sie erleichtert und machte einen Haken hinter seinem Namen. »Raus mit euch ins Treppenhaus. Ich warte, bis der Letzte durch ist.«

Die Alarmsirene schrillte immer noch. Karen hielt mir die Tür auf. Der Vorraum war rauchfrei, ich konnte endlich wieder tief Luft holen und eilte auf den Notausgang zu. Evan wurde mir allmählich zu schwer. Meine Arme brannten, der Rücken tat mir weh.

Auf dem Weg nach unten rutschte ich, um mich abzustützen, mit der freien Schulter an der Wand entlang. Als ich den Treppenabsatz im siebten Stock erreichte, fiel oben die Feuerschutztür ins Schloss. Karen kam herunter.

Achtjährige können verdammt schwer sein. Ich war jetzt auf Höhe der sechsten Etage und setzte vorsichtig einen Fuß vor den anderen, schaffte bald auch die fünfte, vierte Etage.

Auf dem Treppenabsatz der dritten Etage legte ich eine kleine Pause ein, um Luft zu schnappen. Plötzlich flog die Tür auf. Ich blinzelte in grelles Licht.

Vor mir stand Andrew Lightfoot.

»Na bitte«, sagte er. »Sie haben mir Evan gebracht. Macht die Sache für mich umso leichter.«

»Andrew? Müssen Sie nicht im Bett liegen und sich –«

Weiter kam ich nicht. Zwei dünne schwarze Drähte flogen auf mich zu. Ich spürte sie auf meine Brust treffen.

Evan fiel zu Boden. Ich folgte ihm.

38. Kapitel

Als eine Viertelstunde später die Feuerwehr vor dem Kirkland Medical Center eintraf, hatten es D. D. und Alex endlich geschafft, im größer werdenden Gedränge aus hektischem Personal und verwirrten Patienten einen Weg nach draußen zu finden. Schwestern schoben auf Rollstühlen Sauerstoffflaschen durchs Haus, Pfleger manövrierten Rollbetten mit Patienten auf die Gänge, Sicherheitsangestellte versuchten, die Ausgänge frei zu halten. Glastüren flogen auf, Leute kamen heraus, und Feuerwehrmänner eilten hinein. Und unablässig heulten Feuersirenen.

D. D. versuchte, ihre Gedanken zu ordnen. Was war geschehen? Andrew Lightfoot war besinnungslos auf die Intensivstation gebracht worden, wenig später aber laut Auskunft einer verstörten Schwester aus seinem Bett gesprungen und verschwunden. Eine Stunde danach war Alarm ausgelöst worden, und nun wurde das ganze Gebäude evakuiert.

Wie passte das alles zusammen?

Sie stand neben Alex auf dem Parkplatz, hielt die Hände auf die Ohren gepresst und schaute zu dem achtstöckigen Gebäude auf. Aus den Belüftungsschächten stieg dichter Rauch auf.

Sie wandte sich an Alex. »Haben wir's hier mit einem echten Brand zu tun, oder ist das irgendein Ablenkungsmanöver?«, rief sie ihm zu.

»Der Rauch sieht leider ziemlich echt aus.«

Aber irgendwas stimmte nicht. D. D. schaute sich nach einem Feuerwehrmann um.

Neben einem Löschwagen entdeckte sie einen, der gerade in ein Walkie-Talkie sprach. Er reagierte ungehalten, als sie ihn ansprach. Sie hielt ihm ihren Ausweis vor die Nase.

»Wie ist die Lage?«, fragte sie laut.

»Starke Rauchentwicklung im Obergeschoss. Scheint von der Belüftung auszugehen.«

»Feuer?«

»Sieht eher nach einem Schwelbrand aus. Könnte ziemlich gefährlich werden, wenn Luft drankommt. Unsere Leute suchen das ganze Gebäude ab, haben die Quelle aber noch nicht gefunden.«

»Danke. Halten Sie uns auf dem Laufenden.«

D. D. kehrte zu Alex zurück. »Meine Spiderman-Sensoren kribbeln«, sagte sie.

»Meine auch.«

»Cops verstehen sich wohl doch auf Woo-woo. Dieser verfluchte Lightfoot. Es geht um die Kinderpsychiatrie. Er hat irgendwas gedreht, um eine Evakuierung zu erzwingen.«

»Wo sind die Kinder?« Alex sah sich auf dem Parkplatz um. Eine Menge Patienten auf Notliegen und in Rollstühlen, ein paar Herumstehende – aber keine Kinder.

Ein Pfleger hastete vorbei. D. D. hielt ihn am Arm fest.

»Polizei«, rief sie. »Wohin bringt man im Alarmfall die Patienten aus der Kinderpsychiatrie?«

Der Pfleger schien im allgemeinen Durcheinander den Überblick verloren zu haben und war sichtlich überfordert. Aber dann zeigte er auf eine Stelle neben dem Hauptgebäude. »Auf den Kinderspielplatz dort drüben«, antwortete er und eilte weiter.

Sie und Alex bahnten sich einen Weg durch die Menge.

»Lightfoot«, murmelte D. D. »Ich wette, er steckt dahinter. Aber was hat er vor?«

»Wir brauchen seinen richtigen Namen«, sagte Alex. »Das ist das Problem. Wir wissen nicht einmal, wer er ist.«

»Irgendjemand wird Bescheid wissen.«

»Vielleicht der Sportlehrer«, spekulierte Alex.

»Ich hatte eigentlich eher an Danielle gedacht.«

Auf einem Rasenstück neben dem Krankenhaus fanden sie die Kinder. Sie waren sichtlich aufgelöst und standen zusammengedrängt zwischen dem Stationspersonal. Die Sirenen klangen hier gedämpft, das Heulen der Kinder war umso lauter. D. D. marschierte zielstrebig auf die Stationsleiterin zu, doch ehe sie Karen erreichte, kam ihr Greg in die Quere.

»Wo ist Danielle?«, fragte er mit besorgter Miene.

»Das wollte ich Sie gerade fragen.«

»Karen hat sie beauftragt, Evan zu holen. Seitdem ist sie verschwunden.«

Karen schaltete sich ein. »Ich habe sie noch mit Evan gesehen und die beiden nach draußen geschickt. Sie sind vor mir die Treppe hinuntergegangen.«

»Haben Sie sie auch im Treppenhaus gesehen?«, fragte D. D. nach.

»Ja. Ich habe noch ein paar Sachen eingesteckt und bin ihnen gefolgt. Ich konnte sie hören. Jedenfalls glaube ich, dass sie es waren.«

»Danielle und ein Kind?«

»Dieser Junge, Evan. Er ist gerade erst bei uns aufgenommen worden.«

»Augenblick.« D. D. wirbelte auf dem Absatz herum und wandte sich Greg zu. »Der Junge, den Sie kennen? Der seine Mutter niedergestochen hat?«

Greg nickte.

»Lightfoot kannte die beiden auch, nicht wahr?«.

»Ich habe ihn der Mutter empfohlen und eine Provision dafür bekommen.«

»Wie bitte?«, sagte Karen. »Provision?«

Greg steckte die Hände in die Hosentaschen. Ihm war die Situation sichtlich unangenehm. »Ich muss etwas gestehen, aber nicht jetzt. Lass uns später darüber reden, Karen. Bitte.«

Seine Chefin öffnete den Mund. Es schien, als wollte sie sofort hören, was er ihr zu sagen hatte, doch D. D. winkte mit der Hand ab. »Für Geständnisse bleibt später noch Zeit. Wichtiger ist im Augenblick, dass wir Danielle und den Jungen finden. Und Lightfoot. Hat jemand eine Ahnung, wo sie sein könnten?«

Sie blickte in die Runde der Angestellten und Mitarbeiter.

Einer nach dem anderen schüttelte den Kopf.

»Es geht um sie«, flüsterte Alex seiner Kollegin ins Ohr. »Lightfoot hat Feuer gelegt, um an sie heranzukommen. Aber warum? Was will er von ihr?«

D. D. nickte grimmig. »Ich will es mir lieber nicht vorstellen.«

39. Kapitel

Victoria

Ich schrecke aus dem Schlaf auf. Mein Mund ist geöffnet wie zu einem Schrei. Ich liege still und versuche mich zu orientieren. Mein Herz rast. Eine Seite schmerzt. Ich fühle mich benommen wie nach einem schrecklichen Albtraum.

Mir fällt auf, dass ich in meinem eigenen Bett liege. Die Fenster sind verdunkelt; auf dem Wecker leuchten die Ziffern 4:15. Ich entspanne mich, stelle dann aber fest, dass ich Arme und Beine nicht spüre.

Wieder von Panik ergriffen, versuche ich mich aufzurichten.

Und plötzlich erklärt sich mir das Problem. Meine Arme liegen gefesselt im Rücken, und auch die Beine sind fixiert. Ich bin verschnürt wie ein Thanksgiving-Truthahn. In meinem eigenen Zuhause, in meinem Bett …

Ich erinnere mich, im Krankenhaus aufgewacht zu sein und den Entschluss gefasst zu haben, zu Evan auf die psychiatrische Station zu gehen.

Ich war schon am Fahrstuhl und weiß noch, dass ich gerade den Knopf drücken wollte und mich fragte, ob ich es wohl schaffen würde.

Und dann war da auf einmal Andrew, was mich vollkommen überraschte. Diese Art von Beziehung haben wir nicht. Eine reine Bettgeschichte. Er hätte mich nie im Krankenhaus besucht. Und am Samstag hatte er mich gar nicht sehen wollen. Er sagte, er habe Vorbereitungen zu treffen. Für eine Überraschung am Montag.

Heute war Montag.

Als er mir vor dem Fahrstuhl entgegenkam, traf mich plötzlich ein elektrischer Schlag. Und dann …

Mein Lover hat mich außer Gefecht gesetzt, und jetzt liege ich hier, allein, im Dunkeln.

Ich höre ein Stöhnen und Ächzen. Es kommt von unten.

Ich bin also doch nicht allein.

Michael ist im Haus.

Was zum Henker …?

Da war doch was. Ich erinnere mich plötzlich an diese Schlagzeilen, an Blutbäder in zwei Familien mit behinderten Kindern.

Wo ist Evan? Jetzt verstehe ich. Andrew holt ihn her. Und dann bringt er uns alle um.

Ich zerre wie wild an den Klebestreifen, mit denen meine Hände umwickelt sind. Mich auch noch von Schmerzen behindern zu lassen kann ich mir nicht leisten. Nichts wie raus. Ich muss uns alle aus dem Haus schaffen. Michael, Evan. Ich habe einen entsetzlichen Fehler gemacht.

Die Einsicht kommt zu spät. Schon höre ich unten die Eingangstür aufgehen. Schritte auf der Treppe.

»Liebling«, ruft Andrew zuckersüß. »Ich bin zu Hause.«

40. Kapitel

Danielle

Oh, dieser verfluchte Schädel. Das war mein erster Gedanke. Dann spürte ich heftige Schmerzen in den Armen, einen Krampf in der rechten Schulter. Ich musste mich bewegen, mich aufrichten …

Ich war gefesselt.

Ich erstarrte und versuchte mir zu erklären, was geschehen war. Ich hatte Evan getragen und war mit ihm durchs Treppenhaus gegangen. Eine Tür öffnete sich. Andrew trat daraus hervor.

Das Schwein hatte einen Taser auf mich abgefeuert. Vor Schreck über die Erinnerung versuchte ich wieder, mich aufzurichten, und schlug mit dem Kopf gegen einen harten metallenen Widerstand. Dann nahm ich das Geräusch von Reifen auf Asphalt wahr, den Gestank von Auspuffgasen und die erdrückende Hitze in eng umschlossenem Raum. Und da kapierte ich endlich.

Das Schwein hat mich getasert und dann in den Kofferraum seines Wagens gestopft.

Die Vergiftung war offenbar nur vorgetäuscht gewesen,

um verschwinden und später heimlich zurückkehren zu können … um Feuer zu legen? Aber warum?

Evan. Oh Gott. Was war mit Evan geschehen?

Hilflos wälzte ich mich in der Dunkelheit hin und her und stieß dabei auf der einen Seite gegen einen Werkzeugkasten, wie es schien, auf der anderen Seite auf eine weiche Tasche. Evan war nicht bei mir.

Vielleicht brauchte ich mir um ihn keine Sorgen zu machen. Karen war gleich hinter uns gewesen. Sie musste ihn gefunden und in Sicherheit gebracht haben.

Der Gedanke tröstete mich. Ich bewegte meine Finger und Zehen, lauschte den Fahrgeräuschen und spürte die Kofferraumhaube auf mir lasten. Mir wurde übel. Ich zwang mich, tief Luft zu holen, und überlegte, wie ich mich zur Wehr setzen konnte.

Angst hatte ich nicht. Ich war bloß unglaublich wütend.

Ich hatte mich immer versteckt zu halten versucht, meine Sicherheit in andere Hände gegeben und alles mit mir geschehen lassen.

Aber diesmal, das schwor ich mir, würde ich kämpfen.

Der Wagen bremste ab und blieb stehen. Gleich darauf wurde der Motor ausgeschaltet. Wir hatten unser Ziel erreicht. Mein Schädel dröhnte, mir war speiübel von den Auspuffgasen, und meine rechte Schulter schmerzte wie verrückt.

Ich spannte die Muskeln an, machte mich auf Gott weiß was gefasst. Andrew würde um den Wagen herumkommen und die Haube aufklappen. Und ich? Sollte ich ihm entgegenspringen? Alarm schlagen? Ich war gefesselt und geknebelt, konnte mich nicht bewegen, konnte nicht schreien. Ich hatte kein Handy, keine Waffe. Ich war ausgeliefert.

Eine Tür öffnete sich und fiel zurück ins Schloss. Gleich darauf öffnete sich noch eine Tür, wahrscheinlich die auf der Beifahrerseite. Andrew schien etwas aus dem Wagen herauszuholen.

Dann Schritte, näher kommend. Ich musste etwas tun. *Nachdenken.*

Es gab nichts, was ich hätte tun können. Ich steckte hilflos in der Falle.

Nach irgendwelchen Heldentaten war mir nicht mehr zumute. Ich dachte an meine Schwester, niedergeschossen im Flur, erinnerte mich an meinen Bruder und seinen verzweifelten Fluchtversuch auf der Treppe. Ich wollte um sie weinen, um uns alle, weil ich mir ziemlich sicher war, dass es nach der heutigen Nacht keine Überlebenden geben würde.

Die Schritte entfernten sich. Lange Sekunden verstrichen, ohne dass sich etwas tat. Ich entspannte mich ein wenig. *Denk nach, denk nach.*

Die Sergeantin und Greg waren offenbar der Meinung, dass Andrew mich begehrte. Konnte ich das für mich nutzen? Ihn dazu bringen, mir die Fesseln abzunehmen?

Die Schritte kehrten zurück, wurden lauter, und ehe ich mir etwas ausgedacht hatte, flog die Kofferraumhaube auf. Andrew schwebte über mir. Es war dunkel; ich konnte sein Gesicht nicht erkennen, spürte aber seinen Blick.

»Verstehst du jetzt?«, fragte er.

Verwirrt schüttelte ich den Kopf. Der Knebel scheuerte über meine Lippen.

»Wenn nicht jetzt, dann schon sehr bald. Es wird Zeit, dass du dich deiner Vergangenheit stellst, Danielle. Darauf dränge ich schon lange, aber du ignorierst mich. Also muss ich drastischere Maßnahmen ergreifen. Deshalb sind wir hier. Fünfundzwanzig Jahre später. Auf den Tag genau. Höchste Zeit für dich, deinen Horizont ein bisschen zu erweitern.«

Er packte mich bei den Schultern und hievte mich in die Höhe. Ich schrie in den Knebel, plötzlich hellwach. Der Schrei erstickte und drohte, meine Kehle zu zerreißen. Andrew grunzte zufrieden.

»Du musst deine Sinne aktivieren«, sagte er betulich und griff mir unter die Arme, um mich aus dem Kofferraum zu zerren. »Lass ab von deinen Vorurteilen und öffne dein Herz. Er wird dich finden. Er versucht seit Jahren, Kontakt mit dir aufzunehmen.«

Er setzte mich auf dem Asphalt ab. *Nichts wie weg*, dachte ich, obwohl die Beine unter mir nachgaben und ich meinem Entführer in die Arme fiel. Er warf mich mühelos über seine Schulter. Ich versuchte, mit den Beinen auszutreten, bekam sie aber nicht in Schwung.

Andrew trug mich auf ein großes Haus zu, das ich noch nie gesehen hatte. Er stieß die Eingangstür auf und betrat einen dunklen Vorraum.

»Liebling, ich bin zu Hause«, rief er.

Ich hörte, wie weiter oben eine Frau zu schluchzen anfing.

Die Erinnerung ist etwas Seltsames. Mein ganzes Leben wurde von einem Vorfall beherrscht, der, wie ich bis heute annahm, nicht länger als vierzig Minuten gedauert haben mochte. In meiner Erinnerung hielt mein Vater die Pistole, mit der er dann nicht mich, sondern sich selbst erschoss. In meiner Erinnerung.

Andrew nahm den Knebel aus dem Mund. Ich wollte laut aufschreien, doch er presste mir einen Finger auf die Lippen.

»Psst, denk an Evan, seine Mutter und seinen Vater. Du willst doch nicht, dass ihnen etwas passiert.«

Ich schloss den Mund und starrte Andrew an. Er hatte mich ins Obergeschoss geführt, und wir standen jetzt in einem rosa gestrichenen Zimmer, das vermutlich einem jungen Mädchen gehörte. Das Bett war unbenutzt und von dem Mädchen nichts zu sehen. Ich hoffte, dass es sich in Sicherheit befand. Doch dann kam mir der Gedanke, dass das Zimmer vielleicht eigens für mich so hergerichtet war.

Schweigend musterte ich Andrew und kam mir dabei vor wie eine Maus, die, von einer Katze in die Ecke gedrängt, verzweifelt nach einem Fluchtweg spähte.

»Was soll das alles?«, fragte ich. Mein Mund war vollkommen ausgetrocknet, und das Schlucken brannte wie Feuer.

Andrew legte seine Taschenlampe zwischen uns auf dem Boden ab. Wenn ich sie zu fassen bekäme, könnte ich ihn womöglich mit einem Schlag gegen die Schläfe niederstrecken, aber meine Hände waren immer noch auf den Rücken gefesselt. Er hatte mir nur die Fußfesseln gelöst, damit wir einander im Schneidersitz gegenübersitzen konnten. Ich lehnte mit dem Rücken an einer breiten Fensterfront. Er saß zwischen mir und der Schlafzimmertür.

Das Schluchzen war nicht mehr zu hören. Eine gespenstische Stille hatte sich ausgebreitet, die mir mehr Angst machte als jedes Geräusch. Schlimme Dinge passierten meist in solcher Stille.

»Evan ist eine alte Seele«, hob Andrew an.

Solche Sprüche kannte ich von ihm. Also täuschte ich Verständnis vor und nickte mit dem Kopf.

»Er ist überempfindlich und voller Negativität. Andere, grausame Seelen suchen ihn in seinen Träumen heim. Sie schleichen sich ihm auch bei Tag ins Bewusstsein und verleiten ihn dazu, Böses zu tun. Es ist unerträglich, so zu leben. Dieser Junge kämpft gegen unsichtbare Feinde.«

Ich nickte, als würde ich ihm zustimmen.

»Er ist nicht der Einzige, der sich auf diese Weise quälen muss, Danielle. Andere Seelen stecken in ähnlichen Abgründen. Es gelingt ihnen nicht, in diese Welt zurückzukehren, um neue Erfahrungen zu machen. Sie sind gefangen in der Düsternis eines unerledigten Auftrags, in der Hölle, wie sie von Dichtern wie Dante beschrieben wurde. Es ist eine entsetzliche Existenzform, Danielle, denn sie nimmt kein Ende. Alte, empfindsame Seelen sind ihr auf ewig ausgeliefert.«

Ich hatte keine Ahnung, wovon er sprach, nickte aber wieder. Meine Füße waren schon frei. Wenn er jetzt noch meine Hände losmachte, hatte ich vielleicht eine Chance, heil aus dieser Geschichte herauszukommen.

»Menschen fürchten den Tod. Sie glauben an die primitive Vorstellung von Himmel und Hölle, die uns weismacht, nur in einer Dimension zu leben. Wer aber erst einmal akzeptiert, dass sich Seelen auf vielen spirituellen Ebenen bewegen können, wird die höhere Wahrheit unserer Existenz begreifen. Der physische Tod ist nichts, nur ein kleines Flackern im Radar einer Seele. Ozzie und seine Eltern – sie sind nicht verschwunden, sondern vielmehr auf dem Weg zu neuen Erfahrungen. Ishy, Rochelle, Tika und die kleine Vivi – auch sie sind nicht tot, sondern von ihrer unseligen körperlichen Existenz befreit.«

»Sie haben die Harringtons und Laraquettes getötet?«, fragte ich entsetzt.

»Ich habe ihnen den Weg zur nächsten Seinsstufe erschlossen«, korrigierte Andrew.

»Oh mein Gott. Auch Lucy?«

»Ich habe dir doch erklärt, dass sie jetzt glücklicher ist. Du weißt, was sie durchmachen musste, und solltest einsehen, dass es besser für sie ist, ihre Reise fortzusetzen.«

»Sie haben das Kind *erhängt?*«

»Sie hat durch mich hindurch und mir direkt ins Herz gesehen. Eine außergewöhnlich starke Seele, dieses Mädchen. Ich habe gewartet, bis es auf der Station ruhig geworden war, und sie dann hinausgeführt. Sie ist bereitwillig mit mir gegangen. Sie ist jetzt sehr viel glücklicher –«

»Sie Ungeheuer!«, platzte es aus mir heraus. »Was maßen Sie sich an? Sie haben ihr das Recht genommen, selbst darüber zu entscheiden, auf welcher Seinsebene sie leben möchte.«

Andrews Augen funkelten. »Du hörst mir nicht zu –«

»Und Sie sind auch nicht vergiftet worden, stimmt's?«, unterbrach ich ihn wieder. »Das war nur eine alberne Scharade, um aus der Station herauszukommen. Sie sind ein Betrüger. Ich wusste es immer!«

»Halt den Mund!«

»Leck mich!«

Plötzlich war Andrew direkt vor mir, sein Gesicht nur wenige Zentimeter von meinem entfernt. Wut flackerte in seinen Augen. Gut so. Ich wollte, dass er die Beherrschung verlor, wollte diese Tollwut in seinem Blick sehen. Stattdessen aber zeigte er eine Entschlossenheit, vor der ich mich umso mehr fürchtete.

»Du wirst mir noch Glauben schenken. Du wirst die Zwischensphäre aufsuchen, Herz und Verstand öffnen. Wenn nicht, musst du sterben, und mit dir werden alle anderen sterben, die sich in diesem Haus befinden. Willst du mir endlich zuhören, Danielle?«

Ich nickte stumm. Seine blauen Augen schienen zu glühen. Irgendetwas brannte in ihm. Sein Glaube vielleicht, dachte ich. Verrückter Aberglaube.

Als er wieder sprach, war jedes seiner Worte abgehackt

und betont. »Ich habe eine Pistole in diesem Haus versteckt. Im Magazin stecken vier Kugeln. Wo sie ist, weiß außer mir nur noch die Person, die deine Familie auf dem Gewissen hat. Wir werden jetzt einen kleinen Wettlauf veranstalten. Wer die Waffe als Erster findet, wird Gebrauch davon machen. Ich will fair sein und gebe dir einen Vorsprung von zehn Minuten. Wenn du unbedingt Zeit verschwenden willst, kannst du auch nach einem Telefon suchen. Davon rate ich allerdings ab. Die Leitung ist tot, der Strom abgeschaltet. Außerdem möchte ich dir zu bedenken geben, dass Evans Mutter das Haus sorgfältig abgesichert hat. Sämtliche Türen sind verschlossen, und es gibt nur einen Generalschlüssel.« Andrew zog eine Kette samt Schlüssel unter dem Kragen hervor.

»Und bevor du auf den Gedanken kommst, ein Fenster einzuschlagen oder sonst eine Dummheit zu begehen, mach dir klar, dass du damit Evan im Stich lassen würdest, genauso wie seine Mutter Victoria und seinen Vater Michael, der mir erfreulicherweise im Krankenhaus über den Weg gelaufen ist. Wenn die zehn Minuten vorbei sind, werde ich sie erschießen.

Wenn du weiterhin darauf bestehst, die Wahrheit zu leugnen, werden Menschen sterben, Danielle. Stell dich deiner Vergangenheit, öffne dein Herz. Dann hast du noch eine Chance. Du hast mich zu dieser Maßnahme getrieben. Aber ich will nicht ungerecht sein.«

»Sie wollen, dass ich die Seele meines Vaters in der spirituellen Zwischenwelt aufsuche und ihn frage, wo die Pistole versteckt ist? Ich soll … mit ihm reden?«

Andrew neigte den Kopf. »Was fürchtest du mehr, Danielle? Dass er dir hilft oder dir die Hilfe verweigert?«

»Sie sind wahnsinnig.«

»Mit einer solchen Erklärung könntest du an deiner Strategie der Leugnung festhalten. Aber ich gebe dir einen Hinweis. Wer hat dich damals in jener Nacht wohl gerettet, Danielle?«

»Sheriff Wayne.«

»Wer hat ihn alarmiert? Du hast dein Zimmer nicht verlassen, und euer Haus war meilenweit vom nächsten Nachbarn entfernt. Wer hat die Schüsse gehört? Wer hat die Polizei verständigt?«

Ich verstand kein Wort und starrte ihn nur an.

Andrew seufzte und stand kopfschüttelnd auf. »Du konzentrierst dich zu sehr auf die gegenständliche Welt, Danielle. Du hasst dich dafür, deine Familie nicht geschützt zu haben. Ich möchte, dass du dich für die *Seelen* deiner Angehörigen einsetzt. Du weißt nicht, was in jener Nacht wirklich geschah, und weigerst dich anzuerkennen, was du nicht wahrhaben willst. Und damit verdammst du sie alle, insbesondere meinen Vater.«

»*Ihren* Vater?«, fragte ich verblüfft.

»Den ehrenwerten Sheriff Wayne. Eine alte Seele, die im Abgrund gefangen ist. In der Hölle, wenn du so willst. Und die zu fürchten haben wir allen guten Grund.«

Andrew schaute auf seine Uhr. »Zehn Minuten. Entweder du stellst dich deiner Vergangenheit, oder du verwirkst deine Zukunft. Entweder du rettest die Seele meines Vaters, oder ich werde vier Schüsse abgeben, den ersten auf die Mutter. So läuft das für gewöhnlich. Dann auf Evan, dann auf seinen Vater. Die letzte Kugel wartet auf dich. Die Reihenfolge dürfte dir vertraut sein. Ich frage dich, Danielle, wie viele Familien sollen noch geopfert werden?«

Andrew verschwand im Dunkel des Flures. Ich blieb wie erstarrt auf dem Boden sitzen. Dann hörte ich wieder etwas, eine Stimme aus dem Nebenraum.

»Mommy?«, flüsterte Evan mit ängstlich zitternder Stimme. *»Mommy?«*

Andrew ist wahnsinnig, dachte ich, überzeugt davon, dass er seine Drohung wahr machen würde.

41. Kapitel

Auf Phil war Verlass. D. D. hatte ihn über die Entführung von Danielle und Evan informiert und aufgefordert, Lightfoots tatsächlichen Namen herauszufinden.

Phil hatte sich daraufhin mit der Aufsichtsbehörde für Finanzhandel in Verbindung gesetzt, denn wenn Lightfoot früher wirklich, wie behauptet, als Investmentbanker tätig gewesen war, würde er wahrscheinlich seine Lizenz behalten haben, und sei es nur, um seine eigenen Vermögenswerte zu verwalten.

Tatsächlich hatte die Datenbank den Namen Andrew Ficke ausgespuckt, Sohn der Eheleute Wayne und Sheila Ficke. Sheila war in Newburyport gemeldet, ihr Mann, Sheriff Wayne, hatte vor zwei Jahren das Zeitliche gesegnet.

D. D. rief sofort bei Sheila an und erklärte der verwirrten Frau, dass ihr Sohn der Bostoner Polizei in dringenden Ermittlungen assistiere, sie ihn im Augenblick aber nicht erreichen könne. Ob sie eine Idee hätte, wo er sein könnte?

Es stellte sich heraus, dass Andrew nicht nur das Strandhaus besaß, sondern auch eine Yacht und ein Apartment in New York. Falls Seelen tatsächlich wanderten, wollte

D. D. im nächsten Leben als New-Age-Heiler auf die Welt kommen.

Mit einer gekidnappten Frau hatte sich Andrew bestimmt nicht auf den weiten Weg nach New York gemacht, und in seinem Strandhaus würde er wahrscheinlich auch nicht sein. Kam also nur die Yacht in Betracht, auf der er sich auf hoher See ungestört fühlen konnte. D. D. nahm sich vor, Kollegen, die am Hafen Streife gingen, sowie die Küstenwache an der Suche zu beteiligen.

»Entschuldigen Sie bitte noch einmal meinen späten Anruf«, sagte D. D., um Mrs Ficke zu beruhigen, da sie nicht wollte, dass die Mutter ihren Sohn alarmierte. »Sie haben mir sehr geholfen.«

»Worum geht's denn eigentlich?«, fragte Sheila.

»Wie bitte?«

»Sie sagten, Andrew würde der Polizei assistieren. In welcher Sache? Oder dürfen Sie dazu nichts sagen?«

D. D. wollte sie gerade mit einem »Ja« abspeisen, entschied sich dann aber anders: »Er hilft uns bei der Aufklärung von zwei Mordfällen. Diese beiden Familien, vielleicht haben Sie davon gehört.«

»Oh, das sieht ihm ähnlich. Er ist sehr interessiert an solchen Fällen, seitdem sein Vater einmal mit einer vergleichbaren Familientragödie konfrontiert war.«

»Würden Sie mir das bitte näher erklären?«

»Die Sache liegt weit zurück, fünfundzwanzig Jahre, um genau zu sein. Wayne war damals noch Sheriff. Einer seiner ehemaligen Angestellten hatte zu viel getrunken, Frau und Kinder und schließlich sich selbst getötet. Nur eine Tochter überlebte. Danielle Burton. Schreckliche Tragödie. Wayne hatte alle Zeitungsartikel darüber gesammelt und ein Album erstellt, in dem er bis zu seinem Tod immer wieder geblättert hat. Ich glaube, er machte sich Vorwürfe, Warnhinweise nicht rechtzeitig erkannt und entsprechende Maßnahmen eingeleitet zu haben.«

»Besitzen Sie dieses Album noch?«, fragte D. D.

»Andrew hat es. Mein Mann war der Erste am Tatort. Er hat das Mädchen aus dem Haus gebracht. In vielen Zeitungen wurde er als Held gefeiert, womit er, glaube ich, nicht einverstanden war. Trotzdem sind diese Artikel schmeichelhaft, nicht zuletzt auch für unseren Sohn, dem es verständlicherweise gefällt, solche Geschichten über seinen Vater zu lesen.«

»Hat Ihr Mann je mit Ihnen über diese schlimme Nacht gesprochen? Ihnen erzählt, was im Haus der Burtons passiert ist?«

»Nein, mein Mann war nicht besonders gesprächig. Er hatte dieses Album, und ich glaube, es war für ihn eine Art Therapie.«

»Und Andrew? Hat er Ihrem Mann zu diesem Fall Fragen gestellt?«

»Gut möglich. Aber als mein Mann in den Ruhestand ging, hat er von seinem Berufsleben nichts mehr wissen wollen. Er interessierte sich nur noch für sein Hobby, das Angeln.«

D. D. verabschiedete sich von Mrs Ficke und wandte sich Alex zu.

»Andrew Lightfoots Vater war der Sheriff, der damals

Danielle nach dem Familienmassaker aus dem Haus gebracht hat«, berichtete sie aufgeregt. »Wie stehen die Chancen, dass es sich um einen Zufall handelt?«

»Sein Vater war am Tatort?«

»Ja, und er wurde als Held gefeiert, als der Retter des kleinen Mädchens.«

Alex blinzelte und musterte sie ebenso ernst und eindringlich wie sie ihn. »Damit wäre Andrew Lightfoot auch mit Danielles Vergangenheit in Verbindung gebracht. Er hat also einen familiären Bezug zu einer alten Mordsache sowie einen persönlichen zu zwei Familien, die vor kurzem ausgelöscht wurden. Das hört sich sehr nach Reenactment an.«

»Reenactment?«

»Die Harringtons und die Familie Laraquette-Solis. Er hat deren Tragödie nach dem Muster der Tragödie von Danielles Familie nachgestellt.«

»Aber warum?«, fragte D. D. und fuhr ungeduldig mit der Hand durch ihr Haar. »Die Eine-Million-Dollar-Frage, und unsere Antworten sind immer noch keinen Cent wert.«

Er fasste sie plötzlich beim Arm. »Augenblick. Natürlich. Dieser Junge, Evan. Seine Mutter wurde doch heute mit einer Stichverletzung im Krankenhaus eingeliefert, oder?«

»Soweit ich weiß, ja.«

»Wo ist sie jetzt?«

»Irgendwo auf dem Parkplatz mit den anderen Patienten, vermute ich.«

Beide wandten sich dem Krankenhaus zu, vor dem immer noch mehrere Einsatzfahrzeuge der Feuerwehr standen sowie eine Vielzahl uniformierter Polizisten. Die Patienten, das Personal und Schaulustige wurden in sicherer Entfernung auf Abstand gehalten. Ansonsten passierte nicht viel. Man sah auch keinen Rauch mehr, geschweige denn Flammen. Das Feuer schien unter Kontrolle zu sein.

Alex ließ ihren Arm los. »Wir müssen sie finden.«

»Aber wir wissen nicht einmal, wie sie aussieht.«

»Greg weiß es.«

Das Personal und die Kinder der psychiatrischen Station hielten sich vor einer kleinen Baumgruppe auf und warteten darauf, ins Krankenhaus zurückkehren zu dürfen. Die meisten Kinder waren inzwischen hellwach und aufgedreht.

Greg sah D. D. und Alex auf sich zukommen. Er rief Jorge zu, er solle vom Baum herunterkommen, versuchte gleichzeitig, Jimmy einen Stock abzunehmen, und schnappte Benny am Kragen, als der gerade zu entwischen versuchte.

»Sie sind abkommandiert«, sagte Alex. »Sie müssen Evans Mutter für uns finden.«

»Jetzt?« Greg lupfte Benny mit einer Hand in die Höhe. Jorge und Jimmy sausten mit ausgestreckten Armen wie Flugzeuge herbei.

»Iiiiiiemmm, iiiiemmm, iiiiiemmm«, schrien die Jungen.

»Sofort«, rief Alex gegen den Lärm an. »Hören Sie zu: Es dreht sich letztlich alles um Familiengeschichten. Evan ist verschwunden, deshalb stellt sich die Frage …«

»Wo seine Angehörigen sind«, ergänzte Greg.

»Genau.«

»Mist.« Greg verdrehte die Augen und setzte Benny auf dem Boden ab, der sogleich seinen Flugzeug spielenden Freunden hinterherdüste.

»Ich passe so lange auf die Kinder auf«, sagte D. D. »Suchen Sie mit Alex nach Evans Mom.« Das war zwar das Letzte, worauf sie Lust hatte, aber sie sah keine andere Möglichkeit.

Greg runzelte die Stirn. »Sind Sie sicher?«

»Ja.« D. D. warf einen skeptischen Blick auf die Jungen. »Aber beeilen Sie sich. Tempo, wenn ich bitten darf.«

42. Kapitel

Danielle

Wie lang sind zehn Minuten? Einem Kind kommen sie wie eine Ewigkeit vor. In der Schule entsprechen sie einem Fünftel der Unterrichtsstunde. Aber wenn einem die Hände gefesselt sind, und man tappt durch ein fremdes Haus …

Ich stand im Flur und wartete, dass sich meine Augen an die Dunkelheit gewöhnten. Nach einer endlos scheinenden Nacht schimmerte am Morgenhimmel erstes Licht. In einer halben Stunde würde es hell sein. Ob wir dann noch lebten?

Evan war in einem der Zimmer. Ich konnte ihn murmeln hören. Ein agitiertes Kauderwelsch. Insgesamt gab es im Obergeschoss vier Zimmer, für den Jungen und das Mädchen jeweils eins, eines für Gäste und das Elternschlafzimmer. Die traditionelle Aufteilung eines Hauses im Kolonialstil.

Wo sich Andrew gerade aufhielt, wusste ich nicht. Mit dem Rücken zur Wand schlich ich auf die Tür zu, die, wie ich hoffte, zum Elternschlafzimmer führte. Ich musste Evans Eltern finden. Wenn sie ansprechbar wären, würden wir vielleicht zu dritt …

Weshalb war Sheriff Wayne damals zu uns gekommen? Ich hatte ihn nicht danach gefragt, als er Jahre später bei mir zu Gast gewesen war. Dass er als Sheriff am Tatort zu sein hatte, erschien mir nur natürlich.

Aber unser Haus lag abgelegen, die nächsten Nachbarn waren weit entfernt, und ich hatte nicht die 911 gewählt.

Meine Mutter vielleicht? Meine Schwester oder mein Bruder?

Es gab bestimmt eine logische Erklärung. Die gab es immer.

Ich hörte jemanden weinen, schaute durch eine Tür und blickte in einen dunklen Raum mit großen Möbelstücken. In der Mitte stand ein Doppelbett, und darauf erkannte ich die Konturen einer Frau. Sie weinte leise.

»Hallo?«, flüsterte ich.

»Wer ist da?«, fragte sie so leise wie ich.

»Sind Sie Evans Mutter?« Ich trat auf sie zu und sah mich ängstlich um. Da war ein freistehender Spiegel, hinter dem sich Andrew womöglich versteckt halten mochte. Oder hinter dem riesigen Zierfarn. Im Badezimmer nebenan vielleicht oder im begehbaren Kleiderschrank.

»Andrew ist nicht hier«, flüsterte die Frau, als hätte sie meine Gedanken erraten. »Ich bin Victoria.«

»Danielle.«

Ich lief zu ihr rüber und sah, dass ihr Hände und Füße mit Kabelbindern gefesselt waren. Ich brauchte ein Messer, eine Schere, irgendetwas Scharfes.

»Was hat er mit Ihnen vor?«, fragte ich, unschlüssig, was ich als Nächstes tun sollte.

»Weiß ich nicht. Ich habe ihn engagiert, damit er meinem Sohn hilft. Dann hatten wir eine Affäre. Nichts Ernstes. Dass er mich deshalb verschleppt hat, glaube ich nicht.«

»Wo hat er Sie geschnappt?«

»Im Krankenhaus.«

»Mich auch.«

»Waren Sie auch seine Geliebte?«, fragte sie.

»Nein, wir waren nur einmal miteinander aus. Aber wie es scheint, macht er mich dafür verantwortlich, dass die Seele seines Vaters in der Hölle schmort. Wir brauchen eine Schere«, zischte ich.

»Im Badezimmer nebenan. Oberste Schublade im Schrank neben dem Waschbecken.«

Ich war überrascht, wie kontrolliert sie in dieser Situation reagierte. Aber mit einem Sohn wie Evan hatte sie ja wahrscheinlich auch jede Menge Übung.

»Bin gleich wieder da«, versprach ich.

»Danke«, murmelte sie vertrauensvoll. Wir waren nicht allein. Gemeinsam würden wir es vielleicht schaffen, zusammen mit Evan aus dem Haus zu fliehen und die Polizei zu alarmieren.

Ich fand die Schublade, zog sie auf und kramte mit den im Rücken gefesselten Händen darin herum.

Plötzlich dröhnte eine Stimme durchs Haus: *»Oh Danny girl. My pretty, pretty Danny girl.«*

Vor Schreck warf ich mich vor die Wand. Wieder dröhnte diese Stimme, unnatürlich laut. Sie hallte mir im Schädel wider, sodass ich den Schall nicht orten konnte. Ein Megaphon, dachte ich. Andrew hielt sich irgendwo im Haus versteckt und fand offenbar Gefallen daran, mich mit einem Megaphon zusätzlich unter Druck zu setzen. Was für ein krankes Schwein …

»Oh Danny girl. My pretty, pretty Danny girl«, grölte er. »Rate mal, woher ich dieses Lied kenne, Danielle? Woher weiß ich wohl, dass dies die letzten Worte deines Vaters waren?«

Ich erinnerte mich, der Polizei darüber Auskunft gegeben zu haben, und stieß mich von der Wand ab. Dass mein Vater diese Liedzeile gesungen hatte, wusste Sheriff Wayne von mir.

Und plötzlich fiel es mir wieder ein. Meine Mutter hatte ihn gerufen. In meiner fast verschütteten Erinnerung sah ich sie mit dem Telefonhörer am Ohr und glaubte, ihre Stimme hören zu können.

»Du musst kommen, Wayne. Ich halte es nicht länger aus. Er ist betrunken und außer Kontrolle. Danielle ist vorhin zu mir ins Schlafzimmer gekommen. Du ahnst nicht, was sie mir gesagt hat. Bitte komm, Wayne. Ich liebe dich. Bitte.«

Wie viel Zeit blieb mir noch? Sieben, acht Minuten?

Ich kehrte zur Schublade zurück, tastete nach der Schere und pikste mir dabei die Kuppe des Mittelfingers auf. Der Schmerz brachte mich zur Besinnung und fühlte sich fast gut an.

Ich schlich zurück ans Bett.

»Was brüllt der da?«, flüsterte Victoria.

»Er spielt auf die Nacht an, in der mein Vater meine Mutter und meine Geschwister getötet hat. Andrews Vater war der Sheriff, der zum Tatort gerufen wurde.«

»Ihr Vater hat Frau und Kinder umgebracht und nur Sie am Leben gelassen?«

»Ja, das ist die Geschichte meines Lebens«, antwortete ich. Doch Andrews Versuche, mich eines Besseren zu belehren, schienen bereits zu fruchten, denn ich fragte mich, ob dies tatsächlich meine Geschichte war.

Victoria wälzte sich auf den Bauch und hob mir die gefesselten Hände entgegen. Ich zwängte beide Daumen durch die Scherenaugen.

»Andrew hat hier irgendwo eine Pistole versteckt«, sagte ich mit dem Rücken zu ihr und versuchte, ihre Handgelenke zu ertasten. »Wenn ich sie finde, habe ich gewonnen, wenn nicht, wird er uns töten. Ich soll die Seele meines Vaters in irgendeiner spirituellen Zwischenwelt aufsuchen und ihn fragen, wo die Waffe steckt. Außerdem will er von mir, dass ich die Seele von Sheriff Wayne rette. Dummerweise glaube ich nicht an spirituelle Zwischenwelten und bin mir vielmehr ziemlich sicher, dass dieser Typ einen schweren Dachschaden hat.«

Nachdem ich ein paarmal danebengestochen hatte, erwischte ich endlich den Kabelbinder. Meine Finger waren blutverschmiert und zitterten, doch dann gelang es mir tatsächlich, die Schere über das Plastikband zu führen. Ich drückte die Hebel so fest zusammen, wie ich nur konnte, und das Plastikband sprang tatsächlich auf. Victoria war frei.

Wie viel Zeit noch? Sechs Minuten?

»Oh Danny girl. My pretty, pretty Danny girl.« Andrew grölte wieder durchs Megaphon.

Seine Stimme klang geradezu ausgelassen. So hatte mein Vater nicht gesungen.

Als er im Schummerlicht des Flurs gestanden, die Pistole gehoben und auf mich gerichtet hatte, auf *mich* …

»Oh Danny girl. My pretty, pretty Danny girl!«

»Runter mit der Waffe, Joe. Wayne. Hör auf damit. Nicht so. Das ist nicht, was ich will.«

Mein Schädel brummte. Ich hatte wieder dieses Gefühl, als stünde meine Familie neben mir, dass ich sie sehen und vielleicht sogar berühren könnte, wenn ich mich nur intensiv genug konzentrieren würde.

Ich ließ die Schere aufs Bett fallen. Victoria richtete sich auf, befreite zuerst meine Hände, dann ihre Füße.

Wir standen nebeneinander, zwei Frauen im dunklen Schlafzimmer, mit einer Schere bewaffnet.

»Evan«, sagte sie.

Ich hörte ihn. Er brabbelte weiter unten im Flur immer noch vor sich hin. Ein Blick auf den Wecker neben dem Bett verriet mir, dass mir nur noch ungefähr drei Minuten blieben.

»Evan kann uns nicht helfen«, sagte ich.

»Nein«, bestätigte Victoria. Dann, nach einer kurzen Pause: »Mir nicht, aber ich glaube, er kann Ihnen helfen.«

43. Kapitel

Victoria

Ich erinnere mich an eine Nachrichtenmeldung, die Michael und ich einmal im Fernsehen gesehen hatten: Zwei Männer, mit Skimützen maskiert, waren in ein vornehmes Bostoner Stadthaus eingebrochen und mit einer Juwelenschatulle geflohen, nachdem sie sämtliche Bewohner getötet hatten. Evan war damals neun Monate alt, und ich weiß noch, dass mich als junge Mutter das kalte Grauen überkam.

Nach der Meldung – es wurde Werbung gezeigt – wandte sich Michael an mich und sagte: »Falls so etwas hier jemals passieren sollte, schnappst du dir Evan und verschwindest. Du machst dir um mich keine Sorgen und kümmerst dich ausschließlich um unseren Jungen.«

Dieser Albtraum ist also nun Wirklichkeit geworden. Ich werde in meinem eigenen Haus von einem Psychopathen gefangen gehalten. Eine Frau, die ich soeben das erste Mal gesehen habe, kümmert sich um meinen Sohn, während ich mich auf die Suche nach Michael mache.

Die Zeit läuft ab, uns bleiben nur wenige Möglichkeiten. Andrew hat nicht gelogen, als er Danielle verraten hat, dass mein Haus eine Festung ist.

Die Telefonleitung ist tot, der Strom ausgeschaltet. Ich weiß nicht, wo mein Handy geblieben ist. Mein Laptop müsste noch im Wohnzimmer sein. Wir sind von der Umwelt abgeschnitten, und laut Danielle hat Andrew eine Waffe.

Ich zweifle nicht daran, dass er von ihr Gebrauch machen wird, und kann nicht zulassen, dass er sich Michael als Ersten vornimmt. Ich brauche ihn. Mittlerweile mag er zwar wie ein verweichlichter Snob aussehen, aber er ist unter anderen Verhältnissen aufgewachsen. Er kann einstecken und austeilen. Gegen Andrew könnte er etwas ausrichten, jedenfalls mehr als zwei Frauen und ein achtjähriger Junge.

Danielle läuft auf Evans Zimmer zu. Ich husche ins Treppenhaus, die Schere wie eine Waffe in der Faust.

Andrew ist nicht mehr zu hören. Die Stille zehrt an meinen Nerven. Was treibt er gerade? Wo hält er sich versteckt? Was hat er als Nächstes vor?

Meine Hände zittern. Ich komme mir vor wie ein Kaninchen, über dem ein Raubvogel kreist, und würde mich am liebsten verkriechen.

Aber das werde ich nicht tun. Es geht nicht nur um mich.

Ich kenne jeden Winkel im Haus und habe über Jahre gelernt, mitten in der Nacht und im Dunkeln über die Treppe zu schleichen, um Evan nicht aufzuwecken. Ich kenne jede quietschende Stufe, jedes knarrende Bodenbrett. Dumm nur, dass meine Stichwunde Probleme macht. Ich bin mir ziemlich sicher, dass sie wieder blutet, und unter dem Schmerz an der Oberfläche macht sich ein brennendes Klopfen bemerkbar. Ich beiße die Zähne zusammen, denke an meine Familie und gehe nach unten.

Auf der letzten Stufe angelangt, halte ich inne und schaue mich um. Erstes Morgenlicht fällt durch die Fenster neben der Tür. Ich habe Einblick in jeden Winkel der Eingangsdiele, auf den Ficus und den Türbogen, der zur Küche führt. Andrew ist nirgends zu sehen. Mit pochendem Herzen schleiche ich an der Wand entlang.

Aus dem Wohnzimmer ist ein Ächzen zu hören. *Michael.* Mein Impuls ist es, zu ihm zu eilen, doch ich zwinge mich zu kleinen, vorsichtigen Schritten. Ich lausche. Die Stille macht mir Angst.

Dann höre ich ein Rascheln, vielleicht aus der Waschküche im Keller, vielleicht aus dem Arbeitszimmer. Ich husche ins Wohnzimmer und gehe hinter dem Flachbildschirm in Deckung. Von hier aus kann ich das Sofa sehen. Michael liegt davor am Boden. Hände und Füße sind gefesselt. Sein Kopf zuckt wie unter dem Eindruck eines schrecklichen Traums.

Ich bin versucht, ihm den Rücken zu kehren. Warum sollte ich ihn wecken? Bewusstlos ist er besser dran, dann muss er nicht um seinen Sohn und seine Frau, nicht um sein eigenes Leben bangen.

Ein Lichtschein im Flur. Der Strahl einer Taschenlampe wandert auf das Wohnzimmer zu, nimmt Kurs auf mich. Ich springe auf und eile hinter den Vorhang, wo sich Evan immer gern versteckt.

»Danny boy«, singt Andrew und betritt das Wohnzimmer. *»Oh Danny boy.«*

Er wirft einen Blick auf Michael, scheint mit dem, was er sieht, zufrieden zu sein, und kehrt in den Flur zurück. »Die Zeit ist abgelaufen«, ruft er. »Weißt du, wo die Pistole ist, Danielle? Ich weiß es.«

Andrew geht die Treppe hinauf. Er hält etwas in der rechten Hand. Ein Messer, wie ich sehe. Ein großes Fleischermesser.

Damit nähert er sich meinem Kind.

Ich springe durchs Wohnzimmer, knie mich neben meinen Mann und schneide die Kabelbinder auf. Er ächzt. Ich küsse ihn. Der törichte Einfall einer törichten Frau, die nicht loslassen kann. Ich schlage ihm ins Gesicht, fest.

»Verdammt, Michael, wach auf! Unser Sohn braucht dich.«

44. Kapitel

»Victoria ist nicht da«, berichtete Greg zehn Minuten später. Er war außer Atem, und Alex, der drei Schritte hinter ihm eintraf, keuchte noch mehr.

»Die Schwester meint, Victoria müsse ihr Zimmer kurz nach Mitternacht verlassen haben«, setzte Alex nach. »Seitdem ist sie nicht mehr gesehen worden.«

»Eine Frau, die niedergestochen wurde, verschwindet aus ihrem Zimmer, und niemand schlägt Alarm?«

»Die Schwester fand den Krankenhauskittel auf einem Stuhl und stellte fest, dass die frische Wäsche, die Victorias Exmann gebracht hat, nicht mehr im Schrank war. Sie dachte, Victoria sei gegen den Rat der Ärzte nach Hause gegangen. Man hat ihren Ex telefonisch zu erreichen versucht. Vergeblich.«

»Ihr Ex war hier und hat ihr Wäsche gebracht?«

Alex nickte. »Ja. Er hat auch mit den Ärzten gesprochen.«

D. D. krauste die Stirn und warf einen irritierten Blick über die Schulter zurück auf Jorge, Benny und Jimmy, die wieder außer Rand und Band waren. Unterstützt von Ed, hatte sie die drei hyperaktiven Jungen halbwegs ruhigstellen können, war aber ziemlich fertig mit den Nerven.

Sie fasste zusammen: »Evan, seine Mutter, Danielle und Andrew sind also alle im Laufe der vergangenen zwei Stunden aus dem Krankenhaus verschwunden. Haben Sie mit den Pflegern gesprochen, die Andrew auf die Intensivstation gebracht haben?«, fragte sie Greg.

»Victor und Noam«, antwortete Greg. »Sie sagten, sein Zustand habe sich schon im Fahrstuhl gebessert. Auf der Intensivstation haben sie ihn kurz aus den Augen gelassen, weil sie ein paar Formalitäten erledigen mussten. Als die Schwester kam, um ihm ein Medikament zu geben, war Lightfoot verschwunden. Der Sicherheitsdienst wurde verständigt, konnte ihn aber nirgends ausfindig machen.«

»Sicherheitsdienst«, sagte D. D. »Überwachungskameras. Wir brauchen die Aufzeichnungen.«

Alex nickte, schaute aber auf seine Uhr. Die Aufzeichnungen anzufordern und zu sichten würde Stunden dauern. Und in der Zwischenzeit …

»Andrew stellt eine Szene nach und folgt dabei einem Plan, den nur er versteht. Wenn er Evan und Evans Mutter entführt hat, wird er jetzt die Bühne für sie bereiten.«

»Auf seiner Yacht«, spekulierte D. D. »Da ist er ungestört.«

»Das glaube ich eher nicht. Er braucht eine häusliche Szenerie.«

»In seinem Strandhaus?« Das kam ihr wenig plausibel vor. Lightfoots Domizil war ein architektonisches Kunstwerk und kein Vorstadtidyll.

»Vielleicht im Haus der Olivers«, schlug Greg vor. »Evan und seine Mom wohnen in Cambridge, keine fünfzehn

Minuten von hier entfernt. Andrew weiß, wo; er hat für sie gearbeitet.«

»Natürlich! Komm«, sagte D. D. zu Alex, »nichts wie hin. Ich rufe unterwegs Verstärkung.«

Sie setzten sich in Bewegung, doch Greg hielt sie auf. »Ich kann leider nicht mitkommen«, sagte er mit einer Kopfbewegung in Richtung der lärmenden Kinder. »Bitte finden Sie Danielle und bringen Sie sie in Sicherheit. Zurück zu uns. Sie … sie bedeutet mir viel.«

»Geben Sie uns ein oder zwei Stunden«, entgegnete D. D. »Dann können Sie ihr das hoffentlich persönlich sagen.«

45. Kapitel

Danielle

»Es ist dunkel.«

»Ja, mein Kleiner. Das liegt daran, dass der Strom aus ist. Ich heiße Danielle, Evan. Wir haben uns gestern Abend gesehen. Ich bin eine Freundin von Greg.«

Ich ging zu ihm ins Zimmer und war auf der Hut. Victoria glaubte zwar, dass sich Lightfoot im Parterre aufhielt, aber sicher konnten wir uns nicht sein. Sie wollte Michael befreien, um Verstärkung gegen Lightfoot zu haben. Währenddessen sollte ich Evan ausfragen und sein Gebrabbel auf nützliche Hinweise abklopfen. Einen Engel mobilisieren, um eine Pistole zu finden. Was weiß ich?

»Es ist dunkel«, wiederholte Evan eher bockig als ängstlich. Ich stand jetzt vor seinem Bett und sah, dass er auf der Seite lag, an Händen und Füßen mit Kabelbindern gefesselt.

»Ich kann dich befreien«, sagte ich. »Hast du hier irgendwo eine Schere?«

»Scharfe Sachen darf ich nicht haben«, antwortete der Junge.

Verständlich. Weil ich nicht weiterwusste, setzte ich mich

vorsichtig auf die Bettkante und suchte im Dämmerlicht nach seinem Gesicht.

»Es ist dunkel«, stellte er zum dritten Mal fest.

»Die Sonne wird gleich aufgehen.«

Er schüttelte den Kopf. »Davon hast du nichts.«

Ich fragte mich, ob er etwas von Andrews Plänen wusste. Ob der versucht hatte, ihn auf seine Seite zu ziehen. Vielleicht war es gut, dass sich Evan nicht frei bewegen konnte. Dem Jungen war alles zuzutrauen.

»Ich weiß von deiner Mom, dass Andrew mit dir arbeitet«, begann ich. »Sie sagt, er bringt dir bei, wie man die Energien ringsum kontrollieren kann.«

»Es ist dunkel«, insistierte der Junge. »Man muss lernen, das Dunkel zu beherrschen.«

»Das Dunkel? Sind das die negativen Energien?«

»Sie sind überall.«

»Ja, aber der Strom ist ausgeschaltet.«

»Nein, *du* bist voll davon.«

Es dauerte eine Weile, bis ich endlich kapierte. Evan bezog sich nicht auf den Mangel an Beleuchtung, sondern auf mich. Anscheinend sah er in mir die Quelle negativer Energie, ein schwarzes Loch gewissermaßen.

»Evan, kannst du mir verraten, wie man gegen das Dunkel ankommt?«

»Mach die Augen zu«, antwortete er. »Stell dir weißes Licht vor und sieben Engel, die dich umarmen. Sie werden dir helfen, wenn du sie darum bittest.«

»Würdest du das für mich tun? Könntest du die Engel rufen und sie bitten, uns zu helfen?«

»Pistolen sind böse«, sagte Evan.

»So wie Andrew. Hilf uns, Evan. Deine Mommy und dein Daddy brauchen dich.«

Evan hob das Kinn und musterte mich mit ernster Miene. »Ich helfe dir.«

Ich versteckte Evan, gefesselt wie er war, im Kleiderschrank unter einem Berg von Kissen und Anziehsachen. Die zehn Minuten waren wohl inzwischen um. Gleich würde Andrew kommen. Mit oder ohne Pistole. Ich suchte in Evans Zimmer nach einem Gegenstand, der sich als Waffe benutzen ließ. Vielleicht eine Lampe, ein Radiowecker oder ein Bilderrahmen. Aber da war nichts. Victoria hatte gründliche Vorkehrungen getroffen, um die Gefahren, die von ihrem gewalttätigen Kind ausgingen, möglichst gering zu halten.

Denk nach, denk nach, denk nach.

Das Herz schlug mir bis zum Hals. Ich hörte ein dumpfes Rauschen in den Ohren, was wohl auf meine Überreizung zurückzuführen war. Evan murmelte leise vor sich hin – »einatmen, eins, zwei, drei, vier, fünf, sechs, sieben … ausatmen, eins, zwei, drei, vier, fünf …« –, und ich stand unbewaffnet inmitten seines düsteren Schlafzimmers.

Dann hörte ich noch etwas, das Knarren einer Bodendiele.

Andrew kam die Treppe herauf.

Mein Vater, singend, während er sich meinem Zimmer näherte. Mein Vater mit Blutspritzern im Gesicht, dem Blut meiner Mutter, meiner Schwester, meines Bruders.

Diesmal aber würde ich mich nicht unter der Bettdecke verkriechen.

Ich wollte kämpfen.

Ich *musste* kämpfen.

Wenn ich bloß diese verfluchte Pistole hätte …

Und mit dem nächsten Herzschlag wusste ich plötzlich, was zu tun war. Ich brauchte Evan nicht. Nicht nötig, dass ich mich auf eine spirituelle Reise begab. Es drehte sich ja doch alles um meinen Vater, nicht wahr?

Ich wusste jetzt, wo die Pistole versteckt war.

Ich hatte meinen Vater in die Kanalisation verbannt, und dieses Miststück versuchte seitdem, daraus hervorzukriechen.

Ich erwartete Andrew draußen im Flur, hatte mich im Schneidersitz auf den Boden gesetzt und lauschte mit geschlossenen Augen dem Gemurmel des Jungen im Zimmer nebenan. Ein leichter Lufthauch streifte meine Wangen. Kalt und warm. Hell und dunkel.

Mir war irgendwie seltsam zumute. Ich spürte ein seltsames Kribbeln in mir, eine ungeahnte, wie von Engeln verliehene Kraft. Es waren, wie mir bewusst wurde, die Erinnerungen, die mich stark machten. Endlich hatte ich mich ihnen geöffnet. Ich gestattete mir zu wissen, was ich längst wusste. Im Geiste kehrte ich in jene Nacht von damals zurück, nur waren meine Mutter und meine Geschwister diesmal bei mir. Wir waren vereint, vier gegen einen.

Und die Bilder, die vor mir auftauchten, waren grausam und schmerzlich zugleich.

»Du hast die Pistole nicht gefunden«, sagte Andrew. »Du bist gescheitert.«

Er trat einen Schritt auf mich zu. Ich öffnete die Augen.

»Sheriff Wayne hat mich gerettet«, erklärte ich mit fester Stimme. »Mein Vater hat sich nicht selbst umgebracht. Er wurde von Sheriff Wayne erschossen.«

»Du … du hast mit ihm gesprochen?« Andrew klang verwirrt. Er stand sechs Schritte von mir entfernt und hielt ein langes Messer in der Hand, das er ans Hosenbein presste.

»Meine Mutter hat ihn geliebt. Sind Sie ihr auch in der Zwischenwelt begegnet? Haben Sie ihr Fragen gestellt? Sheriff Wayne war ein guter Mann. Sie verehrte ihn.«

Andrew schien in helle Aufregung zu geraten, was meinen Verdacht bestätigte.

»Sie rief ihn an, nachdem ich mit ihr gesprochen hatte und mein Vater nach Hause gekommen war. Sie wollte ihren Mann vor die Tür setzen. Der aber weigerte sich zu gehen. Also rief sie Ihren Vater an, ihren Liebhaber, Sheriff Wayne, damit er ihr den Rücken stärkte.«

»Er hätte seine Familie nicht im Stich lassen dürfen«, blaffte Andrew.

»Auch ein guter Mann hat Schwächen und gerät in Versuchung«, entgegnete ich. »Auch ein guter Mann wünscht sich manchmal, was er sich nicht wünschen sollte. Wayne kam zu uns als Mann, nicht als Polizist. Er hoffte, meinen Vater zur Vernunft bringen und ihm klarmachen zu können, dass es besser wäre, wenn er ginge. Ein ernstes Wort unter Männern, die sich als Kumpel verstanden. Und jeder wusste, dass mein Vater ein erstklassiger Kumpel war.«

Andrew wurde immer nervöser und ließ das Messer auf den Schenkel klatschen.

»Aber es kam anders als geplant. Mein Vater weigerte sich, das Schlafzimmer zu verlassen. Also ging Sheriff Wayne nach oben, um ihn zu holen. Sie brüllten einander an. Dann sah mein Vater seine Pistole auf dem Nachttisch liegen. Er nahm sie und wollte gerade auf Sheriff Wayne anlegen, als sich meine Mutter zwischen die beiden stellte. Sie traf der Schuss, der für ihren Geliebten bestimmt war, und sie sackte tot zu Boden.«

Weitere Bilder tauchten vor mir auf, bewegte Bilder wie aus einem alten Film, der in meinem Elternhaus gedreht worden war. Hatte ich in jener Nacht mein Zimmer verlassen und mehr gesehen, als ich gesehen zu haben glaubte? Woher kamen diese Bilder? Wieder spürte ich den warmen Hauch im Gesicht, sah uns wieder zusammen – meine Mutter, Natalie und Johnny. Vier gegen einen. So wie es damals in jener Nacht vor fünfundzwanzig Jahren hätte sein sollen.

»Mein Dad war wie erstarrt«, flüsterte ich jetzt. »Und Sheriff Wayne nutzte die Gelegenheit und lief raus. Er lief zu seinem Wagen, der vorm Haus stand. Im Handschuhfach lag seine Dienstpistole. Seine Hände werden gezittert haben, und es dauerte bestimmt eine Weile, bis er die Schlüssel gefunden und die Wagentür geöffnet hatte. Er nahm seine Neun-Millimeter-Waffe, prüfte das Magazin.«

Weitere Bilder, wie von einem sechsten Sinn in Erinnerung gebracht.

»Während er draußen war, steckte Natalie den Kopf zur Tür heraus. Johnny rannte zur Treppe, und mein Vater kam auf mein Zimmer zu.«

Wieder regte sich die Luft. Heiß und kalt. Hell und dunkel. Erfrischend.

»Sheriff Wayne hat mir das Leben gerettet«, sagte ich laut. »Er schoss meinen Vater nieder und trug mich aus dem Haus. Dann rief er seine Kollegen. Was ihn zu uns geführt hatte, verschwieg er. Warum hätte er auch seiner Familie sein kleines Geheimnis zumuten sollen, jetzt, da meine Familie tot war? Als zuständiger Beamter war es ihm ein Leichtes, das Massaker einzig und allein meinem Vater zuzuschreiben.

Sheriff Wayne offenbarte sich erst auf dem Totenbett – seinem Sohn. Und das hat Sie, Andrew, veranlasst, mich aufzusuchen, nicht wahr? Um dafür zu sorgen, dass ich mich meiner Vergangenheit stelle?«

Ich erwartete eine Reaktion auf die Nennung seines Namens, konnte aber seine Miene nicht lesen. Er war undurchschaubar.

Evans Stimme meldete sich aus dem Kleiderschrank. Er bat den letzten Engel zu sich und appellierte an das Licht.

»Sie hätten niemanden zu töten brauchen«, sagte ich. »Die Seele Ihres Vaters wurde in dem Moment befreit, als er sein Geständnis ablegte. Sie war nicht in der Hölle gefangen. *Mein* Vater aber …«

Andrew knurrte. Er ahnte jetzt, dass ich Bescheid wusste, und hob das Messer.

Ich klammerte meine Finger um den Griff der Pistole, die ich im Badezimmer gefunden hatte. Mit der Erinnerung an die ins Klo geschüttete Asche meines Vaters und seiner alten, mit Klebestreifen hinterm Toilettensitz befestigten Dienstpistole hatte ich in den letzten Sekunden das Puzzle restlos zusammengesetzt.

Andrew kam auf mich zu.

Und ich hatte meinen Vater aus seinen Augen auf mich blicken sehen.

Meine Mutter hatte immer nach Orangen und Ingwer geduftet. An heißen Tagen gab sie mir Erdbeereis, und wenn ich krank war, saß sie an meinem Bett. Sie lachte über die Comics in der Sonntagszeitung und blätterte gern in der *Vogue*, um davon zu schwärmen, sich irgendwann einmal eines der teuren Modelle leisten zu können.

Natalie lutschte an Zitronenspalten, die mit Zucker bestreut waren. Die abgeknabberte Schale steckte sie sich dann zwischen Zähne und Oberlippe, um mich damit anzugrinsen. In jenem letzten Sommer fing sie damit an, sich mit Zitronensaft die Sommersprossen auf der Nase wegzubleichen. Ich habe es ihr nie gesagt, aber ich mochte ihre Sommersprossen sehr und wünschte mir selbst welche.

Johnny spielt am liebsten Verstecken. Er konnte sich in die winzigsten Winkel zwängen, wo er nicht zu finden war. Einmal quetschte er sich hinter den Warmwasserboiler, blieb stecken und konnte sich aus eigener Kraft nicht mehr befreien. Natalie lachte, aber ich sagte, dass er bestimmt Angst habe. Ich hielt seine Hand, während unsere Mutter eine Flasche Speiseöl über ihm ausschüttete. Später erlaubte er mir als Dankeschön, seinen Lieblingscomic zu lesen.

Andrew war nur noch sechs Schritte entfernt, fünf, vier …

»Evan!«, rief jemand hinter Andrew. Michael Oliver stürmte die Treppe herauf.

»Michael, Michael, die Polizei ist da!«, schrie Victoria von unten.

»Mommy!«, brüllte Evan aus dem Kleiderschrank. »Mommy, Daddy!«

Und Andrew war über mir.

»Sehen Sie sich vor!«, drohte Michael.

Glas klirrte, als die Eingangstür aufgebrochen wurde.

»Daddy, Daddy, Daddy!«

»Verrecke!«, brüllte mir Andrew ins Gesicht und ließ das Messer niedersausen.

Ich dachte an die Liebe meiner Mutter. Ich erinnerte mich an das dämliche Grinsen meiner Geschwister.

Ich drückte ab.

Der Rückstoß riss meine Hand in die Höhe. Vom Pistolenlauf unterm Kinn getroffen, kippte Andrew hintenüber. Hatte ich ihn erwischt? Blutete er? Meine Ohren dröhnten, meine Augen tränten vor Schmerzen. Ich hatte mir die rechte Hand an der heißen, ausgestoßenen Hülse verbrannt.

Evan schrie immer noch. Hastige Schritte auf der Treppe.

»Polizei! Lassen Sie die Waffe fallen!«

Andrew rappelte sich auf, schüttelte den Kopf.

Zwei Dinge fielen mir gleichzeitig auf. Er blutete an der rechten Seite und hielt nach wie vor das Messer in der Hand.

Er blickte auf mich herab und fing an zu grinsen. Michael Oliver warf sich ihm in den Rücken.

»Waffe fallen lassen! Sofort!«

Sergeant D. D. Warren kam mit fliegenden Haaren herbei. Sie hatte ihre Pistole auf mich und ihren Blick auf die beiden Männer am Boden gerichtet. Ihr Partner und Victoria waren hinter ihr.

»Michael«, rief Victoria. »Bist du in Ordnung?«

»Mommy?«, plärrte Evan aus dem Kleiderschrank.

»Lassen Sie endlich die Waffe fallen!«, schrie D. D.

Ich legte die Waffe auf den Boden, ohne Andrew aus den Augen zu lassen.

»Und jetzt treten Sie die Pistole weg von sich«, befahl D. D.

Ich gehorchte. Michael hockte inzwischen auf Andrew und rammte dessen Stirn auf den Boden.

»Aufhören!«, blaffte D. D. wütend. »Stehen Sie auf und verschwinden Sie. *Sofort!*«

Ihre Stimme war offenbar endlich bis zu Michael durchgedrungen. Langsam löste er seine Hände aus Andrews Haaren und stand auf. Er zitterte am ganzen Leib und keuchte. Sein Gesicht war eine wilde Fratze. Der andere Detective trat vor.

»Evan ist im Schrank«, sagte ich. »Er braucht Hilfe.«

Meine Worte zeigten endlich Wirkung. Michael rückte von Andrew ab. Victoria war bereits mit den beiden Detectives in Evans Zimmer geeilt. Mit ihrem Sohn im Arm kehrte sie wenig später zurück.

Sie schaute ihren Mann an. Er schaute sie an. Und im nächsten Moment lagen sie einander in den Armen, ihr Kind zwischen sich.

Ich verspürte einen Schmerz in der Brust, tief und bodenlos. Meine Mutter, Natalie, Johnny.

Ich liebe euch. Ich liebe euch. Ich liebe euch. Ihr fehlt mir so sehr. Ein Lufthauch auf meiner Wange, wie von einem Schmetterling aufgerührt, gleich neben der rechten Schläfe. Ich wollte daran festhalten.

Ich liebe euch, dachte ich wieder und ließ dann los, was ich schon vor Jahren hätte tun sollen.

Der andere Detective kauerte neben Andrews ausgestreckter Gestalt am Boden und fühlte dessen Puls, während D. D. die Pistole auf ihn gerichtet hielt.

Der Detective legte die Stirn in Falten, blickte zu D. D. auf und schüttelte kaum merklich den Kopf.

Erst jetzt sah ich, was mir bislang nicht aufgefallen war: die Blutlache, die sich unter Andrew ausbreitete. Als Michael über ihn hergefallen war, hatte Andrew noch das Messer in der Hand gehalten. Es hatte letztlich sein Ziel gefunden.

»Verlassen Sie bitte das Haus. Alle«, befahl D. D.

Wir gingen hinaus und blieben in der Einfahrt stehen. Die Sonne ging gerade auf. Michael, Victoria und Evan lagen sich wieder in den Armen und schienen einander nicht mehr loslassen zu wollen. Ich stand ein wenig abseits und wandte mein Gesicht dem Licht zu.

Epilog

Victoria

Wir haben eine Schule für Evan gefunden, eine Art Internat in einer familienfreundlichen Umgebung im Süden von New Hampshire. Die Kinder leben in betreuten Wohngruppen. Zum Campus gehören ein kleiner See, ein Park und ein Wäldchen. Der Lehrplan umfasst strukturierten Unterricht und viele Aktivitäten im Freien, wo die Kinder frische Luft bekommen, gärtnern lernen und von den Heilkräften der Natur profitieren.

Mit meditativen Übungen lernen hyperaktive Kinder, sich selbst zu beruhigen.

Evan ist noch sehr nervös, aber nicht mehr heimtückisch. An den Wochenenden können wir ihn besuchen. Wenn er weiter Fortschritte macht, darf er während der Ferien zu uns kommen. Es scheint sich mit ihm alles zum Besseren zu wenden. Ja, er bekommt nach wie vor Medikamente, und, ja, auch wir werden noch einiges dazulernen müssen.

Aber die Schule ist großartig. Evan wird ruhiger. Unsere Familie wächst wieder zusammen.

Die Staatsanwaltschaft verzichtet auf eine Anklage und

folgt damit dem Antrag unseres Rechtsanwalts, der plausibel darlegen konnte, dass Evan unter dem unheilvollen Einfluss von Andrew Lightfoot stand. Und weil sich die Strafverfolgung eines Kindes, das von seinem Wunderheiler gekidnappt worden war, als Schlagzeile ohnehin nicht besonders gut machen würde, hat man die Sache auf sich beruhen lassen. Evan verbrachte noch eine Woche in der Kinderpsychiatrie, wo man ihn medikamentös einstellte und einen Hilfeplan für ihn erarbeitete. Für den Rest des Sommers und bis zum Schulbeginn war er wieder bei mir.

Mir blieb Zeit zur Genesung und für den obligatorischen Einkaufsbummel mit Chelsea anlässlich des neuen Schuljahres, das unmittelbar bevorstand.

Begleitet von Michael, der den Anstandswauwau spielte, besuchte uns Chelsea in der vergangenen Woche zweimal. Evan war außer sich vor Freude, verstauchte sich mehrere Finger an der Eingangstür, stolperte über die eigenen Füße und schubste Chelsea in seinem Übermut vor den Fernseher. Aber sie hielt durch, ich hielt durch, und Michael tat es auch. Je ruhiger wir blieben, desto ruhiger war Evan. Gegen Ende des zweiten Besuches gelang es uns sogar, Scharaden zu spielen. Chelsea gewann. Als ich sie mit einer Umarmung beglückwünschte, klammerte sie sich an mich und weinte. Ich weinte mit ihr.

Manchmal muss man einfach weinen.

Die Hochzeit wurde verschoben. Es gebe zurzeit Wichtigeres, erklärte Michael, und ich meinte, einen vertrauten Glanz in seinen Augen zu erkennen. Ich weiß, dass auch meine Augen glänzten.

Ich spiele mit dem Gedanken, wieder als Innenarchitektin zu arbeiten. Außerdem nehme ich mir fest vor, jede Sekunde, die ich mit meinen Kindern verbringe, ausgiebig zu genießen. Ich werde wieder ich selbst sein, unabhängig, schön und stark.

Ich glaube, wenn mir das gelingt, hat Michael keine Chance.

D. D.

D. D. war glücklich, wenn ein Fall als gelöst zu den Akten gelegt werden konnte. Tödlich verletzt an der Oberschenkelarterie, verstarb Andrew Ficke alias Andrew Lightfoot noch am Tatort. Die Beweislast gegen ihn war erdrückend.

Auf dem Beifahrersitz seines Wagens wurde eine Elektroschockpistole aus Armeebeständen sichergestellt. Im Labor konnte nachgewiesen werden, dass mit ihr Patrick Harrington, Hermes Laraquette, Danielle Burton und Victoria Oliver attackiert worden waren. In der Waffe steckte Munition, die offenbar vom Schwarzmarkt stammte und kein Konfetti hinterließ, wenn sie abgefeuert wurde.

Bei der Durchsuchung von Andrews Strandhaus wurde eine Tüte Kabelbinder gefunden, die in Größe, Farbe und Festigkeit denjenigen entsprachen, mit denen Danielle Burton und die Olivers gefesselt worden waren. Der Matchbeutel im Kofferraum des Wagens erstrahlte wie ein Feuerwerk zum vierten Juli, als er unter UV-Licht auf

Körperflüssigkeiten hin untersucht wurde. Auf Kleidungsstücken, die darin gesteckt hatten, waren Blutspuren zurückgeblieben, die drei verschiedenen Mordopfern zugewiesen werden konnten.

Andrew Lightfoot hatte mit allen Opfern privat verkehrt. Auch nachträglich ließen sich keine Alibis für die Tatzeiten ermitteln. In der Nacht, als Lucy erhängt wurde, war er von Überwachungskameras beim Betreten des Krankenhauses aufgenommen worden. Die Feuerwehr entdeckte in Belüftungsschächten insgesamt fünfzehn Rauchbomben. Dass sie dort von Andrew versteckt worden waren, belegten seine Fingerabdrücke an den Revisionsklappen.

Für D. D. war die Sache klar. Andrew hatte seine Welt der spirituellen Zwischensphären ein wenig zu ernst genommen und war davon überzeugt gewesen, dass die Seele seines Vaters und deren Rettung Vorrang hatten vor der körperlichen Unversehrtheit diverser Zeitgenossen. Hinzu kam wohl auch, dass er Danielle Burton terrorisieren wollte, weil sie ihm einen Korb gegeben hatte.

Alex übernahm Andrews Verteidigung. »Er war ein Heiler und hatte bei seinen Klienten einen guten Ruf –«

»Jüngern.«

»Klienten. Aus einem respektierten Schamanen wird nicht über Nacht ein Massenmörder.«

»Er war von Danielle besessen, aber sie wollte nichts mit ihm zu tun haben. Wie viele Körbe kann ein Mann wegstecken?«

»Danielle hat ausgesagt, er habe die Seele seines Vaters

retten wollen. Wie wollte er das mit seinen Morden bewerkstelligen?«

D. D. zuckte mit den Achseln. »Tja, es haperte bei ihm wohl nicht zuletzt an der Fähigkeit, Probleme zu lösen. Typisch für Gewaltverbrecher. Es gibt Kerle, die wollen sich scheiden lassen, aber keinen Unterhalt bezahlen, und erschießen deshalb ihre Frau. Müssen sie das? Bleibt ihnen etwa nichts anderes übrig? Kann man nicht eine Ehe beenden und trotzdem das eigene Bankkonto schonen? Durchaus. Aber Mörder sehen keine anderen Möglichkeiten. Deshalb werden sie zu Mördern.«

Sie saßen in ihrem Büro. Die Sonderkommission hatte sich aufgelöst, der Fall war abgeschlossen. Eigentlich hätte auch dieses Thema durchgekaut sein sollen, doch D. D. und Alex wärmten es zum wiederholten Mal auf.

»Ach ja?«, fuhr Alex vor. »Aber wo hat Lightfoot gelernt, ganze Familien abzuschlachten? Auf der Handelsschule oder in einem Seminar für Schamanen? Wie schafft man es, eine erwachsene Frau und einen athletischen Burschen mit einem einzigen Messerstich zu töten? Und wie eiskalt und verkommen muss man sein, ein schreiendes Mädchen durch den Flur zu jagen, um es schließlich umzubringen? Oder auf ein kleines Mädchen zu schießen, das auf einem Hundekissen liegt? Oder einen Säugling zu ersticken?«

»Das beweist, wie verquer der Typ tickte. Überleg doch mal: Er führte ein Doppelleben als Investmentbanker namens Ficke und als Wunderheiler namens Lightfoot. Der Banker war mit Sicherheit kein besonders sympathischer

Typ; er vögelte wild in der Gegend herum, haute Freunde übers Ohr, und das alles im Namen der Hochfinanz. Eines Tages war er es leid, Ficke zu sein, und mauserte sich zum freundlichen, sanften Lightfoot. Anfangs hat er sich vielleicht tatsächlich eingebildet, anderen mit seinem Woowoo helfen zu können. Dann aber fand er vermutlich schnell Geschmack an der Macht, die man als Guru gewinnt, und auf seinem New-Age-Trip meldeten sich seine ureigenen Raubtierinstinkte zurück. Andrew fängt an, den Staat zu bescheißen, nutzt verzweifelte Mütter aus und füttert sein Ego. Er wird wieder Ficke, bewaffnet diesmal mit esoterischem Firlefanz, mit dem er andere manipuliert.«

»Er war auf Danielle scharf«, sagte Alex.

»Ja. Alles dreht sich um sie, um das Mädchen, das sein Vater gerettet hat, die Frau, die auf ihn, Andrew, nicht hereinfällt. Aber er will sie und hat bislang immer bekommen, was er wollte. Und weil er letztlich doch nicht bei ihr landen konnte, wollte er wenigstens durchsetzen, dass sie auch für andere nicht zu haben ist.«

»Soll heißen, eine eigensinnige Frau kann einen Mann zum Wahnsinn treiben.«

»Wenn man so will«, entgegnete D. D. bescheiden. »Der Fall ist abgeschlossen, der Täter tot, und inzwischen haben wir sieben Uhr. Ich habe die vergangenen vier Nächte kaum geschlafen. Warum zum Teufel sind wir immer noch bei der Arbeit?«

»Weil du noch nicht ja gesagt hast.«

»Wozu?«

»Zum Hühnchencurry, das ich für dich kochen möchte. Dazu gibt's frisches Weißbrot und eine Flasche Chianti.«

»Und Tiramisu zum Nachtisch?«, fragte D. D.

»Vanilleeis.«

D. D. sah ihn an. Alex sah sie an.

Sie seufzte, nahm ihren Pager vom Gürtel und legte ihn vorsichtig auf den Schreibtisch.

»Alex, bring mich nach Hause.«

Danielle

Im abschließenden Polizeibericht heißt es sinngemäß, Andrew Lightfoot habe vermutlich den Verstand verloren und zwölf Menschen getötet, um die Seele seines Vaters zu retten und mich auf sich aufmerksam zu machen. Das Wörtchen »vermutlich« spricht für die Hilflosigkeit, mit der versucht wurde, seine kaum nachvollziehbaren Motive zu erklären.

Ich habe diese Auffassung gar nicht erst zu korrigieren versucht und meine Meinung für mich behalten, zumal ich keine konkreten Beweise dafür ins Feld führen kann. Um ehrlich zu sein, habe ich an meine Auslegung bis vor kurzem selbst nicht wirklich geglaubt. Aber ich arbeite mit Kindern, und Kinder sind sehr zuverlässige Indikatoren für den Nachweis von Eigentümlichkeiten der menschlichen Natur. Die Kinder unserer Station haben Andrew gemocht und sind auf ihn angesprungen. Auch wenn mir seine Methoden suspekt waren, musste ich doch anerkennen, dass er durchaus Erfolg damit hatte.

Ich glaube nicht, dass ein Wahnsinniger unseren Kindern helfen kann, schon gar nicht solchen, die überempfindlich sind und alles Unstimmige wahrnehmen. Ich glaube, Andrew war authentisch, zumindest anfangs. Möglich, dass er auf seinen Reisen durch spirituelle Zwischenwelten auf eine negative Energie gestoßen ist, der er nicht gewachsen war. Ja, ich glaube, er hat die korrupte Seele meines Vaters kennengelernt und mit deren Hilfe versucht, mehr über seinen eigenen Vater in Erfahrung zu bringen. Unglücklicherweise missbrauchte ihn der Geist meines Vaters, um mich zu jagen und zu Ende zu führen, womit er vor fünfundzwanzig Jahren begonnen hatte.

Manches wird sich mir wohl nie erschließen. Als Andrew mich in das Haus der Olivers brachte, drängte er mich, mein Herz zu öffnen und das Licht zu finden. War das der authentische Andrew, der mir helfen wollte zu überleben? Oder handelte durch ihn mein Vater in der Absicht, mich ins Jenseits zu locken, um mir dort wehtun zu können?

Ich weiß es nicht.

Wartet mein Vater auf seine Wiedergeburt in einem neuen Körper? Ich bin mir sicher, ihn in Andrews wiederentdeckt zu haben – vor allem im Ausdruck seiner Augen. Und ich bin mir sicher, dass ich meine Mutter, Natalie, Johnny und auch Sheriff Wayne in mir spürte. Aber vielleicht wollte ich sie auch nur in mir spüren. Möglich, dass ich nur einer Illusion aufgesessen bin, doch sie hat mir Kraft gegeben. Und nicht zu vergessen, ich habe tatsächlich die Pistole gefunden, was dafür spricht, dass mein Vater irgendwie involviert war. Es sei denn, ich hatte einfach nur Glück.

Ich bin eine vierunddreißigjährige Skeptikerin, die spät im Leben und nach langem Hin und Her die Entdeckung macht, dass sie glauben möchte.

In den letzten Tagen spüre ich eine Veränderung in mir. Ich erinnere mich sehr viel häufiger an meine Familie, empfinde aber weniger Schmerz dabei. Ich habe meine Mutter und meine Geschwister verloren, und dennoch sind sie immer noch bei mir.

Ob es vielleicht doch Engel gibt? Oder habe ich endlich die fünf Phasen der Trauer durchschritten?

Ich weiß es nicht.

Und was ist mit Andrew? Angenommen, er wäre von der Seele meines Vaters besessen gewesen – ist sie jetzt nach seinem physischen Tod befreit? Ich habe Evan kürzlich nach seiner Meinung gefragt. Er sagte, Andrew sei ein Engel und er habe noch in der vergangenen Nacht mit ihm gesprochen. Es scheint, er findet das ganz selbstverständlich, also bin ich nicht weiter darauf eingegangen. Ich nehme ihn beim Wort.

Lucy wurde auf öffentliche Kosten beerdigt. Wir haben für einen Grabstein gesammelt, der auf meinen Vorschlag hin eine schlafende Katze darstellt. Der Steinmetz hielt mich für verrückt, als ich ihm den Auftrag erteilte. Nach der Beisetzung zeigte sich am Horizont ein riesiger Regenbogen. Genau genommen handelt es sich dabei um Sonnenstrahlen, die auf Wassertröpfchen treffen. Ich zog es vor, Lucys Geist darin zu sehen, der uns ein letztes Mal zulächelte.

Vielleicht bin ich ja doch im Bilde, ohne es zu wissen.

Ich habe eine Verabredung.

Er sieht gut aus, ist athletisch gebaut und zurzeit arbeitslos. Karen hat Greg vor vier Wochen entlassen. Seine Verstöße gegen den Arbeitsvertrag hätten sie zu diesem Schritt gezwungen, sagte sie. Greg denkt darüber nach, eine Krankenpflegerausbildung zu machen oder seinen häuslichen Pflegedienst auszubauen. Bis er sich entschieden hat, hilft er mehreren Familien bei der Betreuung ihrer schwierigen Kinder. Bald wird er noch mehr zu tun haben, nämlich mit mir als seiner Geliebten.

Hin und wieder werde ich wütend. Es geht so schrecklich schnell, dass Eltern das Leben eines Kindes zerstören. Manche Fälle, mit denen ich auf unserer Station zu tun habe, brechen mir einfach das Herz. Und ich mache immer noch einen großen Bogen um Kanaldeckel.

Aber ich stehe jeden Morgen auf und gehe jeden Abend mit demselben Gelübde zu Bett.

Ich werde mehr Licht in mein Inneres lassen. Ich werde meine Arbeit mit gestörten Kindern fortsetzen. Und ich werde mich in einen wirklich guten Mann verlieben.

Ich habe als Einzige meiner Familie überlebt und meine Geschichte erzählt.

Anmerkung der Autorin und Danksagungen

Wenn in der Zeitung steht, dass ein Erstklässler wegen gewalttätigen Verhaltens der Schule verwiesen wird, entrüsten sich die meisten über *die* Eltern. Eltern, die ihr Kind vernachlässigen, sich nicht engagieren und vielleicht sogar selbst Gewalt anwenden. Ich war schockiert, als ich vor zwei Jahren von den Schwierigkeiten eines Kindes hörte, das mir nicht fremd ist, sondern der Sohn guter Freunde, die als Eltern sehr wohl engagiert und liebevoll sind und es trotzdem nicht geschafft haben, ihrem Kind wirklich zu helfen.

Ich danke dieser Familie, dass sie mich an ihren Erfahrungen hat teilhaben lassen, an den Gesprächen mit diversen Spezialisten, ihren Besuchen in einer geschlossenen Psychiatrie und, ja, auch daran, dass sie einen Geistheiler zu Rate gezogen haben, von dem sie glauben, dass er sich mit großem Engagement für ihr Kind eingesetzt hat. Sie haben ihre Geschichte mit mir in der Hoffnung geteilt, mehr Verständnis für psychisch gestörte Kinder und ihre meist überforderten Erzieher zu wecken.

Ich lege Wert auf die Feststellung, dass nicht alle Kinder, die nicht still sitzen können, Flegel sind. Nicht alle, die sich weigern, ins Bett zu gehen, sind Quälgeister, und nicht alle, die sich die Lunge aus dem Hals schreien, ungehorsam.

Es sind Kinder, und sie versuchen ihr Bestes. Wie ihre Eltern in der Regel auch.

Mein tiefempfundener Dank gilt Kathy Regan und ihren Mitarbeitern am Child Assessment Unit von Cambridge, Massachusetts. Sie hat bewundernswert geduldig auf meine Fragen geantwortet und mir den Besuch einer psychiatrischen Station ermöglicht. Ohne diesen Einblick hätte ich meine fiktionale Kinderpsychiatrie des Kirkland Medical Centers nicht schaffen können. Sein Personal und alle Vorgänge auf dieser Station entspringen einzig und allein meiner Phantasie und sind ohne jede Ähnlichkeit mit der von Kathy vorzüglich geleiteten CAU und ihren Mitarbeitern.

Für alle, die mehr über die am CAU praktizierten fortschrittlichen Methoden erfahren möchten, empfehle ich *Opening Our Arms: Helping Troubled Kids Do Well* von Kathy Regan. Außerdem empfehle ich *The Explosive Child* von Dr. Ross W. Greene, der einen detaillierten Überblick über den sogenannten Kollaborativen Problemlösungsansatz (CPS) bietet.

Im Zusammenhang mit meinen eher profanen Recherchen rufe ich meiner Lieblingsapothekerin Margaret Charpentier ein herzliches Dankeschön zu. Sie hat mir wieder einmal dabei geholfen, das richtige Gift auszusuchen. Es ist schon eine Weile her, dass wir das letzte Mal zusammengearbeitet haben, und es war wie immer ein Vergnügen.

Mein herzliches Dankeschön geht an Michael Carr, der seinen Schreibstift wie ein Skalpell ansetzt, wenn es darum geht, ein Manuskript zu redigieren. Ich habe nur manchmal ein bisschen geheult; das Buch hat jedenfalls durch ihn profitiert. Dank auch meinen ersten Leserinnen Kathleen und Barbara sowie Diana für ihre wie immer großartige Arbeit an den Korrekturfahnen. Und schließlich ein Riesenapplaus für Meg, Kate und das ganze Verlagsteam, ohne die nichts geht. Dank euch dafür, dass der Zauber gelingt.

Zu Hause gilt meine Liebe meinem geduldigen Mann und meinem nicht so geduldigen, aber immer großartigen Kind.

Mit diesem Buch gedenke ich Michael Clemons, eines guten Mannes, der zu früh von uns gegangen ist. Wir vermissen dich.